HEYNE <

Das Buch

Seit Menschengedenken gibt es die sogenannten »Anderen«: Vampire, Gestaltwandler, Hexen, Schwarzmagier. Unerkannt leben sie in unserer Mitte und sorgen dafür, dass das Gleichgewicht zwischen den Dunklen Anderen und den Hellen Anderen gewahrt bleibt. Zwei Organisationen, den »Wächtern der Nacht« und den »Wächtern des Tages«, obliegt es, den vor langer Zeit geschlossenen Waffenstillstand zu überwachen und jegliche Verstöße zu ahnden. Doch es heißt, dass ein mächtiger Anderer kommen wird, der die Fähigkeit besitzt, das Gleichgewicht der Kräfte für immer zu verändern. Und sollte er sich auf die Seite des Bösen schlagen, würde dies die Welt ins Chaos stürzen ...

Die atemberaubende Kultserie aus Russland erstmals in einem Band: *Wächter der Nacht, Wächter des Tages* und *Wächter des Zwielichts.* Auf Grundlage dieser Trilogie entstanden die beiden erfolgreichsten russischen Filme aller Zeiten.

»Sergej Lukianenko ist der meistgelesene russische Autor der Gegenwart.«
STERN

»Düster und kraftvoll – der Russe Sergej Lukianenko ist der neue Star der phantastischen Literatur!«
FRANKFURTER RUNDSCHAU

Der Autor

Sergej Lukianenko, 1968 in Kasachstan geboren, studierte in Alma-Ata Medizin, war als Psychiater tätig und lebt nun als freier Schriftsteller in Moskau. Mit seiner *Wächter*-Serie – *Wächter der Nacht, Wächter des Tages, Wächter des Zwielichts* sowie *Wächter der Ewigkeit* – wurde er zum erfolgreichsten russischen Fantasy- und Science-Fiction-Autor der Gegenwart. Als Drehbuchautor war er an den Verfilmungen von *Wächter der Nacht* und *Wächter des Tages* beteiligt. Im Wilhelm Heyne Verlag sind von Sergej Lukianenko außerdem erschienen: *Spektrum, Weltengänger, Weltenträumer* und *Sternenspiel.*

Sergej Lukianenko

DIE WÄCHTER TRILOGIE

Drei Romane in einem Band

WILHELM HEYNE VERLAG
MÜNCHEN

Titel der russischen Originalausgaben

Ночной Дозор
Дневной Дозор
Сумеречный Дозор

Deutsche Übersetzung von Christiane Pöhlmann

www.heyne.de
Printed in Germany 2008
Umschlagillustration: Dirk Schulz
Umschlaggestaltung: Animagic, Bielefeld
Satz: C. Schaber Datentechnik, Wels
Druck und Bindung: GGP Media GmbH, Pößneck

ISBN 978-3-453-53286-1

Inhalt

Wächter der Nacht 7

Wächter des Tages 531

Wächter des Zwielichts 1055

WÄCHTER DER NACHT

Der vorliegende Text ist der Sache des Lichts dienlich
und zur Verbreitung zugelassen.

Die Nachtwache

Der vorliegende Text ist der Sache des Dunkels dienlich
und zur Verbreitung zugelassen.

Die Tagwache

Erste Geschichte
Das eigene Schicksal

Prolog

Langsam und ächzend kroch die Rolltreppe nach oben. Kein Wunder, so alt wie die Station war. Dafür fegte der Wind durch die ganze Betonröhre, zerzauste ihm das Haar, zerrte an der Kapuze, schlängelte sich unter den Schal und drückte Jegor nach unten.

Der Wind wollte nicht, dass er hinauf fuhr.

Der Wind bat ihn umzukehren.

Sonderbar – anscheinend spürte niemand sonst den Wind. Es waren nur wenige Menschen unterwegs, gegen Mitternacht wirkte die Metro-Station immer wie ausgestorben. Ein paar Leute kamen Jegor auf der anderen Rolltreppe entgegen, auf seiner fuhr außer ihm kaum noch jemand hinauf: ein Mann vor ihm, zwei oder drei Leute hinter ihm. Das war's auch schon.

Bis auf den Wind vielleicht.

Jegor steckte die Hände in die Taschen und blickte über die Schulter zurück. Seit er vor zwei Minuten aus dem Zug gestiegen war, hatte er das Gefühl, ein fremder Blick ruhe auf ihm. Das jagte ihm jedoch keine Angst ein, sondern hatte eher etwas Hypnotisierendes, etwas Stechendes, als pike ihn jemand mit einer Spritze.

Ganz unten auf der Rolltreppe stand ein großer Mann in Uniform. Kein Milizionär, sondern ein Soldat. Dann war da eine Frau mit einem Jungen an der Hand, dem ständig die Augen zufielen. Schließlich noch ein jüngerer Mann mit einem MD-Player, der eine grelle orangefarbene Jacke anhatte. Er schien ebenfalls im Stehen zu schlafen.

Nichts Verdächtiges. Nicht einmal für einen kleinen Jungen, der reichlich spät nach Hause ging. Jegor schaute erneut nach oben. Dort stand ein Milizionär, der sich gegen das glänzende Absperrgitter lehnte und verdrossen nach leichter Beute unter den wenigen Fahrgästen Ausschau hielt.

Nichts, wovor Jegor Angst haben müsste.

Der Wind drückte ein letztes Mal gegen ihn und legte sich dann, so als gebe er Ruhe, als habe er eingesehen, dass sein Kampf aussichtslos war. Der Junge blickte noch einmal nach hinten und hastete dann die nach oben gleitenden Stufen hoch. Er musste sich beeilen. Warum, wusste er nicht, er musste es einfach. Da war auch wieder dieses komische und beunruhigende Piken, während über seinen Rücken ein eisiger Schauder lief.

Ist doch bloß der Wind.

Jegor stürzte durch die halb offene Tür hinaus. Die durchdringende Kälte schlug mit aller Wucht über ihm zusammen. Seine Haare waren nach dem Schwimmen noch nass – der Föhn hatte mal wieder nicht funktioniert – und gefroren im Handumdrehen. Jegor zog sich die Kapuze tiefer ins Gesicht und lief, ohne an einer der Buden stehen zu bleiben, schnell auf die Unterführung zu. Obwohl auf der Straße viel mehr Menschen unterwegs waren, verließ ihn das mulmige Gefühl nicht. Deshalb drehte er sich im vollen Lauf sogar noch einmal um, doch niemand folgte ihm. Die Frau mit dem Kind ging zur Straßenbahnhaltestelle, der Mann mit dem MD-Player war an einer Bude stehen geblieben, um das Angebot an Flaschen zu studieren, der Soldat noch gar nicht aus dem Bahnhofsgebäude herausgekommen.

Mit immer schnelleren Schritten ging der Junge durch die Unterführung. Von irgendwoher drang Musik an sein Ohr, eine leise, kaum wahrnehmbare, aber unglaublich schöne Musik. Die zarten Klänge einer Flöte, umschmeichelt von einer Gitarre, begleitet vom Klimpern eines Xylophons. Die Musik rief ihn, trieb ihn an. Jegor wich ein paar ausgelassenen Leuten aus, die ihm entgegengerannt kamen, und überholte einen leicht torkelnden, angeheiterten Mann. Jeder klare Gedanke schien sich aus seinem Kopf verflüchtigt zu haben. Er rannte jetzt fast.

Die Musik rief ihn.

Es mischten sich nun auch Worte hinein – noch zusammenhanglose, viel zu leise, aber sehr betörende Worte. Jegor spurtete aus der Unterführung, um dann kurz hechelnd in der kalten Luft stehen zu bleiben. Gerade kam der Oberleitungsbus. Wenn er eine Station fahren würde, wäre er fast zu Hause ...

Langsam, als seien ihm die Beine plötzlich eingeschlafen, ging der Junge auf den Obus zu. Der wartete ein paar Sekunden mit offenen Türen an der Haltestelle, dann schlossen sie sich, und der Bus fuhr ab. Während Jegor ihm mit leerem Blick nachsah, wurde die Musik immer lauter, bis sie den ganzen Raum zwischen dem Halbrund des vielstöckigen Hotels und der in der Nähe liegenden »Schachtel auf Beinen«, seinem Zuhause, ausfüllte. Die Musik lud ihn ein, zu Fuß zu gehen. Den hell erleuchteten Prospekt entlang, der selbst um diese Zeit noch recht belebt war. Überhaupt, bis zu seiner Haustür waren es ja nur fünf Minuten.

Bis zur Musik noch weniger ...

Nach hundert Metern bot das Hotel Jegor keinen Schutz mehr gegen den Wind. Eisige Kälte biss ihm ins Gesicht und erstickte beinah die Melodie, die ihn rief. Der Junge geriet ins Stolpern und machte Halt. Der Zauber verflog, dafür glaubte er jetzt von Neuem den fremden Blick auf sich zu spüren. Und diesmal mischte sich ganz eindeutig Angst in dieses Gefühl. Er drehte sich um – gerade kam wieder ein Oberleitungsbus. Außerdem schimmerte die grelle orangefarbene Jacke im Licht der Straßenlaterne auf. Der Mann, der mit ihm die Rolltreppe heraufgekommen war, folgte ihm. Die Augen hielt er zwar noch immer halb geschlossen, dennoch bewegte er sich erstaunlich schnell und setzte Jegor so zielsicher nach, als habe er ihn fest im Blick.

Der Junge rannte los.

Die Musik ertönte mit neuer Kraft und zerriss den Vorhang, den der Wind bildete. Er konnte bereits einzelne Worte unterscheiden – hätte es gekonnt, wenn er gewollt hätte.

Am klügsten wäre es, wenn er sich jetzt dicht an den geschlossenen, aber hell erleuchteten Geschäften hielte, wenn er in der Nähe der Fußgänger bliebe, die noch so spät unterwegs waren, in Sichtweite der vorbeirasenden Autos.

Stattdessen trat Jegor in einen Tordurchgang, der in der Häuserfront aufklaffte. Die Musik rief ihn dorthin.

Stockfinster war es hier, lediglich an der einen Wand rührten sich zwei Schatten. Jegor sah sie wie durch einen Nebel, der von einem leblosen bläulichen Licht erleuchtet schien. Ein Mann und eine Frau, beide noch sehr jung und so leicht angezogen, als herrschten keine zwanzig Grad minus.

Die Musik schwoll zu einem letzten triumphierenden Fortissimo an. Dann verstummte sie. Der Junge spürte, wie alle Kraft aus seinem Körper wich. Er war in Schweiß gebadet, die Knie wurden ihm weich, und er hatte nur noch den Wunsch, sich auf das glitschige, von überfrorenem Dreck bedeckte Pflaster zu setzen.

»Mein Kleiner ...«, brachte die Frau leise hervor. Sie hatte ein mageres Gesicht, hohle Wangen und blasse Haut. Nur ihre Augen wirkten lebendig: große, schwarze, faszinierende Augen.

»Lass was übrig ... wenigstens ein bisschen«, sagte der Mann. Er lächelte. Die beiden glichen einander wie Bruder und Schwester, nicht von den Gesichtszügen her, sondern aufgrund von etwas kaum Greifbarem, das sie einzuhüllen schien wie staubiger, halb durchsichtiger Tüll.

»Für dich?« Die Frau wandte den Blick kurz von Jegor ab. Die

Starre wich daraufhin ein wenig von ihm, dafür packte ihn jetzt Angst. Der Junge öffnete den Mund, doch kaum fing er den Blick des Mannes auf, blieb ihm der Schrei in der Kehle stecken – als zöge sich eine kalte Gummihaut eng um ihn zusammen.

»Ja. Halt ihn fest!«

Die Frau schnaubte höhnisch. Als sie Jegor wieder anblickte, spitzte sie die Lippen, als wolle sie ihm einen Kuss zuhauchen. Leise sprach sie die bereits vertrauten Worte, die Worte, die sich unter die betörende Musik gemischt hatten. »Komm her ... komm zu mir ...«

Jegor blieb reglos stehen. Zum Weglaufen fehlte ihm die Kraft – trotz seines Entsetzens, trotz des Schreis, der ihm immer noch in der Kehle steckte. Das Einzige, was er zustande brachte, war, einfach stehen zu bleiben.

Am Tordurchgang kam eine Frau mit zwei großen Schäferhunden an der Leine vorbei. Langsam, irgendwie abgebremst, als bewege sie sich unter Wasser oder schleppe sich durch einen Albtraum. Als Jegor aus den Augenwinkeln heraus sah, wie die Hunde sie zerrten, sie in den Durchgang zogen, flammte irrsinnige Hoffnung in ihm auf. Die Schäferhunde knurrten zwar, aber irgendwie unsicher, voller Hass und Angst zugleich. Ihre Besitzerin blieb kurz stehen und spähte argwöhnisch den Gang entlang. Jegor fing ihren Blick auf – gleichgültig, als blicke sie ins Leere.

»Kommt weiter!« Sie zog an der Leine, und die Hunde kamen bereitwillig bei Fuß.

Der junge Mann lachte leise.

Die Hundebesitzerin beschleunigte den Schritt, bis sie nicht mehr zu sehen war.

»Der kommt nicht!«, quengelte die junge Frau. »Guck dir das an, der kommt einfach nicht!«

»Streng dich an«, sagte der Mann bloß. Er schaute finster drein. »Du musst es lernen!«

»Komm! Komm zu mir!«, verlangte die Frau energisch. Jegor stand nur zwei Meter von ihr entfernt, doch sie legte offensichtlich größten Wert darauf, dass er von sich aus weiter auf sie zuging.

Und dann merkte Jegor, dass er keine Kraft mehr hatte, sich ihr zu widersetzen. Der Blick der Frau hielt ihn gefangen, band ihn an eine unsichtbare Gummileine, die Worte riefen ihn – und er konnte nichts dagegen tun. Obwohl er wusste, dass er sich nicht bewegen durfte, machte er einen Schritt. Die Frau lächelte, und ihre ebenmäßigen weißen Zähne blitzten auf. »Bind deinen Schal ab«, sagte sie.

Er schaffte es nicht mehr, sich dagegen zu wehren. Mit zitternden Händen schob er die Kapuze nach hinten und zog den lose umgebundenen Schal weg. Er ging auf die schwarzen Augen zu, die ihn riefen.

Etwas geschah mit dem Gesicht der Frau. Der Unterkiefer hing plötzlich herunter, die Zähne erbebten, krümmten sich. Lange Eckzähne blitzten auf, die nichts Menschliches mehr an sich hatten.

Jegor machte noch einen Schritt.

Eins

Die Nacht ließ sich schlecht an.

Als ich aufwachte, dunkelte es bereits. Vom Bett aus beobachtete ich, wie sich die letzten Lichtstrahlen durch die Ritzen der Jalousien verkrochen, und dachte nach. Die fünfte Nacht auf Jagd – und null Erfolg. Kaum anzunehmen, dass ich heute mehr Glück haben würde.

Die Wohnung war kalt, die Heizung höchstens lauwarm. Am Winter mag ich überhaupt nur eins: dass es früh dunkel wird und nur wenige Leute auf den Straßen sind. Ansonsten ... ansonsten hätte ich schon längst alles hingeschmissen, hätte Moskau verlassen und wäre nach Jalta oder Sotschi gefahren. Irgendwohin ans Schwarze Meer, bloß nicht auf eine dieser fernen Inseln in fremden warmen Ozeanen – ich mag es nun mal, wenn man um mich herum Russisch spricht.

Das sind dumme Träume, na klar.

Ist nämlich noch ein bisschen früh für mich, um mich irgendwo in warmen Gefilden zur Ruhe zu setzen.

Das hab ich mir noch nicht verdient.

Das Telefon schien förmlich darauf gewartet zu haben, dass ich wach werde, und läutete jetzt energisch, geradezu widerlich. Ich griff nach dem Hörer und presste ihn ans Ohr, schweigend, ohne ein Wort zu sagen.

»Anton, melde dich!«

Ich schwieg. Larissas Stimme klang sachlich, konzentriert,

aber auch müde. Bestimmt hatte sie den ganzen Tag nicht geschlafen. »Anton, soll ich dir den Chef geben?«

»Nicht nötig«, brummte ich.

»He, he. Bist du überhaupt schon wach?«

»Hm.«

»Jeden Tag das Gleiche mit dir.«

»Gibt's was Neues?«

»Nein, nichts.«

»Hast du was zum Frühstück da?«

»Werd schon was finden.«

»Gut. Viel Erfolg.«

Der Wunsch kam ohne rechte Überzeugung, ohne Anteilnahme. Larissa glaubte nicht an mich. Der Chef vermutlich auch nicht.

»Vielen Dank auch«, sagte ich zu den rasch aufeinander folgenden Pieptönen des Telefons. Ich stand auf und begab mich auf eine Exkursion in Klo und Bad. Ich wollte mir schon Zahnpasta auf die Bürste drücken, begriff dann aber, dass ich den zweiten Schritt vor dem ersten machte, und legte die Bürste auf den Rand des Waschbeckens.

Obwohl es in der Küche stockdunkel war, knipste ich das Licht natürlich nicht an. Ich öffnete den Kühlschrank, in dem das herausgeschraubte Lämpchen zwischen den Lebensmitteln vor sich hin fror. Mein Blick fiel auf eine Kasserolle, in der ein Sieb hing. Darin lag ein Stück halb aufgetautes Fleisch. Ich nahm das Sieb heraus, setzte den Topf an die Lippen und trank einen Schluck.

Falls irgendjemand glaubt, Schweineblut schmecke lecker, irrt er gewaltig.

Nachdem ich die Kasserolle mit dem restlichen, bereits aus dem Fleisch getropften Blut zurückgestellt hatte, ging ich wieder ins Bad. Die trübe blaue Lampe kam kaum gegen die Dunkelheit an. Ausgiebig und verbissen putzte ich mir die Zähne, hielt es aber schließlich doch nicht mehr aus und wanderte noch einmal in die Küche, um eine Flasche aus dem Froster zu nehmen und daraus einen Schluck eisgekühlten Wodka zu trinken. Danach strömte nicht einfach Wärme durch meinen Bauch, sondern glühende Hitze. Was für ein wunderbares Bouquet aus Empfindungen: die Kälte an den Zähnen und die Glut im Bauch.

»Hol dich doch ...«, setzte ich in Gedanken an meinen Chef an, konnte mich aber noch rechtzeitig bremsen. Bei ihm musste man damit rechnen, dass er sogar halb ausgesprochene Flüche spürte. Ich tigerte eine Weile durchs Zimmer und fing an, meine überall verstreuten Kleidungsstücke einzusammeln. Die Hose lag unter dem Bett, die Socken auf dem Fensterbrett, und das Hemd hing aus irgendeinem Grund über der Maske des Choyong.

Missbilligend sah der alte koreanische Herrscher mich an.

»Pass halt besser auf«, brummte ich. In dem Moment schrillte abermals das Telefon. Ich sprang im Zimmer umher, bis ich es endlich fand.

»Anton, wolltest du mir etwas sagen?«, erkundigte sich mein unsichtbarer Gesprächspartner.

»Nein. Nichts«, sagte ich verdrossen.

»Na, na. Wo bleibt das *Ich schätze mich glücklich, Euch zu Diensten zu sein, Euer Wohlgeboren*?«

»Ich bin nicht glücklich. Tut mir Leid ... Euer Wohlgeboren.«

Der Chef schwieg einen Moment.

»Anton, ich bitte dich trotzdem, die Entwicklung der Lage mit etwas mehr Ernst zu betrachten. Abgemacht? Morgen früh erwarte ich deinen Bericht, so oder so. Und ... viel Glück.«

Verlegen wurde ich deswegen nicht. Aber immerhin regte ich mich etwas ab. Nachdem ich mein Handy in die Jackentasche gesteckt hatte, öffnete ich den Schrank in der Diele. Einen Augenblick lang überlegte ich, ob ich meine Montur irgendwie aufpeppen sollte. Ich hatte ein paar neue Klamotten, die mir Freunde in der letzten Woche geschenkt hatten. Am Ende beließ ich es jedoch bei der gewöhnlichen Kluft, die recht vielseitig und ziemlich kompakt war.

Fehlte noch der MD-Player. Die Musik bräuchte ich gar nicht, aber Langeweile ist ein unerbittlicher Feind.

An der Wohnungstür spähte ich lange durch den Spion ins Treppenhaus hinaus. Niemand da.

Eine weitere Nacht begann.

Sechs Stunden lang fuhr ich mit der Metro, wechselte ohne irgendein Prinzip die Linien, döste immer mal wieder ein, damit sich mein Bewusstsein erholen und meine Sinne frei werden konnten. Alles war ruhig. Nun ja, das eine oder andere Interessante sah ich schon, aber alle diese Fälle hatten weiter nichts Besonderes an sich, sie waren etwas für Neulinge. Erst gegen elf, als die Metro sich merklich leerte, änderte sich die Situation.

Mit geschlossenen Augen saß ich da und hörte schon zum dritten Mal an diesem Abend die fünfte Symphonie von Manfredini. Die Mini-Disc im Player war absolut verrückt, meine höchstpersönliche Zusammenstellung, bei der sich das italienische Mittelalter und Bach mit den Rockgruppen *Alissa* und *Piknik* oder Ritchie Blackmore ablösten.

Es war immer spannend, welche Melodie mit welchem Ereignis zusammentraf. Heute untermalte Manfredini mein Glück.

Etwas presste mich zusammen, ein Krampf, der von den Zehen bis zu den Haarwurzeln alles erfasste. Ich zischte sogar unwillkürlich irgendwas, als ich die Augen öffnete und den Blick durch den Waggon schweifen ließ.

Sofort entdeckte ich die Frau.

Eine junge und sehr sympathische Frau. In einem eleganten Pelz, mit einer Handtasche und einem Buch in Händen.

Und mit einem derart gewaltigen schwarzen Wirbelwind über dem Kopf, wie ich ihn seit bestimmt drei Jahren nicht mehr gesehen hatte!

Vermutlich guckte ich wie ein Wahnsinniger drein. Was die Frau spürte, denn sie sah zu mir herüber, wandte den Blick aber gleich wieder ab.

Du solltest lieber nach oben schauen!

Nein, sie war natürlich nicht imstande, den Strudel zu sehen. Bestenfalls konnte sie etwas spüren, eine leichte Unruhe. Und nur ganz vage, nur aus den Augenwinkeln heraus, vermochte sie ein Flirren über ihrem Kopf wahrzunehmen – als schwirrten Fliegen über ihr, als flimmerte an einem heißen Tag die Luft über dem Asphalt ...

Doch sehen konnte sie nichts. Nichts. Sie würde noch einen oder zwei Tage leben, bevor sie auf Glatteis ausrutschte, und zwar so, dass sie eine tödliche Kopfverletzung davontrug. Oder sie würde unter ein Auto geraten. Oder im Hauseingang ins Messer eines Verbrechers laufen – der nicht die geringste Ahnung hatte, warum er diese Frau umbrachte. Und alle Welt würde sagen: »Sie war so jung, das ganze Leben lag noch vor ihr, alle haben sie gern gehabt ...«

Ja. Ganz bestimmt. Das glaube ich, zu gut und zu freundlich ist ihr Gesicht. Müdigkeit zeichnet sich in ihm ab, aber keine Verbitterung. Neben einer solchen Frau fühlst du dich nicht so mies, wie du eigentlich bist. Du versuchst, besser zu sein, auch wenn es dir schwer fällt. Mit solchen Frauen möchte man gern befreundet sein, ein wenig flirten, Geheimnisse teilen. In solche Frauen verliebt man sich selten, doch lieben tun alle sie.

Bis auf den einen, der den Dunklen Magier bezahlt hat.

Ein schwarzer Strudel ist im Grunde eine völlig alltägliche Erscheinung. Als ich mich umsah, konnte ich noch weitere fünf oder sechs entdecken, die über den Köpfen der Fahrgäste hingen. Doch sie alle wirkten verwischt, trübe und drehten sich kaum. Resultate eines absolut durchschnittlichen, unprofessionellen Fluchs. Jemand wirft einem anderen ein »Verrecken sollst du, Dreckskerl!« hinterher. Ein anderer drückt es schlichter, weniger hart aus: »Hol dich doch der Kuckuck!« Und von der Dunklen Seite rankt sich ein kleiner Wirbelsturm herüber, der das Glück aus einem herauspresst, der die Kräfte aussaugt.

Doch ein gewöhnlicher Fluch, ein dilettantischer und unausgegorener Fluch, hält bloß ein, zwei Stunden, maximal einen Tag an. Seine Folgen sind zwar unangenehm, aber auf gar keinen Fall tödlich. Der schwarze Strudel über der Frau war von einem anderen Kaliber, stabil, geschaffen von einem erfahrenen Magier. Ohne dass die Frau es wusste, war sie bereits tot.

Automatisch fuhr meine Hand zu meiner Tasche, dann machte ich mir jedoch klar, wo ich war, und verzog das Gesicht. Warum funktionieren Handys in der Metro bloß nicht? Fahren ihre Besitzer etwa nicht mit der Untergrundbahn?

Nun zerrten an mir sowohl meine eigentliche Aufgabe, die ich erfüllen musste, auch wenn kaum Aussicht auf Erfolg bestand, wie auch die Sorge um die mit dem Fluch belegte Frau. Mir war unklar, ob für sie nicht jede Hilfe zu spät kam, doch auf alle Fälle musste ich denjenigen finden, der hinter dem Strudel steckte.

In dem Moment traf mich ein zweiter Schlag. Diesmal anders. Ohne Krampf, ohne Schmerz, nur die Kehle trocknete mir aus, mein Zahnfleisch ertaubte, das Blut pulsierte mir in den Schläfen, die Fingerspitzen fingen zu jucken an.

Treffer!

Aber warum ausgerechnet jetzt?

Ich erhob mich. Der Zug bremste bereits vor der nächsten Station ab. Ich ging an der Frau vorbei und spürte ihren Blick. Sie sah mir nach. Ängstlich. Auch wenn sie den schwarzen Wirbel nicht wahrnahm, machte er sie anscheinend nervös, zwang sie, die Leute in ihrer Nähe im Auge zu behalten.

Vielleicht war sie überhaupt nur deshalb noch am Leben?

Möglichst ohne in ihre Richtung zu blicken, steckte ich die Hand in die Tasche. Ertastete das Amulett, einen kalten, aus

Onyx geschnitzten Stab. Eine Sekunde zögerte ich und versuchte, mir etwas anderes einfallen zu lassen.

Nein, es gab keine andere Möglichkeit.

Fest packte ich den Stab. Ein stechendes Kribbeln durchschoss meine Finger, dann wurde der Stein wärmer und gab die gespeicherte Energie ab. Dieser Eindruck stimmte, obwohl diese Wärme nicht mit dem Thermometer zu messen ist. Es war, als würde ich ein kleines Kohlestück aus einem Lagerfeuer zusammenpressen – ein Stück Kohle, das mit kalter Asche überzogen war, im Innern jedoch glühte.

Nachdem ich die Kraft des Amuletts völlig in mich eingesogen hatte, warf ich einen Blick auf die Frau. Der schwarze Strudel vibrierte und neigte sich leicht in meine Richtung. So stark, wie der Wirbel war, musste er in Ansätzen sogar über eine gewisse Intelligenz verfügen.

Ich schlug zu.

Wenn im Waggon – doch was heißt im Waggon –, wenn im ganzen Zug nur ein weiterer Anderer gewesen wäre, hätte er einen grellen Blitz gesehen, der mit gleicher Leichtigkeit durch Metall wie durch Beton schlug.

Nie zuvor hatte ich auf einen schwarzen Wirbel von derart komplizierter Struktur eingeschlagen. Und nie zuvor hatte ich das Amulett eingesetzt, wenn es derart aufgeladen war.

Die Wirkung übertraf absolut alles. Die schwächeren Flüche, die über anderen Leuten hingen, lösten sich in nichts auf. Eine ältere Frau, die sich müde die Stirn rieb, blickte verwundert auf ihre Hand: Ihre schwere Migräne war mit einem Mal wie weggeblasen. Ein junger Mann, der stumpfsinnig durch die Scheibe starrte, zuckte zusammen, seine Miene entspannte sich – und die dumpfe Schwermut wich aus seinem Blick.

Der schwarze Wirbel über der Frau schrumpfte um fünf Meter und schlingerte sogar zur Hälfte aus dem Waggon. Seine Struktur verlor er jedoch nicht, und im Zickzack fand er den Weg zurück zu seinem Opfer.

Was für eine Kraft!

Was für eine Zielsicherheit!

Es heißt – wobei ich zugeben muss, dass ich so etwas noch nie gesehen habe –, ein Wirbel verliere, sobald er auch nur um zwei, drei Meter gekappt wird, die Orientierung und hänge sich an den nächstbesten Menschen an. Auch kein Zuckerschlecken, aber fremde Flüche sind viel schwächer, womit das neue Opfer alle Chancen hat zu überleben.

Dieser Wirbel jedoch kam hartnäckig zurück wie ein treuer Hund zu seinem in Not geratenen Herrn!

Die Metro hielt. Ich betrachtete ein letztes Mal den Wirbel, der jetzt wieder über der Frau hing und sich sogar noch schneller drehte. Und es gab nichts, absolut nichts, was ich hätte tun können. Irgendwo hier auf diesem Bahnsteig, in greifbarer Nähe, befand sich das Ziel, das ich eine Woche lang in ganz Moskau gesucht hatte. Es jetzt laufen lassen, um der Frau zu folgen, das konnte ich einfach nicht. Der Chef würde mich in der Luft zerreißen – möglicherweise nicht nur im übertragenen Sinne.

Als die Türen mit einem Zischen auseinander gingen, warf ich einen allerletzten Blick auf die Frau und prägte mir rasch ihre Aura ein. Die Chancen, sie in dieser Riesenstadt wiederzufinden, standen nicht gerade günstig. Trotzdem musste ich es versuchen.

Aber nicht jetzt.

Ich sprang aus dem Waggon und schaute mich um. Im Außendienst fehlte mir in der Tat jede Erfahrung, da hatte der Chef absolut Recht. Trotzdem gefielen mir seine Ausbildungsmethoden nicht im Geringsten.

Wie um alles in der Welt sollte ich mein Ziel finden?

Wenn ich die Leute mit meinem gewöhnlichen Blick ansah, wirkte auch nicht einer von ihnen verdächtig. Selbst jetzt wimmelte es hier nur so von Menschen – immerhin war das die Kurskaja, eine Station mitten auf der Ringlinie, mit Übergang zum Kursker Bahnhof, auf dem Reisende ankamen und Händler in alle Himmelsrichtungen abfuhren, zudem eine Station, wo auch etliche Moskauer umstiegen, um zu der Linie zu hetzen, die sie in ihre Schlafbezirke brachte. Sobald ich die Augen schloss, bot sich mir freilich ein weitaus faszinierenderes Bild: die wie üblich zum Abend hin verblassten Auren. Mittendrin loderte als greller, purpurroter Fleck die Bosheit von jemandem auf, leuchtete in kräftigem Orange ein Pärchen, das es offenbar kaum erwarten konnte, miteinander ins Bett zu steigen, während die Auren der Betrunkenen in verwaschenen braungrauen Streifen zerflossen.

Und nirgends eine Spur. Bloß diese trockene Kehle, dieses Jucken im Zahnfleisch und ein wie irrsinnig hämmerndes Herz. Dieser Beigeschmack von Blut auf den Lippen. Die wachsende Anspannung.

Alles nur indirekte Hinweise – und doch zu eindeutig, als dass ich sie hätte ignorieren können.

Wer konnte es sein? Wer?

Hinter mir setzte sich der Zug in Bewegung. Das Gefühl, ganz in der Nähe meines Ziels zu sein, ließ nicht nach, es musste also hier irgendwo sein. Auf dem gegenüberliegenden Gleis fuhr ein Zug ein. Ich spürte, wie das Ziel sich regte und auf ihn zuging.

Vorwärts!

Ich überquerte den Bahnsteig, schlängelte mich zwischen den auf die Anzeigetafeln glotzenden Leuten hindurch, steuerte auf das Ende des Zugs zu – und spürte mein Ziel nicht mehr so deutlich. Sofort rannte ich zum ersten Waggon ... ja ... ich kam ihm wieder näher ...

Heiß, kalt – wie in dem Kinderspiel.

Die Leute stiegen in die Wagen ein. Ich rannte am Zug entlang, spürte, wie sich glibberiger Speichel in meinem Mund sammelte, meine Zähne anfingen wehzutun, meine Finger sich verkrampften. In meinen Kopfhörern dröhnte die Musik.

In the shadow of the moon,
She danced in the starlight
Whispering a haunting tune
To the night ...

Was für ein passender Song! Erstaunlich passend sogar ...

Was nichts Gutes verhieß.

Ich sprang zwischen den sich schließenden Türen hindurch, erstarrte, lauschte in mich hinein. Getroffen oder nicht? Denn visuell hatte ich mein Ziel nach wie vor nicht ausgemacht.

Doch, getroffen.

Die Metro jagte den Ring entlang, während meine alarmierten Instinkte schrien: »Hier! Ganz nah!«

Hatte ich vielleicht sogar den richtigen Waggon erwischt?

Heimlich musterte ich die anderen Fahrgäste, musste mich dann aber von dieser Hoffnung verabschieden. Hier gab es niemanden, der von besonderem Interesse gewesen wäre.

Gut, ich kann warten.

Feel no sorrow, feel no pain,
Feel no hurt, there's nothing gained ...
Only love will then remain,
She would say.

An der Station Prospekt Mira spürte ich, dass sich mein Ziel entfernte. Ich sprang aus dem Waggon und folgte denen, die hier umstiegen. Nah, ganz nah ...

Auf dem Bahnsteig der Nord-Süd-Strecke nahm ich mein Ziel in fast schmerzhafter Weise wahr. Ein paar Kandidaten hatte ich bereits ins Auge gefasst: zwei junge Frauen, einen jungen Mann, einen Jungen. Sie alle kamen in Frage, doch wer von ihnen war es?

Mein Quartett stieg in denselben Waggon ein. Immerhin etwas. Ich folgte den vieren und wartete ab.

Eine der beiden Frauen stieg an der Rishskaja aus.

Ich spürte das Ziel genauso stark wie zuvor.

Der junge Mann stieg an der Alexejewskaja aus.

Sehr schön. Die andere Frau oder der Junge? Wer von den beiden?

Ich gestattete mir einen verstohlenen Blick auf sie. Die Frau war füllig, rosawangig und in die Lektüre des *Moskowski Komsomolez* vertieft. Sie schien in keiner Weise nervös. Der Junge, ihr genaues Gegenteil, nämlich mager und zerbrechlich, stand an der Tür und fuhr mit dem Finger über die Scheibe.

Meiner Ansicht nach war die Frau ungleich ... appetitlicher. Zwei zu eins, dass sie es ist.

Doch im Allgemeinen gibt die Frage des Geschlechts den Ausschlag.

Allmählich konnte ich den Ruf hören. Noch ohne Worte, sondern nur als zarte, getragene Melodie. Die Töne aus meinen Kopfhörern drangen bereits nicht mehr zu mir durch, denn der Ruf erstickte die Musik ohne weiteres.

Weder die Frau noch der Junge wurden unruhig. Entweder konnten sie sehr viel ertragen – oder sie hatten sich sofort ergeben.

Der Zug fuhr in die Station ›Ausstellung der Errungenschaften der Volkswirtschaft‹ ein. Der Junge nahm die Hand von der Scheibe, stieg aus und ging schnellen Schrittes auf den alten Ausgang zu. Die Frau blieb im Waggon.

Verflucht!

Beide waren noch so nah, dass ich nicht auszumachen vermochte, wen von ihnen ich spürte.

Und plötzlich schwang sich die Melodie des Rufs jubelnd auf, und es schlich sich eine Stimme in sie ein.

Eine weibliche!

Ich sprang zwischen den sich schließenden Türen nach draußen und eilte dem Jungen nach.

Sehr schön. Die Jagd näherte sich dem Ende.

Bloß – wie sollte ich in dieser Situation mit einem entladenen Amulett zurechtkommen? Ich hatte keinen blassen Schimmer ...

Es waren kaum Leute ausgestiegen, auf der Rolltreppe standen insgesamt nur vier Menschen. Zuoberst der Junge, dann eine Frau mit Kind, schließlich ich und hinter mir ein zerknitterter älterer Oberst. Die Aura des Offiziers war sehr schön, strahlte hell und setzte sich aus funkelnden stahlgrauen und hellblauen Tönen zusammen. Amüsiert und müde dachte ich bei mir, dass ich ihn ja zu Hilfe rufen könnte. Männer wie er glauben noch heute an den Begriff der Offiziersehre.

Nur, dass mir der alte Oberst weniger nutzen würde als eine Fliegenklatsche bei der Elefantenjagd.

Ohne weiter über solchen Unsinn nachzudenken, richtete ich den Blick wieder auf den Jungen. Mit geschlossenen Augen scannte ich seine Aura.

Das Ergebnis war entmutigend.

Ein schillerndes, halb durchsichtiges Leuchten hüllte ihn ein. Ab und an färbte es sich rot, dann ging es wieder in tiefes Grün über, um schließlich als dunkelblaues Licht aufzulodern.

Ein seltener Fall. Ein Schicksal, das noch nicht besiegelt war. Ein diffuses Potenzial. Der Junge konnte zu einem elenden Schuft heranwachsen, konnte sich zu einem guten und gerechten Menschen entwickeln oder sich als ein Niemand herausstellen, als leere Stelle, wie im Grunde die meisten Menschen auf dieser Welt. Alles war noch offen, wie es so schön heißt. Eine solche Aura umgibt in der Regel Kinder unter zwei, drei Jahren, während sie bei älteren kaum noch anzutreffen ist.

Womit klar war, weshalb der Ruf gerade ihm galt. Ein Leckerbissen, zweifelsohne.

Ich merkte, wie mir das Wasser im Munde zusammenlief.

Zu lange dauerte das alles schon, zu lange ... Ich sah den Jungen an, blickte auf den dünnen Hals unter dem Schal und verwünschte den Chef, die Traditionen und Rituale – all das, was meine Arbeit ausmachte. Mein Zahnfleisch juckte, meine Kehle war ausgedörrt.

Blut hat einen bitteren, salzigen Geschmack, doch es allein vermag diesen Hunger zu stillen.

Verflucht!

Der Junge sprang von der Rolltreppe, rannte durch die Bahnhofshalle und verschwand durch die Glastür. Einen Augenblick lang fühlte ich mich besser. Mit etwas langsameren Schritten folgte ich ihm und beobachtete aus den Augenwinkeln heraus jede seiner Bewegungen: Der Junge tauchte in die Unterführung ab. Rannte schon, denn der Ruf zog ihn an, lockte ihn.

Schneller!

Ich sprintete zu einer Bude und knallte dem Verkäufer zwei Münzen hin. »Für sechs Rubel, mit Ringverschluss«, verlangte ich, möglichst ohne meine Zähne zu zeigen.

Der pickelige Verkäufer schlief fast ein – offenbar kippte er sich selbst den einen oder anderen während der Arbeit hinter die Binde –, als er mir mein Viertelliterchen reichte. »Hab schon besseren Wodka getrunken«, warnte er mich aufrichtig. »Ist zwar kein pures Gift, keine *Dorochowskaja*, aber trotzdem ...«

»Die Gesundheit geht vor«, unterbrach ich ihn. Das Zeug hatte wirklich mit Wodka kaum was zu tun, tat's im Moment aber. Mit einer Hand zog ich an dem Drahtring, sodass der Verschluss abging, mit der anderen kramte ich das Handy hervor und schaltete den Standardruf ein. Dem Verkäufer gingen die Augen über. Im Gehen nahm ich einen Schluck – der Wodka stank wie Kerosin und schmeckte noch schlimmer, die reinste Plörre, irgendwo heimlich zusammengepanscht – und rannte auf die Unterführung zu.

»Hallo?«

Larissa war schon nicht mehr da. Nachts schiebt in der Regel Pawel Dienst.

»Anton hier. Hotel *Kosmos*, irgendwo in der Nähe, in einem der Höfe. Ich folge ihm.«

»Eine Brigade?« In seiner Stimme schwang Interesse mit.

»Ja. Ich habe das Amulett schon entladen.«

»Was ist passiert?«

Ein Obdachloser, der in der Mitte der Unterführung vor sich hin döste, streckte die Hand aus, als hoffe er, ich würde ihm die angenuckelte Pulle überlassen. Ich raste an ihm vorbei.

»Da ist noch was anderes ... Beeil dich, Pawel.«

»Die Jungs sind schon unterwegs.«

Plötzlich spürte ich im Kiefer einen Schmerz, als stieße jemand eine glühende Nadel in ihn hinein. Verdammte Scheiße aber auch ...

»Pascha, ich kann nicht mehr für das garantieren, was ich tu«, sagte ich noch rasch, bevor ich die Verbindung unterbrach. Und vor zwei Milizionären auf Streife stehen blieb.

Ist doch immer dasselbe!

Warum müssen die Ordnungshüter der Menschen immer im unpassendsten Moment erscheinen?

»Sergeant Kaminski«, rasselte der junge Milizionär herunter. »Ihre Papiere ...«

Was sie mir wohl anhängen wollen? Trunkenheit in der Öffentlichkeit? Vermutlich.

Ich steckte die Hand in die Tasche und berührte das Amulett. Es strahlte kaum noch Wärme aus. Viel war hier jedoch auch nicht nötig.

»Mich gibt's nicht«, sagte ich.

Zwei Augenpaare wanderten über mich, die schmackhafte Beute – bevor sie erloschen und das letzte Fünkchen Verständnis aus ihnen wich.

»Es gibt Sie in der Tat nicht«, echoten sie im Chor.

Die Zeit, sie richtig zu programmieren, fehlte mir. Deshalb platzte ich mit dem Erstbesten heraus, das mir in den Sinn kam: »Kauft euch einen Wodka und lasst es euch gut gehen. Sofort! Abmarsch!«

Offensichtlich traf der Befehl auf fruchtbaren Boden. Indem

sie sich wie zwei Jungen beim Spaziergang an den Händen fassten, zogen die Milizionäre durch die Unterführung in Richtung der Kioske ab. Leichte Gewissensbisse befielen mich, als ich mir die Folgen meines Befehls ausmalte, aber ich hatte einfach nicht die Zeit, noch etwas zu korrigieren.

Aus der Unterführung stürmte ich in der sicheren Überzeugung, dass bereits alles zu spät war. Doch der Junge, so seltsam das auch sein mochte, war noch nicht sehr weit gekommen. Leicht schwankend stand er da, etwa hundert Meter vor mir. Was für eine Widerstandskraft! Der Ruf hallte mit einer solchen Kraft, dass ich mich fragte, warum die wenigen Fußgänger nicht anfingen, das Tanzbein zu schwingen, warum die Oberleitungsbusse nicht vom Prospekt abbogen, nicht in diesen Tordurchgang drängten, dem süßen Schicksal entgegen ...

Der Junge drehte sich um. Erblickte mich offenbar. Rasch ging er weiter.

Das war's, er kapitulierte.

Während ich ihm folgte, überlegte ich fieberhaft, was ich tun sollte. Am klügsten wäre es, auf die Brigade zu warten – sie würde nur zehn Minuten brauchen, höchstens.

Inzwischen konnte jedoch allerlei passieren, konnte dem Jungen allerlei passieren.

Mitleid ist eine gefährliche Sache. Zum zweiten Mal fiel ich heute schon darauf rein. Erst in der Metro, als ich mein Amulett bei dem missglückten Versuch, den schwarzen Wirbel zu zerstören, entladen hatte. Und jetzt wieder, indem ich dem Jungen nachging.

Vor vielen Jahren habe ich mal einen Satz gehört, dem ich nie zustimmen wollte. Bis heute habe ich das auch nicht getan, obwohl ich mich schon oft genug davon überzeugen musste, dass er wahr ist.

Das Wohl der Allgemeinheit und das Wohl des Einzelnen gehen selten miteinander einher.

Stimmt, das sehe ich ein. Das ist die Wahrheit.

Aber gewiss gibt es eine Wahrheit, die schlimmer als die Lüge ist.

Ich rannte dem Ruf entgegen. Wahrscheinlich vernahm ich ihn nicht auf die Weise wie der Junge. Für ihn fügten sich die Töne zu einem betörenden Flehen, einer bezaubernden Melodie, die ihm seinen Willen und seine Kraft raubte. Für mich war es das genaue Gegenteil: ein das Blut aufwühlender Alarm.

Das Blut aufwühlend ...

Der Körper, mit dem ich eine Woche lang Schindluder getrieben hatte, streikte jetzt. Ich wollte etwas trinken, aber kein Wasser – obwohl ich ohne irgendeinen Schaden meinen Durst mit dem dreckigen Schnee der Stadt hätte stillen können. Und auch keinen Alkohol – da hätte ich nur zu dem Fläschchen mit diesem ungenießbaren Fusel greifen müssen, der mir auch nicht geschadet hätte. Ich wollte Blut.

Und zwar weder von einem Schwein noch von einer Kuh, sondern von einem Menschen.

Verflucht sei diese Jagd ...

»Du musst da durch«, hatte der Chef gesagt. »Fünf Jahre in der analytischen Abteilung sind eine lange Zeit, findest du nicht?« Ich weiß nicht, vielleicht ist das eine lange Zeit, aber mir gefällt es da. Außerdem gab sich der Chef selbst auch seit mehr als hundert Jahren nicht mehr mit operativer Arbeit ab.

Ich rannte an den erleuchteten Schaufenstern vorbei, in denen sich nachgemachte weiß-blaue Gsheler Keramik oder Lebensmittel aus Plastik türmten. Autos rasten vorbei, hier und da waren noch ein paar Leute unterwegs. Doch auch das war eine Fälschung, eine Illusion, war nur eine der Seiten der Welt – und die einzige, die Menschen zugänglich ist. Wie gut, dass ich kein Mensch bin.

In vollem Lauf rief ich das *Zwielicht* herbei.

Die Welt seufzte auf und trat zur Seite. Als würden mir die Scheinwerfer einer Startbahn in den Rücken knallen, grub sich plötzlich vor mir ein langer dünner Schatten in den Boden. Der

Schatten wölkte auf und gewann Volumen, der Schatten zog sich in sich selbst zurück, in den Raum, in dem es keine Schatten mehr gibt. Riss sich vom schmutzigen Asphalt los, erhob sich, federnd, gleich einer Säule aus dichtem Rauch. Der Schatten lief vor mir her ...

Während ich immer schneller rannte, zerschlug ich die graue Silhouette und trat ins *Zwielicht* ein. Die Farben der Welt verblassten, die Autos auf dem Prospekt schienen langsamer zu fahren, stecken zu bleiben.

Ich näherte mich dem Ort meiner Bestimmung.

Als ich in den Tordurchgang trat, war ich darauf gefasst, nur noch das Schlussbild zu sehen: den unbeweglichen, ausgelaugten, leer getrunkenen Körper des Jungen und die im Verschwinden begriffenen Vampire.

Doch ich kam rechtzeitig.

Der Junge stand vor der Vampirin, deren lange Eckzähne aufblitzten, und zog langsam den Schal weg. In diesem Moment hatte er bestimmt keine Angst – der Ruf erstickte das Bewusstsein absolut. Wahrscheinlich sehnte er sich sogar danach, dass die spitzen, funkelnden Eckzähne ihn berührten.

Neben den beiden stand ein Vampir. Intuitiv erfasste ich sofort, dass er das Sagen hatte: Er hatte die Frau initiiert, er hatte sie ans Blut gebracht. Und das Widerlichste von allem: Er hatte eine Moskauer Registriermarke. Dieses Schwein!

Immerhin erhöhte das meine Erfolgsaussichten.

Die Vampire drehten sich mir zu, waren jedoch verwirrt und begriffen nicht gleich, was hier vor sich ging. Der Junge stand in ihrem *Zwielicht*, sodass ich ihn nicht hätte sehen können, nicht hätte sehen dürfen. Wie sie selbst auch nicht.

Nach und nach entspannte sich das Gesicht des jungen Vampirs, er lächelte sogar, freundlich und ruhig.

»Hallo.«

Er hielt mich für einen von seinesgleichen. Was ihm nicht vorzuwerfen war: Im Moment war ich wirklich einer von ihnen.

Fast. Die Woche Vorbereitung war nicht umsonst gewesen: Ich fing an, sie zu spüren – wäre dafür aber beinah selbst auf der Dunklen Seite gelandet.

»Nachtwache«, sagte ich. Ich streckte die Hand mit dem Amulett vor. Es war zwar entladen, aber das war auf die Entfernung nicht so leicht mitzukriegen. »Tretet aus dem *Zwielicht* heraus!«

Der Mann hätte womöglich gehorcht. In der Hoffnung, dass ich nichts von der Blutspur wusste, die er hinter sich herzog, und das Ganze als »Versuch der unerlaubten Interaktion mit einem Menschen« abgetan wurde. Doch die Frau verfügte nicht über seine Selbstbeherrschung und vermochte ihre Lage nicht einzuschätzen.

»Aaaah!!!« Heulend stürzte sie sich auf mich. Immerhin schlug sie ihre Zähne dann nicht dem Jungen ins Fleisch. Sie war jetzt absolut unzurechnungsfähig, wie eine Drogensüchtige auf Turkey, der man die Spritze, die sie sich gerade setzt, aus den Adern reißt, wie eine Nymphomanin, aus der man sich kurz vor dem Höhepunkt zurückzieht.

Für einen Menschen kam die Attacke zu schnell, niemand hätte sie parieren können.

Doch ich befand mich in derselben Realitätsschicht wie die Vampirin. Ich riss die Hand hoch und spritzte ihr etwas von dem Fusel direkt in das durch die Transformation entstellte Gesicht.

Warum vertragen Vampire Alkohol so schlecht?

Das bedrohliche Geschrei ging in ein leises Wimmern über. Die Vampirin drehte sich um sich selbst und hämmerte mit den Händen auf ihr Gesicht ein, von dem die Haut und das gräuliche Fleisch schichtweise abblätterten. Der Vampir aber wirbelte herum und wollte wegrennen.

Alles lief schon fast zu glatt. Ein registrierter Vampir ist kein zufälliger Gast, mit dem man einen fairen Kampf ausfechten müsste. Ich schleuderte den Flachmann gegen die Vampirin, streckte die Hand aus und erwischte die Schnur der Registriermarke, die sich gehorsam abrollte. Aufstöhnend fasste sich der Vampir an den Hals.

»Komm aus dem *Zwielicht* raus!«, schrie ich.

Anscheinend begriff er, dass er richtig in der Klemme saß. Indem er sich auf mich stürzte, versuchte er, der gespannten Schnur den Druck zu nehmen. Aus der Bewegung heraus ließ er die Eckzähne hervortreten und begann seine Transformation.

Wenn das Amulett voll geladen gewesen wäre, hätte ich ihn einfach betäubt.

So aber musste ich ihn umbringen.

Die Marke – ein leicht glänzendes, hellblaues Siegel auf der Brust des Vampirs – knirschte, als ich einen lautlosen Befehl aussandte. Die Energie, die von jemandem stammte, der weitaus fähiger war als ich, ergoss sich in den toten Körper. Der Vampir rannte noch. Er war satt, stark, und noch nährte fremdes Leben das tote Fleisch. Doch einen Schlag von dieser Kraft vermochte er nicht auszuhalten: Die Haut trocknete ein, legte sich wie Pergament über die Knochen, die Gallerte sickerte aus den Augenhöhlen. Dann brach die Wirbelsäule auseinander, und das zuckende Gerippe krachte vor meinen Füßen zusammen.

Ich drehte mich zurück – die Vampirin hatte das Bewusstsein schon zurückerlangt. Gefahr ging von ihr jedoch keine mehr aus. Mit riesigen Sprüngen hastete sie über den Hof davon. Noch immer war sie nicht aus dem *Zwielicht* herausgetreten, sodass dieses frappierende Schauspiel nur ich zu sehen vermochte. Und die Hunde natürlich. Von irgendwoher erklang das hysterische Gebell einer kleinen Töle, die Hass und Angst gleichermaßen gefangen hielten – und all die Gefühle, die die Hunderasse seit Urzeiten für diese lebenden Toten hegt.

Die Vampirin zu verfolgen fehlte mir die Kraft. Ich reckte mich und nahm einen Abdruck ihrer Aura, einer ausgetrockneten, grauen, muffigen Aura. Sie würde uns nicht entkommen.

Doch wo steckte der Junge?

Nachdem er aus dem von den Vampiren geschaffenen *Zwielicht* herausgetreten war, konnte er entweder in Ohnmacht oder in völlige Erstarrung gefallen sein. Im Tordurchgang war er jedoch nicht zu sehen. An mir vorbeigelaufen sein konnte er auch nicht ... Ich stürmte aus dem Durchgang in den Hof, wo ich den Jungen tatsächlich entdeckte. Er hatte sich womöglich noch schneller davongemacht als die Vampirin. Tapferer kleiner Kerl! Ein echtes Wunder. Meine Hilfe brauchte er gewiss nicht. Bloß dumm, dass er sich an alles erinnerte – aber wer würde schon einem kleinen Jungen glauben? Bis morgen früh würde die Erinnerung verblasst sein, sich verwischt, sich in einen irrealen Albtraum verwandelt haben.

Oder sollte ich dem Jungen trotzdem nach?

»Anton!«

Vom Prospekt her kamen Igor und Garik angerannt, unser Einsatzteam im Doppelpack.

»Die Frau ist entkommen!«, rief ich.

Garik kickte im vollen Lauf gegen die vertrocknete Leiche des Vampirs, worauf eine Wolke modrigen Gestanks in die eisige Luft aufstieg. »Den Abdruck!«, schrie er.

Ich übermittelte ihm den Abdruck der geflohenen Vampirin. Garik verzog das Gesicht und legte einen Zahn zu. Die Fahnder nahmen die Verfolgung auf. »Kümmer dich um den Müll!«, brüllte Igor mir noch zu.

Mit einem Nicken – als ob sie eine Antwort erwarteten – trat ich aus meinem *Zwielicht* heraus. Die Welt gewann an Farbe. Die Silhouetten der beiden Jungs aus der operativen Abteilung zerschmolzen, selbst der Schnee, der in der Menschenwelt lag, wurde nicht länger von unsichtbaren Füßen platt getreten.

Aufseufzend ging ich zu dem am Straßenrand geparkten grauen Volvo. Auf der Rückbank lagen ein paar banale Dinge, die ich gut gebrauchen konnte: ein stabiler Plastiksack, eine Schaufel und ein Besen. In fünf Minuten hatte ich die Reste des

Vampirs, die kaum etwas wogen, zusammengefegt und den Sack im Kofferraum verstaut. Aus dem kümmerlichen Schneehaufen, den der schlampige Hausmeister liegen gelassen hatte, holte ich etwas schmutzigen Schnee, den ich im Durchgang verteilte und feststampfte, um die Moderreste tief unter dem Dreck zu begraben. Eine menschliche Bestattung bekommst du nicht, denn du bist kein Mensch ...

Das war's dann.

Ich ging zum Auto zurück, setzte mich hinters Steuer und machte meine Jacke auf. Es ging mir gut. Sogar sehr gut. Der Anführer der beiden Vampire war tot, seine Freundin würden unsere Leute einfangen, der Junge lebte.

Der Chef würde zufrieden sein!

Zwei

»Pfusch!«

Ich versuchte etwas einzuwenden, doch der nächste Ausruf, der knallend wie eine Ohrfeige kam, verschloss mir den Mund.

»Schlamperei!«

»Aber ...«

»Ist dir wenigstens klar, was du alles falsch gemacht hast?«

Der Chef hörte sich nicht mehr ganz so aufgebracht an, sodass ich es wagte, den Blick zu heben. »Im Großen und Ganzen ...«, brachte ich vorsichtig hervor.

Ich halte mich gern im Zimmer des Chefs auf. Irgendetwas Kindliches wird in mir angesprochen, wenn ich all die komischen Sachen sehe, die in Vitrinen hinter Panzerglas stehen, an den Wänden hängen, in wüstem Durcheinander auf dem Tisch herumliegen und sich mit Disketten und Geschäftsunterlagen zu einem Ganzen fügen. Angefangen bei dem alten japanischen Fächer bis hin zu jenem verbogenen Stück Metall mit dem aufgesetzten Elch, dem Emblem eines Autoherstellers, gibt es zu jedem Stück eine Geschichte. Wenn der Chef bei Laune ist, weiß er die kuriosesten Dinge zu erzählen.

Nur dass ich ihn selten in dieser Stimmung erwische.

»Gut.« Der Chef hörte auf, durchs Zimmer zu tigern, nahm in einem Ledersessel Platz und zündete sich eine Zigarette an. »Dann fang mal an.«

Seine Stimme hatte einen sachlichen Ton angenommen,

passend zu seiner äußeren Erscheinung. Für ein menschliches Auge wirkte er wie ein Vierzigjähriger und gehörte jener schmalen Mittelschicht von Geschäftsleuten an, auf die die Regierung so gern ihre Hoffnungen setzt.

»Womit?«, fragte ich, wobei ich es riskierte, mir eine weitere klug abgewogene Beurteilung meiner Person einzufangen.

»Mit der Auflistung der Fehler. Deiner Fehler.«

Das heißt also ... Gut. »Mein erster Fehler, Boris Ignatjewitsch«, fing ich mit Unschuldsmiene an, »bestand darin, dass ich meine Aufgabe falsch verstanden habe.«

»Ah ja?«, hakte der Chef nach.

»Nun, ich habe gedacht, dass ich den Vampir ausfindig machen sollte, der seit kurzem in Moskau auf Jagd ging. Ihn ausfindig und ... äh ... unschädlich machen.«

»Nur weiter ...«, spornte der Chef mich an.

»Eigentlich sollte mit der Aufgabe aber meine Eignung für die operative Arbeit und den Außendienst getestet werden. Da ich von einer falschen Einschätzung meiner Aufgabe ausging, genauer gesagt, da ich nach dem Prinzip *abgrenzen und schützen* handelte ...«

Der Chef seufzte und nickte. Jemand, der ihn nicht so gut kannte wie ich, hätte vermutlich gedacht, er sei verlegen.

»Hast du dieses Prinzip denn verletzt?«

»Nein. Und deshalb habe ich das Ganze ja vermasselt.«

»Und wie?«

»Gleich am Anfang ...« Mein Blick streifte eine ausgestopfte Schnee-Eule, die in einer Vitrine stand. Hatte sie gerade den Kopf bewegt oder nicht? »Gleich am Anfang habe ich mein Amulett bei dem missglückten Versuch, einen schwarzen Strudel zu neutralisieren, entladen ...«

Boris Ignatjewitsch verzog das Gesicht. Er strich sich das Haar glatt. »Gut, fangen wir damit an. Ich habe mir die Form genau angeschaut, und wenn du nicht übertrieben hast ...«

Empört schüttelte ich den Kopf.

»Ich glaube dir ja. Also, gegen einen derartigen Strudel kommt man mit einem Amulett nicht an. Kannst du dich noch an die Klassifikation erinnern?«

Mist! Warum hatte ich mir bloß nicht noch einmal die alten Unterlagen vorgenommen?

»Ich bin mir sicher, dass du sie nicht im Kopf hast. Das spielt aber keine Rolle, denn dieser Strudel fällt völlig aus dem Schema heraus. So oder so wäre es dir nicht gelungen, mit ihm fertig zu werden ...« Der Chef beugte sich über den Tisch zu mir herüber und sagte in verschwörerischem Flüsterton: »Und weißt du was ...«

Ich horchte auf.

»Mir auch nicht, Anton.«

Dieses Geständnis kam unerwartet, und ich wusste nicht, was ich darauf antworten sollte. Zwar sprach niemand laut die Ansicht aus, der Chef bringe absolut alles fertig, dennoch hegten alle Mitarbeiter des Büros diese Überzeugung.

»Anton, einen Strudel von solcher Kraft ... kann nur der Urheber vernichten.«

»Dann müssen wir ihn finden ...«, bemerkte ich unsicher. »Nicht auszudenken, wenn der Frau ...«

»Um sie geht es gar nicht. Zumindest nicht um sie allein.«

»Wieso denn nicht?«, platzte ich heraus und schob rasch hinterher: »Müssen wir einem Dunklen Magier das Handwerk legen?«

Der Chef seufzte. »Womöglich hat er eine Lizenz. Womöglich hat er das Recht, sie mit dem Fluch zu belegen ... Doch es geht noch nicht einmal um den Magier. Ein schwarzer Strudel von derartiger Kraft ... Erinnerst du dich noch an den Flugzeugabsturz im letzten Winter?«

Ich erschauerte. Nachlässigkeit brauchten wir uns nicht vorzuwerfen, das Unglück ließ sich wohl eher auf eine Gesetzeslücke zurückführen: Der Pilot, der mit dem Fluch belegt worden war, hatte die Kontrolle über das Flugzeug verloren, das dann über der Stadt abgestürzt war. Hunderte von unschuldigen Menschenleben ...

»Solche Strudel können nicht gezielt eingesetzt werden. Die Frau ist dem Tode geweiht, aber ihr wird kein Dachziegel auf den Kopf fallen. Eher stürzt das ganze Haus ein, bricht eine Epidemie aus, wird zufälligerweise eine Atombombe über Moskau abgeworfen. Darin besteht das Unglück, Anton.«

Der Chef drehte sich plötzlich um und warf einen vernichtenden Blick auf die Eule. Rasch legte sie die Flügel an, während das Funkeln in den Glasaugen erlosch.

»Boris Ignatjewitsch ...«, sagte ich entsetzt. »Das ist meine Schuld ...«

»Sicher ist es das. Dich rettet nur noch eins, Anton.« Der Chef räusperte sich. »Indem du Mitleid gezeigt hast, hast du genau das Richtige getan. Das Amulett konnte den Wirbel nicht vollständig zerschlagen, hat aber den Ausbruch des Infernos noch einmal hinausgezögert. Damit haben wir einen Tag gewonnen ... vielleicht sogar zwei. Ich war schon immer der Ansicht, dass unüberlegtes, doch gut gemeintes Handeln mehr Nutzen bringt als überlegtes, aber grausames. Hättest du das Amulett nicht eingesetzt, läge bereits halb Moskau in Schutt und Asche.«

»Und was machen wir jetzt?«

»Dieses arme Mädchen suchen. Es beschützen ... so weit es in unseren Kräften steht. Wir können den Wirbel noch ein-, zweimal destabilisieren. In dieser Zeit müssen wir den Magier finden, der für den Fluch verantwortlich ist, und ihn zwingen, den Wirbel aufzulösen.«

Ich nickte.

»An der Suche werden sich alle beteiligen«, sagte der Chef wie nebenbei. »Ich habe unsere Leute aus dem Urlaub zurückgerufen. Gegen Morgen treffen Ilja und Semjon aus Ceylon ein, gegen Mittag die übrigen. Das Wetter in Europa ist schlecht, ich habe die Kollegen aus dem Europabüro um Hilfe gebeten, aber noch sind sie dabei, die Wolken auseinander zu treiben ...«

»Gegen Morgen?« Ich sah auf die Uhr. »Das ist noch einen Tag hin.«

»Nein, heute Morgen«, erwiderte der Chef, ohne sich um die mittägliche Sonne zu scheren, die durchs Fenster schien. »Du wirst dich auch auf die Suche machen. Vielleicht gelingt es dir noch einmal ... Wollen wir jetzt deine anderen Fehler durchgehen?«

»Lohnt denn diese Zeitverschwendung?«, fragte ich schüchtern.

»Keine Angst, wir verschwenden keine Zeit.« Der Chef erhob sich, ging zu der Vitrine, entnahm ihr die ausgestopfte Eule und pflanzte sie auf den Tisch. Aus der Nähe betrachtet, konnte kein Zweifel mehr daran bestehen, dass sie tatsächlich ausgestopft war, dass in ihr nicht mehr Leben steckte als in einem Pelzkragen ... »Kommen wir zu den Vampiren und ihrem Opfer.«

»Die Vampirin ist mir entwischt. Und unsere Leute haben sie nicht mehr geschnappt«, gab ich zerknirscht zu.

»In dieser Hinsicht hast du dir nichts vorzuwerfen. Du hast dich wacker geschlagen. Das Problem ist das Opfer ...«

»Stimmt, der Junge kann sich an alles erinnern. Aber er ist einfach abgehauen ...«

»Anton! Ich bitte dich! Der Junge folgte einem Ruf, der aus einer Entfernung von einigen Kilometern kam! Als er in den Tordurchgang trat, hätte er hilflos wie eine Marionette sein müssen! Und als sich das *Zwielicht* auflöste, hätte er in Ohnmacht fallen müssen! Anton, wenn er nach alldem noch in der Lage war, sich zu bewegen, schlummert in ihm ein phänomenales magisches Potenzial.«

Der Chef schwieg.

»Ich Idiot!«

»Nicht doch. Du hockst einfach schon zu lange in deinem Labor. Anton, dieser Junge hat das Zeug, mächtiger zu werden als ich!«

»Das ist doch ...«

»Sehen wir den Tatsachen ins Auge ...«

Das Telefon auf dem Tisch klingelte. Offenbar musste es etwas Wichtiges sein, denn kaum jemand kannte die Durchwahl des Chefs. Ich zum Beispiel kenne sie nicht.

»Ruhe!«, befahl der Chef dem unschuldigen Apparat, der daraufhin verstummte. »Anton, wir müssen diesen Jungen finden. Die geflohene Vampirin stellt an und für sich keine Gefahr dar. Entweder erwischen Igor und Garik sie doch noch, oder sie läuft einer unserer Streifen in die Arme. Doch wenn sie den Jungen aussaugt – oder, was noch schlimmer wäre, ihn initiiert ... Dir ist nicht klar, was es mit einem richtigen Vampir auf sich hat. Die von heute – das sind doch nur Mücken verglichen mit irgend so einem Nosferatu. Dabei war er noch nicht einmal einer der größten, auch wenn er sich noch so sehr aufgespielt hat ... Daher muss der Junge gefunden, untersucht und, wenn möglich, in die Wache aufgenommen werden. Wir dürfen ihn nicht der Dunklen Seite überlassen, denn dann würde das Gleichgewicht in Moskau endgültig zusammenbrechen.«

»Was ist das? Ein Befehl?«

»Eine Lizenz«, sagte der Chef düster. »Ich habe das Recht, Anweisungen dieser Art zu erlassen, wie du weißt.«

»Ja«, erwiderte ich leise. »Womit soll ich anfangen? Besser gesagt, mit wem?«

»Wie du willst. Vielleicht trotz allem mit der Frau. Versuch aber auch, den Jungen zu finden.«

»Ich gehe dann jetzt?«

»Schlaf dich erst mal aus.«

»Ich hab genug geschlafen, Boris Ignatjewitsch ...«

»Das glaube ich nicht. Ich würde dir raten, dich noch ein Stündchen aufs Ohr zu legen.«

Ich verstand gar nichts mehr. Um elf war ich heute aufgestanden und sofort ins Büro gerast, fühlte mich frisch und voller Kraft.

»Und das ist deine Assistentin.« Der Chef schnipste mit den Fingern gegen die ausgestopfte Eule. Der Vogel breitete die Flügel aus und schrie empört auf.

Ich schluckte. »Wer ist das?«, traute ich mich zu fragen. »Oder besser, was ist das?«

»Wozu willst du das wissen?«, entgegnete der Chef, während er der Eule fest in die Augen sah.

»Um entscheiden zu können, ob ich mit ihm zusammenarbeiten möchte!«

Die Eule sah zu mir herüber und fauchte wie eine wütende Katze.

»Du hast die Frage falsch formuliert.« Der Chef schüttelte den Kopf. »Ob *sie* mit dir zusammenarbeiten möchte – darum geht es.«

Die Eule schrie erneut auf.

»Ja«, sagte der Chef, bereits nicht mehr an mich gewandt, sondern an den Vogel. »Du hast in vielem Recht. Aber hatte nicht jemand darum gebeten, erneut Berufung einzulegen?«

Der Vogel erstarrte.

»Ich verspreche dir, dass ich mich hinter die Sache klemme. Und diesmal haben wir gute Chancen.«

»Boris Ignatjewitsch, meiner Meinung nach ...«, setzte ich an.

»Entschuldige, Anton, aber deine Meinung kümmert mich nicht ...« Der Chef streckte den Arm aus, und die Eule wackelte unsicher auf ihren pludrigen Beinen heran, um sich auf seiner Hand niederzulassen. »Dir ist gar nicht klar, was du für ein Glück hast.«

Ich schwieg. Der Chef ging zum Fenster, riss es auf und hielt den Arm hinaus. Die Eule schlug mit den Flügeln und sauste im Sturzflug davon. Von wegen ausgestopft!

»Wohin fliegt ... es?«

»Zu dir. Ihr werdet im Team arbeiten ...« Der Chef rieb sich die Nasenwurzel. »Gut! Sie heißt Olga, merk dir das.«

»Die Eule?«

»Ja. Du wirst sie füttern, dich um sie kümmern – dann wird alles klappen. Und jetzt ... schläfst du noch ein bisschen, bevor du aufstehst. Ins Büro brauchst du gar nicht erst zu kommen, du wartest auf Olga, und ihr macht euch gleich an die Arbeit. Überprüfe die Ringlinie der Metro, zum Beispiel ...«

»Wie, noch ein bisschen schlafen ...?«, setzte ich an. Doch die Welt um mich herum verblasste, verlosch bereits, löste sich auf. Schmerzhaft bohrte sich mir ein Zipfel von einem Kissen in die Wange.

Ich lag in meinem eigenen Bett.

Mein Kopf war schwer, meine Augen verklebt. Meine Kehle war ausgetrocknet und tat weh.

»Ah ...«, stöhnte ich heiser auf und drehte mich auf den Rücken. Durch die schweren Gardinen war nicht zu erkennen, ob es noch Nacht war oder schon längst heller Tag. Mit zusammengekniffenen Augen sah ich auf die Uhr: Die Leuchtziffern zeigten acht Uhr an.

Zum ersten Mal hatte mir der Chef eine Audienz im Traum gewährt.

Das ist keine angenehme Sache, vor allem für den Chef nicht, der sich in mein Bewusstsein hineinzwängen musste.

Offenbar lief uns wirklich die Zeit davon, wenn er es für notwendig hielt, mir meine Anweisungen in der Welt der Träume zu erteilen. Dabei – wie real sie gewirkt hatten! Das hätte ich nie für möglich gehalten. Die Analyse meines Auftrags, diese idiotische Eule ...

Plötzlich fuhr ich zusammen – irgendetwas klopfte ans Fenster. Ein feines Geräusch, immer wieder, als trommle jemand mit Krallen gegen die Scheibe. Ein gedämpfter Vogelschrei drang zu mir ins Zimmer.

Was hatte ich denn erwartet?

Mit einem Satz war ich aus dem Bett, zog mir unbeholfen die Unterhose zurecht und rannte zum Fenster. Der ganze Mist, den ich zur Vorbereitung auf die Jagd in mich hineingekippt hatte, wirkte noch, und ich konnte jeden Gegenstand klar erkennen.

Mit einem Ruck riss ich die Gardinen zur Seite. Zog die Jalousie hoch.

Die Eule saß auf dem Fensterbrett. Sie blinzelte leicht – immerhin war es schon aufgeklart und damit für sie zu hell. Von der Straße aus dürfte natürlich nur mit Mühe zu erkennen gewesen sein, was für ein Vogel da vor dem Fenster im neunten Stock saß. Dafür wären meine Nachbarn, wenn sie denn herausgeschaut hätten, ziemlich von den Socken gewesen. Eine Schnee-Eule mitten im Zentrum von Moskau!

»Was um alles ...«, sagte ich leise.

Ich hätte mich gern einer kräftigeren Ausdrucksweise bedient. Doch diese Gewohnheit hatte man mir gleich zu Beginn meiner Arbeit in der Wache abgewöhnt. Genauer gesagt, ich hatte sie mir selbst abgewöhnt. Wenn du ein-, zweimal einen dunklen Wirbelsturm über jemandem siehst, den du gerade in Grund und Boden geschimpft hast, fängst du sofort an, deine Zunge in Zaum zu halten.

Die Eule sah mich an. Sie wartete.

Überall spektakelten Vögel. Ein Schwarm Spatzen hatte sich etwas weiter weg in einem Baum niedergelassen und tschilpte in einem fort. Die Raben erfrechten sich schon stärker. Sie hatten den Balkon nebenan und die Bäume in der Nähe mit Beschlag belegt. Sie krächzten ohne Unterlass und sprangen immer mal wieder von den Zweigen und zogen ihre Kreise vorm Fenster. Ihr Instinkt sagte ihnen, dass sie fürderhin von einem derart ungewöhnlichen Nachbarn nichts Gutes zu erwarten hatten.

Die Eule zeigte jedoch keinerlei Reaktion. Sie pfiff sowohl auf die Spatzen als auch auf die Raben – genauer, sie hätte es, wenn sie gekonnt hätte.

»Was bist du denn für eine?«, murmelte ich, während ich das Fenster öffnete und dabei erbarmungslos das Papier zerriss, das im Winter gegen Zugluft über die Rahmen geklebt war. Der Chef hat seltsame Vorstellungen von meinem Partner ... meiner Partnerin ...

Mit einem Flügelschlag kam die Eule ins Zimmer geflogen, setzte sich auf den Kleiderschrank und schloss die Augen bis auf einen Spalt. Als ob sie schon ein Jahrhundert hier gelebt hätte. Ob sie sich unterwegs verkühlt hatte? Wohl kaum, schließlich war sie eine Schnee-Eule.

Während ich mich daran machte, das Fenster wieder zu schließen, dachte ich darüber nach, was ich als Nächstes tun sollte. Wie sollte ich mit ihr kommunizieren, wie sie füttern, und wie, bitte schön, sollte dieses gefiederte Wesen in der Lage sein, mir zu helfen?

»Du heißt also Olga?«, fragte ich, nachdem ich mit dem Fenster fertig war. Durch die Ritzen zog es zwar noch, doch das konnte warten. »He, Vogel!«

Die Eule öffnete das eine Auge ein wenig weiter. Sie scherte sich um mich fast genauso wenig wie um die wuseligen Spatzen.

Mit jedem Augenblick kam ich mir blöder vor. Erstens kriegte ich hier einen Partner präsentiert, mit dem ich nicht kommunizieren konnte. Und zweitens war es ja eine Frau!

Wenn auch eine Eule.

Ob ich mir Hosen anziehen sollte? Ich stand vor ihr, mit nichts weiter an als meinen verknautschten Unterhosen, unrasiert, verschlafen ...

Ich kam mir wie der letzte Idiot vor, als ich meine Sachen zusammensuchte und aus dem Zimmer stolperte. »Entschuldigen Sie, ich bin gleich wieder da«, rief ich der Eule beim Hinausstürzen zu – der Pinselstrich, der mein Porträt vollendete.

Wenn dieser Vogel tatsächlich das war, was ich vermutete, hatte ich nicht gerade den besten Eindruck gemacht.

Eigentlich wollte ich unbedingt duschen, doch eine solche Zeitverschwendung durfte ich mir nicht leisten. Es musste reichen, wenn ich mich rasierte und mir den dröhnenden Schädel unter kaltes Wasser hielt. Auf einem Regal fand ich zwischen diversen Shampoos und Deos etwas Eau de Cologne, das ich normalerweise nicht benutzte.

»Olga?«, rief ich, während ich den Flur hinunterblickte.

Ich entdeckte die Eule in der Küche, auf dem Kühlschrank. Wie tot saß sie da, ein ausgestopfter Vogel, der hier zum Scherz aufgestellt worden war. Fast wie beim Chef in der Vitrine.

»Lebst du?«, fragte ich.

Missmutig sah mich ein bernsteingelbes Auge an.

»Schon gut.« Ich breitete die Arme aus. »Fangen wir von vorn an? Mir ist völlig klar, dass ich keine sonderlich gute Figur abgegeben habe. Und ich gestehe es ein: Das ist bei mir chronisch.«

Die Eule horchte auf.

»Ich weiß nicht, wer du bist.« Ich schnappte mir einen Hocker und setzte mich vor den Kühlschrank. »Und du kannst es mir auch nicht sagen. Immerhin kann ich mich dir vorstellen. Ich bin Anton. Vor fünf Jahren hat sich herausgestellt, dass ich ein Anderer bin.«

Der Laut, den die Eule von sich gab, erinnerte noch am ehesten an ein unterdrücktes Lachen.

»Ja«, bekräftigte ich. »Erst vor fünf Jahren. Doch so was kommt vor. Ich hatte ungeheure Schwellenangst. Wollte die *Zwielicht*-Welt einfach nicht sehen. Und habe sie auch nicht gesehen. Zumindest so lange nicht, bis mir der Chef über den Weg gelaufen ist.«

Offenbar interessierte die Eule das schon mehr.

»Damals führte er eine praktische Übung durch. Er hat den Außendienstarbeitern beigebracht, wie man unerkannte Andere ausfindig macht. Dabei bin ich ihm über den Weg gelaufen ...« Bei der Erinnerung musste ich grinsen. »Natürlich hat er meine Abschirmung durchbrochen. Alles andere war dann das reinste Kinderspiel ... Ich habe den Adaptionskurs absolviert und danach in der analytischen Abteilung angefangen. Wobei ... es eigentlich keine nennenswerten Änderungen in meinem Leben gab. Ich wurde ein Anderer, ohne es selbst zu merken. Dem Chef hat das zwar nicht gepasst, aber er hat keinen Ton gesagt. Meine Arbeit mache ich gut – und alles andere geht ihn nichts an. Aber vor einer Woche ist ein verrückter Vampir in Moskau aufgetaucht. Und ausgerechnet ich erhielt den Auftrag, ihn unschädlich zu machen. Angeblich, weil alle Fahnder anderweitig beschäftigt waren. In Wahrheit aber, damit ich auch mal Pulver roch. Vielleicht ist das ja sogar der richtige Weg. Aber in dieser Woche sind drei weitere Menschen gestorben. Ein echter Profi hätte dieses Pärchen innerhalb von vierundzwanzig Stunden geschnappt ...«

Ich hätte zu gern gewusst, wie Olga darüber dachte. Doch die Eule gab keinen Laut von sich.

»Was ist also wichtiger, um das Gleichgewicht zu wahren?«, fragte ich sie dennoch. »Mich in der operativen Arbeit fortzubilden oder das Leben von drei absolut unschuldigen Menschen zu retten?«

Die Eule schwieg.

»Mit meinen normalen Möglichkeiten konnte ich Vampire nicht spüren«, fuhr ich fort. »Ich musste mich erst in Resonanz versetzen. Menschenblut habe ich aber nicht getrunken. Schweineblut musste reichen. Und all diese Präparate – du weißt ja, was ich meine ...«

Während ich über die Präparate sprach, stand ich auf, öffnete den Schrank über dem Herd und holte ein fest verkorktes Glas heraus. Von dem klumpigen braunen Pulver klebte nur noch ein letzter Rest am Boden, sodass es sich nicht lohnte, es in unserer Materialausgabe vorbeizubringen. Ich schüttete das Pulver ins Spülbecken und stellte das Wasser an, woraufhin ein würziger benebelnder Geruch die Küche erfüllte. Das Glas wusch ich aus und schmiss es dann in den Mülleimer.

»Ich bin schon fast nicht mehr ich selbst gewesen«, bemerkte ich. »Und zwar im buchstäblichen Sinne. Als ich gestern Morgen von der Jagd zurückkam ... ist mir vor dem Haus meine Nachbarin begegnet. Ich habe mich noch nicht mal getraut, sie zu begrüßen, weil die langen Eckzähne schon anfingen hervorzukommen. Und heute Nacht, als ich den Ruf vernommen habe, der dem Jungen galt ... hat nicht viel gefehlt, und ich hätte mit den Vampiren gemeinsame Sache gemacht.«

Die Eule sah mir in die Augen.

»Glaubst du, dass mich der Chef deshalb ausgesucht hat?«

Ein ausgestopfter Vogel. Ein paar Federn über einem Wattekern.

»Damit ich sie mit ihren Augen sehe?«

Im Flur ertönte die Klingel. Ich seufzte und breitete die Arme aus: Was soll ich machen, bist selber schuld, jeder x-beliebige Gesprächspartner ist besser als dieser langweilige Vogel. Auf dem Weg zur Tür schaltete ich das Licht ein, bevor ich öffnete.

Vor mir stand ein Vampir.

»Komm rein«, sagte ich. »Komm rein, Kostja.«

Verlegen trat er von einem Bein aufs andere, kam dann aber doch herein. Als er sich das Haar glatt strich, merkte ich, dass seine Hände schweißnass waren und sein Blick unruhig umherirrte.

Kostja war erst siebzehn. Er war von Geburt an Vampir, ein ganz gewöhnlicher, normaler Stadtvampir. Eine verdammt unangenehme Situation: Mit Vampiren als Eltern hat ein Kind kaum eine Chance, als Mensch aufzuwachsen.

»Ich bringe die CDs«, brummelte Kostja. »Hier.«

Ich nahm ihm den Stapel CDs ab, ohne mich darüber zu wundern, dass es so viele waren. Normalerweise muss man Kostja ewig hinterherrennen, bis er die Scheiben zurückgibt – er ist vergesslich bis zum Gehtnichtmehr.

»Hast du schon alle gehört?«, fragte ich. »Und gebrannt?«

»Hm ... Dann geh ich mal wieder ...«

»Warte!« Ich packte ihn bei der Schulter und manövrierte ihn ins Zimmer. »Was ist los?«

Er schwieg.

»Du hast es schon gehört?«, vermutete ich.

»Wir sind nur sehr wenige, Anton.« Kostja sah mir in die Augen. »Wenn einer von uns stirbt, spüren wir das sofort.«

»Verstehe. Zieh die Schuhe aus und lass uns in die Küche gehen. Reden wir in Ruhe über alles.«

Kostja widersprach nicht. Fieberhaft überlegte ich, was ich machen sollte. Vor fünf Jahren, als ich ein Anderer geworden war und die Welt mir ihre *Zwielicht*-Seite offenbart hatte, sah ich mich mit etlichen verblüffenden Entdeckungen konfrontiert. Doch dass direkt über mir eine Vampirfamilie wohnte, war wohl eine der schockierendsten.

Ich erinnere mich noch daran, als sei es gestern gewesen. Ich kam vom Unterricht nach Hause, völlig gewöhnlichem Unterricht, der mich an mein Institut denken ließ, das ich vor gar nicht so langer Zeit absolviert hatte. Drei Doppelstunden, ein Dozent, die Hitze, die die weißen Kittel am Körper kleben ließ: Wir hatten einen Hörsaal im Institut für Medizin angemietet. Ich ging nach Hause und trödelte ein wenig herum, verschwand mal im *Zwielicht* – nur kurz, mehr brachte ich noch nicht zustande –, mal sondierte ich die anderen Fußgänger. Und dann begegnete ich vor der Haustür meinen Nachbarn.

Sehr nette Menschen. Als ich mir einmal bei ihnen einen Drillbohrer leihen wollte, kam Kostjas Vater Gennadi, von Beruf Bauarbeiter, prompt mit zu mir, um mir im Kampf gegen die Betonwände beizustehen, als sei das nichts – und gab mir anschaulich zu verstehen, dass ein Intelligenzler ohne das Proletariat erledigt ist.

Und mit einem Mal sah ich, dass sie überhaupt keine Menschen waren.

Es war schrecklich. Eine braun-graue Aura, eine erdrückende Last. Wie gebannt blieb ich stehen und schaute sie voller Entsetzen an. Polina, Kostjas Mutter, entglitten leicht die Gesichtszüge, der Junge erstarrte und drehte sich weg. Das Familienoberhaupt dagegen kam auf mich zu, mit jedem Schritt weiter ins *Zwielicht* eindringend, kam mit jenem graziösen Gang auf mich zu, der nur ihnen gegeben ist, den Vampiren, die zugleich lebendig und tot sind. Für sie ist das *Zwielicht* die ganz natürliche Umwelt.

Die Welt um uns herum war grau und tot. Ich selbst hatte gar nicht bemerkt, wie ich in seinem Sog ins *Zwielicht* abgetaucht war.

»Ich wusste immer, dass du eines Tages diese Barriere überschreiten würdest«, meinte er. »Das ist völlig in Ordnung.«

Ich trat einen Schritt zurück – und Gennadis Gesicht erzitterte.

»Da ist wirklich nichts dabei«, versicherte er. Er krempelte den Ärmel seines Hemds auf, sodass ich das Registrierungssiegel sehen konnte, einen hellblauen Abdruck auf grauer Haut. »Wir sind alle registriert. Polina! Kostja!«

Seine Frau trat ebenfalls ins *Zwielicht* und knöpfte die Bluse auf. Der Kleine bewegte sich nicht und zeigte das Siegel erst auf einen gestrengen Blick seines Vaters hin.

»Ich muss das überprüfen«, flüsterte ich. Meine Handbewegungen wollten mir nicht gelingen, zweimal vertat ich mich und musste von vorn anfangen. Geduldig ließ Gennadi alles über sich ergehen. Endlich reagierte das Siegel. Permanente Registrierung, keine Ordnungswidrigkeiten ...

»Alles einwandfrei?«, fragte Gennadi. »Können wir gehen?«

»Ich ...«

»Schon gut. Wir wussten, dass du irgendwann ein Anderer wirst.«

»Geht«, sagte ich. Das entsprach zwar nicht den Vorschriften, aber nach denen stand mir jetzt nicht der Sinn.

»Ja ...« Bevor Gennadi aus dem *Zwielicht* trat, zögerte er kurz. »Ich war in deinem Hause ... Fühl dich nicht länger an deine Einladung gebunden, Anton.«

Alles war völlig korrekt.

Nachdem sie gegangen waren, setzte ich mich auf eine Bank, neben eine alte Frau, die sich im zarten Sonnenschein wärmte. Bei einer Zigarette versuchte ich, meine Gedanken zu ordnen. Die Frau sah mich an.

»Nette Leute, nicht wahr, Arkaschenka?«, tat sie ihre Meinung kund.

Nie konnte sie sich meinen Namen merken. Sie hatte noch höchstens zwei, drei Monate zu leben, das erkannte ich jetzt ganz deutlich.

»Nicht ganz ...«, sagte ich. Drei Zigaretten später trottete ich nach Hause. Vor der Tür blieb ich kurz stehen, um zu sehen, wie der graue Weg, der »Vampirpfad«, erlosch. Erst am selben Tage hatte ich gelernt, ihn zu sehen ...

Bis zum Abend trödelte ich herum. Blätterte in meinen Aufzeichnungen, wofür ich ins *Zwielicht* eintreten musste. In der normalen Welt waren diese dicken Hefte jungfräulich weiß. Zu gern hätte ich meinen Gruppenbetreuer angerufen – oder den Chef, denn der hatte mich unter seine Fittiche genommen. Doch ich ahnte, dass ich diese Entscheidung allein treffen musste.

Am Abend hielt ich es nicht mehr aus. Ich ging einen Stock höher und klingelte. Kostja öffnete. Er zuckte zusammen. In der Realität wirkt er – wie seine gesamte Familie – völlig durchschnittlich ...

»Ruf deine Eltern«, bat ich.

»Wozu?«, brummte er.

»Ich möchte euch zum Tee einladen.«

Gennadi tauchte hinter seinem Sohn auf, tauchte aus dem Nichts auf, denn er war weit fähiger als ich, der frisch gebackene Adept des Lichts.

»Bist du dir sicher, Anton?«, fragte er zweifelnd. »Das ist keineswegs nötig. Alles ist völlig in Ordnung so.«

»Ich bin mir sicher.«

Er schwieg. Dann zuckte er mit den Schultern. »Wir kommen morgen. Wenn du uns denn einlädst. Überstürze nichts!«

Gegen Mitternacht war ich wahnsinnig froh, dass sie abgelehnt hatten. Gegen drei Uhr nachts versuchte ich einzuschlafen, beruhigt von dem Wissen, dass sie nicht in mein Haus kommen konnten. Niemals.

Am Morgen – ich hatte kein Auge zugetan – stand ich am Fenster und schaute auf die Stadt. Es gibt nur wenig Vampire. Sehr wenig. Im Umkreis von zwei, drei Kilometern keinen weiteren.

Was heißt das – ausgestoßen zu sein? Bestraft nicht für ein Verbrechen, sondern für die theoretische Möglichkeit, eins zu begehen? Und wie soll so einer leben – nun, nicht leben, man bräuchte hier ein anderes Wort –, Tür an Tür mit seinem Aufpasser?

Nach dem Unterricht kaufte ich auf dem Heimweg eine kleine Torte zum Tee.

Und jetzt saß Kostja, ein netter und kluger Kerl, der an der Moskauer Staatlichen Universität Physik studierte und der das Unglück hatte, als lebender Toter geboren worden zu sein, neben mir und rührte mit dem Teelöffel in der Zuckerdose, als wüsste er nicht, ob er sich welchen nehmen sollte. Woher kam nur diese Verlegenheit?

Am Anfang hatte er fast jeden Tag auf einen Sprung hereingeschaut. Ich war sein direkter Gegenspieler, ich stand auf der Lichten Seite. Doch ich ließ ihn ins Haus, vor mir brauchte er keine Geheimnisse zu haben. Wir konnten einfach miteinander quatschen, ins *Zwielicht* abtauchen und mit unseren Fähigkeiten angeben. »Anton, ich habe eine Transformation geschafft.« »Und mir wachsen gerade Eckzähne, rrr!«

Das Seltsamste war jedoch, dass das alles völlig normal war. Lachend beobachtete ich den jungen Vampir, der gerade versuchte, sich in eine Fledermaus zu verwandeln: Das ist eine

Aufgabe für einen Vampir der Spitzenklasse, der Kostja nicht war und, so das Licht will, nie sein würde. Manchmal schimpfte ich dann mit ihm: »Kostja ... Das darfst du niemals machen. Verstehst du?« Und auch das war völlig normal.

»Kostja, ich habe nur meine Arbeit gemacht.«

»Quatsch.«

»Sie haben gegen das Gesetz verstoßen. Verstehst du? Nicht unser Gesetz, um das klarzustellen. Nicht nur die Lichten haben das angenommen, sondern alle Anderen. Dieser junge Vampir ...«

»Ich kannte ihn«, sagte Kostja überraschend. »Er war ein lustiger Kerl.«

Teufel auch ...

»Hat er gelitten?«

»Nein.« Ich schüttelte den Kopf. »Das Siegel vernichtet einen auf der Stelle.«

Kostja zuckte zusammen und schielte kurz auf seine Brust. Wenn man ins *Zwielicht* übertritt, sieht man das Siegel auch durch die Kleidung hindurch, außerhalb aber überhaupt nicht. Anscheinend war er nicht übergewechselt. Aber woher sollte ich wissen, wie Vampire ein Siegel spüren.

»Was hätte ich denn tun sollen?«, fragte ich. »Er hat gemordet. Unschuldige Menschen ermordet. Die sich absolut nicht gegen ihn verteidigen konnten. Eine junge Frau hat er initiiert – auf grobe, gewaltsame Weise, denn sie wollte kein Vampir werden. Gestern Abend hätten sie beinah einen Jungen umgebracht. Einfach so. Nicht, weil sie Hunger hatten.«

»Weißt du überhaupt, wie es ist, wenn wir Hunger haben?«, fragte Kostja und verstummte dann.

Er reifte heran. Hier, vor meinen Augen ...

»Ja. Denn gestern ... bin ich fast zum Vampir geworden.«

Einen Augenblick lang nichts als Schweigen.

»Ich weiß. Ich habe das gespürt ... gehofft.«

Hölle und Teufel! Ich war auf der Jagd. Und wurde gejagt.

Genauer gesagt, sie haben in einem Hinterhalt auf mich gelauert, in der Erwartung, dass der Jäger zur Beute wird.

»Nein«, sagte ich. »Das nun wirklich nicht.«

»Zugegeben, er war schuldig«, räumte Kostja freiheraus ein. »Aber warum musste er sterben? Er hätte vor Gericht gehört. Das Tribunal, ein Anwalt, eine Anklage – das wäre anständig gewesen.«

»Und es wäre auch anständig gewesen, die Menschen aus unseren Angelegenheiten herauszuhalten!«, brüllte ich. Und zum ersten Mal reagierte Kostja nicht auf diesen Ton.

»Du warst zu lange ein Mensch!«

»Was ich nicht im Geringsten bereue!«

»Warum hast du ihn umgebracht?«

»Sonst hätte er mich umgebracht!«

»Er hätte dich initiiert!«

»Noch schlimmer!«

Kostja verstummte. Schob die Tasse weg und stand auf. Ein völlig durchschnittlicher, kecker, dabei aber krankhaft moralischer junger Mann.

Nur eben ein Vampir.

»Ich geh jetzt ...«

»Warte.« Ich ging zum Kühlschrank. »Nimm das, ich hab's bekommen, hab's aber nicht gebraucht.«

Zwischen den Wasserflaschen der Marke *Borshomi* zog ich ein paar Fläschchen mit je zweihundert Gramm Spenderblut hervor.

»Nicht nötig.«

»Kostja, mir ist doch klar, dass genau das euer ewiges Problem ist. Ich brauch es nicht. Nimm es.«

»Willst du mich kaufen?«

Langsam kochte Wut in mir hoch. »Wozu sollte ich denn?! Es wäre bescheuert, es wegzukippen, das ist alles! Das ist Blut. Menschen haben es gespendet, um jemandem zu helfen!!«

Plötzlich musste Kostja grinsen. Er streckte die Hand aus,

nahm ein Fläschchen, entkorkte es und zog die Blechkappe geschickt und ohne Schwierigkeiten ab. Dann setzte er die Flasche an die Lippen. Grinste noch einmal und nahm einen Schluck.

Noch nie hatte ich gesehen, wie sie trinken. Ehrlich gesagt, habe ich mich auch nicht darum gerissen.

»Hör auf!«, sagte ich. »Lass diesen Blödsinn!«

Kostjas Lippen waren voller Blut, ein dünnes Rinnsal lief ihm über die Wange. Das heißt, es floss nicht einfach nur, sondern wurde von der Haut aufgesogen.

»Ist es dir unangenehm zu sehen, wie wir trinken?«

»Ja.«

»Heißt das, dass auch ich dir unangenehm bin? Oder wir alle?«

Ich schüttelte den Kopf. Um diese Frage hatten wir immer einen Bogen gemacht. Das war bequemer.

»Kostja ... du brauchst Blut, um zu leben. Und manchmal muss es eben Menschenblut sein.«

»Wir leben gar nicht.«

»Ich meine das in einem allgemeineren Sinne. Damit ihr euch bewegen könnt, damit ihr denken, sprechen, träumen könnt ...«

»Was gehen dich die Träume von Vampiren an?«

»Hör mal, mein Junge, auf der Welt leben etliche Menschen, die ständig auf Bluttransfusionen angewiesen sind. Es sind nicht weniger als ihr. Dazu noch Notfälle. Deshalb gibt es die Blutspende, deshalb ist sie anerkannt und gefördert ... Du brauchst nicht darüber zu lachen. Ich weiß, was ihr für die Entwicklung der Medizin geleistet habt, wie unermüdlich ihr zu Blutspenden aufgerufen habt. Kostja, wenn irgendjemand auf fremdes Blut angewiesen ist, um leben ... um existieren zu können, dann ist das kein Unglück. Und wohin es kommt, ob in die Adern oder in den Magen, ist ebenfalls zweitrangig. Die Frage ist nur, wie du es bekommst.«

»Das sind schöne Worte«, schnaubte Kostja. Ich hatte den

Eindruck, er tauchte kurz ins *Zwielicht* ein, um gleich darauf wieder in die Realität zurückzukehren. Er wuchs, der Junge wuchs. Und gewann an echter Kraft. »Gestern hast du dein wahres Gesicht gezeigt, was uns angeht.«

»Das stimmt nicht ...«

»Hör doch auf ...« Er stellte das Fläschchen wieder hin, dachte kurz nach und hielt es dann über das Spülbecken. »Wir können auf deine ...«

In meinem Rücken erklang ein Schrei. Ich drehte mich um: Die Eule, die ich erfolgreich vergessen hatte, hatte Kostja den Kopf zugedreht und die Flügel ausgebreitet.

Nie zuvor hatte ich einen derartigen Ausdruck in seinem Gesicht gesehen.

»Aber ...«, sagte er. »Aber ...«

Die Eule legte die Flügel an und schloss bis auf einen Spalt die Augen.

»Olga, wir führen hier ein ernstes Gespräch!«, brüllte ich. »Lass uns noch eine Minute ...«

Der Vogel reagierte nicht. Kostja ließ den Blick von mir zur Eule und wieder zurück wandern. Dann setzte er sich hin und faltete die Hände im Schoß.

»Was hast du?«, fragte ich.

»Darf ich gehen?«

Er war nicht einfach erstaunt oder erschrocken, er war zutiefst schockiert.

»Geh nur. Aber nimm die ...«

Hektisch raffte Kostja die Flaschen zusammen und stopfte sie sich in die Taschen.

»Nimm dir eine Tüte, du Blödmann! Nachher begegnet dir noch jemand im Aufgang!«

Gehorsam legte der Vampir die Flaschen in eine Tüte mit der Aufschrift »Für die Erneuerung der russischen Kultur!«. Mit einem Seitenblick auf die Eule ging er in die Diele, wo er sich eilig die Schuhe anzog.

»Komm mal wieder vorbei«, sagte ich. »Ich bin kein Feind. Solange du die Grenze nicht überschreitest, bin ich nicht dein Feind.«

Er nickte und stürmte aus der Wohnung hinaus. Schulterzuckend schloss ich die Tür. Dann kehrte ich in die Küche zurück. Ich sah die Eule an.

»Also? Was war das?«

Die bernsteingelben Augen verrieten nichts. Ich schlug die Hände zusammen. »Kannst du mir mal verraten, wie wir so arbeiten sollen? Zusammenarbeiten? Hast du irgendeine Möglichkeit, mit mir zu kommunizieren? Ich öffne mich! Ein direktes Gespräch!«

Ich trat nicht vollständig ins *Zwielicht* ein, sondern schickte nur meine Gedanken dorthin. Man sollte einem Unbekannten nicht derart vertrauen, auch wenn der Chef mir wahrscheinlich keine unzuverlässige Partnerin gegeben hätte.

Doch nichts. Falls Olga die Möglichkeit hatte, sich telepathisch mit mir zu verständigen, machte sie davon zumindest keinen Gebrauch.

»Was sollen wir jetzt tun? Wir müssen diese Frau finden. Kannst du ihr Bild aufnehmen?«

Keine Antwort. Ich seufzte auf und warf dem Vogel auf gut Glück ein Stück meiner Erinnerung zu.

Die Eule breitete die Flügel aus und kam mir auf die Schulter geflogen.

»Was heißt das? Hast du das verstanden? Und lässt dich nur nicht zu einer Antwort herab? Gut, wie du meinst. Was soll ich jetzt machen?«

Die Eule schwieg sich immer noch aus.

Was ich tun musste, wusste ich allerdings sowieso. Dass es dabei nicht die geringste Aussicht auf Erfolg gab, stand auf einem anderen Blatt.

»Und wie soll ich mit dir auf der Schulter durch die Straßen marschieren?«

Ein amüsierter, ein ganz entschieden amüsierter Blick traf mich. Und dann verschwand der Vogel auf meiner Schulter ins *Zwielicht*.

Auch eine Antwort. Ein unsichtbarer Beobachter. Und nicht nur ein Beobachter – Kostjas Reaktion auf die Eule sprach Bände. Offenbar hatte man mir eine Partnerin gegeben, die die Kräfte des Dunkels weitaus besser kannte als die einfachen Diener des Lichts.

»Schon überzeugt«, sagte ich aufgeräumt. »Aber erst essen wir noch was, ja?«

Ich nahm mir einen Joghurt und goss mir ein Glas Orangensaft ein. Von dem, womit ich mich in der letzten Woche ernährt hatte – halb rohe Beefsteaks und Fleischsaft, der sich kaum von Blut unterschied –, wurde mir schon übel.

»Du hättest wahrscheinlich gern ein Häppchen Fleisch?«

Die Eule drehte sich weg.

»Wie du willst«, sagte ich. »Ich wette, dass du, sobald du was zu futtern willst, eine Möglichkeit findest, dich mit mir zu verständigen.«

Drei

Ich liebe es, im *Zwielicht* durch die Stadt zu streunen. Dabei wirst du nicht unsichtbar, denn sonst würde man dich permanent anrempeln. Die Leute gucken einfach durch dich hindurch, ohne dich zu bemerken. Doch jetzt musste ich offen arbeiten.

Der Tag ist nicht unsere Zeit. So abstrus das auch klingt, doch die Gefolgsleute des Lichts arbeiten nachts, wenn die Dunklen aktiv werden. Tagsüber bringen die Dunklen dagegen kaum etwas zustande. Vampire, Tiermenschen. Die Dunklen Magier müssen am Tage das Leben ganz normaler Menschen führen.

Die meisten zumindest.

Jetzt streifte ich in der Nähe der Metrostation Tulskaja herum. Ich hatte den Rat des Chefs befolgt und zunächst die Haltestellen der Ringlinie abgearbeitet, an denen die junge Frau mit dem schwarzen Höllenstrudel ausgestiegen sein konnte. Sie musste eine Spur hinterlassen haben, die zwar schwach, aber trotzdem noch zu erkennen sein dürfte. Nun beschloss ich, mir die Nord-Süd-Strecken vorzunehmen.

Eine idiotische Station, ein idiotisches Viertel. Zwei Ausgänge, die reichlich weit voneinander entfernt liegen. Ein Markt, der pompöse Wolkenkratzer der Steuerpolizei, ein riesiges Wohnhaus. Überall gab es derart viele Dunkle Emanationen, dass die Spur des schwarzen Strudels nicht ohne weiteres zu finden sein würde.

Vor allem, wenn sie gar nicht hier aufgetaucht war.

Ich lief alles ab, um die Aura der Frau zu erschnüffeln, spähte ab und an durchs *Zwielicht* auf die unsichtbare Eule, die es sich auf meiner Schulter bequem gemacht hatte. Sie döste vor sich hin. Auch sie spürte nichts, und aus irgendeinem Grund war ich überzeugt davon, dass ihre Fähigkeiten bei dieser Suche die meinen übertrafen.

Einmal kontrollierten Milizionäre meine Papiere. Zweimal belästigten mich ein paar verrückte Jugendliche, die mir völlig umsonst, für lächerliche fünfzig Bucks, einen chinesischen Föhn, Kinderspielzeug und ein billiges Handy aus Korea schenken wollten.

Irgendwann riss mir der Geduldsfaden. Ich verscheuchte den nächsten aufdringlichen Händler und nahm eine Remoralisation an ihm vor. Eine leichte, hart an der Grenze des Erlaubten. Vielleicht würde der Kerl sich danach eine andere Arbeit suchen. Vielleicht auch nicht ...

Genau in dem Moment packte mich jemand an den Ellbogen. Gerade eben noch war absolut niemand in meiner Nähe gewesen – jetzt hatte sich hinter mir ein Pärchen aufgebaut. Eine sympathische junge Frau mit rotem Haar und ein kräftiger Typ mit finsterer Miene.

»Ganz ruhig«, sagte die Frau. Von den beiden hatte sie das Sagen, das erfasste ich sofort. »Tagwache.«

Beim Licht und beim Dunkel!

Schulterzuckend sah ich sie an.

»Name«, verlangte die Frau zu wissen.

Es hätte keinen Sinn gehabt zu lügen, denn meine Aura hatten die beiden schon längst aufgenommen, sodass meine Identifizierung nur eine Frage der Zeit gewesen wäre.

»Anton Gorodezki.«

Sie warteten.

»Anderer«, gab ich zu. »Mitarbeiter der Nachtwache.«

Sie gaben meine Ellbogen frei. Und traten sogar einen Schritt zurück. Betreten sahen sie jedoch nicht aus.

»Gehen wir ins *Zwielicht*«, befahl der Mann.

Anscheinend waren sie keine Vampire. Immerhin etwas. Das ließ auf eine gewisse Objektivität hoffen. Ich seufzte und wechselte von einer Realität in die andere.

Die erste Überraschung bestand darin, dass das Pärchen tatsächlich jung war. Die Hexe musste fünfundzwanzig Jahre alt sein, der Hexer dreißig, genau wie ich. Im Notfall würde ich mich vermutlich sogar an ihre Namen erinnern, denn Ende der Siebziger waren nur wenig Hexen und Hexer geboren worden.

Die zweite Überraschung bestand darin, dass die Eule nicht mehr auf meiner Schulter saß. Genauer gesagt, sie saß schon da. Ich spürte ihre Krallen und konnte sie sehen, allerdings nur, wenn ich mich anstrengte. Offenbar hatte der Vogel zusammen mit mir die Realität gewechselt und war in eine tiefere Schicht des *Zwielichts* eingedrungen.

Das wurde ja immer interessanter!

»Tagwache«, wiederholte die Frau. »Alissa Donnikowa, Andere.«

»Pjotr Nesterow, Anderer«, brummte der Mann.

»Haben Sie irgendwelche Probleme?«

Die Frau durchbohrte mich mit einem »Hexenblick«, wie er im Buche steht. Von Sekunde zu Sekunde gab sie sich freundlicher, betörender. Gegen diese direkte Form der Beeinflussung bin ich natürlich gewappnet, mich zu bezirzen ist unmöglich, doch ihr Auftreten bestach durchaus.

»Die Probleme haben nicht wir. Anton Gorodezki, Sie haben einen nicht sanktionierten Kontakt mit einem Menschen aufgenommen.«

»Ja? Und was für einen?«

»Eine Intervention siebten Grades«, gab sie nur ungern zu. »Geringfügig, aber unbestreitbar. Noch dazu haben Sie ihn zum Licht gedrängt.«

»Wollen wir ein Protokoll aufsetzen?« Mit einem Mal erheiterte mich die Situation. Siebten Grades – das ist nicht der Rede wert. Das ist eine Handlung an der Grenze zwischen Magie und einer gewöhnlichen Unterredung.

»Ganz genau.«

»Und was sollen wir schreiben? Der Mitarbeiter der Nachtwache hat in einem Menschen in geringem Maße eine Abneigung gegen Betrug geschürt?«

»Und damit das festgelegte Gleichgewicht gestört«, präzisierte der Hexer.

»Ach ja? Und welchen Schaden nimmt das Dunkel dabei? Wenn der Händler plötzlich mit diesen kleinen Gaunereien aufhört, hat er es zwangsläufig schwerer im Leben. Er wird anständiger, aber unglücklicher. Entsprechend den Kommentaren zum Abkommen über das Gleichgewicht der Kräfte gilt das nicht als Störung des Gleichgewichts.«

»Spitzfindigkeiten«, warf die Hexe ein. »Sie sind Mitarbeiter der Wache. Was man einem gewöhnlichen Anderen nachsehen kann, ist in Ihrem Fall rechtswidrig.«

Sie hatte Recht. Ein kleiner Verstoß, aber trotzdem ...

»Er hat mich gestört. Im Zuge einer Ermittlung habe ich das Recht auf magische Intervention.«

»Sind Sie denn im Dienst, Anton?«

»Ja.«

»Und warum am Tag?«

»Ich habe eine Spezialaufgabe. Sie können sich das von der Leitung bestätigen lassen. Genauer, Ihre Leitung kann sich das bestätigen lassen.«

Die Hexe und der Hexer sahen sich an. Auch wenn unsere Ziele und unsere Moral völlig entgegengesetzt waren, arbeiteten unsere Büros doch zusammen.

Und ehrlich gesagt, keiner von uns zog gern die Leitung hinzu.

»Gut«, stimmte die Hexe zögernd zu. »Anton, wir können es bei einer mündlichen Rüge belassen.«

Ich schaute mich um. Um mich herum, im grauen Dunst, bewegten sich wie in Zeitlupe Menschen. Normale Menschen, die nicht aus ihrer kleinen Welt herauszukommen vermochten. Wir sind die Anderen, und selbst wenn ich auf der Seite des Lichts stehe und meine beiden Gesprächspartner auf der des Dunkels, verbindet mich mit ihnen weit mehr als mit jedem x-beliebigen einfachen Menschen.

»Zu welchen Bedingungen?«

Mit dem Dunkel darf man sich auf nichts einlassen. Darf keine Kompromisse mit ihm aushandeln. Noch gefährlicher ist es allerdings, Geschenke von ihm anzunehmen. Doch Regeln werden gemacht, um gebrochen zu werden.

»Keine.«

Wer's glaubt, wird selig!

Ich sah Alissa an und versuchte herauszubekommen, was für ein Spiel sie spielte. Pjotr konnte das Verhalten seiner Partnerin ganz offensichtlich nicht fassen, er kochte vor Wut, denn er hätte den Adepten des Lichts nur zu gern eines Verbrechens überführt. Ihn brauchte ich bei meinen Überlegungen also nicht einzubeziehen.

In welche Falle sollte ich laufen?

»Das kann ich nicht annehmen«, sagte ich, froh, nicht auf ihren Trick hereingefallen zu sein. »Alissa, vielen Dank für das Angebot, die Sache friedlich beizulegen. Ich nehme es an, verspreche aber, Ihnen in einer vergleichbaren Situation eine geringfügige magische Intervention bis zur siebten Stufe inklusive nachzusehen.«

»Gut, Anderer«, stimmte Alissa bereitwillig zu. Sie streckte die Hand aus, die ich unwillkürlich ergriff. »Damit wäre unser persönliches Abkommen besiegelt.«

Die Eule auf meiner Schulter schlug mit den Flügeln. Direkt an meinem Ohr gellte ein wütendes Krächzen. Im nächsten Augenblick materialisierte sich der Vogel in der *Zwielicht*-Welt.

Alissa trat einen Schritt zurück, ihre Pupillen verengten sich im Nu zu vertikalen Schlitzen. Der Hexer ging sofort in Abwehrposition.

»Das Abkommen ist besiegelt!«, wiederholte die Hexe finster.

Was ging hier vor?

Zu spät begriff ich, dass ich dieses Abkommen nicht in Olgas Anwesenheit hätte schließen sollen. Andererseits – was sollte so schlimm daran sein? Als ob ich es nicht schon selbst erlebt hätte, wie Allianzen gebildet und Kompromisse ausgehandelt wurden, ganz zu schweigen davon, dass mit den Dunklen auch andere Angehörige der Wache zusammenarbeiten, nicht zuletzt der Chef höchstselbst! Gewiss, immer ungern! Doch es muss sein!

Unser Ziel besteht nicht darin, die Dunklen zu vernichten. Unser Ziel besteht darin, das Gleichgewicht zu wahren. Die Dunklen werden erst dann verschwinden, wenn die Menschen das Böse in sich bezwungen haben. Oder wir werden verschwinden, wenn den Menschen das Dunkel mehr zusagt als das Licht.

»Das Abkommen ist angenommen«, sagte ich wütend zu der Eule. »Find dich damit ab. Es ist nur eine Kleinigkeit. Das gehört zur normalen Zusammenarbeit.«

Alissa lächelte und verabschiedete sich mit einem Winken von mir. Sie nahm den Hexer beim Ellbogen, und beide wichen zurück. Ein kurzer Augenblick, ein weiterer, und die zwei traten aus dem *Zwielicht* hinaus, um die Straße hinunterzuschlendern. Ein ganz gewöhnliches Pärchen.

»Was zappelst du denn so?«, fragte ich. »Was willst du? Die operative Arbeit besteht immer aus Kompromissen!«

»Du hast einen Fehler gemacht.«

Olgas Stimme klang seltsam und passte überhaupt nicht zu ihrem Äußeren. Eine weiche, samtene, singende Stimme. Katzenmenschen sprechen so, aber nicht Vögel.

»Oho, du kannst also doch sprechen?«

»Ja.«

»Und warum hast du bisher geschwiegen?«

»Bisher war ja alles in Ordnung.«

Als ich diesen alten Witz hörte, musste ich schmunzeln.

»Ich gehe jetzt aus dem *Zwielicht* heraus, ja? Derweil kannst du mir erklären, welchen Fehler ich gemacht habe. Kleinere Kompromisse mit den Dunklen lassen sich in unserer Arbeit nicht vermeiden.«

»Du hast nicht die Qualifikation, die es dir gestatten würde, Kompromisse einzugehen.«

Die Welt um mich herum gewann ihre Farben zurück. Der Prozess lässt sich gut mit einem Einstellungswechsel bei einer Videokamera vergleichen, wenn man von »Sepiabraun« oder »Alter Schwarzweißfilm« zur normalen Farbaufnahme umschaltet. Dieser Vergleich ist irgendwie sehr treffend: Das *Zwielicht* ist wirklich ein alter Film. Ein sehr alter, den die Menschheit glücklich vergessen hat. Was ihr das Leben leichter macht.

Während ich zur Metro ging, zischte ich meine unsichtbare Gesprächspartnerin an: »Was hat meine Qualifikation damit zu tun?«

»Ein hochrangiger Wächter kann die Folgen eines Kompromisses absehen. Ist das wirklich ein kleiner Handel, der beiden Seiten nützt und wo keine Seite den Kürzeren zieht, oder ist es ein Kuhhandel, bei dem du mehr verlierst als gewinnst?«

»Ich glaube nicht, dass man mit einer Intervention siebten Grades etwas Schlimmes anrichten kann.«

Ein neben mir hergehender Mann starrte mich irritiert an. Ich wollte ihm schon sagen, dass ich »ein ruhiger und harmloser Irrer« sei. Ein äußerst probates Mittel gegen unerwünschte Neugier. Doch der Mann legte bereits einen Zahn zu – offensichtlich war er von sich aus zum gleichen Schluss gekommen.

»Anton, du kannst die Folgen nicht absehen. Du hast in einer belanglosen, unangenehmen Situation überreagiert. Dein bisschen Magie hat dazu geführt, dass sich die Dunklen eingemischt haben. Daraufhin bist du einen Kompromiss mit ihnen eingegangen. Am bedauerlichsten dabei ist, dass überhaupt keine Notwendigkeit zur magischen Intervention bestanden hat.«

»Schon gut, ich seh's ja ein. Und was machen wir jetzt?«

Die Stimme des Vogels wurde kräftiger, gewann an Klangfarbe.

Wahrscheinlich hatte sie sehr lange kein Wort gesagt.

»Jetzt – nichts weiter. Hoffen wir das Beste.«

»Wirst du dem Chef von dem Vorfall berichten?«

»Nein. Noch nicht. Schließlich sind wir Partner.«

Mir wurde warm ums Herz. Fehler hin, Fehler her, aber die unerwartete Verbesserung der Beziehung zu meiner Partnerin war mir das wert.

»Danke. Was schlägst du vor?«

»Du machst alles richtig. Such die Spur!«

Ein etwas originellerer Rat wäre mir lieber gewesen ...

»Fahren wir.«

Mittags um zwei Uhr hatte ich nach der Ringlinie auch die gesamte graue Linie abgegrast. Mag ja sein, dass ich ein hundsmiserabler Fahnder bin, aber die gestrige Spur, die ich noch dazu selbst aufgenommen hatte, wäre nicht einmal mir entgangen. Die Frau, über der dieser schwarze Höllenwirbel kreiste, war nirgends auf dieser Strecke ausgestiegen. Offensichtlich musste ich noch einmal an dem Ort anfangen, wo wir uns begegnet waren.

An der Kurskaja verließ ich die Metro und kaufte an einem Stand eine Plastikschale Salat und einen Becher Kaffee. Beim Anblick der Hamburger und Würstchen wurde mir schlecht, auch wenn der Fleischanteil in ihnen nur symbolisch war.

»Willst du auch etwas?«, fragte ich meine unsichtbare Begleiterin.

»Nein. Danke.«

Während feine Schneeflocken auf uns niedersegelten, stocherte ich mit einer winzigen Gabel im Kartoffelsalat herum und nippte am heißen Kaffee. Ein Penner, der offensichtlich darauf gehofft hatte, dass ich Bier kaufen und ihm die leere Flasche überlassen würde, schlurfte davon, um sich in der Metro aufzuwärmen. Ansonsten kümmerte sich niemand um mich. Die junge Verkäuferin bediente ein paar ausgehungerte Kunden, in gesichtsloser Masse strömten die Menschen aus dem Bahnhof heraus und in ihn hinein. Der Verkäufer an einem Bücherstand versuchte lustlos, ohne jede Begeisterung, einem Käufer irgendein Buch aufzuschwatzen. Der Kunde konnte sich nicht entscheiden.

»Wahrscheinlich hab ich einfach eine Stinklaune ...«, brummte ich.

»Warum das?«

»Ich sehe alles in einem trüben Licht. Alle Leute sind Schweine und Idioten, der Salat ist gefroren, meine Schuhe völlig durchgeweicht.«

Der Vogel auf meiner Schulter stieß ein amüsiertes Krächzen aus. »Nein, Anton, das liegt nicht an deiner Laune. Du spürst, wie das Inferno näher kommt.«

»Ich war nie besonders sensibel.«

»Eben.«

Ich sah zum Bahnhof hinüber. Versuchte, in den Gesichtern zu lesen. Einige von ihnen spürten es ebenfalls. Die Leute, die an der Grenze zwischen Mensch und Anderer standen, wirkten angespannt, bedrückt. Den Grund dafür konnten sie nicht erfassen, und doch versuchten sie nach außen hin, gute Miene zum bösen Spiel zu machen.

»Beim Dunkel und beim Licht ... Was steht uns bevor, Olga?«

»Alles Mögliche. Du hast den Ausbruch aufgeschoben, doch dafür werden die Folgen einfach katastrophal sein, wenn der Strudel zuschlägt. Der Verzögerungseffekt.«

»Davon hat mir der Chef nichts gesagt.«

»Warum auch? Du hast alles richtig gemacht. Jetzt haben wir zumindest eine Chance.«

»Olga, wie alt bist du?«, fragte ich. Würde man einem Menschen diese Frage stellen, könnte er beleidigt sein. Wir kennen jedoch keine bestimmten Altersgrenzen.

»Alt, Anton. Ich erinnere mich zum Beispiel noch an den Aufstand.«

»Die Revolution?«

»Den Aufstand auf dem Senatsplatz.« Die Eule stieß ein kurzes Lachen aus. Ich schwieg. Womöglich war Olga sogar noch älter als der Chef.

»Welchen Rang hast du, Partnerin?«

»Keinen. Mir wurden alle Rechte aberkannt.«

»Tut mir Leid.«

»Schon gut. Ich habe mich seit langem damit abgefunden.«

Ihre Stimme klang heiter, ja vergnügt. Trotzdem sagte mir irgendetwas: Olga hatte sich keinesfalls damit abgefunden.

»Falls es nicht zu aufdringlich ist ... Warum haben sie dich in diesen Körper gesperrt?«

»Es gab keine andere Möglichkeit. Im Körper eines Wolfes zu leben ist viel schwieriger.«

»Moment mal ...« Ich warf den restlichen Salat in einen Mülleimer. Als ich auf meine Schulter blickte, konnte ich die Eule natürlich nicht sehen – dafür hätte ich ins *Zwielicht* eintreten müssen. »Wer bist du? Wenn du ein Tiermensch bist, warum gehörst du dann zu uns? Wenn du eine Magierin bist, warum hast du dann eine derart seltsame Strafe bekommen?«

»Das tut nichts zur Sache, Anton.« Einen Augenblick lang war ihre Stimme schneidend wie scharfer Stahl. »Aber alles hat damit angefangen, dass ich mich auf einen Kompromiss mit den Dunklen eingelassen habe. Einen klitzekleinen Kompromiss. Ich hatte geglaubt, die Folgen einschätzen zu können, doch da hatte ich mich geirrt.«

So war das also ...

»Hast du deshalb angefangen zu sprechen? Wolltest du mich warnen, hast aber den Zeitpunkt verpasst?«

Schweigen.

Als ob Olga ihre Offenheit schon bereute.

»Machen wir uns wieder an die Arbeit ...«, sagte ich. In dem Moment piepte das Handy in meiner Tasche.

Es war Larissa. Warum musste sie zwei Schichten hintereinander übernehmen?

»Anton, pass auf ... Wir haben die Spur von dem Mädel aufgenommen. Metrostation Perowo.«

»Mist«, sagte ich bloß. In diesen Schlafbezirken zu arbeiten, ist die reinste Qual.

»Stimmt«, bekräftigte Larissa. Als Fahnderin taugt sie nichts – wahrscheinlich macht sie deshalb Telefondienst. Dennoch ist sie eine kluge Frau. »Anton, sieh zu, dass du nach Perowo kommst. Alle unsere Leute ziehen sich da zusammen, um ihre Verfolgung aufzunehmen. Und noch was ... Da schwirrt auch die Tagwache rum.«

»Alles klar.« Ich steckte das Handy wieder weg.

Mir war überhaupt nichts klar. Wussten die Dunklen etwa bereits über alles Bescheid? Und waren sie darauf aus, das Inferno losbrechen zu lassen? Und hatten mich gar nicht zufällig aufgehalten ...

Quatsch. Eine Katastrophe in Moskau liegt überhaupt nicht im Interesse des Dunkels. Sicher, sie würden auch nichts unternehmen, um den Strudel aufzuhalten – das widerspräche ihrer Natur.

In die Metro ging ich dann doch nicht. Ich hielt ein Auto an, damit würde ich Zeit gewinnen, zumindest ein bisschen. Ich setzte mich neben den Fahrer, einen dunkelhäutigen Intelligenzler von etwa vierzig Jahren mit Adlernase. Der Wagen war neu, und auch der Fahrer machte den Eindruck eines höchst erfolgreichen Mannes. Insofern war es schon merkwürdig, dass er sich auf diese Weise etwas zuverdiente.

Perowo. Ein riesiges Viertel. Voller Menschen. Licht und Dunkel in einem unentwirrbaren Knäuel. Außerdem gab es da noch ein paar Gebäude, die dunkle und lichte Flecken nach allen Seiten warfen. Dort zu arbeiten hieß, bei Flackerlicht ein Sandkorn auf dem Boden einer überfüllten Diskothek finden zu wollen ...

Ich konnte dort nur von geringem Nutzen sein, genauer gesagt – von gar keinem. Doch man hatte mich angewiesen, dorthin zu fahren, also musste ich es tun. Vielleicht wollte man mich bitten, eine Identifizierung vorzunehmen.

»Und ich dachte, wir würden Glück haben«, flüsterte ich und schaute auf die Straße hinaus. Wir fuhren über die Lossiny-Insel, ebenfalls keine sehr angenehme Gegend, da versammeln sich die Dunklen zum Hexensabbat. Und nicht immer werden dabei die Gesetze der normalen Menschen beachtet. An fünf Nächten im Jahr müssen wir alles ertragen. Oder fast alles.

»Hab ich auch gedacht ...«, flüsterte Olga.

»Wie soll ich es denn mit den Fahndern aufnehmen?!« Ich schüttelte den Kopf.

Der Fahrer schielte zu mir herüber. Seinen Preis hatte ich ohne zu feilschen akzeptiert, und die Strecke hatte ihm offenbar auch gepasst. Aber ein Mensch, der mit sich selbst redet, ist halt niemandem ganz geheuer.

»Ich hab da eine Sache vermasselt ...«, teilte ich dem Fahrer mit einem Seufzer mit. »Besser gesagt, ich habe es nicht ordentlich gemacht. Hab gedacht, ich könnte heute mal so richtig auftrumpfen, aber die kommen bestens ohne mich zurecht.«

»Haben Sie es deshalb jetzt auch so eilig?«, wollte der Fahrer wissen. Er sah nicht sehr gesprächig aus, doch meine Worte hatten seine Neugier geweckt.

»Sie haben mich hinbeordert«, sagte ich.

Für wen er mich wohl hielt?

»Und was machen Sie?«

»Ich bin Programmierer«, antwortete ich. Eine ehrliche Antwort, nebenbei gesagt.

»Klasse«, sagte der Fahrer und schnalzte anerkennend. Was sollte daran klasse sein? »Kann man davon leben?«

Die Frage hätte er sich sparen können, schon allein deshalb, weil ich ja nicht mit der Metro fuhr. Trotzdem antwortete ich: »Durchaus.«

»Ich frage nicht einfach so«, teilte mir der Fahrer unvermittelt mit. »In meiner Firma wird die Stelle des Systemadministrators frei ...«

In meiner Firma – natürlich.

»Ich persönlich sehe darin einen Wink des Schicksals. Ich nehme einen Fahrgast mit, und der ist ein Programmierer. Ich glaube, Ihnen bleibt gar keine Wahl.«

Er lachte los, als wolle er seine etwas zu sicher klingenden Worte abmildern.

»Haben Sie schon mal mit Intranet gearbeitet?«

»Ja.«

»Bei mir hängen fünfzig Rechner am Netz. Das muss alles problemlos laufen. Wir zahlen gut.«

Unwillkürlich musste ich schmunzeln. Das war nicht zu verachten. Intranet. Gutes Geld. Und niemand, der von mir verlangt, nachts auf Vampirjagd zu gehen, Blut zu trinken und in vereisten Straßen Spuren zu erschnüffeln.

»Soll ich Ihnen meine Visitenkarte geben?« Die eine Hand des Mannes verschwand zielstrebig in der Tasche seines Jacketts. »Überlegen Sie es sich ...«

»Nein, vielen Dank. Bei meiner Dienststelle kann man leider nicht kündigen.«

»KGB, oder was?« Der Fahrer runzelte die Stirn.

»Gewichtiger«, antwortete ich. »Weitaus gewichtiger. Aber vergleichbar.«

»Tja ...« Der Fahrer verstummte. »Schade. Und ich hatte schon gedacht, das sei ein Zeichen von oben. Glaubst du ans Schicksal?«

Leicht und unbefangen ging er zum Du über. Mir gefiel das.

»Nein.«

»Warum nicht?«, wunderte sich der Fahrer aufrichtig, als habe er es bisher ausschließlich mit Fatalisten zu tun gehabt.

»Es gibt kein Schicksal. Das ist bewiesen.«

»Wer hat das bewiesen?«

»Die Leute bei mir auf der Arbeit.«

Er prustete los.

»Das ist gut. Dann hat das Schicksal also doch nicht gewunken! Wo soll ich dich absetzen?«

Wir hatten bereits den Seljony-Prospekt erreicht.

Angestrengt blickte ich hinaus und drang durch eine Schicht der alltäglichen Realität ins *Zwielicht* vor. Erkennen konnte ich nichts, dafür reichten meine Fähigkeiten nicht aus. Eher noch spürte ich etwas. In dem grauen Dunst blinkten jede Menge schwache kleine Feuer. Fast das ganze Büro musste sich versammelt haben ...

»Dort ...«

Jetzt, wo ich mich in der normalen Realität befand, konnte ich meine Kollegen nicht sehen. Ich stapfte durch den grauen Schnee der Stadt zu einer unter hohen Schneewehen begrabenen Grünanlage, die zwischen den Wohnblocks und dem Prospekt lag. Ein paar erfrorene Bäumchen, vereinzelt einige Linien von Fußabdrücken – als ob hier Kinder herumgetobt wären oder jemand im Suff versucht hätte, geradeaus zu gehen.

»Du solltest ihnen zuwinken, sie haben dich schon gesehen«, schlug Olga vor.

Ich dachte kurz darüber nach und befolgte ihren Rat dann. Sollen sie doch ruhig denken, ich könnte ganz hervorragend von einer Realität in die andere spähen.

»Eine Besprechung«, sagte Olga amüsiert. »Fünf-Minuten-Lage ...«

Nachdem ich mich der Ordnung halber noch einmal umgeschaut hatte, beschwor ich das *Zwielicht* herauf und trat in es hinein.

In der Tat hatte ich das gesamte Büro vor mir. Die ganze Moskauer Abteilung.

In der Mitte stand Boris Ignatjewitsch. Er trug nur leichte Kleidung, einen Anzug und eine kleine Pelzkappe, dazu aber – warum auch immer – einen Schal. Ich stellte mir vor, wie er aus seinem BMW ausgestiegen war, eng umgeben von Bodyguards.

Neben ihm hatten sich die Fahnder aufgebaut. Igor und Garik, Kampfspezis, wie sie im Buche stehen. Gesichter wie gemeißelt, quadratische Schultern, undurchdringliche stumpfe Mienen. Auf den ersten Blick war klar: Beide hatten acht Schulklassen, eine Berufsschule und eine Ausbildung in einer Sondereinheit hinter sich gebracht. Bei Igor stimmte das haargenau. Garik hatte jedoch außerdem noch an zwei Unis studiert. Bei aller äußeren Ähnlichkeit und einem fast gleichen Auftreten unterschieden sie sich innerlich völlig voneinander. Im Vergleich zu diesen beiden wirkte Ilja wie ein feinsinniger Intelligenzler, doch von einer schmal gerahmten Brille, einer hohen Stirn und dem naiven Blick lassen sich die meisten nur zu leicht täuschen. Ein weiterer Typ wurde von Semjon karikiert: ein gedrungener, grobknochiger Kerl mit schlauem Blick in einer abgetragenen Nylonjacke. Der typische Provinzler, auf Besuch in der Hauptstadt Moskau. Zudem irgendwie ein Relikt aus den Sechzigern, direkt aus der Vorzeigekolchose »Iljitschs Schritte«. Absolute Gegensätze. Dafür einte Ilja und Semjon eine herrliche Bräune und ein verdrossener Gesichtsausdruck. Beide waren mitten aus dem Urlaub auf Sri Lanka abberufen worden und konnten dem Winter in Moskau nun rein gar nichts abgewinnen. Ignat, Danila und Farid waren nicht anwesend, obwohl ich ihre frische Spur spürte. Dafür standen hinter dem Chef Bär und Tigerjunges – die sich offenbar nicht maskiert hatten, aber dennoch auf den ersten Blick nicht zu entdecken waren. Als ich das Pärchen bemerkte, wurde mir ganz anders. Das sind nicht einfach Kampfspezis. Das sind verdammt gute Leute. Die werden nicht wegen jeder Kleinigkeit rangeholt.

Auch vom Innendienst waren viele da.

Alle fünf Leute der analytischen Abteilung. Die gesamte wissenschaftliche Gruppe bis auf Julja, was jedoch insofern nicht weiter erstaunlich war, als sie erst dreizehn Jahre alt ist. Möglicherweise fehlte die Archivgruppe.

»Hallo«, sagte ich.

Hier nickte jemand, da lächelte einer. Trotzdem begriff ich, dass die Leute jetzt ganz andere Sorgen hatten. Boris Ignatjewitsch befahl mir mit einer Geste näher zu treten, um dann die ganz offensichtlich durch mein Auftauchen unterbrochene Rede fortzusetzen.

»... nicht in ihrem Interesse. Na immerhin. Hilfe wird uns nicht gewährt ... Auch gut, ganz ausgezeichnet ...«

Alles klar. Es ging um die Tagwache.

»Bei der Suche nach der Frau werden uns keine Hindernisse in den Weg gelegt, Danila und Farid haben es fast geschafft. Vermutlich haben wir noch fünf, sechs Minuten ... Doch so oder so, das Ultimatum wurde uns gestellt.«

Ich fing einen Blick von Tigerjunges auf. Ihr Lächeln versprach nichts Gutes. Ja, das war sie. Tigerjunges, eine junge Frau, zu der der Spitzname Tigerin einfach nicht passen wollte.

Wenn unsere Leute im Außendienst eins nicht ausstehen können, dann ist es das Wort Ultimatum!

»Der schwarze Magier gehört uns nicht.« Der Chef ließ einen gelangweilten Blick über alle Anwesenden gleiten. »Ist das klar? Wir müssen ihn finden, um den Strudel zu bannen. Aber danach übergeben wir den Magier an die Dunklen.«

»Übergeben?«, hakte Ilja neugierig nach.

Der Chef dachte eine Sekunde nach.

»Eine berechtigte Nachfrage, in der Tat. Wir werden ihn nicht vernichten und den Kontakt zu den Dunklen nicht verhindern. Soweit ich es beurteilen kann, wissen sie ebenfalls nicht, um wen es sich handelt.«

Unwillkürlich setzten die Fahnder eine säuerliche Miene auf. Jeder neue schwarze Magier im Kontrollgebiet bereitet ihnen

Kopfschmerzen. Selbst wenn er registriert ist und den Vertrag einhält. Und ein Magier von solcher Kraft ...

»Ich würde mir eine andere Entwicklung wünschen«, sagte Tigerjunges sanft. »Boris Ignatjewitsch, im Zuge unserer Arbeit können unabhängig von uns Situationen eintreten ...«

»Ich fürchte, solche Situationen dürfen wir nicht zulassen«, schnitt der Chef ihr das Wort ab. Leichthin, ohne Nachdruck, denn er schätzte Tigerjunges aufrichtig. Trotzdem gab die Frau sofort nach.

Mir wäre es nicht anders gegangen.

»Das wäre im Grunde alles ...« Der Chef sah mich an. »Gut, dass du da bist, Anton. In deiner Anwesenheit wollte ich allen sagen, dass ...«

Unwillkürlich spannte ich mich an.

»Du hast gestern gute Arbeit geleistet. Ja, wirklich, die Suche nach den Vampiren hatte ich eigentlich nur als Test für dich gedacht. Und zwar nicht nur, um zu sehen, wie es mit deinen Fähigkeiten bei der operativen Arbeit steht ... Du befindest dich schon seit einiger Zeit in einer vertrackten Lage, Anton. Einen Vampir zu töten fällt dir viel schwerer als jedem anderen von uns.«

»Da irren Sie sich, Chef«, sagte ich.

»Das freut mich. Jedenfalls ist dir die gesamte Nachtwache zu Dank verpflichtet. Du hast einen Vampir ausgeschaltet und die Spur der Vampirin aufgenommen. Eine sehr klare Spur. Nach wie vor fehlt es dir für die Fahndungsarbeit an Erfahrung. Aber Informationen sichern, das kannst du. Auch bei der jungen Frau hast du einen kühlen Kopf bewahrt. Die Situation stellte einen absoluten Sonderfall dar, doch du hast eine sehr humane Entscheidung getroffen ... und damit Zeit für uns herausgeschlagen. Und der Abdruck ihrer Aura ist vorzüglich. Wo ich sie suchen muss, war mir danach von Anfang an klar.«

Das haute mich um. Niemand lächelte, schmunzelte oder schaute mich grinsend an. Trotzdem fühlte ich mich verarscht. Die Schnee-Eule, die niemand sah, zuckte auf meiner Schulter zusammen. Ich saugte die Luft des *Zwielichts* ein, kalte, geschmacksneutrale Unluft.

»Boris Ignatjewitsch, warum wurde ich dann auf die Ringlinie geschickt?«, fragte ich. »Wenn Sie den richtigen Bezirk doch ohnehin schon kannten?«

»Ich hätte mich irren können«, erwiderte der Chef mit leichtem Erstaunen. »Lass es dir noch einmal gesagt sein: Bei einer Fahndung darf man selbst der Meinung einer noch so gewichtigten Obrigkeit nicht blind vertrauen. Selbst ist der Mann, wenn er weiß, dass er allein ist.«

»Aber ich war nicht allein«, sagte ich leise. »Und für meine Partnerin ist diese Aufgabe extrem wichtig, das wissen Sie besser als ich. Wenn Sie uns losschicken, um Viertel zu überprüfen, bei denen eh klar ist, dass da nichts zu finden ist ... nehmen Sie ihr die Chance, sich zu rehabilitieren.«

Das Gesicht des Chefs kann völlig ausdruckslos sein, man liest nichts darin, wenn er es nicht will.

Trotzdem hatte ich den Eindruck, dass ich den Nagel auf den Kopf getroffen hatte.

»Eure Aufgabe ist noch nicht erledigt«, antwortete er. »Anton, Olga ... es bleibt immer noch die Vampirin, die unschädlich gemacht werden muss. Niemand hat das Recht, uns daran zu hindern, denn sie hat gegen den Vertrag verstoßen. Es bleibt der Junge, der sich gegenüber der Magie ganz außergewöhnlich resistent gezeigt hat. Man muss ihn finden und auf die Seite des Lichts ziehen. An die Arbeit.«

»Und die Frau?«

»Ist bereits geortet. Jetzt versuchen unsere Spezialisten den Strudel zu neutralisieren. Wenn das nicht glückt – wovon auszugehen ist –, müssen wir herausbekommen, wer sie mit dem Fluch belegt hat. Ignat, das ist deine Aufgabe!«

Ich drehte mich um – in der Tat, Ignat stand bereits neben uns. Ein groß gewachsener, gut gebauter blonder Schönling mit der Figur Apolls und dem Gesicht eines Kinostars. Er vermochte sich völlig lautlos zu bewegen, was ihn in der normalen Realität jedoch keinesfalls vor unangebrachter Aufmerksamkeit seitens des weiblichen Geschlechts schützte.

Vor absolut unangebrachter Aufmerksamkeit.

»Das ist nicht mein Profil«, beklagte sich Ignat bitter. »Diese Orientierung ist mir nicht sonderlich sympathisch!«

»Mit wem du schläfst, kannst du dir in deiner Freizeit aussuchen«, fuhr der Chef ihn an. »Bei der Arbeit entscheide ich alles für dich. Sogar, wann du aufs Klo gehst.«

Ignat zuckte mit den Achseln. Während er mich mit einem Mitleid heischenden Blick ansah, brummelte er: »Das ist Diskriminierung ...«

»Du bist hier nicht in den Staaten«, meinte der Chef, wobei seine Stimme gefährlich freundlich klang. »Ja, das ist Diskriminierung. Den geeignetsten Mitarbeiter einzusetzen, ohne seine persönlichen Neigungen zu berücksichtigen.«

»Vielleicht kann ich die Aufgabe übernehmen?«, fragte Garik kaum hörbar.

Sofort entspannte sich die Atmosphäre. Dass Garik in amourösen Angelegenheiten nie Glück hatte, war ein offenes Geheimnis. Jemand lachte.

»Igor, Garik, ihr beide sucht weiter nach der Vampirin.« Der Chef betonte die Worte so, als habe er Gariks Vorschlag ernsthaft in Erwägung gezogen. »Sie braucht Blut. Sie wurde im letzten Moment aufgehalten, jetzt wird sie vor Hunger und Anspannung verrückt. Wir müssen jeden Moment mit neuen Opfern rechnen! Anton, du machst dich zusammen mit Olga auf die Suche nach dem Jungen.«

Schon verstanden.

Ich kriegte mal wieder die dümmste und läppischste Aufgabe.

Der Stadt drohte ein Inferno, in Moskau irrte eine junge, wilde und hungrige Vampirin herum! Und ich sollte irgendeinen Bengel suchen, der möglicherweise über starke magische Fähigkeiten verfügte!

»Kann ich mit der Ausführung beginnen?«, fragte ich.

»Natürlich.« Der Chef ignorierte die mitschwingende Unbotmäßigkeit. »Ausführen.«

Ich drehte mich um und trat – meinen Protest nicht verhehlend – aus dem *Zwielicht* heraus. Die Welt zuckte zusammen, gewann Farben und Töne zurück. Jetzt stand ich wie der letzte Idiot mitten in der Grünanlage. Für einen Außenstehenden muss das ziemlich komisch ausgesehen haben. Vom Fehlen von Fußspuren ganz zu schweigen: Ich ragte in einer Schneewehe auf – um mich herum eine jungfräuliche Schneedecke.

So entstehen Mythen. Aufgrund unserer Unvorsichtigkeit, aufgrund unserer zerrütteten Nerven, aufgrund dummer Scherze und demonstrativer Gesten.

»Macht nichts«, sagte ich und stapfte geradewegs auf den Prospekt zu.

»Danke ...«, klang es leise und zart an mein Ohr.

»Wofür, Olga?«

»Dass du an mich gedacht hast.«

»Es ist wirklich wichtig für dich, diese Aufgabe gut zu erledigen?«

»Sehr«, bestätigte der Vogel nach kurzem Schweigen.

»Dann werden wir uns alle Mühe geben.«

Indem ich durch die Schneewehe und über einige Steine sprang – ob es hier einen Gletscher gab oder jemand einen Steingarten hatte anlegen wollen? –, gelangte ich zum Prospekt.

»Hast du Kognak im Haus?«, fragte Olga.

»Kognak, sagst du? Klar.«

»Guten?«

»Schlechten gibt es nicht. Sonst ist es kein Kognak.«

Die Eule schnaubte. »Dann lade eine Dame zu einem Kaffee mit Kognak ein.«

Als ich mir die Eule vorstellte, wie sie aus einer Untertasse Kognak trank, hätte ich beinah losgelacht.

»Mit dem größten Vergnügen. Nehmen wir ein Taxi?«

»Sie scherzen, Bürschchen!«, wartete Olga prompt mit der passenden Replik aus den *Zwölf Stühlen* auf.

Hört, hört. Wann war sie in den Vogelkörper eingeschlossen worden? Oder hinderte sie das nicht daran, Bücher zu lesen?

»Es gibt da eine Einrichtung, die nennt sich Fernseher«, raunte der Vogel.

Dunkel und Licht! Ich war überzeugt davon, dass meine Gedanken zuverlässig abgeschirmt waren!

»Du kannst vulgäre Telepathie hervorragend durch Lebenserfahrung ersetzen – durch sehr lange Lebenserfahrung«, fuhr Olga verschmitzt fort. »Anton, zu deinen Gedanken habe ich keinen Zugang. Außerdem bist du mein Partner.«

»Ich bin nur ...« Ich fuchtelte mit der Hand. Es wäre dumm, das Offensichtliche zu leugnen. »Was ist mit dem Jungen? Oder lassen wir diesen Auftrag sausen? Der ist doch sowieso läppisch ...«

»Im Gegenteil!«, erwiderte Olga aufgebracht. »Anton ... der Chef hat zugegeben, dass er sich nicht ganz korrekt verhalten hat. Und er hat uns eine Chance gegeben, die wir nutzen sollten. Die Vampirin ist auf den Jungen fixiert, nicht wahr? Er ist so was wie ein unangebissenes Wurstbrot, das ihr aus dem Mund gerissen wurde. Und er hängt an ihrer Leine. Damit ist sie in der Lage, ihn aus jeder Ecke der Stadt zu ihrem Versteck zu locken. Das ist unser Vorteil. Man braucht den Tiger nicht im Dschungel zu suchen, wenn man das Zicklein auf der Weide festbindet.«

»In Moskau gibt es von solchen Zicklein ...«

»Der Junge zappelt an der Leine. Die Vampirin hat keine Erfahrung. Mit einem neuen Opfer Kontakt aufzunehmen wäre viel schwieriger, als das alte zu sich zu locken. Glaub mir.«

Ich erschauerte und verdrängte einen idiotischen Verdacht. Mit einem Handzeichen hielt ich ein Auto an. »Ich glaube dir«, sagte ich finster. »Unbesehen und für immer.«

Vier

Die Eule kam aus dem *Zwielicht* heraus, sobald ich die Wohnung betreten hatte. Sie flatterte auf – kurz spürte ich, wie die Krallen mich pikten – und flog auf den Kühlschrank zu.

»Soll ich dir vielleicht eine Hühnerstange besorgen?«, fragte ich, während ich die Tür schloss.

Zum ersten Mal sah ich, wie Olga sprach. Der Schnabel geriet ins Zucken, und sie brachte die Worte nur mit großer Mühe heraus. Ehrlich gesagt, ist mir immer noch schleierhaft, wie ein Vogel sprechen kann. Noch dazu mit einer derart menschlichen Stimme.

»Nicht nötig, sonst leg ich noch Eier.«

Offenbar sollte das ein Scherz sein.

»Sollte ich dich beleidigt haben, täte es mir Leid«, meinte ich prophylaktisch. »Ich versuche nur, die Stimmung zu lockern.«

»Ich weiß. Zerbrich dir darüber nicht den Kopf.«

Bei der Inspektion meines Kühlschranks entdeckte ich ein paar Sachen, die wir zum Kognak essen konnten: Käse, Wurst, eingelegtes Gemüse ... Wie wohl vierzig Jahre alter Kognak zu einer leicht gesalzenen Gurke steht? Wahrscheinlich wären beide etwas befangen. Genau wie Olga und ich.

Ich holte den Käse und die Wurst heraus. »Zitronen habe ich nicht, tut mir Leid.« Mir war völlig klar, wie absurd meine Vorbereitungen waren, aber trotzdem ... »Dafür ist der Kognak in Ordnung.«

Die Eule schwieg.

Aus der zur Bar umfunktionierten Schublade des Tischs nahm ich die Flasche *Kutusow*. »Hast du den schon mal probiert?«

»Unsere Antwort auf *Napoléon*?« Die Eule lachte. »Nein, den kenn ich nicht.«

Die Absurdität des Ganzen nahm immer mehr zu. Ich spülte zwei Kognakschwenker ab und stellte sie auf den Tisch. Zweifelnd blickte ich auf das weiße Federknäuel herab. Und den krummen kurzen Schnabel.

»Du wirst nicht aus dem Glas trinken können. Vielleicht sollte ich dir eine Untertasse hinstellen?«

»Dreh dich um.«

Ich gehorchte. Hinter meinem Rücken war Flügelschlagen zu vernehmen. Dann ein feines, unangenehmes Zischen, das an eine aufgebrachte Schlange oder an aus einem Ballon entweichendes Gas erinnerte.

»Olga, entschuldige, aber ...« Ich wandte mich wieder zurück.

Die Eule war verschwunden. Doch damit hatte ich gerechnet. Ich hatte gehofft, dass es ihr zumindest ab und an gestattet sei, Menschengestalt anzunehmen. Und insgeheim hatte ich mir das Porträt Olgas ausgemalt, einer in einen Vogelkörper eingekerkerten Frau, die sich noch an den Dekabristenaufstand erinnerte. Aus irgendeinem Grund hatte ich sie mir wie die Fürstin Lopuchina vorgestellt, die von einem Ball nach Hause eilt. Nur älter, ernster, mit Augen, in denen Weisheit lag, etwas abgemagert ...

Auf dem Hocker saß jedoch eine junge Frau – jung, zumindest was das Äußere anging. Vielleicht fünfundzwanzig Jahre alt. Mit kurzem Männerhaarschnitt und so schmutzigen Wangen, als sei sie gerade einem Feuer entkommen. Schön und mit feinen aristokratischen Gesichtszügen. Doch dieser Brandgeruch ... und der miserable, grauenvolle Haarschnitt ...

Die Kleidung gab mir den Rest.

Verdreckte Armeehosen, wie man sie aus den Vierzigern

kennt, eine aufgeknöpfte Wattejacke, darunter ein vor Schmutz graues Soldatenhemd. Und nackte Füße.

»Bin ich schön?«, fragte die Frau.

»Trotz allem, ja«, erwiderte ich. »Beim Licht und beim Dunkel – warum siehst du so aus?«

»Das letzte Mal, dass ich Menschengestalt angenommen habe, ist fünfundfünfzig Jahre her.«

»Verstehe«, meinte ich nickend. »Man hat dich während des Kriegs eingesetzt?«

»Man hat mich während aller Kriege eingesetzt.« Olga lächelte sanft. »Während aller großen Kriege. Zu jeder anderen Zeit ist es mir verboten, Menschengestalt anzunehmen.«

»Im Moment haben wir aber keinen Krieg.«

»Dann wird er kommen.«

Diesmal lächelte sie nicht. Ich unterdrückte einen Fluch und machte nur das Zeichen zur Abwehr eines Unglücks.

»Möchtest du duschen?«

»Gern.«

»Frauenkleider habe ich keine ... Aber vielleicht tun es auch Jeans und ein Hemd?«

Sie nickte. Erhob sich ungeschickt und auf komische Weise mit den Armen fuchtelnd und schaute verwundert auf ihre nackten Füße. Dann ging sie ins Bad, als ob sie nicht das erste Mal hier dusche.

Schleunigst schoss ich ins Schlafzimmer. Viel Zeit blieb ihr sicher nicht.

Die Jeans waren alt, dafür aber eine Nummer kleiner als meine aktuelle Größe. Trotzdem würden sie ihr zu groß sein ... Ein Hemd? Nein, besser ein leichtes Sweatshirt. Unterwäsche? Hm. Hm, hm und noch mal hm.

»Anton!«

Ich raffte die Sachen zu einem Knäuel zusammen, schnappte mir ein sauberes Handtuch und stürzte wieder zum Zimmer hinaus. Die Badezimmertür war offen.

»Was ist denn das für ein komischer Hahn?«

»Importware, eine Mischbatterie ... Wart mal.«

Ich ging ins Bad. Olga stand in der Wanne, mit dem Rücken zu mir, nackt, und bewegte den Hahn gedankenverloren nach links und nach rechts.

»Nach oben«, sagte ich. »Drück ihn nach oben, dann kommt das Wasser. Links das kalte, rechts das warme.«

»Alles klar. Danke.«

Sie genierte sich kein bisschen vor mir. Was nicht weiter verwunderlich war, bei ihrem Alter und ihrem Rang – selbst wenn Letzterer der Vergangenheit angehörte.

Mich dagegen irritierte die Situation. Weshalb ich zynisch wurde.

»Hier sind ein paar Klamotten. Vielleicht suchst du dir was aus. Natürlich nur bei Bedarf.«

»Danke, Anton ...« Olga sah mich an. »Achte einfach nicht auf mich. Ich habe achtzig Jahre in einem Vogelkörper verbracht. Davon die meiste Zeit im Tiefschlaf. Mir hat's trotzdem gereicht.«

Ihre Augen schienen unergründlich, magnetisch. Es waren gefährliche Augen.

»Ich empfinde mich weder als Mensch noch als Andere oder Frau. Als Eule übrigens auch nicht. Sondern ... als böse, alte, geschlechtslose Idiotin, die ab und an in der Lage ist zu sprechen.«

Aus dem Duschkopf prasselte das Wasser. Langsam hob Olga die Arme und drehte sich voller Genuss unter dem harten Strahl. »Mir den Ruß abzuwaschen ist für mich viel wichtiger ... als einen sympathischen Jungen in Verlegenheit zu bringen.«

Kommentarlos schluckte ich den Jungen und ging aus dem Bad. Kopfschüttelnd griff ich nach dem Kognak und entkorkte die Flasche.

Eines zumindest war klar: Sie war keine Tierfrau. Tiermenschen hätten keine Kleidung mehr angehabt. Olga war eine Magierin. Eine Magierin, eine Frau von etwa zweihundert Jahren, vor achtzig Jahren mit dem Entzug ihres Körpers bestraft, immer noch voller Hoffnung auf Rehabilitation, Spezialistin für heftige Wechselwirkungen, die das letzte Mal vor zirka fünfundfünfzig Jahren einen Auftrag erhalten hatte ...

All das sollte für eine Recherche in unserer Datenbank ausreichen. Auf die kompletten Dateien konnte ich nicht zugreifen, dafür stand ich zu weit unten. Aber zum Glück hatten die oberen Führungskräfte keine Ahnung, an welche Informationen man über eine indirekte Suche gelangen konnte.

Natürlich nur, falls ich Olgas Identität tatsächlich herauskriegen wollte.

Nachdem ich in beide Gläser Kognak eingeschenkt hatte, wartete ich. Fünf Minuten später kam Olga aus dem Bad. Im Gehen rubbelte sie sich die Haare mit dem Handtuch ab. Sie trug meine Jeans und mein Sweatshirt.

Zwar war sie nicht gerade wie umgewandelt – aber dennoch wirkte sie jetzt eine Größenordnung sympathischer.

»Danke, Anton. Du kannst dir nicht vorstellen, wie gut mir das getan hat.«

»Wahrscheinlich schon.«

»Glaub ich nicht. Der Geruch, Anton – dieser Brandgeruch. In dem halben Jahrhundert habe ich mich schon fast daran gewöhnt.« Unbeholfen setzte sich Olga auf den Hocker. Sie seufzte. »Auch wenn das schlimm ist, aber ich bin froh über die aktuelle Krise. Selbst wenn ich nicht begnadigt werde, habe ich wenigstens die Möglichkeit, mich mal zu waschen ...«

»Du kannst diese Gestalt behalten, Olga. Ich geh los und besorg dir vernünftige Sachen zum Anziehen.«

»Nicht nötig. Ich habe nur eine halbe Stunde pro Tag.«

Olga knüllte das Handtuch zusammen und warf es aufs Fensterbrett.

»Wer weiß, wann ich das nächste Mal die Gelegenheit habe, mich zu waschen«, meinte sie seufzend. »Oder Kognak zu trinken ... Auf dein Wohl, Anton.«

»Zum Wohl.«

Der Kognak war gut. Genussvoll nippte ich daran, ohne mich um das enorme Chaos in meinem Kopf zu scheren. Olga trank ihren auf Ex, verzog das Gesicht, sagte aber freundlich: »Nicht übel.«

»Warum erlaubt dir der Chef nicht, ein normales Aussehen anzunehmen?«

»Das liegt nicht in seiner Macht.«

Alles klar. Das heißt, sie war nicht vom Regionalbüro verurteilt worden, sondern von weiter oben.

»Ich wünsche dir Glück, Olga. Was auch immer du getan hast – ich bin sicher, dass deine Schuld längst abgegolten ist.«

Die Frau zuckte mit den Schultern. »Würde ich auch gern glauben. Mir ist klar, dass man leicht Mitleid mit mir haben kann, aber im Grunde ist die Strafe gerecht ... Doch jetzt mal ganz im Ernst.«

»Gut.«

Olga beugte sich über den Tisch zu mir herüber. »Ich sage dir ehrlich: Mir reicht's«, flüsterte sie verschwörerisch. »Ich habe Nerven wie Stahl, aber so kann ich einfach nicht leben. Meine einzige Chance besteht darin, eine derart wichtige Mission zu erfüllen, dass der Leitung gar nichts anderes übrig bleibt, als mich zu begnadigen.«

»Und wo sollen wir eine derartige Mission hernehmen?«

»Die haben wir doch schon. Und sie setzt sich aus drei Teilen zusammen. Da ist der Junge, den wir beschützen und auf die Seite des Lichts ziehen müssen. Und die Vampirin, die wir ausschalten werden.«

Olga sprach mit fester Stimme – und plötzlich glaubte ich ihr. Beschützen und ausschalten. Kein Problem.

»Das alles sind jedoch Kleinigkeiten, Anton. Du wirst durch eine solche Aktion einen höheren Grad erlangen, aber mir bringt das nicht viel. Die Hauptsache ist die Frau mit dem schwarzen Strudel.«

»Um die kümmern sich andere, Olga. Ich ... Wir wurden von dieser Aufgabe abgezogen.«

»Macht nichts. Sie werden es nicht schaffen.«

»Ach nein?«, fragte ich in ironischem Ton.

»Nein. Boris Ignatjewitsch ist ein starker Magier. Allerdings auf anderen Gebieten.« Olga zwinkerte spöttisch. »Ich befasse mich aber bereits mein ganzes Leben mit allen Aspekten, die ein Durchbruch des Infernos mit sich bringt.«

»Also deshalb redest du von Krieg!«, begriff ich.

»Natürlich. Solche Auswüchse von Hass gibt es in einer Welt voller Frieden nicht. Diese Kröte Adolf ... hatte viele Anhänger, doch sie hätten ihn im ersten Kriegsjahr abgefackelt. Und mit ihm ganz Deutschland. Bei Stalin war es etwas anders, der wurde auf geradezu ungeheuerliche Weise vergöttert – was ein mächtiger Schild ist. Anton, ich, eine einfache russische Frau ...« Ein flüchtiges Lächeln ließ keinen Zweifel, wie Olga zu dem Wort »einfach« stand. »... ich habe mich den ganzen letzten Krieg hindurch damit beschäftigt, die Feinde meines Landes vor Flüchen zu schützen. Allein dafür hätte ich mir die Begnadigung verdient. Glaubst du's?«

»Unbedingt.« Ich hatte den Eindruck, dass sie einen in der Krone hatte.

»Eine Scheißarbeit ... Wir müssen ja alle gegen die menschliche Natur handeln, aber so weit zu gehen ... Also, Anton, sie werden es nicht schaffen. Ich könnte es probieren. Aber selbst ich habe meine Zweifel.«

»Olga, wenn es so schlimm aussieht, musst du Meldung machen ...«

Die Frau schüttelte den Kopf und strich sich über das feuchte Haar. »Das kann ich nicht. Es ist mir verboten, mit irgendjemandem Kontakt aufzunehmen, abgesehen von Boris Ignatjewitsch und meinem jeweiligen Partner. Ihm habe ich alles gesagt. Jetzt kann ich nur noch abwarten. Und hoffen, dass es mir gelingt ... im letzten Moment noch gelingt.«

»Versteht der Chef das denn nicht?«

»Im Gegenteil, ich denke, er versteht es.«

»Aber das ist doch ...«, flüsterte ich.

»Wir waren einmal ein Paar. Sehr lange. Außerdem auch noch Freunde, was selten vorkommt ... Also, Anton, heute nehmen wir uns den Jungen und die bescheuerte Vampirin vor. Morgen müssen wir warten. Warten, bis das Inferno durchbricht. Einverstanden?«

»Darüber muss ich erst nachdenken, Olga.«

»Sehr schön. Denk darüber nach. Für mich ist es jetzt Zeit. Dreh dich um ...«

Ich war nicht schnell genug. Olga war vermutlich selbst schuld daran. Sie hatte nicht darauf geachtet, wie viel Zeit ihr zur Verfügung stand.

Der Anblick war wirklich ekelhaft. Olga erzitterte und krümmte sich. Durch ihren Körper lief eine Welle: Die Knochen verbogen sich, als seien sie aus Gummi. Die Haut platzte ab, sodass die blutdurchströmten Muskeln freigelegt wurden. In Sekundenschnelle hatte sich die Frau in einen feuchten Klumpen Fleisch verwandelt, in eine formlose Kugel. Und diese Kugel schrumpfte und schrumpfte, ihr wuchsen weiche weiße Federn ...

Die Schnee-Eule flatterte mit einem halb menschlichen, halb vogelhaften Schrei vom Hocker auf. Flog zu ihrem Lieblingsplatz auf dem Kühlschrank.

»Teufel auch!«, schrie ich unter Missachtung aller Regeln und Vorschriften. »Olga!«

»Hübsch, was?« Die Stimme der Frau klang atemlos, noch schmerzverzerrt.

»Warum? Warum gerade so?«

»Das ist ein Teil der Strafe, Anton.«

Ich streckte die Hand aus und berührte den ausgebreiteten, zitternden Flügel. »Olga, ich bin mit allem einverstanden.«

»Dann an die Arbeit, Anton.«

Ich nickte und ging in die Diele. Nachdem ich den Schrank mit meiner Ausrüstung geöffnet hatte, trat ich ins *Zwielicht* ein – andernfalls sieht man nämlich nichts anderes als Anziehsachen und altes Gerümpel.

Ein leichter Körper ließ sich auf meiner Schulter nieder.

»Womit kannst du aufwarten?«

»Das Onyxamulett habe ich entladen. Kannst du es aufladen?«

»Nein. Mir wurden fast alle Kräfte entzogen. Man hat mir nur die gelassen, die nötig sind, um ein Inferno zu neutralisieren. Und mein Gedächtnis, Anton – mein Gedächtnis hat man mir auch gelassen. Wie willst du die Vampirin töten?«

»Sie ist nicht registriert«, sagte ich. »Also nur mit folkloristischen Mitteln.«

Die Eule stieß ein gackerndes Krächzen aus. »Greift man noch immer zu Espenholz?«

»Ich hab zumindest keins.«

»Verstehe. Wegen deiner Freunde?«

»Ja. Ich möchte nicht, dass sie anfangen zu zittern, sobald sie die Wohnung betreten.«

»Also, was dann?«

Aus einer Aussparung in den Ziegeln holte ich eine Pistole hervor. Ich schielte zu der Eule hin – Olga musterte die Waffe aufmerksam.

»Silber? Für einen Vampir sehr schmerzhaft, aber nicht tödlich.«

»Sie ist mit Dumdumgeschossen geladen.« Ich zog das Magazin aus der Desert Eagle. »Mit silbernen Dumdumgeschossen. Kaliber null vierundvierzig. Drei Treffer, und der Vampir ist so durchsiebt, dass er nichts mehr anrichten kann.«

»Und wie dann weiter?«

»Mit folkloristischen Mitteln.«

»Ich misstraue der Technik«, erwiderte Olga mit Zweifel in der Stimme. »Ich hab mal gesehen, wie ein Tiermensch wieder auf die Beine gekommen ist, nachdem er von einer Granate zerfetzt worden war.«

»Ging das schnell?«

»Er hat drei Tage gebraucht.«

»Und? Was hab ich gerade gesagt?«

»Gut, Anton. Wenn du deinen eigenen Kräften nicht vertraust ...«

Zufrieden war sie immer noch nicht, das sah ich. Doch ich bin kein Fahnder. Ich bin ein Stabsmitarbeiter, dem man befohlen hat, im Außendienst zu arbeiten.

»Wird schon alles werden«, beruhigte ich sie. »Vertrau mir. Konzentrieren wir uns auf die Suche nach dem Köder.«

»Also dann, gehen wir.«

»Hier ist das alles passiert«, teilte ich Olga mit. Wir standen in dem Tordurchgang. Im *Zwielicht*, natürlich.

Ab und an gingen Leute vorbei, die mir auf komische Weise auswichen, auch wenn sie mich nicht sahen.

»Hier hast du den Vampir getötet.« Olgas Stimme klang höchst sachlich. »Gut ... Das ist mir klar, mein Freund. Du hast den Müll nicht gut entsorgt – aber das spielt weiter keine Rolle ...«

Meiner Ansicht nach waren keine Spuren von dem dahingegangenen Vampir zurückgeblieben. Doch ich widersprach nicht.

»Hier stand die Vampirin ... Hier hast du sie mit irgendwas geschlagen ... nein, mit Wodka bespritzt ...« Olga kicherte kaum hörbar. »Sie ist weggegangen ... Unsere Jungs sind auch nicht mehr das, was sie mal waren. Dabei ist ihre Spur immer noch ganz klar!«

»Sie hat sich verwandelt«, brummte ich missmutig.

»In eine Fledermaus?«

»Ja. Garik hat gesagt, dass sie das im letzten Moment geschafft hat.«

»Schlecht. Die Vampirin ist stärker, als ich gedacht habe.«

»Und verrückt. Sie trinkt Blut von lebenden Menschen und tötet. Sie hat keine Erfahrung, aber platzt vor Kraft.«

»Wir werden sie vernichten«, sagte Olga hart.

Ich hüllte mich in Schweigen.

»Und hier haben wir auch die Spur des Jungen.« In Olgas Stimme schwang Respekt mit. »In der Tat ... ein beachtliches Potenzial. Schaun wir mal, wo er wohnt.«

Wir gingen den Durchgang entlang und traten in den Hof hinaus. Er war groß und auf allen Seiten von Häusern begrenzt. Ich spürte die Aura des Jungen ebenfalls, wenn auch nur als schwache und verknäuelte Ausstrahlung: Er musste hier regelmäßig langkommen.

»Weiter«, kommandierte Olga. »Bieg nach links ab. Weiter. Jetzt nach rechts. Stopp ...«

Ich blieb an einer Straße stehen, über die langsam die Straßenbahn zuckelte. Aus dem *Zwielicht* war ich immer noch nicht herausgetreten.

»In diesem Haus«, verkündete Olga. »Los. Da ist er.«

Der Bau sah scheußlich aus. Ein Hochhaus mit Flachdach, zu allem Überfluss auch noch auf irgendwelchen Beinen oder Pfeilern. Auf den ersten Blick wirkte es wie das gigantische Denkmal für eine Streichholzschachtel. Auf den zweiten wie Stein gewordener krankhafter Größenwahn.

»In so einem Haus ist gut morden«, sagte ich. »Oder verrückt werden.«

»Wir werden uns mit beidem befassen«, bestätigte Olga. »Weißt du, darin kenne ich mich aus.«

Jegor wollte nicht aus dem Haus. Nachdem seine Eltern zur Arbeit gegangen waren, nachdem die Tür ins Schloss gefallen war, hatte ihn sofort Angst gepackt. Zugleich wusste er: Außerhalb der leeren Wohnung würde die Angst zum Entsetzen werden.

Rettung gab es nicht. Gar keine, nirgends. Das Haus wiegte ihn wenigstens im Gefühl der Sicherheit.

Die Welt war zusammengebrochen, war gestern Abend in sich zusammengekracht. Jegor hatte immer offen zugegeben –

wenn auch nicht vor anderen, so doch vor sich selbst –, dass er kein Held war. Aber ein Feigling war er wohl auch nicht. Es gab Dinge, vor denen konnte und musste man Angst haben: Schlägertypen, Verrückte, Terroristen, Katastrophen, Feuer, Krieg und tödliche Krankheiten. Das konnte man alles in einen Topf werfen, das war alles gleichermaßen weit weg. Das alles gab es tatsächlich, aber nicht im täglichen Leben. Man brauchte nur ein paar einfache Regeln einzuhalten, nachts nicht draußen herumzustromern, sich nicht in fremden Vierteln herumzutreiben, die Hände vor dem Essen zu waschen und nicht auf die Gleise zu springen. Man konnte vor Unannehmlichkeiten Angst haben und gleichzeitig wissen, dass kaum Gefahr bestand, in diese Situationen hineinzugeraten.

Jetzt hatte sich alles geändert.

Es gab Erscheinungen, vor denen man sich nicht verstecken konnte. Erscheinungen, die es auf der Welt nicht gab und nicht geben dürfte.

Es gab Vampire.

Deutlich erinnerte er sich an alles, das Entsetzen hatte ihn nichts vergessen lassen, worauf er noch gestern vage gehofft hatte, als er nach Hause gerannt und dabei über die Straße geflitzt war, ohne vorher nach links oder rechts zu schauen. Und die schwache Hoffnung, am Morgen möge sich alles als Traum erweisen, hatte sich nicht erfüllt.

Es war alles wahr. Wahr und unmöglich. Aber ...

Es war gestern passiert. Ihm.

Er war noch spätabends unterwegs gewesen, gewiss, doch manchmal kam er sogar noch später nach Hause. Selbst seine Eltern, die nach Jegors fester Überzeugung bis heute nicht begriffen hatten, dass er mittlerweile fast dreizehn war, nahmen das gelassen hin.

Als er mit seinen Freunden aus dem Schwimmbad gekommen war – gut, da war es schon zehn. Sie waren alle zusammen bei McDonald's reingestürmt, wo sie rund zwanzig Minuten geblieben waren. Auch das nicht ungewöhnlich, denn jeder, der es sich leisten konnte, ging nach dem Training dorthin. Danach ... danach waren sie alle zusammen zur Metro gegangen. Das war nicht weit. Über eine helle Straße. Zu acht.

Bis dahin lief alles wie immer.

In der Metro war er dann irgendwie nervös geworden. Er hatte auf die Uhr gesehen und sich nach den anderen Fahrgästen umgeschaut. Doch da war nichts Verdächtiges.

Bloß, dass Jegor Musik hörte.

Und dann begann das, was nicht sein konnte.

Aus irgendeinem Grund war er in einen dunklen, stinkenden Tordurchgang getreten. War auf eine Frau und einen Mann zugegangen, die dort auf ihn warteten. Die ihn zu sich lockten. Freiwillig hatte er der Frau seinen Hals hingehalten, ihn ihren dünnen scharfen Zähnen dargeboten, die nichts Menschliches an sich hatten.

Selbst jetzt, zu Hause, allein, spürte Jegor die Kälte – diesen süßen, betörenden Kitzel, der über seine Haut lief. Er hatte es doch gewollt! Hatte Angst gehabt, aber dennoch gewollt, dass die funkelnden Eckzähne ihn berührten, den kurzen Schmerz, dem ... dem ... dem etwas folgen würde ... wahrscheinlich ...

Und niemand auf der ganzen Welt konnte ihm helfen. Jegor erinnerte sich an den Blick der Frau, die die Hunde Gassi führte. Ein Blick, der durch ihn hindurchging, wachsam, aber keinesfalls gleichgültig. Angst empfand sie keine, denn sie sah einfach nicht, was hier geschah ... Einzig und allein das Auftauchen des dritten Vampirs hatte Jegor gerettet. Dieser blasse Typ mit dem MD-Player, der sich ihm schon in der Metro an die Hacken geklebt hatte. Seinetwegen waren die beiden anderen ausgerastet wie ausgewachsene hungrige Wölfe, die sich um einen gehetzten, aber noch nicht getöteten Hirsch schlugen.

An diesem Punkt wirbelte alles durcheinander, lief viel zu schnell ab. Geschrei von irgendeinem Vertrag und von irgendeinem *Zwielicht*. Ein blauer Lichtblitz – und ein Vampir zerfiel vor seinen Augen zu Staub, genau wie im Kino. Das Aufheulen der Vampirin, nachdem der Mann ihr etwas ins Gesicht gespritzt hatte.

Und seine panische Flucht ...

Und die schreckliche Erkenntnis, noch schrecklicher als das, was er eben erlebt hatte: Er durfte niemandem etwas davon sagen. Man würde ihm nicht glauben. Ihn nicht verstehen.

Vampire gibt es nicht!

Man kann nicht durch Menschen hindurchblicken, ohne sie zu bemerken!

Niemand verbrennt in einem Wirbel aus hellblauem Feuer, verwandelt sich darin in eine Mumie, ein Skelett, einen Aschehaufen!

»Das stimmt nicht«, sagte Jegor sich selbst. »Es gibt sie. Es ist möglich. Es kommt vor!«

Doch sogar sich selbst konnte er kaum glauben ...

Er war nicht in die Schule gegangen, räumte dafür aber jetzt die Wohnung auf. Er wollte etwas tun. Hin und wieder trat Jegor ans Fenster und spähte angespannt in den Hof.

Nichts, was verdächtig gewesen wäre.

Aber würde er sie überhaupt sehen können?

Sie würden kommen. Daran zweifelte Jegor nicht eine Sekunde. Sie wussten, dass er sich an sie erinnerte. Jetzt würden sie ihn als Zeugen umbringen.

Und nicht einfach nur umbringen! Sie würden sein Blut trinken und einen Vampir aus ihm machen.

Der Junge ging zum Bücherschrank, in dem die Hälfte der Regale mit Videokassetten voll gestellt war. Vielleicht würde er hier Rat finden. *Dracula – Tot und unzufrieden.* Nein, das war eine Komödie. *Einmal beißen bitte.* Völliger Quatsch. *Die rabenschwarze Nacht – Fright Night.* Jegor erschauerte. An den Film erinnerte er sich noch gut. Jetzt würde er sich erst recht nie wieder trauen, ihn anzusehen. Aber wie hieß es darin doch ... »Das Kreuz hilft, wenn du daran glaubst.«

Wie konnte ein Kreuz ihm helfen? Er war ja nicht einmal getauft. Und an Gott glaubte er auch nicht. Zumindest bisher nicht.

Jetzt sollte er vielleicht besser damit anfangen?

Wenn es Vampire gibt, dann gibt es auch einen Teufel, und wenn es den Teufel gibt, dann gibt es also auch Gott?

Wenn es Vampire gibt, dann gibt es auch Gott?

Wenn es das Böse gibt, dann gibt es auch das Gute?

»Blödsinn«, sagte Jegor. Er steckte die Hände in die Taschen seiner Jeans, ging in die Diele und schaute in den Spiegel. Sein Spiegelbild sah ihn an. Vielleicht blickte er etwas zu finster drein, ansonsten war er aber ein ganz normaler Junge. Bisher war also noch alles in Ordnung. Sie hatten es nicht geschafft, ihn zu beißen.

Sicherheitshalber drehte er sich doch noch herum und versuchte, seinen Nacken zu betrachten. Nein, nichts. Keine Spuren. Einfach ein dünner, vielleicht nicht ganz sauberer Hals.

Die Idee kam ihm ganz plötzlich. Jegor stürzte in die Küche und schreckte dabei den Kater auf, der es sich auf der Waschmaschine gemütlich gemacht hatte. Er durchwühlte die Tüten mit Kartoffeln, Zwiebeln und Mohrrüben.

Da war der Knoblauch.

Hastig schälte Jegor eine Knolle und biss hinein. Der Knoblauch war scharf, versengte ihm den Mund. Jegor goss sich ein Glas Tee ein, mit dem er jede Zehe nachspülte. Viel half das nicht, seine Zunge brannte immer noch, das Zahnfleisch kribbelte. Aber es würde doch wohl helfen?

Der Kater schaute zur Küche hinein. Verständnislos starrte er den Jungen an, miaute enttäuscht und zog wieder ab. Wie man etwas derart Ekelhaftes essen konnte, wollte ihm einfach nicht in den Sinn.

Die letzten beiden Zehen kaute Jegor an, spuckte sie dann aus und rieb sich den Hals damit ein. Obwohl er selbst über sein Verhalten lachen musste, konnte er nicht damit aufhören.

Der Hals fing ebenfalls an zu jucken. Verdammt guter Knoblauch. Jeder Vampir würde allein vom Geruch verrecken.

Unzufrieden schrie der Kater in der Diele los. Jegor spitzte die Ohren und spähte aus der Küche hinaus. Nein, da war nichts. Die Tür war mit drei Schlössern und einer Kette verriegelt.

»Schrei nicht so, Greysik!«, schimpfte er streng. »Sonst kriegst du auch Knoblauch zu fressen.«

Nach Abwägung der Gefahr türmte der Kater ins elterliche Schlafzimmer. Was konnte Jegor noch tun? Silber soll ja helfen. Der Junge ging ins Schlafzimmer, wobei er abermals den Kater erschreckte, öffnete den Kleiderschrank und kramte unter Bettlaken und Handtüchern die Schatulle hervor, in der seine Mutter ihren Schmuck aufbewahrte. Er nahm sich eine silberne Kette und band sie um. Sie würde nach Knoblauch stinken, außerdem musste er sie heute Abend sowieso wieder zurücklegen. Vielleicht sollte er seine Sparbüchse plündern und sich ein Kettchen kaufen? Mit einem Kreuz. Und es immer tragen. Vielleicht sollte er verkünden, dass er an Gott glaube? So was kam ja vor, dass jemand, der noch nie, noch niemals gläubig gewesen war, plötzlich anfing, an Gott zu glauben!

Er ging durchs Wohnzimmer, setzte sich im Schneidersitz aufs Sofa und ließ nachdenklich den Blick durchs Zimmer schweifen. Hatten sie Espenholz im Haus? Vermutlich nicht. Wie sieht das überhaupt aus, Espenholz? Ob er in den Botanischen Garten gehen und sich aus einem Ast einen Dolch schnitzen sollte?

Das wäre alles sehr schön, gewiss. Nur ob das helfen würde? Wenn diese Musik abermals erklingen würde, diese leise, betörende Musik ... Vielleicht würde er dann einfach die Kette abnehmen, den Dolch aus Espenholz zerbrechen und sich den Knoblauch vom Hals waschen?

Die leise, leise Musik... Unsichtbare Feinde. Vielleicht waren sie schon nah. Und er sah sie einfach nicht. Konnte nicht richtig schauen. Vielleicht saß der Vampir schon neben ihm und lachte sich ins Fäustchen, wenn er diesen dummen Bengel beobachtete, der seine Verteidigung aufbaute. Womöglich machte ihnen weder das Espenholz Angst, noch jagte ihnen der Knoblauch Schrecken ein. Wie sollte er gegen ein unsichtbares Wesen kämpfen?

»Greysik!«, rief Jegor. Auf *Mietz, Mietz* hörte der Kater mit seinem komplizierten Charakter nicht. »Komm her, Greysik!«

Der Kater hatte sich auf der Schwelle zum Schlafzimmer aufgebaut. Sein Fell war gesträubt, seine Augen funkelten. Er sah an Jegor vorbei, in eine Ecke, auf den Sessel, der am Couchtisch stand. Ein leerer Sessel ...

Der Junge spürte, wie über seinen Rücken der nunmehr bereits vertraute eiskalte Schauder lief. Er wirbelte so abrupt herum, dass er vom Sofa flog und auf dem Boden landete. Der Sessel war leer. Die Wohnung ebenfalls. Und obendrein gut verriegelt. Finster war es jedoch geworden, als sei draußen das Sonnenlicht erloschen ...

Hier war noch jemand.

»Nein«, schrie Jegor und kroch weg. »Ich weiß es! Ich weiß es! Ihr seid hier!«

Der Kater stieß einen kollernden Laut aus und flüchtete unters Bett.

»Ich seh dich!«, brüllte der Junge. »Rühr mich nicht an!«

Der Hauseingang hätte sowieso düster und verdreckt gewirkt. Doch aus dem *Zwielicht* heraus betrachtet war er die reinste Katakombe. Die Betonwände, in der normalen Realität einfach nur dreckig, bewucherte im *Zwielicht* dunkelblaues Moos. Widerwärtig. Kein Anderer wohnte hier, der das Haus hätte davon befreien können ... Ich strich mit der Hand über eine besonders dichte Stelle – das Moos fing an zu wabern, versuchte, vor der Wärme davonzukriechen.

»Brenne«, befahl ich.

Parasiten mag ich nicht. Selbst wenn sie eigentlich keinen Schaden anrichten, sondern nur fremde Gefühle trinken. Die Hypothese, die riesigen Kolonien blauen Mooses könnten die menschliche Psyche durchschütteln und so Depressionen oder eine sorglose Heiterkeit hervorrufen, hat bislang noch niemand bewiesen. Doch ich habe es schon immer vorgezogen, auf Nummer sicher zu gehen.

»Brenne!«, wiederholte ich und schickte ein wenig Kraft in meine Handfläche.

Eine transparente heiße Flamme erfasste den dichten blauen Filz. Im Nu loderte der ganze Eingang. Ich ging zum Fahrstuhl, drückte den Knopf und betrat die Kabine. Die war sauberer.

»Achter Stock«, soufflierte Olga. »Warum hast du deine Kräfte dafür verschwendet?«

»War doch nicht der Rede wert ...«

»Es kann sein, dass du alle Kraft brauchst, die du hast. Soll das Zeug doch wachsen.«

Ich hüllte mich in Schweigen. Der Fahrstuhl zuckelte langsam nach oben, ein *Zwielicht*-Lift, der Doppelgänger des normalen, der nach wie vor im Erdgeschoss wartete.

»Du musst es ja wissen«, meinte Olga. »Die Jugend ... ihre Kompromisslosigkeit ...«

Die Türen öffneten sich. Hier im achten Stock tobte bereits das Feuer, das blaue Moos brannte wie Zunder. Es war heiß, viel heißer als normalerweise im *Zwielicht*. Leichter Brandgeruch lag in der Luft.

»Die Tür da ...«, sagte Olga.

»Ich seh's.«

In der Tat spürte ich die Aura des Jungen an der Tür. Er hatte sich heute noch nicht mal getraut, das Haus zu verlassen. Gut. Das Zicklein war an einer festen Leine, jetzt mussten wir nur noch auf den Tiger warten.

»Ich werde dann mal hineingehen«, verkündete ich. Und stieß gegen die Tür.

Die ging nicht auf.

Das konnte doch nicht wahr sein!

In der Realität mögen Türen mit allen möglichen Schlössern verriegelt sein – aber das *Zwielicht* hat seine eigenen Gesetze. Nur Vampire brauchen eine Einladung, damit sie ein fremdes Haus betreten dürfen, das ist der Preis, den sie für ihre außergewöhnliche Kraft und die gastronomische Beziehung zu den Menschen zahlen.

Um im *Zwielicht* eine Tür zu versperren, muss man zumindest in selbiges eintreten können.

»Das ist die Angst«, sagte Olga. »Gestern war der Junge entsetzt. Und gerade eben aus der *Zwielicht*-Welt zurück. Er schloss die Tür hinter sich – und ohne es zu merken, hat er es gleich in beiden Welten getan.«

»Und was machen wir jetzt?«

»Komm tiefer. Folge mir.«

Ich schaute auf meine Schulter – da war niemand. Das *Zwielicht* heraufzubeschwören, wenn man bereits in ihm weilt, ist kein Kinderspiel. Mehrmals musste ich meinen Schatten vom Boden heben, bis er schließlich Volumen gewann und vor mir in der Luft waberte.

»Komm schon, du schaffst es«, flüsterte Olga.

Ich trat in den Schatten hinein, und das *Zwielicht* verdichtete sich. Dicker Nebel quoll im ganzen Raum. Die Farben verschwanden völlig. Es war nur noch ein Geräusch zu hören: der Schlag meines Herzens, schwer und langsam, nachhallend, als würde auf dem Grund einer Schlucht auf eine Trommel eingedroschen. Und Wind pfiff – die Luft kroch in die Lungen, dehnte langsam die Bronchien. Auf meiner Schulter tauchte die weiße Eule auf.

»Lange halt ich es hier nicht aus«, flüsterte ich, während ich die Tür öffnete. In dieser Schicht war sie natürlich nicht verschlossen.

An meinen Beinen schoss ein dunkelgrauer Kater vorbei. Für

Katzen existiert weder die Menschen- noch die *Zwielicht*-Welt, sie leben in allen Welten zugleich. Nur gut, dass sie ziemlich dumm sind.

»Mietz, Mietz, Mietz«, flüsterte ich. »Du brauchst keine Angst haben, kleiner Kater ...«

Wohl um meine Kräfte zu testen, schloss ich hinter mir die Tür. So, mein Junge, jetzt bist du etwas besser geschützt. Aber ob dir das was nützt, wenn du den Ruf hörst?

»Komm da raus«, sagte Olga. »Du verlierst sehr schnell an Kraft. Diese Schicht des *Zwielichts* bereitet selbst einem erfahrenen Magier Probleme. Ich werde wohl auch wieder etwas höher gehen.«

Erleichtert trat ich nach draußen. Ich war einfach kein Fahnder, der in allen drei Schichten des *Zwielichts* spazieren gehen kann. Im Allgemeinen brauchte ich das auch nicht.

Die Welt gewann an Farbe. Ich sah mich um – die Wohnung war gemütlich und von den Ausgeburten der *Zwielicht*-Welt weitgehend verschont. Ein paar Streifen blauen Mooses an der Tür, kaum der Rede wert, denn sie würden von selbst eingehen, wenn erst mal der Hauptstamm ausgerottet war. Geräusche waren auch zu hören, allem Anschein nach aus der Küche. Ich spähte hinein.

Der Junge stand am Tisch und aß Knoblauch, den er mit heißem Tee hinunterspülte.

»Beim Licht und beim Dunkel ...«, flüsterte ich.

Der kleine Kerl kam mir jetzt noch winziger und schutzbedürftiger vor als gestern. Mager, schlaksig, wenn auch nicht unbedingt schwach, denn offensichtlich trieb er Sport. Er trug verwaschene hellblaue Jeans und ein blaues T-Shirt.

»Armer Kerl«, sagte ich.

»Man muss einfach Mitleid mit ihm haben«, stimmte Olga zu. »Das Gerücht zu verbreiten, Knoblauch besitze magische Eigenschaften, war ein wirklich kluger Schachzug von den Vampiren. Angeblich hat sich das Bram Stoker selbst ausgedacht ...«

Der Junge spuckte sich etwas zerkauten Brei auf die Hand und fing an, sich mit diesem Knoblauchpüree den Hals einzureiben.

»Knoblauch ist gesund«, sagte ich.

»Stimmt. Und er hilft. Gegen Grippeviren«, ergänzte Olga. »Meine Güte! Wie leicht die Wahrheit stirbt, wie lang die Lüge lebt ... Aber der Junge ist wirklich stark. Der Nachtwache könnte ein neuer Fahnder nicht schaden.«

»Gehört er denn uns?«

»Im Moment gehört er niemandem. Sein Schicksal ist noch nicht besiegelt, das siehst du doch selbst.«

»Und wohin tendiert er?«

»Das lässt sich nicht sagen. Noch nicht. Dazu ist er zu verängstigt. Er würde jetzt alles tun, nur um sich vor den Vampiren zu retten. Er würde ein Dunkler werden, er würde ein Lichter werden.«

»Kann ich ihm nicht verdenken.«

»Natürlich nicht. Gehen wir.«

Die Eule flatterte auf und flog durch den Korridor. Ich folgte ihr. Wir bewegten uns jetzt dreimal so schnell wie Menschen. Das ist eines der wesentlichen Merkmale des *Zwielichts*: dass die Zeit anders vergeht.

»Wir warten hier«, befahl Olga, sobald sie im Wohnzimmer war. »Hier ist es warm, hell und gemütlich.«

Ich nahm in einem weichen Sessel Platz, der neben einem kleinen Tisch stand. Auf ihm lag eine Zeitung, auf die ich jetzt schielte.

Es gibt nichts Amüsanteres, als durchs *Zwielicht* Zeitung zu lesen.

»Kreditgewinne sinken«, verkündete die Überschrift.

In der Realität lautet dieser Satz freilich ganz anders. »Im Kaukasus nehmen die Spannungen zu.«

Jetzt könnte ich mir die Zeitung schnappen und die Wahrheit lesen. Die unverfälschte Wahrheit. Das, was der Journalist gedacht hat, als er einen Artikel zu einem vorgegebenen Thema zusammenschusterte. Jene Bruchstücke an Informationen, die er aus inoffiziellen Quellen bekam. Die Wahrheit über das Leben und die Wahrheit über den Tod.

Nur wozu?

Seit Jahr und Tag schere ich mich einen Dreck um die Welt der Menschen. Sie ist unser Fundament. Unsere Wiege. Aber wir sind Andere. Wir gehen durch verschlossene Türen und erhalten das Gleichgewicht zwischen Gut und Böse aufrecht. Wir sind schrecklich wenige, und wir können uns nicht vermehren: Die Tochter eines Magiers wird nicht unbedingt eine Zauberin, der Sohn eines Tiermenschen lernt nicht zwangsläufig, sich in Vollmondnächten zu verwandeln.

Wir sind nicht verpflichtet, die gewöhnliche Welt zu lieben.

Wir bewahren sie nur deshalb, weil sie der Wirt für uns Parasiten ist.

Dabei hasse ich Parasiten!

»Woran denkst du?«, fragte Olga. Im Wohnzimmer tauchte der Junge auf. Er verschwand jedoch gleich wieder im Schlafzimmer, sehr schnell sogar, wenn man bedenkt, dass er sich in der normalen Welt bewegte. Er kramte im Schrank herum.

»An nichts weiter. Trauriges Zeug.«

»So was kommt vor. In den ersten Jahren machen das alle durch.« Olgas Stimme klang jetzt genau wie die eines Menschen. »Danach gewöhnst du dich daran.«

»Das ist es ja, weshalb ich heulen könnte.«

»Du solltest dich lieber freuen, dass wir noch am Leben sind. Zu Beginn des Jahrhunderts war die Zahl der Anderen auf ein kritisches Minimum zurückgegangen. Weißt du, dass man damals ernsthaft erwogen hat, die Dunklen und die Lichten zu vereinigen? Dass man bereits eugenische Programme ausgearbeitet hat?«

»Ja, weiß ich.«

»Die Wissenschaft hätte uns beinah umgebracht. An uns hat

man nicht geglaubt, wollte man nicht glauben. Damals nahm man an, die Wissenschaft könne eine bessere Welt schaffen.«

Der Junge kam ins Wohnzimmer zurück. Er setzte sich aufs Sofa und zupfte eine Silberkette zurecht, die um seinen Hals hing.

»Was heißt besser?«, fragte ich. »Wir sind aus der Menschheit hervorgegangen. Wir haben gelernt, ins *Zwielicht* einzutreten, haben gelernt, die Natur der Dinge und der Menschen zu verändern. Aber was hat sich dadurch geändert, Olga?«

»Vampire dürfen jetzt zumindest nicht mehr ohne Lizenz auf Jagd gehen.«

»Sag das mal dem Menschen, dessen Blut er gerade trinkt ...«

In der Tür erschien der Kater. Er starrte uns an. Fauchte die Eule zornig an.

»Er reagiert auf dich«, sagte ich. »Olga, geh tiefer ins *Zwielicht*!«

»Zu spät«, erwiderte sie. »Entschuldige ... ich habe nicht aufgepasst.«

Der Junge sprang vom Sofa auf. Viel schneller, als man es eigentlich in der Menschenwelt kann. Ungeschickt, denn er verstand selbst nicht, was mit ihm geschah, trat er in seinen Schatten hinein und fiel zu Boden. Er sah mich an – bereits aus dem *Zwielicht* heraus.

»Ich gehe tiefer ...«, flüsterte die Eule und verschwand. Ihre Krallen bohrten sich mir schmerzhaft in die Schultern.

»Nein!«, schrie der Junge. »Ich weiß es! Ich weiß es! Ihr seid hier!«

Ich stand auf und breitete die Arme aus.

»Ich seh dich! Rühr mich nicht an!«

Er lag im *Zwielicht*. Mist! Es war passiert. Ohne jede Hilfe von außen, ohne Kurs und ohne Stimuli, ohne Anleitung eines Betreuers hatte der Junge die Grenze zwischen der Menschen- und der *Zwielicht*-Welt überschritten.

Davon, auf welche Weise man das erste Mal ins *Zwielicht* eintritt, was man dabei erblickt, was man fühlt, hängt im Großen und Ganzen ab, was man wird.

Ein Dunkler oder ein Lichter.

Wir dürfen ihn nicht der Dunklen Seite überlassen, denn dann würde das Gleichgewicht in Moskau endgültig zusammenbrechen.

Du stehst hart am Rande, mein Junge.

Und das ist schlimmer als die unerfahrene Vampirin.

Boris Ignatjewitsch hat das Recht, über eine Liquidierung zu entscheiden.

»Keine Angst«, sagte ich, ohne mich von der Stelle zu rühren. »Du brauchst keine Angst haben. Ich bin ein Freund und tu dir nichts.«

Der Junge kroch in eine Ecke und blieb dort wie erstarrt. Er ließ mich nicht aus den Augen und begriff offenkundig nicht, dass er ins *Zwielicht* eingetaucht war. Für ihn stellte sich das Ganze so dar, als sei es mit einem Mal finster im Zimmer geworden, als habe sich mit einem Mal Stille über alles herabgesenkt und als sei ich aus dem Nichts aufgetaucht ...

»Keine Angst«, wiederholte ich. »Ich bin Anton. Wie heißt du?«

Er schwieg. In einem fort schluckte er. Dann presste er die Hand an den Hals, ertastete die Kette und schien sich ein wenig zu beruhigen.

»Ich bin kein Vampir«, sagte ich.

»Wer sind Sie?« Der Junge schrie. Nur gut, dass man diesen markerschütternden Schrei in der normalen Welt nicht hören konnte.

»Anton. Ich arbeite bei der Nachtwache.«

Jäh riss er die Augen auf – als schmerze ihn etwas.

»Meine Arbeit besteht darin, die Leute vor Vampiren und anderen Ungeheuern zu beschützen.«

»Das ist nicht wahr ...«

»Warum?«

Er zuckte mit den Schultern. Gut. Er versuchte, seine Möglichkeiten auszuloten, seinen Standpunkt darzulegen. Das hieß, die Angst hatte ihm nicht völlig den Verstand geraubt.

»Wie heißt du?«, fragte ich noch einmal. Vielleicht konnte ich den Jungen unter Druck setzen, ihm die Angst nehmen. Doch das würde bereits eine Intervention darstellen, noch dazu eine unerlaubte.

»Jegor ...«

»Ein schöner Name. Ich bin Anton. Hast du das verstanden? Anton Sergejewitsch Gorodezki. Ich arbeite bei der Nachtwache. Gestern habe ich den Vampir getötet, der versucht hat, dich zu überfallen.«

»Nur einen?«

Sehr schön. Das Gespräch kam in Gang.

»Ja. Die Vampirin ist entkommen. Sie wird jetzt gesucht. Du brauchst keine Angst zu haben, ich bin hier, um auf dich aufzupassen ... und um die Vampirin zu vernichten.«

»Warum ist es überall so grau?«, fragte der Junge plötzlich.

Beachtlich! Was für ein beachtlicher kleiner Kerl!

»Ich werde es dir erklären. Aber erst musst du mir glauben, dass ich nicht dein Feind bin. Einverstanden?«

»Mal seh'n.«

Er klammerte sich an sein albernes Kettchen, als könne es ihn vor irgendetwas schützen. Ach, mein Junge, wenn doch bloß alles so einfach wäre in der Welt. Doch weder Silber noch Espenholz oder das heilige Kreuz werden dich retten. Das Leben gegen den Tod, die Liebe gegen den Hass – und Kraft gegen Kraft, denn die Kraft kennt keine moralischen Kategorien. So einfach ist das alles. Das habe sogar ich innerhalb von nur zwei, drei Jahren begriffen.

»Jegor.« Langsam ging ich auf ihn zu. »Hör gut zu, was ich dir jetzt sage ...«

»Stehen bleiben!«

Den Befehl erteilte er derart entschlossen, als halte er eine Waffe in Händen. Seufzend blieb ich stehen.

»Gut. Hör trotzdem zu. Abgesehen von der normalen Welt, der Menschenwelt, die du mit deinen Augen sehen kannst, gibt es noch eine Welt der Schatten, eine *Zwielicht*-Welt.«

Er dachte darüber nach. Trotz seiner Panik – und er hatte eine fürchterliche Angst, ich spürte Wellen erstickenden Entsetzens – versuchte der Junge, das zu begreifen. Es gibt Menschen, die paralysiert ihre Angst. Es gibt aber auch andere, denen sie Kraft verleiht.

Liebend gern hätte ich gehofft, auch zur zweiten Kategorie zu gehören.

»Eine Parallelwelt?«

Na bitte. Die Science-Fiction trat auf den Plan. Na meinetwegen, Namen waren dabei nur Schall und Rauch.

»Ja. Und in diese Welt können nur die gelangen, die übernatürliche Fähigkeiten haben.«

»Vampire?«

»Nicht nur. Auch Tiermenschen, Hexen, schwarze Magier ... aber auch weiße Magier, Heiler und Seher.«

»Gibt es die denn alle wirklich?«

Er war klatschnass. Die Haare klebten ihm am Kopf, das T-Shirt am Körper, über seine Wangen sickerten Schweißperlen. Trotzdem ließ mich der Junge nicht aus den Augen und hielt sich abwehrbereit. Als überstiege das nicht seine Kräfte.

»Ja, Jegor. Manche Menschen sind in der Lage, in die *Zwielicht*-Welt einzutreten. Sie stellen sich auf die Seite des Guten oder des Bösen. Des Lichts oder des Dunkels. Sie sind die Anderen. So nennen wir einander: die Anderen.«

»Sind Sie ein Anderer?«

»Ja. Und du auch.«

»Warum das?«

»Du bist jetzt in der *Zwielicht*-Welt, mein Kleiner. Schau dich um und hör genau hin. Die Farben sind verblasst. Die Geräusche verstummt. Der Sekundenzeiger kriecht nur noch über das Zifferblatt dahin. Du bist in die *Zwielicht*-Welt eingetreten ...

Du wolltest die Gefahr erkennen und hast dabei die Grenze zwischen den beiden Welten überschritten. Hier vergeht die Zeit langsamer, hier ist alles anders. Denn das ist die Welt der Anderen.«

»Das glaube ich nicht.« Jegor drehte sich kurz um, dann sah er mich wieder an. »Und warum ist Greysik hier?«

»Der Kater?« Ich lächelte. »Tiere haben ihre eigenen Gesetze, Jegor. Katzen leben in allen Räumen zugleich, für sie besteht da kein Unterschied.«

»Glaub ich nicht.« Seine Stimme zitterte. »Das ist alles nur ein Traum, das weiß ich genau! Wenn das Licht verblasst ... Ich schlafe. Das habe ich schon öfter erlebt.«

»Du träumst, dass du das Licht anknipst, aber die Lampe geht nicht an?« Die Antwort auf die Frage kannte ich bereits, außerdem stand sie mehr als deutlich in den Augen des Jungen geschrieben. »Oder leuchtet nur ganz, ganz schwach, so wie eine Kerze? Und du läufst, während um dich herum das Dunkel wabert, streckst die Hand aus ... kannst aber die einzelnen Finger nicht mehr unterscheiden?«

Er schwieg.

»Das passiert uns allen, Jegor. Jeder Andere hat solche Träume. Die *Zwielicht*-Welt kriecht dann in uns hinein, ruft uns, bringt sich in Erinnerung. Du bist ein Anderer. Auch wenn du noch klein bist, bist du ein Anderer. Und nur von dir hängt ab, ob ...«

Ich begriff nicht auf Anhieb, dass seine Augen geschlossen waren, sein Kopf zur Seite weggesackt war.

»Du Idiot«, flüsterte Olga auf meiner Schulter. »Er ist zum ersten Mal ganz allein ins *Zwielicht* eingetreten! Seine Kräfte reichen dafür nicht! Zieh ihn raus, schnell, sonst bleibt er für immer hier!«

Das *Zwielicht*-Koma – die Krankheit aller Neulinge. Fast hätte ich sie vergessen, da ich nicht mit jungen Anderen arbeitete.

»Jegor!« Ich stürzte auf ihn zu, rüttelte ihn, fasste ihn unter den Achseln. Er war leicht, ganz leicht, denn in der *Zwielicht*-Welt verändert sich nicht nur der Lauf der Zeit. »Wach auf!«

Keine Reaktion. Der Junge hatte etwas geschafft, wofür andere Monate lang üben mussten – er war ohne Hilfe ins *Zwielicht* eingetreten. Doch die *Zwielicht*-Welt tut nichts lieber, als Kraft auszusaugen.

»Zieh!« Olga übernahm das Kommando. »Zieh ihn raus, mach schon! Von selbst wacht er nicht auf!«

Leichter gesagt als getan. Ich hatte Erste-Hilfe-Kurse absolviert, musste aber noch nie jemanden tatsächlich aus dem *Zwielicht* herausziehen.

»Jegor, komm zu dir!« Ich gab ihm ein paar Ohrfeigen. Am Anfang nur leicht, dann mit aller Kraft. »Was ist denn, Junge? Du bist in der *Zwielicht*-Welt! Aufgewacht!«

Leichter und leichter wurde er, zerfloss mir unter den Händen. Das *Zwielicht* trank sein Leben, saugte die letzte Kraft aus ihm heraus. Das *Zwielicht* veränderte seinen Körper, nahm ihn in Besitz. Was hatte ich da bloß angerichtet!

»Schirm dich ab!« Olgas Stimme war kalt, brachte mich zur Besinnung. »Schirm dich zusammen mit ihm ab ... Wächter!«

Normalerweise brauche ich mehr als eine Minute, um die Kugel entstehen zu lassen. Diesmal schaffte ich es innerhalb von fünf Sekunden. Schmerz explodierte in mir, als ob in meinem Kopf ein Minischuss losgegangen sei. Ich warf den Kopf in den Nacken, als die Negationssphäre aus meinem Körper heraustrat und mich einhüllte wie eine Seifenblase, die in allen Farben des Regenbogens schillert. Die Blase wuchs, blähte sich und nahm, wenn auch ungern, sowohl mich wie auch den Jungen in sich auf.

»Gut, jetzt halte sie. Ich kann dir nicht helfen, Anton. Halte die Sphäre aufrecht!«

Olga hatte Unrecht. Sie half mir bereits mit ihren Tipps. Vielleicht wäre ich auch selbst darauf gekommen, die Sphäre zu bilden, hätte jedoch womöglich wertvolle Sekunden verloren.

Um uns herum klarte es auf. Das *Zwielicht* trank noch immer unsere Kraft, meine mit etwas mehr Mühe, die des Jungen in vollen Zügen, aber jetzt standen ihm nur ein paar Kubikmeter zur Verfügung. Die üblichen physikalischen Gesetze gelten hier zwar nicht, doch es herrschen bestimmte Analogien. Im Moment bildete sich in der Sphäre das Gleichgewicht zwischen unseren lebenden Körpern und dem *Zwielicht* heraus.

Entweder würde sich das *Zwielicht* nun auflösen und von seiner Beute ablassen, oder der Junge würde sich in einen Bewohner der *Zwielicht*-Welt verwandeln. Für immer. Das passiert Magiern, wenn sie sich völlig verausgabt haben, aus Unachtsamkeit oder auch aus Notwendigkeit. Das passiert Neulingen, die sich nicht gegen das *Zwielicht* zu wehren wissen und ihm mehr geben, als sie dürften.

Ich sah Jegor an: Sein Gesicht ergraute zusehends. Er war dabei, in die endlosen Weiten der Schattenwelt einzugehen.

Während ich den Jungen in meinen rechten Arm bettete, zog ich mit der linken Hand ein Taschenmesser heraus. Mit den Zähnen klappte ich es auf.

»Das ist gefährlich«, warnte Olga.

Ich antwortete ihr nicht. Sondern schnitt mir einfach in den Unterarm.

Als das Blut herausspritzte, zischte das *Zwielicht* auf wie eine glühend heiße Pfanne. Mir verschwamm alles vor den Augen – was nicht am Blutverlust lag, sondern daran, dass mit dem Blut auch das Leben selbst aus mir heraustropfte. Ich hatte meine eigene Verteidigung gegen das *Zwielicht* eingerissen.

Dafür bekam es jetzt eine Portion Energie, die es nicht verdauen konnte.

Die Welt klarte auf, mein Schatten sprang zu Boden, und ich trat durch ihn hindurch. Die regenbogenfarbene Membran der Negationssphäre barst – wir waren wieder in der normalen Welt.

Fünf

Das Blut spritzte in einem dünnen Strahl auf den Teppich. Der Junge, der in meinen Armen hing, war immer noch bewusstlos, doch in sein Gesicht kehrte langsam die Farbe zurück. Im anderen Zimmer schrie der Kater, als würde er abgeschlachtet.

Ich bettete Jegor aufs Sofa. Setzte mich neben ihn.

»Olga, eine Binde ...«, bat ich.

Die Eule flog von meiner Schulter auf und sauste wie ein weißer Schnörkel in die Küche. Unterwegs musste sie ins *Zwielicht* eingetaucht sein, denn schon nach ein paar Sekunden kam sie mit einer Binde im Schnabel zurück.

Jegor öffnete die Augen genau in dem Moment, als ich der Eule den Verband abnahm und mich daran machte, meine Hand zu verarzten.

»Wer ist das?«, fragte er.

»Eine Eule. Siehst du das denn nicht?«

»Was war mit mir los?«, wollte er wissen. Die Stimme zitterte fast überhaupt nicht.

»Du hast das Bewusstsein verloren.«

»Warum?« Ängstlich huschte sein Blick über die Blutspritzer am Fußboden und auf meiner Kleidung. Immerhin war es mir gelungen, nicht auch noch Jegor zu beschmieren.

»Das ist mein Blut«, erklärte ich. »Ich habe mich aus Versehen geschnitten. Man muss sehr vorsichtig sein, Jegor, wenn man ins *Zwielicht* eintritt. Das ist ein fremdes Milieu, selbst für uns, die Anderen. Sobald wir in der *Zwielicht*-Welt sind, müssen wir ständig Kraft abgeben und es mit unserer Lebensenergie füttern. Zumindest ein bisschen. Und wenn man den Prozess nicht unter Kontrolle behält, saugt das *Zwielicht* alles Leben aus dir heraus. Da kann man nichts gegen machen, das ist der Preis.«

»Ich habe also mehr bezahlt, als ich schuldig war?«

»Viel mehr, als du hattest. Deshalb wärst du beinah für immer in der *Zwielicht*-Welt geblieben. Das bedeutet nicht den Tod, ist aber womöglich noch schlimmer.«

»Warten Sie, ich helfe Ihnen ...« Der Junge setzte sich auf und verzog kurz das Gesicht: Offensichtlich war ihm schwindlig. Ich streckte die Hand aus, und er fing an, mein Handgelenk zu verbinden – ungeschickt, aber eifrig. Die Aura des Jungen hatte sich nicht verändert, nach wie vor changierte sie, verhielt sich neutral. Obwohl der Junge bereits im *Zwielicht* gewesen war, hatte dieses ihm noch nicht seinen Stempel aufdrücken können.

»Glaubst du mir jetzt, dass ich dein Freund bin?«, fragte ich.

»Ich weiß nicht. Zumindest kein Feind. Oder Sie können mir einfach nichts tun!«

Ich streckte die Hand aus und berührte den Hals des Jungen – sofort schreckte er zurück. Ich machte den Verschluss der Kette auf und nahm sie ihm ab. »Kapiert?«

»Das heißt, Sie sind kein Vampir.« Seine Stimme hatte sich ein wenig gesenkt.

»Stimmt. Aber nicht deshalb, weil ich Knoblauch und Silber anfassen kann. Damit hältst du einen Vampir nicht auf, Jegor.«

»Aber in allen Filmen ...«

»Ja, und in allen Filmen gewinnen die guten Kerle gegen die schlechten. Aberglaube ist eine gefährliche Sache, mein Junge, er flößt dir falsche Hoffnungen ein.«

»Gibt es denn berechtigte Hoffnungen?«

»Nein. Das wäre ein Widerspruch in sich.« Ich erhob mich und befühlte den Verband. Alle Achtung, er war fest und ziemlich straff gewickelt. In einer halben Stunde würde ich die Wunde besprechen können, aber noch fehlte mir dazu die Kraft.

Der Junge beobachtete mich vom Sofa aus. Ja, er hatte sich ein wenig beruhigt. Glaubte mir aber immer noch nicht. Der weißen Eule, die mit Unschuldsmiene auf dem Fernseher vor sich hin döste, schenkte er komischerweise nicht die geringste Beachtung. Offenbar hatte Olga doch in sein Bewusstsein eingegriffen. Was mir nur recht sein konnte: Zu erklären, was es mit dieser sprechenden Eule auf sich hatte, wäre höchst schwierig gewesen.

»Hast du was zu essen da?«, fragte ich.

»Was wollen Sie denn?«

»Irgendwas. Tee mit Zucker. Ein Stück Brot. Ich habe nämlich auch viel Kraft verloren.«

»Wir finden schon was. Und wie haben Sie sich verletzt?«

Darauf wollte ich nicht näher eingehen, ihn aber auch nicht anlügen.

»Das hab ich absichtlich gemacht. Es musste sein, um dich aus dem *Zwielicht* zu holen.«

»Danke. Falls das stimmt.«

Ganz schön frech, das Bürschchen, aber mir gefiel das.

»Keine Ursache. Wenn du im *Zwielicht* verloren gegangen wärst, hätte mir mein Vorgesetzter den Kopf abgerissen.«

Der Junge schnaubte und stand auf. Trotz allem versuchte er, Abstand zu mir zu halten. »Wie ist Ihr Vorgesetzter?«

»Streng. Was ist, machst du mir einen Tee?«

»Für einen netten Menschen ist einem doch nichts zu schade.« Trotzdem hatte er immer noch Angst. Und die versteckte er hinter einem nassforschen Auftreten.

»Damit das gleich klar ist: Ich bin kein Mensch. Ich bin ein Anderer. Und du bist auch ein Anderer.«

»Und worin besteht der Unterschied?« Jegor musterte mich

demonstrativ von oben bis unten. »Im Äußeren bestimmt nicht!«

»Solange ich keinen Tee kriege, werde ich gar nichts sagen. Weißt du nicht, wie man Gäste bewirtet?«

»Ungebetene? Wie sind Sie überhaupt hereingekommen?«

»Durch die Tür. Ich zeig's dir. Später.«

»Gehen wir.« Offenbar hatte er nun doch beschlossen, mir Tee zu kochen. Ich folgte dem Jungen und rümpfte unwillkürlich die Nase.

»Nur eins, Jegor ...«, bat ich, weil ich es nicht länger ertrug. »Wasch dir erst mal den Hals.«

Ohne sich umzudrehen, schüttelte der Junge den Kopf.

»Du musst immerhin zugeben, dass es dumm ist, nur den Hals zu schützen. Der menschliche Körper hat fünf Punkte, an denen ein Vampir ihn beißen kann.«

»Ach ja?«

»Ach ja! Wobei ich natürlich nur den männlichen Körper meine.«

Selbst sein Nacken wurde knallrot.

Ich gab fünf gehäufte Löffel Zucker in den Tee.

»Bereiten Sie mir einen Tee mit zwei Löffeln Zucker ...«, sagte ich mit einem Zwinkern zu Jegor. »... das möchte ich vor dem Tod noch kennen lernen.«

Offenbar kannte er diesen Witz nicht.

»Und wie viel soll ich nehmen?«

»Wie viel wiegst du?«

»Weiß nicht.«

Ich taxierte ihn. »Nimm vier. Das hilft gegen die Unterzuckerung.«

Den Hals hatte er sich inzwischen zwar gewaschen, der Knoblauchgestank haftete ihm aber immer noch an.

»Jetzt erklären Sie mir alles!«, verlangte er, während er in gierigen Schlucken seinen Tee trank.

So hatte ich mir das nicht vorgestellt. Ganz gewiss nicht. Dem Jungen folgen, wenn der Ruf ihn ereilte. Die Vampirin töten oder gefangen nehmen. Und den dankbaren Jungen zum Chef bringen – der würde ihm dann alles erklären.

»Vor langer Zeit ...« Ich verschluckte mich am Tee. »Hört sich wie ein Märchen an, nicht? Nur dass es keins ist.«

»Weiter.«

»Gut. Fange ich anders an. Es gibt die Welt der Menschen.« Ich machte eine Kopfbewegung zum Fenster hin, zu dem kleinen Hof und den über die Straße zuckelnden Autos. »Die da. Die um uns herum. Und die meisten können ihre Grenzen nicht überschreiten. So war das schon immer. Doch ab und an tauchen wir auf. Die Anderen.«

»Und die Vampire?«

»Vampire sind auch Andere. Klar, sie sind eine besondere Art von Anderen, ihre Fähigkeiten sind von vornherein festgelegt.«

»Das versteh ich nicht.« Jegor schüttelte den Kopf.

Stimmt schon, als Betreuer tauge ich nichts. Ich kann keine Binsenwahrheiten erklären, mag das auch nicht.

»Zwei Schamanen, die Giftpilze gegessen haben, schlagen ihr Tamburin«, sagte ich. »Vor langer, langer Zeit, noch in der Urgeschichte. Einer der beiden Schamanen führt die Jäger und den Häuptling tüchtig an der Nase herum. Der andere sieht, wie sein Schatten im Licht des Lagerfeuers auf dem Höhlenboden erzittert, wie er Volumen gewinnt und sich zu voller Größe aufrichtet. Er macht einen Schritt und tritt in den Schatten hinein. Tritt ins *Zwielicht* ein. Und dann kommt das Interessanteste. Verstehst du?«

Jegor schwieg.

»Das *Zwielicht* verändert den, der es betritt. Es ist eine andere Welt, und sie macht aus Menschen Andere. Was du wirst, hängt nur von dir ab. Das *Zwielicht* ist ein wilder Fluss, der dich in alle Richtungen gleichermaßen reißt. Du kannst entscheiden, was du in der *Zwielicht*-Welt sein möchtest. Aber du musst schnell entscheiden, denn du hast nicht viel Zeit.«

Jetzt hatte er es verstanden. Die Pupillen des Jungen verengten sich, er erblasste leicht. Eine gute Stressreaktion, er würde einen guten Fahnder abgeben ...

»Was kann ich denn werden?«

»Was du willst. Du hast das noch nicht bestimmt. Und weißt du, auf welche Entscheidung es hinausläuft? Die zwischen Gut und Böse. Zwischen Licht und Dunkel.«

»Und du bist ein Guter?«

»In erster Linie bin ich ein Anderer. Der Unterschied zwischen Gut und Böse besteht in der Einstellung gegenüber den gewöhnlichen Menschen. Wenn du das Licht wählst, setzt du deine Fähigkeiten nicht zu deinem persönlichen Vorteil ein. Wenn du das Dunkel wählst, ist das für dich ganz normal. Doch auch ein schwarzer Magier ist in der Lage, Kranke zu heilen und spurlos Vermisste zu finden. Während ein weißer Magier den Menschen seine Hilfe ebenso gut verweigern kann.«

»Dann begreife ich nicht, worin der Unterschied besteht!«

»Du wirst es begreifen. Dann, wenn du dich auf die eine oder andere Seite schlägst.«

»Das werde ich niemals tun!«

»Dazu ist es bereits zu spät, Jegor. Du bist im *Zwielicht* gewesen, du veränderst dich bereits. Der Tag wird kommen, da wirst du deine Wahl treffen.«

»Wenn du das Licht gewählt hast ...« Jegor stand auf, um sich noch Tee einzugießen. Mir fiel auf, dass er mir zum ersten Mal den Rücken zukehrte, ohne Angst zu haben. »Wer bist du dann? Ein Magier?«

»Der Schüler eines Magiers. Ich arbeite im Büro der Nachtwache. Auch diese Arbeit muss getan werden.«

»Und was kannst du? Zeig mir mal was, damit ich dir glaube!«

Das lief ja wie im Lehrbuch. Er war im *Zwielicht* gewesen,

doch das hatte ihn noch nicht überzeugt. Etwas harmloser Hokuspokus würde ihn weitaus stärker beeindrucken.

»Schau her!«

Ich streckte ihm meine Hand entgegen. Jegor erstarrte und versuchte zu verstehen, was hier vor sich ging. Dann sah er auf die Tasse.

Vom Tee stieg schon kein Dampf mehr auf. Er war gefroren, hatte sich in einen kleinen Eiszylinder von trüber brauner Farbe verwandelt, in dem Teeblätter eingeschlossen waren.

»Oi«, sagte der Junge.

Die Thermodynamik ist ein sehr einfacher Aspekt bei der Beherrschung der Materie. Sobald ich die brownsche Bewegung wieder zuließ, kochte das Eis auf. Jegor schrie auf und ließ die Tasse fallen.

»Entschuldigung.« Ich sprang auf und holte einen Lappen aus dem Spülbecken. Hockend wischte ich die Pfütze auf dem Linoleum auf.

»Die Magie bringt echte Unannehmlichkeiten mit sich«, kommentierte der Junge. »Schade um die Tasse.«

»Pass auf!«

Der Schatten sprang mir entgegen, ich trat ins *Zwielicht* ein und besah mir die Scherben. Sie erinnerten sich noch an das Ganze, und der Tasse war es keineswegs bestimmt gewesen, so kaputtzugehen.

Im *Zwielicht* fegte ich mit einer Hand ein paar Scherben zusammen. Einige der allerkleinsten, die unterm Herd gelandet waren, kamen bereitwillig herangerollt.

Dann trat ich aus dem *Zwielicht* heraus und stellte die weiße Tasse auf den Tisch. »Nur den Tee musst du noch mal eingießen.«

»Stark.« Dieser kleine Taschenspielertrick schien den Jungen schwer beeindruckt zu haben. »Ist das mit allen Sachen möglich?«

»Bei Sachen geht das fast immer.«

»Anton – und wenn vor einer Woche etwas kaputtgegangen ist?«

Unwillkürlich musste ich schmunzeln.

»Dann nicht. Tut mir Leid, aber dann ist es schon zu spät. Das *Zwielicht* gibt uns eine Chance, doch die muss man schnell nutzen, sehr schnell.«

Jegors Miene verfinsterte sich. Was er wohl vor einer Woche zerschlagen hatte?

»Glaubst du mir jetzt?«

»Ist das Magie?«

»Ja. Die allereinfachste. Für die braucht man kaum etwas zu lernen.«

Vielleicht war es unvorsichtig, das zu sagen. In den Augen des Jungen blitzte etwas auf. Er wog bereits seine Perspektiven ab. Seinen Vorteil.

Licht und Dunkel ...

»Und ein erfahrener Magier – kann der auch noch andere Sachen?«

»Sogar ich kann noch andere Sachen.«

»Auch Menschen beeinflussen?«

Licht und Dunkel ...

»Ja«, sagte ich. »Ja, das können wir.«

»Und macht ihr das auch? Warum können Terroristen denn dann Geiseln nehmen? Ihr könntet euch doch einfach durchs *Zwielicht* anpirschen und sie erschießen. Oder sie zwingen, sich zu erschießen! Und warum sterben die Menschen dann an Krankheiten? Magier können heilen, das hast du doch selbst gesagt!«

»Das wäre das Gute«, erwiderte ich.

»Natürlich! Schließlich seid ihr doch Lichte Magier!«

»Wenn wir irgendeine eindeutig gute Tat ausführen, haben auch die Dunklen Magier das Recht auf eine böse Tat.«

Verwundert schaute Jegor mich an. In den letzten vierundzwanzig Stunden war eine Menge auf ihn eingestürzt. Dafür verdaute er das alles nicht schlecht.

»Leider ist das Böse von seiner Natur her stärker, Jegor. Das Böse ist destruktiv. Es fällt ihm weitaus leichter, etwas zu zerstören, als das Gute etwas zu schaffen vermag.«

»Und was macht ihr dann? Ihr habt doch diese Nachtwache ... Kämpft ihr mit den Dunklen Magiern?«

Darauf durfte ich nicht antworten. Das ging mir mit der vernichtenden Klarheit auf, mit der ich begriff: Ich hätte überhaupt nicht offen mit dem Jungen reden dürfen. Hätte ihn besser benebeln sollen. Tiefer ins *Zwielicht* eintreten sollen. Aber auf gar keinen Fall, unter gar keinen Umständen irgendwelche Erklärungen abgeben!

Denn die würde ich nicht beweisen können!

»Kämpft ihr mit denen?«

»Nicht unbedingt«, sagte ich. Die Wahrheit war schlimmer als die Lüge, doch ich hatte kein Recht zu lügen. »Wir observieren uns gegenseitig.«

»Rüstet ihr euch zum Kampf?«

Ich sah Jegor an und dachte darüber nach, dass er alles andere als ein dummer Junge war. Dennoch blieb er ein Junge. Und wenn ich ihm jetzt sagen würde, dass eine große Schlacht zwischen dem Guten und dem Bösen bevorstand, dass er der neue Jedi der *Zwielicht*-Welt werden könnte, dann hätten wir ihn in der Tasche.

Freilich nicht für lange.

»Nein, Jegor. Wir sind nur sehr wenige.«

»Lichte? Die Dunklen sind in der Überzahl?«

Jetzt ist er bereit, sein Zuhause aufzugeben, Mutter und Vater zu verlassen, eine funkelnde Rüstung anzulegen und für die Sache des Guten zu sterben.

»Nein, die Anderen insgesamt. Jegor ... die Schlachten zwischen dem Guten und dem Bösen haben Tausende von Jahren mit wechselndem Erfolg getobt. Hin und wieder hat das Licht gesiegt, aber du kannst dir nicht vorstellen, wie viele Menschen, die von der *Zwielicht*-Welt noch nicht einmal etwas ahnen, dabei gestorben sind. Es gibt nur wenige Andere, doch jeder

Andere kann ein Gefolge von mehr als tausend gewöhnlichen Menschen haben. Jegor – wenn jetzt ein Krieg zwischen dem Guten und dem Bösen ausbrechen würde, dann würde die Hälfte der Menschheit sterben. Deshalb wurde vor fast fünfzig Jahren ein Vertrag unterschrieben. Der Große Vertrag zwischen Gut und Böse, zwischen dem Dunkel und dem Licht.«

Er riss die Augen auf.

Ich atmete tief durch und fuhr dann fort: »Der Vertrag ist nur kurz. Ich lese ihn dir jetzt vor, so, wie er offiziell ins Russische übersetzt worden ist. Denn du hast bereits das Recht, ihn zu kennen.«

Ich kniff die Augen zusammen und spähte in die Dunkelheit. Das *Zwielicht* erwachte zum Leben, wölkte vor mir auf. Eine graue Stoffbahn entrollte sich, auf der dicht an dicht rote Buchstaben loderten. Den Vertrag darf man nicht aus dem Gedächtnis zitieren, man darf ihn nur vorlesen:

Wir sind die Anderen,
Wir dienen unterschiedlichen Kräften,
Doch im Zwielicht *besteht kein Unterschied*
Zwischen dem Fehlen des Dunkels
Und dem Fehlen des Lichts.
Unser Kampf vermag die Welt zu vernichten.
Wir schließen den Großen Vertrag über die Waffenruhe.
Jede Seite wird gemäß ihren eigenen Gesetzen leben,
Jede Seite wird ihre eigenen Rechte haben.
Wir begrenzen unsere Rechte und unsere Gesetze.
Wir sind die Anderen.
Wir gründen die Nachtwache,
Damit die Kräfte des Lichts
Über die Kräfte des Dunkels wachen.
Wir sind die Anderen.
Wir gründen die Tagwache,
Damit die Kräfte des Dunkels

Über die Kräfte des Lichts wachen.
Die Zeit wird für uns entscheiden.

Jegor machte große Augen.

»Licht und Dunkel leben in Frieden miteinander?«

»Ja.«

»Und ... die Vampire ...« Immer und immer wieder kam er auf dieses Thema zurück. »Sind das Dunkle?«

»Ja. Es sind Menschen, die durch die *Zwielicht*-Welt völlig verändert werden. Sie bekommen enorme Möglichkeiten zugebilligt, verlieren aber ihr Leben. Ihre Existenz verdanken sie fremder Energie. Und Blut ist die bequemste Form, diese Energie aufzunehmen.«

»Aber sie bringen Menschen um!«

»Sie können auch von Blutspenden leben. Das ist wie mit künstlicher Nahrung, mein Junge. Ohne jeden Geschmack, aber kalorienreich. Wenn sich Vampire gestatten würden, auf Jagd zu gehen ...«

»Aber sie sind über mich hergefallen!«

Er dachte jetzt nur an sich. Was nicht gut war.

»Manche Vampire brechen die Gesetze. Deshalb haben wir ja auch die Nachtwache: um zu überwachen, dass der Vertrag eingehalten wird.«

»Aber einfach so machen die Vampire keine Jagd auf Menschen?«

Über meine Wange strich ein Luftzug, den unsichtbare Flügel hervorriefen. Krallen bohrten sich mir in die Schulter.

»Was willst du ihm jetzt antworten, Wächter?«, flüsterte Olga aus den Tiefen des *Zwielichts*. »Traust du dich, ihm die Wahrheit zu sagen?«

»Sie machen Jagd«, antwortete ich. Und fügte das hinzu, was mir damals, vor fünf Jahren, den größten Schrecken eingejagt hatte: »Mit Lizenzen. Denn manchmal ... manchmal brauchen sie lebendes Blut.«

Er stellte die Frage nicht sofort. In den Augen des Jungen las ich jedoch alles, was er gerade dachte, alles, was er wissen wollte. Und wusste, dass ich auf alle Fragen würde antworten müssen.

»Und ihr?«

»Wir verhindern die Wilderei.«

»Dann hätte euer Vertrag es denen also erlaubt ... mich zu überfallen? Falls sie eine Lizenz gehabt hätten?«

»Ja«, sagte ich.

»Und die hätten mein Blut getrunken? Und Sie wären vorbeigegangen und hätten weggeschaut?«

Licht und Dunkel ...

Ich schloss die Augen. Der Vertrag loderte im grauen Nebel. Gemeißelte Zeilen, hinter denen Jahrtausende des Krieges und Millionen Leben standen.

»Ja.«

»Gehen Sie ...«

Der Bengel hielt sich sprungbereit. Balancierte am Rande der Hysterie, am Abgrund des Wahnsinns entlang.

»Ich bin gekommen, um dich zu beschützen.«

»Nicht nötig!«

»Die Vampirin ist frei. Sie wird versuchen, über dich herzufallen ...«

»Verschwinden Sie!«

»Hast du's vermasselt, Wächter?«, seufzte Olga.

Ich erhob mich. Jegor zuckte zusammen und rutschte mit seinem Hocker von mir weg.

»Du wirst es schon noch verstehen«, sagte ich. »Wir haben keine andere Wahl ...«

Was ich da sagte, glaubte ich selbst nicht. Außerdem war es sinnlos, jetzt einen Streit anzufangen. Draußen dunkelte es bereits, bald würde die Zeit der Jagd beginnen ...

Der Junge folgte mir, als wolle er sich überzeugen, dass ich die Wohnung auch wirklich verließ und mich nicht etwa im

Schrank versteckte. Ich sagte kein Wort mehr. Öffnete einfach die Tür und trat ins Treppenhaus hinaus. Die Tür fiel hinter mir zu.

Ich stieg zum nächsten Treppenabsatz hinauf und hockte mich vors Fenster. Olga schwieg, ich ebenfalls.

Man darf die Wahrheit nicht so unverblümt aussprechen. Die Menschen tun sich schon schwer damit, auch nur unsere Existenz anzuerkennen. Sich dann noch mit dem Vertrag abzufinden ...

»Wir konnten nichts tun«, sagte Olga. »Wir haben den Jungen falsch eingeschätzt, sowohl seine Fähigkeiten als auch seine Angst. Er hat uns entdeckt. Wir mussten auf seine Fragen antworten, und zwar wahrheitsgemäß.«

»Formulierst du schon den Bericht?«, fragte ich.

»Wenn du wüsstest, wie viele Berichte dieser Art ich schon geschrieben habe ...«

Aus dem Müllschlucker schlug uns fauler Gestank entgegen. Von draußen drang der Lärm des Prospekts herein, der langsam im Halbdunkel versank. Die ersten Laternen leuchteten bereits. Ich saß da, drehte das Handy zwischen den Händen und überlegte, ob ich jetzt den Chef anrufen oder lieber auf seinen Anruf warten sollte. Denn bestimmt beobachtete mich Boris Ignatjewitsch ohnehin.

Bestimmt.

»Du solltest die Möglichkeiten der da oben nicht überschätzen«, sagte Olga. »Der Chef steckt bis über beide Ohren in den Problemen mit dem schwarzen Strudel.«

Das Handy in meinen Händen fing an zu quäken.

»Errätst du, wer dran ist?«, fragte ich, während ich das Gerät aufklappte.

»Woody Woodpecker. Oder Whoopi Goldberg.«

Mir war nicht nach Scherzen zumute.

»Hallo?«

»Wo bist du, Anton?«

Die Stimme des Chefs klang müde, gequält. So kannte ich ihn gar nicht.

»Auf dem Treppenabsatz eines widerlichen Hochhauses. Direkt neben dem Müllschlucker. Es ist ziemlich warm hier und fast gemütlich.«

»Hast du den Jungen gefunden?«, fragte der Chef ohne jedes Interesse.

»Ja ...«

»Gut. Ich schicke dir Tigerjunges und Bär. Hier können sie sowieso nichts mehr ausrichten. Du fahr nach Perowo. Sofort.«

Als ich mit einer Hand in der Tasche kramte, präzisierte der Chef unverzüglich: »Wenn du kein Geld bei dir hast – nein, selbst wenn du welches hast. Halt einen Wagen der Miliz an, sollen die dich doch rasch hinfahren.«

»Ist es so ernst?«, fragte ich nur.

»Ziemlich. Du kannst jetzt sofort losfahren.«

Ich sah durch das Fenster in die Dunkelheit hinaus.

»Boris Ignatjewitsch, wir sollten den Kleinen nicht allein lassen. Er verfügt in der Tat über ein außerordentliches Potenzial ...«

»Das weiß ich ... Gut. Tigerjunges und Bär sind schon unterwegs, warte, bis sie da sind. In ihrer Obhut droht dem Jungen keine Gefahr. Sobald sie eintreffen, komm aber direkt hierher.«

Aus dem Apparat piepte es. Ich klappte das Handy zusammen und schielte auf meine Schulter.

»Und was sagst du dazu, Olga?«

»Merkwürdig.«

»Warum? Du hast doch selbst gesagt, dass sie es nicht schaffen.«

»Es ist merkwürdig, dass er dich kommen lässt und nicht mich ...« Olga dachte kurz nach. »Vielleicht ... Ach nein. Ich weiß auch nicht.«

Ich schaute durchs *Zwielicht* – und bemerkte am Horizont zwei kleine Flecken. Die beiden Fahnder jagten derart schnell heran, dass sie bereits in etwa fünfzehn Minuten hier sein würden.

»Er hat noch nicht mal nach der Adresse gefragt«, bemerkte ich verdrossen.

»Er wollte keine Zeit verlieren. Hast du nicht gespürt, wie er unsere Koordinaten aufgenommen hat?«

»Nein.«

»Du musst mehr trainieren, Anton.«

»Ich arbeite nicht im Außendienst.«

»Jetzt schon. Gehen wir runter. Den Ruf würden wir auch dort hören.«

Ich erhob mich – unser Platz auf der Treppe kam mir wirklich schon vertraut und gemütlich vor – und stakste hinunter. Ein bitterer, trauriger Nachgeschmack blieb in mir zurück. Hinter mir knallte eine Tür. Ich drehte mich um.

»Ich hab Angst«, sagte der Junge ohne jedes Drumherum.

»Es ist alles in Ordnung.« Ich ging wieder zu ihm nach oben. »Wir passen auf dich auf.«

Er biss sich auf die Lippe und ließ den Blick zwischen mir und dem Halbdunkel im Treppenhaus hin und her wandern. Mich wieder in die Wohnung zu lassen passte ihm gar nicht, ihm fehlte aber auch die Kraft, länger allein zu bleiben.

»Ich glaube, jemand beobachtet mich«, sagte er nach einer Weile. »Sind Sie das?«

»Nein. Wahrscheinlich ist es die Vampirin.«

Der Junge erschauerte nicht. Ich hatte ihm nichts Neues gesagt.

»Wie wird sie mich überfallen?«

»Ohne Aufforderung kann sie nicht durch die Tür kommen. Das ist eine Besonderheit bei Vampiren, die in den Märchen ganz richtig beschrieben wird. Aber du wirst selbst zu ihr hinausgehen wollen. Du willst ja schon jetzt aus der Wohnung heraus.«

»Ich gehe nicht hinaus!«

»Wenn sie den Ruf einsetzt, gehst du. Du wirst verstehen, was geschieht, aber trotzdem gehen.«

»Können ... können Sie mir nicht einen Rat geben? Irgendeinen?«

Jegor kapitulierte. Er wollte Hilfe, jede mögliche Hilfe.

»Das kann ich. Verlass dich auf uns.«

Sein Zögern währte nur eine Sekunde.

»Kommen Sie herein.« Jegor gab die Tür frei. »Nur ... meine Mutter kommt gleich von der Arbeit.«

»Ja und?«

»Werden Sie sich dann verstecken? Oder soll ich ihr was Bestimmtes sagen?«

»Zerbrich dir darüber nicht den Kopf«, tat ich seine Bedenken ab. »Aber ich ...«

Die Tür der Nachbarwohnung wurde geöffnet, vorsichtig, ein kleines Stück nur, bei vorgelegter Kette. Ich blickte in das kleine faltige Gesicht einer alten Frau.

Rasch streifte ich ihr Bewusstsein, ganz flüchtig nur und möglichst behutsam, um den ohnehin zerrütteten Verstand nicht weiter in Mitleidenschaft zu ziehen.

»Ach, du bist das ...« Die Alte strahlte übers ganze Gesicht. »Du, du ...«

»Anton«, soufflierte ich ihr hilfsbereit.

»Ich hab schon gedacht, ein Fremder würde sich hier herumtreiben«, meinte die Alte, während sie die Kette abnahm und ins Treppenhaus hinaustrat. »Zeiten haben wir, da muss man mit allem rechnen, die Leute machen, was sie wollen ...«

»Keine Sorge«, beruhigte ich sie. »Alles wird gut. Sie gucken jetzt lieber Fernsehen, da läuft eine neue Serie.«

Die Alte nickte, warf mir einen letzten freundlichen Blick zu und verschwand wieder in ihrer Wohnung.

»Was für eine Serie denn?«, fragte Jegor.

»Weiß nicht.« Ich zuckte mit den Schultern. »Irgendeine. Genug Seifenopern gibt's doch, oder?«

»Und woher kennen Sie unsere Nachbarin?«

»Ich? Sie? Von nirgendwoher.«

Der Junge schwieg.

»Eben«, meinte ich. »Wir sind die Anderen. Ich komme jetzt nicht mehr mit rein, ich muss weg.«

»Und was dann?«

»Dich werden andere beschützen, Jegor. Du brauchst keine Angst zu haben: Die sind viel bessere Profis als ich.«

Ich spähte durchs *Zwielicht*: Zwei grelle orangefarbene Feuer näherten sich dem Eingang des Hauses.

»Die ... die will ich nicht.« Sofort erfasste Panik den Jungen. »Sie sollen bleiben!«

»Das kann ich nicht. Ich habe eine andere Aufgabe.«

Unten im Eingang knallte die Tür, Schritte hallten. Den Aufzug ignorierten die beiden Kampfspezis.

»Die will ich nicht!« Der Junge machte sich an der Tür zu schaffen, als wolle er sie abschließen. »Denen trau ich nicht!«

»Entweder vertraust du allen von der Nachtwache oder niemandem«, fiel ich ihm hart ins Wort. »Wir sind keine einsamen Supermänner in rot-blauen Umhängen. Wir werden für diese Arbeit bezahlt. Wir sind die Polizei der *Zwielicht*-Welt. Meine Worte sind die Worte der Nachtwache.«

»Und wer sind die?« Der Junge fügte sich in sein Schicksal. »Magier?«

»Ja. Allerdings hochspezialisierte.«

Unten am Fuß der Treppe tauchte Tigerjunges auf.

»Hallo, Jungs«, rief die junge Frau fröhlich aus, während sie mit einem einzigen Sprung den gesamten Absatz überwand.

Dieser Sprung konnte nicht von einem Menschen sein. Jegor kauerte sich zusammen und trat zurück, wobei er Tigerjunges misstrauisch beäugte. Ich schüttelte den Kopf: Offenbar balancierte die Frau am Rande der Transformation entlang. Das gefiel ihr – und im Moment hatte sie allen Grund, sich auszutoben.

»Wie sieht's in Perowo aus?«, fragte ich.

Tigerjunges seufzte laut auf, bevor sie lächelte. »Och ... lustig. Alle sind in Panik. Geh jetzt, Antoschka, sie warten schon auf dich ... Und das hier ist wohl mein kleiner Schützling, oder?«

Schweigend sah der Junge sie an. Der Chef hatte eine gute Wahl getroffen, indem er Tigerjunges zum Schutz hierher geschickt hatte, das musste man ihm lassen. Vom Kind bis zum Greis flößte sie allen Vertrauen und Sympathie ein. Angeblich fielen sogar die Dunklen ab und zu auf sie rein. Was sie teuer zu stehen kam ...

»Ich bin kein Schützling«, erwiderte der Junge schließlich. »Ich heiße Jegor.«

»Und ich bin Tigerjunges.« Die Frau war bereits in die Wohnung gegangen, jetzt legte sie dem Jungen liebevoll den Arm um die Schultern. »Dann bring mich mal zum Kriegsschauplatz! Damit wir unsere Verteidigung in Stellung bringen können!«

Kopfschüttelnd ging ich hinunter. In fünf Minuten würde Tigerjunges dem Jungen zeigen, wie sie zu ihrem Namen gekommen war.

»Hallo«, brummte Bär, als er mir entgegenkam.

»Hallo.« Wir gaben uns kurz die Hand. Von allen Mitarbeitern der Wache rief Bär in mir die seltsamsten und widersprüchlichsten Gefühle hervor.

Bär war etwas größer als der Durchschnitt, kräftig und hatte einen absolut undurchdringlichen Gesichtsausdruck. Er machte nie viel Worte. Wie er seine Freizeit verbrachte, wo er wohnte – das wusste niemand, von Tigerjunges vielleicht abgesehen. Gerüchten zufolge sollte er gar kein Magier, sondern ein Tiermensch sein. Angeblich hatte er zunächst in der Tagwache gearbeitet, bis er dann im Zuge irgendeiner Mission plötzlich auf unsere Seite überwechselte. All das war natürlich blanker Unsinn, denn die Lichten verwandeln sich ebenso wenig in Dunkle, wie die Dunklen zu Lichten mutieren. Doch irgendetwas steckte in Bär, das einen unwillkürlich irritierte.

»Das Auto wartet auf dich«, sagte der Fahnder im Laufen. »Der Fahrer ist ein Ass. Bist im Nu da.«

Bär stotterte leicht und baute deshalb nur kurze Sätze. Er beeilte sich nicht, denn Tigerjunges hielt bereits Wache. Doch ich durfte keine Zeit vergeuden.

»Sieht es da schlimm aus?«, fragte ich, während ich einen Zahn zulegte.

»Kann man wohl sagen«, scholl es von oben herab.

Mehrere Stufen auf einmal nehmend, stürzte ich aus dem Haus. Der Wagen wartete schon – und ich musste kurz innehalten, da ich mich einfach nicht satt sehen konnte an ihm. Ein eleganter BMW in dunklem Burgunderrot, das neueste Modell, mit einer lieblos auf dem Dach angeklebten Sirene. Beide Türen auf der Seite zum Haus hin standen offen, der Fahrer, unter dessen Jackett eine Pistole zu erahnen war, lehnte sich zum Wagen hinaus und rauchte hastig. Am hinteren Schlag stand ein älterer Mann von monumentaler Statur in offenem Mantel und einem sehr teuren Anzug, an dessen Revers ein Abgeordnetenzeichen funkelte.

»Ja, wer ist er denn?«, sagte der Mann in sein Handy. »Sobald ich kann, komm ich! Was? Was für Weiber, verdammich? Hast du sie noch alle? Könnt ihr nicht einen Schritt alleine machen?«

Als er mich aus den Augenwinkeln heraus erblickte, brach der Abgeordnete das Telefonat ab, ohne sich zu verabschieden, und kletterte in den Wagen. Der Chauffeur zog ein letztes Mal gierig an der Zigarette, warf sie dann weg und klemmte sich hinters Steuer. Der Motor heulte leise auf, und ich hatte kaum im Fond Platz genommen, als das Auto davonschoss. Vereiste Zweige kratzten über die Tür.

»Bist du blind, oder was?«, blaffte der Abgeordnete den Fahrer an, obwohl die Schuld daran einzig und allein bei mir lag. Doch der Besitzer des Wagens brauchte sich nur mir zuzudrehen, da änderte sich sein Ton auch schon: »Du willst nach Perowo?«

Noch nie hatte mich ein Vertreter der Macht mitnehmen dürfen. Noch dazu entweder jemand aus den höheren Rängen der Miliz oder ein Mafiapate. Vom Kopf her war mir klar, dass sie für einen Wächter mit seinen Möglichkeiten allesamt gleich waren, doch ausprobiert hatte ich dergleichen noch nie.

»Ja, dorthin, woher die anderen kamen. Und zwar möglichst schnell ...«

»Hörst du, Wolodka«, wandte sich der Abgeordnete an den Fahrer. »Also sieh zu!«

Wolodka gab Gas. Und zwar so energisch, dass mir ganz anders wurde und ich ins *Zwielicht* spähte: Ob wir mit heiler Haut ankommen?

Ja, das würden wir. Allerdings nicht wegen des meisterlichen Könnens des Fahrers oder des Erfolgskoeffizienten, der bei mir, wie bei jedem Wächter, künstlich heraufgesetzt worden war. Vielmehr schien sich jemand das Wahrscheinlichkeitsfeld vorgenommen und alle Unfälle, Staus und neidischen Verkehrspolizisten aus dem Weg geräumt zu haben.

In unserer Abteilung bringt dergleichen nur der Chef fertig. Aber wozu?

»Mir ist auch bange ...«, flüsterte auf meiner Schulter der unsichtbare Vogel. »Als ich mit dem Grafen ...«

Sie verstummte, als habe sie sich ertappt, allzu mitteilsam gewesen zu sein.

Das Auto bretterte bei Rot über eine Kreuzung und wich einigen PKW sowie einem Laster aus, wobei es sich halb auf eine Seite legte. An einer Haltestelle wies jemand mit der Hand in unsere Richtung.

»Auch ein Schlückchen?«, fragte der Abgeordnete freundlich. Er hielt mir eine kleine Flasche *Remy Martin* und einen Einwegbecher aus Plastik hin. Das Ganze wirkte so komisch, dass ich mir ohne zu zögern dreißig Gramm eingoss. Selbst bei der Geschwindigkeit und der miserablen Straße fuhr der Wagen ruhig, sodass der Kognak nicht überschwappte.

Ich gab die Flasche zurück, nickte, holte die Kopfhörer aus der Tasche, stöpselte sie mir in die Ohren und schaltete die Mini-Disc ein. Ein uraltes Lied der Gruppe *Woskressenje* erklang, mein Lieblingsstück.

Da gab es eine Stadt wie Kinderspielzeug klein,
Sie kannte längst schon nicht mehr Krankheit, Invasion.
Die Straße lief vorbei ins weite Land hinein,
Ein rostiges Geschütz stand still auf der Bastion.

Und Jahr für Jahr kein Fest und keine Arbeit schwer –
Das ganze Städtchen schlief.
Doch Länder sah's im Traum mit Städten, menschenleer,
Gehaun in Felsen tief.

Wir kamen auf die Hauptstraße. Der Wagen raste immer schneller dahin, noch nie hatte ich mit einer derartigen Geschwindigkeit Moskau durchquert. Und nicht nur Moskau ... Wenn das Wahrscheinlichkeitsfeld nicht freigemacht worden wäre, hätte ich ihn dazu gebracht, das Gas wegzunehmen – es war einfach zu beängstigend.

Bis eines Tags Musik im kalten Stein erklang,
Das Städtchen aber schlief ...
Wohin rief die Musik? Wen lockte jener Sang?
Man weiß nicht, wer da rief ...

Unwillkürlich fiel mir ein, dass der Sänger Romanow selbst ein Anderer war. Nur nicht initiiert. Man war zu spät auf ihn aufmerksam geworden ... Dann hatte man ihm zwar ein Angebot gemacht, doch er hatte abgelehnt.

Auch eine Möglichkeit.

Wie oft er diese Musik wohl in der Nacht hörte?

Doch wer in schwüler Nacht die Fenster offen ließ –
Die findet man nicht mehr.
Sie zogen in ein Land, wo Leben Leben hieß,
Dem Liede hinterher ...

»Willst du noch was?« Der Abgeordnete war die Fürsorge in Person. Was Bär und Tigerjunges ihm wohl eingeflüstert hatten? Dass ich sein bester Freund bin? Dass er für immer in meiner Schuld steht? Dass ich der außereheliche, aber heiß geliebte Sohn des Präsidenten bin?

Wie albern das alles ist! Es gibt Hunderte von Möglichkeiten, das Vertrauen der Menschen, ihre Sympathie und Hilfsbereitschaft zu gewinnen. Das Licht hat seine eigenen Methoden, leider verfügt jedoch auch das Dunkel über eine ganze Reihe davon. Albern.

Denn die Frage ist doch: Wozu braucht der Chef mich?

Sechs

Ilja erwartete mich am Straßenrand. Er stand mit in die Taschen gestopften Händen da und schaute angewidert in den Himmel, von dem feiner Schnee herabrieselte.

»Endlich«, sagte er bloß, nachdem ich mich mit einem Handschlag von dem Abgeordneten verabschiedet hatte und aus dem Wagen gestiegen war. »Dem Chef reicht die Warterei langsam.«

»Was geht hier vor?«

Ilja grinste. Doch keine Spur normaler Lebensfreude lag in diesem Lächeln. »Wirst du gleich sehen ... Gehen wir.«

Wir marschierten einen platt gestampften Weg entlang und wichen den Frauen aus, die voll gepackt mit Taschen vom Supermarkt kamen. Komisch, obwohl wir jetzt richtige Supermärkte haben, stapfen die Leute immer noch so wie früher davon – als ob sie gerade eine Stunde für blaue Hühnerleichen angestanden hätten.

»Ist es weit?«, fragte ich.

»Wenn es weit wäre, würde ich fahren.«

»Was ist mit unserm Sexgiganten? Ist er klargekommen?«

»Ignat hat sich Mühe gegeben«, erwiderte Ilja bloß. Aus irgendeinem Grund verspürte ich ein kurzes und rachsüchtiges Vergnügen, als ob das Scheitern des Schönlings Ignat mir von Nutzen sei. Wenn die Sache es erforderte, landete er normalerweise binnen ein, zwei Stunden nach Erhalt des Auftrags im entsprechenden Bett.

»Der Chef hat Bereitschaft zur Evakuierung angeordnet«, meinte Ilja plötzlich.

»Was?«

»Volle Bereitschaft. Wenn der Strudel nicht stabilisiert werden kann, verlassen die Anderen Moskau.«

Da er vor mir herging, konnte ich ihm nicht in die Augen sehen. Doch weshalb hätte Ilja mich anlügen sollen?

»Und der Strudel ist nach wie vor ...«, setzte ich an. Und verstummte. Ich sah es selbst.

Vor uns drehte sich über einem trostlosen achtstöckigen Hochhaus im dunklen, schneeverhangenen Himmel langsam der schwarze Wirbelsturm.

Man konnte ihn schon nicht mehr Strudel oder Wirbelwind nennen. Nur noch Wirbelsturm. Er wand sich nicht aus diesem Haus heraus, sondern aus dem dahinter, das wir noch nicht zu erkennen vermochten. Und in Anbetracht des Winkels dieses dunklen Kegels musste der Wirbelsturm fast aus der Erde herauswachsen.

»Teufel ...«, flüsterte ich.

»Beschrei hier nichts!«, fuhr mir Ilja über den Mund. »Der kommt sonst wirklich.«

»Er muss mindestens dreißig Meter ...«

»Zweiunddreißig. Und er wächst weiter.«

Rasch schaute ich auf meine Schulter, wo ich Olga erblickte. Sie war aus dem *Zwielicht* herausgetreten.

Haben Sie jemals einen erschrockenen Vogel gesehen? Wie ein Mensch erschrocken?

Der Eule schien sich das Gefieder zu sträuben. Ob Federn zu Berge stehen können? In ihren Augen brannte ein gelb-orangefarbenes Bernsteinfeuer. Meine arme Jacke wurde an der Schulter völlig zerfetzt, während die Krallen weiter und weiter auf sie einhackten, als wollten sie sich bis zu meinem Fleisch vorarbeiten.

»Olga!«

Ilja drehte sich um und nickte. »Ach ja ... Der Chef behauptet, dass der Strudel in Hiroshima kleiner war.«

Die Eule flatterte mit den Flügeln und erhob sich lautlos und leicht in die Luft. Hinter mir kreischte eine Frau auf – ich drehte mich um und blickte in ein entsetztes Gesicht und weit aufgerissene Augen, die dem Vogel folgten.

»Da fliegt eine Krähe«, verkündete Ilja ruhig, wobei er sich halb zu der Frau herumdrehte und sie beobachtete. Seine Reaktionsfähigkeit übertraf die meine bei weitem. Im nächsten Moment hatte die zufällige Zeugin uns umrundet, wobei sie unzufrieden etwas über den viel zu schmalen Pfad und über Leute brummelte, die anderen gern den Weg versperren.

»Wächst er schnell?«, fragte ich und nickte in Richtung Wirbelsturm.

»Schubartig. Jetzt läuft gerade die Stabilisierung. Der Chef hat Ignat noch rechtzeitig abberufen. Gehen wir ...«

Die Eule umkreiste den Wirbelsturm in weitem Bogen und ging dann tiefer, um über unseren Köpfen dahinzufliegen. Einen Rest Selbstbeherrschung hatte Olga sich bewahrt, doch das unvorsichtige Herauskommen aus dem *Zwielicht* ließ auf ihre Konfusion schließen.

»Was hat er denn angerichtet?«

»Im Grunde nichts ... ist nur ein bisschen zu selbstsicher aufgetreten. Er hat sie angesprochen. Dann wollte er's übers Knie brechen und hat damit ein Anwachsen des Strudels bewirkt ... Und was für eins.«

»Das verstehe ich nicht«, meinte ich verwirrt. »Ein solches Wachstum ist nur denkbar, wenn ein Magier ihn zusätzlich mit Energie auflädt und so das Inferno heraufbeschwört ...«

»Genau darum geht es. Irgendjemand ist Ignats Spur gefolgt und hat Öl ins Feuer gegossen. Hier lang ...«

Wir gelangten zum Eingang des Hauses, das uns gegen den Wirbel abschirmte. Die Eule kam uns im letzten Augenblick hinterhergeflogen. Verständnislos sah ich Ilja an, fragte jedoch nichts. Es würde sich ohnehin gleich herausstellen, weshalb wir hier waren.

In einer der Wohnungen im Erdgeschoss war der Einsatzstab eingerichtet worden. Die gewaltige Stahltür, in der Welt der Menschen fest verschlossen, stand im *Zwielicht* sperrangelweit offen. Ohne zu zögern tauchte Ilja ins *Zwielicht* ein und ging weiter, während ich einige Sekunden brauchte, um meinen Schatten aufzuheben und ihm zu folgen.

Die große Wohnung hatte vier Zimmer, alle sehr gemütlich. Es war laut, warm und verraucht.

Mehr als zwanzig Andere hatten sich hier einquartiert. Sowohl Fahnder als auch wir, die Büroratten. Niemand achtete auf mein Kommen, wohingegen Olga die Aufmerksamkeit auf sich zog. Mir war klar, dass die alten Mitarbeiter der Wache sie kannten, auch wenn niemand Anstalten machte, die weiße Eule zu begrüßen oder ihr zuzulächeln.

Was hast du nur angestellt?

»Ins Schlafzimmer, da ist der Chef«, meinte Ilja, der seinerseits auf die Küche zusteuerte. Von dort war das Klirren von Gläsern zu hören. Vielleicht tranken sie Tee, vielleicht auch etwas Stärkeres. Ich warf kurz einen Blick in die Küche und überzeugte mich, dass ich Recht hatte. Ignat sollte gerade mit Kognak aufgepäppelt werden. Unser Sexterrorist wirkte völlig geschlagen und am Boden zerstört, einen derartigen Reinfall hatte er lange nicht einstecken müssen.

Ich ging weiter, stieß die erstbeste Tür auf und spähte hinein.

Das Kinderzimmer. In einem kleinen Bett schlief ein fünfjähriges Kind, daneben auf dem Teppich seine Eltern und ein Mädchen im Teenageralter. Alles klar. Man hatte die Mieter der Wohnung in süßen und tiefen Schlaf geschickt, damit sie uns nicht in die Quere kamen.

Natürlich hätte der gesamte Stab auch im *Zwielicht* operieren können, doch wozu hätten wir unsere Kräfte auf diese Weise vergeuden sollen?

Jemand klopfte mir auf die Schulter. Ich drehte mich um und sah Semjon vor mir.

»Der Chef ist da«, sagte er bloß. »Sieh zu ...«

Offenbar wussten alle, dass ich erwartet wurde.

Ich betrat ein Zimmer und wollte im ersten Moment meinen Augen nicht trauen.

Es gibt nichts Absurderes als einen Einsatzstab der Nachtwache, der in einer normalen Mietswohnung untergebracht ist.

Über einer Frisierkommode, auf der sich diverse Kosmetika und Modeschmuck türmten, hing eine magische Kugel von mittlerer Größe. Die Kugel übertrug die Ansicht des Wirbels aus der Vogelperspektive. Daneben saß Lena, unsere beste Bildgeberin, schweigend und konzentriert auf einem kleinen gepolsterten Hocker. Sie hatte die Augen geschlossen, doch bei meinem Erscheinen hob sie leicht die Hand, um mich zu begrüßen.

Gut, so weit war alles wie immer. Der Bildgeber der Kugel sieht den Raum in seiner Gesamtheit, ihm entgeht nichts.

Auf dem unter Kissen begrabenen Bett hatte es sich der Chef in einer halb liegenden Position bequem gemacht. Er trug einen farbenfrohen Hausmantel, weiche orientalische Schuhe und ein buntes Käppchen auf dem Kopf. Der süße Rauch einer transportablen Wasserpfeife schwängerte den Raum. Die weiße Eule saß vor ihm. Allem Anschein nach verständigten sie sich auf nonverbale Weise.

Auch das war völlig normal. In Momenten besonderer Anspannung kehrte der Chef stets zu den Gewohnheiten zurück, die er sich in Zentralasien zugelegt hatte. Ende des 19., Anfang des 20. Jahrhunderts hatte er dort gearbeitet und sich zunächst als Mufti, später als Anführer der Basmatschen, dann als roter Kommissar ausgegeben, um schließlich etwa zehn Jahre als Sekretär des Bezirkskomitees tätig zu sein.

Am Fenster standen Danila und Farid. Selbst meine Fähigkeiten reichten aus, um das purpurfarbene Blinken der magischen Stäbe zu bemerken, die sie in ihren Ärmeln versteckt hatten.

Absolute Standardvorkehrungen. Auf Schutz würde der Stab in solchen Momenten nicht verzichten. Danila und Farid waren zwar nicht die stärksten Kämpfer, verfügten jedoch über ungeheure Erfahrung, was mitunter weit wichtiger ist als rohe Kraft.

Doch wie passte ein weiterer Anderer ins Bild, der sich im Zimmer aufhielt?

Bescheiden hockte er in einem Eckchen, unauffällig. Der Mann war dünn wie eine Bohnenstange, hatte eingefallene Wangen, schwarzes, militärisch kurz geschnittenes Haar und große traurige Augen. Sein Alter ließ sich nicht schätzen, vielleicht war er dreißig, vielleicht aber auch dreihundert. Er trug dunkle Kleidung. Der locker sitzende Anzug und das graue Hemd passten hervorragend zu seinem Äußeren. Ein Mensch hätte den Mann womöglich für das Mitglied einer kleinen Sekte gehalten. Und irgendwie stimmte das ja auch.

Es war ein Dunkler Magier. Zudem ein hochrangiger. Als er mich kurz ansah, spürte ich, wie die Schale meiner Abschirmung – die übrigens nicht von mir stammte! – Risse bekam und langsam eingedrückt wurde.

Unwillkürlich trat ich einen Schritt zurück. Doch der Magier hatte den Blick bereits zu Boden gesenkt, als wolle er zu verstehen geben: Die Sondierung war lediglich ein Zufall und flüchtig.

»Boris Ignatjewitsch.« Ich merkte, dass meine Stimme leicht kratzte.

Der Chef nickte kurz, dann wandte er sich an den Dunklen Magier. Der starrte sofort den Chef an.

»Gib ihm das Amulett«, befahl der Chef knapp.

»Ich tue nichts, was der Vertrag verbietet ...«

Die Stimme des Dunklen nahm sich bedrückt und leise aus, wie die eines Menschen, auf dem alles Leid dieser Welt lastet.

»Ich ebenfalls nicht. Aber meine Mitarbeiter müssen immun gegen jeden Beobachter sein.«

Das war's also! Zu unserem Stab gehörte ein Beobachter der

Dunklen. Also befand sich irgendwo in der Nähe ein Stab der Tagwache, und dort saß einer von unseren Leuten.

Der Dunkle Magier versenkte die Hand in der Tasche seines Jacketts, kramte darin herum und zog ein geschnitztes beinernes Medaillon heraus, das an einer Kupferkette hing. Er streckte es mir entgegen.

»Wirf es her!«, sagte ich.

Der Magier lächelte matt, melancholisch und mitleidig, und warf mir das Medaillon aus dem Handgelenk zu. Ich fing es auf. Der Chef nickte zufrieden.

»Name?«, fragte ich.

»Sebulon.«

Diesen Namen hatte ich nie zuvor gehört. Entweder war der Mann kaum bekannt, oder er stand ganz oben an der Spitze der Tagwache.

»Sebulon ...«, wiederholte ich, während ich das Amulett betrachtete. »Du hast keine Macht mehr über mich.«

Das Medaillon erwärmte sich in meiner Hand. Ich legte es über meinem Hemd an, nickte dem Dunklen Magier zu und ging zum Chef hinüber.

»So stehen die Dinge, Anton«, nuschelte der Chef, das Mundstück der Wasserpfeife zwischen den Lippen. »So stehen sie. Siehst du das da?«

Ich schaute zum Fenster hinaus und nickte.

Der schwarze Wirbelwind wuchs aus einem achtstöckigen Haus heraus, das genau dem entsprach, in dem wir uns befanden. Der schmale geschmeidige Stängel des Wirbels wurzelte irgendwo im Erdgeschoss. Indem ich mich ins *Zwielicht* hineinstreckte, vermochte ich die Wohnung genau auszumachen.

»Wie konnte das passieren?«, fragte ich. »Boris Ignatjewitsch, das ist kein Ziegel mehr, der einem auf den Kopf fällt ... keine Gasexplosion im Hauseingang ...«

»Wir tun, was wir können.« Dem Chef schien daran gelegen, sich mir gegenüber zu rechtfertigen. »Wir haben alle Raketenbasen unter unserer Kontrolle, auch die in Amerika und Frankreich, in China werden die entsprechenden Maßnahmen gerade zum Abschluss gebracht. Schwieriger ist es mit taktischen Atomwaffen. Die einsatzfähigen Laserraketen können wir auf gar keinen Fall alle identifizieren. Bakteriologisches Dreckszeug gibt es in der Stadt genug ... Vor etwa einer Stunde wäre es im Institut für Virenforschung beinahe zu einer Freisetzung gekommen.«

»Das Schicksal täuscht man nicht«, bemerkte ich zögernd.

»Eben. Wir stopfen ein Leck im Boden eines Schiffes. Dabei ist das Schiff bereits in der Mitte geborsten.«

Mit einem Mal bemerkte ich, dass alle – der Dunkle Magier, Olga, Lena und die Kampfspezis – mich ansahen. Mir wurde unbehaglich zumute.

»Boris Ignatjewitsch?«

»Du bist mit ihr verbunden.«

»Was?«

Der Chef seufzte und nahm die Pfeife aus dem Mund, sodass kalter Opiumrauch zu Boden sickerte. »Du, Anton Gorodezki, Programmierer, alleinstehend und mit mittleren Fähigkeiten, bist mit der Frau verbunden, über der diese schwarze Sauerei hängt.«

Der Dunkle Magier in der Ecke seufzte kaum hörbar auf. Etwas Besseres als »Warum?« zu fragen, fiel mir nicht ein.

»Ich weiß es nicht. Wir haben Ignat auf sie angesetzt, und der hat gute Arbeit geleistet. Du weißt, dass er jeden und jede bezirzen kann.«

»Aber mit ihr hat es nicht geklappt?«

»Doch. Nur dass der Strudel plötzlich gewachsen ist. In der halben Stunde, die sie miteinander verbracht haben, ist er von anderthalb Meter auf fünfundzwanzig Meter angewachsen. Wir mussten ihn zurückrufen ... Umgehend.«

Ich schielte zu dem Dunklen Magier hinüber. Sebulon schien zu Boden zu blicken, hob dann jedoch den Kopf. Diesmal brach meine Verteidigung nicht ein: Das Amulett schützte mich zuverlässig.

»Wir brauchen das nicht«, sagte er leise. »Nur ein Wilder tötet einen Elefanten, um zum Frühstück ein Stück Fleisch zu haben.«

Der Vergleich missfiel mir. Vermutlich log Sebulon aber nicht.

»Ein solches Ausmaß an Zerstörung benötigen wir nur selten«, fügte der Dunkle Magier hinzu. »Momentan laufen bei uns keine Projekte, für die eine solche Freisetzung von Energie nötig wäre.«

»Das will ich hoffen ...«, ließ sich der Chef mit fremder, knarrender Stimme vernehmen. »Sebulon, du solltest wissen, dass wir im Falle einer Katastrophe ... ebenfalls den größtmöglichen Nutzen herausholen würden.«

Auf dem Gesicht des Dunklen Magiers deutete sich der Schatten eines Lächelns an.

»Die Zahl der Menschen, die dann in Panik geraten werden, die Tränen vergießen und Kummer empfinden werden, wird ungeheuer sein. Doch größer, unermesslich viel größer wird die Zahl derjenigen sein, die gierig vor dem Fernseher kleben, sich an fremdem Leid laben, sich darüber freuen, dass die Katastrophe ihre Stadt verschont hat, die über das Dritte Rom witzeln, das seine Strafe ereilt ... seine Gottesstrafe. Das weißt du, mein Feind.«

Das war keine Schadenfreude – hochrangige Dunkle sind zu solch einer primitiven Reaktion gar nicht fähig. Sondern pure Information.

»Und dennoch sind wir darauf vorbereitet«, sagte Boris Ignatjewitsch. »Das weißt du.«

»In der Tat. Doch wir sind im Vorteil. Falls du nicht noch das eine oder andere Ass im Ärmel hast, Boris.«

»Du weißt, dass ich immer vier Asse habe.«

Der Chef wandte sich mir zu, als habe er jedes Interesse an

dem Dunklen Magier verloren. »Anton, der Strudel wird nicht von der Tagwache gespeist. Er geht auf eine Einzelperson zurück. Auf einen unbekannten Dunklen Magier mit unglaublicher Kraft. Er hat Ignat gespürt und daraufhin das Wachstum forciert. Jetzt bist du unsere einzige Hoffnung.«

»Warum?«

»Ich habe es dir schon gesagt: Ihr seid miteinander verbunden. Anton, das Wahrscheinlichkeitsfeld weist drei Möglichkeiten auf.«

Der Chef machte ein Zeichen mit der Hand, und in der Luft entrollte sich die weiße Fläche einer Leinwand. Sebulon verzog das Gesicht, vermutlich hatte ihn der Energieausstoß leicht gestreift.

»Die erste Entwicklungslinie«, sagte der Chef. Über die weiße Leinwand, die freischwebend in der Mitte des Zimmers hing, lief ein schwarzer Streifen. Am Ende blähte er sich zu einem unförmigen Klecks auf, der über den Rand des Schirms hinausreichte. »Der wahrscheinlichste Weg. Der Strudel erreicht sein Maximum, und das Inferno bricht durch. Millionen von Opfern. Eine globale Katastrophe – atomarer Art, biologischer, ein Asteroidenniederschlag, ein Erdbeben der Stärke zwölf. Alles, was du dir nur vorstellen kannst.«

»Was ist mit einem direkten Ausbruch des Infernos?«, fragte ich vorsichtig. Ich linste zum Dunklen Magier hinüber: Seine Miene wirkte unbeteiligt.

»Nein. Wohl kaum. Die Schwelle ist noch lange nicht erreicht.« Der Chef nickte. »Andernfalls hätten sich Tag- und Nachtwache meiner Ansicht nach schon gegenseitig vernichtet. Der zweite Weg ...«

Eine dünne Linie, die von dem schwarzen Streifen abging. Ein abgerissener Ausläufer.

»Die Vernichtung des Ziels. Der Wirbel löst sich auf, sobald sein Ziel stirbt – ganz von selbst.«

Sebulon bewegte sich. »Ich bin gern bereit, bei dieser kleinen

Aktion behilflich zu sein«, bot er liebenswürdig an. »Die Nachtwache kann das allein nicht bewerkstelligen, nicht wahr? Wir stehen also zu Ihren Diensten.«

Stille senkte sich herab. Dann lachte der Chef los.

»Wie Sie wollen.« Sebulon zuckte mit den Schultern. »Ich wiederhole, dass wir unsere Dienste anbieten. Wir brauchen keine globale Katastrophe, die augenblicklich Millionen Menschen tötet. Noch nicht.«

»Der dritte Weg«, sagte der Chef mit Blick auf mich. »Schau genau hin!«

Eine weitere Linie schlängelte sich aus der gemeinsamen Wurzel heraus. Verjüngte sich und verlief im Nichts.

»Er besteht darin, dass du auf den Plan trittst, Anton.«

»Was soll ich tun?«, fragte ich.

»Ich weiß es nicht. Die Wahrscheinlichkeitsprognose gibt nie genaue Hinweise. Bekannt ist nur eins: Dass du den Strudel bannen kannst.«

Mir huschte der dumme Gedanke durch den Kopf, dass mein Test noch nicht abgeschlossen war. Die Erprobung im Einsatz ... Den Vampir hatte ich getötet, und jetzt ... Doch nein. Das konnte nicht sein. Nicht, wenn so viel auf dem Spiel stand!

»Ich habe noch nie einen schwarzen Strudel gebannt.« Meine Stimme klang irgendwie fremd, nicht unbedingt verängstigt, eher erstaunt. Der Dunkle Magier Sebulon kicherte – auf widerwärtige, weibische Weise.

»Ich weiß, Anton«, meinte der Chef nickend.

Dann erhob er sich, zog den Hausmantel fest um sich und kam auf mich zu. Er sah ziemlich komisch aus, zumindest in dieser normalen Moskauer Wohnung erinnerte er mit seinem orientalischen Auftreten an eine misslungene Karikatur.

»Noch nie zuvor hat irgendjemand einen solchen Strudel gebannt. Du bist der Erste, der das versucht.«

Ich schwieg.

»Bedenke auch Folgendes, Anton: Wenn dir irgendein Fehler

unterläuft – und sei er auch noch so klein, irgendetwas –, dann bist du der Erste, der verbrennt. Dir wird nicht einmal genug Zeit bleiben, ins *Zwielicht* zu gelangen. Du weißt, was mit den Lichten passiert, wenn sie in einen Durchbruch des Infernos geraten?«

Meine Kehle trocknete aus. Ich nickte.

»Verzeihen Sie, mein gütigster Feind«, bemerkte Sebulon amüsiert. »Räumen Sie Ihren Mitarbeitern nicht das Recht der Wahl ein? Selbst im Krieg fordert man in solchen Situationen ... Interessenten auf.«

»Wir haben Freiwillige aufgefordert«, erwiderte der Chef, ohne sich umzudrehen. »Wir alle sind Freiwillige, seit langem schon. Und eine Wahl haben wir nicht.«

»Wir schon. Immer.« Der Dunkle Magier kicherte erneut.

»Indem wir den Menschen das Recht der Wahl zubilligen, nehmen wir es uns selbst. Sebulon ...« Boris Ignatjewitsch schielte zu dem Dunklen Magier hinüber. »... du plagst dich hier vor fremdem Publikum. Stör lieber nicht.«

»Ich sage kein Wort mehr.« Sebulon senkte den Kopf und kauerte sich zusammen.

»Versuch es«, sagte der Chef. »Anton, ich kann dir keinen Rat geben. Du musst es einfach versuchen. Ich bitte dich, versuche es. Und ... vergiss alles, was ich dir beigebracht habe. Glaube nicht an das, was ich dir gesagt habe, glaube nicht an das, was du dir im Unterricht notiert hast, trau deinen Augen nicht, trau fremden Worten nicht.«

»Wem soll ich dann glauben, Boris Ignatjewitsch?«

»Wenn ich das wüsste, Anton, dann würde ich den Stab verlassen ... und selbst in dieses Haus gehen.«

Gleichzeitig blickten wir zum Fenster hin. Der schwarze Wirbelwind drehte sich, taumelte von einer Seite auf die andere. Ein Mensch, der auf dem Gehweg entlangging, machte plötzlich kehrt und umrundete die Spitze des Wirbels im weiten Bogen. Mir fiel auf, dass am Rand bereits ein Pfad getrampelt worden war: Die Menschen konnten das über der Erde schwelende Böse zwar nicht sehen, fühlten aber, dass es näher kam.

»Ich werde Anton decken«, sagte Olga plötzlich. »Ihn decken und die Verbindung halten.«

»Von außen«, stimmte der Chef zu. »Nur von außen ... Anton ... geh jetzt. Wir werden dich so gut wie möglich gegen jede Beobachtung abschirmen.«

Die weiße Eule flog vom Bett auf und ließ sich auf meiner Schulter nieder.

Mit einem letzten Blick auf meine Freunde und auf den Dunklen Magier, der aussah, als sei er eingeschlafen, ging ich aus dem Zimmer. Sofort bemerkte ich, wie jedes Geräusch in der Wohnung verstummte.

Sie ließen mich in völliger Stille gehen, ohne jedes überflüssige Wort, ohne mir noch einmal auf die Schulter zu klopfen, ohne mir einen Rat mit auf den Weg zu geben. Denn im Grunde tat ich nichts Besonderes. Ich ging einfach sterben.

Es war still.

Irgendwie beunruhigend still, selbst für einen Moskauer Schlafbezirk zu so später Stunde. Als ob sich alle in den Häusern verschanzt, das Licht gelöscht, sich die Decke über den Kopf gezogen hätten und schwiegen. Schwiegen – nicht etwa schliefen. Bloß in den Fenstern flimmerten noch blau-rote Flecken, denn überall liefen die Fernseher. Diese Angewohnheit, bei Angst oder Schwermut den Fernseher einzuschalten und sich alles Mögliche anzugucken, vom Teleshopping bis zu den Nachrichten. Die Menschen sehen die *Zwielicht*-Welt nicht. Doch sie können ihre Nähe spüren.

»Olga, was sagst du zu diesem Strudel?«, fragte ich.

»Unüberwindlich.«

Kurz und knapp.

Ich stand vor dem Hauseingang und betrachtete den geschmeidigen, an einen Elefantenrüssel erinnernden Stängel des Wirbels. Noch wollte ich nicht hineingehen.

»Wann ... bei welcher Größe könntest du den Strudel zermalmen?«

Olga dachte nach. »Bei einer Höhe von fünf Metern. Da besteht noch eine Chance. Bei drei Metern klappt es bestimmt.«

»Und die Frau wird dabei gerettet?«

»Vielleicht.«

Etwas ließ mir keine Ruhe. In dieser unnormalen Stille, wo selbst die Autos den verdammten Bezirk umfuhren, waren immer noch einige Geräusche zu hören ...

Dann ging es mir auf. Die Hunde winselten. In allen Wohnungen, in allen Häusern um uns herum beklagten die unglücklichen Tiere leise, erbärmlich und hilflos ihre Herren. Sie sahen das nahende Inferno.

»Olga, die Informationen über die Frau. Sämtliche.«

»Swetlana Nasarowa. Fünfundzwanzig Jahre. Internistin, arbeitet in der Poliklinik Nr. 17. Keine Beobachtungen seitens der Nachtwache. Keine Beobachtungen seitens der Tagwache. Magische Fähigkeiten wurden nicht entdeckt. Die Eltern und der jüngere Bruder leben in Bratejewo, der Kontakt zu ihnen ist unregelmäßig, hauptsächlich telefonisch. Vier Freundinnen, die überprüft werden und bislang sauber sind. Normale Beziehungen zu ihrem Umfeld, heftige Antipathien wurden nicht festgestellt.«

»Eine Ärztin«, sagte ich nachdenklich. »Olga, das ist vielleicht eine Spur. Irgendein Alter oder eine Alte ... die mit der Behandlung unzufrieden sind. In den letzten Lebensjahren brechen sich gewöhnlich latente magische Fähigkeiten Bahn ...«

»Das wird überprüft«, erwiderte Olga. »Bislang hat sich da nichts ergeben.«

Wär ja auch zu schön gewesen. Es war dumm, sich in Mutmaßungen zu ergehen; einen halben Tag lang hatten sich Leute mit der Frau befasst, die klüger waren als ich.

»Was noch?«

»Blutgruppe A. Keine ernsthaften Erkrankungen, mitunter leichte Herzschmerzen. Erster sexueller Kontakt mit siebzehn, mit einem Altersgenossen, aus Neugier. Viermonatige Ehe, seit zwei Jahren geschieden, freundschaftliche Beziehungen zum Ex-Mann. Keine Kinder.«

»Fähigkeiten des Mannes?«

»Gar keine. Desgleichen bei seiner neuen Frau. Sie wurden zuerst überprüft.«

»Feinde?«

»Zwei neidische Kolleginnen. Zwei abgewiesene Verehrer, ebenfalls Kollegen. Ein Schulkamerad hat vor einem halben Jahr versucht, eine gefälschte Krankschreibung zu bekommen.«

»Und?«

»Sie hat da nicht mitgemacht.«

»Alle Achtung. Wie sieht es bei denen mit der Magie aus?«

»Praktisch nicht vorhanden. Der Neid bewegt sich im üblichen Bereich. Bei allen sind die magischen Fähigkeiten nur schwach ausgeprägt. Für einen solchen Wirbel würden sie nicht reichen.«

»Sind Patienten gestorben? In letzter Zeit?«

»Nein.«

»Woher kommt dann dieser Fluch?«, stellte ich die rhetorische Frage. Jetzt wunderte es mich gar nicht mehr, warum die Wache in eine Sackgasse geraten war. Swetlana musste ein Unschuldslamm sein. Fünf Feinde in fünfundzwanzig Jahren – Hut ab.

Olga hüllte sich in Schweigen.

»Wir sollten gehen«, sagte ich. Ich drehte mich zum Fenster zurück, wo ich die Silhouetten unserer Leute erkannte. Eine der Wachen winkte mir zu. »Olga, wie ist Ignat vorgegangen?«

»Nach Schema F. Er hat sie auf der Straße angesprochen, hat den schüchternen Intelligenzler gemimt. Dann einen Kaffee in der Bar. Gespräche. Das Objekt hat rasch Sympathie für ihn entwickelt. Ignat hat dann die Bekanntschaft forciert. Hat Sekt und Likör gekauft, und die beiden sind hierher gekommen.«

»Weiter.«

»Der Wirbel fing an zu wachsen.«

»Aus welchem Anlass?«

»Aus keinem. Ignat hat ihr gefallen, ja, sie hat sich sogar stark zu ihm hingezogen gefühlt. Doch in dem Moment wuchs der Strudel an, und zwar katastrophal schnell. Ignat hat drei Verhaltensmuster ausprobiert, hat ihr eine unmissverständliche Einladung abgerungen, über Nacht zu bleiben, doch danach fing der Wirbel vehement zu wachsen an. Ignat wurde abberufen. Daraufhin hat sich der Wirbel stabilisiert.«

»Wie hat man ihn abberufen?«

Ich war schon fast erfroren, meine Schuhe fürchterlich durchweicht. Und immer noch war ich nicht bereit zu handeln.

»Die Nummer mit der kranken Mutter. Ein Anruf übers Handy, ein kurzes Telefonat, Entschuldigungen und das Versprechen, morgen anzurufen. Alles sauber, das Objekt hat keinen Verdacht geschöpft.«

»Und daraufhin hat sich der Strudel stabilisiert?«

Olga schwieg, offenbar stand sie gerade mit den Analytikern in Verbindung.

»Er ist sogar ein wenig eingesackt. Drei Zentimeter. Das kann aber ebenso gut der übliche Rückgang sein, der auftritt, wenn der Strudel nicht mehr gespeist wird.«

Irgendetwas stimmte hier nicht. Auch wenn ich meinen vagen Verdacht nicht formulieren konnte.

»Für welchen Abschnitt ist sie zuständig, Olga?«

»Für den hier. Ihr Haus eingeschlossen. Zu ihr kommen oft kranke Leute.«

»Gut. Dann geh ich als Patient zu ihr.«

»Brauchst du Hilfe, um ihr eine falsche Erinnerung einzugeben?«

»Das schaff ich.«

»Der Chef ist einverstanden«, sagte Olga nach einer kurzen Pause. »An die Arbeit. Deine Legende: Anton Gorodezki, Programmierer, unverheiratet, seit drei Jahren in Behandlung, Diagnose Magengeschwür, wohnhaft in diesem Haus, Wohnung Nr. 64. Die steht im Moment leer, gegebenenfalls halten wir dir den Rücken frei.«

»Drei Jahre kriege ich nicht hin«, gab ich zu. »Ein Jahr. Höchstens ein Jahr.«

»Gut.«

Ich schaute Olga an, die wiederum mich ansah, mit ihrem starren Vogelblick, in dem gleichwohl etwas von jener schmutzigen aristokratischen Frau lag, die in meiner Küche Kognak getrunken hatte.

»Viel Glück«, wünschte Olga mir. »Sieh zu, dass der Strudel kleiner wird. Wenigstens zehn Meter ... Dann versuch ich es.«

Der Vogel flog auf und drang sofort ins *Zwielicht* ein, verschwand irgendwo in seinen tiefsten Schichten.

Seufzend ging ich zum Hauseingang. Der Rüssel des Wirbels schlenkerte hin und her und versuchte mich zu streifen. Ich streckte ihm die Handflächen entgegen und formte mit ihnen das Xamadi, das Zeichen der Negation.

Der Wirbel erzitterte und wich zurück. Ohne Furcht, so als habe er die Regeln des Spiels begriffen. Wenn das drohende Inferno bereits solche Ausmaße zeigt, muss es intelligent sein, keine dumpfe Zielsuchrakete, sondern eher ein unerbittlicher und erfahrener Kamikaze. Das klingt komisch: ein erfahrener Kamikaze, doch in Bezug auf das Dunkel ist dieser Ausdruck gerechtfertigt. Wenn der Höllenwirbel in die Menschenwelt einbricht, muss er sterben, doch das bedeutet nicht mehr als der Tod einer Wespe in einem riesigen Schwarm.

»Deine Stunde ist noch nicht gekommen«, sagte ich. Das Inferno antwortete natürlich nicht, trotzdem verlangte es mich danach, diese Worte auszusprechen.

Ich ging an dem Stängel vorbei. Der Wirbel schien aus rabenschwarzem Glas gemacht, das eine gummiartige Flexibilität aufwies. Die Außenseite bewegte sich kaum, doch in der Tiefe, wo das dunkle Blau in ein unergründliches Dunkel überging, ließ sich eine wütende Rotation erahnen.

Vielleicht irrte ich mich ja auch. Vielleicht war seine Stunde in ebendiesem Moment gekommen ...

Die Haustür hatte noch nicht einmal ein Codeschloss, oder besser gesagt, es gab eins, doch das war aus der Wand gerissen und demoliert. Nicht weiter verwunderlich. Ein kleiner Gruß des Dunkels. Seine kleinen Flecken sah ich mittlerweile gar nicht mehr, die Graffiti und die Abdrücke von Schuhen an den Wänden, die zerschlagenen Lampen und die zugemüllten Fahrstühle. Aber jetzt war ich kurz davor auszurasten.

Nach der Wohnungsnummer brauchte ich nicht zu fragen. Ich spürte das Mädchen – trotz ihrer Ehe konnte sie wohl noch Mädchen genannt werden, das ist ja eher eine Frage des Alters –, wusste, wohin ich gehen musste, sah ihre Wohnung bereits, besser, ich sah sie nicht, sondern nahm sie in ihrer Gesamtheit wahr.

Das Einzige, was ich nicht wusste, war, wie ich diesen verdammten Strudel beseitigen sollte ...

Vor der Wohnungstür blieb ich stehen. Es war eine gewöhnliche Tür, keine aus Stahl, was für eine Wohnung im Hochparterre sehr seltsam ist, vor allem angesichts des herausgerissenen Schlosses am Hauseingang. Ich seufzte auf und klingelte. Elf Uhr. Schon spät, sicher.

Ich hörte Schritte. Keinerlei Schallisolation ...

Sieben

Ohne weiteres öffnete sie die Tür.

Keine Fragen, kein Blick durch den Spion, keine vorgelegte Kette. Und das in Moskau! Nachts! Wo sie allein zu Hause war! Der Wirbel hatte die letzten Reste ihrer Vorsicht vertilgt, ebenjener Achtsamkeit, die es der jungen Frau ermöglicht hatte, ein paar Tage durchzuhalten. So sterben sie dann in der Regel auch, die Leute, auf denen ein Fluch lastet ...

Äußerlich merkte man Swetlana noch nichts an. Ein leichter Schatten unter den Augen, aber wer vermochte schon zu sagen, was für eine Nacht sie hinter sich hatte. Und wie sie angezogen war: Rock, eine hübsche Bluse, Pumps – als erwarte sie jemanden oder wolle ausgehen.

»Guten Abend, Swetlana«, sagte ich und bemerkte in ihren Augen bereits das Aufflackern des Erkennens. Sicher, vage würde sie sich von gestern her an mich erinnern. Und diesen Moment, in dem ihr schwante, dass wir uns kannten, sie aber noch nicht wusste, woher, musste ich nutzen.

Ich reckte mich ins *Zwielicht* hinein. Vorsichtig, denn der Wirbel hing wie angeklebt über dem Kopf der Frau und konnte jede Sekunde reagieren. Vorsichtig, denn ich wollte sie nicht täuschen.

Nicht einmal zu ihrem Besten.

Das Ganze ist nur beim ersten Mal interessant und komisch. Findest du auch danach noch Gefallen daran, bist du bei der

Nachtwache fehl am Platze. Es ist eine Sache, moralische Imperative zu ändern, und zwar immer zugunsten des Guten. Etwas andres ist es, ein Gedächtnis zu manipulieren. Das ist unvermeidlich, muss sein, das ist ein Teil des Vertrags, und allein schon unser Ein- und Auftauchen aus dem *Zwielicht* zieht bei den Umstehenden eine sekundenkurze Amnesie nach sich.

Doch wenn du erst einmal Vergnügen am Spiel mit einem fremden Gedächtnis findest, dann ist es Zeit für dich zu gehen.

»Guten Abend, Anton.« Ihre Stimme zerfloss ein wenig, als ich sie zwang, sich an etwas zu erinnern, das sie nie erlebt hatte. »Was ist denn mit Ihnen los?«

Mit schiefem Lächeln schlug ich mir gegen den Bauch. In Swetlanas Gedächtnis tobte jetzt ein Orkan. So begabt, ihr ein komplett falsches Gedächtnis einzugeben, bin ich nicht. Doch zum Glück taten es zwei, drei Anspielungen, danach täuschte sie sich selbst. Sie setzte sich mein Bild aus einem alten Bekannten zusammen, dem ich äußerlich ähnelte, einem anderen, noch älteren und flüchtigen Bekannten, der ihr aber sympathisch war, aus zwei Dutzend Patienten meines Alters sowie aus einigen Nachbarn im Haus. Ein leichter Anstoß meinerseits genügte, um diesen Prozess in Gang zu setzen, der Swetlana dann das fertige Bild lieferte. Ein guter Mensch – Neurastheniker –, ist wirklich häufig krank ... Manchmal flirtet er ein wenig, aber eben nur ein wenig – er ist nicht sehr selbstsicher. Wohnt im selben Haus, einen Aufgang weiter.

»Haben Sie Schmerzen?« Selbst jetzt schaffte sie es noch, sich zu konzentrieren. Wirklich, eine gute Ärztin. Eine Ärztin aus Berufung.

»Ein bisschen. Hab gestern einen über den Durst getrunken.« Ich war die Reue selbst.

»Anton, ich hatte Sie doch gewarnt ... Na, kommen Sie erst mal rein ...«

Ich trat ein, schloss die Tür hinter mir – selbst darüber machte sich die Frau keine Gedanken. Während ich die Jacke auszog, sah ich mich rasch um, und zwar sowohl in der gewöhnlichen Welt wie auch im *Zwielicht*.

Billige Tapeten, ein fadenscheiniger Teppich, alte Stiefel, eine Deckenlampe mit schlichtem durchbrochenem Glasschirm, ein Funktelefon an der Wand, ein billiges Ding aus China. Bescheiden. Sauber. Gewöhnlich. Was bestimmt nicht daran lag, dass die Tätigkeit als Bezirksärztin nicht viel Geld brachte. Eher sehnte sie sich wohl gar nicht nach Behaglichkeit. Schlecht ... sehr schlecht.

In der *Zwielicht*-Welt machte die Wohnung einen etwas besseren Eindruck. Keine ekelhafte Flora, keine Spuren des Dunkels. Abgesehen natürlich von dem schwarzen Strudel. Er dominierte alles ... Ich sah ihn in seiner vollen Größe, vom Stängel, der sich über dem Kopf der jungen Frau drehte, bis hin zur Blüte, die in einer Höhe von dreißig Metern thronte.

Ich ging hinter Swetlana her in das einzige Zimmer. Hier war es immerhin etwas gemütlicher. Das Sofa – oder besser: das Eckchen unter einer altmodischen Stehlampe – schimmerte in warmem Orange. Über zwei Wände zogen sich, sieben Reihen hoch, Bücherregale ... Klar.

Allmählich fing ich an, sie zu verstehen. Nicht nur als Objekt meiner Arbeit, nicht nur als mögliches Opfer des geheimnisvollen Dunklen Magiers, nicht nur als unfreiwillige Ursache einer Katastrophe, sondern als Menschen. Eine Leseratte, introvertiert und mit Komplexen beladen, voll komischer Ideale und einem kindlichen Glauben an den schönen Prinzen, der sie sucht und unweigerlich finden würde. Die Arbeit als Ärztin, ein paar Freundinnen, ein paar Freunde und sehr, sehr viel Einsamkeit. Gewissenhafte Arbeit wie nach dem Kodex für die Erbauer des Kommunismus, ab und an ein Besuch in einem Café, selten verliebt. Abende, einer wie der andere, verbracht auf dem Sofa, über einem Buch, das Telefon in greifbarer Nähe, in Gesellschaft des seifig-beruhigend brummenden Fernsehers.

Wie viele ihr noch immer seid, ihr Jungen und Mädchen

unbestimmten Alters, erzogen von der Generation der Sechziger. Wie viele ihr seid, unglücklich und unfähig zum Glück. Bedauern möchte man euch, helfen. Euch durchs *Zwielicht* berühren – nur leicht, kaum spürbar. Euch ein wenig Selbstsicherheit geben, einen Funken Optimismus, ein Gramm Willen, ein Körnchen Ironie. Euch helfen, damit ihr anderen helfen könnt.

Doch das darf nicht sein.

Jede Handlung des Guten bedeutet eine Einladung an das Böse, ebenfalls zur Tat zu schreiten. Der Vertrag! Die Wachen! Das Gleichgewicht der Welt!

Leide oder werde wahnsinnig, verletz das Gesetz, misch dich unter die Menge, verteile ungefragt Geschenke, zwinge das Schicksal in eine andere Bahn und schau, hinter welcher Ecke dir einstige Freunde und verlässliche Feinde entgegenkommen, um dich ins *Zwielicht* zu schicken. Für immer.

»Anton, wie geht es Ihrer Mutter?«

Ach ja. Ich, der Patient Anton Gorodezki, habe eine alte Mutter. Sie leidet an Osteochondrose und einer ganzen Reihe typischer Alterskrankheiten. Und ist ebenfalls bei Swetlana in Behandlung.

»Gut, alles in Ordnung. Mir geht es irgendwie ...«

»Legen Sie sich hin.«

Ich zog den Pullover und das Hemd hoch und legte mich aufs Sofa. Swetlana setzte sich neben mich. Mit warmen Fingern fuhr sie mir über den Bauch, um dann meine Leber abzutasten.

»Tut das weh?«

»Nein ... jetzt nicht.«

»Wie viel haben Sie getrunken?«

Ich beantwortete die Fragen, indem ich das Gedächtnis des Mädchens nach den Antworten absuchte. Ich brauchte hier nicht den Sterbenden zu mimen. Ja ... dumpfe Schmerzen – nicht sehr stark ... Nach dem Essen ... Jetzt ist es ein bisschen schlimmer ...

»Momentan ist das noch eine Gastritis, Anton.« Swetlana

nahm ihre Hand weg. »Damit ist nicht zu spaßen, das wissen Sie selbst. Ich stelle Ihnen jetzt ein Rezept aus ...«

Sie stand auf, ging zur Tür und nahm an der Garderobe ihre Tasche vom Haken.

Die ganze Zeit über behielt ich den Strudel im Auge. Nichts passierte, mein Kommen hatte den Höllenwirbel zwar nicht wachsen lassen, aber schwächen konnte ich ihn auch nicht.

Anton ... Die Stimme drang durchs *Zwielicht* zu mir, ich erkannte Olga. *Anton, der Strudel ist um drei Zentimeter geschrumpft. Du hast irgendwie den richtigen Weg gefunden. Denk darüber nach, Anton.*

Den richtigen Weg? Wann? Noch hatte ich doch gar nichts gemacht, lediglich den Anlass für diesen Besuch gefunden!

»Anton, haben Sie noch Omes?« Swetlana hatte sich an den Tisch gesetzt und sah mich an.

»Ja, noch ein paar Kapseln«, meinte ich nickend, während ich mein Hemd wieder zurechtzog.

»Gehen Sie jetzt nach Hause und nehmen Sie eine. Morgen kaufen Sie sich neue. Sie müssen sie zwei Wochen lang vor dem Schlafengehen einnehmen.«

Swetlana gehörte offensichtlich zu den Ärzten, die an Tabletten glauben. Mich störte das nicht, da ich diesen Glauben teilte. Wir, die Anderen, stehen der Wissenschaft mit einem irrationalen Respekt gegenüber, sodass wir selbst in den Fällen, in denen elementare magische Handlungen ausreichen würden, zu Analgin und Antibiotika greifen.

»Swetlana ... verzeihen Sie meine Frage.« Verlegen wandte ich den Blick ab. »Haben Sie irgendwelche Probleme?«

»Wie kommen Sie darauf, Anton?« Weder hielt sie im Schreiben inne noch sah sie mich an. Aber sie verkrampfte sich.

»Ich hab so den Eindruck. Ist Ihnen irgendjemand zu nahe getreten?«

Die junge Frau legte den Füller weg und schaute mich neugierig und mit einem Anflug von Sympathie an.

»Nein, Anton. Wie kommen Sie denn darauf? Das muss am Winter liegen. Der dauert schon viel zu lange.«

Sie zwang sich zu einem Lächeln, und der Höllenstrudel über ihr schlingerte, schwang gierig seinen Rüssel ...

»Der Himmel ist grau, die Welt ist grau. Man hat zu nichts Lust ... Alles hat seinen Sinn verloren. Ich bin müde, Anton. Doch wenn erst einmal der Frühling kommt, ist das alles vorbei.«

»Sie leiden an Depressionen, Swetlana«, platzte ich heraus, noch ehe mir klar wurde, dass ich diese Diagnose ihrem Gedächtnis entnommen hatte. Doch das bemerkte die Frau nicht.

»Vermutlich. Doch das ist nichts, was bei Sonnenschein nicht wegginge ... Vielen Dank für Ihre Anteilnahme, Anton.«

Diesmal kam das Lächeln schon eher von Herzen, auch wenn es immer noch gequält wirkte.

Anton, minus zehn Zentimeter!, drang Olgas Flüstern durchs *Zwielicht* zu mir. *Der Strudel setzt sich! Anton, die Analytiker arbeiten auf Hochtouren, weiter so!*

Was hatte ich richtig gemacht?

Diese Frage ist viel schrecklicher als die Frage: »Was habe ich falsch gemacht?« Wenn du einen Fehler machst, musst du dein Verhalten nur von Grund auf ändern. Wenn du dagegen ins Ziel getroffen hast, ohne zu wissen, warum – dann gute Nacht. Für einen schlechten Schützen, der zufällig ins Schwarze getroffen hat, ist es nicht leicht, sich daran zu erinnern, wie er die Arme gehalten und die Augen zusammengekniffen hat, wie er den Finger angespannt und den Schuss abgefeuert hat – ohne dabei zuzugeben, dass die Kugel von einer Bö des liederlichen Windes ins Ziel getragen wurde.

Ich erwischte mich dabei, wie ich dasaß und Swetlana ansah. Schweigend und ernst erwiderte sie meinen Blick.

»Verzeihen Sie«, sagte ich. »Um Gottes willen, Swetlana, verzeihen Sie. Ich überfalle Sie hier spätabends, mische mich in Sachen ein, die mich nichts angehen ...«

»Schon gut. Ich bin sogar ganz froh darüber, Anton. Möchten Sie vielleicht einen Tee?«

Minus zwanzig Zentimeter, Anton! Sag ja!

Selbst diese Zentimeter, um die der irrsinnige Höllenwirbel schrumpfte, bedeuteten ein Geschenk des Schicksals. Das waren Menschenleben. Dutzende, womöglich sogar Hunderte von Leben, der drohenden Katastrophe entrissen. Mir war nicht klar, wie ich das machte, doch ich erhöhte Swetlanas Widerstandskraft gegen das Inferno. Und der Strudel schmolz langsam dahin.

»Danke, Swetlana. Gern.«

Die Frau stand auf und ging in die Küche. Ich folgte ihr. Was ging hier vor?

Anton, wir haben eine vorläufige Analyse ...

Im Fenster – die Vorhänge waren bereits zugezogen – meinte ich eine weiße Vogelsilhouette schimmern zu sehen, die über die Wand huschte und Swetlana beobachtete.

Ignat hat sich an das allgemeine Schema gehalten. Komplimente, Interesse, Verehrung, Flirten. Das hat ihr gefallen, aber zu einem Anwachsen des Strudels geführt. Du dagegen, Anton, hast einen anderen Weg gewählt: das Mitgefühl. Noch dazu ein passives Mitgefühl.

Empfehlungen blieben aus, was bedeutete, dass die Analytiker noch keine Schlussfolgerungen gezogen hatten. Immerhin wusste ich jetzt aber, wie ich weiter vorgehen musste. Mit traurigem Blick und mitleidigem Lächeln würde ich meinen Tee trinken und sagen: »Du hast ganz müde Augen, Sweta.«

Wir würden doch zum Du übergehen, oder? Bestimmt. Ohne Zweifel.

»Anton?«

Mein Blick hatte etwas zu lange auf ihr geruht. Swetlana erstarrte am Herd, auf dem der schwere, im Küchendunst matt gewordene Kessel stand. Nicht, weil sie Angst empfand, denn dieses Gefühl war ihr bereits fremd, da der schwarze Strudel es schon bis zur Neige ausgetrunken hatte. Eher wirkte sie verlegen.

»Stimmt etwas nicht?«

»Ja. Mir ist das peinlich, Swetlana. Ich tauche mitten in der Nacht auf, jammer Ihnen die Ohren voll und bleibe auch noch zum Tee ...«

»Aber ich habe Sie doch gebeten zu bleiben, Anton. Wissen Sie, ich hatte heute einen seltsamen Tag, da will ich nicht allein ... Sagen wir, Sie bezahlen mich so für die Untersuchung, ja? Indem Sie hier bei mir sitzen und sich mit mir unterhalten«, präzisierte Swetlana rasch.

Ich nickte. Jedes Wort hätte ein Fehler sein können.

Der Strudel ist um weitere fünfzehn Zentimeter kleiner geworden. Anton, du hast die richtige Taktik gewählt!

Überhaupt nichts hatte ich gewählt, das sollten diese dämlichen Analytiker endlich begreifen! Ich hatte die Fähigkeiten eines Anderen genutzt, um in ein fremdes Haus einzudringen, in ein fremdes Bewusstsein zu kriechen und so meinen Besuch auszudehnen – und jetzt ließ ich mich einfach im Strom treiben.

In der Hoffnung, dass mich der Fluss dahin brachte, wohin ich musste.

»Wollen Sie Marmelade, Anton?«

»Ja ...«

Was für eine aberwitzige Teegesellschaft. Carroll war nichts dagegen! Die aberwitzigsten Teegesellschaften werden nicht in einer Kaninchenhöhle gegeben, an einem Tisch mit einem verrückten Hutmacher, einer Haselmaus und einem Schnapphasen. Eine kleine Küche in einer kleinen Wohnung, Teesud vom Morgen, mit heißem Wasser aufgegossen, Himbeermarmelade aus einem Dreiliterglas – das ist die Bühne, auf der verkannte Schauspieler eine wahrhaft verrückte Teegesellschaft zum Besten geben. Hier – und nur hier – werden Worte gesprochen, die sonst niemals gesagt werden könnten. Hier werden mit der Geste eines Zauberkünstlers kleine gemeine Geheimnisse ans Licht gebracht, werden die Familienskeletts aus dem Buffet geholt, findet sich in der Zuckerdose eine Hand voll Zyankali. Und niemals ergibt sich die Gelegenheit aufzustehen und zu gehen, denn immer wieder wird dir rechtzeitig Tee eingegossen, Marmelade dazu angeboten und die offene Zuckerdose vor dich geschoben.

»Anton, ich kenne Sie jetzt schon seit einem Jahr ...«

Ein Schatten, ein flüchtiger Schatten der Verwirrung in den Augen der Frau. Das Gehirn füllt gehorsam die Lücken, hält eine Erklärung parat, warum ich, ein sympathischer und netter Mann, nur ihr Patient geblieben bin.

»Bisher zwar nur durch meine Arbeit, aber jetzt ... Aus irgendeinem Grund habe ich das Bedürfnis, mit Ihnen zu reden ... wie mit einem Nachbarn. Wie mit einem Freund. Ist das in Ordnung?«

»Natürlich, Sweta.«

Ein dankbares Lächeln. Die Koseform für meinen Namen kommt einem nicht so schnell über die Lippen – »Antoschka« wäre schon das nächste Stadium, ein zu großer Schritt.

»Danke, Anton. Weißt du – irgendwie bin ich wirklich nicht mehr ich selbst. Das geht jetzt schon drei Tage so.«

Natürlich. Wie soll man noch man selbst sein, wenn über einem das Schwert der Nemesis hängt. Der blinden, wütenden, der Macht der toten Götter entglittenen Nemesis.

»Heute zum Beispiel ... Aber lassen wir das ...«

Sie wollte mir von Ignat erzählen. Denn sie verstand nicht, was mit ihr geschah, warum sie beinah mit einer Zufallsbekanntschaft ins Bett gegangen wäre. Sie glaubte, den Verstand zu verlieren. Das geht allen Menschen so, die es mit Anderen zu tun bekommen.

»Swetlana, haben Sie ... hast du dich vielleicht mit jemandem gestritten?«

Ein grobes Vorgehen. Aber ich musste mich beeilen, musste

mich einfach beeilen, auch wenn ich selbst nicht wusste, warum. Der Wirbel hatte sich stabilisiert und zeigte sogar eine Tendenz zur Abnahme. Trotzdem musste ich mich beeilen.

»Wie kommst du darauf?«

Swetlana wunderte sich nicht und hielt die Frage nicht für zu persönlich. Ich zuckte mit den Schultern und suchte nach einer Erklärung.

»So was habe ich öfter.«

»Nein, Anton. Ich habe mich mit niemandem gestritten. Ich wüsste gar nicht, mit wem und worüber. Es ist etwas in mir selbst ...«

Da irrst du dich, Mädel. Du kannst dir ja gar nicht vorstellen, wie sehr du dich da irrst. Über dir hängt ein schwarzer Strudel von solchen Ausmaßen, wie er alle hundert Jahre nur einmal vorkommt. Und das heißt, dass jemand dich mit einer Kraft hasst, wie sie nur selten bei einem Menschen auftritt. Oder bei einem Anderen.

»Vielleicht solltest du einmal ausspannen«, brachte ich vor. »Irgendwohin fahren ... in irgendein Nest ...«

Noch während ich sprach, ging mir plötzlich auf, dass es eine Lösung für das Problem gab. Zwar eine unzureichende, eine, die für Swetlana selbst immer noch den Tod bedeuten würde. Irgendein Nest. Die Taiga, Tundra, der Nordpol. Dann würde der Vulkan dort ausbrechen, der Asteroid dort niedergehen, der Marschflugkörper mit dem Nuklearsprengkopf dort einschlagen. Das Inferno würde sich nicht verhindern lassen, aber nur Swetlana würde darunter leiden.

Bloß gut, dass eine solche Lösung für uns ebenso wenig in Frage kommt wie der vom Dunklen Magier vorgeschlagene Mord.

»Woran denkst du, Anton?«

»Sweta, etwas bedrückt dich doch?«

Anton, das ist zu heftig. Such ein anderes Thema, Anton!

»Merkt man das etwa?«

»Ja.«

Swetlana senkte den Blick. Ich machte mich schon auf Olgas Geschrei gefasst, dass der schwarze Wirbel zu seinem letzten, katastrophalen Wachstumsschub ansetze, dass ich alles verdorben, alles kaputtgemacht hätte und von nun an das Leben von Tausenden von Menschen auf meinem Gewissen laste. Doch Olga schwieg.

»Ich bin eine Verräterin.«

»Was?«

»Ich habe meine Mutter verraten.«

Sie sah ernst aus, ohne jenen widerlichen Anstrich eines Menschen, der eine Schweinerei begangen hat und sich auch noch damit brüstet.

»Das verstehe ich nicht, Sweta ...«

»Meine Mutter ist krank, Anton. Die Nieren. Sie muss regelmäßig zur Dialyse ... aber das ist nichts Halbes, nichts Ganzes. Deshalb ... hat man mir vorgeschlagen ... eine Transplantation zu machen.«

»Warum dir?« Ich verstand sie immer noch nicht.

»Man hat mir vorgeschlagen, eine Niere zu spenden. Meiner Mutter. Vermutlich würde die Niere angenommen, ich habe mich sogar schon untersuchen lassen ... Doch ich habe mich geweigert. Ich ... Ich habe Angst.«

Ich schwieg. Jetzt lagen die Karten auf dem Tisch. Irgendetwas hatte funktioniert, irgendwie gab es in mir etwas, das Swetlana veranlasste, mir gegenüber völlig offen zu sein. Ihre Mutter.

Eine Mutter!

Anton, du bist fabelhaft. Unsere Leute sind schon unterwegs. Olgas Stimme jubilierte. Wie auch nicht – wir hatten die Dunkle Magierin gefunden! *Komisch ... Beim ersten Kontakt hat niemand etwas gespürt, alle hielten sie für eine taube Nuss ... Fabelhaft. Beruhige sie, Anton, rede mit ihr, tröste sie ...*

Im *Zwielicht* kann man die Ohren nicht verschließen. Du hörst alles, was man dir sagt.

»Swetlana, niemand hat das Recht, so etwas von dir zu verlangen ...«

»Nein. Natürlich nicht. Ich habe meiner Mutter davon erzählt ... und sie hat mir befohlen, das Ganze zu vergessen. Sie hat gesagt, dass sie sich etwas antun würde, wenn ich mich dazu entschlösse. Dass sie ... sowieso sterben würde. Da brauchte ich mich nicht verstümmeln lassen. Gar nichts hätte ich sagen sollen. Sondern ihr einfach meine Niere spenden. Später, nach der Operation, hätte sie ja alles erfahren können. Mit einer Niere hätte ich sogar noch Kinder kriegen können ... Solche Fälle gab es bereits.«

Die Nieren. Wie lächerlich! Was für eine Kleinigkeit! Eine Stunde Arbeit für einen echten weißen Magier. Doch wir dürfen nicht behandeln, für jede echte Heilung wird einem Dunklen Magier ein Fluch, ein böser Blick vergeben. Und dann die Mutter, die eigene Mutter, die unwissend, den Bruchteil einer Sekunde von ihren Gefühlen mitgerissen, laut das eine sagt, die ihrer Tochter sogar verbietet, an eine Operation auch nur zu denken – und sie innerlich verflucht.

Und der monströse schwarze Wirbel schwillt an.

»Ich weiß schon nicht mehr, was ich mache, Anton. Ich stelle lauter Unsinn an. Heute wäre ich beinah mit einem Unbekannten ins Bett gesprungen.« Swetlana hatte sich also dazu durchgerungen, auch das zu erwähnen, obwohl es sie vermutlich genauso viel Überwindung kostete, wie von ihrer Mutter zu erzählen.

»Sweta, uns wird schon etwas einfallen«, begann ich. »Das Wichtigste ist jetzt, nicht die Segel zu streichen und sich unnütz selbst zu bestrafen ...«

»Aber ich habe ihr mit Absicht davon erzählt, Anton! Ich wusste, wie sie reagieren würde! Ich wollte, dass sie es mir verbietet! Sie müsste mich verfluchen, mich verdammte Idiotin!«

Swetlana, du hast ja keine Ahnung, wie sehr du Recht hast ... Niemand weiß, welche Mechanismen hier wirken, was im *Zwie-*

licht passiert und welchen Unterschied es zwischen dem Fluch eines unbekannten Menschen und dem Fluch eines geliebten Menschen, eines Sohns, einer Mutter gibt. Doch schlimmer als der Flucht einer Mutter ist nichts.

Ganz ruhig, Anton.

Olgas Stimme brachte mich unverzüglich zur Besinnung.

Das ist zu einfach, Anton. Hast du es schon einmal mit dem Fluch einer Mutter zu tun gehabt?

»Nein«, sagte ich. Indem ich es laut aussprach, antwortete ich sowohl Sweta wie auch Olga.

»Ich bin selber schuld.« Swetlana schüttelte den Kopf. »Vielen Dank, Anton, aber daran bin ich wirklich selber schuld.«

Ich hatte schon damit zu tun, klang es aus dem *Zwielicht. Anton, mein Lieber, so was sieht anders aus! Der Zorn einer Mutter – das ist ein greller schwarzer Blitz und ein großer Strudel. Doch er löst sich im Handumdrehen auf. Fast immer.*

Vielleicht. Ich würde keinen Streit anfangen. Olga ist die Expertin für Flüche und hat schon einiges gesehen. Sicher, dem eigenen Kind wünscht man nichts Böses – zumindest nicht auf lange Sicht. Doch es gibt auch Ausnahmen.

Ausnahmen kommen vor, pflichtete Olga mir bei. *Ihre Mutter wird jetzt gründlich überprüft. Aber ... ich würde nicht auf einen raschen Erfolg hoffen.*

»Swetlana«, sagte ich. »Gibt es nicht noch andere Möglichkeiten? Gibt es keine andere Behandlung für deine Mutter? Etwas anderes als eine Transplantation?«

»Nein. Ich bin Ärztin, ich weiß das. Die Medizin ist nicht allmächtig.«

»Muss es denn unbedingt die Medizin sein?«

Sie stutzte. »Was meinst du damit, Anton?«

»Die nicht-klassische Medizin«, sagte ich. »Volksmedizin.«

»Anton ...«

»Ich weiß schon, Swetlana, es ist schwer, daran zu glauben«, unterbrach ich sie rasch. »Es gibt jede Menge Scharlatane,

Hochstapler und psychisch kranke Menschen. Aber es ist doch nicht alles Lüge, oder?«

»Anton, zeig mir einen Menschen, der jemanden von einer wirklich schweren Krankheit geheilt hat.« Swetlana bedachte mich mit einem ironischen Blick. »Aber nicht von ihm erzählen, sondern ihn mir zeigen? Diesen Menschen und seine Patienten, am besten vor und nach der Behandlung. Dann glaube ich dir, dann glaube ich an alles. An übersinnliche Fähigkeiten, Heiler und Meister der weißen und schwarzen Magie ...«

Unwillkürlich erschauerte ich. Über der Frau hing der prachtvollste Beweis für die Existenz der »schwarzen« Magie, ein Beweis, geradezu lehrbuchreif.

»Ich kann dir einen zeigen«, sagte ich. Mir fiel ein, wie man Danila einmal ins Büro geschleppt hatte. Nach einem gewöhnlichen Zusammenstoß, wie er zwar nicht jeden Tag vorkommt, der aber auch nicht besonders schlimm war. Er hatte einfach Pech gehabt. Sie wollten eine Familie von Tiermenschen festnehmen, wegen irgendeiner geringfügigen Verletzung des Vertrags. Die Tiermenschen hätten sich nur zu ergeben brauchen, und das Ganze hätte mit einer kleinen Untersuchung der Wachen sein Bewenden gehabt.

Die Tiermenschen wollten lieber Widerstand leisten. Gewiss zogen sie eine Spur nach sich – eine Blutspur, von der die Nachtwache bislang nichts wusste und nun auch nie erfahren würde. Danila ging als Erster – und ihn zerfetzten sie nach allen Regeln der Kunst. Die linke Lunge, das Herz, eine tiefe Wunde in der Leber, eine Niere rissen sie ihm ganz heraus.

Zusammengeflickt wurde Danila vom Chef, wobei fast die gesamte Wache assistierte, alle, die in dem Moment noch dazu in der Lage waren. Ich stand im dritten Kreis, unsere Aufgabe war weniger die, den Chef mit Energie zu versorgen, als vielmehr, Einflüsse von außen abzuwehren. Trotzdem linste ich ab und an zu Danila hinüber. Immer wieder tauchte er ins *Zwielicht* ab, mal allein, mal zusammen mit dem Chef. Bei jedem

Auftauchen in der Realität sahen die Wunden besser aus. Das Ganze erwies sich als nicht sehr kompliziert, dafür aber höchst effektiv, denn die Verletzungen waren noch frisch und nicht vom Schicksal vorbestimmt. Dass der Chef Swetlanas Mutter heilen könnte, bezweifelte ich nicht im Geringsten. Selbst wenn ihr Schicksal in naher Zukunft abreißen, wenn sie bald sterben sollte. Heilen konnte er sie. Der Tod würde dann aus anderen Gründen eintreten ...

»Anton, hast du keine Angst, so was zu sagen?«

Ich zuckte mit den Schultern. Swetlana seufzte. »Jemandem Hoffnung zu schenken ist eine Frage der Verantwortung. Ich glaube nicht an Wunder, Anton. Doch jetzt bin ich bereit, an eins zu glauben. Hast du davor keine Angst?«

Ich sah ihr in die Augen. »Nein, Swetlana. Ich habe vor vielen Dingen Angst. Aber vor anderen.«

Anton, ein Rückgang des Strudels um zwanzig Zentimeter. Anton, der Chef lässt dir ausrichten, dass du einfach fabelhaft bist.

Etwas in ihrem Ton gefiel mir nicht. Ein Gespräch durchs *Zwielicht* hindurch lässt sich zwar nicht mit einer normalen Unterhaltung vergleichen, trotzdem bekommt man Gefühle mit.

Was ist passiert?, fragte ich durch den toten grauen Schleier.

Arbeite weiter, Anton.

Was ist passiert?

»Wenn ich mir nur meiner Sache so sicher wäre«, meinte Swetlana. Sie sah zum Fenster. »Hast du das gehört? So ein Rascheln ...«

»Der Wind«, vermutete ich. »Oder jemand ist vorbeigegangen.«

Antworte, Olga!

Mit dem Strudel ist alles in Ordnung, Anton. Nimmt langsam ab. Irgendwie stärkst du ihren inneren Widerstand. Nach unseren Berechnungen müsste der Strudel gegen Morgen so weit geschrumpft sein, dass er keine Gefahr mehr darstellt. Dann kann ich ans Werk gehen.

Wo liegt dann das Problem? Ich spüre doch, Olga, dass da eins ist!

Sie schwieg.

Olga, sind wir Partner?

Das half. Im Moment sah ich die weiße Eule zwar nicht, wusste aber, dass ihre Augen blitzten und sie kurz auf das Fenster der Kommandozentrale blickte. Ins Gesicht des Chefs und des Beobachters der Dunklen.

Es gibt ein Problem mit dem Jungen, Anton.

Mit Jegor?

»Anton, woran denkst du?«, fragte Swetlana. Es ist schwierig, gleichzeitig mit der realen und der *Zwielicht*-Welt Kontakt zu halten.

»Daran, dass es sehr schön wäre, sich teilen zu können.«

Anton, du hast eine weitaus wichtigere Mission.

Sprich, Olga.

»Das verstehe ich nicht, Anton.« Das war wieder Swetlana.

»Weißt du, mir ist klar geworden, dass ein Bekannter von mir Schwierigkeiten hat. Große Schwierigkeiten.« Ich sah ihr in die Augen.

Die Vampirin. Sie hat den Jungen in ihrer Gewalt.

Ich empfand nichts. Keine Gefühle, kein Bedauern, keinen Zorn, keine Trauer. Bloß, dass sich in meinem Innern Kälte und Leere ausbreiteten.

Vermutlich hatte ich das erwartet. Warum, wusste ich nicht, aber ich hatte es erwartet.

Aber Bär und Tigerjunges sind bei ihm!

Es hat sich so ergeben.

Was ist mit ihm?

Wenn er bloß nicht initiiert ist! Tot, ja, besser er ist bloß tot. Denn der ewige Tod ist schlimmer.

Er lebt. Sie hat ihn als Geisel genommen.

Was?

Das hatte es noch nicht gegeben. Das war einfach noch

nie vorgekommen. Geiseln – solche Spielchen spielen Menschen.

Die Vampirin fordert Verhandlungen. Sie will einen Prozess ... Sie hofft darauf, ungeschoren davonzukommen.

In Gedanken gab ich der Vampirin eine Eins plus für ihre rasche Auffassungsgabe. Sie hatte keine Chance zu entkommen, hatte sie nie gehabt. Aber alle Schuld auf den bereits getöteten Freund abzuschieben, der sie initiiert hatte ... »Ich hab ja von nichts gewusst, hatte keinen blassen Schimmer. Jemand hat mich gebissen. So bin ich die geworden, die ich jetzt bin. Ohne die Regeln zu kennen. Ohne den Vertrag gelesen zu haben. Ich werde eine normale, gesetzestreue Vampirin sein ...«

Und ausgeschlossen war diese Entwicklung in der Tat nicht! Vor allem, wenn die Nachtwache sich auf irgendeinen Kompromiss einließe. Und das tun wir immer – wir haben gar keine andere Wahl, denn jedes Menschenleben muss geschützt werden.

Erleichtert sackte ich förmlich in mich zusammen. Aber was bedeutete mir dieser Bursche eigentlich? Wenn das Los auf ihn fiel, würde er zur gesetzmäßigen Beute von Vampiren und Tiermenschen werden. So ist das Leben. Und ich würde an ihm vorbeigehen. Selbst wenn das Los nicht auf ihn fiel – wie oft gelang es der Nachtwache nicht einzugreifen, wie viele Menschen starben durch die Dunklen ... Doch seltsam: Ich hatte mich schon in den Kampf um ihn eingemischt, für ihn Partei ergriffen, war ins *Zwielicht* getreten und hatte Blut vergossen. Und jetzt war er mir nicht mehr egal. Überhaupt nicht ...

Ein Gespräch im *Zwielicht* läuft viel schneller ab als eine Unterhaltung in der Menschenwelt. Dennoch musste ich mich zwischen Olga und Swetlana zerreißen.

»Anton, zerbrich dir nicht den Kopf über meine Probleme.«

Trotz allem hätte ich am liebsten laut losgelacht. Über ihre Probleme zerbrachen sich gerade Hunderte von Leuten den Kopf, auch wenn Swetlana sich das nie im Leben hätte vorstellen können. Doch man brauchte bloß die Probleme anderer zu erwähnen – die sich vor dem schwarzen Höllenstrudel natürlich geradezu winzig ausnahmen –, und schon lud die junge Frau sie sich auf.

»Weißt du, es gibt ein Gesetz«, setzte ich an. »Das Gesetz der Zufallspaare. Du hast Schwierigkeiten, doch von denen spreche ich nicht. Ein anderer Mensch hat auch gewaltige Probleme. Persönliche Probleme, aber das macht es nicht leichter.«

Sie verstand. Und verlor nicht die Fassung – was mir gefiel.

»Meine Probleme sind auch persönlich«, präzisierte sie lediglich.

»Nicht ganz«, sagte ich. »Scheint mir.«

»Und dieser Mensch – kannst du ihm helfen?«

»Ihm helfen andere«, sagte ich.

»Bist du sicher? Danke, dass du mir zugehört hast, aber mir kann sowieso niemand helfen. Das Schicksal ist so idiotisch.«

Schmeißt sie mich raus?, fragte ich durchs *Zwielicht*. Ich wollte jetzt ihr Bewusstsein nicht berühren.

Nein, erwiderte Olga. *Nein ... Sie spürt es, Anton.*

Sollte sie etwa die Fähigkeiten einer Anderen haben? Oder blitzte da, ausgelöst von dem drohenden Inferno, nur zufällig etwas auf?

Was spürt sie?

Dass du woanders gebraucht wirst.

Warum gerade ich?

Diese wahnsinnige, Blut saugende Bestie ... sie will nur mit dir verhandeln. Mit demjenigen, der ihren Partner ermordet hat.

Jetzt wurde mir richtig schlecht. Bei uns bot man einen fakultativen Kurs zu Antiterrormaßnahmen an, vor allem deshalb, damit wir nicht auf unsere Fähigkeiten als Andere zurückgriffen, wenn wir in menschliche Auseinandersetzungen hineingerieten; für unsere Arbeit wäre das eigentlich nicht nötig. Wir hatten die Psychologie von Terroristen durchgenommen, und in diesem Rahmen handelte die Vampirin völlig logisch. Ich war der erste Mitarbeiter der Wache gewesen, dem sie begegnet war.

Ich hatte ihren Mentor getötet und sie selbst verwundet. Für sie verkörperte sich in meiner Person das Feindbild schlechthin.

Fordert sie das schon lange?

Seit etwa zehn Minuten.

Ich sah Swetlana in die Augen. Trockene Augen, ruhig, ohne Tränen. Nie ist es so schwer wie dann, wenn sich der Schmerz hinter einer ruhigen Miene verbirgt.

»Sweta, und wenn ich jetzt gehe?«

Sie zuckte mit den Schultern.

»Alles ist so dumm ...«, sagte ich. »Ich glaube, du brauchst jetzt Hilfe. Zumindest jemanden, der dir zuhört. Oder hier mit dir zusammensitzt und kalt gewordenen Tee trinkt.«

Ein schwaches Lächeln und ein kaum wahrnehmbares Nicken.

»Aber du hast Recht ... Noch ein Mensch braucht Hilfe.«

»Du bist seltsam, Anton.«

Ich schüttelte den Kopf. »Nicht seltsam. Sehr seltsam.«

»Ich habe den Eindruck ... als ob ich dich schon seit langem kenne, dich aber zum ersten Mal sehe. Und als ob du zugleich mit mir und mit noch jemand anderem sprichst.«

»Ja«, sagte sich. »So ist es.«

»Werde ich vielleicht wahnsinnig?«

»Nein.«

»Anton ... Du bist doch nicht zufällig zu mir gekommen.«

Ich antwortete nicht. Olga flüsterte etwas und verstummte. Langsam drehte sich über Swetlanas Kopf der riesige Wirbel.

»Nein«, sagte ich. »Sondern um zu helfen.«

Wenn der Dunkle Magier, der sie mit dem Fluch belegt hat, uns beobachtet ... Wenn das alles doch kein Zufall ist, kein »Fluch einer Mutter«, sondern ein zielgerichteter professioneller Schlag ...

Diese Wolke des Dunkels über Swetlanas Kopf bedurfte nur eines weiteren Tropfens Hass. Es würde genügen, ihren Lebenswillen um ein Geringes zu vermindern. Dann käme es zum

Durchbruch. Im Zentrum von Moskau würde ein Vulkan ausbrechen, bei einem Kampfsatelliten die Elektronik durchdrehen, ein Grippevirus mutieren ...

Schweigend sahen wir einander an.

Ich hatte den Eindruck, dass ich kurz davor war zu durchschauen, was hier in Wahrheit vor sich ging. Des Rätsels Lösung war zum Greifen nah, und alle unsere Versionen waren dumm und banal, all die alten Regeln und Muster, von denen wir uns leiten ließen, auch wenn der Chef gebeten hatte, sie über Bord zu schmeißen. Doch dann musste man nachdenken, musste sich, wenn auch nur für eine Sekunde, von den Geschehnissen losreißen, die nackte Wand anstarren oder den idiotischen Fernseher, sich nicht von dem Wunsch zerreißen lassen, einem einzelnen kleinen Menschen zu helfen und Zehntausenden, Hunderttausenden von Menschen dafür nicht. Dann durfte man sich nicht in jenem Morast bewegen, den diese perfide Wahl darstellt – die bei jeder Entscheidung perfide bliebe, mit dem einzigen Unterschied, dass ich in einem Fall schnell sterben, mit dem Höllenschlag in die grauen Weiten der *Zwielicht*-Welt übergehen würde, im andern langsam und qualvoll, während in meinem Herzen das matte Feuer der Selbstverachtung auflodert.

»Sweta, ich muss gehen«, sagte ich.

Anton! Das war nicht Olga, sondern der Chef. *Anton* ...

Er stockte. Befehle konnte er mir nicht erteilen, denn die Situation war in eine ethische Sackgasse geraten. Offenbar bestand die Vampirin auf ihrer Forderung und wollte mit niemandem sonst verhandeln. Wenn der Chef mir befahl zu bleiben, brachte er den Jungen um – das konnte er mir nicht befehlen. Selbst darum bitten konnte er nicht.

Wir organisieren deinen Abgang ...

Teilt der Blutsaugerin lieber mit, dass ich komme.

Swetlana streckte den Arm aus und berührte zart meine Hand. »Kommst du wieder?«

»Morgen«, sagte ich.

»Das will ich nicht«, sagte die Frau schlicht.

»Ich weiß.«

»Wer bist du?«

Eine Schnelleinführung in die Geheimnisse des Universums? Klappe, die nächste?

»Ich sag's dir morgen. Abgemacht?«

Du hast den Verstand verloren, ließ sich die Stimme des Chefs vernehmen.

»Musst du wirklich gehen?«

Sag das bloß nicht!, schrie Olga. Sie konnte meine Gedanken spüren.

»Sweta«, fing ich dennoch an, »als man dir vorgeschlagen hat, dich zu verstümmeln, um das Leben deiner Mutter zu retten, und du abgelehnt hast ... Das war doch richtig und vernünftig, oder? Doch jetzt geht es dir schlecht. So schlecht, dass du dir wünschst, lieber unvernünftig gehandelt zu haben.«

»Wenn du jetzt nicht gehst, fühlst du dich dann schlecht?«

»Ja.«

»Dann geh. Aber komm wieder, Anton.«

Ich erhob mich vom Tisch und ließ den kalt gewordenen Tee stehen. Der Höllenwirbel schlingerte über uns.

»Ganz bestimmt«, sagte ich. »Und ... glaub mir, noch ist nicht alles verloren.«

Danach wechselten wir kein Wort mehr miteinander. Ich ging hinaus, die paar Stufen hinunter. Swetlana schloss die Tür hinter mir. Diese Stille – eine tödliche Stille, selbst die Hunde waren in dieser Nacht zum Winseln zu müde.

Unvernünftig. Ich handle völlig unvernünftig. Wenn es ethisch keinen überzeugenden Ausweg gibt, dann muss man unvernünftig handeln. Hatte mir das jemand gesagt? Oder erinnerte ich mich an eine Zeile aus meinen alten Unterrichtsaufzeichnungen, einen Satz aus einer Vorlesung? Oder suchte ich nach einer Rechtfertigung?

Der Strudel … flüsterte Olga. Die Stimme war kaum wiederzuerkennen, tonlos. Ich hätte gern den Kopf eingezogen.

Ich stieß die Haustür auf und stürzte auf den überfrorenen Gehweg hinaus. Die weiße Eule kreiste wie ein Federknäuel über meinem Kopf.

Der Höllenwirbel hatte sich verkleinert, war geschrumpft. In Anbetracht seiner Gesamtgröße zwar nur ein bisschen, doch immerhin genug, um es mit bloßem Auge zu erkennen, anderthalb, zwei Meter.

Wusstest du, dass es so kommen würde?, fragte der Chef.

Kopfschüttelnd blickte ich auf den Wirbel. Was ging hier vor? Warum war der Strudel angewachsen, als Ignat auftauchte, ein Spezialist, wenn es darum ging, Menschen in eine milde Gemütsverfassung zu versetzen? Und warum ließ mein verworrenes Gerede und mein überstürzter Abgang den Wirbel schrumpfen?

Die Gruppe der Analytiker soll einen Zahn zulegen, sagte der Chef. Mir war klar, dass sich das an alle richtete, nicht mehr nur an mich. *Wann können wir mit einer Arbeitsversion zu den Ereignissen rechnen?*

Das Auto tauchte vom Seljony-Prospekt auf, hüllte mich in das Licht der Scheinwerfer, quietschte mit den Reifen, polterte über die Löcher des aufgerissenen Asphalts hinweg und hielt vorm Haus. Das flach liegende, dunkel orangefarbene Sportcabriolet wirkte absurd zwischen all den trostlosen hohen Plattenbauten Moskaus, wo das beste Verkehrsmittel nach wie vor der Jeep ist.

Semjon lehnte sich vom Fahrersitz aus hinaus. »Steig ein«, forderte er mich auf. »Wir sollen dich schnellstmöglich abliefern.«

Ich sah in Olgas Richtung, die den Blick spürte.

Meine Aufgabe ist hier. Fahr los.

Ich ging um den Wagen herum und stieg vorn ein. Hinten lümmelte sich Ilja, offenbar glaubte der Chef, Bär und Tigerjunges Verstärkung schicken zu müssen.

Anton, erreichte mich durchs *Zwielicht* Olgas Stimme. *Vergiss nicht ... dass du heute Schulden gemacht hast. Behalt das im Hinterkopf, jede Sekunde ...*

Ich verstand nicht sofort, wovon sie sprach. Etwa von der kleinen Hexe aus der Tagwache? Was hatte die denn damit zu tun?

Das Auto schoss los und knallte mit dem Boden an die überfrorenen Betonhöcker der Straße. Semjon fluchte, was das Zeug hielt, und riss das Lenkrand herum, worauf der Wagen unter empörtem Aufheulen des Motors Richtung Prospekt fuhr.

»Welchem Halbidioten habt ihr denn die Karre abgenommen?«, fragte ich. »Bei diesem Wetter ...«

»Ts, ts«, kicherte Ilja. »Boris Ignatjewitsch hat dir sein Automobil geliehen.«

»Echt?«, fragte ich und drehte mich um. Zur Arbeit kam der Chef im Dienst-BMW. Diesen Hang zu unpraktischem Luxus hatte ich bislang bei ihm nicht bemerkt.

»Echt. Wie hast du das geschafft, Antoschka?« Ilja machte eine Kopfbewegung zu dem über dem Haus aufragenden Wirbel hin. »Solche Fähigkeiten sind mir bei dir noch gar nicht aufgefallen!«

»Ich habe ihn nicht berührt. Bloß mit der Frau gesprochen.«

»Gesprochen? Oder gevögelt?«

Typisch Ilja, dieses Verhalten legte er immer an den Tag, wenn er nervös war. Und Grund zur Beunruhigung hatten wir im Übermaß. Trotzdem verzog ich das Gesicht. Vielleicht weil ich irgendeine Impertinenz aus seinen Worten heraushörte, vielleicht weil es mich einfach verletzte.

»Nein. Ilja, bitte nicht in diesem Ton.«

»Entschuldige«, pflichtete er mir ohne weiteres bei. »Was hast du also gemacht?«

»Einfach mit ihr gesprochen.«

Endlich bog der Wagen auf den Prospekt ein.

»Festhalten«, befahl Semjon kurz. Es presste mich in den

Sitz. Hinten hantierte Ilja herum, kramte eine Zigarette heraus und zündete sie an.

Binnen zwanzig Sekunden begriff ich, dass die bisherige Fahrt ein gemütlicher Spaziergang gewesen war.

»Semjon, ist die Wahrscheinlichkeit eines Unfalls ausgeschaltet worden?«, schrie ich. Das Auto schoss durch die Nacht, als versuche es, das Licht seiner Scheinwerfer zu überholen.

»Seit siebzig Jahren sitz ich hinterm Steuer«, blaffte Semjon mich verächtlich an. »Während der Blockade habe ich Laster über die Straße des Lebens nach Leningrad gefahren!«

Obwohl ich an seinen Worten nicht im Geringsten zweifelte, überlegte ich, ob die Fahrten damals nicht weniger gefährlich gewesen waren. Diese Geschwindigkeit gab es längst nicht – und einen Bombeneinschlag vorauszuberechnen, ist für einen Anderen kein Problem. Jetzt begegneten uns zwar nur noch wenige Autos, aber ein paar waren immerhin unterwegs. Die Straße war gelinde gesagt erbärmlich, unser Sportwagen für diese Verhältnisse in keiner Weise gedacht ...

»Ilja, was ist überhaupt passiert?«, fragte ich und versuchte, nicht auf den Laster zu starren, der uns gerade auswich. »Bist du auf dem Laufenden?«

»Mit der Vampirin und diesem Bengel, meinst du?«

»Ja.«

»Wir haben mal wieder unsere Dummheit unter Beweis gestellt, das ist passiert.« Ilja fluchte. »Obwohl auch Dummheit relativ ist ... Zunächst lief alles völlig normal. Tigerjunges und Bär haben sich den Eltern des Jungen als weit entfernte, aber geliebte Verwandte vorgestellt.«

»Wir kommen aus dem Ural?«, fragte ich in Erinnerung an den Kurs zum Umgang mit Menschen und zu den Varianten der Kontaktaufnahme.

»Ja. Alles lief gut. Eine große Tafel, genug zu trinken, Spezialitäten aus dem Ural ... die aus dem Supermarkt um die Ecke stammten ...«

Mir fiel Bärs prall gefüllte Tasche ein.

»Kurzum, sie ließen es sich richtig gut gehen.« In Iljas Stimme schwang weniger Neid mit als vielmehr die uneingeschränkte Billigung des Vorgehens seiner Kollegen. »Es war hell, warm, es war alles in Butter. Der Bengel saß mal mit ihnen zusammen, mal verschwand er in seinem Zimmer ... Woher hätten sie wissen sollen, dass er allein ins *Zwielicht* eintreten konnte?«

Mich überlief es kalt.

In der Tat, woher?

Kein Wort hatte ich gesagt. Weder ihnen noch dem Chef. Niemandem. Hatte den Jungen aus dem *Zwielicht* gezogen und ihm etwas von meinem Blut geopfert – und es damit genug sein lassen. Ein echter Held. Ein Einzelkämpfer.

Ohne Verdacht zu schöpfen, fuhr Ilja fort: »Die Vampirin hat ihn mit dem Ruf gelockt. Der saß so genau, dass Tigerjunges und Bär nichts mitbekommen haben. Und er war stark – keinen Mucks hat der Junge von sich gegeben. Ist einfach ins *Zwielicht* eingetreten und aufs Dach geklettert.«

»Wie das?«

»Über die Balkons. Zum Dach sind es bloß drei Stockwerke. Die Vampirin hat da auf ihn gewartet. Da sie mitbekommen hatte, dass der Junge bewacht wird, hat sie ihn sich geschnappt und sich auf der Stelle zu erkennen gegeben. Seine Eltern schlafen momentan tief und fest, während die Vampirin wartet und den Jungen umklammert hält. Tigerjunges und Bär werden fast verrückt.«

Ich schwieg. Es gab nichts zu sagen.

»Unsere eigene Dummheit«, schloss Ilja. »Und ein verhängnisvolles Zusammentreffen bestimmter Umstände. Den Jungen hat schließlich noch niemand initiiert ... Wer hätte wissen können, dass er ins *Zwielicht* eintreten kann?«

»Ich wusste es.«

Vielleicht trieben mich Erinnerungen. Vielleicht meine

Angst, hier in diesem Auto, das wie der Blitz über die Straße jagte. Ich spähte ins *Zwielicht* hinein.

Wie gut es die Menschen haben, dass sie das nicht sehen – niemals! Wie schlecht sie es haben – denn sie vermögen das nicht zu sehen!

Den tiefen grauen Himmel, an dem es keinen Stern gab und niemals einen geben wird, ein Himmel, zäh wie Brei, der in einem dumpfen, fahlen Licht schimmert. Alle Silhouetten verschwimmen, es zerschmelzen die Häuser, an deren Wänden der blaue Moosteppich wächst, die Bäume, deren Zweige im *Zwielicht* wogen, ohne sich einen Deut um den Wind zu scheren, und die Straßenlaternen, über denen die *Zwielicht*-Vögel kreisen, fast ohne mit ihren kurzen Flügeln zu schlagen. Autos kommen uns entgegen – langsamer geht es kaum, die Menschen setzen kaum einen Fuß vor den anderen. Alles wie durch einen grauen Lichtfilter gesehen, wie durch Wattepfropfen in den Ohren gehört. Ein stummer Schwarzweißfilm, das Kleinod eines dekadenten Regisseurs. Die Welt, aus der wir unsere Kräfte schöpfen. Die Welt, die unser Leben trinkt. Das *Zwielicht*. Wie du hineingehst, so kommst du auch wieder heraus. Der graue Dunst knackt die Schale, die dein Leben lang mit dir wächst, zieht jenen Kern aus ihr heraus, den die Menschen die Seele nennen. Prüft ihn. Und wenn du spürst, wie du zwischen den Kiefern des *Zwielichts* knirschst, wenn du den durchdringenden kalten Wind wahrnimmst, der ätzend ist wie der Geifer einer Schlange ... dann wirst du ein Anderer.

Und entscheidest dich, auf wessen Seite du dich stellst.

»Ist der Junge noch im *Zwielicht*?«, fragte ich.

»Sie sind alle im *Zwielicht* ...« Ilja war mir nachgetaucht. »Anton, warum hast du das bloß nicht gesagt?«

»Ich habe nicht dran gedacht. Habe dem keine Bedeutung zugemessen. Ich bin kein Fahnder, Ilja.«

Er schüttelte den Kopf.

Wir können einander nicht tadeln, zumindest kaum. Vor

allem dann nicht, wenn jemand wirklich schuldig ist. Das ist nicht nötig, denn unsere Strafe lauert um uns herum. Das *Zwielicht* verleiht uns Kräfte, über die kein Mensch verfügt, gibt uns ein Leben, das nach menschlichem Verständnis nahezu ewig währt. Und nimmt uns alles, wenn die Stunde gekommen ist.

In diesem Sinne führen wir alle ein Leben auf Pump. Nicht nur die Vampire und Tiermenschen, die töten müssen, um ihre seltsame Existenz zu verlängern. Die Dunklen können sich das Gute nicht leisten. Für uns gilt das Gegenteil.

»Wenn ich das nicht schaffe ...« Ich ließ den Satz unbeendet. Auch so war alles klar.

Acht

Durchs *Zwielicht* wirkte das Ganze sogar schön. Auf dem Dach, dem flachen Dach jenes klotzigen »Hauses auf Beinen«, brannten Lichtpunkte in verschiedenen Farben. Das Einzige, was hier Farbe hat, sind unsere Gefühle. Und die gab es reichlich.

Am grellsten strahlte eine sich in den Himmel bohrende Säule aus glutroten Flammen – die Angst und der Zorn der Vampirin.

»Stark ist sie«, sagte Semjon bloß, während er auf das Dach schaute und die Autotür mit dem Fuß zuknallte. Aufseufzend fing er an, sich auszuziehen.

»Was hast du denn vor?«, fragte ich.

»Ich geh über die Wand rauf ... über die Balkons. Das rat ich dir auch, Ilja. Nur kletter du im *Zwielicht* rauf, das ist leichter.«

»Und wie willst du rauf?«

»Ich mach's auf die althergebrachte Weise. Dann ist die Chance größer, dass sie mich nicht entdeckt. Keine Sorge ... Seit sechzig Jahren kraxle ich in den Bergen rum. Ich habe die Fahne der Faschisten vom Elbrus runtergeholt.«

Semjon zog sich bis aufs Hemd aus und warf die Sachen auf die Motorhaube. Unverzüglich wirkte er einen kurzen Schutzzauber, der sich sowohl über sein Zeug wie auch den Angeberschlitten legte.

»Du weißt, was du tust?«, hakte ich nach.

Semjon grinste, erzitterte vor Kälte, machte ein paar Kniebeugen und kreiste mit den Armen wie ein Sportler beim Aufwärmtraining. In lockerem Trab lief er auf das Haus zu. Leichter Schnee fiel ihm auf die Schultern.

»Packt er das?«, fragte ich Ilja. Wie er im *Zwielicht* die Hauswand hochkam, wusste ich. Theoretisch. Aber ein Aufstieg in der gewöhnlichen Welt, noch dazu ohne jede Ausrüstung ...

»Muss er ja wohl«, meinte Ilja ohne rechte Überzeugung. »Als er zehn Minuten lang in der Jausa unter Wasser blieb ... dachte ich auch, er taucht nie wieder auf.«

»Dreißig Jahre Unterwassersport«, murmelte ich missmutig.

»Vierzig ... Ich geh jetzt, Anton. Wie kommst du rauf? Mit dem Fahrstuhl?«

»Ja.«

»Also dann ... trödel nicht.«

Er wechselte ins *Zwielicht* über und rannte Semjon hinterher. Vermutlich würden sie unterschiedliche Wände erklimmen, aber ich hatte nicht die Absicht herauszubekommen, wer über welche Fassade nach oben gelangte. Auf mich wartete mein eigener Weg, der auch nicht leichter sein dürfte.

»Warum musstest du mich bloß treffen, Chef ...«, flüsterte ich, während ich zum Hauseingang sprintete. Der Schnee knirschte unter den Füßen, in den Ohren pulsierte das Blut. Im Laufen zog ich die Pistole aus der Tasche und entsicherte sie. Acht silberne Dumdumgeschosse. Das sollte reichen. Wenn ich nur treffe. Wenn ich nur den Moment abpasse, in dem ich eine Chance habe zu treffen, um der Vampirin zuvorzukommen, ohne den Jungen dabei zu verletzen.

Früher oder später wären wir dir sowieso begegnet, Anton. Wenn nicht wir, dann die Tagwache. Sie hatten ebenfalls alle Chancen, dich zu bekommen.

Mich wunderte gar nicht, dass er mich beobachtete. Erstens ging es um eine ernste Angelegenheit. Zweitens ist und bleibt er mein Hauptmentor.

Boris Ignatjewitsch, wenn ... Ich machte die Jacke auf und steckte die Pistole im Rücken hinter den Gürtel. *Was Swetlana angeht ...*

Wir haben ihre Mutter gründlich überprüft, Anton. Nichts. Sie ist nicht imstande, einen Fluch zu verhängen. Sie hat überhaupt keine Fähigkeiten.

Nein, ich wollte auf etwas anderes hinaus. Boris Ignatjewitsch ... Ich habe nachgedacht. Ich habe sie nicht bedauert.

Und was heißt das?

Ich weiß es nicht. Aber ich habe sie nicht bedauert. Und auch keine Komplimente gemacht. Mich nicht gerechtfertigt.

Verstehe.

Und jetzt ... verschwinden Sie bitte. Das hier ist meine Sache.

Gut. Entschuldige, dass ich dich ins Feld geschickt habe. Viel Glück, Anton.

Ich konnte mich nicht entsinnen, dass sich der Chef jemals bei irgendwem entschuldigt hätte. Doch mir blieb keine Zeit mehr, darüber zu staunen, da der Aufzug endlich kam.

Ich drückte den Knopf für den obersten Stock und griff automatisch nach den an einer Schnur hängenden Knöpfen der Kopfhörer.

Seltsam, die Musik lief schon. Wann hatte ich denn den MD-Player eingestellt?

Und was spuckt der Zufall für mich aus?

Alles findet sich hernach.
Für die einen ist er nichts,
Doch für mich ist er der Zar.
Und ich steh in Dunkelheit,
Für die einen wie ein Schatten,
Für die andern unsichtbar.

Ich vergöttere *Piknik*. Ob man Schkljarski mal daraufhin überprüft hat, ob er zu den Anderen gehört? Es könnte sich lohnen ... Oder lieber doch nicht. Besser, er singt einfach.

Ja, ich tanze nicht im Takt,
Hab's nicht richtig angepackt,
Hab mich auch nicht drum bemüht.
Und ich gleich dem Regen jetzt,
Der den Boden noch nicht netzt,
Einer Blume, die nicht blüht.
Ich, ich, ich bin unsichtbar.
Ich, ich, ich bin unsichtbar.
Die Gesichter sind wie Rauch,
Die Gesichter sind wie Rauch,
Wie wir siegen, das wird nie all den andern klar.

Ob man die letzte Zeile als gutes Vorzeichen verstehen konnte?

Der Fahrstuhl hielt an.

Nachdem ich auf den Treppenabsatz des letzten Stocks hinausgehuscht war, entdeckte ich eine Luke in der Decke. Das Schloss war abgerissen, und zwar tatsächlich abgerissen – der Bügel baumelte eingedrückt und auseinander gebogen in der Luft. Die Vampirin dürfte damit wohl nichts zu tun haben, sie war vermutlich aufs Dach geflogen. Der Junge hatte den Weg über die Balkons gewählt.

Blieben Tigerjunges oder Bär. Höchstwahrscheinlich Bär; Tigerjunges hätte die Luke herausgerissen.

Ich zog die Jacke aus und ließ sie zusammen mit dem säuselnden MD-Player auf den Boden fallen. Ich berührte die Pistole im Rücken – sie steckte fest. Technik sollte Blödsinn sein? Warten wir's ab, Olga, warten wir's ab.

Ich warf meinen Schatten nach oben, projizierte ihn in die Luft. Ich streckte mich und schlüpfte mit einem Ruck in ihn hinein. Im *Zwielicht* stieg ich die Leiter zum Dach hinauf. Das blaue Moos, das dicht auf den Eisenstangen wucherte, federte unter meinen Fingern und versuchte wegzukriechen.

»Anton!«

Ich stürzte aufs Dach und krümmte mich sofort: Was hier für

ein Wind wehte. Ein lautloser, böiger, eisiger Wind. Ebenso Nachhall aus der Menschenwelt wie Marotte des *Zwielichts*. Noch schützte mich der auf dem Dach aufragende Betonkasten des Fahrstuhlschachts gegen ihn. Doch ein weiterer Schritt – und der Wind würde bis auf die Knochen durchdringen.

»Anton, wir sind hier!«

Zehn Meter vor mir stand Tigerjunges. Ich sah sie an und beneidete sie einen kurzen Moment lang: Sie jedenfalls spürte die Kälte ganz gewiss nicht.

Woher Tiermenschen und Magier die Masse zur Transformation des Körpers nahmen, wusste ich nicht. Aus dem *Zwielicht* wohl nicht, aber sicherlich auch nicht aus der Menschenwelt. In Menschengestalt wog die Frau fünfzig Kilo, vielleicht ein bisschen mehr. Als junge Tigerin, die in Kampfhaltung auf dem überfrorenen Dach stand, brachte sie drei Zentner auf die Waage. Ihre Aura loderte orange auf, über das Fell flossen langsame, träge kleine Funken dahin. Der Schwanz schlug in gleichmäßigem Rhythmus nach links und nach rechts, die rechte Vorderpfote kratzte in einem fort die Dachpappe. An dieser Stelle war das Dach bereits bis zum Beton durchgefetzt – irgendjemand würde im Frühling unter Wasser stehen ...

»Komm her, Anton«, brüllte die Tigerin, ohne sich umzudrehen. »Sie ist hier!«

Bär war dichter an die Vampirin herangekommen als Tigerjunges. Er sah jetzt noch schrecklicher aus. Diesmal hatte er für die Transformation den Körper eines Eisbären gewählt, der im Unterschied zu den realen Bewohnern der Arktis jedoch schneeweiß war, ganz wie in den Bildern von Kinderbüchern. Ja, er war wohl doch ein Magier, kein Tiermensch, den man umerzogen hatte. Tiermenschen sind an ein, maximal zwei Varianten gebunden, während ich Bär bereits als tollpatschigen Braunbären gesehen hatte – das war, als wir einen Karneval für die amerikanische Delegation der Wache veranstalteten – und als Grizzly beim Anschauungsunterricht für Umwandlungen.

Die Vampirin stand direkt am Rand des Dachs.

Sie hatte abgebaut, spürbar abgebaut seit unserer ersten Begegnung. Ihr Gesicht lief noch spitzer zu, die Wangen waren eingefallen. Wie alle Vampire brauchte sie in der ersten Umbauphase des Organismus ständig frisches Blut. Doch sollte man sich durch ihre Erscheinung nicht täuschen lassen: Die Auszehrung ist rein äußerlich, quält sie, entzieht ihr aber keine Kraft. Die Verbrennung im Gesicht war fast abgeklungen, die Spuren kaum noch zu erahnen.

»Du!« In der Stimme der Vampirin tönte Triumph. Ein erstaunlicher Triumph – als wolle sie nicht mit mir verhandeln, sondern mich opfern.

»Ich.«

Jegor stand vor der Vampirin, sie nutzte ihn als Deckung gegen die Fahnder. Der Junge befand sich im *Zwielicht*, das von der Blutsaugerin erzeugt worden war, und hatte deshalb das Bewusstsein nicht verloren. Er stand schweigend da, bewegte sich nicht, starrte mal mich an, mal Tigerjunges. Auf uns zählte er offenbar am meisten. Die Vampirin hatte dem Jungen eine Hand quer über die Brust gelegt, um ihn an sich zu pressen, die andere hielt sie ihm an den Hals – mit ausgefahrenen Krallen. Die Situation war nicht schwer abzuschätzen. Ein Patt. Für beide Seiten.

Sollten Tigerjunges oder Bär die Blutsaugerin angreifen, würde sie dem Jungen mit einer einzigen Bewegung den Kopf abreißen. Das würde sich nicht heilen lassen – selbst mit unseren Möglichkeiten nicht. Auf der anderen Seite: Wenn sie den Jungen umbrachte, würde uns nichts mehr aufhalten.

Man darf den Feind nicht in die Ecke treiben. Vor allem dann nicht, wenn man ihn töten will.

»Du hast verlangt, dass ich komme. Hier bin ich.« Ich hob die Hände, um zu zeigen, dass ich keine Waffen bei mir trug. Ich ging vorwärts.

Als ich zwischen Tigerjunges und Bär trat, bleckte die Vampirin die langen Eckzähne. »Stehen bleiben!«

»Ich habe weder Espenholz noch Kampfamulette. Ich bin kein Magier. Ich kann dir nichts anhaben.«

»Das Amulett! Um deinen Hals hängt ein Amulett!«

Das war's also.

»Das hat mit dir nichts zu tun. Es schützt mich gegen jemanden, der weit, weit über dir steht.«

»Nimm's ab!«

Oh, oh, das ließ sich nicht gut an ... Das ließ sich sogar ganz schlecht an ... Ich packte die Kette, riss das Amulett ab und ließ es fallen. Wenn Sebulon wollte, konnte er jetzt versuchen, mich zu beeinflussen.

»Ich hab's abgenommen. Jetzt sprich. Was willst du?«

Die Vampirin verdrehte den Kopf – ihr Hals vollbrachte ohne weiteres eine Drehung um 360 Grad. Oho! So was war mir bisher nicht mal zu Ohren gekommen – und unseren Kampfspezis offenbar auch nicht: Tigerjunges knurrte auf.

»Da schleicht noch jemand rum!« Die Vampirin sprach mit der Stimme eines Menschen, der kreischenden, hysterischen Stimme eines dummen jungen Mädchens, das zufällig zu Kraft und Macht gekommen war. »Wer? Wer?«

Ihre linke Hand, an der sie hatte Krallen wachsen lassen, presste sich in den Hals des Jungen. Ich zuckte zusammen, als ich mir vorstellte, was passieren würde, wenn nur ein einziger Tropfen Blut flösse. Die Blutsaugerin würde die Kontrolle über sich verlieren! Die andere Hand zeigte mit einer albernen anklagenden Geste, die an Lenin auf dem Panzerwagen erinnerte, zum Rand des Dachs.

»Der soll rauskommen!«

Ich seufzte. »Ilja, komm raus ...«, rief ich.

Über die Dachkante schoben sich Finger. Im nächsten Moment überwand Ilja das kleine Gitter und stellte sich neben Tigerjunges. Wo hatte er sich da bloß versteckt? Auf der Markise eines Balkons? Oder hatte er in der Luft gehangen, sich im Geflecht des blauen Mooses festkrallend?

»Ich wusste es!«, meinte die Vampirin triumphierend. »Betrug!«

Semjon schien sie jedoch nicht zu spüren. Ob unser phlegmatischer Freund schon hundert Jahre Ninjutsu trieb?

»Ausgerechnet du redest von Betrug.«

»Genau, ich!« Einen Moment lang funkelte in den Augen der Vampirin etwas Menschliches auf. »Denn ich kann betrügen! Ihr nicht!«

Gut. Gut, dass du das kannst und wir nicht. Glaube und hoffe. Wenn du meinst, dass der Begriff »Notlüge« nur für Predigten taugt – dann glaube. Wenn du denkst, das Gute werde nur in den alten Gedichten eines verlachten Dichters mit den Fäusten durchgesetzt – dann hoffe.

»Was willst du?«, fragte ich.

Sie schwieg kurz, als habe sie sich das noch nicht überlegt. »Leben!«

»Dazu ist es zu spät! Du bist schon tot.«

Die Vampirin fletschte abermals die Zähne.

»Ach ja? Aber Tote können jemandem den Kopf abreißen, oder?«

»Ja. Weiter können sie nichts.«

Wir starrten einander an, was seltsam war, theatralisch und affektiert, denn das ganze Gespräch war für die Katz, da wir einander sowieso nie verstehen würden. Sie ist tot. Ihr Leben ist der Tod eines anderen. Ich lebe. Doch aus ihrer Sicht verhält es sich genau umgekehrt.

»Das ist nicht meine Schuld.« Ihre Stimme klang auf einmal viel ruhiger, weicher. Und auch die Hand an Jegors Hals entspannte sich ein wenig. »Ihr, ihr, die ihr euch Nachtwache nennt – diejenigen, die nachts nicht schlafen, die meinen, sie hätten das Recht, die Welt vorm Dunkel zu schützen ... Wo wart ihr denn, als man mein Blut getrunken hat?«

Bär trat einen kleinen Schritt vor. Einen winzigen Schritt nur, bei dem er die gewaltigen Tatzen kaum vorzusetzen schien, sondern nur unter dem Druck des Windes nach vorn schlitterte. Ich fragte mich, ob er noch weitere zehn Minuten so vorwärts kriechen würde – wie er schon die ganze letzte Stunde dahingekrochen war, denn so lange dauerte diese Auseinandersetzung bereits. Bis er dann endlich seine Chancen für ausreichend hielt. Dann würde er springen, und wenn er Glück hatte, würde der Junge den Händen der Vampirin entrissen werden und mit ein paar gebrochenen Rippen davonkommen.

»Wir können nicht alle im Auge behalten«, sagte ich. »Das können wir einfach nicht.«

Und was am schlimmsten war: Ich fing an, sie zu bedauern. Weder den Jungen, der in das Spiel zwischen Licht und Dunkel geraten war, hatte ich bedauert noch die junge Swetlana, über der ein Fluch hing, oder die unschuldige Stadt, die unter diesem Fluch leiden würde ... Die Vampirin bedauerte ich. Denn in der Tat – wo waren wir gewesen? Wir, die wir uns Nachtwache nennen ...

»So oder so hattest du eine Wahl«, sagte ich. »Und behaupte nicht, das stimmt nicht. Die Initiation erfolgt nur bei beiderseitigem Einverständnis. Du hättest sterben können. Anständig sterben können. Wie ein Mensch.«

»Anständig?« Die Vampirin schüttelte den Kopf, wobei ihr die Haare um die Schultern flogen. Wo war Semjon bloß? So schwer konnte es doch wohl nicht sein, das Dach eines neunzehnstöckigen Hauses zu erklimmen? »Genau das hätte ich gewollt ... anständig. Doch derjenige ... der die Unterschrift unter die Lizenz gesetzt hat ... der mich zum Futter gemacht hat? Hat der sich anständig verhalten?«

Beim Licht und beim Dunkel ...

Sie war nicht nur schlicht das Opfer eines durchgeknallten Vampirs. Sie war die vorbestimmte Beute, ausgewählt durch das blinde Los. Und ihr Schicksal sollte es sein, ihr Leben zu geben, um einen fremden Tod zu verlängern. Nur dass sich dieser Kerl, der vor meinen Augen zu einer Hand voll Asche zerfallen, der durch das Siegel verbrannt ist, dass dieser Kerl sich verliebt hat. Sich richtig verliebt, das fremde Leben nicht aufgesaugt, sondern das Mädchen zu seinesgleichen gemacht hat.

Die Toten können nicht nur Köpfe abreißen, sondern auch lieben. Das Unglück besteht nur darin, dass selbst ihre Liebe nach Blut verlangt.

Er war gezwungen, sie zu verstecken, denn er hatte die junge Frau illegal zu einem Vampir gemacht. Er musste sie ernähren, und da musste lebendes Blut her, keins aus der Konserve, das naive Menschen gespendet hatten.

Damit begann die Wilderei in den Straßen Moskaus, und da sind dann endlich auch wir aufgewacht, wir, die Hüter des Lichts, die ruhmreichen Wächter der Nacht, die dem Dunkel die Menschenopfer liefern.

Im Krieg kann dir nichts Schlimmeres passieren, als den Feind zu verstehen. Denn verstehen bedeutet verzeihen. Aber dazu haben wir kein Recht, seit der Erschaffung der Welt haben wir dazu kein Recht.

»Trotzdem hattest du eine Wahl«, sagte ich. »Du hattest sie. Der Verrat eines anderen kann nicht als Rechtfertigung für den eigenen herhalten.«

Sie lachte leise auf.

»Ja, ja ... guter Diener des Lichts ... Natürlich. Du hast Recht. Und du kannst noch tausendmal wiederholen, dass ich tot bin. Dass meine Seele verbrannt ist, sich im *Zwielicht* aufgelöst hat. Nur erklär mir doch mal bitte, worin dann der Unterschied zwischen mir, einer hinterhältigen und bösen Kreatur, und dir besteht. Erklär es mir so ... dass ich es glaube.«

Die Vampirin legte den Kopf schräg und sah Jegor ins Gesicht.

»Und du ... Junge – verstehst du mich?«, fragte sie vertrauensvoll, fast freundschaftlich. »Antworte. Antworte ganz ehrlich, ohne ... auf die Krallen zu achten. Ich nehm's nicht übel.«

Bär glitt vorwärts. Wieder nur ein bisschen. Ich spürte, wie sich seine Muskeln anspannten, wie er sich auf den Sprung vorbereitete.

Lautlos, mit geschmeidigen und zugleich raschen Bewegungen – wie schaffte er es nur, sich in der Menschenwelt so schnell vorwärts zu bewegen? – tauchte Semjon endlich hinter der Vampirin auf.

»Sag's schon, Kleiner!«, verlangte die Blutsaugerin aufgeräumt. »Antworte! Aber ehrlich! Und wenn du glaubst, dass er Recht hat und ich nicht ... wenn du das wirklich glaubst ... dann lasse ich dich gehen.«

Ich fing Jegors Blick auf.

Und wusste, was er antworten würde.

»Du hast auch ... Recht.«

Leere. Kälte. Keine Kraft für Gefühle. Sollen sie doch zum Vorschein kommen, als Feuer lodern, das Menschen nicht sehen können.

»Was willst du?«, fragte ich. »Existieren? Gut – dann ergib dich. Du kommst vor Gericht, ein gemeinsames Gericht der Wachen ...«

Die Vampirin sah mich an. Sie schüttelte den Kopf. »Nein ... Ich traue eurem Gericht nicht. Weder der Nachtwache ... noch der Tagwache.«

»Warum hast du mich dann kommen lassen?«, fragte ich. Semjon pirschte sich an die Vampirin heran, kam näher und näher ...

»Um mich zu rächen«, sagte die Vampirin bloß. »Du hast meinen Freund ermordet. Jetzt bringe ich deinen um – vor deinen Augen. Danach ... werde ich versuchen ... dich umzubringen. Aber sogar wenn mir das nicht gelingt ...« Sie lächelte. »Dir genügt das Wissen, dass du den Jungen nicht retten konntest. Nicht wahr, Wächter? Ihr unterschreibt Lizenzen, ohne den Menschen dabei ins Gesicht zu sehen. Das solltet ihr aber ... Dann kommt die Moral hervorgekrochen ... eure ganze falsche, billige, gemeine Moral ...«

Semjon sprang.

Gleichzeitig mit ihm sprang Bär.

Das war schön, das ging schneller als jede Kugel fliegt, als jeder Zauber wirkt, weil es am Ende immer der Körper ist, der den Schlag ausführt, unterstützt von der Geschicklichkeit, die in zwanzig, vierzig, hundert Jahren herangereift ist.

Und dennoch zog ich die Pistole hinter dem Rücken hervor und feuerte einen Schuss ab, auch wenn ich wusste, dass die Kugel langsam und träge dahinfliegen würde – wie bei einer Zeitlupenaufnahme in einem billigen Actionfilm – und der Vampirin noch die Gelegenheit lassen würde, auszuweichen, und Gelegenheit zum Töten.

Semjon hing ausgestreckt in der Luft, als sei er gegen eine Glaswand geprallt und krieche eine unsichtbare Grenze entlang, die auch ins *Zwielicht* führte. Bär warf es um – er war weitaus massiver. Die Kugel, die anmutig wie eine Libelle auf die Vampirin zuflog, loderte mit flammenden Zungen auf und verschwand.

Wenn nicht die Augen der Vampirin gewesen wären, die sich langsam weiteten, der verständnislose Blick, hätte ich geglaubt, dass sie selbst die Schutzkuppel aufgebaut hatte – auch wenn dieses Privileg den hochrangigen Magiern vorbehalten ist.

»Die beiden stehen unter meinem Schutz«, erklang es hinter meinem Rücken.

Ich drehte mich um – und sah Sebulon in die Augen.

Erstaunlich war, dass die Vampirin nicht in Panik geriet. Erstaunlich war auch, dass sie Jegor nicht tötete. Der missglückte Angriff und das Auftauchen des Dunklen Magiers kamen für sie weitaus überraschender als für uns, denn ich hatte es erwartet, hatte mit dergleichen gerechnet, kaum dass ich das Amulett abgenommen hatte.

Mich wunderte nicht, dass er so schnell gekommen war. Die Dunklen haben ihre eigenen Wege. Aber weshalb zog Sebulon, der Beobachter der Dunklen, diese kleine Auseinandersetzung seiner Anwesenheit in unserer Kommandozentrale vor? Hatte er das Interesse an Swetlana und dem über ihr hängenden Wirbel verloren? Hatte er etwas begriffen, das uns nicht aufgegangen war?

Die verfluchte Angewohnheit, erst alles zu analysieren! Den Fahndern geht sie aufgrund des ureigenen Wesens ihrer Arbeit ab. Von Natur aus reagieren sie unverzüglich auf Gefahr, stürzen sich in den Kampf, erleiden Sieg oder Niederlage.

Ilja hatte seinen magischen Stab bereits gezogen. Das fliederfarben-weiße Leuchten strahlte zu grell für einen Magier dritten Grades und zu gleichmäßig, um an ein plötzliches Aufflackern von Iljas Kraft glauben zu lassen. Höchstwahrscheinlich hatte der Chef selbst den Stab aufgeladen.

Hatte er etwas geahnt?

Hatte er mit dem Auftauchen von irgendjemandem gerechnet, dessen Kräfte den seinen ebenbürtig waren?

Weder Tigerjunges noch Bär hatten ihr Äußeres verändert. Ihre Magie musste sich nicht anpassen – schon gar nicht, indem sie menschliche Körper annahmen. Bär blickte nach wie vor die Vampirin an und ignorierte Sebulon völlig. Tigerjunges stellte sich neben mich. Semjon rieb sich die Hüfte und ging langsam um die Vampirin herum, wobei er demonstrativ vor ihr herschlenderte. Den Dunklen Magier überließ er uns.

»Die beiden?«, brüllte Tigerjunges.

Im ersten Moment begriff ich überhaupt nicht, was ihr gegen den Strich ging.

»Die beiden stehen unter meinem Schutz«, wiederholte Sebulon. Er mummte sich in einen formlosen schwarzen Mantel ein, auf dem Kopf saß ihm eine zerknautschte Kappe aus dunklem Pelz. Die Hände versteckte der Magier zwar in den Taschen, doch aus irgendeinem Grund war ich mir sicher, dass er nichts dabei hatte, kein Amulett, keine Pistole.

»Wer bist du?«, schrie die Vampirin. »Wer bist du?«

»Dein Hüter und Beschützer.« Sebulon sah mich an, nein, er sah mich nicht an, sondern streifte mich mit dem Blick, schaute an mir vorbei. »Dein Herr.«

Was hatte er, war er verrückt geworden? Die Vampirin hatte nicht die geringste Ahnung von der Verteilung der Kräfte. Sie war völlig aufgedreht. Hatte eben noch mit dem Tod gerechnet – dem Ende ihrer Existenz. Nun tauchte da die Möglichkeit auf, mit heiler Haut davonzukommen, aber dieser Ton ...

»Ich habe keinen Herrn!« Die Frau, die Leben aus dem Tod anderer zog, lachte. »Wer auch immer du bist, einer vom Licht, einer vom Dunkel – merk dir das. Ich habe keinen Herrn!«

Sie bewegte sich weiter auf den Rand des Dachs zu, schleifte Jegor mit sich. Immer noch hielt sie ihn mit einer Hand gepackt, während die andere an seinem Hals lag. Eine Geisel – ein geschickter Zug gegen die Kräfte des Lichts.

Und womöglich auch gegen die Kräfte des Dunkels?

»Sebulon, wir sind einverstanden«, sagte ich. Ich legte die Hand auf den durchgedrückten Rücken von Tigerjunges. »Sie gehört dir. Nimm sie mit – bis zum Prozess. Wir halten uns an den Vertrag.«

»Ich nehme mir beide ...« Blind schaute Sebulon nach vorn. Der Wind peitschte ihm ins Gesicht, doch die Augen des Magiers, die nie blinzelten, waren weit aufgerissen, als seien sie aus Glas gegossen. »Die Frau und der Junge gehören uns.«

»Nein. Nur die Vampirin.«

Schließlich würdigte er mich doch noch eines Blickes.

»Adept des Lichts, ich hole mir nur, was mir zusteht. Ich achte den Großen Vertrag. Die Frau und der Junge gehören uns.«

»Du bist stärker als jeder von uns«, sagte ich. »Aber du bist allein, Sebulon.«

Traurig und mitleidig lächelnd schüttelte der Dunkle Magier den Kopf.

»Nein, Anton Gorodezki.«

Sie traten hinter dem Fahrstuhlschacht hervor, ein Mann

und eine Frau, beide jung. Die mir bekannt vorkamen. Nur allzu bekannt.

Alissa und Pjotr. Die Hexe und der Hexer von der Tagwache.

»Jegor!«, sprach Sebulon ihn leise an. »Hast du den Unterschied zwischen uns verstanden? Welcher Seite gibst du den Vorzug?«

Der Junge schwieg. Aber vielleicht nur deshalb, weil die Krallen der Vampirin seine Kehle berührten.

»Haben wir hier irgendein Problem?«, fragte Tigerjunges mit schnurrender Stimme.

»Hm«, bestätigte ich.

»Eure Entscheidung?«, fragte Sebulon nur. Seine Wächter schwiegen, mischten sich nicht in das Geschehen ein.

»Mir gefällt das nicht«, sagte Tigerjunges. Sie bewegte sich kaum auf Sebulon zu, und ihr Schwanz schlug mir unerbittlich gegen das Knie. »Mir gefällt absolut nicht, welchen Standpunkt die Wächter des Tages einnehmen ... in dieser Frage.«

Ganz offensichtlich teilte Bär diese Meinung: Wenn die beiden zusammenarbeiteten, sprach immer nur einer. Ich sah Ilja an: Der drehte den Stab in den Fingern und lächelte, ein unfrohes, grüblerisches Lächeln. Wie ein Kind, das anstatt einer Spielzeugpistole ein geladenes Uzi-Gewehr mit zu seinen Freunden geschleppt hatte. Semjon ließ das alles anscheinend völlig kalt. Auf Kleinigkeiten pfiff er. Siebzig Jahre lang übte er sich jetzt schon in Dachrennen.

»Sebulon, sprichst du für die Tagwache?«, fragte ich.

Ein sekundenkurzer Schatten des Zögerns funkelte in den Augen des Dunklen Magiers auf.

Was geht hier vor? Warum hatte Sebulon unseren Stab verlassen, warum hatte er auf die Möglichkeit verzichtet, einen unbekannten Magier von ungeheurer Kraft aufzuspüren und auf die Seite der Tagwache zu ziehen? Auf eine solche Möglichkeit verzichtet man nicht, selbst dann nicht, wenn es um eine Vampirin und einen kleinen Jungen mit einem ungeheuren Potenzial ging. Warum suchte Sebulon den Konflikt?

Und warum, warum um alles zögert er – das sehe ich doch, kein Zweifel! –, im Namen der gesamten Tagwache aufzutreten?

»Ich spreche als Privatperson«, sagte Sebulon.

»Dann haben wir also nur ein paar kleine persönliche Unstimmigkeiten«, stellte ich fest.

»Ja.«

Er wollte die Wachen nicht mit hineinziehen. Jetzt waren wir nur noch Andere, wenn auch im Dienst, wenn auch mit unseren Aufgaben beschäftigt. Doch Sebulon zog es vor, den Konflikt nicht zu einer offiziellen Konfrontation eskalieren zu lassen. Warum? Glaubte er dermaßen an die eigenen Kräfte, oder fürchtete er das Auftauchen des Chefs?

Ich verstand überhaupt nichts mehr.

Aber die Hauptsache: Warum hatte er den Stab verlassen, die Jagd nach dem Hexenmeister aufgegeben, der Swetlana mit dem Fluch belegt hatte? Die Dunklen hatten durchgesetzt, diesen Magier zu bekommen. Und jetzt wollten sie kurzerhand auf ihn verzichten?

Was wusste Sebulon? Was wussten wir nicht?

»Eure armseligen ...«, begann der Dunkle Magier. Beenden konnte er den Satz nicht – den nächsten Zug machte das Opfer.

Ich hörte, wie Bär brüllte, verständnislos, verzweifelt brüllte, und drehte mich um.

Jegor, die ganze Zeit in der Rolle der Geisel und gegen die Vampirin gepresst, hatte sich aufgelöst, war verschwunden.

Der Junge war tiefer ins *Zwielicht* hineingegangen.

Die Vampirin schlug die Hände zusammen, als wollte sie ihn festhalten, womöglich auch umbringen. Ein energisches Klatschen der bekrallten Klauen, das aber bereits keinen lebenden Körper mehr traf. Die Vampirin schlug sich selbst – unter die linke Brust, aufs Herz.

Wie schade, dass sie eine Untote war!

Bär sprang. Einer lebenden Schneewehe gleich stürzte er auf die Stelle, wo eben noch Jegor gestanden hatte, und riss die

Vampirin nieder. Unter seiner Masse begrub er den zitternden Körper vollständig – nur die bekrallte Hand lugte noch heraus, die ihm krampfhaft gegen die bepelzte Seite schlug.

Genau in diesem Augenblick riss Ilja den Stab hoch. Das fliederfarbene Licht verblasste ganz leicht, bevor der Stab explodierte und sich in eine weiße Flammensäule verwandelte. Man hatte den Eindruck, aus den Händen des Fahnders schösse ein von einem Leuchtturm abgerissener Scheinwerferstrahl, ein Strahl, blendend und fast mit Händen greifbar. Mit größter Mühe schwang Ilja die Hände, um mit einem Strahl, den man in Moskau seit dem Krieg nicht mehr gesehen hatte, über den grauen Himmel zu kratzen und den gigantischen Knüppel auf Sebulon herabstürzen zu lassen.

Der Dunkle Magier schrie auf.

Es riss ihn nieder und presste ihn aufs Dach, während sich die Lichtsäule Iljas Händen entriss, immer beweglicher und selbstständiger agierte. Das war kein Lichtstrahl mehr, keine Flammensäule, sondern eine weiße Schlange, die sich ringelte und der silberne Schuppen wuchsen. Das eine Ende des riesigen Körpers wurde platter und platter, verwandelte sich in eine Haube, unter der eine stumpfe Visage mit starren Augen hervorkam, groß wie LKW-Räder. Die Zunge blitzte auf, eine dünne, gespaltene, wie ein Gasbrenner lodernde Zunge.

Ich sprang zur Seite, denn beinah hätte mich der Schwanz erwischt. Die Feuerkobra ringelte sich auf, warf sich auf Sebulon und stieß ruckweise den Kopf in die Schlingen ihres Körpers. Hinter den lodernden Ringen droschen drei Schatten aufeinander ein, die durch die Bewegung zu trüben Streifen zerflossen. Die Sprünge von Tigerjunges, die sich auf die Hexe gestürzt hatte, und den Hexer von der Tagwache konnte ich einfach nicht ausmachen.

Ilja lachte leise auf und zog aus dem Gürtel einen weiteren Stab. Diesmal einen matteren, den er offenbar selbst aufgeladen hatte.

Hatte er also eine Waffe besessen, die speziell auf Sebulon

ausgelegt war? Hatte der Chef gewusst, mit wem wir zusammenstoßen würden?

Ich spähte übers Dach. Auf den ersten Blick schienen wir alles unter Kontrolle zu haben. Bär hatte die Vampirin in der Zange und schlug wie wild auf sie ein. Ab und an drangen unter ihm erstickte Laute hervor. Tigerjunges hielt die Wächter in Schach und brauchte offenbar keine Hilfe. Die weiße Kobra würgte Sebulon.

Für uns Übrige blieb nichts zu tun. Ilja, der den Stab bereithielt, beobachtete den Tumult, wobei er ganz offenbar überlegte, in welchen Haufen er sich stürzen sollte. Semjon, der das Interesse an der Vampirin verloren und für Sebulon mit seinen Wächtern erst gar keins an den Tag gelegt hatte, schlenderte zum Dachrand und sah nach unten. Ob er mit weiterer Verstärkung seitens der Dunklen rechnete?

Und ich stand wie ein Idiot mit der nutzlosen Pistole in Händen da.

Der Schatten legte sich gleich beim ersten Versuch auf den Boden. Als ich hineintrat, spürte ich, wie die Kälte brannte. Nicht die Kälte, die die Menschen kennen, nicht die, die jeder Andere schon erlebt hat, sondern die Kälte des tiefen *Zwielichts*. Hier wehte kein Wind mehr, hier verschwanden Schnee und Eis unter den Füßen. Hier wucherte kein blaues Moos. Nur Nebel wallte, dicker, zäher, klumpiger Nebel. Wollte man den Nebel mit Milch vergleichen, müsste man von geronnener Milch sprechen. Feinde wie Freunde – sie alle verwandelten sich in trübe Schatten, die sich kaum bewegten. Nur die mit Sebulon ringende Feuerkobra war nach wie vor schnell und grell – dieser Kampf verlief in allen Schichten des *Zwielichts*. Als ich mir klar machte, mit wie viel Energie der magische Stab aufgeladen sein musste, wurde mir übel.

Wozu, beim Dunkel und beim Licht? Wozu? Weder die junge Vampirin noch der Junge, dieser Andere, waren solche Anstrengungen wert!

»Jegor!«, schrie ich.

Die Kälte drang mir durch Mark und Bein. In die zweite Schicht des *Zwielichts* war ich erst zweimal vorgedrungen, einmal im Unterricht, zusammen mit meinem Ausbilder, und einmal gestern, um durch die verschlossene Tür zu gehen. Hier hatte ich keinen Schutz, und mit jeder Sekunde schwanden meine Kräfte.

»Jegor!« Ich ging durch den Nebel. Hinter mir erklangen dumpfe Schläge – die Schlange hämmerte jemanden aufs Dach, den Körper in ihr Maul gezwängt. Ich wusste sogar, wessen Körper ...

Da die Zeit hier noch langsamer vergeht, gab es den Hauch einer Chance, dass der Junge das Bewusstsein noch nicht verloren hatte. Ich ging zu der Stelle, an der er in die zweite Schicht des *Zwielichts* abgetaucht war, und versuchte, etwas zu erkennen, bemerkte aber den Körper am Boden nicht. Ich stolperte, fiel, stützte mich auf, hockte mich hin – und saß Jegor gegenüber.

»Bist du in Ordnung?«, fragte ich überflüssigerweise. Überflüssigerweise, denn er hatte die Augen offen und sah mich an.

»Ja.«

Unsere Stimmen klangen dumpf und grollend. Ganz in der Nähe wogten zwei Schatten: Bär zerfetzte immer noch die Vampirin. Wie lange sie wohl noch durchhielt?

Und wie lange der Junge wohl noch durchhielt.

»Gehen wir«, sagte ich, indem ich die Hand ausstreckte und seine Schulter berührte. »Das hier ... ist zu heftig. Wir riskieren es, für immer hier zu bleiben.«

»Na und?«

»Das begreifst du nicht, Jegor! Dieses Leiden! Sich im *Zwielicht* aufzulösen bedeutet ewiges Leiden. Das kannst du dir einfach nicht vorstellen, Jegor! Komm!«

»Wozu?«

»Um zu leben.«

»Wozu?«

Meine Finger wollten sich nicht mehr krümmen. Die Pistole wurde schwer, schien aus Eis gegossen. Mit etwas Glück würde ich noch ein oder zwei Minuten überstehen ...

Ich schaute Jegor in die Augen.

»Jeder trifft seine eigenen Entscheidungen. Ich gehe jetzt. Ich habe etwas, wofür es sich zu leben lohnt.«

»Warum willst du mich retten?«, wollte er neugierig wissen. »Braucht eure Wache mich?«

»Ich glaube nicht, dass du zu unserer Wache kommst ...«, sagte ich zu meiner eigenen Überraschung.

Er lächelte. Zwischen uns glitt langsam ein Schatten hindurch. Semjon. Hatte er etwas bemerkt? War jemandem etwas passiert?

Und ich saß da, verlor meine letzten Kräfte und versuchte, den ausgeklügelten Selbstmord eines kleinen Anderen zu verhindern – der so oder so verloren war.

»Ich gehe«, sagte ich. »Verzeih.«

Der Schatten klammerte sich an mich, fror an den Fingern an und wuchs mir zum Gesicht hinauf. Als ich mich ruckartig von ihm losriss, fauchte das *Zwielicht* verdrossen, enttäuscht von solch einem Verhalten.

»Hilf mir«, bat Jegor. Ich konnte seine Stimme kaum noch hören, da ich schon fast herausgegangen war. Er hatte sich in allerletzter Sekunde entschlossen.

Ich streckte den Arm aus und griff nach seiner Hand. Überall an mir zerrte es, das *Zwielicht* schubste mich hinaus, während der Nebel um mich herum schmolz. All meine Hilfe war rein symbolisch, das Wesentliche musste der Junge selbst tun.

Was er auch tat.

Wir fielen in die obere Schicht des *Zwielichts*. Der kalte Wind schlug uns ins Gesicht, was jetzt allerdings angenehm war. Die laschen Bewegungen um uns herum verwandelten sich in ein schnelles Handgemenge. Die grauen verwischten Farben kamen uns leuchtend vor.

Irgendetwas hatte sich in den Sekunden verändert, als wir miteinander gesprochen hatten. Die Vampirin zappelte immer noch unter Bär – das war's nicht. Der junge Hexer lag auf dem Dach, tot oder bewusstlos, daneben wälzten sich Tigerjunges und die Hexe – das war's auch nicht.

Die Schlange!

Die weiße Kobra war derart angeschwollen, hatte sich derart aufgebläht, dass sie bereits ein Viertel des Dachs einnahm. Es war, als hätte sie jemand mit Luft voll gepumpt und in die Höhe gehoben, vielleicht war sie auch von allein in den tief hängenden Himmel aufgeflogen. Semjon stand in irgendeiner alten Kampfposition neben den ineinander verflochtenen Windungen des Flammenkörpers und ließ von seinen Händen kleine orangefarbene Kugeln gegen die Spule aus weißen Flammen prasseln. Er zielte nicht auf die Kobra, sondern auf jemanden, der unter ihr klemmte, der schon lange hätte tot sein müssen, aber immer noch weiter kämpfte.

Eine Explosion!

Ein Wirbel von Licht, Fetzen von Dunkel. Ich wurde rücklings zu Boden geschleudert, im Fallen stürzte ich auf Jegor, riss ihn mit, schaffte es aber, seine Hand zu packen. Tigerjunges und die Hexe enthakten sich und flogen an den Dachrand, wo sie am Gitter wie erstarrt liegen blieben. Bär war von der Vampirin heruntergerissen worden, sie war verletzt und verstümmelt, aber noch am Leben. Semjon schwankte zwar, stand aber noch aufrecht da, abgeschirmt von einer matt leuchtenden Schutzlinse. Der Einzige, der abstürzte, war der bewusstlose Hexer: Er brach durch das verrostete Gitter der Absperrung und fiel wie ein nasser Sack nach unten.

Nur Ilja stand da wie angewurzelt. Einen Schutz um ihn herum sah ich nicht, doch nach wie vor verfolgte er voller Neugier das Geschehen und presste die Hände fest um den Stab.

Die Reste der Flammenkobra stoben auf, wirbelten wie leuchtende Wölkchen, die funkenstiebend schmolzen und in Lichtstrahlen zerflossen. Unter diesem Feuerwerk erhob sich Sebulon langsam und breitete die Arme in einer komplizierten magischen Geste aus. Beim Kampf hatte er seine Kleidung eingebüßt, sodass er jetzt völlig nackt dastand. Sein Körper hatte sich verändert, wies nun die klassischen Merkmale eines Dämons auf: statt Haut matte Schuppen, eine falsche Schädelform, anstelle von Haaren ein verfilztes Fell, schmale Augen mit vertikalen Pupillen. Zwischen den Beinen baumelte ein übergroßes Glied, der Steiß mündete in einen kurzen gespaltenen Schwanz.

»Fort!«, schrie Sebulon. »Fort!«

Was jetzt wohl in der Menschenwelt los war? Ausbrüche von tödlicher Sehnsucht und grundloser, blinder Freude, Herzattacken, unüberlegte Handlungen, Streitigkeiten zwischen den besten Freunden, Betrug der treuen Geliebten ... Die Menschen sehen nicht, was hier geschieht, doch ihre Seelen werden davon berührt.

Wozu?

Wozu macht die Tagwache das alles?

In diesem Moment wehte mich unvermittelt Ruhe an. Eine kalte, nüchterne, fast vergessene Ruhe.

Eine mehrzügige Kombination. Mal angenommen, alles läuft nach einem Plan der Tagwache ab. Setzen wir das als Prämisse. Und dann verbinden wir alle Zufälle, angefangen von meiner Jagd in der Metro, nein, angefangen mit dem Augenblick, als der junge Vampir von uns das Mädchen als Futter zugewiesen bekam, in das er sich unweigerlich verliebte.

Die Gedanken strömten jetzt so entschlossen, als hätte ich ein Brainstorming ausgelöst, mich in das Bewusstsein anderer Menschen eingeklinkt, wie das unsere Analytiker ab und zu machen. Nein, das war natürlich nicht der Fall – aber einige Teilchen dieses Puzzles regten sich mit einem Mal, ordneten sich neu auf dem Tisch an, wurden lebendig und fügten sich vor meinen Augen zusammen.

Der Tagwache war die Vampirin schnuppe.

Die Tagwache würde es wegen eines Jungen mit potenziell sehr großen Fähigkeiten nicht auf einen Konflikt ankommen lassen.

Für die Tagwache gab es nur einen Grund, warum sie so etwas einfädelte.

Den Dunklen Magier mit sagenhaftem Potenzial.

Den Dunklen Magier, der ihre Position stärken würde – nicht nur in Moskau, sondern auf dem ganzen Kontinent.

Aber sie hätten ihn doch auch so bekommen, wir haben doch versprochen, ihnen den Dunklen Magier zu überlassen ...

Dieser unsichtbare Magier war das X. Die einzige unbekannte Größe in der Gleichung. Als Y konnte man Jegor betrachten: Seine Widerstandskraft gegenüber der Magie war bereits zu ausgeprägt für einen Neuling unter den Anderen. Trotzdem stellte der Junge eine bekannte Größe dar, wenn auch mit unbekanntem Faktor.

Der bewusst in die Gleichung aufgenommen wurde. Um sie komplizierter zu machen.

»Sebulon!«, schrie ich. Hinter mir wälzte sich Jegor, der aufstehen wollte und dabei auf dem Eis ausrutschte. Semjon, der immer noch seinen Schutz aufrechterhielt, ging von dem Magier weg. Völlig leidenschaftslos beobachtete Ilja das Geschehen. Bär näherte sich der zuckenden Vampirin, die auf die Beine zu kommen versuchte. Tigerjunges und die Hexe Alissa gingen schon wieder aufeinander zu. »Sebulon!«

Der Dämon sah mich an.

»Ich weiß, um wen ihr kämpft!«

Nein, noch wusste ich es nicht. Aber langsam schwante mir etwas, denn das Puzzle fügte sich zu einem Ganzen und zeigte ein mir bekanntes Gesicht ...

Der Dämon öffnete das Maul – die Kiefer klappten nach links und nach rechts wie bei einem Käfer. Immer stärker erinnerte er an ein gigantisches Insekt, die Schuppen waren zum Panzer zusammengewachsen und die Genitalien sowie der Schwanz eingeschrumpft, während an den Seiten neue Extremitäten herauswuchsen.

»Dann bist du ... tot.«

Seine Stimme klang wie eh und je, hatte eher noch an Nachdenklichkeit und Intellektualität gewonnen. Sebulon streckte mir den Arm entgegen – der sich ruckartig verlängerte, immer neue und neue Gelenke hinzugewann.

»Komm her ...«, flüsterte Sebulon.

Alle erstarrten. Bis auf mich – ich ging auf den Dunklen Magier zu. Von dem mentalen Schutz, den ich mir in langen Jahren zugelegt hatte, blieb nicht die Spur übrig. Es überstieg meine Kräfte, überstieg sie bei weitem, mich Sebulon zu widersetzen.

»Bleib stehen!«, brüllte Tigerjunges und drehte sich von der ramponierten, aber grinsenden Hexe weg. »Bleib stehen!«

Nur zu gern hätte ich ihr die Bitte erfüllt. Aber ich konnte nicht.

»Anton ...«, erklang es hinter mir. »Dreh dich um ...«

Das konnte ich. Indem ich den Kopf zurückdrehte, entriss ich mich dem Blick aus den bernsteinfarbenen Augen mit den vertikalen Pupillen.

Jegor hockte da, zum Aufstehen fehlte ihm die Kraft. Erstaunlich, dass er überhaupt bei Bewusstsein war – denn von außen floss ihm keine Energie mehr zu. Der Zufluss war versiegt, der das Interesse des Chefs geweckt hatte, und der von Anfang an dagewesen war. Der Faktor Y. Ins Spiel gebracht, um die Situation komplizierter zu machen.

An Jegors Hand baumelte die Kupferkette mit dem kleinen beinernen Amulett.

»Fang!«, schrie der Junge.

»Nimm es nicht!«, befahl Sebulon. Doch zu spät, ich hatte mich schon vorgebeugt und mir das Amulett gegriffen, das vor meinen Füßen gelandet war. Die Berührung mit dem beschnitzten Medaillon versengte mich, fast als hätte ich glühende Kohle angefasst.

Ich sah den Dämon an und schüttelte den Kopf. »Sebulon ... du hast keine Macht mehr über mich.«

Der Dämon brüllte auf und kam auf mich zu. Macht hatte er keine mehr – aber Kraft im Übermaß.

»Aber, aber ...«, sagte Ilja im Ton eines Oberlehrers.

Eine lodernde weiße Wand zerschnitt die Fläche zwischen uns. Sebulon heulte auf, denn er rannte gegen die magische Barriere, ein Gewebe aus reinstem weißem Licht, das ihn zurückwarf. Mit einer komischen Geste schüttelte er die verbrannten Pfoten und sah dabei eher albern als furchteinflößend aus.

»Ein Mehrzüger?«, sagte ich. »Ganz einfach, ja?«

Alles auf dem Dach verstummte. Tigerjunges und die Hexe Alissa standen nebeneinander und versuchten nicht mehr, übereinander herzufallen. Semjon schaute abwechselnd Ilja und mich an, und es ließ sich nicht sagen, wer von uns beiden ihn mehr zum Staunen brachte. Die Blutsaugerin weinte leise vor sich hin und versuchte aufzustehen. Ihr ging es schlechter als den anderen, sie hatte ihre ganze Kraft geopfert, um den Kampf mit Bär zu überleben, und setzte nun alles daran, sich zu regenerieren. Mit unsagbarer Mühe tauchte sie aus dem *Zwielicht* auf und verwandelte sich in eine verschwommene Silhouette.

Sogar der Wind schien sich plötzlich zu legen ...

»Wie macht man einen Menschen zum Dunklen Magier, der von Grund auf rein ist?«, fragte ich. »Wie zieht man einen Menschen auf die Seite des Dunkels, der nicht hassen kann? Man kann überall Schwierigkeiten vor ihm aufbauen – nach und nach, immer wieder, in der Hoffnung, dass er böse wird ... Aber das bringt nichts. Als zu rein erweist sich dieser Mensch ... diese Frau.«

Ilja lachte leise zustimmend auf.

»Das Einzige, was sie hassen kann ...« Ich sah Sebulon in die Augen, in denen nur noch eine machtlose Bosheit zu lesen war.

»... ist sie selbst. Und da nun dieser überraschende Zug. Ein ungewöhnlicher. Man lässt ihre Mutter krank werden. Soll sich das Mädchen doch die Seele zermartern, sich für ihre Schwäche und Hilflosigkeit verachten. Hauptsache, wir treiben sie so in die Ecke, dass sie nur noch hassen kann, wenn auch nur sich selbst, aber immerhin: hassen. Freilich gibt es da eine Wahrscheinlichkeitsverzweigung. Die kleine Chance, dass ein einziger Mitarbeiter der Nachtwache, der mit der operativen Arbeit nicht richtig vertraut ist ...«

Die Beine knickten mir weg – ich bin wirklich nicht daran gewöhnt, so lange im *Zwielicht* zu bleiben. Ich wär vor Sebulon auf die Knie gefallen, was ich um keinen Preis wollte. Doch Semjon schlitterte durchs *Zwielicht* zu mir und packte mich bei den Schultern. Vermutlich macht er so was schon seit hundertfünfzig Jahren.

»Der mit dem Außendienst nicht vertraut ist ...«, wiederholte ich. »Der weicht einfach so vom üblichen Schema ab. Weder bedauert noch tröstet er die Frau, für die Mitleid tödlich wäre. Also muss man ihn von dem Objekt abziehen. Eine Situation schaffen, die ihm keine ruhige Minute lässt, damit er für eine zweitrangige Sache eingesetzt wird, und ihn noch dazu durch persönliche Verantwortung oder Sympathie an diese Aufgabe binden – mit allem, was sich irgend anbietet. Dafür kann man auch schon mal einen einfachen Vampir opfern. Nicht wahr?«

Sebulon begann sich zurückzuverwandeln. Rasch nahm er sein früheres Aussehen eines bescheidenen Intelligenzlers an.

Komisch. Wozu das? Ich habe gesehen, wozu er im *Zwielicht* geworden ist, ein für alle Mal geworden ist.

»Eine mehrzügige Kombination«, wiederholte ich. »Ich könnte schwören, dass Swetlanas Mutter durchaus nicht an einer tödlichen Krankheit sterben muss. Da habt ihr ein bisschen nachgeholfen, im Rahmen des Erlaubten natürlich ... Aber dann haben auch wir unsere Rechte.«

»Sie gehört uns!«, sagte Sebulon.

»Nein.« Ich schüttelte den Kopf. »Es wird keinen Durchbruch des Infernos geben. Ihre Mutter wird wieder gesund werden. Ich fahre jetzt zu Swetlana ... und erzähle ihr alles. Die Frau kommt zur Nachtwache. Ihr habt verloren, Sebulon. So oder so verloren.«

Die über dem Dach verteilten Kleiderfetzen krochen auf den Dunklen Magier zu, wuchsen zusammen, sprangen hoch und hüllten ihn ein, den traurigen, charmanten Mann, der voller Kummer war über die Welt.

»Niemand von euch wird von hier weggehen«, sagte Sebulon. Hinter ihm wölkte das Dunkel auf, als spanne es zwei riesige schwarze Flügel.

Ilja lachte erneut.

»Ich bin stärker als ihr alle.« Sebulon schielte zu Ilja hinüber. »Deine geborgten Kräfte sind nicht unerschöpflich. Ihr werdet für immer hier bleiben, im *Zwielicht*, in einer Tiefe, in die ihr nie hineinzusehen gewagt hättet ...«

Semjon seufzte auf und sagte: »Anton, er hat es immer noch nicht verstanden.«

Ich drehte mich um und fragte: »Boris Ignatjewitsch, diese Maskerade ist doch nicht länger nötig, oder?«

Der junge nassforsche Fahnder zuckte mit den Achseln.

»Natürlich nicht, Antoschka. Aber ich habe so selten das Vergnügen, den Chef der Tagwache bei der Arbeit zu beobachten ... Verzeih einem alten Mann. Ich hoffe, es war für Ilja in meinem Körper genauso interessant ...«

Boris Ignatjewitsch nahm seine alte Gestalt wieder an. In einem Rutsch, ganz ohne theatralische Zwischenstufen der Metamorphose und Lichteffekte. Wie immer trug er den Hausmantel und die Kappe, zudem aber noch Tatarenstiefel aus weichem Leder, über die er Galoschen gezogen hatte.

Es war die reinste Wonne, Sebulons Gesicht zu sehen.

Die dunklen Flügel verschwanden nicht, wuchsen jedoch nicht weiter und schlugen nur unsicher, als wolle der Magier wegfliegen, könne sich aber nicht entscheiden.

»Brich die Operation ab, Sebulon«, sagte der Chef. »Wenn ihr euch unverzüglich von hier und aus Swetlanas Haus zurückzieht, werden wir darauf verzichten, offiziell Beschwerde einzureichen.«

Der Dunkle Magier zögerte keine Sekunde.

»Wir gehen.«

Der Chef nickte, als habe er nichts anderes erwartet. Fast hätte man denken können ... Doch er hatte den Stab gesenkt, die Barriere zwischen Sebulon und mir war verschwunden.

»Ich werde nicht vergessen, welche Rolle du hier gespielt hast ...«, flüsterte der Dunkle Magier hastig. »Niemals.«

»Merk es dir nur«, pflichtete ich ihm bei. »Das kann nicht schaden.«

Sebulon legte die Hände aneinander – die mächtigen Flügel schlugen im Takt, und er verschwand. Zuvor hatte der Magier jedoch noch die Hexe angesehen, die daraufhin genickt hatte.

Oh, oh, das gefiel mir ganz und gar nicht. Nach dem Kampf angespuckt zu werden ist nicht tödlich, aber immer unangenehm.

Mit leichten, tänzelnden Schritten, die so gar nicht zu dem blutüberströmten Gesicht und dem ausgekugelten, kraftlos herabhängenden linken Arm passten, kam Alissa auf mich zu.

»Du musst auch gehen«, sagte der Chef.

»Natürlich, mit dem allergrößten Vergnügen!«, erwiderte die Hexe. »Aber vorher habe ich noch ein kleines, ein ganz kleines Recht. Nicht wahr, Anton?«

»Ja«, flüsterte ich. »Eine Einwirkung siebten Grades.«

Gegen wen würde sich der Schlag richten? Gegen den Chef? Lächerlich! Gegen Tigerjunges, Bär, Semjon ...? Quatsch! Jegor? Aber was sollte sie ihm mit der geringsten Form der Intervention eingeben können?

»Öffne dich«, verlangte die Hexe. »Öffne dich, Anton. Das ist eine Intervention siebten Grades. Der Chef der Nachtwache ist mein Zeuge: Ich gehe nicht zu weit.«

Semjon stöhnte auf und presste meine Schulter so stark, dass es wehtat.

»Sie hat das Recht dazu«, sagte ich. »Boris Ignatjewitsch ...«

»Tu es«, entgegnete der Chef leise. »Ich schau zu.«

Ich seufzte auf und öffnete mich der Hexe. Was konnte sie mir schon anhaben! Nichts! Eine Intervention siebten Grades – damit würde sie mich nicht auf die Seite des Dunkels ziehen! Das war doch einfach lächerlich!

»Anton«, sagte die Hexe sanft. »Sag dem Chef das, was dir auf dem Herzen liegt. Sag ihm die Wahrheit. Antworte ehrlich und aufrichtig. So, wie du antworten musst.«

»Eine minimale Einwirkung ...«, wiederholte der Chef. Sollte in seiner Stimme Schmerz mitschwingen, dann war er so tief verborgen, dass ich ihn nicht hören konnte.

»Ein Mehrzüger«, sagte ich, wobei ich Boris Ignatjewitsch ansah. »Auf beiden Seiten. Die Tagwache opfert ihre Bauern. Dito die Nachtwache. Um das große Ziel zu erreichen. Um eine Zauberin von großer, beispielloser Kraft auf die eigene Seite zu ziehen. Ein junger Vampir, der so gern lieben wollte, kann da ruhig sterben. Ein kleiner Junge mit den schwachen Fähigkeiten eines Anderen kann ruhig sterben, im *Zwielicht* umkommen. Die eigenen Mitarbeiter können ruhig leiden. Denn es gibt ein Ziel, das alle Mittel rechtfertigt. Zwei große Magier, die einander seit Jahrhunderten bekämpfen, zetteln wieder einmal einen kleinen Krieg an. Und dem Lichten Magier macht das mehr zu schaffen – er setzt alles auf eine Karte. Wenn er verliert, ist das nicht nur unangenehm – es ist ein Schritt ins *Zwielicht*, ins ewige *Zwielicht*. Trotzdem setzt er alles auf eine Karte. Setzt die eigenen Leute genauso wie die anderen. Ist es nicht so, Boris Ignatjewitsch?«

»Ja«, antwortete der Chef.

Alissa lachte leise auf und ging zur Luke. Sie konnte jetzt nicht fliegen. Tigerjunges hatte sie tüchtig in die Mangel genommen. Und trotzdem hatte die Hexe gute Laune.

Ich sah Semjon an, der meinem Blick auswich. Tigerjunges verwandelte sich langsam in eine Frau zurück – und versuchte ebenfalls, mich nicht anzusehen. Bär brüllte einmal kurz und stapfte ohne sein Äußeres zu ändern zur Luke. Er nahm es schwerer als die anderen. Er ist zu gradlinig. Bär, dieser hervorragende Kämpfer und Gegner von Kompromissen ...

»Ihr seid Schufte, alle miteinander«, sagte Jegor. Er rappelte sich ungelenk hoch, was nicht nur an seiner Erschöpfung lag – der Chef versorgte ihn jetzt, ich sah den feinen Faden der Kraft, der sich in der Luft spannte –, sondern weil es anfangs immer schwer ist, sich vom eigenen Schatten loszureißen.

Ich folgte ihm. Das war nicht weiter problematisch, denn in der letzten Viertelstunde war derart viel Energie ins *Zwielicht* geflossen, dass es seine übliche aggressive Zähigkeit eingebüßt hatte.

Noch im selben Moment, als ich aus dem *Zwielicht* heraustrat, hörte ich ein widerwärtiges dumpfes Klatschen: Der vom Dach gestürzte Hexer war eben auf dem Asphalt aufgeschlagen.

Nach und nach tauchten die anderen auf. Eine sympathische schwarzhaarige Frau, die unter dem linken Auge blutete und deren Wangenknochen gebrochen war, ein unerschütterliches, stämmiges Kerlchen, ein imposanter Geschäftsmann im orientalischen Gewand ... Bär war bereits weg. Ich wusste, was er in seiner Wohnung, in seiner Höhle, machen würde: reinen Sprit trinken und Gedichte lesen. Höchstwahrscheinlich laut. Und dabei in den fröhlich brabbelnden Fernseher glotzen.

Die Vampirin war auch da. Ihr ging es miserabel, sie grummelte irgendetwas, schüttelte den Kopf und versuchte den zerbissenen Arm zu belecken. Erschöpft mühte sich dieser, wieder zusammenzuwachsen. Rundherum war alles mit Blut bespritzt – nicht mit ihrem natürlich, sondern mit dem des letzten Opfers ...

»Hau ab«, sagte ich und hob die schwere Pistole. Meine Hand zitterte verdächtig.

Die Kugel schlug klatschend ein, drang durch den toten Körper, an der Seite der Frau klaffte eine hässliche Wunde auf. Die Vampirin stöhnte und presste die gesunde Hand auf die Stelle. Der andere Arm baumelte an ein paar dünnen Sehnen herab.

»Das ist nicht nötig«, sagte Semjon sanft. »Das ist nicht nötig, Anton ...«

Trotzdem zielte ich auf ihren Kopf. Doch in diesem Augenblick schoss ein riesiger schwarzer Schatten vom Himmel herab, eine Fledermaus, groß wie ein Kondor. Sie breitete die Flügel aus, schirmte die Vampirin ab und krümmte sich unter den Krämpfen der Transformation zusammen.

»Sie hat das Recht auf einen Prozess!«

Auf Kostja konnte ich nicht schießen. Ich stand einfach da und schaute auf den jungen Vampir, der im selben Haus wohnte wie ich. Er wich meinem Blick nicht aus, sondern sah mich direkt und unerbittlich an. Wie lange schleichst du schon hinter mir her, mein Freund und Widersacher? Und wozu? Um eine Artgenossin zu retten oder um den Schritt zu verhindern, der mich zu deinem Todfeind machen würde?

Ich zuckte die Schultern und steckte die Pistole in den Hosenbund. Du hast Recht, Olga. Diese ganze Technik ist Quatsch.

»Das hat sie«, bestätigte der Chef. »Semjon, Tigerjunges, ihr beide eskortiert sie.«

»Gut«, sagte Tigerjunges. Sie sah mich an – nicht mitleidig, sondern verständnisvoll. Mit federndem Schritt ging sie auf die Vampirin zu.

»Ihr blüht sowieso die Höchststrafe«, flüsterte Semjon, bevor er ihnen nachstapfte.

So verließen auch sie das Dach: Kostja, der die stöhnende, nichts begreifende Vampirin in den Armen trug, dann Semjon und Tigerjunges, die ihnen schweigend folgten.

Wir blieben zu dritt übrig.

»Du hast wirklich Fähigkeiten, mein Junge«, sagte der Chef

sanft. »Nicht sehr große, doch die meisten haben nicht einmal die. Ich würde mich freuen, wenn du mein Schüler würdest ...«

»Scheren Sie sich doch ...«, setzte Jegor an. Höflichkeit verbot es ihm, den Satz zu beenden. Lautlos weinte der Junge vor sich hin, verzog das Gesicht und versuchte, die Tränen zurückzuhalten – was ihm jedoch nicht gelingen wollte.

Eine kleine Einwirkung siebten Grades, und ihm wäre leichter zumute. Er würde verstehen, dass das Licht nicht gegen das Dunkel kämpfen kann, ohne dabei zu allen Waffen zu greifen, die ihm zur Verfügung stehen.

Ich hob den Kopf zum *Zwielicht*-Himmel, öffnete den Mund und fing die kalten Schneeflocken auf. Man müsste kalt werden. Für immer. Aber nicht so wie im *Zwielicht*. Man müsste zu Eis werden, nicht zu Nebel, zu Schnee, nicht zu Matsch; müsste versteinern, nicht zerlaufen ...

»Jegor, gehen wir, ich bring dich nach Hause«, schlug ich vor.

»Ich ... habe es ... ja nicht weit ...«, sagte der Junge.

Noch lange stand ich da, schluckte abwechselnd Schnee und Wind – und merkte nicht, wie er ging. Ich hörte die Frage des Chefs: »Jegor, kannst du deine Eltern allein wecken?«, aber die Antwort vernahm ich nicht.

»Anton, wenn es dich tröstet – die Aura des Jungen ist nach wie vor die alte«, sagte Boris Ignatjewitsch. »Nämlich unbestimmt ...« Er packte mich bei den Schultern, ein kleiner und beklagenswerter Mann, der in nichts an den Unternehmer mit dem gepflegten Äußeren oder den Magier ersten Grades erinnerte. Nur ein jung gebliebener Alter, der mal wieder eine kleine Schlacht in einem endlosen Krieg gewonnen hatte.

»Wenigstens das.«

Das hätte ich auch gewollt. Keine bestimmte Aura. Das eigene Schicksal.

»Anton, uns erwartet noch Arbeit.«

»Ich weiß, Boris Ignatjewitsch ...«

»Kannst du Swetlana alles erklären?«

»Ja, vermutlich schon ... Jetzt kann ich es.«

»Du musst mir verzeihen. Aber ich nutze das, was ich habe ... benutze diejenigen, über die ich verfüge. Ihr beide seid miteinander verbunden. Eine ganz gewöhnliche mystische Verbindung, die durch nichts zu erklären ist. Niemand hätte dich ersetzen können.«

»Ist mir klar.«

Der Schnee legte sich mir aufs Gesicht, gefror an den Wimpern, lief in Rinnsalen über die Wangen. Ich hatte den Eindruck, dass es mir fast gelungen war zu erfrieren – doch dazu hatte ich kein Recht.

»Weißt du noch, was ich dir gesagt habe? Dass es viel schwerer ist, ein Lichter zu sein als ein Dunkler ...«

»Ja ...«

»Für dich wird es noch schwerer werden, Anton. Du wirst dich in sie verlieben. Mit ihr zusammenleben ... für eine gewisse Zeit. Dann wird Swetlana weiterziehen. Und du wirst erleben, wie sie sich von dir entfernt, wie sie in Kreisen verkehrt, die weit über dem stehen ... was dir zugänglich ist. Du wirst leiden. Dagegen kann man gar nichts machen, du hast nur am Anfang eine Rolle gespielt. So ist es mit jedem Großen Magier, mit jeder Großen Zauberin. Sie gehen über Leichen, über die Leichen von Freunden und Geliebten. Ihnen bleibt nichts anderes übrig.«

»Das verstehe ich doch ... alles verstehe ich ...«

»Gehen wir, Anton?«

Ich schwieg.

»Gehen wir?«

»Kommen wir nicht zu spät?«

»Noch nicht. Das Licht hat seine eigenen Wege. Ich führe dich einen kurzen Weg, danach ... danach musst du deinen Weg allein gehen.«

»Dann bleibe ich hier noch ein Weilchen stehen«, sagte ich. Ich schloss die Augen, um zu spüren, wie die Schneeflocken sich flimmernd und zart auf meine Wangen legten.

»Wenn du wüsstest, wie oft ich schon so dagestanden habe«, sagte der Chef. »Genau so, um in den Himmel zu sehen und etwas zu erflehen ... Mal einen Segen, mal einen Fluch.«

Ich antwortete nichts, denn ich wusste, dass ich vergebens warten würde.

»Anton, ich bin schon durchgefroren«, sagte der Chef. »Mir ist kalt. Wie einem Menschen kalt. Ich will einen Wodka trinken und mich unter der Decke verkriechen. Mich hinlegen und warten, bis du Swetlana geholfen hast ... bis Olga mit dem Wirbel fertig geworden ist. Und dann Urlaub machen. Iljucha könnte meinen Platz einnehmen, schließlich ist der schon mal in meine Haut geschlüpft, und ich würde nach Samarkand fahren. Warst du schon mal in Samarkand?«

»Nein.«

»Nicht sehr schön, wenn ich ehrlich sein soll. Vor allem jetzt. Es gibt dort nichts Schönes ... bis auf die Erinnerungen. Doch die gehören nur mir. Also, was ist mit dir?«

»Gehen wir, Boris Ignatjewitsch.«

Ich wischte mir den Schnee vom Gesicht.

Jemand wartete auf mich.

Und das ist das Einzige, was uns daran hindert zu erfrieren.

Zweite Geschichte
Der eigene Kreis

Prolog

Er hieß Maxim.

Kein ausgesprochen seltener Name, aber auch kein Allerweltsname wie Sergej, Andrej oder Dima. Wohlklingend. Ein gut russischer Name, auch wenn seine Wurzeln bis zu den Griechen, Warägern und Skythen zurückreichten.

Sein Äußeres stellte ihn ebenfalls zufrieden. Nicht die geleckte Schönheit der Schauspieler aus irgendeiner Serie, aber auch kein Durchschnitt, kein Niemandsgesicht. Ein schöner Mann, den man in der Menge ausmachte. Und auch hier: athletisch, aber kein Muskelprotz, keine hervortretenden Adern, kein Fanatismus, der ihn jeden Tag ins Sportstudio trieb.

Von Beruf Wirtschaftsprüfer in einer großen ausländischen Firma, mit einem Einkommen, das für alle Extravaganzen reichte, ohne dass er sich um Schutzgelderpresser Sorgen machen musste.

Als ob sein Schutzengel ein für alle Mal beschlossen hätte: »Dir soll es ein bisschen besser als den anderen gehen.« Ein bisschen nur, doch besser.

Das Wichtigste aber war, dass sich Maxim damit völlig zufrieden gab. Karriere machen, einem Luxusschlitten hinterherjagen, nach Einladungen für die Empfänge der High Society fiebern oder unbedingt eine riesige Wohnung in Beschlag nehmen – wozu? Das Leben an sich war schön – ganz ohne diese Güter, die man irgendwann mal erlangt. In diesem Sinne bedeutete das Leben das genaue Gegenteil vom Geld, das an sich nichts war.

Natürlich dachte Maxim nie so direkt über diese Dinge nach. Eine der Besonderheiten von Menschen, denen es gelungen ist, ihren Platz im Leben zu finden, besteht darin, dass sie das für völlig normal halten. Alles kommt so, wie es kommen muss. Und wenn jemand nicht das bekommt, was er möchte, ist es einzig und allein seine Schuld. Dann ist er faul und dumm gewesen. Oder hatte überzogene Ansprüche.

Maxim gefiel der Ausdruck »überzogene Ansprüche« ungemein. Er rückte alles an den rechten Ort. Erklärte beispielsweise, warum seine kluge und schöne Schwester mit einem Trinker als Mann in Tambow dahinvegetierte. Musste sie sich unbedingt etwas Besseres und Aussichtsreicheres suchen? Na, das hatte sie ja gefunden. Oder sein alter Schulfreund, der bereits den zweiten Monat mit gebrochenen Knochen im Krankenhaus lag. Hatte der nicht sein Geschäft ausbauen wollen? Eben. Er konnte von Glück sagen, dass er mit dem Leben davongekommen war. Dass sich die Konkurrenten auf dem seit langem aufgeteilten Markt für Edelmetalle als Menschen mit guten Manieren herausgestellt hatten ...

Und nur in einem Fall wandte Maxim den Ausdruck der »überzogenen Ansprüche« auf sich selbst an. Doch das war ein derart seltsamer und komplizierter Aspekt – über den er nicht einmal nachdenken wollte. Es war leichter, nicht darüber nachzudenken, leichter, sich mit diesem merkwürdigen Drang abzufinden, der ihn ab und zu im Frühling befiel, manchmal auch im Herbst und in seltenen Ausnahmen auch im Hochsommer, wenn eine unerträgliche Hitze herabschlug, die jede Vernunft, jede Wachsamkeit, jeden leichten Zweifel an der eigenen psychischen Gesundheit im Kopf wegätzte. Dabei hielt Maxim sich keineswegs für schizophren. Er hatte etliche Bücher gelesen und erfahrene Ärzte aufgesucht – denen gegenüber er natürlich nicht ins Detail gegangen war.

Nein, er war normal. Offensichtlich gab es in der Tat etwas, wovor der gesunde Menschenverstand passen musste, was sich mit den üblichen menschlichen Normen nicht fassen lässt. Überzogene Ansprüche – wie unschön. Doch waren sie das wirklich: überzogen?

Der Motor lief nicht, während Maxim im Auto saß, in seinem sauberen, gepflegten Toyota, nicht das teuerste und schickste Modell, aber weit besser als die meisten Wagen auf Moskaus Straßen. Im morgendlichen Halbdunkel konnte man ihn selbst aus einer Entfernung von nur wenigen Schritten nicht hinterm Steuer ausmachen. Die ganze Nacht hatte er so zugebracht, dem leisen Knacken des kalt gewordenen Motors lauschend, war halb erfroren, hatte sich aber dennoch nicht erlaubt, die Standheizung einzuschalten. Wie in solchen Fällen üblich, wollte er nicht schlafen. Rauchen auch nicht. Nichts wollte er, er genoss es einfach, so dazusitzen, bewegungslos, ein Schatten in einem am Straßenrand geparkten Auto, und zu warten. Das Einzige, was ihn ärgerte, war, dass seine Frau schon wieder dachte, er verbringe die Nacht bei einer Geliebten. Doch wie sollte er ihr beweisen, dass er keine Geliebte hatte, keine Dauerfreundin, und dass sämtliche Seitensprünge sich auf die üblichen Affären im Urlaub, Flirts auf der Arbeit und ein paar Nutten während einer Geschäftsreise beschränkten – Letztere noch nicht mal vom Familienbudget bezahlt, sondern von Kunden offeriert. Da konnte man ja nicht ablehnen, wollte man niemanden beleidigen. Oder für einen Schwulen gehalten werden, sodass man beim nächsten Mal Knaben vorgesetzt bekam ...

Die grün leuchtenden Ziffern der Uhr sprangen um: fünf Uhr morgens. Bald würden die Hausmeister hervorgekrochen kommen, um sich an die Arbeit zu machen. Der Bezirk war alt, renommiert, hier achtete man auf Sauberkeit. Wie schön, dass es weder regnete noch schneite, der Winter hatte ein Ende, verreckt war das Scheusal und hatte dem Frühling Platz gemacht mit all seinen Problemen und überzogenen Ansprüchen ...

Eine Haustür knallte. Eine junge Frau trat auf die Straße, blieb kurz stehen, rückte den Riemen der Tasche auf der Schulter zurecht, alles etwa zehn Meter vom Auto entfernt. Diese blöden Häuser ohne Höfe, hier arbeitete man nicht gern, hier lebte man bestimmt auch nicht gern: Was hatte man denn von all dem Renommee, wenn die Rohre verfaulten, die meterhohen Wände vor Schimmel starrten und vermutlich Gespenster umgingen.

Maxim lächelte leicht und stieg aus dem Auto. Sein Körper gehorchte ihm einwandfrei, die Muskeln waren über Nacht nicht eingeschlafen, sondern schienen sogar noch Kraft gesammelt zu haben. Ein gutes Zeichen.

Dennoch, interessieren würde es ihn schon einmal: Ob es eigentlich Gespenster gibt?

»Galina!«, rief er.

Die Frau drehte sich zu ihm um. Auch das war ein sicheres Anzeichen, sonst wäre sie losgerannt, denn ein Mann, der dich in aller Herrgottsfrühe vor deinem Haus abpasst, ist doch verdächtig und gefährlich.

»Ich kenne Sie nicht«, sagte sie. Ruhig, neugierig.

»Stimmt«, bestätigte Maxim. »Dafür kenne ich Sie.«

»Wer sind Sie?«

»Der Richtherr!«

Diese Form gefiel ihm, diese archaische, gespreizte, feierliche Form. Richtherr! Derjenige, der das Recht hatte zu richten.

»Und über wen wollen Sie richten?«

»Über Sie, Galina.« Maxim war konzentriert und sachlich. Langsam wurde ihm dunkel vor Augen – auch das ein sicheres Anzeichen.

»Ach ja?« Als sie ihn mit einem raschen Blick musterte, bemerkte Maxim in den Pupillen ein gelbliches Feuer. »Aber ob Sie es schaffen werden?«

»Werd ich«, erwiderte Maxim und riss den Arm hoch. Der Dolch lag bereits in der Hand, eine schmale dünne Waffe aus

Holz, das einst hell gewesen, doch in den letzten drei Jahren nachgedunkelt war, durchtränkt ...

Die Frau gab keinen Laut von sich, als die Holzschneide unter ihrem Herz eindrang.

Wie stets verspürte Maxim einen Moment der Furcht, eine kurze und sengende Welle des Schreckens – ob er nicht doch einen Fehler begangen hatte? Trotz allem?

Mit der linken Hand berührte er das Kreuz, das schlichte Holzkreuz, das immer auf seiner Brust ruhte. So stand er da, in der einen Hand den Holzdolch, die andere fest um das Kreuz geballt, stand da, bis die Frau sich zu verändern begann ...

Es ging schnell. Immer ging es schnell: die Verwandlung in ein Tier und zurück in einen Menschen. Für ein paar Sekunden lag ein Tier auf dem Pflaster, ein schwarzer Panther mit erstarrtem Blick und gebleckten Reißzähnen, ein Opfer der Jagd, gewandet in ein Kostüm von strengem Schnitt, mit einer Strumpfhose, die kleinen Füße beschuht. Dann lief der Prozess rückwärts, als schlage das Pendel zum letzten Mal.

Maxim wunderte sich weniger über diese rasche und in der Regel verspätet einsetzende Transformation als vielmehr darüber, dass die tote Frau keine Wunde zeigte. Der kurze Moment der Verwandlung hatte sie gereinigt, geheilt. Nur ein Schnitt in der Bluse und im Jackett war geblieben.

»Gelobt seist du, Herr«, flüsterte Maxim, während er auf die tote Tierfrau sah. »Gelobt seist du, Herr.«

Er hatte nichts gegen die Rolle einzuwenden, die ihm in diesem Leben zugedacht war.

Dennoch lastete sie schwer auf ihm, der er keine überzogenen Ansprüche hatte.

Eins

An diesem Morgen merkte ich, dass der Frühling wirklich eingezogen war.

Noch am Abend hatte ein ganz anderer Himmel über der Stadt gehangen, waren Wolken über Moskau hinweggezogen, hatte es nach feuchtem modrigem Wind und ungefallenem Schnee gerochen. Man wollte sich tiefer in den Sessel hineinkuscheln, eine Videokassette mit irgendeinem grellen und stumpfsinnigen – also amerikanischen – Film einlegen, Kognak trinken und dabei einschlafen.

Am Morgen hatte sich alles geändert.

Mit der Geste eines erfahrenen Zauberkünstlers war ein hellblaues Tuch über die Stadt geworfen, durch Straßen und Plätze gezogen worden, als habe man damit die letzten Spuren des Winters weggewischt. Und selbst die Klumpen braunen Schnees, die sich noch in den Ecken und Rinnsteinen fanden, wirkten nicht, als habe der einziehende Frühling etwas übersehen, sondern wie ein unverzichtbares Element des Interieurs. Wie eine Erinnerung ...

Lächelnd ging ich zur Metro.

Manchmal ist es sehr schön, ein Mensch zu sein. Bereits seit einer Woche führte ich jetzt dieses Leben: ging zur Arbeit, blieb aber immer im ersten Stock, kämpfte mit dem Server, der urplötzlich eine Reihe merkwürdiger Angewohnheiten an den Tag legte, installierte für die Mädchen aus der Buchhaltung neue Programme, von deren Notwendigkeit weder sie noch ich überzeugt waren. Abends ging ich ins Theater, zum Fußball, in kleine Bars oder Restaurants. Egal wohin, Hauptsache, es war laut und voller Menschen. Ein Mensch in der Menge zu sein ist noch viel interessanter, als einfach ein Mensch zu sein.

Im Büro der Nachtwache – untergebracht in einem alten dreistöckigen Gebäude, das wir bei unserer eigenen Tochterfirma angemietet hatten – fand man natürlich weit und breit keinen Menschen. Sogar die drei alten Putzfrauen waren Andere. Selbst die dreisten jungen Wachleute am Eingang, die kleine Banditen und Handelsreisende abschrecken sollten, verfügten über ein gewisses magisches Potenzial. Sogar der Klempner – ein Säufer, wie jeder anständige Klempner in Moskau – war ein Magier ... und wäre gar kein schlechter Magier gewesen, wenn er nicht dem Alkohol verfallen wäre.

Wie allenthalben wirkten die beiden untersten Stockwerke absolut unauffällig. Bis hierhin durfte sich die Steuerpolizei vorwagen, aber auch unsere Geschäftspartner aus der Menschenwelt oder unsere Paten. Die Paten ihrerseits steuerte zwar der Chef persönlich – doch das ging das gemeine Fußvolk ja wohl kaum etwas an, oder?

Auch die Gespräche, die hier geführt wurden, waren ganz alltäglich. Politik, Steuern, Einkäufe, das Wetter, Liebesaffären von anderen und die eigenen amourösen Abenteuer. Die Frauen hechelten die Männer durch, wir blieben ihnen nichts schuldig. Man fing ein Techtelmechtel an, spann Intrigen, um am Stuhl der direkten Vorgesetzten zu sägen, und erörterte die Aussichten auf eine Prämie.

Bis nach Sokol brauchte ich eine halbe Stunde. Ich verließ die Metro. Hier draußen war es laut, die Luft vom Gestank der Autoabgase geschwängert. Und trotzdem – es war Frühling.

Unser Büro liegt nicht im miesesten Bezirk Moskaus. Überhaupt nicht – wenn man ihn nicht gerade mit dem Sitz der Tagwache vergleicht. Doch wie man es auch dreht und wendet, der

Kreml ist nichts für uns: Allzu deutlich sind die Spuren, die die Vergangenheit dem Roten Platz und den alten Ziegelmauern aufgedrückt hat. Vielleicht verschwinden sie irgendwann einmal. Doch bislang sieht es nicht danach aus ... leider.

Von der Metro ging ich zu Fuß, denn ich hatte es nicht weit. Um mich herum nur fröhliche Gesichter, von Sonne und Frühling erwärmt. Dafür liebe ich diese Jahreszeit: Sie mindert das Gefühl der schwermütigen Ohnmacht. Und man wird weniger in Versuchung geführt ...

Einer der Wachleute rauchte vorm Eingang. Er nickte mir freundlich zu, eine genaue Kontrolle gehörte nicht zu seinen Aufgaben. Von mir hingegen hing ab, ob der Computer in ihrer Kammer einen Zugang zum Internet kriegte und ein paar aktuelle Spiele installiert wurden oder ob man über ihn nur an interne Information und die Dossiers über die Mitarbeiter kam.

»Du bist spät dran, Anton«, bemerkte er leichthin.

Mit zweifelndem Blick sah ich auf die Uhr.

»Der Chef hat alle in den Konferenzraum beordert, sie suchen dich schon.«

Das war merkwürdig, da ich normalerweise nicht zu der morgendlichen Besprechung hinzugebeten wurde. Ob etwas mit dem Betriebssystem passiert war? Wohl kaum, denn dann hätte man mich aus dem Bett geklingelt und all das, es wäre nicht das erste Mal gewesen.

Ich nickte und legte einen Zahn zu.

Im Haus gibt es zwar einen Fahrstuhl, doch der ist uralt, sodass ich es vorzog, in den dritten Stock zu sprinten. Auf dem Treppenabsatz im zweiten Stock gab es einen weiteren Posten, der schon wichtiger war. Garik hatte Dienst. Als ich mich näherte, kniff er die Augen zusammen und sah durchs *Zwielicht*, um meine Aura zu scannen und all die Zeichen zu überprüfen, die wir Wächter am Körper tragen. Erst danach sagte er freundlich: »Beeil dich.«

Die Tür zum Konferenzraum stand einen Spalt auf. Ich

spähte hinein: Dreißig Mitarbeiter hatten sich versammelt, vor allem aus der operativen und der analytischen Abteilung. Der Chef ging vor einer Karte von Moskau auf und ab und nickte, während Witali Markowitsch, sein Stellvertreter für den kommerziellen Bereich, ein sehr schwacher Magier, dafür aber der geborene Geschäftsmann, sagte: »Auf diese Weise decken wir die laufenden Kosten in vollem Umfang ab, sodass keinerlei Notwendigkeit besteht, auf ... äh ... besondere Formen finanzieller Transaktionen zurückzugreifen. Wenn die Versammlung meine Vorschläge unterstützt, können wir die Besoldung unserer Mitarbeiter, in erster Linie selbstverständlich von denen aus der operativen Abteilung, geringfügig anheben. Auch die Zahlungen bei zeitweiliger Arbeitsunfähigkeit sowie die Renten für die Angehörigen Verstorbener sollten ... äh ... leicht erhöht werden. Wir könnten uns das leisten ...«

Schon komisch, dass Magier, die in der Lage sind, Blei in Gold, Kohle in Diamanten und geschreddertes Papier in funkelnagelneue Kreditkarten zu verwandeln, wirtschaftlich aktiv werden. Doch im Grunde schlägt man damit zwei Fliegen mit einer Klappe. Zum einen gibt man den Anderen eine Beschäftigung, deren Fähigkeiten so gering sind, dass sie nicht von ihnen leben könnten. Zum anderen verringert sich auf diese Weise das Risiko, das Gleichgewicht der Kräfte zu stören.

Bei meinem Erscheinen nickte Boris Ignatjewitsch mir zu.

»Witali, vielen Dank«, sagte er. »Ich glaube, die Situation ist klar und an eurer Tätigkeit nichts auszusetzen. Wollen wir abstimmen? Danke. Jetzt, wo alle da sind ...«

Unter dem aufmerksamen Blick des Chefs schlich ich mich zu einem freien Sessel und nahm Platz.

»... können wir zur Hauptfrage kommen.«

Neben mir saß Semjon, der sich jetzt zu mir hinüberbeugte. »Die Hauptfrage ist die der Bezahlung der Parteibeiträge für März ...«, flüsterte er mir zu.

Ich konnte mir ein Schmunzeln nicht verkneifen. Ab und zu

lugte aus Boris Ignatjewitsch in der Tat der alte Parteifunktionär heraus. Mich störte das weit weniger, als wenn er sich als mittelalterlicher Inquisitor oder General a. D. gebarte, aber möglicherweise beging ich da einen Fehler.

»Die Hauptfrage ist ein Protest der Tagwache, den ich vor zwei Stunden erhalten habe«, sagte der Chef.

Ich begriff ihn nicht sofort. Die Tag- und die Nachtwache kamen einander permanent in die Quere. Jede Woche einmal reichte man Protest ein, manches wurde auf regionaler Ebene geregelt, manches vors Tribunal in Bern gebracht.

Dann ging mir auf, dass ein Protest, der eine erweiterte Versammlung der Wache nach sich zog, kein gewöhnlicher sein konnte.

»Der Kern des Protests ...« Der Chef knetete sich die Nasenwurzel. »Der Kern des Protests ist folgender: Heute Morgen wurde in der Gegend der Stoleschnikow-Gasse eine Dunkle ermordet. Hier eine kurze Beschreibung des Vorfalls.«

Auf meine Knie klatschten zwei Blatt Papier, Computerausdrucke. Alle anderen wurden ebenfalls mit diesem Geschenk bedacht. Ich überflog den Text:

Galina Rogowa, vierundzwanzig Jahre ... Initiierung mit sieben Jahren, die Familie gehört nicht zu den Anderen. Erzogen unter dem Patronat der Dunklen ... Mentorin Anna Tschernogorowa, Magierin vierten Grades ... Mit acht Jahren wird Galina Rogowa als Pantherfrau bestimmt. Mittlere Fähigkeiten ...

Mit gerunzelter Stirn blätterte ich das Dossier durch. Obwohl es im Prinzip keinen Grund gab, die Stirn zu runzeln. Rogowa war eine Dunkle, arbeitete aber nicht in der Tagwache. Die Bestimmungen des Vertrags hielt sie ein. Auf Menschen machte sie keine Jagd. Niemals. Selbst von den beiden Lizenzen, die ihr zur Volljährigkeit und zur Hochzeit ausgestellt worden waren, hatte sie keinen Gebrauch gemacht. Mit Magie hatte sie sich in der Baufirma *Warmes Haus* hochgearbeitet und den stellvertretenden Direktor geheiratet. Sie hatte ein Kind, einen Jungen, bei dem keine Fähigkeiten eines Anderen festgestellt worden waren. Ein paarmal hatte sie ihre Fähigkeiten als Andere zur Selbstverteidigung eingesetzt, einmal einen Angreifer getötet. Doch selbst dabei war sie nicht zur Menschenfresserin geworden.

»Von solchen Tiermenschen müsste es mehr geben, nicht wahr?«, fragte Semjon. Er blätterte die Seiten durch und schnalzte mit der Zunge. Neugierig geworden, nahm ich mir das Ende des Dokuments vor.

Aha. Das Protokoll der Autopsie. Ein Schnitt in der Bluse und im Jackett, vermutlich von einem dünnen Dolch. Einem manipulierten, denn mit gewöhnlichem Eisen brachte man einen Tiermenschen nicht um ... Worüber wunderte sich Semjon also?

Ha, das war's!

Am Körper waren keine sichtbaren Verletzungen festgestellt worden. Keine. Als Todesursache wurde der vollständige Verlust der Lebensenergie genannt.

»Alle Achtung«, sagte Semjon. »Ich kann mich noch erinnern, wie man mich während des Bürgerkriegs losgeschickt hat, um einen Tigermenschen aus dem Verkehr zu ziehen. Und dieser Dreckskerl war bei der Tscheka, und durchaus kein kleines Licht ...«

»Haben sich alle mit dem Fall vertraut gemacht?«, wollte der Chef wissen.

»Darf ich was fragen?« Am anderen Ende des Raums erhob sich ein dünner Arm. Fast alle mussten lächeln.

Der Chef nickte. »Nur zu, Julja.«

Die jüngste Mitarbeiterin der Wache erhob sich und strich sich unsicher die Haare zurück. Ein liebes Mädchen, wenn auch noch ein wenig kindlich. Doch in die analytische Abteilung hatte man sie nicht ohne Grund aufgenommen.

»Boris Ignatjewitsch, meiner Ansicht nach haben wir es mit einer magischen Einwirkung zweiten Grades zu tun. Oder ersten?«

»Möglicherweise zweiten Grades«, bestätigte der Chef.

»Das heißt, das können nur Sie gemacht haben ...« Julja schwieg einen Moment lang verlegen. »Oder Semjon ... Ilja ... oder Garik. Stimmt's?«

»Garik hätte es nicht gekonnt«, erwiderte der Chef. »Ilja und Semjon vermutlich schon.«

Semjon grummelte etwas in der Art, auf das Kompliment könne er gern verzichten.

»Außerdem könnte den Mord noch ein Lichter verübt haben, der auf der Durchreise in Moskau ist«, dachte Julja laut. »Andererseits wäre ein Magier von solcher Kraft kaum unbemerkt in die Stadt gelangt, sie müssen ja alle zur Registrierung in die Tagwache. Das heißt also, dass wir drei Personen überprüfen müssen. Sollten alle ein Alibi haben, kann man uns doch wohl nichts vorwerfen?«

»Julenka«, meinte der Chef nickend, »uns wirft niemand dergleichen vor. Die Sache ist die, dass in Moskau ein Lichter Magier agiert, der nicht registriert ist und der den Vertrag nicht kennt.«

Was man nicht auf die leichte Schulter nehmen sollte ...

»Oh, also dann ...«, sagte Julja. »Verzeihen Sie bitte, Boris Ignatjewitsch.«

»Du hast alles richtig dargelegt.« Der Chef nickte. »Damit sind wir gleich beim Kern der Frage. Uns ist irgendjemand entgangen, Kinder. Wir haben ihn verpennt, uns durch die Finger gleiten lassen. Durch Moskau irrt ein Lichter Magier von großer Kraft. Der keine Ahnung hat – und Dunkle ermordet.«

»Ermordet?«, fragte jemand im Raum.

»Ja. Ich habe die Archive durchstöbert. Vergleichbare Fälle hat es vor drei Jahren schon gegeben, im Herbst und im Frühjahr, und vor zwei Jahren im Herbst. Jedes Mal ließen sich am Körper keine Verletzungen entdecken, während in der Kleidung Schnitte festgestellt wurden. Die Tagwache hat in der Sache ermittelt, konnte aber nichts herausfinden. Offenbar hielten sie den Tod ihrer Leute für einen Zufall ... wofür jetzt jemand von den Dunklen büßen wird.«

»Und von den Lichten?«

»Ebenfalls.«

Semjon räusperte sich. »Das ist eine seltsame Periodizität, Boris ...«, sagte er leise.

»Vermutlich kennen wir nicht alle Fälle, Kinder. Wer auch immer dieser Magier sein mag, er hat stets Andere mit nicht sehr ausgeprägten Fähigkeiten getötet, die in ihrer Maskierung offenbar nachlässig gewesen sind. Es ist durchaus möglich, dass ihm weitere, nicht initiierte oder den Dunklen unbekannte Andere zum Opfer fielen. Deshalb schlage ich vor ...« Der Chef ließ den Blick durch den Raum schweifen. »Die analytische Abteilung sammelt kriminalistische Informationen und sucht nach vergleichbaren Fällen. Denkt daran, dass sie womöglich nicht als Mord geführt werden, sondern als Tod unter ungeklärten Umständen. Geht die Obduktionsergebnisse durch, befragt die Mitarbeiter in den Leichenschauhäusern ... Überlegt selbst, wie ihr an weitere Informationen kommt. Die wissenschaftliche Gruppe ... schickt zwei oder drei Leute in die Tagwache, um die Leiche zu untersuchen. Ihr müsst herausfinden, wie er die Dunklen umbringt. Lasst ihn uns der Einfachheit halber den Wilden nennen. Die operative Gruppe ... verstärkt die Streifen in den Straßen. Sucht ihn, Kinder.«

»Wir machen die ganze Zeit nichts anderes, als *irgendjemanden* zu suchen«, murrte Igor unzufrieden. »Ein starker Magier wär uns aufgefallen, Boris Ignatjewitsch! Mit Sicherheit!«

»Eventuell ist er nicht initiiert«, entgegnete der Chef. »Seine Fähigkeiten treten nur periodisch auf ...«

»Im Frühling und im Herbst, wie bei jedem Irren ...«

»Ja, Igor, völlig richtig. Im Frühling und im Herbst. Und jetzt, unmittelbar nach dem Mord, müsste die Magie irgendeinen Abdruck an ihm hinterlassen haben. Das ist eine Chance, eine kleine nur, aber immerhin. An die Arbeit.«

»Mit welchem Ziel, Boris?«, fragte Semjon neugierig.

Ein paar waren schon aufgestanden, blieben daraufhin aber noch.

»Das Ziel ist es, den Wilden vor den Dunklen zu finden. Ihn zu verteidigen, auszubilden und auf unsere Seite zu ziehen. Wie immer.«

»Alles klar.« Semjon erhob sich.

»Anton und Olga, ihr beide bleibt bitte noch«, meinte der Chef knapp und trat ans Fenster.

Alle anderen guckten mich beim Rausgehen neugierig an. Und auch ein bisschen neidisch. Eine Spezialaufgabe ist immer interessant. Ich schaute durch den Raum, erblickte Olga und lächelte ihr zu, aber nur mit den Lippen. Sie lächelte zurück.

Nichts an ihr erinnerte mehr an die barfüßige, verdreckte Frau, die im tiefsten Winter bei mir in der Küche Kognak getrunken hatte. Eine schicke Frisur, eine gesunde Hautfarbe, in den Augen – nein, die Selbstsicherheit hatte auch schon früher in ihnen gelegen, nicht aber die Koketterie und der Stolz, die jetzt in ihnen funkelten.

Ihre Strafe hatte man aufgehoben. Wenn auch nur teilweise.

»Mir gefällt nicht, was hier passiert, Anton«, sagte der Chef, ohne sich umzudrehen.

Olga zuckte mit den Schultern und nickte – antworte du.

»Wie meinen Sie das, Boris Ignatjewitsch?«

»Mir gefällt der Protest nicht, den die Tagwache eingereicht hat.«

»Mir auch nicht.«

»Du verstehst das nicht. So wenig wie alle anderen, fürchte ich ... Olga, ahnst wenigstens du, worum es geht?«

»Es ist höchst merkwürdig, dass die Tagwache im Laufe von ein paar Jahren nicht in der Lage ist, den Mörder zu finden.«

»Nicht wahr? Erinnerst du dich an Krakau?«

»Leider. Glaubst du, sie stellen uns eine Falle?«

»Ausgeschlossen ist es nicht ...« Boris Ignatjewitsch trat vom Fenster weg. »Anton, hältst du diese Entwicklung für möglich?«

»Ich verstehe das noch nicht ganz«, murmelte ich.

»Anton, nehmen wir einmal an, in der Stadt lebt tatsächlich ein mordender Einzelgänger, unser Wilder. Er ist nicht initiiert. Ab und an brechen sich seine Fähigkeiten Bahn – dann macht er einen Dunklen aus und vernichtet ihn. Kann die Tagwache ihn finden? O ja, das könnte sie, davon kannst du ausgehen. Damit stellt sich die Frage, warum sie ihn noch nicht entdeckt und aus dem Verkehr gezogen hat? Schließlich sterben hier Dunkle!«

»Es stirbt nur Fußvolk«, gab ich zu bedenken.

»Richtig. Die Bauern zu opfern gehört zur Tradition ...« Der Chef hielt inne, als er meinen Blick auffing. »Zur Tradition der Wache.«

»Der Wachen«, sagte ich rachsüchtig.

»Der Wachen«, wiederholte der Chef müde. »Ich habe es nicht vergessen ... Machen wir uns doch mal klar, was sich aus unseren bisherigen Überlegungen ergibt. Soll die gesamte Nachtwache der Fahrlässigkeit angeklagt werden? Das wäre lächerlich. Wir haben das Verhalten der Dunklen zu kontrollieren und darauf zu achten, dass die uns bekannten Lichten den Vertrag einhalten, müssen aber nicht irgendwelche geheimnisvollen Verrückten aufspüren. Hier trägt allein die Tagwache die Schuld ...«

»Die Provokation zielt also auf jemanden Konkretes?«

»Sehr schön, Anton. Weißt du noch, was Julja gesagt hat? Diejenigen von uns, die so etwas hätten machen können, kannst du an einer Hand abzählen. Das ist bewiesen. Nehmen wir einmal an, die Tagwache möchte jemanden der Verletzung des Vertrags anklagen. Behauptet, dass ein fester Mitarbeiter, der den Vertrag genau kennt, Gericht spielt und auf eigene Faust mit den Dunklen abrechnet.«

»Aber das lässt sich doch leicht von der Hand weisen. Man braucht nur den Wilden zu finden ...«

»Und wenn die Dunklen ihn vor uns finden? Darüber aber kein Wörtchen verlauten lassen?«

»Was ist mit einem Alibi?«

»Und wenn die Morde immer in Zeiten stattfanden, für die es kein Alibi gibt?«

»Dann kommt es zum Tribunal mit uneingeschränktem Verhör«, sagte ich finster. Sicher, es ist keine schöne Sache, wenn im Bewusstsein das Unterste zuoberst gekehrt wird.

»Ein starker Magier, und die Morde wurden von einem starken Magier begangen, kann sich selbst dem Tribunal verschließen. Er kann es nicht täuschen, aber sich verschließen. Mehr noch, Anton, bei einem Tribunal, an dem auch Dunkle teilnehmen, muss er das sogar. Der Feind gelangt sonst an zu viele Informationen. Aber ein Magier, der sich bei den Ermittlungen verschließt, gilt automatisch als schuldig. Mit allen daraus resultierenden Folgen ... für ihn und für die Wache.«

»Ein düsteres Bild, Boris Ignatjewitsch«, räumte ich ein. »Ein sehr düsteres. Fast wie jenes, das Sie im Winter für mich entworfen haben, damals im Traum. Der kleine Andere mit den unglaublichen Kräften, ein Durchbruch des Infernos, der ganz Moskau in Schutt und Asche legt ...«

»Schon gut. Aber ich lüge dich nicht an, Anton.«

»Was verlangen Sie von mir?«, wollte ich ohne Umschweife wissen. »Das ist doch überhaupt nicht mein Profil. Soll ich den Analytikern helfen? Wir werten auch so alles aus, was man uns vorsetzt.«

»Ich möchte, dass du herausbekommst, wer von uns in Gefahr schwebt, Anton. Wer hat ein Alibi für alle bekannten Fälle und wer nicht.«

Der Chef steckte die Hand in die Tasche seines Jacketts und holte eine DVD heraus. »Nimm das ... Es sind die vollständigen Dossiers für die letzten drei Jahre. Von vier Personen, mich eingeschlossen.«

Ich schluckte und nahm die Scheibe.

»Die Passwörter sind gelöscht. Dir ist natürlich klar, dass diese Daten niemand sonst sehen darf. Du hast kein Recht, die Informationen zu kopieren. Verschlüssel deine Berichte und Graphiken ... und geize nicht bei der Länge des Schlüssels.«

»Ich brauche einen Assistenten«, sagte ich unsicher. Ich sah Olga an. Doch was konnte sie mir schon für eine Hilfe sein: Ihre Computerkenntnisse beschränkten sich auf Spiele wie *Heretic* oder *Hexen*.

»Meine Daten überprüf selbst«, sagte der Chef zögernd. »Für die anderen kannst du Anatoli hinzuziehen. Abgemacht?«

»Aber welche Aufgabe habe ich dann?«, wollte Olga wissen.

»Du wirst das Gleiche tun, allerdings indem du die Leute persönlich befragst. Sie verhörst, um die Dinge beim Namen zu nennen. Mit mir fängst du an. Dann nimmst du dir die anderen drei vor.«

»Gut, Boris.«

»Mach dich an die Arbeit, Anton.« Der Chef nickte. »Fang gleich an. An die sonstigen Sachen setz deine Mädchen, die werden schon damit fertig.«

»Soll ich an den Daten auch herumbasteln?«, fragte ich. »Wenn jemand kein Alibi hat – ihm eins besorgen?«

Der Chef schüttelte den Kopf. »Nein. Darum geht es nicht. Ich will nicht, dass irgendwas gefälscht wird. Ich will mich davon überzeugen, dass niemand von uns etwas mit diesen Morden zu tun hat.«

»Ist das Ihr Ernst?«

»Ja. Denn es gibt nichts, was in dieser Welt unmöglich wäre. Was unsere Arbeit auszeichnet, Anton, ist, dass ich dich mit dieser Aufgabe betrauen kann. Und du sie ordentlich machst. Egal, um wen es sich dabei handelt.«

Obwohl mich etwas beunruhigte, nickte ich und ging zur Tür, die wertvolle Scheibe fest im Griff. Erst in letzter Sekunde vermochte ich meine Frage zu formulieren, sodass ich mich noch einmal umwandte. »Boris Ignatjewitsch ...«

Der Chef und Olga wichen sofort auseinander.

»Boris Ignatjewitsch, Sie haben mir die Daten von vier Leuten gegeben.«

»Ja.«

»Von Ihnen, Ilja, Semjon ...«

»Und von dir, Anton.«

»Warum?«, fragte ich begriffsstutzig.

»Während der Konfrontation auf dem Dach bist du für drei Minuten in die zweite Schicht des *Zwielichts* vorgedrungen. Anton ... das ist die dritte Kraftstufe.«

»Das kann nicht sein«, entgegnete ich nur.

»Doch.«

»Boris Ignatjewitsch, Sie sagen selbst immer, dass ich nur ein durchschnittlicher Magier bin!«

»Vielleicht, weil ich einen hervorragenden Programmierer viel dringender brauche als einen weiteren guten Mann für den Außendienst.«

Unter anderen Umständen wäre ich stolz gewesen. Auch beleidigt, aber trotzdem stolz. Ich hatte immer vermutet, dass der vierte Grad für mich den Gipfel dessen darstellt, was ich in der Magie erreichen kann – und selbst den würde ich nicht so bald erlangen. Aber jetzt überdeckte die Angst alles, diese unangenehme, klebrige, widerwärtige Angst. In fünf Jahren Arbeit in der Wache auf einem ruhigen Posten im Stab hatte ich es mir abgewöhnt, noch irgendwas zu fürchten: weder Behörden noch Banditen oder Krankheiten ...

»Das war eine Intervention zweiten Grades ...«

»Die Trennlinie ist hier sehr schmal, Anton. Möglicherweise bist du noch zu mehr fähig.«

»Aber wir haben mehr als ein Dutzend Magier dritten Grades. Warum gerate ich da in Verdacht?«

»Weil du Sebulon persönlich herausgefordert hast. Dem Leiter der Tagwache Moskaus ans Leder gegangen bist. Und er wäre durchaus imstande, eine Falle aufzustellen, die auf Anton

Gorodezki persönlich zugeschnitten ist. Genauer gesagt, eine alte Falle, die er noch in petto hatte, entsprechend umzubauen.«

Ich schluckte und verließ den Raum, ohne eine weitere Frage zu stellen.

Unser Labor befindet sich ebenfalls im dritten Stock, jedoch in einem anderen Flügel. Schnellen Schrittes lief ich den Korridor hinunter, nickte allen, die mir entgegenkamen, zu, blieb aber bei niemandem stehen. Die Scheibe hielt ich fester als ein entflammter Teenager die Hand seiner Angebeteten.

Der Chef hatte mich doch nicht belogen?

Konnte dieser Schlag auf mich zielen?

Bestimmt hatte er nicht gelogen. Ich hatte ihm eine klare Frage gestellt und eine klare Antwort bekommen. Gewiss, im Laufe der Jahre legen sich auch die Lichtesten Magier einen gewissen Zynismus zu und lernen es, mit Worten zu jonglieren. Doch die Folgen einer offenen Lüge wären selbst für Boris Ignatjewitsch zu heftig.

Der Vorraum war mit einem elektronischen Überwachungssystem ausgestattet. Ich weiß, dass sich alle Magier über Technik lustig machen, und Semjon hatte mir sogar mal gezeigt, wie leicht sich ein Stimmenanalysator und ein Netzhautscanner täuschen lassen. Trotzdem hatte ich auf dem Kauf dieses teuren Spielzeugs bestanden. Selbst wenn es uns nicht gegen einen Anderen schützte. Doch ich hielt es keineswegs für ausgeschlossen, dass uns die Jungs vom Föderativen Sicherheitsdienst oder von der Mafia irgendwann mal auf den Zahn fühlen wollten.

»Eins, zwei, drei, vier, fünf ...«, murmelte ich ins Mikrofon, während ich ins Objektiv der Kamera schaute. Die Elektronik brauchte ein paar Sekunden, dann leuchtete über der Tür das grüne Zutrittslämpchen auf.

Im ersten Zimmer herrschte gähnende Leere. Die Ventilatoren des Servers brummten, die in die Wände eingelassenen Klimaanlagen schnauften. Trotzdem war es heiß. Dabei hatte der Frühling gerade erst angefangen.

Ohne ins Labor der Sysops hineinzuschauen, ging ich gleich in mein eigenes Büro. Nun, nicht ganz mein eigenes – mein Stellvertreter Tolik hauste dort ebenfalls. Bisweilen sogar im wörtlichen Sinne, denn oft genug übernachtete er auf dem alten Ledersofa.

Jetzt saß er am Schreibtisch und betrachtete nachdenklich ein altes Motherboard.

»Hallo«, sagte ich und ließ mich aufs Sofa plumpsen. Die Scheibe brannte mir in den Fingern.

»Die ist hinüber«, grummelte Tolik.

»Dann schmeiß sie weg.«

»Gleich, ich nehm nur die Prozessoren heraus ...« In den langen Jahren, die Tolik an durch mickrige Staatsgelder finanzierten Forschungsinstituten verbracht hatte, war er zu einem eifrigen Anhänger der Vorratshaltung geworden. Und obwohl uns keine Finanzprobleme plagten, sammelte er sorgsam alle alten Computerelemente, auch wenn diese niemandem mehr nützten. »Stell dir vor, eine halbe Stunde schlag ich mich mit dem Ding schon rum, aber gebracht hat es nichts ...«

»Es ist uralt, was willst du? Selbst in der Buchhaltung sind die Geräte neuer.«

»Man könnte es jemandem geben ... Vielleicht könnte man den Cache ausbauen ...«

»Tolik, wir haben einen Eilauftrag«, sagte ich.

»Ach?«

»Hm. Also ...« Ich hielt die Scheibe hoch. »Hier sind die Dossiers ... die vollständigen Dossiers von vier Mitarbeitern der Wache. Einschließlich des Chefs.«

Tolik zog die Schublade seines Schreibtischs auf, verstaute das Motherboard und richtete den Blick auf die DVD.

»Ganz genau. Ich werde drei überprüfen. Du den vierten – mich.«

»Und was soll ich überprüfen?«

»Folgendes.« Ich zeigte ihm den Ausdruck. »Es ist nicht auszuschließen, dass einer der Verdächtigen immer wieder Morde an Dunklen verübt hat. Nicht sanktionierte Morde. Hier sind alle uns bekannten Fälle aufgeführt. Wir sollen diese Möglichkeit ausschließen oder ...«

»Und hast du sie denn ermordet?«, wollte Tolik wissen. »Entschuldige die Bosheit ...«

»Nein. Aber du sollst mir nicht glauben. Also an die Arbeit.«

Die Informationen über mich schaute ich mir gar nicht erst an. Ich kopierte alle achthundert Megabyte auf Toliks Computer und nahm die Scheibe wieder an mich.

»Wenn ich auf was Interessantes stoße, soll ich's dir dann sagen?«, fragte Tolik. Ich schielte zu ihm hinüber, während er sich die Textdateien ansah, an seinem linken Ohr fummelte und die Maus gleichmäßig hin und her bewegte. »Wie du willst.«

»Gut.«

Ich fing mit dem Dossier an, in dem das Material über den Chef gesammelt war. Zunächst kam der Formularkopf mit allgemeinen Angaben zur Person. Mit jeder gelesenen Zeile strömte mir der Schweiß stärker aus den Poren.

Natürlich wurden selbst in diesem Dossier der richtige Name und die Herkunft des Chefs nicht preisgegeben, für Andere seines Rangs werden derlei Fakten grundsätzlich nicht dokumentiert. Trotzdem entdeckte ich alle Augenblicke etwas Neues. Angefangen damit, dass der Chef viel älter war, als ich vermutet hatte. Mindestens anderthalb Jahrhunderte älter. Das hieß, er war dabei, als der Vertrag zwischen Lichten und Dunklen abgeschlossen wurde. Merkwürdig, alle Magier von damals, die noch am Leben sind, haben heute Posten in der Hauptverwaltung, statt auf der öden und eintönigen Stelle als Regionaldirektor zu hocken.

Darüber hinaus erfuhr ich einige Namen, unter denen der Chef bereits in die Geschichte der Wache eingegangen war, sowie seinen Geburtsort. Darüber spekulierten wir immer wieder, schlossen Wetten ab, brachten »unwiderlegliche« Beweise bei. Niemand hatte jedoch vermutet, dass Boris Ignatjewitsch aus Tibet stammte.

Und bei wem er schon alles Mentor gewesen ist, hätte ich mir in meinen kühnsten Träumen nicht ausgemalt!

In Europa arbeitete der Chef seit dem 15. Jahrhundert. Aufgrund indirekter Hinweise schlussfolgerte ich, dass der Grund für diesen radikalen Wechsel des Wohnsitzes eine Frau gewesen war. Und ahnte sogar, welche.

Nachdem ich das Fenster mit den allgemeinen Angaben geschlossen hatte, schaute ich zu Tolik hinüber. Der sah sich gerade einen Videoausschnitt an – natürlich war meine Biografie bei weitem nicht so spannend wie die Vita des Chefs. Ich betrachtete das kleine bewegte Bild genauer – und wurde knallrot.

»Für den ersten Fall hast du ein einwandfreies Alibi«, sagte Tolik, ohne sich umzudrehen.

»Hör mal ...«, setzte ich hilflos an.

»Schon gut. Geht mich ja nichts an. Ich spule vor, um die ganze Nacht zu checken ...«

Ich stellte mir vor, wie der Film wohl im Schnelldurchlauf aussehen würde, und drehte mich wieder um. Ich hatte ja immer geahnt, dass die Leitung ihre Mitarbeiter kontrolliert, vor allem die jungen. Aber nicht auf eine derart zynische Weise!

»Das Alibi ist nicht wasserdicht«, sagte ich. »Gleich zieh ich mich an und geh.«

»Ich seh's schon«, bestätigte Tolik.

»Anderthalb Stunden bin ich nicht zu sehen. Ich habe versucht, irgendwo Sekt aufzutreiben ... und als ich welchen hatte, mich noch ein bisschen an der frischen Luft ausgenüchtert. Und überlegt, ob es sich überhaupt lohnt zurückzugehen.«

»Zerbrich dir nicht den Kopf«, sagte Tolik. »Guck dir lieber das Intimleben des Chefs an.«

Nach einer halben Stunde wurde mir klar, dass Tolik Recht hatte. Möglicherweise durfte ich die gnadenlose Beobachtung ja krumm nehmen. Doch dann hatte Boris Ignatjewitsch nicht weniger Grund zur Klage.

»Der Chef hat ein Alibi«, sagte ich. »Ein unerschütterliches. In zwei Fällen können es vier Leute bezeugen. In einem anderen fast die ganze Wache.«

»Ist das bei dieser Jagd nach dem durchgedrehten Dunklen?«

»Ja.«

»Du hast noch nicht mal in dem Fall ein Alibi. Du wurdest erst am Morgen hinzugezogen, die Zeitangabe ist da sehr unpräzise. Es gibt ein Foto, wie du aus dem Büro kommst, das ist aber auch schon alles.«

»Das heißt ...«

»Theoretisch hättest du die Dunklen ermorden können. Ohne weiteres. Und außerdem, entschuldige Anton, geschah jeder Mord in einer Zeit, da deine Gefühle in Aufruhr waren. Wo du dich anscheinend nicht mehr unter Kontrolle gehabt hast.«

»Ich war das nicht.«

»Glaub ich dir ja. Was soll ich mit der Datei machen?«

»Lösch sie.«

Tolik überlegte kurz. »Auf der Festplatte liegt nichts Wichtiges. Ich mache eine Low-Level-Formatierung. Hätte die Platte schon längst mal bereinigen sollen.«

»Danke.« Ich schloss das Dossier über den Chef. »Gut, mit den anderen komme ich allein weiter.«

»Schon verstanden.« Tolik überwand den berechtigten Unmut seines Computers, und der begann, sich selbst zu verdauen.

»Geh zu den Mädels«, schlug ich ihm vor. »Mach ein finsteres Gesicht. Die legen doch nur wieder Patiencen, davon bin ich überzeugt.«

»Klar doch«, stimmte mir Tolik leichthin zu. »Wann bist du fertig?«

»So in zwei Stunden.«

»Dann schau ich wieder rein.«

Er ging zu unseren »Mädels«, zwei jungen Programmiererinnen, die größtenteils mit der im Wesentlichen offiziellen Tätigkeit der Wache befasst waren. Ich machte mich wieder an die Arbeit. Als Nächster kam Semjon an die Reihe.

Nach zweieinhalb Stunden riss ich mich vom Rechner los, massierte mir den Nacken – immer schläft der ein, wenn du dahockst, auf den Monitor starrst – und stellte die Kaffeemaschine an.

Weder der Chef noch Ilja oder Semjon kamen für die Rolle des irrsinnigen Mörders der Dunklen in Frage. Alle hatten ein Alibi, in einigen Fällen sogar ein hieb- und stichfestes. Semjon zum Beispiel hatte in einer Mordnacht ausgerechnet mit der Leitung der Tagwache bei Verhandlungen zusammengesessen. Ilja war auf Geschäftsreise in Sachalin, wo sich die Kollegen ein Süppchen eingebrockt hatten, das sich nur mit Hilfe aus dem Zentrum auslöffeln ließ.

Nur ich stand nach wie vor unter Verdacht.

Nicht, dass ich Tolik nicht vertraute. Trotzdem schaute ich mir meine eigenen Daten noch einmal selbst an. Alles passte, für keinen Fall hatte ich ein Alibi.

Der Kaffee schmeckte nicht, war bitter, anscheinend hatten sie den Filter schon seit längerem nicht ausgetauscht. Ich schluckte das heiße Gebräu hinunter, starrte auf den Bildschirm, zog mein Handy heraus und gab die Nummer des Chefs ein.

»Sprich, Anton.«

Er wusste immer, wer ihn anrief.

»Es bleibt nur ein Verdächtiger übrig, Boris Ignatjewitsch.«

»Und wer, bitte schön?«

Seine Stimme klang hart und förmlich. Trotzdem hatte ich den Eindruck, der Chef säße gerade halb nackt auf seinem

Ledersofa, in der einen Hand ein Glas Sekt, die andere mit Olgas Hand verschränkt, während er den Hörer mit der Schulter ans Ohr presste oder ihn levitieren ließ.

»Aber, aber ...«, wies mich der Chef in die Schranken. »Als Hellseher taugst du nichts. Wer ist verdächtig?«

»Ich.«

»Verstehe.«

»Sie haben das gewusst«, sagte ich.

»Wie das?«

»Es bestand keine Notwendigkeit, gerade mich die Dossiers bearbeiten zu lassen. Sie hätten das auch selbst machen können. Also wollten Sie, dass ich mich selbst von der Gefahr überzeuge.«

»Möglich.« Der Chef seufzte. »Was wirst du jetzt tun, Anton?«

»Mich auf Wasser und Brot einstellen.«

»Komm in mein Arbeitszimmer. In ... äh ... in zehn Minuten.«

»Gut.« Ich beendete das Gespräch.

Zunächst schaute ich bei den Mädchen vorbei. Tolik war noch immer bei ihnen, und sie arbeiteten eifrig.

Im Grunde brauchte die Wache diese beiden hundsmiserablen Programmiererinnen nicht. Sie hatten nur zu wenigen Geheimnissen Zugang, den Großteil der Arbeit mussten wir machen. Doch wo sollte man sonst zwei sehr, sehr schwache Zauberinnen unterbringen? Wenn sie damit einverstanden gewesen wären, ein normales Leben zu führen – aber nein, sie verlangten nach Romantik, wollten unbedingt in der Wache arbeiten ... Also hatte man sich eine Aufgabe für sie ausgedacht.

Im Wesentlichen schlugen sie die Zeit tot, surften im Internet oder spielten etwas, wobei ihr absoluter Favorit Patiencen jeder Art waren.

An einem der freien Rechner – mit der Ausstattung gab es bei uns keine Probleme – saß Tolik. Auf seinem Schoß hockte Julja, die verbissen mit der Maus über das Pad fuhrwerkte.

»Nennt sich das Ausbildung am Computer?«, fragte ich, während ich die über den Bildschirm flimmernden Monster beobachtete.

»Nichts schult die Handhabung der Maus besser als Computerspiele«, beteuerte Tolik mit Unschuldsmiene.

»Nun ...« Eine passende Antwort wollte mir nicht einfallen.

Ich selbst spielte solche Spiele schon lange nicht mehr. Wie die meisten Mitarbeiter der Wache nicht. Ein Monster auf dem Bildschirm zu töten ist nur so lange interessant, bis man mal mit eigenen Augen eins sieht. Oder bereits ein-, zweihundert Jahre auf dem Buckel und sich dabei eine gehörige Portion Zynismus zugelegt hat, so wie Olga ...

»Tolik, ich komme heute wahrscheinlich nicht noch mal rein«, sagte ich.

»Okay.« Er nickte, als habe er nichts anderes erwartet. Die Fähigkeit, in die Zukunft zu sehen, ist zwar bei uns allen nicht sehr hoch, doch derartige Kleinigkeiten spüren wir sofort.

»Galja, Lena, tschüss dann«, meinte ich mit einem Nicken zu den beiden Mädchen. Galja zwitscherte etwas Freundliches und brachte unmissverständlich zum Ausdruck, wie sehr ihre Arbeit sie in Anspruch nahm.

»Kann ich heute etwas früher gehen?«, fragte Lena.

»Natürlich.«

Wir lügen einander nicht an. Wenn Lena darum bittet, früher zu gehen, heißt das, dass sie es wirklich muss. Wir lügen nicht. Wir sagen nur manchmal Spitzfindigkeiten und Halbwahrheiten ...

Auf dem Tisch des Chefs herrschte fürchterliche Unordnung. Füller, Bleistifte, einzelne Seiten Papier, Berichtsmappen mit erbrochenem Siegel und trübe, verbrauchte magische Kristalle lagen wüst durcheinander.

Doch die Krönung des Chaos bildete ein Spirituskocher, über dem in einem Tiegel ein weißes Pulver vor sich hin brutzelte.

Gedankenversunken rührte der Chef es mit der Spitze seines teuren Parkers um und wartete offensichtlich auf einen bestimmten Effekt. Das Pulver ignorierte sowohl die Hitze als auch das Rühren.

»Bitte.« Ich legte die DVD vor den Chef.

»Was machen wir jetzt?«, fragte Boris Ignatjewitsch, ohne den Blick zu heben. Er hatte das Jackett ausgezogen, das Hemd war zerknittert, die Krawatte zur Seite gerutscht.

Heimlich schielte ich zum Sofa hinüber. Olga war zwar nicht mehr im Arbeitszimmer, doch auf dem Boden standen eine leere Sektflasche und zwei Gläser.

»Weiß ich auch nicht. Ich habe keine Dunklen getötet – jedenfalls nicht diese. Das wissen Sie doch.«

»Ja.«

»Aber beweisen kann ich es nicht.«

»Nach meinen Berechnungen bleiben uns zwei, drei Tage«, sagte der Chef. »Dann wird die Tagwache dir die Anklage präsentieren.«

»Es wäre nicht schwer, mir ein falsches Alibi zu besorgen.«

»Wärest du denn damit einverstanden?«, wollte Boris Ignatjewitsch wissen.

»Natürlich nicht. Darf ich etwas fragen?«

»Bitte.«

»Woher stammen all diese Informationen? Woher kommen die Bilder und die Videoaufnahmen?«

Der Chef schwieg einen Augenblick.

»Das dachte ich mir. Du hast dir doch auch mein Dossier angesehen, Anton. Ist das vielleicht diskreter?«

»Nein, vermutlich nicht. Deshalb frage ich ja auch. Warum erlauben Sie es, dass solche Informationen zusammengetragen werden?«

»Ich kann es nicht verbieten. Die Kontrolle obliegt der Inquisition.«

Die idiotische Frage »Gibt es die denn wirklich?« konnte ich mir im letzten Moment verbeißen. Vermutlich sprach meine Miene aber Bände.

Der Chef sah mich unverwandt an, als erwarte er weitere Fragen, dann fuhr er fort: »Pass auf, Anton. Von jetzt an darfst du nicht mehr allein bleiben. Vielleicht gerade mal noch ohne Begleitung zur Toilette gehen, aber ansonsten hast du mit zwei oder drei Zeugen zusammen zu sein. Es besteht die Hoffnung, dass ein weiterer Mord geschieht.«

»Wenn sie es wirklich auf mich abgesehen haben, wird kein weiterer Mord geschehen, solange ich ein Alibi habe.«

»Und genau das wirst du nicht haben.« Der Chef schmunzelte. »Du solltest mich nicht für einen alten Idioten halten.«

Ich nickte, unsicher, denn noch hatte ich nicht begriffen, worauf er hinauswollte.

»Olga ...«

In der Wand öffnete sich eine Tür, die ich bislang für eine Schranktür gehalten hatte. Olga trat ins Zimmer, strich sich übers Haar und lächelte. So eng wie die Jeans und die Bluse an ihrem Körper hafteten, musste sie gerade heiß geduscht haben. Hinter ihr machte ich einen riesigen Jacuzzi-Whirlpool aus sowie ein Panoramafenster, das die ganze Wand einnahm – und vermutlich nach außen verspiegelt war.

»Schaffst du das, Olga?«, erkundigte sich der Chef. Offenbar spielte er auf etwas an, worüber sie schon gesprochen hatten.

»Allein? Nein.«

»Ich meine das andere.«

»Das ja, natürlich.«

»Stellt euch Rücken an Rücken«, befahl der Chef.

Streiten wollte ich mich nicht. Obwohl mich ein mulmiges Gefühl beschlich. Doch ich ahnte, dass etwas sehr Ernstes bevorstand.

»Und öffnet euch«, verlangte Boris Ignatjewitsch.

Ich schloss die Augen bis auf einen Spalt und entspannte mich. Olgas Rücken war heiß und feucht, selbst durch die Bluse hindurch. Was für ein seltsames Gefühl: dazustehen und eine Frau zu berühren, die gerade erst Liebe gemacht hat – aber nicht mit dir.

Nein, ich war nicht die Spur von verliebt in sie. Vielleicht, weil ich mich daran erinnerte, wie sie in ihrem Vogelkörper aussah, vielleicht, weil wir sehr schnell Freunde und Partner geworden waren. Vielleicht wegen der Jahrhunderte, die uns voneinander trennten: Was heißt schon ein junger Körper, wenn du den Staub der Jahrhunderte auf den Augen anderer siehst. Wir blieben Freunde, mehr nicht.

Doch neben einer Frau zu stehen, deren Körper sich noch der Liebkosungen eines anderen erinnert, und sich an sie zu schmiegen, ist ein seltsames Gefühl ...

»Fangen wir an ...«, sagte der Chef, vielleicht mit überflüssiger Schärfe in der Stimme. Dann sprach er einige Worte aus, deren Sinn ich nicht verstand, Wörter in einer alten Sprache, die vor Jahrtausenden auf der Welt erklungen ist.

Ein Flug.

Und zwar ein richtiger – als ob die Erde unter den Füßen wegkippte, als ob der Körper sein Gewicht verlöre. Ein Orgasmus in der Schwerelosigkeit, eine Dosis LSD direkt ins Blut, Elektroden an den Lustzentren unter der Großhirnrinde ...

Mich überflutete eine Welle von solch irrsinniger und reiner, durch nichts gerechtfertigter Freude, dass die Welt ihre Bedeutung für mich verlor. Ich wäre gefallen, doch die Kraft, die aus den erhobenen Armen des Chefs strömte, hielt Olga und mich an unsichtbaren Fäden, nötigte uns Verrenkungen ab, presste uns aneinander.

Und dann verhedderten sich die Fäden.

»Du wirst entschuldigen, Anton«, sagte Boris Ignatjewitsch. »Aber uns blieb keine Zeit zum Zögern oder für Erklärungen.«

Ich schwieg. Schwieg dumm und betäubt vor mich hin, während ich auf dem Boden saß und meine Hände betrachtete, die schlanken Finger mit den beiden Silberringen, meine Beine, diese langen wohlgeformten Beine, die noch feucht waren nach dem Bad und an denen die zu engen Jeans klebten, und meine kleinen Füße, die in leuchtenden weiß-hellblauen Turnschuhen steckten.

»Das ist nicht für lange«, versicherte der Chef.

»Was ist das für …« Ich wollte schimpfen – und zuckte zusammen, schnellte hoch und verstummte bei den ersten Tönen meiner Stimme. Einer tiefen, weichen Frauenstimme.

»Anton, ganz ruhig.« Der junge Mann, der neben mir stand, streckte die Hand aus und half mir beim Aufstehen.

Ohne diesen Halt wäre ich vermutlich gefallen. Das Zentrum meines Gewichts hatte sich verschoben. Ich war jetzt kleiner, sah die Welt aus einem völligen anderen Blickwinkel …

»Olga?«, fragte ich, während ich in mein ehemaliges Gesicht schaute. Meine Partnerin und jetzt auch Bewohnerin meines Körpers nickte. Verzweifelt schaute ich ihr – mein – Gesicht an und bemerkte, dass ich mich heute Morgen schlecht rasiert hatte. Außerdem reifte auf meiner Stirn ein kleiner roter Pickel heran, der einem Jungen in der Pubertät alle Ehre gemacht hätte.

»Anton, ganz ruhig. Ich wechsle auch zum ersten Mal das Geschlecht.«

Aus irgendeinem Grund glaubte ich ihr. Ungeachtet ihres Alters brauchte Olga noch nie in eine derart delikate Situation gekommen sein.

»Hast du dich eingelebt?«, fragte der Chef.

Immer noch blickte ich an mir herab, hob mal die Hand zum Gesicht, erhaschte mal mein Spiegelbild in den Glastüren der Vitrinen.

»Komm mit!« Olga packte mich beim Arm. »Boris, wir sind gleich wieder da …« Ihre Bewegungen waren genauso unsicher wie meine. Wenn nicht noch mehr. »Beim Licht und beim Dunklen, wie um alles geht ihr Männer bloß?«, rief sie unvermittelt aus.

Daraufhin platzte ich los, erkannte die Ironie des Ganzen. Mich, den die Dunklen provozieren wollten, verbarg man, indem man mich in einen Frauenkörper steckte! In den Körper der Geliebten des Chefs, die so alt war wie Notre-Dame von Paris!

Olga schubste mich förmlich ins Bad – unwillkürlich freute ich mich über meine eigene Kraft – und drückte mich über die Wanne. Dann spritzte sie mir einen Strahl kalten Wassers aus der Brause ins Gesicht, die sie zuvor in weiser Voraussicht auf die zart rosafarbenen Kacheln gelegt hatte.

Schnaubend befreite ich mich aus ihren Händen. Ich vermochte den Wunsch, sie – oder doch mich? – zu ohrfeigen, kaum zu unterdrücken. Allem Anschein nach wachten die motorischen Routinen des fremden Körpers langsam auf.

»Ich habe keinen hysterischen Anfall«, sagte ich verärgert. »Das ist wirklich komisch.«

»Bestimmt nicht?« Olga kniff die Augen zusammen und sah mich an. Ist das etwa mein Blick, wenn ich versuche, Wohlwollen auszudrücken, in das sich Zweifel mischt?

»Ganz bestimmt nicht.«

»Dann schau dich an.«

Ich ging zum Spiegel, der genauso groß und prachtvoll war wie alles in diesem geheimen Badezimmer, und sah mich an.

Das Ergebnis war seltsam. Während ich mein neues Aussehen betrachtete, beruhigte ich mich. Wahrscheinlich hätte es mich mehr schockiert, wenn ich in einem anderen männlichen Körper gelandet wäre. Aber so blieb nur das Gefühl einer gerade begonnenen Maskerade.

»Du manipulierst mich doch nicht?«, fragte ich. »Du oder der Chef?«

»Nein.«

»Dann hab ich starke Nerven.«

»Dein Lippenstift ist verwischt«, stellte Olga fest. Und kicherte. »Kannst du dir die Lippen nachziehen?«

»Spinnst du? Natürlich nicht.«

»Ich bring's dir bei. Nicht schwer zu lernen. Du hast echt Glück gehabt, Anton.«

»Wieso das?«

»Eine Woche später – und du hättest lernen müssen, wie man Binden benutzt.«

»Wie jeder normale Mann, der regelmäßig Fernsehen guckt, habe ich es darin bereits zur Vollkommenheit gebracht. Man tränkt die Binde mit einer giftblauen Flüssigkeit und drückt sie dann kräftig mit der Faust aus.«

Zwei

Ich verließ das Arbeitszimmer und blieb kurz stehen, gegen die Versuchung umzukehren ankämpfend.

Jederzeit hätte ich aus dem Plan aussteigen können, den der Chef entwickelt hatte. Hätte nur kehrtmachen, ein paar Worte zu ihm sagen müssen – und Olga und ich wären in unsere eigentlichen Körper zurückgelangt. Nur dass ich in der letzten halben Stunde genug gute Gründe zu hören bekommen hatte, um einzusehen, dass der Körpertausch die einzige praktikable Antwort auf die Provokation seitens der Dunklen darstellte.

Schließlich wäre es dumm, auf die rettende Behandlung zu verzichten, nur weil Spritzen wehtun.

Die Schlüssel zu Olgas Wohnung lagen in meiner Handtasche. Neben Geld und einer Kreditkarte in einem winzigen Portemonnaie, einem Kosmetiktäschchen, einem Taschentuch, Binden – wozu das denn, die würde ich ja doch nicht brauchen –, einer angebrochenen Packung Tic Tac, einem Kamm, allerlei Kleingeld in den Tiefen der Tasche, einem Spiegel, einem fitzeligen Mobiltelefon ...

Die leeren Taschen der Jeans erweckten dagegen unwillkürlich das Gefühl, etwas verloren zu haben. Kurz kramte ich in ihnen herum, in der Hoffnung, wenigstens eine schäbige Münze zu finden, fand jedoch nur meine Überzeugung bestätigt, dass Olga wie die meisten Frauen alles in der Handtasche trug.

Die leeren Hosentaschen waren gewiss nicht der schlimmste

Verlust an dem Tag. Trotzdem ärgerte mich dieses Detail. Ich stopfte einige Geldscheine aus der Handtasche in die Hosentasche und fühlte mich gleich sicherer.

Nur schade, dass Olga keinen MD-Player hatte ...

»Hallo.« Garik kam auf mich zu. »Ist der Chef allein?«

»Er hat ... hat Besuch ... Anton«, antwortete ich.

»Ist was passiert, Olja?« Garik schaute mich aufmerksam an. Ich weiß nicht, ob er etwas spürte: die fremde Intonation vielleicht, die unsicheren Bewegungen oder die neue Aura. Doch wenn schon ein Fahnder, mit dem weder Olga noch ich sonderlich viel zu tun hatten, den Tausch merkte, dann konnte ich mich gleich vergessen.

Aber jetzt lächelte Garik unsicher und schüchtern. Das kam völlig unerwartet: Mir war noch nie aufgefallen, dass Garik mit den Mitarbeiterinnen der Wache zu flirten versuchte. Selbst Menschenfrauen lernte er nur schwer kennen, in Liebesdingen war er ein erstaunlicher Pechvogel.

»Nein. Wir haben uns etwas gestritten.« Ich drehte mich um und ging zur Treppe, ohne mich von ihm zu verabschieden.

Das war die Version für die Nachtwache – für den unwahrscheinlichen Fall, dass sich bei uns ein Agent eingeschlichen hatte. Soweit ich wusste, war das erst ein- oder zweimal in der Geschichte der Wache vorgekommen, aber wer weiß ... Sollten ruhig alle denken, Boris Ignatjewitsch habe sich mit seiner langjährigen Freundin verzankt.

Grund genug dafür gab es. Hundert Jahre lang war sie in seinem Arbeitszimmer eingesperrt gewesen, ohne Menschengestalt annehmen zu können, war jetzt zwar teilweise rehabilitiert, hatte aber den Großteil ihrer magischen Fähigkeiten eingebüßt. Das sollte ja wohl ausreichen, um sauer auf ihn zu sein ... Zumindest ersparte es mir diese Version, die Freundin des Chefs zu mimen – was des Guten nun doch zu viel gewesen wäre.

In solche Gedanken versunken, ging ich in den zweiten Stock

hinunter. Ich musste zugeben, dass Olga alles getan hatte, um mir das Leben leichter zu machen. Heute hatte sie sich Jeans angezogen, nicht wie sonst ein Kostüm oder ein Kleid, dazu Turnschuhe statt hochhackiger Pumps. Noch nicht einmal der leichte Parfümgeruch wirkte zu benebelnd.

Es lebe die Unisexmode, auch wenn sie von Homosexuellen erfunden wurde ...

Ich wusste, was ich jetzt tun musste, wusste, wie ich mich verhalten musste. Trotzdem fiel es mir nicht leicht. Nicht zum Ausgang zu gehen, sondern in einen abgelegenen ruhigen Korridor abzubiegen.

Und in die Vergangenheit einzutauchen.

Krankenhäuser sollen ja ihren eigenen unverwechselbaren Geruch haben. Natürlich. Das verwundert nicht weiter, es wäre sogar seltsam, wenn den Chlorlösungen und Schmerzen, Sterilisatoren und Wunden, der Krankenhausbettwäsche und dem nach nichts schmeckenden Essen nicht ein eigener Geruch anhaftete.

Doch woher haben bitte schön Schulen und andere Lehreinrichtungen ihren eigenen Geruch?

Im Gebäude der Wache wird nur ein Teil der Fächer unterrichtet. Andere Kurse lassen sich besser nachts im Leichenschauhaus absolvieren, wo wir unsere Leute haben. Manches wird uns vor Ort beigebracht. Wieder anderes im Ausland, bei Urlaubsreisen, die die Wache finanziert. Im Zuge meiner Ausbildung war ich auf Haiti, in Angola, in den Staaten und in Spanien gewesen.

Trotzdem gibt es einige Veranstaltungen, die nur auf dem Gelände der Wache abgehalten werden können, in dem Gebäude, das vom Fundament bis zum Dach durch Magie und Schutzzauber versiegelt ist. Als die Wache vor dreißig Jahren in dieses Haus gezogen ist, wurden drei Hörsäle eingerichtet, jeder für fünfzehn Personen. Bis heute ist mir unklar, was damals eigentlich überwog: der Optimismus der Mitarbeiter oder das Überangebot an Raum. Selbst während meines Studiums – und das war ein sehr erfolgreiches Jahr für die Wache – reichte uns ein Hörsaal, und sogar der blieb noch zur Hälfte leer.

Im Moment wurden in der Wache vier Andere ausgebildet. Und nur bei Swetlana ging man davon aus, dass sie bei uns bleiben, dass sie es nicht vorziehen würde, ein normales menschliches Leben zu führen.

Leer war es hier, leer und still. Langsam ging ich den Korridor entlang, schaute in die verlassenen Hörsäle hinein, um die uns selbst eine hervorragend ausgestattete und erfolgreiche Universität hätte beneiden können. Zu jedem Tisch gehörte ein Notebook, in jedem Raum gab es einen Fernseher mit riesigem Bildschirm, die Schränke bogen sich unter den Büchern. Hätte diese Bücher je ein Historiker gesehen, ein ganz normaler Historiker, kein Geschichtsverdreher ...

Doch sie würden sie niemals zu Gesicht bekommen.

In einigen dieser Bücher standen zu viele Wahrheiten geschrieben. In anderen zu wenige Lügen. Menschen sollten dergleichen nicht lesen, um ihres Friedens willen sollten sie das nicht. Mögen sie ruhig mit der Geschichte leben, an die sie gewöhnt sind.

Am Ende des Korridors hing ein überdimensionaler Spiegel, der die ganze Stirnseite einnahm. Aus den Augenwinkeln heraus sah ich hinein: Durch den Flur lief hüftschwenkend eine junge attraktive Frau.

Ich geriet ins Stolpern und wäre beinah hingefallen. Obwohl Olga alles getan hatte, um mir das Leben zu erleichtern, hatte sie den Schwerpunkt des Körpers nicht verschieben können. Sobald es mir gelang, mein Äußeres zu vergessen, klappte alles mehr oder weniger einwandfrei, funktionierten die motorischen Fähigkeiten. Kaum fing ich jedoch an, mich zu beobachten, lief alles aus dem Ruder. Ich atmete sogar anders, irgendwie gelangte die Luft nicht wie sonst in die Lungen.

Ich trat an die letzte Tür heran, die verglast war. Vorsichtig schaute ich in den Raum.

Der Unterricht ging gerade zu Ende.

Heute hatten sie Alltagsmagie – erkannte ich in dem Moment, als ich neben der Schautafel Polina Wassiljewna erblickte. Was ihr Äußeres angeht, ist sie eine der ältesten Mitarbeiterinnen der Wache, von ihrem eigentlichen Alter her jedoch keineswegs. Aber man hatte sie erst im Alter von dreiundsechzig Jahren entdeckt und initiiert. Wer hätte denn ahnen können, dass die Alte, die sich in den schlimmen Nachkriegsjahren etwas Geld mit Kartenlegen zuverdiente, tatsächlich über gewisse Fähigkeiten verfügt? Zudem ganz beachtliche, nur eben sehr spezielle.

»Und jetzt, wenn ihr mal in aller Schnelle eure Kleidung in Ordnung bringen müsst«, dozierte Polina Wassiljewna, »könnt ihr das in wenigen Minuten erledigen. Vergesst nur nicht, euch vorab zu vergewissern, wofür eure Kräfte reichen. Sonst blamiert ihr euch womöglich.«

»Und sobald es Mitternacht schlägt, verwandelt sich deine Kutsche in einen Kürbis«, sagte ein junger Mann laut, der neben Swetlana saß. Ich kannte ihn nicht, er studierte erst den zweiten oder dritten Tag hier, doch er war mir von vornherein unsympathisch.

»Ganz genau!«, erklärte Polina begeistert, die in jeder neuen Klasse mit derlei Geistesblitzen konfrontiert wurde. »Die Märchen lügen nicht weniger als die Statistiken! Trotzdem enthalten sie manchmal einen Funken Wahrheit.«

Sie nahm einen sorgfältig gebügelten, eleganten, wiewohl ein wenig altmodischen Smoking vom Tisch. In so einem hat sich wohl James Bond unter die Leute begeben.

»Wann verwandelt er sich wieder in Lumpen?«, fragte Swetlana sachlich.

»In zwei Stunden«, gab Polina ebenso knapp Auskunft. Sie hängte den Smoking auf einen Bügel und wandte sich wieder der Schautafel zu. »Ich habe mir keine große Mühe gegeben.«

»Und wie lange können Sie ihn in dieser präsentablen Form belassen? Maximal?«

»Etwa vierundzwanzig Stunden.«

Swetlana nickte und sah plötzlich in meine Richtung. Sie hatte etwas gespürt. Lächelnd winkte sie mir zu. Nun bemerkten mich alle.

»Nur herein, meine Dame.« Polina neigte den Kopf. »Das ist eine große Ehre für uns.«

Sie musste etwas über Olga wissen, das mir unbekannt war. Wir alle wussten nur einen Teil der Wahrheit über sie, nur der Chef wusste vermutlich alles.

Ich betrat den Raum und versuchte verzweifelt, nicht zu anmutig einherzuschreiten. Was rein gar nichts brachte. Swetlanas Nachbar, ein fünfzehnjähriger Bengel, der seit einem halben Jahr im Anfängerkurs für Magie auf der Stelle trat, und der hoch gewachsene dürre Koreaner, der vielleicht dreißig oder vierzig Jahre alt war – sie alle starrten mich an.

Eindeutig interessiert. Die ganze geheimnisvolle Atmosphäre, die Olga umgab, die Gerüchte und Mutmaßungen, nicht zu vergessen der Umstand, dass sie seit Jahr und Tag die Geliebte des Chefs war – all das löste beim männlichen Teil der Wache eine ganz bestimmte Reaktion aus.

»Guten Tag«, sagte ich. »Auch wenn ich nicht als Lehrerin komme, störe ich doch hoffentlich nicht?«

Da ich mich ausschließlich auf die richtige Verwendung der geschlechtsspezifischen Form konzentrierte, achtete ich nicht auf die Intonation. Die Folge davon war, dass die banalen Worte einen dunkel-geheimnisvollen Unterton gewannen und sich an jeden Einzelnen persönlich zu richten schienen. Das picklige Bübchen verschlang mich mit seinem Blick, der Typ neben Swetlana schluckte, und nur der Koreaner bewahrte so etwas wie Gelassenheit.

»Olga, möchten Sie unseren Studenten etwas mitteilen?«, wollte Polina wissen.

»Ich muss mit Sweta sprechen.«

»Der Unterricht ist für heute beendet«, erklärte die Alte. »Olga, wollen Sie nicht einmal in meinem Kurs vorbeischauen? Meine Vorlesungen können Ihre Erfahrung nicht aufwiegen.«

»Gern«, versprach ich großzügig. »In drei Tagen etwa.«

Sollte sich doch Olga mit meinem Versprechen rumschlagen. Schließlich musste ich mich auch mit dem Sexappeal rumplagen, den sie sich zugelegt hatte.

Gemeinsam gingen Sweta und ich zum Ausgang. Drei gierige Augenpaare bohrten sich in meinen Rücken, genauer: nicht genau in den Rücken.

Ich wusste, dass sich zwischen Olga und Swetlana eine herzliche Freundschaft entwickelt hatte. Und zwar nach jener Nacht, als wir zwei ihr die Wahrheit über die Welt, die Anderen, die Lichten und die Dunklen, die Wachen und das *Zwielicht* eröffnet hatten, seit jener Morgenstunde, als sie an unserer Hand durch eine geschlossene Tür den Raum des Einsatzstabs der Nachtwache betreten hatte. Sicher, Swetlana und mich verband ein mystischer Faden, unsere Schicksale waren miteinander verflochten. Aber ich wusste – wusste es nur zu gut –, dass das nicht von Dauer sein würde. Swetlana würde mich weit hinter sich lassen, würde dorthin gehen, wohin ich nie gelangen konnte, selbst wenn ich ein Magier ersten Grades werden sollte. Uns hielt das Schicksal zusammen, fest zusammen, aber nur vorübergehend. Mit Olga hingegen hatte sich Swetlana einfach angefreundet, so skeptisch ich der Freundschaft zwischen zwei Frauen auch gegenüberstehen mochte. Keine Bestimmung hatte sie zusammengeführt. Sie waren frei.

»Olja, ich muss noch auf Anton warten.« Swetlana ergriff meine Hand. Das war nicht die Geste der kleinen Schwester, die bei der großen Unterstützung und Selbstbestätigung suchte. Sondern die Geste einer gleichberechtigten Frau. Und wenn Olga Swetlana eine gleichberechtigte Position einräumte, musste der jungen Frau in der Tat eine große Zukunft bevorstehen.

»Das brauchst du nicht«, sagte ich. »Wirklich nicht, Sweta.«

Schon wieder stimmte etwas mit meinem Satzbau oder meiner Intonation nicht. Diesmal war es Swetlana, die mich irritiert anschaute – aber mit demselben Blick wie Garik.

»Ich werde dir alles erklären«, versicherte ich. »Aber nicht hier und jetzt. Sondern bei dir zu Hause.«

Der Schutz ihrer Wohnung ließ nichts zu wünschen übrig, zu viel Kraft hatte die Wache schon in ihre neue Mitarbeiterin investiert. Der Chef hatte noch nicht einmal mit mir darüber gestritten, ob ich mich Swetlana anvertrauen dürfe, sondern lediglich eins verlangt: Es muss bei ihr zu Hause passieren.

»Gut.« Obwohl die Verwunderung nicht aus Swetlanas Augen wich, nickte sie zustimmend. »Bist du sicher, dass ich nicht auf Anton zu warten brauche?«

»Absolut«, erwiderte ich im Brustton der Überzeugung. »Nehmen wir das Auto?«

»Bist du heute zu Fuß gekommen?«

Blödmann!

Ich hatte völlig vergessen, dass Olga allen anderen Transportmitteln jenen Sportwagen vorzog, den ihr der Chef geschenkt hatte.

»Deshalb frag ich ja: Wollen wir fahren?«, erklärte ich, wobei mir klar war, dass ich wie ein Idiot dastand. Nein, schlimmer noch: wie eine Idiotin.

Sweta nickte. Die Irritation in ihrem Blick wuchs und wuchs.

Nur gut, dass ich fahren konnte. Nie hatte mich das zweifelhafte Verlangen gepackt, in dieser Riesenstadt mit ihren beschissenen Straßen ein Auto zu besitzen, doch unser Lehrplan sah vieles vor. Manches kriegen wir auf normale Weise beigebracht, manches wird durch Magie in unser Bewusstsein eingeprägt. Auto fahren hatte ich wie jeder gewöhnliche Mann gelernt, aber wenn mich der Zufall in das Cockpit eines Hubschraubers oder eines Flugzeugs verschlagen sollte, dann würden sich Fähigkeiten melden, von denen ich im Normalzustand nicht mal etwas ahnte. Müssten sich melden – theoretisch zumindest.

Die Autoschlüssel fand ich in der Handtasche. Der orangefarbene Wagen wartete auf dem Parkplatz vor dem Haus auf uns, unter den Argusaugen der Wachleute. Die Türen waren verschlossen, was angesichts des zurückgeklappten Dachs des Sportwagens einfach absurd wirkte.

»Fährst du?«, fragte Swetlana.

Schweigend nickte ich. Ich setzte mich hinters Steuer und ließ den Motor an. Mir fiel ein, dass Olga immer wie aus der Pistole geschossen davonjagte, aber das brachte ich nicht fertig.

»Olga, irgendwas stimmt mit dir nicht«, sprach Swetlana ihre Gedanken schließlich laut aus. Während wir auf den Leningrader Prospekt fuhren, nickte ich.

»Sweta, wir besprechen alles, wenn wir bei dir sind.«

Sie sagte nichts mehr.

Als Autofahrer kann man mich vergessen. Wir brauchten lange, viel länger als nötig. Dennoch stellte Swetlana keine weiteren Fragen, sondern saß nur mit zurückgelehntem Kopf da und starrte stur geradeaus. Als ob sie meditierte oder versuchte, durchs *Zwielicht* zu sehen. Wenn wir im Stau standen, versuchten mehrmals Männer aus anderen Autos, mich anzusprechen – und zwar immer Männer in den teuersten Wagen. Offenbar schufen sowohl unser Äußeres wie auch unser Auto eine unsichtbare Hürde, die sich nicht jeder zu überschreiten traute. Sie ließen die Scheiben herunter, kurzhaarige Köpfe beugten sich heraus, manchmal erschien als obligatorisches Attribut noch ein Arm mit einem Mobiltelefon. Anfangs war mir das einfach unangenehm. Nach einer Weile fand ich es komisch. Am Ende hörte ich auf, überhaupt noch darauf zu reagieren – genauso wie Swetlana nicht darauf reagierte.

Ob sich Olga wohl über diese Versuche, sie kennen zu lernen, amüsierte?

Vermutlich schon. Nach Jahrzehnten in einem nichtmenschlichen Körper, nach der Gefangenschaft in einer Glasvitrine.

»Olja, warum hast du mich abgeholt? Warum sollte ich nicht auf Anton warten?«

Ich zuckte mit den Schultern. Die Versuchung zu antworten: »Weil er hier ist, neben dir«, war groß. Die Gefahr, dass man uns observierte, dürfte gering sein. Auch das Auto schirmten Sicherheitszauber ab, die ich zum Teil wahrnehmen konnte, die zum Teil aber jenseits meiner Fähigkeiten lagen.

Doch ich beherrschte mich.

Swetlana hatte den Kurs zur Informationssicherheit noch nicht besucht, er begann erst, wenn man drei Monate der Ausbildung hinter sich hatte. Meiner Ansicht nach sollte er ruhig früher angeboten werden, doch für jeden Anderen muss ein eigenes Programm ausgearbeitet werden, und das braucht Zeit.

Nach dieser schmerzhaften Erfahrung würde Swetlana gelernt haben, wann sie schweigen musste und wann sie reden durfte. Das ist gleichzeitig der leichteste und der anspruchsvollste Kurs in der gesamten Ausbildung. Dir werden einfach streng dosierte Informationen gegeben, in einer ganz bestimmten Reihenfolge. Ein Teil des Gehörten ist wahr, ein Teil gelogen. Einiges wird dir frei und offen gesagt, anderes als schreckliches Geheimnis anvertraut, und wieder anderes erfährst du »zufällig«, belauschst du, beobachtest du heimlich.

Und alles, alles, was du erfährst, wird in dir gären, dir Schmerzen und Schrecken bereiten, aus dir hervorbrechen, dir das Herz zerreißen, nach spontanen unüberlegten Reaktionen verlangen. In den Vorlesungen werden sie dir allerlei Blödsinn erzählen, der im Allgemeinen für das Leben eines Anderen völlig belanglos ist. Denn die wichtigste Erprobung und Lehre vollzieht sich in deiner Seele.

Dass jemand wirklich daran zerbricht, kommt kaum vor.

Es ist eben doch ein Teil der Ausbildung, keine Prüfung. Und jeder bekommt die Latte nur in der Höhe aufgelegt, die er auch nehmen kann – bei Aufbietung aller Kräfte, sodass Hautfetzen und Blutspritzer an dieser Hürde kleben bleiben, die aus Stacheldraht geflochten ist.

Doch wenn den Kurs jemand besucht, an dem dir gelegen ist oder der dir einfach nur sympathisch ist, dann zerfleischt es dich, reißt dich in Stücke. Du fängst einen seltsamen Blick auf und grübelst, was dein Freund im Rahmen des Kurses erfahren hat. Welche Wahrheit? Welche Lüge?

Und was der Auszubildende wohl über sich selbst erfahren hat, über die Welt um ihn herum, seine Eltern und Freunde.

Dann kommt ein Wunsch auf, ein schrecklicher, unerträglicher Wunsch. Der Wunsch zu helfen. Zu erklären, anzudeuten, vorzusagen.

Bloß dass niemand, der diesen Kurs hinter sich hat, diesem Wunsch freien Lauf lässt. Denn genau das kriegst du unter Schmerzen beigebracht – was man wann sagen kann und muss.

Im Grunde kann und muss man alles sagen. Nur zur richtigen Zeit, denn sonst ist die Wahrheit schlimmer als die Lüge.

»Olja?«

»Du wirst es verstehen«, sagte ich. »Gedulde dich noch ein wenig.«

Nachdem ich durchs *Zwielicht* gespäht hatte, raste ich weiter, quetschte mich zwischen einem kastigen Jeep und einem sperrigen Militärtransporter hindurch. Dabei knickte der Spiegel ein, der den Transporter seitlich streifte – mir war das alles egal. Ich schoss als Erster über die Kreuzung, fuhr mit quietschenden Reifen um die Kurve und raste die Chaussee der Enthusiasten hinunter.

»Liebt er mich?«, fragte Swetlana plötzlich. »Sag schon, ja oder nein? Du weißt es doch, oder?«

Ich zuckte zusammen, das Auto schlingerte, doch Swetlana achtete nicht darauf. Sie stellte diese Frage nicht zum ersten

Mal, das spürte ich. Olga und sie hatten bereits darüber gesprochen, das heikle Thema war aber noch nicht abgeschlossen.

»Oder liebt er dich?«

Das war's. Jetzt musste ich etwas sagen.

»Anton hat eine gute Beziehung zu Olga.« Ich redete sowohl über mich wie auch über die Besitzerin meines Körpers in der dritten Person. Das ist demonstrativ, wirkt aber einfach wie kalte, distanzierte Freundlichkeit. »Eine Freundschaft unter Kameraden. Mehr nicht.«

Wenn sie Olga die Frage stellen würde, wie diese zu mir stehe, würde es schwieriger werden, nicht zu lügen.

Doch Swetlana schwieg. Nach einer Minute berührte sie kurz meine Hand, als wolle sie sich entschuldigen.

Jetzt war ich es, der seine Neugier nicht zu zügeln vermochte. »Warum willst du das denn wissen?«

»Ich verstehe ihn nicht«, antwortete sie leichthin, ohne lange zu überlegen. »Anton benimmt sich sehr seltsam. Manchmal habe ich den Eindruck, er sei verrückt nach mir. Und manchmal, dass ich für ihn nur eine von hundert Bekannten bin, die er bei den Anderen hat. Eine Kameradin.«

»Der Knoten des Schicksals«, antwortete ich knapp.

»Was?«

»Das habt ihr noch nicht durchgenommen, Sweta.«

»Dann erklär es mir!«

»Du weißt«, ich trat das Gaspedal weiter und weiter durch, vermutlich meldeten sich allmählich die motorischen Reflexe des fremden Körpers zu Wort, »du weißt, als er das erste Mal bei dir vorbeigekommen ist ...«

»Ich weiß, dass er mir da etwas eingeflüstert hat. Das hat er mir erzählt«, fiel Swetlana mir ins Wort.

»Das meine ich nicht. Die Suggestion wurde aufgehoben, als du die Wahrheit erfahren hast. Aber wenn du lernst, das Schicksal zu sehen – und das wirst du bald lernen und viel besser können als ich –, dann wirst du es verstehen.«

»Man hat uns gesagt, dass das Schicksal veränderlich ist.«

»Das Schicksal ist polyvariabel. Als Anton zu dir gekommen ist, wusste er, dass er sich in dich verlieben würde, wenn alles gut ging.«

Swetlana schwieg. Ich glaubte zu sehen, dass ihre Wangen eine leichte Röte überzog, aber möglicherweise lag das am Fahrtwind in dem offenen Cabriolet.

»Und weiter?«

»Weißt du, was das bedeutet? Zur Liebe verurteilt zu sein?«

»Aber ist man das nicht immer?« Swetlana fuhr vor Empörung sogar hoch. »Wenn zwei Menschen einander lieben, wenn sie sich unter Tausenden, unter Millionen finden – das ist immer Schicksal!«

Und wieder spürte ich in ihr jene unendlich naive Frau, die eigentlich schon im Verschwinden war – und die einzig Hass auf sich selbst zu empfinden vermochte.

»Nein. Sweta, hast du schon mal folgende Analogie gehört: Die Liebe ist eine Blume?«

»Ja.«

»Blumen kann man züchten, Sweta. Man kann sie kaufen. Oder verschenken.«

»Anton hat mich gekauft?«

»Nein«, sagte ich – und sagte es womöglich zu scharf. »Er hat ein Geschenk bekommen. Vom Schicksal.«

»Und was folgt daraus? Wenn das Liebe ist?«

»Sweta, Schnittblumen sind schön. Aber sie halten sich nicht lange. Sie verwelken, selbst wenn du sie noch so beflissen in eine Kristallvase mit frischem Wasser stellst.«

»Er hat Angst, mich zu lieben«, sinnierte Swetlana. »Nicht wahr? Ich hatte keine Angst, weil ich das nicht wusste.«

Ich fuhr am Haus vor und zwängte mich zwischen den geparkten Autos hindurch. Vor allem Shigulis und Moskwitschs. Kein sehr vornehmer Bezirk.

»Warum erzähle ich dir das alles?«, fragte Swetlana. »Wozu

verlange ich nach einer Antwort? Und woher weißt du die Antworten, Olga? Liegt es nur daran, dass du vierhundertdreiundvierzig Jahre alt bist?«

Als ich die Zahl hörte, zuckte ich zusammen. In der Tat, eine reiche Lebenserfahrung. Eine ungeheuer reiche.

Im nächsten Jahr würde Olga einen besonderen Geburtstag feiern.

Zu gern hätte ich geglaubt, dass mein Körper in einer derart hervorragenden physischen Verfassung sein würde, wenn ich auch nur ein Viertel dieses Alters erreicht hätte.

»Gehen wir.«

Das Auto ließ ich unbeaufsichtigt stehen. Einem menschlichen Wesen würde es ohnehin nicht in den Sinn kommen, es zu stehlen; die Schutzzauber sind zuverlässiger als jede Alarmanlage. Schweigend, sachlich gingen Swetlana und ich die halbe Treppe hoch und betraten ihre Wohnung.

Hier hatte sich natürlich einiges verändert. Swetlana hatte ihre Arbeit aufgegeben, doch das Stipendium und das »Handgeld«, das jedem Anderen bei der Initiierung gezahlt wurde, stellten die bescheidenen Einkünfte einer Ärztin weit in den Schatten. Den Fernseher hatte sie ausgetauscht, auch wenn nicht klar war, wann sie Zeit zum Gucken fand. Der neue Apparat war luxuriös, mit breitem Bildschirm, schon zu groß für ihre Wohnung. Es war komisch, diese sich unvermutet Bahn brechende Sehnsucht nach einem schönen Leben zu beobachten. Am Anfang tritt sie bei allen auf – möglicherweise als Abwehrreaktion. Wenn die Welt um dich herum zusammenbricht, wenn die alten Ängste und Sorgen verschwinden, an ihre Stelle aber neue treten, noch unverständliche und nebelhafte, fängt jeder an, sich ein paar Träume aus seinem alten Leben zu erfüllen, die ihm noch vor kurzem unrealistisch vorkamen. Der eine prasst im Restaurant, ein anderer kauft sich einen teuren Wagen, ein Dritter kleidet sich mit Haute Couture ein. Diese Phase dauert nicht lange, und zwar nicht deshalb, weil man in der

Wache kein Millionär wird. Die Bedürfnisse, die noch gestern so drängten, lassen nach, rücken allmählich in die Vergangenheit. Für immer.

»Olga?«

Swetlana sah mir in die Augen.

Ich seufzte und nahm alle Kraft zusammen. »Ich bin nicht Olga.«

Schweigen.

»Wenn ich es dir früher gesagt hätte, hätte ich Idiot wer weiß was angerichtet. Ich musste warten, bis wir hier sind. Deine Wohnung ist gegen jede Beobachtung seitens der Dunklen geschützt.«

»Ich Idiot?«

Das Wesentliche hatte sie gleich erfasst.

»Ich Idiot«, wiederholte ich. »Das ist nur der Körper von Olga.«

»Anton?«

Ich nickte.

Wie absurd das war!

Nur gut, dass sich Swetlana bereits an Absurditäten gewöhnt hatte.

Sie glaubte mir sofort. »Schuft!«

Sie sprach das Wort auf eine Art aus, die eher der Aristokratin Olga alle Ehre gemacht hätte. Genau wie die Ohrfeige, die ich erhielt.

Die nicht wehtat, mich aber demütigte.

»Wofür?«, fragte ich.

»Dafür, dass du ein fremdes Gespräch belauscht hast!«, platzte Swetlana heraus.

Keine sehr durchdachte Formulierung, aber ich verstand sie. Inzwischen hatte Swetlana die andere Hand erhoben, doch in Missachtung des christlichen Gebots wich ich der zweiten Schelle aus.

»Sweta, ich habe versprochen, auf diesen Körper aufzupassen!«

»Ich nicht!«

Swetlana atmete tief durch und biss sich auf die Lippen. Ihre Augen brannten. Derart wütend hatte ich sie nie zuvor erlebt und noch nicht einmal geahnt, dass sie dazu überhaupt imstande war. Was hatte sie nur so aufgebracht?

»Du hast also Angst, Schnittblumen zu lieben?« Swetlana kam langsam auf mich zu. »Das ist es, ja?«

Dann begriff ich es. Wenn auch nicht auf Anhieb.

»Mach, dass du wegkommst! Mach, dass du von hier wegkommst!«

Ich wich zurück, berührte die Tür schon mit dem Rücken. Was mich zwang innezuhalten – so wie auch Swetlana innehielt. Sie wiegte den Kopf, fauchte: »Du solltest in diesem Körper bleiben! Der passt besser zu dir, denn du bist kein Mann, du Schlappschwanz!«

Ich schwieg. Schwieg, weil ich bereits sah, wie es weitergehen würde. Sah, wie vor uns die Wahrscheinlichkeitslinien schlingerten, wie ein spottlustiges Schicksal unsere Wege verflocht.

Und als Swetlana anfing zu weinen und damit auf einmal allen Kampfeseifer verlor, ihr Gesicht mit den Händen bedeckte, als ich sie in die Arme schloss und sie sich bereitwillig an meiner Schulter ausweinte, erfüllten mich Leere und Kälte. Eine schneidende Kälte, als stünde ich wieder im peitschenden Wind des Winters auf dem verschneiten Dach.

Swetlana war noch ein Mensch. In ihr gab es noch zu wenig von einem Anderen, sie verstand nicht, erkannte nicht, wie der Weg weiterging, der uns zu gehen bestimmt war. Und noch weniger bemerkte sie, wie dieser Weg sich gabelte.

Liebe ist Glück, aber nur dann, wenn man glaubt, dass sie ewig währt. Und selbst wenn sich das jedes Mal als Lüge erweist, verleiht doch allein dieser Glaube der Liebe ihre Kraft und ihre Freuden.

Aber Swetlana schluchzte an meiner Schulter.

Viel Wissen bedeutet viel Kummer. Wie sehr wünschte ich,

nichts von der unausweichlichen Zukunft zu wissen! Nichts zu wissen – und zu lieben, ohne Rücksicht, wie ein einfacher sterblicher Mensch.

Und trotzdem – wie schade, jetzt nicht im eigenen Körper zu stecken.

Von außen hätte es so aussehen können, als hätten zwei gute Freundinnen beschlossen, einen ruhigen Abend vorm Fernseher zu verbringen, mit Tee und Marmelade, einem Fläschchen trockenem Wein und Gesprächen über die drei ewigen Themen: Alle Männer sind Schweine, ich habe nichts zum Anziehen und – das wichtigste überhaupt – wie nehme ich ab.

»Du magst Brötchen also wirklich?«, fragte Swetlana verwundert.

»Ja. Mit Butter und Marmelade«, grummelte ich.

»Wenn ich mich nicht irre, hat irgendjemand versprochen, gut auf diesen Körper aufzupassen.«

»Und was tu ich ihm Schlechtes an? Du kannst mir glauben, der Organismus ist absolut begeistert.«

»Nun ja«, erwiderte Swetlana unbestimmt. »Du solltest Olga fragen, wie sie auf ihre Figur achtet.«

Ich schwankte kurz, schnitt mir dann aber doch ein weiteres Brötchen auf und bestrich es üppig mit Marmelade.

»Und wer ist auf diese geniale Idee gekommen, dich in einem Frauenkörper zu verstecken?«

»Vermutlich der Chef.«

»Daran hab ich nicht gezweifelt.«

»Olga findet es auch gut.«

»Wie sollte es anders sein: Boris Ignatjewitsch ist ihr Zar und Gott.«

Diesbezüglich hegte ich zwar meine Zweifel, schwieg mich jedoch aus. Swetlana stand auf und ging zum Kleiderschrank. Öffnete ihn, um nachdenklich die Bügel zu betrachten.

»Willst du einen Morgenmantel?«

»Was?« Ich verschluckte mich am Brötchen.

»Willst du hier etwa so rumlaufen? Du sprengst diese Jeans noch. Das ist doch unbequem.«

»Hast du vielleicht einen Trainingsanzug?«, fragte ich jammernd.

Swetlana schaute mich amüsiert an, lenkte dann aber ein. »Wir werden was finden.«

Ehrlich gesagt, hätte ich es vorgezogen, jemand anderen in einem solchen Aufzug zu sehen. Swetlana zum Beispiel. Kurze weiße Shorts und eine Bluse. Perfekt fürs Tennis oder zum Joggen.

»Zieh dich um.«

»Sweta, ich glaube nicht, dass wir den ganzen Abend hier bleiben.«

»Trotzdem. Schaden kann das nicht, dann sehen wir gleich, ob die Größe stimmt. Zieh dich um, ich mach derweil Tee.«

Nachdem Swetlana hinausgegangen war, schlüpfte ich rasch aus den Jeans. Als ich die Bluse aufknöpfte, kam ich mit den unvertrauten, viel zu straff sitzenden Knöpfen durcheinander. Voller Hass betrachtete ich danach mein Spiegelbild.

Eine attraktive Frau, zweifelsohne. Wie geschaffen, um für ein Erotikmagazin fotografiert zu werden.

Hastig zog ich mir die anderen Sachen an und setzte mich aufs Sofa. Im Fernsehen lief eine Seifenoper – wer hätte gedacht, dass Sweta ausgerechnet dieses Programm sah. Freilich, die anderen Kanäle dürften kaum besser sein.

»Du siehst gut aus.«

»Sweta, muss das sein?«, fragte ich. »Mir ist auch so schon schlecht.«

»Gut, entschuldige«, stimmte sie ohne weiteres zu und setzte sich neben mich. »Was sollen wir tun?«

»Wir?«, hakte ich mit leichtem Nachdruck nach.

»Ja, Anton. Du bist doch nicht umsonst zu mir gekommen.«

»Ich musste dir einfach erzählen, in was für eine Sache ich da reingeraten bin.«

»Kann ja sein. Aber da der Chef ...« Das Wort »Chef« ließ sie sich förmlich auf der Zunge zergehen, legte sowohl Respekt wie auch Ironie hinein. »... dir gestattet hat, dich mir zu erkennen zu geben, soll ich dir offensichtlich helfen. Und wenn es nur auf Geheiß des Schicksals ist«, konnte sie sich nicht verkneifen hinzuzufügen.

Ich kapitulierte.

»Ich darf nicht allein sein. Nicht eine Minute. Der ganze Plan basiert darauf, dass die Dunklen ihre Bauern bewusst opfern, indem sie sie entweder umbringen oder sterben lassen.«

»Wie damals?«

»Ja, genau. Und wenn sie es damit auf mich abgesehen haben, wird es einen weiteren Mord geben. Und zwar in dem Moment, wenn ich – ihrer Ansicht nach natürlich – kein Alibi habe.«

Swetlana sah mich an und stützte das Kinn in die Hände. Langsam schüttelte sie den Kopf. »Und dann, Anton, springst du aus diesem Körper heraus wie der Teufel aus der Schachtel. Also kannst du diese Serienmorde unmöglich begangen haben. Und der Feind ist blamiert.«

»Hm.«

»Du musst mich schon entschuldigen. Ich bin noch nicht lange bei der Wache, vielleicht verstehe ich da etwas nicht.«

Ich horchte auf. Ganz kurz zauderte Swetlana.

»Als das alles mit mir passiert ist ...«, fuhr sie dann fort. »Wie war das denn damals? Die Dunklen versuchten, mich zu initiieren. Sie wussten, dass die Nachtwache das bemerken würde, und hatten sogar rausbekommen, dass du dich einmischen und mir helfen konntest.«

»Ja.«

»Deshalb wurde eine Kombination gespielt, bei der mehrere Figuren geopfert und einige falsche Kraftzentren geschaffen wurden. Zunächst ist die Nachtwache den Dunklen auch auf den Leim gegangen. Wenn der Chef nicht seinerseits sein Spiel durchgezogen hätte, wenn du nicht losgeprescht wärst, ohne dabei nach links und nach rechts zu schauen ...«

»Dann wärst du jetzt meine Feindin«, sagte ich. »Und würdest von der Tagwache ausgebildet.«

»Das meine ich nicht, Anton. Ich bin dir dankbar, bin der ganzen Nachtwache dankbar, vor allem aber dir. Aber darum geht es nicht. Du musst doch einsehen, dass das, was du mir eben erzählt hast, genauso glaubhaft ist wie meine Geschichte. Hat da nicht auch eins zum andern gepasst? Das wildernde Vampirpärchen. Der Junge mit den ausgeprägten Fähigkeiten eines Anderen. Die Frau mit dem starken Fluch. Die globale Gefahr für die Stadt.«

Ich wusste nicht, was ich ihr antworten sollte. Während ich sie ansah, spürte ich, wie ich errötete. Eine junge Frau, die noch nicht einmal ein Drittel aller Kurse besucht hatte, eine Anfängerin in unserem Geschäft, legt mir die Situation so dar, wie ich sie ihr hätte darlegen sollen.

»Was passiert jetzt?« Swetlana bemerkte nicht, dass ich vor Scham am liebsten im Boden versunken wäre. »Ein Serienmörder, der Dunkle vernichtet. Du stehst auf der Liste der Verdächtigen. Der Chef hat prompt einen raffinierten Schachzug auf Lager: Du tauschst mit Olga den Körper. Doch wie raffiniert ist dieser Zug tatsächlich? Soviel ich weiß, ist die Praxis des Körpertauschs weit verbreitet. Boris Ignatjewitsch selbst hat erst vor kurzem auf sie zurückgegriffen, oder etwa nicht? Hat er früher schon mal versucht, den gleichen Trick zweimal hintereinander anzuwenden? Gegen ein und denselben Gegner?«

»Ich weiß es nicht, Sweta, in die Details der Operation bin ich nicht eingeweiht.«

»Dann benutz deinen eigenen Kopf! Und noch was: Ist Sebulon wirklich so ein kleinkrämerischer, rachsüchtiger Hysteriker? Er ist doch bereits Hunderte von Jahren alt, oder? Die Tagwache leitet er nicht erst seit gestern. Wenn dieser Verrückte ...«

»Der Wilde.«

»Wenn dieser Wilde sich ungehindert in den Straßen Moskaus austoben durfte, um eine Intrige vorzubereiten, warum sollte der Leiter der Tagwache ihn dann für eine derartige Belanglosigkeit verschwenden? Entschuldige, Anton, aber du bist nun wirklich kein besonders großes Ziel.«

»Ist mir ja klar. Offiziell bin ich ein Magier fünften Grades. Aber der Chef hat gesagt, dass ich eigentlich auf den dritten Grad Anspruch erheben könnte.«

»Selbst dann nicht.«

Wir sahen einander an, und ich breitete die Arme aus. »Ich geb auf. Wahrscheinlich hast du Recht, Swetlana. Aber ich habe dir nur erzählt, was ich weiß. Und andere Varianten sehe ich nicht.«

»Das heißt, du wirst die Anordnungen befolgen? In einem Rock herumlaufen, keine Minute allein sein?«

»Als ich in die Wache eingetreten bin, wusste ich, dass ich einen Teil meiner Freiheit verliere.«

»Einen Teil.« Swetlana schnaubte. »Gut gesagt. Aber lassen wir das, du kannst das besser beurteilen. Wir bleiben die Nacht über also zusammen?«

»Ja«, nickte ich. »Aber nicht hier. Es wäre besser, wenn ich die ganze Zeit unter Leuten wäre.«

»Und wann willst du schlafen?«

»Es ist nicht schwer, ein paar Tage nicht zu schlafen.« Ich zuckte mit den Schultern. »Ich glaube, Olgas Körper ist genauso gut in Form wie meiner. In den letzten Monaten hat sie sich permanent ins Nachtleben gestürzt.«

»Aber ich bin mit diesen Kunststückchen noch nicht vertraut, Anton. Wann soll ich schlafen?«

»Tagsüber. Im Unterricht.«

Sie verzog das Gesicht. Ich wusste, dass Swetlana zustimmen würde, sie konnte gar nicht anders. Ihr Charakter hätte es ihr nicht einmal gestattet, einer Zufallsbekanntschaft Hilfe zu verweigern – und eine Zufallsbekanntschaft war ich nun doch nicht.

»Gehen wir in den *Maharadscha*?«, schlug ich vor.

»Was ist das?«

»Ein indisches Restaurant, sehr anständig.«

»Hat es die ganze Nacht über auf?«

»Nein, leider nicht. Uns wird schon noch einfallen, wohin wir danach gehen können.«

Swetlana blickte mich so lange an, dass selbst das mir eigene dicke Fell nicht ausreichte. Was hatte ich jetzt schon wieder falsch gemacht?

»Ich danke dir, Anton«, sagte Swetlana voller Gefühl. »Aufrichtig. Du lädst mich in ein Restaurant ein. Darauf warte ich schon seit zwei Monaten.«

Sie stand auf, ging zum Schrank, öffnete ihn und blickte gedankenverloren auf die darin hängenden Kleidungsstücke. »In deiner Größe finde ich nichts Ordentliches«, meinte sie. »Du musst wieder die Jeans anziehen. Ob sie dich so ins Restaurant lassen?«

»Bestimmt«, sagte ich nicht sehr überzeugt. Schlimmstenfalls könnte ich ja immer noch eine leichte Manipulation des Personals vornehmen.

»Wenn es Probleme geben sollte, übe ich die Suggestion«, sagte Swetlana, als hätte sie meine Gedanken gelesen. »Ich werde sie zwingen, uns einzulassen. Das ist doch für eine gute Sache, oder?«

»Natürlich.«

»Weißt du was, Anton?« Swetlana nahm ein Kleid vom Bügel, hielt es sich an und schüttelte den Kopf. Daraufhin nahm sie ein beigefarbenes Kostüm heraus. »Mich erstaunt die Geschicklichkeit, mit der die Wächter der Nacht jede Manipulation der Wirklichkeit mit den Interessen des Guten und des Lichts erklären können.«

»Nicht jede!«, empörte ich mich.

»Jede, ganz bestimmt. Im Notfall ist selbst Raub eine gute Sache. Und Mord.«

»Nein.«

»Bist du da so sicher? Wie oft musstest du schon in das Bewusstsein anderer Menschen eindringen? Selbst unser Treffen: Du hast mich gezwungen zu glauben, dass wir alte Bekannte sind. Nutzt du deine Fähigkeiten als Anderer oft im Leben?«

»Ja. Aber ...«

»Stell dir vor, du gehst eine Straße entlang. Vor deinen Augen schlägt ein Erwachsener ein Kind. Was machst du?«

»Wenn mein Limit für Interventionen noch nicht ausgeschöpft ist« – ich zuckte mit den Schultern –, »nehm ich eine Remoralisierung vor. Was sonst?«

»Und du wärst dir sicher, dass du das Richtige tust? Du würdest nicht lange nachdenken, dich nicht näher damit befassen? Was ist, wenn das Kind für etwas bestraft wird? Wenn diese Strafe es in Zukunft vor größeren Unannehmlichkeiten bewahrt und es jetzt zum Mörder und Banditen heranwächst? Aber du nimmst erst mal eine Remoralisierung vor!«

»Sweta, du irrst dich.«

»Wieso denn?«

»Selbst wenn ich kein Limit für parapsychologische Manipulationen hätte, würde ich nicht einfach vorbeigehen.«

Swetlana schnaubte. »Aber du wärest überzeugt, das Richtige zu tun? Wo ist da die Grenze?«

»Die Grenze bestimmt jeder selbst. So ist das nun mal.«

Nachdenklich schaute sie mich an. »Anton, diese Fragen stellt doch jeder Neuling, oder?«

»Ja«, lächelte ich.

»Und du hast dich daran gewöhnt, sie zu beantworten, hast eine paar Antworten, Sophismen, Beispiele aus der Geschichte und Analogien in petto.«

»Nein, Sweta. So ist das nicht. Die Dunklen stellen diese Fragen überhaupt nicht.«

»Woher weißt du das?«

»Ein Dunkler Magier kann heilen, ein Lichter Magier kann töten«, sagte ich. »Das stimmt. Weißt du, worin der Unterschied zwischen dem Licht und dem Dunkel besteht?«

»Nein. Aus irgendeinem Grund erklärt man uns das nicht. Wahrscheinlich lässt sich das nur schwer in Worte fassen?«

»Überhaupt nicht. Wenn du in erster Linie an dich denkst, an deine Interessen, dann führt dein Weg zum Dunkel. Wenn du an andere denkst, zum Licht.«

»Und braucht man lange, um dorthin zu kommen? Zum Licht?«

»Ewig.«

»Das sind doch nur Worte, Anton. Nur ein Spiel mit Worten. Was sagt ein erfahrener Dunkler einem Neuling? Vielleicht auch so schöne und zutreffende Worte?«

»Ja. Über die Freiheit. Darüber, dass jeder im Leben den Platz einnimmt, den er verdient. Darüber, dass jede Form von Mitleid erniedrigend ist, dass echte Liebe blind, echte Güte hilflos macht, darüber, dass wirkliche Freiheit bedeutet, frei von allen anderen zu sein.«

»Und stimmt das nicht?«

»Doch.« Ich nickte. »Das ist auch ein Teil der Wahrheit. Sweta, wir können nicht die absolute Wahrheit wählen. Denn sie hat immer zwei Seiten. Alles, was wir haben, ist das Recht, uns derjenigen Lüge zu verweigern, die unangenehmer ist. Weißt du, was ich den Anfängern beim ersten Mal über das *Zwielicht* sage? Wir treten in es hinein, um Kraft zu bekommen. Und der Preis dafür ist der Verzicht auf den Teil der Wahrheit, den wir nicht akzeptieren wollen. Die Menschen haben es leichter. Millionenmal leichter, mit all ihren Nöten, Problemen und Sorgen, die für uns Andere überhaupt nicht existieren. Die Menschen stehen nicht vor der Wahl: Sie können gut und böse sein, alles hängt vom Augenblick ab, von der Umgebung, von einem am Abend zuvor gelesenen Buch oder vom Beefsteak, das sie zu

Mittag gegessen haben. Darum sind sie so leicht zu lenken, kann selbst der schlimmste Schuft leicht zum Licht gebracht und der gütigste und dankbarste Mensch zum Dunkel gedrängt werden. Wir sind es, die wählen müssen.«

»Das habe ich doch bereits getan, Anton. Schließlich bin ich schon ins *Zwielicht* eingetreten.«

»Stimmt.«

»Warum verstehe ich dann nicht, wo die Grenze ist, worin der Unterschied zwischen mir und irgendeiner Hexe besteht, die an schwarzen Messen teilnimmt? Warum stelle ich diese Fragen?«

»Du wirst sie immer stellen. Am Anfang laut. Später dir selbst. Das geht nicht vorbei, niemals. Wenn du diesen quälenden Fragen entkommen wolltest, hättest du die andere Seite wählen müssen.«

»Ich habe die gewählt, die ich wollte.«

»Ich weiß. Deshalb musst du das ertragen.«

»Das ganze Leben lang?«

»Ja. Und obwohl das lang sein wird, wirst du dich nie daran gewöhnen. Niemals wirst du der Frage entkommen, wie gerechtfertigt jeder einzelne Schritt ist, den du getan hast.«

Drei

Maxim mochte keine Restaurants. Aufgrund seiner Natur nicht. Bei weitem ungezwungener und entspannter fühlte er sich in Bars und Clubs, mitunter sogar in den teureren, wo man auf übertrieben gepflegtes Auftreten jedoch keinen Wert legte. Manche Gäste verhielten sich natürlich selbst in noblen Restaurants wie rote Kommissare während einer Verhandlung mit einem Bourgeois: ohne Manieren, ohne den geringsten Wunsch, sie sich anzueignen. Doch warum sollte er den neureichen Russen aus den Witzen nacheifern?

Die letzte Nacht musste jedoch wieder gutgemacht werden. Seine Frau glaubte entweder tatsächlich an das »wichtige Geschäftstreffen« oder tat zumindest so, als ob. Dennoch plagten ihn leichte Gewissensbisse. Wenn sie doch die Wahrheit wüsste! Wenn sie bloß ahnen würde, wer er eigentlich war und womit er sich befasste!

Maxim konnte ihr nichts sagen. Und musste die seltsame nächtliche Abwesenheit mit denselben Methoden wettmachen, zu denen jeder anständige Ehemann nach einer Nacht bei seiner Geliebten greift. Geschenke, Aufmerksamkeit, Ausgehen. Zum Beispiel in ein gutes, angesehenes Restaurant mit ausgesuchter exotischer Küche, ausländischem Personal, edler Innenausstattung und einer umfangreichen Weinkarte.

Ob Jelena ihn wirklich verdächtigte, sie letzte Nacht betrogen zu haben? Die Frage beschäftigte Maxim zwar, aber nicht in dem Maße, dass er sie laut gestellt hätte. Etwas muss man immer unausgesprochen lassen. Vielleicht würde sie eines Tages die Wahrheit erfahren. Und stolz auf ihn sein.

Vermutlich hegte er jedoch falsche Hoffnungen. Da machte er sich nichts vor. In einer Welt, in der die Ausgeburten des Bösen und des Dunkels hausten, war er der einzige Lichte Ritter, unendlich einsam, bar jeder Möglichkeit, mit jemandem die Wahrheit zu teilen, die sich ihm ab und zu offenbarte. Anfangs hatte Maxim noch darauf gehofft, jemandem zu begegnen, der war wie er: einem Sehenden im Land der Blinden, einem Wachhund, fähig, in der arglosen Herde den Wolf im Schafspelz zu wittern.

Nein. So jemanden gab es nicht, niemanden gab es, der sich ihm hätte anschließen können.

Und trotzdem legte er die Hände nicht in den Schoß.

»Was meinst du, soll ich das nehmen?«

Maxim schielte auf die Speisekarte. Worum es sich bei einer *Malai Kofta* handelte, wusste er auch nicht. Doch dergleichen hinderte ihn nie, etwas auszusuchen. Schließlich waren die Zutaten aufgelistet.

»Nimm es. Fleisch mit Sahnesoße.«

»Rindfleisch?«

Im ersten Moment begriff er nicht, dass Jelena nur scherzte. Dann reagierte er auf ihr Schmunzeln. »Bestimmt.«

»Und wenn ich ein Gericht mit Rindfleisch bestelle?«

»Werden sie dich freundlich darauf hinweisen, dass sie es nicht haben«, vermutete Maxim. Die Pflicht, seine Frau zu unterhalten, verlangte ihm nicht viel Mühe ab. Gestaltete sich eher angenehm. Und trotzdem hätte er jetzt mit großem Vergnügen bloß das Lokal im Auge behalten. Irgendwas stimmte hier nicht. Irgendwas schimmerte im Halbdunkel auf, jagte ihm einen kalten Schauder über den Rücken, zwang ihn, zu blinzeln und zu beobachten, ohne Ende zu beobachten ...

Konnte das sein?

Normalerweise lagen zwischen seinen Missionen ein paar Monate, ein halbes Jahr. Aber noch am selben Tag ...

Doch diese Symptome kannte er nur zu gut.

Maxim steckte die Hand in die Innentasche seines Jacketts, als tastete er nach seiner Brieftasche. Eigentlich trieb ihn jedoch etwas anderes um – ein kleiner Holzdolch, einst voller Eifer, aber ohne jedes Geschick geschnitzt. Eigenhändig hatte er die Waffe glatt gehobelt, noch in seiner Kindheit, ohne zu verstehen, wozu, aber ahnend: Das ist nicht nur ein Spielzeug.

Der Dolch wartete.

Wer war es?

»Max?« In Jelenas Stimme schwang ein Vorwurf mit. »Träumst du?«

Sie stießen an. Ein schlechtes Vorzeichen – wenn Frau und Mann anstoßen, geht der Familie das Geld aus. Aber Maxim litt nicht unter Aberglauben.

Wer also?

Anfänglich hatte er zwei Frauen in Verdacht. Beide sehr sympathisch, sogar schön, aber jede auf ihre Weise. Die etwas kleinere hatte schwarzes Haar, war kräftig gebaut und bewegte sich auf eine eckige, fast männliche Art – als platze sie förmlich vor Energie. Von ihr ging auch das sexuelle Fluidum aus. Die größere war hellblond, ruhiger, zurückhaltender. Und von ganz anderer, eher beruhigender Schönheit.

Maxim fing den aufmerksamen Blick seiner Frau auf und sah woanders hin.

»Lesben«, sagte seine Frau voller Verachtung.

»Was?«

»Guck sie dir doch an! Die Dunkelhaarige, die in den Jeans, ist doch ein halber Kerl.«

In der Tat. Maxim nickte und setzte eine entsprechende Miene auf.

Nicht die. Also doch nicht die. Wer dann, wer?

In einer Ecke des Saals piepte ein Mobiltelefon los, worauf

sofort ein Dutzend Leute automatisch nach ihren Handys langten. Maxim folgte dem Klingeln – und der Atem stockte ihm.

Der Mann, der da einsilbig mit leiser Stimme antwortete, war nicht einfach ein Böser. Ihn hüllte von Kopf bis Fuß ein schwarzer Schleier ein, den andere Menschen nicht sehen, den Maxim aber wahrnehmen konnte.

Er verströmte Gefahr, eine dräuende, fürchterliche Gefahr.

Schmerz durchzuckte Maxims Brust.

»Weißt du, Lena, ich würde gern auf einer einsamen Insel leben«, meinte er plötzlich zu seiner eigenen Überraschung.

»Allein?«

»Mit dir, mit den Kindern. Aber sonst niemand. Kein anderer.«

In einem Zug trank er seinen Wein aus, worauf der Kellner ihm sofort nachschenkte.

»Ich würde das nicht wollen«, sagte seine Frau.

»Ich weiß.«

Der Dolch in seiner Tasche lastete jetzt schwer und brannte heiß. Erregung überrollte ihn, heftige, fast sexuelle Erregung. Die nach Entladung verlangte.

»Kennst du Edgar Allan Poe?«, fragte Swetlana.

Man hatte uns ohne weiteres eingelassen, damit hatte ich im Grunde nicht gerechnet. Vielleicht handhabte man die Regeln in diesem Restaurant mittlerweile demokratischer, als ich es in Erinnerung hatte, vielleicht mangelte es auch an Gästen.

»Nein. Er ist schon zu lange tot. Aber Semjon hat mal gesagt ...«

»Doch nicht Poe als Person. Seine Erzählungen.«

»Der Mann in der Menge«, ahnte ich.

Swetlana lachte leise. »Ja. Du bist jetzt in seiner Lage. Denn du bist gezwungen, an Orten mit vielen Menschen herumzuirren.«

»Noch hängen mir diese Orte nicht zum Halse raus.«

Wir bestellten einen *Bailey's* und etwas zu essen. Vermutlich brachte das die Kellner auf einen bestimmten Gedanken für den Grund unseres Besuchs: zwei unerfahrene Prostituierte auf Arbeitssuche – aber das ließ mich im Grunde kalt.

»War er ein Anderer?«

»Poe? Möglicherweise einer, der nicht initiiert war.«

»Es wohnt in manchen körperlosen Dingen
Ein doppelt Leben: zwiefach und doch eins –
Ein Abbild jener Wesenheit, darinnen
Materie und Licht der Kern des Seins«,

trug Sweta leise vor.

Erstaunt sah ich sie an.

»Kennst du es?«

»Was soll ich dir darauf antworten?« Ich hob den Blick und rezitierte feierlich:

»Er ist das verkörperte Schweigen – doch er droht
Mit keiner Macht dir, die man böse heißt;
Nur wenn des Schicksals Zwang (unzeit'ge Not!)
Sein Schatten dir erwächst (gewalt'ger Geist,
Der in Regionen haust, darin ein Spott
Des Menschen Macht) – ah, dann empfiehl dich Gott!«

Eine Sekunde lang sahen wir einander an, dann lachten wir gleichzeitig los.

»Ein kleines literarisches Duell«, bemerkte Swetlana bissig. »Es steht eins zu eins. Schade, dass wir keine Zuschauer haben. Und warum ist Poe nicht initiiert worden?«

»Unter Dichtern gibt es ohnehin viele potenzielle Andere. Aber manche Kandidaten lässt man lieber als Menschen leben. Poe hatte eine zu labile Psyche. Hätte man ihm unsere Möglichkeiten an die Hand gegeben, hätte man auch gleich einem

Pyromanen einen Kanister mit Napalm schenken können. Ich würde noch nicht einmal wagen zu sagen, auf welche Seite er sich gestellt hätte. Am ehesten wäre er wohl für immer ins *Zwielicht* eingegangen, und zwar sehr schnell.«

»Und wie leben sie dort? Diejenigen, die dorthin gegangen sind?«

»Ich weiß es nicht, Swetlana. Wahrscheinlich weiß das niemand. Manchmal trifft man sie in der *Zwielicht*-Welt, aber zu einer Kommunikation im üblichen Sinne kommt es nicht.«

»Ich würde das gern herausfinden.« Gedankenverloren ließ Swetlana den Blick durchs Lokal schweifen. »Ist dir hier ein Anderer aufgefallen?«

»Der Alte hinter mir, mit dem Handy.«

»Der ist doch nicht alt.«

»Er ist sehr alt. Ich habe ihn nicht mit den Augen angeschaut.«

Swetlana biss sich auf die Lippe und kniff die Augen zusammen. Allmählich erwachte der Ehrgeiz in ihr.

»Das schaff ich noch nicht«, gab sie zu. »Ich krieg noch nicht mal mit, ob er ein Lichter oder ein Dunkler ist.«

»Ein Dunkler. Nicht aus der Tagwache, aber ein Dunkler. Ein Magier von durchschnittlicher Kraft. Er hat uns übrigens auch bemerkt.«

»Und was machen wir jetzt?«

»Wir? Nichts.«

»Aber er ist doch ein Dunkler!«

»Ja, und wir sind Lichte. Na und? Als Mitarbeiter der Wache haben wir das Recht, seine Papiere zu überprüfen. Die dürften in Ordnung sein.«

»Und wann hätten wir das Recht, etwas zu unternehmen?«

»Nun, wenn er jetzt aufsteht, die Arme schwenkt, sich in einen Dämon verwandelt und anfängt, allen den Kopf abzubeißen ...«

»Anton!«

»Das ist mein völliger Ernst. Wir haben kein Recht, einen ehrlichen Dunklen Magier daran zu hindern, sich ein wenig zu amüsieren.«

Der Kellner brachte unser Essen, wir schwiegen. Swetlana aß ohne jeden Appetit.

»Und wie lange will die Wache so vor ihnen kriechen?«, fragte sie nach einer Weile patzig wie ein verwöhntes Kind.

»Vor den Dunklen?«

»Ja.«

»So lange, bis wir einen entscheidenden Vorteil errungen haben. So lange, wie die Menschen, die zu Anderen werden, auch nur den Bruchteil einer Sekunde zögern, was sie wählen sollen: das Licht oder das Dunkel. Solange die Dunklen nicht altersbedingt einer nach dem anderen wegsterben. So lange, bis sie die Menschen nicht mehr so leicht auf die Seite des Bösen treiben können wie jetzt.«

»Aber das kommt einer Kapitulation gleich, Anton!«

»Das bedeutet Neutralität. Status quo. Beide Seiten stehen unter Zeitdruck, da brauchen wir uns nichts vorzumachen.«

»Weißt du, der Wilde, der ganz allein diese Panik unter den Dunklen auslöst, ist mir weitaus sympathischer. Soll er doch gegen den Vertrag verstoßen, soll er uns doch unfreiwillig kompromittieren! Aber immerhin kämpft er gegen das Dunkel, verstehst du, er kämpft dagegen! Einer gegen alle!«

»Hast du dir nicht mal überlegt, warum er Dunkle umbringt, aber keinen Kontakt zu uns aufnimmt?«

»Nein.«

»Er sieht uns nicht, Swetlana. Für ihn sind wir Luft.«

»Er ist halt ein Autodidakt.«

»Stimmt. Ein begabter Autodidakt. Ein Anderer mit chaotisch hervorbrechenden Fähigkeiten. In der Lage, das Böse zu sehen. Aber nicht in der Lage, das Gute zu erkennen. Kommt dir das nicht komisch vor?«

»Nein«, sagte Swetlana verdrossen. »Tut mir Leid, aber ich

weiß nicht, worauf du hinauswillst, Olga, entschuldige, Anton. Du sprichst schon genau wie sie.«

»Macht nichts.«

»Der Dunkle ist irgendwohin verschwunden«, bemerkte Swetlana, während sie über meine Schulter linste. »Um fremde Kräfte aufzusaugen, um böse Zauber zu wirken. Und wir unternehmen nichts.«

Ich drehte den Kopf ein wenig nach hinten. Erblickte den Dunklen – der äußerlich tatsächlich kaum wie dreißig wirkte. Er war geschmackvoll gekleidet, einnehmend. An seinem Tisch saßen noch eine junge Frau und zwei Kinder, ein Junge von ungefähr sieben Jahren und ein etwas jüngeres Mädchen.

»Austreten ist er gegangen, Sweta. Pinkeln. Seine Familie ist übrigens völlig normal. Hat keine Fähigkeiten. Willst du die etwa auch liquidieren?«

»Der Apfel fällt nicht weit vom Stamm ...«

»Sag das mal Garik. Sein Vater ist ein Dunkler Magier. Und lebt noch immer.«

»Es gibt Ausnahmen.«

»Das ganze Leben besteht aus Ausnahmen.«

Swetlana verstummte.

»Ich kenne diesen Drang, Sweta. Gutes zu tun, das Böse zu vertreiben. Ein für alle Mal. Ich bin genauso. Aber wenn du nicht einsiehst, dass das eine Sackgasse ist, endest du im *Zwielicht*. Und irgendjemand von uns wird gezwungen sein, deine irdische Existenz zu beenden.«

»Dafür werde ich aber etwas ausrichten.«

»Weißt du, wie deine Taten von außen aussehen würden? Eine Psychopathin, die blindwütig anständige Leute umbringt. In allen Zeitungen Artikel, die dir das Blut in den Adern gefrieren lassen. Klangvolle Beinamen wie die *Borgia von Moskau*. Du würdest in den Herzen der Menschen so viel Böses wecken, wie es eine Brigade Dunkler Magier in einem Jahr nicht schafft.«

»Warum habt ihr immer auf alles eine Antwort parat?«, fragte Swetlana bitter.

»Weil wir unsere Lehrjahre hinter uns haben. Und überlebt haben. Die meisten zumindest!«

Ich rief den Kellner herbei und bat um die Speisekarte.

»Willst du einen Cocktail?«, fragte ich. »Und dann verschwinden wir von hier? Such dir was aus.«

Swetlana nickte und studierte die Getränkekarte. Der Kellner, ein dunkelhäutiger, groß gewachsener Ausländer, wartete. Er hatte schon viel gesehen, und zwei Frauen, von denen sich eine wie ein Mann benahm, brachten ihn wahrlich nicht in Verlegenheit.

»Alter ego«, sagte Swetlana.

Zweifelnd schüttelte ich den Kopf – das war einer der stärksten Cocktails. Doch ich wollte keinen Streit anfangen. »Zwei Cocktails und die Rechnung.«

Während der Barkeeper unsere Cocktails mixte und der Kellner sich mit der Rechnung abplagte, saßen wir da und schwiegen bedrückt.

»Gut, das mit den Dichtern hätten wir geklärt«, sagte Swetlana schließlich. »Sie sind potenzielle Andere. Aber was ist mit den Verbrechern? Mit Caligula, Hitler und irrsinnigen Mördern?«

»Das sind Menschen.«

»Alle?«

»In der Regel, ja. Wir haben unsere eigenen Übeltäter. Ihre Namen sagen den Menschen nichts, aber für euch fängt bald der Geschichtskurs an.«

Der *Alter ego* verdiente seinen Namen. Zwei schwere, unvermischte Schichten wogten in einem Glas, eine schwarze und eine weiße, süßer Sahnelikör und bitteres dunkles Bier.

Ich zahlte bar – elektronische Spuren hinterlasse ich möglichst selten – und hob das Glas. »Auf die Wache.«

»Auf die Wache«, schloss sich Swetlana an. »Und auf dein

Glück, damit du aus dieser Geschichte mit heiler Haut davonkommst.«

Liebend gern hätte ich sie gebeten, auf Holz zu klopfen. Doch ich schwieg. Trank den Cocktail in zwei Schlucken, zunächst die zarte Süße, dann ein leicht bitterer Geschmack.

»Nicht übel«, sagte Swetlana. »Weißt du, mir gefällt es hier. Wollen wir nicht noch ein wenig bleiben?«

»In Moskau gibt es viele angenehme Bars. Lass uns irgendwo hingehen, wo kein schwarzer Magier verkehrt.«

Sweta nickte. »Er ist übrigens noch nicht wieder aufgetaucht«, meinte sie.

Ich schaute auf die Uhr. Hm, in dieser Zeit hätte er ein paar Eimer voll pinkeln können.

Am befremdlichsten war jedoch, dass die Familie des Magiers immer noch am Tisch saß. Und die Frau langsam echt nervös wurde.

»Sweta, ich geh mal wohin.«

»Vergiss nicht, wer du bist!«, flüsterte sie mir hinterher.

Völlig richtig. Dem Dunklen Magier in die Toilette nachzugehen würde in der Tat seltsam anmuten.

Trotzdem ging ich durchs Restaurant, wobei ich im Gehen durchs *Zwielicht* spähte. Jetzt hätte ich eigentlich die Aura des Magiers sehen müssen, doch um mich herum breitete sich nur graue Leere aus, gesprenkelt mit den Farbtupfern gewöhnlicher Auren, von zufriedenen, besorgten, sinnlichen, betrunkenen, fröhlichen Auren.

Er würde doch nicht durch die Kanalisation gesickert sein!

Einzig jenseits der Mauern des Gebäudes, in der Nähe der weißrussischen Botschaft, leuchtete ein schwaches kleines Feuer, die Aura eines Anderen. Jedoch nicht die des Dunklen Magiers, sondern eine viel schwächere mit anderer Einfärbung.

Wohin war er verschwunden?

In dem schmalen Gang, der zu zwei Türen führte, war niemand. Einen Augenblick zögerte ich – ach, was soll schon sein, vielleicht haben wir ihn einfach nicht bemerkt, vielleicht ist der Magier durchs *Zwielicht* verschwunden, vielleicht verfügt er über eine derartige Kraft, dass er zur Teleportation in der Lage ist. Dann öffnete ich die Tür zur Herrentoilette.

Hier war es sehr sauber, sehr hell, etwas eng und roch stark nach einem blumigen Frischluftspray.

Der Dunkle Magier lag mit ausgestreckten Armen direkt hinter der Tür, die sich deshalb noch nicht einmal richtig öffnen ließ. Auf seinem Gesicht spiegelte sich ein verstörter, verständnisloser Ausdruck wider. In der gespreizten Hand erblickte ich das Glitzern eines dünnen Kristallröhrchens. Er hatte nach seiner Waffe gegriffen, aber zu spät.

Blut war nirgends zu sehen. Nichts war zu sehen, selbst als ich noch einmal durchs *Zwielicht* spähte, vermochte ich nicht die geringste Spur von Magie festzustellen.

Als ob der Dunkle Magier an einem banalen Herzinfarkt oder Schlaganfall gestorben wäre, als ob er so hätte sterben können.

Doch es gab ein Detail, das dieser Version aufs Entschiedenste widersprach.

Ein kleiner Schnitt im Hemdkragen. Ein ganz feiner, wie von einer Rasierklinge. Als ob man ihm ein Messer in die Kehle gestoßen hätte und dabei am Stoff hängen geblieben wäre. Nur dass an der Haut keinerlei Spuren eines solchen Angriffs zu sehen waren.

»Dreckskerle!«, flüsterte ich, ohne zu wissen, gegen wen sich dieser Fluch richtete. »Dreckskerle!«

Man hätte sich kaum eine blödere Situation vorstellen können als die, in die ich geraten war. Den Körper zu tauschen, mit einer »Zeugin« in ein gut besuchtes Restaurant zu gehen – um dann völlig allein über der Leiche eines Dunklen Magiers zu stehen, der vom Wilden ermordet worden war.

»Gehen wir, Pawlik«, hörte ich es hinter mir sagen.

Ich drehte mich um: Die Frau vom Tisch des Dunklen Magiers kam in den Gang, ihren Sohn an der Hand.

»Ich will nicht, Mama!«, quengelte der Junge bockig.

»Du gehst da rein und sagst Papa, dass wir auf ihn warten«, verlangte die Frau geduldig. Im nächsten Moment hob sie den Kopf und erblickte mich.

»Holen Sie Hilfe!«, schrie ich verzweifelt. »Machen Sie schon! Dem Mann geht es nicht gut! Bringen Sie das Kind weg und holen Sie Hilfe!«

Offenbar hörten mich alle, denn Olga hatte eine kräftige Stimme. Sofort senkte sich Stille herab, die monotone traditionelle Musik dudelte zwar weiter, doch das Stimmengewirr verebbte.

Natürlich machte die Frau nicht, was ich verlangte. Sie schoss auf mich zu, stieß mich von der Tür weg, brach über dem Körper ihres Mannes zusammen und wehklagte – ja, wehklagte – mit einer Stimme, die bereits wusste, was geschehen war, während ihre Hände keine Ruhe gaben, den eingerissenen Hemdkragen aufknöpften und den reglosen Körper rüttelten. Schließlich ohrfeigte die Frau den Magier, als hoffe sie, er spiele ihr nur etwas vor oder sei lediglich ohnmächtig geworden.

»Mama, warum haust du Papa?«, rief der Junge mit dünner Stimme. Nicht erschrocken, sondern erstaunt, offensichtlich hatte er dergleichen noch nie erlebt. Eine liebevolle Familie.

Ich packte den Jungen bei der Schulter und führte ihn behutsam weg. Im Gang drängten sich bereits Menschen zusammen. Ich erblickte Sweta. Ihre Augen waren weit aufgerissen, sie hatte sofort alles begriffen.

»Bringen Sie das Kind weg«, bat ich den Kellner. »Offenbar ist hier jemand gestorben.«

»Wer hat die Leiche gefunden?«, fragte der Kellner völlig ruhig. Ohne jenen Akzent, dessen er sich befleißigte, wenn er Gäste bediente.

»Ich.«

Der Kellner nickte, übergab den Jungen – der jetzt weinte, hatte er doch begriffen, dass in seiner kleinen heilen Welt etwas

Schlimmes geschehen war – rasch einer der weiblichen Angestellten.

»Und was hatten Sie in der Herrentoilette zu suchen?«

»Die Tür stand offen, da habe ich ihn liegen sehen«, log ich, ohne darüber nachzudenken.

Der Kellner nickte und räumte damit die Möglichkeit eines solchen Hergangs ein. Gleichzeitig packte er mich jedoch fest am Ellbogen.

»Sie müssen auf die Miliz warten, meine Dame.«

Inzwischen hatte sich Swetlana zu uns durchgedrängelt und kniff die Augen zusammen, kaum hatte sie die letzten Worte aufgeschnappt. Das hatte noch gefehlt: dass sie den Umstehenden das Gedächtnis löschte!

»Natürlich, selbstverständlich.« Ich machte einen Schritt, worauf der Kellner unwillkürlich meine Hand freigab und hinter mir herkam. »Sweta, da ist etwas Fürchterliches geschehen. Eine Leiche.«

»Olja.« Swetlana reagierte richtig. Umarmte mich, bedachte den Kellner mit einem ungehaltenen Blick und wollte mich zu den Tischen zurückziehen.

In diesem Moment stürmte der Junge an uns vorbei, nachdem er sich seinen Weg durch die sensationslüsterne, neugierige Menge hindurch gebahnt hatte. Heulend stürzte er sich auf seine Mutter, die man gerade von der Leiche wegzog. Die Frau hatte die allgemeine Aufregung genutzt, um sich noch einmal neben ihren toten Mann fallen zu lassen und ihn zu rütteln.

»Steh auf! Gena, steh auf! Steh sofort auf!«

Ich spürte, wie Swetlana zusammenzuckte, als sie diese Szene beobachtete.

»Nun?«, flüsterte ich. »Sollen wir die Dunklen mit Feuer und Schwert ausrotten?«

»Warum hast du das getan? Ich hätte es auch so verstanden!«, zischte Swetlana böse zurück.

»Was?!«

Wir sahen einander an.

»Das warst nicht du?«, fragte Sweta unsicher. »Entschuldige, aber das hatte ich geglaubt.«

In dieser Sekunde begriff ich, dass ich wirklich in der Klemme saß.

Der Ermittler interessierte sich nicht sonderlich für mich. In seinen Augen las ich die bereits gefasste Meinung: natürlicher Tod. Ein schwaches Herz, Missbrauch von Drogen, das Übliche halt. Mit einem Mann, der in teuren Restaurants verkehrte, hatte er kein Mitleid – und brauchte es nicht zu haben.

»Die Leiche hat so gelegen?«

»Ja, so«, bestätigte ich müde. »Fürchterlich!«

Der Ermittler zuckte die Achseln. Etwas Fürchterliches konnte er an dieser Leiche nicht entdecken, sie schwamm ja noch nicht mal in Blut.

»Ja, ein schrecklicher Anblick«, entgegnete er trotz allem voller Großmut. »War jemand in der Nähe?«

»Nein. Später ist eine Frau aufgetaucht, die Ehefrau der Leiche, mit ihrem Sohn.«

Ein schiefes Lächeln belohnte mich für diese absichtlich wirre Rede.

»Vielen Dank, Olga. Möglicherweise werden wir uns noch einmal mit Ihnen in Verbindung setzen. Sie haben doch nicht vor, die Stadt zu verlassen?«

Eifrig bewegte ich den Kopf hin und her. Die Miliz beunruhigte mich nicht im Mindesten.

Der Chef, der bescheiden an einem Ecktisch saß, dagegen umso mehr.

Der Ermittler ließ mich in Ruhe und wandte sich der »Ehefrau der Leiche« zu. Boris Ignatjewitsch kam langsam auf unseren Tisch zu. Offensichtlich schirmte ihn ein leichter Ablenkungszauber ab, denn niemand achtete auf ihn. »Reingefallen?«, fragte er bloß.

»Wir?«, präzisierte ich vorsichtshalber.

»Ja. Ihr. Genauer gesagt, du.«

»Ich habe mich genau an die Anweisungen gehalten, die mir gegeben wurden«, flüsterte ich hitzig. »Und diesen Magier nicht mit dem Finger angerührt!«

Der Chef seufzte. »Das bezweifle ich gar nicht. Aber wie konntest du, ein erfahrener Mitarbeiter der Wache, nur so dumm sein und dem Dunklen ganz allein an einen abgeschiedenen Ort nachstürzen, obwohl du über alles im Bilde bist?«

»Wer hätte denn so was voraussehen können?«, empörte ich mich. »Wer?«

»Du. Warum greifen wir denn zu solchen Maßnahmen, maskieren dich in einer Weise, die ohne Beispiel ist? Wie lauteten deine Anweisungen? Keine Minute solltest du allein bleiben! Keine Minute! Essen, schlafen – alles solltest du zusammen mit Swetlana machen. Ihr solltet zu zweit duschen! Gemeinsam zur Toilette gehen! Damit du für jeden, absolut jeden Moment ein ...« Der Chef seufzte und verstummte.

»Boris Ignatjewitsch«, mischte sich Swetlana überraschend ins Gespräch ein. »Das spielt jetzt keine Rolle mehr. Lassen Sie uns lieber überlegen, was wir nun machen können.«

Leicht verwundert blickte der Chef sie an. Dann nickte er. »Das Mädchen hat Recht. Lasst uns überlegen. Fangen wir damit an, dass die Situation sich katastrophal verschlechtert hat. Wenn Anton bislang nur indirekt verdächtig gewesen ist, dann ist er jetzt förmlich auf frischer Tat ertappt worden. Schüttel nicht den Kopf! Man hat dich gesehen, wie du über einer Leiche gestanden hast, die noch nicht kalt war. Der Leiche eines Dunklen Magiers, der auf die gleiche Weise ermordet wurde wie die bisherigen Opfer. Dich gegen die Anklage zu schützten steht nicht in unseren Kräften. Die Tagwache wird vors Tribunal gehen und verlangen, dass dein Gedächtnis gelesen wird.«

»Das ist doch ungeheuer gefährlich?«, fragte Swetlana.

»Oder? Dafür finden sie dann aber heraus, dass Anton unschuldig ist.«

»Stimmt. Und nebenbei bekommen die Dunklen alle Informationen, zu denen er Zugang hatte. Swetlana, kannst du dir vorstellen, wie viel ein leitender Programmierer der Wache weiß? Mancher Sachen ist er sich gar nicht bewusst, weil er nur kurz auf die Daten geschaut hat, sie bearbeitet und dann vergessen hat. Doch die Dunklen haben ihre Spezialisten. Und wenn Anton den Gerichtssaal voll rehabilitiert verlässt – vorausgesetzt, er übersteht die Inversion seines Bewusstseins –, hat die Tagwache Kenntnis von all unseren Operationen. Ist dir klar, was dann passiert? Die Methoden in der Suche und Ausbildung neuer Anderer, die Analyse von Kampfeinsätzen, die Netze menschlicher Informanten, die Verluststatistiken, die Personalien der Mitarbeiter, die Finanzpläne ...«

Während die beiden über mich redeten, saß ich da, als ginge mich das alles nichts an. Was nicht an der zynischen Offenheit lag, sondern an der Tatsache an sich: Der Chef beratschlagte sich mit Swetlana, einer Magierin im Anfangsstadium, nicht mit mir, einem Magier potenziell dritten Grades.

Wenn man das Geschehen mit einer Schachpartie vergleichen wollte, sah das Ganze beleidigend schlicht aus. Ich war ein Offizier, ein gewöhnlicher guter Offizier der Wache. Und Swetlana ein Bauer. Aber ein Bauer, der kurz davor war, sich in eine Dame zu verwandeln.

Und was auch immer mir drohen mochte, trat für den Chef in den Hintergrund angesichts der Möglichkeit, Swetlana eine kleine praktische Lektion zu erteilen.

»Boris Ignatjewitsch, Sie wissen doch, dass ich eine Durchsicht meines Gedächtnisses nicht zulassen werde«, sagte ich.

»Dann wirst du verurteilt.«

»Ich weiß. Aber ich kann schwören, dass ich mit dem Tod dieser Dunklen nichts zu tun habe. Auch wenn ich keine Beweise dafür habe.«

»Boris Ignatjewitsch, und wenn wir vorschlagen, dass Antons Gedächtnis nur für den heutigen Tag überprüft wird!«, rief Swetlana begeistert aus. »Das wär's doch, sie würden sich überzeugen ...«

»Das Gedächtnis lässt sich nicht portionieren, Sweta. Sie werden es völlig umstülpen. Mit dem ersten Moment seines Lebens anfangen. Mit dem Geruch der Muttermilch, dem Geschmack des Fruchtwassers.« Der Chef sprach jetzt in betont strengem Ton. »Darin besteht ja das Unglück. Selbst wenn Anton keine Geheimnisse kennen würde, musst du dir klar machen, was das bedeutet, sich an alles noch einmal zu erinnern, es von Neuem zu durchleben! Dieses Geschaukel in der dunklen zähen Flüssigkeit, die Wände, die sich zusammenziehen, das Licht, das vor dir aufschimmert, der Schmerz, die Atemnot, die Notwendigkeit, seine eigene Geburt zu überleben. Und dann weiter, Augenblick für Augenblick – hast du schon einmal gehört, dass vor dem Tod das ganze Leben noch einmal rasend schnell vor deinen Augen abläuft? So ist es auch bei einer Gedächtnisinversion. Und irgendwo tief in dir weißt du, dass du das alles schon einmal erlebt hast. Verstehst du das? Dabei nicht den Verstand zu verlieren ist schwer.«

»Sie sagen das so«, brachte Swetlana unsicher hervor, »als ob ...«

»Ich habe das durchgemacht. Nicht bei einem Verhör. Vor mehr als einem Jahrhundert, als die Wache erste Untersuchungen zur Gedächtnisinversion durchführte, brauchte man einen Freiwilligen. Danach dauerte es etwa ein Jahr, mich wieder in meinen Normalzustand zu bringen.«

»Und wie haben sie das geschafft?«, fragte Swetlana neugierig.

»Durch neue Eindrücke. Mit Sachen, die ich davor nicht erlebt hatte. Fremde Länder, ungewohntes Essen, unerwartete Begegnungen, neue Probleme. Und trotzdem ...« Der Chef setzte ein schiefes Lächeln auf. »Manchmal ertappe ich mich dabei, wie ich mich frage: Was ist das um mich herum? Realität oder

Erinnerung? Lebe ich oder liege ich auf der Kristallplatte im Büro der Tagwache, wo man gerade mein Gedächtnis abspult wie eine Garnrolle?«

Er verstummte.

Um uns herum saßen Menschen an den Tischen, flitzten Kellner hin und her. Das Ermittlungsteam war abgezogen, die Leiche des Dunklen Magiers weggeschafft, ein Mann, offenbar ein Verwandter, hatte die Witwe und die beiden Kinder abgeholt. Niemand scherte sich noch um den Vorfall. Im Gegenteil – der Appetit der Gäste hatte zugenommen, genau wie ihr Lebenshunger. Und auch auf uns achtete niemand: Der kurzerhand vom Chef gewirkte Zauber zwang alle, den Blick von uns zu wenden.

Und wenn das alles schon viel früher geschehen war?

Wenn ich, Anton Gorodezki, Systemadministrator der Handelsfirma *Niks*, nebenberuflich Magier der Nachtwache, bloß auf einer Kristallplatte lag, die dicht mit alten Runen übersät war? Und mein Gedächtnis abgespult wurde, inspiziert und präpariert wurde? Ganz egal, von wem? Von Dunklen Magiern oder einem Tribunal aus beiden Wachen?

Nein!

Das konnte nicht sein. Ich spürte nicht das, wovon der Chef sprach. Durchlebte kein Déjà-vu. Nie zuvor hatte ich in einem weiblichen Körper gesteckt, nie zuvor Leichen in öffentlichen Toiletten gefunden.

»Doch ich ermüde euch«, sagte der Chef. Aus der Tasche zog er ein langes Zigarillo. »Ist die Situation so weit klar? Was machen wir jetzt?«

»Ich bin bereit, meine Pflicht zu erfüllen«, meinte ich.

»Immer mit der Ruhe, Anton. Du musst nicht den Helden spielen.«

»Das tu ich nicht. Ich bin noch nicht mal bereit, die Geheimnisse der Wache zu verteidigen. Ich würde ein solches Verhör einfach nicht durchstehen. Dann schon lieber sterben.«

»Wir sterben aber nicht wie Menschen.«

»Ja, für uns ist das schwieriger. Aber ich bin bereit dazu.«

Der Chef seufzte. »Entschuldigt, Mädels. Anton, lass uns jetzt nicht über die Folgen, sondern über die Voraussetzungen für diese Ereignisse nachdenken. Manchmal hilft es, in die Vergangenheit zurückzublicken.«

»Gut«, erklärte ich mich ohne große Hoffnung bereit.

»Der Wilde treibt bereits seit einiger Zeit in Moskau sein Unwesen. Den jüngsten Daten der analytischen Abteilung zufolge haben diese seltsamen Morde vor dreieinhalb Jahren begonnen. Bei einem Teil der Opfer handelt es sich eindeutig um Dunkle. Bei einem anderen Teil vermutlich um potenzielle. Alle Ermordeten hatten höchstens den vierten Grad erlangt. Niemand arbeitete in der Tagwache. Äußerst komisch ist, dass sie – soweit man das in diesem Zusammenhang überhaupt sagen kann – alle recht zurückhaltende Dunkle waren. Sie töteten und manipulierten Menschen, doch in einem weitaus geringeren Maße, als es ihnen möglich gewesen wäre.«

»Sie wurden geopfert«, sagte Swetlana. »Oder?«

»Vermutlich. Die Tagwache hat diesen Psychopathen nicht angerührt und ihm sogar die eigenen Leute zugeschoben, solche, um die es nicht schade ist. Wozu? Das ist die entscheidende Frage: Wozu?«

»Um uns der Fahrlässigkeit anzuklagen«, mutmaßte ich.

»Der Zweck würde die Mittel nicht rechtfertigen.«

»Um jemandem von uns etwas anzuhängen.«

»Von allen Mitarbeitern der Wache hast nur du kein Alibi für die jeweilige Tatzeit, Anton. Wozu sollte die Tagwache Jagd auf dich machen?«

Ich zuckte mit den Schultern.

»Die Rache Sebulons?« Zweifelnd schüttelte der Chef den Kopf. »Nein. Du bist erst vor kurzem mit ihm zusammengestoßen. Dieser Schlag ist aber seit dreieinhalb Jahren geplant. Die Frage bleibt: Wozu?«

»Vielleicht ist Anton potenziell ein sehr mächtiger Magier?«, fragte Swetlana leise. »Und die Dunklen haben das erkannt. Da sie ihn nicht mehr auf ihre Seite herüberziehen konnten, haben sie beschlossen, ihn zu vernichten.«

»Anton ist stärker, als er glaubt«, antwortete der Chef in scharfem Ton. »Aber über den zweiten Grad wird er nie hinauskommen.«

»Und wenn unsere Feinde die verschiedenen Realitätsvarianten weiter absehen können als wir?« Ich sah dem Chef in die Augen.

»Ja, und?«

»Ich kann ein schwacher Magier sein, ein mittlerer oder ein starker. Aber wenn ich bloß etwas zu tun bräuchte, um das Gleichgewicht der Kräfte zu stören? Irgendwas Einfaches, das nicht mit Magie verbunden ist? Boris Ignatjewitsch, die Dunklen haben doch versucht, mich von Swetlana fern zu halten, haben also einen Realitätsstrang gesehen, der mir die Möglichkeit bot, ihr zu helfen! Und wenn sie noch etwas sehen? In der Zukunft? Wenn sie weit vorausschauen können und sich seit langem darauf vorbereiten, mich zu neutralisieren? Was selbst den Kampf um Sweta nichtig erscheinen ließe?«

Am Anfang hörte der Chef noch aufmerksam zu. Dann runzelte er die Stirn und schüttelte den Kopf.

»Du bist größenwahnsinnig, Anton. Entschuldige«, sagte er. »Ich habe mir die Linien aller Mitarbeiter der Wache angeschaut, angefangen bei denen in Schlüsselpositionen bis hin zu unserm klempnernden Onkel Schura. Nein, du musst verzeihen, solch große Taten hält die Zukunft nicht für dich bereit. In keiner einzigen Realitätslinie.«

»Sind Sie absolut sicher, dass Sie sich da nicht irren, Boris Ignatjewitsch?«

Trotz allem nahm ich ihm das übel.

»Nein, natürlich nicht. Ich bin niemals von etwas absolut überzeugt. Selbst von mir nicht. Aber die Chancen, dass du Recht hast, sind sehr, sehr gering. Glaub mir das.«

Was ich tat.

Im Vergleich zum Chef tendieren meine Fähigkeiten gegen Null.

»Wir wissen also die Hauptsache nicht: den Grund?«

»Richtig. Der Schlag zielt auf dich, daran besteht kein Zweifel. Der Wilde wird auf sehr feine und geschickte Weise gelenkt. Er glaubt, dass er gegen das Böse kämpft, hängt aber seit langem schon wie eine Marionette an ihren Fäden. Heute haben die Dunklen ihn in das Restaurant geführt, das auch du besucht hast. Haben ihm ein Opfer präsentiert. Und du bist darauf hereingefallen.«

»Also, was machen wir jetzt?«

»Den Wilden suchen. Das ist unsere letzte Chance, Anton.«

»Was heißt, wir müssen ihn umbringen.«

»Nicht wir. Wir müssen ihn nur finden.«

»Egal. Wie schlecht er auch sein mag, wie sehr er auch irregeleitet worden ist, er ist einer von uns! Er kämpft so gut er kann gegen das Böse. Man muss ihm bloß alles erklären.«

»Dazu ist es zu spät, Anton. Viel zu spät. Wir haben sein Auftauchen nicht bemerkt. Jetzt zieht er eine derartige Spur hinter sich her ... Erinnerst du dich noch, welches Ende die Vampirin genommen hat?«

Ich nickte. »Auslöschung.«

»Dabei hat sie viel weniger verbrochen, zumindest aus Sicht der Dunklen. Und ebenfalls nicht verstanden, was vor sich ging. Dennoch hat die Tagwache sie für schuldig befunden.«

»Ob das ein Zufall war?«, fragte Swetlana. »Oder sollte ein Präzedenzfall geschaffen werden?«

»Wer weiß? Anton, du musst den Wilden finden.«

Mein Blick traf auf seine Augen.

»Ihn finden und den Dunklen übergeben«, sagte der Chef in strengem Ton.

»Warum ich?«

»Weil nur du moralisch dazu in der Lage bist. Du bist in Gefahr. Also verteidigst du dich nur. Für jeden anderen von uns wäre es ein zu großer Schock, einen Lichten auszuliefern, selbst wenn er ein spontaner, irregeleiteter Autodidakt ist. Du dagegen wirst das aushalten.«

»Da bin ich mir nicht sicher.«

»Doch. Und bedenke eins, Anton. Du hast nur diese Nacht. Die Tagwache wird nicht länger fackeln, morgen wirst du offiziell angeklagt.«

»Boris Ignatjewitsch!«

»Erinner dich an alles! Erinnerst du dich, wer im Restaurant war? Wer dem Dunklen Magier zu den Toiletten gefolgt ist?«

»Niemand. Da bin ich mir sicher, ich habe die ganze Zeit darauf geachtet, ob er nicht herauskommt«, mischte sich Swetlana ein.

»Dann hat der Wilde dem Magier also in der Toilette aufgelauert. Aber herausgekommen sein muss er. Erinnert ihr euch daran? Sweta, Anton?«

Wir schwiegen. Ich erinnerte mich an nichts. Denn ich hatte versucht, den Dunklen Magier möglichst nicht anzusehen.

»Da kam ein Mann heraus«, sagte Swetlana. »So ein, nun ...« Sie dachte nach. »Ein Niemand, ein absoluter Niemand. Ein Allerweltsmensch, als ob eine Million Gesichter zusammengemischt und zu einem einzigen geknetet worden seien. Ich habe ihn nur flüchtig angeguckt und sofort wieder vergessen.«

»Erinner dich daran«, verlangte der Chef.

»Das kann ich nicht, Boris Ignatjewitsch. Es war irgendein Mensch. Ein Mann. Mittleren Alters. Ich habe überhaupt nicht bemerkt, dass er ein Anderer ist.«

»Er ist ein spontaner Anderer. Er tritt noch nicht mal ins *Zwielicht* ein, sondern balanciert an seinem Rand entlang. Erinner dich, Sweta! An das Gesicht oder irgendwelche besonderen Merkmale.«

Swetlana fuhr sich mit dem Finger über die Stirn. »Als er wieder herauskam, nahm er an einem Tisch Platz, an dem eine

Frau saß. Eine schöne Frau mit hellbraunem Haar. Sie war geschminkt, mir fiel sogar auf, dass sie Produkte der Firma *Lumenet* benutzte, die ich auch ab und an verwende. Sie sind nicht sehr teuer, aber gut.«

Trotz allem musste ich lächeln.

»Und sie war unzufrieden«, fügte Sweta noch hinzu. »Sie lächelte, aber schief. Als ob sie noch ein wenig länger hier sitzen bleiben wollte, aber aufbrechen sollte.«

Sie dachte weiter nach.

»Die Aura der Frau!«, verlangte der Chef scharf. »Du erinnerst dich daran! Wirf mir den Abdruck zu!«

Er erhob die Stimme und änderte den Ton. Natürlich hörte niemand im Restaurant ihn. Doch die Mienen der Gäste verkrampften sich zu einer Grimasse, ein Kellner mit einem Tablett in der Hand stolperte, eine Weinflasche und zwei Kristallgläser fielen zu Boden.

Swetlanas Kopf schwankte hin und her – der Chef versetzte sie derart problemlos in Trance, als sei sie ein einfacher Mensch. Ich sah, wie sich ihre Pupillen erweiterten und sich ein zartes regenbogenfarbenes Band zwischen ihrem Gesicht und dem des Chefs spannte.

»Vielen Dank, Sweta«, sagte Boris Ignatjewitsch.

»Hat es geklappt?«, fragte sie verwundert.

»Ja. Du kannst dich als Magierin siebten Grades betrachten. Ich werde Mitteilung machen, dass ich die Prüfung selbst abgenommen habe. Anton!«

Jetzt sah ich in die Augen des Chefs.

Ein Impuls.

Dahinfließende Ströme einer Energie, die die Menschen nicht kannten.

Ein Bild.

Nein, das Gesicht der Freundin unseres Wilden sah ich nicht. Sondern ihre Aura, was weitaus bedeutender ist. Ineinander laufende bläuliche und grüne Schichten, wie bei einem Eisbecher, ein kleiner brauner Fleck, ein weißer Streifen. Eine recht komplizierte Aura, die man sich leicht merkte und die insgesamt Sympathie erweckte. Ich konnte es nicht fassen.

Sie liebte ihn.

Liebte ihn und grollte ihm aus irgendeinem Grund, glaubte, dass er sie nicht mehr liebe, ertrug das aber, war sogar bereit, es auch in Zukunft zu ertragen.

Wenn ich der Spur dieser Frau folgte, würde ich den Wilden finden. Und ihn dem Tribunal übergeben – und damit dem sicheren Tod.

»N-nein«, sagte ich.

Der Chef sah mich voller Mitgefühl an.

»Die Frau trifft doch keine Schuld! Sie liebt ihn, das sehen Sie doch!«

In meinen Ohren heulte eine schwermütige Musik. Kein Mensch reagierte auf meinen Schrei. Ich könnte mich über den Boden wälzen, unter fremde Tische abtauchen – sie würden die Beine zurückziehen und weiter ihr indisches Essen verputzen.

Swetlana betrachtete uns. Sie hatte sich an die Aura erinnert, konnte sie aber nicht entziffern: Das erfordert bereits den sechsten Grad.

»Dann stirbst du«, sagte der Chef.

»Ich weiß, wofür.«

»Aber denkst du nicht an die, die dich lieben, Anton?«

»Dieses Recht habe ich nicht.«

Boris Ignatjewitsch setzte ein schiefes Grinsen auf.

»Ein Held! Ach, was sind wir doch alle für Helden! Unsere Hände sind sauber, die Herzen aus Gold, die Füße noch nie durch Scheiße gewatet. Hast du die Frau schon vergessen, die von ihrem Verwandten abgeholt worden ist? Oder die heulenden Kinder? Die sind doch keine Dunklen. Sondern einfache Menschen, die wir zu verteidigen versprochen haben. Wie sehr wägen wir jede geplante Operation ab? Warum kriegen die Analytiker, die ich zwar alle naselang verfluche, durch die Bank bereits mit fünfzig graue Haare?«

So wie ich vor kurzem noch Swetlana ins Gebet genommen hatte, ihr sicher und machtvoll die Leviten gelesen hatte, so knöpfte sich der Chef jetzt mich vor.

»Die Wache braucht dich, Anton! Braucht Sweta! Aber einen Psychopathen, auch wenn er ein guter ist, braucht niemand! Mit einem kleinen Dolch in der Hand in einem Tordurchgang oder auf der Toilette Dunklen aufzulauern ist einfach. An die Folgen denkt er nicht, seine Schuld sieht er nicht. Wo verläuft unsere Front, Anton?«

»Mitten durch die Menschen hindurch.« Ich senkte den Blick.

»Wen verteidigen wir?«

»Die Menschen.«

»Das Böse an sich gibt es nicht, das solltest du doch inzwischen begriffen haben! Unsere Wurzeln liegen hier, um uns herum, in dieser Herde, die sich eine Stunde nach einem Mord voll frisst und amüsiert! Für sie musst du kämpfen. Für die Menschen. Das Dunkel ist eine Hydra, und je mehr Köpfe du ihr abschneidest, desto mehr wachsen ihr! Eine Hydra muss man aushungern, nicht wahr? Bring hundert Dunkle um – und an ihrer Stelle erheben sich tausend. Darin besteht die Schuld des Wilden! Darum musst du, du und niemand sonst, ihn finden, Anton. Und ihn zwingen, vor Gericht zu erscheinen. Freiwillig oder unter Zwang.«

Plötzlich verstummte der Chef. Stand abrupt auf. »Gehen wir, Mädels.«

Ich bemerkte schon gar nicht mehr, wenn er mich als Frau ansprach. Aufstehen und meine Tasche zu schnappen – das war eine unwillkürliche, reflexartige Bewegung.

Der Chef würde nicht ohne Grund drängeln.

»Rasch!«

Mit einem Mal begriff ich, dass ich den Ort aufsuchen musste, an dem der Tod den unglückseligen Dunklen Magier ereilt hatte. Aber ich traute mich noch nicht einmal, das auch nur anzudeuten. Wir eilten derart überstürzt zum Ausgang, dass uns die Wachleute garantiert aufgehalten hätten, wenn sie in der Lage gewesen wären, uns zu sehen.

»Zu spät«, sagte der Chef leise kurz vor der Tür. »Wir haben uns verquatscht.«

Drei Personen betraten das Restaurant, sickerten förmlich herein. Zwei kräftige Kerle und eine junge Frau.

Die Frau kannte ich. Alissa Donnikowa. Die kleine Hexe von der Tagwache. Sie riss die Augen auf, als sie den Chef erblickte.

Hinter ihr glitten zwei diffuse, unsichtbare Silhouetten durchs *Zwielicht*.

»Wenn Sie bitte noch bleiben wollen«, sagte Alissa heiser, als habe sie mit einem Mal eine ganz ausgedörrte Kehle.

»Aus dem Weg!« Der Chef fuchtelte leicht mit der Hand, worauf die Dunklen auseinander wichen, sich an die Wände drängten. Alissa krängte, als wolle sie sich gegen eine elastische Wand stemmen, doch die Kräfte waren nicht gleich verteilt.

»Sebulon, ich rufe dich!«, wimmerte sie.

Oho. Die kleine Hexe erwies sich als Liebling des Oberhaupts der Tagwache, wenn sie das Recht hatte, ihn herbeizurufen!

Aus dem *Zwielicht* tauchten zwei weitere Dunkle auf. Äußerlich wirkten sie wie Kampfmagier dritten oder vierten Grades. Sicher, mit dem Chef konnten sie sich nicht messen, außerdem konnte ich ihm noch helfen – aber wertvolle Zeit würden sie uns stehlen.

Der Chef sah das genauso. »Was wollt ihr?«, fragte er in herrischem Ton. »Das ist die Zeit der Nachtwache.«

»Ein Verbrechen wurde begangen.« Alissas Augen glühten. »Hier, erst vor kurzem. Einer von uns ist ermordet worden, ermordet worden von einem ...« Ihr Blick bohrte sich abwechselnd in den Chef und mich.

»Von wem?«, fragte der Chef hoffnungsvoll. Die Hexe ließ sich nicht provozieren. Bei ihrem Status und zu dieser Zeit, die nicht die ihre war, hätte sie es nur wagen sollen, Boris Ignatjewitsch eine solche Anklage an den Kopf zu werfen – er hätte sie an der Wand zerquetscht.

Ohne auch nur eine Sekunde darüber nachzudenken, ob dieser Schritt gerechtfertigt war.

»Von einem Lichten!«

»Die Nachtwache kennt den Verbrecher nicht.«

»Wir bitten offiziell um Unterstützung.«

So. Nun gab es kein Entkommen mehr. Der anderen Wache die Unterstützung zu verweigern käme einer Kriegserklärung gleich.

»Sebulon, ich rufe dich!«, schrie die Hexe noch einmal. In mir keimte die zarte Hoffnung auf, das Haupt der Dunklen höre sie nicht oder sei anderweitig beschäftigt.

»Wir erklären unsere Kooperationsbereitschaft«, sagte der Chef. Mit einer Stimme wie Eis.

Ich ließ den Blick durch den Raum wandern, über die breiten Schultern der Magier hinweg – die Dunklen hatten uns inzwischen umzingelt und wollten uns offensichtlich an der Tür festhalten. Ja, im Restaurant geschahen unerhörte Dinge.

Das Volk fraß weiter.

Ein Schmatzen, so laut, als ob an den Tischen Schweine säßen. Stumpfe, gläserne Blicke, die Finger ums Besteck gepresst, schaufelte die Masse das Essen jedoch mit den Händen in sich hinein, würgte, schnaubte, spuckte. Ein distinguierter älterer Herr, der friedlich im Kreise von drei Bodyguards und einer jungen Schönheit speiste, schlürfte den Wein direkt aus der Flasche. Ein sympathischer junger Kerl, ohne Zweifel ein Yuppie, und seine liebreizende Freundin keilten sich um einen Teller und beschmadderten sich mit fetter orangefarbener Sauce. Die Kellner rasten von Tisch zu Tisch und knallten den Leuten Essensteller vor, Tassen, Flaschen, Warmhalteplatten, Schüsseln ...

Die Dunklen haben ihre eigenen Methoden, um Außenstehende abzulenken.

»Wer von Ihnen war zur Zeit des Verbrechens im Restaurant?«, fragte die Hexe feierlich. Der Chef schwieg.

»Hm.«

»Wer?«

»Meine beiden Begleiterinnen.«

»Olga und Swetlana.« Die Hexe vernichtete uns förmlich mit ihrem Blick. »Und der Andere, der Mitarbeiter der Nachtwache, dessen menschlicher Name Anton Gorodezki ist, war nicht anwesend?«

»Außer uns waren keine anderen Mitarbeiter der Wache hier«, sagte Swetlana schnell. Gut, aber vielleicht ein bisschen zu schnell. Alissa runzelte die Stirn, merkte, dass sie ihre Frage etwas zu vage formuliert hatte.

»Eine ruhige Nacht, nicht wahr?«, klang es von der Tür zu uns herüber.

Sebulon war erschienen.

Ich sah ihn an und begriff mit hoffnungsloser Gewissheit, dass meine Maskierung einen Höheren Magier nicht täuschen würde. Möglicherweise hatte er damals in Ilja nicht den Chef erkannt, aber zweimal hintereinander würde der alte Fuchs nicht auf den gleichen Trick hereinfallen.

»Aber nicht zu ruhig, Sebulon«, sagte der Chef bloß. »Treib dein Vieh hier weg, sonst mach ich das für dich.«

Der Dunkle Magier sah aus, als sei die Zeit stehen geblieben, als sei der eisige Winter nicht dem warmen, wenn auch verspäteten Frühling gewichen. Anzug, Krawatte, graues Hemd, altmodische schmale Schuhe. Eingefallene Wangen, ein trüber Blick, kurz geschnittenes Haar.

»Ich wusste, dass wir uns begegnen würden«, sagte Sebulon.

Er sah mich an. Nur mich.

»So was Dummes.« Sebulon schüttelte den Kopf. »Wozu hast du das nötig, hm?«

Er trat einen Schritt nach vorn, während Alissa ihm aus dem Weg huschte.

»Eine gute Arbeit, Wohlstand, befriedigter Ehrgeiz, alle Freuden der Welt stehen dir zu Gebot, du brauchst dir nur früh genug zu überlegen, was diesmal das Gute ist. Und trotzdem kannst du nicht genug kriegen. Ich verstehe dich nicht, Anton.«

»Und ich verstehe dich nicht, Sebulon.« Der Chef stellte sich ihm in den Weg.

Widerwillig blickte der Dunkle Magier ihn an. »Du wirst alt. Im Körper deiner Geliebten«, Sebulon kicherte, »Anton Gorodezki. Der Mann, den wir im Verdacht haben, für diese Serienmorde verantwortlich zu sein. Versteckt er sich schon lange da drin, Boris? Hast du den Tausch womöglich gar nicht bemerkt?«

Erneut kicherte er.

Ich ließ den Blick über die Dunklen schweifen. Sie hatten die Situation noch nicht erfasst. Brauchten noch eine Sekunde, eine halbe.

Dann sah ich, wie Swetlana die Arme hob und auf ihren Handtellern das magische gelbe Feuer pulsierte.

Die Prüfung für die fünfte Kraftstufe hatte sie abgelegt, doch in diesem Kampf würden wir verlieren. Wir waren zu dritt. Sie zu sechst. Wenn Swetlana zuschlug, um nicht sich zu retten, sondern mich, der ich schon bis zum Hals in der Scheiße steckte, würde die Schlacht beginnen.

Ich sprang nach vorn.

Nur gut, dass Olga einen durchtrainierten kräftigen Körper hatte. Nur gut, dass wir alle, Lichte wie Dunkle, nicht mehr daran gewöhnt sind, auf die Kraft unserer Arme und Beine zu setzen, auf eine einfache schlichte Prügelei. Wie vernünftig, dass Olga, ihrer magischen Fähigkeiten weitgehend beraubt, diese Kunst nicht verschmäht.

Sebulon krümmte sich und stieß ein Krächzen aus, als meine – oder Olgas – Faust in seinem Bauch landete. Mit einem Fußtritt schlug ich ihm das Knie weg und stürzte aus dem Restaurant hinaus.

»Halt!«, heulte Alissa auf. Voller Begeisterung, Hass und Liebe zugleich.

Fass ihn, fass!

Als ich die Pokrowka Richtung Semljanoi Wal hinunterrannte, klatschte mir die Handtasche in den Rücken. Wenigstens trug ich keine hochhackigen Schuhe. Mich losreißen, entkommen – der Kurs zum Überleben in der Stadt hatte mir damals gut gefallen, nur war er zu kurz gewesen, viel zu kurz. Aber wer hätte gedacht, dass ein Mitarbeiter der Wache fliehen und untertauchen musste, statt Flüchtige und Untergetauchte einzufangen.

Hinter mir erdröhnte pfeifendes Geheul.

Abzuhauen war reiner Reflex gewesen, noch durchschaute ich die Situation nämlich nicht. Ein glutroter Feuerstrahl schlängelte sich die Straße entlang, versuchte zu stoppen und zurückzurollen, doch die Masseträgheit erwies sich als zu groß: Die Ladung schlug in einer Hauswand ein und glühte den Stein im Handumdrehen durch.

Die kleckerten nicht!

Ich stolperte, fiel hin und schaute mich um. Sebulon legte schon wieder seinen Kampfstab an, hantierte aber so langsam, als sei er gefesselt, werde gebremst.

Der war ja aufs Töten aus!

Nicht eine Hand voll Asche würde von mir übrig bleiben, wenn er mich mit der Geißel des Schaab erwischte.

Der Chef hatte sich also doch geirrt. Die Tagwache war nicht auf das aus, was sich in meinem Kopf befand. Sie wollte mich vernichten.

Die Dunklen rannten mir hinterher. Sebulon richtete die Waffe auf mich, der Chef hielt Swetlana umklammert, die sich loszureißen versuchte. Ich sprang auf und raste weiter, obwohl mir bereits schwante, dass mir die Flucht nicht gelingen würde. Zum Glück war wenigstens die Straße leer, eine instinktive, unbewusste Angst hatte die Passanten davongetrieben, kaum dass diese Auseinandersetzung angefangen hatte. Niemand würde zu Schaden kommen.

Bremsen quietschten. Ich drehte mich um und sah, wie die Wächter in alle Richtungen auseinander wichen und einem mit rasendem Tempo auf uns zukommenden Auto Platz machten. Der Fahrer, dem offenbar klar geworden war, dass er mitten in einen Krieg zwischen zwei Banden geraten war, hielt kurz inne, um dann Gas zu geben.

Sollte ich ihn anhalten? Nein, unmöglich.

Ich sprang auf den Gehweg und versteckte mich vor Sebulon, indem ich mich hinter einen alten geparkten Wolga kauerte, und ließ den zufälligen Zeugen weiterfahren. Der silberfarbene Toyota raste vorbei und hielt dann mit einem markerschütternden Geheul der durchbrennenden Bremsklötze an.

Die Tür auf der Fahrerseite ging auf, und eine Hand winkte mir zu.

Das kann doch nicht wahr sein!

Nur in billigen Actionfilmen liest den fliehenden Helden ein gerade vorbeikommendes Auto auf.

Noch während mir das durch den Kopf ging, riss ich den hinteren Wagenschlag auf und stürzte ins Auto.

»Rasch, Beeilung!«, schrie die Frau, neben der ich gelandet war. Doch man musste den Fahrer nicht zur Eile drängen, denn schon schossen wir wieder los. Hinter uns loderte etwas auf, und eine weitere Ladung der Geißel wurde auf uns abgefeuert. Der Fahrer riss das Steuer herum, um dem Feuerstrahl auszuweichen. Die Frau winselte auf.

Wie nahmen sie das alles wahr? Als Maschinengewehrfeuer? Raketeneinschläge? Beschuss mit einem Flammenwerfer?

»Warum, warum musstest du zurückfahren?!« Die Frau versuchte sich vorzubeugen, ohne Zweifel, um auf den Rücken des Fahrers einzuschlagen. Ich hielt mich bereit, um ihre Hand abzufangen, doch ein Ruck des Wagens schleuderte die Frau vorher zurück.

»Nicht doch«, sagte ich sanft und handelte mir damit einen empörten Blick ein.

Logisch. Welche Frau würde sich schon darüber freuen, dass im Auto eine sympathische, aber völlig derangierte Unbekannte auftaucht, hinter der eine Meute bewaffneter Banditen her ist und deretwegen der eigene Mann sich plötzlich unter Beschuss begibt.

Dabei drohte bereits keine unmittelbare Gefahr mehr. Wir hatten den Semljanoi Wal erreicht und uns in den dichten Strom von Autos eingereiht. Freunde wie Feinde hatten wir abgehängt.

»Danke«, sagte ich zu dem kurzhaarigen Hinterkopf des Fahrers.

»Wurden Sie getroffen?« Er drehte sich noch nicht mal um.

»Nein. Vielen Dank. Warum haben Sie angehalten?«

»Weil er ein Idiot ist!«, wimmerte die Frau. Sie war ganz ans andere Ende gerutscht, ging auf Abstand zu mir, als sei ich verseucht.

»Weil ich kein Arschloch bin«, erwiderte der Mann gelassen. »Warum sind die hinter Ihnen her? Na gut, das geht mich nichts an.«

»Die wollten mich vergewaltigen«, grummelte ich prompt los. Was für eine schöne Version: Mitten in einem Restaurant, an einem Tisch, als seien wir nicht in Moskau, mit all seinen Freuden für Banditen, sondern in einem Saloon im wildesten Wilden Westen.

»Wo kann ich Sie absetzen?«

»Hier.« Ich sah das leuchtende M über dem Eingang zur Metro. »Das schaff ich dann schon.«

»Wir können Sie auch nach Hause fahren.«

»Das ist nicht nötig. Vielen Dank, Sie haben so schon mehr als genug für mich getan.«

»Wie Sie wollen.«

Weder fing er einen Streit an, noch versuchte er, mich zu überreden. Der Wagen hielt an, ich stieg aus.

»Vielen, vielen Dank«, sagte ich mit einem Blick auf die Frau.

Sie schnaubte, schnellte vor und knallte die Tür zu.

Auch gut.

Trotzdem zeigen solche Fälle, dass unsere Arbeit irgendeinen Sinn hat.

Unwillkürlich strich ich mir das Haar zurecht, klopfte den Staub von der Jeans. Die Passanten blickten mich argwöhnisch an, schreckten jedoch nicht zurück: So fürchterlich konnte ich also nicht aussehen.

Wie viel Zeit blieb mir, bis meine Verfolger die Spur aufnahmen? Fünf Minuten? Zehn? Oder würde es dem Chef gelingen, sie aufzuhalten?

Was zu wünschen wäre. Denn allmählich schwante mir, was hier vorging.

Und ich hatte eine Chance, eine winzig kleine nur, aber eine Chance.

Während ich zur Metro ging, kramte ich Olgas Mobiltelefon aus der Handtasche. Ich wollte schon ihre Nummer wählen, blaffte mich dann innerlich an und wählte meine.

Fünf Klingeltöne, sechs, sieben.

Ich gab's auf und versuchte es unter meiner Handynummer. Diesmal ging Olga sofort ran.

»Hallo?«, meldete sich in scharfem Ton eine unbekannte, leicht heisere Stimme. Meine Stimme.

»Ich bin's, Anton«, schrie ich. Ein junger Mann, der gerade an mir vorbeiging, blickte mich erstaunt an.

»Blödmann!«

Was anderes hatte ich von Olga nicht erwartet.

»Wo bist du, Anton?«

»Ich will gerade abtauchen.«

»Das schaffst du schon noch. Wie kann ich dir helfen?«

»Weißt du Bescheid?«

»Ja. Ich stehe parallel zu dir noch mit Boris in Kontakt.«

»Ich muss wieder in meinen Körper.«

»Wo wollen wir uns treffen?«

Ich überlegte kurz. »Als ich versucht habe, den schwarzen Wirbel von Swetlana zu bannen, bin ich an einer Station ausgestiegen.«

»Alles klar. Das hat Boris mir erzählt. Folgendes Szenario: drei Stationen weiter nach oben und links, auf der Ringlinie.«

Gut, sie hatte die Strecken im Kopf.

»Kapiert.«

»In der Mitte des Saals. Ich bin in zwanzig Minuten da.«

»In Ordnung.«

»Soll ich dir was mitbringen?«

»Ja. Mich. Alles andere überlass ich dir.«

Ich beendete das Gespräch, schaute mich noch einmal um und ging rasch weiter zur Metrostation.

Vier

Ich stand in der Mitte der Station Nowoslobodskaja. Das übliche Bild zu dieser noch nicht allzu späten Stunde: Eine junge Frau wartet, vielleicht auf ihren Freund, vielleicht auf eine Freundin.

In diesem Fall sowohl als auch.

Unterirdisch war ich schwerer aufzuspüren als auf offener Straße. Selbst die besten Magier der Dunklen können meine Aura nicht orten, nicht durch die Bodenschichten, nicht durch die alten Gräber hindurch, auf denen Moskau erbaut ist, inmitten der Menge, im dichten Strom der Menschen. Natürlich konnten sie ohne weiteres jede Station durchkämmen, sie brauchten bloß auf jeden Bahnhof einen Anderen mit meinem Bild zu schicken, und fertig.

Doch ich hoffte, dass mir bis zu diesem Schritt der Tagwache noch eine halbe oder ganze Stunde blieb.

Wie einfach das alles doch war. Wie elegant sich das Puzzle fügte. Ich schüttelte den Kopf, lächelte und fing den fragenden Blick eines jungen Punkers auf. O nein, Freundchen, da bist du auf dem Holzweg. Dieser erotische Körper schmunzelt lediglich über die eigenen Gedanken.

Im Grunde hätte ich sofort darauf kommen müssen, in dem Moment, als alle Fäden dieser Intrige zu mir führten. Wie immer hatte der Chef Recht gehabt. Ich bin von zu geringem Wert, als dass man meinetwegen einen über mehrere Jahre angelegten, gefährlichen und verheerenden Plan schmieden würde. Das Ganze lag anders, völlig anders.

Sie versuchen, uns bei unseren Schwächen zu packen. Bei Güte und Liebe.

Und das gelingt ihnen. Oder zumindest fast.

Mit einem Mal wollte ich eine rauchen, unbedingt, in meinem Mund hatte sich bereits Speichel gesammelt. Was komisch war, denn normalerweise verlangte es mich nicht oft nach Nikotin. Wahrscheinlich eine Reaktion von Olgas Organismus. Ich stellte mir vor, wie sie, eine elegante Dame, vor hundert Jahren mit einer schmalen Papirossa in einer Zigarettenspitze in irgendeinem literarischen Salon verkehrte, in der Gesellschaft Bloks und Gumiljows. Mit einem Lächeln auf den Lippen über Freimaurer diskutierte, die Volksherrschaft und das Streben hin zu geistiger Vollkommenheit. Was soll's!

»Hätten Sie nicht zufällig eine Zigarette?«, fragte ich einen jungen Mann, der über den Bahnhof kam und gepflegt genug gekleidet schien, um nicht Solotaja Jawa zu rauchen.

Mit erstauntem Blick hielt er mir ein Päckchen »Parlament« hin.

Ich nahm mir eine Zigarette, lächelte ihm zum Dank zu und hüllte mich in einen leichten Zauber. Die Blicke der Menschen glitten von mir ab.

Gut so.

Indem ich mich konzentrierte, ließ ich die Temperatur der Zigarettenspitze auf zweihundert Grad hochschnellen und machte den ersten Zug. Jetzt hieß es warten. Ein paar kleine eherne Regeln brechen.

Die Menschen strömten vorbei, wobei sie einen Meter Abstand zu mir hielten. Erstaunt schnüffelten sie in der Luft, da sie nicht begriffen, woher der Tabakgeruch kam. Ich rauchte, ließ die Asche auf den Boden fallen, musterte einen Milizionär, der fünf Schritt von mir entfernt stand, und berechnete meine Chancen.

Die gar nicht schlecht standen. Im Gegenteil. Und das irritierte mich.

Wenn diese Kombination schon seit drei Jahren vorbereitet wurde, mussten sie die Variante, dass ich das Spiel durchschaute, berücksichtigt haben. Und einen Antwortzug in petto haben. Aber welchen?

Den verwunderten Blick bemerkte ich nicht sofort. Als mir jedoch klar wurde, wer mich da beobachtete, erschauerte ich.

Jegor.

Der kleine Junge, der schwache Andere, der vor drei Monaten in eine schwere Auseinandersetzung der Wachen geraten war. Von beiden Seiten als Spielball benutzt. Eine offene Karte, die bisher keiner der Spieler bekommen hatte. Wobei man sich um solche Karten auch nicht gerade prügelt.

Seine Fähigkeiten reichten, um meine nachlässige Maskierung zu durchdringen. Dass wir uns trafen, verwunderte mich nicht einmal. Die Welt ist voller Zufälle, und hinzu kommt noch die Vorbestimmung.

»Hallo, Jegor«, sagte ich, ohne darüber nachzudenken. Ich weitete den Zauber aus, um den Jungen mit in den Kreis zu nehmen, wo er nicht beachtet wurde.

Er zuckte zusammen, sah sich um. Starrte mich an. Olga hatte er ja noch nie in Menschengestalt gesehen. Nur als weiße Eule.

»Wer sind Sie und woher kennen Sie mich?«

O ja, er war gereift. Nicht äußerlich, sondern innerlich. Mir war nicht klar, wie er es fertig gebracht hatte, sich immer noch nicht endgültig entschieden, sich weder auf die Seite des Lichts noch die des Dunkels gestellt zu haben. Schließlich war er schon im *Zwielicht* gewesen, zudem unter Umständen, in denen er wer weiß was hätte werden können. Doch seine Aura schimmerte wie gehabt rein und neutral.

Das eigene Schicksal. Wie schön wäre es, ein eigenes Schicksal zu haben.

»Ich bin's, Anton Gorodezki von der Nachtwache«, sagte ich einfach. »Erinnerst du dich noch an mich?«

Was für eine Frage.

»Aber ...«

»Lass dich dadurch nicht täuschen. Das ist eine Maskierung. Wir können unsere Körper wechseln.«

Ich überlegte kurz, ob ich nicht mein Wissen aus dem Illusionskurs hervorkramen und kurz in mein altes Äußeres zurückkehren sollte. Doch das war gar nicht nötig – der Junge glaubte mir. Vielleicht, weil er sich an die Transformationen des Chefs erinnerte.

»Was wollen Sie von mir?«

»Nichts. Ich warte hier auf eine Kollegin, der dieser Körper gehört. Wir beide haben uns nur zufällig getroffen.«

»Ich hasse eure Wachen!«, schrie Jegor.

»Das kannst du halten, wie du willst. Ich habe dich wirklich nicht verfolgt. Wenn du willst, geh.«

Das zu glauben fiel ihm bedeutend schwerer als den Körpertausch hinzunehmen. Misstrauisch schaute der Junge sich um und zog die Augenbrauen zusammen.

Natürlich brachte er es nicht ohne weiteres fertig zu gehen. Er hatte ein Geheimnis gelüftet, Kräfte gespürt, die jenseits der Menschenwelt lagen. Und auf diese Kräfte verzichtet, wenn auch nur vorläufig.

Doch ich ahnte, wie gern er das alles gelernt hätte – wenigstens ein paar Kleinigkeiten, Taschenspielertricks mit Pyrokinese und Telekinese, Suggestion, Heilen, Flüchen – keine Ahnung, was genau, aber wahrscheinlich wollte er genau das. Es nicht nur kennen, sondern beherrschen.

»Haben Sie mich wirklich nicht verfolgt?«, fragte er schließlich.

»Wirklich nicht. Wir können nicht lügen – nicht geradezu.«

»Und woher soll ich wissen, ob das nicht auch eine Lüge ist?«, brummte der Junge mit abgewandtem Blick. Was logisch war.

»Nirgendwoher«, räumte ich ein. »Wenn du willst, glaub es.«

»Das würde ich gern«, sagte der Junge, den Blick immer noch zu Boden gesenkt. »Aber ich erinnere mich daran, was geschehen ist, da auf dem Dach. Ich träume davon.«

»Du brauchst vor dieser Vampirin keine Angst mehr zu haben«, beruhigte ich ihn. »Sie ist ausgelöscht worden. Auf ein Urteil des Gerichts hin.«

»Ich weiß.«

»Woher?«, wunderte ich mich.

»Ihr Vorgesetzter hat mich angerufen. Der, der auch den Körper getauscht hatte.«

»Das wusste ich nicht.«

»Er hat einmal angerufen, als ich allein zu Hause war. Er hat gesagt, dass die Vampirin ihre Strafe bekommen hat. Und dann hat er noch gesagt, dass ich aus der Liste der Menschen gestrichen worden bin, weil ich ein potenzieller Anderer bin, auch wenn noch nicht klar ist, was für einer. Und das Los würde nie wieder auf mich fallen, ich bräuchte also keine Angst mehr zu haben.«

»Natürlich nicht«, bestätigte ich.

»Ich habe ihn gefragt, ob meine Eltern weiter auf der Liste stehen.«

Darauf wusste ich nichts zu sagen. Mir war klar, wie die Antwort des Chefs gelautet hatte.

»Gut, ich geh jetzt.« Jegor trat einen Schritt zur Seite. »Ihre Zigarette ist ausgegangen.«

Ich schmiss die Kippe weg. »Woher kommst du jetzt?«, fragte ich. »Es ist schon spät.«

»Vom Training, ich schwimme. Aber sagen Sie, sind Sie das wirklich?«

»Erinnerst du dich noch an den Trick mit der zerbrochenen Tasse?«

Jegor rang sich ein Lächeln ab. Die billigsten Tricks beeindrucken die Menschen immer am meisten.

»Ja. Aber …« Er verstummte und starrte an mir vorbei.

Ich drehte mich um.

Es ist merkwürdig, sich von außen zu sehen. Ein Typ mit meinem Gesicht, meinem Gang, in meinen Jeans und meinem Sweatshirt kam auf uns zu, am Gürtel den MD-Player, in der Hand eine kleine Tasche. Ein angedeutetes, kaum zu erkennendes Lächeln, das ebenfalls mir gehörte. Selbst die Augen, dieser falsche Spiegel, waren meine.

»Hallo Anton«, begrüßte mich Olga. »Guten Abend, Jegor.«

Dass der Junge hier war, wunderte sie nicht im Geringsten. Sie wirkte überhaupt sehr ruhig.

»Guten Abend.« Jegors Blick wanderte zwischen ihr und mir hin und her. »Ist Anton jetzt in Ihrem Körper?«

»Ganz genau.«

»Sie sind nett. Woher kennen Sie mich denn?«

»Ich habe dich gesehen, als ich in einem weniger netten Körper steckte. Aber jetzt musst du uns entschuldigen. Anton steckt in großen Schwierigkeiten, um die wir uns kümmern müssen.«

»Soll ich gehen?« Jegor hatte völlig vergessen, dass er das gerade eben noch aus freien Stücken tun wollte.

»Ja. Sei uns nicht böse, aber hier wird es gleich heiß werden, sehr heiß.«

Der Kleine sah mich an.

»Die Tagwache ist hinter mir her«, erklärte ich ihm. »Alle Dunklen Moskaus.«

»Warum?«

»Das ist eine lange Geschichte. Fahr jetzt lieber nach Hause.«

Das klang grob. Jegor nickte mit zusammengezogenen Augenbrauen. Er schielte zum anderen Gleis hinüber – gerade kam ein Zug.

»Aber Ihre Leute verteidigen Sie doch?« Trotz allem bereitete es ihm Schwierigkeiten zu begreifen, wer von uns in welchem Körper steckte. »Die von Ihrer Wache?«

»Sie versuchen es«, antwortete Olga sanft. »Aber jetzt geh bitte. Das bisschen Zeit, das wir haben, läuft uns davon.«

»Auf Wiedersehen.« Jegor drehte sich um und rannte zum Zug. Mit dem dritten Schritt verließ er den Kreis, der ihn der Aufmerksamkeit seiner Umwelt entzog. Beinah hätte man ihn umgerannt.

»Wenn der Junge geblieben wäre, hätte ich geglaubt, dass er sich für unsere Seite entscheidet«, sagte Olga, während sie ihm nachblickte. »Zu gern würde ich wissen, welche Wahrscheinlichkeit es gab, dass ihr euch in der Metro begegnet.«

»Das war ein Zufall.«

»Es gibt keine Zufälle. Ach, Anton, vor langer Zeit habe ich die Realitätslinien so problemlos gelesen wie ein offenes Buch.«

»Ich hätte nichts gegen eine gute Prophezeiung einzuwenden.«

»Eine echte Prophezeiung kriegst du nicht auf Bestellung. Gut, kommen wir zur Sache. Du willst in deinen Körper zurück?«

»Ja. Gleich hier.«

»Wie du meinst.« Olga streckte die Arme – meine Arme – aus und packte mich bei der Schulter. Was ein idiotisches, ambivalentes Gefühl in mir hervorrief. Offenbar erging es ihr genauso. »Was musstest du auch so schnell in die Bredouille geraten, Anton?«, amüsierte sie sich. »Ich hatte für heute Abend so extravagante Dinge geplant.«

»Sollte ich dem Wilden vielleicht dankbar sein, dass er deine Pläne durchkreuzt hat?«

Olga konzentrierte sich, ihr Lächeln verschwand. »Gut. Also los.«

Wir stellten uns Rücken an Rücken und streckten die Arme seitlich aus, um ein Kreuz zu bilden. Ich berührte die Finger Olgas, die meine Finger waren.

»Gib mir meins«, sagte Olga.

»Gib mir meins«, wiederholte ich.

»Geser, wir geben dir deine Gabe zurück.«

Ich erschauerte, als mir klar wurde, dass sie den richtigen Namen des Chefs genannt hatte! Den aus den tibetanischen Sagen!

»Geser, wir geben dir deine Gabe zurück!«, wiederholte Olga in scharfem Ton.

»Geser, wir geben dir deine Gabe zurück!«

Olga wechselte in eine alte Sprache über, einen weichen Singsang, den sie vortrug, als sei er ihre Muttersprache. Doch voller Schmerzen spürte ich, wie viel Mühe sie diese magische Handlung kostete, die noch nicht einmal sehr bedeutend war, sondern nur die zweite Kraftstufe verlangte.

Beim Gestaltwechsel schnellt man hoch wie eine Sprungfeder. Unser jeweiliges Bewusstsein hielt sich nur dank der Energie, die Boris Ignatjewitsch Geser uns gegeben hatte, in dem fremden Körper. Wir brauchten nur auf seine Kraft zu verzichten, und schon nahmen wir wieder unsere eigene Gestalt an. Wenn einer von uns beiden ein Magier ersten Grades gewesen wäre, hätten wir noch nicht einmal Körperkontakt herstellen müssen, dann hätte sich der Tausch auch auf Distanz durchführen lassen.

Olgas Stimme schwang sich hoch: Sie sprach die Schlussformel des Verzichts.

Einen Moment lang passierte gar nichts. Dann krümmte ich mich in einem Krampf, wand mich, vor meinen Augen verschwamm alles, wurde grau, als sei ich ins *Zwielicht* eingetaucht. Kurz sah ich die Metrostation – die gesamte, die mit Staub überzogenen bunten Mosaiken, den dreckigen Fußboden, die langsamen Bewegungen der Menschen, die Regenbögen der Auren und zwei Körper, die miteinander rangen, als wollten sie sich gegenseitig ans Kreuz schlagen.

Dann drückte mich etwas, presste mich, zwängte mich in die Körperhülle.

»Ah, ah, ah«, zischte ich, während ich zu Boden fiel, mich

aber in letzter Sekunde mit den Händen abfangen konnte. Meine Muskeln krampften sich zusammen, in den Ohren klirrte es. Der Rücktausch gestaltete sich weitaus unbequemer, vielleicht weil ihn nicht der Chef durchgeführt hatte.

»Alles in Ordnung?«, fragte Olga träge. »Verdammt, du bist doch ein altes Schwein.«

»Was?« Ich sah die junge Frau an.

Stirnrunzelnd stand Olga auf. »Pardon, aber hättest du nicht mal zur Toilette gehen können?«

»Nur mit Erlaubnis Sebulons.«

»Schon gut, schon vergessen. Wir haben noch eine Viertelstunde, Anton. Erzähl.«

»Was genau?«

»Das, was dir klar geworden ist. Mach schon. Du wolltest nicht einfach nur in deinen Körper zurück, du hast irgendeinen Plan.«

Ich nickte, streckte mich und rieb die dreckigen Hände gegeneinander. Klatschte mir auf die Schenkel, klopfte die Jeans ab. Unter meiner Achsel drückte das zu fest gezogene Halfter, das ich würde lockern müssen. In der Metro gab es jetzt nur noch wenige Menschen, die großen Ströme waren verebbt. Dafür hatten die Leute nun, da sie sich nicht mehr durch die Masse schlängeln mussten, Zeit zum Nachdenken. Die Regenbögen ihrer Auren flammten auf, der Nachhall fremder Emotionen wehte uns an.

Wie sehr musste man Olgas Fähigkeiten gestutzt haben! In ihrem Körper hatte ich mich anstrengen müssen, um die geheime Welt der menschlichen Gefühle zu sehen. Dabei ist das so leicht, leichter geht's gar nicht. Noch nicht mal ein Grund, stolz zu sein.

»Die Tagwache braucht mich nicht, Olja. Absolut nicht. Ich bin nur ein ganz gewöhnlicher Magier mit mittleren Fähigkeiten.«

Sie nickte.

»Aber sie machen Jagd auf mich. Daran gibt es keinen Zweifel. Folglich bin ich nicht die Beute, sondern der Köder. So wie Jegor den Köder spielte, als Sweta die Beute war.«

»Begreifst du das erst jetzt?« Olga schüttelte den Kopf. »Natürlich bist du der Köder.«

»Für Swetlana?«

Die Zauberin nickte.

»Das ist mir erst heute klar geworden«, gab ich zu. »Vor einer Stunde. Sweta wollte sich der Tagwache entgegenstellen und hat die fünfte Kraftstufe erklommen. Auf Anhieb. Wäre es zu einem Kampf gekommen, hätte man sie umgebracht. Wir sind doch auch ganz einfach zu lenken, Olja. Die Menschen kann man in unterschiedliche Richtungen treiben, zum Guten oder zum Bösen, die Dunklen bei ihrer Niedertracht packen, ihrer Selbstliebe und ihrer Gier nach Macht und Ruhm. Und uns bei unserer Liebe. Die lässt uns schutzlos wie Kinder dastehen.«

»Stimmt.«

»Weiß der Chef das alles?«, fragte ich. »Olja?«

»Ja.«

Sie presste das Wort heraus, als schnüre ihr jemand die Kehle zusammen. Nicht zu fassen! Lichten Magiern, die mehr als tausend Jahre gelebt haben, ist nichts peinlich. Sie haben die Welt so oft gerettet, dass sie alle ethischen Ausreden in- und auswendig kennen. Scham kennt eine Große Zauberin nicht – auch keine ehemalige. Zu oft wurde sie selbst verraten.

Ich lachte auf. »Habt ihr das sofort durchschaut, Olja? Gleich, als der Protest von den Dunklen kam? Dass man mich jagt – mit dem Ziel, Swetlana dazu zu bringen, sich in den Kampf zu stürzen?«

»Ja.«

»Ja, ja, ja! Und dann habt ihr weder sie noch mich gewarnt?«

»Swetlana muss erwachsen werden. Muss ein paar Stufen überspringen.« In Olgas Augen loderte ein Flämmchen auf. »Anton, du bist mein Freund. Ich rede ganz offen mit dir. Du musst verstehen, dass wir nicht die Zeit haben, eine Große angemessen aufzuziehen. Wir brauchen sie, dringender, als du dir das vorstellen kannst. Sie hat genug Kraft. Sie wird sich stählen, wird lernen, ihre Kraft zu sammeln und anzuwenden, und vor allem wird sie lernen, ihre Kraft zu mäßigen.«

»Und wenn ich sterbe ... würde das nur ihren Willen stärken, ihren Hass auf die Dunklen schüren?«

»Ja. Aber du wirst nicht sterben, da bin ich sicher. Die Wache sucht den Wilden, es sind bereits alle mobilisiert. Wir präsentieren ihn den Dunklen, die Klage gegen dich wird zurückgezogen.«

»Dafür stirbt ein Lichter Magier, der nicht rechtzeitig initiiert worden ist. Ein unglücklicher, einsamer, zu Tode gehetzter Lichter, der davon überzeugt ist, allein auf weiter Flur gegen das Dunkel zu kämpfen.«

»Ja.«

»Du widersprichst mir ja heute gar nicht.« In meiner Stimme schwang keine Boshaftigkeit mit. »Olga, ist das, was ihr vorhabt, nicht gemein?«

»Nein.« In ihrer Stimme klang kein Zweifel. Es stand also viel auf dem Spiel.

»Wie lange muss ich durchhalten, Lichte?«

Sie zuckte zusammen.

Vor langer, vor sehr langer Zeit war dies einmal die übliche Form der Anrede bei der Wache gewesen. Lichter, Lichte. Warum nur hatten diese Worte ihre frühere Bedeutung verloren, warum wirkten sie heute so fehl am Platze, als redeten sich dreckige Penner vor einer Bierbude mit »Gentlemen« an?

»Wenigstens bis morgen früh.«

»Die Nacht – das ist nicht mehr unsere Zeit. Heute sind alle Dunklen auf den Straßen Moskaus. Und im Recht.«

»Nur so lange, bis wir den Wilden gefunden haben. Halte durch.«

»Olga.« Ich trat an sie heran, berührte mit der Hand ihre Wangen und vergaß einen Moment lang völlig den ungeheuren

Altersunterschied – was sind schon tausend Jahre im Vergleich zu einer endlosen Nacht –, vergaß das Ungleichgewicht unserer Kräfte, den Unterschied unserer Ränge. »Olga, glaubst du denn, dass ich morgen noch lebe?«
Die Zauberin schwieg.
Ich nickte. Es gab nichts mehr zu sagen.

Also ja, das hat doch was:
Sich im Morgengraun verlieren,
Klopfen an die gläsernen
Immerzu verschlossnen Türen.

Ich drückte die Taste, um auf Zufallswahl umzuschalten. Nicht, weil das Lied nicht zu meiner Stimmung passte. Im Gegenteil.
Ich liebe die Metro bei Nacht. Warum, weiß ich selbst nicht. Es gibt nichts zu sehen außer der ekelhaften Reklame und den erschöpften, gleichförmigen Auren der Menschen. Es bleibt nur das Heulen des Motors, die Luft, die durch die nicht ganz geschlossenen Fenster hereinschwallt, das Gerumpel über die Schienen. Das stumpfsinnige Warten auf deine Station.
Trotzdem liebe ich sie.
Wir sind so leicht bei unserer Liebe zu fassen!
Ich erschauerte, erhob mich und ging zur Tür. Eigentlich hatte ich bis zum Ende der Linie fahren wollen.
»Rishskaja, nächste Station Alexejewskaja.«

Alle schweigen von demselben
Angestrengt und überall,
Und der Klub für Pest und Aussatz
Hat Saisoneröffnungsball.

Das passt.
Schon als ich die Rolltreppe betrat, spürte ich von vorn einen leichten Hauch von Kraft. Ich schickte meinen Blick die mir

entgegenkommende Rolltreppe hoch – und machte fast sofort den Dunklen aus.

Immerhin kein hoher Wächter des Tages, die haben andere Allüren. Ein kleiner Magier, vierter oder fünfter Grad, vermutlich eher fünfter: Er musste sich gewaltig anstrengen, um seine Umgebung zu scannen. Noch ganz jung, Anfang zwanzig, mit langen blonden Haaren, einer zerknautschten offenen Jacke, einem freundlichen, wenn auch angespannten Gesicht.

Wie bist du bloß ins Dunkel geraten? Was ist passiert, bevor du zum ersten Mal ins *Zwielicht* eingetreten bist? Hast du dich mit deiner Freundin verkracht? Mit deinen Eltern gestritten? Die Prüfungen an der Uni vergeigt oder in der Schule eine Fünf bekommen? Waren sie dir im Oberleitungsbus auf dem Fuß herumgetrampelt?

Am schrecklichsten ist allerdings, dass du dich nach außen nicht verändert hast. Oder höchstens zum Vorteil. Deine Freunde werden voller Verwunderung bemerkt haben, was sie jetzt mit dir für Spaß haben, dass ihnen alles gelingt, was sie zusammen mit dir machen. Deine Freundin wird in dir eine Unmenge bisher verborgener Qualitäten entdeckt haben. Deine Eltern können sich nicht genug über ihren Sohn freuen, der so reif und klug geworden ist. Die Dozenten sind begeistert von dem talentierten Studenten.

Und niemand weiß, welchen Preis du von deiner Umwelt eintreibst. Womit sie deine Güte, deine Späße und dein Mitleid bezahlen.

Ich kniff die Augen etwas zusammen und stützte mich mit dem Ellbogen aufs Geländer. Ein müder, leicht betrunkener Mann, der auf nichts achtete und Musik hörte. Der Blick des Dunklen glitt über mich hinweg, wanderte weiter nach unten, erzitterte, hielt inne.

Zeit mich vorzubereiten, mein Äußeres zu ändern, meine Aura zu tarnen blieb mir nicht. Trotz allem hatte ich nicht erwartet, dass die Dunklen die Metro bereits absuchten.

Eine kalte Berührung, durchdringend wie eine Windböe. Der Junge verglich mich mit dem Bild, das vermutlich unter allen Dunklen in Moskau verteilt worden war. Ungeschickt machte er das, vergaß dabei seine Abschirmung und bemerkte nicht, wie mein Bewusstsein einen durchs *Zwielicht* geschlagenen Weg entlanghuschte und seine Gedanken berührte.

Freude. Begeisterung. Jubel. Gefunden. Die Beute. Sie überlassen mir einen Teil der Kraft der Beute. Werden mich loben. Befördern. Ruhm. Werden es anerkennen. Das haben sie mir nicht zugetraut! Jetzt sehen sie, was ich kann. Werden es honorieren.

Dennoch erwartete ich, dass wenigstens in einem Winkel seines Bewusstseins noch andere Gedanken auftauchen würden. Dass ich ein Feind bin, der sich den Dunklen entgegenstellt. Dass ich seinesgleichen getötet hatte.

Doch nein. Nichts. Er dachte nur an sich.

Bevor der junge Magier seine plumpen Fühler ausstreckte, fuhr ich meine aus. So. Über große Fähigkeiten verfügte er nicht, mit der Tagwache konnte er sich in der Metro nicht in Verbindung setzen. Was er aber auch gar nicht wollte. Für ihn war ich ein gehetztes Tier, noch dazu ein ungefährliches, ein Kaninchen, kein Wolf.

Also dann, Freundchen.

Ich verließ die Station, glitt von der Tür weg und suchte meinen Schatten. Die trübe Silhouette wölkte auf. Ich trat hinein.

Das *Zwielicht*.

Die Fußgänger wurden zu gespenstischem Dunst, die Autos krochen wie Schildkröten dahin, das Licht der Straßenlaternen verdunkelte sich, zerquetschte alles, lastete schwer. Stille, die Geräusche wichen einem dumpfen, kaum wahrnehmbaren Brummen.

Ich beeilte mich, denn noch hatte der Magier meine Spur nicht aufgenommen. In mir spürte ich eine Kraft, mit der ich bis zum Scheitel voll gepumpt war. Vermutlich Olgas Werk. In meiner Gestalt hatte sie die alten Fähigkeiten zurückerlangt und den Körper mit Energie aufgeladen, von der sie nicht einen

Funken verbraucht hatte. Der Gedanke war ihr nicht einmal gekommen, so verlockend er auch sein mochte.

»Wo die Grenze ist, wirst du irgendwann selbst verstehen«, hatte ich Swetlana gesagt. Olga kannte diese Grenze seit langem. Und um einiges besser als ich.

Ich lief an der Wand entlang, spähte durch den Beton hindurch in den in die Tiefe gehenden Schacht, auf die Rolltreppen. Der dunkle Fleck kam nach oben. Ziemlich schnell sogar: Der Magier rannte, flitzte über die Stufen, hatte die Menschenwelt aber trotzdem noch nicht verlassen. Haushaltete mit seinen Kräften. Nun komm schon, sieh zu.

Ich erstarrte.

Über den Boden glitt mir eine Wolke entgegen, die sich zusammenballte, ein Nebelklumpen, der die Züge einer menschlichen Gestalt annahm.

Ein Anderer. Ein ehemaliger Anderer.

Vielleicht gehörte er einst zu uns. Vielleicht aber auch nicht. Die Dunklen gehen ebenfalls nach dem Tod irgendwo ein. Bis jetzt war es einfach eine neblige, diffuse Wolke. Ein ewiger Pilger des *Zwielichts*.

»Friede sei mit dir, Gefallener«, sprach ich ihn an. »Wer auch immer du gewesen bist.«

Die aufwölkende Silhouette blieb vor mir stehen. Eine Nebelzunge schlängelte sich aus dem Körper heraus und streckte sich mir entgegen.

Was wollte er? Die Fälle, in denen die Bewohner des *Zwielichts* mit lebenden Anderen in Kontakt zu treten versuchen, kann man an fünf Fingern abzählen.

Die Hand – wenn man das denn Hand nennen kann – zitterte. Fahle Nebelfäden rissen sich los, lösten sich im *Zwielicht* auf und rieselten auf die Erde.

»Ich habe nur wenig Zeit«, sagte ich. »Gefallener, wer auch immer du im Leben gewesen bist, ein Dunkler oder ein Lichter, Friede sei mit dir. Was willst du von mir?«

Ein Windstoß schien die Wolken weißen Dunstes zu zerreißen. Der Geist drehte sich um und wies mit ausgestreckter Hand – jetzt zweifelte ich nicht mehr daran, dass er mir die Hand entgegenstreckte – durchs *Zwielicht* nach Nordosten. Mein Blick folgte der Richtung: Der Gefallene zeigte auf eine dünne, nadelartige Silhouette, die am Himmel glomm.

»Der Turm, ja, das habe ich verstanden! Was soll das heißen?«

Der Nebel zerfloss langsam. Noch einen Moment – und das *Zwielicht* war wieder genauso leer wie immer.

Ein Zittern packte mich. Der Tote wollte mit mir kommunizieren. War er ein Freund oder ein Feind? Gab er mir einen Rat oder warnte er mich vor etwas?

Es war nicht zu verstehen.

Ich sah durch die Mauern des Metrogebäudes, durch die Erde – der Dunkle war fast oben angelangt, stand aber immer noch auf der Rolltreppe. Gut, versuche ich zu verstehen, was der Geist mir sagen wollte. Zum Turm wollte ich nicht gehen, ich hatte mir eine andere, riskante, aber überraschende Route überlegt. Es bestand also keine Notwendigkeit, mich vor dem Fernsehturm in Ostankino zu warnen.

War es also ein Hinweis? Aber von wem? Von einem Freund oder einem Feind, das war die entscheidende Frage. Man braucht nicht darauf zu hoffen, dass hinter der Grenze des Lebens die Unterschiede verwischt wären. Unsere Toten lassen uns in diesem Kampf nicht im Stich.

Ich musste eine Entscheidung treffen. Aber nicht jetzt.

Ich rannte zum Metroausgang und zog im Lauf die Pistole aus dem Achselhalfter.

Gerade noch rechtzeitig: Der Dunkle Magier kam aus der Tür heraus und kroch unverzüglich ins *Zwielicht*. Es würde recht einfach werden, jetzt, wo sich mir diese Möglichkeit bot. Fremde Auren loderten auf, dunkle Funken, die in alle Richtungen flogen.

Befände ich mich in der Menschenwelt, könnte ich beobachten, wie sich die Gesichter der Menschen verzerrten: wegen eines plötzlichen Schmerzes im Herzen oder wegen Herzschmerz, was ungleich schlimmer ist.

Der Dunkle Magier blickte sich um, suchte meine Spur. Aus seiner Umgebung vermochte er Kräfte zu ziehen, technisch war er jedoch nicht auf der Höhe.

»Ganz ruhig«, sagte ich und drückte dem Magier den Pistolenlauf in den Rücken. »Ganz ruhig. Du hast mich schon gefunden. Aber ob du dich darüber freuen solltest?«

Mit der anderen Hand packte ich sein Handgelenk und verhinderte somit, dass er seine Passes machen konnte. All diese dreisten jungen Magier greifen auf die Standardzauber zurück, die am einfachsten und effektivsten sind. Allerdings nach der makellosen Arbeit von zwei Händen verlangen.

Die Hand des Magiers wurde feucht.

»Gehen wir«, sagte ich. »Wir wollen ein bisschen miteinander plaudern.«

»Du, du ...« Er vermochte immer noch nicht zu glauben, was ihm gerade passierte. »Du! Anton! Bist ein Gesetzloser!«

»Schon möglich. Bringt dich das jetzt weiter?«

Er drehte den Kopf herum – im *Zwielicht* hatte sich sein Gesicht verändert, hatte seine Attraktivität und Gutmütigkeit verloren. Nein, noch hatte er seine endgültige *Zwielicht*-Gestalt nicht angenommen, wie das bei Sebulon der Fall war. Trotzdem war das Gesicht schon nicht mehr menschlich. Ein Kiefer, der viel zu weit herunterhing, ein breites Froschmaul, schmale trübe Äuglein.

»Was du für ein Monster bist, mein Freund.« Ich stieß ihm noch einmal die Pistole in den Rücken. »Das ist eine Pistole. Geladen mit Silberkugeln, auch wenn das nicht nötig wäre. In der *Zwielicht*-Welt funktioniert sie nicht schlechter als in der Menschenwelt, etwas langsamer zwar, aber das wird dich nicht retten. Im Gegenteil, du spürst genau, wie die Kugel deine Haut zerreißt, sich langsam durch die Muskelfasern frisst, die Knochen zermalmt, die Nerven zerfetzt.«

»Das wagst du nicht!«

»Warum nicht?«

»Damit verbaust du dir jeden Ausweg!«

»Ach ja? Noch habe ich also Chancen? Weißt du was? Ich kriege immer mehr Lust abzudrücken. Gehen wir, du Mistkerl!«

Mit einem Fußtritt half ich ein wenig nach, trieb den Magier in einen engen Durchgang zwischen zwei Buden. Blaues Moos bewucherte im Übermaß die Wände und fing jetzt an zu zucken. Liebend gern würde die *Zwielicht*-Flora unsere Gefühle kosten: meinen Zorn, seine Angst. Gleichzeitig haben selbst diese hirnlosen Pflanzen genug Selbsterhaltungsinstinkt.

Und der Dunkle Magier nicht minder.

»Was willst du eigentlich von mir?«, schrie er. »Wir haben eine Aufgabe zugeteilt bekommen, sollten dich suchen! Ich habe nur meinen Befehl ausgeführt! Ich achte den Vertrag, Wächter!«

»Ich bin kein Wächter mehr.« Mit einem Stoß knallte ich ihn an die Wand, in die zärtliche Umarmung des Mooses. Sollte es doch ruhig ein wenig von seiner Furcht aus ihm heraussaugen, sonst macht er den Mund nie auf. »Wer hat die Jagd befohlen?«

»Die Tagwache.«

»Wer konkret?«

»Der Vorgesetzte, seinen Namen kenne ich nicht.«

Das dürfte der Wahrheit ziemlich nahe kommen. Ich kannte ihn übrigens.

»Hat man dich konkret zu dieser Station geschickt?«

Er zögerte.

»Sprich.« Ich richtete die Pistole auf den Bauch des Magiers.

»Ja.«

»Allein?«

»Ja.«

»Du lügst. Aber das macht nichts. Welchen Befehl hast du für den Fall, dass du mich entdeckst?«

»Dich zu observieren.«

»Du lügst. Und diesmal macht es was. Denk nach und beantworte die Frage noch einmal.«

Der Magier schwieg, offenbar hatte es das blaue Moos etwas übertrieben.

Ich feuerte einen Schuss ab, und die Kugel überwand mit fröhlichem Gesang den Meter, der uns beide voneinander trennte. Der Magier sah sie sogar – seine Augen weiteten sich, nahmen eine menschlichere Form an, er zuckte zusammen, doch es war schon zu spät.

»Im Moment ist das nur eine Wunde«, erklärte ich. »Die noch nicht mal tödlich ist.«

Unter Schmerzen wand er sich am Boden, presste die Hände auf die Schusswunde im Bauch. Im *Zwielicht* wirkte das Blut fast durchsichtig. Vielleicht war das eine Illusion, vielleicht aber auch eine Besonderheit dieses Magiers.

»Beantworte meine Frage!«

Indem ich den Arm schwang, steckte ich das blaue Moos um ihn herum in Brand. Mir reichte es, jetzt würden wir mit der Angst, dem Schmerz, der Verzweiflung spielen. Schluss mit Barmherzigkeit, mit Nachsicht, mit Reden.

Das ist das Dunkel.

»Wir haben den Befehl, Mitteilung zu machen und dich nach Möglichkeit zu liquidieren.«

»Nicht festzunehmen? Sondern zu liquidieren?«

»Ja.«

»Die Antwort ist akzeptiert. Das Kommunikationsmittel?«

»Per Handy, einfach per Handy.«

»Gib's mir.«

»Es ist in der Tasche.«

»Wirf's her.«

Unbeholfen kramte er in der Tasche herum – die Wunde war nicht tödlich, die Widerstandskraft des Magiers noch hoch, aber er litt höllische Schmerzen.

Wie er es verdient hatte.

»Die Nummer?«, fragte ich, während ich das Mobiltelefon auffing.

»Die Notfalltaste.«

Ich schaute aufs Display.

Den ersten Ziffern nach zu urteilen, konnte das Telefon an jedem x-beliebigen Ort stehen. Ebenfalls ein Handy sein.

»Ist das der Einsatzstab? Wo sitzt er?«

»Ich weiß nicht ...« Er verstummte, starrte auf die Pistole.

»Streng dein Gedächtnis ein bisschen an«, verlangte ich.

»Man hat mir gesagt, sie könnten in fünf Minuten bereits hier sein.«

Das war's also!

Ich blickte mich nach hinten um, betrachtete die am Himmel brennende Nadel. Das passte, das passte nur zu gut.

Der Magier rührte sich.

Nein, ich hatte ihn nicht provozieren wollen, indem ich den Blick abgewandt hatte. Aber als er aus der Tasche den Stab zog – den groben, kurzen Stab, ganz offenkundig keine Handarbeit von ihm, sondern billig eingekauft –, durchströmte mich Erleichterung.

»Also?«, fragte ich, als er innehielt, sich nicht entscheiden konnte, die Waffe zu erheben. »Los!«

Der Kerl schwieg, rührte sich nicht.

Wenn er doch bloß versuchen würde, mich anzugreifen – ich würde mein Magazin in ihn hineinpfeffern. Das wäre dann schon fatal. Doch vermutlich bringt man denen bei, wie sie sich bei einem Konflikt mit den Lichten verhalten sollen. Ihm war völlig klar, dass ich ihn kaum umbringen würde, solange er unbewaffnet und völlig schutzlos dalag.

»Wehr dich«, sagte ich. »Kämpf! Du Hundesohn, du scherst dich doch sonst nicht darum, wenn du andere Schicksale zerstörst, wenn du hilflose Wesen überfällst. Also, was ist? Los!«

Der Magier leckte sich die Lippen – seine Zunge war lang und leicht gespalten. Mit einem Mal ging mir auf, welche *Zwielicht*-

Gestalt er über kurz oder lang annehmen würde, und mir wurde übel.

»Ich liefere mich deiner Gnade aus, Wächter. Ich verlange Nachsicht und einen Prozess.«

»Ich brauchte nur weggehen, und du würdest dich mit deinen Leuten in Verbindung setzen«, sagte ich. »Oder aus den Menschen um uns herum genug Kraft ziehen, um zu erstarken und dich zu einem Telefon zu schleppen. Oder? Darüber sind wir uns doch wohl beide einig.«

Der Dunkle lächelte. »Ich verlange Nachsicht und einen Prozess, Wächter«, wiederholte er.

Ich fuchtelte mit der Pistole in den Händen herum, blickte in das grinsende Gesicht. Verlangen können sie immer. Geben nie.

»Ich hatte immer Schwierigkeiten damit, unsere eigene Doppelmoral zu begreifen«, sagte ich. »Das ist schwer und unangenehm. Kommt erst mit der Zeit, und die habe ich nicht mehr. Wenn man sich eine Rechtfertigung ausdenken muss. Wenn man nicht alle verteidigen kann. Wenn du weißt, dass in der Sonderabteilung jeden Tag Lizenzen unterschrieben werden, mit denen Menschen dem Dunkel ausgeliefert werden. Das ist unschön, oder?«

Das Lächeln stahl sich aus seinem Gesicht. »Ich verlange Nachsicht und einen Prozess, Wächter«, wiederholte er die Worte wie eine Beschwörungsformel.

»Ich bin jetzt kein Wächter«, antwortete ich.

Die Pistole zuckte, knallte, die Ladung rollte träge heran, die Hülsen flogen heraus. Die Kugeln schwirrten durch die Luft wie ein kleiner bissiger Hornissenschwarm.

Er schrie nur einmal, dann zerfetzten ihm zwei Kugeln den Schädel. Als die Pistole klickte und verstummte, wechselte ich automatisch mit bedächtigen Bewegungen das Magazin.

Der zerstückelte, verdrehte Körper lag vor mir. Er fing bereits an, aus dem *Zwielicht* auszutreten, und die Schminke des Dunkels zerlief auf dem jungen Gesicht.

Ich fuhr mit der Hand durch die Luft, zog ein diffuses Etwas herunter, presste dieses Ding zusammen, das durch den Raum waberte. Die oberste Schicht. Die Pause von der Gestalt des Dunklen Magiers.

Morgen würde man ihn finden. Einen guten, prachtvollen Jungen, den alle gemocht hatten. Auf viehische Weise ermordet. Wie viel Böses hatte ich in die Welt gesetzt? Wie viel Tränen, Verbitterung, blinden Hass? Welche Kette würde sich von hier in die Zukunft ziehen?

Und wie viel Böses hatte ich umgebracht? Wie viele Menschen würden länger und besser leben? Wie viele Tränen würden nicht fließen, wie viel Niedertracht nicht aufkommen, wie viel Hass nicht entstehen?

Vielleicht hatte ich jetzt die Barriere überschritten, die ich nie hätte nehmen dürfen.

Vielleicht hatte ich die nächste Grenze erkannt, die ich überwinden musste.

Ich steckte die Pistole ins Halfter und trat aus dem *Zwielicht*.

Der Fernsehturm in Ostankino bohrte sich wie eine Nadel in den Himmel.

»Spielen wir das Spiel also ohne Regeln«, sagte ich. »Ohne jede Regel.«

Es gelang mir sofort, ein Auto anzuhalten, sogar ohne beim Fahrer einen Anfall von Menschenfreundlichkeit heraufbeschwören zu müssen. Ob das daran lag, dass ich die Maske des toten Dunklen Magiers trug – diese sehr einnehmende Maske?

»Zum Fernsehturm«, bat ich, während ich in den ramponierten »Sechser« stieg. »Und zwar möglichst schnell, damit ich noch reinkomme.«

»Willst wohl noch ein bisschen Spaß haben?«, erkundigte sich der Mann hinterm Steuer lächelnd, ein etwas spröder Brillenträger, der irgendwie an den alt gewordenen Schurik aus den Komödien von einst erinnerte.

»Und wie«, erwiderte ich. »Und wie.«

Fünf

Der Fernsehturm war noch nicht geschlossen. Ich kaufte eine Eintrittskarte, zahlte einen Zuschlag, um ins Restaurant gehen zu dürfen, und überquerte die Grünfläche, die den Turm umgab. Die letzten fünfzig Meter des Wegs führten unter einem schlaffen Stoffdach entlang. Wozu das wohl diente? Ob von dem alten Bauwerk ab und an Beton herunterbröckelte?

Das Stoffdach endete an einer kleinen Bude, an der man kontrolliert wurde. Ich zeigte meinen Ausweis vor, trat durch den Rahmen mit dem Metalldetektor, der übrigens nicht funktionierte. Das waren alle Formalitäten, das also waren die Sicherheitsvorkehrungen dieses strategischen Objekts.

Jetzt packten mich Zweifel. Wie man es auch drehte und wendete, die Idee, hier herzukommen, blieb seltsam. Ich konnte nicht spüren, dass sich in der Nähe Dunkle zusammengezogen hatten. Falls doch, waren sie gut maskiert – was bedeutete, dass mir eine Auseinandersetzung mit Magiern zweiten oder dritten Grades bevorstand. Eine absolute Selbstmordaktion.

Der Stab. Der Einsatzstab der Tagwache, eingerichtet zur Koordination der Jagd, der Jagd auf mich. Wohin hätte sich ein unerfahrener Dunkler Magier sonst wenden können, um mitzuteilen, er habe die Beute gestellt?

Sollte ich mich zum Stab vorwagen, zu dem mindestens ein Dutzend Dunkler gehörte, darunter auch erfahrene Wachleute? Den Kopf freiwillig in die Schlinge zu stecken ist dumm, nicht heldenhaft, solange noch Chancen bestehen, mit heiler Haut davonzukommen. Und ich hoffte sehr, dass es diese Chancen noch gab.

Von unten, von den Betonblüten der Stützpfeiler aus, machte der Fernsehturm einen ungleich stärkeren Eindruck als aus der Ferne. Etliche Moskauer dürften die Aussichtsplattform allerdings noch nie im Leben erklommen haben, nahmen sie den Turm doch nur als obligatorische Silhouette am Himmel wahr, durchaus nützlich und symbolisch, aber gewiss kein Ort, an dem man seine Freizeit verbrachte. Wie in einer aerodynamischen Röhre von ausgeklügelter Konstruktion wehte hier ein Wind, gerade noch hörbar plagte sich ein kaum fassbarer lang gezogener Laut ab – die Stimme des Turms.

Ich blieb kurz stehen und sah nach oben, betrachtete die Gitter und Öffnungen im Mauerwerk, den von Lunkern zerfressenen Beton, sah auf die erstaunlich grazile, elastische Silhouette. Und elastisch war sie in der Tat, mit den Betonringen an gespannten Seilen. Denn in der Elastizität liegt die Kraft. Nur in ihr.

Dann trat ich durch die Glastür.

Komisch, ich hatte geglaubt, weit mehr Menschen würden den Wunsch verspüren, das nächtliche Moskau aus einer Höhe von dreihundertsiebenunddreißig Metern zu betrachten. Doch nein. Im Fahrstuhl fuhr ich allein nach oben, genauer gesagt zusammen mit einer Frau vom Service.

»Ich hatte mehr Leute erwartet«, sagte ich mit einem freundlichen Lächeln. »Ist es abends immer so leer?«

»Nein, normalerweise geht es hoch her.« Die Frau gab mir zwar Auskunft, ohne sich irgendwie über meine Frage zu wundern, doch einen Hauch von Irritation nahm ich in ihrer Stimme wahr. Sie drückte den Knopf, die Doppeltüren schlossen sich. Schon im nächsten Moment spürte ich einen Schmerz in den Ohren und wurde zu Boden gepresst, während der Fahrstuhl mit rasender Geschwindigkeit und dennoch verblüffend sanft nach oben schoss. »Vor zwei Stunden hat sich hier alles geleert.«

Vor zwei Stunden.

Kurz nach meiner Flucht aus dem Restaurant.

Wenn um diese Zeit der Einsatzstab im Turm eingerichtet worden war, wunderte es mich nicht mehr, dass Hunderte von Moskauern, die an einem klaren, warmen Frühlingsabend in dem Restaurant in den Wolken essen wollten, ihre Pläne von einer Minute auf die andere umgeworfen hatten. Selbst wenn uns die Menschen nicht sehen, spüren sie uns.

Und obwohl sie mit alledem nicht das Geringste zu tun hatten, waren sie klug genug, den Dunklen nicht in die Quere zu kommen.

Ich sah jetzt natürlich wie der Dunkle Magier aus. Blieb die Frage, ob diese Maskierung ausreichte. Der Wachmann würde mein Äußeres mit der Liste vergleichen, die seinem Gedächtnis übermittelt worden war, und alles würde passen. Außerdem würde er die Kraft spüren.

Würde er dann noch tiefer graben? Würde er das Kraftprofil überprüfen, klären, ob es sich bei mir um einen Dunklen oder einen Lichten handelte und welchen Rang ich innehatte?

Fünfzig zu fünfzig. Einerseits muss er das tun. Andererseits vernachlässigen Wachleute diese Pflicht immer und überall. Vielleicht langweilt er sich zu Tode, vielleicht ist er gerade zur Arbeit gekommen und platzt vor Eifer.

Aber am Ende nahmen sich fünfzig von hundert sehr gut aus im Vergleich zu den Chancen, mich auf Moskaus Straßen sicher vor der Tagwache zu verstecken.

Der Fahrstuhl hielt an. Noch nicht mal einen Plan hatte ich mir zurechtgelegt, das Ganze hatte nämlich nur zwanzig Sekunden gedauert. Wenn doch die Fahrstühle in normalen Hochhäusern genauso schnell wären.

»Wir sind da«, meinte die Frau fast heiter. Anscheinend war ich einer der letzten Besucher des Fernsehturms in Ostankino.

Ich betrat die Aussichtsplattform.

Normalerweise wimmelte es hier von Menschen. Neuankömmlinge lassen sich auf den ersten Blick von denjenigen unterscheiden, die schon ein Weilchen hier sind: durch ihre unsicheren Bewegungen, die komische Vorsicht, mit der sie an das runde Fenster herantreten, die Scheu, mit der sie um die in den Boden eingelassenen Scheiben aus Panzerglas schleichen und mit der Zehenspitze ängstlich ihre Stabilität prüfen.

Meiner Schätzung nach belief sich die Zahl der Besucher auf etwa zwei Dutzend. Kinder waren nirgends zu sehen, und aus irgendeinem Grund malte ich mir in aller Deutlichkeit aus, wie sie plötzlich einen hysterischen Anfall bekamen, sobald sie sich dem Turm näherten, wie perplex und wütend ihre Eltern darauf reagierten. Kinder spüren Dunkle weitaus besser.

Auch die Besucher der Plattform wirkten verstört, niedergeschlagen. Sie fesselte nicht das Moskau, das sich unter ihnen erstreckte, in bunte Lichter getaucht, diese grelle, normalerweise so festliche Stadt, sei es auch ein Gelage in Zeiten der Pest, so doch ein schönes Gelage. Jetzt genoss niemand diesen Anblick. Der Atem des Dunkels herrschte über allem, unsichtbar selbst für mich, aber zu spüren, erstickend wie Grubengas, das keinen Geschmack hat, keine Farbe, keinen Geruch.

Ich schaute auf den Boden, fand meinen Schatten und trat in ihn hinein. Ein Wachmann stand in meiner Nähe, nur zwei Schritt von mir entfernt, neben einer in den Boden eingelassenen Scheibe. Mit freundlichem, jedoch leicht irritiertem Blick musterte er mich. Im *Zwielicht* bewegte er sich nicht sehr sicher, woraus ich schlussfolgerte, dass für die Sicherheit des Einsatzstabs längst nicht die besten Kräfte abgestellt worden waren. Ein kräftiger junger Mann in streng geschnittenem grauem Anzug und weißem Hemd, mit einer Krawatte in gedecktem Ton – ein Bankangestellter, aber kein Diener des Dunkels.

»Hallo, Anton«, sprach mich der Magier an.

Einen Moment lang stockte mir der Atem.

So dumm konnte ich doch nicht sein, oder? So grauenvoll, so fürchterlich naiv?

Man hatte mir aufgelauert, mich getäuscht, einen weiteren Bauern geopfert und sogar – wie auch immer – jemanden hinzugezogen, der schon vor Urzeiten ins *Zwielicht* eingegangen war.

»Was machst du denn hier?«

Mein Herzschlag setzte wieder ein und fand seinen Rhythmus. Alles war so einfach, so unendlich einfach.

Der ermordete Dunkle Magier war mein Namensvetter.

»Mir ist da was aufgefallen. Jetzt brauch ich neue Anweisungen.«

Der Wachmann runzelte die Stirn. Vermutlich stimmte meine Art zu sprechen nicht ganz. Trotzdem durchschaute er mich immer noch nicht.

»Deinen Ausweis, Anton. Sonst kann ich dich nicht durchlassen, das weißt du selbst.«

»Du bist verpflichtet, mich durchzulassen«, platzte ich auf gut Glück heraus. Bei uns in der Wache gelangt jeder zum Einsatzstab, der seinen Sitz kennt.

»Weshalb das?« Er lächelte, doch seine rechte Hand wanderte langsam nach unten.

Der Stab an seinem Gürtel war bis zum Anschlag aufgeladen. Ein beinerner Stab, kunstvoll aus einem Unterschenkelknochen geschnitzt, mit einem kleinen rubinroten Kristall an der Spitze. Ich brauchte nur herumzudrucksen, mich zu verschließen – und ein gewaltiger Kraftausstoß würde Panik unter allen Anderen um uns herum auslösen.

Ich nahm meinen Schatten vom Boden auf und trat in die zweite Schicht des *Zwielichts*.

Kälte.

Nebel wallte auf, genauer, nicht Nebel, sondern Wolken. Über der Erde hängende feuchte schwere Wolken. Den Fernsehturm von Ostankino gab es hier nicht mehr, diese Welt hatte die letzte Ähnlichkeit mit der menschlichen eingebüßt. Auf wattigen

Wolken, über aufgequollene Tropfen ging ich weiter, einen unsichtbaren Weg entlang. Die Zeit dehnte sich dahin – eigentlich fiel ich nämlich nach unten, doch so langsam, dass es nicht zu merken war. Hoch im Himmel leuchteten drei Monde, die als trübe Flecken den Wolkenschleier durchbrachen, ein weißer, ein gelber und ein blutroter. Vor mir entstand ein Blitz, der anschwoll, spitze Geschosse spie, sich durch die Wolken bohrte, eine verzweigte Furche in sie einbrannte.

Ich trat an einen diffusen Schatten heran, der in quälendem Zeitlupentempo an seinen Gürtel griff, nach seinem Stab langte. Fing seine Hand ab, eine schwere, unnachgiebige Hand, kalt wie Eis. Die sich nicht aufhalten ließ. Ich musste mich losreißen, wieder rauf in die erste Schicht des *Zwielichts* und ein Handgemenge anfangen. Mit einigen Aussichten auf den Sieg.

Licht und Dunkel, ich bin doch bloß Programmierer! Ich habe mich nie darum gerissen, an vorderster Front zu kämpfen! Lasst mich meine Arbeit machen, die ich beherrsche und liebe!

Doch sowohl das Licht wie auch das Dunkel schwiegen, wie sie immer schweigen, wenn man sie anruft. Und nur eine amüsierte Stimme, die ab und an in jeder Seele erklingt, flüsterte: »Niemand hat dir eine saubere Arbeit versprochen.«

Ich sah auf den Boden. Mein Füße standen zehn Zentimeter unter denen des Dunklen Magiers. Ich fiel, hatte jeden Halt in dieser Realität verloren, hier gab es keinen Fernsehturm und keine Analogien für ihn – es gibt keine derart dünnen Felsen, noch derart hohe Bäume.

Wie gern hätte ich saubere Hände behalten, ein heißes Herz und einen kühlen Kopf. Doch aus irgendeinem Grund vertrugen sich diese drei Faktoren nicht. Unter keinen Umständen. Der Wolf, die Ziege und der Kohlkopf – wo ist der wahnsinnige Fährmann, der sie zusammen ins Boot nimmt?

Und wo ist der Wolf, der, nachdem er die Ziege verschlungen hat, darauf verzichten würde, den Bootsmann zu kosten?

»Gott weiß es«, sagte ich. Meine Stimme verlor sich in den Wolken. Ich ließ die Hand los, griff nach dem Schatten des Dunklen Magiers, diesem feuchten Fetzen, der sich im Raum auflöste. Zog ihn hoch, warf ihn auf den Körper und stieß den Dunklen in die zweite Schicht des *Zwielichts*.

Er schrie auf, als die Welt ringsum den Anschein von Sicherheit verlor. Vermutlich hatte er noch nie die Gelegenheit gehabt, weiter als bis zur ersten Schicht ins *Zwielicht* einzutauchen. Die Energie für diesen Ausflug lieferte zwar ich, doch die Empfindungen waren ihm völlig neu.

Indem ich mich auf die Schultern des Dunklen stemmte, drückte ich ihn nach unten. Und hastete selbst hoch, indem ich erbarmungslos auf den gekrümmten Rücken trat.

Der Weg der Großen Magier nach oben führt immer über den Rücken anderer.

»Du Schweeeiiin! Anton, du Schwein!«

Selbst jetzt begriff der Dunkle nicht, wer ich war. Das würde er erst, wenn er den Kopf drehte – er, der er bereits ausgestreckt dalag und als Halt für meine Füße diente –, wenn er den Kopf drehte und mir ins Gesicht sah. Denn hier, in der zweiten Schicht des *Zwielichts*, brachte mir die grobe Maskierung natürlich gar nichts. Er riss die Augen auf, röchelte kurz, heulte auf und klammerte sich an meine Beine.

Aber noch immer verstand er nicht, was ich tat und wozu.

Ich schlug ihn mehrmals hintereinander, trat ihm mit den Absätzen auf die Finger und ins Gesicht. Für einen Anderen ist das nicht so schlimm, aber es ging mir ja nicht darum, ihm körperlichen Schaden zuzufügen. Runter, runter mit dir, fall, knalle durch alle Realitätsschichten hindurch, durch die Menschenwelt und das *Zwielicht*, durch das nachgiebige Gewebe des Raums. Ich habe weder die Zeit noch die Fähigkeiten, um mich mit dir auf ein richtiges Duell nach allen Gesetzen der Wachen einzulassen – nach jenen Regeln, die für junge Lichte und ihren Glauben an das Gute und das Böse, an die Unzerstörbarkeit der

Dogmen, an die Notwendigkeit der Abrechnung erarbeitet worden sind ...

Sobald ich der Ansicht war, der Dunkle sei weit genug nach unten gestampft worden, stieß ich mich von dem breitgetretenen Körper ab, sprang in den kalten schlierigen Nebel und zog mich aus dem *Zwielicht*.

Direkt in die Menschenwelt hinein. Direkt auf die Aussichtsplattform.

Ich fand mich auf einer Glasplatte wieder, in der Hocke, schwer atmend, mit einem plötzlichen Hustenanfall kämpfend, klatschnass vom Kopf bis zu den Zehen. Der Regen der anderen Welt roch nach Salmiak und Asche.

Ein leichter Seufzer erklang ringsum – die Menschen machten einen Bogen um mich, wichen vor mir zurück.

»Alles in Ordnung!«, krächzte ich. »Hören Sie?«

Ihre Augen konnten dem partout nicht zustimmen. An der Wand stand ein uniformierter Wachmann, ein rechtschaffener Angestellter vom Fernsehturm, der jetzt mit versteinerter Miene die Pistole aus der Tasche zog.

»Das ist nur zu Ihrem Besten«, sagte ich, während mich ein weiterer Hustenanfall packte. »Haben Sie mich verstanden?«

Ich gestattete der Kraft, sich loszureißen und den Verstand der Anwesenden zu streifen. Die Gesichter entspannten sich nach und nach, nahmen einen gelösten Ausdruck an. Langsam wandten sich die Menschen ab, drückten sich die Nase wieder an den Fenstern platt. Der Wachmann hielt mitten in der Bewegung inne, die Hand an der geöffneten Pistolentasche.

Erst in diesem Moment erlaubte ich mir einen Blick auf den Boden. Und erstarrte.

Der Dunkle war noch da. Schrie. Wie schwarze Fünfkopekenstücke wirkten seine Augen, die Schmerz und Entsetzen aufrissen. Er hing unter der Scheibe, hing an den Fingerspitzen, die im Glas steckten, sein Körper schwankte wie ein Pendel unter den Windstößen hin und her, die Ärmel des weißen Hemdes waren von Blut getränkt. Der Stab befand sich noch immer an seinem Gürtel: Der Magier hatte ihn völlig vergessen. Jetzt war nur ich ihm geblieben, auf der anderen Seite des dreifachen Panzerglases, in dem trockenen, warmen und hellen Gehäuse der Aussichtsplattform, auf der anderen Seite von Gut und Böse. Ich, ein Lichter Magier, der über ihm saß und seinen durch Schmerz und Angst irre gewordenen Blick einfing.

»Hast du gedacht, wir würden immer ehrlich kämpfen?«, fragte ich. Irgendwie hatte ich den Eindruck, er würde mich hören, selbst durch das Glas und das Heulen des Windes hindurch. Ich erhob mich und schlug mit dem Absatz auf die Scheibe ein. Einmal, zweimal, dreimal – auch wenn die Tritte nicht bis zu den im Glas gefangenen Fingern gelangten.

Der Dunkle Magier zuckte krampfhaft zusammen, riss die Hand weg, brachte sie vor dem näher kommenden Absatz in Sicherheit, reflexartig, auf seine Instinkte vertrauend, nicht auf seinen Verstand.

Was das Fleisch nicht aushielt.

Das Glas färbte sich kurz rot ein, doch schon in der nächsten Sekunde fegte der Wind das Blut weg. Übrig blieb nur die Silhouette des Dunklen Magiers, die kleiner und kleiner wurde, sich in der Luft überschlug. Es zog sie hinunter zu den *Drei kleinen Schweinchen*, einer beliebten Bar am Fuße des Turms.

Eine unsichtbare Uhr, die in meinem Bewusstsein tickte, ließ die Zeiger wandern und verkürzte die verbleibende Zeit mit einem Schlag auf die Hälfte.

Ich trat von der Glasscheibe weg, drehte eine Runde über die Plattform, achtete dabei aber nicht auf die Menschen, die mir von selbst auswichen, sondern spähte ins *Zwielicht*. Keine weitere Wache. Wo also hockte der Stab? Oben, in den Räumen, zu denen Besucher keinen Zutritt hatten? Zwischen den Apparaturen? Das glaubte ich nicht. Die dürften sich etwas Komfortableres gesucht haben.

Ein weiterer Wachmann stand an der Treppe, die nach unten

ins Restaurant führte. Ein Blick genügte, um zu begreifen: Ihn hatte schon jemand beeinflusst, und zwar erst vor kurzem. Zum Glück nur sehr oberflächlich.

Und was für ein irrsinniges Glück, dass sie diese Manipulation überhaupt für nötig hielten. Das hieß, die Würfel waren noch nicht gefallen.

Der Wachmann öffnete den Mund und wollte losschreien.

»Schweig! Gehen wir!«, befahl ich ihm bloß.

Ohne ein Wort zu sagen, kam er mir nach.

Wir gingen zur Toilette – einer kleinen kostenlosen Attraktion des Turms, das höchste Pissoir und die höchsten Kloschüsseln in Moskau, wenn jemand seine Spur in den Wolken hinterlassen wollte. Ich fuchtelte mit der Hand, worauf ein pickliger Teenager, sich die Hosen zuknöpfend, aus einer der Kabinen stürzte und ein Mann am Pissoir grunzte, dann aber doch mit dem Pinkeln aufhörte und sich mit glasigem Blick davonmachte.

»Zieh dich aus«, befahl ich dem Wachmann, während ich das feuchte Sweatshirt über den Kopf zog.

Die Pistolentasche ließ sich nicht schließen, meine Desert Eagle war um einiges wuchtiger als seine gute alte Makarow. Mich beunruhigte das nicht weiter. Hauptsache, die Uniform passte einigermaßen.

»Wenn du Schüsse hörst«, sagte ich dem Wachmann, »gehst du runter und erfüllst deine Pflicht. Verstanden?«

Er nickte.

»Ich bekehre dich zum Licht«, sprach ich die Formel der Anwerbung. »Verleugne das Dunkel, verteidige das Licht. Ich verleihe dir den Blick, um das Gute vom Bösen zu unterscheiden. Ich verleihe dir den Glauben, dem Licht zu folgen. Ich verleihe dir die Kühnheit, gegen das Dunkel zu kämpfen.«

Früher hatte ich gedacht, ich könnte niemals von dem Recht, Freiwillige abzuwerben, Gebrauch machen. Wie unbeeinflusst wäre ihre Entscheidung, wenn sie im tiefsten Dunkel steckten? Wie durfte man einen Menschen für unser Spiel gewinnen, wenn die Wachen selbst als Gegengewicht zu dieser Praxis gegründet worden waren?

Jetzt handelte ich, ohne zu zögern. Nutzte das Schlupfloch, das die Dunklen gelassen hatten, als sie den Wachmann mit dem Schutz ihres Stabes betraut hatten, für den Fall der Fälle, wie man sich in der Wohnung einen kleinen Hund hält, der zwar nicht beißen, aber kläffen kann. Damit hatte ich das Recht, den Mann auf die andere Seite zu zerren, ihn hinter mir herzuziehen. Denn er war weder gut noch böse, sondern ein ganz normaler Mensch, mit einer maßvoll geliebten Frau, alten Eltern, um die er sich regelmäßig kümmerte, einer kleinen Tochter und einem fast erwachsenen Sohn aus erster Ehe, einem schwach ausgeprägten Glauben an Gott, wirren moralischen Prinzipien und ein paar Standardträumen – ein ganz normaler Mensch eben.

Kanonenfutter für die Armeen des Lichts und des Dunkels.

»Das Licht ist mit dir«, sagte ich. Und der kleine, bemitleidenswerte Mensch nickte und strahlte übers ganze Gesicht. In seinen Augen loderte Anbetung auf. Genauso hatte er vor ein paar Stunden den Dunklen Magier angeschaut, der ihm einen ungenauen Befehl gegeben und ihm mein Foto gezeigt hatte.

In einer Minute würde der Wachmann in meiner feuchten und stinkenden Kleidung an der Treppe stehen. Ich würde hinuntergehen und mir klar zu machen versuchen, wie ich reagieren sollte, wenn Sebulon zum Stab gehörte. Oder ein anderer Magier seines Ranges.

Mit meinen Fähigkeiten würde ich diese Maskierung auch nicht eine Sekunde lang aufrechterhalten können.

Der Bronzene Saal. Ich trat zur Tür hinaus, schaute auf den absurden ringförmigen Speisewagen. Der Ring mit den darauf angebrachten Tischchen drehte sich langsam.

Aus irgendeinem Grund hatte ich angenommen, die Dunklen hätten ihren Stab im Goldenen oder Silbernen Saal untergebracht. Ich war sogar leicht verwundert von dem Bild, das sich mir darbot.

Die Kellner schwammen wie Fische im Winter, brachten alkoholische Getränke an die Tische, die hier eigentlich verboten waren. Auf zwei Tischen direkt vor mir standen Computer, beide an ein Handy angeschlossen. Man hatte gar nicht erst Kabel zu den zahllosen Verbindungen des Turms gelegt, der Stab wollte also nicht lange bleiben. Drei junge Kerle mit langen Haaren arbeiteten konzentriert – die Finger hüpften über die Tastatur, auf den Bildschirmen krochen die Zeilen dahin, in den Aschern qualmten die Zigaretten. Obwohl ich die Programmierer der Dunklen noch nie gesehen hatte, wusste ich, dass es sich bei ihnen um einfache Operator handelte, nicht um Systemadministratoren. Sie unterschieden sich in nichts von einem unserer Magier, der im Stab an einem ans Internet angeschlossenen Laptop arbeitet. Vielleicht sahen sie sogar anständiger aus als einige von unseren Leuten.

»Sokolniki ist vollständig abgedeckt«, sagte einer der drei. Nicht sehr laut, doch die Stimme dröhnte durchs ganze Panorama-Restaurant, ließ die Kellner zusammenzucken und stolpern.

»Die Linie Taganskaja-Krasnopresnenskaja haben wir unter Kontrolle«, erwiderte ein anderer. Die Jungs sahen sich an und lachten. Wahrscheinlich wetteiferten sie, wer seine Abschnitte zuerst abgearbeitet hatte.

Fangt mich doch, fangt mich!

Ich ging durchs Restaurant auf die Bar zu. Achtet nicht auf mich! Bin nur ein hilfloser Mann, einer von denen, die kurzfristig zum Wachhund abkommandiert wurden. Ein Wachmann, der ein Bier trinken wollte – ja, war ihm denn jedes Verantwortungsgefühl abhanden gekommen? Oder wollte er sich von der Sicherheit der neuen Herren überzeugen? Im Dienste seiner Majestät die Wache nachts auf Streife geht. Taram, pam, pam, tara-ra-ra ...

Eine ältere Frau an der Biertheke polierte mit mechanischen Bewegungen Gläser. Als ich mich vor sie stellte, schenkte sie mir schweigend ein Bier ein. In ihren Augen war es leer und dunkel, sie hatte sich in eine Marionette verwandelt. Einen kurzen heftigen Wutanfall konnte ich mit Mühe unterdrücken. Das durfte nicht sein. Gefühle waren nicht erlaubt. Ich bin auch ein Automat. Puppen haben keine Emotionen.

Dann sah ich die junge Frau, die auf einem hohen Drehhocker an der Bar saß, und abermals sank mir das Herz.

Wie hatte ich das vergessen können?

Jeder Einsatzstab muss seinen Gegner informieren. In jedem Einsatzstab gibt es einen Beobachter. Das ist ein Teil des Vertrages, eine der Spielregeln, die beiden Seiten nützt – oder zu nützen scheint. Bei jedem Einsatz unseres Stabs ist ebenfalls ein Dunkler dabei.

Hier saß Tigerjunges.

Zunächst streifte mich der Blick der Frau ohne besonderes Interesse, und ich hoffte schon, alles würde glatt gehen.

Dann wanderten ihre Augen zu mir zurück.

Sie sah schon den Wachmann, dessen Gestalt ich angenommen hatte. Und irgendetwas stimmte nicht mit den in ihren Gedächtnis abgespeicherten Zügen überein. Beunruhigte sie. Ein Moment, und sie schaute mich durchs *Zwielicht* an.

Reglos stand ich da, versuchte nicht, mich zu verbergen.

Die Frau wandte den Blick ab, fixierte den ihr gegenübersitzenden Magier. Kein schwacher Magier, sein Alter schätzte ich auf etwa hundert Jahre, seine Kraft mindestens auf die dritte Stufe. Kein schwacher Magier, aber ein selbstzufriedener.

»So oder so handelt es sich bei eurem Vorgehen um eine Provokation«, sagte sie in ruhigem Ton. »Die Tagwache weiß doch, dass Anton nicht der Wilde ist.«

»Sondern?«

»Ein uns unbekannter, nicht initiierter Lichter Magier. Ein Lichter, der von den Dunklen kontrolliert wird.«

»Wozu das denn, Mädel?«, wunderte sich der Magier aufrichtig. »Erklär mir das mal bitte. Wozu sollten wir unsere Leute umbringen, selbst wenn es nicht die wertvollsten sind?«

»›Nicht die wertvollsten‹ ist der Schlüssel zu allem«, meinte Tigerjunges melancholisch.

»Ja, wenn wir die Möglichkeit hätten, das Oberhaupt der Moskauer Lichten zu vernichten. Doch an den kommen wir wie üblich nicht ran. Aber zwei Dutzend Leute opfern für einen einzigen durchschnittlichen Lichten? Das ist nicht dein Ernst. Oder hältst du uns alle für Idioten?«

»Nein, ich halte euch für Schlauköpfe. Wahrscheinlich sogar für größere Schlauköpfe als mich.« Tigerjunges setzte ein unschönes Lächeln auf. »Aber ich bin nur eine Fahnderin. Die Schlussfolgerungen ziehen andere. Und dass sie das tun, steht außer Frage.«

»Wir fordern ja nicht, dass er auf der Stelle bestraft wird!« Der Dunkle lächelte. »Selbst jetzt schließen wir die Möglichkeit eines Fehlers nicht aus. Das Tribunal, eine qualifizierte und unvoreingenommene Untersuchung, Gerechtigkeit – das ist alles, was wir wollen!«

»Aber es ist schon reichlich merkwürdig, dass euer Oberhaupt Anton mit der Geißel Schaabs nicht erwischen konnte.« Die Frau schnippte mit dem Finger gegen das halb leere Bierseidel. »Wirklich bemerkenswert. Seine liebste Waffe, die er seit Hunderten von Jahren in vollendeter Form beherrscht. Als ob die Tagwache gar kein Interesse daran hätte, Anton zu fassen.«

»Mein liebes Mädchen«, der Dunkle beugte sich über den Tisch, »das ist doch inkonsequent! Ihr solltet uns nicht vorwerfen, einerseits einen Unschuldigen, einen gesetzestreuen Lichten, zu verfolgen, es aber andererseits gar nicht auf seine Festnahme anzulegen.«

»Warum nicht?«

»Das ist so ein kleinlicher Sadismus.« Der Magier kicherte. »Das Gespräch bereitet mir ein außerordentliches Vergnügen.

Ihr haltet uns doch nicht etwa für eine Bande durchgedrehter blutrünstiger Psychopathen?«

»Nein, wir halten euch für eine Bande durchtriebener Halunken.«

»Dann lass uns doch mal unsere Methoden vergleichen.« Offenbar sattelte der Dunkle sein Steckenpferd. »Lass uns den Schaden vergleichen, den die Wachen unter einfachen Menschen, unter unserer Futterbasis, anrichten.«

»Das trifft nur für euch zu, dass Menschen Futter sind.«

»Und für euch nicht? Kommen denn die Lichten jetzt von den Lichten und nicht mehr aus der Menge?«

»Für uns sind die Menschen die Wurzeln. Unsere Wurzeln.«

»Von mir aus auch Wurzeln. Wozu um Worte streiten? Doch dann sind es auch unsere Wurzeln, Mädel. Und sie versorgen uns mit immer mehr Saft, das verhehle ich gar nicht, das ist kein Geheimnis.«

»Wir werden aber auch nicht weniger. Auch das ist kein Geheimnis.«

»Sicher. Wir leben in stürmischen Zeiten, voller Stress und Anspannung, die Menschen gehen ständig bis an ihre Grenze – und von da bis zu uns Anderen ist es nur ein kleiner Schritt. Wenigstens darin könnten wir uns doch mal einig sein!« Der Magier gickste.

»Gut«, stimmte Tigerjunges zu. In meine Richtung blickte sie nicht mehr, das Gespräch kreiste um das ewige, unerschöpfliche Thema, über das man hitzig stritt, über das sich die Philosophen beider Seiten die Köpfe einschlugen, nicht nur zwei Magier, ein Dunkler und ein Lichter, die sich langweilten. Mir war klar, dass Tigerjunges bereits alles gesagt hatte, was ich wissen musste.

Oder alles, was sie zu sagen für möglich hielt.

Ich nahm das Bierglas, das vor mir stand. Trank einige gleichmäßige, tiefe Schlucke. Ich hatte wirklich Durst.

War die Jagd nur vorgetäuscht?

Ja. Das hatte ich selbst auch schon begriffen. Das Wichtigste, was ich jetzt hatte in Erfahrung bringen müssen, war, ob unsere Leute das auch so sahen.

Den Wilden hatten sie also noch nicht gefasst?

Natürlich nicht. Andernfalls hätten sie sich schon mit mir in Verbindung gesetzt. Telefonisch oder mental, für den Chef ist das ein Kinderspiel. Der Mörder wäre dem Tribunal übergeben worden, Swetlana würde nicht länger zwischen dem Wunsch zerrissen, mir zu helfen, und der Notwendigkeit, sich aus einem Kampf herauszuhalten, und ich würde Sebulon ins Gesicht lachen.

Aber wie, wie sollte man in einer Riesenstadt einen Menschen finden, dessen Fähigkeiten sich nur spontan Bahn brechen? Auflodern und verlöschen. Von Mord zu Mord, von einem nutzlosen Sieg über das Böse zum nächsten? Wenn er den Dunklen wirklich bekannt wäre, würde nur die Führungsspitze dieses Geheimnis kennen.

Aber ganz gewiss nicht diese Dunklen, die hier ihre Zeit verplemperten.

Angewidert sah ich mich um.

Das stank doch zum Himmel!

Der Wachmann, den ich so leicht umgebracht hatte. Ein Magier dritten Grades, der sich voller Eifer mit unserer Beobachterin in Spitzfindigkeiten erging und alles um sich herum vergaß. Diese jungen Kerle an den Terminals, die lauthals schrien: »Zvetnoj Boulevard überprüft!«

»Poleshajewskaja unter Kontrolle!«

Das also ist der Einsatzstab. Genauso absurd und unqualifiziert wie die unerfahrenen Dunklen, die mich in der ganzen Stadt jagen. Gewiss, das Netz ist ausgeworfen, aber niemand schert sich darum, wie viele Löcher es hat. Je wildere Finten ich schlage, je stärker ich zapple, desto besser für das Dunkel. Im Großen und Ganzen natürlich. Swetlana wird es nicht aushalten. Sie wird sich in den Kampf stürzen. Wird zu helfen versuchen, wird spüren, wie in ihr echte Kraft aufkeimt. Niemand von uns wird sie aufhalten können. Und dann ist es aus mit ihr.

»Wolgograder Prospekt.«

Ich könnte sie ja jetzt allesamt abschlachten und abschießen! Alle bis auf den Letzten! Diesen Abfall des Dunkels, diese Wichte, diese Dumpfbacken, die entweder keine Perspektive oder zu viele Fehler haben. Nicht allein, dass es für die Dunklen nicht schade um die ist – sie stören nur, laufen ihnen zwischen den Beinen herum. Die Tagwache ist kein Armenhaus wie wir manchmal. Die Tagwache entledigt sich der überflüssigen Mitarbeiter, wobei sie uns gern die Arbeit überlässt. Und damit Trümpfe einstreicht, das Recht auf Gegenzüge, auf eine Veränderung des Gleichgewichts.

Und jene *Zwielicht*-Gestalt, die mir den Fernsehturm in Ostankino gezeigt hatte, war eine Ausgeburt des Dunkels. Eine Rückversicherung, falls ich nicht erriet, wohin ich in den Kampf ziehen sollte.

Während die eigentlichen Ereignisse ein einziger Anderer koordinierte.

Sebulon.

Gegen mich persönlich hatte er natürlich nicht das Geringste. Warum dann also diese komplizierten und schädlichen Gefühle in einem so ernsten Spiel? Solche wie mich verspeist er haufenweise zum Frühstück, nimmt sie vom Spielbrett und tauscht sie gegen seine Bauern aus.

Wann glaubte er, dass die Partie verloren sei, dass er das Finale inszenieren müsse?

»Haben Sie Feuer?«, fragte ich, während ich das Glas abstellte und mir die auf dem Tresen liegende Schachtel Zigaretten schnappte. Irgendjemand hatte sie vergessen, vielleicht ein Gast des Restaurants, der wie von Sinnen davongestürzt war, vielleicht ein Dunkler.

In den Augen von Tigerjunges loderte es böse auf, sie spannte sich an. Noch einen Augenblick, das sah ich, und die Zauberin würde ihre Kampfgestalt annehmen. Vermutlich hatte sie die Kräfte des Gegners ebenfalls abgewogen und rechnete sich ernsthaft Chancen auf einen Sieg aus.

Doch das war nicht nötig.

Der Dunkle Magier, der alte Magier dritten Grades, hielt mir unachtsam das Feuerzeug hin. Das Ronson zischte melodisch und spuckte eine kleine Flammenzunge aus.

»Ständig beschuldigt ihr das Dunkel«, fuhr der Magier fort, »ein doppeltes Spiel zu spielen, heimtückisch zu sein, zu provozieren. All das hat nur einen Zweck: eure eigene Lebensunfähigkeit zu kaschieren. Das eigene Unvermögen, die Welt und ihre Gesetze zu verstehen. Und damit letztendlich auch die Menschen. Ihr solltet zugeben, dass die Prognosen der Dunklen weitaus zutreffender sind. Indem wir den natürlichen Bedürfnissen der menschlichen Seele Tribut zollen, ziehen wir sie auf unsere Seite. Und was bringt euch eure Moral? Eure Lebensphilosophie? Hm?«

Ich machte den ersten Zug, nickte freundlich und ging zur Treppe. Tigerjunges schaute mir irritiert nach. Versteh, errat doch selbst, warum ich jetzt gehe.

Alles, was ich hier erfahren konnte, hatte ich erfahren.

Genauer gesagt, fast alles.

Ich beugte mich über einen Brillenträger mit kurzem Haarschnitt, der in seinen Laptop kroch.

»Welche Bezirke schließen wir als letzte?«, fragte ich sachlich.

»Botanischer Garten und die ›Errungenschaften‹«, antwortete er, ohne mich anzusehen. Der Cursor huschte über den Bildschirm. Der Dunkle gab Befehle, kostete seine Macht aus, bewegte auf der Karte Moskaus purpurrote Punkte. Ihn von seiner Aufgabe loszureißen würde schwieriger sein, als ihn von seiner Freundin loszueisen.

Sie können nämlich auch lieben.

»Danke«, sagte ich und versenkte die brennende Zigarette in dem vollen Ascher. »Du hast mir sehr geholfen.«

»Null Problemo«, winkte der Operator ab, den Blick fest auf den Bildschirm geheftet. Seine Zunge arbeitete mit, als er einen weiteren Punkt auf der Karte anklickte: ein ganz gewöhnlicher Dunkler auf Treibjagd. Was freust du dich bloß so, Freundchen? Diejenigen, die die Fäden ziehen, tauchen auf deiner Karte nie auf. Du solltest lieber mit Zinnsoldaten spielen, das würde dir den gleichen Machtrausch bescheren.

Ich raste die Wendeltreppe hinunter. Die Wut, mit der ich hierher gekommen war – um zu töten, eher aber noch um getötet zu werden –, war verpufft. Wahrscheinlich überkommt jeden Soldaten in der Schlacht irgendwann eiskalte Ruhe. Wie auch einem Chirurgen die Hände nicht mehr zittern, sobald ihm ein Kranker auf dem OP-Tisch wegzusterben beginnt.

Welche Varianten hast du vorhergesehen, Sebulon?

Dass ich in den Netzen der Treibjagd zu zappeln beginne und damit Lichte wie Dunkle anziehe, einfach alle, vor allem aber Swetlana?

Vorbei.

Dass ich mich ergebe oder gefangen werde und ein zäher, langwieriger, aufreibender Prozess beginnt, der mit einem wahnsinnigen Ausbruch Swetlanas vor dem Tribunal endet?

Vorbei.

Dass ich den Kampf mit dem ganzen operativen Stab aus angeschmierten Magiern aufnehme, alle erschlage, dabei aber in einer Falle sitze, drei Kilometer über dem Erdboden, und Swetlana zum Turm eilt?

Vorbei.

Dass ich mich in den Stab einschleiche, die Ohren aufhalte, mitkriege, dass keiner der Anwesenden etwas über den Wilden weiß, und versuche, Zeit zu schinden?

Schon eher.

Der Ring zieht sich zusammen, das ist mir klar. Er ist am Stadtrand geschlossen worden, am Autobahnring, dann wurde die Stadt in Bezirke unterteilt und von den Hauptverkehrsstraßen abgeschnitten. Noch reicht die Zeit, um ins nahe gelegene, nicht durchkämmte Umland zu fliehen, einen Unterschlupf zu suchen und unterzutauchen. Einen einzigen Rat hatte der Chef mir gegeben: durchhalten und auf Zeit spielen, während die Nachtwache alles daran setzt, den Wilden zu finden.

Du lockst mich doch nicht zufällig in den Bezirk, in dem es im Winter zu unserm kleinen Handgemenge gekommen ist, oder? Ich kann es nicht vergessen, werde also auf die eine oder andere Weise unter dem Einfluss meiner Erinnerungen handeln.

Die Plattform war inzwischen leer. Völlig. Die letzten Besucher waren davongeeilt, Personal gab es auch nicht – nur der von mir rekrutierte Mann stand an der Treppe, hielt die Pistole fest in der Hand und schaute mit glühendem Blick nach unten.

»Ziehen wir uns wieder um«, befahl ich. »Nimm die Dankbarkeit des Lichts entgegen. Danach wirst du alles vergessen, worüber wir gesprochen haben. Du gehst nach Hause. Erinnerst dich nur noch daran, dass dies ein völlig normaler Tag war, genau wie gestern. Ohne besondere Vorkommnisse.«

»Ohne besondere Vorkommnisse«, echote der Wachmann sofort, während er aus meinen Sachen schlüpfte. Die Menschen sind leicht zum Licht oder zum Dunkel zu bringen, aber am glücklichsten sind sie, wenn man sie einfach sie selbst sein lässt.

Sechs

Sobald ich aus dem Turm herauskam, hielt ich inne und steckte die Hände in die Taschen. Im Stehen schaute ich mir die gen Himmel gerichteten Scheinwerferstrahlen an, die beleuchtete Bude an der Eingangskontrolle.

Nur zwei Punkte verstand ich nicht in diesem Spiel, das die Wachen trieben, genauer gesagt, die Leitungen der Wachen.

Der ins *Zwielicht* Entschwundene – wer war er, auf wessen Seite stand er? Wollte er mich warnen oder täuschen?

Und Jegor? Hatten wir uns zufällig getroffen oder nicht? Falls nicht, was war es dann, ein Knoten des Schicksals oder nur ein Zug Sebulons?

Über die Bewohner des *Zwielichts* wusste ich so gut wie nichts. Vielleicht wusste noch nicht einmal Geser etwas über sie.

Über Jegor dagegen konnte ich nachdenken.

Bei ihm handelte es sich um eine Karte, die noch nicht ausgeteilt worden war. Obwohl von niedrigem Wert, blieb er ein Trumpf, so wie wir alle. Und auch auf die kleinen Trümpfe kann man nicht ohne weiteres verzichten. Jegor war bereits ins *Zwielicht* eingetreten, das erste Mal, als er versucht hatte, mich zu sehen, das zweite Mal, um sich vor der Vampirin zu retten. Keine gute Ausgangsposition, ehrlich gesagt. Beide Male hatte ihn Angst geleitet, was bedeutete, dass seine Zukunft schon fast entschieden war.

Ein paar Jahre konnte er sich noch auf der Grenze zwischen

einem Menschen und einem Anderen halten, aber sein Weg würde zu den Dunklen führen.

Der Wahrheit sieht man besser ins Auge.

Wahrscheinlich würde er ein Dunkler. Und es spielt keine Rolle, dass Jegor bisher ein ganz normaler lieber Junge gewesen ist. Wenn ich das hier überlebe, muss ich irgendwann seine Papiere verlangen oder meine vorlegen, wenn wir uns begegnen.

Vermutlich kann Sebulon ihn manipulieren. Ihn an einen Ort treiben, an dem ich mich befinde. Was den Gedanken nahe legt, dass er meinen Standort aufs Beste spüren kann. Doch damit rechne ich ohnehin.

Doch hatte unsere »zufällige« Begegnung einen Sinn?

Ja, wenn ich mir die Aussage des Operators vor Augen halte: Der Bezirk um die Metrostation »Ausstellung der Errungenschaften der Volkswirtschaft« war noch nicht durchkämmt. Könnte mich da nicht der irrsinnige Gedanke packen, den Jungen zu benutzen, mich bei ihm zu Hause zu verstecken oder ihn um Hilfe zu rufen? Könnte ich da nicht zu ihm gehen?

Nein, zu kompliziert. Viel zu kompliziert. Man hätte mich sowieso leicht fassen können. Irgendwas hatte ich übersehen, irgendwas überaus Wichtiges.

Ich ging Richtung Straße, ohne noch einmal auf den Fernsehturm zu schauen, der heute den getürkten Stab der Dunklen beherbergte, vergaß fast den verkrüppelten Körper des wachhabenden Magiers, der jetzt irgendwo am Fuße des Turms lag. Was wollten die von mir? Was? Fangen wir mal damit an.

Ich sollte den Köder abgeben. Der Tagwache in die Hände fallen. Und zwar auf eine Weise, die keine Zweifel an meiner Schuld ließ; was faktisch bereits geschehen war.

Das würde Swetlana nicht ertragen. Wir können sie und ihre Angehörigen verteidigen. Wir sind aber nicht imstande, ihre eigenen Entscheidungen zu beeinflussen. Und wenn sie mich retten, mich aus den Verliesen der Tagwache befreien, mich beim Tribunal herausboxen wollte, würden die sie ohne mit der Wimper zu zucken vernichten. Das ganze Spiel zielt darauf ab, dass sie einen falschen Zug macht. Ist vor langer Zeit eingefädelt worden, damals, als der Dunkle Magier Sebulon das Auftauchen einer Großen Zauberin voraussah und erkannte, welche Rolle ich dabei spielen sollte. Danach wurden die Fallen aufgestellt. Die erste hat versagt. Die zweite hat ihr gieriges Maul schon geöffnet. Möglicherweise wartet noch eine dritte auf mich.

Aber was hat der Junge damit zu tun, dessen magische Fähigkeiten noch nicht zu Tage treten konnten?

Ich blieb stehen.

Er war doch ein Dunkler, oder?

Wer von uns bringt denn die Dunklen um? Die schwachen, unerfahrenen Dunklen, die sich nicht weiterentwickeln wollen?

Eine weitere Leiche, die mir angehängt werden soll? Aber wozu?

Ich wusste es nicht. Aber dass der Junge zum Tode verdammt und unser Treffen in der Metro kein Zufall war, stand für mich mit unumstößlicher Sicherheit fest. Vielleicht, weil mir noch einmal ein Blick in die Zukunft gestattet wurde, vielleicht, weil ein weiteres Puzzleteil an seinen Platz gerückt war.

Jegor würde sterben.

Mir fiel wieder ein, wie er mich auf dem Bahnsteig angesehen hatte, mit zusammengekniffenen Augenbrauen, aber auch von dem Wunsch erfüllt, mich einerseits etwas zu fragen, mich andererseits zu beschimpfen, mir die Wahrheit über die Wachen an den Kopf zu werfen, hinter die er viel zu früh gekommen war. Wie er sich umgedreht hatte und zur Metro gerannt war.

»Aber Ihre Leute verteidigen Sie doch? Die von Ihrer Wache?«

»Sie versuchen es.«

Natürlich versuchen sie es. Bis ganz zum Schluss werden alle den Wilden suchen.

Und der ist der Schlüssel zu allem!

Ich blieb stehen und presste mir die Hände an den Kopf. Beim Licht und beim Dunkel, wie blöd ich bin! Wie unsagbar naiv!

Solange der Wilde noch am Leben ist, würde die Falle nicht zuschnappen. Es reicht nicht, mich als psychopathischen Jäger auszugeben, als einen Wilderer der Lichten. Sie müssen unbedingt auch den echten Wilden töten.

Die Dunklen – oder zumindest Sebulon – wissen, wer er ist. Mehr noch, sie können ihn lenken. Werfen ihm Beute vor, Leute, mit denen sie nicht viel anfangen können. Jetzt zieht der Wilde nicht bloß in eine weitere heldenhafte Schlacht – nein, er verschreibt sich dem Kampf gegen das Dunkel mit Leib und Seele. Überall begegnen ihm Dunkle: zuerst die Tierfrau, dann der Dunkle Magier im Restaurant, jetzt der Junge. Wahrscheinlich glaubt er, die Welt sei verrückt geworden, die Apokalypse nahe, die Kräfte des Dunkels rissen die Welt an sich. Ich wollte nicht in seiner Haut stecken.

Die Tierfrau war notwendig, um Protest zu erheben und uns klar zu machen, wer in Gefahr schwebt.

Der Dunkle Magier, um mich auf frischer Tat zu ertappen und damit das Recht zu haben, mich offiziell anzuklagen und zu verhaften.

Der Junge, um den Wilden zu vernichten, der seine Schuldigkeit getan hat. Im letzten Moment einzugreifen, ihn zu fassen, wie er über die Leiche gebeugt dasteht, ihn zu töten, um seine Flucht und seinen Widerstand zu unterbinden. Denn er wird nicht verstehen, dass wir nach Regeln kämpfen, wird sich nie ergeben, nicht auf den Befehl irgendwelcher »Wächter des Tages« reagieren, von denen er noch nie gehört hatte.

Nach dem Tod des Wilden bleibt mir kein Ausweg mehr. Entweder stimme ich einer Gedächtnisinversion zu oder gehe ins *Zwielicht* ein. In beiden Fällen wird Swetlana ausrasten.

Mich fröstelte.

Es war kalt. Trotz allem. Ich hatte schon gedacht, der Winter sei endgültig vorbei, aber da hatte ich mich geirrt.

Ich streckte die Hand aus und hielt das erste Auto an. Sah dem Fahrer in die Augen und befahl: »Fahren wir.«

Der Impuls war ziemlich stark, er fragte noch nicht einmal, wohin.

Die Welt steuerte auf ihr Ende zu.

Irgendwas bewegte sich, rückte zur Seite, die alten Schatten rührten sich, die dumpfen Wörter längst vergessener Sprachen erklangen, ein Zittern ging durch die Erde.

Über der Welt zog das Dunkel herauf.

Maxim stand rauchend auf dem Balkon und hörte mit halbem Ohr auf Lenas Gemaule. Seit ein paar Stunden ging das nun schon so, seit dem Moment, da die junge Frau, die sie gerettet hatten, an der Metrostation aus dem Auto gesprungen war. Maxim hörte all die Dinge über sich, mit denen er gerechnet hatte, und auch ein paar Dinge, mit denen er nie im Leben gerechnet hätte.

Dass er ein Idiot und Schürzenjäger sei, der sich um eines hübschen Gesichts und ein paar langer Beine wegen in einen Kugelhagel stürze, nahm Maxim gelassen hin. Dass er ein Schuft und Schwein sei, der in Anwesenheit seiner Frau mit einer abgehalfterten hässlichen Prostituierten flirte, bestach kaum durch Originalität. Vor allem, da er mit der Unbekannten nur ein paar Worte gewechselt hatte.

Was jetzt kam, war der reinste Schwachsinn. Die unerwarteten Geschäftsreisen wurden wieder aufs Tapet gebracht, die beiden Male, in denen er betrunken nach Hause gekommen war – und zwar richtig betrunken. Mutmaßungen über die Zahl seiner Geliebten, seine unsägliche Dummheit und seinen schwachen Charakter, der einem beruflichen Aufstieg und einem auch nur ansatzweise schönen Leben im Wege standen.

Maxim schielte über die Schulter zu ihr hinüber.

Seltsam, Lena brauste nicht einmal auf. Saß einfach nur auf dem Ledersofa vor dem riesigen Fernseher, einem Panasonic, und redete – beinah selbst von ihren Worten überzeugt.

Glaubte sie das wirklich?

Dass er eine Unmenge von Geliebten hatte? Dass er eine unbekannte junge Frau wegen ihrer attraktiven Figur rettete, aber nicht, weil Kugeln durch die Luft pfiffen? Dass es ihnen schlecht ging, sie ein erbärmliches Leben führten? Sie, die sich vor drei Jahren eine schöne Wohnung gekauft, sie wie ein Puppenhaus eingerichtet und Weihnachten in Frankreich verbracht hatten?

Die Stimme seiner Frau war fest. Anklagend. Leidend.

Maxim schnippte die Zigarette über den Balkon. Sah in die Nacht.

Das Dunkel, das Dunkel zog herauf.

Er hatte getötet, dort, in der Toilette, den Dunklen Magier. Eine der widerwärtigsten Ausgeburten im Universum des Bösen. Ein Mensch, der das Böse und die Angst mit sich bringt. Aus seiner Umwelt Energie herauspumpt, Weiß in Schwarz verwandelt, Liebe in Hass. Und wie immer hatte er, Maxim, der ganzen Welt allein gegenübergestanden.

Aber nie zuvor war ihm so etwas passiert. Dass er an einem einzigen Tag mehrmals hintereinander auf diese Teufelsbrut gestoßen war: Entweder kamen die jetzt alle aus ihren stinkenden Höhlen gekrochen oder sein Blick wurde besser.

Wie jetzt.

Maxim blickte vom neunten Stock aus herunter, sah aber nicht die nächtliche Stadt mit ihrem Lichtermeer. Die interessierte ihn nicht. War für die blinden und hilflosen Menschen. Er sah nur den Klumpen des Dunkels, der über der Erde baumelte. Nicht sehr hoch, vielleicht zwischen dem neunten und dem elften Stock.

Maxim sah eine weitere Ausgeburt des Dunkels.

Wie immer. Wie üblich. Aber warum so häufig, warum hintereinander? Schon zum dritten Mal! Zum dritten Mal innerhalb von vierundzwanzig Stunden!

Das Dunkel flimmerte, wogte, bewegte sich. Das Dunkel lebte.

Hinter ihm zählte Lena mit müder, unglücklicher und gekränkter Stimme seine Sünden auf. Sie erhob sich, kam zur Balkontür, als sei sie sich nicht ganz sicher, ob Maxim sie höre. Gut, vielleicht war das sogar besser. Dann weckte sie die Kinder nicht, falls die überhaupt schliefen. Was Maxim aus irgendeinem Grund bezweifelte.

Wenn er doch nur an Gott glauben könnte. Aufrichtig. Doch von jenem schwachen Glauben, der Maxim nach jeder Reinigungsaktion wärmte, war schon fast nichts mehr übrig. Es konnte keinen Gott in einer Welt geben, in der das Böse wuchs und gedieh.

Wenn es ihn doch gäbe oder wenn Maxims Seele wenigstens aufrichtiger Glaube erfüllte. Dann würde er jetzt hier auf diesem schmutzigen, winzigen Balkon auf die Knie fallen, die Hände gegen den bedeckten nächtlichen Himmel recken, gegen diesen Himmel recken, an dem sogar die Sterne ruhig und traurig leuchteten. Und schreien: »Weshalb? Weshalb, Herr? Das geht über meine Kräfte, ist zu viel für mich! Nimm diese Last von mir, ich bitte dich, nimm sie von mir! Ich bin nicht der, den du brauchst! Ich bin schwach.«

Doch da könnte er lange schreien! Nicht er hatte sich diese Bürde auferlegt. Nicht er würde sich von ihr befreien können. Vor ihm loderte, fackelte ein schwarzes Feuer auf. Ein weiterer Fühler des Dunkels.

»Verzeih mir, Lena.« Er schob seine Frau zur Seite und ging ins Zimmer. »Ich muss noch mal weg.«

Sie verstummte mitten im Satz, und in ihren Augen, die eben noch verärgert und beleidigt gefunkelt hatten, blitzte nun Schrecken auf.

»Ich komme doch wieder.« Um Fragen auszuweichen, ging er eilig zur Tür.

»Maxim! Maxim, warte!«

Nahtlos ging Lena von ihrer Standpauke zu eindringlichem Bitten über. Sie stürzte hinter ihm her, fasste nach seiner Hand, sah ihm in die Augen, eine bedauernswerte, unterwürfige Frau.

»Verzeih mir, verzeih mir doch, das alles hat mir einen tüchtigen Schrecken eingejagt! Verzeih mir, Maxim, ich habe nur Dummheiten von mir gegeben!«

Er betrachtete seine Frau, die plötzlich jede Aggressivität verloren hatte, kapitulierte, zu allem bereit war, wenn nur er, dieser dumme elende Schürzenjäger, nicht die Wohnung verließ. Ob in seiner Miene etwas lag, das Lena weit stärker erschreckte als der Bandenkrieg, in den sie hineingeraten waren?

»Ich lass dich nicht gehen! Nirgendwohin! Nicht so spät abends ...«

»Mir wird nichts passieren«, sagte Maxim sanft. »Schrei nicht so, du weckst sonst die Kinder. Ich bin ja bald wieder da.«

»Wenn du schon nicht an dich denkst, dann denk wenigstens an die Kinder! An mich!« Im Nu änderte Lena die Taktik. »Und wenn sie sich das Kennzeichen gemerkt haben? Wenn sie hier auftauchen, um diese Nutte zu suchen? Was soll ich dann machen?«

»Niemand wird hier auftauchen.« Aus irgendeinem Grund wusste Maxim, dass das stimmte. »Und wenn doch – die Tür ist sicher. Wen du anrufen musst, weißt du. Lena, lass mich durch.«

Seine Frau baute sich quer vor der Tür auf, breitete die Arme aus, legte den Kopf zurück und kniff die Augen zu, als erwarte sie, dass er sie gleich schlagen werde.

Maxim gab ihr behutsam einen Kuss auf die Wange und zog sie zur Seite. Unter ihrem völlig verstörten Blick ging er in die Diele hinaus. Aus dem Zimmer seiner Tochter erklang unangenehme, dröhnende Musik – sie schlief nicht, hatte den Kasettenrekorder eingestellt, einfach nur, um ihre bösen Stimmen zu übertönen. Lenas Stimme.

»Geh nicht!«, flüsterte seine Frau ihm bittend hinterher.

Er warf sich die Jacke über, überprüfte kurz, ob alles Nötige in seiner Innentasche steckte.

»An uns denkst du überhaupt nicht!«, brachte Lena mit gepresster Stimme hervor, träge, im Grunde ohne jede Hoffnung. Die Musik im Zimmer seiner Tochter wurde lauter.

»Das stimmt nicht«, entgegnete Maxim ruhig. »Ich denke nur an euch. Passe auf euch auf.«

Er war bereits einen Stock hinuntergestürzt – auf den Fahrstuhl hatte er nicht warten wollen –, als er den Schrei seiner Frau hörte. Der ihn überraschte: Sie trug einen Streit nicht gern außerhalb der eigenen vier Wände aus und hatte ihm noch nie eine Szene im Hauseingang gemacht.

»Du solltest uns besser lieben, statt auf uns aufzupassen!«

Maxim zuckte mit den Schultern und lief noch schneller.

Hier hatte ich gestanden, im Winter.

Alles war genau wie damals, der dunkle Tordurchgang, das schwache Licht der Straßenlaternen. Nur viel kälter war es gewesen. Und alles hatte so einfach und klar ausgesehen wie für einen jungen amerikanischen Polizisten, der seine erste Streife läuft.

Das Gesetz verteidigen. Das Böse verfolgen. Die Unschuldigen beschützen.

Wie schön es wäre, wenn immer alles so klar und einfach wäre wie mit zwölf oder mit zwanzig Jahren. Wenn es in der Welt wirklich nur zwei Farben gäbe: Schwarz und Weiß. Doch selbst der anständigste und treuherzigste Polizist, erzogen nach den vollmundigen Idealen des Stars-and-Stripes-Banners, kam früher oder später dahinter: In den Straßen gibt es nicht nur das Dunkel und das Licht. Es gibt Vereinbarungen, Kompromisse, Abkommen. Informanten, Fallen, Provokationen. Früher oder später muss man seine eigenen Leute ausliefern, Heroinpäckchen in fremde Taschen schmuggeln, jemanden in die Nieren schlagen, aber sorgfältig, damit keine Spuren zurückbleiben.

Und all das um jener ganz einfachen Regeln willen.

Um das Gesetz zu verteidigen. Das Böse zu verfolgen. Die Unschuldigen zu beschützen.

Diese Lektion habe auch ich lernen müssen.

Ich lief den engen Mauerschlauch entlang, spießte mit dem Bein einen Zeitungsfetzen auf, der an der Wand lag. Hier war der unglückselige Vampir zu Staub zerfallen. Er war wirklich unglückselig, denn seine einzige Schuld bestand darin, sich zu verlieben. Nicht in eine Vampirin, nicht in eine Frau, sondern in sein Opfer, seine Beute.

Hier hatte ich den Wodka verspritzt, der das Gesicht der Frau verbrannt hatte, die wir, die Wächter der Nacht, den Vampiren als Nahrung geliefert hatten.

Wie gern führen sie, die Dunklen, das Wort »Freiheit« im Mund! Wie oft versichern wir uns selbst, dass die Freiheit ihre Grenzen hat.

All das ist vermutlich völlig richtig. Für die Dunklen wie für die Lichten, die einfach inmitten der Menschen leben, zwar größere Möglichkeiten als diese haben, sich in ihren Wünschen aber nicht von ihnen unterscheiden. Für diejenigen, die ein Leben nach den Spielregeln führen, nicht die Konfrontation suchen.

Doch man braucht nur an die Grenze zu kommen, die unsichtbare Grenze, an der wir, die Wächter, stehen und Dunkel und Licht trennen ...

Dort herrscht Krieg. Und Krieg ist immer ein Verbrechen. Immer, zu allen Zeiten, gibt es im Krieg nicht nur Heroismus und Selbstaufopferung, sondern auch Verrat, Gemeinheit, Schläge in den Rücken. Anders kann man nicht kämpfen. Anders hätte man das Spiel von vornherein verloren.

Aber was für ein abgekartetes Spiel! Wofür lohnt es sich zu kämpfen, wofür kann ich kämpfen, wenn ich an der Grenze stehe, genau in der Mitte zwischen dem Licht und dem Dunkel? Meine Nachbarn sind Vampire! Niemals – zumindest für Kostja gilt das –, niemals haben sie gemordet. Aus Sicht der Menschen sind sie anständige Leute. Wenn man sie nach ihren Taten beurteilt, sind sie weitaus ehrlicher als der Chef oder Olga.

Wo ist die Trennlinie? Wo die Rechtfertigung? Die Vergebung? Ich habe darauf keine Antwort. Kann sie nicht geben, nicht einmal mir selbst. Ich lasse mich nur noch träge dahintreiben im Strom der alten Überzeugungen und Dogmen. Wie schaffen sie das, meine Kameraden, die Fahnder der Wache, sich permanent zu schlagen? Wie begründen sie ihr Verhalten? Auch das weiß ich nicht. Aber ihre Entscheidungen helfen mir nicht. Hier ist jeder auf sich selbst gestellt – ganz wie in den tönenden Losungen der Dunklen.

Am meisten macht mir jedoch etwas anderes zu schaffen: Ich habe gespürt, dass ich, wenn ich dieses Spiel nicht durchschaue, diese Grenze nicht erfühle, verloren bin. Und nicht nur ich. Auch Swetlana würde sterben. Der Chef würde sich in dem sinnlosen Versuch verzetteln, sie zu retten. Die ganze Struktur der Moskauer Wache würde zusammenbrechen.

For the want of a nail, a shoe was lost ...

Eine Weile stand ich noch da, mich mit der Hand an der schmutzigen Ziegelwand abstützend. Erinnerte mich, kaute auf den Lippen, suchte nach einer Antwort. Es gab sie nicht. Also war es Schicksal.

Nachdem ich den einladenden stillen Hof durchquert hatte, kam ich zum »Haus auf Beinen«. Der sowjetische Wolkenkratzer beschwor längst vergessene Wehmut in mir herauf, eine völlig unangemessene, heftige Wehmut. Vergleichbar dem Gefühl, das ich bisweilen verspürte, wenn ich im Zug an einem verlassenen Dorf oder einem halb zerstörten Getreidespeicher vorbeifuhr. Völlig unangemessen, viel zu stark ausgeholt für einen Schlag, der in die Luft geht.

»Sebulon«, sagte ich, »wenn du mich hörst ...«

Stille, die gewöhnliche Stille spätabends in Moskau – das Heulen der Autos, aus irgendeinem Fenster erklang Musik, Menschenleere.

»Du kannst ja doch nicht alles vorherberechnet haben«, brachte ich in der Öde hervor. »Niemals. Es gibt immer noch eine Realitätsverzweigung. Die Zukunft ist nicht vorbestimmt. Das weißt du. Und ich auch.«

Ich überquerte die Straße, ohne nach links oder rechts zu gucken, ohne auf die Autos zu achten. Ich hatte doch einen Auftrag, oder?

Die Abschirmungssphäre!

Polternd erstarrte die Straßenbahn auf den Schienen. Die Autos bremsten, umfuhren eine Leere, in deren Mitte ich mich befand. Alles hörte auf zu existieren – außer dem Gebäude, auf dessen Dach vor drei Monaten der Kampf stattgefunden hatte, außer der Dunkelheit, dem Aufleuchten einer Energie, die das menschliche Auge nicht sehen konnte.

Und diese Urkraft, die nur wenige sehen können, schwoll an.

Hier lag das Zentrum des Taifuns, da irrte ich mich nicht. Hatte man mich hierher befohlen? Hervorragend. Da bin ich. Denn du erinnerst dich noch an die kleine peinliche Niederlage, Sebulon. Kannst nicht vergessen, wie du im Beisein deiner eigenen Sklaven geohrfeigt worden bist.

Unabhängig von allen hohen Zielen – und ich bestreite nicht, dass es für ihn hohe Ziele sind – brodelt in ihm noch ein Wunsch, der einst eine schlichte menschliche Schwäche darstellte, heute aber vom *Zwielicht* unermesslich verstärkt worden ist.

Sich zu rächen. Es heimzuzahlen.

Den Kampf erneut aufzunehmen. Nach der Schlacht noch ein wenig mit den Fäusten zu fuchteln.

Ihr alle, ihr großen Magier – Lichte wie Dunkle – lehnt einen schlichten Kampf ab, wollt auf *elegante* Weise siegen. Den Gegner erniedrigen. Einfache Siege öden euch an, sind überholt. Die große Konfrontation ist zu einer endlosen Schachpartie verkommen. Auch für Geser, den großen Lichten Magier, der Sebulon mit ungemeinem Vergnügen verhöhnt, nachdem er ein anderes Äußeres angenommen hat.

Für mich ist die Konfrontation noch nicht zu einem Spiel geworden.

Vielleicht liegt darin meine Chance.

Ich zog die Pistole aus der Tasche, entsicherte sie. Ich atmete ein, tief, sehr tief, als wollte ich etwas erschnüffeln. Es war an der Zeit.

Maxim spürte, dass diesmal alles sehr schnell gehen würde.

Ohne lange nächtliche Lauer. Auch ohne lange Verfolgung. Zu deutlich war die Erleuchtung diesmal gewesen, und er hatte nicht nur die fremde, feindliche Anwesenheit wahrgenommen, sondern auch einen klaren Hinweis auf das Ziel.

Er war zur Kreuzung Galuschkinstraße und Jaroslawskaja gefahren und hatte im Hof eines Hochhauses geparkt. Das schwelende schwarze Feuerchen beobachtet, das sich langsam im Gebäude hin und her bewegte.

Dort hockte der Dunkle Magier. Maxim nahm ihn jetzt bereits in der Realität wahr, konnte ihn fast erkennen. Ein Mann. Mit schwachen Fähigkeiten. Kein Tiermensch, kein Vampir, kein Inkubus. Sondern ein Dunkler Magier. In Anbetracht der geringen Kräfte dürfte es keine Probleme geben. Die lagen woanders.

Maxim konnte nur hoffen und beten, dass ihm das nicht zu oft passieren würde. Tag für Tag die Ausgeburten des Dunkels zu vernichten laugte ihn nicht nur körperlich aus. Da war auch noch dieser absolut schreckliche Moment, wenn der Dolch das Herz des Feindes durchbohrte. Der Augenblick, in dem alles um ihn herum erbebte, um Gleichgewicht kämpfte, während die Farben stumpf wurden, die Geräusche verebbten, die Bewegungen sich verlangsamten. Was sollte er tun, wenn er sich einmal irrte? Wenn er nicht einen Feind der Menschheit, sondern einen gewöhnlichen Menschen liquidierte? Er wusste es nicht.

Aber einen Ausweg gab es nicht, denn er allein war auf dieser Welt in der Lage, die Dunklen von den einfachen Menschen zu unterscheiden. Nur ihm war – von Gott, dem Schicksal oder dem Zufall – die Waffe in die Hand gelegt worden.

Maxim langte nach dem Holzdolch. Betrachtete das Spielzeug mit einem Anflug von Sehnsucht und Panik. Nicht er hatte damals diesen Dolch gehobelt, nicht er hatte ihm den hochtrabenden Namen *Misericorde* gegeben.

Zwölf waren sie damals gewesen, er und Petka, sein bester und möglicherweise einziger Freund in der Kindheit oder – wozu das verhehlen – in seinem ganzen Leben. Hatten Ritter gespielt, nicht sehr lange, denn in ihrer Kindheit gab es genug, was ihnen Vergnügen bereitete, auch ohne Computer und Diskotheken. Alle Jungen aus dem Haus hatten zusammen gespielt, einen einzigen kurzen Sommer lang, hatten Schwerter und Dolche gehobelt, sich anscheinend mit aller Kraft duelliert, aber dennoch immer aufgepasst. Denn sie hatten gewusst, dass man sich auch mit einem Stück Holz ein Auge ausstechen oder sich bis aufs Blut aufritzen konnte. Komischerweise waren Petka und er immer in unterschiedlichen Pionierlagern gelandet. Vielleicht weil Petka etwas jünger war und Maxim sich deshalb ein wenig dieses Freundes schämte, der ihn mit begeisterten Augen ansah und ihm als schweigendes Schwänzchen verliebt hinterherlief. Wie oft hatte Maxim damals Petka bei einem ihrer Kämpfe das Holzschwert aus den Händen geschlagen – der konnte sich ja kaum gegen den größeren Freund wehren – und geschrien: »Du bist mein Gefangener!«

Bis einmal etwas Seltsames geschah. Petka streckte ihm schweigend den Dolch hin und sagte, der edle Ritter müsse sein Leben mit diesem *Misericorde* beenden, ihn aber nicht als Gefangenen demütigen. Es war ein Spiel, natürlich, nur ein Spiel, doch irgendetwas krampfte sich in Maxim zusammen, als er zuschlug, den Schlag mit dem Holzdolch vortäuschte. Und dann durchlebte er jenen unerträglich kurzen Moment, als Petka abwechselnd ihm, Maxim, auf die Hand, die den Spielzeugdolch an das verdreckte weiße T-Shirt presste, und in die Augen schaute. Und dann plötzlich wie nebenher sagte: »Behalt es, das soll deine Trophäe sein.«

Maxim behielt den hölzernen Dolch gern, ohne zu zögern. Sowohl als Trophäe wie auch als Geschenk. Nur dass er ihn niemals mit zum Spielen nahm. Ihn zu Hause aufbewahrte, ihn zu vergessen versuchte, als geniere er sich des überraschenden Geschenks und der eigenen Schwäche. Aber er erinnerte sich daran. Immer. Selbst als er heranwuchs, heiratete, als er sein eigenes

Kind aufwachsen sah, vergaß er ihn nicht. Der Spielzeugdolch lag zwischen den Alben mit den Fotos seiner Kinder, den Briefumschlägen mit Locken und anderem sentimentalem Plunder. Bis zu jenem Tag, da Maxim zum ersten Mal die Anwesenheit des Dunkels auf der Welt spürte.

Damals schien ihn der Holzdolch zu rufen. Und sich in eine echte Waffe zu verwandeln, eine rücksichtslose, unbarmherzige, unbezwingbare Waffe.

Da lebte Petka schon nicht mehr. Erst hatte die Jugendzeit sie getrennt. Für ein Kind ist ein Altersunterschied von einem Jahr viel, für einen Jugendlichen ist es eine unüberwindbare Kluft. Dann trennte sie das Leben. Wenn sie sich trafen, lächelten sie sich zu, tauschten einen Händedruck und gossen sich ein paarmal aufs schönste einen hinter die Binde, während sie in Kindheitserinnerungen schwelgten. Maxim heiratete, zog um, und ihr Kontakt schlief fast völlig ein. Diesen Winter war ihm jedoch rein zufällig etwas zu Ohren gekommen. Seine Mutter hatte es ihm erzählt, die er – ganz wie es sich für einen anständigen Sohn gehörte – regelmäßig jeden Abend anrief. »Erinnerst du dich noch an Petka? Ihr wart als Kinder dicke Freunde, man hat den einen nie ohne den andern erwischt.«

Er erinnerte sich. Und wusste sofort, was diese Einleitung sollte.

Petka war tödlich verunglückt. Vom Dach eines Hochhauses gefallen. Was hatte ihn bloß mitten in der Nacht dorthin getrieben? Vielleicht wollte er sich umbringen, vielleicht hatte er sich betrunken, auch wenn die Ärzte sagen, er sei nüchtern gewesen. Vielleicht wurde er auch umgebracht. Er hatte in irgendeiner kommerziellen Organisation gearbeitet, nicht schlecht verdient, seine Eltern unterstützt, ein gutes Auto gefahren.

»Er hat Drogen genommen«, hatte Maxim damals in scharfem Ton gesagt. So scharf, dass seine Mutter ihm noch nicht einmal widersprach. »Gehascht, aber er war ja schon immer seltsam.«

Und sein Herz raste nicht, krampfte sich nicht zusammen.

Doch am Abend betrank er sich aus irgendeinem Grund. Dann ging er und tötete eine Frau, deren Dunkle Kraft ihre Umwelt zwang, ihre Geliebten zu verlassen und zu den gesetzlich angetrauten Ehefrauen zurückzukehren, tötete eine junge Hexe – eine Kupplerin, die gleichzeitig Zwietracht zwischen Paaren säte –, der er schon zwei Wochen lang vergeblich nachgestellt hatte.

Petka gab es nicht mehr, seit vielen Jahren gab es den Jungen nicht mehr, mit dem er einst befreundet gewesen war, und seit drei Monaten gab es Pjotr Nesterow nicht mehr, den er einmal im Jahr gesehen hatte, manchmal noch seltener. Doch der Dolch, den er ihm geschenkt hatte, blieb ihm.

Sie war wohl nicht vergebens gewesen, ihre unbeholfene Freundschaft in Kindertagen.

Maxim spielte mit dem hölzernen Dolch in der Hand. Aber warum, warum war er allein? Warum hatte er keinen Freund an seiner Seite, der ihm zumindest einen Teil jener Last, die auf seinen Schultern ruhte, abnehmen konnte? So viel Dunkel gab es um ihn herum und so wenig Licht.

Warum erinnerte er sich jetzt an den letzten Satz Lenas, den sie ihm nachgerufen hatte: »Du solltest uns besser lieben, statt auf uns aufzupassen!«

Ist denn das nicht dasselbe, antwortete Maxim ihr in Gedanken.

Doch nein, wahrscheinlich nicht. Aber was sollte ein Mann tun, für den die Liebe ein Kampf ist, ein Mann, der gegen etwas zu Felde zieht, nicht für etwas?

Gegen das Dunkel, nicht für das Licht.

Nicht für das Licht, sondern gegen das Dunkel.

»Ich bin ein Hüter«, sagte Maxim. Zu sich selbst, mit gepresster Stimme, als schäme er sich, diesen Gedanken laut auszusprechen. Schizos reden mit sich selbst. Und das war er nicht, er war normal, mehr als normal, er sah das uralte Dunkel, das in die Welt kroch.

In sie kroch oder seit langem in ihr hauste?

Das war doch Wahnsinn. Man durfte nicht zweifeln, niemals. Wenn er auch nur einen Teil seines Glaubens verlor, sich entspannte oder auf die Suche nach nicht existierenden Gefährten ging, wäre das sein Ende. Der Holzdolch würde sich nicht in eine lichtbringende Klinge verwandeln, mit der das Dunkel vertrieben werden konnte. Ein gewöhnlicher Magier würde ihn mit einem Zauberfeuer verbrennen, eine Hexe würde ihn beschwören, ein Tiermensch ihn in Stücke reißen.

Ein Hüter und Richtherr!

Er durfte nicht zaudern.

Der Klumpen des Dunkels, der im achten Stock baumelte, sackte plötzlich nach unten. Maxims Herz fing an zu rasen: Der Dunkle Magier kam seinem Schicksal entgegen. Maxim sprang aus dem Auto und schaute sich rasch um. Niemand. Wie immer vertrieb etwas, das in ihm steckte, jeden zufälligen Zeugen, räumte ihm das Schlachtfeld frei.

Das Schlachtfeld? Oder das Schafott?

Hüter und Richtherr?

Oder Henker?

Als ob es da einen Unterschied gab! Er diente dem Licht!

Die bekannte Kraft strömte durch seinen Körper, wühlte ihn auf. Die Hand am Revers seines Jacketts, ging Maxim auf den Hauseingang zu, dem Dunklen Magier entgegen, der im Fahrstuhl nach unten kam.

Nur rasch, alles musste rasch gehen. Schließlich hatte sich die Nacht noch nicht ganz herabgesenkt. Jemand könnte ihn sehen. Und niemand würde jemals seiner Geschichte glauben. Bestenfalls würde man ihn ins Irrenhaus einweisen.

Ansprechen. Den Namen nennen. Die Waffe ziehen.

Den Misericorde. Barmherzigkeit. Er war ein Hüter und Richtherr. Ein Ritter des Lichts. Kein Henker!

Dieser Hof war ein Schlachtfeld, kein Schafott.

Maxim blieb vor der Haustür stehen. Hörte die Schritte. Im Schloss bewegte sich etwas.

Und er wollte wimmern, vor Schmach und Entsetzen wimmern, schreien, den Himmel, sein Schicksal und seine einmalige Gabe verfluchen.

Der Dunkle Magier war ein Kind.

Ein dünner dunkelhaariger Junge. Äußerlich völlig normal – nur Maxim konnte die um ihn herum erzitternde Aureole des Dunkels sehen.

Warum das? Noch nie war ihm so etwas passiert. Er hatte Frauen und Männer getötet, junge wie alte, aber niemals hatte er es mit einem Kind zu tun gehabt, das seine Seele dem Dunkel verkauft hatte. Maxim war noch nicht einmal auf einen solchen Gedanken gekommen, vielleicht, weil er derlei nicht für möglich halten wollte, vielleicht, weil er sich weigerte, vorab eine diesbezügliche Entscheidung zu treffen. Vielleicht wäre er zu Hause geblieben, wenn er gewusst hätte, dass sein zukünftiges Opfer erst zwölf Jahre zählte.

Der Junge stand in der Haustür und schaute Maxim verständnislos an. Einen Augenblick lang hatte Maxim den Eindruck, der Kleine werde sich umdrehen und weglaufen, die schwere Tür mit dem Codeschloss hinter sich verriegeln. Renn doch, renn doch weg!

Der Junge machte einen Schritt auf ihn zu, wobei er die Tür festhielt, damit sie nicht krachend ins Schloss fiel. Er sah Maxim in die Augen, mit leicht gerunzelter Stirn, aber ohne Angst. Was nicht zu verstehen war. Er sah in Maxim keinen zufälligen Passanten, sondern verstand, dass der Mann auf ihn gewartet hatte. Kam ihm sogar entgegen. Fürchtet er sich denn nicht? War er sich seiner Dunklen Kraft so sicher?

»Sie sind ein Lichter, das seh ich«, sagte der Junge. Nicht sehr laut, aber mit fester Stimme.

»Ja.« Das Wort brachte er nur mit Mühe heraus, entließ es ungern aus seiner Kehle, stockte und senkte den Blick. Sich für seine Schwäche verfluchend, streckte Maxim die Hand aus und packte den Jungen bei der Schulter. »Ich bin dein Richtherr!«

Noch immer erschrak der Kleine nicht.

»Ich habe heute Anton gesehen.«

Welchen Anton? Maxim schwieg, Unverständnis spiegelte sich in seinen Augen wider.

»Sind Sie seinetwegen zu mir gekommen?«

»Nein. Deinetwegen.«

»Wozu?«

Der Junge hatte irgendetwas Herausforderndes an sich, als habe er irgendwann einen langen Streit mit Maxim gehabt, als habe sich Maxim etwas zuschulden kommen lassen, was er jetzt eingestehen sollte.

»Ich bin dein Richtherr«, wiederholte Maxim. Am liebsten hätte er sich umgedreht und wäre fortgerannt. Nichts fügte sich so, wie es sein sollte! Ein Dunkler Magier durfte sich nicht als Kind herausstellen, als Altersgenosse seiner eigenen Tochter. Ein Dunkler Magier musste sich verteidigen, ihn angreifen, fliehen, aber nicht mit beleidigter Miene dastehen, als habe er ein Recht dazu.

Als könne ihn irgendwas retten.

»Wie heißt du?«, fragte Maxim.

»Jegor.«

»Es ist mir äußerst unangenehm, dass alles so gekommen ist.« Maxim sagte die Wahrheit. Nicht sadistisches Vergnügen ließ ihn den Mord hinauszögern. »Teufel auch. Ich habe eine Tochter, die so alt ist wie du!« Irgendwie kränkte ihn das am meisten. »Aber wenn nicht ich, wer dann?«

»Wovon reden Sie?« Der Junge versuchte seine Hand abzuschütteln. Das stärkte Maxims Entschlossenheit.

Ein Junge, ein Mädchen, ein Erwachsener, ein Kind. Welchen Unterschied macht das schon! Dunkel und Licht – das ist der einzige Unterschied.

»Ich muss dich retten«, sagte Maxim. Mit der freien Hand zog er den Dolch aus der Tasche. »Ich muss es, und ich werde dich retten.«

Sieben

Als Erstes erkannte ich das Auto.
Dann den Wilden, der ihm entstieg.

Melancholie schlug über mir zusammen, schwere, düstere Melancholie. Da stand der Mann, der mich gerettet hatte, nachdem ich in Olgas Körpers aus dem *Maharadscha* geflohen war.

Hätte ich es wissen müssen? Vielleicht, wenn ich mehr Erfahrung und Zeit gehabt hätte, wenn ich gelassener gewesen wäre. Die Frau, die mit ihm im Auto saß – ich hätte mir zumindest ihre Aura ansehen sollen. Swetlana hatte schließlich eine genaue Beschreibung geliefert. Ich hätte die Frau erkennen können – und damit auch den Wilden. Schon im Auto hätte ich die Angelegenheit zu Ende bringen können.

Nur zu welchem?

Ich tauchte ins *Zwielicht* ein, als der Wilde in meine Richtung blickte. Offensichtlich klappte das, denn er ging weiter, auf den Hauseingang zu, in dem ich irgendwann einmal neben dem Müllschlucker gesessen und ein düsteres Gespräch mit einer weißen Eule geführt hatte.

Der Wilde ging Jegor töten. Genau, wie ich vermutet hatte. Genau, wie Sebulon es geplant hatte. Die Falle stand vor mir, die straff gespannte Feder zog sich langsam zusammen. Noch ein Schritt, und die Tagwache könnte sich über eine erfolgreich abgeschlossene Operation freuen.

Wo steckst du, Sebulon?

Das *Zwielicht* gab mir Zeit. Der Wilde ging weiter und weiter auf das Haus zu, setzte bedächtig einen Fuß vor den anderen, während ich Ausschau hielt, die Umgebung nach dem Dunkel absuchte. Wenigstens eine Spur davon, wenigstens den Atem, einen Schatten ...

Die Konzentration von Magie um mich herum war beachtlich. Hier liefen die Realitätsfäden zusammen, die in die Zukunft führten. Eine Kreuzung von hundert Wegen, ein Punkt, an dem die Welt entscheidet, welche Richtung sie einschlagen würde. Unabhängig von mir, dem Wilden oder dem Jungen. Wir alle sind bloß ein Teil der Falle. Statisten. Einer musste sagen: »Es ist angerichtet!«, ein anderer den Sturz vorspielen, ein dritter mit stolz erhobenem Kopf das Schafott besteigen. Zum zweiten Mal wurde dieser Punkt Moskaus zur Arena einer unsichtbaren Schlacht. Doch ich sah keine Anderen, weder Lichte noch Dunkle. Nur den Wilden, der aber selbst jetzt nicht als Anderer zu erkennen war, funkelte doch lediglich auf seiner Brust ein Klumpen Kraft. Zuerst hielt ich es für sein Herz. Dann begriff ich, dass es sich um die Waffe handelte, jene Waffe, mit der er die Dunklen ermordete.

Was soll das, Sebulon? Empörung packte mich, blödsinnige Empörung. Ich bin gekommen! Bin in deine Falle getappt, schau doch, der Fuß schwebt schon darüber. Jetzt nimmt alles seinen Lauf. Wo bist du?

Entweder vermochte sich der Dunkle Magier so geschickt zu verstecken, dass es über meine Kräfte ging, ihn zu entdecken, oder hier war überhaupt niemand!

Ich hatte verloren. Verloren noch vor dem Abpfiff, weil ich den Plan des Gegners nicht durchschauen konnte. Das Ganze war doch ein Hinterhalt, die Dunklen mussten den Wilden doch umbringen, sobald er Jegor ermordet hatte.

Wie würde er das tun?

Immerhin war ich auch noch da. Würde ihm alles erklären, ihm von den Wachen berichten, die einander beobachten, von dem Vertrag, der uns zwingt, Neutralität zu wahren, von den Menschen und den Anderen, von der Welt und dem *Zwielicht*. Würde ihm alles erzählen, was ich Swetlana gesagt hatte, und er würde es verstehen.

Oder?

Wenn er doch das Licht nicht sieht!

Die Welt ist für ihn eine graue hirnlose Schafsherde. Die Dunklen sind die Wölfe, die um sie herumstreichen und sich die fettesten Lämmer schnappen. Und er selbst ist der Wachhund. Nicht in der Lage, die Schäfer zu sehen, blind vor Angst und Wut, stürzt er sich bald hierhin, bald dorthin, kämpft allein gegen alle.

Er wird mir nicht glauben, sich nicht erlauben, mir zu glauben.

Ich raste auf den Wilden zu. Die Haustür stand offen, der Wilde sprach bereits mit Jegor. Warum geht dieser dumme Bengel so spät abends noch weg, mitten in der Nacht, wo er doch nur zu gut weiß, welche Kräfte unsere Welt beherrschen? Ob der Wilde seine Opfer anlocken kann?

Reden würde nichts bringen. Ich musste aus dem *Zwielicht* angreifen. Ihn überwältigen. Und ihm erst dann alles erklären!

Das *Zwielicht* winselte mit tausend verletzten Stimmen auf, als ich im Lauf gegen die unsichtbare Barriere prallte. Drei Schritte von dem Wilden entfernt, der die Hand bereits zum Schlag erhoben hatte, prallte ich gegen eine durchsichtige Wand, glitt an ihr herunter, rutschte langsam zu Boden. Schüttelte den dröhnenden Kopf.

Schlecht. Verdammt schlecht sogar! Er versteht das Wesen der Kraft nicht. Ist ein Autodidakt, ein Psychopath im Dienste des Guten. Doch wenn er zur Sache geht, schützt er sich mit einer magischen Barriere. Unbewusst, aber das macht es mir nicht leichter.

Der Wilde sagte etwas zu Jegor. Und zog seine Hand aus dem Jackett hervor.

Ein Holzdolch. Irgendwas hatte ich über diese Form der Magie gehört, die gleichzeitig naiv und mächtig ist, doch jetzt blieb mir nicht die Zeit, darüber nachzugrübeln.

Ich schlich aus meinem Schatten heraus, trat in die Menschenwelt und sprang den Wilden von hinten an.

Maxim ging in dem Augenblick zu Boden, als er den Dolch hob. Die Welt um ihn herum hatte sich bereits grau eingefärbt, die Bewegungen des Jungen sich verlangsamt, Maxim hatte gesehen, wie der Dunkle die Wimpern ein letztes Mal niederschlug, bevor er die Augen im Schmerz weit aufreißen würde. Die Nacht war der *Zwielicht*-Bühne gewichen, auf der er gewöhnlich zu Gericht saß und das Urteil sprach, dessen Vollstreckung nichts verhindern konnte.

Jetzt hatte man ihn aufgehalten. Ihn niedergeschlagen und auf den Asphalt geschleudert. Im letzten Moment hatte Maxim sich mit der Hand abfangen, abrollen und aufspringen können.

Auf der Bühne war ein dritter Akteur erschienen. Wie hatte Maxim ihn nicht bemerken können? Wie hatte der sich anschleichen können, während Maxim bei seiner wichtigen Arbeit gegen Zeugen und Einmischungen immer durch die Lichteste Kraft der Welt abgeschottet war, die Kraft, die ihn in den Kampf führte?

Der Mann war jung, vielleicht etwas jünger als Maxim. Trug Jeans, ein Sweatshirt und eine Tasche über der Schulter, die er jetzt achtlos zu Boden fallen ließ, indem er die Schulter rollte. Und hielt eine Pistole in der Hand!

Wie unschön.

»Halt«, sagte der Mann, als wolle Maxim fliehen. »Hör mir zu.«

War das ein zufälliger Passant, der ihn für einen dummen Verrückten hielt? Doch wozu die Pistole? Woher die Geschicklichkeit, mit der er sich unbemerkt herangeschlichen hatte? Ob der bei irgendeiner Spezialeinheit arbeitete und nur gerade keine Uniform trug? Doch so einer hätte sofort geschossen oder zugeschlagen, ihm aber nicht die Möglichkeit gegeben aufzustehen.

Maxim sah den Unbekannten an. Ein fürchterlicher Verdacht ließ ihn erstarren. Was, wenn das ein weiterer Dunkler war? Noch nie hatte er mit zweien gleichzeitig fertig werden müssen.

Bloß, dass an ihm nichts Dunkles war. Nichts, überhaupt nichts, nicht die geringste Spur!

»Wer bist du?«, fragte Maxim, wobei er den Jungen fast vergaß. Der trat langsam an seinen unverhofft aufgetauchten Retter heran.

»Ein Wächter. Anton Gorodezki, Nachtwache. Hör mir zu.«

Mit der freien Hand packte Anton den Jungen und schob ihn hinter seinen Rücken. Ein deutlicher Hinweis.

»Nachtwache?« Maxim versuchte immer noch, in dem Unbekannten den Atem des Dunkels auszumachen. Doch er entdeckte nichts – was ihn noch stärker erschreckte. »Bist du vom Dunkel?«

Er verstand nichts. Versuchte mich zu sondieren: Ich spürte, wie er mich absuchte, auf grausame, kompromisslose und zugleich ungeschickte Weise absuchte. Mir war unklar, ob ich mich überhaupt hätte verschließen können. In diesem Menschen oder Anderen – hier waren beide Begriffe angemessen – manifestierte sich irgendeine urwüchsige Kraft, ein wahnsinniger fanatischer Drang. Ich machte nicht einmal den Versuch, mich abzuschirmen.

»Nachtwache? Bist du vom Dunkel?«

»Nein. Wie heißt du?«

»Maxim.« Der Wilde kam langsam näher. Schaute mich an, als spüre er, dass wir uns schon einmal begegnet waren, nur dass ich damals anders aussah. »Wer bist du?«

»Ein Mitarbeiter der Nachtwache. Ich werde dir alles erklären, hör mir zu. Du bist ein Lichter Magier.«

Maxims Gesicht krampfte sich zusammen, versteinerte.

»Du bringst Dunkle um. Das weiß ich. Heute Morgen hast du eine Tierfrau ermordet. Abends einen Dunklen Magier im Restaurant.«

»Du auch?«

Vielleicht kam es mir nur so vor. Vielleicht schwang in seiner Stimme aber tatsächlich Hoffnung mit. Demonstrativ steckte ich die Pistole weg.

»Ich bin ein Lichter Magier. Wenn auch kein sehr starker. Einer von Hunderten, die es in Moskau gibt. Wir sind viele, Maxim.«

Als sich daraufhin seine Augen weiteten, wusste ich, dass ich auf dem richtigen Weg war. Er war kein Verrückter, der sich für Superman hält und auf seine Taten auch noch stolz ist. Wahrscheinlich hatte er sich in seinem Leben nichts so sehnlich gewünscht, wie einen Waffenbruder zu treffen.

»Maxim, wir haben dich nicht rechtzeitig bemerkt«, fuhr ich fort. Ob sich doch noch alles friedlich regeln ließ, ohne Blutvergießen, ohne einen sinnlosen Kampf von zwei weißen Magiern? »Das ist unsere Schuld. Du hast angefangen, allein zu kämpfen, hast einfach drauflosgedroschen. Doch noch lässt sich alles wieder gutmachen, Maxim. Schließlich hast du nichts vom Großen Vertrag gewusst, oder?«

Er hörte mir nicht zu, ein unbekannter Vertrag interessierte ihn nicht im Geringsten. Nur dass er nicht mehr allein dastand, zählte für ihn.

»Kämpft ihr gegen das Dunkel?«

»Ja.«

»Seid ihr viele?«

»Ja.«

Abermals sah Maxim mich an und erneut blitzte in seinen Augen der durchdringende Atem des *Zwielichts* auf. Er versuchte, die Lüge zu erkennen, das Dunkel auszumachen, das Böse und den Hass zu orten – all das, was er zu sehen vermochte.

»Du bist kein Dunkler«, sagte er fast mitfühlend. »Das sehe ich. Ich irre mich nicht, niemals!«

»Ich bin ein Wächter«, wiederholte ich. Ich sah mich um – niemand. Irgendetwas hatte die Menschen verschreckt. Vermutlich gehörte auch das zu den Fähigkeiten des Wilden.

»Dieser Junge ...«

»Ist auch ein Anderer«, warf ich schnell ein. »Er hat sich noch nicht entschieden, ob er ein Lichter oder ...«

Maxim schüttelte den Kopf. »Er ist ein Dunkler.«

Ich sah Jegor an. Langsam hob der Junge den Blick.

»Nein«, sagte ich.

Die Aura war klar zu erkennen, ein leuchtender reiner Regenbogen, schillernd, eine Aura, wie sie normalerweise nur kleine Kinder haben, nicht aber Jugendliche. Das eigene Schicksal, eine unbesiegelte Zukunft.

»Ein Dunkler.« Maxim schüttelte den Kopf. »Siehst du das denn nicht? Ich irre mich nie, niemals. Du hast mich daran gehindert, diesen Sendboten des Dunkels zu vernichten.«

Vermutlich log er nicht. Er konnte nur wenig, das aber gut. Maxim konnte das Dunkel sehen, noch die kleinsten Flecken in anderen Seelen ausmachen. Mehr noch, gerade dieses entstehende Dunkel sah er besonders gut.

»Wir bringen nicht einfach alle Dunklen um.«

»Warum nicht?«

»Wir haben Waffenruhe geschlossen, Maxim.«

»Wie kann man mit dem Dunkel Waffenruhe schließen?«

Ein Frösteln durchfuhr mich: In seiner Stimme lag nicht der geringste Zweifel.

»Jeder Krieg ist schlechter als der Friede.«

»Dieser nicht.« Maxim hob die Hand mit dem Dolch. »Siehst du den? Das ist ein Geschenk meines Freundes. Er ist gestorben, und daran sind vielleicht solche wie dieser Junge schuld. Das Dunkel ist heimtückisch!«

»Sagst du das mir?«

»Natürlich. Vielleicht bist du ja auch ein Lichter.« Sein Gesicht verzog sich zu einem bitteren Grinsen. »Nur ist euer Licht dann schon seit langem trübe geworden. Man darf dem Bösen nicht vergeben. Mit dem Dunkel keine Waffenruhe schließen.«

»Man darf dem Bösen nicht vergeben?« Jetzt war auch ich erbost. Und wie. »Als du den Dunklen Magier auf der Toilette erschlagen hast, warum bist du da nicht noch zehn Minuten geblieben? Warum hast du dir nicht angesehen, wie die Kinder schreien, wie seine Frau weint? Sie sind keine Dunklen, Maxim! Sondern ganz gewöhnliche Menschen, die nicht unsere Kräfte haben! Du hast die junge Frau vor den Kugeln gerettet ...«

Er erschauerte, doch sein Gesicht wirkte nach wie vor wie gemeißelt.

»Das war großartig! Aber dass sie deinetwegen, wegen deiner Verbrechen umgebracht werden sollte – das wusstest du nicht!«

»Das ist der Krieg!«

»Den du angefangen hast«, zischte ich. »Du bist ja selbst noch ein Kind, mit deinem Spielzeugdolch. Wo gehobelt wird, da fallen Späne, ja? Im großen Kampf für das Licht ist alles erlaubt?«

»Ich kämpfe nicht für das Licht.« Er hatte ebenfalls die Stimme gesenkt. »Nicht für das Licht, sondern gegen das Dunkel. Das ist alles, was ich kann. Verstehst du? Glaub ja nicht, mich würden die Späne nicht interessieren. Ich habe nicht um diese Kraft gebeten, nicht davon geträumt. Doch da ich sie nun einmal habe, muss ich sie auch nutzen.«

Wer hatte ihn bloß übersehen?

Warum hatten wir Maxim nicht in dem Moment aufgespürt, als er zum Anderen wurde?

Er hätte einen vorzüglichen Fahnder abgegeben. Nach langen Streitigkeiten und Erklärungen. Nach Monaten der Ausbildung, Jahren der Praxis, nach Misserfolgen, Fehlern, Besäufnissen und Selbstmordversuchen. Am Ende, wenn er die Regeln der Konfrontation nicht mit dem Herzen – denn das ist ihm nicht gegeben –, sondern mit seinem kalten, kompromisslosen Verstand akzeptiert hätte. Die Gesetze, nach denen das Licht und das Dunkel ihren Krieg austragen, die Gesetze, nach denen wir uns von einem Tiermenschen abwenden müssen, der ein Opfer verfolgt, und die eigenen Leute töten müssen, wenn sie sich nicht abwenden.

Jetzt stand er vor mir. Der Lichte Magier, der innerhalb einiger Jahre mehr Dunkle zur Strecke gebracht hatte als ein Fahnder in hundert Dienstjahren. Ein einsames, zu Tode gehetztes Tier. Das zu hassen vermag, aber nicht zu lieben.

Ich drehte mich um und packte Jegor bei den Schultern, der nach wie vor bloß dastand, ruhig, ohne sich zu rühren, und angespannt unserm Streit zuhörte. Zog ihn vor mich.

»Er ist also ein Dunkler Magier?«, fragte ich. »Vermutlich. Ich fürchte, du hast Recht. Noch ein paar Jahre, und dieser Junge realisiert seine Möglichkeiten. Wird durchs Leben gehen, während sich das Dunkel um ihn herum in Bewegung setzt. Mit jedem Schritt wird sein Leben leichter und leichter. Für jeden Schritt zahlt ein anderer mit seinen Schmerzen. Erinnerst du dich noch an das Märchen von der Meerjungfrau? Die Meerhexe hat ihr Beine gegeben, sodass sie gehen konnte, aber in ihre Füße schienen sich glühende Messer zu bohren. So ist es auch mit uns, Maxim! Wir gehen ständig über Messer, ohne uns daran zu gewöhnen. Nur dass Andersen nicht alles erzählt hat. Die Meerhexe hätte nämlich auch eine andere Möglichkeit gehabt. Die Meerjungfrau hätte laufen können, während die Messer jemand anderen gequält hätten. Das ist der Weg des Dunkels.«

»Meinen Schmerz ertrage ich selbst«, sagte Maxim. Und erneut keimte eine wahnsinnige Hoffnung in mir auf, er könne das alles doch verstehen. »Aber das darf nichts ändern.«

»Bist du bereit, ihn zu töten?« Ich nickte mit dem Kopf in Jegors Richtung. »Maxim, bist du das? Ich bin ein Mitarbeiter der Wache, ich kenne die Grenze zwischen Gut und Böse. Selbst wenn du Dunkle umbringst, kannst du etwas Böses anrichten. Also, bist du bereit, ihn umzubringen?«

Er zögerte nicht. Nickte. Sah mir voller Sanftmut und Freude in die Augen. »Ja. Ich bin bereit, denn ich weiche nie vor den Ausgeburten des Dunkels zurück. Auch diesmal nicht.«

Die unsichtbare Falle war zugeschnappt.

Ich hätte mich nicht gewundert, wenn Sebulon plötzlich neben uns gestanden hätte. Aus dem *Zwielicht* aufgetaucht und Maxim lobend auf die Schultern geschlagen hätte. Oder mir amüsiert zugelächelt.

Doch im nächsten Moment begriff ich, dass Sebulon nicht kommen würde. Niemals.

Die aufgestellte Falle musste nicht beobachtet werden. Die funktionierte auch so. Ich war hineingetappt, und jeder Mitarbeiter der Tagwache hatte für diesen Moment ein wasserdichtes Alibi.

Entweder erlaubte ich Maxim, den Jungen umzubringen, der ein Dunkler Magier werden würde. Dann würde ich zu seinem Komplizen – mit allen daraus resultierenden Folgen.

Oder ich ließ mich auf einen Kampf ein. Vernichtete den Wilden, letzten Endes ließen sich unsere Kräfte doch nicht vergleichen. Liquidierte eigenhändig meinen einzigen Zeugen und – als sei das nicht genug – brächte einen Lichten Magier um.

Denn Maxim würde nicht nachgeben. Das war sein Krieg, sein kleines Golgatha, seit ein paar Jahren schon schleppte er sich diesen Hügel hinauf. Für ihn gab es nur Sieg oder Tod.

Und warum sollte Sebulon selbst in den Kampf eingreifen?

Er hatte alles richtig gemacht. Die Reihen der Dunklen vom Ballast befreit, mich kompromittiert, mir Angst eingejagt, sogar etwas Dramatik ins Spiel gebracht, als er an mir vorbeischoss. Hatte mich dem Wilden in die Arme getrieben. Jetzt war Sebulon weit weg. Vielleicht noch nicht einmal in Moskau. Möglicherweise beobachtete er die Ereignisse: Es gibt genug technische und magische Mittel, die das ermöglichen. Beobachtete und feixte sich eins.

Ich war reingefallen.

Was auch immer ich jetzt tat, ich würde im *Zwielicht* enden.

Das Böse ist nicht darauf angewiesen, das Gute eigenhändig zu vernichten. Wie viel leichter ist es, wenn man den Guten erlaubt, aufeinander loszugehen.

Die einzige Chance, die mir noch blieb, war verschwindend klein und ungeheuerlich gemein.

Würde nicht klappen.

Ich musste Maxim gestatten, den Jungen umzubringen, nun ja, nicht gestatten, sondern einfach nicht eingreifen. Danach würde er sich beruhigen. Würde mit mir zum Stab der Nachtwache gehen, sich alles anhören, streiten und verstummen, bezwungen von den knallharten Argumenten und der erbarmungslosen Logik des Chefs, würde verstehen, was er angerichtet, wie sehr er das brüchige Gleichgewicht verletzt hatte. Würde sich selbst dem Tribunal stellen, wo für ihn eine winzige, aber unbestreitbare Chance bestand, rehabilitiert zu werden.

Schließlich bin ich kein Fahnder. Ich habe getan, was in meiner Macht stand. Sogar das Spiel des Dunkels durchschaut, die Kombination, die sich jemand ausgedacht hatte, der bedeutend klüger ist als ich. Es mangelte mir einfach an Kraft, Zeit und Reaktionsvermögen.

Maxim schwang die Hand mit dem Dolch.

Die Zeit dehnte sich plötzlich, zog sich so in die Länge, als sei ich ins *Zwielicht* eingetreten. Nur dass die Farben nicht verblassten, sondern sogar aufleuchteten, und auch ich mich in diesem trägen breiigen Strom bewegte. Der Holzdolch sauste auf Jegors Brust zu, veränderte sich, glitzerte bald metallisch auf, hüllte sich bald in eine graue Flamme ein; in Maxims Gesicht spiegelte sich Konzentration, nur die in die Lippe gerammten Zähne zeugten von seiner Anspannung, während der

Junge nichts begriff und noch nicht einmal versuchte fortzulaufen.

Als ich Jegor zur Seite schubste, wollten meine Muskeln mir nicht gehorchen, wollten keine so törichte und selbstmörderische Bewegung machen. Für ihn, den kleinen Dunklen Magier, bedeutete der Stoß des Dolchs den Tod. Für mich Leben. So war es immer, so würde es immer sein.

Was für einen Dunklen Leben bedeutet, ist für einen Lichten der Tod und umgekehrt. Das würde ich nicht ändern.

Geschafft!

Jegor fiel, stieß mit dem Kopf an die Haustür, sackte langsam zu Boden – ich hatte ihn zu stark gestoßen, hatte nur an seine Rettung gedacht, mich nicht um Verletzungen geschert.

In Maxims Augen funkelte der Ausdruck eines beleidigten Kindes auf. »Er ist ein Feind!«, brachte er dennoch hervor.

»Er hat nichts verbrochen!«

»Du verteidigst das Dunkel!«

Maxim stritt nicht darüber, ob ich ein Dunkler oder ein Lichter war. Das konnte er immerhin sehen.

Nur dass er weißer als weiß war. Er hatte nie die Alternative gesehen – ob ein Dunkler leben oder sterben sollte.

Der Dolch zielte jetzt nicht mehr auf den Jungen, sondern auf mich. Ich duckte mich, erblickte meinen Schatten und streckte mich, worauf dieser gehorsam auf mich zusprang.

Die Welt färbte sich grau ein, die Geräusche verstummten, die Bewegungen verlangsamten sich. Jegor, der sich eben noch gewälzt hatte, lag nun völlig reglos da, die Autos krochen unsicher über die Straße, die Räder drehten sich stoßweise, die Äste der Bäume hatten den Wind vergessen. Nur Maxim verlangsamte sich nicht.

Er kam mir nach, ohne es selbst zu wissen. Glitt mit derselben Unbedarftheit ins *Zwielicht,* mit der ein Mensch vom Gehsteig auf die Straße tritt. Ihm war jetzt alles egal: Er schöpfte Kraft aus seiner Überzeugung, seinem Hass, diesem lichten, ja helllichten Hass, aus der Wut des weißen Lichts. Er war nicht einmal ein Henker der Dunklen. Sondern ein Inquisitor. Weitaus schrecklicher als unsere gesamte Inquisition.

Ich riss die Hände hoch, spreizte die Finger im Zeichen der Kraft, dem einfachen und doch so effektiven – von den jungen Anderen beim ersten Mal stets verlachten – »Fingerfächer«. Maxim hielt nicht inne – schwankte nur ganz leicht, senkte dann aber stur den Kopf und kam weiter auf mich zu. Während ich zu begreifen begann, trat ich zurück und versuchte fieberhaft, mich an das magische Repertoire zu erinnern.

Agape – das Zeichen der Liebe; doch an die Liebe glaubt er nicht.

Der Dreifachschlüssel – bringt Glaube und Verständnis hervor; aber er glaubt mir nicht.

Opium – das fliederfarbene Symbol, der Traumpfad; schon spürte ich, wie meine eigenen Lider schwer wurden.

So also besiegt er die Dunklen. Sein rasender Glaube, verwoben in seinen verborgenen Fähigkeiten als Anderer, dient gleichsam als Spiegel. Wirft den erlittenen Schlag zurück. Bringt ihn auf das Niveau des Gegners. Zusammen mit der Fähigkeit, das Dunkel zu sehen, und dem idiotischen magischen Dolch macht ihn das beinah unverletzlich.

Nein, alles vermag er freilich nicht widerzuspiegeln. Die Schläge werden nicht sofort zurückgeworfen. Das Zeichen des Thanatos oder das weiße Schwert dürften funktionieren.

Nur dass ich mich auch umbringen würde, wenn ich ihn tötete. Den einzigen Weg einschlüge, der uns allen bevorsteht: ins *Zwielicht*. In die trüben Träume, das farblose Blendwerk, die ewige dunstige Kälte. Meine Kräfte reichten nicht aus, um in ihm einen Feind zu sehen – zu dem er mich ja ohne zu zögern erklärt hatte.

Wir umkreisten einander, mitunter machte Maxim einen Ausfall, jedoch ungeschickt, denn er hatte nie richtig gekämpft, war es gewohnt, seine Opfer schnell und einfach umzubringen.

Und irgendwo aus weiter Ferne hörte ich Sebulons höhnisches Lachen.

»Du wolltest ein Spiel gegen das Dunkel wagen?«, sagte er mit weicher, einschmeichelnder Stimme. »Nur zu. Du hast alles, was du brauchst. Feinde, Freunde, Liebe und Hass. Wähl deine Waffe. Welche du willst. Den Ausgang kennst du ohnehin schon. Jetzt kennst du ihn.«

Vielleicht hatte ich mir diese Stimme nur eingebildet. Vielleicht erklang sie aber auch wirklich.

»Du bringst dich um!«, schrie ich. Das Halfter schlug gegen meinen Körper, als verlange es, dass ich die Pistole herausnahm und einen Schwarm kleiner silberner Wespen auf Maxim losließ. Genauso leicht, wie ich es vorhin bei meinem Namensvetter getan hatte.

Er hörte mich nicht – das war ihm nicht gegeben.

Sweta, du wolltest unbedingt wissen, wo die Hürden für uns aufgestellt sind, wo die Grenze ist, an der wir in unserem Kampf gegen das Dunkel innehalten müssen. Warum bist du jetzt nicht hier? Dann würdest du es sehen und verstehen.

Es war überhaupt niemand hier, weder Dunkle, um sich aus vollem Herzen an diesem Duell zu ergötzen, noch Lichte, um zu helfen, sich auf Maxim zu stürzen, ihn zu fesseln, unseren tödlichen *Zwielicht*-Tanz zu beenden. Nur der ungelenk aufstehende Junge, der zukünftige Dunkle Magier, und der unerbittliche Henker mit den gemeißelten Gesichtszügen, jener ungerufene Paladin des Lichts. Der nicht weniger Böses angerichtet hatte als ein Dutzend Tiermenschen oder Vampire.

Ich raffte den kalten Nebel zusammen, der mir durch die Finger strömte. Erlaubte ihm, an meinen Fingern zu saugen. Und schickte ein wenig mehr Kraft in die rechte Hand.

Ein weißer Feuerkeil erwuchs aus meinem Handteller. Das *Zwielicht* fauchte, flammte auf. Ich zog das weiße Schwert, eine einfache und effektive Waffe. Maxim erstarrte.

»Das Gute, das Böse.« Ein neues, schiefes Grinsen zeichnete

sich auf meinem Gesicht ab. »Komm zu mir. Komm her, und ich töte dich. Selbst wenn du hundertmal ein Lichter bist, darum geht es gar nicht.«

Bei jedem anderen hätte das gewirkt. Bestimmt. Man muss sich das vorstellen: zum ersten Mal zu sehen, wie aus dem Nichts eine Feuerklinge auftaucht. Aber Maxim kam weiter auf mich zu.

Überwand die fünf Schritte, die uns trennten. Gelassen, mit glatter Stirn, ohne auf das weiße Schwert zu achten. Während ich dastand und immer wieder in Gedanken wiederholte, was sich so leicht und überzeugend laut sagte.

Dann drang der Holzdolch zwischen meine Rippen ein.

In weiter Ferne brach Sebulon, das Oberhaupt der Tagwache, in seiner Höhle in schallendes Gelächter aus.

Ich fiel erst auf die Knie, dann auf den Rücken. Presste die Hand auf die Brust. Es schmerzte, bislang schmerzte es nur. Das *Zwielicht* winselte empört auf, als es das lebende Blut spürte, und wich auseinander.

Wie beschämend!

Oder war das mein einziger Ausweg? Zu sterben?

Swetlana würde niemanden retten müssen. Sie könnte ihren Weg gehen, eine langen und ruhmreichen Weg, selbst wenn auch sie eines Tages für immer ins *Zwielicht* eingehen muss.

Ob du das wusstest, Geser? Vielleicht sogar auf diesen Ausgang gehofft hast?

Die Welt gewann ihre Farben zurück. Die dunklen Farben der Nacht. Das *Zwielicht* spuckte mich widerwillig aus, verschmähte mich. Halb liegend, halb sitzend hielt ich meine blutende Wunde.

»Warum bist du noch am Leben?«, fragte Maxim.

Erneut lag in seiner Stimme ein beleidigter Unterton, es hätte nicht viel gefehlt, und er hätte einen Schmollmund gemacht. Am liebsten hätte ich gelacht, doch meine Schmerzen ließen das nicht zu. Er sah auf den Dolch und hob ihn voller Unsicherheit erneut. Im nächsten Moment stand Jegor neben mir. Schirmte mich vor Maxim ab. Diesmal hinderte mich der Schmerz nicht daran zu lachen.

Der zukünftige Dunkle Magier rettete den einen Lichten vor dem anderen!

»Ich lebe, weil deine Waffe nur für Dunkle gedacht ist«, erklärte ich. In meiner Brust gluckerte es verdächtig. Der Dolch war nicht bis zum Herz gedrungen, hatte aber die Lunge aufgerissen. »Ich weiß nicht, wer ihn dir gegeben hat. Doch das ist eine Waffe gegen das Dunkel. Gegen mich ist es nicht mehr als ein Span, der aber auch wehtut.«

»Du bist ein Lichter«, sagte Maxim.

»Ja.«

»Er ist ein Dunkler.« Der Dolch richtete sich langsam auf Jegor.

Ich nickte. Versuchte, den Jungen wegzuziehen; der schüttelte hartnäckig den Kopf und blieb stehen.

»Warum?«, fragte Maxim. »Warum nur? Du bist ein Lichter, er ist ein Dunkler ...«

Zum ersten Mal in der ganzen Zeit lächelte er, wenn auch nicht fröhlich.

»Und wer bin dann ich? Kannst du mir das sagen?«

»Ich vermute, ein zukünftiger Inquisitor«, erklang es hinter mir. »Ich bin mir dessen fast sicher. Ein begabter, unbarmherziger, unbestechlicher Inquisitor.«

Ich schielte zu der Stimme hin. »Guten Abend, Geser«, sagte ich.

Der Chef nickte mir mitfühlend zu. Swetlana stand hinter ihm, ihr Gesicht war kreideweiß.

»Hältst du noch fünf Minuten durch?«, fragte der Chef. »Dann schau ich mir deinen Kratzer mal an.«

»Natürlich halt ich noch durch«, versicherte ich.

Maxim sah den Chef mit starrem, halb wahnsinnigem Blick an.

»Ich glaube, du brauchst keine Angst zu haben«, wandte sich der Chef an ihn. »Sicher, ein gewöhnlicher Wilderer würde vom Tribunal hingerichtet. An deinen Händen klebt zu viel Dunkles Blut, und das Tribunal ist verpflichtet, das Gleichgewicht zu wahren. Doch du bist herausragend, Maxim. Auf jemanden wie dich verzichtet man nicht einfach. Du wirst dich über uns erheben, über Licht und Dunkel, und es spielt nicht einmal eine Rolle, von welcher Seite du kommst. Du darfst dir nur nichts vormachen – das ist keine Macht. Das ist Zwangsarbeit. Wirf den Dolch weg!«

Maxim schleuderte den Dolch zu Boden, als habe er sich die Finger daran verbrannt. Das vollbringt ein echter Magier. Für mich ist das eine Nummer zu groß.

»Swetlana, du hast es überstanden.« Der Chef sah die junge Frau an. »Was gibt das? Dritte Stufe in Selbstkontrolle und Beherrschung. Ohne jeden Zweifel.«

Ich stützte mich auf Jegor und versuchte aufzustehen. Wollte dem Chef unbedingt die Hand schütteln. Erneut hatte er sein eigenes Spiel gespielt. Hatte alle benutzt, die ihm zur Verfügung standen. Hatte Sebulon geschlagen. Nur schade, dass der nicht hier war! Wie gern hätte ich sein Gesicht gesehen, das Gesicht jenes Dämons, der meinen ersten Frühlingstag in einen endlosen Albtraum verwandelt hatte.

»Aber ...« Maxim wollte etwas sagen, verstummte jedoch. Auch auf ihn war zu viel eingestürzt. Seine Gefühle konnte ich nur zu gut verstehen.

»Ich war mir sicher, Anton, absolut sicher, dass ihr beide, du und Swetlana, mit dieser Sache fertig werden würdet«, meinte der Chef sanft. »Das Schrecklichste für eine Zauberin mit ihrer Kraft ist es, die Selbstkontrolle zu verlieren. Die Kriterien im Kampf gegen das Dunkel zu verlieren, überstürzt zu handeln oder – im Gegenteil – zu zaudern. Diese Phase in der Ausbildung sollte man auf gar keinen Fall auf die lange Bank schieben.«

Swetlana machte endlich einen Schritt auf mich zu. Behutsam hakte sie sich bei mir unter. Sah Geser an – und für einen Augenblick verzerrte Zorn ihre Miene.

»Nicht doch«, sagte ich. »Nicht doch, Sweta. Er hat ja Recht. Mir ist es erst heute klar geworden, zum ersten Mal. Wo die Grenze in unserem Kampf verläuft. Sei nicht wütend. Und das ...« Ich nahm die Hand von der Brust. »... ist nur ein Kratzer. Wir sind keine Menschen, wir sind weitaus robuster.«

»Danke, Anton«, sagte der Chef. Dann richtete er den Blick auf Jegor. »Und auch dir, mein Junge. Vielen Dank. Wirklich schade, dass du auf der anderen Seite der Barrikade stehen wirst. Dennoch war ich mir sicher, dass du trotzdem für Anton eintrittst.«

Der Junge wollte einen Schritt auf den Chef zumachen, doch ich packte ihn bei der Schulter. Das fehlte noch, dass er jetzt etwas Unüberlegtes sagte. Noch verstand er nicht, wie kompliziert dieses Spiel war! Verstand nicht, dass alles, was Geser getan hatte, lediglich der Gegenzug war.

»Eins bedaure ich, Geser«, bemerkte ich. »Nur eine Sache. Dass Sebulon nicht hier ist. Dass ich sein Gesicht nicht gesehen habe, als sein ganzes Spiel zusammengebrochen ist.«

Der Chef antwortete nicht gleich.

Vielleicht, weil ihm die Worte schwer über die Lippen kamen. So, wie ich sie ja auch nicht gern hören wollte.

»Sebulon hat damit nichts zu tun, Anton. Du musst schon entschuldigen. Aber er hat damit wirklich nichts zu tun. Die ganze Operation geht auf das Konto der Nachtwache.«

Dritte Geschichte
Im eigenen Saft

Prolog

Der Mann war klein, dunkelhäutig und hatte Schlitzaugen. Eine begehrte Beute für jeden Milizionär in Moskau. Ein schuldbewusstes, verwirrtes Lächeln. Ein naiver, ausweichender Blick. Trotz der sengenden Hitze trug er einen altmodischen dunklen Anzug, der jedoch fast neu wirkte. Die Krönung bildete eine Krawatte noch aus Sowjetzeiten. In der einen Hand hielt er eine riesige, abgeschabte Aktentasche, mit der in alten Filmen Agronomen und Vorsitzende von Vorzeigekolchosen ausgestattet werden, in der anderen ein Netz mit einer länglichen Zuckermelone.

Der kleine Mann stieg aus dem Schlafwagen, auf seinen Lippen das unweigerliche Lächeln. Das der Zugbegleiterin galt, den Reisegefährten, einem Kofferträger, der ihn anrempelte, einem jungen Burschen, der an einem Stand Limonade und Zigaretten verkaufte. Der kleine Mann hob den Blick und sah voller Begeisterung auf das Dach des Kasaner Bahnhofs. Trottete den Bahnsteig entlang und blieb immer wieder stehen, um das Netz mit der Melone bequemer zu packen. Er konnte dreißig Jahre alt sein, aber auch fünfzig. Für einen Europäer ist das schwer auszumachen.

Der junge Mann, der kurz darauf dem Waggon zweiter Klasse desselben Zugs Taschkent-Moskau entstieg – womöglich einer der dreckigsten und ramponiertesten Züge der Welt –, verkörperte das genaue Gegenteil. Auch er ein orientalischer Typ, am ehesten ein Usbeke. Allerdings eher nach Moskauer Art gekleidet: Shorts und ein T-Shirt, eine Sonnenbrille, am Gürtel eine lederne Tasche und ein Handy. Kein Gepäck. Nicht die Spur von Provinzialität. Er blickte sich nicht um, suchte nicht das verheißungsvolle M. Ein kurzes Nicken zum Zugbegleiter, ein leichtes Kopfschütteln, um die Taxifahrer abzuwimmeln. Ein Schritt, noch einer – und schon war er in der Masse verschwunden, von wuselnden Ankömmlingen verschluckt, das Gesicht leicht in Widerwillen und Abneigung verzogen. Im Handumdrehen ging er als organischer Teil in die Menge ein, der sich nicht mehr ausmachen ließ. Wuchs ihr als neue, gesunde und lebensfähige Zelle zu, die weder bei den als Freßzellen wirkenden Milizionären noch bei den Nachbarzellen Irritation auslöste.

Der kleine Mann mit der Melone und der Aktentasche bahnte sich seinen Weg durch die Masse, unzählige Entschuldigungen in nicht sehr sauberem Russisch murmelnd, zog den Kopf ein und sah sich um. An einer Straßenunterführung lief er vorbei, zuckte mit dem Kopf mal in die eine, mal in die andere Richtung, steuerte dann auf eine andere Unterführung zu, blieb an einer Reklametafel stehen, an der es weniger Gedrängel gab, und zog, seine Sachen umständlich an die Brust pressend, einen zerknitterten Zettel heraus, den er sorgsam studierte. Auf dem Gesicht des Asiaten spiegelte sich nicht der Schatten eines Verdachts wider, dass man ihn verfolgen könnte.

Was den dreien, die an der Mauer des Bahnhofsgebäudes lehnten, nur zupass kam. Eine attraktive, auffällige Frau mit roten Haaren in einem eng anliegenden Seidenkleid, ein angepunkter Typ mit verblüffend gelangweilten und alten Augen, ein älterer Mann mit langem gegeltem Haar und dem Gebaren eines Schwulen.

»Eher nicht«, sagte der Punk mit den alten Augen zweifelnd. »Glaub nicht, dass der das ist. Ist zwar schon lange her, dass ich ihn gesehen habe, und das auch nur kurz, aber ...«

»Sollen wir etwa bei Dshoru nachfragen?«, fragte die Frau lachend. »Ich seh doch, dass er es ist.«

»Übernimmst du die Verantwortung?« Den Punk irritierte weder ihr Einwand, noch wollte er sich streiten. Sondern nur diese Frage klären.

»Ja.« Die Frau wandte den Blick nicht von dem Asiaten. »Gehen wir. Wir schnappen ihn uns in der Unterführung.«

Mit langsamen synchronen Schritten lösten sie sich von der Mauer. Dann trennten sie sich, die Frau ging weiter geradeaus, die beiden Männer nach links und rechts.

Der kleine Mann faltete den Zettel zusammen und lief unsicher auf die Unterführung zu.

Ein Moskauer oder ein häufiger Gast der Hauptstadt hätte sich über die plötzliche Menschenleere gewundert. Immerhin ist das hier der kürzeste und bequemste Weg von der Metro zum Bahnhof. Aber der kleine Mann achtete nicht darauf. Dass die Menschen hinter ihm stehen blieben, als seien sie gegen ein unsichtbares Hindernis gestoßen, und zu anderen Unterführungen gingen, bemerkte er nicht. Dass auf der anderen Seite der Unterführung im Bahnhof das Gleiche passierte, konnte er nicht sehen.

Ihm kam ein lächelnder Schnösel entgegen. Von hinten holten ihn eine sympathisch wirkende junge Frau und ein schlampig gekleideter Typ mit einem Ohrring und zerschlissenen Jeans ein.

Der Asiat ging weiter.

»Bleib doch stehen, Väterchen«, sagte der Schnösel friedfertig. Seine Stimme passte zu seinem Äußeren, klang zart und manieriert. »Renn doch nicht so.«

Der Asiat deutete lächelnd ein Nicken an, blieb aber nicht stehen.

Der Schnösel fuchtelte mit dem Arm, als zöge er einen Strich zwischen sich und dem kleinen Mann. Die Luft erbebte, der Atem des kalten Winds fegte durch die Unterführung. Irgendwo auf dem Bahnhof weinten Kinder, winselte ein Hund.

Der kleine Mann blieb stehen und blickte nachdenklich nach vorn. Er spitzte die Lippen, pustete und schenkte dem vor ihm stehenden Mann ein schlaues Lächeln. Es klirrte leise, als ginge unsichtbares Glas zu Bruch. Das Gesicht des Schnösels verzerrte sich unter Schmerzen, er wich einen Schritt zurück.

»Bravo, *Devona*«, sagte die Frau, die hinter dem Asiaten stehen geblieben war. »Aber jetzt solltest du wirklich nichts überstürzen.«

»Ich hab's eilig, und wie«, haspelte der kleine Mann hervor. Er schielte über die Schulter. »Möchtest du eine Melone, meine Schöne?«

Die Frau lächelte und sah den Asiaten an. »Kommst du mit uns mit, Verehrtester?«, fragte sie. »Wir setzen uns irgendwo gemütlich hin. Essen deine Melone, trinken Tee. Wir haben so lange auf dich gewartet, da ist es nicht lieb, gleich wieder wegzurennen.«

Die Miene des kleinen Mannes spiegelte angespannte Gedankenarbeit wider. »Gehen wir, gehen wir«, nickte er schließlich.

Sein erster Schritt haute den Lackaffen um. Als ob der Asiat einen unsichtbaren Schild vor sich hertrüge, eine Mauer, keine materielle, sondern eher aus tosendem Wind. Der Schnösel wurde über den Boden geschleift, die langen Haare breiteten sich aus, die Augen verengten sich, seiner Kehle entrang sich ein lautloser Schrei.

Der Punk wedelte mit der Hand – und purpurrote Lichtreflexe schlugen auf den kleinen Mann ein. Blendend helle, die sich nur schwer vom Handteller lösten, auf halber Strecke verblassten und den Rücken des Asiaten als kaum noch zu erkennendes Leuchten erreichten.

»Ai-ai-ai«, sagte der kleine Mann, ohne stehen zu bleiben. Er zuckte ein paarmal mit den Schulterblättern, als habe sich eine lästige Fliege auf seinem Rücken niedergelassen.

»Alissa!«, schrie der Punk auf, ohne sein nutzloses Tun aufzugeben. Seine Finger bewegten sich, knüllten die Luft zusammen, entrissen ihr Klumpen des purpurroten Lichts und schleuderten sie gegen den Asiaten. »Alissa!«

Die Frau neigte den Kopf, sah dem fortgehenden Asiaten hinterher. Leise flüsterte sie etwas, während sie mit der Hand über das Kleid fuhr – und in ihrer Hand tauchte wer weiß woher ein dünnes durchscheinendes Prisma auf.

Der kleine Mann beschleunigte den Schritt, hastete von links nach rechts, bog auf komische Weise den Kopf. Der Schnösel vor ihm wälzte sich immer noch, unterließ mittlerweile aber jeden Versuch zu schreien. Sein Gesicht schwamm in Blut, Arme und Beine waren gebrochen und gehorchten nicht, als ob er nicht drei Meter über den glatten Boden gerollt wäre, sondern von einem wahnsinnigen Sturm oder einem galoppierenden Pferd drei Kilometer durch steinige Steppe geschleift worden sei.

Die Frau betrachtete den kleinen Mann durch das Prisma.

Erst verlangsamte der Asiat nur den Schritt. Dann ächzte er auf und spreizte die Hände – die Melone zerbarst auf dem Marmorfußboden, seine Aktentasche schlug dumpf und schwer auf.

»Och«, sagte der Asiat, den die Frau einen *Devona* genannt hatte. »Och, och.«

Der kleine Mann sank in sich zusammen, begann sich bereits im Moment des Sturzes zu krümmen. Die Wangen fielen ihm ein, die Wangenbeine spitzten sich, die nunmehr greisenhaft dünnen Hände umspannte ein Netz von Adern. Das schwarze Haar bleichte zwar nicht aus, überzog sich aber mit grauem Staub und lichtete sich. Die Luft um ihn herum erbebte – unsichtbare heiße Ströme flossen auf Alissa zu.

»Was ich nicht gegeben habe, wird fortan mein sein«, flüsterte die Frau. »Alles, was dein ist, ist mein.«

Die Röte floss ihr so schnell ins Gesicht, wie der kleine Mann austrocknete. Mit schmatzenden Lippen flüsterte sie tonlose, seltsam klingende Worte. Der Punk verzog das Gesicht, ließ die

Hand sinken – der letzte purpurrote Strahl schlug in den Boden ein, brachte den Stein zum Glühen.

»Ziemlich einfach«, sagte er. »Echt.«

»Der Chef war gar nicht zufrieden«, sagte die Frau, während sie das Prisma in den Falten ihres Kleides versteckte. Lächelte. Ihr Gesicht verströmte die Kraft und Energie, die einige Frauen nach stürmischem Geschlechtsverkehr zeigen. »Leicht, aber unser Kolja hat Pech gehabt.«

Der Punk nickte und betrachtete den reglosen Körper des langhaarigen Mannes. Besonderes Mitleid lag nicht in seinem stumpfen Blick, übrigens auch keine besondere Feindseligkeit.

»Kannst du laut sagen«, kommentierte er. Sicheren Schrittes trat er an die vertrocknete Leiche heran. Machte mit der Hand eine Bewegung darüber, worauf der Körper zu Staub zerfiel. Mit der nächsten Geste verwandelte der Punk die zerplatzte Melone in klebrigen Brei.

»Die Aktentasche«, befahl die Frau. »Überprüf die Tasche.«

Der Punk wedelte mit der Hand – das abgegriffene Kunstleder barst, die Aktentasche sprang auf wie eine Muschel unter dem Messer eines kundigen Tauchers. Der Blick des Punks ließ jedoch darauf schließen, dass sie nicht die erhoffte Perle enthielt. Zwei Paar Garnituren verwaschener Unterwäsche, eine billige Trainingshose aus Baumwolle, ein weißes Hemd, eine Polyethylentüte mit Gummilatschen, ein Plastikbecher mit koreanischer Fertig-Nudelsuppe und ein Brillenetui.

Der Punk vollführte noch ein paar Passes, ließ den Plastikbecher aufplatzen, die Kleidung an den Nähten zerreißen, das Etui sich öffnen. Fluchte.

»Er ist leer, Alissa! Völlig leer.«

In die Züge der Hexe schlich sich nach und nach Erstaunen. »Aber das ist doch der Devona, Stassik. Der Kurier hätte die Fracht niemandem anvertrauen können.«

»Hat er anscheinend aber doch«, entgegnete der Punk, während er mit dem Fuß durch die Asche des Asiaten fuhr. »Hab ich dich nicht gewarnt, Alissa? Bei den Lichten muss man mit allem rechnen. Du hast die Verantwortung übernommen. Vielleicht bin ich ja nur ein schwacher Magier. Aber ich habe ein halbes Jahrhundert mehr Erfahrung als du.«

Alissa nickte. Die Verwirrung war bereits aus ihren Augen verschwunden. Ihre Hand huschte abermals über ihr Kleid, suchte das Prisma. »Ja«, stimmte sie sanft zu. »Du hast Recht, Stassik. Aber in fünfzig Jahren habe ich genauso viel Erfahrung wie du.«

Der Punk lachte auf, hockte sich neben die Leiche des langhaarigen Mannes und durchstöberte rasch die Taschen. »Glaubst du?«

»Ich bin mir sicher. Du hättest nicht auf deinem Standpunkt bestehen sollen, Stassik. Schließlich hatte ich vorgeschlagen, auch die anderen Mitreisenden zu kontrollieren.«

Der junge Mann drehte sich zu spät um, als in einem Dutzend unsichtbarer heißer Fäden das Leben aus seinem Körper zu weichen begann.

Eins

Das Oldsmobil war alt, gefiel mir aber gerade deshalb. Nur gegen die Hitze, diese Wahnsinnshitze der Straße, die sich seit Tagen aufgeheizt hatte, halfen selbst die offenen Fenster nichts. Hier brauchte man eine Klimaanlage.

Ilja teilte diese Ansicht offenbar. Er saß am Steuer, lenkte mit einer Hand, sah sich alle naslang um und unterhielt sich mal mit diesem, mal mit jenem. Ein Magier seines Ranges sah natürlich alle Wahrscheinlichkeiten etwa zehn Minuten voraus, weshalb es zu keinem Unfall kommen würde. Dennoch war mir ziemlich mulmig zumute.

»Ich wollte eine Klimaanlage einbauen«, sagte er in schuldbewusstem Ton zu Julja. Das Mädchen litt mehr als alle andern unter der Hitze, auf ihrem Gesicht leuchteten hässliche rote Flecken, ihre Augen blickten trübe. Als müsse sie sich übergeben. »Aber das würde den Wagen total verunstalten. Der ist dafür einfach nicht gemacht! Keine Klimaanlage, keine Handys, keine Bordcomputer!«

»Hmmh«, sagte Julja. Sie rang sich ein Lächeln ab. Gestern hatten wir Überstunden geschoben, niemand war vor fünf Uhr morgens ins Bett gekommen, und geschlafen hatten wir gleich im Büro. Natürlich war es eine Schweinerei, ein dreizehnjähriges Mädchen wie eine Erwachsene zu behandeln. Allerdings wollte sie selbst es so, gezwungen hatte sie niemand.

Swetlana, die vorn saß, blickte Julja besorgt an. Dann schnellte ihr Blick voller Missbilligung zu Semjon hinüber. Fast hätte sich der unerschütterliche Magier daraufhin an seiner Jawa verschluckt. Er inhalierte, und der durch das Auto wallende Zigarettenqualm verschwand in seinen Lungen. Dann schnippte er die Kippe aus dem Fenster. Mit der Jawa zollte er der allgemeinen Meinung im Grunde bereits Tribut, denn seit kurzem bevorzugte er Poljot und andere grauenvolle Tabaksorten.

»Schließt die Fenster«, bat Semjon.

Kurz darauf fiel die Temperatur im Auto deutlich. Ein leichter Geruch nach salzigem Meer hing in der Luft. Ich merkte sogar, dass es ein Meer bei Nacht war und in nicht allzu weiter Ferne lag, ein Ufer irgendwo auf der Krim. Jod, Algen, ein Hauch von Beifuß. Das Schwarze Meer. Koktebel.

»Koktebel?«, fragte ich.

»Jalta«, erwiderte Semjon lakonisch. »10. September 1972, etwa drei Uhr nachts. Nach einem leichten Sturm.«

Ilja schnalzte neidisch mit der Zunge.

»Alle Achtung!«, sagte er. »Und dieses Bouquet hast du bis heute nicht verbraucht?«

Julja blickte Semjon mit schuldbewusster Miene an. Die Klimakonservierung bereitete allen Magiern Schwierigkeiten, und das jetzt von Semjon offerierte Bouquet an Empfindungen hätte jedes gesellige Beisammensein bereichert.

»Vielen Dank, Semjon Pawlowitsch.« Aus irgendeinem Grund schüchterte er das Mädchen genauso ein wie der Chef, weshalb sie ihn immer mit Vor- und Vatersnamen ansprach.

»Nicht der Rede wert«, erwiderte Semjon gelassen. »Ich habe noch einen Taigaregen von 1913 in meiner Sammlung oder einen Taifun von '40, einen Frühlingsmorgen in Jurmala von '56 und vermutlich auch noch einen Winterabend in Gagry.«

Ilja lachte. »Einen Winterabend in Gagry – vergiss es. Aber der Taigaregen ...«

»Den tausch ich nicht«, erteilte Semjon ihm sofort einen

Dämpfer. »Ich kenne deine Sammlung, du hast nichts, was sich mit ihm messen könnte.«

»Aber wenn ich dir dafür zwei, nein, drei ...«

»Ich schenk ihn dir«, schlug Semjon vor.

»Kommt gar nicht in Frage«, gab sich Ilja gekränkt und zerrte am Lenkrad. »Was sollte ich dir denn dafür zurückschenken?«

»Dann entkonserviere ich ihn.«

»Na, vielen Dank auch.«

Natürlich, er schmollte. Meiner Ansicht nach ließen sich die Fähigkeiten der beiden gut vergleichen, vielleicht war Ilja sogar ein wenig stärker. Dafür besaß Semjon ein Gespür für den Moment, der es wert war, magisch bewahrt zu werden. Außerdem vergeudete er seine Sammlung nicht in banalen Situationen.

Gewiss, unter bestimmten Gesichtspunkten wirkte die gerade von ihm vollbrachte Tat verschwenderisch: die letzte halbe Stunde Fahrt in der Hitze mit einem derart wertvollen Gebinde an Gefühlen erträglicher zu machen.

»Ja, ein Abend, wo man Schaschlik grillt, diesen Nektar müsste man atmen«, sagte Ilja. Mitunter kann er seltsam dickfällig sein. Julja spannte ihre Kräfte an.

»Ich erinner mich noch, wie ich einmal im Orient war«, sagte Semjon plötzlich. »Unser Hubschrauber ... Kurz gesagt, wir gingen zu Fuß. Die technischen Kommunikationsmittel hatten den Geist aufgegeben, magische anzuwenden, wäre in etwa so gewesen, als laufe jemand in Harlem mit dem Transparent *Schlagt die Nigger!* herum. Wir also zu Fuß durch die Wüste von Hadramaut. Bis zu unserm Mann vor Ort war es nicht mehr weit, hundert Kilometer, vielleicht hundertzwanzig. Aber wir waren am Ende unserer Kräfte. Hatten kein Wasser mehr. Plötzlich sagt Aljoschka, ein guter Junge, der jetzt im Baltikum arbeitet: *Ich kann einfach nicht mehr, Semjon Pawlowitsch, ich habe eine Frau und zwei Kinder zu Hause, ich will zurück.* Dann legt er sich in den Sand und entkonserviert seine geheimen Vorräte. Er hatte einen Platzregen. Etwa zwanzig Minuten kübelt es. Wir haben uns satt getrunken, die Flaschen gefüllt, uns wieder aufgerappelt. Am liebsten hätte ich ihm die Fresse poliert, dass er früher nichts davon gesagt hatte, aber er tat mir Leid.«

Nach dieser langen Rede breitete sich im Wagen minutenlanges Schweigen aus. Selten gab Semjon die Ereignisse seines stürmischen Lebens so beredt wider.

Als Erster sagte Ilja etwas. »Und warum hast du deinen Taigaregen nicht spendiert?«

»Vergleich die beiden doch mal«, schnaubte Semjon. »Mein Regen aus der Kollektion stammt von 1913, der Frühlingsschauer kommt aus Moskau, hat nichts Besonderes an sich und stinkt obendrein nach Benzin. Und?«

»Alles klar.«

»Eben. Alles hat seine Zeit und seinen Ort. Der Abend, an den ich mich erinnert habe, war angenehm. Aber nicht herausragend. Passt zu deinem Klapperkasten.«

Swetlana lachte leise. Die leichte Anspannung, die im Auto gehangen hatte, verflüchtigte sich.

Die ganze Woche war die Nachtwache wie elektrisiert gewesen. Irgendwie passierte in Moskau nichts Besonderes, nur ganz normale Routinearbeit. Über der Stadt lastete eine Hitze, wie es sie noch nie im Juni gegeben hatte, und irgendwelche Zwischenfälle wurden kaum gemeldet. Das schmeckte weder den Lichten noch den Dunklen.

Rund vierundzwanzig Stunden lang hatten unsere Analytiker an einer Version gebastelt, wonach die überraschende Hitze auf die Vorbereitungen einer Aktion zurückgehe, die die Dunklen planten. Vermutlich untersuchte man parallel dazu in der Tagwache, ob die Lichten Magier nicht auf das Wetter eingewirkt hätten. Nachdem jedoch beide Seiten die natürlichen Gründe der klimatischen Eskapaden eingestehen mussten, blieb ihnen überhaupt nichts mehr zu tun.

Die Dunklen verhielten sich so still wie vom Regen geplagte Fliegen. Entgegen allen Vorhersagen der Ärzte sank die Zahl der

Unfälle und natürlichen Todesfälle in der Stadt. Den Lichten stand der Sinn ebenfalls nicht nach Arbeit, die Magier stritten sich wegen Kleinigkeiten, auf die simpelsten Dokumente aus den Archiven musste man einen halben Tag warten, und sobald man die Analytiker um eine Wettervorhersage bat, polterten sie böse los: »Reichen euch vierzig Tage?« Boris Ignatjewitsch stromerte wie von Sinnen durchs Büro. Ungeachtet seiner orientalischen Vergangenheit und seiner Herkunft machte selbst ihm die Moskauer Variante der Hitze zu schaffen. Gestern Morgen, am Donnerstag, hatte er dann alle Mitarbeiter zusammengerufen, gemäß einer Anordnung der Wache zwei Freiwillige zu seiner Unterstützung benannt und den anderen befohlen, die Hauptstadt zu verlassen. Sollten sie irgendwohin fahren, auf die Malediven, nach Griechenland, dem Teufel in der Hölle einen Besuch abstatten – selbst da dürfte es angenehmer sein – oder auf eine Datscha außerhalb der Stadt fliehen. Vor Montagmittag wollte er niemanden im Büro sehen.

Der Chef hielt genau eine Minute inne, bis auf allen Gesichtern ein glückliches Lächeln lag, um dann hinzuzufügen, dieses unerwartete Glück müsse gut verdient sein. Durch eine Sonderschicht. Damit wir uns hinterher nicht der müßig verbrachten Tage zu schämen bräuchten. Damit es bei den Strugazkis nicht umsonst hieße: *Der Montag fängt am Samstag an,* sollten wir, um die drei Tage Urlaub zu bekommen, alle noch anstehende Routinearbeit in der verbleibenden Zeit erledigen.

Was wir auch taten. Einige arbeiteten fast die ganze Nacht durch. Wir überprüften die Dunklen, die in der Stadt geblieben waren und unter besonderer Kontrolle standen: Vampire, Tiermenschen, Inkubi und Sukkubi, aktive Hexen sowie andere ruhelose Zeitgenossen aus den niederen Rängen. Alles war in Ordnung. Die Vampire gierten momentan nicht nach heißem Blut, sondern kaltem Bier. Die Hexen plagten sich nicht damit, ihren Nachbarn Schaden zuzufügen, sondern einen leichten Regenschauer über Moskau herbeizuzaubern.

Dafür kamen wir jetzt aus Moskau raus. Natürlich nicht auf die Malediven, da hatte der Chef die Großzügigkeit unserer Buchhaltung etwas überschätzt. Aber auch zwei, drei Tage auf dem Lande haben ihren Reiz. Die armen Freiwilligen, die beim Chef in der Hauptstadt geblieben waren, um ihn zu hüten und zu bewachen.

»Ich muss zu Hause anrufen«, sagte Julja. Sie war sehr viel munterer geworden, seit Semjon die im Auto herrschende Hitze durch Meeresfrische ersetzt hatte. »Gib mir mal das Handy, Sweta.«

Ich genoss die Kühle ebenfalls. Schaute auf die Autos, die wir überholten: In der Regel waren die Fenster heruntergelassen, und man blickte voller Neid auf uns, in dem irrigen Glauben, das alte Automobil sei mit einer tüchtigen Klimaanlage ausgestattet.

»Wir müssen bald abbiegen«, sagte ich zu Ilja.

»Ich weiß. Ich kenn die Strecke.«

»Pst!«, flüsterte Julja mit furchteinflößender Stimme. Und dann flötete sie ins Telefon: »Mamotschka, ich bin's! Ja, wir sind schon da. Natürlich ist es schön! Es gibt einen See, nein, einen flachen. Mamotschka, ich kann nur kurz sprechen, Swetas Vater hat mir sein Handy geliehen. Nein, sonst niemand. Sweta? Hier.«

Sweta seufzte und nahm dem Mädchen das Handy ab. Finster blickte sie mich an, während ich versuchte, ernst dreinzublicken.

»Guten Tag, Tante Natascha«, sagte Sweta mit zarter Kinderstimme. »Ja, wir freuen uns sehr. Ja. Nein, mit den Erwachsenen. Mama ist gerade nicht da, soll ich sie holen? Ja, das sag ich ihr. Ganz bestimmt. Auf Wiedersehen.«

Sie beendete das Gespräch.

»Und was, mein Mädchen, passiert, wenn deine Mutter die richtige Sweta fragt, wie euer Wochenende war?«, wollte Sweta wissen.

»Dann wird Sweta sagen, dass es schön war.«

Swetlana stieß scharf die Luft aus und sah Semjon an, als erhoffe sie sich von ihm Unterstützung.

»Der Einsatz magischer Fähigkeiten für persönliche Ziele kann unvorhersehbare Folgen haben«, dozierte Semjon in amtlichem Ton. »Ich kann mich noch erinnern, wie ...«

»Was denn für magische Fähigkeiten?«, wunderte sich Julja aufrichtig. »Ich habe ihr gesagt, dass ich mit Freunden einen draufmachen möchte, und sie gebeten mitzuspielen. Erst hat Sweta zwar gestöhnt, dann aber natürlich zugestimmt.«

Hinterm Steuer kicherte Ilja.

»Das musste ich sagen«, empörte sich Julja, die nicht verstand, was daran so komisch sein sollte. »So machen die Menschenkinder das schließlich. Warum lacht ihr denn bloß alle so? Na?«

Bei jedem von uns Wächtern nimmt die Arbeit viel Platz im Leben ein. Nicht, weil wir begeisterte Arbeitstiere wären – welcher klar denkende Mensch zieht schon die Arbeit der Freizeit vor? Auch nicht, weil unsere Arbeit so außerordentlich interessant ist, größtenteils langweilen wir uns auf Streife oder sitzen uns im Büro den Hosenboden durch. Nein, es fehlt uns einfach an Leuten. Die Tagwache schließt die Lücken weitaus schneller, jeder Dunkle drängt sich nach der Möglichkeit, Macht auszuüben. Bei uns dagegen sieht die Situation ganz anders aus.

Trotzdem pflegt jeder von uns neben der Arbeit sein eigenes kleines Leben, das wir mit niemandem teilen: nicht mit dem Licht, nicht mit dem Dunkel. Das gehört nur uns. Dieses kleine bisschen Leben, das wir zwar nicht verstecken, aber auch nicht zur Schau stellen und das wir aus unserem früheren Menschendasein mitgebracht haben.

Der eine geht auf Reisen, sobald sich ihm nur die kleinste Gelegenheit dazu bietet. Ilja zum Beispiel bevorzugt normale Touren, während Semjon trampt. Er hat schon mal die ganze

Strecke von Moskau nach Wladiwostok ohne eine Kopeke in Rekordzeit hinter sich gebracht, ließ sich danach aber dennoch nicht bei der Liga der Autostopper registrieren, weil er unterwegs zweimal auf seine magischen Fähigkeiten zurückgegriffen hatte.

Ignat – und nicht nur er allein – versteht unter Erholung nichts anderes als sexuelle Abenteuer. Diese Phase machen fast alle durch, denn das Leben bietet einem Anderen weit mehr als den Menschen. Dass die Menschen sich, wenn auch unbewusst, stark zu den Anderen hingezogen fühlen – selbst wenn diese darauf keinen Wert legen –, ist eine bekannte Tatsache.

Viele von uns sammeln etwas. Angefangen von harmlosen Sachen wie Taschenmessern, Schlüsselanhängern, Briefmarken und Feuerzeugen bis hin zu Wettern, Gerüchen, Auren und Zaubersprüchen ist bei uns alles vertreten. Ich selbst habe mal Modellautos gesammelt, ein Heidengeld für seltene Exemplare ausgegeben, die nur für ein paar Tausend Idioten überhaupt einen Wert darstellten. Jetzt fristet die ganze Kollektion ihr Dasein in zwei Pappkartons. Ich sollte mal mit ihnen zu einem Spielplatz gehen und sie dort im Sandkasten ausschütten, zur Freude der Kleinen.

Die Zahl von Jägern und Anglern ist ebenfalls hoch. Igor und Garik betreiben extremes Fallschirmspringen. Galja, ein sehr liebes Mädchen und unsere überflüssige Programmiererin, züchtet Bonsais. Kurzum, wir greifen auf das ganze reiche Angebot an Vergnügungen zurück, das die Menschheit entwickelt hat.

Nicht den blassesten Schimmer hatte ich jedoch, welchem Hobby Tigerjunges, zu der wir jetzt fuhren, nachging. Das interessierte mich fast genauso stark wie die Möglichkeit, aus dem Backofen der Stadt herauszukommen. Normalerweise kriegst du sofort mit, welchen kleinen Tick jemand hat, wenn du einmal bei ihm zu Hause gewesen bist.

»Dauert es noch lange?«, fragte Julja mit nörgelndem Unterton. Wir hatten die Hauptstraße bereits verlassen und zuckelten seit fünf Kilometern einen Feldweg entlang, vorbei an einer kleinen Datschensiedlung und einem Flüsschen.

»Wir sind fast da«, antwortete ich, nachdem ich einen Blick auf die Wegbeschreibung geworfen hatte, die uns Tigerjunges gegeben hatte.

»Genauer gesagt, wir sind da«, meinte Ilja, riss das Auto herum und fuhr direkt auf ein paar Bäume zu. Julja schrie auf und schlug die Hände vors Gesicht. Swetlana reagierte gelassener, streckte aber trotzdem die Hände nach vorn, weil sie einen Aufprall erwartete.

Das Auto donnerte durch dichtes Gesträuch und undurchdringlichen Windbruch direkt auf die als dichte Mauer stehenden Bäume zu. Zu einem Zusammenstoß kam es natürlich nicht. Wir sprangen durch das Trugbild und fanden uns auf einer vorzüglichen asphaltierten Straße wieder. Vor uns funkelte die Spiegelfläche eines kleinen Sees, an dessen Ufer ein einstöckiges Ziegelhaus stand, von einem hohen Zaun umgeben.

»Was mich an Tiermenschen wundert«, sagte Swetlana, »ist ihr Bedürfnis, sich abzuschotten. Nicht nur, dass sie sich mit einem Trugbild tarnt, sie umgibt sich auch noch mit einem Zaun.«

»Tigerjunges ist keine Tierfrau!«, widersprach Julja. »Sie ist eine Verwandlungsmagierin!«

»Das ist dasselbe«, sagte Sweta sanft.

Julja sah Semjon an, von dem sie sich offenbar Hilfe erhoffte.

»Im Grunde hat Sweta Recht«, seufzte der Magier. »Die hochspezialisierten Kampfmagier sind eigentlich Tiermenschen. Nur mit einem anderen Vorzeichen. Wenn Tigerjunges in anderer Verfassung gewesen wäre, als sie zum ersten Mal ins *Zwielicht* eingetreten ist, wäre sie zu einer Dunklen, einer Tierfrau geworden. Es gibt nur sehr wenige Menschen, bei denen all das vorab festgelegt ist. In der Regel findet ein Kampf statt. Die Vorbereitung auf die Initiierung.«

»Und wie war es bei mir?«, fragte Julja.

»Das hab ich dir doch schon erzählt«, brummte Semjon. »Ziemlich einfach.«

»Eine leichte Remoralisation der Lehrkräfte und Eltern«, sagte Ilja aufgeräumt und parkte das Auto am Eingang. »Und schon begegnete das kleine Mädchen seiner Umgebung mit Liebe und Güte.«

»Ilja!«, wies Semjon ihn zurecht. Er war Juljas Mentor, der sich als solcher ziemlich träge im Hintergrund hielt und kaum in die Entwicklung der jungen Zauberin einmischte. Doch dieser überflüssige Kommentar Iljas missfiel ihm nun doch.

Julja war ein talentiertes Mädchen. Die Wache setzte ernstlich Hoffnung in sie. Das hieß aber längst nicht, dass man sie in dem Tempo durch das Labyrinth moralischer Kniffligkeiten jagte, wie das bei Swetlana geschah, der zukünftigen Großen Zauberin.

Vermutlich hatten Sweta und ich diesen Gedanken gleichzeitig gehabt – wir schauten einander an. Schauten uns an und wandten gleichzeitig den Blick ab.

Auf uns drückte eine unsichtbare Mauer, drängte uns in unterschiedliche Richtungen. Ich würde für alle Zeiten ein Magier dritten Grades sein. Swetlana würde über mich hinauswachsen, schon in kurzer – und nach den Plänen der Wache sehr kurzer – Zeit zu einer Zauberin außerhalb jeder Kategorie werden.

Dann blieben uns nur noch ein freundschaftlicher Händedruck, wenn wir uns begegneten, und Postkarten zum Geburtstag und zu Weihnachten.

»Schlafen die da alle, oder was?«, zeterte Ilja, der sich mit solchen Problemen nie lange aufhielt. Er lehnte sich aus dem Fenster – sofort wehte ins Auto heiße, wenn auch saubere Luft. Fuchtelte mit der Hand, blickte ins Objektiv der Kamera, die über dem Tor angebracht war. Hupte.

Langsam ging das Tor auf.

»Schon besser«, schnaubte der Magier, während er das Auto auf den Hof fuhr.

Das Grundstück war groß und dicht mit Bäumen bepflanzt. Erstaunlich, wie die Villa errichtet werden konnte, ohne die gewaltigen Kiefern und Fichten zu beschädigen. Abgesehen von ein paar Blumen um einen abgestellten Springbrunnen herum gab es hier natürlich keine Pflanzenbeete. Auf einem betonierten Parkplatz vor dem Haus standen fünf Autos. Ich erkannte den alten Niwa, den Danila aus Patriotismus fuhr, und Olgas Sportwagen – wo war sie mit dem langgekommen, über freies Feld? Zwischen den beiden stand ein schäbiger Lieferwagen, den Tolik benutzte, sowie zwei weitere Autos, die ich schon vor dem Büro gesehen hatte, von denen ich aber nicht wusste, wem sie gehörten.

»Die haben nicht auf uns gewartet«, empörte sich Ilja. »Hier geht's schon heiß her, und alles amüsiert sich, während die besten Leute der Wache sich über die Dorfstraßen quälen.«

Er stellte den Motor ab, und im selben Augenblick rief Julja begeistert aus: »Tigerjunges!«

Indem sie ohne weiteres über mich hinübersprang, öffnete sie die Tür und hüpfte aus dem Auto.

Semjon fluchte kurz und folgte ihr mit einer unmerklichen Bewegung. Gerade noch rechtzeitig.

Wo sich die Hunde versteckt hatten, war mir ein Rätsel. Auf alle Fälle hatten sie sich nicht demaskiert, bis Julja das Auto verließ. Sobald ihre Beine den Boden berührten, stürmten jedoch von allen Seiten lautlos strohgelbe Schatten auf sie ein.

Das Mädchen heulte auf. Ihre Fähigkeiten hätten gereicht, um mit einem Wolfsrudel fertig zu werden, von fünf oder sechs Hunden ganz zu schweigen. Bisher hatte sie sich allerdings noch nie in einer richtigen Auseinandersetzung bewähren müssen, sodass sie jetzt völlig den Kopf verlor. Ehrlich gesagt, hatte auch ich diesen Überfall nicht erwartet. Nicht hier. Und schon gar nicht dieser Art. Hunde greifen normalerweise keine

Anderen an. Vor den Dunklen haben sie Angst. Die Lichten lieben sie. Man muss Tiere wirklich gut dressieren, um in ihnen die angeborene Furcht vor den zweibeinigen Quellen von Magie zu ersticken.

Swetlana, Ilja und ich stürzten hinaus. Aber Semjon kam uns zuvor. Mit einer Hand packte er das Mädchen, mit der anderen zog er in der Luft einen Strich. Ich glaubte, er würde Abschreckungsmagie einsetzen, ins *Zwielicht* eintreten oder die Hunde zu Asche verbrennen. In der Regel verfällt man im Reflex auf die allereinfachsten Zauber.

Doch Semjon wandte den »Freeze« an, das Einfrieren in der Zeit. Zwei Hunde traf es mitten in der Luft: Die in ein blaues Leuchten gehüllten Körper blieben über dem Boden hängen, die schmalen Schnauzen mit den gefletschten Zähnen vorgestreckt. Geifertropfen fielen als schimmernder hellblauer Eishagel von ihren Fangzähnen.

Die drei Hunde, die am Boden eingefroren waren, sahen nicht weniger beeindruckend aus.

Tigerjunges kam bereits auf uns zugerannt. Mit bleichem Gesicht und weit aufgerissenen Augen. Eine Sekunde lang sah sie Julja an: Das Mädchen kreischte immer noch, wenn auch schon etwas leiser, nur noch aus Beharrungsvermögen.

»Ist jemand verletzt?«, brachte sie schließlich hervor.

»Was hast du dir bloß dabei gedacht«, grummelte Ilja und senkte den magischen Stab. »Warum züchtest du diese Biester?«

»Sie hätten niemandem etwas getan!«, sagte Tigerjunges schuldbewusst.

»Nicht?« Semjon setzte Julja, die er nach wie vor unterm Arm hielt, auf dem Boden ab. Nachdenklich fuhr er mit dem Finger über die gebleckten Zähne des in der Luft hängenden Hundes. Das elastische Band des Gefrierzaubers federte unter seiner Hand.

»Ich schwöre es!« Tigerjunges presste die Hand auf die Brust.

»Jungs, Sweta, Julenka, es tut mir Leid. Ich konnte sie nicht mehr aufhalten. Die Hunde sind darauf abgerichtet, Unbekannte zu packen und festzuhalten.«

»Sogar Andere?«

»Ja.«

»Sogar Lichte?« In Semjons Stimme schwang ungekünstelter Respekt mit.

Tigerjunges schlug die Augen nieder und nickte.

Julja ging auf sie zu, um sie zu umarmen. »Ich hatte keine Angst«, sagte sie relativ ruhig. »Sie haben mich nur verwirrt.«

»Nur gut, dass es mir genauso ergangen ist«, bemerkte Ilja düster, während er die Waffe wegsteckte. »Gegrilltes Hundefleisch ist etwas zu exotisch. Tigger, deine Köter sollten mich doch kennen!«

»Dich hätten sie auch nicht angerührt.«

Langsam löste sich die Anspannung auf. Etwas Schlimmes wäre ohnehin nicht passiert, wir können einander schließlich heilen. Bloß das Picknick wäre dann im Eimer gewesen.

»Verzeiht mir«, sagte Tigerjunges noch einmal. Und bedachte uns alle mit einem bittenden Blick.

»Sag mal, wozu brauchst du die denn?« Sweta blickte auf die Hunde. »Erklär mir doch mal, wozu? Schließlich reichen deine Fähigkeiten, um mit einem Trupp Green Barets fertig zu werden. Wozu da diese Rottweiler?«

»Das sind keine Rottweiler, sondern Staffordshire-Terrier.«

»Was für ein Unterschied!«

»Sie haben schon mal Räuber gefasst. Ich bin ja nur zwei Tage pro Woche hier, bleibe häufig in der Stadt.«

Die Erklärung vermochte nicht recht zu überzeugen. Ein einfacher Abschreckungszauber – und kein Mensch käme dem Grundstück zu nahe. Aber noch bevor jemand das sagen konnte, entwaffnete Tigerjunges uns. »Das entspricht meiner Natur.«

»Bleiben die Hunde lange so hängen?«, fragte Julja, die sich noch immer an die junge Frau schmiegte. »Ich möchte mich mit ihnen anfreunden. Ansonsten behalte ich einen latenten psychischen Komplex zurück, der sich unweigerlich auf meine Persönlichkeit und meine sexuellen Vorlieben auswirken wird.«

Semjon schnaubte. Mit ihrer Äußerung – wobei interessant gewesen wäre, wie viel Aufrichtigkeit und wie viel Berechnung sie enthielt – hatte Julja den Konflikt beigelegt.

»Am Abend sind sie wieder munter. Bittest du uns herein, Hausherrin?«

Wir ließen die Hunde um das Auto herum stehen und hängen und gingen zum Haus.

»Du hast es aber schön, Tigerjunges!«, sagte Julja. Mittlerweile ignorierte sie uns schlichtweg und klebte nur noch an der jungen Frau. Die Zauberin schien ihr großes Idol zu sein, der sie alles nachsah, selbst die allzu eifrigen Hunde.

Warum idealisiert man immer die unerreichbaren Fähigkeiten?

Julja ist eine vorzügliche Analytikerin, die in der Lage ist, die Realitätsfäden zu entwirren, die verborgenen magischen Gründe von anscheinend ganz alltäglichen Ereignissen aufzudecken. Sie ist klug, ihre Abteilung vergöttert sie, liebt in ihr nicht nur das kleine Mädchen, sondern schätzt sie auch als Kampfgefährtin, als wertvolle und zuweilen unersetzliche Mitarbeiterin. Aber ihr Idol ist Tigerjunges, die Tierfrau, die Kampfmagierin. Weder eifert sie der guten alten Polina Wassiljewna nach, die in der analytischen Abteilung noch eine halbe Stelle hat, noch verliebt sie sich in den Abteilungsleiter Edik, einen imposanten älteren Schwerenöter.

Nein, sie wählt sich Tigerjunges zum Idol.

Ich pfiff irgendwas vor mich hin, während ich den Schluss der Prozession bildete. Fing Swetlanas Blick auf und schüttelte leicht den Kopf. Alles war in Ordnung. Vor uns lag ein Wochenende voller Müßiggang. Ohne Dunkle und Lichte, ohne Intrigen, ohne Konfrontationen. Nur im See baden, in der Sonne liegen, Schaschlik essen, Rotwein trinken. Und abends ins Dampfbad. So eine Villa dürfte ein schönes Dampfbad haben. Danach würden Semjon und ich uns das eine oder andere Fläschchen Wodka schnappen, ein Glas mit eingelegten Pilzen, uns ein wenig von den anderen absondern und uns bis zur Besinnungslosigkeit betrinken, dabei die Sterne angucken und philosophische Gespräche über erhabene Themen führen.

Wunderbar.

Ich möchte ein Mensch sein. Wenigstens einen Tag.

Semjon blieb stehen und nickte mir zu. »Wir brauchen zwei Flaschen«, sagte er. »Oder drei. Falls noch jemand dazukommt.«

Nicht, dass mich das wunderte. Geschweige denn ärgerte. Er hatte nicht meine Gedanken gelesen, sondern besaß einfach eine weitaus größere Lebenserfahrung.

»Abgemacht«, stimmte ich zu. Swetlana schielte abermals misstrauisch zu mir herüber, schwieg aber.

»Für dich ist es einfacher«, fügte Semjon hinzu. »Mir gelingt es nur sehr selten, ein Mensch zu sein.«

»Ist das denn nötig?«, fragte Tigerjunges, die bereits an der Haustür stand.

Semjon zuckte mit den Achseln. »Nein, natürlich nicht. Aber ich würd's gern.«

Wir betraten die Villa.

Zwanzig Gäste verkraftete selbst dieses Haus nicht. Wenn wir Menschen wären, sähe es anders aus. Aber so machten wir zu viel Lärm. Man nehme einmal zwei Dutzend Kinder, die zuvor ein paar Monate lang die reinsten Musterschüler abgegeben haben, stelle ihnen ein umfangreiches Arsenal an Spielsachen zur Verfügung und lasse sie alles tun, was sie wollen – dann betrachte man sich das Ergebnis.

Wahrscheinlich hielten nur Sweta und ich uns etwas abseits

der lärmenden Heiterkeit. Wir hatten uns von einem kleinen Buffet je ein Glas Wein genommen und uns dann auf das kleine Ledersofa in einer Ecke des Wohnzimmers gesetzt.

Semjon und Ilja beharkten sich bereits wieder in einem magischen Duell. Das sie sehr gepflegt, friedlich und für das Publikum in anfänglich sehr angenehmer Weise austrugen. Wahrscheinlich hatte Semjon seinen Freund im Auto bei der Ehre gepackt: Jetzt veränderten sie abwechselnd im Wohnzimmer das Wetter. Wir hatten bereits den Winter in einem Wald bei Moskau, einen Herbstnebel und den Sommer in Spanien hinter uns. Regen und Schauer hatte Tigerjunges strikt verboten, aber auch so hegten die beiden Magier nicht die Absicht, die Naturgewalten zu entfesseln. Offensichtlich hatten sie sich bei der Klimaveränderung gewisse Schranken auferlegt, eiferten nicht nur darum, wer die seltensten Naturmomente aufbewahrt hatte, sondern auch darum, wie angemessen sie der Situation waren.

Garik, Farid und Danila spielten Karten. Mit ganz normalen unmanipulierten Karten, nur die Luft über dem Tisch funkelte infolge der Magie auf. Sie nutzten alle zur Verfügung stehenden Formen der magischen Falschspielerei und des Schutzes gegen selbige. Insofern war gar nicht wichtig, welche Karten man bekam und welche man später dazunehmen durfte.

An der offenen Tür stand Ignat, umgeben von den Mädchen aus der wissenschaftlichen Abteilung, denen sich auch unsere erbärmlichen Programmiererinnen angeschlossen hatten. Anscheinend hatte unser Erotomane eine Niederlage an der Liebesfront hinnehmen müssen und leckte sich jetzt in kleinem Kreis die Wunden.

»Anton«, fragte Sweta halblaut, »was glaubst du, ist das alles echt?«

»Was genau?«

»Die Ausgelassenheit. Du weißt doch noch, was Semjon gesagt hat?«

Ich zuckte mit den Schultern. »Dass wir noch einmal über diese Fragen sprechen, wenn wir hundert Jahre alt sind? Mir geht es gut. Einfach gut. Weil ich nirgends hinlaufen, mir über nichts den Kopf zerbrechen muss, weil die Wachen die Zungen rausstrecken und sich in den Schatten gelegt haben.«

»Mir geht es auch gut«, stimmte Swetlana zu. »Aber wir sind nur zu viert, nur vier junge oder fast junge. Julja, Tigerjunges, du und ich. Was wird mit uns in hundert Jahren sein? In dreihundert?«

»Das sehen wir dann.«

»Anton, du musst das verstehen.« Sweta berührte sanft meine Hand. »Ich bin sehr stolz darauf, dass ich in die Wache eingetreten bin. Bin glücklich, dass meine Mutter wieder gesund ist. Mein Leben ist jetzt besser, es wäre idiotisch, das abzustreiten. Ich verstehe ja sogar, warum dich der Chef hat diese Erfahrung machen lassen ...«

»Bitte nicht, Sweta.« Ich ergriff ihre Hand. »Sogar ich habe das begriffen, auch wenn es mir schwerer fiel. Wir müssen nicht mehr darüber reden.«

»Das will ich auch gar nicht.« Sweta trank ihren Wein und stellte das leere Glas ab. »Anton, was ich meine, ist, dass ich keine Freude sehe.«

»Wo?« Mitunter habe ich eine ziemlich lange Leitung.

»Hier. Bei der Nachtwache. In unserem Freundeskreis. Jeden Tag fechten wir irgendeine Schlacht aus. Mal eine große, mal eine kleine. Mit durchgedrehten Tiermenschen, mit Dunklen Magiern, mit allen Kräften des Dunkels zugleich. Wir spannen unsere Kräfte an, recken das Kinn vor, reißen die Augen auf, sind bereit, uns kopfüber in ein Feuergefecht zu stürzen oder uns mit dem nackten Hintern auf einen Igel zu setzen.«

Ich schnaubte vergnügt. »Was soll denn daran schlecht sein, Sweta? Ja, wir sind Soldaten. Alle bis auf den Letzten, von Julja bis zu Geser. Krieg ist keine lustige Sache, sicher. Aber wenn wir zurückweichen ...«

»Was dann?«, antwortete Sweta mit einer Frage. »Kommt dann die Apokalypse? Seit Jahrtausenden kämpfen die Kräfte des Dunkels und des Lichts gegeneinander. Gehen sich an die Gurgel, hetzen ihre Menschenarmeen aufeinander, alles um der großen Ziele wegen. Sind die Menschen seitdem denn wirklich nicht besser geworden, Anton?«

»Doch, das sind sie.«

»Seit der Zeit, da die Wachen ihre Arbeit aufgenommen haben? Anton, mein Lieber, du hast mir vieles erzählt, und du bist nicht der Einzige gewesen. Dass der entscheidende Kampf um die Seelen der Menschen geführt wird, dass wir Gemetzel en masse verhindern. Vielleicht tun wir das ja. Die Menschen bringen sich selbst gegenseitig um. Viel stärker als vor zweihundert Jahren.«

»Willst du damit sagen, dass unsere Arbeit schadet?«

»Nein.« Müde schüttelte Sweta den Kopf. »Das will ich nicht. So arrogant bin ich nicht. Ich will nur sagen, dass wir vielleicht in der Tat ... das Licht sind. Nur ... In der Stadt gibt es jetzt nachgemachte Weihnachtsspielsachen. Sie sehen aus wie die echten, aber man hat keine Freude an ihnen.«

Sie brachte den kurzen Witz mit völlig ernster Stimme vor, ohne den Ton zu ändern. Sie sah mir in die Augen. »Verstehst du?«

»Ich verstehe.«

»Sicherlich. Die Dunklen richten jetzt weniger Böses an«, fuhr Swetlana fort. »Das sind unsere Kompromisse, eine gute Handlung für eine böse Handlung, die Lizenzen zum Mord und zur Heilung lassen sich rechtfertigen, das glaube ich gern. Die Dunklen richten weniger Böses an als früher, und wir richten von unserer Bestimmung her nichts Böses an. Und die Menschen?«

»Was haben die Menschen damit zu tun?«

»Aber um sie geht es doch! Wir verteidigen sie. Uneigennützig und unermüdlich. Aber warum geht es ihnen dann nicht besser? Sie übernehmen von sich aus die Arbeit des Dunkels.

Warum? Haben wir womöglich irgendwas verloren, Anton? Jenen Glauben, mit dem Lichte Magier Armeen in den Tod schickten, aber auch selbst in den vordersten Reihen kämpften? Die Fähigkeit, nicht nur zu verteidigen, sondern auch Freude zu spenden? Was nützen starke Mauern, wenn es die Mauern eines Gefängnisses sind? Die Menschen haben die richtige Magie vergessen, die Menschen glauben nicht an das Dunkel, aber auch nicht an das Licht! Anton, wir sind Soldaten. Richtig! Aber eine Armee liebt man nur, wenn Krieg herrscht.«

»Es herrscht Krieg.«

»Wer weiß denn das?«

»Wir sind vermutlich nicht ganz Soldaten«, räumte ich ein. Von der eigenen, lang gehegten Position abzulassen ist immer unangenehm, aber ein anderer Ausweg blieb mir nicht. »Sondern eher Husaren. Tram, pam, pam ...«

»Die Husaren konnten lachen. Wir haben das schon fast verlernt.«

»Dann sag mir, was wir machen sollen.« Plötzlich begriff ich, dass der Tag, der so schön zu werden versprochen hatte, den Bach hinunterging, in eine dunkle, stinkende Schlucht fiel, in der sich alter Müll türmte. »Sag's mir! Du bist eine Große Zauberin, wirst es zumindest bald sein. Der General in unserem Krieg. Während ich nur ein einfacher Leutnant bin. Gib mir einen Befehl, und zwar den richtigen. Sag, was soll ich tun?«

Erst in dem Moment fiel mir auf, dass sich im Wohnzimmer Stille herabgesenkt hatte, dass alle uns zuhörten. Aber das war mir schon völlig egal.

»Sagst du, ich soll hinausgehen und Dunkle umbringen? Dann geh ich. Das ist nicht meine Stärke, aber ich werde mir alle Mühe geben! Sagst du, ich soll lachen und den Menschen Gutes bringen? Dann tu ich das. Nur wer wird dann für das Böse einstehen, dem ich die Bahn breche? Gut und böse, Licht und Dunkel, ja, wir wiederholen diese Worte immer wieder, verwischen ihren Sinn, tragen sie wie Banner vor uns her und lassen sie dann in Wind und Regen verfaulen. Dann gib mir ein neues Wort! Gib mir ein neues Banner! Sag mir, wohin ich gehen und was ich tun soll!«

Ihre Lippen zitterten. Ich stockte, aber es war schon zu spät.

Swetlana weinte, die Hände vors Gesicht geschlagen.

Warum hatte ich das getan?

Oder hatten wir tatsächlich verlernt, einander anzulächeln?

Selbst wenn ich hundertmal Recht hatte, aber ...

Was ist meine Wahrheit wert, wenn ich bereit bin, die ganze Welt zu verteidigen, aber nicht diejenigen, die mir nahe stehen? Wenn ich den Hass bezwinge, aber die Liebe nicht mehr zulassen kann?

Ich sprang auf, umarmte Swetlana, zog sie aus dem Wohnzimmer. Die Magier blieben stehen, wandten den Blick ab. Vielleicht hatten sie eine solche Szene schon oft gesehen. Vielleicht verstanden sie auch alles.

»Anton.« Völlig lautlos war Tigerjunges aufgetaucht, stieß gegen irgendeine Tür, öffnete sie. Sah mich mit einer Mischung aus Vorwurf und unvermutetem Verständnis an. Und ließ uns beide allein.

Eine Weile standen wir reglos da. Swetlana weinte leise, vergrub den Kopf an meiner Schulter, während ich abwartete. Zu sagen gab es nichts mehr. Ich war schon mit allem herausgeplatzt, was mir in den Sinn gekommen war.

»Ich werde es versuchen.«

Das hatte ich nicht erwartet. Alles andere: Beleidigungen, einen Gegenausfall, Vorwürfe – aber nicht das.

Swetlana nahm die Hände vom tränenfeuchten Gesicht. Schüttelte lächelnd den Kopf. »Du hast Recht, Antoschka. Völlig Recht. Ich beklage und beschwere mich bisher nur. Jammere wie ein Kind, verstehe nichts. Dabei stupst man mich mit der Nase in den Grießbrei, erlaubt mir, mit Feuer zu spielen, und wartet ab, wartet, bis ich reifer bin. Dann muss das alles wohl so sein. Ich werde es versuchen. Ich gebe dir ein neues Banner.«

»Sweta ...«

»Du hast Recht«, unterbrach sie mich. »Aber ein bisschen habe ich auch Recht. Nur nicht darin, dass ich mich vor den anderen so habe gehen lassen. Sie amüsieren sich so gut sie können. Genauso wie sie sich so gut sie können schlagen. Wir haben jetzt ein paar freie Tage, die sollten wir den anderen nicht verderben. Abgemacht?«

Erneut spürte ich die Mauer. Die unsichtbare Mauer, die immer zwischen mir und Geser stehen wird, zwischen mir und den Leuten von der höchsten Führungsebene.

Jene Mauer, die die Zeit zwischen uns errichtet. Heute habe ich sie eigenhändig um ein paar Reihen kalter Kristallsteine weiter hochgezogen.

»Verzeih mir, Sweta«, flüsterte ich. »Verzeih mir.«

»Vergessen wir das«, sagte sie fest entschlossen. »Lass uns nicht mehr daran denken. Noch können wir es vergessen.«

Schließlich sahen wir uns um.

»Das Arbeitszimmer?«, vermutete Sweta.

Die Bücherschränke aus dunkler Eiche, die Bände hinter dunklem Glas. Ein beeindruckender Schreibtisch, auf dem ein Computer stand.

»Ja.«

»Aber Tigerjunges lebt doch allein, oder?«

»Ich weiß nicht.« Ich schüttelte den Kopf. »Wir fragen einander nicht aus.«

»Ich glaub schon, dass sie allein lebt. Zumindest jetzt.« Swetlana holte ein Taschentuch heraus und tupfte sich vorsichtig die Tränen weg. »Sie hat ein schönes Haus. Gehen wir, sonst machen sich die anderen noch Sorgen.«

Ich schüttelte den Kopf. »Sie werden sicherlich spüren, dass wir uns nicht streiten.«

»Nein, das können sie nicht. Hier sind alle Zimmer abgeschirmt, sie werden nichts mitbekommen.«

Indem ich durchs *Zwielicht* spähte, bemerkte auch ich das in den Wänden verborgene Flimmern. »Jetzt sehe ich es. Du wirst mit jedem Tag stärker.«

Swetlana lächelte, ein wenig angespannt noch, aber stolz. »Komisch«, sagte sie. »Warum baut man Barrieren ein, wenn man allein lebt?«

»Aber warum sollte man sie aufstellen, wenn man nicht allein lebt?«, fragte ich. Halblaut, um keine Antwort herauszufordern. Und Swetlana gab auch keine.

Wir gingen aus dem Arbeitszimmer zurück ins Wohnzimmer.

Es herrschte zwar nicht gerade Friedhofsstimmung, aber viel fehlte nicht.

Wessen Werk das wohl war? Semjons oder Iljas? Im Zimmer hing eine nach Moor riechende Feuchtigkeit. Ignat hatte Lena im Arm und schaute sehnsüchtig auf die anderen. Er liebte Heiterkeit, in allen ihren Formen, jeder Streit und jede Anspannung trieben ihm ein Messer ins Herz. Die Kartenspieler starrten auf eine einzige Karte, die auf dem Tisch lag und unter ihren Blicken erbebte, sich krümmte, die Farbe und den Wert änderte. Die leicht eingeschnappte Julja stellte Olga leise eine Frage.

»Gießt ihr uns was ein?«, fragte Sweta, die meine Hand hielt. »Weiß denn niemand, was für hysterische Weiber die beste Medizin ist? Fünfzig Gramm Kognak.«

Tigerjunges, die mit unglücklicher Miene am Fenster stand, ging rasch zur Bar. Ob sie sich unseren Streit zuschrieb?

Sweta und ich nahmen beide ein Glas Kognak, stießen demonstrativ an und küssten uns. Ich fing Olgas Blick auf: Er war nicht erfreut, nicht betrübt, aber neugierig. Und ein wenig eifersüchtig. Wobei die Eifersucht nicht von dem Kuss herrührte.

Mit einem Mal fühlte ich mich unbehaglich.

Als ob ich aus einem Labyrinth herausgekommen sei, durch das ich lange Tage und Monate geirrt war. Herausgekommen – um den Eingang zu den nächsten Katakomben zu erblicken.

Zwei

Erst zwei Stunden später konnte ich mit Olga unter vier Augen sprechen. Die Gesellschaft, deren Heiterkeit Swetlana so gewollt vorkam, hatte sich inzwischen nach draußen verlagert. Semjon schaltete und waltete am Grill seines Amtes und teilte an alle Hungrigen Schaschlik aus, das er mit einer Geschwindigkeit zubereitete, welche eindeutig auf die Zuhilfenahme von Magie hinwies. Neben ihm standen noch zwei Kästen mit trockenem Wein im Schatten.

Olga plauderte angeregt mit Ilja. Beide hielten einen Schaschlikspieß und ein Glas Wein in Händen. Es war schade, diese Idylle zu stören, aber ...

»Olja, ich muss mit dir reden«, sagte ich, als ich an die beiden herantrat. Swetlana war völlig in ein Gespräch mit Tigerjunges vertieft – die beiden Frauen diskutierten voller Eifer den traditionellen Neujahrskarneval der Wache, wobei sie mit der verzwackten Logik von Frauen von der aktuellen Hitze zu diesem Thema sprangen. Ein günstiger Moment.

»Entschuldige, Ilja.« Die Zauberin breitete die Arme aus. »Wir kommen noch darauf zurück, ja? Mich interessiert sehr, welche Gründe du für den Zusammenbruch der Sowjetunion siehst. Auch wenn du Unrecht hast.«

Der Magier lächelte triumphierend und ging davon.

»Frag schon, Anton«, fuhr Olga im selben Ton fort.

»Du weißt, was ich will?«

»Ich vermute es.«

Ich blickte mich um. Niemand stand in unserer Nähe. Noch dauerte die kurze Phase eines Datschenpicknicks an, in der du nur essen und trinken willst, weder der Magen zu voll noch der Kopf zu schwer ist.

»Was kommt auf Swetlana zu?«

»Es ist schwer, die Zukunft vorherzusagen. Und erst recht, was die Zukunft von Großen Magiern und Zauberinnen ...«

»Keine Ausflüchte, Partnerin.« Ich blickte ihr in die Augen. »Das ist nicht nötig. Haben wir zusammen nicht schon einiges durchgestanden? Als Team gearbeitet? Vor gar nicht allzu langer Zeit standest du noch unter Strafe, und dir war alles entzogen, sogar dein Körper. Und deine Strafe war angemessen.«

Das Blut wich aus Olgas Gesicht. »Was weißt du von meiner Schuld?«

»Alles.«

»Woher?«

»Schließlich bearbeite ich Daten.«

»Zu meinen hast du keinen Zugang. Mein Fall ist nie in die digitalisierten Archive gelangt.«

»Es gibt indirekte Daten, Olja. Hast du schon mal die Kreise auf dem Wasser gesehen? Der Stein kann seit langem am Boden liegen, von Schlamm bedeckt sein, aber die Kreise breiten sich immer noch aus. Unterspülen die Böschung, tragen Müll und Gischt ans Ufer, lassen Boote kentern, wenn der Stein groß genug war. Und dieser war sehr groß. Geh davon aus, dass ich lange am Ufer gestanden habe, Olja. Dort gestanden und die Wellen betrachtet habe, die ans Ufer schlagen.«

»Du bluffst.«

»Nein. Olga, was steht Sweta bevor? Welche Phase der Ausbildung?«

Die Zauberin sah mich an, vergaß das kalt gewordene Schaschlik und das halb leere Glas. Ich schlug noch einmal zu. »Du hast diese Phase doch auch durchlaufen?«

»Ja.« Offensichtlich wollte sie nicht länger die Schweigende spielen. »Das habe ich. Aber für meine Vorbereitung stand mehr Zeit zur Verfügung.«

»Warum überstürzt man bei Sweta alles so?«

»Niemand hat damit gerechnet, dass in diesem Jahrhundert noch eine Große Zauberin geboren wird. Geser musste improvisieren, mitten im Spiel alles umorganisieren.«

»Hast du deshalb deine frühere Gestalt zurückbekommen? Nicht nur wegen deiner guten Arbeit?«

»Du weißt doch schon alles!« Olgas Augen funkelten hässlich. »Was quälst du mich da?«

»Beaufsichtigst du ihre Vorbereitung? Ausgehend von deinen Erfahrungen?«

»Ja. Bist du jetzt zufrieden?«

»Olga, wir stehen auf derselben Seite der Barrikade«, flüsterte ich.

»Dann setz gegen deine Gefährten nicht die Ellenbogen ein.«

»Welches Ziel hat das Ganze, Olga? Was hast du nicht fertig gebracht? Was muss Sweta tun?«

»Du ...« Sie wirkte völlig aufgelöst. »Hast du also doch geblufft, Anton!«

Ich schwieg.

»Du weißt überhaupt nichts! Die Kreise im Wasser sagen dir nichts, du weißt gar nicht, wohin du schauen musst, um sie zu sehen!«

»Möglich. Aber im Großen und Ganzen liege ich richtig?«

Olga sah mich an, biss sich auf die Lippen.

»Ja«, meinte sie kopfschüttelnd. »Eine klare Frage, eine klare Antwort. Aber ich werde dir nichts erklären. Du darfst das nicht wissen. Das geht dich nichts an.«

»Da irrst du dich.«

»Niemand von uns will Sweta etwas Böses«, entgegnete Olga scharf. »Ist das klar?«

»Wir können sowieso niemandem etwas Böses wünschen.

Nur unterscheidet sich unser Gutes manchmal in keiner Weise vom Bösen.«

»Beenden wir dieses Gespräch, Anton. Ich habe nicht das Recht, dir auf deine Fragen zu antworten. Und wir wollen den andern doch nicht diese unerwarteten freien Tage verderben.«

»Wie unerwartet sind die denn wirklich?«, fragte ich einschmeichelnd. »Olja?«

Sie hatte sich bereits wieder gefasst, ihre Miene war undurchdringlich. Zu undurchdringlich für solch eine Frage.

»Du hast auch so schon genug erfahren.« Ihre Stimme hob sich, gewann die frühere Entschlossenheit zurück.

»Man hat uns noch nie alle zusammen in Urlaub geschickt, Olja. Nicht mal auf einen Tagesausflug. Warum wollte Geser die Lichten aus der Stadt raushaben?«

»Nicht alle.«

»Polina Wassiljewna und Andrej zählen nicht. Du weißt ganz genau, dass sie das Büro nie verlassen. In Moskau ist kein einziger Wächter zurückgeblieben!«

»Die Dunklen verhalten sich doch auch ruhig.«

»Ja und?«

»Es reicht, Anton.«

Mir war klar, dass ich kein weiteres Wort aus ihr herausbekommen würde. »Gut, Olja«, lenkte ich ein. »Vor einem halben Jahr waren wir gleichberechtigt, wenn auch vielleicht nur zufällig. Das hat sich jetzt offenbar geändert. Entschuldige. Das sind nicht meine Probleme, fällt nicht in meine Zuständigkeit.«

Olga nickte. Das kam so überraschend, dass ich meinen Augen nicht traute.

»Endlich hast du's kapiert.«

Machte sie sich über mich lustig? Oder glaubte sie wirklich, dass ich mich nicht weiter einmischen würde?

»Schließlich bin ich nicht auf den Kopf gefallen«, meinte ich. Ich sah zu Swetlana hinüber, die mit Tolik scherzte.

»Du nimmst mir das nicht übel?«, fragte Olga.

Ich berührte ihre Hand, lächelte und ging ins Haus zurück. Ich wollte etwas tun. Unbedingt. Als sei ich ein Dschinn, der nach tausendjähriger Gefangenschaft seiner Flasche entströmt. Irgendetwas: Paläste bauen, Städte zerstören, ein Programm in Basic schreiben oder eine Kreuzsticharbeit anfertigen.

Ich öffnete die Tür, ohne sie anzufassen, stieß sie durchs *Zwielicht* auf. Warum, weiß ich nicht. So was passiert mir selten, manchmal, wenn ich besoffen, manchmal, wenn ich stinkwütend bin. Der erste Grund kam nicht in Frage.

Im Wohnzimmer war niemand. Warum sollte man auch drinnen sitzen, wenn draußen Schaschlik gegrillt wurde, es kalten Wein und genügend Liegestühle unter den Bäumen gab?

Ich ließ mich in einen Sessel fallen. Schnappte mir mein – oder Swetas – Glas vom Tisch und goss mir Kognak ein. Trank auf Ex, als sei das kein fünfzehn Jahre alter *Prasdnitschny*, sondern billiger Wodka. Schenkte mir nach.

In diesem Moment kam Tigerjunges herein.

»Du hast doch nichts dagegen?«, fragte ich.

»Nein, natürlich nicht.« Die Zauberin setzte sich neben mich. »Was ist los mit dir, Anton?«

»Kümmer dich nicht um mich.«

»Hattet ihr Streit, Sweta und du?«

Ich schüttelte den Kopf. »Das ist es nicht.«

»Hab ich irgendwas falsch gemacht, Anton? Gefällt es euch nicht?«

Ich starrte sie mit echter Verblüffung an. »Wieso denn, Tigerjunges! Alles ist wunderbar. Allen gefällt es.«

»Und dir?«

Nie zuvor hatte ich die Tierfrau so verzagt erlebt. Was sollte das, ob es mir gefiel? Allen konnte sie es sowieso nicht recht machen.

»Swetlana wird weiter vorbereitet«, sagte ich.

»Worauf?« Die Frau runzelte leicht die Stirn.

»Ich weiß es nicht. Auf etwas, das Olga nicht zustande

brachte. Etwas, das gleichzeitig sehr gefährlich und ungeheuer wichtig ist.«

»Gut.« Sie langte nach einem Glas. Schenkte sich ein, nippte am Kognak.

»Gut?«

»Ja. Dass man sie vorbereitet, anleitet.« Tigerjunges sah sich suchend um, dann blickte sie mit zusammengezogenen Augenbrauen auf die Stereoanlage an der einen Wand. »Ständig verlege ich die Fernbedienung.«

Die Anlage schaltete sich ein, die Lämpchen leuchteten auf. Queen erklang, *Kind of Magic*. Mir gefiel die beiläufige Geste. Die Elektronik über eine Entfernung hinweg zu steuern – das ist etwas anderes, als mit dem Blick Löcher in die Wand zu bohren oder Mücken mit Feuerkugeln zu vertreiben.

»Wie lange hast du dich auf die Arbeit in der Wache vorbereitet?«, fragte ich.

»Seit ich sieben war. Mit sechzehn habe ich dann an den ersten Einsätzen teilgenommen.«

»Neun Jahre! Dabei hast du es leichter gehabt, deine Magie ist natürlich. Aber aus Swetlana will man in ein paar Monaten, in einem Jahr eine Große Zauberin zusammenschustern!«

»Das wird schwierig«, stimmte die Frau zu. »Glaubst du, der Chef macht einen Fehler?«

Ich zuckte mit den Achseln. Zu sagen, der Chef begehe einen Fehler, wäre genauso dumm wie zu behaupten, die Sonne gehe nicht im Osten auf. Hunderte – was heißt Hunderte: Tausende von Jahren hatte er gelernt, keine Fehler zu begehen. Geser konnte streng oder überstreng auftreten. Konnte die Dunklen provozieren und die Lichten opfern. Er konnte alles. Nur nicht sich irren.

»Ich glaube, er überschätzt Sweta.«

»Quatsch! Der Chef kalkuliert gut.«

»Und alles. Ich weiß. Er beherrscht dieses alte Spiel aus dem Effeff.«

»Und Sweta will er nur Gutes«, fügte die Zauberin stur hinzu. »Verstehst du? Vielleicht auf seine Art. Du würdest es anders machen, ich und Semjon ebenfalls. Oder Olga. Jeder von uns würde es anders machen. Aber die Wache leitet er. Und völlig zu Recht.«

»Weil er den besseren Überblick hat?«, fragte ich bissig.

»Ja.«

»Und was ist mit der Freiheit?« Ich goss mein Glas erneut voll. Was vielleicht nicht nötig war, denn in meinem Kopf tobte es bereits los. »Der Freiheit?«

»Du redest wie die Dunklen«, schnaubte die Frau.

»Ich ziehe es vor zu glauben, dass sie wie ich reden.«

»Das ist doch alles ganz einfach, Anton.« Tigerjunges beugte sich zu mir hinüber, sah mir in die Augen. Sie verströmte einen Geruch nach Kognak und einen leichten, blumigen Duft, der aber kaum von einem Parfüm stammen dürfte. So etwas mögen Tiermenschen nicht. »Du liebst sie.«

»Stimmt. Gibt es jemanden, der das noch nicht weiß?«

»Dir ist klar, dass ihre Kräfte die deinen bald übersteigen werden.«

»Wenn sie das nicht schon haben.« Ich wollte nicht weiter darauf eingehen, erinnerte mich aber, wie leicht Swetlana die magischen Schirme in den Wänden gespürt hatte.

»Sie werden sie richtig übersteigen. Eure Kräfte werden sich nicht mehr miteinander vergleichen lassen. Du wirst ihre Probleme nicht verstehen können, sie werden dir fremd sein. Wenn du an ihrer Seite bleibst, wirst du dich wie ein überflüssiges Anhängsel fühlen, wie ein Gigolo, und dich an die Vergangenheit klammern.«

»Ja.« Ich nickte und bemerkte voller Verwunderung, dass das Glas schon wieder leer war. Unter dem aufmerksamen Blick der Hausherrin goss ich mir erneut ein. »Dann sollte ich wohl nicht an ihrer Seite bleiben. Darauf kann ich verzichten.«

»Anders geht es nicht.«

Nie hätte ich vermutet, dass sie so hart sein kann. Oder dass sie sich nervös fragte, ob es auch allen schmecke und gefalle. Aber auch diese böse Wahrheit hätte ich nicht erwartet.

»Ich weiß.«

»Dann regst du dich nur aus einem einzigen Grund darüber auf, Anton, dass der Chef Sweta so entschlossen nach oben zieht.«

»Weil meine Zeit abläuft«, sagte ich. »Mir wie Sand durch die Finger rinnt, wie Regen vom Himmel strömt.«

»Deine Zeit? Eure, Anton.«

»Sie war nicht unsere, niemals.«

»Warum nicht?«

Tatsächlich, warum eigentlich nicht? Ich zuckte mit den Schultern. »Manche Tiere vermehren sich in der Gefangenschaft nicht.«

»Schon wieder!«, empörte sich die junge Frau. »Was für eine Gefangenschaft? Du solltest dich für sie freuen. Swetlana wird der Stolz der Lichten werden. Du hast sie entdeckt, nur du konntest sie retten.«

»Wozu? Für die nächste Schlacht mit den Dunklen? Eine überflüssige Schlacht?«

»Anton, du redest jetzt wirklich wie ein Dunkler. Du liebst sie doch! Dann fordere nichts, verlange keine Gegenleistung! Das ist der Weg des Lichts!«

»Da, wo die Liebe anfängt, enden Licht und Dunkel.«

Empört verstummte die Frau. Traurig schüttelte sie den Kopf. Widerwillig sagte sie: »Du könntest zumindest eins versprechen ...«

»Kommt drauf an, was.«

»Dass du vernünftig bist. Den alten Gefährten vertraust.«

»Ich verspreche es zur Hälfte.«

Tigerjunges seufzte. »Hör mir mal zu, Anton«, presste sie widerstrebend hervor. »Wahrscheinlich glaubst du, ich würde dich überhaupt nicht verstehen. Das stimmt nicht. Ich wollte nämlich gar keine Tierfrau werden. Ich hatte Fähigkeiten als Heilerin, die nicht von der Hand zu weisen waren.«

»Wirklich?« Erstaunt sah ich sie an. Das hätte ich nie gedacht.

»Ja, tatsächlich«, bestätigte sie leichthin. »Doch als ich vor der Wahl stand, welche Seite der Kraft ich entwickeln sollte, hat der Chef mich zu sich gerufen. Wir haben zusammengesessen, Tee getrunken und Gebäck gegessen. Und uns sehr ernst unterhalten, wie Erwachsene, obwohl ich noch ein kleines Mädchen war, jünger als Julja jetzt. Darüber, was das Licht braucht, was für die Wache notwendig ist, was ich erreichen kann. Und wir beschlossen, dass ich die Fähigkeiten zur Kampftransformation entwickeln solle, auf Kosten aller anderen Anlagen. Anfangs hat mir das nicht so richtig gefallen. Hast du eine Ahnung, wie schmerzhaft es ist, sich zu verwandeln?«

»In einen Tiger?«

»Nein – in einen Tiger, das ist nichts. Zurück ist es schwer. Aber ich habe es ausgehalten. Weil ich dem Chef geglaubt habe, weil ich verstanden habe, dass es richtig ist.«

»Und jetzt?«

»Jetzt bin ich glücklich«, sagte die Frau eifrig. »Wenn ich mir vorstelle, was ich verlieren würde, womit ich mich befassen müsste. Die Kräuter, Zauber, die Scherereien mit einem verzerrten Psychofeld, der Kampf gegen schwarze Strudel und schwarze Magie ...«

»Blut, Schmerzen, Angst, Tod«, brachte ich vielsagend hervor. »Ein Kampf, der gleichzeitig in zwei oder drei Schichten der Realität stattfindet. Das Feuer meiden, Blut trinken, alles durchmachen.«

»Das ist der Krieg.«

»Ja, vermutlich. Aber musst ausgerechnet du an vorderster Front kämpfen?«

»Aber irgendjemand muss es doch tun, oder? Und letzten Endes hätte ich sonst nicht dieses Haus.« Tiger machte eine Handbewegung, die das ganze Wohnzimmer einbezog. »Du weißt selbst, dass man als Heilerin nicht viel verdienen kann. Du kannst mit aller Kraft heilen, aber dann mordet jemand ohne Ende.«

»Du hast ein schönes Haus«, versicherte ich. »Aber bist du denn oft hier?«

»Wie es sich ergibt.«

»Ich nehme an, nicht sehr oft. Du übernimmst eine Schicht nach der nächsten, drückst dich nie.«

»So bin ich halt.«

Ich nickte. Im Grunde war ich nicht anders. »Ja, du hast Recht. Ich bin vermutlich müde. Deshalb brabbel ich diesen Unsinn.«

Tigerjunges sah mich argwöhnisch an, offenbar verblüfft von dieser raschen Kapitulation.

»Ich will hier noch ein bisschen mit meinem Glas in der Hand sitzen«, fügte ich hinzu. »Mich allein so richtig schön betrinken, am Tisch einschlafen und mit Kopfschmerzen aufwachen. Dann geht es mir gleich besser.«

»Nur zu«, sagte die Zauberin mit einer Spur von Misstrauen. »Wozu sind wir denn hierher gekommen? Die Bar ist offen, nimm dir, wonach dir der Sinn steht. Wollen wir zu den andern? Oder soll ich bei dir bleiben?«

»Nein, lieber bin ich allein«, sagte ich, indem ich mit der Hand die bauchige Flasche tätschelte. »So richtig beschissen, ohne einen Happen dazu, ohne Freunde. Wenn ihr schwimmen geht, schau doch mal rein. Vielleicht kann ich mich dann noch rühren.«

»Abgemacht.«

Lächelnd ging sie aus dem Zimmer. Ich blieb einsam zurück, abgesehen natürlich von der Gesellschaft meiner Flasche armenischen Kognaks, an die man mitunter glauben möchte.

Eine wirklich prachtvolle Frau. Sie sind alle prachtvoll und gut, meine Freunde und Kameraden von der Wache. Durch die Musik von Queen hindurch hörte ich ihre Stimmen, was angenehm war. Mit einigen hatte ich engere Beziehungen, mit anderen weniger. Aber Feinde gab es unter ihnen nicht. Würde es nie geben. Gemeinsam hatten wir bereits ein Stück Weges hinter uns gebracht und würden ihn auch in Zukunft gemeinsam beschreiten, und wir würden uns nur aus einem einzigen Grund verlieren.

Warum war ich dann unzufrieden mit der Entwicklung? Nur ich – sowohl Olga wie auch Tigerjunges billigten das Vorgehen des Chefs, die anderen würden sich ihnen, fragte man sie direkt, anschließen.

Konnte ich die Lage nicht mehr objektiv beurteilen?

Vermutlich.

Ich trank einen Schluck Kognak und schaute durchs *Zwielicht*, suchte nach den trüben Feuern eines fremden Lebens ohne Intelligenz.

Im Wohnzimmer entdeckte ich drei Mücken, zwei Fliegen und ganz hinten in der Ecke unter der Decke eine kleine Spinne.

Ich bewegte meine Finger und formte ein winziges Feuerkügelchen mit einem Durchmesser von nur zwei Millimetern. Zielte auf die Spinne – zum Aufwärmen taugt eine unbewegliche Zielscheibe eigentlich besser – und schickte die Feuerkugel auf den Weg.

Meinem Verhalten haftete nichts Verwerfliches an. Wir sind keine Buddhisten, zumindest die meisten der Anderen Russlands nicht. Wir essen Fleisch, schlagen Fliegen und Mücken, vergiften Kakerlaken; wenn wir mal zu faul sind, jeden Monat neue Abschreckungszauber zu erlernen, werden die Insekten rasch immun gegen die Magie.

Nichts Verwerfliches. Es ist einfach komisch, geradezu sprichwörtlich – »mit Feuerkugeln auf Mücken zu schießen«. Der liebste Spaß von Kindern jeden Alters, die in den Kursen der Wache sitzen. Ich glaube, auch die Dunklen vergnügen sich auf diese Weise, nur dass sie nicht zwischen einer Fliege und einem Spatz, einer Mücke und einem Hund unterscheiden.

Die Spinne verbrannte ich sofort. Auch die halb schlafenden Mücken stellten kein Problem dar.

Jeden Sieg begoss ich mit einem Glas Kognak, wobei ich vorab mit der dienstbaren Flasche anstieß. Dann zog ich gegen die Fliegen in den Kampf, doch entweder hatte ich mittlerweile zu viel Alkohol im Blut oder die Viecher spürten weitaus besser, wenn sich die flammenden Punkte näherten. Für die erste brauchte ich vier Ladungen, schaffte es aber wenigstens, die falsch gezielten rechtzeitig zu zerstreuen. Die zweite schoss ich mit der sechsten Feuerkugel ab, wobei ich zwei Minikugelblitze in die Glastür einer Vitrine an der Wand feuerte.

»Wie unschön«, sagte ich reuevoll und trank den Kognak aus. Ich stand auf – das Zimmer schwankte. Ich ging zu der Vitrine, in der auf schwarzem Samt Schwerter prangten. Auf den ersten Blick 15., 16. Jahrhundert, Deutschland. Der Strahler war nicht angeschlossen, sodass ich das genaue Alter nicht zu schätzen vermochte. Im Glas entdeckte ich kleine Einbuchtungen, aber die Schwerter selbst hatte ich nicht erwischt.

Ein Weilchen dachte ich darüber nach, wie ich mein Verhalten wieder gutmachen könnte, mir fiel aber nichts Besseres ein, als das verdampfte und im Zimmer verwehte Glas wieder an Ort und Stelle zu bringen. Dafür musste ich weitaus mehr Kraft aufwenden, als wenn ich die ganze Scheibe zertrümmert und eine neue erschaffen hätte.

Dann schaute ich in die Hausbar. Aus irgendeinem Grund wollte ich keinen Kognak mehr. Die Flasche mit mexikanischem Kaffeelikör schien mir dagegen ein guter Kompromiss zwischen den Wünschen, mich zu betrinken und wieder einen klaren Kopf zu bekommen. Kaffee und Alkohol – beides in einer Flasche.

Ich drehte mich um und bemerkte in meinem Sessel Semjon.

»Die andern sind zum See gegangen«, teilte mir der Magier mit.

»Gleich«, versprach ich, als ich an ihn herantrat. »Ganz gleich.«

»Die Flasche stell lieber hin«, riet Semjon.

»Wozu?«, wollte ich wissen. Trotzdem stellte ich die Flasche hin.

Semjon sah mir unverwandt in die Augen. Die Barrieren funktionierten nicht, und die Falle erkannte ich zu spät. Ich versuchte, den Blick abzuwenden, konnte es aber nicht.

»Du Mistkerl«, presste ich hervor, während ich mich krümmte.

»Über den Korridor und rechts«, schrie Semjon mir hinterher. Sein Blick bohrte sich noch immer in meinen Rücken, schlängelte sich wie ein unsichtbarer Faden hinter mir her.

Zur Toilette schaffte ich es gerade noch. Fünf Minuten später kam auch mein Peiniger.

»Besser?«

»Ja«, entgegnete ich schwer atmend. Ich kam von den Knien hoch und hielt den Kopf ins Waschbecken. Schweigend drehte Semjon am Hahn und klopfte mir auf den Rücken.

»Entspann dich«, riet er. »Bisher waren das bloß Hausmittel, aber ...«

Über meinen Körper lief eine heiße Welle. Ich stöhnte auf, wehrte mich aber nicht länger. Das dumpfe Gefühl war bereits von mir gewichen, jetzt verflüchtigte sich die letzte Trunkenheit aus meinem Körper.

»Was machst du?«, fragte ich bloß.

»Ich helfe deiner Leber. Ein paar Schluck Wasser, und dir geht's besser.«

Was stimmte.

Nach fünf Minuten verließ ich aufrecht gehend die Toilette, in Schweiß gebadet, klatschnass, mit rotem Kopf, aber absolut nüchtern. Und versuchte sogar schon wieder, mich obenauf zu zeigen. »Warum hast du dich da eingemischt? Ich wollte mich betrinken – und ich habe mich betrunken.«

»Diese Jugend.« Semjon schüttelte vorwurfsvoll den Kopf. »Betrinken wollte er sich! Wer betrinkt sich denn mit Kognak? Noch dazu auf Wein und in dem Tempo, einen halben Liter in einer halben Stunde. Als Saschka Kuprin und ich uns mal betrinken wollten ...«

»Welcher Saschka?«

»Na, du weißt schon, der Schriftsteller. Nur dass er da noch nicht geschrieben hat. Wir haben uns tüchtig betrunken, wie Menschen, die etwas auf sich halten, es eben tun, bis zum Umfallen nämlich, während auf den Tischen getanzt und in die Decke geschossen wurde und allgemeine Ausschweifung herrschte.«

»Und er? War er ein Anderer?«

»Saschka? Nein, aber ein prima Kerl. Wir haben ein Viertel ausgetrunken und die Gymnasiastinnen mit Sekt abgefüllt.«

Schwer ließ ich mich auf das Sofa plumpsen. Ich schluckte, schaute auf die leere Flasche, und erneut kam es mir hoch.

»Und mit einem Viertel habt ihr euch betrunken?«

»Ein Vierteleimer, wie soll man da nicht betrunken sein?«, wunderte sich Semjon. »Betrinken kann man sich, Anton. Wenn's sein muss. Aber dann mit Wodka. Kognak, Wein – das ist was fürs Herz.«

»Und wofür ist Wodka?«

»Für die Seele. Wenn sie richtig schmerzt.«

Mit leichtem Vorwurf im Blick sah er mich an, ein komischer kleiner Magier mit listigem Gesicht, mit seinen komischen kleinen Erinnerungen an große Menschen und große Schlachten.

»Ich habe einen Fehler gemacht«, gab ich zu. »Danke, dass du mir geholfen hast.«

»Quatsch, mein Alter. Zu meiner Zeit habe ich einen Namensvetter von dir dreimal pro Abend nüchtern gemacht. Damals war es nötig zu trinken, aber nicht betrunken zu werden, für die Sache.«

»Meinen Namensvetter? Tschechow?«, mutmaßte ich.

»Nein, wie kommst du denn darauf? Einen anderen Anton, einen von uns. Er ist gestorben, im Fernen Osten, als die Samurai ...« Semjon winkte ab und verstummte. Nach einer Weile fuhr er fast zärtlich fort: »Du solltest nichts überstürzen. Heute Abend machen wir alles so, wie es sich gehört. Jetzt sollten wir zu den andern. Gehen wir, Anton.«

Gehorsam folgte ich Semjon aus dem Haus. Und sah Sweta. Sie saß in einem Liegestuhl, hatte sich bereits umgezogen und trug jetzt einen Badeanzug und einen bunten Rock – oder ein Stück Stoff um die Hüften.

»Alles in Ordnung?«, fragte sie mich leicht verblüfft.

»Absolut. Hab das Schaschlik nicht ganz vertragen.«

Swetlana sah mich eindringlich an. Aber abgesehen von meinem geröteten Gesicht und den nassen Haaren ließ offenbar nichts mehr auf meine plötzliche Trunkenheit schließen.

»Du solltest dir mal die Bauchspeicheldrüse untersuchen lassen.«

»Ist schon wieder alles in Ordnung«, warf Semjon rasch ein. »Glaub mir, ich habe mich auch mit Heilung beschäftigt. Die Hitze, der saure Wein, das fettige Schaschlik – daran hat's gelegen. Jetzt geht er baden, und heute Abend trinken wir eine Flasche im Schatten. Das reicht an Behandlung.«

Sweta stand auf, kam auf uns zu und sah mir mitleidsvoll in die Augen.

»Vielleicht setzen wir uns hier ein bisschen hin? Ich mache einen starken Tee.«

Ja, gewiss. Das wäre schön. Einfach dasitzen. Zu zweit. Tee trinken. Reden oder schweigen. Das spielt keine Rolle. Sie ab und an ansehen oder auch nicht. Ihren Atem hören – oder die Ohren verschließen. Hauptsache, dass wir zusammen sind. Wir zwei, und nicht das einträchtige Kollektiv der Nachtwache. Und dass wir deshalb zusammen sind, weil wir es wollen, nicht weil es auf dem Programm steht, das Geser erarbeitet hat.

Ob ich wirklich verlernt hatte zu lächeln?

Ich schüttelte den Kopf. Und zerrte ein feiges, trotziges Lächeln auf mein Gesicht. »Gehen wir. Ich bin noch kein verdienter Klappergreis der magischen Kriege. Gehen wir, Sweta.«

Semjon war schon vorausgegangen, aber aus irgendeinem Grund wusste ich, dass er mir zuzwinkerte. Billigend.

Der Abend brachte keine richtige Abkühlung, vertrieb aber die Schwüle. Bereits um sechs oder sieben hatten sich alle zu kleinen Grüppchen zusammengefunden. Am See blieben der unermüdliche Ignat, Lena und – seltsamerweise – auch Olga. Tigerjunges und Julja stromerten durch den Wald. Die übrigen hielten sich im Haus oder in seiner Nähe auf.

Semjon und ich hatten den großen Balkon im ersten Stock okkupiert. Hier war es gemütlich, kam das kleine Lüftchen besser zur Geltung und standen Korbmöbel, in dieser Hitze einfach unschätzbar.

»Nummer eins«, sagte Semjon und holte aus einer Plastiktüte mit einem Reklameaufdruck für *Danone kids* eine Flasche Wodka. *»Smirnowka.«*

»Hältst du was von dem?«, fragte ich zweifelnd. Ich hielt mich nicht für einen großen Wodkaexperten.

»Ich trink ihn seit über hundert Jahren. Und früher war er viel schlechter, das kannst du mir glauben.«

Nach der Flasche holte er zwei einfache Wassergläser aus der Tüte, ein Zweiliter-Einmachglas, unter dessen Blechdeckel kleine Gurken ihrer Bestimmung harrten, und eine große Tüte mit saurem Kohl.

»Und womit spülen wir nach?«

»Bei Wodka braucht man nicht nachzuspülen, mein Junge«, meinte Semjon kopfschüttelnd. »Das ist nur bei Surrogaten nötig.«

»Wirst alt wie 'ne Kuh ...«

»Das hättest du schon früher wissen müssen. Und was den Wodka angeht, brauchst du dir keine Gedanken zu machen, die Siedlung Tschernogolowka gehört zu meinem Kontrollgebiet. In der Fabrik arbeitet ein kleiner Hexenmeister, der nicht allzu garstig ist. Er liefert mir gute Ware.«

»Du verzettelst dich mit Kleinkram«, wagte ich zu bemerken.

»Tu ich nicht. Ich bezahle ihn mit Geld. Das läuft alles ganz ehrlich ab, ist unsere Privatsache, die Wachen haben damit nichts zu tun.«

Mit einer geschickten Bewegung drehte Semjon den Verschluss der Flasche ab und goss jedem ein halbes Glas voll. Obwohl die Tasche den ganzen Tag auf der Veranda gestanden hatte, war der Wodka kalt.

»Auf die Gesundheit?«, vermutete ich.

»Zu früh. Auf uns.«

Vorhin hatte er mich wirklich ausgenüchtert, und zwar richtig, mein Blut womöglich nicht nur vom Alkohol gereinigt, sondern auch von allen Stoffwechselprodukten. Ich trank das halbe Glas aus, ohne mich zu schütteln, und stellte verwundert fest, dass Wodka nicht nur im Winter bei Kälte wohl tut, sondern auch im Sommer nach einem heißen Tag.

»Also dann.« Semjon grunzte zufrieden und lümmelte sich bequem hin. »Man sollte Tigerjunges dezent darum bitten, hier Schaukelstühle aufzustellen.«

Er zog seine gräßlichen Jawas hervor und steckte sich eine an.

»Ich rauch sie sowieso«, meinte er, als er meinen missbilligenden Blick auffing. »Aus Liebe zu meinem Land.«

»Und ich liebe meine Gesundheit«, grummelte ich.

Semjon schnaubte. »Hat mich doch einmal ein befreundeter Ausländer zu sich zu Besuch eingeladen«, setzte er an.

»'ne alte Sache?«, fragte ich, mich unwillkürlich seinem Stil anpassend.

»Nein, voriges Jahr. Er hat mich eingeladen, um zu lernen, wie man sich in Russland betrinkt. Er hat im *Penta* ein Zimmer gehabt. Ich habe eine Zufallsbekanntschaft mitgenommen und ihren Bruder – der gerade aus dem Lager entlassen worden war und nicht wusste, wohin. So sind wir dann losgezogen.«

Als ich mir die Gesellschaft vorstellte, schüttelte ich den Kopf. »Hat man euch denn reingelassen?«

»Ja.«

»Weil du Magie eingesetzt hast?«

»Nein, weil mein ausländischer Freund Geld eingesetzt hat. Für Wodka und die Zuspeisen hatte er reichlich gesorgt, wir haben am 30. April angefangen zu trinken und am 2. Mai aufgehört. Die Zimmermädchen haben wir nicht reingelassen, den Fernseher nicht ausgeschaltet.«

Ich sah Semjon an, der in einem zerknautschten karierten Hemd aus russischer Produktion, verwaschenen türkischen Jeans und ausgelatschten tschechischen Sandalen vor mir saß, und konnte mir ohne Probleme vorstellen, wie er frisch gezapftes Bier aus einem Dreiliterglas trank. Aber ins *Penta* passte er nur schwer.

»Ihr Monster«, sagte ich voller Mitleid.

»Nein, warum denn das? Meinem Freund hat es sehr gefallen. Er hat gesagt, dass er danach verstanden hat, was ein richtiges russisches Besäufnis ausmacht.«

»Und was ist das?«

»Das ist, wenn du morgens aufwachst und alles um dich herum grau ist. Der Himmel ist grau, die Sonne ist grau, die Stadt ist grau, die Menschen sind grau, deine Gedanken sind grau. Und der einzige Ausweg ist, weiterzutrinken. Dann geht es dir besser. Dann kommen die Farben zurück.«

»Muss ein interessanter Ausländer gewesen sein!«

»Kannst du sagen!«

Semjon schenkte erneut ein, diesmal aber weniger. Dann dachte er kurz nach und füllte die Gläser bis zum Rand.

»Trinken wir, mein Alter. Trinken wir darauf, dass wir nicht unbedingt trinken müssen, um einen blauen Himmel, eine gelbe Sonne und eine bunte Stadt zu sehen. Lass uns darauf trinken. Wir beide treten ins *Zwielicht* ein und sehen, dass die Welt von ihrer Kehrseite aus betrachtet nicht die ist, die jeder sonst dafür hält. Aber vermutlich gibt es nicht nur diese eine Kehrseite. Auf die leuchtenden Farben!«

Völlig verwirrt trank ich ein halbes Glas.

»Keine halben Sachen, Junge«, sagte Semjon im selben Ton wie zuvor.

Ich trank aus. Aß eine Hand voll von dem knackigen süßsauren Kohl.

»Warum führst du dich so auf, Semjon?«, fragte ich. »Wozu dieser übertriebene Aplomb, dieses Image?«

»Mächtig schlaue Wörter, so was verstehe ich nicht.«

»Komm schon!«

»Das macht es leichter, Antoschka. Jeder passt so auf sich auf, wie er kann. Ich halt auf diese Weise.«

»Was soll ich tun, Semjon?«, fragte ich. Ohne jede Erklärung.

»Das, was nötig ist.«

»Und wenn ich nicht das tun will, was nötig ist? Wenn unsere ach so lichte Wahrheit, unser Wächterehrenwort und unsere fabelhaft guten Absichten mir zum Hals raushängen?«

»Du musst eins verstehen, Anton.« Der Magier biss krachend in eine Gurke. »Du hättest es längst verstehen sollen, aber du hast ja ständig bloß deine Blechkisten im Kopf. Unsere Wahrheit, so groß und licht sie auch sein mag, besteht aus einer Unmenge kleiner Wahrheiten. Und Geser kann noch so klug sein und an Erfahrung haben, wovon wir bei Gott nur träumen können. Obendrein hat er aber auch magisch geheilte Hämorrhoiden, einen Ödipuskomplex und die Angewohnheit, immer wieder alte bewährte Muster auf neue Weise anzuwenden. Das nur als Beispiel, ich will bei ihm keine Erbsen zählen, schließlich ist er der Chef.«

Er angelte sich eine neue Zigarette, und diesmal wagte ich keinen Einspruch.

»Aber darum geht es gar nicht, Anton. Du bist noch jung, bist in die Wache eingetreten und hast dich gefreut. Hat sich am Ende doch die ganze Welt in Schwarz und Weiß geteilt! Ein Menschheitstraum war in Erfüllung gegangen, endlich war klar, wer gut und wer schlecht ist. Nur eins musst du begreifen. So ist es nicht. Nicht so. Irgendwann waren wir alle mal eins. Die Dunklen wie die Lichten. Haben in unserer Höhle am Lagerfeuer gesessen, durchs *Zwielicht* gespäht, auf welcher Weide das Mammut grast, haben beim Singen und beim Tanzen Funken aus den Fingern geschlagen und mit Feuerkugeln andere Stämme geröstet. Und lass uns, damit unser Beispiel möglichst anschaulich ist, zwei Brüder nehmen, zwei Andere. Der, der als Erster ins *Zwielicht* getreten ist, war in dem Moment vielleicht satt, vielleicht zum ersten Mal verliebt. Bei dem andern war das Gegenteil der Fall. Er hatte sich den Magen mit unreifem Bambus verdorben, die Frau hatte ihn zurückgewiesen, weil sie angeblich Kopfschmerzen hatte und vom Abschaben der Felle müde war. So ging es weiter. Der eine führt die anderen zum Mammut und ist zufrieden. Der andere verlangt ein Stück vom Rüssel und als Dreingabe noch die Häuptlingstochter. So teilten wir uns in Dunkle und Lichte, in Gute und Böse. Einfach, nicht wahr? So bringen wir es auch den kleinen Anderen bei. Und wer hat dir, mein Alter, denn gesagt, dass sich daran etwas geändert hat?«

Semjon beugte sich so heftig zu mir hinüber, dass der Sessel knirschte. »So war es, so ist es, so wird es sein. Für immer, Antoschka. Ein Ende gibt es nicht. Jetzt sind wir diejenigen, die den, der sich abseilt und in den Kampf zieht und ungefragt Gutes schafft, entkörpern. Und ab ins *Zwielicht* mit ihm, wenn er das Gleichgewicht stört, ab ins *Zwielicht* mit dem Psychopathen und Hysteriker. Und was wird morgen sein? In hundert Jahren? In tausend? Wer kann das voraussehen? Du? Ich? Geser?«

»Also was dann?«

»Gibt es deine Wahrheit, Anton? Sag's mir, gibt es sie? Bist du von ihr überzeugt? Dann glaube auch an sie, und nicht an meine Wahrheit oder die von Geser. Glaube und kämpfe. Wenn du den Mut dazu hast. Wenn das Herz nicht stottert. Die Freiheit der Dunklen – die ist ja nicht schlecht, weil sie Freiheit von anderen bedeutet. Das ist auch nur die Erklärung für die Kinder. Die Freiheit der Dunklen ist in erster Linie Freiheit von dir selbst, von deinem Gewissen und deiner Seele. Wenn du spürst, dass in deiner Brust nichts mehr schmerzt, dann schlag Alarm. Obwohl es dann eigentlich schon zu spät ist.«

Er verstummte, seine Hand verschwand in der Tüte und brachte eine weitere Flasche Wodka hervor.

»Die zweite«, seufzte er. »Wir sind nämlich immer noch nicht betrunken, das spüre ich. Es wird uns nicht gelingen. Und was Olga und ihre Worte angeht ...«

Wie schaffte er es, seine Ohren immer und überall zu haben?

»Sie ist nicht neidisch darauf, dass Swetlana vollenden kann, was sie nicht fertig gebracht hat. Nicht darauf, dass für Sweta noch alles offen ist, während der Zug für Olga, ehrlich gesagt, abgefahren ist. Sie ist neidisch, weil Sweta dich hat und du deine Liebste behalten möchtest. Auch wenn du nichts dafür tun kannst. Geser konnte, aber er wollte nicht. Du kannst es nicht, aber willst. Am Ende läuft das vielleicht aufs Gleiche hinaus. Aber irgendwas bleibt doch hängen. Es zerreißt einem die Seele, wie viel Jahre sie auch zählen mag.«

»Weißt du, worauf Sweta vorbereitet wird?«

»Ja.« Semjon goss die Gläser randvoll mit Wodka.

»Worauf?«

»Darf ich nicht sagen. Ich hab das unterschrieben. Was ich sagen konnte, hab ich gesagt.«

»Semjon ...«

»Ich hab dir doch gesagt, ich hab's unterschrieben. Soll ich mein Hemd ausziehen, damit du das Zeichen des Straffeuers auf meinem Rücken siehst? Ein Wort – und ich würde mit diesem Sessel hier verbrennen und du könntest meine Asche in die Zigarettenschachtel packen. Tut mir Leid, Anton. Versuch es nicht.«

»Danke«, sagte ich. »Lass uns trinken. Vielleicht schaffen wir es doch noch, uns zu besaufen? Ich brauch es.«

»Das seh ich«, pflichtete Semjon mir bei. »Also ran.«

Drei

Ich wachte sehr früh auf. Stille herrschte im Haus, die lebhafte Stille einer Datsche, mit dem Rauschen des Windes, der gegen Morgen endlich kühler ging. Nur, dass ich mich nicht darüber freute. Mein Bett war feucht von Schweiß, mein Kopf glühte. Im Nachbarbett – wir schliefen zu dritt in einem Zimmer – schnarchte Semjon monoton vor sich hin. Auf dem Fußboden schlief Tolik, eingehüllt in eine Decke. Die angebotene Hängematte hatte er mit den Worten abgelehnt, seit er '76 an irgendeiner Aktion teilgenommen habe, mache ihm sein Rücken zu schaffen, weshalb er am liebsten hart schlafe.

Die Hände im Nacken, damit ich bei einer zu raschen Bewegung nicht auseinander brach, setzte ich mich im Bett auf. Als mein Blick auf den Nachttisch fiel, entdeckte ich voller Verwunderung zwei Aspirin und eine Flasche *Borshomi*-Wasser. Welche gute Seele hatte das getan?

Gestern hatten wir zu zweit drei Flaschen Wodka getrunken. Dann war Tolik zu uns gekommen. Danach noch irgendwer, mit Wein. Den ich allerdings nicht trank. So weit reichte mein Verstand noch.

Nachdem ich die Aspirin mit einer halben Flasche Wasser heruntergespült hatte, blieb ich benebelt eine Weile sitzen, um auf die Wirkung der Tabletten zu warten. Der Schmerz ging nicht weg. Das würde ich nicht aushalten.

»Semjon«, rief ich heiser. »Semjon!«

Der Magier öffnete ein Auge. Er schien in prächtigem Zustand. Als ob er nicht weitaus mehr getrunken hätte als ich. Was hundert Jahre mehr Erfahrung doch ausmachen.

»Mein Kopf, befrei mich ...«

»Hab kein Beil da«, grummelte der Magier.

»Dann hol eins«, stöhnte ich. »Kannst du mich von dem Schmerz befreien?«

»Haben wir uns freiwillig besoffen, Anton? Oder hat uns jemand gezwungen? Hat es uns Spaß gemacht?«

Er drehte sich auf die andere Seite um.

Ich begriff, dass ich von Semjon keine Hilfe erwarten durfte. Im Grunde hatte er ja Recht, trotzdem ertrug ich das Ganze nicht länger. Mit den Füßen tastete ich nach den Turnschuhen, stieg über den schlafenden Tolik hinweg und ging aus dem Zimmer.

Es gab zwei Gästezimmer, doch die Tür zum andern war verschlossen. Dafür stand am Ende des Korridors die Tür zum Schlafzimmer der Hausherrin offen. Tigerjunges' Worte über ihre Fähigkeiten als Heilerin fielen mir ein, und ohne zu zögern stürmte ich los.

Anscheinend hatte sich heute alles gegen mich verschworen. Sie war nicht da. Ignat und Lena entgegen meiner Vermutung auch nicht. Bei Tigerjunges hatte Julenka übernachtet. Das Mädchen schlief noch, ein Arm und ein Bein hingen wie bei einem Kind aus dem Bett.

Mittlerweile war mir völlig egal, wen ich um Hilfe bat. Vorsichtig trat ich an das Riesenbett heran und hockte mich daneben hin. »Julja, Julenka ...«, flüsterte ich.

Blinzelnd öffnete das Mädchen die Augen.

»Verkatert?«, fragte sie voller Mitleid.

»Ja.« Das Nicken sparte ich mir, denn in meinem Kopf hatte man eben eine kleine Granate gezündet.

»Schlimm?«

Sie schloss die Augen und döste meiner Meinung nach sogar

wieder ein, die Arme um meinen Hals gelegt. Ein paar Sekunden lang geschah gar nichts, dann ließ der Schmerz rasch nach. Als ob in meinem Nacken ein geheimer Hahn aufgedreht worden sei und das aufgestaute brodelnde Gift abflösse.

»Danke«, flüsterte ich nur. »Danke, Julenka.«

»Trink nicht so viel, du kannst das nicht«, brummelte das Mädchen und fing an zu schnaufen – so gleichmäßig, als ob sie von einem Augenblick auf den anderen von Arbeit auf Schlaf umgeschaltet hätte. Das können nur Kinder und Computer.

Ich stand auf und registrierte voller Begeisterung, dass die Welt ihre Farben zurückgewonnen hatte. Natürlich hatte Semjon Recht. Man muss die Verantwortung übernehmen. Nur manchmal reichen die Kräfte dafür nicht. Ganz und gar nicht. Ich schaute mich im Zimmer um. Das Schlafzimmer war in Beigetönen gehalten, selbst das schräge Fenster leicht getönt, die Stereoanlage golden, der flauschige Teppich hellbraun.

Nicht sehr nett von mir. Hier ungefragt einzudringen.

Leise ging ich zur Tür und hörte, als ich gerade hinausgehen wollte, Juljas Stimme.

»Du kaufst mir ein Snickers, ja?«

»Zwei«, versprach ich.

Ich hätte jetzt noch eine Runde schlafen können, aber mit dem Bett verbanden sich zu viele unangenehme Erinnerungen. Als ob ich mich nur hinzulegen bräuchte, und der im Kopfkissen versteckte Schmerz würde erneut über mich herfallen. Daher schlüpfte ich bloß ins Zimmer rein, um mir meine Jeans und mein Hemd zu schnappen, und zog mich an der Tür an.

Es schliefen doch nicht wirklich noch alle? Tigerjunges stromerte immerhin schon irgendwo draußen herum, irgendjemand würde sicher ins Gespräch vertieft bei einer Flasche bis zum Morgen dagesessen haben.

Im ersten Stock gab es noch einen kleinen Flur, in dem ich Danila und Nastja aus der wissenschaftlichen Abteilung vorfand, die friedlich auf einem kleinen Sofa schliefen. Rasch zog ich mich zurück. Schüttelte den Kopf. Danila hatte eine sehr liebe, sehr sympathische Frau, Nastja einen älteren Mann, der sie wahnsinnig liebte.

Sicher, das waren nur Menschen.

Wir dagegen sind die Anderen, die Kämpen des Lichts. Was will man machen, wir haben eine andere Moral. Wie an der Front mit den Kriegsromanzen und den kleinen Krankenschwestern, die Offiziere wie einfache Soldaten nicht nur am Krankenlager trösten. Zu scharf spürst du im Krieg den Geschmack des Lebens.

Dann gab es hier oben noch eine Bibliothek. Dort entdeckte ich Garik und Farid. Da waren sie, diejenigen, die die ganze Nacht durchgequatscht hatten, bei einem Fläschchen – wobei es bei einem nicht geblieben war. Sie waren in den Sesseln eingeschlafen, offenbar erst vor kurzem: Vor Farid rauchte auf dem Tisch noch ganz leicht die Pfeife. Am Boden lagen Stapel von Büchern, die sie aus den Regalen genommen hatten. Worüber sie wohl gestritten hatten, dabei Schriftsteller und Dichter, Philosophen und Historiker als Bundesgenossen zitierend?

Über eine hölzerne Wendeltreppe ging ich nach unten. Ob sich jemand finden würde, der diesen ruhigen friedlichen Morgen mit mir teilte?

Im Wohnzimmer schliefen ebenfalls noch alle. Als ich in die Küche schaute, entdeckte ich niemanden, sah man einmal von einem Hund ab, der sich in eine Ecke drückte.

»Wieder aufgetaut?«, fragte ich.

Der Terrier bleckte die Zähne und winselte kläglich.

»Wer hat dich denn gestern auch gebeten zu kämpfen?« Ich kniete mich vor den Hund. Nahm ein Stück Wurst vom Tisch, was das gut erzogene Tier sich selbst nicht traute. »Nimm.«

Die Schnauze schnappte über meiner Hand zusammen und verschlang das Stück Wurst.

»Wenn du gut bist, ist man auch gut zu dir!«, erklärte ich ihm. »Und drück dich nicht in den Ecken herum.«

Aber irgendjemand musste doch schon wach sein!

Ich nahm mir selbst ein Stück Wurst. Kauend ging ich durchs Wohnzimmer und schaute ins Arbeitszimmer.

Auch hier schliefen welche.

Das Ecksofa war sogar ausgeklappt schmal. Deshalb lagen sie eng beieinander. Ignat in der Mitte, die muskulösen Arme ausgebreitet und süß lächelnd. Lena schmiegte sich links an ihn an, eine Hand in seine dichte blonde Mähne verflochten, die andere über seine Brust gestreckt, sodass sie die zweite Partnerin unseres Don Juans berührte. Swetlana hatte den Kopf irgendwo unter Ignats rasierter Achselhöhle vergraben, ihre Hände hielten die halb herabgerutschte Decke gepackt.

Leise und sehr sorgsam schloss ich die Tür.

Das kleine Restaurant wirkte gemütlich. Der *Seewolf* war, wie schon der Name sagte, für seine Fischgerichte und das freundliche »Schiffsinterieur« berühmt. Außerdem lag es in unmittelbarer Nähe der Metro. Für einen kleinen Mann aus dem Mittelstand, der hin und wieder im Restaurant schlemmen, dabei aber nicht auch noch Geld für ein Taxi ausgeben wollte, stellte das einen nicht unwesentlichen Faktor dar.

Dieser Gast kam mit dem Auto, einem alten, aber völlig intakten »Sechser«. Der geschulte Blick der Kellner buchte ihn übrigens als weitaus zahlungskräftiger ab, als sein Wagen vermuten ließ. Die Ruhe, mit der der Mann den teuren dänischen Wodka trank, sich weder um den Preis noch um eventuelle Probleme mit der Verkehrspolizei scherte, bekräftigte diesen Eindruck nur.

Als der Kellner den bestellten Stör brachte, hob der Mann kurz den Blick. Bisher hatte er nur dagesessen, war mit dem Zahnstocher über die Serviette gefahren und immer mal wieder erstarrt, den Blick auf die Flammen der gläsernen Petroleumlampen gerichtet. Jetzt sah er plötzlich den Kellner an.

Dieser würde niemandem sagen, was er in diesem kurzen

Moment zu sehen glaubte. Ihm schien, als blicke er in zwei gleißende Brunnen. Blendend in einem Maße, da das Licht verbrennt und nicht mehr vom Dunkel zu unterscheiden ist.

»Danke«, sagte der Gast.

Der Kellner ging weg, kämpfte gegen den Wunsch an, den Schritt zu beschleunigen. Sagte sich immer wieder: Das war nur das Funkeln der Lampe im gemütlichen Halbdunkel des Restaurants. Nur das Funkeln des Lichts im Dunkel war ihm auf die Augen geschlagen.

Boris Ignatjewitsch saß noch ein Weilchen da und zerbrach Zahnstocher. Der Stör wurde kalt, der Wodka in der Kristallkaraffe warm. Hinter einer Absperrung aus dicken Seilen, nachgebildeten Steuerrädern und einem imitierten Segel feierte eine große Gesellschaft den Geburtstag von jemandem, warf mit Glückwünschen um sich, schimpfte über die Hitze, die Steuern und irgendwelche »falschen« Banditen.

Geser, der Chef der Moskauer Abteilung der Nachtwache, wartete.

Die Hunde, die draußen lagen, scheuten zurück, sobald ich auftauchte. Der »Freeze« hatte sie schwer mitgenommen. Der Körper gehorcht nicht, man kann nicht knurren und nicht bellen, der Geifer gefriert ihnen in der Schnauze, die Luft lastet wie die schwere Hand eines Fieberkranken.

Aber die Seele lebt.

Die Hunde hatte es schwer mitgenommen.

Das Tor stand halb offen, ich ging hinaus, blieb kurz stehen, wusste nicht genau, wohin ich gehen und was ich tun sollte.

Spielte das überhaupt noch eine Rolle?

Gekränkt war ich nicht. Es tat nicht einmal weh. Wir waren nie intim gewesen. Mehr noch, ich selbst hatte alles darangesetzt, diese Barriere zwischen uns aufzubauen. Schließlich lebe ich nicht für den Augenblick, sondern will alles, sofort und für immer.

Ich tastete nach dem MD-Player, schaltete die Zufallsauswahl ein. Damit habe ich stets Glück. Ob ich wohl wie Tigerjunges seit langer Zeit das simple elektronische System steuere, ohne es selbst zu bemerken?

Wen trifft die Schuld, dass deine Kraft,
Die dich gen Himmel trug, erschlafft,
Dass du nicht findest, was du suchst,
Und das Gefundene verfluchst?
Und wer ist schuld, dass Tag für Tag
Gelenkt von fremdem Stundenschlag
Das Leben fließt aus dir heraus
Und öd und einsam wird dein Haus?
Der Ton verstummt, das Licht wird fahl,
Und jedes Mal kommt neue Qual,
Und wenn dein Schmerz allmählich nachlässt –
Ist das nächste Unglück nicht mehr weit.

Ich hatte es selbst gewollt. Selbst darum gekämpft. Und durfte jetzt niemandem die Schuld dafür in die Schuhe schieben. Statt gestern den ganzen Abend mit Semjon über die Schwierigkeiten der weltweiten Konfrontation zwischen Gut und Böse zu philosophieren, hätte ich bei Sweta bleiben sollen. Statt wie ein Wolf Geser und Olga samt ihrer hämischen Wahrheit im Auge zu behalten, hätte ich auf meiner bestehen sollen. Und nie, niemals daran denken dürfen, dass ich nicht siegen kann.

Du brauchst diesen Gedanken nur aufkommen zu lassen – und schon hast du verloren.

Wen trifft die Schuld und woran liegt,
Dass der betrügt und der nichts kriegt?
Der ist verliebt und der betrübt,
Der ist ein Narr, der bringt Gefahr.
Und wer ist schuld, dass jedes Jahr

Dein Leben nichts als Warten war?
Der Tag ist schwer, die Nacht ist leer,
Und warme Plätzchen gibt's nicht mehr ...
Der Ton verstummt, das Licht wird fahl,
Und jedes Mal kommt neue Qual,
Und wenn dein Schmerz allmählich nachlässt –
Ist das nächste Unglück nicht mehr weit.

Wen trifft die Schuld, dass weit und breit
Kein Glück gedeiht und auch kein Leid,
Kein Sieg und keine Niederlage,
Erfolg und Scheitern sind in Waage,
Und wem ist wohl die Schuld zu geben,
Dass du allein bist und dein Leben
So trostlos ist und nur besteht
Aus Zeit – bis es zu Ende geht ...

»Das nun nicht gerade«, flüsterte ich und zog die Kopfhörer heraus. »Darauf braucht ihr nicht zu warten.«

Man hatte uns so lange gelehrt zu geben, ohne im Gegenzug etwas zu nehmen. Sich um anderer willen zu opfern. Jeder Schritt wie ins Maschinengewehrfeuer, jeder Blick gütig und weise, kein einziger sinnloser Gedanke, keine einzige sündige Überlegung. Denn wir sind die Anderen. Wir haben uns über die Masse erhoben, haben unsere tadellos reinen Fahnen entfaltet, unsere Lackschuhe auf Hochglanz gewienert, weiße Handschuhe übergezogen. O ja, in unserer eigenen kleinen Welt erlauben wir uns alles Mögliche. Jede Tat findet ihre Rechtfertigung, ehrliche und erhabene. Eine einmalige Nummer: Zum ersten Mal stehen wir strahlend weiß da, während alles um uns herum in der Scheiße sitzt.

Genug!

Ein heißes Herz, saubere Hände, ein kühler Kopf ... Es war doch wohl kein Zufall, dass sich die meisten Lichten während der Revolution und im Bürgerkrieg der Tscheka angedient hatten? Während diejenigen, die sich nicht andienten, zum größten Teil umkamen. Von den Dunklen, häufiger aber noch von den Händen derjenigen, die sie verteidigten. Von Menschenhänden. Von der Dummheit, Gemeinheit, Feigheit, Bigotterie und dem Neid der Menschen. Ein heißes Herz, saubere Hände. Der Kopf kann ruhig kühl bleiben. Anders geht es nicht. Mit den beiden anderen Sachen bin ich aber nicht einverstanden. Soll das Herz sauber sein und die Hände heiß. Das würde mir besser gefallen!

»Ich will euch nicht verteidigen!«, sagte ich in die Stille des Sommermorgens hinein. »Ich will es nicht! Weder Frauen noch Kinder, noch Alte und Bettler! Niemanden! Lebt, wie es euch gefällt. Bekommt das, was ihr wert seid! Rennt vor Vampiren davon, betet Dunkle Magier an, küsst den Bock unterm Schwanz! Was ihr verdient, bekommt ihr! Wenn meine Liebe weniger zählt als euer glückliches Leben, dann wünsche ich euch kein Glück!«

Sie können und sollen besser werden, sie sind unsere Wurzeln, unsere Zukunft, unsere Schutzbefohlenen. Die kleinen und die großen Menschen, die Hausmeister und Präsidenten, die Verbrecher und Polizisten. In ihnen glimmt das Licht, das sich zu lebensspendender Wärme entflammen oder zu todbringendem Feuer entfesseln kann.

Ich glaube das nicht!

Ich habe euch alle gesehen. Euch Hausmeister und Präsidenten, Banditen und Bullen. Habe gesehen, wie Mütter ihre Söhne verprügeln, Väter ihre Töchter missbrauchen. Habe gesehen, wie Söhne ihre Mütter aus dem Haus jagen, Töchter ihre Väter mit Arsen vergiften. Habe gesehen, wie ein Mann, kaum hatte er hinter seinen Gästen die Tür geschlossen, noch immer lächelnd seiner schwangeren Frau ins Gesicht schlägt. Habe gesehen, wie eine Frau, die die Tür hinter ihrem betrunkenen, sich Nachschub besorgenden Mann zuschlägt, ihn betrügt und leidenschaftlich seinen besten Freund küsst. Das ist sehr einfach – zu sehen. Man muss nur hinschauen können. Denn man lehrt uns etwas, noch bevor man uns beibringt, durchs *Zwielicht* zu spähen – man lehrt uns, nicht hinzuschauen.

Aber wir tun es trotzdem.

Sie sind schwach, haben ein kurzes Leben, haben vor allem Angst. Man darf sie nicht verachten, und es ist ein Verbrechen, sie zu hassen. Man kann sie nur lieben, bedauern und beschützen. Das ist unsere Arbeit und unsere Pflicht. Wir sind die Wache.

Ich glaube das nicht!

Du kannst niemanden zwingen, gemein zu sein. Brauchst niemanden in den Dreck zu stoßen, denn in den tritt jeder nur von allein. Wie auch immer das Leben ist, dafür gibt es keine Rechtfertigung, ist auch keine in Sicht. Trotzdem sucht und findet man sie, die Rechtfertigungen. Alle Menschen kriegen das beigebracht, und sie alle haben sich als gelehrige Schüler erwiesen.

Und wir sind gewiss nur die Besten der Besten.

Ja, gewiss, ja, natürlich, es gab, gibt und wird immer jemanden geben, der kein Anderer geworden ist, sondern es geschafft hat, ein Mensch zu bleiben. Nur sind es wenige, so wenige. Aber vielleicht haben wir nur Angst, sie genau anzusehen. Angst, das zu sehen, was wir dann entdecken könnten.

»Für euch leben?«, fragte ich. Der Wald schwieg, gab sich vorab mit allen meinen Worten einverstanden.

Warum müssen wir alles opfern? Uns selbst und alle, die wir lieben?

Für diejenigen, die das niemals erfahren und niemals schätzen werden?

Selbst wenn sie es erführen, brächte es uns nichts anderes ein als ein ungläubiges Kopfschütteln und den Ausruf: »Blödmänner!«

Vielleicht sollte man der Menschheit irgendwann mal klar

machen, was es heißt, ein Anderer zu sein? Was ein einziger Anderer anrichten kann, wenn er nicht durch den Großen Vertrag gebunden ist, wenn er sich der Kontrolle durch die Wachen entzieht?

Ich musste sogar lächeln, als ich mir dieses Bild vorstellte. Das Bild allgemein, nicht mich darin: Mich würde man schnell stoppen. Wie auch jeden Großen Magier oder jede Große Zauberin, die den Vertrag bricht und beschließt, der Welt die Welt der Anderen zu offenbaren.

Was das für ein Spektakel gäbe!

Keine Außerirdischen, die gleichzeitig im Kreml und im Weißen Haus landeten, würden dergleichen fertig bringen.

Doch nein.

Das ist nicht mein Weg.

Und zwar in erster Linie deshalb nicht, weil mir nicht an der Weltherrschaft oder an allgemeinem Chaos gelegen ist.

Ich will nur eins: dass sich die Frau, die ich liebe, nicht opfern muss. Denn der Weg der Großen bedeutet immer ein Opfer. Die sagenhaften Kräfte, die sie erlangen, verändern sie radikal, bis nichts mehr von ihnen übrig ist.

Wir alle sind keine hundertprozentigen Menschen. Aber zumindest erinnern wir uns noch daran, dass wir einmal Menschen waren. Und können uns noch freuen, können traurig sein, lieben und hassen. Die Großen Magier und Zauberinnen überschreiten die Grenze menschlicher Gefühle. Vermutlich empfinden sie ihre eigenen, die wir aber nicht nachvollziehen können. Selbst Geser, ein Magier außerhalb jeder Kategorie, ist kein Großer. Olga hat es nicht geschafft, eine Große zu werden.

Irgendwas haben sie in den Sand gesetzt. Haben eine grandiose Operation im Kampf gegen das Dunkel nicht fertig gebracht.

Und jetzt sind sie bereit, eine neue Kandidatin an die Front zu werfen.

Um der Menschen willen, die auf Licht und Dunkel pfeifen.

Sie hetzen sie durch alle Kreise, die ein Anderer durchwandern muss. Haben sie bereits auf die dritte Kraftstufe hochgebracht, jetzt muss ihr Bewusstsein nachziehen. In absolut rasantem Tempo.

Wahrscheinlich habe auch ich meinen Platz in diesem Wahnsinnsrennen auf ein unbekanntes Ziel zu. Geser benutzt alles, was ihm gerade unterkommt, mich eingeschlossen. Was auch immer ich getan habe: Vampire gejagt, den Wilden verfolgt, in Olgas Körper mit Sweta gesprochen – ich habe nur nach der Pfeife des Chefs getanzt.

Was ich jetzt auch tue – es ist alles einkalkuliert.

Meine einzige Hoffnung ist, dass selbst Geser nicht alles voraussehen kann.

Dass ich die einzige Tat finde, die seinen Plan zerschlägt. Den großen Plan der Kräfte des Lichts.

Ohne dabei Böses anzurichten. Denn sonst würde mich das *Zwielicht* erwarten.

Und Swetlana müsste trotzdem den großen Dienst tun.

Ich ertappte mich dabei, dass ich dastand, mein Gesicht gegen den Stamm einer dürren Kiefer gepresst. Dastand und mit der Faust auf den Baum einhämmerte. Aus Wut oder aus Schmerz. Bis ich die Hand senkte, die schon blutete. Worauf der Laut jedoch nicht verstummte. Er kam aus dem Wald, fast von der Stelle her, wo die magische Barriere errichtet war. Ebenso rhythmische Schläge, ein nervöses Klopfen.

Gebückt wie ein Paintballer, der Krieg spielt, rannte ich zwischen den Bäumen hindurch. Ich hatte eine vage Ahnung, was ich sehen würde.

Auf einer kleinen Lichtung sprang ein Tiger. Genauer, eine Tigerin. Ein schwarz-orange gestreiftes Fell glänzte in den Strahlen der aufgehenden Sonne. Die Tigerin sah mich nicht, sie bemerkte jetzt nichts und niemanden. Tollte zwischen den Bäumen herum, und die scharfen Dolche ihrer Krallen rissen die Rinde auf. Weiße Kratzer durchfurchten die Kiefern. Mitunter beruhigte sich die Tigerin etwas, stellte sich auf die Hinterpfoten und bearbeitete gezielt die Stämme mit ihren Krallen.

Ich zog mich langsam zurück.

Jeder von uns entspannt sich auf seine Weise. Jeder von uns trägt seinen Kampf nicht nur mit dem Dunkel aus, sondern auch mit dem Licht. Denn das blendet mitunter.

Man darf uns nur nicht bedauern: Wir sind sehr, sehr stolz. Soldaten im Weltkrieg zwischen Gut und Böse, ewige Freiwillige.

Vier

Der junge Mann betrat das Restaurant mit einer Sicherheit, als käme er jeden Tag zum Frühstück hierher. Aber das war nicht der Fall.

Auch auf den Tisch, an dem ein kleiner dunkelhäutiger Mann saß, steuerte er sofort zu, als würden die beiden sich seit langem kennen. Übrigens traf auch das nicht zu. Beim letzten Schritt ließ er sich langsam auf die Knie sinken. Brach nicht zusammen, warf sich nicht zu Boden, sondern ließ sich ruhig nieder, voller Würde und mit geradem Rücken.

Ein vorbeilaufender Kellner schluckte und machte kehrt. Er hatte schon viel erlebt, weit mehr als solche Banalitäten wie einen popeligen Mafioso, der vor seinem Boss katzbuckelt. Freilich, der jüngere Mann wirkte nicht wie ein kleiner Ganove, der ältere nicht wie ein Boss.

Und die Unannehmlichkeiten, deren Geruch er wahrnahm, drohten weitaus ernster zu werden als ein Bandenkrieg. Er wusste nicht, was genau hier vor sich ging, spürte aber etwas, denn er war ein Anderer, wenn auch kein initiierter.

Übrigens hatte er diese Szene schon im nächsten Moment völlig vergessen. Etwas hatte ihm auf seltsame Weise das Herz zusammengepresst, was genau, vermochte er jedoch nicht zu sagen.

»Steh auf, Alischer«, sagte Geser leise. »Steh auf. Bei uns ist das nicht üblich.«

Der Mann erhob sich und setzte sich dem Oberhaupt der Nachtwache gegenüber. Er nickte. »Bei uns auch nicht. Nicht mehr. Aber mein Vater hat mich darum gebeten, vor dir auf die Knie zu fallen, Geser. Er war noch von der alten Schule. Er hätte vor dir gekniet. Aber er kann es nicht mehr.«

»Du weißt, wie er gestorben ist?«

»Ja. Ich habe es mit seinen Augen gesehen, mit seinen Ohren gehört, habe seinen Schmerz gelitten.«

»Gib auch mir seinen Schmerz, Alischer, Sohn des Devona und einer Menschenfrau.«

»Nimm das, worum du bittest, Geser, Vernichter des Bösen, der du den Göttern gleichst, die es nicht gibt.«

Sie sahen einander in die Augen. Nach einer Weile nickte Geser. »Ich kenne die Mörder. Dein Vater wird gerächt werden.«

»Das muss ich tun.«

»Nein. Du kannst es nicht, und du hast nicht das Recht dazu. Ihr seid illegal nach Moskau gekommen.«

»Nimm mich in deine Wache auf, Geser.«

Der Chef der Nachtwache schüttelte den Kopf.

»Ich war der Beste in Samarkand, Geser.« Der junge Mann sah ihn eindringlich an. »Lach nicht, ich weiß, dass ich hier der Letzte sein werde. Nimm mich in die Wache auf. Als Geringsten unter den Schülern. Als Kettenhund. Beim Gedenken an meinen Vater bitte ich dich – nimm mich in die Wache auf.«

»Du bittest um zu viel, Alischer. Du bittest darum, dass ich dir deinen Tod schenke.«

»Ich bin bereits gestorben, Geser. Als man die Seele meines Vaters trank, bin ich mit ihm gestorben. Lächelnd bin ich fortgegangen, während er die Dunklen abgelenkt hat. Bin in die Metro eingestiegen, während man seine Asche mit Füßen getreten hat. Geser, ich habe das Recht, dich darum zu bitten.«

Geser nickte. »Dann soll es so sein. Du bist in meiner Wache, Alischer.«

Kein Gefühl spiegelte sich auf dem Gesicht des jungen Mannes wider. Er nickte und presste einen kurzen Moment lang die Hand auf die Brust.

»Wo ist das, was ihr mitgebracht habt, Alischer?«

»Ich habe es bei mir, Herr.«

Schweigend streckte Geser die Hand über den Tisch hinweg aus.

Alischer öffnete die Gürteltasche. Und holte sehr behutsam ein kleines rechteckiges Päckchen aus grobem Stoff heraus. »Nimm es, Geser, erlöse mich von dieser Pflicht.«

Gesers Hand bedeckte die seines Gegenübers, die Finger schlossen sich. Schon in der nächsten Sekunde, als Geser die Hand zurückzog, lag nichts mehr auf der des jungen Mannes. »Damit bist du deines Dienstes entbunden, Alischer. Jetzt können wir uns einfach entspannen. Essen, trinken und uns an deinen Vater erinnern. Ich werde dir alles erzählen, woran ich mich erinnern kann.«

Alischer nickte. Doch nichts ließ erkennen, ob ihn die Worte Gesers freuten oder ob er ihm einfach jeden Wunsch erfüllt hätte.

»Wir haben eine halbe Stunde«, meinte Geser beiläufig. »Dann tauchen die Dunklen hier auf. Sie haben deine Spur doch noch aufgenommen. Zu spät zwar, aber immerhin.«

»Wird es einen Kampf geben, Herr?«

»Ich weiß es nicht.« Geser zuckte mit den Achseln. »Was spielt das schon für eine Rolle? Sebulon ist weit weg. Vor den andern habe ich keine Angst.«

»Es wird einen Kampf geben«, meinte Alischer gedankenverloren. Und ließ den Blick durchs Restaurant wandern.

»Vertreibe die Gäste«, riet Geser. »Sanft, unaufdringlich. Ich will mir deine Technik anschauen. Dann werden wir uns entspannen und auf unseren Besuch warten.«

Gegen elf wachten die andern allmählich auf.

Ich wartete auf der Terrasse, in einem Liegestuhl, die Beine ausgestreckt und von Zeit zu Zeit an meinem Strohhalm nuckelnd, der in einem hohen Glas mit Gin Tonic steckte. Es ging mir gut, wie ein Masochist genoss ich den süßen Schmerz. Sobald jemand in der Tür erschien, winkte ich ihm einen freundlichen Gruß zu und schenkte ihm einen kleinen Regenbogen, der aus meinen gespreizten Fingern in den Himmel hinaufschoss. Ein Kinderspaß, über den alle lachen mussten. Als die gähnende Julja diesen Gruß sah, kreischte sie und schickte mir einen Regenbogen zurück. Zwei Minuten lang wetteiferten wir, dann bauten wir aus den beiden Bögen einen neuen, relativ großen, der bis in den Wald reichte. Julja teilte uns mit, sie werde jetzt den Topf mit dem Gold suchen, und schritt stolz unter dem bunten Gewölbe einher. Einer der Terrier rannte gehorsam neben ihr her.

Ich wartete.

Als Erste von denen, auf die ich wartete, tauchte Lena auf. Eine lustige, muntere Frau im Badeanzug. Als sie mich sah, schien sie einen Moment lang peinlich berührt, nickte dann aber und lief zum Tor. Was für eine Freude, zu sehen, wie sie sich bewegte, diese schlanke, wohlgeformte Frau voller Leben. Jetzt würde sie ins kalte Wasser springen, sich allein austoben und mit frischem Appetit zum Frühstück kommen.

Als Nächstes erschien Ignat auf der Bildfläche. In Badehosen und Gummilatschen. »Hallo, Anton!«, rief er fröhlich. Er kam auf mich zu, zog einen Liegestuhl heran und ließ sich auf ihn plumpsen. »Wie ist die Stimmung?«

»Kämpferisch!«, teilte ich ihm mit und hob das Glas an.

»Tüchtig.« Ignat blickte sich suchend nach der Flasche um, fand sie aber nicht, steckte sich den Strohhalm zwischen die Lippen und trank völlig unbekümmert aus meinem Glas. »Zu schlaff, du verdünnst ja.«

»Ich hab gestern Abend mehr als genug gehabt.«

»Stimmt, du solltest dich schonen«, riet Ignat. »Wir haben gestern den ganzen Abend bloß Sekt getrunken. In der Nacht haben wir dann mit Kognak angefangen. Ich hatte schon Angst, der Kopf würde mir heute platzen, ist aber nicht der Fall. Glück gehabt.«

Man konnte ihm nicht einmal böse sein.

»Was wolltest du als kleiner Junge werden, Ignat?«, fragte ich.

»Krankenpfleger.«

»Was?«

»Na ja, es hieß, dass Jungs nicht Krankenschwester werden können, und ich wollte Menschen gesund machen. Deshalb beschloss ich, Krankenpfleger zu werden, wenn ich groß bin.«

»Klasse«, begeisterte ich mich. »Und warum nicht Arzt?«

»Die Verantwortung war mir zu groß«, gestand Ignat selbstkritisch ein. »Außerdem hätte ich zu lange studieren müssen.«

»Und? Bist du Krankenpfleger geworden?«

»Ja. Ich bin im Notarztwagen mitgefahren, für die Psychiatrie. Alle Ärzte haben gern mit mir zusammengearbeitet.«

»Warum?«

»Erstens weil ich sehr charmant bin«, lobte sich Ignat treuherzig selbst. »Ich konnte sowohl mit Frauen wie auch mit Männern auf eine Weise reden, dass sie sich beruhigten und einer Einlieferung ins Krankenhaus zustimmten. Zweitens sah ich, wann ein Mensch wirklich krank war und wann er das Unsichtbare sah. Manchmal konnte ich jemanden beiseite ziehen, ihm klar machen, dass alles in Ordnung sei und wir auf eine Spritze verzichten könnten.«

»Der Medizin ist einiges entgangen.«

»Ja.« Ignat seufzte. »Aber der Chef hat mich überzeugt, dass ich der Wache von größerem Nutzen sein würde. Und das stimmt doch auch, oder?«

»Sicherlich.«

»Ich langweile mich hier schon«, meinte Ignat nachdenklich. »Du nicht? Ich sehne mich bereits nach der Arbeit.«

»Ich wahrscheinlich auch. Hast du ein Hobby, Ignat? Neben der Arbeit?«

»Was fragst du mich denn so aus?«, wunderte sich der Magier.

»Ich bin einfach neugierig. Oder ist das ein Geheimnis?«

»Was haben wir schon für Geheimnisse?« Ignat zuckte mit den Schultern. »Ich sammel Schmetterlinge. Habe eine der besten Kollektionen weltweit. Die nimmt zwei Zimmer ein.«

»Alle Achtung«, meinte ich.

»Besuch mich doch mal und schau sie dir an«, schlug Ignat vor. »Mit Sweta, sie sagt, Schmetterlinge würden ihr auch gefallen.«

Ich lachte so lange, dass sogar Ignat es kapierte. Er stand auf und lächelte unsicher.

»Ich helf den andern mal beim Frühstück«, murmelte er.

»Viel Erfolg«, entgegnete ich bloß. Konnte mir dann aber nicht verkneifen, unserem lichtbringenden Casanova, sobald er die Tür erreicht hatte, hinterherzurufen: »Hör mal, der Chef macht sich doch umsonst Sorgen um Sweta, oder?«

Ignat fasste sich mit beredter Geste ans Kinn. »Du weißt doch, dass er sich nicht umsonst Sorgen macht«, sagte er. »Sie ist wirklich nervös, kann sich einfach nicht entspannen. Dabei warten große Aufgaben auf sie, was man von uns ja nicht gerade behaupten kann.«

»Aber du hast dir alle Mühe gegeben?«

»Was für eine Frage!« Ignat war gekränkt. »Kommt mich mal besuchen, ehrlich, ich würd mich freuen!«

Inzwischen war der Gin warm, schmolz das Eis im Glas. Am Strohhalm prangte ein leichter Abdruck von Lippenstift. Ich schüttelte den Kopf und stellte das Glas hin.

Geser, du kannst nicht alles voraussehen.

Aber um mich mit dir nicht auf ein magisches Duell einzulassen – allein der Gedanke daran ist absurd –, sondern um auf dem einzigen Gebiet zu kämpfen, das mir zugänglich ist, auf dem Feld aus Wörtern und Taten, muss ich wissen, was du vorhast. Muss wissen, wie die Karten im Stapel liegen und welche du in der Hand hältst.

Wer spielt alles mit?

Geser – der Organisator und Inspirator. Olga – seine Geliebte, die bestrafte Zauberin und Ratgeberin. Swetlana – die eifrig gehegte Vollstreckerin. Ich – eines der Werkzeuge zu ihrer Erziehung. Ignat, Tigerjunges, Semjon und alle anderen Lichten können vernachlässigt werden. Sie sind ebenfalls Werkzeuge, wenn auch von geringerer Bedeutung. Auf sie kann ich nicht zählen.

Die Dunklen?

Natürlich spielen sie eine Rolle, aber keine offensichtliche. Sowohl Sebulon wie auch all seine Handlanger sind durch das Auftauchen von Swetlana in unserem Lager beunruhigt. Können aber nichts direkt dagegen tun. Entweder müssen sie klammheimlich eine Intrige spinnen oder einen derart vernichtenden Schlag vorbereiten, dass er die Wachen an den Rand des Krieges bringt.

Was noch?

Die Inquisition?

Ich trommelte mit den Fingern auf die Armlehne des Liegestuhls.

Die Inquisition. Die Struktur über den Wachen. Sie betrachtet alle Streitfälle, bestraft Gestrauchelte – auf beiden Seiten. Sie wacht. Sammelt Informationen über jeden von uns. Interveniert aber nur in seltenen Fällen, ihre Kraft liegt wohl eher in der Geheimhaltung als in der Kampfstärke. Wenn die Inquisition den Fall eines ziemlich mächtigen Magiers betrachtet, zieht sie Kämpfer von den Wachen hinzu.

Trotzdem – die Inquisition ist involviert. Ich kenne den Chef. Er schlägt aus allem mindestens zwei, drei Vorteile für sich heraus. Vor kurzem diese Geschichte mit Maxim, dem wilden Anderen, dem Lichten, der nun für die Inquisition arbeitet, ist nur ein Beispiel. Der Chef hat Swetlana in diese Sache verwickelt, um ihr eine Lektion in Selbstkontrolle und Intrigenspiel zu erteilen, nebenbei aber auch einen neuen Inquisitor entdeckt.

Wenn ich nur wüsste, worauf Swetlana vorbereitet wird!

Noch versinkt alles um mich herum in Dunkelheit. Und was das Schlimmste ist – ich entferne mich vom Licht.

Ich stöpselte die Kopfhörer ein, schloss die Augen.

Heute Nacht, wenn so wunderbunt der Farn sich entrollt,
Heute Nacht, wenn der Hausgeist nach Hause sich trollt,
Nördlich Sturm geballt, Wind von Westen kalt,
Also winkt mit der Hand mir die Zauberin bald.
Wie die Mauser in der Tasche wart ich auf ein Wunder,
Wie im Netz die Spinne lauert,
Wie ein Baum in Ödnis kauert,
Wie der schwarze Fuchs im Bau darunter.

Das ist riskant. Sehr riskant. Die Großen Zauberinnen gehen über die eigenen Leute hinweg, aber selbst sie würden es nicht wagen, *gegen* die eigenen Leute anzugehen. Einzelgänger überleben nicht.

Durchs Fernrohr bin ich geflohen vor ängstlichen
  Kinderaugen,
Mit der Nixe wollte ich schlafen – nun ja, das konnte nichts
  taugen.
Ich wollt in dein Fenster fahren verwandelt als Straßenbahn.
Vom Stadtrand her weht der Wind – egal, was liegt daran?
Vom Stadtrand her weht der Wind – egal, was liegt daran?

Sei mir Schattenkontur, knarr wie Dielen im Flur,
Bunter Sonntag, mein sprühender Regen.
Sei mein Gottesbild, Birkensaft, der quillt,
Klingel, die da schrillt, mein verbogener Degen.
Ich lache und weiß ja, du bist der Wind,
Der mir entgegenweht;
Ich kämpfe um dich, solang ich es noch bin,
Der durch die Träume dir geht.

Eine Hand legte sich auf meine Schulter.

»Guten Morgen, Sweta«, sagte ich und öffnete die Augen.

Sie trug Shorts und einen Badeanzug. Das Haar war feucht und ordentlich gekämmt. Vermutlich hatte sie geduscht. Woran ich Schwein nicht mal gedacht hatte.

»Hast du den gestrigen Abend gut überstanden?«, wollte sie wissen.

»Ja. Und du?«

»Ich auch.« Sie wandte sich ab.

Ich wartete. Aus meinen Kopfhörern erklang *Splin*.

»Was hast du von mir erwartet?«, fragte Sweta scharf. »Ich bin eine normale, gesunde junge Frau. Seit dem Winter habe ich mit keinem Mann mehr geschlafen. Ich verstehe ja, dass du dir einbildest, Geser habe mich zu dir gebracht wie ein Pferd zum Beschälen, und dich deshalb so komisch aufführst.«

»Ich habe gar nichts erwartet.«

»Dann entschuldige die böse Überraschung!«

»Hast du meine Spur im Zimmer gespürt? Beim Aufwachen?«

»Ja.« Umständlich zog Swetlana aus der schmalen Hosentasche ein Päckchen Zigaretten hervor und zündete sich eine an. »Ich bin müde. Selbst wenn ich jetzt nur lerne und nicht arbeite, bin ich müde. Und bin hierher gekommen, um mich zu erholen.«

»Du hast doch selbst gesagt, dass dir die Fröhlichkeit hier aufgesetzt vorkommt ...«

»Und du hast dich dem nur zu begeistert angeschlossen!«

»Stimmt«, gab ich zu.

»Und dann bist du weggegangen, um Wodka zu saufen und Verschwörungen aufzuziehen.«

»Verschwörungen gegen wen?«

»Gegen Geser. Und gegen mich, nebenbei bemerkt. Wirklich komisch! Selbst ich habe das gespürt! Du solltest dich nicht für einen so großen Magier halten, der ...«

Sie stockte. Aber zu spät.

»Ich bin kein großer Magier«, sagte ich. »Dritter Grad. Vielleicht auch zweiter. Mehr nicht. Jeder hat eben seine Grenzen, die er nicht überschreiten kann, selbst wenn er tausend Jahre lebt.«

»Entschuldige, ich wollte dich nicht beleidigen«, meinte Sweta verstört. Sie ließ die Hand mit der Zigarette sinken.

»Vergiss es. Ich nehme so was nicht krumm. Weißt du eigentlich, warum die Dunklen so oft untereinander Familien gründen, während wir uns lieber eine Frau oder einen Mann unter den Menschen suchen? Die Dunklen ertragen Ungleichheit und permanente Konkurrenz besser.«

»Ein Mensch und ein Anderer – das ist noch größere Ungleichheit.«

»Das zählt nicht. Wir gehören zwei unterschiedlichen Arten an. Das kannst du nicht vergleichen.«

»Ich möchte, dass du eins weißt.« Swetlana nahm einen tiefen Zug. »Ich wollte es nicht so weit kommen lassen. Ich habe darauf gewartet, dass du herunterkommst, alles siehst und eifersüchtig wirst.«

»Tut mir Leid, aber ich habe nicht gewusst, dass ich eifersüchtig werden soll«, gab ich ehrlich zu.

»Aber dann ist alles irgendwie aus dem Ruder gelaufen. Ich konnte nichts mehr dagegen tun.«

»Das verstehe ich doch, Sweta. Das ist in Ordnung.«

Verwirrt sah sie mich an. »In Ordnung?«

»Natürlich. Wem würde das nicht mal passieren? Die Wache ist eine große und starke Familie. Mit allen daraus resultierenden Folgen.«

»Was du für ein Vieh bist«, presste sie hervor. »Du solltest dich jetzt mal sehen, Anton! Wie kannst du es wagen, dich noch als einer von uns zu bezeichnen!«

»Sweta, bist du nicht gekommen, um dich zu vertragen?«, fragte ich verwundert. »Also, ich vertrage mich. Alles ist in Ordnung. Was passiert ist, zählt nicht. Das ist das Leben, da muss man mit allem Möglichen rechnen.«

Sie fuhr hoch und durchbohrte mich kurz mit eisigem Blick. Ich blinzelte rasch und verwirrt.

»Idiot«, knallte sie mir an den Kopf und ging ins Haus.

Was hatte sie denn erwartet? Dass ich beleidigt bin, ihr Vorwürfe mache, traure?

Aber das spielte keine Rolle. Was hatte Geser erwartet? Was würde sich ändern, wenn ich die Rolle des unglücklich in Sweta Verliebten aufgeben würde? Würde diesen Platz jemand anders einnehmen? Oder war es für sie schon an der Zeit, allein zu bleiben – allein mit ihrem großen Schicksal?

Das Ziel. Ich musste Gesers Ziel in Erfahrung bringen.

Mit einem Ruck erhob ich mich vom Liegestuhl und ging ins Haus. Wo ich sofort auf Olga stieß. Sie war allein im Wohnzimmer. Stand vor der offenen Vitrine mit den Schwertern, hielt eine lange schmale Klinge in den ausgestreckten Händen. Sah sie an – nein, so betrachtet man kein antiquarisches Spielzeug. Tigerjunges sah vermutlich mit einem ähnlichen Blick auf ihre Schwerter. Bloß dass für sie die Liebe zu alten Waffen etwas Abstraktes war. Für Olga nicht.

Als Geser nach Russland gekommen war, um hier zu leben und zu arbeiten – übrigens ihretwegen –, mochten solche Schwerter noch in Gebrauch gewesen sein.

Vor achtzig Jahren, als Olga alle Rechte entzogen wurden, kämpfte man schon anders.

Die ehemalige Große Zauberin. Das einstige Große Ziel. Vor achtzig Jahren.

»Was für ein schöner Plan«, sagte ich.

Olga erzitterte und drehte sich um.

»Allein besiegst du das Dunkel nicht. Man muss warten, bis die Menschen aufgeklärter sind. Besser und zärtlicher sind, arbeitsamer und weiser sind. Man muss warten, bis jeder Andere nichts mehr sieht außer dem Licht. Was für ein Ziel! Wie lange die Kreise auseinander laufen mussten, während es im Blut versank.«

»Hast du es also doch herausbekommen?«, sagte Olga. »Oder erraten?«

»Erraten.«

»Gut. Und weiter?«

»Was hast du falsch gemacht, Olga?«

»Ich habe mich auf einen Kompromiss eingelassen. Einen kleinen Kompromiss mit dem Dunkel. Mit dem Ergebnis, dass wir verloren haben.«

»Wir? Wir werden immer mit heiler Haut davonkommen. Uns anpassen, einordnen, einleben. Und den alten Kampf wieder aufnehmen. Verloren haben nur die Menschen.«

»Ab und zu muss man zurückweichen.« Locker umfasste Olga das zweihändige Schwert mit einer Hand und schwang es über dem Kopf. »Seh ich aus wie ein Hubschrauber im Leerlauf?«

»Du siehst aus wie eine Frau, die mit einem Schwert fuchtelt. Haben wir denn wirklich nichts gelernt, Olga?«

»Doch, und wie. Diesmal wird alles anders, Anton.«

»Eine neue Revolution?«

»Wir wollten schon die erste nicht. Alles muss ohne Blutvergießen geschehen. Du verstehst doch: Wir siegen nur durch die Menschen. Indem wir sie aufklären, ihren Geist emporheben. Der Kommunismus war ein hervorragend ausgetüfteltes System, und es ist nur meine Schuld, dass er nicht verwirklicht wurde.«

»Oho! Warum bist du dann noch nicht im *Zwielicht*, wenn es deine Schuld war?«

»Weil alles abgestimmt war. Jeder Schritt zuvor abgesegnet worden ist. Selbst dieser unglückselige Kompromiss, selbst der schien möglich.«

»Und jetzt startet ein neuer Versuch, die Menschen zu ändern?«

»Der nächste.«

»Warum hier?«, fragte ich. »Warum schon wieder bei uns?«

»Was heißt, bei uns?«

»In Russland. Wie viel soll dieses Land denn noch ertragen?«

»So viel, wie nötig ist.«

»Also warum wieder bei uns?«

Sie seufzte und steckte das Schwert mit leichter Geste in die Scheide. Legte es in die Vitrine zurück. »Weil, mein lieber Junge, es auf diesem Feld noch möglich ist, etwas zu erreichen. Europa, Nordamerika – diese Länder sind bereits abgearbeitet. Was möglich war, wurde ausprobiert. Sicher, einiges versucht man auch heute noch. Aber sie dösen schon vor sich hin, schlafen. Der kräftige Rentner in Shorts mit seiner Videokamera – das sind die wohlhabenden westlichen Länder. Aber experimentieren muss man mit den Jungen. Russland, Asien, die arabische Welt – da muss man heute ansetzen. Und mach nicht so ein empörtes Gesicht, ich liebe meine Heimat nicht weniger als du! Ich habe für sie schon mehr Blut vergossen, als in deinen Adern fließt. Eins musst du verstehen, Antoschka – das Schlachtfeld ist die ganze Welt. Das weißt du schließlich genauso gut wie ich.«

»Wir kämpfen gegen das Dunkel, nicht gegen die Menschen!«

»Ja, gegen das Dunkel. Aber siegen können wir nur, wenn wir eine ideale Gesellschaft aufbauen. Eine Welt, in der Liebe, Güte und Gerechtigkeit herrschen. Die Arbeit der Wachen besteht schließlich nicht darin, psychopathische Magier auf den Straßen einzufangen und Lizenzen an Vampire auszugeben! All diese Kleinigkeiten kosten uns Zeit und Kraft, sind aber zweitrangig, wie die Wärme bei Glühbirnen. Lampen sollen für Helligkeit sorgen, nicht für Wärme. Wir müssen die Menschenwelt ändern, nicht die kleineren Ausgeburten des Dunkels liquidieren. Das ist das Ziel. Das ist der Weg zum Sieg!«

»Das verstehe ich doch, Olga.«

»Gut. Dann solltest du auch begreifen, worüber man nicht offen spricht. Wir kämpfen seit Jahrtausenden. Und die ganze Zeit über versuchen wir, den Lauf der Geschichte in eine völlig neue Bahn zu lenken. Eine neue Welt zu erschaffen.«

»Eine schöne neue Welt.«

»Du brauchst dich nicht darüber lustig zu machen. Einiges haben wir immerhin erreicht. Durch Blut und durch Leid ist die Welt doch humaner geworden. Notwendig ist aber ein richtiger, ein echter Umsturz.«

»Der Kommunismus war unsere Idee?«

»Nicht unsere, aber wir haben sie unterstützt. Sie schien uns einigermaßen attraktiv.«

»Und jetzt?«

»Das wirst du sehen.« Olga lächelte. Freundlich, aufrichtig. »Alles wird gut, Anton. Vertraue mir.«

»Ich muss es wissen.«

»Nein. Genau das ist nicht nötig. Du brauchst dich nicht aufzuregen, eine Revolution ist nicht geplant. Keine Lager, Erschießungen, Schauprozesse. Wir wiederholen die alten Fehler nicht.«

»Dafür werden wir neue machen.«

»Anton!« Sie hob die Stimme. »Was erlaubst du dir eigentlich? Wir haben hervorragende Chancen zu siegen. Für unser Land Frieden, Ruhe, Aufklärung zu erlangen! Uns an die Spitze der Menschheit zu stellen. Das Dunkel zu überwinden. Zwölf Jahre Vorbereitung, Anton. Und nicht nur Geser hat daran gearbeitet, die gesamte obere Führung.«

»Wie bitte?«

»Ja. Hast du denn geglaubt, wir würden einfach drauflos handeln?«

Ich konnte es nicht fassen. »Ihr seid Swetlana seit zwölf Jahren auf der Spur?«

»Natürlich nicht! Wir haben ein neues Gesellschaftsmodell ausgearbeitet. Bestimmte Elemente des Plans erprobt. Selbst ich kenne nicht alle Details. Seit dieser Zeit wartet Geser, dass die Teilnehmer des Plans in Raum und Zeit zusammenkommen.«

»Wer genau? Swetlana und der Inquisitor?«

Kurz verengten sich ihre Pupillen, und ich wusste, dass ich richtig geraten hatte. Teilweise.

»Wer noch? Welche Rolle spiele ich dabei? Und was wirst du tun?«

»Du wirst es zu gegebener Zeit erfahren.«

»Olga, es hat noch nie zu etwas Gutem geführt, wenn man das Leben der Menschen mit Magie verändern wollte.«

»Spar dir deine Axiome aus der Schule.« Sie war wirklich aufgebracht. »Glaub nicht, dass du klüger bist als andere. Wir haben nicht vor, Magie anzuwenden. Du kannst dich also beruhigen und entspannen.«

Ich nickte. »Gut. Du hast mir deine Position dargelegt, ich kann mich ihr nicht anschließen.«

»Offiziell?«

»Nein. Im privaten Rahmen. Und als Privatperson habe ich das Recht, Widerstand zu leisten.«

»Gegen wen? Gegen Geser?« Olga riss die Augen auf, verzog die Mundwinkel zu einem angedeuteten Lächeln. »Anton!«

Ich drehte mich um und ging.

Ja, es war komisch.

Ja, es war absurd.

Nicht nur einfach eine konfuse Aktion, die Geser und Olga da durchführten. Nicht nur der Versuch, das gescheiterte Gesellschaftsexperiment zu wiederholen. Diese seit langem geplante, gut vorbereitete Operation, in die ich unglücklicherweise hineingeraten war.

Gebilligt von der obersten Führung.

Gebilligt vom Licht.

Warum regte ich mich da auf? Dazu hatte ich einfach kein Recht. Nicht das geringste. Und keine Aussichten. Absolut keine. Man könnte sich mit der Weisheit vom Sandkorn in einem Uhrwerk trösten, aber im Moment war ich eher ein Sandkorn zwischen zwei Mühlsteinen.

Und, was das Traurigste ist, zwischen freundlichen und sorgsamen Mühlsteinen. Niemand wird mich verfolgen. Niemand wird gegen mich kämpfen. Sondern mich bloß daran hindern, Dummheiten zu machen, aus denen ohnehin nichts Gescheites erwachsen würde. Niemals.

Warum tut es dann so weh, warum sitzt in meiner Brust dieser unerträgliche Schmerz?

Ich stand auf der Terrasse, presste in hilflosem Zorn die Fäuste zusammen, als sich mir eine Hand auf die Schulter legte.

»Offenbar hast du etwas herausgekriegt, Anton?«

Ich sah Semjon an und nickte.

»Schlimm?«

»Ja«, gestand ich.

»Bitte verstehe eins. Du bist kein Sandkorn. Kein Mensch ist ein Sandkorn. Und erst recht kein Anderer.«

»Wie lange muss man leben, um die Gedanken so genau erraten zu können?«

»An die hundert Jahre, Anton.«

»Dann kann Geser die Gedanken von jedem von uns lesen wie ein offenes Buch.«

»Natürlich.«

»Dann muss ich wohl das Denken verlernen«, sagte ich.

»Zunächst mal muss man es lernen. Du weißt, dass es in der Stadt einen Zwischenfall gegeben hat?«

»Wann?«

»Vor einer Viertelstunde. Es ist schon alles wieder vorbei.«

»Was ist passiert?«

»Der Chef hat einen Kurier empfangen, einen aus dem Orient. Die Dunklen haben versucht, ihn aufzuspüren und zu vernichten. Unter den Augen des Chefs.« Semjon grinste.

»Das bedeutet Krieg!«

»Nein, sie hatten das Recht dazu. Der Kurier ist illegal eingereist.«

Ich schaute mich um. Niemand rannte herum. Niemand ließ ein Auto an, niemand raffte seine Sachen zusammen. Ignat und Ilja heizten den Grill schon wieder an.

»Müssen wir denn nicht zurück?«

»Nein. Der Chef ist allein damit fertig geworden. Es gab einen kleinen Kampf, jedoch ohne Opfer. Der Kurier wurde in die Wache aufgenommen, und die Dunklen waren gezwungen, wieder abzuziehen. Nur das Restaurant hat ein wenig gelitten.«

»Was für ein Restaurant?«

»In dem sich der Chef mit dem Kurier getroffen hat«, erklärte Semjon geduldig. »Wir brauchen unseren Urlaub nicht abzubrechen.«

Ich sah in den Himmel – er war blendend blau, von Hitze satt.

»Eigentlich will ich nicht länger ausspannen. Ich fahre nach Moskau zurück. Ich glaube nicht, dass mir das jemand übel nimmt.«

»Natürlich nicht.«

Semjon holte seine Zigaretten heraus und zündete sich eine an. »An deiner Stelle würde ich versuchen herauszufinden«, bemerkte er beiläufig, »was genau der Kurier aus dem Orient mitgebracht hat. Vielleicht ist das deine Chance.«

Ich lachte bitter auf. »Die Dunklen konnten das nicht in Erfahrung bringen, und du schlägst mir vor, den Safe vom Chef zu knacken?«

»Die Dunklen konnten es nicht an sich bringen. Was auch immer es ist. Du hast natürlich kein Recht, die Ware an dich zu nehmen oder auch nur anzufassen. Aber herauszubekommen ...«

»Danke. Ganz ehrlich, danke.«

Semjon nickte, nahm ohne falsche Bescheidenheit meinen

Dank an. »Im *Zwielicht* werden wir quitt. Ja, weißt du, mir reicht es auch. Nach dem Essen leihe ich mir das Motorrad von Tigerjunges und fahre in die Stadt. Kommst du mit?«

»Hm.«

Es war mir peinlich. Wahrscheinlich kann diese Art von Scham nur ein Anderer in vollem Ausmaß empfinden. Wir begreifen stets, wenn man uns entgegenkommt, wenn man uns unverdiente Geschenke macht, die zurückzuweisen es uns an Kraft mangelt.

Ich konnte nicht länger hier bleiben. Auf gar keinen Fall. Sweta sehen, Olga, Ignat. Ihre Wahrheit hören.

Meine Wahrheit würde ich niemals aufgeben.

»Kannst du Motorrad fahren?«, fragte ich, das Gespräch ungeschickt in eine andere Richtung lenkend.

»Ich habe an der ersten Rallye Paris-Dakar teilgenommen. Jetzt lass uns den Jungs helfen.«

Finster sah ich Ignat an, der Brennholz schlug. Das Beil handhabte er virtuos. Nach jedem Schlag verharrte er einen Moment, bedachte die Umstehenden mit einem flüchtigen Blick und ließ die Muskeln spielen.

Er liebte sich sehr. Die ganze übrige Welt übrigens nicht weniger. Aber sich selbst in erster Linie.

»Helfen wir ihnen«, stimmte ich zu. Ich holte weit aus und warf durch das *Zwielicht* das Zeichen der Dreifachschneide. Einige Kloben zerfielen zu akkuraten Scheiten. Ignat, der das Beil gerade zum nächsten Schlag hob, verlor das Gleichgewicht und wäre beinah gefallen. Er riss den Kopf herum.

Natürlich hatte mein Schlag eine Spur im Raum hinterlassen. Das *Zwielicht* klirrte, sog die Energie gierig auf.

»Was soll denn das, Antoschka?«, fragte Ignat leicht gekränkt. »Warum hast du das gemacht? Das ist nicht sportlich!«

»Dafür aber effektiv«, entgegnete ich und verließ die Terrasse. »Gibt es noch mehr zu hacken?«

»Du hast Ideen.« Ignat bückte sich und sammelte die Scheite

auf. »Es kommt noch so weit, dass wir das Schaschlik mit Feuerkugeln grillen.«

Ich fühlte mich nicht schuldig, half ihm aber trotzdem. Das Brennholz war sauber gehackt, die Stücke blitzten saftig bernsteingelb. Schade eigentlich – solche Schönheit zu verfeuern.

Nach einer Weile sah ich zum Haus hinüber und bemerkte in einem Fenster im ersten Stock Olga.

Mit sehr ernster Miene beobachtete sie meine Eskapaden. Mit allzu ernster Miene.

Ich winkte ihr zu.

Fünf

Tigerjunges besaß ein prima Motorrad, falls man dieses Allerweltswort überhaupt auf eine Harley anwenden kann. Selbst wenn es das einfachste Modell ist – es gibt eben Harley Davidsons, und es gibt andere Motorräder.

Wozu Tigerjunges das Ding brauchte, wusste ich nicht, konnte sie doch höchstens ein- oder zweimal pro Jahr damit fahren. Wahrscheinlich aus dem gleichen Grund wie die riesige Villa, wo die Zauberin bloß die Wochenenden verbrachte. Immerhin erreichten wir die Stadt dadurch noch vor zwei Uhr mittags.

Semjon ging virtuos mit dem schweren Zweirad um. Ich hätte das niemals gekonnt, selbst wenn ich die in meinem Gedächtnis gespeicherten »extremen Fähigkeiten« aktiviert und die Realitätslinien überprüft hätte. Zwar könnte ich fast genauso schnell fahren, indem ich eine ordentliche Portion meines Kraftvorrats verbrauchte. Aber Semjon fuhr einfach – menschlichen Fahrern gegenüber allein aufgrund seiner weit größeren Erfahrung im Vorteil.

Selbst bei einer Geschwindigkeit von hundert Stundenkilometern blieb die Luft heiß. Der Wind peitschte uns wie ein raues sengendes Handtuch gegen die Wangen. Als ob wir durch ein Ofenrohr rasten – einen endlosen Asphaltschlauch voller sich ächzend dahinschleppender, bereits in der Sonne gegrillter Autos entlang.

Dreimal hatte ich den Eindruck, dass wir in irgendeinen

Wagen knallten oder in einen plötzlich voller Diensteifer auftauchenden Kilometerstein.

Natürlich würden wir kaum tödlich verunglücken, die andern würden etwas spüren, kommen, unsere Einzelteile einsammeln – aber angenehm wäre das nicht.

Wir gelangten ohne Zwischenfälle an unser Ziel: Nach der Ringautobahn setzte Semjon fünfmal Magie ein, allerdings nur, um den Blick der Verkehrspolizisten in eine andere Richtung zu lenken.

Nach meiner Adresse fragte Semjon nicht, obwohl er noch nie bei mir gewesen war. Er hielt am Hauseingang an und stellte den Motor aus. Die Jugendlichen, die auf dem Kinderspielplatz billiges Bier in sich hineinkippten, verstummten augenblicklich und starrten auf das Motorrad. Wie schön, wenn man im Leben noch solch einfache und klare Träume hat: Bier, Ecstasy in der Disco, eine tolle Freundin und eine Harley unterm Hintern.

»Hast du es schon lange vorausgesehen?«, fragte Semjon.

Ich erschauerte. Eigentlich hatte ich mich nicht darüber ausgelassen, dass ich das überhaupt konnte. »Seit einiger Zeit.«

Semjon nickte. Sah nach oben, zu meinen Fenstern hin. Was ihn auf diese Frage gebracht hatte, sagte er nicht. »Soll ich mit raufkommen?«

»Hör mal, ich bin kein Mädchen, dass du mich bis vor die Tür bringen musst.«

»Verwechsel mich nicht mit Ignat«, lachte der Magier. »Gut, Spaß beiseite. Sei vorsichtig.«

»Wobei?«

»Bei allem, nehme ich an.«

Der Motor der Harley heulte auf. Der Magier schüttelte den Kopf. »Irgendwas ist im Gange, Anton. Zieht herauf. Sei vorsichtig.«

Er schoss los, unter Beifallsrufen der Jugend, fädelte sich geschickt in den schmalen Spalt zwischen einem geparkten Wolga und einem gemächlich dahintuckernden Shiguli ein.

Kopfschüttelnd schaute ich ihm nach. Auch ohne jede Sehergabe wusste ich, dass Semjon den ganzen Tag durch Moskau brettern und sich dann irgendwelchen Rockern anschließen würde, die ihn binnen einer Viertelstunde als einen der ihren akzeptieren würden, und dabei entstünden allerlei Legenden über den verrückten alten Motorradfahrer.

Sei vorsichtig ...

Wobei?

Und vor allem, wozu?

Ich ging zur Haustür, hämmerte automatisch den Code ins Schloss ein und rief den Fahrstuhl. Am Morgen hatte ich noch die Datsche genossen, meine Freunde, alles war in Butter gewesen.

Nichts hatte sich geändert, nur dass ich nicht mehr dort war.

Es heißt, wenn ein Lichter Magier durchdreht, gehen dem immer »Blitze« voraus, wie bei einem Kranken vor einem epileptischen Anfall. Eine sinnlose Anwendung der Kraft, zum Beispiel Fliegen mit Feuerkugeln zu beschießen oder Feuerholz mit Kampfzaubern zu zerhacken. Ein Streit mit der Liebsten. Unerwartete Entfremdung von den einen Freunden und eine ebenso überraschende Annäherung an die anderen. All das ist bekannt, und wir alle wissen, womit ein solcher Ausbruch der Lichten endet.

Sei vorsichtig ...

Ich ging zur Wohnungstür und langte nach den Schlüsseln.

Nur dass die Tür offen stand.

Meine Eltern hatten Schlüssel. Aber sie wären nie aus Saratow angereist, ohne mir vorher Bescheid zu geben. Außerdem hätte ich ihre Nähe gespürt.

Ein einfacher menschlicher Bandit könnte nie in meine Wohnung einbrechen, ihn würde das simple Zeichen an der Schwelle aufhalten. Für Andere gibt es ebenfalls einige Hindernisse. Deren Überwindung natürlich nur eine Frage der Kraft ist. Trotzdem hätten die Alarmanlagen funktionieren müssen!

Ich blieb an der Tür stehen, linste durch den schmalen Spalt zwischen der Tür und dem Pfosten, durch jenen Spalt, der nicht hätte da sein dürfen. Spähte durchs *Zwielicht* – sah aber nichts.

Waffen hatte ich keine bei mir. Meine Pistole lag in der Wohnung. Ein Dutzend Kampfamulette ebenfalls.

Ich könnte jetzt ganz nach Anweisung vorgehen. Ein Wächter der Nacht, der das Eindringen eines Fremden in einer magisch geschützten Wohnung feststellt, ist verpflichtet, den Dienst habenden Fahnder und seinen Betreuer zu informieren, worauf ...

Allein bei der Vorstellung, jetzt Geser anzurufen, zwei Stunden nachdem er mal eben die gesamte Tagwache aufgemischt hatte, verflüchtigte sich jeder Wunsch, die Anweisungen zu befolgen. Ich krümmte die Finger, um den schnellen Gefrierzauber einzuleiten. Vielleicht erinnerte ich mich noch an die wirkungsvolle Geste von Semjon.

Sei vorsichtig?

Ich stieß die Tür auf und trat in meine Wohnung, die augenblicklich zu einer fremden geworden war.

Noch beim Hineingehen wurde mir klar, wessen Kräfte ausreichen, wer die Macht sowie schlicht und ergreifend die Chuzpe haben würde, uneingeladen bei mir einzudringen.

»Guten Tag, Chef!«, sagte ich und schaute ins Arbeitszimmer.

In einem Punkt immerhin lag ich richtig.

Sebulon saß in einem Sessel am Fenster und zog verwundert die Augenbrauen hoch. Er legte die Zeitung *Argumente und Fakten* beiseite, die er gerade gelesen hatte. Nahm mit einer akkuraten Geste die Brille mit dem schmalen Goldrahmen ab. Und erst dann bequemte er sich zu einer Antwort.

»Guten Tag, Anton. Weißt du, ich wäre froh, wenn ich dein Chef wäre.«

Er lächelte, der Dunkle Magier außerhalb jeder Kategorie, das Oberhaupt der Tagwache Moskaus. Wie immer trug er einen tadellos sitzenden schwarzen Anzug und ein hellgraues Hemd. Dieser magere, kurzhaarige Andere unbestimmbaren Alters.

»Ich habe mich halt geirrt«, sagte ich. »Was machst du hier?«

Sebulon zuckte mit den Schultern. »Nimm das Amulett. Es liegt irgendwo im Schreibtisch, das spüre ich.«

Ich ging zum Schreibtisch, zog die Schublade auf und holte das beinerne Amulett an der Kupferkette heraus. Sobald ich meine Faust darum ballte, spürte ich, wie das Amulett sich erwärmte.

»Sebulon, du hast keine Macht über mich.«

»Gut«, meinte der Dunkle Magier nickend. »Ich will nicht, dass du Zweifel an deiner eigenen Sicherheit hegst.«

»Was machst du im Haus eines Lichten, Sebulon? Das gibt mir das Recht, dich vor das Tribunal zu bringen.«

»Ich weiß.« Sebulon breitete die Arme aus. »Ich weiß das alles. Ich bin nicht im Recht. Bin dumm. Reite mich und die Tagwache in sonst was rein. Aber ich bin nicht als Feind zu dir gekommen.«

Ich hüllte mich in Schweigen.

»Ja, wegen der Überwachungsanlagen brauchst du dir keine Gedanken zu machen«, meinte Sebulon lässig. »Weder um eure noch um die der Inquisition. Ich habe mir erlaubt, sie, sagen wir, ruhig zu stellen. Alles, was wir miteinander besprechen, bleibt für immer unter uns.«

»Trau einem Menschen zur Hälfte, einem Lichten zu einem Viertel und einem Dunklen überhaupt nicht«, knurrte ich.

»Natürlich. Du hast Recht, mir nicht zu trauen. Musst das sogar! Aber ich bitte dich, mich anzuhören.« Unversehens lächelte Sebulon, und zwar erstaunlich offen und friedfertig. »Du bist doch ein Lichter. Du bist verpflichtet zu helfen. Allen, die dich darum bitten, selbst mir. Und ich bitte dich darum.«

Zögernd ging ich zu dem kleinen Sofa und setzte mich. Ohne mir die Schuhe auszuziehen, ohne den in der Schwebe befindlichen »Freeze« aufzuheben – als sei die Vorstellung, mit Sebulon zu kämpfen, nicht absolut lächerlich.

Ein Fremder in der eigenen Wohnung. *My home is my castle* – in den Jahren meiner Arbeit für die Wache hatte ich fast begonnen, an diese Worte zu glauben.

»Als Erstes – wie bist du hier hereingekommen?«, fragte ich.

»Als Erstes habe ich einen ganz gewöhnlichen Dietrich genommen, aber ...«

»Sebulon, du weißt ganz genau, was ich meine. Die Signalbarriere kann man zerstören, aber nicht täuschen. Sie hätte losgehen müssen, sobald jemand Fremdes eindringt.«

Der Dunkle Magier seufzte. »Kostja hat mir geholfen, hier reinzukommen. Du hast ihm doch die Erlaubnis erteilt, deine Wohnung zu betreten.«

»Ich hatte gedacht, er sei mein Freund. Auch wenn er ein Vampir ist.«

»Aber er ist dein Freund.« Sebulon lächelte. »Und will dir helfen.«

»Auf seine Art.«

»Auf unsere Art. Anton, ich bin in deine Wohnung gekommen, aber ich will dir keinen Schaden zufügen. Ich habe mir keine Arbeitsunterlagen angeschaut, die du hier aufbewahrst. Habe keine Zeichen hinterlassen, um hier etwas zu observieren. Ich bin gekommen, um mit dir zu reden.«

»Dann sprich.«

»Wir beide haben ein Problem, Anton. Dasselbe Problem. Und heute hat es kritische Ausmaße angenommen.«

Schon als ich Sebulon erblickt hatte, war mir klar gewesen, worauf unser Gespräch hinauslaufen würde. Darum nickte ich nur.

»Gut, du verstehst das.« Der Dunkle Magier rückte ein wenig vor, seufzte. »Ich mache mir keine falschen Hoffnungen, Anton. Wir sehen die Welt auf unterschiedliche Weise. Und verstehen unter der eigenen Pflicht nicht dasselbe. Doch selbst in einer solchen Situation kann es Schnittpunkte geben. Uns, den Dunklen, kann man aus eurer Sicht einiges vorwerfen. Wir verhalten uns nicht immer ganz eindeutig. Den Menschen begegnen wir, wenn auch gezwungenermaßen, aufgrund unserer Natur, weniger aufmerksam. Ja, all das stimmt. Aber niemand, merk dir das, niemand hat uns jemals vorgeworfen, wir würden versuchen, das Schicksal der Menschheit durch eine globale Intervention zu verändern! Nach Abschluss des Großen Vertrages haben wir unser Leben gelebt und wollten, dass ihr es genauso handhabt.«

»Niemand wirft euch das vor«, gab ich zu. »Denn die Zeit, so merkwürdig das auch anmutet, arbeitet für euch.«

Sebulon nickte. »Und was heißt das? Vielleicht, dass wir den Menschen näher sind? Vielleicht, dass wir Recht haben? Doch lassen wir diesen Streit, der nimmt nie ein Ende. Ich wiederhole, was ich schon einmal gesagt habe: Wir achten den Vertrag. Und halten uns teilweise weit genauer an ihn als die Kräfte des Lichts.«

Die übliche Taktik bei einem Streit. Zunächst erkennt man irgendeine allgemeine Schuld an. Dann wirft man dem Gegenüber andeutungsweise eine ähnlich allgemeine Sünde vor. Liest ihm die Leviten und winkt gleich ab – vergessen wir das.

Und erst danach wechselt man zum eigentlichen Anliegen über.

»Lass uns jetzt aber zum Wesentlichen kommen.« Sebulon wurde ernst. »Was sollen wir lange drum herumreden? Im letzten Jahrhundert haben die Kräfte des Lichts drei globale Experimente durchgeführt. Die Revolution in Russland. Den Zweiten Weltkrieg. Und jetzt wieder. Immer nach dem gleichen Szenario.«

»Ich verstehe nicht, was du meinst«, sagte ich. In der Brust meldete sich ein wehmütiger Schmerz.

»Wirklich nicht? Ich werde es dir erklären. Es sind Modelle ausgearbeitet worden, die – wenn auch nur durch außergewöhnliche Erschütterungen und enormes Blutvergießen – die Menschheit oder einen beachtlichen Teil von ihr zu einer idealen Gesellschaft führen sollten. Ideal aus eurer Sicht, aber dagegen sage ich ja gar nichts! Bestimmt nicht. Jeder hat sein Recht auf seinen Traum. Aber euer Weg ist sehr grausam ...« Erneut dieses traurige Lächeln. »Ihr werft uns Grausamkeit vor, und zu Recht. Aber was ist ein bei einer schwarzen Messe geopfertes Kind im Vergleich zu einem ganz gewöhnlichen faschistischen

Konzentrationslager für Kinder? Und der Faschismus ist schließlich ebenfalls euer Werk. Das euch außer Kontrolle geraten ist. Erst der Internationalismus und der Kommunismus – die nicht funktioniert haben. Dann der Nationalsozialismus. Auch ein Fehler? Ihr habt das alles zusammengemixt und dann geschaut, was dabei herauskommt. Habt geseufzt, alles weggewischt und euch jetzt an ein neues Experiment gewagt.«

»Die Fehler gehen auf eure Anstrengungen zurück.«

»Natürlich! Schließlich funktioniert unser Selbsterhaltungsinstinkt! Wir entwickeln keine Gesellschaftsmodelle auf der Grundlage unserer Ethik. Warum sollten wir da also eure Projekte zulassen?«

Ich hüllte mich in Schweigen.

Sebulon nickte, offenkundig zufrieden. »So sieht's aus, Anton. Wir könnten Feinde sein. Wir sind es sogar. Im Winter bist du uns in die Quere gekommen, und zwar gewaltig. Im Frühling hast du dich mir abermals entgegengestellt. Zwei Mitarbeiter der Tagwache vernichtet. Gewiss, die Inquisition hat anerkannt, dass du aus Notwehr gehandelt hast, dass du das tun musstest, aber glaube mir – mich hat das nicht gut aussehen lassen. Was ist das für ein Oberhaupt, wenn er die eigenen Mitarbeiter nicht schützen kann? Daher sind wir Feinde. Doch jetzt stehen wir vor einer einmaligen Situation. Ein neues Experiment. Und du bist darin indirekt involviert.«

»Ich weiß nicht, wovon du sprichst.«

Sebulon lachte auf. Hob die Hand. »Anton, ich will dich nicht austricksen. Stelle dir keine Fragen. Werde dich auch um nichts bitten. Hör dir einfach meine Geschichte an. Dann gehe ich.«

Und plötzlich fiel mir ein, wie Alissa im Winter auf dem Dach des Hochhauses ihr Recht auf eine Intervention genutzt hatte. Eine kleine nur, mit der sie mir nur erlaubt hatte, die Wahrheit zu sagen. Und diese Wahrheit hat den Jungen Jegor auf die Seite des Dunkels getrieben.

Warum funktioniert das?

Warum handelt das Licht durch die Lüge und das Dunkel durch die Wahrheit? Warum ist unsere Wahrheit hilflos, während die Lüge sich als effektiv erweist? Und warum kann das Dunkel sich die Wahrheit so hervorragend zunutze machen, um Böses zu schaffen? An wessen Natur liegt das, an der menschlichen oder an unserer?

»Swetlana ist eine vorzügliche Zauberin«, sagte Sebulon. »Aber ihre Zukunft liegt nicht in der Leitung der Nachtwache. Sie brauchen sie nur für ein einziges Ziel. Für die Mission, die Olga nicht erfolgreich abgeschlossen hat. Du weißt, dass heute Morgen ein Kurier aus Samarkand in Moskau aufgetaucht ist?«

»Ich weiß«, gab ich aus irgendeinem Grund zu.

»Ich kann dir sagen, was er gebracht hat. Das möchtest du doch wissen?«

Ich presste die Zähne aufeinander.

»Das willst du.« Sebulon nickte. »Der Kurier hat ein Stück Kreide gebracht.«

Einem Dunklen darf man niemals glauben. Dennoch hatte ich nicht den Eindruck, dass er log.

»Ein kleines Stück Kreide.« Der Dunkle Magier lächelte. »Mit dem man etwas auf eine Tafel in der Schule schreiben kann. Oder Himmel-und-Hölle auf den Asphalt malen. Oder die Queues beim Billard einreiben. Das alles geht so leicht, wie mit dem großen königlichen Siegel Nüsse zu knacken. Wenn jedoch eine Große Zauberin dieses Stück Kreide in die Hand nimmt ... Und zwar unbedingt eine Große, bei einer einfachen reichen die Kräfte nicht. Und unbedingt eine Zauberin, in männlichen Händen bleibt die Kreide bloß ein einfaches Stück Kreide. Außerdem muss diese Zauberin eine Lichte sein. Für das Dunkel ist dieses Artefakt nutzlos.«

Täuschte ich mich oder seufzte er? Ich schwieg weiter.

»Ein kleines Stück Kreide.« Sebulon lehnte sich im Sessel nach hinten, wiegte sich vor und zurück. »Es ist schon abgenutzt, denn es lag mehr als einmal in den zarten Fingern von schönen Frauen, in deren Augen ein lichtes Feuer brannte. Sie haben es benutzt, und die Erde erbebte, Staatsgrenzen verschwanden, Imperien stiegen auf, Hirten wurden zu Propheten, Zimmerleute zu Göttern, Findelkinder als Könige anerkannt, Sergeanten schwangen sich zu Imperatoren auf, gescheiterte Seminaristen und talentlose Künstler zu Tyrannen. Ein kleiner Stummel Kreide. Mehr nicht.«

Sebulon erhob sich. Breitete die Arme aus. »Das ist alles, mein teurer Feind, was ich sagen wollte. Den Rest kannst du dir selbst denken, natürlich nur, sofern du willst.«

»Sebulon.« Ich öffnete die Faust und schaute auf das Amulett. »Du bist eine Ausgeburt des Dunkels.«

»Gewiss. Aber immerhin von jenem Dunkel, das in mir war. Von jenem, das ich selbst gewählt habe.«

»Selbst deine Wahrheit bringt das Böse mit sich.«

»Für wen? Für die Nachtwache? Mit Sicherheit. Für die Menschen? Da gestatte mir, Widerspruch anzumelden.«

Er ging zur Tür.

»Sebulon«, sprach ich ihn noch einmal an. »Ich habe deine wahre Gestalt gesehen. Ich weiß, wer und was du bist.«

Der Dunkle Magier blieb wie angewurzelt stehen. Dann drehte er sich langsam um, fuhr sich mit der Hand übers Gesicht – einen Moment lang verzerrte es sich, schimmerten anstelle der Haut trübe Schuppen, verengten sich die Augen zu schmalen Schlitzen.

Der Dunst verzog sich.

»Ja, natürlich. Du hast es gesehen.« Sebulon hatte sein menschliches Äußeres zurückerlangt. »Und ich habe dich gesehen. Und auch du, wenn ich das bemerken darf, warst kein weißer Engel mit funkelndem Schwert. Alles hängt davon ab, von wo aus man blickt. Lebe wohl, Anton. Glaube mir, irgendwann wird es mir ein Vergnügen sein, dich zu vernichten. Aber jetzt wünsche ich dir Glück. Von ganzer Seele, die ich selbstverständlich nicht habe.«

Die Tür fiel hinter ihm zu.

Genau in diesem Moment, gleichsam als erwachte es plötzlich, heulte aus dem *Zwielicht* das Alarmzeichen auf. Die Maske des Choyong an der Wand verzog den Mund, in den Holzritzen der Augen blitzte Zorn auf, er bleckte die Zähne.

Diese kleinen Wachposten ...

Mit zwei Handbewegungen brachte ich das Zeichen zum Schweigen, während ich auf die Maske den aufgesparten »Freeze« abfeuerte. Konnte ich den Zauber also doch noch gebrauchen.

»Ein Stück Kreide«, sagte ich.

Irgendetwas hatte ich darüber gehört. Allerdings vor langer Zeit, nur mit halbem Ohr. Vielleicht ein paar Sätze, von einem Lehrer im Unterricht fallen gelassen, irgendein Gequatsche von Freunden oder ein Märchen, aufgeschnappt in einem der Kurse. Eben über ein Stück Kreide ...

Ich stand vom Sofa auf und hob die Hand. Warf das Amulett auf den Boden.

»Geser!«, schrie ich durchs *Zwielicht*. »Geser, antworte mir!«

Der Schatten hechtete vom Boden auf mich zu, klammerte sich an meinen Körper, saugte ihn auf. Das Licht trübte sich, das Zimmer verschwamm, die Konturen der Möbel zerflossen. Es wurde unerträglich leise. Die Hitze wich. Ich stand da, breitete die Arme aus, und das gierige *Zwielicht* trank meine Kräfte.

»Geser, ich rufe dich bei deinem Namen!«

Graue Nebelfäden waberten durch den Raum. Ich scherte mich einen Dreck darum, wer meinen Schrei womöglich noch hörte.

»Geser, mein Mentor, ich rufe dich – antworte!«

In weiter Ferne seufzte ein unsichtbarer Schatten. »Ich höre dich, Anton.«

»Antworte!«

»Worauf möchtest du eine Antwort?«

»Sebulon hat nicht gelogen, oder?«

»Nein.«

»Geser, halte ein!«

»Es ist zu spät, Anton. Alles läuft bereits so, wie es laufen muss. Vertrau mir.«

»Geser, halte ein!«

»Du hast kein Recht, irgendetwas zu fordern.«

»Doch! Wenn wir ein Teil des Lichts sind, wenn wir Gutes bringen, dann habe ich das Recht.«

Er verstummte. Ich überlegte schon, ob der Chef überhaupt noch einmal mit mir sprechen würde.

»Gut. Ich erwarte dich in einer Stunde in der Springerbar.«

»Wo? Wo bitte?«

»In der Bar der Fallschirmspringer. Metro Turgenjewskaja. Hinter der ehemaligen Hauptpost.«

Stille senkte sich herab.

Ich trat einen Schritt zurück, tauchte dann aus dem *Zwielicht* auf. Ein origineller Ort für ein Treffen. Hatte Geser dort die Tagwache fertig gemacht? Nein, das war ja irgendein Restaurant.

Egal, die Springerbar, die *Rose* oder das *Chance*. Was spielte das für eine Rolle? Ob nun Fallschirmspringer, Yuppies oder Schwule.

Eine andere Sache musste ich vor dem Treffen mit Geser aber unbedingt noch herausbekommen.

Ich langte nach meinem Handy und wählte Swetlanas Nummer. Sie ging sofort ran.

»Hallo«, sagte ich bloß. »Bist du immer noch auf der Datsche?«

»Nein.« Anscheinend irritierte sie der geschäftliche Ton. »Ich fahre in die Stadt zurück.«

»Mit wem?«

Sie zögerte. »Mit Ignat.«

»Gut«, sagte ich aufrichtig. »Hör mal, weißt du irgendwas über Kreide?«

»Worüber?« Jetzt war ihre Verwirrung offenkundig.

»Über die magischen Eigenschaften von Kreide. Hat dir niemand beigebracht, wie man sie in der Magie anwendet?«

»Nein. Ist mit dir alles in Ordnung, Anton?«

»Mehr als das.«

»Dir ist nichts passiert?«

Typisch Frau: Jede Frage stellen sie in zwei, drei Varianten.

»Nichts Besonderes.«

»Willst du ...« Sie stockte. »Willst du, dass ich Olja danach frage?«

»Ist sie auch bei euch?«

»Ja, wir fahren zu dritt in die Stadt.«

»Das ist wohl nicht nötig. Danke.«

»Anton ...«

»Was ist, Sweta?«

Ich ging zum Schreibtisch, zog die Schublade mit allerlei magischem Plunder heraus. Betrachtete trübe Kristalle, einen ungeschickt geschnitzten Zauberstab – damals wollte ich noch Kampfmagier werden. Dann schob ich die Lade wieder zu.

»Verzeih mir.«

»Es gibt nichts, was ich dir verzeihen müsste.«

»Kann ich vielleicht zu dir kommen?«

»Seid ihr noch weit weg?«

»Auf halber Strecke.«

Ich schüttelte den Kopf. »Das klappt nicht«, meinte ich. »Ich habe einen wichtigen Termin. Ich ruf dich später noch mal an.«

Ich beendete das Gespräch und lächelte. Die Wahrheit kann in vielen Fällen böse und verlogen sein. Zum Beispiel, wenn man nur die halbe Wahrheit sagt. Sagt, dass man nicht reden möchte, und nicht erklärt, warum.

Möge es mir gelingen, Gutes durch das Böse zu schaffen. Denn etwas anderes steht mir momentan nicht zu Gebote.

Vorsichtshalber inspizierte ich noch die Wohnung, sah ins Schlafzimmer, in die Toilette, ins Bad und in die Küche hinein. Soweit ich spüren konnte, hatte mir Sebulon in der Tat keine »Geschenke« dagelassen.

Wieder im Arbeitszimmer, schloss ich den Laptop an und legte eine Diskette mit einer Datenbank zur Magie ein. Ich gab das Passwort ein. Und klickte das Wort »Kreide« an.

Ich rechnete eigentlich nicht damit, dass das etwas brachte. Das, was ich wissen wollte, dürfte so schwer zugänglich sein, dass es niemals in einer einfachen Datei auftauchte.

Es gab drei Einträge zu »Kreide«.

Im ersten Fall ging es um eine Kreidegrube, in der im 15. Jahrhundert ein Duell zwischen einem Lichten und einem Dunklen Magier ersten Grades stattfand. Beide kamen um, starben schlicht an Kräfteverschleiß, da sie es am Ende des Kampfes nicht mehr aus dem *Zwielicht* herausschafften. In den nächsten fünfhundert Jahren starben in diesem Gebiet an die dreitausend Menschen.

Der zweite Fall betraf die Verwendung von Kreide beim Erstellen von magischen Zeichen und Verteidigungskreisen. Hier fanden sich ausführlichere Informationen, die ich rasch überflog. Nichts Besonderes. Die Verwendung von Kreide bietet keine nennenswerten Vorteile gegenüber Kohle, Bleistift, Blut oder Ölfarbe. Höchstens, dass sie sich am leichtesten wegwischen lässt.

Die dritte Erwähnung fand sich im Abschnitt über »Mythen und unbestätigte Fakten«. Hier gab es natürlich allerlei Unsinn, wie beispielsweise die Anwendung von Silber und Knoblauch im Kampf gegen Vampire oder die Beschreibung nicht existierender Bräuche und Rituale.

Aber ich hatte es schon erlebt, dass ich unter »Mythen« auf authentische, aber längst vergessene Ereignisse stieß.

Die Kreide wurde im Artikel über die »Schicksalsbücher« erwähnt.

Nachdem ich die Hälfte gelesen hatte, begriff ich, dass ich ins Schwarze getroffen hatte. Die Informationen wurden ganz offen gegeben, klar präsentiert, waren jedem beginnenden Magier zugänglich und fanden sich möglicherweise sogar in Quellen, die Menschen konsultieren konnten.

Die Schicksalsbücher. Kreide.

Alles passte.

Ich schloss die Datei, schaltete das Notebook aus. Blieb sitzen und biss mir auf die Lippen. Schaute auf die Uhr.

Allmählich musste ich mich für mein seltsames Rendezvous fertig machen.

Ich duschte und zog mir frische Sachen an. Von den Amuletten nahm ich nur das Medaillon Sebulons mit, das Zeichen der Nachtwache und eine Kampfscheibe, die mir Ilja irgendwann mal geschenkt hatte – ein altes Bronzeplättchen, nicht viel größer als eine Fünfrubelmünze. Die Scheibe hatte ich noch nie verwendet. Wie der Magier gesagt hatte, war im Amulett noch eine Ladung, wenn es hochkam, zwei.

Aus dem Versteck holte ich die Pistole. Überprüfte das Magazin. Dumdumgeschosse aus Silber. Gut gegen Tiermenschen, zweifelhaft gegen Vampire, durchaus wirksam gegen Dunkle Magier.

Als ob ich in den Kampf ziehen würde, nicht aber zu einem Gespräch mit dem Vorgesetzten.

Ich stand schon an der Tür, als das Handy in meiner Tasche klingelte.

»Anton?«

»Sweta?«

»Olga möchte mit dir reden, ich gebe sie dir.«

»Ja«, sagte ich und schloss auf.

»Anton, ich liebe dich sehr. Mach bitte keine Dummheiten.«

Ich wusste nicht, was ich darauf sagen sollte. Olga nahm das Handy.

»Anton. Ich möchte, dass du eins weißt: Alles ist bereits entschieden. Und alles wird sehr bald passieren.«

»Heute Nacht«, vermutete ich.

»Woher weißt du das?«

»Ich spüre es. Ich spüre es einfach. Deshalb ist die Wache auch aus der Stadt geschickt worden, nicht wahr? Und bei Swetlana habt ihr für die nötige Gemütsverfassung gesorgt.«

»Was du alles weißt.«

»Das Schicksalsbuch. Die Kreide. Ich habe alles durchschaut.«

»Zu spät«, antwortete Olga knapp. »Anton, du musst ...«

»Ich muss überhaupt nichts. Ich schulde niemandem etwas. Außer dem Licht in mir.«

Ich beendete das Gespräch, schaltete das Mobiltelefon aus. Es reichte. Geser konnte sich auch so mit mir in Verbindung setzen, ohne jedes technische Mittel. Olga würde weiter versuchen, mich zu überreden. Swetlana verstand sowieso nicht, was ich warum tat.

Wenn du beschlossen hast, den Weg bis zu Ende zu gehen, dann geh allein. Und verlange von niemandem, dich zu begleiten.

»Setz dich, Anton«, sagte Geser.

Die Bar hatte sich als winzig erwiesen. Sechs, sieben Tische, voneinander abgetrennt. Ein Bartresen. Alles voller Rauch. Der Fernseher lief ohne Ton, zeigte in einem fort Sprünge. Bei den Fotos an den Wänden das Gleiche – im Flug ausgestreckte Körper in grellen Overalls. Wenig Besucher, was möglicherweise an der Zeit lag: zu spät fürs Mittagessen, viel zu früh für den Abendbetrieb. Ich hatte meinen Blick über die Tische wandern lassen und in einer Ecke Boris Ignatjewitsch entdeckt.

Der Chef war nicht allein. Er saß vor einer Schale mit Obst und riss träge von einer Traube Beeren ab. Etwas abseits von ihm saß ein groß gewachsener dunkelhäutiger Mann mit verschränkten Armen. Unsere Blicke begegneten sich, und ich spürte einen sanften, aber deutlichen Druck.

Ebenfalls ein Anderer.

Etwa fünf Sekunden lang sahen wir einander an, wobei wir den Druck nach und nach verstärkten. Fähigkeiten hatte er, ordentliche Fähigkeiten, aber zu wenig Erfahrung. Irgendwann nahm ich den Widerstand etwas zurück und entzog mich seiner Sondierung, um – noch bevor der junge Mann seine Verteidigung aufbauen konnte – ihn zu scannen.

Ein Anderer. Ein Lichter. Vierter Grad.

Das Gesicht des Mannes verzerrte sich, als durchschössen ihn Schmerzen. Sah Geser mit dem Blick eines geschlagenen Hundes an.

»Wenn ich euch vorstellen darf«, meinte Geser. »Anton Gorodezki, Anderer, von der Nachtwache Moskaus. Alischer Ganijew, Anderer, seit kurzem bei der Nachtwache Moskaus.«

Der Kurier.

Ich streckte ihm die Hand entgegen und ließ meine Verteidigung fallen.

»Ein Lichter, zweiter Grad«, konstatierte Alischer, während er mir in die Augen sah. Sich verbeugte.

Ich schüttelte den Kopf. »Dritter«, korrigierte ich.

Der Mann blickte abermals zu Geser. Diesmal nicht schuldbewusst, sondern verwundert.

»Zweiter«, bekräftigte der Chef. »Du bist in Hochform, Anton. Das freut mich sehr für dich. Setz dich, reden wir. Alischer, pass auf.«

Ich setzte mich dem Chef gegenüber.

»Weißt du, warum ich mich unbedingt hier mit dir treffen wollte?«, fragte der Chef. »Nimm dir von den Weintrauben, sie sind lecker.«

»Woher soll ich das wissen? Vielleicht weil es hier die leckersten Weintrauben in Moskau gibt.«

Geser lachte. »Bravo. Wenn es auch nicht das Wichtigste ist. Die Trauben haben wir auf dem Markt gekauft.«

»Dann wohl, weil es hier nett ist.«

Der Chef zuckte mit den Schultern. »Es ist nichts Besonderes. Ein kleiner Raum, wenn du durch die Tür gehst, kommst du zu einem Billardpool und zu noch ein paar anderen Tischen.«

»Sie sind ein heimlicher Fallschirmspringer, Chef.«

»Ich bin seit zwanzig Jahren nicht gesprungen«, gab Geser gelassen zurück. »Anton, mein Lieber, ich bin hierher gekommen, habe Kartoffeln mit Bœuf Stroganoff gegessen und zum Nachtisch Weintrauben verputzt, nur damit ich dir ein Mikromilieu zeigen kann. Eine kleine, eine winzige Gesellschaft. Jetzt entspann dich, setz dich! Alischer, ein Bier für Anton! Schau dich um, Soldat. Sieh dir die Gesichter an. Hör dir das Palaver an. Atme ihre Luft ein.«

Ich wandte mich vom Chef ab. Rückte an den Rand der Holzbank, um wenigstens ein bisschen was von meiner Umgebung mitzubekommen. Alischer stand bereits an der Bar und wartete auf mein Bier.

Sie hatten seltsame Gesichter, die Stammkunden der Springerbar. Etwas Unbestimmtes schienen sie alle gemeinsam zu haben. Besondere Augen oder besondere Gesten. Nein, nichts Besonderes, nur schien jeder einen unsichtbaren Stempel zu tragen.

»Ein Kollektiv«, sagte der Chef. »Ein Mikromilieu. Ich hätte dieses Gespräch auch im Schwulenclub *Chance*, im Restaurant im Zentralen Haus der Literaturschaffenden oder in irgendeinem Imbiss mit Weinverkauf direkt neben einem Betrieb ansetzen können. Das spielt keine Rolle. Wichtig ist nur, dass sich dort ein kleines, nach außen abgeschottetes Kollektiv trifft. Das sich mehr oder weniger stark von der Gesellschaft isoliert. Kein *McDonald's*, kein elegantes Restaurant, sondern ein offener oder intimer Club. Weißt du, warum? Das sind wir. Es ist ein Modell unserer Wache.«

Ich schwieg. Beobachtete, wie ein junger Mann auf Krücken an den Nachbartisch ging, auf den angebotenen Platz verzichtete und, gegen die Zwischenwand gelehnt, anfing, etwas zu erzählen. Die Musik übertönte seine Worte, aber den groben Sinn konnte ich durchs *Zwielicht* herausfiltern. Der Fallschirm, der sich nicht öffnete und den er abwerfen musste. Die Landung mit dem Reserveschirm. Ein Bruch. Und, was für ein Mist, ein halbes Jahr keine Sprünge!

»Die Gesellschaft hier ist sehr charakteristisch«, fuhr der Chef ruhig fort. »Das Risiko. Die starken Eindrücke. Die Umwelt, die mit Unverständnis reagiert. Der Slang. Probleme, die normale Menschen absolut nicht verstehen. Und, nebenbei bemerkt, regelmäßige Verletzungen und Todesfälle. Gefällt es dir hier?«

Ich dachte kurz nach, dann antwortete ich: »Nein. Hier muss man dazugehören. Oder wegbleiben.«

»Natürlich. Bei jedem Mikromilieu ist es nur beim ersten Mal spannend hineinzugucken. Danach musst du entweder seine Gesetze übernehmen und in die kleine Gemeinschaft eingehen oder dich von ihr distanzieren. In diesem Punkt unterscheiden wir uns absolut nicht von ihnen. Was an unserem Wesen liegt. Jeder Andere, den wir finden und der seine Anlagen erkennt, steht vor der Wahl. Entweder tritt er in die Wache seiner Seite ein, wird ein Soldat, ein Kämpfer, und wird unweigerlich ein Todeskandidat. Oder er führt sein nahezu menschliches Leben weitgehend fort, entwickelt seine magischen Fähigkeiten nicht wirklich, nutzt ab und an den Vorteil eines Anderen, bekommt aber auch die Nachteile eines solchen Lebens in vollem Maße zu spüren. Das Unangenehmste ist, wenn er bei der ursprünglichen Wahl eine falsche Entscheidung getroffen hat. Ein Anderer will aus diesem oder jenem Grund die Gesetze der Wache nicht annehmen. Aber es ist fast unmöglich, aus unseren Strukturen auszusteigen. Sag mir mal, Anton, könntest du außerhalb der Wache existieren?«

Selbstverständlich stellt der Chef nie theoretische Fragen.

»Vermutlich nicht«, räumte ich ein. »Es würde mir schwer fallen, wäre praktisch unmöglich, mich innerhalb der Grenzen zu bewegen, die einem einfachen Lichten Magier gesetzt sind.«

»Denn wenn du nicht in die Wache kommst, kannst du deine magischen Manipulationen nicht mit dem Kampf gegen das Dunkel rechtfertigen. So ist es doch?«

»Ja.«

»Das macht die Sache derart kompliziert, Anton, darin liegt das ganze Unglück.« Der Chef seufzte. »Alischer, steh nicht wie angewurzelt da.«

Er behandelte den Burschen wirklich mies. Doch die Gründe dafür schienen mir auf der Hand zu liegen: Der Kurier hatte auf Biegen und Brechen einen Platz in der Moskauer Wache haben wollen und erlebte nun die unvermeidlichen Folgen.

»Ihr Bier, Lichter Anton.« Mit einem angedeuteten Nicken stellte der Mann das Glas vor mich hin.

Schweigend langte ich danach. Ihn traf keine Schuld, diesen jungen und talentierten Magier. Sicherlich könnten wir Freunde werden. Aber momentan grollte ich selbst ihm: Alischer hatte nach Moskau gebracht, was Swetlana und mich für immer trennen würde.

»Was sollen wir machen, Anton?«, fragte der Chef.

»Worin besteht denn eigentlich das Problem?«, fragte ich und sah ihn mit dem ergebenen Blick eines alten Bernhardiners an.

»Swetlana. Du bist gegen ihre Mission.«

»Natürlich.«

»Das sind doch Schulweisheiten, Anton. Axiome. Du hast nicht das Recht, gegen die Politik der Wache Einwände zu erheben, wenn diese einzig auf deinen persönlichen Interessen basieren.«

»Was haben meine persönlichen Interessen damit zu tun?«, wunderte ich mich aufrichtig. »Ich glaube, dass die ganze Operation, die hier vorbereitet wird, amoralisch ist. Sie wird den Menschen keinen Nutzen bringen. So oder so sind alle Versuche, die Gesellschaft der Menschen grundlegend zu verändern, fulminant gescheitert.«

»Früher oder später werden wir es schaffen. Dabei behaupte ich ja gar nicht, dass es dieses Mal sein wird. Aber unsere Chancen stehen so gut wie nie.«

»Das glaube ich nicht.«

»Du kannst eine Beschwerde bei der obersten Leitung einreichen.«

»Schaffen sie es denn, die bis zu dem Tag zu bearbeiten, an dem Swetlana die Kreide in die Hand nimmt und das Schicksalsbuch öffnet?«

Der Chef schloss die Augen bis auf einen Spalt. Seufzte. »Nein. Das schaffen sie nicht. Alles wird heute Nacht passieren, sobald unsere Zeit heran ist. Zufrieden? Dass du jetzt auch die Zeit unserer Aktion kennst?«

»Boris Ignatjewitsch.« Ich sprach ihn absichtlich mit dem Namen an, unter dem ich ihn kennen gelernt hatte. »Hören Sie mir zu. Ich bitte Sie. Irgendwann einmal haben Sie Ihre Heimat verlassen und sind nach Russland gekommen. Nicht, weil es im Interesse des Lichts war, nicht, weil es Ihrer Karriere diente. Sondern wegen Olga. Ich weiß ein wenig, was Sie hinter sich haben. Wie viel Hass und Liebe, Verrat und Großmut Sie schon erfahren haben. Aber Sie müssen auch mich verstehen. Sie können das.«

Ich weiß nicht, was ich erwartet hatte. Welche Antwort. Ob einen abgewandten Blick oder ein zwischen den Zähnen hervorgepresstes Versprechen, die Aktion abzublasen.

»Ich verstehe dich gut, Anton.« Der Chef nickte. »Du kannst dir gar nicht vorstellen, wie gut. Gerade deshalb wird die Aktion weitergehen.«

»Aber warum?«

»Ja, weil es so etwas wie das Schicksal gibt, mein Junge. Und nichts stärker ist als das Schicksal. Dem einen ist es vorherbestimmt, die Welt zu verändern. Dem andern ist das nicht gegeben. Dem einen ist es vorherbestimmt, einen Staat ins Wanken zu bringen, dem andern, hinter den Kulissen zu stehen, die Fäden der Marionetten in den von Kreide weißen Händen. Anton, glaube mir, ich weiß, was ich tue. Glaube mir.«

»Nein.«

Ich stand auf, ließ das unberührte Bier mit der bereits eingesunkenen Schaumkrone stehen. Alischer sah den Chef fragend an, als sei er bereit, mich aufzuhalten.

»Du hast das Recht, alles zu tun, was du möchtest«, sagte der Chef. »Das Licht ist in dir, aber hinter dir lauert das *Zwielicht*. Du weißt, was ein unsicherer Schritt bedeutet. Und du weißt, dass ich bereit bin und die Pflicht habe, dir zu Hilfe zu kommen.«

»Geser, mein Mentor, vielen Dank für alles, was du mir beigebracht hast.« Ich verneigte mich, zog die neugierigen Blicke der Fallschirmspringer auf mich. »Ich glaube nicht, dass ich das Recht habe, weiter auf deine Hilfe zu rechnen. Nimm meine Dankbarkeit entgegen.«

»Du bist von allen Verpflichtungen mir gegenüber entbunden«, entgegnete Geser gelassen. »Tu, was dein Schicksal dir gebietet.«

Aus. Wie leicht er auf seinen einstigen Schüler verzichtet! Wie viele Schüler er wohl schon hatte, die die höchsten Ziele und heiligen Ideale nicht anerkannten?

Hunderte, Tausende.

»Lebe wohl, Geser«, sagte ich. Dann blickte ich Alischer an. »Viel Glück, neuer Wächter der Nacht.«

Der Kurier sah mich tadelnd an. »Wenn mir die Bemerkung erlaubt ist ...«

»Sprich«, forderte ich ihn auf.

»An deiner Stelle würde ich nichts überstürzen, Lichter Anton.«

»Ich habe bereits zu lange gezögert, Lichter Alischer.« Ich lächelte. In der Wache hatte ich mich daran gewöhnt, mich als einen der kleinsten Magier zu sehen, aber das war vorbei. Für diesen Neuling stellte ich bereits eine Autorität dar. Noch. »Irgendwann einmal wirst du hören, wie die Zeit rauscht, der Sand durch die Finger rinnt. Dann erinnere dich an mich. Viel Glück.«

Sechs

Diese Hitze.

Ich ging den Alten Arbat hinunter. Die Maler, die ihre banalen Porträts zeichneten, die Musiker, die ihre stereotype Musik spielten, die Händler, die ihre ewig gleichen Souvenirs verkauften, die Ausländer mit dem Standardinteresse in den Augen, die Moskauer, die mit der üblichen Verärgerung an den Matrjoschka-Imitaten vorbeiliefen ...

Euch sollte man aufrütteln?

Eine kleine Vorstellung bieten?

Mit Blitzen jonglieren? Richtiges Feuer schlucken? Das Pflaster zum Bersten bringen und dem Springbrunnen Mineralwasser entlocken? Ein Dutzend arme Krüppel heilen? Durch die Gegend wuselnde Straßenkinder mit dem aus der Luft gezauberten Kuchen füttern?

Wozu?

Eine Hand voll Kleingeld würden sie mir für Feuerkugeln zuwerfen, mit denen man einen Teufel schlagen könnte. Der Mineralwasserbrunnen stellte sich als geplatzte Wasserleitung heraus. Die armen Krüppel sind sowieso gesünder und reicher als die meisten anderen, die hier vorbeilaufen. Die Straßenkinder rennen weg, weil sie schon seit langem wissen: Kuchen gibt's nicht umsonst.

Ja, ich verstehe Geser, verstehe alle hohen Magier, die seit tausend Jahren gegen das Dunkel kämpfen. Man kann nicht ewig mit dem Gefühl der Machtlosigkeit leben. Man kann nicht ewig im Schützengraben sitzen: Damit tötet man eine Armee eher als mit den Kugeln der Feinde.

Aber was habe ich mit alldem zu tun?

Muss das Banner des Sieges unbedingt aus meiner Liebe genäht werden?

Und was haben die Menschen damit zu tun?

Die Welt lässt sich leicht umwerfen und wieder auf die Beine stellen, doch wer hilft den Menschen, nicht hinzufallen?

Sollten wir wirklich nicht in der Lage sein, etwas zu lernen?

Ich wusste, was Geser vorhatte, genauer, was Swetlana auf seinen Befehl hin tun würde. Verstand, wohin das führen könnte, konnte mir sogar vorstellen, welche Schlupflöcher im Großen Vertrag zur Rechtfertigung dieser Manipulation des Schicksalsbuches herhalten mussten. Verfügte über die Information, wann die Aktion stattfinden sollte. Zum Gesamtbild fehlten mir bloß noch der Ort und das Objekt der Operation.

Und eben das war fatal.

Es war Zeit, vor Sebulon zu Kreuze zu kriechen.

Und danach gleich ab ins *Zwielicht*.

Ich hatte die Mitte des Arbats erreicht, als ich eine leichte, kaum wahrnehmbare Bewegung der Kraft spürte. Ganz in meiner Nähe kam es gerade zu einer magischen Manipulation, keiner starken, aber ...

Beim Dunkel!

Was auch immer ich über Geser gedacht haben, wie sehr ich auch mit ihm gestritten haben mochte – ich blieb ein Soldat der Nachtwache.

Mit einer Hand griff ich nach dem Amulett in meiner Tasche, rief meinen Schatten und trat ins *Zwielicht* ein.

Wie verdammt heruntergekommen alles aussah!

Schon seit langem war ich nicht mehr im *Zwielicht* durch Moskaus Zentrum geschlendert.

Das blaue Moos legte sich wie ein dicker Teppich über alles.

Träge waberten die Fäden und schufen die Illusion wogenden Wassers. Von mir strömten Kreise aus – das Moos trank meine Emotionen und versuchte gleichzeitig, von mir wegzukriechen. Doch die kleinen Scherze des *Zwielichts* interessierten mich im Moment nicht.

Im grauen Raum unter dem sonnenlosen Himmel war ich nicht allein.

Eine Sekunde lang sah ich die junge Frau an, die mit dem Rücken zu mir stand. Sah sie an und spürte, wie sich ein böses Lächeln auf meinem Gesicht ausbreitete. Ein Lächeln, das eines Lichten Magiers nicht würdig ist. Von wegen »keine starke Manipulation«!

Eine magische Intervention dritten Grades?

Oi-oi-oj!

Das ist sehr ernst, mein Mädchen. Das ist so ernst, dass du vermutlich verrückt geworden bist. Dritter Grad – das geht doch eigentlich über deine Kräfte, du benutzt ein fremdes Amulett.

Aber ich werde versuchen, es mit meinen Kräften gegen dich aufzunehmen.

Als ich an sie herantrat, hörte sie meine Schritte auf dem weichen blauen Teppich nicht einmal. Die diffusen Schatten der Menschen huschten hin und her, und sie war einfach zu abgelenkt.

»Anton Gorodezki, Nachtwache«, sagte ich. »Alissa Donnikowa, Sie sind verhaftet.«

Das Hexlein kreischte auf, wirbelte herum. In der Hand hielt Alissa ein Amulett, ein Kristallprisma, durch das sie gerade die Passanten betrachtet hatte. Im ersten Moment versuchte sie es mit einer instinktiven Geste vor mir zu verstecken, im nächsten, mich durch das Prisma anzusehen.

Ich packte ihre Hand und zwang sie, damit aufzuhören. Eine Sekunde lang standen wir nebeneinander, und ich verstärkte allmählich den Druck, drehte der Hexe die Hand um. Zwischen einem Mann und einer Frau hätte eine solche Szene recht peinlich gewirkt. Bei uns Anderen liegt die Quelle der Körperkraft jedoch nicht in der Geschlechtszugehörigkeit und noch nicht mal in der aufgebauten Muskulatur. Die Kraft kommt von der Umgebung, vom *Zwielicht*, von den Menschen um uns herum. Ich wusste nicht, wie viel Alissa aus der sie umgebenden Welt ziehen konnte, vielleicht sogar mehr als ich.

Doch ich hatte sie auf frischer Tat ertappt. Weitere Wächter konnten in der Nähe sein. Und Widerstand gegen einen Mitarbeiter der anderen Wache, der eine offizielle Verhaftung vornimmt, ist ein Grund für eine Vernichtung an Ort und Stelle.

»Ich leiste keinen Widerstand«, sagte Alissa und öffnete ihre Hand. Das Prisma fiel sanft ins Moos – das aufköchelte, brodelte, das Kristallamulett einhüllte.

»Ein Kraftprisma?«, stellte ich eine rhetorische Frage. »Alissa Donnikowa, Sie haben eine magische Intervention dritten Grades vorgenommen.«

»Vierten«, entgegnete sie rasch.

Ich gestattete mir ein Schulterzucken. »Dritten Grades, vierten – das ist prinzipiell das Gleiche. Das bedeutet das Tribunal, Alissa. Du sitzt ziemlich in der Klemme.«

»Ich habe nichts getan.« Die Hexe versuchte vergeblich, gelassen zu wirken. »Ich habe eine persönliche Erlaubnis, das Prisma zu tragen. Ich habe es nicht angewendet.«

»Alissa, jeder hohe Magier kann diesem Stück sämtliche Informationen entnehmen.«

Ich senkte die Hand, zwang das blaue Moos zur Seite, während das Prisma mir gehorsam in die Hand sprang. Es war kalt, sehr kalt.

»Selbst ich kann seine Geschichte lesen«, sagte ich. »Alissa Donnikowa, Andere, Dunkle, Hexe der Tagwache, vierte Kraftstufe, ich klage Sie offiziell der Verletzung des Großen Vertrages an. Sollten Sie Widerstand leisten, wäre ich gezwungen, Sie zu töten. Hände auf den Rücken.«

Sie gehorchte. Dann fing sie an, schnell und überzeugend zu

sprechen, legte alles in ihre Stimme, was ihr zu Gebote stand. »Anton, warte doch, ich bitte dich, hör mich an. Ja, ich habe das Prisma ausprobiert, aber versteh doch, mir wurde zum ersten Mal ein Amulett von solcher Kraft anvertraut! Anton, ich bin doch keine Idiotin, dass ich mitten in Moskau Leute überfalle. Was sollte mir das denn bringen? Anton, wir sind doch beide Andere! Lass uns das alles friedlich regeln, ja? Anton!«

»Was heißt hier friedlich?«, fragte ich, während ich das Prisma in die Tasche steckte. »Gehen wir.«

»Du kriegst eine Intervention vierten oder dritten Grades, Anton! Eine x-beliebige Intervention dritten Grades zugunsten des Lichts! Nicht so was wie mein dummes Spiel mit dem Prisma, sondern eine richtige Intervention!«

Den Grund für ihre Panik konnte ich verstehen. Die Sache sah miserabel für sie aus. Eine Mitarbeiterin der Tagwache saugt zu persönlichen Zwecken Leben aus den Menschen – das gäbe einen gewaltigen Skandal! Alissa würde ohne zu zögern ausgeliefert werden.

»Du bist nicht befugt, solche Kompromisse auszuhandeln. Die Leitung der Tagwache würde dein Versprechen nicht billigen.«

»Sebulon wird es bekräftigen!«

»Ja?« Der überzeugte Ton irritierte mich. War sie also tatsächlich die Geliebte Sebulons? Selbst dann blieb es merkwürdig. »Alissa, ich habe schon einmal ein Friedensabkommen mit dir geschlossen ...«

»Sicher, und damals habe ich sogar vorgeschlagen, dir deine Intervention nachzusehen.«

»Und wozu hat das geführt?« Ich lächelte. »Erinnerst du dich noch daran?«

»Jetzt haben wir eine andere Situation, denn ich habe das Gesetz übertreten.« Alissa senkte den Blick. »Du hast jetzt das Recht zum Gegenschlag. Brauchst du wirklich keine Erlaubnis, Lichte Magie dritten Grades anzuwenden? Jede denkbare Lichte Magie? Du könntest zwei Dutzend Schufte remoralisieren und wieder zu rechtschaffenen Menschen machen! Auf der Stelle ein Dutzend Mörder zu Asche verbrennen! Eine Katastrophe verhindern, lokal eine Veränderung der Zeit vornehmen! Wiegt das meinen dummen Fehler nicht auf, Anton? Sieh dich doch um, niemand ist zu Schaden gekommen! Ich habe nichts anrichten können, habe gerade erst angefangen ...«

»Alles, was du sagst, kann gegen dich verwandt werden.«

»Das weiß ich doch!«

In ihren Augen schimmerten Tränen. Und die dürften sogar echt gewesen sein. Unter der Oberfläche der Hexe verbarg sich immer noch das ganz normale Mädchen. Das sympathische erschrockene Mädchen, das eine Dummheit begangen hatte. War es denn ihre Schuld, dass sie den Weg des Dunkels eingeschlagen hatte?

Ich spürte, wie mein emotionaler Schild sich durchbog, und schüttelte den Kopf. »Es bringt nichts, mich unter Druck zu setzen.«

»Anton, ich bitte dich, lass uns das friedlich regeln!«

Brauchte ich das Recht auf eine Intervention dritten Grades?

Na und wie. Jeder Lichte Magier träumt von einer solchen Carte blanche! Sich wenigstens einen Augenblick lang wie ein tapferer Soldat zu fühlen und nicht wie ein lausiger Grabenkämpfer, der verzagt auf die weiße Friedensflagge blickt.

»Du hast nicht das Recht, mir solche Vorschläge zu machen«, meinte ich mit fester Stimme.

»Ich bekomme es!« Alissa schüttelte den Kopf und atmete tief ein. »Sebulon!«

Ich presste die Hand um die kleine Scheibe des Kampfamuletts und wartete.

»Sebulon, ich rufe dich!« Ihre Stimme ging in ein Jammern über. Mir fiel auf, dass sich die Schatten der Menschen um uns herum etwas schneller bewegten: Die Menschen spürten eine unverständliche Unruhe und beschleunigten den Schritt.

Konnte sie erneut den Chef der Dunklen anrufen?

Wie damals, im Restaurant *Maharadscha*, als Sebulon mich fast mit der »Schaab-Geißel« getötet hätte?

Aber er hatte es nicht geschafft. Hatte mich nicht erwischt.

Obwohl diese Intrige damals auf Gesers Konto ging, konnte Sebulon mir ohne weiteres den Tod der Dunklen zur Last legen.

Plante er mich also noch ein in seinem Spiel?

Oder hatte sich insgeheim, unbemerkt Geser eingemischt, der den Schlag von mir ablenkte?

Ich wusste es nicht. Wie immer reichten die Fakten nicht für eine Analyse. Man könnte sich dreiunddreißig Versionen ausdenken, und alle würden sich untereinander widersprechen.

Mir wäre es lieber gewesen, wenn Sebulon nicht antwortete. Dann würde ich Alissa aus dem *Zwielicht* ziehen, den Chef oder irgendeinen Fahnder rufen, das dumme Ding übergeben und am Ende des Monats eine Prämie bekommen. Aber was sollte ich mich jetzt um Prämien kümmern?

»Sebulon!« In ihrer Stimme lag ein echtes Flehen. »Sebulon!«

Sie weinte bereits, ohne es zu merken. Die Schminke unter ihren Augen verlief.

»Zwecklos«, sagte ich. »Gehen wir.«

In dem Moment öffnete sich zwei Meter vor uns das Dunkle Portal.

Zunächst packte uns Kälte, bis auf die Knochen durchdringende Kälte. Sodass wir schon die in der Menschenwelt herrschende Hitze herbeisehnten. Das Moos loderte auf, die ganze Straße stand in Flammen. Natürlich hatte Sebulon es nicht absichtlich verbrannt, aber als er das Portal geöffnet hatte, verströmte es einfach so viel Kraft, dass das Moos sie nicht mehr verarbeiten konnte.

»Sebulon«, flüsterte Alissa.

Fünf Meter von uns entfernt schoss aus dem Pflaster ein violetter Strahl hoch in den Himmel. Der Blitz blendete so, dass ich unwillkürlich die Augen zusammenkniff. Als ich wieder in die Richtung sah, hing im grauen Nebel eine rabenschwarze Blase.

Ihr entstieg langsam ein borstiges, beschupptes Etwas, das vage an einen Menschen erinnerte. Sebulon kam durch die zweite oder dritte Schicht des *Zwielichts* auf den Ruf herbei, wobei im Vergleich zu diesen Schichten die Zeit hier genauso langsam verging wie für uns die Zeit in der Menschenwelt.

Mit einem Mal empfand ich eine Hilflosigkeit, mit der ich mich eigentlich seit langem abgefunden hatte. Die Möglichkeiten, die Sebulon oder Geser so leicht nutzten, waren mir nicht nur verschlossen, sondern gingen weit über meinen Horizont.

»Sebulon!« Alissa hielt die Hände nach wie vor auf dem Rücken, stürzte dem grauenvollen Monster jetzt aber entgegen. Schmiegte sich an ihn, vergrub das Gesicht in den stacheligen Schuppen. »Hilf mir, hilf mir bitte!«

Selbstverständlich war Sebulon nicht in Dämonengestalt aufgetaucht, um mich zu beeindrucken. In Menschengestalt hätte er jedoch nicht eine Minute in den tiefen Schichten des *Zwielichts* überstanden. Und er dürfte mehrere Stunden oder gar Tage dort durchgewandert sein.

Das Monster bedachte mich mit einem Blick aus seinen schmalen Augen. Aus dem Maul glitt eine lange gespaltene Zunge, die Alissa über den Kopf fuhr und in ihrem Haar Tropfen weißen Geifers hinterließ. Die bekrallte Pfote fasste Alissa unters Kinn und drückte ihren Kopf behutsam nach oben – ihre Blicke trafen sich. Im Nu hatten sie die Informationen ausgetauscht.

»Idiotin!«, erboste sich der Dämon. Die Zunge schlüpfte zwischen den zuklappenden Fangzähnen hindurch ins Maul zurück, sodass er beinahe darauf gebissen hätte. »Du gierige Idiotin!«

Aha. So viel zu meiner Intervention dritten Grades.

Der kurze Schwanz des Dämons peitschte gegen Alissas Beine, zerriss ihr das Seidenkleid, warf sie zu Boden. Die Augen des Monsters loderten, ein hellblaues Leuchten hüllte die Hexe ein, und sie versteinerte.

Und so viel zur Hilfe für Alissa.

»Kann ich die Verhaftete abführen, Sebulon?«, fragte ich.

Das Monster stand da und wippte ganz leicht auf den krummen Pfoten. Die Krallen an den Fingern waren bald eingezogen, bald ausgefahren. Dann machte er einen Schritt und stellte sich zwischen mich und die unbewegliche Frau.

»Ich bitte darum, die Rechtmäßigkeit der Verhaftung zu bestätigen«, sagte ich. »Ansonsten müsste ich Hilfe hinzuziehen.«

Der Dämon fing an, sich zu transformieren. Die Proportionen seines Körpers veränderten sich, die Schuppen wuchsen zurück, der Schwanz schrumpfte, der Penis erinnerte nicht länger an einen mit Nägeln besetzten Knüppel. Danach bildete sich die Kleidung Sebulons heraus.

»Warte, Anton.«

»Worauf?«

Das Gesicht des Dunklen Magiers blieb undurchdringlich. Wahrscheinlich hatte er in der Gestalt des Dämons weit mehr Emotionen gehabt. Oder es zumindest für nicht erforderlich gehalten, sie zu verbergen.

»Ich bekräftige das Versprechen, das Alissa dir gegeben hat.«

»Was?!«

»Wenn die Sache nicht offiziell wird. Die Tagwache nimmt irgendeine Intervention bis zum dritten Grad einschließlich von dir in Kauf.«

Er wirkte absolut ernst.

Ich schluckte. Ein solches Versprechen vom Oberhaupt der Tagwache zu bekommen ...

»Glaube niemals einem Dunklen!«

»Jede Intervention bis zum zweiten Grad inklusive.«

»Hast du solche Angst vor einem Skandal?«, fragte ich. »Oder brauchst du sie für irgendwas?«

Sebulons Gesicht verkrampfte sich kurz.

»Ich brauche sie. Ich liebe sie.«

»Das glaube ich nicht.«

»Als Oberhaupt der Tagwache Moskaus bitte ich Sie, Wächter Anton, die Angelegenheit friedlich beizulegen. Das ist möglich, denn meine Schutzbefohlene Alissa Donnikowa hat den Menschen keinen nennenswerten Schaden zugefügt. Zum Ausgleich für ihren Versuch« – Sebulon hob das letzte Wort besonders hervor –, »eine Dunkle magische Manipulation dritten Grades vorzunehmen, wird die Tagwache jede Lichte Manipulation bis zum zweiten Grad einschließlich hinnehmen, die du vollziehst. Ich bitte nicht um Geheimhaltung dieses Abkommens. Ich schränke deine Handlungen in keiner Weise ein. Ich unterstreiche, dass die von der Wächterin Alissa begangene Tat streng bestraft werden wird. Möge das Dunkel Zeuge meiner Worte sein.«

Ein feines, zartes Zittern. Ein unterirdisches Tosen, das Heulen eines heraufziehenden Hurrikans. In der Hand Sebulons erschien eine winzige schwarze Kugel, die sich drehte.

»Du hast das Wort«, sagte Sebulon.

Ich leckte mir über die Lippen, sah auf die durch einen Zauber gebannte Alissa. Ein Luder, ganz bestimmt. Mit der ich noch eine Rechnung offen hatte.

Ob ich deshalb die Angelegenheit nicht mit einem Kompromiss regeln wollte? Und keinesfalls deshalb, weil es gefährlich war, sich mit dem Dunkel auf ein Abkommen einzulassen? Alissa hatte versucht, das Kraftprisma zu benutzen, um etwas von der Lebensenergie der Menschen zu trinken. Das ist Magie dritten oder vierten Grades. Ich dürfte eine Manipulation zweiten Grades vornehmen. Was viel ist, sehr viel. Faktisch heißt das eine globale Manipulation! Eine Stadt, in der 24 Stunden lang kein einziges Verbrechen begangen wird. Eine geniale und eindeutig gute Idee. Wie oft in der Geschichte der Nachtwache hätten wir das Recht auf eine Intervention dritten oder vierten Grades gebraucht, es aber nicht gehabt, sodass wir unüberlegt handeln mussten und voller Panik auf den Gegenzug warteten!

Und nun bot sich die Möglichkeit einer Intervention zweiten Grades, praktisch umsonst.

»Möge das Licht Zeuge deiner Worte sein«, sagte ich. Und streckte Sebulon die Hand entgegen.

Noch nie musste ich die Urkräfte als Zeugen anrufen. Ich wusste nur, dass dies keiner besonderen Zauberformeln bedarf. Doch eine Garantie, dass sich das Licht zu uns herabbequemt, gab es kaum.

In meiner Hand loderte ein Blütenblatt aus weißem Feuer auf.

Sebulon runzelte die Stirn, zog den Arm jedoch nicht weg. Als wir den Vertrag mit einem Handschlag besiegelten, trafen sich Dunkel und Licht zwischen unseren Handtellern. Ich spürte einen stechenden Schmerz, als ob jemand eine stumpfe Nadel durch mein Fleisch triebe.

»Der Vertrag ist geschlossen«, sagte der Dunkle Magier.

Er verzog ebenfalls das Gesicht. Der Schmerz traf auch ihn.

»Versprichst du dir selbst hiervon einen Vorteil?«, fragte ich.

»Natürlich. Ich hoffe stets, aus allem einen Vorteil zu ziehen. Meistens gelingt mir das auch.«

Doch zumindest empfand Sebulon keine pure Freude über das zustande gekommene Abkommen. Was auch immer er sich von unserem Handel versprach, von seinem Erfolg war er nicht vollends überzeugt.

»Ich habe erfahren, was der Kurier aus dem Orient nach Moskau gebracht hat und wozu.«

Sebulon deutete ein Lächeln an. »Hervorragend. Die Situation macht mich nervös, und es ist ausgesprochen angenehm zu wissen, dass ich diese Unruhe jetzt mit anderen teile.«

»Sebulon! Haben die Nacht- und die Tagwache schon jemals zusammengearbeitet? Richtig kooperiert, nicht nur gemeinsam Verbrecher und Psychopathen gefasst?«

»Nein. Jede Zusammenarbeit bedeutet eine Niederlage für eine der beiden Seiten.«

»Das werde ich berücksichtigen.«

»Tu das.«

Wir verbeugten uns sogar höflich voreinander. Als ob sich hier nicht zwei Magier von gegeneinander kämpfenden Kräften gegenüberstünden, ein Adept des Lichts und ein Diener des

Dunkels, sondern zwei Bekannte, die einander durchaus friedlich gesonnen sind.

Dann trat Sebulon an den unbeweglichen Körper Alissas heran, hob ihn leicht hoch und warf ihn sich über die Schulter. Ich erwartete, dass sie das *Zwielicht* verlassen würden, doch stattdessen trat das Oberhaupt der Dunklen, mir ein herablassendes Lächeln schenkend, ins Portal.

Einen Moment lang zitterte es noch, dann verschwand es. Ich ging in die andere Richtung.

Erst jetzt wurde mir klar, wie müde ich war. Das *Zwielicht* liebt es, wenn man in es hineinkommt, aber noch mehr, wenn man dabei die Nerven verliert. Das *Zwielicht* ist eine unersättliche Schlampe, die sich über jeden freut.

Ich wählte einen Ort, an dem weniger Menschen waren, und sprang mit einem Ruck aus meinem Schatten.

Die Augen der vorübergehenden Menschen wandten sich wie üblich zur Seite. Wie oft pro Tag begegnet ihr uns, ihr Menschen ... Den Lichten und Dunklen, den Magiern und Tiermenschen, den Hexen und Heilerinnen. Ihr schaut uns an – habt aber kein Recht uns zu sehen. Möge es auch fortan so sein.

Wir können hundert und tausend Jahre leben. Es ist sehr schwer, uns zu töten. Und die Probleme, die das menschliche Leben bestimmen, sind für uns wie der Missmut, den ein Erstklässler über einen schief in sein Heft gemalten Strich empfindet.

Alles hat jedoch seine Kehrseite. Ich würde mit euch tauschen, ihr Menschen. Nehmt das Können, Schatten zu sehen und ins *Zwielicht* einzutreten. Nehmt die Verteidigung der Wache und die Fähigkeit, das Bewusstsein anderer zu verändern.

Gebt mir die Ruhe, die ich für immer verloren habe!

Jemand rempelte mich an, schob mich beiseite. Ein kräftiger junger Mann mit Glatze, einem Handy am Gürtel und einer Goldkette um den Hals maß mich mit einem durchdringenden Blick, presste etwas zwischen den Zähnen hervor und trottete die Straße hinunter. Seine Freundin, die an seiner Hand klebte, imitierte nicht sonderlich erfolgreich jenen Blick von ihm, den kleine Banditen für »süße Blödmänner« reserviert haben.

Ich prustete aus vollem Halse los.

Ja, vermutlich gab ich wirklich ein tolles Bild ab!

Wie ich da mitten auf der Straße erstarrt war, wobei es auf den ersten Blick noch so wirkte, als gingen mir an einem Stand mit billigen, bronzefarbenen Figuren, Matrjoschkas mit den Gesichtern von Politikern und nachgemachten Holzgegenständen à la Chochloma die Augen über.

Wenn ich wollte, dürfte ich die ganze Straße aufrütteln. Eine globale Remoralisation durchführen – und der Glatzkopf würde als Pfleger in einem Krankenhaus für geistig Behinderte arbeiten gehen, seine Freundin zum Bahnhof stürzen und zu ihrer längst vergessenen alten Mutter fahren, die irgendwo in der Provinz dahinvegetierte.

Man möchte Gutes tun, es juckt einem nur so in den Fingern!

Gerade weil es verboten ist.

Selbst wenn das Herz rein ist und die Hände heiß, der Kopf muss trotzdem kühl sein.

Ich bin ein einfacher, gewöhnlicher Anderer. Ich habe nicht die Kraft, die Geser oder Sebulon gegeben ist, werde sie nie haben. Vielleicht, weil ich meinen eigenen Blick auf die Ereignisse habe. Und selbst ein unerwartetes Geschenk – das Recht auf Lichte Magie – kann ich nicht nutzen. Das würde zu dem Spiel gehören, das über meinen Kopf hinweg gespielt wird.

Und meine Chance liegt darin, aus diesem Spiel auszusteigen.

Und Swetlana herauszuholen.

Ja, und damit die lange vorbereitete Operation der Nachtwache platzen lassen! Ja, kein Fahnder mehr sein! Mich in einen einfachen Lichten Magier verwandeln, der nur Krümel seiner Kraft nutzt. Und auch das nur im Glücksfall, im schlimmsten Fall wartet das ewige *Zwielicht* auf mich.

Heute, heute um Mitternacht.

Wo? Und wer? Wessen Schicksalsbuch wird die Zauberin aufschlagen? Was hatte Olga gesagt? Seit zwölf Jahren bereiten sie diese Operation vor. Zwölf Jahre suchen sie schon eine Große Zauberin, die in der Lage ist, die bis heute aufgesparte Kreide in die Hand zu nehmen. Stopp!

Fast hätte ich auf den ganzen Arbat hinausgeschrien, was für ein Idiot ich war. Doch mein Gesicht dürfte auch so beredt genug gewesen sein.

Wozu auch noch in Worte fassen, was mir ohnehin ins Gesicht geschrieben steht.

Die hohen Magier planen viele Züge voraus. In ihrem Spiel gibt es keinen Zufall. Es gibt Damen und es gibt Bauern. Aber keine überflüssigen Figuren!

Jegor!

Der Junge, der beinah das Opfer einer nicht lizenzierten Jagd geworden wäre. Der deshalb ins *Zwielicht* eingetreten ist, in einer Gemütsverfassung, die ihn auf die Seite der Dunklen getrieben hat. Der Junge, dessen Schicksal nicht bestimmt ist, dessen Aura noch jetzt die Buntheit des Kleinkinds aufweist. Ja, ein einmaliger Fall, darüber habe ich schon gestaunt, als ich es das erste Mal gesehen habe.

Gestaunt – und es vergessen. Kaum hatte ich erfahren, dass seine potenziellen Fähigkeiten vom Chef künstlich heraufgesetzt worden waren, sowohl um die Dunklen abzulenken als auch um Jegor die Chance zu geben, den Vampiren wenigstens etwas Widerstand zu leisten.

Das war er für mich geblieben: sowohl eine persönliche Niederlage, denn ich hatte als Erster den Anderen in ihm erkannt, als auch – zumindest noch – ein guter Mensch, als auch in Zukunft ein Gegner in der ewigen Schlacht zwischen Gut und Böse. Nur im hintersten Winkel hatte sich die Erinnerung an sein unbesiegeltes Schicksal gehalten.

Er kann noch alles Mögliche werden. Ein unbestimmtes Zukunftspotenzial. Ein offenes Buch. Das Buch des Schicksals.

Er wird vor Swetlana stehen, wenn sie die Kreide in die Hand nimmt. Gern wird er da stehen – wenn Geser ihm erst einmal alles vernünftig und ernsthaft erklärt hat. Und erklären kann er, der Chef der Nachtwache, das Oberhaupt der Lichten Moskaus, der große uralte Magier. Geser wird über die Korrektur von Fehlern sprechen. Wahrheitsgemäß. Geser wird Jegor die große Zukunft ausmalen, die vor ihm liegt. Und das, denn eben darum geht es, wird auch der Wahrheit entsprechen! Die Dunklen können tausendmal Protest einreichen – die Inquisition wird ohne Zweifel den Umstand berücksichtigen, dass der Junge anfangs unter ihren Taten zu leiden hatte.

Und Swetlana wird man vermutlich sagen, dass der Misserfolg mit Jegor mich bedrückt. Dass der Junge viel leiden musste, weil die Wache damit beschäftigt war, sie, Swetlana, zu retten.

Sie wird nicht einmal zögern.

Wird alles tun, was man von ihr verlangt.

Die Kreide in die Hand nehmen, ganz gewöhnliche Kreide, mit der man Himmel-und-Hölle auf den Asphalt malt oder »2 + 2 = 4« an die Tafel schreibt.

Und sie wird das Schicksal zuschneiden, das noch nicht besiegelt ist.

Was wollen sie aus dem Jungen machen?

Wen?

Einen Initiator, Führer, Befehlshaber neuer Parteien und Revolutionen?

Den Propheten einer Religion, die noch nicht erdacht ist?

Einen Denker, der eine neue Gesellschaftslehre begründet? Einen Musiker, Dichter oder Schriftsteller, dessen Werk das Bewusstsein von Millionen verändert?

Wie viele Jahre reicht der bedächtige Plan der Kräfte des Lichts in die Zukunft hinein?

Gewiss, das Wesen, das einem Anderen von Natur aus gegeben ist, ändert man nicht von Grund auf. Jegor wird ein äußerst schwacher Magier sein. Dank der Intervention der Wache aber immerhin ein Lichter Magier.

Doch um das Schicksal der Menschenwelt zu verändern, muss man nicht unbedingt ein Anderer sein. Es ist sogar hinderlich. Weit vorteilhafter ist es, auf die Unterstützung der Wache zurückzugreifen und die Menschenmassen hinter sich herzuziehen, die das von uns erfundene Glück so nötig haben.

Und er wird sie führen. Ich weiß nicht, wie, weiß nicht, wohin, aber er wird es. Nur, dass dann die Dunklen ihrerseits einen Zug machen. Für jeden Präsidenten findet sich ein Killer. Auf jeden Propheten kommen tausend Exegeten, die das Wesen der Religion verdrehen, das lichte Feuer durch die Hitze der Scheiterhaufen der Inquisition ersetzen. Jedes Buch wird irgendwann in die Flammen geworfen, aus Symphonien werden Schlager, die in Kneipen dudeln. Jede Gemeinheit lässt sich auf eine solide philosophische Grundlage stellen.

Ja, wir haben nichts gelernt. Wahrscheinlich wollten wir das gar nicht.

Aber wenigstens bleibt mir noch etwas Zeit. Und das Recht auf meinen Zug. Einen einzigen.

Wenn ich nur wüsste, welchen.

Swetlana auffordern, Geser zu widersprechen, sich nicht der höchsten Magie zu verschreiben, ein fremdes Schicksal nicht zu korrigieren?

Warum eigentlich nicht? Im Grunde ist es doch richtig. Die gemachten Fehler korrigieren, einem einzelnen Menschen und der Menschheit insgesamt eine glückliche Zukunft ermöglichen. Von mir würde die Last der begangenen Fehler genommen. Von Swetlana das Bewusstsein, dass ihr Erfolg mit fremdem Leid bezahlt ist. Sie reiht sich unter die Großen Zauberinnen ein. Welchen Preis bin ich bereit, für meine diffusen Zweifel zu zahlen? Und was an ihnen ist echte Sorge, was mein kleiner persönlicher Egoismus? Was ist das Licht, was das Dunkel?

»He, Freund!«

Der Händler, neben dessen Tisch ich stand, sah mich an. Nicht sehr böse, aber verärgert. »Willst du was kaufen?«

»Seh ich wie ein Idiot aus?«, erkundigte ich mich.

»Total. Entweder kaufst du was, oder du gehst weiter.«

Irgendwie hatte er Recht. Aber ich hatte Lust, ihm Kontra zu geben. »Du verstehst ja nicht, was du für Glück hast. Ich bilde für dich die Masse, locke Käufer an.«

Der Händler war ein Original. Dick, mit einem roten Gesicht, gewaltigen Armen, in denen Fett und Muskeln den gleichen Anteil hatten. Er taxierte mich mit festem Blick, fand offenkundig nichts Bedrohliches und wollte schon lospoltern.

Und lächelte plötzlich.

»Na, dann bilde mal. Aber ein bisschen aktiver. Tu so, als ob du was kaufen willst. Du kannst mir sogar zum Spaß Geld geben.«

Das war so seltsam, so unerwartet.

Ich lächelte zurück. »Möchtest du, dass ich wirklich was kaufe?«

»Wozu brauchst du das denn, ist doch Touriquatsch.« Der Verkäufer hörte auf zu lächeln, die bisherige angespannte Aggressivität war jedoch ebenfalls aus seinem Gesicht verschwunden. »Eine Teufelshitze, die macht uns alle noch verrückt. Wenn es endlich regnen würde.«

Ich schaute zum Himmel rauf und zuckte mit den Achseln. Offenbar hatte sich etwas verändert. Etwas hatte sich in dem durchscheinenden Blau des himmlischen Backofens bewegt.

»Ich glaube, das wird es«, erklärte ich.

»Wär schön.«

Wir nickten einander zu, und ich ging weiter, tauchte in den Strom der Menschen ein.

Auch wenn ich noch nicht wusste, was ich tun sollte, wusste ich doch, wohin ich gehen musste. Und das war immerhin etwas.

Sieben

Unsere Kräfte sind zum größten Teil geliehen.

Die Dunklen schöpfen sie aus fremdem Leid. Sie haben es entschieden einfacher. Müssen den Menschen noch nicht mal unbedingt ein Leid zufügen. Brauchen nur lange genug zu warten. Brauchen sich nur aufmerksam umzuschauen und dann zu saugen, an dem fremden Leid zu saugen, als saugten sie einen Cocktail durch einen Strohhalm.

Uns steht dieser Weg auch offen. Nur sieht er ein wenig anders aus. Wir müssen die Kraft nehmen, wenn es den Menschen gut geht, wenn sie glücklich sind.

Allerdings gibt es ein Detail, das den Prozess für die Dunklen möglich macht, während es ihn für uns praktisch verbietet. Glück und Leid – das sind keinesfalls zwei Extreme auf der Skala menschlicher Gefühle. Sonst gäbe es weder lichte Traurigkeit noch bitterböse Freude. Es sind zwei parallele Prozesse, zwei gleichberechtigte Ströme der Kraft, die die Anderen spüren und nutzen können.

Wenn ein Dunkler Magier fremden Schmerz trinkt, wächst dieser noch an.

Wenn sich ein Lichter Magier fremde Freude einverleibt, schmilzt sie.

Wir können die Kraft in jedem Moment aufnehmen. Doch nur sehr selten erlauben wir uns das.

Heute beschloss ich, es zu tun.

Ich nahm ein wenig von einem Pärchen, das sich gerade umarmte und am Eingang zur Metro festgewachsen schien. Sie waren glücklich, im Moment sogar sehr glücklich. Und trotzdem spürte ich, dass ihnen eine Trennung bevorstand, zudem auf lange Zeit, und Traurigkeit unweigerlich die Verliebten streifen würde. Ich beschloss, dass mein Tun berechtigt war. Ihre Freude leuchtete grell und prunkvoll, wie ein Bouquet purpurroter Rosen, zarter und arroganter Rosen.

Ich berührte einen vorbeilaufenden Jungen – ihm ging es gut, er spürte die drückende, schwere Hitze nicht, sondern rannte, um sich ein Eis zu kaufen. Er würde sich schnell regenerieren. Seine Kraft war einfach und rein wie eine Wiesenblume. Ein Strauß Kamillen, gepflückt von meiner Hand, die nicht zitterte.

Ich sah eine alte Frau im Fenster. Der Schatten des Todes lauerte bereits so nahe, dass sie es vermutlich selbst spürte. Dennoch lächelte die Alte. Heute war ihr Enkel zu ihr gekommen. Wahrscheinlich, um zu sehen, ob das alte Weib immer noch lebte oder ob die teure Wohnung im Moskauer Zentrum nicht inzwischen frei geworden war. Sie wusste das. Und trotzdem war sie glücklich. Mir war es peinlich, unerträglich peinlich, doch ich berührte sie und nahm ihr ein wenig von ihrer Kraft. Ein verwelkendes gelb-orangefarbenes Gebinde aus Astern und Herbstblättern ...

Ich ging weiter, wie ich mitunter nachts in einem Albtraum herumstreife, Glück nach links und rechts verteile. An alle, dass keiner gekränkt von hier gehe. Jetzt aber zog ich eine ganz andere Spur. Hier und da ein leicht ersterbendes Lächeln, Falten auf der Stirn, eine Lippe, die kurz gebissen wurde.

Überhaupt sah man, wo ich langgekommen war.

Eine Streife der Tagwache würde mich nicht anhalten, selbst wenn sie meinen Weg kreuzte.

Und auch die Lichten, sollten sie mich beobachten, würden schweigen.

Ich tat, was ich für notwendig hielt. Etwas, wozu ich mich berechtigt sah. Borgte. Stahl. Und wie ich mit der erhaltenen Kraft umging, würde mein Schicksal bestimmen.

Entweder würde ich alles in voller Höhe zurückzahlen.

Oder das *Zwielicht* würde sich vor mir auftun.

Ein Lichter Magier, der aus Menschen Kraft schöpft, setzt alles auf eine Karte. Das rechnen die Wachen nicht so auf wie sonst unsere Handlungen. Das Ausmaß des bewirkten Guten muss nämlich nicht nur einfach das von mir geschaffene Böse übersteigen.

Ich darf noch nicht einmal einen Anflug von Zweifel haben, dass ich alles in voller Höhe zurückgezahlt hatte.

Verliebte, Kinder, Alte. Eine Gruppe, die an einem Denkmal Bier trank. Ich befürchtete zwar, ihre Freude sei nur gespielt, doch sie stellte sich als echt heraus, und ich nahm ihre Kraft.

Verzeiht mir.

Ich könnte mich x-mal bei jedem Einzelnen entschuldigen. Ich kann für alles bezahlen, was ich mir genommen habe. Nur wäre das verlogen.

Ich kämpfe nämlich bloß für meine Liebe. In erster Linie. Erst dann für euch, für die ein neues, unerhörtes Glück vorbereitet wird.

Aber vielleicht kann auch das gelten?

Dass ich, sobald ich für meine Liebe kämpfe, auch für die ganze Welt kämpfe?

Für die ganze Welt – und nicht mit aller Welt.

Kraft!

Kraft.

Kraft?

Ich klaubte mir ihre Körnchen zusammen, manchmal sorgsam und vorsichtig, manchmal grob und heftig, damit meine Hand nicht zitterte, damit ich nicht die Augen vor Scham abwandte, während ich fast das Letzte sammelte.

Vielleicht war für diesen Jungen Glück ohnehin ein seltener Gast?

Ich wusste es nicht.

Kraft!

Vielleicht würde die Frau, nachdem sie dieses Lächeln eingebüßt hatte, auch die Liebe von jemandem verlieren?

Kraft.

Vielleicht würde dieser kräftige, ironisch lächelnde Mann morgen sterben?

Kraft.

Die Amulette in den Taschen würden mir nicht helfen. Es würde keinen Kampf geben. Mir würde meine »Hochform« nicht helfen, die der Chef erwähnt hatte. Sie war sowieso nicht der Rede wert. Und das Recht auf eine ungehinderte Intervention zweiten Grades, das mir Sebulon so großzügig eingeräumt hatte, war eine Falle. Daran konnte nicht der geringste Zweifel bestehen. Er hatte seine Freundin als Köder gebraucht, die Wahrscheinlichkeitslinien so zusammengeführt, dass wir uns treffen mussten, und mir mit gramverzerrtem Gesicht das tödliche Geschenk ausgehändigt. Ich kann nicht so weit in die Zukunft sehen, als dass sich mein Gutes niemals in Böses verkehren würde.

Aber wenn du keine Waffen hast – nimm sie aus den Händen des Feindes.

Kraft!

Kraft.

Kraft!

Wenn es den dünnen Verbindungsfaden zu Geser noch gäbe, der sich zwischen einem jungen Magier und seinem Mentor spannt, müsste er längst gespürt haben, was hier vor sich ging. Müsste bemerkt haben, wie ich mich mit Energie voll pumpte, mit ungeheuerlicher Energie, die unüberlegt abgezogen wurde und für ein bislang noch unbekanntes Ziel eingesetzt werden sollte.

Was würde er tun?

Einen Magier aufhalten zu wollen, der diesen Weg eingeschlagen hat, ist sinnlos.

Ich ging zu Fuß zur *Ausstellung der Errungenschaften*. Ich wusste, wo alles passieren würde. Es gibt keinen Zufall, wenn hohe Magier ihn lenken. Das plumpe »Haus auf Beinen«, diese aufrecht hingestellte Streichholzschachtel – dort hatte Sebulon seinen Kampf um Swetlana ausgetragen, dort hatte Geser seinen Schützling entdeckt, der Inquisition zugeführt und nebenbei Swetlana geschult.

Das Zentrum der Kraft für die ganze Kombination.

Zum dritten Mal.

Ich wollte weder essen noch trinken. Trotzdem hielt ich einmal an, kaufte mir einen Becher Kaffee, trank ihn. Er schmeckte nach nichts, als sei kein Koffein darin. Die Menschen wichen mir aus, obwohl ich mich in der normalen Welt bewegte. Die Konzentration der Magie um mich herum wuchs.

Ich konnte meine Ankunft nicht verbergen.

Aber ich wollte mich auch gar nicht aus dem Hinterhalt anschleichen.

Eine junge schwangere Frau setzte vorsichtig, voller Bedacht einen Fuß vor den anderen. Ich erschauerte, als ich sah, dass sie lächelte. Und hätte mich beinah abgewandt, als mir aufging, dass auch das ungeborene Kind in seiner winzigen und sicheren Welt lächelte.

Ihre Kraft glich einer hellen rosafarbenen Pfingstrose – eine große Blume, deren kugelige Knospe sich noch nicht geöffnet hatte.

Ich musste alles nehmen, was mir über den Weg lief.

Ohne Zögern, ohne Mitleid.

Irgendetwas passierte in der mich umgebenden Welt.

Die Hitze schien noch stärker zu werden. Und zwar mit einem verzweifelten, krampfhaften Ruck.

Gewiss nicht zufällig. Die Dunklen und die Lichten Magier hatten in den letzten Tagen immer wieder versucht, die Schwüle zu vertreiben. Irgendwas tat sich. Ich blieb stehen, hob den Kopf und sah durchs *Zwielicht* zum Himmel.

Ein kaum merkliches Kreisen.

Funken am Horizont.

Dunst im Südosten.

Aureolen um die Spitze des Fernsehturms in Ostankino.

Es würde eine seltsame Nacht werden.

Ich berührte ein vorbeilaufendes Mädchen und nahm mir ihre naive Freude: Ihr Vater war nüchtern nach Hause gekommen.

Wie der abgebrochene Zweig einer Heckenrose, stachelig und porös.

Verzeiht mir.

Als ich zu dem »Haus auf Beinen« kam, war es fast elf Uhr abends.

Als Letzten berührte ich einen betrunkenen Schwerarbeiter, der an der Wand eines Tordurchgangs lehnte – jenes Durchgangs, in dem ich zum ersten Mal einen Dunklen getötet hatte. Er war fast unzurechnungsfähig. Und glücklich.

Ich nahm mir auch noch seine Kraft. Die lodernde, bespuckte Blüte eines Wegerich, ein hässliches, schmutzig braunes Stummelchen.

Auch das ist Kraft.

Als ich die Straße überquerte, gewahrte ich, dass ich nicht allein hier war. Ich rief meinen Schatten herbei und trat in die *Zwielicht*-Welt ein.

Um das Gebäude herum hatten sie eine Kette gebildet.

Die merkwürdigste Kette, die ich je gesehen hatte. Dunkle und Lichte abwechselnd. Ich entdeckte Semjon, nickte ihm zu und erntete als Antwort einen ruhigen, leicht vorwurfsvollen Blick. Tigerjunges, Bär, Ilja, Ignat ...

Wann waren sie alle herbeigerufen worden? Während ich durch die Stadt gestrichen war und Kraft gesammelt hatte? War wohl nichts mit Urlaub, was, Jungs?

Und die Dunklen. Selbst Alissa fehlte nicht. Es war schrecklich sie anzusehen: Das Gesicht der Hexe ähnelte einer zerknitterten und wieder geglätteten Papiermaske. Offenbar hatte Sebulon nicht gelogen, als er ihre Bestrafung angekündigt hatte. Neben Alissa stand Alischer, und als ich seinen Blick auffing, begriff ich, dass die beiden einen tödlichen Kampf austragen würden. Vielleicht nicht jetzt. Aber irgendwann auf alle Fälle.

Ich ging durch den Ring.

»Sperrgebiet«, sagte Alischer.

»Sperrgebiet«, echote Alissa.

»Ich bin berechtigt.«

In mir trug ich genug Kraft, um auch ohne Erlaubnis durchzugehen. Nur Große Magier könnten mich jetzt aufhalten, doch die waren nicht hier.

Aber niemand hielt mich auf. Also hatte jemand, Geser oder Sebulon, möglicherweise aber auch beide Chefs der Wachen, den Befehl gegeben, mich nur zu warnen.

»Viel Glück«, hörte ich es hinter mir flüstern. Ich drehte mich um und fing den Blick von Tigerjunges auf. Nickte.

Der Hauseingang war leer. Auch im Haus war alles ruhig, wie damals, als über Swetlana der Höllenwirbel von beispiellosen Ausmaßen kreiste. Das Böse, das sie selbst über sich heraufbeschworen hatte.

Ich ging durch grauen Dunst. Unter meinen Füßen erbebte es dumpf: Hier, in der *Zwielicht*-Welt, reagierte selbst der Boden auf Magie, selbst die Schatten menschlicher Häuser.

Die Luke in der Decke stand offen. Niemand legte mir auch nur das geringste Hindernis in den Weg. Das Traurigste war, dass ich nicht wusste, ob ich mich darüber freuen oder betrübt sein sollte.

Ich trat aus dem *Zwielicht*. Es nützte wohl nichts, dort zu bleiben. Jetzt nicht.

Ich stieg die Leiter zum Dach hoch.

Als Ersten sah ich Maxim.

Nichts an ihm erinnerte noch an den Mann von einst, diesen spontanen Lichten Magier, den Wilden, der ein paar Jahre lang die Adepten des Dunkels ermordet hatte. Vielleicht hatte man irgendwas mit ihm gemacht. Vielleicht hatte er sich auch von sich aus geändert. Manche Menschen geben ideale Henker ab.

Maxim hatte es geschafft. Er war ein Henker geworden. Ein Inquisitor. Einer, der über dem Licht und dem Dunkel steht, allen dient – und niemandem. Die Hände hatte er vor der Brust verschränkt, den Kopf leicht gesenkt. Etwas an ihm gemahnte an Sebulon, wie ich ihn zum ersten Mal gesehen hatte. Und etwas an Geser.

Bei meinem Auftauchen hob Maxim ein wenig den Kopf. Sein klarer Blick huschte über mich hinweg. Dann schaute er zu Boden.

Also durfte ich in der Tat an dem, was hier geschah, teilhaben.

An einer Seite stand Sebulon stocksteif da. Er hatte sich in einen leichten Umhang gehüllt und schenkte mir nicht die geringste Aufmerksamkeit. Dass ich kommen würde, hatte er ohnehin gewusst.

Geser, Swetlana und Jegor standen beisammen. Sie reagierten weitaus lebhafter auf mein Erscheinen.

»Bist du also doch gekommen?«, fragte der Chef.

Ich nickte. Sah Swetlana an. Sie trug ein langes weißes Gewand, das Haar fiel ihr offen über die Schultern. In ihrer Hand flimmerte mit gespenstischem Licht ein Futteral – ein kleines Futteral aus weißem Saffianleder für eine Brosche oder ein Medaillon.

»Anton, du weißt es, ja?«, schrie Jegor.

Wenn jemand der Anwesenden glücklich war, dann er. Völlig.

»Ich weiß es«, antwortete ich. Und ging auf ihn zu. Zerstrubbelte ihm mit der Hand die Haare.

Seine Kraft glich der sattgelben Blüte des Löwenzahns.

Jetzt hatte ich eingesammelt, was ich kriegen konnte.

»Restlos alles?«, fragte Geser. »Anton, was hast du vor?«

Ich antwortete ihm nicht. Etwas warnte mich. Etwas stimmte hier nicht.

Aber ja! Olga fehlte, warum auch immer.

Hatte sie die Anweisungen schon gegeben? Wusste Swetlana, was ihr bevorstand?

»Die Kreide«, sagte ich. »Das kleine Kreidestück, das von beiden Seiten abgenutzt ist. Mit ihm kann man überall etwas schreiben. Zum Beispiel auch im Schicksalsbuch. Die alten Zeilen durchstreichen und neue einfügen.«

»Anton, du sagst niemandem der hier Anwesenden etwas Neues«, bemerkte der Chef gelassen.

»Ist die Erlaubnis bereits erteilt?«

Geser sah Maxim an. Als spüre er den Blick, hob der Inquisitor den Kopf.

»Die Erlaubnis liegt vor«, bestätigte er mit dumpfer Stimme.

»Einspruch von Seiten der Tagwache«, brachte Sebulon gelangweilt hervor.

»Abgelehnt«, erwiderte Maxim gleichmütig. Abermals ließ er den Kopf auf die Brust sinken.

»Die Große Zauberin kann die Kreide jetzt in die Hand nehmen«, meinte ich. »Jede Zeile im Schicksalsbuch wird einen Teil ihrer Seele löschen. Löschen – und durch einen geänderten ersetzen. Das Schicksal eines Menschen kann man nur ändern, wenn man die eigene Seele drangibt.«

»Ich weiß«, sagte Swetlana. Sie lächelte. »Anton, du musst entschuldigen. Ich halte das für richtig. Es wird von Nutzen sein – für alle.«

In Jegors Augen blitzte Beunruhigung auf. Er spürte, dass etwas nicht stimmte.

»Anton, du bist ein Kämpfer der Wache«, meinte Geser. »Wenn du Einwände hast, kannst du sie jetzt vortragen.«

Einwände? Wogegen denn? Dass Jegor nicht ein Dunkler, sondern ein Lichter Magier wird? Dass er versucht, selbst wenn es noch so oft nicht geklappt hat, den Menschen Gutes zu bringen? Dass Swetlana eine Große Zauberin wird?

Wenn sie dabei auch alles Menschliche opfert, das noch in ihr ist.

»Ich habe nichts zu sagen«, erklärte ich.

Kam es mir nur so vor, oder funkelte in Gesers Augen Erstaunen auf?

Es war schwer zu ergründen, woran der Große Magier jetzt eigentlich dachte.

»Fangen wir an«, sagte er. »Swetlana, du weißt, was du zu tun hast.«

»Ja.« Sie sah mich an. Ich trat ein paar Schritte zurück. Geser ebenfalls. Jetzt standen sie zu zweit da, Swetlana und Jegor. Beide gleichermaßen verwirrt. Gleichermaßen angespannt. Ich beugte mich zu Sebulon hinüber. Der wartete. Swetlana öffnete das Futteral – das Knirschen der Schließen klang wie ein Schuss – und nahm langsam, als müsse sie einen Widerstand überwinden, die Kreide heraus. Ein winziges Stück. Ob es sich wirklich über die Jahrtausende, in denen das Licht versuchte, das Schicksal der Welt zu ändern, so abgenutzt hatte?

Geser seufzte.

Swetlana ging in die Hocke und begann einen Kreis zu zeichnen, der sie und den Jungen umschloss.

Mir blieb nichts zu sagen. Nichts zu tun.

Ich hatte so viel Kraft gesammelt, dass sie am Rand überschwappte.

Ich habe das Recht, Gutes zu tun.

Doch eine Kleinigkeit fehlte mir: das Verständnis.

Wind wehte. Ein zarter, vorsichtiger Wind. Legte sich.

Ich sah hoch und erschauerte. Etwas tat sich. Hier, in der Menschenwelt, hatte sich der Himmel mit Wolken bedeckt. Ich hatte nicht einmal bemerkt, wie sie aufgezogen waren.

Swetlana hatte den Kreis fertig gezeichnet. Erhob sich.

Ich versuchte, sie durchs *Zwielicht* anzusehen, und wandte mich sofort ab. In ihrer Hand loderte ein Stück glühende Kohle. Fühlte sie den Schmerz?

»Ein Unwetter zieht auf«, sagte Sebulon aus der Ferne. »Ein richtiger Sturm, wie wir ihn lange nicht hatten.« Er lachte höhnisch auf.

Niemand schenkte seinen Worten Beachtung. Höchstens der Wind – er begann stetiger zu wehen, immer stärker. Ich sah nach unten – dort war alles ruhig. Swetlana fuhr mit der Kreide durch die Luft, als zeichne sie etwas, das nur sie sehen konnte. Eine rechteckige Kontur. Ein Muster darin.

Jegor stöhnte leise. Warf den Kopf in den Nacken. Ich wollte schon einen Schritt nach vorn machen, hielt aber inne. Durch die Barriere kam ich nicht. Und wozu auch?

Darum ging es nicht.

Wenn du nicht weißt, was du machen sollst, darfst du auf nichts vertrauen. Weder auf den kühlen Kopf, noch auf das reine Herz, noch auf die heißen Hände.

»Anton!«

Ich sah Geser an. Der Chef wirkte irgendwie besorgt.

»Das ist nicht nur ein Sturm, Anton. Das ist ein Orkan. Es wird Opfer geben.«

»Die Dunklen?«, fragte ich bloß.

»Nein. Die Naturgewalten.«

»Haben wir es mit der Konzentration der Kraft etwas übertrieben?«, fragte ich. Der Chef ging nicht auf meinen spöttischen Ton ein.

»Anton, bis zu welchem Grad darfst du Magie einsetzen?«

Natürlich wusste er von dem Handel mit Sebulon.

»Bis zum zweiten.«

»Du kannst den Orkan aufhalten«, sagte Geser. Konstatierte einfach den Fakt. »Es wird bei einem Wolkenbruch bleiben. Du hast genug Kraft gesammelt.«

Der Wind fegte erneut los. Er hatte nicht mehr vor abzuflauen. Der Wind riss und drückte, als sei er entschlossen, uns vom Dach zu wischen. Regen peitschte.

»Das ist vermutlich die letzte Chance«, fuhr der Chef fort. »Aber es ist deine Entscheidung.«

Mit gläsernem Klirren entstand um Geser herum ein Kraftschild, gleichsam als habe er sich eine Tüte aus zerknittertem Zellophan übergestülpt. Noch nie hatte ich gesehen, dass ein Magier sich mit solchen Maßnahmen gegen das gewöhnliche Tosen der Naturgewalten schützte.

Swetlana fuhr in flatterndem Kleid fort, das Schicksalsbuch zu zeichnen. Jegor rührte sich nicht, sondern stand da, als sei er an ein unsichtbares Kreuz geschlagen. Vielleicht nahm er bereits nichts mehr wahr. Was passiert mit einem Menschen, wenn er sein altes Schicksal verliert und das neue noch nicht erlangt hat?

»Geser, du bereitest einen Taifun vor – im Vergleich dazu ist dieser Sturm überhaupt nichts!«, schrie ich.

Der Wind erstickte bereits unsere Worte.

»Das ist unvermeidlich«, erwiderte Geser. Er schien zu flüstern, doch jedes Wort klang völlig klar. »Das vollzieht sich bereits.«

Das Schicksalsbuch wurde sogar in der Menschenwelt sichtbar. Natürlich hatte Swetlana es nicht im eigentlichen Sinne gezeichnet, sondern es aus den tiefsten Schichten des *Zwielichts* herausgezogen. Eine Kopie angefertigt, und jede Veränderung der Kopie würde sich im Original wiederfinden. Das Schicksalsbuch erschien als Modell, eine Nachbildung aus lodernden Feuerfäden, die unbeweglich in der Luft hingen. Regentropfen flammten auf, sobald sie auf das Buch fielen.

Jetzt würde Swetlana anfangen, Jegors Schicksal zu ändern.

Und später, Jahrzehnte später würde Jegor das Schicksal der Welt ändern.

Wie immer zum Guten.

Wie üblich erfolglos.

Ich geriet ins Taumeln. Von einer Sekunde zur andern hatte sich der starke Wind völlig überraschend zu einem Orkan ausgewachsen. Um uns herum geschah etwas Unvorstellbares. Ich sah, wie die Autos auf der Straße anhielten, an den Straßenrand drängten – möglichst weit weg von den Bäumen. Völlig lautlos – das Heulen des Windes erstickte jeden Lärm – krachte eine riesige Reklamewand auf die Kreuzung. Spätheimkehrer rannten auf die Häuser zu, als hofften sie, die Mauern böten ihnen Schutz.

Swetlana hielt inne. Der glühende Punkt leuchtete in ihrer Hand. »Anton!«

Ich konnte ihre Stimme kaum hören.

»Anton, was soll ich tun? Sag's mir! Soll ich das tun, Anton?«

Der Kreidekreis schützte sie, jedoch nicht vollständig: Beinahe hätte der Orkan ihr die Kleidung vom Leib gerissen; trotzdem erlaubte er ihr, das Gleichgewicht zu bewahren.

Alles schien zu verschwinden. Ich sah sie an, sah die lodernde Kreide, die bereit war, ein fremdes Schicksal zu ändern. Swetlana wartete auf eine Antwort – nur hatte ich nichts zu sagen. Nichts, weil ich die Antwort selbst nicht kannte.

Ich hob die Hand zum tosenden Himmel. Und sah die durchsichtigen Blumen der Kraft in meinen Händen.

»Schaffst du es?«, fragte Sebulon mitleidig. »Der Sturm legt richtig los.«

Seine Stimme war durch das Gedonner des Orkans ebenso klar zu hören wie die Stimme des Chefs.

Geser seufzte.

Ich öffnete die Hände, drehte sie zum Himmel – an dem keine Sterne mehr standen, wo nur das Geflacker von Wolken, Regengüssen und Blitzen geblieben war.

Es war einer der einfachsten Zauber. Man kriegt ihn fast als Erstes beigebracht.

Eine Remoralisation.

Ohne jede Präzisierung.

»Tu das nicht!«, schrie Geser. »Wag es ja nicht!«

Mit einer einzigen Bewegung wechselte er den Standort, schirmte Swetlana und Jegor von mir ab. Als ob das den Zauber beeinträchtigen würde. Nein, nichts würde ihn jetzt noch aufhalten.

Ein Lichtstrahl, unsichtbar für Menschen, schoss aus meinen Handtellern. Alle Körnchen, die ich unter ihnen gesammelt hatte, erbarmungslos und unerbittlich. Die purpurrote Flamme der Rosen, die hellen rosafarbenen Pfingstrosen, das Gelb der Astern, die weißen Kamillen, die nahezu schwarzen Orchideen.

Sebulon lachte leise hinter mir.

Swetlana stand mit der Kreide in der Hand über dem Schicksalsbuch.

Jegor war vor ihr mit ausgebreiteten Armen erstarrt.

Die Figuren auf dem Spielbrett. Die Kraft in meinen Händen. Noch nie hatte ich über so viel Kraft geboten, so unkontrollierte, am Rande überströmende Kraft, die sich über wen auch immer ergießen würde.

Ich lächelte Swetlana an. Und hob ganz langsam die Hände mit dem aus ihnen herausschießenden Springbrunnen aus regenbogenfarbenem Licht an mein Gesicht.

»Nein!«

Der Schrei Sebulons durchdrang nicht nur den Orkan – er erstickte ihn. Ein Blitz zerschnitt den Himmel. Das Oberhaupt der Dunklen wollte sich auf mich werfen, doch Geser trat ihm entgegen, sodass der Dunkle Magier stehen blieb. Ich sah das nicht – spürte es nur. Ein farbiges Leuchten überflutete mein Gesicht. Mir schwindelte. Den Wind nahm ich nicht mehr wahr.

Es blieb nur der Regenbogen, dieser endlose Regenbogen, in dem ich ertrank.

Der Wind tobte um mich herum, berührte mich aber nicht. Ich sah Swetlana an und hörte, wie die unsichtbare Mauer aufbrach, die immer zwischen uns gestanden hatte. Aufbrach – und uns beide in die Barriere einschloss. Die wehenden Haare wogten in einer sanften Welle um Swetas Gesicht.

»Du hast alles für dich ausgegeben?«

»Ja«, sagte ich.

»Alles, was du gesammelt hast?«

Sie glaubte es nicht. Konnte es immer noch nicht glauben. Swetlana wusste, welchen Preis geborgte Kraft hat.

»Bis auf den letzten Tropfen!«, erwiderte ich. Mir war leicht zumute, erstaunlich leicht.

»Warum?« Die Zauberin streckte die Hand aus. »Warum, Anton? Du hättest diesen Sturm aufhalten können. Hättest tausend Menschen glücklich machen können. Wie konntest du alles für dich ausgeben?«

»Um keinen Fehler zu machen«, erklärte ich. Irgendwie war es peinlich, dass sie, eine zukünftige Große, diese Kleinigkeit nicht begriff.

Einen Moment lang schwieg Swetlana. Dann sah sie auf die flammende Kreide in ihrer Hand.

»Was soll ich tun, Anton?«

»Du hast das Schicksalsbuch bereits geöffnet.«

»Anton! Wer hat Recht? Geser oder du?«

Ich schüttelte den Kopf.

»Das musst du selbst entscheiden.«

Swetlana zog die Augenbrauen zusammen.

»Und das ist alles, Anton? Dafür hast du so viel fremdes Licht vergeudet? Dafür hast du Magie zweiten Grades eingesetzt?«

»Du wirst es verstehen.« Ich wusste nicht, wie viel Glaube in meiner Stimme lag. Selbst jetzt reichte er mir selbst nicht. »Manchmal ist das Wichtigste nicht die Tat. Manchmal ist das Wichtigste, nichts zu tun. Es gibt etwas, das du allein entscheiden musst. Ohne Ratschläge. Weder von mir noch von Geser, Sebulon, dem Licht oder dem Dunkel. Nur du allein.«

Sie schüttelte den Kopf. »Nein!«

»Doch. Du selbst triffst die Entscheidung. Diese Verantwortung nimmt dir niemand ab. Doch was auch immer du tust – du wirst auf jeden Fall bedauern, das andere nicht getan zu haben.«

»Anton, ich liebe dich!«

»Ich weiß. Und ich liebe dich. Darum sage ich auch nichts.«

»Ist das deine Liebe?«

»Nur das ist überhaupt Liebe.«

»Ich brauche einen Rat!«, schrie sie. »Anton, ich brauche deinen Rat!«

»Jeder schafft sein eigenes Schicksal«, sagte ich. Das war sogar etwas mehr, als ich sagen durfte. »Entscheide.«

Die Kreide in ihrer Hand glühte wie eine dünne flammende Nadel, als sie sich zum Schicksalsbuch umdrehte. Ein Strich – ich hörte, wie die Seiten unter dem blendenden Radiergummi knisterten.

Licht und Dunkel sind nur Flecken auf den Seiten des Schicksals. Ein Strich. Ein Schnörkel.

Ein rascher Lauf der Feuerzeilen.

Swetlana öffnete die Finger, die Schicksalskreide fiel zu Boden. Schwer wie eine Bleikugel. Sie wäre trotzdem vom Hurrikan fortgerissen worden, doch ich schaffte es, mich zu bücken und die Kreide in der Hand zu verstecken.

Das Schicksalsbuch begann zu schmelzen.

Jegor wankte, krümmte sich, fiel auf die Seite und presste die Knie an die Brust. Rollte sich zu einem kleinen bedauernswerten Bündel ein.

Der weiße Kreis um die beiden war bereits vom Regen verwischt, und ich konnte zu ihnen gehen. Hockte mich hin und hielt den Jungen bei den Schultern.

»Du hast nichts hineingeschrieben!«, schrie Geser. »Swetlana, du hast nur etwas gelöscht!«

Die Zauberin zuckte mit den Achseln. Sie sah mich von oben bis unten an. Der Regen, der nun durch die sich auflösende Barriere brach, hatte ihr weißes Kleid schon durchtränkt und in feinen Mull verwandelt, der ihren Körper nicht mehr verbergen konnte.

Eben noch war Swetlana eine Opferpriesterin im schneeweißen Gewand, jetzt stand eine klatschnasse junge Frau vor mir, mit hängenden Armen, inmitten eines Sturms.

»Das war dein Examen«, sagte Geser halblaut. »Du hast deine Chance verpasst.«

»Lichter Geser, ich will nicht in der Wache dienen«, erwiderte die junge Frau. »Verzeihen Sie mir, Lichter Geser. Aber das ist nicht mein Weg. Nicht mein Schicksal.«

Geser schüttelte traurig den Kopf. Er sah nicht mehr zu Sebulon hinüber, der ein paar Schritte entfernt neben uns stand.

»Und das war alles?«, fragte der Dunkle Magier. Sah mich an, Sweta, Jegor. »Ihr habt nichts fertig gebracht?«

Er ließ den Blick zum Inquisitor wandern – der den Kopf hob und nickte.

Sonst ging niemand auf ihn ein.

Ein schiefes Lächeln breitete sich auf Sebulons Gesicht aus.

»Was für Kräfte, und dann endet alles mit einer Farce. Nur weil eine hysterische junge Frau ihren unentschlossenen Verehrer nicht aufgeben möchte. Anton, du hast mich enttäuscht. Swetlana, du hast mir eine Freude bereitet. Geser ...« Der Dunkle sah den Chef an. »... meinen Glückwunsch zu solchen Mitarbeitern.«

Hinter Sebulon öffnete sich das Portal. Leise lachend trat er in die schwarze Wolke ein.

Von der Straße drang ein schwerer Seufzer zu mir herauf. Ich sah nichts, wusste aber, was dort geschah. Einer nach dem andern traten die Dunklen Wächter aus dem *Zwielicht*. Stürzten zu den in der Nähe des Hauses geparkten Autos, um sie so schnell wie möglich von den Bäumen wegzufahren. Liefen gekrümmt zu den Nachbarhäusern.

Dann verließen die Lichten Magier die Kette. Einige, um denselben einfachen und verständlichen menschlichen Handlungen nachzugehen. Doch die meisten, das wusste ich, würden bleiben und aufmerksam nach oben sehen, hinauf zum Dach des Hauses. Tigerjunges für alle Fälle mit schuldbewusster

Miene. Semjon mit dem finsteren Lächeln eines Anderen, der schon ganz andere Stürme erlebt hatte, Ignat mit dem unweigerlichen aufrichtigen Mitgefühl.

»Ich konnte das nicht tun«, sagte Swetlana. »Es tut mir Leid, Geser. Ich konnte es nicht.«

»Du konntest es nicht«, bemerkte ich. »Und brauchtest es auch gar nicht ...«

Ich öffnete die Hand. Sah auf das kleine Kreidestück, das in meinen Händen einfach nur ein feuchtes und klebriges Stück Kreide war. An einer Seite zugespitzt. An der anderen ungleichmäßig abgebrochen.

»Hast du es schon lange begriffen?«, fragte Geser. Er trat an mich heran, setzte sich zu mir. Sein Schild spannte sich über uns, das Heulen des Orkans verstummte.

»Nein. Eben erst.«

»Was geht hier vor?«, schrie Swetlana. »Anton, was passiert hier?«

»Jeder hat sein Schicksal, mein Mädchen«, antwortete Geser ihr. »Der eine muss fremde Leben lenken oder Imperien zerschlagen. Der andere einfach leben.«

»Während die Tagwache darauf gewartet hat, dass du den Eintrag vornimmst«, erklärte ich, »hat Olga sich die andere Hälfte der Kreide genommen und das Schicksal von jemandem umgeschrieben. So, wie das Licht es wollte.«

Geser seufzte. Streckte die Hand aus, berührte Jegor. Der Junge bewegte sich, versuchte aufzustehen.

»Gleich, gleich«, sagte der Chef zärtlich. »Alles ist vorbei, gleich ist alles aus.«

Ich nahm den Jungen in den Arm, bettete seinen Kopf auf meine Knie. Er beruhigte sich wieder.

»Sag, wozu?«, fragte ich. »Wenn du sowieso gewusst hast, was kommt?«

»Selbst ich kann nicht alles wissen.«

»Wozu?«

»Weil alles natürlich wirken musste«, erwiderte Geser leicht gereizt. »Nur so hat Sebulon an den Vorgang geglaubt. Sowohl an unsere Pläne wie auch an unsere Niederlage.«

»Das ist nicht die ganze Antwort, Geser.« Ich sah ihm in die Augen. »Bei weitem nicht!«

Der Chef seufzte. »Gut. Ja, ich hätte es auch anders machen können. Swetlana hätte eine Große Zauberin werden können. Entgegen ihrem eigenen Wunsch. Jegor wäre, obwohl die Wache auch so schon in seiner Schuld steht, zu unserem Instrument geworden.«

Ich wartete. Wollte unbedingt wissen, ob Geser die ganze Wahrheit sagen würde. Wenigstens einmal.

»Ja, ich hätte es auch so machen können.« Geser seufzte. »Nur, mein Junge ... Alles, was ich neben dem großen Kampf zwischen dem Licht und dem Dunkel getan habe, alles, was ich im zwanzigsten Jahrhundert getan habe, war einem einzigen Ziel untergeordnet, selbstverständlich ohne dabei der Sache zu schaden ...«

Mit einem Mal tat er mir Leid. Unerträglich Leid. Vielleicht, weil der Große Magier, der Helllichte Geser, der Vernichter der Ungeheuer und Hüter der Staaten, zum ersten Mal seit tausend Jahren gezwungen war, die volle Wahrheit auszusprechen. Die nicht so beredt und erhaben klang wie die, die er gewöhnlich vertrat.

»Schon gut, ich weiß es!«, schrie ich.

Doch der Große Magier schüttelte den Kopf. »Alles, was ich getan habe«, betonte Geser Silbe um Silbe, »war noch einem anderen Ziel untergeordnet. Nämlich die Leitung zu zwingen, Olgas Strafe vollständig aufzuheben. Ihr alle Kräfte zurückzugeben und ihr zu erlauben, die Schicksalskreide erneut in die Hände zu nehmen. Sie muss mir ebenbürtig sein. Sonst ist unsere Liebe zum Tode verdammt. Und ich liebe sie, Anton.«

Swetlana lachte los. Leise, sehr leise. Ich dachte, sie würde dem Chef eine Ohrfeige verpassen, aber ich begriff sie wohl noch immer nicht vollends. Swetlana sank vor Geser auf die Knie und küsste ihm die rechte Hand.

Der Magier erschauerte. Als habe er seine grenzenlosen Kräfte verloren: Die Schutzkuppel erzitterte und schmolz. Wieder erstickte das Heulen des Orkans unsere Stimmen.

»Und das Schicksal der Welt werden wir abermals ändern?«, fragte ich. »Neben unseren kleinen persönlichen Angelegenheiten?«

Er nickte. Und fragte: »Freust du dich nicht darüber?«

»Nein.«

»Nun ja, Anton, man kann schließlich nicht immer gewinnen. Auch mir ist das nicht geglückt. Und dir wird es ebenso wenig gelingen.«

»Ich weiß«, erwiderte ich. »Natürlich weiß ich das, Geser. Aber trotzdem wäre es einfach zu schön.«

WÄCHTER DES TAGES

Der vorliegende Text ist der Sache des Lichts abträglich
und nicht zur Verbreitung zugelassen.

Die Nachtwache

Der vorliegende Text ist der Sache des Dunkels abträglich
und nicht zur Verbreitung zugelassen.

Die Tagwache

Erste Geschichte
Zutritt für Unbefugte erlaubt

Prolog

Der Hauseingang flößte keinen Respekt ein. Das Zahlenschloss hing heraus und funktionierte nicht, überall auf dem Fußboden lagen platt getretene Kippen billiger Zigaretten. Im Fahrstuhl prangten unzählige hirnlose Graffiti, in denen das Wort *Spartak* genauso oft vorkam wie saftige Vulgärausdrücke; die Knöpfe waren von Zigaretten durchgebrannt und die Löcher sorgsam mit hart gewordenem Kaugummi verklebt.

Auch die Wohnungstür im dritten Stock fügte sich ins Bild: Erbärmliches Kunstleder, noch aus Sowjetzeiten, billige aufgesetzte Ziffern aus Aluminium, die jeden Moment von den schräg hineingedrehten Schrauben zu fallen drohten.

Natascha zögerte einen Moment, bevor sie die Klingel drückte. Wie dumm, irgendwelche Hoffnungen zu hegen und hierher zu kommen. Wenn sie schon so dämlich sein musste, zu Magie Zuflucht zu suchen, dann hätte sie die Zeitung aufschlagen, den Fernseher einschalten oder Radio hören sollen. Seriöse Einrichtungen, erfahrene Übersinnliche mit internationalen Diplomen ... Aber was soll's, letztendlich war das natürlich genauso ein Schwindel. Vielleicht wäre dann jedoch wenigstens die Atmosphäre angenehmer gewesen, die Leute respektabler. Vielleicht wäre sie nicht in diesem Nest von Versagern gelandet.

Trotzdem drückte sie schließlich auf den Klingelknopf. Es wäre schade um die Zeit, die sie für den Weg hierher gebraucht hatte.

Ein paar Minuten lang glaubte sie, die Wohnung sei leer. Dann hörte sie hastige Schritte, wie sie charakteristisch für einen Menschen in Eile sind, der aufpassen musste, die ausgelatschten Pantoffeln nicht zu verlieren. Der kleine primitive Spion verdunkelte sich kurz, dann klapperte das Schloss und die Tür ging auf.

»Natascha, ja? Komm rein, komm rein ...«

Leute, die sie sofort duzten, mochte sie nicht. Gewiss, sie selbst bevorzugte diese Form der Anrede auch. Aber sollte man nicht wenigstens der Ordnung halber vorher um Erlaubnis bitten?

Inzwischen zog die Frau, die die Tür geöffnet hatte, sie bereits hinein, indem sie Natascha ohne zu fackeln am Arm packte, wobei sich auf ihrem nicht mehr jungen, grell geschminkten Gesicht eine derart aufrichtige Gastfreundschaft widerspiegelte, dass Natascha nichts dagegenzusetzen hatte.

»Eine Freundin von mir hat mir gesagt, Sie würden ...«, fing Natascha an.

»Ja, ich weiß, ich weiß doch, meine Liebe.« Die Frau winkte ab. »Ach, du brauchst die Schuhe nicht auszuziehen, ich wollte nämlich gerade sauber machen ... Oder warte, ich hol dir doch Hausschuhe.«

Natascha sah sich um, konnte ihren Ekel dabei aber kaum verbergen.

Eine nicht unbedingt kleine, aber unglaublich zugemüllte Diele. An der Decke baumelte eine trübe Glühbirne, die, obwohl sie mal gerade mit 30 Watt funzelte, die allgemeine Unordnung erkennen ließ. An der Garderobe hingen Unmengen von Kleidern, zur Freude der Motten sogar ein Winterpelz aus Bisam. Das Linoleum von verwaschener grauer Farbe löste sich vom Boden ab. Offensichtlich wollte die Hausfrau schon seit einer ganzen Weile sauber machen.

»Du heißt Natascha, Töchterchen? Ich bin Dascha.«

Dascha war fünfzehn, zwanzig Jahre älter als sie. Mindestens.

Sie hätte tatsächlich gut und gern Nataschas Mutter sein können – nur dass man sich mit einer solchen Mutter lieber gleich den Strick nahm! Eine fette Frau mit ungewaschenem stumpfem Haar, grell lackierten Fingernägeln – und natürlich blätterte der Lack bereits ab –, in einem ausgewaschenen Kittel und mit ausgetretenen Latschen an den nackten Füßen. Mein Gott, selbst die Zehennägel waren lackiert! Wie vulgär!

»Sie sind eine Kräuterfrau?«, fragte Natascha. Um sich innerlich zuzuschreien: Und ich bin eine Idiotin!

Dascha nickte. Nach einigem Stöbern zog sie aus einem wüsten Schuhberg ein Paar Gummilatschen. Die bescheuertsten Dinger, die die Menschheit je erfunden hatte, mit zahllosen hochstehenden Gumminoppen innen drin. Der Traum eines Yogi. Ein Teil dieser Gumminägel fehlte schon seit langem – was freilich nicht zu ihrer Bequemlichkeit beitrug.

»Zieh die an!«, schlug Dascha fröhlich vor.

Wie hypnotisiert streifte Natascha ihre Sandalen ab und zog die Latschen an. Lebt wohl, ihr Perlons. Ohne Laufmaschen würde sie hier bestimmt nicht wieder rauskommen. Selbst bei diesen berühmten Omsa mit dem sagenhaften Lycra nicht. War eben doch alles auf der Welt Beschiss, den sich durchtriebene Blödmänner ausdachten. Und auf den kluge Leute aus irgendeinem Grund immer wieder hereinfielen.

»Ja, eine Kräuterfrau«, meinte Dascha, während sie aufmerksam darüber wachte, ob Natascha sich die Latschen anzog. »Das habe ich von meiner Großmutter. Und von meiner Mutter. Die waren alle Kräuterfrauen und haben alle den Menschen geholfen. Das liegt bei uns in der Familie ... Gehen wir in die Küche, Natascha, die anderen Zimmer sind nicht aufgeräumt ...«

Während Natascha sich innerlich ein weiteres Mal selbst verwünschte, folgte sie Dascha. Die Küche entsprach genau ihren Erwartungen. Ein Berg von schmutzigem Geschirr im Spülbecken, ein verdreckter Tisch, von dem bei ihrem Erscheinen eine Kakerlake träge herunterkroch und unter der Tischplatte verschwand. Klebriger Fußboden. Die Fenster warteten natürlich noch auf den Frühjahrsputz, die Lampe starrte vor Fliegendreck.

»Setz dich!« Mit einer geschickten Bewegung zog Dascha einen Hocker unterm Tisch hervor, den sie an einen Ehrenplatz schob – zwischen dem Tisch und dem Kühlschrank, einem krampfhaft zuckenden »Saratow«.

»Danke, aber ich bleib lieber stehen.« Natascha wollte sich auf gar keinen Fall hinsetzen. Der Hocker flößte ihr noch weniger Vertrauen ein als der Tisch oder der Fußboden. »Dascha ... Darja?«

»Darja.«

»Darja, ich wollte eigentlich nur erfahren ...«

Die Frau zuckte mit den Schultern. Drückte auf den Knopf des elektrischen Teekessels, womöglich des einzigen Gegenstandes in dieser Küche, der nicht aussah, als stamme er aus einem Müllhaufen. Sie sah Natascha an. »Wirklich? Was willst du denn noch erfahren, meine Liebe? Es ist doch alles klar zu erkennen, liegt ganz offen da ...«

Einen Moment lang hatte Natascha den unerklärlichen, quälenden Eindruck, in der Küche sei nicht genug Licht. Alles wurde grau, das krankhafte Gemurre des Kühlschranks verstummte ebenso wie der Lärm der Autos, der vom nahen Prospekt herüberdrang. Sie strich sich über die Stirn, die mit eisigem Schweiß überzogen war. Das kam alles von der Hitze. Der Sommer, die Hitze, die lange Fahrt in der Metro, das Gedränge im Oberleitungsbus ... Warum hatte sie auch kein Taxi genommen? Ihren Fahrer hatte sie mit dem Wagen fortgeschickt – gut, es wäre ihr peinlich gewesen, auch nur anzudeuten, wohin sie wollte. Und warum. Aber weshalb hatte sie kein Taxi genommen?

»Dein Mann hat dich verlassen, Naschenka«, sagte Darja zärtlich. »Vor zwei Wochen. Mit einem Mal. Hat seine Sachen gepackt, sie in einen Koffer geworfen und ist gegangen. Ohne jeden Streit, ohne jede Auseinandersetzung. Er hat dir die Wohnung überlassen, das Auto. Ist zu seiner Geliebten gezogen, einem Luder mit schwarzen Augenbrauen, einem jungen Flittchen ... dabei gehörst du selbst noch nicht zum alten Eisen, Töchterchen.«

Diesmal reagierte Natascha gar nicht mehr auf das »Töchterchen«. Sie versuchte krampfhaft, sich zu erinnern, was sie ihrer Freundin gesagt hatte und was nicht. Die »schwarzen Augenbrauen« hatte sie bestimmt nicht erwähnt. Obwohl: dunkelhäutig war die Frau, mit schwarzem Haar ... Erneut packte Natascha wahnsinnige, blinde Wut.

»Auch warum er gegangen ist, weiß ich, Nataschenka ... Verzeih mir, dass ich dich Töchterchen genannt habe, schließlich bist du eine starke Frau, die sich kein X für ein U vormachen lässt. Aber ihr seid ja für mich alle wie die eigenen Töchter ... Ihr hattet keine Kinder, nicht wahr, Nataschenka?«

»Nein«, flüsterte Natascha.

»Warum nicht, meine Liebe?« Die Kräuterfrau schüttelte vorwurfsvoll den Kopf. »Dabei hat er sich doch so eine kleine Tochter gewünscht, oder?«

»Ja ...«

»Dann hättest du ihm eine schenken sollen«, meinte Darja achselzuckend. »Ich hab übrigens fünf Kinder. Zwei sind zur Armee gegangen, meine beiden Ältesten. Eine meiner Töchter ist verheiratet und hat ein Kind, die andere lernt. Dann ist da noch mein Jüngster, dieser Lausebengel ...« Darja winkte ab. »Aber setz dich doch endlich ...«

Widerwillig nahm Natascha auf dem Hocker Platz. Fest presste sie ihre Tasche auf die Knie. »Es hat halt nicht sollen sein«, kam sie weiteren Vorstößen Darjas zuvor. »Und selbst wenn ich ein Kind zur Welt gebracht hätte, hätte ich deswegen meine Karriere nicht aufgeben wollen.«

»Das kann ich ja verstehen.« Die Kräuterfrau hatte nichts einzuwenden. Sie wischte sich mit den Händen übers Gesicht. »Du hast deinen Willen ... Was machen wir jetzt? Du möchtest ihn doch zurück? Also, weshalb ist er gegangen? Seine Geliebte ist bereits von ihm schwanger ... und hat sich dafür mächtig angestrengt. Sie macht, was er sagt, bedauert ihn, lässt sich im Bett was einfallen ... Du hast einen guten Mann gehabt, um so einen reißt sich jede. Möchtest du ihn zurückhaben? Trotz allem?«

Natascha biss sich auf die Lippen. »Ja.«

»Zurückhaben kannst du ihn«, meinte die Kräuterfrau seufzend. »Das ja.« Ihr Ton hatte sich plötzlich auf kaum zu fassende Weise verändert, klang jetzt schwer, drückend. »Nur dass es schwierig wird«, fuhr sie fort. »Ihn zurückzuholen ist kein Problem. Aber ihn zu halten, wird nicht einfach!«

»Trotzdem will ich es.«

»In jeder von uns, mein Töchterchen, steckt eine eigene Magie.« Darja beugte sich über den Tisch. Ihre Augen schienen sich förmlich in Natascha zu bohren. »Einfache, ursprüngliche, weibliche Magie. Das hast du mit deinem Ehrgeiz völlig vergessen. Aber das darfst du nicht! Deshalb helfe ich dir. Aber wir müssen das Ganze in drei Etappen bewerkstelligen.« Sie schlug leicht mit der Faust auf den Tisch. »Erstens: Ich gebe dir einen Trank. Das ist keine große Sünde ... Der Trank wird dir deinen Mann wiederbringen. Das ja, aber dass er bleibt, bewirkt der Trank nicht.«

Natascha nickte unsicher. Die Einteilung des Ganzen in »drei Etappen« wirkte irgendwie unangemessen – vor allem bei dieser Frau und in dieser Wohnung.

»Zweitens ... Die Geliebte darf das Kind nicht zur Welt bringen. Wenn das passiert, wirst du deinen Mann nie halten können. Hier müssen wir eine große Sünde begehen und die unschuldige Leibesfrucht vergiften ...«

»Was reden Sie denn da!«, empörte Natascha sich. »Ich habe nicht die Absicht, vor Gericht zu landen!«

»Gift ist dabei nicht im Spiel, Nataschenka. Ich wedel mit den Händen ...« Die Kräuterfrau demonstrierte es gleich. »... dann klatsche ich ... Und das war's, das war die ganze Sünde. Wie willst du denn dafür vor Gericht kommen?«

Natascha schwieg.

»Aber diese Sünde will ich nicht auf mich nehmen.« Darja bekreuzigte sich in aller Form. »Wenn du willst, helfe ich dir, aber vor Gott verantworten musst du dich dafür!«

Offenbar fasste Darja das beredte Schweigen als Zustimmung auf. »Drittens«, fuhr sie fort. »Du bringst selbst ein Kind zur Welt. Dabei helfe ich dir auch. Du kriegst eine Tochter, eine schöne und schlaue Tochter, dir zur Hilfe und deinem Mann zur Freude. Dann hat all dein Leid ein Ende.«

»Ist das Ihr Ernst?«, fragte Natascha leise. »Können Sie das alles ...«

»Also pass auf.« Darja erhob sich. »Wenn du ja sagst, fangen wir an. Dann kommt morgen dein Mann zurück, und übermorgen verliert seine Geliebte ihren Bastard. Geld nehme ich dir erst ab, wenn du selber schwanger bist. Aber das wird kein Pappenstiel sein, das sage ich dir gleich, bei Gott dem Allmächtigen.«

»Und wenn ich Sie betrüge und Ihnen das Geld nicht bringe?« Natascha setzte ein schiefes Lächeln auf. »Schließlich ist dann ja schon alles erledigt ...«

Sie verstummte. Die Kräuterfrau schaute sie streng und schweigend an. Mit leichtem Mitgefühl, wie eine Mutter ihre dumme Tochter. »Du wirst mich nicht betrügen, Nataschenka. Wenn du darüber nachdenkst, kommst du selbst dahinter, dass du mich besser nicht betrügst.«

Natascha schluckte den Kloß hinunter, der ihr im Hals steckte. »Das heißt ein Erfolgshonorar?«, versuchte sie zu scherzen.

»Was für eine tüchtige Geschäftsfrau du doch bist«, sagte Darja ironisch. »Wer soll denn so eine scharf kalkulierende und schlaue Frau lieben? Ein Weib muss immer auch dumm sein ... ach ... Also nach Erfolg. Drei Erfolgen.«

»Wie viel?«

»Fünf.«

»Wieso fünf?«, setzte Natascha an und stockte. »Ich dachte, es würde viel billiger werden!«

»Wenn du nur deinen Mann zurückwillst, wird es billiger. Nur dass er dann nach einer gewissen Zeit wieder weg ist. Ich biete dir aber richtige Hilfe an, ein sicheres Mittel.«

»Einverstanden.« Natascha nickte. Irgendwie kam ihr das Ganze leicht irreal vor. Ein Händeklatschen – und das ungeborene Kind sollte nicht mehr da sein? Ein weiteres Händeklatschen – und sie würde dem geliebten Dummkopf selbst eine Tochter schenken?

»Nimmst du die Sünde auf dich?«, fragte die Kräuterfrau nachdrücklich.

»Was soll denn das schon für eine Sünde sein«, entgegnete Natascha, in der jetzt Ärger hochstieg. »Diese Sünde hat doch wohl jede Frau schon mindestens einmal begangen! Außerdem ist sie vielleicht gar nicht schwanger!«

Die Kräuterfrau versank in Gedanken, schien auf etwas zu lauschen. »Doch ...« Sie schüttelte den Kopf. »Und anscheinend wirklich ein Töchterchen.«

»Ich nehm alles auf mich«, meinte Natascha immer verärgerter. »Alle Sünden. Welche auch immer. Abgemacht?«

Die Kräuterfrau sah sie streng und missbilligend an. »So geht das nicht, mein Töchterchen. Was heißt hier ›alle Sünden‹? Wer weiß, was ich dir dann noch anhänge? Meine eigenen Sünden und die von anderen ..., die müsstest du dann vor Gott verantworten.«

»Das klären wir dann schon.«

»Ach, diese Jugend«, seufzte Darja. »Diese dumme Jugend. Als ob er sich mit den menschlichen Sünden herumschlagen sollte. Jede Sünde hinterlässt eine Spur, an diesen Spuren orientiert sich dann auch das Gericht ... Doch genug davon, du brauchst keine Angst zu haben. Ich hänge dir keine fremden Sünden an.«

»Da mach ich mir auch gar keine Sorgen.«

Die Kräuterfrau schien sie schon gar nicht mehr zu hören. Im Sitzen lauschte sie aufmerksam auf irgendetwas. Dann zuckte sie die Achseln. »Gut ... Machen wir uns an die Arbeit. Deine Hand!«

Unsicher streckte Natascha die rechte Hand aus, den teuren Brillantring voller Sorge im Blick. Wenn er auch nur schwer vom Finger zu ziehen war ...

»Oi!«

Die Kräuterfrau pikte sie so schnell und geschickt in den kleinen Finger, dass Natascha nicht einmal etwas merkte. Wie erstarrt saß sie da, sah auf den anschwellenden roten Tropfen. Ohne viel Federlesens warf Darja die winzige Lanzette – ein flaches Ding mit spitzem Stachel – auf einen unabgewaschenen Teller mit eingetrockneten Borschtschresten. Solche Nadeln benutzte man auch in Labors.

»Keine Angst, bei mir ist alles steril, es sind Einwegnadeln.«

»Was erlauben Sie sich eigentlich!« Natascha wollte ihre Hand zurückziehen, doch Darja packte sie mit einer unerwartet kräftigen und zielsicheren Bewegung.

»Halt still, du dummes Mädchen! Sonst muss ich noch mal piken!«

Sie zog ein Apothekerfläschchen aus dunkelbraunem Glas aus der Tasche. Die Beschriftung auf dem Etikett war verwaschen, aber nicht vollständig, sogar die ersten Buchstaben ließen sich noch erkennen: *Na* .... Geübt schraubte Darja es auf, stellte das Fläschchen unter Nataschas kleinen Finger und klopfte den Finger gegen den Flaschenrand. Der Tropfen landete in dem Fläschchen.

»Manche Menschen glauben«, sagte die Kräuterfrau zufrieden, »dass der Trank umso besser wirken würde, je mehr Blut drin ist. Das stimmt nicht. Das Blut muss eine gewisse Qualität haben, die Menge spielt überhaupt keine Rolle ...«

Die Kräuterhexe öffnete den Kühlschrank. Holte eine Fünfziggrammflasche Wodka *Priwet* heraus. Natascha fiel wieder ein, dass ihr Fahrer ihr dieses »Reanimationsmittel« irgendwann einmal empfohlen hatte.

Ein paar Tropfen Wodka kamen auf den Wattebausch, den Natascha gehorsam gegen ihren Finger drückte. Die Kräuterhexe hielt Natascha die Flasche hin. »Willst du?«

Aus irgendeinem Grund malte sich Natascha lebhaft aus, wie sie morgen früh aufwachen würde – am anderen Ende der Stadt, ausgeraubt, vergewaltigt und ohne jede Erinnerung an das, was geschehen war. Sie schüttelte den Kopf.

»Na, ich genehmige mir einen.« Darja setzte das »Reanimationsmittel« an die Lippen und trank den Wodka in einem Schluck aus. »So arbeitet es sich doch gleich ... viel besser. Und du ... du brauchst keine Angst vor mir zu haben. Raub ist nicht mein Metier.«

Einige Tropfen, die noch in der Flasche waren, gab Darja ebenfalls in das Apothekerfläschchen mit dem Trank. Dann fügte die Kräuterhexe, ohne sich um den neugierigen Blick Nataschas zu scheren, Salz, Zucker, heißes Wasser aus dem Teekessel und ein Pulver mit starkem Vanillegeruch hinzu.

»Was ist das?«, fragte Natascha.

»Hast du Schnupfen? Vanille.«

Die Kräuterhexe hielt ihr das Fläschchen hin. »Nimm das.«

»Und das ist alles?«

»Ja. Gib das deinem Mann zum Trinken. Schaffst du das? Du kannst es ihm in den Tee mischen oder in Wodka, auch wenn das nicht gerade empfehlenswert ist.«

»Und wo soll da die ... Zauberei sein?«

»Was für Zauberei?«

Erneut kam sich Natascha wie eine Idiotin vor. »Da ist ein Tropfen meines Bluts drin«, platzte sie fast schreiend heraus. »Ein Tropfen Wodka, Zucker, Salz und Vanille!«

»Und Wasser«, fügte Darja hinzu. Sie stemmte die Hände in die Hüften. Sah Natascha voller Ironie an. »Was hast du denn erwartet? Getrocknete Krötenaugen? Piroleier? Oder soll ich da reinrotzen? Worauf kommt es dir an? Auf die Zutaten oder auf die Wirkung?«

Natascha schwieg, überrumpelt von dieser Attacke. Darja hingegen fuhr fort, ohne ihre Belustigung zu verbergen. »Mein liebes Mädchen ... Wenn ich Eindruck bei dir hätte schinden wollen, dann hätte ich das geschafft. Mit Sicherheit. Aber es kommt nicht auf das an, was in dem Fläschchen ist, sondern darauf, wer den Inhalt zusammengemischt hat. Mach dir keine Gedanken, geh nach Hause und gib es deinem Mann zu trinken. Er kommt doch noch ab und an bei dir vorbei?«

»Ja ... heute Abend. Er hat angerufen, dass er ein paar Sachen holen müsse ...«, murmelte sie.

»Soll er sie ruhig holen, nur muss er dabei auch seinen Tee trinken. Morgen schleppt er seine Sachen dann wieder an. Natürlich nur, wenn du willst.« Darja grinste. »Also gut ..., bleibt noch das Letzte. Nimmst du diese Sünde auf dich?«

»Ja.« Natascha merkte mit einem Mal, dass ihr das Lachen im Halse stecken blieb. Irgendetwas war hier gar nicht komisch. Die Kräuterfrau gab sich zu ernst. Und wenn ihr Mann morgen wirklich zurückkommen würde ...

»Dein Wort, meine Tat ...« Darja breitete langsam die Arme aus. Sprach eine komplizierte Formel: »Wasser so rot, dazu fremde Not, fauliger Samen, Frucht ohne Namen ... Was war, ist nicht mehr, was nicht war, wird nicht sein ... Ins Nirgendwo entschwinde, dass keine Spur man finde, nach meinem Willen, auf mein Wort ...« Ihre Stimme senkte sich zu einem raunenden Flüstern herab. Eine Minute lang bewegte die Kräuterfrau die Lippen. Dann klatschte sie kräftig in die Hände.

Anscheinend war die Phantasie mit Natascha durchgegangen, denn sie meinte plötzlich, durch die Küche fege eisiger Wind. Ihr Herz raste, ihre Haut kribbelte.

Darja schien mit dem Kopf etwas abzuschütteln. Dann sah die Kräuterfrau Natascha an. »Das war's«, meinte sie nickend.

»Geh jetzt, meine Liebe. Geh nach Hause, mein Töchterchen, und warte auf deinen Mann.«

Natascha stand auf. »Und was ist ... wenn ich ...«, setzte sie an.

»Wenn du schwanger bist, denkst du von allein an mich. Ich werde drei Monate warten. Danach werde ich nicht lange fackeln.«

Natascha nickte. Sie schluckte den Kloß hinunter, der ihr schon wieder im Hals steckte. Aus irgendeinem Grund glaubte sie nun alles, was ihr von dieser Quacksalberin versprochen worden war – und begriff mit schmerzlicher Klarheit, dass es ihr in drei Monaten, wenn wirklich alles klappen sollte, unendlich leid um das Geld tun würde. Sie würde alles einem Zufall zuschreiben wollen. Für den man dieser verdreckten Scharlatanin ja wohl keine fünftausend Dollar geben musste!

Gleichzeitig wusste sie aber auch, dass sie es tun würde. Vielleicht würde sie die Bezahlung bis zum letzten Tag hinauszögern, aber sie würde Darja das Geld geben.

Denn sie würde sich an dieses leichte Klatschen der ungepflegten Hände und diese Welle der Kälte erinnern, die sich plötzlich in der Küche ausgebreitet hatte.

»Geh jetzt«, wiederholte die Kräuterfrau mit leichtem Nachdruck. »Ich muss mich um mein Essen kümmern und die Wohnung sauber machen. Also sieh zu ...«

Natascha ging in die dunkle Diele, schlüpfte voller Erleichterung aus den Latschen und zog ihre Schuhe an. Die Strümpfe hatten es offenbar überlebt – immerhin etwas, denn gehofft hatte sie nicht darauf.

Sie sah die Kräuterfrau an, versuchte Worte zu finden, um ihr zu danken, noch nach etwas zu fragen, vielleicht würde ihr sogar ein Scherz über die Lippen kommen ...

Aber Darja wirkte völlig entgeistert. Die Augen der Kräuterfrau hatten sich geweitet, sie starrte auf die verschlossene Tür und fuchtelte leicht mit den Händen vor sich in der Luft herum. »Wer ...?«, flüsterte sie. »Wer ... wer?«

Im nächsten Moment flog hinter Natascha krachend die Tür auf. Im Korridor drängten sich plötzlich lauter Menschen: zwei Männer, die die Kräuterfrau fest bei der Hand gepackt hielten, und einer, der schnellen Schritts und ohne sich umzusehen in die Küche ging – offensichtlich kannte er den Grundriss der Wohnung genau. Neben Natascha stand eine junge schwarzhaarige Frau. Alle Männer trugen einfache und irgendwie absichtlich unauffällige Kleidung: Shorts, in denen aufgrund der außergewöhnlichen Hitze neunzig Prozent der männlichen Bevölkerung Moskaus herumliefen, und T-Shirt. Natascha durchzuckte mit einem Mal der überraschende und beängstigende Gedanke, diese Kleidung könne eine besondere Variante der unauffälligen grauen Anzüge der Herren vom Geheimdienst sein.

»Wie hässlich«, sagte die junge Frau missbilligend, während sie Natascha ansah und den Kopf schüttelte. »Wie gemein, Natalja Alexejewna.«

Im Unterschied zu den Männern trug sie dunkle Jeans und eine Jeansjacke. An einer silbernen Kette um ihren Hals funkelte ein Anhänger, an den Fingern blitzten mehrere massive Silberringe: aufwendig gearbeitete Stücke mit dem Kopf eines Drachen oder eines Tigers, um die sich Schlangen oder seltsame, an die Buchstaben eines unbekannten Alphabets erinnernde Ornamente wanden.

»Wovon reden Sie ...«, fragte Natascha mit brechender Stimme.

Statt zu antworten zog die Frau schweigend Nataschas Tasche auf und holte das Fläschchen heraus. Hielt es ihr unter die Nase. Und schüttelte abermals vorwurfsvoll den Kopf.

»Gefunden!«, schrie der Mann aus der Küche. »Liegt alles zutage, Leute.«

Einer der Männer, die die Kräuterfrau festhielten, seufzte. »Darja Leonidowna Romaschowa!«, näselte er mit gelangweilter Stimme. »Im Namen der Nachtwache sind Sie verhaftet.«

»Was für eine Nachtwache?« In der Stimme der Kräuterfrau

schwang eindeutig ihr Unverständnis mit, klang aber auch Panik an. »Wer sind Sie überhaupt?«

»Sie haben das Recht, auf unsere Fragen zu antworten«, fuhr der junge Mann fort. »Jede magische Handlung von Ihrer Seite wird als feindlicher Akt betrachtet und ohne Vorwarnung geahndet. Sie haben das Recht, um Regelung ihrer persönlichen menschlichen Verpflichtungen nachzusuchen. Ihnen wird zur Last gelegt ... Garik?«

Der Gerufene kam aus der Küche zurück. Wie im Traum registrierte Natascha, dass er ein ausgesprochen intelligentes, nachdenklich-trauriges Gesicht hatte. Solche Männer hatten ihr schon immer gefallen ...

»Meiner Meinung nach die üblichen Sachen«, sagte Garik. »Gesetzwidrige Beschäftigung mit schwarzer Magie. Manipulationen des menschlichen Bewusstseins dritten oder vierten Grades. Mord. Steuerhinterziehung ... aber das geht uns nichts an, damit sollen sich die Dunklen rumschlagen.«

»Ihnen wird gesetzwidrige Beschäftigung mit schwarzer Magie, Manipulation des menschlichen Bewusstseins und Mord vorgeworfen«, wiederholte der Mann, der Darja gepackt hielt. »Sie kommen jetzt mit uns mit.«

Die Kräuterfrau stieß einen durchdringenden, schrecklichen Schrei aus. Unwillkürlich starrte Natascha auf die sperrangelweit aufstehende Tür. Selbstverständlich war es naiv darauf zu hoffen, dass Nachbarn zu Hilfe kommen würden. Aber die Miliz konnten sie doch rufen, oder?

Die seltsamen Besucher reagierten in keiner Weise auf den Schrei. Nur die junge Frau runzelte die Stirn. »Was sollen wir mit der tun?«, fragte sie und nickte in Nataschas Richtung.

»Ihr den Trank abnehmen und die Erinnerung löschen.« Ohne jedes Mitleid blickte Garik Natascha an. »Soll sie doch glauben, es sei niemand zu Hause gewesen.«

»Das ist alles?« Die junge Frau holte eine Schachtel Zigaretten aus der Tasche und zündete sich genüsslich eine an.

»Was hätten wir denn sonst für Möglichkeiten, Katja? Sie ist ein Mensch, was sollten wir mit der schon anfangen?«

Das alles war nicht einmal schrecklich. Sondern ein Traum, ein Albtraum ... und Natascha verhielt sich wie in einem Traum. Mit einer abrupten Bewegung riss sie der jungen Frau die kostbare Flasche aus der Hand und stürzte zur Tür.

Etwas warf sie zurück. Als sei sie gegen eine unsichtbare Wand gerannt. Natascha schrie auf und fiel vor der Kräuterfrau zu Boden, während das Fläschchen ihr aus den Händen flog und unerwartet leicht an der Wand zerschlug. Eine winzige Pfütze aus einer klebrigen farblosen Flüssigkeit breitete sich auf dem Linoleum aus.

»Tigerjunges, sammel die Scherben für den Bericht ein«, sagte Garik ruhig.

Natascha fing an zu weinen.

Nein, nicht aus Angst, obwohl Gariks Ton keinen Zweifel ließ: Sie würden ihre Erinnerung löschen. In die Hände klatschen oder irgendwas anderes tun – und sie löschen. Danach würde sie auf der Straße stehen, in der felsenfesten Überzeugung, die Tür zur Wohnung der Kräuterfrau sei für sie verschlossen geblieben.

Sie weinte und beobachtete, wie auf dem dreckigen Boden ihre Liebe zerfloss.

Durch die offene Tür stürmte jemand vom Hausflur herein. »Kinder, wir kriegen Besuch!«, hörte Natascha eine alarmierte Stimme, drehte sich aber nicht einmal um. Wozu auch? Sie würde ja sowieso alles vergessen. Alles würde sich zerschlagen, in spitzen Scherben zerstieben, im Schmutz zerfließen.

Für immer.

Eins

Morgens reichte die Zeit nie, um fertig zu werden. Ich konnte um sieben Uhr aufstehen oder um sechs. Am Ende würden mir so oder so fünf Minuten fehlen.

Wie das wohl kam?

Ich stand vorm Spiegel und legte eilig Lippenstift auf. Immer dasselbe: Sobald ich mich beeilte, zog ich den Strich nicht gleichmäßig, sondern wie eine Schülerin, die zum ersten Mal heimlich Mamas Lippenstift benutzt. Dann sollte ich es besser ganz sein lassen und ungeschminkt aus dem Haus gehen. Ich habe diesbezüglich keine Vorurteile, bei meinem Aussehen wäre das kein Problem.

»Alja!«

Na bitte.

Auch darauf konnte ich warten!

»Was denn, Mamachen?«, schrie ich und schlüpfte rasch in die Sandaletten.

»Komm mal her, Kleine.«

»Mama, ich hab schon Schuhe an!«, rief ich, während ich das herunterrutschende Riemchen zurechtrückte. »Ich komme zu spät, Mama!«

»Alja!«

Es brachte nichts, Streit anzufangen.

Ich klapperte absichtlich laut mit den Absätzen, als ich in die Küche ging, obwohl ich eigentlich überhaupt nicht wütend war.

Wie nicht anders zu erwarten, saß meine Mutter vor dem laufenden Fernseher, trank eine Tasse Tee nach der anderen und aß Keks um Keks. Was sie wohl an diesen widerlichen dänischen Keksen fand? Dieses schreckliche Zeug! Ganz zu schweigen von den Folgen für die Figur.

»Machst du heute wieder Überstunden, meine Kleine?«, fragte meine Mutter, ohne sich in meine Richtung umzudrehen.

»Weiß ich noch nicht.«

»Alissa, ich weiß nicht, ob du dir das gefallen lassen darfst. Es gibt Arbeitszeiten, und dich bis nachts um eins festzuhalten ...« Meine Mutter schüttelte den Kopf.

»Dafür bezahlen sie mich doch«, sagte ich leichthin.

Jetzt sah meine Mutter mich an. Ihre Lippen zitterten. »Willst du mir einen Vorwurf machen? Ja?«

Meine Mutter wusste ihre Stimme stets gut einzusetzen. Wie eine Schauspielerin. Sie hätte ans Theater gehen sollen.

»Ja, wir leben von deinem Gehalt«, sagte meine Mutter bitter. »Der Staat hat uns nach Strich und Faden betrogen und uns zum Sterben in die Gosse geworfen. Vielen Dank, mein Töchterchen, dass du uns nicht vergisst. Dein Vater und ich sind dir sehr dankbar. Aber du musst uns nicht ewig daran erinnern ...«

»Mama, das wollte ich doch auch nicht. Du weißt genau, Mama, dass mein Arbeitstag keine festen Zeiten hat.«

»Dein Arbeitstag!« Meine Mutter rang die Hände. An ihrem Kinn hing ein Kekskrümel. »Sag doch lieber gleich deine Arbeitsnacht! Wobei uns noch immer schleierhaft ist, was du eigentlich machst!«

»Mam ....«

Natürlich dachte sie nichts dergleichen. Im Gegenteil, sie erzählte ihren Freundinnen immer voller Stolz, was ich für ein mustergültiges und außergewöhnliches Mädchen sei. Sie war heute Morgen einfach auf Streit aus. Vielleicht hatte sie die Nachrichten gesehen und von einer neuen Gemeinheit in unserem Alltag erfahren. Vielleicht hatte sie sich mit meinem Vater verkracht – er war sicherlich nicht ohne Grund so früh aus dem Haus gegangen.

»Außerdem habe ich nicht die Absicht, mit vierzig Großmutter zu werden!«, fuhr meine Mutter übergangslos fort. Doch was hätte sie auch lang Anlauf nehmen sollen? Schon seit langem befürchtete sie, ich würde heiraten und aus dem Haus gehen, sodass sie und mein Vater zu zweit miteinander auskommen mussten. Das heißt, vielleicht müssen sie das auch gar nicht: Ich hatte mir mal die Realitätslinien angeschaut, und es war sehr wahrscheinlich, dass mein Vater sie wegen einer anderen Frau verließ. Er war drei Jahre jünger als meine Mutter ... und im Unterschied zu ihr ließ er sich nicht gehen.

»Du wirst dieses Jahr fünfzig, Mama«, sagte ich. »Jetzt entschuldige, ich hab's eilig.«

Ich war schon in der Diele, als mich der von gerechter Empörung berstende Schrei meiner Mutter erreichte. »Nie willst du mit deiner Mutter mal in Ruhe reden!«

»Es gab eine Zeit, da wollte ich es«, murmelte ich vor mich hin, während ich zur Tür hinausschlüpfte. »Als ich ein Mensch war, wollte ich es. Aber wo warst du damals ...«

Natürlich malte meine Mutter sich jetzt aus, welches Fass sie heute Abend aufmachen würde. Außerdem würde sie davon träumen, meinen Vater in den Streit hineinzuziehen. Bei diesem Gedanken platzte mir echt der Kragen.

Was war das nur für eine Art – einen geliebten Menschen in einen Streit hineinzuziehen? Und meine Mutter liebte ihn! Bis jetzt liebte sie ihn, das wusste ich genau, denn das hatte ich überprüft. Aber sie verstand nicht, dass sie mit ihrem Verhalten in meinem Vater die Liebe zu ihr zerstörte.

Das würde ich nie tun.

Und meiner Mutter würde ich es auch nicht erlauben!

Im Hauseingang war niemand, doch selbst wenn, hätte mich das nicht von meinem Plan abgebracht. Ich drehte mich zur Tür zurück und sah sie auf eine besondere Art an, indem ich die

Augen leicht zusammenkniff. Damit ich meinen Schatten ausmachen konnte.

Meinen wirklichen Schatten. Den, der im *Zwielicht* entsteht.

Das sieht aus, als verdichte sich die Finsternis vor dir. Bis sie völlig undurchdringlich ist, bis sie ein Schwarz annimmt, das eine sternenlose Nacht wie Tag wirken lässt.

Vor dem Hintergrund dieser Dunkelheit hebt sich zitternd eine gräuliche, aufwölkende, weder räumliche noch flache Silhouette ab. Eine Silhouette wie aus dreckiger Watte geschnitten. Oder umgekehrt: Wie wenn man das große Dunkel zerschnitten und in ihm eine Tür ins *Zwielicht* offen gelassen hätte.

Ich machte einen Schritt und trat auf den Schatten, der an mir hochhuschte, meinen Körper einnahm. Und die Welt veränderte sich.

Die Farben verblassten fast völlig. Alles erstarrte in einem grauen, verwaschenen Dunst, wie man es kennt, wenn der Fernseher auf ein Minimum an Farbe und Kontrast eingestellt ist. Die Geräusche dehnten sich, und es senkte sich Stille herab, die nur noch ein kaum wahrnehmbares Brummen durchließ, so leise wie das Rauschen eines fernen Meeres.

Ich war ins *Zwielicht* eingetreten.

Und sah, wie in der Wohnung die Empörung meiner Mutter loderte. Zitronengelb, eine saure Farbe, vermischt mit Selbstmitleid und grellgrünem Groll auf meinen Vater, der mal wieder zu spät zur Garage aufgebrochen war, um am Auto herumzubasteln.

Dann bildete sich über meiner Mutter langsam ein schwarzer Wirbelwind heraus. Ein gut gezielter Fluch, wenn auch noch etwas schwach, à la »Verblöden sollst du auf deiner Arbeit, du undankbares Biest!«, doch immerhin der Fluch einer Mutter. Was ihn besonders effektiv und langlebig machte.

Das lassen wir mal schön bleiben, Mamotschka!

Papa verdankt deinen Bemühungen den ersten Herzinfarkt

mit siebenunddreißig und ist vor drei Jahren einem zweiten nur knapp entkommen – wobei ich für seine Rettung einen Preis zahlen musste, an den ich mich lieber nicht erinnern möchte. Hast du es jetzt auch auf mich abgesehen?

Ich reckte mich mit einer solchen Kraft im *Zwielicht*, dass es in den Schulterblättern schmerzhaft zog. Packte Mamas Bewusstsein, das krampfhaft zuckte und dann erstarrte.

Gut ... machen wir es so ...

Mir brach der Schweiß aus, obwohl es im *Zwielicht* immer kalt ist. Ich gab meine Kraft her, die ich für die Arbeit gebraucht hätte. Dafür erinnerte sich meine Mutter schon im nächsten Moment nicht mehr daran, was sie mir gesagt hatte. Überhaupt war sie rundum zufrieden, dass ich solch ein Arbeitstier war, dass man mich auf der Arbeit schätzte und mochte, dass ich in aller Herrgottsfrühe aus dem Haus ging und erst nach Mitternacht wiederkam.

Gut.

Wahrscheinlich würde die Wirkung nicht lange anhalten, denn ich hatte nicht zu tief ins Bewusstsein meiner Mutter eindringen wollen. Doch ein paar Monate in Ruhe und Frieden dürften mir sicher sein. Und meinem Vater auch, denn ich bin ein Vaterkind und liebe ihn viel stärker als meine Mutter. Nur Kinder haben Schwierigkeiten zu entscheiden, wen sie mehr lieben, Mama oder Papa, Erwachsene haben damit kein Problem.

Zum Schluss knickte ich den halbfertigen schwarzen Wirbel ab – er drang durch die Wand, auf der Suche nach jemandem, an den er sich anheften konnte. Dann atmete ich tief durch. Mit einem kritischen Blick betrachtete ich den Hauseingang.

Ich hatte hier schon lange nicht mehr sauber gemacht. Das blaue Moos wucherte bereits wieder, an unserer Tür übrigens am stärksten. Kein Wunder, so hysterisch wie meine Mutter sich aufführte, fand es immer was zu futtern. Als ich noch ein kleines Mädchen war, habe ich gedacht, die Lichten würden das

Moos züchten, um uns zu ärgern. Später habe ich dann erfahren, dass das blaue Moos ein eingeborener Bewohner des *Zwielichts* ist, ein Parasit, der menschliche Gefühle frisst.

»Eis!«, befahl ich und riss den Arm hoch. Die Kälte konzentrierte sich gehorsam um meine Finger herum, um dann wie eine feste Bürste über die Wände zu kratzen. Die gefrorenen nadelartigen Blättchen des Mooses rieselten auf den Boden und zerfielen im Nu zu Staub.

Richtig so!

Hier bekommst du es mit etwas anderem zu tun als mit den Gedanken der Menschen, von denen du dich sonst ernährst!

Das hier ist echte Kraft – die Kraft einer Anderen.

Ich trat aus dem *Zwielicht* heraus – in der Menschenwelt waren noch nicht mal ein paar Sekunden vergangen – und strich mir das Haar zurecht. Da mir Schweiß auf der Stirn stand, holte ich ein Taschentuch hervor und tupfte ihn ab. Und klar doch: Als ich danach in den Spiegel blickte, konnte ich mich davon überzeugen, dass die Wimperntusche verschmiert war.

Um mich um mein Aussehen zu kümmern blieb mir nun wirklich keine Zeit. Ich warf mir einfach einen leichten Schleier der Attraktivität über, der es keinem Menschen erlauben würde, das ruinierte Make-up zu erkennen. Wir nennen diesen Zauber nach dem traditionellen Gewand muslimischer Frauen »Parandscha« und lassen es uns normalerweise nicht entgehen, einen Anderen im »Parandscha« auszulachen. Trotzdem bedienen sich alle dieses Zaubers. Wenn die Zeit nicht reicht, wenn man unbedingt einen guten Eindruck machen muss, wenn man sich einen Spaß erlauben will. Eine junge Hexe aus Pskow, die nichts anderes hinkriegte, als sich in den »Parandscha« zu hüllen, arbeitet schon seit drei Jahren als Mannequin. Und kommt damit über die Runden. Ihr einziges Pech: Bei Fotos und Videos wirkt der Zauber nicht, weshalb sie keines der unzähligen Angebote, in die Werbung zu kommen, annehmen kann.

Heute hatte sich alles gegen mich verschworen. Der Fahrstuhl brauchte eine Ewigkeit – der zweite funktionierte schon lange nicht mehr –, und als ich aus dem Haus kam, stieß ich mit Witalik zusammen, dem Jungen, der über uns wohnte. Als er mich im »Parandscha« sah, erstarrte er förmlich zur Salzsäule und lächelte einfältig. Seit er dreizehn ist, ist er in mich verliebt, und zwar schwer, unerwidert und wortlos. Was auf meine Unzulänglichkeit zurückgeht, wenn ich ehrlich sein soll. Damals erlernte ich gerade Betörungszauber und wollte sie bei diesem Jungen aus der Nachbarschaft ausprobieren, der mich ohnehin nicht genug anstarren konnte, wenn ich im Badeanzug auf dem Balkon saß und mich sonnte. Also habe ich an ihm geübt! Dabei habe ich die Begrenzungsfaktoren übersehen. Sodass er sich ein für alle Mal in mich verliebt hat. Wenn er mich längere Zeit nicht sieht, lässt sein Gefühl etwas nach, doch ich brauche ihm nur kurz zu begegnen – und schon geht alles von vorn los. Glück in der Liebe wird er jedenfalls nie finden.

»Witalik, ich hab's eilig«, sagte ich lächelnd.

Doch er hatte sich bereits vor mir aufgebaut und blockierte meinen Weg. Dann wagte er ein Kompliment. »Du siehst heute wunderschön aus, Alissa.«

»Danke.« Ich schob ihn sanft beiseite und spürte, wie mein Nachbar erbebte, als mein Arm seine Schulter berührte. Sicherlich würde er sich eine Woche an diese Berührung erinnern ...

»Ich habe meine letzte Prüfung bestanden, Alissa!«, rief er mir schnell nach. »Das war's, jetzt bin ich Student!«

Ich drehte mich um und sah ihn mir aufmerksam an.

Dieser Konsument von Antipickelcreme hegte doch wohl nicht etwa irgendwelche Illusionen? Hoffte er etwa, wenn er ein Studium aufnimmt, sein »Erwachsenenleben« beginnt, kann er irgendetwas von mir wollen?

»Um die Armee drückst du dich also?«, fragte ich. »Die Männer sind auch nicht mehr das, was sie mal waren. Alles Waschlappen. Keiner mehr, der dienen will, Lebenserfahrung sammeln und danach studieren.«

Langsam erstarb sein Lächeln. Ein Bild für die Götter!

»Tschüss, Witalka«, sagte ich. Und sprang aus dem Haus hinaus in die drückende sommerliche Hitze. Meine Laune hatte sich jedoch etwas gehoben.

Es ist immer komisch, diese verliebten Jüngelchen zu beobachten. Mit ihnen zu flirten ist langweilig, mit ihnen ins Bett zu gehen widerlich, aber sie zu beobachten ist das reinste Vergnügen. Irgendwann muss ich ihm mal einen Kuss geben ...

Übrigens war schon eine Minute später jeder Gedanke an meinen verliebten Nachbarn verpufft. Mit ausgestrecktem Daumen stellte ich mich an den Straßenrand. Das erste Auto fuhr an mir vorbei – der Fahrer verschlang mich zwar mit Blicken, doch neben ihm saß seine Frau. Das nächste Auto hielt an.

»Ich muss ins Zentrum«, sagte ich, wobei ich mich etwas zum Fenster hinunterbeugte. »In die Maneshnaja.«

»Steigen Sie ein.« Der Fahrer, ein etwa vierzigjähriger Mann mit hellbraunem Haar und intelligentem Aussehen, beugte sich herüber und öffnete die Tür. »Eine so attraktive Frau kann ich doch nicht stehen lassen.«

Ich schlüpfte auf den Beifahrersitz des alten Shiguli, eines »Neuner«, und ließ das Fenster ganz herunter. Wind peitschte mir ins Gesicht. Wenigstens eine gewisse Erleichterung.

»Mit der Metro wären Sie schneller da«, gab der Fahrer ehrlich zu bedenken.

»Die mag ich nicht.«

Der Fahrer nickte. Er gefiel mir, glotzte nicht zu sehr – obwohl ich es mit dem »Parandscha« vermutlich etwas übertrieben hatte. Das Auto war gepflegt. Außerdem hatte er schöne Hände. Kräftige Hände, die locker, aber sicher auf dem Lenkrad ruhten.

Schade, dass ich keine Zeit hatte.

»Kommen Sie zu spät zur Arbeit?«, erkundigte sich der Fahrer. Er siezte mich, aber auf eine sehr persönliche, intime Weise.

Ob ich ihm meine Telefonnummer geben sollte? Inzwischen bin ich eine freie Frau, kann machen, was mir gefällt.

»Ja.«

»Und was machen so schöne Frauen wie Sie?« Das war kein Versuch, mich anzubaggern oder mir ein Kompliment zu machen, sondern eher echte Neugier.

»Was die anderen machen, weiß ich nicht. Aber ich arbeite als Hexe.«

Er lachte.

»Eine Arbeit wie jede andere ...« Ich holte meine Zigaretten und das Feuerzeug heraus. Da mich der Fahrer kurz mit einem missbilligenden Blick ansah, fragte ich gar nicht erst um Erlaubnis. Sondern zündete mir gleich eine an.

»Und was hat eine Hexe so für Aufgaben?«

Wir bogen in die Russakowskaja, und der Fahrer gab Gas. Vielleicht kam ich doch noch pünktlich?

»Kommt ganz darauf an«, meinte ich ausweichend. »Vor allem bieten wir den Kräften des Lichts paroli.«

Der Fahrer nahm offenbar als Spiel, was alles andere als ein Spiel war.

»Du stehst also auf der Seite der Finsternis?«

»Des Dunkels.«

»Das ist stark. Ich kenne auch eine Hexe. Meine Schwiegermutter.« Der Fahrer lachte. »Aber sie ist Gott sei Dank schon in Rente. Und was hast du gegen die Kräfte des Lichts?«

Heimlich überprüfte ich seine Aura. Nein, alles in Ordnung – er war ein Mensch.

»Sie stören. Sagen Sie doch mal, was ist für Sie das Wichtigste im Leben?«

Der Fahrer dachte kurz nach. »Das Leben. Und das mich niemand stört zu leben.«

»Ganz genau«, stimmte ich ihm zu. »Jeder möchte frei sein, oder etwa nicht?«

Er nickte.

»Und wir, die Hexen, kämpfen für diese Freiheit. Für das Recht eines jeden, das zu tun, was er möchte.«

»Und wenn ein Mensch etwas Böses möchte?«

»Das ist sein Recht.«

»Aber wenn er dabei das Recht anderer Menschen verletzt? Sonst könnte ich ja jetzt einfach jemanden über den Haufen fahren und sein Recht verletzen.«

Mich amüsierte das. Wir führten hier die fast klassische Diskussion zum Thema »Was ist das Licht und was ist das Dunkel«. Und sowohl wir, die Dunklen, wie auch diejenigen, die sich selbst die Lichten nennen, unterziehen die Novizen diesbezüglich einer Gehirnwäsche.

»Wenn jemand versucht, deine Rechte zu verletzen, hindere ihn daran. Das ist dein Recht.«

»Alles klar. Das Gesetz des Dschungels. Das Recht des Stärkeren.«

»Stärker, schlauer, weitblickender. Und das ist keineswegs das Gesetz des Dschungels, sondern das Gesetz des Lebens. Oder sehen Sie da wirklich einen Unterschied?«

Der Fahrer dachte kurz nach und schüttelte den Kopf.

»Nein, seh ich nicht. Das heißt, ich hätte jetzt das Recht, irgendwohin zu fahren, mich auf Sie zu stürzen und Sie zu vergewaltigen?«

»Sind Sie sicher, dass Sie stärker sind als ich?«, fragte ich.

Wir hielten gerade an einer Kreuzung, und der Fahrer sah mich aufmerksam an. »Nein ...«, meinte er kopfschüttelnd. »Da bin ich mir nicht sicher. Aber wenn ich nicht über Frauen herfalle, so doch nicht deshalb, weil sie sich wehren könnten!«

Er wurde leicht nervös. Obwohl wir anscheinend nur herumsponnen, spürte er, dass mehr dahinter steckte.

»Deshalb und weil Sie im Gefängnis landen könnten«, sagte ich. »Das ist alles.«

»Nein«, widersprach er fest.

»Doch.« Ich lächelte. »Genau deshalb. Sie sind doch ein normaler, gesunder Mann, und Ihre Reaktionen sind völlig adäquat. Aber es gibt ein Gesetz, und deshalb ziehen Sie es vor, nicht über Frauen herzufallen, sondern sie erst zu umgarnen.«

»Eine Hexe ...«, brummelte der Fahrer mit einem schiefen Lächeln. Dann drückte er das Gaspedal durch.

»Genau«, bestätigte ich. »Denn ich sage die Wahrheit und verrenk mir nicht die Seele. Jeder möchte in Freiheit leben. Das tun, was ihm gefällt. Immer gelingt das natürlich nicht, denn jeder hat seine eigenen Wünsche, aber trotzdem versucht jeder genau das. Aus diesen Konflikten heraus entsteht dann auch die Freiheit! Eine harmonische Gesellschaft, in der jeder alles bekommen möchte, auch wenn er sich mit den Wünschen anderer arrangieren muss.«

»Und wo bleibt die Moral?«

»Was für eine Moral?«

»Die allgemein menschliche.«

»Was für eine?«, fragte ich.

Es gibt nichts Besseres, als einen Menschen mit der Forderung, seine Frage präzise zu formulieren, in eine Sackgasse zu treiben. Die Menschen denken in der Regel nicht über den Sinn der Wörter nach, die sie in den Mund nehmen. Sie glauben, Wörter gäben die Wahrheit wieder, meinen, unter dem Wort »rot« stelle sich jeder Mensch eine reife Himbeere vor, aber nicht fließendes Blut, während das Wort »Liebe« alle an die Sonette Shakespeares und nicht an erotische *Playboy*-Filme denken lasse. So geraten sie in eine Sackgasse, wenn das gewählte Wort nicht die gewünschte Reaktion auslöst.

»Es gibt doch wohl Grundlagen«, meinte der Fahrer. »Dogmen. Tabus. So was ... wie ... Gebote.«

»Zum Beispiel?«, wollte ich wissen.

»Du sollst nicht stehlen.«

Ich lachte los. Der Fahrer lächelte ebenfalls.

»Du sollst nicht begehren deines Nächsten Weib.« Jetzt lächelte er bereits von sich aus.

»Klappt das?«, fragte ich.

»Je nachdem.«

»Selbst das *nicht begehren* klappt? Haben Sie Ihre Instinkte derart gut unter Kontrolle?«

»Hexe!«, sagte der Fahrer genüsslich. »Also gut, ich beichte ...«

»Zu beichten ist nicht nötig!«, unterbrach ich ihn. »Das ist normal. Das ist die Freiheit! Ihre Freiheit. Sowohl zu stehlen ... als auch zu begehren.«

»Du sollst nicht töten!«, parierte der Fahrer. »Was ist damit? Was sagst du jetzt? Das ist ein allgemein menschliches Gebot!«

»Es heißt aber auch: *Du sollst das Böcklein nicht in der Milch seiner Mutter kochen*. Sehen Sie fern oder lesen Zeitung?«, fragte ich.

»Manchmal. Und ohne jedes Vergnügen.«

»Warum nennen Sie dann *Du sollst nicht töten* ein Gebot? Du sollst nicht töten ... Heute morgen haben sie berichtet, dass man im Süden drei weitere Geiseln genommen hat und Lösegeld fordert. Allen dreien ist bereits ein Finger abgeschnitten worden, um die Ernsthaftigkeit der Forderung zu unterstreichen. Eine der Geiseln ist, nebenbei bemerkt, ein dreijähriges Mädchen. Ihr hat man übrigens auch einen Finger abgeschnitten.«

Die Finger des Fahrers, die das Steuer hielten, verkrampften sich, wurden weiß.

»Diese Schweine ...«, zischte er. »Diese Entarteten. Ich habe es gehört, ja ... Aber das sind Dreckskerle, Unmenschen, nur die sind zu so etwas fähig! Mit meinen eigenen Händen könnte ich jeden Einzelnen von ihnen erwürgen ...«

Ich schwieg. Die Aura des Fahrers loderte purpurrot auf. Wenn er jetzt bloß keinen Unfall baute. Er hatte sich kaum noch unter Kontrolle. Zu genau hatte ich ins Ziel getroffen: Er hatte selbst eine kleine Tochter ...

»Öffentlich aufhängen sollte man die!«, zeterte er weiter. »Mit Napalm abfackeln!«

Ich schwieg. Und erst als der Fahrer allmählich verstummte, fragte ich: »Und wo bleiben dann Ihre allgemein menschlichen Gebote? Wenn Sie jetzt ein Maschinengewehr in Händen hätten, würden Sie die Kerle ohne zu zögern abknallen.«

»Für entartete Bestien gelten überhaupt keine Gebote!«, blaffte der Fahrer. Wo war nur seine ruhige Intelligenz geblieben? Energieströme sprudelten auf allen Seiten aus ihm heraus – und ich saugte sie auf, um rasch die heute Morgen verlorene Kraft zu erneuern.

»Selbst Terroristen sind keine entarteten Bestien«, sagte ich. »Sie sind Menschen. Wie Sie einer sind. Und für Menschen gibt es keine Gebote. Das ist eine wissenschaftlich erwiesene Tatsache.«

Je mehr ich von der aus ihm austretenden Energie aufnahm, desto stärker beruhigte sich der Fahrer. Das würde natürlich nicht lange anhalten. Bis heute Abend würde sich sein Zorn wieder hochgeschaukelt, die Wut ihn wieder gepackt haben. Das ist wie mit einem Brunnen. Selbst wenn man das Wasser schnell aus ihm herausschöpft, füllt er sich wieder nach.

»Trotzdem haben Sie Unrecht«, entgegnete er etwas ruhiger. »Die Logik ist auf Ihrer Seite, sicher ... Aber wenn wir uns heute mit dem Mittelalter vergleichen, dann hat die Moral doch unbedingt zugenommen.«

»Hören Sie doch damit auf!« Ich schüttelte den Kopf. »Was heißt das: ›zugenommen‹ ... Selbst in den Kriegen gab es damals einen strengen Ehrenkodex. Krieg bedeutete damals noch wirklich Krieg, und die Könige zogen mit ihrem Heer in den Kampf, wobei sie Thron und Kopf riskierten. Aber heute? Da will ein großes Land ein kleines unterwerfen, also schickt es drei Monate lang seine Bomben über das Land und wird damit nebenbei noch seine veraltete Munition los. Nicht einmal die Soldaten riskieren dabei ihr Leben! Genauso gut könnten Sie auf den Gehsteig fahren und die Fußgänger umhauen wie Kegel.«

»Der Ehrenkodex galt nur unter Aristokraten«, widersprach

der Fahrer scharf. »Die einfachen Menschen sind massenhaft umgekommen.«

»Soll sich daran heute tatsächlich etwas geändert haben?«, fragte ich. »Wenn ein Oligarch einen Konflikt mit einem anderen austrägt, wird ein bestimmter Ehrenkodex beachtet! Denn sowohl der eine wie der andere verfügt über Dummköpfe, die für ihn die Drecksarbeit machen, beide haben Materialien, mit denen sie den anderen kompromittieren können, irgendwo gibt es gemeinsame Interessen, irgendwo verwandtschaftliche Beziehungen. Das ist die gleiche Aristokratie wie früher! Dieselben Könige, die wie die Maden im Speck leben. Während die einfachen Menschen für sie Vieh sind. Eine Hammelherde, die man schert, um Profit zu machen. Aber manchmal bringt es eben mehr ein, sie zu schlachten. Es gab nie Gebote, es gibt sie auch jetzt nicht!«

Der Fahrer verstummte.

Und ließ auch danach kein Wort mehr fallen. Wir bogen von der Kamergerski-Gasse in die Twerskaja, und ich sagte ihm, wo er mich rauslassen solle. Bezahlte und gab ihm absichtlich mehr als nötig. Erst da fand der Fahrer seine Sprache wieder.

»Nie wieder nehme ich eine Hexe mit«, brachte er mit schiefem Lächeln hervor. »Das ist zu nervig. Nie hätte ich gedacht, dass mir ein Gespräch mit einer schönen Frau derart die Laune vermiesen kann.«

»Entschuldigen Sie.« Ich lächelte sanft.

»Frohes ... Schaffen.« Er schlug die Tür zu und fuhr scharf an.

Das konnte doch nicht wahr sein! Obwohl mich bisher noch niemand für eine Prostituierte gehalten hatte, war er offenbar dieser Ansicht gewesen. Das kam alles vom »Parandscha« ... Und natürlich von meinem Bezirk.

Dafür hatte ich die heute Morgen vergeudete Kraft mehr als erneuert. Ein herausragender Spender, dieser Fahrer, dieser kluge, intelligente und starke Mann. Besser bekam ich das nur ... nur mit Hilfe des Kraftprismas hin.

Bei der Erinnerung daran erzitterte ich.

Wie dumm ... wie unglaublich dumm damals alles gelaufen war.

Mein ganzes Leben war den Bach runtergegangen. Alles hatte ich verloren – in einem einzigen kurzen Moment.

›Du gierige Idiotin!‹

Nur gut, dass kein Mensch jetzt den tatsächlichen Ausdruck auf meinem Gesicht sehen konnte. Es sah bestimmt genauso dämlich aus wie das meines jungen Nachbarn.

Gut, geschehen ist geschehen. Die Vergangenheit kehrt nicht wieder. Weder meine berufliche Stellung noch ... noch Sebulons Zuneigung. Natürlich war ich selbst schuld an allem. Und hätte eigentlich froh sein sollen, dass Sebulon mich nicht den Lichten ausgeliefert hatte.

Er liebte mich. Und ich liebte ihn – es wäre geradezu komisch, wenn sich eine junge, unerfahrene Hexe nicht in den Chef der Tagwache verlieben würde, sofern dieser sie plötzlich mit einem geneigten Blick bedachte ...

Ich ballte die Fäuste so fest zusammen, dass sich die Nägel in die Haut bohrten. Ich hatte den Boden unter den Füßen zurückgewonnen. Hatte den letzten Sommer überlebt. Allein das Dunkel weiß, wie, aber ich hatte ihn überlebt.

Und nun wollte ich nicht mehr an die Vergangenheit denken, sondern mir den Rotz abwischen und damit aufhören, nach Sebulons Aufmerksamkeit zu jiepern. Seit dem Hurrikan im letzten Jahr, der am Tag meiner beschämenden Gefangennahme ausgebrochen war, hatte er nie wieder mit mir gesprochen. Und würde auch die nächsten hundert Jahre nicht mit mir reden, davon war ich überzeugt.

Hinter mir surrten plötzlich Reifen, als ein langsam am Straßenrand entlangfahrendes Auto stehen blieb. Ein guter Wagen, ein Volvo, der ganz bestimmt nicht vom Schrottplatz stammte. Eine kahl geschorene, selbstgefällige Fresse lehnte sich heraus. Sah mich an, ging in einem zufriedenen Lächeln auf. »Wie viel?«, presste der Typ hervor.

Ich erstarrte.

»Für zwei Stunden – wie viel?«, präzisierte der glatzköpfige Idiot.

Ich sah mir die Nummer an. Keine Moskauer. Natürlich nicht.

»Die Prostituierten stehen weiter unten, du Schwachkopf«, sagte ich mit zärtlichster Stimme. »Verpiss dich!«

»Tu doch nicht so, als ob du nie die Beine breit machst«, zischte der enttäuschte Schwachkopf, der trotz allem versuchte, sein Gesicht zu wahren. »Guck doch mal, ich habe heute die Spendierhosen an.«

»Halt dein Geld zusammen«, riet ich ihm und schnippte mit den Fingern. »Du brauchst es noch, du musst nämlich deine Karre flottmachen.«

Ich drehte ihm den Rücken zu und ging gemächlich auf das Gebäude zu. Meine Handfläche schmerzte leicht vom Rückstoß. Der »Gremlin« ist ein einfacher Fluch, doch ich wirke ihn nur selten. Unter der Motorhaube des neuen Volvo krabbelte jetzt ein körperloses Wesen herum, genauer gesagt kein Wesen, sondern ein Energieklumpen, voller Leidenschaft, jedwede Technik zu zerstören.

Wenn alles perfekt klappte, bedeutete dies das Ende des Motors. Wenn nicht, würden immerhin die ach so feine Elektrik, der Vergaser, die Ventilatoren sowie verschiedene Zahnräder und Riemen ihren Geist aufgeben, mit denen das Innere des Autos voll gestopft war. Ich hatte mich nie dafür interessiert, was alles in einem Auto steckte, sondern kannte nur den groben Aufbau. Doch die Wirkung des ›Gremlins‹ kann ich mir bestens vorstellen.

Der enttäuschte Typ fuhr, ohne sich lang mit Geschimpfe aufzuhalten, bereits weiter. Ob er sich wohl an meine Worte erinnern würde, wenn seine Karre langsam verreckte? Sicherlich. Dann würde er »Verdammte Hexe!« schreien.

Ohne zu wissen, wie richtig er damit lag.

Der Gedanke daran erheiterte mich zwar, aber trotzdem war der Tag hin. Unwiderruflich.

Fünf Minuten zu spät zur Arbeit, dazu noch der Streit mit meiner Mutter und dieser Schwachkopf im Volvo ...

Mit diesen Gedanken ging ich an den funkelnden, prächtigen Schaufenstern eines Geschäfts vorbei, hob meinen Schatten vom Boden – was ein Reflex war, ich dachte nicht einmal darüber nach – und betrat das Gebäude durch eine Tür, die normale Menschen nicht sehen können.

Das Hauptquartier der Lichten liegt in der Nähe der Metrostation Sokol und ist als normales Büro getarnt. Wir haben uns eine weit renommiertere Adresse gesucht und uns auch eine originellere Tarnung einfallen lassen. In dem Gebäude gibt es sieben Etagen mit Wohnungen und im Parterre die selbst für Moskauer Verhältnisse prächtigen Geschäfte – plus drei weitere Stockwerke, von denen niemand etwas ahnt. Das Haus wurde von vornherein als Residenz der Tagwache erbaut, und die die eigentliche Fassade des Hauses verbergenden Zauber sind in die Ziegel und Steine der Mauern gelegt worden. Die Bewohner des Hauses – in der Regel ganz gewöhnliche Menschen – verspüren vermutlich ein seltsames Gefühl, wenn sie mit dem Fahrstuhl nach oben fahren. Als ob es vom Parterre zum ersten Stock zu lange dauerte ...

Und tatsächlich braucht der Fahrstuhl länger als normalerweise. Denn der erste Stock ist in Wirklichkeit der zweite, der eigentliche zweite unsichtbar, dort befinden sich die Räume der Wachhabenden, das Waffenlager und der technische Dienst. Zwei weitere Stockwerke von uns krönen das Gebäude, und auch von ihnen weiß kein Mensch etwas. Ein Anderer dagegen, der über ausreichend Kraft verfügt, kann durchs *Zwielicht* blicken und den strengen schwarzen Granit der Mauern und die Bögen der Fenster sehen, vor die fast immer schwere dichte Gardinen gezogen sind. Vor etwa zehn Jahren hat man im Haus eine Klimaanlage eingebaut, sodass im schwarzen Stein jetzt absurde geschlitzte Kästen des Split-Systems prangen. Früher regulierten wir das Klima durch Magie, doch wozu sollen wir diese so verschwenden, wenn Elektrizität wesentlich billiger ist.

Irgendwann habe ich mal ein Foto unseres Büros gesehen, das ein geschickter Magier durchs *Zwielicht* aufgenommen hatte. Ein atemberaubender Anblick! Eine belebte Straße, über die elegant gekleidete Menschen gehen, über die Autos fahren. Die Schaufenster ... die Fenster ... aus einem Fenster schaut eine würdevolle alte Frau heraus, in einem anderen sitzt eine Katze, eine unzufriedene, düstere Katze, denn Tiere spüren unsere Anwesenheit sehr gut ... Und parallel zu all dem zwei Eingänge von der Twerskaja aus, der eine davon offen. In der Tür steht ein junger Vampir vom Wachdienst, der sich gerade die Nägel feilt. Direkt über den Geschäften funkeln ein Streifen aus schwarzem Stein und die glutroten Vierecke der Fenster ... Die beiden obersten Stockwerke wirken, als sei dem Gebäude eine schwere Steinmütze aufgestülpt worden.

Diese Fotografie müsste man mal den Bewohnern zeigen! Sie alle wären sich vermutlich einig: eine ungeschickte Fotomontage! Ungeschickt, weil das Gebäude einfach zu absurd aussah ... Als zwischen Sebulon und mir noch eitel Sonnenschein herrschte, fragte ich ihn einmal, warum unser Büro derart seltsam untergebracht sei, so eingequetscht in die Wohnungen der Menschen? Der Chef schmunzelte und erklärte mir, dies erschwere den Lichten jeden nur denkbaren Angriff – denn in einem Kampf könnten auch unschuldige Menschen sterben. Natürlich schonen die Lichten die Menschen ebenfalls nicht. Doch sie müssen allerlei pharisäerhafte Ausflüchte für ihr Verhalten finden, weshalb sieben Stockwerke mit Wohnungen einen soliden Schild darstellen.

Der winzige Kontrollraum im Parterre, wo zwei Fahrstühle (von denen die Mieter auch nichts wussten) und eine Feuertreppe ihren Anfang nehmen, wirkte leer. Weder am Tisch saß jemand noch in dem Sessel vorm Fernseher. Erst eine Sekunde später entdeckte ich die beiden vorgeschriebenen Posten. Ein Vampir, der, glaube ich, Kostja hieß und der Tagwache noch nicht lange angehörte. Und der Werwolf Witali, angeworben aus Kostroma, der allerdings schon seit eh und je bei uns arbeitet. Beide Wachleute kauerten wie gebannt in einer Ecke. Witali kicherte leise. Kurz huschte mir ein ziemlich dämlicher Grund für dieses seltsame Verhalten durch den Kopf.

»Was macht ihr denn da, Jungs?«, fragte ich in scharfem Ton. Mit Vampiren und Werwölfen darf man nicht viel Federlesens machen. Sie sind primitive Arbeitssklaven, diese Vampire – wie alle Untoten. Aber sie glauben allen Ernstes, nicht schlechter als Magier oder Hexen zu sein!

»Komm her, Aliska!« Ohne sich umzudrehen, winkte Witali mich zu sich. »Hier gibt's echt was zu sehen!«

Kostja richtete sich abrupt auf und trat irgendwie leicht gequält zur Seite.

Ich ging näher heran. Und blieb verwundert wie angewurzelt stehen.

Um Witalis Beine herum huschte eine kleine graue Maus. Mal erstarrte sie, mal sprang sie hoch, mal fing sie an zu fiepen und verzweifelt mit den kleinen Pfoten in die Luft zu trommeln. Im ersten Moment begriff ich gar nichts, dann kam ich auf die Idee, durchs *Zwielicht* zu blicken.

Aha.

Neben der in ihrer Panik gefangenen Maus sprang ein kräftiger Kater mit glänzendem Fell herum. Er streckte die Tatze nach der Maus aus, schnappte mit dem Maul nach ihr. Natürlich war das nur eine Sinnestäuschung, noch dazu eine primitive, ausschließlich für den Nager geschaffene.

»Wollen doch mal sehen, wie lange das Vieh durchhält!«, meinte Witali voller Begeisterung. »Ich wette, dass es in einer Minute vor Angst stirbt.«

»Ach ja«, sagte ich wütend. »Alles klar. Wir amüsieren uns ein bisschen? Lassen den Jagdinstinkten freien Lauf?«

Ich streckte die Hand aus und packte die vor Angst erstarrte Maus. Das winzige Wollknäuel zitterte auf meinem Handteller, ich pustete es leicht an und sprach das notwendige Wort. Die Maus hörte auf zu zittern, streckte sie sich auf meiner Hand aus und schlief ein.

»Hast du Mitleid mit dem Ding, oder was?«, fragte Witali leicht gekränkt. »Bei deinem Beruf solltest du solche Viecher bei lebendigem Leibe im Kessel kochen, Aliska!«

»Für ein paar Zauber bräuchte ich sie tatsächlich«, räumte ich ein. »Aber es gibt auch welche, für die die Leber eines Werwolfs notwendig ist, der bei Vollmond erschlagen wurde.«

Die Augen des Werwolfs loderten böse auf, aber er hüllte sich in Schweigen. Sein Rang erlaubte es ihm nicht, sich mit mir zu streiten. Selbst wenn ich nur eine einfache Patrouillenhexe bin – er bleibt ein gedungener Werwolf.

»Also, Jungs, dann nennt mir doch mal das vorgeschriebene Vorgehen für den Fall, dass auf dem Gelände Nager, Kakerlaken, Fliegen und Mücken gesichtet werden«, meinte ich gelangweilt.

»Das Rattenbekämpfungsamulett ist zu aktivieren«, gab Witali ungern zu. »Wenn festgestellt wird, dass ein Tier immun gegen die Wirkung des Amuletts ist, ist Wachsamkeit zu beweisen, das Tier zu fangen und dem wachhabenden Magier zur Kontrolle zu übergeben ...«

»Du weißt es also ... Das heißt, von Vergesslichkeit kann hier keine Rede sein. Habt ihr das Amulett aktiviert?«, fragte ich.

Der Werwolf schielte zum Vampir hinüber. Und wandte dann den Blick ab. »Nein.«

»Klarer Fall von Nichterfüllung der Dienstvorschriften. Als Ranghöchster von euch beiden wirst du verwarnt. Du wirst das dem Wachhabenden mitteilen.«

Der Tiermensch schwieg.

»Wiederholen Sie das, Wachmann.«

Er verstand, dass es dumm wäre, sich zu widersetzen, und wiederholte meine Worte.

»Und jetzt macht euch an die Erfüllung eurer Pflicht ...« Damit ging ich zum Fahrstuhl, die schlafende Maus in der Hand.

»Guten Appetit ...«, brummte mir der Werwolf hinterher. Diese Wesen wissen einfach nicht, was Disziplin ist – die Tierhälfte in ihnen ist zu stark.

»Ich hoffe, dass du in einem richtigen Kampf wenigstens halb so tapfer sein wirst wie diese kleine Maus«, entgegnete ich, während ich den Fahrstuhl betrat. Als ich Kostjas Blick auffing, kam es mir so vor, als ob der junge Vampir aufgewühlt und wohl auch erleichtert schien, dass der grausame Spaß vorbei war.

In meiner Abteilung erregte mein Erscheinen mit einer Maus in der Hand einiges Aufsehen.

Anna Lemeschewa, unsere Schichtleiterin, wollte gerade ihre übliche Tirade über die Jugend vom Stapel lassen, die keine Disziplin mehr kenne. »Unter Stalin hätte man dich für eine fünfminütige Verspätung nach Kolyma geschickt, ins Lager, zum Kräuterkochen ...« In dem Moment sah sie das Mäuschen und erstarrte. Lenka Kirejewa kreischte auf und schrie: »Ach, wie niedlich.« Jeanne Gromowa kicherte und fragte, ob ich vorhabe, ein Diebeselixier zu brauen, für das gekochte Maus unverzichtbar ist, und was ich danach klauen wollte. Olja Melnikowa hörte auf, ihre Nägel zu lackieren, und gratulierte mir zur erfolgreichen Jagd.

Ich legte die Maus mit einer Miene vor mir auf den Tisch, als käme ich nie ohne frische Maus zur Arbeit, und erzählte dann von dem Streich der beiden Wachleute.

»Bist du deshalb zu spät gekommen?«, fragte Anna kopfschüttelnd.

»Auch deshalb«, gab ich ehrlich zu. »Ich hatte furchtbares Pech mit den öffentlichen Verkehrsmitteln, Anna Tichonowna. Und dann noch diese gelangweilten Nichtsnutze!«

Anna Lemeschewa war eine alte und erfahrene Hexe, da sollte man sich durch ihr jugendliches Aussehen nicht täuschen lassen. Sie war etwa hundert Jahre alt und hatte genug gesehen, als dass ihr der Spaß mit der Maus noch sonderlich grausam vorkommen konnte.

»Diese Tiermenschen haben keine Ahnung, was Dienst ist«, meinte sie dennoch mit zusammengekniffenen Lippen. »Als wir vor Reval standen, hieß es bei uns nur: *Nimmst du einen Tiermenschen in die Wache, gib ihm gleich eine Hexe zur Aufsicht*. Was wäre denn passiert, wenn ein Überfallkommando der Lichten genau in dem Moment hereingestürmt wäre, als die beiden Wachleute nur Augen für die Maus hatten? Die Maus hätte doch absichtlich von den Lichten ausgesetzt worden sein können. Empörend ist das. Ich glaube, du hättest eine strengere Strafe fordern sollen, Alissa.«

»Die Knute«, sagte die Kirejewa leise. Sie schüttelte ihre Mähne roten Haars. Haare wie Lenka müsste man haben. Der einzige Trost: Alles andere an ihr beschwor gewiss keinen Neid herauf.

»Ja, die Bestrafung mit der Knute sollte ruhig wieder angewendet werden«, erwiderte Anna kalt. »Wirf das Ding aus dem Fenster, Alissa.«

»Das muss doch nicht sein«, widersprach ich. »Wegen solcher blöden Sachen entsteht dann im Bewusstsein der Allgemeinheit das verzerrte Bild der Dunklen! Übeltäter, Sadisten, Bestien ... Warum sollen wir die Maus quälen?«

»Es setzt etwas Energie frei«, sagte Olja, während sie den Nagellack zuschraubte. »Aber nur gaaanz wenig ...«

Sie fuchtelte mit den Händen in der Luft herum.

»Tolle Freisetzung!«, schnaubte Jeanne amüsiert. »Die beiden brauchten so viel Kraft, um die imaginäre Katze zu schaffen, dass man ein Kilo Mäuse quälen müsste!«

»Berechnen wir's doch«, schlug Olja vor. »Wenn wir diese Maus quälen, messen wir den Gesamtausstoß an Kraft ... wir brauchen nur noch eine Waage.«

»Was seid ihr doch ...«, meinte Lena wütend. »Aber du hast dich klasse verhalten, Aliska! Kann ich die Maus vielleicht haben?«

»Wozu?«, fragte ich eifersüchtig.

»Ich schenk sie meiner Tochter. Sie ist ein kleiner Mensch von sechs Jahren, da wird es Zeit, dass sie sich um jemanden kümmert, für jemanden sorgt. Für Mädchen ist das genau das Richtige.«

Einen Moment lang lastete eine unangenehme Stille über uns. Sicher, das war ganz normal. Nur selten bekommt ein Anderer auch ein Kind mit den Fähigkeiten eines Anderen. Sehr selten. Die Vampire haben's leichter – sie können ihr Kind initiieren –, die Tiermenschen auch, denn ihre Kinder erben fast immer ihre Fähigkeit, sich zu verwandeln. Aber wir und auch die Lichten haben kaum Chancen. Auch Lena hat es nicht geschafft. Obwohl ihr Mann ein Dunkler Magier ist, ein ehemaliger Mitarbeiter der Tagwache, der jetzt wegen einer Verletzung pensioniert und Geschäftsmann geworden ist.

»Mäuse leben nicht sehr lange«, bemerkte Olja. »Das gibt dann ein Geheule ...«

»Keine Sorge, bei mir wird sie schon lange leben.« Lena schmunzelte. »Mindestens zehn Jahre. Dafür werden Pawel und ich schon sorgen.«

»Dann nimm sie!« Mit einer großzügigen Geste wies ich auf die Maus. »Irgendwann komm ich mal zu dir zu Besuch.«

»Hast du sie stark betäubt?«, fragte Lena, während sie die Maus beim Schwanz hochhob.

»Bis heute Abend schläft sie mit Sicherheit.«

»Gut.«

Sie trug die Maus zu ihrem Tisch, kippte die Disketten aus einer Pappschachtel und legte das Tier hinein.

»Du musst einen Käfig kaufen«, riet Olga, die sich an ihren manikürten Nägeln ergötzte. »Oder ein Aquarium. Wenn sie abhaut, zernagt sie dir alles und kackt überall hin.«

Nachdenklich verfolgte Anna Tichonowna das Geschehen. Dann klatschte sie in die Hände. »Also, Mädchen«, rief sie. »Jetzt haben wir uns genug amüsiert. Das unglückliche Tier ist gerettet und hat ein neues Zuhause. Geschniegelt und gestriegelt sind wir auch. Jetzt beginnen wir mit den Instruktionen.«

Unsere Leiterin ist zwar sehr streng, aber nicht grausam. Ohne Grund treibt sie niemanden an, außerdem gönnt sie uns unseren Spaß, und im Notfall kriegst du auch mal frei. Sobald es jedoch um die Arbeit geht, solltest du ihr nicht widersprechen.

Die anderen Frauen gingen zu ihren Tischen. Unser Zimmer ist winzig, denn letztendlich war das Gebäude nicht für die heutige Zahl von Mitarbeitern geplant. Hier passten mal gerade vier kleine Tische für uns rein, dazu ein großer, den Anna Tichonowna mit Beschlag belegt hatte. Irgendwie erinnerte mich unser Zimmer immer an eine Schulklasse in einem winzigen Dorf, eine Klasse für vier Mädchen und eine Lehrerin.

Die Lemeschewa wartete, bis alle ihre Computer angestellt hatten und im Netz waren, um dann mit gut intonierter Stimme anzufangen. »Heute wollen wir eine völlig durchschnittliche Aufgabe bearbeiten: die Patrouillengänge im Südosten Moskaus. Wählt euch einen von den freien Fahndern als Partner, mit dem ihr auf Streife geht.«

Wir gehen immer als Paar auf Patrouille, meist eine Hexe und ein Tiermensch oder Vampir. Wenn eine Verstärkung der Streifen befohlen ist, bilden an Stelle der üblichen Fahnder Hexer oder rangniedere Magier mit uns ein Paar. Aber das kommt nur selten vor.

»Lenotschka, du übernimmst Wychino und Ljublino ...«

Die Kirejewa, die heimlich am Rechner eine Patience gelegt hatte, fuhr zusammen und wollte gerade Einwände erheben. Ich verstand sie. Zwei riesige Bezirke, beide wahrlich nicht in nächster Nähe. Ein Streit würde natürlich nichts bringen, Anna Tichonowna bestand immer auf ihren Forderungen. Doch die Kirejewa konnte es einfach nicht lassen zu widersprechen.

Genau in diesem Moment klingelte jedoch das Telefon auf dem Tisch der Lemeschewa. Wir sahen uns an, sogar die Kirejewa blickte ernst drein. Das war eine Direktverbindung zum Wachhabenden, ohne Grund würde der nicht anrufen.

»Ja«, sagte die Lemeschewa. »Ja. Natürlich. Verstanden. Ich gehe auf Empfang ...«

Kurz trübte sich ihr Blick – der wachhabende Magier sandte ihr telepathisch eine Lagebeschreibung zu.

Das bedeutete etwas Ernstes. Das bedeutete Arbeit.

»In die Mörser ...«, flüsterte Lenka leise. Dieser Satz aus einem Trickfilm, der auf das Fluggerät der Hexe Baba-Jaga anspielt, ist bei uns zum geflügelten Wort geworden. Wer wohl diesmal raus musste ...

Doch als Anna Tichonowna den Hörer auflegte, spiegelte sich auf ihrem Gesicht ein strenger und harter Ausdruck wider.

»Mädchen, ins Auto. Alle. Schnell!«

Und nicht *in die Mörser* ...

Das bedeutete etwas sehr Ernstes. Das bedeutete Kampf.

Zwei

Den Minibus fuhr Deniska, ein junger Dunkler Magier, der aufgrund seiner sagenhaften Faulheit lieber als Fahrer zusammen mit Vampiren und anderem Kroppzeug arbeitete. Doch wie faul er auch sein mochte – fahren konnte er, und die paar für seine Arbeit notwendigen Zauber beherrschte er perfekt. Wir flogen förmlich über die Straße dahin und ließen das Zentrum Moskaus mit einer Geschwindigkeit hinter uns, von der die Eskorte des Präsidenten nur träumen konnte. Ich spürte Funken von Kraft, als er die Realitätslinien betrachtete, die Blicke der Milizionäre ablenkte oder andere Autofahrer zwang, uns Platz zu machen. Außerdem saß heute Edgar neben ihm, ein Dunkler Magier aus Estland, schwarzhaarig, dunkelhäutig und dick, der überhaupt nicht wie ein Balte aussah, dafür aber über Fähigkeiten an der Grenze zum zweiten Grad verfügte.

Zu neunt hatten wir hinten im Bus Platz genommen. Auf dem Sitz an der Tür saß Anna Tichonowna, die, wenn mich nicht alles täuschte, das Gebäude der Tagwache bisher nur selten verlassen hatte. Mit monotoner Stimmer las sie uns den Lagebericht vor.

»Romaschowa, Darja Leonidowna. 63 Jahre, sieht aber wesentlich jünger aus, verleibt sich wahrscheinlich ständig Kraft ein. Vermutlich eine Hexe, möglicherweise aber auch eine Dunkle Zauberin. Steht seit vier Jahren unter Beobachtung als nicht initiierte Andere.« Daraufhin schimpfte die Lemeschewa kurz und heftig gegen die Mitarbeiter der Überwachungsabteilung. »Gegen eine Kontaktaufnahme sperrt sie sich offenbar! Gesprächen über mystische Themen entzieht sie sich, indem sie sich auf ihre Gottergebenheit beruft! Was haben denn der Glaube und die Fähigkeiten eines Anderen miteinander zu tun? Das ist noch die Frage, wer dieser Christus gewesen ist ...«

»Lästern Sie nicht Gott, Anna Tichonowna!«, sagte Lenka leise, aber nachdrücklich. »Ich glaube auch an den Herrn.«

»Entschuldige, Lena.« Die Lemeschewa nickte. »Ich wollte dich nicht verletzen. Sehen wir weiter ... Die Romaschowa hat sich wahrscheinlich mit kleineren magischen Handlungen etwas dazuverdient. Liebestränke, Trennungselixiere, Schadzauber, Beseitigung von Flüchen ...«

»Die übliche Scharlatanerie«, warf ich ein. »Kein Wunder, dass sie nicht ernsthaft überprüft wurde.«

»Aber hätte man nicht die Ergebnisse überprüfen und feststellen müssen, dass sie wirklich hilft?«, fragte die Lemeschewa. »Nein, ich werde einen Bericht aufsetzen. Wenn Sebulon dergleichen unter guter Arbeit versteht, dann soll man mich entlassen. Ich könnte schon längst in Rente gehen!«

Olga hüstelte ermahnend.

»Ich bin bereit, ihm das ganz offen zu sagen!« Die Lemeschewa war ohne Zweifel kurz vorm Explodieren. »Nein, das müsst ihr mir schon nachsehen, vier Jahre lang davon auszugehen, dass eine Frau eine Hexe ist – und sie nicht richtig zu überprüfen! Das ist ein ganz gewöhnlicher Vorgang – wir schicken einen Agenten und kontrollieren den Kraftausstoß ... Das haben die Lichten inzwischen übrigens getan!«

Darum ging's also. Ich verstand alles und machte mich innerlich auf einiges gefasst. Uns stand nicht nur eine Auseinandersetzung mit einer verrückten Hexe bevor, die einigen Schaden angerichtet hatte. Uns erwartete ein Kampf gegen die Nachtwache.

Der mir gegenübersitzende Witali fing an, dumpf vor sich

hinzuknurren. Er musste sich wohl eher Mut zusprechen, als dass er sich auf den Kampf freute. Er schob nicht gerade begeistert Dienst ... dieser Mäusejäger. Giftig lächelte ich ihn an, und der Tiermann fletschte ansatzweise die Zähne. Seine Hauer wuchsen bereits, während sich der Unterkiefer allmählich nach vorn verlängerte.

»Witali, verschonen Sie uns mit dem Anblick Ihrer Transformation hier im Auto!«, wies ihn die Lemeschewa scharf zurecht. »Bei dieser Hitze ist der Hundegestank unerträglich.«

Die drei Vampire auf der Hinterbank lachten unisono los. Die Jungs kannte ich ganz gut, sie leisten zuverlässige Arbeit und rufen im Großen und Ganzen keine Antipathien hervor, wie das bei den meisten Untoten der Fall ist. Es waren drei Brüder, jeweils nur ein Jahr auseinander, kräftige und gutmütige Kerle aus einer gewöhnlichen Menschenfamilie. Zunächst war der Älteste Vampir geworden, als er bei den Luftlandetruppen diente, und zwar ganz bewusst, aus innerer Überzeugung – sein Kommandeur, ein Vampir, hatte es ihm vorgeschlagen. Ihre Einheit kämpfte damals irgendwo im Süden, es stand nicht gut für sie, und der junge Mann stimmte zu. Natürlich bewies ihre Einheit danach eine nie da gewesene Kampfkraft. In einer Nacht ein Dutzend Feinde niederzumetzeln, hinter die feindlichen Linien vorzudringen, sich unbemerkt an Wachen vorbeizustehlen – das ist selbst für einen unerfahrenen Vampir ein Kinderspiel. Als der Mann dann aus der Armee entlassen wurde, erzählte er alles seinen beiden jüngeren Brüdern – die ihm sofort den Hals zum Biss anboten.

»Mit wie vielen ist zu rechnen, Anna Tichonowna?«, fragte Olga. »Mit Lichten, meine ich?«

»Mit ein paar. Vier ... vielleicht fünf. Aber ...« – die Lemeschewa bedachte alle mit einem strengen Blick – »... ihr dürft es nicht auf die leichte Schulter nehmen, Mädchen. Es wird mindestens ein Lichter Magier zweiten Grades da sein.«

Der Älteste der Vampirbrüder stieß einen Pfiff aus. Natürlich ist ein Vampir einem Magier nicht gewachsen, noch dazu einem, der über solche Kraft verfügt. Wenn sie es dann womöglich sogar mit zweien von der Sorte zu tun bekamen ...

»Außerdem ist diese Gestaltwandlerin da.« Die Lemeschewa sah mich an.

Ich presste die Zähne zusammen. Alles klar. Tigerjunges. Eine Kampfmagierin und Tierfrau. Oder, wie die Lichten es bezeichnen, eine Gestaltwandlerin. Eine alte ... und gute Bekannte. Mein linker Arm, damals von ihr ausgekugelt, schien wieder zu schmerzen. Auch an die Wunden im Gesicht erinnerte ich mich noch: vier blutige Streifen von ihren Krallen.

Aber damals hat mir Sebulon selbst geholfen. Er hat mich vollkommen geheilt, weder mein Äußeres noch meine Gesundheit haben einen Schaden davongetragen. Und ich bin frohgemut und heiter in den Kampf gezogen, fühlte seinen billigenden Blick und das zurückhaltende, nachsichtige Lächeln.

Aus. Vorbei, Aliska. Das war einmal und kommt nicht wieder. Vergiss es und zermarter dir nicht das Hirn. Du würdest dir nur wieder das Gesicht zerfetzen, müsstest den »Parandscha« anwenden, bis du mit der magischen Heilung an der Reihe wärst, was ein halbes Jahr dauern kann, und könntest von Glück sagen, wenn sie dich einer vollständigen Heilung für würdig erachteten, inklusive der kosmetischen Magie ...

»Kontrolliert alle eure Ausrüstung«, befahl Anna Tichonowna.

Sofort fingerten die anderen Frauen los, und auch ich klopfte mir auf die Taschen, um zu überprüfen, ob ich die winzigen Schächtelchen, Fläschchen und Amulette dabeihatte. Kraft bezieht eine Hexe nicht nur durch rein energetische Arbeit aus dem *Zwielicht*. Wir benutzen darüber hinaus Hilfsmittel, was auch den eigentlichen Unterschied zwischen uns und Zauberinnen ausmacht.

»Alissa?«

Ich sah die Lemeschewa an.

»Hast du einen Vorschlag?«

Genau. Ich sollte besser über die Zukunft nachdenken als über die Vergangenheit.

»Tigerjunges sollen die Fahnder neutralisieren. Alle vier.«

»Wir brauchen keine Hilfe, Alissa«, sagte der Älteste der Brüder sanft. »Wir schaffen das schon.«

Die Lemeschewa dachte nach und nickte. »Gut, ihr werdet zu dritt arbeiten. Witali, du bist meine unmittelbare Reserve.«

Der Tiermann lächelte fröhlich. Was für ein Idiot! Anna Tichonowna wird ihn wie einen Span ins Feuer werfen. Und zwar an der heißesten Stelle.

»Und wir vier ...«

»Fünf«, korrigierte die Lemeschewa mich.

Aha. Der alte Drache würde also ebenfalls mit von der Partie sein.

»Wir fünf bilden einen Kraftkreis«, schlug ich vor. »Und lenken sämtliche Kraft zu Edgar. Deniska soll die Verbindung zur Kommandozentrale halten.«

Das Auto polterte über irgendwelche Schlaglöcher. Wir fuhren bereits auf den Hof.

»Ja, eine andere Möglichkeit sehe ich nicht«, stimmte die Lemeschewa zu. »Alle hergehört! Wir gehen genau so vor!«

Ich empfand eine leichte Unruhe, dass mein Plan ohne Veränderung angenommen worden war. Ich gelte also immer noch als echte Kampfhexe. Trotz all meiner persönlichen Probleme. Deshalb riskierte ich es – obwohl ich damit in das unverbrüchliche Privileg der ranghöchsten Hexe, die Gruppe zu komplettieren, eingriff –, noch hinzuzufügen: »Außerdem würde ich noch vorschlagen, rechtzeitig Hilfe zu holen. Falls da zwei Magier zweiten Grades sein sollten.«

»Alle verfügbare Hilfe ist bereits angefordert«, warf die Lemeschewa ein. »Außerdem haben wir noch ein Trumpfass im Ärmel.«

Erstaunt blickte Witali die alte Hexe an und bleckte stolz seine Wolfshauer. Der Oberidiot. Als ob sie ihn meinte. Er ist beileibe kein Ass, sondern eine Sechs – die noch nicht mal Trumpf ist.

»Gut, Mädchen, fangen wir an!«

Unser Minibus hielt an, Anna Tichonowna sprang munter heraus und wedelte mit der linken Hand. Ein leichter dunkler Staub wölkte kurz um ihre Finger herum auf, und ich spürte, wie sich über den Hof der Zauber der Bedeutungslosigkeit legte. Was auch immer wir jetzt anstellen würden – die Menschen würden nicht auf uns achten.

Wir stürmten aus dem Bus.

Ein stinknormaler Hof. Südbutowo. Aber was für ein Loch ... Besser, man wohnte in Mytischtschi oder Lytkarino, als formal in Moskau zu leben und dann in einem von diesen grauenvollen Hinterhöfen zu hausen. Zwar schien alles da zu sein – Häuser, mickrige Bäume, die den festgestampften Lehm zu durchbrechen versuchten, passable Autos vor den Hauseingängen –, aber ...

»Schnell!«

Die Lemeschewa gab mir einen derartigen Schubs, dass ich gut drei Meter von dem Minibus wegflog. Fast wäre ich in dem Sandkasten gelandet, in dem ein Junge und ein Mädchen von etwa fünf Jahren die Geheimnisse des Kuchenbackens erörterten.

Doch selbst die kleinen Kinder nahmen mich nicht wahr, obwohl sie Anderen gegenüber immer sensibler sind.

Wie drei Schatten huschten die Vampirbrüder vorbei. Sie umkreisten den Minibus bereits im Stadium der Transformation, unter den Lippen schoben sich die Eckzähne hervor, die Haut nahm eine bleiche, kranke Farbe an. Das typische Aussehen der Untoten ...

»Der Kreis!«, brüllte die Lemeschewa. Wie aus der Pistole geschossen flog ich zum Bus zurück und packte Olja und Lena bei den Händen. Ach, die alte Hexe ist schon stark!

Vor dem Haus stand, nur mit unserem Blick der Anderen zu

erkennen, ein kleines, stämmiges Männchen – ja, man konnte ihn nur Männchen nennen, wie er da in ausgewaschenen Jeans aus der Türkei, einem T-Shirt aus Synthetik und mit einer idiotischen Kappe auf dem Kopf dastand.

Sehr schlecht.

Dieses Männchen heißt Semjon. Und er ist ein Magier von beeindruckender Kraft, obwohl er es nicht eilig hat, sie unter Beweis zu stellen. Viel schlimmer war jedoch seine riesige Erfahrung in der Fahndungsarbeit ...

Ich spürte, wie Semjons Blick über mich hinwegglitt – eine feste, elastische, biegsame chirurgische Sonde. Dann drehte er sich um und verschwand im Hauseingang.

Sehr schlecht!

Und da ergriff Jeanne Olgas Hand, Anna Tichonowna schloss den Kreis – und alle Emotionen verschwanden.

Wir verwandelten uns in einen lebenden Akku, an den Edgar angeschlossen war, der bereits mit federndem gemessenem Schritt zum Hauseingang ging, und zwar sowohl im menschlichen Wahrnehmungsbereich als auch im *Zwielicht*.

Edgar nahm genau wie sein Gegenspieler die Treppe. Ihn einzuholen – daran war natürlich nicht zu denken. Als er zu den Wohnungstüren im dritten Stock kam, wurde er bereits erwartet. Wir alle, die wir durch den Kraftkreis miteinander verbunden waren, nahmen die Welt jetzt mit seinen Sinnesorganen wahr.

In der Menschenwelt stand die Tür weit offen. Im *Zwielicht* schloss sie eine blinde Mauer.

Auf dem Treppenabsatz standen zwei Magier. Semjon und Garik. Ich konnte nichts empfinden, aber meine Gedanken strömten weiter. Kalte, ruhige, gelassene Gedanken. Das ist das Ende. Zwei Magier, die mindestens genauso stark waren wie Edgar.

»Zutritt verboten«, sagte Semjon. »Hier läuft eine Operation der Nachtwache.«

Edgar nickte höflich. »Gewiss. Aber hier läuft auch eine Operation der Tagwache.«

»Was wollt ihr?« Semjon trat ein wenig zur Seite. Hinter ihm in der schmalen Diele stand eine Tigerin. Eine kräftige Tigerin mit glänzendem Fell und ziemlich weit aufgerissenem Maul.

Worauf setzte die Lemeschewa? Mit denen würden wir nicht fertig werden! Niemals!

»Wir wollen uns unsere Frau holen.« Edgar breitete die Arme aus. »Das ist alles.«

»Die Hexe ist verhaftet, gegen sie wird Anklage erhoben. Magische Intervention dritten Grades, Mord, Beschäftigung mit schwarzer Magie ohne Patent und Geheimhaltung der Fähigkeiten einer Anderen.«

»Ihr habt sie zu diesen Handlungen provoziert«, entgegnete Edgar kalt. »Die Wächter des Tages werden eine eigene Untersuchung des Vorgangs einleiten.«

»Nein.« Semjon lehnte sich gegen die Wand. Das blaue Moos kroch krampfhaft zuckend über die Wände und versuchte, so weit wie möglich von dem Magier wegzukommen. »Die Frage ist bereits geklärt.«

Garik sagte noch nicht einmal etwas. Sondern ließ einfach ein kleines Amulett durch die Finger gleiten, das wie ein winziger beinerner Würfel aussah, während Energieströme durch die Luft schossen. Wahrscheinlich ein ganz gewöhnlicher magischer Akku ...

»Ich gehe jetzt da rein und hole mir die, die uns gehört«, sagte Edgar.

Er blieb erstaunlich ruhig. Ob er ebenfalls etwas wusste, wovon ich nichts ahnte?

Die Lichten Magier schwiegen. Diese unerwartete Dummheit ließ sie jedoch offenbar aufmerken. Das Schicksal der Hexe hing davon ab, wer die Ermittlung leiten würde. Kam die Frau zu uns, könnten wir sie verteidigen und in unsere Reihen aufnehmen. Kam sie zu den Lichten, bedeutete das ihren Tod.

Soll sie doch ruhig sterben! Das war besser, als wenn es uns traf! Zwei Magier zweiten Grades, eine Gestaltwandlerin und noch zwei oder drei Andere in der Wohnung! Die würden uns platt machen!

»Ich gehe jetzt«, verkündete Edgar ruhig und machte einen Schritt nach vorn. Das *Zwielicht* um ihn herum heulte auf und füllte sich mit Kraft – der Magier hatte einen Verteidigungsschirm aufgestellt.

Danach erinnerte ich mich nur noch an den Kampf.

Die Lichten schlugen zu, sobald Edgar einen Schritt gemacht hatte. Nicht mit Todeszaubern, sondern mit einer ganz normalen »Presse«, die unseren Magier die Treppe hinunterdrückte. Edgar duckte sich so, als müsse er gegen Wind anlaufen. Der Kraftwirbel zu seinem Schutz nahm klar erkennbare Konturen an. Der Kampf fand auf der Ebene der reinen Energie statt, ganz primitiv und völlig unspektakulär. Wenn doch nur Sebulon an Edgars Stelle gewesen wäre! Er hätte diese Arschkriecher im null Komma nichts alle gemacht, hätte sie gezwungen, sich völlig zu verausgaben, und sie dann, aller Fähigkeiten beraubt, liegen lassen!

Allerdings schlug auch Edgar sich tapfer. Fünf Sekunden lang hielt er sich mit seinen eigenen Kräften und drückte die »Presse« sogar bis an die Wohnungstür zurück. Dann spürte ich Kälte in den Fingerspitzen.

Der Magier fing an, unsere Kraft aus uns herauszusaugen.

Sofort merkte ich, wie sich die Lichten anspannten, als sie den energetischen Kanal zwischen uns und Edgar bemerkten. Ihn zu zerstören versuchten sie nicht, denn so überstürzt hätte das nur dazu geführt, dass Edgar auch noch ihre Energie aufgenommen hätte. Sie verstärkten lediglich die »Presse« und vertrauten auf ihre Überlegenheit. Offenbar bekamen sie jetzt ebenfalls zusätzliche Kraft von Magiern, die in der Tiefe der Wohnung verborgen waren.

Eine Zeit lang ging es gleichmäßig hin und her. Der Strom

unserer vereinten Kraft gab Edgar sofort die Möglichkeit, mehr Druck auszuüben, doch auch die Lichten verfügten über Reserven. Der Würfel in Iljas Hand barst, bedeckte den Fußboden mit goldfarbenen Pollen, und ihr nächster Schlag schleuderte Edgar einen Meter zurück. Die neben mir stehende Olga stöhnte auf – ihr Energievorrat ging zur Neige, sie griff jetzt auf ihre Substanz zurück, jene tiefsten Reserven, die zu erneuern wahrlich nicht einfach ist. Offenbar war sie heute nicht in Form.

Worauf hoffte die Lemeschewa?

Hinter den Lichten war Lärm zu hören. Aha ... die Vampirbrüder ... über den Balkon vermutlich ...

Doch die Magier schienen von dem Geschehen irgendwie nichts mitzubekommen. Auf den Lärm reagierte nur die Tigerin, die auf ihrem Weg zum Balkon die paar jämmerlichen Möbelstücke umwarf und das Linoleum mit ihren Krallen zerfetzte. Im nächsten Moment klang der markerschütternde Schrei von einem der Brüder herüber.

Drei Vampire reichen eben doch nicht für eine Gestaltwandlerin ...

»Witali«, kommandierte die Lemeschewa scharf. Durchs *Zwielicht* huschte ein mentaler Befehl, und unser Tiermann stürzte auf den Hauseingang zu, riss sich im Laufen die Kleidung vom Leib und verwandelte sich in einen Wolf. Wir nährten Edgar weiterhin mit unserer Kraft. Er stürmte erneut vor und schaffte es sogar, Ilja in die Wohnung zu drängen. Dann tauchte hinter Edgar der riesige Wolf auf, der, ohne auf die Magier zu achten, vorwärts schoss.

Eine gute Idee. Nur dass dem Werwolf aus den Tiefen der Wohnung eine Feuersalve entgegenschlug. Einer der Reserveleute der Lichten hatte in den Kampf eingegriffen. Und sofort gezeigt, dass mit ihm nicht zu spaßen war.

Das dichte braune Fell des Werwolfs fing Feuer, er sprang auf, schlug mit den Pfoten auf sich ein und wälzte sich auf dem Boden, um die Flammen zu ersticken. Wenn es ihm jetzt gelingen würde, den Magier weiter zu attackieren, könnte er ihn vielleicht erwischen, bevor dieser einen zweiten Feuerball auf ihn abzuschießen vermochte ...

Aber anscheinend hatte er wirklich zu lange untätig im Wachzimmer herumgesessen.

Witali versuchte noch immer, die Flammen zu ersticken, während aus der Dunkelheit weitere Salven auf ihn abgefeuert wurden. Eine zweite, dritte, vierte ... Blut spritzte, brennende Fleischklumpen flogen durch die Luft. Der Wolf heulte auf und verstummte – nur die Hinterpfoten zuckten noch, zwischen denen leblos der lodernde, einem bengalischen Feuer gleiche Schwanz lag. Was sogar ein schönes Bild abgab.

Das Amulett auf meiner Brust – ein kleiner Kristallkrug mit einem Tropfen roter Flüssigkeit darin – knackte und zerbarst in kleine Splitter. Schlecht. Es bedeutete einerseits, dass meine Kraft ausgeschöpft war. Und stellte andrerseits meine letzte Reserve dar. Der Tropfen Blut einer Frau, die bei der Geburt eines Dunklen gestorben ist, ist eine sehr starke Energiequelle, die jedoch nicht lange ausreicht.

»Lena!«, befahl die Lemeschewa.

Abermals spürte ich einen wortlosen Befehl, und Lenka trat langsam, ganz wie eine Schlafwandlerin, aus dem Kreis heraus. Meine rechte Hand griff ins Leere, doch die Trance sollte nach einigen Sekunden wieder weichen, als nämlich Anna Tichonowna zu mir aufschloss. In diesem kurzen Moment hatte ich jedoch gesehen, dass innerhalb unseres Kreises ein Klapptisch aus Ebenholz stand, auf dem eine kleine Klinge aus brüniertem Stahl lag. Lena wartete bereits neben dem Sandkasten und taxierte die Kinder, als müsse sie eins von ihnen auswählen ...

»Das Mädchen!«, schrie die Lemeschewa. »Ein Mädchen bringt mehr als ein Dutzend Jungen.«

Jetzt verstand ich alles. Alles, bis auf eins: woher Anna Tichonowna das Recht auf dieses Opfer hatte und warum sie es für angemessen erachtete, eine derartige Kraft für die Rettung einer ganz gewöhnlichen Hexe einzusetzen!

In dem Augenblick drückte die Lemeschewa jedoch meine Hand, und ich verwandelte mich wieder in einen willenlosen Teil des Kraftkreises.

Edgar, der bereits in eine Ecke des Treppenhauses gedrängt worden war – sie würden ihn nicht entkommen lassen und versuchen, ihn an der Wand zu zerquetschen –, riss den Arm hoch. »Stopp!«

Wie weh das tat ...

Der Kreis trank die letzten Tropfen meiner Energie. Aus Olga ließ sich bereits kein Tropfen mehr holen, sie war ausgepresst und stand zuckend zwischen uns, als treffe sie ein Stromschlag, während Jeanne leise stöhnte und den Kopf immer tiefer und tiefer auf die Brust sinken ließ ...

»Wir haben das Recht, ein Opfer zu bringen«, sagte Edgar kalt. »Wenn ihr nicht aufhört ...«

Die Lichten erstarrten. Ich sah, wie sie einander anschauten und Garik zweifelnd den Kopf schüttelte.

Doch Semjon schien die Sache sofort zu glauben.

Ein Opfer darzubringen bedeutet eine enorme Freisetzung von Kraft. Vor allem, wenn das Opfer ein Kind ist, vor allem, wenn es in einem Kraftkreis geschieht, vor allem, wenn eine erfahrene Hexe die Zeremonie durchführt. Und Lenka Kirejewa stand bereits im Kreis, die Klinge lag in ihren Händen, das Mädchen ruhte auf dem Ebenholztisch.

Wenn wir die Kraft, die gleich freigesetzt würde, Edgar zuführten, würden die Lichten nicht standhalten können. Natürlich verfügten sie auch über außerordentliche Methoden – aber ob sie das Recht hatten, sie anzuwenden?

Die Tigerin sprang in den Flur und brüllte auf. Offenbar hatte sie die Vampirbrüder auf dem Balkon fertig gemacht und dabei gesehen, was wir planten.

»Dem werdet ihr nicht standhalten«, sagte Edgar wie in

Trance. »Wir holen uns auf alle Fälle, was uns gehört, und das Menschenkind wird sterben. Euretwegen.«

Die Lichten wirkten verwirrt. Kein Wunder. Der ganzen Situation, so konfliktgeladen sie auch sein mochte, kam keine besondere Bedeutung zu. Zwei Staaten bedrohen einander nicht mit einem Atomschlag, wenn ihre Agenten wegen Spionage verhaftet werden, und Andere bedrohen einander nicht mit Magie ersten Grades, wenn es zu einem kleinen Konflikt zwischen Fahndern kommt.

Dennoch drückten die Lichten weiter gegen unseren Magier, vielleicht auch nur, weil ihnen nichts Besseres einfiel. Immerhin hielten sie die »Presse« aufrecht, während uns langsam die Kräfte verließen, die wir Edgar hätten zuführen können. Olga erstarrte, verlor das Bewusstsein und stand nun wie eine willenlose steife Puppe im Kreis. Jeanne sank nach und nach auf die Knie, hielt aber heldenhaft die Hand geschlossen und gab die letzten Tropfen. Lenas Gesicht war schmerzverzerrt, sie hielt die Klinge über das zitternde Mädchen – die Kleine war bei Bewusstsein, sonst hätte sich der Kraftausstoß verringert, jedoch mit einem Schweigezauber belegt. Mein Körper verwandelte sich allmählich in Watte, ich spürte, dass ich ins Torkeln geriet. Wenn doch endlich ... denn lange würde ich nicht mehr standhalten ...

»Aufhören!«, schrie Semjon. »Wir übergeben euch die Hexe!«

Halten ... den Kreis halten. Ich versuchte, mir Energie aus dem mich umgebenden Raum zu ziehen, aus dem zu Tode erschrockenen Mädchen, aus den in der Nähe vorbeigehenden Menschen, die alles daran setzten, den Vorgang nicht zu bemerken.

Umsonst. Rundum war alles restlos ausgesaugt. Das ging auf das Konto der Lemeschewa ... die stand ja wohl nicht ohne Grund hier sicherer als wir anderen, die Sau ... wir verrecken hier wegen einer nichtsnutzigen Alten, und sie hält durch ... die Kröte ...

Die Lichten knallten inzwischen Edgar die schmuddelige, schwabbelige Frau in einem dreckigen Bademantel und ausgelatschten Tretern in die Arme. Die Alte begriff überhaupt nichts, guckte sich nur um und versuchte, sich zu bekreuzigen.

»Dafür werdet ihr bezahlen«, rief Semjon uns nach.

Edgar drehte der geretteten Hexe mit einer heftigen Bewegung den Arm auf den Rücken. Für Erklärungen blieb keine Zeit, für Magie keine Kraft. Dann schubste er sie die Treppe herunter.

Den Kreis halten ...

Eine Opferung – diese Handlung setzt eine derartige Kraft frei, dass man sie lieber aufspart. Das Recht darauf konnte vor zwanzig oder dreißig Jahren erworben worden sein, durch listige Intrigen und Provokationen. Deshalb stand die Kirejewa jetzt mit versteinerter Miene über dem Mädchen, und das Messer blitzte in ihrer Hand, um dem Kind mit einer raschen Bewegung das Herz herauszuschneiden, während Deniska monoton die nötigen Worte des Zauberspruchs wiederholte. In jedem Augenblick könnten wir einen Energiestoß erhalten, auf den wir – klugerweise – lieber verzichten sollten.

Den Kreis halten ...

Nur Wut ließ mich das durchstehen. Wut auf diesen ganzen beschissenen Tag, auf das gesamte dämliche letzte Jahr und auf die Lemeschewa, die mehr wusste, als sie sagte. Ich hatte keine Ahnung, wo noch etwas Kraft aufzutreiben war – doch ich fand sie! Und jagte sie durch die willenlosen Körper von Olga und Jeanne, damit die Lemeschewa einen dünnen Strom Kraft zu Edgar schicken konnte.

Als Erste sprangen die Vampirbrüder in den Minibus ... diese miserablen Fahnder ... Dann gab Lenka das Mädchen frei, das schreiend davonrannte. Deniska hörte auf, den Zauberspruch zu wiederholen, schnappte sich den Ritualtisch und stürzte in den Bus. Erst danach löste die Lemeschewa den Kreis auf.

Mir verschwamm alles vor den Augen. Aus irgendeinem Grund

musste ich husten, während ich vergeblich versuchte, meine Hand aus den knochensteifen Fingern Olgas zu ziehen.

»Ins Auto!«, schrie Anna Tichonowna. »Schnell!«

Edgar tauchte auf und sah sogar recht frisch aus. Er schubste die Hexe in den Bus und sprang zu Deniska auf den Beifahrersitz. Anna Tichonowna zog Olga ins Auto, ich stützte Jeanne beim Gehen, der es zwar sehr schlecht ging, die aber wenigstens das Bewusstsein nicht verloren hatte.

»Wer sind Sie? Wer sind Sie?«, jammerte die gerettete Hexe. Anna Tichonowna knallte ihr mit voller Wucht eine, worauf die Hexe verstummte.

»Deniska, gib Gas!«, sagte ich. Als ob er diese Aufforderung bräuchte ...

Mit quietschenden Reifen rasten wir vom Hof. Edgar, der den Kopf mit den Händen umfasst hielt, arbeitete, korrigierte die Realitätslinien und machte damit den Weg vor uns frei.

»Geht es dir nicht gut, Aliska?«, fragte Lena, die vor Neugier beinah platzte. Ich presste die Zähne aufeinander und schüttelte den Kopf. »Ich bin völlig ausgelaugt«, jammerte Lena. »Ich muss erst mal freimachen.«

Die gerettete Hexe winselte leise, bis sie schließlich meinen hasserfüllten Blick auffing. Daraufhin schwieg sie sofort und versuchte, möglichst weit von mir auf einen der hinteren Sitze zu gelangen, doch da saßen schon die Vampire. Böse, erschöpfte, blutige Vampire, die zwar so viel Grips besessen hatten, sich von der Gestaltwandlerin fern zu halten, sich aber dennoch jeder ein paar Schläge ihrer Pfoten eingefangen hatten.

»Witalik haben sie völlig verbrannt«, sagte Lenka düster. »Er war ein Idiot, ohne Frage, aber doch unser Idiot ... Anna Tichonowna, sind Sie sicher, dass dieses Miststück diesen Aufwand wert ist?«

»Der Befehl kam von Sebulon«, erwiderte die Lemeschewa. »Er kann das sicherlich besser beurteilen.«

»Dann hätte er uns auch helfen können«, konnte ich mir

nicht verkneifen. »Ihn hätte diese Arbeit nicht überfordert, uns schon.«

Anna Tichonowna bedachte mich mit einem recht neugierigen Blick.

»Das sehe ich nicht so«, meinte sie. »Du hast gute Arbeit geleistet, Mädchen. Einfach bemerkenswert. Ich hatte nicht erwartet, dass du so viel Kraft abgeben würdest.«

Beinah hätte ich losgeheult. Um meine Tränen zu verbergen, drehte ich mich Olga zu, die immer noch bewusstlos war. Immerhin ein Trost: Ihr ging es noch viel schlechter ...

Mühsam berappelte ich mich ein wenig und klatschte ihr leicht auf die Wange. Keine Reaktion. Ich kniff sie. Sie rührte sich nicht.

Neugierig sahen mich alle an. Selbst die leise vor sich hin fluchenden Vampire hörten auf, ihre Wunden zu lecken, und schienen auf etwas zu warten.

»Anna Tichonowna, könnten Sie ihr nicht helfen«, bat ich. »Sie hat im Dienst gelitten, da muss gemäß den Vorschriften ...«

»Alissa, meine Liebe, wie soll ich ihr denn helfen?«, fragte die Lemeschewa sanft. »Sie ist tot. Schon an die fünf Minuten. Sie hat nicht aufgepasst und alles gegeben.«

Rasch zog ich meine Hand weg. Der willenlose Körper Olgas hüpfte auf dem Sitz auf und ab, der Unterkiefer sackte ihr auf die Brust.

»Was ist, spürst du nichts mehr?«, flüsterte Jeanne. »Was ist mir dir, Aliska?«

Lebende von Toten zu unterscheiden – dafür ist nicht mal ein Zauber nötig. Das verlangt nur eine ganz elementare Anwendung der Kraft. Jene zarte Materie, die manche Seele nennen, spürt man sofort. Wenn sie vorhanden ist.

»Du hast zu viel Kraft abgegeben!«, schlussfolgerte Lenka. »Ach, Alissa, du bist jetzt völlig leer! Für fünf Jahre bist du leer. Wie Julja Brjanzewa, die sich vor zwei Jahren bei einem Einsatz verausgabt hat und bis heute nicht wieder ins *Zwielicht* eintreten kann!«

»Das könnte euch so passen«, entgegnete ich nur, wobei ich versuchte, eine ruhige Miene aufzusetzen. »Laut Vorschrift muss mir bei der Kräfteerneuerung geholfen werden.«

Das klang erbärmlich.

»Ist der Brjanzewa denn geholfen worden?«, fragte Lena.

Anna Tichonowna seufzte. »Als du Sebulon vor einem Jahr jeden Wunsch erfüllt hast, Alissa, da wäre alles vorschriftsgemäß gewesen.«

Ich hatte mir noch nicht einmal eine Antwort überlegt, als die Romaschowa plötzlich hysterisch aufschrie. »Wohin bringen Sie mich? Wohin bringen Sie mich?«

Das reichte. Ich sprang auf und hämmerte auf die Hexe ein – wobei ich es darauf anlegte, ihr die Visage möglichst heftig aufzukratzen. Die Frau war so verängstigt, dass sie nicht einmal den Versuch machte, sich zu wehren. Drei Minuten vermöbelte ich sie unter dem Beifall der Vampirbrüder, den Vorwürfen der Lemeschewa und den Anfeuerungsrufen von Lena und Jeanne. Nur die tote Olga, gegen die ich in dem engen Minibus die ganze Zeit stieß, konnte nichts sagen. Doch ich glaube, auch sie hätte mich unterstützt.

Dann setzte ich mich wieder und rang nach Luft. Die alte Hexe betastete schluchzend ihr blutiges Gesicht.

Wenn die uns doch nur verfolgt hätten! Ich wäre diesen Lichten an den Hals gegangen – nicht schlechter als ein Vampir! Ohne jede Magie hätte ich die getötet!

Doch sie verfolgten uns nicht einmal.

Unsere Rückkehr hätte niemand als triumphal bezeichnen können.

Die Vampire holten Olgas Körper aus dem Bus und trugen sie so schweigend in unser Hauptquartier, als verstünden sogar sie die Tragik der Situation. Aber warum hätten sie das Ganze eigentlich nicht begreifen sollen? Sie hatten das Leben gegen das Nicht-Leben eingetauscht, damit jedoch nicht aufgehört zu denken und zu fühlen. Theoretisch konnten sie diese Existenz ewig beibehalten. Während Olga für immer von uns gegangen war.

Deniska fuhr den Minibus auf den Parkplatz. Edgar, der die gerettete Hexe fest beim Arm gepackt hielt, führte sie ins Gebäude der Tagwache. Die Frau leistete keinerlei Widerstand. Wir schlossen uns der Prozession an.

Eine Leiche mitten in Moskau über eine belebte Straße direkt neben der Kremlmauer zu tragen ist kein einfaches Unterfangen. Und zwar ungeachtet des Zaubers der Bedeutungslosigkeit, den die Lemeschewa erneuert hatte. Gewiss, niemand sah uns, alle beschleunigten den Schritt und versuchten, um unseren Zug einen möglichst großen Bogen zu machen. Dafür geriet das *Zwielicht* in Aufruhr.

Der Stoff des Lebens ist hier zu dünn. Zu viel Blut, zu viele Emotionen, zu deutliche Spuren der Vergangenheit. Es gibt Orte, an denen die Grenze zwischen der Menschenwelt und dem *Zwielicht* kaum noch auszumachen ist. Moskaus Zentrum ist einer von ihnen.

Wenn ich in Form gewesen wäre, hätte ich die Funken der Kraft gesehen, die aus den Tiefen einer anderen Realität kamen. Noch nicht einmal Sebulon dürfte genau erklären können, was hinter ihnen stand. Uns blieb nichts anderes übrig, als sie zu ignorieren, einfach nicht auf den gierigen Atem des *Zwielichts* zu achten, das die Hexe erschnüffelte, die in dem magischen Duell gestorben war.

»Schneller!«, befahl die Lemeschewa, und die Vampire legten einen Zahn zu. Das *Zwielicht* toste bestimmt nicht zum Spaß los.

Ich bekam davon natürlich nichts mit ...

Wir betraten das Haus durch die für Menschen unsichtbare Tür, wobei Jeanne und ich Lena stützen mussten. Unsere Kollegen kamen uns bereits entgegengerannt. Die Hexe, die abermals ihr Gejammer anstimmte, brachten sie in den neunten Stock, in einen Raum zum Verhör. Olga übernahmen die Magier aus der Heilungsabteilung. Ohne jede Hoffnung, ihr helfen zu können – doch ihr Tod musste noch festgestellt werden. Einer der diensthabenden Heiler untersuchte uns sorgfältig. Missbilligend schüttelte er den Kopf, als er den Zustand Jeannes sah, und runzelte die Stirn, während er die zerzausten Vampire betrachtete. Dann lenkte er den Blick auf mich – und seine Züge gefroren.

»Was denn? Ist es so schlimm?«, fragte ich.

»Das ist noch untertrieben«, erwiderte er ohne überflüssige Sentimentalität. »Was hast du dir dabei gedacht, als du deine ganze Kraft abgegeben hast, Alissa?«

»Ich habe den Vorschriften gemäß gehandelt«, antwortete ich, während ich merkte, wie erneut Tränen in mir aufstiegen. »Mit Edgar wäre es sonst aus gewesen, ihm standen zwei Magier zweiten Grades gegenüber!«

»Dein Eifer ehrt dich, Alissa«, meinte der Heiler nickend. »Aber der Preis ist auch nicht gering.«

Edgar, der bereits auf den Fahrstuhl zuging, blieb stehen und sah mich voller Mitleid an. Dann kam er auf mich zu und küsste mir zart und galant die Hand. Diese Balten führen sich stets als viktorianische Gentlemen auf.

»Alissa, meinen aufrichtigsten Dank! Ich habe gespürt, dass ihr das Letzte gegeben habt. Und ich hatte schon Sorge, du würdest Olga nachfolgen.« Dann wandte er sich an den Heiler. »Karl Lwowitsch, was kann man für dieses kühne Mädchen tun?«

»Ich fürchte, nichts.« Der Heiler breitete die Arme aus. »Alissa hat die Kräfte aus ihrer Seele gezogen. Das ist wie bei Dystrophie, wissen Sie. Wenn der Organismus nicht genügend Nahrung bekommt, beginnt er, sich selbst zu verdauen. Er zerstört Leber, Muskeln und Magen, nur um bis zum Schluss das Gehirn zu erhalten. Unsere Mädchen sind in eine vergleichbare Situation geraten. Jeanne hat offenbar rechtzeitig das Bewusstsein verloren und daher aufgehört, die letzten Reserven anzugreifen. Alissa und Olga haben bis zum Ende durchgehalten. Olga hatte weniger innere Reserven und starb. Alissa hat es überstanden, ist mental aber völlig ausgelaugt ...«

Edgar nickte verstehend, alle anderen hörten interessiert zu, sodass der Heiler mit seinen Ausführungen fortfuhr. »Die Fähigkeiten eines Anderen lassen sich in gewisser Weise mit jeder x-beliebigen energetischen Reaktion vergleichen, zum Beispiel mit einer atomaren. Wir halten unsere Fähigkeiten aufrecht, indem wir Kraft aus unserer Umwelt ziehen, aus den Menschen und anderen minder organisierten Objekten. Doch um diese Kraft aufzunehmen, muss man zunächst etwas Kraft einbringen – das ist das eherne Gesetz der Natur. Über diese Anfangskraft verfügt Alissa jetzt kaum noch. Ein starker Impuls hilft hier überhaupt nicht, so wie ein Stück stark gesalzener Schweinespeck oder knusprig gebratenes Fleisch einen Verhungernden nicht rettet. Der Organismus kann diese Nahrung nicht mehr verdauen – sie bringt ihn um, statt ihn zu retten. So ist es auch mit Alissa. Man kann ihr Energie einflößen, aber sie wird sich daran verschlucken.«

»Geht das alles vielleicht auch, ohne von mir in der dritten Person zu sprechen?«, fragte ich. »Und nicht in diesem Ton?!«

»Tut mir leid, mein Mädchen.« Karl Lwowitsch seufzte. »Aber ich sage die Wahrheit.«

Edgar ließ behutsam meine Hand los.

»Reg dich nicht auf, Alissa«, sagte er. »Vielleicht fällt der Leitung irgendwas ein. Und apropos gebratenes Fleisch – ich habe einen Bärenhunger.«

»Gehen wir in irgendein Bistro«, meinte die Lemeschewa und nickte.

»Ihr wartet doch auf mich, oder?«, bat Jeanne. »Ich geh schnell unter die Dusche, ich bin völlig verschwitzt ...«

Meine Kräfte reichten nicht einmal mehr, um in Panik auszubrechen. Ich stand da, hörte mir teilnahmslos ihr Gespräch an und versuchte, wenigstens etwas zu fühlen, was die Fähigkeiten eines Anderen erforderte. Den eigenen, den richtigen Schatten zu sehen, das *Zwielicht* herbeizurufen, den emotionalen Hintergrund zu erspüren ...

Nichts.

Außerdem schienen mich alle irgendwie vergessen zu haben ...

Wären Jeanne oder Lenka an meiner Stelle gewesen, hätte ich mich genauso verhalten. Wegen der Dusseligkeit anderer griff man doch wohl nicht zum Strick, oder? Wer hatte mich denn gebeten, alles zu geben, bis zur bitteren Neige?! Eben! Aber ich musste ja die Heldin spielen!

Und das alles wegen Semjon und Tigerjunges. Als mir klar wurde, mit wem wir es zu tun bekommen würden, wollte ich meine Revanche. Etwas beweisen ... irgendwem ... aus irgendeinem Grund ...

Und jetzt? Hatte ich es bewiesen!

Und war zum Krüppel geworden. In weitaus schlimmerem Maße als nach dem Kampf mit Tigerjunges ...

»Aber beeil dich, Shanka«, sagte die Lemeschewa. »Kommst du mit uns mit, Alissa?«

Ich drehte mich Anna Tichonowna zu – brachte aber kein Wort hervor.

»Hier geht niemand irgendwohin«, erklang hinter mir eine Stimme. Die Lemeschewa riss die Augen auf, während ich, da ich die Stimme erkannte, zusammenschreckte.

Am Fahrstuhl stand Sebulon.

In seiner menschlichen Gestalt: ein hagerer, trauriger Mann mit leicht abwesendem Blick. Viele von uns kennen ihn nur so, ruhig, gesetzt, ja, sogar etwas langweilig.

Aber ich kannte auch noch einen anderen Sebulon. Nicht den beherrschten Chef der Tagwache, nicht den starken Kämpfer, der ein dämonisches Aussehen annimmt, nicht den Dunklen Magier außerhalb jeder Klassifikation, sondern den lustigen und unermesslich phantasievollen Anderen. Einfach einen Anderen – ohne all das, was uns meilenweit voneinander trennte, als ob es keinen Unterschied gäbe in Alter, Erfahrung und Kraft.

So war es einmal. Damals ...

»Alle in mein Büro«, befahl Sebulon. »Sofort.«

Er verschwand. Vermutlich, indem er ins *Zwielicht* eintauchte. Doch zuvor ließ er seinen Blick noch kurz auf mir ruhen. In seinen Augen stand nichts geschrieben. Kein Spott, kein Mitleid, keine Sympathie.

Trotzdem sah er mich an, und mein Herz hämmerte. Im Laufe des letzten Jahres schien Sebulon die in Ungnade gefallene Hexe Alissa Donnikowa noch nicht einmal bemerkt zu haben.

»Da hätten wir also was gegessen und uns gewaschen«, sagte die Lemeschewa verdrossen. »Kommt, Mädchen.«

Dass ich abseits saß, war ein Zufall.

Meine Beine hatten mich ganz automatisch zu dem Sessel am Kamin getragen, einem breiten Ledersessel, in dem ich mich früher immer zusammengerollt hatte, um – halb liegend, halb sitzend – Sebulon bei der Arbeit zuzuschauen, das rauchlose Feuer im Kamin zu beobachten, die Fotos zu betrachten, die an den Wänden hingen ...

Als mir aufging, dass ich mich unfreiwillig von den anderen abgesondert hatte, die, wie es sich gehörte, auf den Sofas an den Wänden Platz genommen hatten, ließ sich bereits nichts mehr daran ändern. Das hätte dumm ausgesehen.

Dann streifte ich mir die Sandaletten ab, zog die Füße unter mich und machte es mir bequem.

Die Lemeschewa musterte mich verwundert, bevor sie Bericht erstattete, die anderen sahen mich nicht einmal an – sie verschlangen den Chef mit den Blicken. Diese Schleimscheißer!

Sebulon, der sich in dem Sessel hinter seinem riesigen Schreibtisch zurücklehnte, reagierte ebenfalls nicht auf mich. Zumindest äußerlich nicht.

Dann eben nicht ...

Ich hörte die sonore Stimme der Lemeschewa – sie trug gut vor, kurz und bündig, sagte nichts Überflüssiges und ließ nichts Wichtiges aus. Und ich sah mir die Fotografie an, die über dem Schreibtisch hing. Ein uraltes Bild, aufgenommen vor einhundertvierzig Jahren, noch mit dem Kollodium-Verfahren. Irgendwann hatte mir der Chef einmal den Unterschied zwischen der »trockenen« und der »nassen« Entwicklung erklärt. Auf dem Foto war Sebulon im altmodischen Gewand eines Studenten aus Oxford zu sehen, im Hintergrund erhoben sich die Türme des Christ Church College. Es war das Original einer Arbeit von Lewis Carroll, und der Chef hat einmal erwähnt, es sei ziemlich schwer gewesen, diesen »staubtrockenen poetischen Wicht« zu überreden, seine Zeit nicht für ein kleines Mädchen zu opfern, sondern für seinen Studenten. Doch das Foto schien mir sehr gelungen. Carroll war in der Tat ein Könner. Sebulon wirkte auf dem Bild seriös, doch in seinen Augen tanzte leise Ironie, außerdem sah er viel jünger aus ... Obwohl für ihn anderthalb Jahrhunderte ...

»Donnikowa?«

Ich sah die Lemeschewa an. »Dem kann ich mich nur anschließen«, sagte ich nickend. »Wenn das Ziel unserer Mission die unverzügliche Befreiung einer Verhafteten gewesen ist, dann stellten die Bildung des Kraftkreises und die Drohung, ein Opfer zu bringen, eine adäquate Maßnahme dar.« Ich schwieg kurz. »Natürlich nur, wenn dieses dumme Weib diese Anstrengungen wert ist«, fügte ich dann skeptisch hinzu.

»Alissa!« Die Stimme der Lemeschewa klang schneidend wie Stahl. »Wie kannst du es wagen, die Befehle der Leitung in Frage zu stellen? Ich entschuldige mich für das Verhalten von Alissa, Chef, sie hat sich aufgeregt und ist nicht ganz ... nicht ganz beieinander.«

»Gewiss«, sagte Sebulon. »Alissa hat praktisch den Erfolg der Operation garantiert. Sie hat all ihre Kraft geopfert. Da ist es nicht verwunderlich, dass sie ein paar Fragen hat.«

Ich riss den Kopf hoch.

Sebulon wirkte sehr ernst. Ohne jeden Hauch von Spott oder Ironie.

»Aber ...«, setzte die Lemeschewa an.

»Hat hier nicht gerade jemand was von Gehorsam gesagt?«, unterbrach Sebulon sie. »Schweigen Sie.«

Die Lemeschewa erstarrte.

Sebulon erhob sich hinter seinem Tisch. Kam langsam auf mich zu – ich sah ihn unverwandt an, erhob mich aber nicht.

»Dieses dumme Weib«, meinte Sebulon, »ist solche Anstrengungen nicht wert. Natürlich nicht. Aber die Operation gegen die Nachtwache war von außerordentlicher Bedeutung. Und keine eurer Kampfwunden ist vergebens.«

Ich kam mir wie angenagelt vor.

»Vielen Dank, Sebulon«, erwiderte ich. »Es wird mir leichter fallen, die nächsten Jahre zu überstehen, wenn ich weiß, dass ich mich nicht vergeblich verausgabt habe.«

»Welche Jahre, Alissa?«, fragte Sebulon.

Es war komisch ... ein ganzes Jahr lang hatten wir kein Wort miteinander gewechselt ... selbst Befehle hatte ich nicht von ihm persönlich erhalten ... und jetzt sprach er mit mir – und schon saß in meiner Brust wieder ein kalter, pikender Klumpen ...

»Der Heiler hat gesagt, dass ich sehr lange brauchen werde, bis ich wieder in Form bin.«

Sebulon lachte. Und streckte ganz überraschend die Hand aus! Um mir die Wange zu tätscheln. Zärtlich ... und so vertraut ...

»Wen interessiert schon, was der Heiler gesagt hat ...«, meinte Sebulon gutmütig. »Der Heiler hat seine Meinung ... ich meine.«

Er nahm seine Hand weg, und ich konnte mich nur mit Mühe beherrschen, ihr nicht mit der Wange zu folgen ...

»Ich glaube, niemand wird mir widersprechen, dass der Erfolg der heutigen Operation weitgehend Alissa Donnikowa zu verdanken ist?«, fragte Sebulon.

Ha! Den wollte ich sehen, der jetzt etwas einzuwenden wagte!

»Wir haben uns alle beachtlich angestrengt ...«, gab die Lemeschewa vorsichtig zu bedenken.

»An eurem Zustand kann man leicht erkennen, wer sich wie angestrengt hat.«

Sebulon ging zum Tisch zurück, setzte sich aber nicht wieder, sondern lehnte sich nur gegen die Kante. Erstarrte und sah mich an. Als ob er mich durchs *Zwielicht* aufmerksam abtastete.

Bloß dass ich das nicht wahrnehmen konnte ...

»Sind alle damit einverstanden, dass die Tagwache Alissa helfen muss?«, erkundigte sich Sebulon.

In den Augen der Lemeschewa funkelte es böse auf. Irgendwann einmal war die alte Hexe selbst die Freundin von Sebulon gewesen. Deshalb hatte sie mich gehasst, als ich seine Favoritin gewesen war ... deshalb war ihr Zorn sofort dem Mitleid gewichen, sobald sich der Chef von mir abgewandt hatte.

»Wenn wir hier schon von Hilfe sprechen«, setzte sie an, »da hat Karl Lwowitsch eine interessante Parallele aufgezeigt. Wir sind bereit, unsere Kraft mit Alissa zu teilen, nur wäre das so, als gäben wir einem Verhungernden ein Stück Speck statt Brühe. Aber natürlich bin ich bereit, es zu versuchen ...«

Sebulon wandte ihr den Kopf zu, und die Lemeschewa hielt die Klappe.

»Wenn Brühe nötig ist, wird sie Brühe bekommen«, sagte er mit sehr freundlicher Stimme. »Ihr könnt gehen.«

Als Erste sprangen die Vampirbrüder auf, dann erhoben sich die Hexen. Ich suchte mit den Füßen nach meinen Sandaletten.

»Alissa, wenn es nicht zu viel Umstände macht, bleib noch«, bat Sebulon.

In den Augen der Lemeschewa loderte etwas auf – was sofort erlosch. Sie verstand, was ich zu glauben mich immer noch fürchtete.

Ein paar Sekunden später fanden Sebulon und ich uns allein im Raum wieder. Schweigend sahen wir einander an.

Meine Kehle trocknete aus, meine Zunge versagte mir den Dienst. Nein, das kann nicht sein ... zwecklos, sich da etwas vorzumachen.

»Wie fühlst du dich, Alja?«, fragte Sebulon.

Alja nennt mich nur meine Mutter.

Und Sebulon. Früher.

»Wie eine ausgequetschte Zitrone«, sagte ich. »Bin ich wirklich so eine schreckliche Idiotin? Dass ich mich bei einer absolut belanglosen Arbeit total verausgabe?«

»Du bist klug, Alja«, erwiderte Sebulon.

Und lächelte.

Genau wie früher. Ganz genauso.

»Aber jetzt bin ich ...«

Ich verstummte, denn Sebulon kam auf mich zu – und jedes weitere Wort wurde überflüssig. Ich konnte mich nicht einmal aus dem Sessel erheben: Ich schlang die Arme um seine Beine, umarmte ihn, schmiegte mich an ihn – und fing an zu weinen.

»Du hast heute eine unserer besten Operationen eingeleitet«, sagte Sebulon. Seine Hand zerzauste mir die Haare, doch trotzdem hatte ich den Eindruck, er sei im Moment weit, weit weg. Natürlich kann es sich ein Magier seines Formats nie leisten, sich zu entspannen. Auf seinen Schultern ruht die Last der gesamten Tagwache für Moskau und das Umland sowie das Schicksal der einfachen Dunklen, die ein friedliches und ruhiges Leben führen; er muss gegen die Intrigen der Lichten ankämpfen und sich um die Menschen kümmern ... »Alissa, nachdem du mit dem Kraftprisma solchen Unfug getrieben hast, hatte ich beschlossen, dass du meine Aufmerksamkeit kaum verdienst.«

»Sebulon ... ich bin eine selbstgefällige Idiotin gewesen«, flüsterte ich und schluckte meine Tränen hinunter. »Verzeih mir. Ich habe dich getäuscht ...«

»Heute hast du dich völlig rehabilitiert.«

Mit einer Bewegung hob Sebulon mich aus dem Sessel. Ich stellte mich auf die Zehenspitzen, sonst würde ich in seinen Armen baumeln, und aus irgendeinem Grund erinnerte ich mich genau daran, wie mich das beim ersten Mal verblüfft hatte – diese ungeheure Kraft, die in seinem mageren Körper steckte. Selbst in Menschengestalt ...

»Ich bin zufrieden mit dir, Alissa.« Er lächelte. »Mach dir keine Gedanken darüber, dass du alles gegeben hast. Wir haben noch Reserven.«

»Solche wie das Recht, ein Opfer darzubringen?« Ich versuchte zu lächeln.

»Ja.« Sebulon nickte. »Du fährst in Urlaub, noch heute. Und kommst mit mehr Kraft zurück, als du je hattest.«

Meine Lippen fingen verräterisch an zu zittern. Was soll das bloß, wie ein hysterisches Weib zu heulen, die ganze Wimperntusche verschmiert, kein Tropfen Kraft fließt noch durch mich ...

»Ich will dich«, flüsterte ich. »Sebulon, ich bin so einsam gewesen ...«

Sanft löste er sich aus meinen Armen. »Später, Alja. Wenn du zurückkommst. Ansonsten wäre es ...« Sebulon lächelte. »... die Ausnutzung meiner beruflichen Position für persönliche Zwecke.«

»Wer würde es wagen, dir so etwas vorzuwerfen?«

Sebulon sah mir lange in die Augen. »Da gibt es genügend, Alja. Das letzte Jahr war für die Tagwache sehr schwer, und viele würden mich nur zu gern am Boden sehen.«

»Dann lieber nicht«, willigte ich rasch ein. »Dann wollen wir kein Risiko eingehen. Ich komme selbst nach und nach wieder zu Kräften …«

»Genau. Mach dir keine Sorgen, meine Kleine.«

Es schwindelte mir, sobald ich seine Stimme hörte. Seine ruhige, sichere Kraft spürte.

»Warum riskierst du meinetwegen so viel?«, flüsterte ich, ohne eine Antwort zu erwarten. Doch Sebulon gab sie mir. »Weil die Liebe auch eine Kraft ist. Eine große Kraft, die man nicht ignorieren sollte.«

Drei

Schon seltsam, das Leben.

Noch gestern verließ ich meine Wohnung als junge, gesunde, kraftstrotzende, aber dennoch unglückliche Hexe.

Vor zwölf Stunden stand ich im Büro der Tagwache noch als verkrüppelte Frau da, aller Hoffnung und jeden Glaubens an die Zukunft beraubt ...

Wie hatte sich jetzt alles geändert!

»Willst du noch Wein, Alissa?« Mein Begleiter Pawel blickte mir devot in die Augen.

»Ein bisschen«, antwortete ich, ohne meinen Blick vom Fenster zu lösen.

Das Flugzeug setzte bereits zur Landung auf dem Flughafen von Simferopol an. Die alte Tupolew ächzte, legte sich langsam auf die Seite. Die Gesichter der Passagiere wirkten bekümmert, angespannt.

Nur Pawel und ich saßen völlig ruhig da – Sebulon persönlich hatte die Sicherheit des Flugs überprüft.

Pawel reichte mir ein Kristallglas. Natürlich stammte es ebenso wenig von der Stewardess wie der südafrikanische Sauternes darin. Offenbar fasste der nicht mehr ganz junge Tiermann seine Mission mit dem gebührenden Ernst auf. Eigentlich hatte er in den Süden fliegen wollen, um bei Bekannten Urlaub zu machen, doch in letzter Minute hatte man ihm den Flug nach Cherson gestrichen und den Auftrag erteilt, mich nach Simferopol zu bringen. Die Gerüchte, dass meine Beziehung zu Sebulon wieder im alten Gleis lief, waren ihm ganz offenbar bereits zu Ohren bekommen.

»Auf den Chef, ja, Alissa?«, schlug Pawel vor. Er gab sich derart Mühe, sich bei mir einzuschmeicheln, dass es regelrecht unangenehm war.

»Gut«, stimmte ich zu. Wir stießen an und tranken einen Schluck. Als die Stewardess vorbeikam, um ein letztes Mal zu kontrollieren, ob auch alle angeschnallt seien, würdigte sie uns keines Blickes. Der Zauber der Bedeutungslosigkeit, den Pawel gewirkt hatte, funktionierte einwandfrei. Selbst dieser nichtsnutzige Tiermann brachte im Moment mehr zustande als ich ...

»Man kommt doch nicht umhin anzuerkennen«, verkündete Pawel, während er an seinem Wein nippte, »dass die Beziehung der Leitung zu uns Mitarbeitern auf der Höhe ist!«

Ich nickte.

»Nimmst du dagegen die Lichten ...« Er legte in das Wort so viel Verachtung, wie ihm zu Gebote stand. »... das sind weitaus größere Individualisten als wir.«

»Jetzt übertreib mal nicht«, entgegnete ich. »Das stimmt ja nun doch nicht.«

»Ach komm, Alissa!« Der Wein löste ihm die Zunge. »Weißt du noch, wie wir vor einem Jahr alle in der Absperrkette standen? Bevor der Orkan losbrach?«

Vermutlich erinnerte ich mich überhaupt nur wegen dieser Kette an Pawel. Tiermenschen erledigen die Drecksarbeit, und unsere Wege kreuzen sich selten. Mal bei Sondereinsätzen oder in den seltenen Fällen, in denen das gesamte Personal der Wache zusammengerufen wird.

»Ja.«

»Also, dieser ... Gorodezki. Diese Leuchte! Pah!«

»Er ist ein sehr starker Magier«, widersprach ich erneut. »Ein sehr starker.«

»Klar doch! Er hat Kräfte zusammengerafft, aus den Leutchen das Letzte herausgepresst – und wozu? Wofür hat er das alles ausgegeben?«

»Für die eigene Remoralisation.«

Ich kniff die Augen zusammen und rief mir in Erinnerung, wie das ausgesehen hatte.

Eine Lichtfontäne, die in den Himmel schlug. Energieströme, die Anton aus den Menschen geschöpft hatte. Er hatte alles auf eine Karte gesetzt, indem er das Risiko eingegangen war, sich Kraft zu leihen, um einen kurzen Augenblick über Kräfte zu gebieten, die sich mit den Möglichkeiten von Sebulon und Geser vergleichen ließen oder diese gar überstiegen.

Und hatte die gesamte Kraft ungehemmt auf sich gelenkt.

Eine Remoralisation. Die Suche nach einem ethisch optimalen Ausweg. Was die Lichten am meisten fürchten, ist, Schaden anzurichten, einen Fehler zu machen, der den armen kleinen Menschen Böses bringt.

»Das ist doch jetzt ein Superegoist!«, meinte Pawel genüsslich. »Hätte er seine Freundin retten können? Ja. Hätte er sich mit uns anlegen können? Erst recht! Aber was hat er gemacht? Er hat sich selbst alles genommen, was er gesammelt hatte! Noch nicht mal dem Orkan wollte er Einhalt gebieten ... obwohl er es gekonnt hätte! Ohne weiteres!«

»Wer weiß, wozu es geführt hätte, wenn er sich anders verhalten hätte?«, fragte ich.

»Aber er hat sich verhalten wie einer von uns! Wie ein echter Dunkler!«

»Dann wäre er jetzt in der Tagwache.«

»Er kommt schon noch zu uns«, meinte Pawel überzeugt. »Ganz bestimmt. Es wird ihm leid getan haben um die Kräfte, und deshalb hat er sie für sich ausgegeben. Danach musste er nach Rechtfertigungen suchen, à la *ich habe alles getan, um die richtige Entscheidung zu treffen* ... Doch wie sah seine Entscheidung aus? Er hat sich nicht eingemischt! All das nur, um sich nicht einzumischen! So verhalten wir uns, das ist ein typisch Dunkles Verhalten.«

»Da will ich mich gar nicht mit dir streiten, Pawluscha«, sagte ich.

Der Flieger erbebte und fuhr das Fahrgestell aus. Jemand stieß einen kurzen Schrei aus.

Auf den ersten Blick hatte der Tiermann Recht. Ich brauchte mir nur Sebulons Gesicht in den ersten Tagen nach dem Orkan in Erinnerung zu rufen. Keine schöne Miene, die er da aufsetzte, das konnte ich durchaus erkennen. Als hätte er – im Nachhinein! – begriffen, dass er reingelegt worden war.

Pawel erging sich noch immer in den Feinheiten des Kampfes zwischen den Wächtern des Tages und der Nacht, über das unterschiedliche Herangehen und langfristig geplante Operationen. Ein Stratege, der in einer Kommandozentrale sitzen sollte, aber nicht durch die Straßen patrouillieren.

Plötzlich begriff ich, wie er es fertig gebracht hatte, mich während des zweistündigen Flugs so zu ermüden. Dabei machte er auf den ersten Blick einen angenehmen Eindruck ...

»In was verwandelst du dich, Pawluscha?«, fragte ich.

Er schnaubte. »In eine Echse«, gab er widerwillig zu.

»Oho!« Voller Interesse sah ich ihn mir erneut an. Solchen Tiermenschen begegnet man wirklich selten, das ist was anderes als ein stinknormaler Werwolf wie der tote Witalik. »Alle Achtung! Und warum sehe ich dich dann fast nie bei Operationen?«

»Ich ...« Pawel verzog das Gesicht. Holte ein Taschentuch heraus und betupfte sich die schweißige Stirn. »Die Sache ist die ...«

Köstlich, wie er sich wand – ganz wie ein Schulmädchen, das etwas ausgefressen hat, beim Gynäkologen.

»Ich verwandle mich in eine Pflanzen fressende Echse«, presste er schließlich heraus. »Meine Kampffähigkeit ist leider nicht besonders hoch. Die Kiefer sind stark, meine Zähne flach, und sie mahlen ordentlich was weg. Aber ich bin ein bisschen zu langsam. Arme oder Beine brechen ... einen Finger abkauen ... das kann ich.«

Unwillkürlich musste ich lachen. »Nimm's nicht so schwer«, bemerkte ich mitfühlend. »Solche wie du sind doch auch notwendig! Hauptsache, dein Aussehen ist beeindruckend und flößt Angst und Schrecken ein.«

»Mein Aussehen ist schon beeindruckend ...«, meinte Pawel, der misstrauisch zu mir herüberschielte. »Nur sind meine Schuppen zu bunt. Wie bei einem teuren Markenspielzeug. Damit kann ich mich kaum tarnen.«

Es gelang mir, eine ernste Miene zu bewahren. »Mach dir nichts draus, das ist doch sogar ganz interessant. Wenn man Menschen und vor allem kleine Kinder erschrecken will, ist ein bunter Panzer genau richtig.«

»Meist ist das auch meine Aufgabe ...«, bestätigte Pawel.

Ein Stoß unterbrach unser Gespräch. Das Flugzeug hatte auf der Landebahn aufgesetzt. Höflich, wenn auch etwas zu früh, spendeten die Passagiere Applaus. Ein paar Sekunden lang presste ich die Stirn gegen das Fenster und sog den Anblick des Grüns und des Flughafengebäudes ein, vor dem gerade eine Maschine zum Start vorbereitet wurde ...

Ich konnte es einfach nicht glauben.

Ich war dem stickigen Moskau entkommen, man hatte mir den lang erhofften Urlaub bewilligt ... und besondere Rechte eingeräumt ... und wenn ich zurückkäme, würde Sebulon wieder auf mich warten ...

Pawel brachte mich noch zur Haltestelle des Oberleitungsbusses. Es war die komischste Strecke, von der ich je gehört hatte: Der Obus fuhr von einer Stadt in die andere, von Simferopol nach Jalta. Was merkwürdigerweise sogar recht bequem war.

Alles war hier anders, völlig anders. Zwar herrschte auch hier Hitze, aber nicht die Moskauer Asphalt- und Betonhitze. Sogar das Meer konnte ich schon spüren, obwohl es noch weit weg war. Dann das wilde Grün, die ganze Atmosphäre eines großen Ferienorts mitten in der Saison.

Gut. Mir ging es wirklich gut.

Jetzt wollte ich nur schnell unter die Dusche, mich ausschlafen, mich zurechtmachen ...

»Du fährst doch nicht nach Jalta, oder?«, erkundigte sich Pawel.

»Nicht ganz bis nach Jalta«, nickte ich. Finster blickte ich auf die lange Schlange. Selbst Kinder wirkten konzentriert und bereit, sich um einen Platz im Obus zu prügeln. Ich hatte kaum Gepäck, bloß eine Handtasche und eine Sporttasche über der Schulter, und könnte mich durchaus anstellen – in der Hoffnung, ohne Fahrkarte in den Bus zu kommen.

Aber das wollte ich nicht.

Schließlich hatte ich ein nettes Päckchen für meine Dienstreise, meinen Urlaub und meine Genesung in die Hand gedrückt bekommen – Sebulon hatte für mich fast zweitausend Dollar locker gemacht. Für zwei Wochen dürfte das absolut reichen. Vor allem in der Ukraine.

»Gut, Pawluscha.« Ich schmatzte ihm einen Kuss auf die Wange. Der Tiermann lief knallrot an. »Ich komme schon hin, du brauchst mich nicht zu begleiten.«

»Bestimmt nicht?«, hakte er nach. »Ich habe den Auftrag, dir jede erdenkliche Hilfe zu leisten.«

Ein toller Beschützer! Eine Pflanzen fressende Echse, eine Kuh mit Schuppen ...

»Ganz bestimmt nicht. Du bist auch urlaubsreif.«

»Ich will mit Freunden eine Radtour machen«, teilte er mir aus irgendeinem Grund mit. »Das sind wirklich prima Jungs, ukrainische Werwölfe und sogar ein junger Magier. Sollen wir vielleicht mal bei dir vorbeikommen?«

»Das würde mich freuen.«

Der Tiermann wandte sich wieder dem Flughafengebäude

zu, offenbar in der Absicht, seinen Anschlussflug zu kriegen. Langsam schlenderte ich an der kurzen Schlange von Privatfahrern und Taxis entlang. Die Nacht brach allmählich an, und es gab nicht mehr allzu viele Autos.

»Wohin, meine Schöne?«, rief mir ein plumper Kerl mit Bart hinterher, der neben seinem Shiguli eine rauchte. Ich schüttelte den Kopf – mit einem Shiguli würde ich bestimmt nicht von einer Stadt in die andere fahren. Einen Wolga ignorierte ich ebenfalls und erst recht einen Oka, von dem nicht klar war, worauf der eigentlich hoffte.

Aber ein neuer Nissan Patrol gefiel mir schon besser ....

Ich beugte mich zu dem heruntergelassenen Fenster hinunter. Im Wagen saßen zwei junge schwarzhaarige Typen. Der Fahrer rauchte, sein Kumpel nuckelte an einer Bierflasche.

»Seid ihr frei, Jungs?«

Zwei Augenpaare taxierten mich. Ich sah nicht sonderlich kreditwürdig aus, denn so verlangte es meine Legende ...

»Kann schon sein«, brachte der Fahrer hervor. »Wenn wir uns über den Preis einig werden.«

»Das werden wir«, sagte ich. »Bis ins Artek. Einen halben Hunderter.«

»Bist du eine Pionierin?«, grinste der Fahrer. »Für einen halben Hunderter fahren wir dich durch die Stadt.«

Ein echter Witzbold! Bei seinem Alter hätte er sich außerdem gar nicht mehr an das Wort Pionierin erinnern dürfen. Und auch seine Preisvorstellungen schossen weit übers Ziel hinaus – fünfzig Griwna, das waren fast zehn Dollar.

»Sie haben sich noch nicht nach dem Wesentlichen erkundigt«, bemerkte ich. »Einen halben Hunderter von was ...«

»Einen halben Hunderter von was?«, wiederholte der Kumpel des Fahrers gehorsam.

»Dollar.«

Sofort veränderten sich die Mienen der beiden.

»Für fünfzig Dollar bringt ihr mich schnell, ohne sonst noch jemanden mitzunehmen und ohne laute Musik ins Artek«, präzisierte ich. »Einverstanden?«

»Ja«, entschied der Fahrer. Sein Blick suchte etwas. »Und Gepäck?«

»Ich hab schon alles bei mir.« Ich stieg hinten ein und legte die Tasche neben mich. »Fahren wir.«

Mein Ton überzeugte sie. Bereits eine Minute später zuckelten wir über die Straße. Ich entspannte mich, machte es mir bequem. Gut. Urlaub. Ich musste mich erholen ... Pfirsiche essen ... Kraft sammeln ...

Und dann, in Moskau, würde Sebulon auf mich warten ...

In dem Moment klingelte das Handy in meiner Handtasche. Ohne die Augen zu öffnen, holte ich es heraus und nahm den Anruf an.

»Alissa, wie war der Flug?«

Wärme durchströmte meine Brust. Eine Überraschung jagte die nächste! Selbst in unseren besten Tagen hatte Sebulon es nicht für nötig befunden, nach solchen Kleinigkeiten zu fragen. Oder lag das daran, dass ich jetzt krank und nicht in Form war?

»Danke, wunderbar. Angeblich war mit schlechtem Wetter zu rechnen, aber ...«

»Ich weiß. Die Kollegen von der Tagwache in Simferopol haben sich um die meteorologischen Bedingungen gekümmert. Aber deshalb rufe ich nicht an, Alissa. Bist du jetzt in einem Auto?«

»Ja.«

»Du hast eine schlechte Prognose für diese Fahrt.«

Ich merkte auf. »Der Weg?«

»Nein. Offenbar dein Fahrer.«

Vor mir sah ich steinern die rasierten Hinterköpfe der beiden Jungs. Eine Sekunde lang betrachtete ich sie, schäumend vor Hilflosigkeit. Selbst Emotionen konnte ich nicht mehr spüren, vom Gedankenlesen ganz zu schweigen ...

»Das schaff ich schon.«

»Du hast deinen Begleiter weggeschickt?«

»Ja. Aber mach dir keine Sorgen, mein Liebster. Ich krieg das schon in den Griff.«

»Bist du sicher, Alissa?« In Sebulons Stimme schwang echte Sorge mit. Was mich aufputschte wie Doping.

»Natürlich! Guck dir die Prognose noch einmal an!«

Sebulon schwieg einen Moment lang. »Stimmt, es wird besser ...«, meinte er dann zufrieden. »Aber halte die Verbindung. Im Notfall bin ich sofort da.«

»Wenn sie mich beleidigen, ziehst du ihnen einfach das Fell über die Ohren, Liebster«, bat ich.

Der Beifahrer drehte sich um und sah mich aufmerksam an.

»Ich ziehe es ihnen nicht nur über die Ohren, sondern zwinge sie auch noch, es zu fressen«, meinte Sebulon. Das war natürlich keine Drohung, sondern ein ernst gemeintes Versprechen. »Nun, dann einen schönen Urlaub, Kleines.«

Ich beendete das Gespräch und schlummerte ein. Der Nissan fuhr ruhig, nach kurzer Zeit hatten wir bereits die Hauptstraße erreicht. Ab und an rauchten die Jungs eine, es begann nach Tabak zu riechen, der jedoch zum Glück nicht von der übelsten Sorte war. Dann sang der Motor lauter – wir fuhren einen Pass hinauf. Ich öffnete die Augen und schaute über die hinuntergelassene Scheibe in den Sternenhimmel. Wie groß die Sterne auf der Krim sind. Wie nah.

Dann schlief ich richtig ein. Hatte sogar einen Traum, einen süßen quälenden Traum, in dem ich im nächtlichen Meer badete und neben mir jemand schwamm, ab und an erahnte ich in der Dunkelheit sein Gesicht und spürte die zarte Berührung seiner Hände ...

Als ich verstand, dass die Berührung echt war, erwachte ich augenblicklich und schlug die Augen auf.

Der Motor schwieg, das Auto stand etwas abseits von der Schnellstraße. Offenbar auf dem Ausfahrstreifen, gedacht für die Unglücksraben, bei denen die Bremsen versagten.

Und bei meinem Fahrer und seinem Kumpel hatten ganz bestimmt alle Bremsen versagt. Das ließ sich in ihren Augen erkennen.

Sobald ich aufgewacht war, nahm der Kumpel vom Fahrer seine Hand aus meinem Gesicht. Und rang sich sogar ein Lächeln ab. »Wir sind da, Schätzchen.«

»Sieht aber nicht wie das Artek aus, Freundchen«, antwortete ich im selben Ton.

»Das ist der Angarski-Pass. Der Motor ist heiß gelaufen.« Der Fahrer beleckte sich die Lippen. »Wir müssen kurz warten. Wir können aussteigen und ein bisschen frische Luft schnappen.«

Er suchte sogar nach zusammenhangslosen Ausreden, machte sich also offensichtlich weit mehr Gedanken als sein Kumpel. Der – im Gegenteil – immer mehr auf Touren kam. »Auch ne Gelegenheit zum Pissen ...«

»Danke, kein Bedarf.« Ich blieb sitzen und betrachtete das Pärchen voller Neugier. Was sie jetzt wohl machen würden? Versuchen, mich aus dem Wagen zu ziehen? Oder mich gleich hier drinnen zu vergewaltigen?

Und dann?

Mich laufen zu lassen wäre gefährlich. Wahrscheinlich würden sie mich den Abhang runterstoßen. Irgendwohin ins Meer, dem besten Freund der Mörder aller Zeiten und Völker. Boden bewahrt die Spuren lange auf, das Meer hat eine kurzes Gedächtnis.

»Es haben sich Zweifel gemeldet«, verkündete der Fahrer. »Ob du überhaupt Geld hast ... Pionierin?«

»Da ich euch gemietet habe ...« Ich legte die Betonung auf das Wort *gemietet*. »... hab ich welches.«

»Zeig's«, verlangte der Fahrer.

Ach, was seid ihr für dumme ... Menschlein ...

Schweigend holte ich aus der Handtasche das Bündel Dollarnoten. Fingerte einen halben Hunderter heraus und streckte den beiden den Schein hin, wobei ich so tat, als bemerke ich den gierigen Blick nicht, mit dem sie das Geld verschlangen. Damit dürfte mein Schicksal endgültig besiegelt sein.

Trotzdem suchten sie immer noch nach Rechtfertigungen. Zumindest vor sich selbst.

»Die sind falsch«, kreischte der Fahrer, während er den Schein sicher in seiner Hosentasche verstaute. »Du verdammte Hündin wolltest uns ...«

Ich hörte mir eine Portion auserlesener Beschimpfungen an, während ich sie nach wie vor ungerührt beobachtete. Obwohl irgendetwas in mir sich anspannte, verfügte ich nicht über die normale Kraft eines Anderen, mit der ich aus diesen beiden Bastarden gehorsame Marionetten hätte machen können.

»Hoffst du etwa auf deinen Freund?«, fragte mich der Beifahrer. »Ja? Der uns das Fell über die Ohren ziehen soll? Umgekehrt wird ein Schuh draus, du Hure!«

Ich lachte los, als ich mir die unzähligen Späße vorstellte, die sich Sebulon mit diesen Hündchen erlauben würde. Allein wegen dieser Worte.

Der Fahrer packte meinen Arm. Sein Gesicht, eigentlich jung und hübsch – gegen eine Urlaubsaffäre mit so einem Jungen hätte ich nichts einzuwenden gehabt –, verzerrte sich in einer Mischung aus Bosheit, Angst und Verlangen.

»Du wirst mit Naturalien zahlen, du Hure!«

Ach ja. Mit Naturalien. Aber auch mit meinen Sachen und mit einem kurzen Flug den fast senkrechten Abhang hinunter ...

Nein, auf diese Weise wollte ich eigentlich nicht mit dem Schwarzen Meer Bekanntschaft schließen.

Der andere Kerl streckte die Hände nach mir aus, zweifelsohne mit dem Ziel, mir die Bluse zu zerreißen. Idiot, die hat immerhin 250 Dollar gekostet!

Als er mich fast berührte, knallte ich ihm den Lauf einer Pistole an die Stirn.

Eine kurze Pause trat ein.

»Was seid ihr doch für toughe Jungs«, gurrte ich. »Und jetzt nehmt ihr mal schön die Händchen hoch und steigt aus.«

Die Pistole hatte sie schockiert. Vielleicht weil ich vom Flughafen gekommen war und sie deshalb nicht damit gerechnet hatten, dass ich eine Waffe bei mir trug. Vielleicht witterten sie aber auch mit dem Instinkt junger Köter, dass es mir ein Vergnügen sein würde, ihnen das Hirn herauszublasen.

Sie sprangen aus dem Auto, ich folgte ihnen. Ein paar Sekunden zögerten die beiden, dann stürzten sie davon. Aber das genügte mir nicht mehr!

Die erste Kugel feuerte ich in den Knöchel des Beifahrers. Auf seine Füße kam es schließlich nicht an, er musste ja nicht auf die Pedale treten. Die Verletzung war der reinste Witz, oberflächlich, wahrscheinlich brannte nur die Haut, und es handelte sich nicht mal um eine klaffende Wunde, aber es dürfte völlig reichen. Jammernd fiel der Kerl zu Boden, sein Freund blieb wie angewurzelt stehen und hob die Hände. Für wen die mich wohl hielten? Für eine Mitarbeiterin des Föderativen Sicherheitsdienstes im Urlaub?

»Eure Gier kann ich durchaus verstehen«, sagte ich. »Die Wirtschaft liegt am Boden, ihr kriegt euer Gehalt nicht ... Auch euer Verlangen versteh ich. Schließlich brodelt in euch noch die jugendliche Hypersexualität. Genau wie in mir!«

Selbst der Verletzte schwieg. In absoluter Stille lauschten sie mir. Die Straße hatte sich zur Nacht hin geleert, nur in der Ferne ließen sich näher kommende Scheinwerfer erkennen. Eine atemberaubende Nacht, eine ruhige, warme Sternennacht auf der Krim, während unten, am Fuße des Abhangs, das Meer toste.

»Immerhin seid ihr echt nette Jungs«, sagte ich. »Schade ist nur, dass ich im Moment nicht in der Stimmung für Sex bin. Ihr habt euch zu hässlich benommen. Aber ...« Ich hob einen Finger, und sie starrten ihn an, als seien sie hypnotisiert. »... wir finden schon eine Lösung!«

Ihren Gesichtern nach zu urteilen versprachen sie sich davon nichts Gutes. Was Quatsch war. Ich bin schließlich keine Mörderin.

»Da ihr zu zweit und offenbar gute Freunde seid«, setzte ich ihnen auseinander, »wird es für euch kein Problem sein, euch gegenseitig zu befriedigen. Danach fahren wir dann ganz ruhig und ohne weitere Abenteuer ins Artek.«

»Du hast sie wohl nicht alle!« Der Fahrer wollte schon auf mich zukommen, doch der auf seine Leistengegend gerichtete Pistolenlauf belehrte ihn eines Besseren.

»Es gibt noch eine Ausweichvariante«, räumte ich ein. »Ich könnte euch von euren überflüssigen Körperteilen befreien. Und ich wette 3 : 1, dass ich das beim ersten Schuss schaffe.«

»Du ...«, zischte der Angeschossene. »Man wird uns ...«

»Kein Hahn wird nach euch krähen«, erklärte ich. »Lasst die Hosen runter und macht euch an die Arbeit.«

Über die Kraft, mit der jeder Andere den Willen eines Menschen brechen kann, verfügte ich nicht mehr. Der Ton meiner Stimme klang vermutlich noch überzeugend genug.

Sie gehorchten. Versuchten zu gehorchen.

In der Abteilung guckten wir uns manchmal schwule Pornos an – was sehr komisch ist. Genauso wie die wachhabenden Vampire und Magier sich ab und an mit lesbischen Filmen vergnügen.

Aber die Schauspieler im Kino überließen sich selbstvergessen der Sache und verstanden etwas davon. Die beiden Oberidioten hier waren durch die überraschende Wendung der Ereignisse offenbar völlig durch den Wind und hatten bisher keine entsprechenden Erfahrungen gesammelt. Deshalb interessierte ich mich vor allem für das nächtliche Meer und achtete lediglich darauf, dass die Kerle nicht schlapp machten.

»Nehmt's nicht schwer«, tröstete ich sie, sobald ich fand, sie hätten sich genug erniedrigt. »Wie heißt es doch so schön: Es ist noch kein Meister vom Himmel gefallen. In eurer Freizeit solltet ihr noch ein bisschen üben. Und jetzt ins Auto!«

»Wozu?«, jammerte der Fahrer, nachdem er endlich nicht mehr ausspuckte. Offenbar glaubte er, ich hätte die Absicht, sie zu erschießen und sie zusammen mit ihrer Karre im Meer zu versenken.

»Ich habe euch doch gemietet, damit ihr mich fahrt, oder?«, wunderte ich mich. »Und das Geld habt ihr auch schon kassiert.«

Die weitere Fahrt verlief ohne besondere Vorkommnisse. Auf halber Strecke fing der Fahrer allerdings plötzlich an darüber zu lamentieren, dass er sich selbst hassen würde, sein Leben keinen Sinn mehr habe und er jetzt das Steuer herumreißen und in den Abgrund rasen würde.

»Nur zu!«, spornte ich ihn an. »Mit einer Kugel im Genick spürst du nicht mal den Schmerz beim Fallen.«

Er schwieg.

Bis wir im Artek ankamen, legte ich die Pistole nicht aus der Hand.

Nachdem ich die Tür bereits geöffnet hatte, beugte ich mich noch einmal zu den beiden nach vorn. »Noch was, Jungs ...«

Voller Hass sahen sie mich an. Was könnte ich jetzt für Kraft abzapfen, wenn ich in Form wäre!

»Ihr versucht besser gar nicht erst, mich zu finden. Andernfalls würde euch diese Nacht wie der Himmel auf Erden vorkommen. Alles klar?«

Eine Antwort blieb aus.

»Schweigen ist ein Zeichen der Zustimmung«, verkündete ich und steckte die kleine Astra Cub zurück in meine Handtasche. Die ideale Waffe für eine zarte Frau – auch wenn es Pawel war, der sie durch den Zoll hatte schmuggeln müssen.

Ich ging zum Eingangstor, während der Nissan aufheulend davonfuhr. Ich hoffte, die beiden glücklosen Räuber und Vergewaltiger hatten genug Grips, sich von hier fern zu halten ...

In ein paar Tagen würde ich mir jedoch um die kleinen Gauner vor Ort ohnehin keinen Kopf mehr machen.

So kam ich also um zwei Uhr nachts im Artek an, wo ich wieder gesund werden sollte.

»Brühe trinken«, wie Karl Lwowitsch sich ausgedrückt hatte, als er die erforderliche Erlaubnis unterschrieben hatte.

Jeder vorbildliche sowjetische Pionier sollte in seinem Leben drei Dinge tun: das Lenin-Mausoleum besuchen, einen Sommer im Artek verbringen und einem Jungpionier das Halstuch umbinden. Danach kann der nächste Schritt in seiner Entwicklung erfolgen: Er kann in den Komsomol eintreten.

In meiner nicht sehr langen Pionierzeit war es mir nur gelungen, den ersten Punkt abzuarbeiten. Jetzt bot sich mir die Gelegenheit, eine der Lücken zu stopfen.

Ich weiß nicht, wie es zu Sowjetzeiten gewesen ist, aber heutzutage machte das Ferienlager einen sehr gediegenen Eindruck. Um das Gelände herum ein intakter Zaun, am Tor Wachen. Freilich, eine Waffe trug anscheinend niemand ... zumindest auf den ersten Blick nicht ..., doch die starken jungen Männer in Milizionärsuniform wirkten auch ohne sie recht imposant. Dagegen nahm sich neben diesen Posten ein vierzehn-, fünfzehnjähriger Bengel recht komisch aus. Ob er ein Relikt aus vergangenen Zeiten war, als Hörner ertönten, Trommeln geschlagen wurden und Pioniere in Reih und Glied zum Strand marschierten, um nach streng geregeltem Ablauf die Wasserbehandlungen vorzunehmen?

Ehrlich gesagt hatte ich mit ewigen bürokratischen Prozeduren gerechnet. Oder mit größter Verwunderung. Aber offenbar war ich nicht die erste Pionierleiterin (jetzt bezeichnete man meine Aufgabe übrigens schlicht als Erzieherin), die um zwei Uhr nachts vorm Artek in einem ausländischen Wagen vorfuhr. Einer der Wachposten schaute sich flüchtig meine Papiere an – und zwar echte, ausgestellt von den entsprechenden Institutionen, beglaubigt durch Unterschrift und Stempel – und rief dann den Posten stehenden Jungen.

»Makar, bring Alissa zum Diensthabenden der Nachtschicht.«

»Hm«, brummte der Bengel, der mich voller Interesse ansah. Ein guter Junge ohne Komplexe. Der eine schöne Frau sieht und sich nicht schämt, sein Interesse zu artikulieren. Er wird's zu was bringen ...

Wir verließen das Häuschen der Wachposten, gingen an einer langen Reihe von Tafeln mit den Programmen für die einzelnen Tage, Veranstaltungsankündigungen und Wandzeitungen der Kinder vorbei – wie lange hatte ich schon keine Wandzeitungen mehr gesehen! Dann bogen wir auf einen spärlich beleuchteten Weg ein, wobei ich mich dabei ertappte, wie ich unwillkürlich links und rechts nach Gipsfiguren von Hornbläsern und Mädchen mit einem Ruder suchte. Die ich übrigens nicht fand.

»Sind Sie die neue Gruppenleiterin?«, fragte der Junge.

»Ja.«

»Makar.« Würdevoll streckte er mir die Hand entgegen.

»Alissa.« Als wir uns mit einem Handschlag begrüßten, konnte ich mir nur mit Mühe ein Schmunzeln verkneifen.

Der Altersunterschied zwischen uns beiden betrug nur zehn, vielleicht zwölf Jahre. Doch schon an unseren Namen ließ sich erkennen, wie sehr sich alles verändert hatte. Wo waren bloß all die Alices von Carroll und die Alissas von Bulytschow hin?

Sie waren den gipsernen Hornbläsern, den Pionierfahnen, den verlorenen Illusionen und den unerfüllten Träumen gefolgt. In geschlossener Formation abgezogen, unter heiterem überschwänglichem Gesang ... Das Mädchen, das im Fernsehen einst die Alissa gespielt und allen Jungen im Land den Kopf verdreht hatte, arbeitete heute friedlich als Biologin und erinnerte sich nur noch mit einem Lächeln an die romantische Figur.

Neue waren gekommen. Makar, Iwan, Jegor, Mascha ... Nach dem ehernen Gesetz der Natur: Je schlechter es einem Land ergeht, je tiefer es im Dreck steckt, desto stärker ist die Sehnsucht nach den Wurzeln. Nach den alten Namen, der alten Ordnung, den alten Ritualen. Nein, sie sind nicht schlechter als wir, all diese Makars und Iwans. Wahrscheinlich sogar ganz im Gegenteil. Sie sind ernsthafter, zielstrebiger, weder durch Ideologie noch sonst eine effekthaschende Größe zusammengehalten. Sie sind uns, den Dunklen, näher als all die Alissas, Serjoshas und Slawas.

Trotzdem bleibt ein bitterer Nachgeschmack. Als ob wir nicht die Richtigen waren, als ob erst sie kommen mussten.

»Bleiben Sie nur vorübergehend bei uns?«, erkundigte sich der Junge ernsthaft.

»Ja. Meine Freundin ist krank geworden, ich vertrete sie so lange. Aber im nächsten Jahr werde ich versuchen, wieder hierher zu kommen.«

»Machen Sie das, bei uns ist es so schön«, meinte Makar nickend. »Ich komme im nächsten Jahr auch wieder. Dann bin ich schon fünfzehn.«

Täuschte ich mich oder funkelte in den Augen dieses kleinen Teufels tatsächlich ein Feuerchen?

»Und danach?«

Er schüttelte den Kopf. »Hier kann man nur bis sechzehn herkommen«, teilte er mir mit unverhohlenem Bedauern mit. »Mit sechzehn habe ich übrigens vor, zum Studium nach Cambridge zu gehen.«

Beinahe hätte ich mich verschluckt. »Das ist ziemlich teuer, Makar.«

»Ich weiß. Aber es ist schon alles seit fünf Jahren geplant, machen Sie sich da keine Sorgen.«

Vermutlich der Sohn irgendeines Neureichen. Die planen in der Tat alles voraus.

»Das ist eine wichtige Entscheidung. Willst du da bleiben?«

»Nein. Wozu? Ich lasse mich solide ausbilden und komme dann nach Russland zurück.«

Ein sehr ernster Junge. Man konnte sagen, was man wollte – aber man traf doch immer wieder bemerkenswerte Exemplare unter den Menschen. Schade, dass ich ihn im Moment nicht auf die Fähigkeiten eines Anderen testen konnte ... Solche Jungs brauchen wir.

Ich folgte meinem Begleiter von dem mit quadratischen Steinfliesen ausgelegten Weg auf einen schmalen Pfad.

»Das ist eine Abkürzung«, erklärte der Junge. »Keine Sorge, ich kenne das Gelände wie meine Westentasche ...«

Schweigend lief ich hinter ihm her. Dunkelheit umgab uns, und ich musste mich einzig auf meine menschlichen Fähigkeiten verlassen. Sein weißes Hemd stellte jedoch eine sichere Orientierung dar.

»Sehen Sie das Licht da?«, fragte Makar, wobei er sich zurückdrehte. »Gehen Sie einfach darauf zu, ich bin jetzt nämlich weg ...«

Offenbar wollte der Junge mich verarschen ... Bis zu dem Licht waren es dreihundert Meter durch den dicht bewachsenen Park. Dann könnte er sich vor seinen Freunden dicke tun: Ich habe die neue Erzieherin in die Büsche gelockt und dort stehen lassen ...

Doch kaum machte Makar einen Schritt zur Seite, da blieb er mit dem Fuß irgendwo hängen und fiel mit einem überraschten Aufschrei zu Boden. Ich nahm ihm seinen Streich noch nicht mal krumm – dazu war das Ganze einfach zu komisch.

»Und du hast gesagt, du kennst das Gelände wie deine Westentasche«, konnte ich mir nicht verkneifen.

Er gab keine Antwort, sondern schniefte und rieb sich das aufgeschlagene Knie. Ich hockte mich neben ihn und sah ihm in die Augen. »Dabei wolltest du doch über mich lachen, nicht wahr?«

Der Bengel sah mich an – und blickte dann schnell weg. »Entschuldigen Sie …«, murmelte er.

»Machst du dich auch über alle anderen lustig?«, fragte ich.

»Nein …«

»Und womit habe ich diese Ehre verdient?«

Er antwortete nicht gleich.

»Sie haben … so selbstsicher ausgesehen.«

»Wie auch nicht«, stimmte ich ihm ohne weiteres zu. »Meine Reise hierher war voll von Abenteuern. Beinah hätte man mich umgebracht, Ehrenwort! Aber ich bin mit heiler Haut davongekommen. Was sollte ich da sonst für eine Miene aufsetzen?«

»Entschuldigen Sie …«

Die letzten Reste von Ernsthaftigkeit und Selbstsicherheit wichen von ihm. Ich setzte mich neben ihn. »Zeig mal dein Knie«, forderte ich ihn auf.

Er nahm die Hand weg.

Kraft. Ich wusste, dass es sie hier gab. Ich spürte sie fast, die in dem Jungen pulsierende Kraft: entstanden durch Schmerz, Empörung und Scham, diese heftige und reine Kraft … Ich konnte sie fast aufnehmen, so wie jede x-beliebige Andere, deren Kraft die Schwäche der anderen ist.

Fast.

Es war immer noch nicht das, was ich brauchte. Makar saß da, presste die Zähne zusammen und gab keinen Ton von sich. Er hielt sich – und er hielt die Kraft in sich. Das war für mich im Moment noch zu viel …

Ich kramte eine kleine Taschenlampe aus meiner Handtasche und hielt den Lichtstrahl auf die Wunde.

»Das ist nichts. Soll ich dir ein Pflaster draufkleben?«

»Nicht nötig. Das geht schon von allein weg …«

»Wie du meinst.« Ich erhob mich und leuchtete die Gegend um mich herum ab. O ja, es wäre nicht einfach gewesen, den Weg zu dem in der Ferne schimmernden Fenster zu finden …

»Was jetzt, Makar? Haust du ab? Oder bringst du mich doch noch zum Haus?«

Schweigend stand er auf und stapfte los. Ich folgte ihm. Erst als wir vor dem Haus ankamen, das durchaus nicht klein war – ein einstöckiger Steinbau, eine Villa mit Säulen davor –, sagte Makar wieder etwas.

»Werden Sie das dem Diensthabenden der Nachtschicht erzählen?«

»Was?« Ich lachte los. »Es ist doch nichts passiert, oder? Wir sind ganz ruhig den Weg entlanggegangen ...«

Er schniefte kurz. »Entschuldigen Sie«, sagte er noch einmal, doch diesmal klang es weit aufrichtiger. »Das war ein blöder Scherz.«

»Kümmer dich um dein Knie«, riet ich ihm. »Vergiss nicht, es dir auszuwaschen und Jod draufzuschmieren.«

Vier

Nebenan rauschte Wasser – der Mann von der Nachtschicht hatte mit einer Entschuldigung das Zimmer verlassen, um sich zu waschen. Ich hatte ihn geweckt, als er friedlich unter dem Gekrächze eines lausigen chinesischen Kassettenrecorders gedöst hatte. Was ich nicht verstand, war, wie jemand bei Wyssozki schlafen konnte. Allerdings waren diese Barden das Einzige, was man in dieser Seifendose überhaupt hören konnte.

Gedichte wird es geben und auch Mathe,
Und Orden, Pflichten, eine Übermacht ...
Die Zinnsoldaten auf der alten Karte
Sind heute alle aufgestellt zur Schlacht,
Die besser doch daheim geblieben wären.
Doch Krieg ist Krieg, da lässt sich's nicht vermeiden:
Es fallen Kämpfer in den beiden Heeren
Zu gleichen Teilen auf den beiden Seiten.

»Fertig, verzeihen Sie bitte ...« Der Mann kam aus dem winzigen Bad, wobei er sich das Gesicht mit einem Frotteehandtuch aus dem Artek abtrocknete. »Ich hatte einen anstrengenden Tag.«

Ich nickte verständnisvoll. Der Kassettenrecorder spielte weiter und verstärkte pflichtschuldig die Wyssozki eigene Heiserkeit.

Vielleicht ist die Erziehung nicht gelungen,
Vielleicht wird auch die Bildung immer mieser?
In diesem Feldzug wird kein Sieg errungen,
Von jener Seite nicht und nicht von dieser.
Also muss man sein Gewissen quälen,
Dass man sich nicht vor sich selbst blamiert –
Wie nun unter Zinnsoldaten wählen,
Wem in diesem Kampf der Sieg gebührt?

Der Mann runzelte die Stirn und stellte den Ton fast ganz ab. Er streckte mir die Hand entgegen. »Pjotr.«

»Alissa.«

Sein Händedruck war so kräftig als begrüße er einen Mann. Sofort spürte ich die Distanz: *Nur berufliche Beziehungen* ...

Auch gut. Besondere Begeisterung rief der kleine, magere Mann bei mir nicht hervor, der selbst noch einem Jugendlichen glich. Natürlich wollte ich mir für den Urlaub einen Liebhaber zulegen, aber doch lieber einen jüngeren und hübscheren. Pjotr war mindestens fünfunddreißig, und selbst ohne die Fähigkeiten einer Anderen konnte ich ihn lesen wie ein offenes Buch. Ein Familienmensch, wie er im Buch steht, soll heißen: Er betrog seine Frau kaum, trank nicht, rauchte nicht und brachte für die Erziehung des – vermutlich einzigen – Kindes die nötige Zeit auf. Ein verantwortungsbewusster Mensch, der seine Arbeit liebte und dem man eine Horde verrotzter Kleinkinder oder auch randalierender Heranwachsender ohne Sorge anvertrauen konnte: Er würde ihnen den Rotz abwischen, ganz offen mit ihnen reden, ihnen die Wodkaflasche wegnehmen, einen Vortrag darüber halten, wie schädlich das Rauchen sei, und sie mit Arbeit, Erholung und Moral überhäufen.

Kurzum, der Realität gewordene Traum der Lichten, aber kein Mensch aus Fleisch und Blut.

»Es freut mich sehr, Sie kennen zu lernen«, sagte ich. »Ich habe schon sehr lange davon geträumt, einmal ins Artek zu kommen. Nur schade, dass es erst unter diesen Umständen klappt ...«

Pjotr seufzte.

»Erinnern Sie mich nicht daran. Wir leiden alle mit Nastenka mit ... Sie sind mit ihr befreundet?«

»Nein.« Ich schüttelte den Kopf. »Ich bin zwei Studienjahre unter ihr und kann mich, ehrlich gesagt, nicht mal an ihr Gesicht erinnern ...«

Pjotr nickte und sah sich dann meine Papiere an. Die Begegnung mit Nastja jagte mir keine Angst ein, sie würde sich nämlich an mein Gesicht erinnern – Sebulon nimmt es mit den Details immer sehr genau. Wenn es im Artek keinen Anderen gab, dann war jemand aus Jalta oder Simferopol gekommen, hatte sich kurz mit Nastja unterhalten – und schon kam ich ihr bekannt vor.

»Sie haben schon Gruppen geleitet?«

»Ja, aber ... natürlich nicht im Artek.«

»Na und?« Pjotr zuckte die Schultern. »Wir haben hier zweitausenddreihundert Mitarbeiter, das ist der einzige Unterschied.«

Der Ton, in dem er diese Worte sagte, passte nicht ganz dazu. Stolz war er aufs Artek, so stolz, als hätte er es selbst gegründet; als hätte er es persönlich mit dem Maschinengewehr in der Hand gegen die Faschisten verteidigt; als hätte er das Haus gebaut und die Bäume gepflanzt.

Ich lächelte und brachte unmissverständlich zum Ausdruck: Ich glaube Ihnen nicht, schweige aber aus Höflichkeit.

»Nastja arbeitet im Komplex Lasurny«, teilte Pjotr mir mit. »Ich bringe Sie jetzt zu ihr, denn Nastja muss ohnehin bald aufstehen. Um fünf Uhr geht ihr Wagen nach Simferopol ... Wie sind Sie denn hierher gekommen, Alissa?«

»Ohne Probleme«, erwiderte ich. »Ein Auto hat mich mitgenommen.«

Pjotr runzelte die Stirn.

»Das hat Sie bestimmt eine hübsche Stange Geld gekostet, oder?«

»Nein«, log ich.

»Dennoch war das ziemlich riskant«, meinte Pjotr. »Eine junge attraktive Frau mitten in der Nacht allein mit einem unbekannten Mann im Auto.«

»Es waren zwei«, sagte ich. »Und die waren miteinander beschäftigt.«

Pjotr hatte keine Ahnung, was ich meinte. »Es ist nicht an mir, Sie zu belehren, Alissa«, meinte er seufzend. »Sie sind erwachsen und wissen, was Sie tun. Aber begreifen Sie doch: Es passiert alles Mögliche. Das Artek ist ein Territorium der Kindheit, ein Territorium der Liebe, der Freundschaft und der Gerechtigkeit. Zumindest das konnten wir bewahren! Aber außerhalb des Pionierlagers ... laufen die unterschiedlichsten Menschen herum.«

»Das stimmt«, pflichtete ich ihm reumütig bei. Erstaunlich, mit welch aufrichtigem Glauben er diese Worte voller Pathos aussprach. Und auch tatsächlich an sie glaubte.

»Nun gut.« Pjotr stand auf und griff ohne Umstände nach meiner Tasche. »Gehen wir, Alissa.«

»Ich find's schon allein, wenn Sie mir den Weg beschreiben ...«

»Alissa!« Vorwurfsvoll schüttelte er den Kopf. »Sie würden sich verlaufen! Wir haben hier ein Areal von 258 Hektar! Gehen wir.«

»Ja. Sogar Makar hat sich etwas verlaufen«, räumte ich ein.

Pjotr stand bereits an der Tür, drehte sich jetzt aber scharf um. »Makar? Dieser fünfzehnjährige Junge? Hat der sich schon wieder am Eingangstor rumgetrieben?«

Verwirrt nickte ich.

»Klar ...«, sagte Pjotr kalt.

Wir traten in die warme Sommernacht hinaus. Es tagte bereits. Pjotr holte eine Taschenlampe hervor, schaltete sie aber nicht ein. Wir folgten einem Pfad nach unten, zum Ufer.

»Es ist doch immer dasselbe mit diesem Makar«, bemerkte Pjotr im Gehen.

»Ja?«

»Er braucht nicht viel Schlaf ... wissen Sie ...« Pjotr lachte missmutig. »Deshalb fällt er mal den Wachen am Eingang auf die Nerven, mal rennt er runter zum Strand, und mal büxt er ganz aus.«

»Ich habe geglaubt, er würde am Tor Posten stehen ... wie früher die Pioniere«, meinte ich.

»Alissa!«

Diese Repliken beherrschte Pjotr meisterlich. Allein durch den laut ausgesprochenen Namen brachte er eine Vielzahl von Emotionen zum Ausdruck.

»Die Kinder haben nachts zu schlafen! Und nicht Posten zu stehen ... sei es am Eingang zu einem Ferienlager, sei es am ewigen Feuer oder sonst wo ... Und alle normalen Kinder liegen nachts auch in ihren Betten. Natürlich unterhalten sie sich noch etwas vorm Einschlafen, aber dann schlafen sie. Sie toben sich den Tag über derart müde ...«

Unter seinen Füßen knirschte der Kies, denn wir hatten den mit Platten ausgelegten Weg verlassen. Ich zog meine Sandaletten aus und lief barfuß weiter. Angenehm war das, diese harten, kühlen Steinchen an den Füßen ...

»Einerseits könnte ich der Wache tüchtig den Kopf waschen«, dachte Pjotr laut nach. »Sie hätten den Jungen wegschicken müssen. Aber was wäre dann passiert? Sollen wir ihn ans Bett binden? Besser, er hockt ruhig bei den Erwachsenen, damit sie ihn im Auge haben, als dass er nachts allein im Meer schwimmt ...«

»Weshalb tut er das?«

»Angeblich reichen ihm drei Stunden Schlaf täglich.« In Pjotrs Stimme schwang schwermütiges Mitleid mit. Er gehörte offensichtlich zu den Menschen, mit denen man besser telefoniert oder sich in der Dunkelheit unterhält. Seine Mimik war nicht sehr ausgeprägt, sein Gesicht langweilig – aber seine

Stimme wunderbar ausdrucksvoll! »Und so, wie er sich tagsüber aufführt, braucht er in der Tat nicht mehr. Aber darum geht es gar nicht ...«

»Sondern?« Mir war klar, dass er auf diese Frage wartete.

»Er will jede Minute dieses Sommers, seiner Zeit hier im Artek, seiner Kindheit auskosten.« Pjotr wirkte jetzt eher nachdenklich. »Das erste und das letzte Mal im Artek. Was hat er denn bisher sonst schon an Schönem in seinem Leben gehabt?«

»Was heißt das – das erste und das letzte Mal? Der Junge hat mir gesagt ...«

»Er ist ein Heimkind«, erklärte Pjotr. »Und schon ziemlich alt. Er wird kaum noch einmal zu uns kommen. Heutzutage kann ein Kind natürlich so oft es will ins Artek kommen, allerdings gegen Bezahlung, während ein Aufenthalt im Rahmen eines Wohltätigkeitsprogramms ...«

Ich trat sogar einen Schritt zurück. »Ein Heimkind? Er hat mir im Brustton der Überzeugung ...«

»Überzeugend sind sie alle«, entgegnete Pjotr gelassen. »Wahrscheinlich hat er Ihnen eine ziemlich sensationelle Geschichte erzählt, oder? Dass seine Eltern Geschäftsleute sind, er dreimal im Jahr ins Artek kommt, für den Herbst einen Urlaub auf Hawaii plant ... Sie wünschen sich das, und deshalb fantasieren sie es sich zusammen. Die Jüngeren ständig, bei den Älteren kommt es seltener vor. Vermutlich haben Sie ihm gefallen?«

»Das würde ich nicht gerade behaupten.«

»In diesem Alter können die Jungen ihre Zuneigung noch nicht ausdrücken ...«, meinte Pjotr sehr ernst. »Liebe und Hass sind ohnehin leicht miteinander zu verwechseln, erst recht in der Kindheit ... Und wissen Sie, Alissa ..., wenn ich mir diese Bemerkung gestatten darf ...«

»Ja?«

»Sie sind eine sehr attraktive junge Frau, aber das hier ist ein

Ferienlager für Kinder, darunter auch etliche ältere Jungen. Ich will gar nicht verlangen, dass Sie sich nicht schminken oder dergleichen, aber ... Versuchen Sie doch, auf diesen Minirock zu verzichten. Er ist einfach zu kurz.«

»Nicht der Rock ist zu kurz«, erwiderte ich mit Unschuldsmiene. »Sondern meine Beine zu lang.«

Pjotr schielte zu mir herüber. Missbilligend schüttelte er den Kopf.

»Entschuldigen Sie, das war nur ein Scherz«, sagte ich rasch. »Natürlich werde ich den in Zukunft nicht tragen. Ich habe Jeans, Shorts und sogar einen langen Rock dabei. Und einen hochgeschlossenen Badeanzug!«

Den Rest des Weges sprachen wir kein Wort.

Ich hatte keine Ahnung, woran Pjotr dachte. Vielleicht fragte er sich, ob ich überhaupt für die pädagogische Arbeit tauge. Vielleicht bemitleidete er seinen Schützling Makar. Vielleicht bedachte er ganz allgemein die Unzulänglichkeit der Welt. Das hätte zu ihm gepasst.

Ich lächelte bei dem Gedanken daran, wie geschickt mich der Bengel an der Nase herumgeführt hatte.

Das war er, unser zukünftiger Mitstreiter.

Der zukünftige Dunkle.

Selbst wenn er kein Anderer sein sollte, sondern weiterhin ein langweiliges Menschenleben führen müsste, sind es solche wie er, auf die wir uns stützen können.

Dabei ging es natürlich nicht um den Streich. Die Lichten machen sich auch gern einen Spaß. Aber dass der Junge auf diese Ideen kommt – eine mit der Gegend unvertraute junge Frau mitten in der Nacht in einen Park zu führen und dort stehen zu lassen, stolz die schmale Brust vorzurecken und das erfolgreiche Kind aus einer snobistischen Familie zu mimen ... Das ist unsere Art.

Einsamkeit, Ruhelosigkeit, Verachtung und Mitleid seitens der Umwelt sind unangenehme Gefühle. Aber sie sind es, aus denen echte Dunkle hervorgehen. Menschen oder Andere, die das Siegel der eigenen Würde tragen, die voller Stolz und Freiheitsdrang sind.

Was wird aus einem Kind reicher Eltern, das tatsächlich jeden Sommer am Meer verbringt, ein renommiertes Gymnasium besucht, ernsthafte Pläne für die Zukunft schmiedet und gute Manieren beigebracht bekommt? Entgegen der landläufigen Meinung kaum einer von uns. Sicher, er muss auch nicht unbedingt bei den Lichten landen. Sein ganzes Leben gleicht einem Stück Scheiße im Abflussrohr: kleine Betrügereien, kleine Wohltaten, eine geliebte Frau und eine geliebte Geliebte, Intrigen gegen den Vorgesetzten, der Freund wird die Karriereleiter hinaufgezogen ... Mittelmaß. Nichts. Kein Feind, aber auch kein Verbündeter. Denn ein echter Lichter, das muss man anerkennen, flößt Respekt ein. Selbst wenn er gegen uns kämpft, selbst wenn seine Ziele unerreichbar sind, seine Handlungen naiv, bleibt er ein ernst zu nehmender Gegner. Wie Semjon oder Anton aus der Nachtwache ...

Die so genannten guten Menschen sind gleich weit von uns wie von den Lichten entfernt.

Aber auf so einsame junge Wölfe wie Makar stützen wir uns.

Er wächst mit dem festen Wissen auf, dass er kämpfen muss. Dass er allein gegen alle steht, dass er ebenso wenig auf Mitgefühl und Hilfe zu hoffen braucht, wie er selbst Mitleid und Barmherzigkeit zeigen sollte. Es kommt ihm nicht in den Sinn, die ganze Welt beglücken zu wollen, aber er fügt seiner Umwelt auch keine kleinen Gemeinheiten zu. Er stärkt seinen Willen und seinen Charakter. Er wird nicht untergehen. Wenn er Veranlagungen zum Anderen zeigt, wenn er die seltene und nicht vorhersagbare Kunst beherrscht, ins *Zwielicht* einzutreten – und das allein unterscheidet uns von den Menschen –, dann kommt der Junge zu uns. Doch auch wenn er ein Mensch bleibt, wird er unwillkürlich der Tagwache in die Hand arbeiten.

Wie so viele andere auch.

»Hier lang, Alissa ...«

Wir gingen auf ein kleines Gebäude zu. Eine Terrasse, offene Fenster, in einem von ihnen ein schwaches Licht ...

»Das ist eines unserer Sommerhäuser«, erklärte Pjotr. »In diesem Abschnitt gibt es vier weitläufige Datschen und acht Sommerhäuschen. Meiner Ansicht nach ist es weit vergnüglicher, den Sommer hier zu verbringen.«

Er entschuldigte sich quasi dafür, dass meine Schützlinge und ich in der Unterkunft für den Sommer wohnen mussten.

»Und im Winter?«, wollte ich wissen.

»Im Winter kommt niemand hierher«, sagte Pjotr streng. »Trotz unserer warmen Winter sind die Bedingungen für die Unterbringung von Kindern nicht adäquat.«

Ohne Schwierigkeiten wechselte er zum offiziellen Ton über. Er schien den Paragraphen zur Beruhigung besorgter Mamas zu wiederholen: *angenehme Temperatur, komfortable Unterbringungsmöglichkeiten, ausgewogene Ernährung.*

Wir stiegen die Stufen zur Terrasse hinauf. Ich spürte eine leichte Aufregung.

Als ob ... als ob ich bereits spürte ... dass ...

Nastja war eine zierliche, dunkelhäutige Frau mit irgendwie tatarischen Gesichtszügen. Ein hübsches Ding, dessen Miene allerdings im Moment zu verzweifelt und angespannt wirkte.

»Hallo, Alja ...« Sie nickte mir zu, als sei ich eine alte Bekannte von ihr. In gewisser Weise stimmte das ja auch, denn man hatte ihr offenbar eine falsche Erinnerung eingegeben. »Nun ist es also so gekommen ...«

Ich hörte auf, mich in dem kleinen Zimmer umzusehen, in dem es ohnehin nichts Bemerkenswertes gab. Das ganz normale Zimmer einer Erzieherin: Bett, Schrank, Tisch und Stuhl. Ein Minikühlschrank der Marke Morosko und ein billiger Schwarzweißfernseher schienen hier die einzigen Luxusgegenstände zu sein.

Ach ja, ich bin jetzt ja auch anspruchslos ...

»Alles wird wieder gut werden, Nastja«, versprach ich ihr mit falscher Freundlichkeit. Die junge Frau nickte müde, wie sie es vermutlich die ganzen letzten vierundzwanzig Stunden über gemacht hatte.

»Nur gut, dass du so schnell gekommen bist.« Sie hob ihre bereits gepackte Tasche vom Fußboden auf, bloß damit Pjotr sie ihr wieder abnahm. »Hast du schon mal im Artek gearbeitet?«

»Nein.«

Nastja runzelte die Stirn. Möglicherweise hatte derjenige, der für die Manipulation verantwortlich gewesen war, eine Kleinigkeit verwechselt, aber ihr stand jetzt nicht der Sinn danach, sich näher damit zu beschäftigen.

»Ich bekomme noch den Frühflug«, sagte sie. »Petja, es fährt doch ein Auto nach Simferopol, oder?«

»In einer Stunde«, nickte Pjotr.

Die bisherige Gruppenleiterin wandte ihre Aufmerksamkeit wieder mir zu. »Von den Mädchen habe ich mich bereits verabschiedet«, teilte sie mir mit. »Also ... wird sich niemand wundern. Sag ihnen, dass ich sie alle sehr lieb habe und ganz bestimmt ... versuche wiederzukommen.«

Kurz schimmerten Tränen in ihren Augen auf – offenbar ging ihr eine der Möglichkeiten auf, die ihr eine rasche Rückkehr erlauben würden.

»Nastja ...« Ich legte ihr den Arm um die Schultern. »Alles kommt wieder ins Lot, deiner Mutter geht es bald besser ...«

Nastjas kleines Gesichtchen verzog sich zu einer Grimasse des Schmerzes. »Sie war noch nie krank!«, brach es aus ihr heraus. »Niemals!«

Pjotr hüstelte dezent. Nastja senkte den Blick und verstummte.

Natürlich hatte es verschiedene Alternativen gegeben, mir auf die Schnelle eine Arbeit im Artek zu besorgen. Aber Sebulon bevorzugt stets die einfachste Lösung. Nastjas Mutter hatte völlig unerwartet einen schweren Infarkt erlitten, die Erzieherin flog zurück nach Moskau und als Ersatz schickte man eine andere Studentin von der Universität ins Ferienlager. So einfach ging das.

Wahrscheinlich hätte Nastjas Mutter ohnehin einen Infarkt bekommen: vielleicht erst in einem, vielleicht erst in fünf Jahren. Sebulon achtet stets penibel auf das Gleichgewicht der Kräfte. Einen Infarkt bei einer absolut gesunden Frau auszulösen, das ist eine Intervention vierten Grades, die den Lichten automatisch das Recht auf einen magischen Gegenzug von gleicher Kraft gibt.

Mit an Sicherheit grenzender Wahrscheinlichkeit würde Nastjas Mutter überleben. Sebulon ist kein Anhänger sinnloser Grausamkeit. Warum sollte er eine Frau töten, wenn der gewünschte Effekt bereits durch eine schwere Erkrankung zu erzielen ist?

Daher könnte ich meine Vorgängerin eigentlich beruhigen. Nur müsste ich dafür zu weit ausholen.

»Hier, in dieses Heft ... habe ich das eine oder andere eingetragen ...« Nastja reichte mir ein dünnes Schulheft mit einem albernen Umschlag, auf dem ein bekannter Sänger zu sehen war, der dämlich von einer Bühne heruntergrinste. »Na ja ... nur Kleinigkeiten, aber vielleicht nützen sie ja etwas. Einige Mädchen muss man zu nehmen wissen ...«

Ich nickte.

Plötzlich winkte Nastja mit der Hand ab. »Aber was erzähle ich dir denn da? Du wirst hervorragend zurechtkommen.«

Trotzdem weihte sie mich die nächsten fünfzehn Minuten in die Feinheiten der Hausordnung ein, bat mich, auf einige Mädchen besonders zu achten, die, obwohl sie noch nicht das Alter dafür hatten, bereits mit Jungen flirteten, und riet mir, nach dem Zubettgehen nicht gleich Ruhe zu verlangen – »sie brauchen noch fünfzehn Minuten zum Quatschen, höchstens eine halbe Stunde ...«

Erst als Pjotr schweigend auf die Uhr zeigte, verstummte Nastja. Sie küsste mich auf die Wange und griff nach ihrer Tasche sowie nach irgendeiner Pappschachtel. Ob sie ihrer kranken Mutter Obst mitbringen wollte?

»Alles Gute, Alissa ...«

Endlich war ich allein.

Ich legte einen Stapel frischer Bettwäsche aufs Bett. Unter einem einfachen Glasschirm schimmerte matt eine Glühbirne. Pjotrs und Nastjas Schritte, ihr leises Gespräch verstummten bald.

Ich war allein.

Nein, nicht ganz allein. Hinter zwei dünnen Wänden, nur fünf Schritte über den Korridor schliefen achtzehn Mädchen im Alter von zehn und elf Jahren.

Mich durchrieselte ein Zittern. Ein schwaches nervöses Zittern, als sei ich wieder eine Schülerin, die zum ersten Mal versucht, fremde Kraft abzuziehen. Wahrscheinlich hätte Nabokows Humbert Humbert an meiner Stelle genauso gebebt.

Dabei war seine Leidenschaft für Nymphchen im Vergleich zu dem, was ich jetzt plante, in der Tat ein harmloser Jux ...

Ich löschte das Licht und ging auf Zehenspitzen in den Korridor hinaus. Wie mir doch die Fähigkeiten einer Anderen fehlten!

Also musste ich mir mit dem behelfen, was noch von einem Menschen in mir war ...

Der Korridor war lang, der Boden knarrte. Der zerschlissene Läufer brachte mir nicht das Geringste, meine Schritte hätten leicht gehört werden können. Meine einzige Hoffnung war, dass in dieser frühen Morgenstunde die Mädchen noch fest schliefen und träumten ...

Einfache, ehrliche und ungekünstelte Kinderträume.

Ich öffnete die Tür einen Spalt und schlüpfte in den Schlafsaal. Irgendwie hatte ich erwartet, es sehe wie in irgendeiner Anstalt aus, wie in einem Kinderheim oder einem Krankenhaus, mit Eisenbetten, trübem Licht der Nachtlampe, trostlosen Vorhängen und »friedlich« in Reih und Glied schlafenden Kindern ...

Aber alles machte einen sehr angenehmen Eindruck. Licht fiel nur von einer Laterne draußen am Weg herein. Leichte Schatten wogten auf und ab, eine frische Meeresbrise blies durch die offenen Fenster, es roch nach Wiesenblumen. In einer Ecke schimmerte matt der Bildschirm eines ausgeschalteten Fernsehers, an den Wänden hingen Bilder, Aquarelle und Bleistiftzeichnungen, die selbst im Halbdunkel farbenfroh und unbeschwert wirkten.

Die Mädchen schliefen.

Manche hatten sich freigestrampelt, manche den Kopf in der Decke vergraben. Die Nachttische waren blitzblank aufgeräumt, die Sachen hingen über Bettenden und Stuhllehnen: noch feuchte Badeanzüge, Röcke, Jeans, Socken. Ein guter Psychologe, der nachts hier in den Schlafsaal schaute, hätte sich ein umfassendes Bild von den Mädchen machen können ...

Darauf konnte ich verzichten.

Langsam ging ich zwischen den Betten hindurch. Zupfte eine heruntergerutschte Decke zurecht, legte aus dem Bett hängende Arme und Beine zurück. Die Mädchen schliefen fest. Fest und traumlos ...

Erst beim siebten Mädchen hatte ich Glück. Es war vielleicht elf, pummelig und blond. Ein ganz normales Kind, das leise im Schlaf wimmerte.

Und schlimm träumte ...

Ich hockte mich vor dem Bett auf die Knie. Streckte die Hand aus, berührte ihre Stirn. Leicht nur, lediglich mit den Fingerspitzen.

Und spürte die Kraft.

Jetzt, da mir die Fähigkeiten einer Anderen fehlten, hätte ich einen gewöhnlichen Traum nicht entziffern können. Eine andere Sache ist es, die Möglichkeit zu spüren, Kraft aufzusaugen. Dabei verläuft alles auf dem Niveau tierischer Reaktionen, wie der Saugreflex bei einem Säugling.

Und dann sah ich es auch ...

Ein schlimmer Traum. Das Mädchen träumte, es würde nach Hause fahren, obwohl ihre Zeit noch nicht um war. Doch sie wurde abgeholt, weil ihre Mutter erkrankt war, und ihr schlecht gelaunter, verdrossen dreinblickender Vater schubste sie zum Autobus, und sie konnte sich nicht einmal mehr von ihren Freundinnen verabschieden, kein letztes Mal im Meer baden oder irgendwelche bedeutungsvollen Steine sammeln ... und sie sträubte sich, bat den Vater, sie nicht zu hetzen, doch der wurde nur immer böser und böser ... und sagte ihr etwas über schändliches Verhalten, darüber, dass es sich nicht zieme, ein so großes Mädchen noch zu verprügeln, aber wenn sie sich so aufführe, dann könne sie sein Versprechen vergessen, sie nie wieder mit dem Gürtel zu bestrafen ...

Wirklich ein schlimmer Traum. Nastjas Abreise hatte stark auf das Mädchen gewirkt ...

Jeder würde jetzt versuchen, der Kleinen zu helfen.

Ein Mensch würde ihr übers Haar streichen, zärtlich auf sie einflüstern, vielleicht sogar ein Schlaflied singen ... Kurzum, er würde versuchen, den Traum zu unterbrechen.

Ein Lichter würde seine Kraft einsetzen, um den Traum in die entgegengesetzte Richtung zu lenken, sodass der Vater lachen und sagen würde, die Mama werde schon wieder gesund und er würde jetzt mit ihr zum Strand hinuntergehen ... Er würde den harten, aber realistischen Traum in eine süße Lüge verwandeln.

Ich war eine Dunkle.

Und tat das, was ich konnte. Ich trank ihre Kraft. Saugte sie in mich ein – sowohl den schlecht gelaunten Vater wie auch die kranke Mutter, die für immer verlorenen Freundinnen, die nicht gesammelten Steine und die beschämende Prügel ...

Das Mädchen fiepte leise wie ein zerquetschtes Mäuschen. Um dann ruhig und gleichmäßig zu atmen.

Kinderträume bergen kaum Kraft. Das ist schließlich nicht

der Ritualmord, mit dem wir den Lichten gedroht hatten und der wirklich enorme Energie freisetzt. Es sind Träume, einfach Träume.

Eine kräftigende Brühe für eine kranke Hexe ...

Ich erhob mich wieder. In meinem Kopf drehte es sich leicht. Nein, noch hatte ich die verlorenen Fähigkeiten nicht zurückerlangt. Ein Dutzend solcher Träume würden nötig sein, um die klaffende Lücke zu stopfen.

Aber diese Träume würde es auch in Zukunft geben. Dafür würde ich schon sorgen.

Kein weiteres Mädchen träumte etwas. Halt, ein Kind träumte noch etwas, aber das war ein Traum, der mir nichts nutzte, ein dummer Mädchentraum von einem sommersprossigen Jungen, der ihr einen dieser blöden Steine mit einem Loch geschenkt hatte, einen so genannten Hühnergott. Was sollten diese Hühner auch sonst bekommen, wenn nicht einen Hühnergott ...

Ich blieb ein Weilchen am Bett des Mädchens stehen, das vermutlich am weitesten von allen entwickelt war. Selbst der Busen zeichnete sich bei ihr schon leicht ab. Ein paarmal berührte ich ihre Stirn und versuchte, wenigstens etwas zu finden. Nichts. Das Meer, die Sonne, der Strand, Wasserspritzer und dieser Junge. Kein Funken Bosheit, Neid oder Trauer. Hier könnte ein Lichter Magier Kraft schöpfen, er bräuchte nur diesen Traum zu trinken und würde zufrieden abziehen. Für mich bot er nichts.

Halb so schlimm, es würde ein weiterer Abend kommen, eine neue Nacht. Und dann würde meine pummelige Spenderin der gleiche Albtraum heimsuchen, denn ich hatte von ihr alle Angst genommen, die Gründe dafür jedoch nicht beseitigt. Der Albtraum würde wiederkehren, und ich würde sie erneut von ihrer Angst befreien. Das Wichtigste war, es nicht zu übertreiben, das Mädchen nicht tatsächlich in einen Nervenzusammenbruch zu treiben: Dazu hatte ich kein Recht. Das grenzte bereits an eine regelrechte magische Intervention, und sollte es hier im Ferienlager nur einen Beobachter der Lichten geben oder, was das Dunkel ebenfalls nicht auf die leichte Schulter nehmen durfte, einen Anderen von der Inquisition, würde ich ernsthafte Probleme bekommen.

Außerdem würde ich Sebulon nicht noch einmal hintergehen.

Nie wieder.

Erstaunlich genug, dass er mir verziehen hatte, was im letzten Sommer geschehen war. Aber ein zweites Mal würde er mir nicht verzeihen.

Um zehn Uhr morgens ging ich mit meinen Schützlingen zum Frühstück.

Nastja hatte Recht, ich kam hervorragend klar.

Natürlich waren die Mädchen unmittelbar nach dem Aufwachen zurückhaltend gewesen. Aber wie sollte es auch anders sein, wenn die heiß geliebte Erzieherin mitten in der Nacht zu ihrer kranken Mama fuhr und an ihrer Stelle eine neue Frau in den Schlafsaal kam, eine Unbekannte, eine Fremde, die ihrer Nastja in nichts glich! Sofort hatte ich gespürt, dass die achtzehn Augenpaare mich voller Vorbehalt und sogar mit Misstrauen ansahen, dass sie zusammenstanden, während ich allein war.

Gerettet hat mich, dass die Mädchen noch klein waren und ich schön bin.

Wären an ihrer Stelle Jungen im selben Alter gewesen, hätte mein Aussehen nicht die geringste Rolle gespielt. Für zehnjährige Jungen ist jeder streunende junge Hund interessanter als die attraktivste Frau. Wären meine Schützlinge ein oder zwei Jahre älter gewesen, hätte meine Schönheit sie eifersüchtig gemacht.

Aber für zehnjährige Mädchen taugt eine schöne Frau noch als Objekt der Bewunderung. In ihnen erwachen gerade Koketterie und der Wunsch zu gefallen, aber sie verstehen noch nicht, dass nicht alle schön sein können. Ich wusste das, ich war selbst so gewesen und hatte dereinst meinen Vormund, die Hexe Irina Alexandrowna, mit weit aufgerissenen Augen angestaunt ...

Und ich hatte schnell eine gemeinsame Sprache mit den Mädchen gefunden.

Ich hatte mich zu Oletschka aufs Bett gesetzt, laut Eintragung im Heft dem stillsten und schüchternsten Kind. Hatte mit den Mädchen über Nastja gesprochen, darüber, wie schlimm es ist, wenn die Mutter krank wird, darüber, dass sie Nastja nichts übel nehmen dürfen ... sie wäre so gern bei ihnen geblieben, aber die eigene Mama geht nun mal vor!

Nachdem ich fertig gewesen war, hatte Oletschka angefangen zu heulen und sich an mich geschmiegt. Auch die anderen bekamen feuchte Augen.

Danach hatte ich ihnen von meinem Vater erzählt, von seinem Infarkt und davon, dass sein Herz jetzt gut kuriert wird und das mit Nastjas Mutter ganz bestimmt auch alles in Ordnung sein würde. Ich hatte der dunkelhäutigen Kasachin Gulnara beim Flechten ihrer Zöpfe geholfen – sie hatte wunderschönes Haar, war aber, wie Nastja bemerkt hatte, eine Transuse. Hatte mit Tanja aus Petersburg darüber debattiert, ob es aufregender sei, mit dem Zug oder mit dem Flugzeug ins Artek zu kommen, und natürlich ihrer Ansicht beigepflichtet, dass es mit dem Zug viel lustiger sei. Anja aus Rostow am Don hatte ich versprochen, ihr bis heute Abend das Schwimmen beizubringen, sodass sie nicht mehr nur am Rand zu planschen brauchte. Wir hatten über die Sonnenfinsternis diskutiert, die es in drei Tagen geben würde, und bedauert, dass sie auf der Krim nicht ganz vollständig sei.

Als wir dann zum Frühstück gingen, hatten wir uns bereits angefreundet und lachten miteinander. Nur Olga, die »auf gar keinen Fall Oletschka, sondern unbedingt Olga« genannt werden wollte, und ihre Freundin Ljudmila schmollten noch ein wenig. Kein Wunder, sie waren eindeutig Nastjas Lieblinge gewesen.

Halb so wild – in drei Tagen würden sie alle mich lieben.

Und ringsum war es einfach wunderschön!

August auf der Krim – das ist einmalig. Unten glänzte das Meer, in der Luft lagen der Geruch des Salzwassers und Blumenduft. Die Mädchen kreischten, rannten bald vor, bald zurück, rempelten sich an. Vermutlich hatten die Pionierlieder doch einen Sinn gehabt: Wenn du aus vollem Hals singst, kannst du kaum noch kreischen.

Aber ich kenne keine Pionierlieder, ich kann nicht in Reih und Glied marschieren.

Ich bin eine Dunkle.

Im Speisesaal folgte ich einfach meinen Schützlingen, schließlich wussten sie, wo wir saßen. Fünfhundert Kinder unterschiedlichen Alters veranstalteten einen gewaltigen Radau, schafften es dabei aber noch zu essen. Still setzte ich mich zu meiner Mädchengruppe und versuchte, die Lage einzuschätzen. Immerhin würde ich einen ganzen Monat hier bleiben.

Etwa fünfundzwanzig Gruppenleiter waren mit ihren Kindern zum Frühstück erschienen. Mein bescheidener Stolz, wie leicht ich mit meinen Schützlingen zurechtgekommen war, verflüchtigte sich schnell. Diese jungen Frauen und Männer konnten eher als ältere Brüder und Schwestern der Jungen und Mädchen durchgehen. Mal waren sie streng, mal zärtlich – aber sie alle stellten eine Autorität dar und wurden geliebt.

Wo nehmen sie all diese Leute bloß her?

Meine Stimmung sank langsam. Lustlos spießte ich meine »Leberpfannkuchen« auf, die es neben Buchweizenkascha und Kakao zum Frühstück gab, und dachte wehmütig über die nicht gerade beneidenswerte Lage einer Spionin auf fremdem Territorium nach. Zu ausgelassen war hier alles, man lachte zu viel, und es gab zu viele harmlose Streiche. Hier sollten die Lichten ihre Schutzbefohlenen aufziehen, die kleinen Menschenkinder im Geiste der Liebe und Güte erziehen, statt dass ich, eine Dunkle, hier Kraft tankte.

Ein schöner Betrug. Dicker Lack mit Vergoldung!

Natürlich, beruhigte ich mich, wenn man sich mit dem Blick eines Anderen umschaute, sähe Vieles anders aus. Unter all diesen freundlichen Menschen würde ich die Dreckskerle erkennen, die perversen, bösen, gleichgültigen Typen ...

Oder auch nicht! Möglicherweise gab es sie hier ja tatsächlich nicht. Vielleicht waren wirklich alle ehrlich – soweit das überhaupt möglich ist. Liebten die Kinder, das Ferienlager und einander aufrichtig und ohne Hintergedanken. Vielleicht war das hier tatsächlich jenes Reservat von Idioten, in das die Lichten am liebsten die ganze Welt verwandeln wollten.

Dann würden die Lichten also doch nicht im luftleeren Raum handeln ...

»Guten Morgen ...«

Ich wandte mich dem Jungen zu, der gerade vorbeiging. Aha, ein alter Bekannter, genauer, mein erster Bekannter hier im Artek.

»Guten Morgen, Makar.« Ich schielte auf sein aufgeschlagenes Knie. »Wo ist das Jod?«

»Ist doch nur 'ne Kleinigkeit, das heilt von selbst«, murmelte der Junge. Er sah mich leicht besorgt an – offenbar versuchte er herauszukriegen, ob ich bereits etwas über ihn herausgefunden hatte.

»Mach, dass du weiterkommst, sonst kriegst du kein Frühstück mehr.« Ich lächelte ihn an. »Vielleicht brauchst du ja nur drei Stunden Schlaf, aber was das Essen angeht – das ist doch wohl eine andere Frage. Hier gibt es zwar auch bloß Anstaltsessen, aber es schmeckt trotzdem.«

Schnell lief er an den Tischen entlang. Er hatte verstanden, dass ich bereits über ihn Bescheid wusste, sowohl über seine nächtlichen Ausflüge wie auch über seinen tatsächlichen sozialen Status. Wenn ich in Form gewesen wäre, hätte ich jetzt ordentlich Kraft zu mir nehmen können ...

»Woher kennst du denn den, Alissa?«, flüsterte Oletschka laut.

Ich setzte eine verschwörerische Miene auf. »Ich kenne alle und weiß alles ...«

»Warum?«, fragte Oletschka weiter.

»Weil ich eine Hexe bin!«, teilte ich ihr mit Grabesstimme mit.

Das Mädchen stimmte ein fröhliches Gelächter an.

Ja, ja, das war schon sehr komisch ... vor allem deshalb, weil es die reine Wahrheit war ... Ich tätschelte ihr den Kopf und deutete mit den Augen auf ihren vollen Teller.

Jetzt musste ich noch den offiziellen Teil hinter mich bringen und die Leitung vom Komplex Lasurny kennen lernen. Danach warteten der Strand und das Meer auf mich, von dem die Mädchen geschwärmt hatten.

Ehrlich gesagt, konnte ich nicht verhehlen, dass ich mich auf das Meer genauso freute wie auf die kommende Nacht. Ich bin eine Dunkle, gut – aber sogar Vampire lieben entgegen der Meinung aller Spießer Meer und Sonnenschein.

Im letzten Jahr war ich gegen Ende des Sommers nach Jūrmala gefahren. Warum ausgerechnet dahin, vermochte ich nicht zu sagen. Vielleicht, weil ich mal ein echt ungemütliches Plätzchen kennen lernen wollte. Was mir auch hervorragend geglückt ist. Der August war verregnet, kalt und trostlos. Sobald die reservierten lettischen Kellner die Höhe meiner Bestellung überschlagen hatten, fingen sie an, mit mir Russisch zu reden. Der Service im Hotel war sowjetisch einfach, trotz der vier Sterne, die das Hotel beanspruchte. Ich durchstreifte das gesamte Jūrmala. Saß lange in einer Bierstube in Majori, spazierte über den feuchten Sand des menschenleeren Strands und verbrachte ab und an einen Abend in Riga. Zweimal hatte man versucht, mich zu berauben, einmal, mich zu vergewaltigen. Ich amüsierte mich, so gut es ging – da besaß ich schließlich noch die Fähigkeiten einer Anderen, und kein Mensch auf der Welt hätte mir ein Leid antun können. In meiner Seele gab es nur Schwermut und Leere, dafür verfügte ich über Kraft im Übermaß.

Dann hing mir das alles zum Hals raus. Ganz plötzlich, von einem Tag auf den anderen. Vielleicht lag es an zwei Fahndern der Nachtwache, die mich in Dzintari festgenommen hatten und lange versuchten, mir ein unaufgeklärtes Verbrechen im Zusammenhang mit Magie dritten Grades in die Schuhe zu schieben. Sie traten mit tadelloser Höflichkeit auf und zeigten sich absolut unerbittlich. So mussten die Lettischen Roten Schützenregimenter und etwas später die Partisanenbewegung der Waldbrüder gewesen sein. Ein sehr konsequentes Volk, die Letten. Wenn sie eine Sache anfangen, bringen sie sie auch zu Ende ...

Die Anklage gegen mich wurde fallen gelassen, ihr fehlte einfach jede Grundlage. Doch schon am nächsten Morgen flog ich zurück nach Moskau. So hatte ich den ganzen Sommer über nicht einmal gebadet.

Das konnte ich jetzt nachholen.

Alles lief problemlos, alles ging seinen Gang. Ich traf die Leiterin des Komplexes Lasurny, eine sehr sympathische Frau, die auf angenehme Art sachlich und im Gespräch alles andere als weitschweifig war. Meiner Ansicht nach trennten wir uns im besten Einvernehmen voneinander.

Ob das vielleicht auch daran lag, dass ich heute leichte Sommerjeans trug statt eines provozierenden Minirocks?

Danach konnte ich mich endlich in die Sonne legen und baden. Der Strand des Artek war traumhaft, nur das viele Kindergeschrei störte. Was freilich ein unvermeidliches Übel war. Meine Mädchen ließen sich wie die Profis in der Sonne braten, um eine gleichmäßige Bräune zu bekommen. Fast die Hälfte von ihnen hatte Sonnencreme und After-Sun-Lotion dabei, die sie großzügig untereinander teilten, sodass am Abend kein Gejammer wegen verbrannter Schultern und Rücken zu erwarten war.

Wenn ich mich doch bloß auch ansonsten nicht um die Mädchen kümmern müsste ... Ich stellte mir vor, wie ich zwei, drei Kilometer hinausschwamm, die Arme ausbreitete, im Wasser lag ... in den transparenten Himmel schaute, auf den sanften Wellen schaukelte, an nichts dachte und nichts hörte ...

Aber nein. Ich musste auf sie aufpassen. Musste Anja das Schwimmen beibringen und Verotschka, die schon eine Schwimmprüfung für Erwachsene abgelegt hatte, von einem Wettschwimmen abhalten. Musste die Kinder in den Schatten treiben, denn eincremen allein reicht nicht, auch auf die Disziplin ist zu achten ... Kurzum, ich hatte zu diesem wunderbaren Meer noch achtzehn kapriziöse, schreiende, unersättliche Gören als Dreingabe bekommen. Lediglich der Gedanke an die kommende Nacht brachte mich zum Lächeln. Dann würde meine Zeit kommen, mit den größten Quälgeistern abzurechnen, wofür ich mir bereits Verotschka, Olga und Ljudmila ausgeguckt hatte! Heute Nacht würde ich nicht auf zufällige Kraftausstöße hoffen. Ich würde einen Samen legen, der in ihren Träumen aufgehen würde.

Und dann sah ich Igor.

Sicher, in dem Moment wusste ich noch gar nicht, wie er hieß. Ich lag im warmen Sand und sah mich um, wobei mein Blick auf einen kräftigen Mann in meinem Alter fiel. Er tobte mit seiner Brut – Jungen von zehn, elf Jahren – durchs Wasser. Drückte sie unter Wasser, bot ihnen seine Schulter als Trampolin zum Springen dar, kurzum, er vergnügte sich aufs Prächtigste. Er war noch ganz blass, was ihm aber irgendwie stand – im Kreis der braun gebrannten Kinderkörper ragte der Mann wie ... wie der weiße Elefant des Königs heraus, der sich dazu herabgelassen hatte, in der Menge dunkelhäutiger Hindus einherzuschreiten ...

Ein schöner Mann.

In meinem Bauch jammerte es süß auf. Letztendlich trennt uns doch nicht so viel von den Menschen. Auch wenn ich im Grunde wusste, dass es zwischen Anderen und Menschen einen enormen Abgrund gab, weshalb dieser Mann mir nicht das Wasser reichen konnte und es zwischen uns langfristig nie etwas geben würde. Dennoch ...

Solche Typen gefielen mir: muskulös, blondhaarig, mit klugem Gesicht. Da wurde ich einfach schwach.

Aber wollte ich denn stark bleiben?

Schließlich hatte ich die Absicht, mir für den Sommer einen Liebhaber zuzulegen ...

»Oletschka, weißt du zufällig, wie der Mann da heißt?«, fragte ich das Mädchen, das sich an mich schmiegte. Oletschka hegte für mich ganz offenbar Sympathie, weil ich sie, wenn auch nur ein wenig, aus der Masse heraushob, und wich jetzt nicht von meiner Seite, sondern versuchte, den Erfolg auszubauen. Sie sind schon komisch, diese Menschen, vor allem die Kinder. Alle wollen sie, dass man sich um sie kümmert und ihnen Aufmerksamkeit schenkt.

Oletschka schaute hinüber und schüttelte den Kopf.

»Das ist die vierte Gruppe, aber die hatten früher einen anderen Erzieher.«

In den Augen des Mädchens funkelte es beunruhigt auf. Ob sie Angst hatte, ich könnte wegen dieser Unkenntnis von ihr enttäuscht sein? Vermutlich schon ....

»Soll ich es für Sie rausfinden?«, fragte Oletschka. »Ich kenn da ein paar Jungen ...«

»Ja«, nickte ich.

Das Mädchen sprang unter Sandgestöber auf und rannte zum Wasser. Ich drehte mich um und verbarg mein Lächeln.

Schön. Da hatte ich also auch meine erste Kundschafterin. Ein verhuschtes, dürres Mädchen, das gierig nach jedem Blick von mir schielte.

»Er heißt Igor«, meinte die neben mir sitzende Natascha plötzlich. Das Mädchen, das letzte Nacht von einem Jungen geträumt hatte. Sie bräunte sich auch schon nicht mehr wie ein Kind, sondern saß mit ausgestreckten Beinen da, den Kopf in den Nacken gelegt und die Hände hinter sich in den Sand gestützt. Bestimmt hatte sie diese Pose in einer Modezeitschrift oder einem Film gesehen. Möglicherweise glaubte sie aber auch, dass sich in dieser Haltung ihr kleiner Busen unter dem Badeanzug abzeichnen würde. Sie würde es weit bringen ...

»Danke, Natascha«, meinte ich. »Ich glaube, ich kenne ihn.«

Das Mädchen schielte zu mir herüber und lächelte. »Er sieht sehr gut aus ...«, meinte sie verträumt.

Was war bloß aus unserer Jugend geworden!

»Nur etwas alt, oder?«, versuchte ich sie aufzuziehen.

»Nein, das geht noch«, erklärte das Mädchen.

Um mich mit ihren nächsten Worten vollends zu frappieren. »Er ist zuverlässig, oder?«

»Wie kommst du darauf?«

Natascha dachte eine Sekunde nach. »Ich weiß nicht«, brachte sie zögernd hervor. »Ich hab den Eindruck. Meine Mama sagt, das Wichtigste bei einem Mann ist Zuverlässigkeit. Schön muss er nicht unbedingt sein und klug erst recht nicht.«

»Das hängt davon ab, was du von ihm willst ...« Ich wollte mich einem elfjährigen Schlauköpfchen nicht geschlagen geben.

»Ja«, stimmte Natascha ohne weiteres zu. »Attraktive Männer muss es auch geben. Aber ich rede nicht von irgendwelchen Belanglosigkeiten.«

Was für ein Schatz! Wenn sich dieses Mädchen zufällig als Andere erweisen sollte, würde ich sie sofort als Schülerin nehmen. Die Chancen dafür standen zwar schlecht, aber trotzdem ...

Im nächsten Moment allerdings sprang Natascha, ihre ganze bisherige Weisheit einbüßend, auf und rannte runter zum Wasser zu irgendeinem Jungen, der sie mit Wasser bespritzte. Ob unter Zuverlässigkeit ein täglicher Guss am Strand zu verstehen war?

Ich sah erneut zu Igor hinüber. Er tobte jetzt nicht mehr durchs Wasser, sondern scheuchte seine Schützlinge ans Ufer.

Was für eine bemerkenswerte Figur! Auch die Kopfform zeichnete sich durch ihre Regelmäßigkeit aus. Vielleicht klingt das komisch, aber neben einer guten Figur gefallen mir an Männern vor allem zwei Dinge: eine schöne Kopfform und gepflegte Zehen. Ob das eine Art Fetischismus ist?

Die Zehen konnte ich natürlich nicht sehen. Aber der Rest gefiel mir.

Meine Spionin kam zurück, um Bericht zu erstatten. Ein nasses, aufgeregtes, glückliches Mädchen. Sie ließ sich neben mir in den Sand plumpsen.

»Er heißt Igor Dmitrijewitsch«, flüsterte sie mir zu, während sie nervös eine Haarsträhne um den Finger wickelte. »Er ist lustig und erst gestern angekommen. Er spielt Gitarre und singt dazu und kann interessante Geschichten erzählen. Der Leiter der vierten Gruppe ist abgereist, seine Frau hat einen Sohn bekommen, er hat geglaubt, es ist erst in einem Monat so weit, aber das Kind ist schon jetzt gekommen!«

»Es kommt, wie es kommt«, sagte ich – und dachte dabei durchaus an meine eigene Situation. Da ich momentan über keinerlei Kraft verfügte und den Mann nicht magisch dazu bringen konnte, sich in mich zu verlieben, kam mir dieser Zufall recht gelegen. Wenn er gerade erst angekommen war, hatte er noch keine Affäre anfangen können ... Ob er ebenfalls einen ganzen Monat bleiben wollte, im Dienste der angewandten Pädagogik? Dann würde er mir schon in die Hände fallen ...

Oletschka kicherte fröhlich.

»Außerdem ist er Single«, fügte sie mit leiser Stimme hinzu.

Was sollte man bloß mit diesen Gören machen?

»Danke, Oletschka.« Ich lächelte. »Wollen wir schwimmen?«

»Hm ...«

Ich zog das ausgelassen quietschende Mädchen hoch und rannte ins Wasser. Bis heute Abend würden die Mädchen über nichts anderes reden als über diesen Gruppenleiter und mein Interesse an ihm.

Sollten sie.

In ein paar Tagen würde ich sie zwingen können, alles zu vergessen, was ich für nötig hielt.

Der Tag flog dahin wie ein Film im Schnelldurchlauf.

Dieser Vergleich traf es insofern nur allzu genau, als ich genau in dem Monat ins Artek gekommen war, in dem hier traditionell das Kinderfilmfestival stattfindet. In zwei Tagen würde es feierlich eröffnet werden, und bereits jetzt traten in einigen Komplexen des Ferienlagers Regisseure und Schauspieler auf. Mein Bedarf, alte oder neue Kinderfilme zu sehen, hielt sich in Grenzen, doch immerhin versprach das Ganze eine kleine Entlastung bei der Aufsicht der Kinder. Und die brauchte ich – ich fühlte mich so ausgelaugt wie nach einer anstrengenden Patrouille durch die Straßen Moskaus.

Nach dem Mittagessen, das aus Apfelsaft und einem Brötchen mit dem romantischen Namen »Lasurny« bestand, hielt ich es nicht länger aus und rief Sebulon an. Sein überall auf der Welt funktionierendes Funktelefon reagierte nicht, was nur eins heißen konnte: Der Chef hielt sich nicht in unserer Welt auf, sondern irgendwo im *Zwielicht*.

Nun ja, er muss sich um vieles kümmern.

Und mitunter um Dinge, die nicht zu den angenehmsten zählen. Sich durch die tieferen *Zwielicht*-Schichten, in denen jede Analogie zur Menschenwelt fehlt, zu bewegen ist eine schmerzvolle Erfahrung. Ich selbst war noch nie dorthin vorgedrungen, denn dafür sind wirklich ungeheure Kräfte nötig. Nur einmal, nach meinem idiotischen Fehler, als ich dabei ertappt wurde, wie ich den Menschen unerlaubt Energie abzapfte ...

Ich erinnere mich kaum an das, was damals geschehen ist. Sebulon hat mein Bewusstsein ausgeschaltet und mich damit gleichzeitig für mein Verhalten bestraft und vor den tiefsten Schichten des *Zwielichts* gerettet. Aber ... manchmal fällt mir doch etwas ein. Als ob in der grauen Erinnerungslosigkeit mein Bewusstsein kurz ganz klar aufblitzt ...

Das lässt sich mit einem Traum oder einem Delirium vergleichen. Aber vielleicht habe ich das alles tatsächlich zusammenphantasiert? Sebulon in seiner Dämonengestalt trägt mich, indem er mich sich über die Schultern gelegt hat. Die beschuppte Hand hält meine Beine gepackt, während mein Kopf über der Erde baumelt, über schillerndem regenbogenfarbigem Sand. Ich blicke auf und sehe einen strahlenden Himmel. Einen Himmel nur aus blendendem Licht. Und große schwarze Sterne, die diesen Himmel sprenkeln.

Außerdem befinden sich zwischen mir und dem Himmel zwei Torbögen, die sich in enorme Höhe erheben. Matte graue Bögen, die aus Nebel geknetet scheinen ... Obwohl an ihnen nichts Schreckliches ist, packt mich ein Gruseln.

Und ein Geräusch ist zu hören – ein trockenes unangenehmes Geräusch, das von allen Seiten kommt, als ob die Sandkörner zittern, gegeneinander reiben oder als ob außerhalb des Gesichtsfelds ein Insektenschwarm schwirrt ...

Wahrscheinlich ist das wohl doch ein Delirium.

Vielleicht kann ich Sebulon jetzt, wo zwischen uns wieder alles im Reinen ist, einmal fragen, was es dort, in den Tiefen des *Zwielichts*, gibt?

Der Tag flog dahin, strebte gegen Abend zu. Ich schlichtete einen Streit zwischen Olga und Ljudmila, wir gingen noch einmal an den Strand, und Anja schwamm ihre ersten Meter allein. Mit aufgerissenen Augen und indem sie mit den Händen auf das Wasser trommelte und dabei wie wild spritzte – aber sie schwamm ...

Das ist eine Gefängnisstrafe, kein Urlaub! Das ist etwas für die Lichten, denen würde die pädagogische Arbeit gefallen. Als Trost blieb mir nur, dass die Nacht langsam heraufzog. Die Sonne ging schon unter, und selbst die energiegeladenen Kinder wurden langsam müde.

Nach dem Abendessen aus Fisch, Pfannkuchen und Kartoffeln – wo lassen die das alles nur? – war ich fix und fertig. Jetzt musste ich die Mädchen noch zwei Stunden bis zum zweiten Abendbrot unterhalten (man könnte denken, hier kommen nur Kinder her, die halb verhungert sind), bevor sie endlich schlafen würden.

Vermutlich verriet mein Gesicht mich.

Galina, die Leiterin der siebten Gruppe, kam zu mir. Ich hatte sie heute kennen gelernt, vor allem um nicht aus der Rolle zu fallen, weniger aus echtem Interesse. Eine ganze normale Menschenfrau, das perfekte Produkt der Moralpredigten der Lichten, eine gutmütige, ruhige, besonnene Frau. Sie hatte es schwerer als ich: Ihre Gruppe bestand aus zwölf- und dreizehnjährigen Mädchen, was hieß: ewige Verliebtheit, Hysterie, tränenfeuchte Kopfkissen. Trotzdem loderte in Galina der Wunsch, mir zu helfen.

»Bist du müde?«, fragte sie mich halblaut, während sie lächelnd meine Mädchen betrachtete.

Ich nickte bloß.

»Beim ersten Mal ist das immer so«, meinte Galina. »Nachdem ich im letzten Jahr einen Monat hinter mich gebracht hatte, wollte ich nie wieder einen Fuß ins Artek setzen. Danach habe ich begriffen, dass ich ohne das Ferienlager gar nicht mehr leben kann.«

»Eine echte Droge«, legte ich ihr in den Mund.

»Ja.« Galina bemerkte meine Ironie nicht einmal. »Alles ist hier bunt, verstehst du? Und die Farben sind hell und leuchtend. Spürst du das noch nicht?«

Ich lächelte gequält.

Galina griff nach meiner Hand.

»Und weißt du was?«, flüsterte sie mit einem geheimnisvollen Blick auf die Mädchen. »Heute wird die vierte Gruppe ein Lagerfeuer machen. Sie haben uns eingeladen, und ich lade euch ein! Zwei Stunden, in denen du einmal durchatmen kannst, denn deine Mädchen werden sich auch ohne dich amüsieren.«

»Geht das denn?«, fragte ich rasch. Ich hatte nicht die geringste Lust abzulehnen. Und zwar nicht nur, um ein paar Stunden entlastet zu sein, sondern auch wegen des sympathischen Leiters Igor.

»Natürlich geht das!« Verwundert sah Galina mich an. »Igor ist das erste Mal im Artek. Und er macht seine Sache schon sehr gut. Du musst ihn unbedingt kennen lernen. Außerdem sieht er auch noch gut aus, findest du nicht?«

Ihre Stimme klang irgendwie viel wärmer. Kein Wunder. Nicht nur mir gefiel die Kombination aus kräftigen Muskeln und einem klugen Gesicht.

»Wir kommen bestimmt«, versicherte ich. »Jetzt gleich.«

Fünf

Ich zog mich derart rasch um, dass ich mich selbst nur wundern konnte. Weshalb die Eile? Wozu? Um einen hübschen Muskelprotz zu treffen? In ein paar Tagen würde mir jeder Mann gehören! Da brauchte ich jetzt nichts zu überstürzen. Ich bin kein Sukkubus, sondern eine einfache Hexe, doch einen Mann betören, der mir gefiel – das konnte ich bereits als Kind, kaum dass ich zum ersten Mal die Kraft erlangt hatte. Ich sollte noch warten und ...

Nein! Weshalb?! Ich zog meine beste Unterwäsche an, etwas, das eine Erzieherin nicht mit in ein Pionierlager nehmen sollte, sondern ein Mannequin auf dem Laufsteg präsentierte. Dazu eine feine Silberkette mit einem Anhänger aus Brillanten; so auffällig wie die Steine waren, würde niemand auf die Idee kommen, sie könnten echt sein, sondern sie für billigen Modeschmuck halten ... Einen Tropfen Clima von Lancôme hinter die Ohren, einen auf die Handgelenke, einen auf den Venushügel ... Wollte ich ihn heute etwa wirklich verführen?

Ja! Unbedingt!

Und ich wusste auch, warum.

Ich war daran gewöhnt, die Möglichkeiten einer Anderen zu nutzen. Wann auch immer, selbst wenn ein normales Gespräch oder eine Bitte gereicht hätten. Es wäre ja komisch gewesen, wenn ich mich nicht daran gewöhnt hätte. Doch wo ich nun schon vorübergehend meine übernatürlichen Kräfte eingebüßt hatte, warum sollte ich da nicht einmal mich selbst erproben?

Kam ich noch ohne Magie zurecht oder nicht?

Wenigstens bei einer so simplen Sache wie der, einen Mann zu verführen, der mir gefiel?

Schließlich war ich jung, schön, intelligent ... dazu das Meer, der Sommerabend, das Lagerfeuer ... die Quälgeister von Kindern würden schlafen ... sollte ich da wirklich nicht ohne jede Magie ans Ziel gelangen?

Dann konnte man mich in der Pfeife rauchen!

Ich hatte versprochen, den Minirock nicht zu tragen, aber die Shorts, die ich jetzt aus meiner Tasche holte, waren noch aufreizender. Ich drehte mich vorm Spiegel hin und her, um mich zu betrachten. Gut. Besser wäre eine etwas gewagtere Bluse gewesen, aber derart schweres Geschütz brauchte ich noch nicht aufzufahren. Ein Pionierlager ist schließlich kein Badeort.

Vertieft in meine Vorbereitungen, überhörte ich sogar ein Klopfen an der Tür. Ich drehte mich erst um, als ich ein Quietschen hörte. Oletschka spähte ins Zimmer. »Alissa, wir sind schon alle fertig ...«, trällerte sie. »Oi!«

Voller Bewunderung starrte sie mich an. Sie staunte so aufrichtig, dass ich sie noch nicht mal für das ungefragte Hereinplatzen tadelte.

»Sind Sie schön, Alissa!«

Stolz lächelte ich. Es gehörte nicht viel dazu, ein Kompliment von einem Mädchen zu bekommen, das sich die dürren Händchen mit einem Armband aus Glasperlen verzierte und um den mageren Hals eine Kette mit einem auf eine Schnur aufgezogenen durchlochten Stein trug. Trotzdem schmeichelte es mir ... Aber diese Steine mit Loch – ich konnte sie einfach nicht mehr sehen!

»Was meinst du?«, fragte ich. »Bin ich eine Frau zum Verlieben?«

Nun taute Oletschka vollends auf, stürzte auf mich zu, umarmte mich und vergrub ihren Kopf in meinem Bauch. »Er verliebt sich bestimmt in Sie!«, brachte sie eifrig hervor. »Er braucht Sie bloß zu sehen, und schon verliebt er sich!«

»Das bleibt unser kleines Geheimnis!«, flüsterte ich. »Abgemacht?«

Oletschka nickte eifrig.

»Lauf zu den Mädchen, ich komm gleich nach«, forderte ich sie auf. Oletschka warf einen letzten bewundernden Blick auf mich und sprang dann aus dem Zimmer.

So. Jetzt noch ein Hauch Make-up. Wenn ich mich beeile, kriege ich es nie richtig hin, aber ...

Ich legte rasch Lippenstift auf, einen ganz dezenten, ruhigen. Die Brauen bekamen etwas wasserfeste Schminke – aus irgendeinem Grund glaubte ich, es müsse unbedingt wasserfeste Kosmetik sein. Und damit basta. Das reichte.

Schließlich ging ich nicht ins Konzert, sondern zu einem kleinen Lagerfeuer einer anderen Gruppe.

Zu jeder Sommerdatscha gehörte ein Platz, an dem man ein Lagerfeuer machen konnte. Offenbar handelte es sich dabei um eine der Traditionen hier im Artek. Ein wenig geschmälert wurde der Gesamteindruck allerdings dadurch, dass dem Brennholz mit seinen akkurat gehackten Scheiten etwas allzu Offizielles anhaftete. Vor meinem geistigen Auge sah ich geradezu, wie die Gruppenleiter ins Wirtschaftshaus gingen und einen Antrag auf »Brennholz zur Durchführung eines zweistündigen Lagerfeuers in der Gruppe« ausfüllten ...

Was mich im Übrigen keineswegs erheiterte. Wahrscheinlich müsste auch ich demnächst etwas in der Art organisieren. Und dann einen Antrag stellen, Brennholz besorgen – oder würden ihre Arbeiter das liefern? Gut, das würde ich schon rauskriegen.

Alles war bereits vorbereitet, das Holz aufgeschichtet, und die Jungen aus der vierten Gruppe und die Mädchen aus der siebten saßen um den Holzstoß herum. Für meine Mädchen hatten sie fürsorglich genug Platz gelassen.

Diese Wohltäter ...

Igor saß bei der Feuerstelle, umringt von seinen Jungen. Leise schlug er die Saiten einer Gitarre an, und ich hätte beinah aufgestöhnt, als mir einfiel, dass die Songs irgendwelcher Liedermacher unverzichtbarer Bestandteil solcher Runden sind. Was hatte die Gitarre schon alles ertragen müssen! Einst ein edles Instrument, der wahre König der Musik, ist es heute heruntergekommen zu einem bedauernswerten Holzklotz mit sechs Saiten für Menschen ohne jedes Gehör und ohne jede Stimme!

Aber da musste ich durch.

Nur schade, dass ein so sympathisches Exemplar der Menschen sich unter die talentlosen Sänger mit miserabler Stimme einreiht.

Oje, er würde doch nicht eigene Lieder vortragen?

Denn das ist der reinste Albtraum – wenn ein Autor schlechter Gedichte, der mal gerade drei Akkorde beherrscht, beschließt, Minus mal Minus gibt Plus und zum Liedermacher avanciert. Wie viele solcher Typen hatte ich schon erlebt! Sobald sie anfangen zu singen, kriegen sie einen starren Blick, ihre Stimme quillt über vor Kühnheit und Romantik und sie lassen sich unter gar keinen Umständen unterbrechen. Ein Tauber – auf der Balz, sozusagen! Die einzige Alternative sind bekannte Lieder, die so gut es geht verbogen werden. Etwas von Viktor Zoi oder der Rockgruppe *Alissa*. Oder was gefiel der Jugend von heute sonst?

Was auch immer – mir würde es nicht gefallen!

Als Igor uns erblickte, stand er auf. Sämtliche schlechten Vorahnungen verflüchtigten sich sofort. Nein, was für ein attraktiver Mann aber auch!

»Hallo. Schön, dass du kommst.« Ohne Umschweife ging er zum Du über. »Wir haben noch nicht angefangen, sondern auf euch gewartet.«

»Danke.« Ich spürte, wie ich unterging. Meine Mädchen hatten sich bereits gesetzt, und zwar zwischen die Jungen, da die älteren Mädchen sie etwas einschüchterten. Ich stand immer noch da wie die letzte Idiotin und zog unwillkürlich verständnisvolle Blicke auf mich.

»Du bist eine gute Schwimmerin.« Igor lächelte.

Aha!

Hatte er am Strand also doch noch Zeit gefunden, seinen Blick mal schweifen zu lassen.

»Danke«, wiederholte ich bloß. Was war nur los mit mir? Wie angewurzelt stand ich da, ein naives unerfahrenes Mädchen – das brauchte ich nicht mal zu spielen!

Die Wut gab mir von selbst sofort Kraft. Ich setzte mich ins Gras zwischen Oletschka und Natascha. Meine kleine Garde, meine Spionin und meine Ratgeberin ... Dabei achteten sie im Moment gar nicht auf mich: Das bevorstehende Lagerfeuer fesselte ihre ganze Aufmerksamkeit.

»Fang an, Aljoschka!«, meinte Igor ausgelassen. Und warf einem kräftigen weißblonden Jungen ein Päckchen Streichhölzer zu. Geschickt fing er sie in der Luft auf, kroch auf allen vieren zu dem Holzhaufen und setzte sich im Schneidersitz davor. Als ob er irgendeine heilige Handlung vornehmen wolle.

Höchst affektiert nahm der Junge ein Streichholz aus der Packung, hielt wie ein alter Raucher schützend die Hände davor und entzündete es. Er beugte sich zum Holz vor. Offenbar gab es kein Papier zum Anfachen, sondern nur Tannennadeln und kleine Späne. Alle hielten den Atem an.

Was für ein Zirkus!

Trotzdem wartete auch ich gespannt, ob es dem kleinen Pyromanen gelingen würde, das Lagerfeuer mit einem einzigen Streichholz zu entzünden oder nicht.

Er schaffte es. In der tiefen Dunkelheit loderten die ersten Flammen auf. Sie wurden mit freundlichem Gekreisch und Gejohle begrüßt, als habe sich um das Lagerfeuer ein Stamm von Menschen aus der Urzeit versammelt, die nach einem Unwetter froren.

»Klasse gemacht!« Igor streckte dem Jungen die Hand entgegen, drückte die seine fest und zerstrubbelte ihm lächelnd die Haare. »Du wirst unser Lagerfeuermeister!«

Aljoschkas Gesicht spiegelte unbändigen Stolz wider.

Nach etwa fünf Minuten brannten alle Holzscheite, und die Kinder beruhigten sich ein wenig. Um mich herum schwatzten alle, lachten, flüsterten, rannten vom Feuer weg und kamen wieder herbei, warfen Zweige und Zapfen in die Flammen und versuchten, auf Stöcke gespießte Wurststücke zu rösten. Kurzum, alle amüsierten sich prächtig. Igor thronte inmitten der Kinder, warf ab und an etwas in die Unterhaltung ein, worauf alle loslachten, probierte immer wieder die halb verkohlten Würstchen oder zog die Kinder weg, die sich zu nah ans Feuer vorwagten. Die Seele des Abends ... Auch an Galina klebten ihre Schützlinge. Nur ich saß wie eine komplette Idiotin in der fröhlichen Masse, hatte nie die richtigen Antworten für die Mädchen parat, lachte immer zuletzt los und guckte sofort woanders hin, wenn Igor mich ansah.

Ich Idiotin! Was war ich bloß für eine Idiotin! Das fehlte noch, dass ich mich ernsthaft in einen Menschen verliebte!

Als ich Igor mal wieder anstarrte, lächelte er mir zu. Dann streckte er die Hand aus und hob seine Gitarre aus dem Gras auf. Wellenartig breitete sich Stille um ihn herum aus – die Kinder stupsten sich gegenseitig an, verstummten und stellten sich mit überbetonter Aufmerksamkeit darauf ein, ihm zuzuhören.

Mit einem Mal hoffte ich inständig, er würde etwas Dummes und Blödes vortragen. Vielleicht ein altes Pionierlied über im Feuer gebackene Kartoffeln, das Meer, das Pionierlager, enge Freundschaft und wie sie für Urlaub und Schule immer bereit seien. Wenn nur dieser bescheuerte Zauber aufhörte, wenn ich nur aufhörte, mir sonst was auszumalen und unter der schönen Körperhülle nicht vorhandene Vorzüge zu vermuten.

Igor fing an zu spielen, und ich begriff, dass ich verloren war. Er konnte spielen. Die Melodie war zwar nicht sehr kompliziert, aber schön, und er vergriff sich nie.

Dann fing er an zu singen:

Zwei Jungen blickten zum Himmel und sahen
Einen Engel sich ihrem Dachboden nahen.
Da liefen sie heimlich zur Feuerleiter,
Stiegen nach oben, hinauf, immer weiter,
Zum Fenster hinein in die Dunkelheit,
Staubig war's, kein Mensch weit und breit.
Doch da in der Ecke das Weiße – fürwahr,
Ein abgelegtes Flügelpaar ...
Eben, Jungs, eben!
Engel ist man nicht immer im Leben.
Doch stehlen darf man in keinem Falle,
Es gibt nämlich nicht genug Flügel für alle.
Hoch in den Himmel wollten sie fliegen,
Jetzt konnten sie dazu die Flügel kriegen,
Sie wagten es nicht, denn man hat sie gelehrt,
Dass zum Leben ein Wort wie »verboten« gehört.

Das war kein Lied für Kinder. Gewiss, sie hörten zu, so aufmerksam sie konnten, obwohl man ihnen jetzt vermutlich bei Gitarrenklängen ein Mathebuch hätte vorsingen können, ohne dass sie gemurrt hätten. Der Abend, das Lagerfeuer, die Gitarre, der geliebte Gruppenleiter – in so einer Situation würde ihnen alles gefallen.

Ich jedoch begriff, dass Igor für mich sang. Selbst wenn er unablässig ins Feuer schaute, selbst wenn es kein Liebeslied war, selbst wenn wir bisher nur ein paar Worte miteinander gewechselt hatten. Er schien gespürt zu haben, worauf ich eben noch gehofft hatte – nur um diesen Wunsch dann zu ignorieren. Möglicherweise war dem ja tatsächlich so, denn viele Menschen verfügen über eine gute Intuition, auch wenn sie nicht zu den Anderen gehören.

Die beiden Jungen wuchsen heran,
Und ihre Wege trennten sich dann.
Der eine wird Bulle, der andere Gangster,
Und jeder denkt wehmütig oft an das Fenster ...
Eben, Jungs, eben!
Engel ist man nicht immer im Leben.
Doch stehlen darf man in keinem Falle,
Es gibt nämlich nicht genug Flügel für alle.

Er sah mich an und lächelte. Seine Finger glitten noch einmal über die Saiten, und er wiederholte leise: »Es gibt nämlich nicht genug Flügel für alle ...«

Die Kinder fingen an, Radau zu machen.

Das Lied schien ihnen sogar gefallen zu haben, obwohl es über meinen Horizont ging, was sie davon überhaupt verstanden hatten. Vielleicht amüsierte sie die Zeile mit dem Wort »verboten«, oder sie malten sich mit ihrem kindlichen Verstand ein echtes Abenteuer aus: auf einen Dachboden hinaufkraxeln, wo ein Engel gelandet war ... Mir schoss durch den Kopf, dass das Lied zu uns Anderen passte. Und zwar sowohl zu den Dunklen wie auch zu den Lichten.

Wirklich, ein schönes Lied. Nur nicht ganz zutreffend. Der Junge, der später zu uns kommen würde, hätte sich die Flügel nämlich angeschnallt. Oder sie zumindest anprobiert.

Denn für uns existiert das Wort »verboten« nicht.

»Ein schönes Lied. Nur sehr ernst«, sagte Galina. »Von wem ist das? Von dir?«

Lachend schüttelte Igor den Kopf. »Nein! Du hast Ideen. Das ist von Juli Burkin. Ein Sänger, der leider nicht allzu bekannt ist.«

»Igorjok ... kannst du vielleicht noch eins von ... von unseren spielen?« Ohne falsche Scham kokettierte Galina mit ihm. Die kleine Idiotin ...

»Klar!«, ließ sich Igor bereitwillig darauf ein.

Und schlug in die Saiten, fand zu einem kräftigen Rhythmus und sang was vom »allerallerbesten Pionierlager auf der Welt voller Lieder und Freunde«.

Das ist es, was sie brauchen! Bereits bei der zweiten Strophe fielen alle ein, denn das nächste Wort ließ sich ohne Mühe erahnen. Sie sangen vom Meer, in dem sie unbedingt mit dem Pionierleiter baden müssten, denn er »liebt die Spritzer und den Sand« auch, wie sie mit besonderer Begeisterung intonierten. Alle waren zufrieden, selbst Galina und ihre halbwüchsigen Mädchen. Irgendwann kam Igor zu einem am Strand gefundenen »Stein mit einem Loch darin« – als ob man sich auch einen Stein mit einem Loch außen dran vorstellen könnte. Ich bemerkte, wie etliche Kinder zu ihrem um den Hals baumelnden Stein griffen.

Auch das noch! Treu ergebene Adepten des Hühnergottes! Ob im Artek jemand eigens dafür angestellt war? Für die Herstellung von gelochten Steinen? Da sitzt so ein unrasierter betrunkener Kerl in seiner Werkstatt, um von früh bis spät ein kleines Löchlein in die Steine zu bohren und sie abends über den Strand zu verteilen, zur Freude dieser Blagen?

Falls nicht, wäre das ein echtes Manko!

Igor wirkte genauso lustig wie die Gören. Auch das Lied trug er mit Enthusiasmus vor, nur ... Sein ganzer Enthusiasmus war für die Kinder bestimmt. Igor unterhielt sie. Machte ihnen eine Freude. Ihm selbst bedeutete das Lied gar nichts.

Ich entspannte mich.

Immerhin fand er mich sympathisch.

Und ich ihn auch ...

Igor sang noch ein paar andere Lieder. Dann griff Galina zur Gitarre. Eignete sie sich gewaltsam an – doch das Instrument leistete so gut es konnte Widerstand, weigerte sich standhaft, wohlklingende Töne von sich zu geben, was die Gruppenleiterin jedoch nicht davon abhielt, die alte Romanze »Ihr Freunde, die Hände zum Kreis« und ein weiteres Pionierlied vorzutragen. Selbst der Junge aus der vierten Gruppe, der es kaum schaffte, die straffen Metallsaiten hinunterzudrücken, spielte besser.

Dann klatschte Igor in die Hände. »Genug! Wir löschen jetzt das Lagerfeuer und gehen zum Abendbrot!«

Wie aus dem Nichts tauchten zwei Eimer Wasser auf, und er goss sie über das niedergebrannte Holz.

Ich stand da, beobachtete seine gemessenen, zielsicheren Bewegungen. Igor schien das ganze Leben nichts anderes gemacht zu haben, als Lagerfeuer zu löschen. Wahrscheinlich machte er alles so – Gitarre spielen, Lagerfeuer löschen, am Computer arbeiten, Frauen streicheln. Präzise, akkurat. Zuverlässig. Mit uneingeschränkter Garantie.

Vom Holz stieg brennender weißer Dampf auf. Die Kinder sprangen zur Seite. Und plötzlich fragte Igor, ohne mit dem Gießen aufzuhören: »Schwimmst du gern nachts im Meer, Alissa?«

Ich erschauderte.

»Ja.«

»Ich auch. Um eins sind die Kinder still, dann komme ich noch einmal zum Strand, um zu baden. Dort, wo wir heute früh schon waren. Wenn du willst, komm doch auch.«

Einen Moment lang wusste ich nicht mehr, wo ich war. Ein Gefühl, das ich völlig vergessen hatte! Nicht ich verführe einen Mann, sondern er mich!

Igor schüttete das restliche Wasser über die Feuerstelle und sah mich an. Lächelte. »Es würde mich sehr freuen, wenn du kommst. Nur ... versteh mich nicht falsch.«

»Ich glaube, ich verstehe dich ganz gut«, erwiderte ich.

»Kommst du?«

Zu gern hätte ich ihm mit einem Nein geantwortet. Nur um

ihn scharf zu machen. Aber letzten Endes wäre es dumm, sich wegen eines kurzen Spaßes um das ganze Vergnügen zu bringen.

»Wahrscheinlich schon«, meinte ich.

»Ich werde auf dich warten«, entgegnete Igor gelassen. »Gehen wir? Ein Glas warme Dickmilch leistet müden Erziehern abends übrigens gute Dienste. Danach schlafen die Kinder tief und fest.«

Sein Lächeln war einfach hinreißend.

Um halb elf mussten die Kinder im Artek ins Bett.

Feierlich ertönten aus den Lautsprechern die Hörner, und eine sanfte Frauenstimme wünschte allen eine gute Nacht. Ich stand vor dem Spiegel, schaute mein Bild an und versuchte zu verstehen, was mit mir passierte.

Hatte ich mich verliebt?

Nein, das konnte nicht sein! Ich liebte Sebulon. Ich liebte den höchsten Dunklen Magier Moskaus! Einen der wenigen, die tatsächlich das Schicksal der Welt bestimmen können. Was ist im Vergleich zu ihm ein normaler Mensch? Selbst wenn er noch so sympathisch ist, selbst wenn er eine noch so gute Figur hat, selbst wenn er so idiotisch zuverlässig ist, dass es bei jeder Bewegung aus ihm heraustrieft? Ein normales Männchen der menschlichen Gattung. Mit den normalen Gedanken eines Männchens. Für einen Urlaubsflirt keineswegs zu verachten – aber für mehr auch nicht!

Ich konnte mich doch nicht wirklich in ihn verliebt haben?

In meiner Tasche fiepte das Mobiltelefon, und ich erzitterte. Meine Mutter? Kaum, sie ist wahnsinnig sparsam und ruft mich nie auf dem Handy an.

Ich holte es heraus und nahm den Anruf entgegen.

»Hallo, Alissa.«

Sebulons Stimme klang müde. Zärtlich und müde, als reichten seine Kräfte kaum noch für diesen Anruf, auf den er aber unter keinen Umständen verzichten konnte ...

»Hallo«, flüsterte ich.

»Du machst dir über etwas Sorgen, das spüre ich. Was ist los, mein Mädchen?«

Ihm konnte man nichts vormachen. Sebulon weiß alles ... Zumindest alles, was er wissen will.

»Ich habe vor, mir für den Monat hier einen Freund zuzulegen ...«, hauchte ich ins Handy.

»Ja und?«, meinte Sebulon verwundert. »Alissa ... ich bin nicht auf deinen Hund eifersüchtig. Und auf einen Menschen, mit dem du ein bisschen Spaß hast, werde ich ganz bestimmt auch nicht eifersüchtig sein.«

»Ich habe keinen Hund«, erwiderte ich düster.

Sebulon lachte los, und all meine dummen Gedanken verflüchtigten sich.

»Auch gut! Es interessiert mich nicht, ob du einen Hund hast. Es interessiert mich nicht, ob du dir einen menschlichen Liebhaber zulegst. Mach dir keine Gedanken, Kleines. Erhol dich. Sammel Kraft. Amüsier dich, so gut es geht. Du kannst das ganze Artek verführen, einschließlich der Pioniere und den Opas von Klempnern. Sei nicht so dumm ...«

»Ich benehme mich wie ein Mensch, oder?« Scham packte mich.

»Das ist nicht schlimm. Das geht wieder vorbei, Alissa. Sammel Kraft ... nur ...« Sebulon verstummte kurz. »Gut. Nichts weiter.«

»Nein, sag's mir!« Abermals spannte sich alles in mir an.

»Ich glaube an deine Umsicht.« Sebulon zögerte. »Alissa, übertreib es nicht, ja? Dein Aufenthalt ist dank eines alten Abkommens der Wächter des Tages und der Nacht möglich. Du hast nicht das Recht, viel Kraft auf einmal zu schöpfen. Sondern nur kleine Portionen. Verwandel dich nicht in einen banalen, Energie saugenden Vampir. Du bist im Urlaub, nicht auf der Jagd. Wenn du eine bestimmte Grenze überschreitest, verlieren wir das Artek für immer.«

»Das verstehe ich doch«, sagte ich.

Noch lange würde ich meinen Fehler mit dem Kraftprisma aufs Butterbrot geschmiert bekommen ...

Ich erging mich nicht in Versprechen, die ich im Namen des Dunkels und meiner eigenen Kraft abgab. Diese Versprechen wären leer, das Dunkel kümmert sich nicht um Kleinigkeiten, und Kraft hatte ich im Moment keine. Ich versprach mir lediglich, auf gar keinen Fall die abgesteckte Grenze zu überschreiten und weder Sebulon noch die ganze Tagwache zu hintergehen.

»Dann erhol dich, mein Mädchen.« Ich hatte den Eindruck, in Sebulons Stimme läge leichte Trauer. »Erhol dich.«

»Könntest du nicht herkommen? Wenigstens kurz?«, fragte ich ohne jede Hoffnung.

»Nein. Ich habe viel zu tun, Alissa. Ich fürchte, in den nächsten drei, vier Tagen werden wir überhaupt nichts voneinander hören. Aber mach dir deshalb keine Sorgen. Ein alter, langweiliger Schuft, der sich mit den Problemen der Welt herumschlägt – ist das wirklich ein Partner für eine junge Hexe, die Urlaub macht?« Er lachte.

Im Allgemeinen versuchten wir, solche Sachen nicht am Telefon und schon gar nicht übers Handy zu besprechen, wo sämtliche Gespräche abgehört und aufgezeichnet werden. Selbst wenn alles wie lustiges Geplauder klang, aber ... Womöglich käme uns plötzlich doch mal ein Mensch auf die Schliche. Dann müsste man Kraft und Zeit auf ihn verschwenden.

»Ich liebe dich«, flüsterte ich. »Vielen Dank.«

»Viel Glück, meine Kleine«, sagte Sebulon zärtlich. »Ich küsse dich.«

Ich beendete das Gespräch. Lächelte mir selbst zu.

Gut, alles war in Ordnung. Aber woher kam dann diese idiotische Nervosität? Und woher dieser dumme Gedanke, ich hätte mich in Igor verliebt? Liebe ist etwas anderes, Liebe ist eine tiefe Befriedigung, eine Fontäne von Emotionen, eine sinnliche Freude und angenehm miteinander verbrachte Zeit. Aber das, was ich empfand, meine seltsame Schüchternheit und Nervosität – all das war nur eine Folge meiner Krankheit. Ich war es nicht gewöhnt, auf diese Weise mit einem Mann zusammen zu sein, ohne jede Ahnung, wie ich ihn kontrollieren könnte … ohne ihn mit einer Pistole zu bedrohen wie diese dämlichen Gangster …

»Alissa?« In der Tür erschien das neugierige Näschen von Oletschka. »Kommen Sie denn nicht noch kurz zu uns?«

Das Mädchen war barfuß und nur in Unterwäsche. Hatte schon im Bett gelegen, es dann aber nicht mehr ausgehalten.

»Gleich«, sagte ich. »Soll ich euch noch eine Geschichte erzählen?«

Oletschka strahlte. »Ja!«

»Eine lustige oder eine gruselige?«

Das Mädchen runzelte die Stirn. Natürlich siegte die Neugier. »Eine gruselige!«

Alle Kinder lieben gruselige Geschichten.

»Geh schon mal ins Bett«, sagte ich. »Ich komm gleich nach.«

Zehn Minuten später saß ich im Schlafsaal, an Oletschkas Bett, und erzählte mit halblauter Stimme: »Eines Morgens wachte ein Mädchen auf und ging zum Spiegel und sah hinein. Da hatte sie ganz rote Zähne! Sie putzte sie mit Zahnpasta und wusch sie mit Seife, doch sie blieben trotzdem rot. Kein Wort konnte sie mit ihren Eltern reden, sonst hätten sie etwas gemerkt. Nur gut, dass der kleine Bruder des Mädchens krank war und die Eltern deshalb sowieso nicht auf sie achteten. Wie immer kriegten die Kleinsten alle Aufmerksamkeit ab, während für die Größeren nichts übrig blieb, selbst wenn ihre Zähne rot waren …«

Eine bemerkenswerte Sache, die Horrorgeschichtchen für Kinder! Vor allem wenn man sie nachts im durchs Fenster einfallenden, geheimnisvollen Halbdunkel einer Horde kleiner dummer Mädchen erzählt.

»Ich weiß schon, wie es weitergeht …«, sagte Natascha mit gelangweilter Stimme. Ein sehr ernstes Mädchen, das man mit gruseligen Geschichten nicht aus der Fassung brachte. Die anderen zischten sie empört an, worauf sie verstummte. Ich fuhr fort, wobei ich spürte, wie das kleine Herz der sich an mich schmiegenden Oletschka hämmerte. Das würde eine Ernte geben ...

»In der dritten Nacht band sich das Mädchen selbst mit einem Strick ans Bett, am rechten Zöpfchen«, erzählte ich mit geheimnisvoller Stimme weiter. »Um Mitternacht wachte es auf, weil die Leine sich spannte, sodass es an ihren Haaren zog. Das Mädchen wunderte sich, dass sie an dem Bettchen ihres kleinen Bruders stand und ihre Zähne klapperten! Sie klapperten!«

Larissa wimmerte leise. Nicht erschrocken, sondern eher weil es dazugehörte. Ein anderes Mädchen fing natürlich an, fröhlich mit den Zähnen zu klappern.

»Dann ging das Mädchen in die Küche, nahm einen Hammer und eine Zange aus der Anrichte, die ihr Papa dort aufbewahrte, und riss sich bis zum Morgen heimlich alle Zähne heraus. Das tat sehr weh, aber sie schaffte es, denn sie war ein tapferes kleines Mädchen und hatte kräftige Hände. Am nächsten Tag war ihr Bruder wieder gesund. Dem Mädchen waren neue Zähne nachgewachsen, die sogar besser waren als die alten, denn das waren ihre Milchzähne gewesen!« Ich senkte die Stimme zu einem Flüstern herab. »Nur dass auch die neuen rosa waren!«, sagte ich mit feierlichem Ton.

Eines der Mädchen, die sich bereits auf das glückliche Ende eingestellt hatten, schrie erschrocken auf.

»Und ihren kleinen Bruder hatten die Eltern auch viel lieber als das Mädchen«, schloss ich feierlich. »Denn er war damals sehr krank gewesen, und sie hatten sich große Sorgen um ihn gemacht.«

Das reichte. Wie viele der Mädchen wohl einen kleinen Bruder hatten? Das Land wies eine niedrige Geburtenrate auf, doch andererseits setzten die meisten Eltern noch ein zweites Kind in die Welt, wenn das erste ein Mädchen war.

Meine Mutter hatte das auch gewollt. Auf ihre alten Tage, sie war schließlich bereits über dreißig, die Idiotin … Ich war damals zwar erst zwölf – aber bereits eine Andere. Und kam mit unerwartet auftretenden Problemen zurecht. In diesem Falle hatte ich vermutlich voreilig gehandelt. Was wäre denn so schlimm daran gewesen, wenn ich einen Bruder bekommen hätte? Selbst wenn es nur ein Halbbruder gewesen wäre … was allein ich mit Sicherheit gewusst hätte, meine Mutter hegte nämlich diesbezüglich ebenfalls ihre Zweifel … Vielleicht wäre er sogar ein Anderer gewesen, in gewisser Weise ein Verbündeter … Aber was geschehen ist, lässt sich nicht ändern.

»Und jetzt wird geschlafen!«, befahl ich in lustigem Ton.

Natürlich baten sie mich, ihnen noch etwas zu erzählen. Doch ich lehnte ab. Es war halb zwölf und ich musste noch an den Strand … Die Stimmen der Mädchen klangen bereits müde, disharmonisch. Als ich hinausging, versuchte Gulnara, ihnen eine Gruselgeschichte zu erzählen, aber die Pausen und das Gestammel ließen vermuten, dass die Erzählerin nach der Hälfte einschlafen würde.

Ich ging in mein Zimmer zurück, streckte mich auf dem Bett aus und wartete.

Was Igor jetzt wohl tat?

Ob er seinen Kindern auch etwas erzählte?

Oder mit ein paar Gruppenleitern einen Wodka trank?

Oder es mit einer Erzieherin trieb?

Oder friedlich schlief und völlig vergessen hatte, dass er heute Nacht noch im Meer baden wollte?

Ich schüttelte den Kopf. Nein. Bloß das nicht.

Er ist zuverlässig. Fast … fast wie Sebulon. Ein komischer Vergleich: Selbst von den Dunklen konnte kaum jemand Sebulon als zuverlässig bezeichnen. Ich schon. Mit gutem Grund. Die Liebe ist eine große Kraft. Und eine seltsame …

Und wenn Igor ein potenzieller Anderer war?

Ich kniff die Augen zusammen, sowohl in süßer Vorfreude

wie auch in Panik. Was sollte ich dann machen? Das hieße, sich nicht auf eine Affäre mit einem Menschen einzulassen, was mir Sebulon ja ohne weiteres gestattet hatte. Sondern eine echte Dreiergeschichte anzufangen ...

Was war bloß mit mir los!

Was für eine Dreiergeschichte? Sollte sich Igor doch ruhig als nicht initiierter Anderer herausstellen! Er würde den Schwanz einziehen und vergessen, dass er sich je mit der Freundin von Sebulon eingelassen hatte!

Und ich würde es ebenfalls vergessen!

Die Zeit zog sich unendlich langsam dahin. Die Zeiger der Uhr krochen nachdenklich, träge weiter, als seien sie sich des Laufs der Zeit nicht sicher. Eigentlich wollte ich eine halbe Stunde warten, kapitulierte dann aber nach zwanzig Minuten. Länger hielt ich es nicht aus ...

Ich stand auf und ging leise in den Schlafsaal der Mädchen hinüber.

Hier herrschte Stille. Die gute ruhige Stille eines großen Schlafsaals voller Kinder, durchbrochen von nur wenigen Geräuschen: dem Atmen, einem Schnaufen, einem verträumten Schmatzen.

»Mädchen!«, rief ich leise.

Keine Reaktion.

Ich ging durch die Reihe der Betten hindurch, berührte sanft ihre Schultern, Arme, Haare ... Nichts ... nichts ... nichts ...

Treffer.

Oletschka.

Ich hockte mich vor ihr Bett hin und legte ihr die Hand auf die schweißnasse Stirn. Und vernahm ihren Traum, vernahm die strömende Kraft ...

Ein wirrer, ein zusammenhangloser Traum, der nichts mit meiner Gutenachtgeschichte zu tun hatte. Oletschka träumte, sie klettere einen Turm ganz nach oben hinauf, einen alten schiefen Turm mit einer halb zerfallenen Steinbrüstung, in der gewaltige Löcher klafften. Unten, am Fuße des Turms, erstreckte sich entweder eine mittelalterliche Stadt oder ein altes Kloster. Und wie seltsam: Obwohl der Turm im Halbdunkel lag, strahlte unten, an seinem Fuße, die Sonne. Zwischen den verfallenen Häusern liefen Menschen, heitere, fröhliche Menschen in Sommerkleidung und mit Fotoapparaten und bunten Zeitschriften in den Händen. Es ging ihnen gut, sie hatten ihren Spaß, sie dachten nicht einmal daran, in den Himmel zu schauen – und dort das kleine Mädchen zu entdecken, das wie hypnotisiert auf eines der Löcher in der Brüstung zuging ...

Ein wenig sollte ich mich noch gedulden. Abwarten, bis Oletschka nach unten stürzen würde – denn sie würde ganz bestimmt fallen, der Traum ließ kein anderes Ende zu. Ich verstand selbst nicht, was mit mir geschah, doch ich spannte mich an – und saugte ihren Traum auf. Vollständig.

Sowohl den dunklen Turm, der sich über die heitere Menge erhob, als auch die klaffenden Löcher in der Brüstung, die kalte Gleichgültigkeit und die schwindelerregende Höhe. Alles, was mir Kraft geben konnte.

Kurz hielt Oletschka den Atem an. Ich befürchtete schon, sie werde ins Koma fallen. Das passiert, wenn auch nur sehr selten, bei Menschen, denen ihre Kraft zu schnell abgezapft wird.

Doch dann atmete sie weiter.

Ich erhob mich. Schweiß brach mir aus allen Poren. Ich bemerkte, wie in das Loch, das an der Stelle meiner sonstigen Kraft klaffte, ein Krümelchen Energie fiel. Nein, das stopfte es noch längst nicht ... und ich hatte überstürzt gehandelt ... warum auch immer ...

Aber ich würde wieder gesund werden.

Weiter. Eine leichte Berührung, die feuchten Haare, der im Schlaf geöffnete Mund, die schlaffen Finger ...

Nichts ... nichts ... Treffer.

Natascha.

Ihr Traum ging auf mich zurück.

Natascha stand im Badezimmer. Nackt, voller Seifenschaum. Und knallte den Kopf eines fünfjährigen Jungen an die gekachelte Wand. »Spionierst du noch einmal?«, wiederholte sie immer wieder. »Wirst du je wieder spionieren?« Der Junge hing in ihren Armen wie eine Lumpenpuppe. Voller Panik hatte er seine Augen weit aufgerissen, sagte aber kein Wort. Anscheinend fürchtete er eine Strafe von seinen Eltern noch viel mehr als die von seiner Schwester.

Mit Natascha lief jedoch nicht alles so reibungslos. In ihrer Seele mischten sich die Wut auf den unausstehlichen kleinen Bruder und die Angst, ihn zu fest zu schlagen, die Scham – obwohl sie doch noch bis vor kurzem zusammen mit ihrem Bruder gebadet hatte – und die Schuld: Schließlich hatte sie die Tür absichtlich offen gelassen, mit Bedacht, damit der kleine Bruder versuchen würde, sie zu beobachten, angetrieben von dem natürlichen kindlichen Verlangen, jedes Verbot zu übertreten.

Nicht schlecht! Noch nicht einmal zwölf Jahre und schon solche Leidenschaften!

Natascha seufzte tief – und schlug den Kleinen im Traum so heftig gegen die Wand, bis sein Blut floss. Obwohl nicht klar war, woher es kam, spritzte es sofort über den ganzen Kopf.

Ich saugte ihren Traum auf.

Völlig. Wut, Angst, Scham, Schuld und eine vage, kaum erwachte Sinnlichkeit.

Doch der Traum ging noch weiter!

Natascha, die schon von ihrem Bruder ablassen wollte, packte ihn erneut bei den Schultern. Und mit der kalten Berechnung eines Henkers drückte sie seinen Kopf in die Wanne, deren Wasser sich im Nu rosa färbte. Selbst die Schaumblasen, die über dem Wasser aufragten, färbten sich ein. Der Junge zuckte hilflos und versuchte, seinen Kopf aus dem Wasser zu bekommen.

Ich erstarrte. Ein im Traum vollbrachter Mord gibt fast den

gleichen Kraftimpuls wie ein echter. Gleich würde ich das Loch in meiner Seele gestopft haben!

Ich müsste nur die erneut in Natascha aufsteigende Angst löschen und ...

Doch ich tat nichts dergleichen. Sondern stand bloß da, beugte mich weit über das Bett und betrachtete den fremden Traum – als ob im Fernsehen plötzlich anstelle der Zeichentrickfilme für Kinder ein Horrorstreifen liefe.

Mit einem Ruck zog Natascha ihren Bruder aus der Wanne. Der sog gierig die Luft ein. Blut war jetzt keins mehr an ihm, nur eine kleine Schramme unterm Auge. Träume haben ihre eigenen Gesetze.

»Du wirst sagen, dass du selbst mit dem Kopf gegen die Wanne geknallt bist und dich verletzt hast, klar?«, zischte Natascha. Verängstigt nickte der Junge. Natascha stieß ihn jäh aus dem Badezimmer, schloss die Tür – und stieg langsam in das schaumgekrönte Wasser. Das rosafarbene Wasser ...

Ich wartete noch ein paar Sekunden, dann trank ich die Reste des Traums. Welch Triumph, welch Erregung, welch Ruhe ...

Sofort schloss sich die Wunde in meiner Seele zur Hälfte.

Ich hätte es Natascha erlauben sollen, ihren Bruder umzubringen. Dafür hätte ich ihr bloß die Angst nehmen müssen, und schon hätte sie ihren Bruder wie ein Kätzchen ertränkt.

Ich war schweißgebadet. Meine Hände zitterten. Wer hätte denn auch bei diesem kleinen bedachten Schlaukopf mit derartigen Albträumen in der Nacht gerechnet?

Genug. Gut Ding will Weile haben ...

Ich ging weiter.

Bis halb eins bediente ich mich an drei weiteren Träumen. An schlichteren, die mir aber dennoch ordentlich Kraft lieferten. Wirklich nicht schlecht, so ein Aufenthalt hier, wenn die Mädchen Energie in derartigen Mengen ansammeln.

Die verlorenen Kräfte hatte ich damit fast vollständig zurückgewonnen. Den Löwenanteil hatte natürlich Natascha geliefert. Meiner Ansicht nach brauchte ich nur noch einen weiteren Traum und wäre wieder vollständig hergestellt, wäre wieder eine ganze normale Andere. Doch niemand träumte noch etwas, das mir genutzt hätte. Ein Traum hätte mich sogar beinah umgehauen: Gulnara träumte, sie kümmere sich um ihren alten Großvater. Sie schwirrte durch die Küche, goss ihm Tee ein, fragte ihn die ganze Zeit besorgt, ob sie noch etwas für ihn tun könne ... Diese orientalische Kultur! Lokum mit einem Spritzer Arsen!

Wenn Igor nicht gewesen wäre ...

Ich brauchte nur dreißig Minuten, eine Stunde zu warten, und eine meiner achtzehn Spenderinnen würde einen weiteren schrecklichen Traum haben.

Aber ...

Ich schwankte nicht lange.

In der nächsten Nacht würde ich mir alles nehmen, was ich kriegte. Bis zur Neige. Heute konnte ich mich ruhig entspannen. Mich in der Rolle einer normalen Frau versuchen.

Ich schloss die Tür fest zu und sprang hinaus in die Sommernacht. Das Artek schlief. Entlang der Wege leuchteten vereinzelte Laternen, am Himmel hing ein fast voller Mond.

Solche Nächte lieben die Tiermenschen. Dann sind sie in Hochform, verwandeln sich leicht und ohne Schwierigkeiten, werden von einer berauschenden Lebensgier erfasst, der Lust zu jagen, lebendiges Fleisch in Stücke zu reißen, ein Opfer zu belauern und in die Enge zu treiben. Natürlich gehören sowohl die Vampire als auch die Tiermenschen zur untersten Kaste der Dunklen. Und die meisten von ihnen sind wirklich dumm und primitiv. Aber ... in solchen Nächten beneide ich sie ein bisschen. Um ihre primitive, aus den tierischsten Schichten der Natur stammende Kraft. Um die Fähigkeit, sich in ein Tier zu verwandeln – und damit im Handumdrehen die ganzen idiotischen Gefühle eines Menschen hinter sich zu lassen.

Ich lachte und lief den Pfad entlang, breitete die Arme aus, legte den Kopf in den Nacken und schaute zum Himmel. Selbst wenn ich die Fähigkeiten einer Anderen noch nicht zurückerlangt hatte, brodelte die frische Kraft in meinem Blut, und nicht einmal zauderte ich, keinen Moment schwankte ich bei der Wahl meiner Richtung. Es war wie vor der Initiierung, als uns überraschend Irina Andrejewna – eine »alte Freundin deiner Mutter« – besuchte. Meine Eltern verhielten sich ihr gegenüber irgendwie seltsam, befangen, das spürte ich, während Irina Andrejewna mich immer wieder ansah ... mit einem seltsamen Blick, als taxiere sie mich, und mit einem leicht herablassenden Lächeln. Dann mussten meine Eltern plötzlich dringend irgendwohin und ließen mich mit »der alten Freundin« den ganzen Abend allein. Da erzählte meine zukünftige Mentorin mir alles. Dass sie meine Eltern zum ersten Mal in ihrem Leben sieht und sie einfach verzaubert hat. Und von den Anderen, vom *Zwielicht*, das ihnen magische Kraft verleiht, und davon, dass von meinem ersten Eintritt ins *Zwielicht* abhänge, was ich werde: eine Lichte oder eine Dunkle ... Davon, dass ich eine zukünftige Andere sei. Dass mich ein »sehr, sehr starker Zauberer« entdeckt habe ... Später habe ich häufig darüber nachgedacht, ob das nicht Sebulon war, habe ihn aber nie danach gefragt ...

Damals schwankte ich lange, ich Idiotin. Mir gefiel die Bezeichnung *Dunkle* nicht. In allen Märchen und Filmen sind die Dunklen immer die Schlechten. Sie herrschen über die Welt, befehlen Ländern und Armeen, fressen jeden Dreck, reden mit schrecklichen, ekelhaften Stimmen und verraten alles und jeden. Und noch etwas: Am Ende verlieren sie immer.

Irina Andrejewna lachte lange, als ich ihr meine Vorbehalte gestand. Sie erklärte mir, all diese Märchen hätten sich die Lichten ausgedacht. Die Dunklen beschäftigen sich in der Regel nicht mit solchem Quatsch. Die Dunklen, das seien diejenigen, die Freiheit und Unabhängigkeit wollen, die weder nach Macht strebten noch ihrer Umgebung ihre dummen Wünsche aufzwängten. Sie demonstrierte mir einen Teil ihres Könnens – und ich erfuhr, dass meine Mutter seit langem meinen Vater betrog und dass mein Vater längst nicht der mutige und starke Mann war, für den ich ihn immer gehalten hatte, und dass meine besten Freundin Wika die schlimmsten Dinge über mich erzählte ...

Das von meiner Mutter wusste ich sowieso. Seit ich zehn war. Nur versuchte ich, nicht an sie und Onkel Witja zu denken. Das, was ich über meinen Vater erfuhr, warf mich aus der Bahn. Und das über Wika brachte mich auf die Palme. Das musste ich ihr heimzahlen. Heute lache ich darüber, aber mit zehn Jahren zu erfahren, dass mein schrecklichstes Geheimnis – dass ich bis zur zweiten Klasse ins Bett gepinkelt hatte – von meiner Freundin an unseren Klassenkameraden Romka weitergetratscht worden war ... Einfach fürchterlich! Und ich hatte mich schon gewundert, warum er so dreckig gegrinst hatte, als ich ihm am 23. Februar, zum Tag der Sowejtarmee und der Kriegsflotte, eine Postkarte und Filzstifte geschenkt hatte ...

Irina half mir, das erste Mal ins *Zwielicht* einzutreten. Sie sagte, dort würde ich selbst entscheiden, was ich werden wollte. Das *Zwielicht* würde durch meine Seele hindurchblicken und das auswählen, was am besten zu mir passte.

Danach sackte meine Freundin Wika auf eine Fünf ab und fing an, unsere Lehrerin und sogar den Schulleiter aufs Übelste zu beschimpfen, weshalb man sie von der Schule nahm und sie Gerüchten zufolge in eine Nervenheilanstalt für Kinder einwies, wo sie sich einer langwierigen Behandlung wegen des seltenen Gilles-de-la-Tourette-Syndroms unterziehen sollte. Der schöne Romka pisste sich während des obligatorischen Diktats nach einem Viertel des Schuljahrs vor Angst in die Hosen, worauf ihm noch zwei Jahre später der Spitzname Hosenscheißer anhaftete, bis er schließlich mit seinen Eltern in einen anderen Bezirk zog.

Onkel Witja ertrank erst drei Jahre später, als er in einem kleinen See einer Datscha schwamm. Für ein Kind ist das schließlich doch eine schwere Aufgabe. Und bei der Erinnerung daran, wie ich mir von ihm eine Haarsträhne besorgte, kommt mir alles hoch ...

Aber ich habe meine Wahl nicht eine Sekunde bedauert.

Manche glauben, wir, die Dunklen, seien böse. Das stimmt nicht! Wir sind nur gerecht. Stolz, unabhängig und gerecht.

Und treffen unsere Entscheidungen selbst.

Über dem nächtlichen Strand lag ein melancholischer Zauber. Wie in einem herbstlichen Park, wie in einem Konzertsaal nach der Premiere. Die müde Menge hat sich zurückgezogen – um sich für neue Raserei zu stärken; das Meer leckt seine Wunden, spült Melonenschalen an, aufgeweichtes Einwickelpapier von Schokolade, abgenagte Maiskolben und anderen Müll der Menschen; über den feuchten, kühlen Sand ziehen sich die Spuren der Möwen und Krähen.

Ich hörte Igor bereits auf dem Weg zum Strand. Erst nur seine Gitarre, dann auch seine Stimme.

Er sang, und ich begriff plötzlich mit umwerfender Klarheit: Es würde nichts sein. Dort im Sand saß eine vergnügte Gesellschaft, die eine oder andere Flasche machte die Runde, man aß vom Abendessen übrig gebliebene Brötchen als Zuspeise. Ich Idiotin ... das Äußerste, worauf ich hoffen konnte, war eine Einladung, den Rest der Nacht in seinem Zimmer zu verbringen ...

Trotzdem folgte ich dem Gesang. Nur um mich zu überzeugen ...

Du sagst, die Liebe gibt es nicht,
Nur Peitsche oder Zuckerbrot.
Ich sage, Blumen blühen nur,
Weil sie nicht glauben an den Tod.
Du sagst, dass du auf keinen Fall

Jemandes Sklavin bist.
Ich sag, dass jemand neben dir
Dann eben Sklave ist.

Ich mochte dieses Lied nicht. Überhaupt gefiel mir *Nautilus Pompilius* nicht. Die Lieder dieser Gruppe scheinen zwar wie für uns gemacht, aber irgendetwas, das sich nicht fassen lässt, macht sie uns dann doch fremd. Nicht von ungefähr schätzten die Lichten sie so.

Und speziell dieses Lied hasste ich regelrecht!

Mich trennten nur noch ein paar Schritte von Igor, als mir aufging, dass er allein am Strand saß. Igor bemerkte mich ebenfalls, hob den Kopf, lächelte, hörte aber nicht auf zu singen.

Es kann ja sein, ich hab nicht Recht,
Recht hast womöglich du.
Doch hab ich selbst gesehn: Es strebt
Das Gras dem Himmel zu.
Was streite ich mich denn mit dir
Die Nacht lang ohne Ruh?
Es kann ja sein, ich hab nicht Recht,
Recht hast womöglich du.
Was soll der Streit – es kommt der Tag,
Und du erkennst im Nu,
Ob was am Grund des Himmels lebt
Und auch, aus welchem Grunde strebt
Das Gras dem Himmel zu.

Ich setzte mich neben ihn, auf ein im Sand ausgebreitetes großes Frotteehandtuch, und wartete geduldig das Ende des Liedes ab.

»Ein Konzert für Wellen und Sand?«, fragte ich, nachdem Igor die Gitarre weggelegt hatte.

»Für Sterne und Wind«, korrigierte er. »Ich habe gedacht, du würdest mich in der Dunkelheit nicht so leicht finden. Und einen Kassettenrecorder wollte ich nicht mitschleppen.«

»Warum nicht?«

Er zuckte mit den Schultern. »Spürst du das denn nicht? Zu dieser Zeit passt nur ein lebendiger Ton.«

Igor hatte Recht. Selbst wenn ich der Wahl des Liedes nicht zustimmen konnte – aber gegen einen lebendigen Ton gab es nichts einzuwenden.

Ich schwieg und sah ihn an. Genauer: versuchte, ihn in der Dunkelheit anzusehen. Er war barfuß und trug bloß Shorts. Seine Haare glänzten feucht. Wahrscheinlich hatte er schon gebadet. An irgendjemanden erinnerte er mich ... vielleicht an einen fröhlichen Troubadour aus einem Kindermärchen, vielleicht an einen Prinzen, der sich als Troubadour verkleidet hatte ...

»Das Wasser ist warm«, sagte Igor. »Wollen wir?«

In dem Moment begriff ich, dass ich zu schnell zum Strand gekommen war. »Igor ... du wirst mich auslachen ... Ich kann nicht schwimmen gehen. Ich habe meinen Badeanzug vergessen.«

Er dachte kurz nach. »Schämst du dich?«, fragte er dann ruhig. »Oder hast du Angst, dass ich glaube, du hättest das mit Absicht gemacht?«

»Davor habe ich keine Angst, aber ich möchte nicht, dass du es denkst.«

»Tu ich auch nicht«, erwiderte Igor. Und stand auf. »Ich gehe jetzt ins Wasser. Komm doch auch.«

Er zog sich unmittelbar am Wasser aus, rannte hinein und tauchte praktisch sofort unter. Ich schwankte nicht lange. Mit Sicherheit hatte ich nicht daran gedacht, Igor auf so primitive Weise zu verführen. Den Badeanzug hatte ich wirklich einfach in meinem Zimmer vergessen. Aber mich jetzt zu schämen, noch dazu vor einem Menschen – dazu gab es keinen Grund!

Das Wasser war warm, die Wellen zärtlich wie die Berührung der Hände eines Geliebten. Ich schwamm Igor hinterher, und das Ufer entfernte sich, verlor seine Konturen, nur die Lichter der Laternen hoben das Artek in der Nacht hervor. Wir schwammen weit über die Boje hinaus, ließen das Ufer wohl einen Kilometer hinter uns. Ich erreichte Igor, nun schwammen wir nebeneinander, schweigend, ohne ein Wort zu sagen. Nicht in einem Wettkampf, sondern mit gleichem Tempo.

Schließlich hielt er inne und sah mich an.

»Das reicht«, sagte er.

»Bist du müde?«, fragte ich leicht verwundert. Ich hatte geglaubt, er könne ewig schwimmen ... während ich ... überhaupt ohne weiteres das Schwarze Meer durchqueren und in der Türkei aus dem Wasser steigen könnte.

»Nein, ich bin nicht müde. Aber die Nacht ist trügerisch, Alissa. Falls etwas passieren sollte, könnte ich dich genau diese Strecke zurück ans Ufer ziehen.«

Nataschas Worte über seine Zuverlässigkeit fielen mir wieder ein. Ich sah ihm ins Gesicht und begriff, dass er weder den Helden spielen wollte noch scherzte. In der Tat: Er hatte die Situation in jedem Augenblick unter Kontrolle. Allzeit bereit, mich zu retten.

Was bist du doch für ein komischer Mensch. Morgen früh oder morgen Nacht werde ich mir noch ein wenig Kraft holen – und dann kann ich mit dir machen, was ich will. Im Notfall rettest dann nicht du mich, sondern ich dich ... du großer, kräftiger, selbstsicherer, zuverlässiger Mann ... Auch wenn du jetzt an deine Bereitschaft glaubst, mich zu beschützen und zu retten, wie ein Junge, der neben seiner Mutter eine dunkle Straße entlangläuft und sagt: »Keine Angst, Mam, ich bin ja bei dir ...«

Doch selbst wenn diese Einstellung typisch für die Lichten ist, angenehm ist es schon ...

Langsam schwamm ich zu Igor. Dicht heran. Umarmte ihn. »Rette mich«, flüsterte ich.

Das Wasser war warm, aber sein Körper war noch heißer als das Wasser. Er war genauso nackt wie ich. Wir küssten uns, tauchten immer wieder unter, um dann wieder aus dem Wasser zu schießen, gierig nach Luft zu schnappen und die Lippen des anderen zu suchen.

»Ich will ans Ufer«, flüsterte ich. Und wir schwammen, berührten uns ab und an, hielten hin und wieder inne, um uns lange zu küssen. Auf meinen Lippen lag der Geschmack von Salz und von seinen Lippen, mein Körper schien zu brennen, das Blut pochte in meinen Schläfen. So könnte ich auch ertrinken ... vor Erregung, Ungeduld und dem Wunsch, ihm nahe zu sein.

Fünf Meter vorm Ufer, wo das Wasser bereits flacher wurde, hob Igor mich hoch. Leicht, als sei ich nur eine Feder, trug er mich zu unserer Kleidung und bettete mich auf den Strand. Ich spürte ein Handtuch unter meinem Rücken, über meinem Kopf prangten die Sterne.

»Komm ...«, flüsterte ich und spreizte die Beine. Wie ein leichtes Mädchen, wie eine professionelle Hure. Ich, eine Hexe der Moskauer Tagwache, die kein Geringerer als Sebulon liebt!

Doch das spielte im Moment keine Rolle für mich.

Es gab nur die Nacht, die Sterne, Igor ...

Er ließ sich neben mir nieder, seine rechte Hand verschwand unter meinem Rücken und presste die Stelle zwischen den Schulterblättern, während die linke über meine Brust strich. Kurz sah er mir in die Augen – als zweifle er, als zögere er, als versenge ihn nicht derselbe Wunsch nach Nähe wie mich. Unwillkürlich wölbte ich mich seinem Körper entgegen, spürte mit meinen Schenkeln seine Erregung, schlang die Beine um ihn – und erst da drang er in mich ein.

Wie sehr ich ihn begehrte ...

Das ließ sich mit nichts vergleichen. Nicht mit dem Sex mit Sebulon, für den er stets seine Dämonengestalt annahm. Bei Sebulon verspürte ich eine wilde, schmerzhafte Befriedigung, die aber immer das Gefühl der Demütigung barg. Einer süßen und erregenden zwar, aber dennoch einer Demütigung. Und nicht mit dem Sex mit normalen Menschen, egal, ob es sich bei ihnen um unerfahrene und von Kraft strotzende Jünglinge, muskulöse Männer oder gestandene, in die Jahre gekommene Casanovas handelte. All sie hatte ich schon ausprobiert. All das kannte ich, und mit jedem Mann vermochte ich einen interessanten Abend zu verbringen.

Aber das hier war etwas völlig Neues.

Als ob wir wirklich eins wurden, als ob meine Wünsche sich ihm augenblicklich mitteilten und umgekehrt. Ich spürte das Zittern seines Fleischs in meinen Körper, wusste, dass er in jeder Sekunde kommen konnte, diesen Moment aber hinauszog und genau wie ich an der Grenze zur Erlösung entlangbalancierte, in der quälenden, süßen Pein ...

Er schien mich seit Jahren zu kennen und mich wie ein offenes Buch zu lesen. Seine Hände reagierten auf die Wünsche meines Körpers, noch ehe ich sie selbst verspürte, seine Finger wussten, wo sie zärtlich sein mussten und wo grob, seine Lippen erkundeten mein Gesicht, ohne einen Augenblick innezuhalten, seine Stöße wurden immer kräftiger, und ich flog ihm auf einer uns in den nächtlichen Himmel tragenden Schaukel hinterher, flüsterte etwas, ohne die Worte zu verstehen ...

Dann erstarrte die Welt, ich stöhnte auf, klammerte mich an seine Schultern, kratzte ihn, folgte seinen Bewegungen, wollte ihn nicht aus mir herauslassen. Die Wonne war kurz, als sei ein Blitz eingeschlagen, und genauso blendend klar. Aber er hielt nicht inne – und abermals wurde ich auf einer süßen Welle emporgetragen, balancierte – um in jenem Moment, als er die Augen aufriss und sein Körper sich bis aufs Äußerste anspannte, erneut zu kommen. Diesmal anders, der Höhepunkt war nicht so heftig, aber lang, pulsierend, gleichsam im Takt seines Samens, der in meinen Körper spritzte.

Selbst stöhnen konnte ich nicht mehr. Wir lagen nebeneinander, ich auf dem Handtuch, Igor im Sand, berührten einander, zärtlich, als lebten unsere Hände ihr eigenes Leben, ich schmiegte meine Wange an seine Brust, nahm den salzigen Geruch des Meeres und den herben Duft des Schweißes wahr, sein Körper bebte unter meiner Hand. Ich bemerkte gar nicht, wie ich anfing, ihn zu küssen, dabei immer tiefer und tiefer glitt, mein Gesicht in dem krausen Haar vergrub, ihn mit den Lippen liebkoste, mit der Zunge, abermals die in ihm aufsteigende Erregung spürte. Bewegungslos lag Igor da, nur seine Hände berührten meine Schultern, und genauso musste es sein, anders ging es nicht, denn ich wollte ihm Befriedigung verschaffen. Und als er erneut kam und leise stöhnte, nicht mehr imstande war, sich zu beherrschen, verspürte ich ein derartiges Glück, als hätte er mich verwöhnt.

Alles war so, wie es sein musste.

Alles war so, wie es nie zuvor gewesen war.

Keine Orgie – selbst die ausgelassenste nicht – hatte mir je eine derartige Befriedigung gegeben. Weder beim Geschlechtsverkehr mit einem Mann noch bei dem mit zweien oder dreien habe ich ein solches Glück empfunden, eine solche Entgrenzung, eine solche ... eine solche ... Sättigung? Ja, vermutlich war es genau das: Sättigung. Niemand sonst war jetzt noch nötig.

»Ich liebe dich«, flüsterte ich. »Igor ... ich liebe dich.«

Er hätte jetzt antworten können, er liebe mich auch – um damit alles zu verderben. Oder fast alles. Aber er sagte bloß: »Ich weiß.«

Als Igor aufstand und etwas unter den auf dem Sand verstreuten Kleidern hervorholte, traute ich zunächst meinen Augen nicht.

Eine Flasche und ein Glas. Ein Kristallglas. Eins.

»Du bist ein Zauberer«, meinte ich.

Igor lächelte, der Korken flog knallend in die Luft, der schäumende Sekt ergoss sich ins Glas. Ich trank einen Schluck. Trocken. Und kalt.

»Ein guter oder ein böser?«, fragte er.

»Ein böser!« Ich hielt ihm das Glas hin. »Einen solchen Schatz zu verstecken!«

Igor lächelte und trank Sekt.

»Weißt du, und ich könnte noch mal ...«, sagte er nach einer Weile nachdenklich.

Er zuckte zusammen, verstummte und richtete sich abrupt auf. Ich sprang auf – gerade noch rechtzeitig, um zu sehen, wie in der Nähe unter einem Sonnenschirm ein diffuser Schatten hervorsprang und eiligst in die Nacht verschwand.

»Wie unangenehm«, flüsterte Igor.

»Wer war das?«, wollte ich wissen. Das Bewusstsein, dass man uns beobachtet hatte, stachelte meine Erregung wider Erwarten nicht an. Sättigung. Absolute Sättigung. Selbst der Tropfen Sekt war jetzt bloß eine angenehme, aber keine unbedingt notwendige Ergänzung zum Sex. Und auf irgendwelche Unbefugte konnte ich erst recht verzichten.

»Ich weiß nicht ... eines der Kinder vermutlich.« Igor war ohne Zweifel verwirrt. »Wie unangenehm ... wie dumm.«

»Halb so schlimm.« Ich umarmte ihn. »Die Kleinen schlafen schon, und die Großen können nur etwas lernen ... das gehört schließlich auch zur Erziehung.«

Er lächelte, war aber trotzdem noch immer irritiert. So sind sie, die Menschen ..., messen solchen Kleinigkeiten Bedeutung bei ...

»Gehen wir zu dir?«, fragte ich.

»Gehen wir.« Igor schüttelte den Kopf. Sah mich an. »Du solltest dir allerdings darüber im Klaren sein, dass du dann heute nicht zum Schlafen kommst.«

»Davor wollte ich dich auch gerade warnen«, erwiderte ich. Und das war wahr.

Sechs

Als ich noch eine vollwertige Andere war, konnte ich leicht fünf, sechs Tage ohne Schlaf auskommen. Auch jetzt sehnte ich mich im Grunde nicht nach Schlaf. Im Gegenteil – mein Blut kochte vor Energie. Gewöhnlicher, menschlicher Energie.

In unser Häuschen kehrte ich eine halbe Stunde vor dem Wecken zurück. Ich schaute bei den Mädchen rein, die einen wälzten sich bereits im Bett, wachten langsam auf. Alles in Ordnung. Keines von ihnen war an den Strand gerannt, um zu baden oder zu ertrinken, keines war von bösen Terroristen entführt worden, niemand hatte es sich einfallen lassen, nachts nach der Erzieherin zu suchen.

Mit einem dummen, aber zufriedenen Lächeln ging ich in mein Zimmer. Langsam und träge zog ich mich vor dem Spiegel stehend aus. Genüsslich strich ich mir mit den Händen über die Hüften und krümmte mich wie eine satte Katze.

Eine verrückte Nacht. Eine verzauberte Nacht. Vermutlich hatte ich jeden Blödsinn gemacht, den eine verliebte Frau mit einem Mann nur machen kann. Und selbst das, was mir früher zuwider gewesen war, hatte mir in dieser Nacht eine erregende Freude bereitet.

Ich hatte mich doch nicht etwa ernsthaft verliebt?

Das konnte nicht sein ...

In einen Menschen? Einen gewöhnlichen Menschen? Selbst wenn er mich verstand wie niemand sonst auf der Welt?

Das konnte nicht sein!

»Beim Dunkel, wenn er doch bloß ein Anderer wäre«, flüsterte ich. »Ich flehe dich an, Großes Dunkel ...«

Es ist ein gefährliches Spiel, die Urkräfte um solche Kleinigkeiten zu bitten. Obwohl ... ich glaube nicht, dass das Dunkel in der Lage ist, eine einfache Hexe zu hören. Sebulon wäre vermutlich imstande, bis zu ihm vorzudringen ...

Sebulon.

Ich setzte mich aufs Bett und vergrub mein Gesicht in den Händen.

Noch vor ein paar Tagen hatte mich nichts glücklicher gemacht als seine Liebe. Und jetzt?

Natürlich, er selbst hatte mir vorgeschlagen, mich zu amüsieren. Sicher, er spuckte auf banale menschliche Dogmen, noch dazu auf solche, die zum Repertoire der Lichten zählten. Was sollte es ihm schon ausmachen, wenn ich fremdging? Was wusste er von Eifersucht? Kein Wort würde er dagegen sagen, wenn Igor und ich ...

Stopp! Was spann ich da zusammen?

»Aliska, du hast völlig den Verstand verloren ...«, flüsterte ich.

War ich den Menschen tatsächlich noch so sehr verhaftet? Sollte ich etwa tatsächlich dazu fähig sein – es kommt mir kaum über die Lippen – zu heiraten? Einen Menschen? Ihm Borschtsch zu kochen, seine Socken zu waschen, Kinder zu bekommen und großzuziehen?

Wie heißt es doch so schön: Tags auf der Wache, nachts in der Mache ...

Doch, ich könnte es.

Ich schüttelte den Kopf, als ich mir die Reaktion meiner Kolleginnen vorstellte. Nein, die Tatsache als solche war nicht weiter verwunderlich. Die meisten Hexen hatten geheiratet, und zwar in der Regel einen Menschen. Aber ...

Es ist eine Sache, einen reichen, einflussreichen Mann zu becircen, irgendeinen Oligarchen oder schlimmstenfalls einen

Abgeordneten der Duma oder einen Mafioso, der in der Stadt was zu sagen hatte. Aber einen einfachen jungen Mann, einen Studenten ohne Geld und Beziehungen? Da würde es Spott hageln – und noch nicht einmal zu Unrecht, das war ja das Fürchterliche!

Aber allein wegen Sex verlor ich doch nicht den Kopf!

Was war nur los mit mir?

Als ob mich ein Inkubus verzaubert hätte ...

Ich erschauderte bei dem ungeheuerlichen Gedanken. Was, wenn Igor ein ganz normaler Inkubus wäre? Ein Kollege ... noch dazu ein primitiver Dunkler!

Nein. Unmöglich.

Ein Inkubus hätte in mir die Andere gespürt. Die Dunkle, auch wenn ich vorübergehend meiner Kraft beraubt war. Und hätte seine Kunst niemals auf eine Hexe angewandt, weil er den Preis dafür kannte. Ich hätte ihn zu Staub zermalmt, sobald ich meine Kraft zurück und herausgefunden hätte, dass er mir diese Liebe eingegeben hatte ...

Liebe? Also ging es doch um Liebe?

»Och, Aliska ...«, flüsterte ich. »Du bist einfach eine Idiotin ...«

Nun gut, dann war ich eben eine Idiotin!

Ich kramte frische Höschen aus meiner Tasche und ging duschen.

Den ganzen Tag über führte ich mich wie eine Wahnsinnige auf. Überall eckte ich an, aber das beunruhigte mich nicht im mindesten. Ich stritt mich sogar ein wenig mit der Leiterin vom Komplex Lasurny, weil ich für meine Mädchen bessere Plätze beim Kinofestival herausschlagen wollte. Was mir auch gelang, worauf ich in ihren Augen sogar noch stieg! Dann wurden aus Nikolajew herbeigeschaffte dunkle Brillen verteilt. Für die Sonnenfinsternis morgen. Jede Gruppe hatte fünf Brillen bekommen, aber mir war es irgendwie gelungen, sechs zu kriegen. Ich hatte nicht erwartet, dass in der Ukraine jemand auf die Idee kommen würde, sie herzustellen, aber wenn das nun schon mal der Fall war ...

Dann kam der Strand – und ausgerechnet heute mussten die Jungengruppen auf irgendeine bescheuerte Exkursion gehen! Selbst das Meer machte mir keinen Spaß. Doch als ich einmal zu Natascha hinübersah und ihren traurigen Blick auffing, ging mir die Komik der Situation auf. Es gab hier nicht nur eine Idiotin, es gab zwei. Das Mädchen, das sich nach diesem Jungen verzehrte und in ihren Fantasien kaum so weit ging, ihn zu küssen, und ich, die ich nachts Sachen getrieben hatte, die selbst den Pornofilmen auf dem Markt im Moskauer Gorbuschka, wo man die schärfsten Raubkopien bekam, alle Ehre machten. Mit einem Wort: Die Extreme trafen sich.

»Vermisst du ihn?«, fragte ich kaum hörbar. Einen kurzen Augenblick schien Natascha sich zu zieren und sah mich gequält an ...

»Hm ...«, seufzte sie dann plötzlich. »Sie auch?«

Schweigend nickte ich. Das Mädchen zögerte kurz.

»Waren Sie die ganze Nacht bei ihm?«, fragte es dann.

Lügen wollte ich nicht, vor allem da niemand in unserer Nähe war.

»Hast du mich beobachtet?«, fragte ich zurück.

»Ich hatte heute Nacht Angst«, sagte das Mädchen leise. »Ich bin aufgewacht, denn ich habe etwas Fürchterliches geträumt ... und bin dann zu Ihnen gegangen, aber Sie waren nicht in Ihrem Zimmer.«

»Die ganze Nacht«, gestand ich. »Er gefällt mir sehr, Naschka.«

»Haben Sie Liebe gemacht?«, fragte das Mädchen in sachlichem Ton.

Ich drohte ihr mit dem Finger. »Natascha!«

Das brachte sie überhaupt nicht in Verlegenheit. Im Gegenteil: Sie senkte die Stimme, um mir etwas mitzuteilen – als sei ich eine Busenfreundin von ihr. »Mit meinem passiert überhaupt nichts. Ich habe ihm gesagt, dass ich ihm ganz bestimmt die Augen auskratze, wenn er es wagt, mich zu küssen. Darauf sagt er zu mir: *Das würde ich doch nie im Leben machen!* Warum sind Jungen bloß so dumm?«

»Er wird dich bestimmt küssen«, versprach ich ihr. Und fügte insgeheim hinzu: Dafür werde ich schon sorgen.

In der Tat, was wäre einfacher als das? Morgen würde ich meine Fähigkeiten zurückgewonnen haben, und der rothaarige sommersprossige Junge würde Natascha nachlaufen und sie mit ehrlichen verliebten Augen ansehen. Warum sollte ich meiner tüchtigsten kleinen Spenderin nicht eine Freude bereiten?

»Und was hast du geträumt?«, fragte ich.

»Mist«, antwortete das Mädchen einsilbig. »Ich kann mich nicht mal mehr daran erinnern, ehrlich. Aber irgendwas Fieses!«

»Von deinem kleinen Bruder?«, wollte ich wissen.

Natascha runzelte die Stirn. »Ich weiß es nicht mehr ...«, antwortete sie nach einer Weile. »Woher wissen Sie denn, dass ich einen kleinen Bruder habe?«

Ich lächelte geheimnisvoll und streckte mich im Sand aus. Alles war in Ordnung. Den Traum hatte ich bis zur Neige ausgetrunken.

Gegen Abend hielt ich es nicht mehr aus.

Ich wusste einfach – ich kann nicht mehr. Ich suchte Galina und fragte sie, ob sie ein paar Stunden auf meine Mädchen aufpassen würde.

Sie bedachte mich mit einem seltsamen Blick. Nein, nicht beleidigt, obwohl sie offenbar absolut im Bilde war und selbst ein Auge auf Igor geworfen hatte. Und auch nicht böse. Eher traurig, wie ein zu Unrecht bestrafter Hund.

»Natürlich, Alissa«, sagte sie.

Es ist ein Kreuz mit diesen so genannten guten Menschen.

Du kannst ihnen ins Gesicht spucken, in die Quere kommen, sie mit Füßen treten – sie ertragen alles.

Was andererseits natürlich sehr bequem ist.

Ich ging zum Häuschen der vierten Gruppe. Auf dem Weg dorthin scheuchte ich zwei kleine Jungen aus den Büschen, die Glasscherben über einem Feuerchen aus Plastikbechern schwärzten. Von herausscheuchen konnte im Übrigen eigentlich nicht die Rede sein. Die Jungen blickten finster drein und wappneten sich innerlich, ließen von ihrem Tun aber nicht ab.

»Morgen bekommen alle spezielle Brillen«, versicherte ich friedfertigen Tones. »An denen hier schneidet ihr euch nur.«

»Die Spezialbrillen reichen nicht«, gab einer der Jungen zu bedenken. »Wir schwärzen uns selber Glas, die Becher qualmen richtig gut.«

»Und den Rand bekleben wir mit Leukoplast«, ergänzte sein Freund. »Und fertig!«

Ich lächelte, nickte ihnen zu und ging weiter. Was die Kinder taten, war gut. Unabhängig, selbstbewusst. Richtig.

Als ich auf das Sommerhäuschen zuging und bereits die ersten Gitarrenklänge hörte, erblickte ich Makar.

Der Junge stand an einem Baum, versteckte sich zwar nicht unbedingt, achtete aber darauf, dass er vom Haus her nicht zu sehen war. Er stand einfach da und starrte Igor an, der zwischen seinen Kindern saß. Sobald er meine Schritte hörte, drehte er sich abrupt um, zuckte zusammen ... und blickte zu Boden. Ich verstand alles.

»Es ist nicht schön, anderen nachzuspionieren, Makar.«

Der Junge stand da und biss sich auf die Lippen. Was er wohl vorgehabt hatte? Hatte er Igor eins auswischen wollen? Ihn zum Duell herausfordern? Oder hatte er einfach in ohnmächtiger Wut die Faust geballt, während er den erwachsenen Mann betrachtete, der in der letzten Nacht Liebe gemacht hatte mit der Frau, die ihm gefiel? Du dummer, dummer Junge ... Du solltest dir eine Altersgenossin suchen, aber nicht unter erwachsenen, betörenden Hexen mit langen Beinen Ausschau halten.

»Das kommt schon noch, Makar«, meinte ich leise zu ihm. »Sowohl die Mädchen wie auch die Nacht am Meeresstrand und ...«

Er hob den Kopf. Sah mich an – amüsiert und sogar herablassend. *Das kommt nicht*, sagten seine Augen. Es wird kein Meer geben, keine nackte Frau am wellenumspülten Strand. Alles wird ganz anders werden: billiger Portwein in einem dreckigen kleinen Zimmer eines Wohnheims, ein Mädchen, das sich nach dem zweiten Glas jedem hingeben würde, ein verschwitzter, frühzeitig verwelkter Körper und ein verrauchtes, heiseres Flüstern: »Äh, Alter, spritz woanders ab!«

Ich wusste das, ich erfahrene, zynische Hexe. Er wusste das, der Zufallsgast im Artek, der kurzfristige Besucher dieses »Territoriums der Freundschaft und Liebe«. Wir brauchten einander nichts vorzumachen.

»Tut mir leid, Makar«, sagte ich. Zärtlich strich ich ihm über die Wange. »Aber er gefällt mir nun mal sehr. Und du musst erst groß und klug werden, dann wirst du alles haben ...«

Er drehte sich um und rannte weg. Ein fast erwachsener Junge, der keine Minute von seinem kurzen, glücklichen Sommer verlieren wollte, der nachts nicht schlief und sich ein anderes, ein glückliches Leben ersann.

Was konnte ich tun? Die Tagwache braucht keine menschlichen Angestellten. Die Tiermenschen, Vampire und anderes Kroppzeug reichen völlig. Natürlich würde ich Makar überprüfen. Aus ihm könnte ein großartiger Dunkler werden. Aber es gab nur sehr, sehr geringe Chancen, dass der Junge die Veranlagung zum Anderen in sich trug ...

Auch bei meinen Mädchen dürfte es sich vermutlich um völlig durchschnittliche Menschen handeln.

Und ebenso schlecht standen die Chancen, dass Igor sich als Anderer erwies ...

Vielleicht war das ja sogar besser? Wenn er ein Mensch war ... konnten wir zusammen sein. Sebulon würde sich einen Dreck darum scheren, ob seine Freundin einen menschlichen Mann hatte. Aber einen Anderen als Ehemann würde er nicht ertragen ...

Nachdenklich sah ich zu Boden und ging weiter zum Haus. Igor saß auf der Veranda und stimmte die Gitarre. Neben ihm hockten nur zwei Kinder – der Lagerfeuermeister Aljoschka und ein rundlicher, kränklich wirkender Junge, der meiner Meinung nach nicht beim Lagerfeuer gewesen war.

Igor schaute mich an und lächelte. Die Jungen sagten etwas und begrüßten mich, aber wir beide wechselten kein Wort miteinander – wir lasen alles in unseren Augen. Sowohl die Erinnerungen an die letzte Nacht wie auch das Versprechen auf die kommende ... auf die kommenden ...

Außerdem lag in seinen Augen noch eine leichte gequälte Sehnsucht. Als ob ihn irgendetwas ungeheuer bedrückte. Mein Geliebter ... wenn er wüsste, wie traurig ich bin ... und wie schwer mir das Lächeln fällt ...

Es ist wohl doch besser, wenn du keine Veranlagung zum Anderen hast, Igor. Sollten die Kolleginnen mich doch ruhig auslachen. Das kann ich ertragen. Von Sebulon wirst du nie etwas erfahren. Und auch von der Tagwache nicht. Und wundern wirst du dich, dass dir plötzlich alles gelingt, dass du Karriere machst, nie erkrankst – all das werde ich dir geben!

Igor ließ die Hand über die Saiten gleiten und sah seine Jungen zärtlich an. Dann begann er zu singen:

Ich fürcht mich vor Babys,
Ich fürcht mich vor Leichen,
Ich taste mir misstrauisch übers Gesicht.
Und schon hat mich eisiges Grauen erwischt:
Ja, sollte ich denn all den anderen gleichen?
Den Menschen, einzeln und zu Millionen,

Wie sie über und unter mir wohnen,
Den Menschen, die nebenan schnarchen eben,
Den Menschen, die unter der Erde leben.
Ich gäbe für ein Paar Flügel was her,
Für'n drittes Auge – das wäre doch was!
Ein Dutzend Finger pro Hand oder mehr ...
Ich brauche zum Atmen ein anderes Gas!
Sie lachen heftig und weinen Salz
Und kriegen niemals genug in den Hals.
Ihr Bild in der Zeitung – da werden sie froh.
Doch morgen schon heißt's damit 'runter ins Klo.
Das sind die Menschen, die Kinder gebären,
Die Menschen, die sich in Schmerzen verzehren,
Die Menschen, die ihresgleichen erschießen –
Und können kein salzloses Essen genießen.
Sie gäben für ein Paar Flügel was her,
Für'n drittes Auge – das wäre doch was!
Ein Dutzend Finger pro Hand oder mehr ...
Sie brauchen zum Atmen ein anderes Gas.

In mir regte sich etwas Kaltes und Klebriges. Ein mieses, sehnsüchtiges, auswegloses Gefühl ...

Das war unser Lied. Viel zu sehr ... viel zu sehr ... ein Anderes Lied.

Ich spürte die Emotionen der neben uns sitzenden Jungen, ich war jetzt schon fast wieder eine normale Andere, die, so schien es mir, im nächsten Moment wieder ins *Zwielicht* eintreten könnte. Es war wie in der Nacht, als wir Sex hatten – ein quälendes Auf und Ab auf einer Schaukel, ein Balanceakt auf einer Rasierklinge, die Erwartung einer Explosion, ein Absturz ins Bodenlose ... Um uns herum strömte Kraft – die noch zu grob für mich war, keine Brühe aus den nächtlichen Albträumen der Kinder, sondern einfach die Sehnsucht eines pummeligen Jungen nach seinen Eltern: Etwas mit dem Herzen stimmte bei ihm nicht, er spielte nur wenig mit den übrigen Kindern, lief immer hinter Igor her, klebte fast so an ihm wie Oletschka an mir ...

Das war keine Brühe.

Trotzdem war es beinah das, was nötig ist ...

Ich konnte nicht länger warten!

Ich beugte mich vor, streckte die Hand aus, fasste den Jungen bei der Schulter und saugte seine blinde Traurigkeit auf. Die mich durchströmende Energie haute mich fast um, aber plötzlich füllte sich die Welt mit grauer Kälte, mein Schatten lag wie ein schwarzes Loch auf den abgewetzten Dielen der Veranda, und ich fiel in ihn hinein, ins *Zwielicht*, gerade noch rechtzeitig, um zu sehen ...

... wie Igor aus dem sich an ihn kuschelnden Aljoschka Kraft zog, einen dünnen fliederfarbenen Energiestrom: die Vorfreude auf Spaß und Abenteuer, Toberei und Entdeckungen, Gejohle und Furcht – das ganze Bouquet von Emotionen und Gefühlen eines gesunden, lustigen, mit sich und der Welt zufriedenen Kindes ...

Ein Lichtes Bouquet.

Lichte Kraft.

Den Dunklen das Dunkle.

Den Lichten das Lichte.

Und ich erhob mich – zur Hälfte noch in der realen Welt, zur Hälfte bereits im *Zwielicht* –, dem ebenfalls aufstehenden Igor entgegen, meinem Liebhaber und Geliebtem entgegen, dem Lichten Magier der Moskauer Nachtwache entgegen.

Dem Feind entgegen.

Und ich hörte seinen Schrei. »Nein!!!«

Und ich hörte meine Stimme. »Das darf nicht sein!!!«

Der erste Gedanke, der mir durch den Kopf schoss, erwies sich als unzutreffend. Nein, Igor arbeitete nicht gegen mich, setzte keine hinterlistigen Pläne der Nachtwache in die Tat um. Er war seiner Kräfte beraubt – genau wie ich. Er musste sich regenerieren, erholte sich im Artek – genau wie ich. Er hatte meine Aura nicht gesehen, nichts hatte ihn auf den Gedanken gebracht, dass vor ihm eine Hexe stand.

Er hatte sich verliebt. Mit geschlossenen Augen. Genau wie ich.

Die Welt war grau und dumpf, die kalte Welt des *Zwielichts*, die uns zu denen macht, die wir sind, die uns Kraft raubt – aber auch hilft, welche zu finden. Eine Welt ohne Geräusche und Farben. Die an den Bäumen erstarrten Blätter, die eingefrorenen Figuren der Kinder, die in der Luft hängende Gitarre – Igor hatte sie aus der Hand gelegt, bevor er ins *Zwielicht* eingetreten war. Tausende von eisigen Nadeln pikten meine Haut, entzogen mir die gerade gewonnene Energie, wollten mich für immer ins *Zwielicht* treiben ... Aber ich war wieder eine Andere und konnte Kraft aus der mich umgebenden Welt ziehen. Ich streckte mich und schöpfte bis zur Neige alles Dunkle ab, das der dicke Junge hergab. Kraft aufzusaugen bereitete mir nun keine Mühe. Ich achtete gar nicht mehr darauf, was ich wie tat. Alles ging einfach, wie gewohnt.

Doch das Gleiche tat Igor mit Aljoschka. Vielleicht weniger geschickt – die Lichten zapfen nur sehr selten direkt Kraft ab, sie sind an ihre idiotischen Selbstbeschränkungen gebunden. Trotzdem trank auch er die Freude bis zum letzten Tropfen ... und ich empfand eine widernatürliche Freude für meinen Liebsten, für meinen Feind, für den Lichten, der seine Kraft zurückgewann ...

»Alissa ...«

»Igor ...«

Es war nicht leicht für ihn. Es war viel schwerer für ihn als für mich. Die Lichten jagen ihr ganzes Leben lang Illusionen nach, hegen beständig falsche Hoffnungen und können einen Schlag nicht ertragen ... Doch er schon ... und ich auch ... ich hielt mich ... hielt mich ...

»Wie dumm«, flüsterte er. Schüttelte den Kopf – eine seltsame Geste in diesem nebelhaften Rauch, im *Zwielicht* ... »Du ... du bist eine Hexe ...«

Ich spürte, wie er in mein Bewusstsein drang, nicht sehr tief, nur an der Oberfläche, um sich zu überzeugen ... oder in der Hoffnung, sich zu irren... und ich wehrte mich nicht dagegen. Sondern kam ihm entgegen.

Und lachte – in unerträglichem Schmerz.

Südbutowo.

Edgar, der den Lichten Magiern gegenüberstand.

Wir versorgten Edgar mit Kraft, die Lichten erhielten Kraft von ihren Magiern aus der zweiten Reihe ...

Auch von Igor.

Ich erkannte seine Aura, erinnerte mich an das Kraftprofil. So etwas vergisst man nicht.

Und auch er erkannte mich ...

Natürlich kannte ich ihn nicht persönlich, natürlich hatte ich seinen Namen nicht gehört. Weshalb sollte eine einfache Wächterin des Tages sämtliche tausend Mitarbeiter der Moskauer Nachtwache kennen? All die Magier, Zauberer, Zaubermeister, Gestaltwandler ... Bei Bedarf bekamen wir konkrete Angaben. So wie damals bei Anton Gorodezki, den wir vor einem halben Jahr auf geheimen Befehl Sebulons verfolgt und ja auch bei einer unerlaubten Handlung erwischt hatten ... An andere erinnert man sich zwangsläufig. Zum Beispiel an Tigerjunges.

Aber Igor hatte ich nicht gekannt.

Ein Lichter Magier dritten Grades. Wahrscheinlich war er stärker als ich, obwohl es recht schwierig ist, die Kräfte eines echten Magiers und einer Hexe zu vergleichen.

Mein Liebster, mein Geliebter, mein Feind ...

Mein Schicksal ...

»Weshalb?«, fragte Igor. »Alissa ... weshalb hast du das ... gemacht?«

Wie, *weshalb*?, wollte ich schon schreien. Doch ich brachte kein Wort heraus, weil mir aufging: Er würde mir nicht glauben. Niemals würde er glauben, dass das, was geschehen war, nur ein Zufall war, ein läppischer, tragischer Zufall, dass dahinter keine böse Absicht steckte, dass uns eine unbarmherzige Ironie des Schicksals zusammengeführt hatte – in einem Moment, als wir beide schwach waren, als wir einander nicht erkennen, den Feind nicht zu erspüren vermochten ... in einem Moment, als wir nur eins konnten und wollten: lieben.

Was soll in dieser Welt eine Frage wie *weshalb*? Weshalb bin ich eine Dunkle? Weshalb ist er ein Lichter? Schließlich steckte – anfangs – in uns beiden ein wenig sowohl von diesem wie auch von jenem ...

Und nur eine Kette von Zufällen hatte dazu geführt, dass wir die wurden, die wir jetzt waren ...

Igor hätte auch mein Freund werden können, mein Kollege, ein Dunkler ...

Und ich hätte ... vermutlich ... auch eine Lichte werden können. Dann hätte mich nicht eine weise Hexe ausgebildet, sondern eine weise Zauberin ... und ich hätte es meinem Feind nicht mit gleicher Münze heimgezahlt, sondern ihm geifernd den »richtigen Weg« gewiesen ... die andere Wange hingehalten ... und mich an eloquentem Schwachsinn ergötzt ...

Mir wurde erst bewusst, dass ich weinte, als sich die Welt um mich herum zu drehen begann. Man darf im *Zwielicht* nicht weinen – das ist allgemein bekannt. Das *Zwielicht* trinkt unsere Kraft umso gieriger, je mehr Gefühle wir zulassen.

Und im *Zwielicht* die Kraft zu verlieren heißt, für immer dort zu bleiben.

Ich versuchte, weitere Kraft aus meinem Spender zu saugen, dem dicken Jungen, doch er war bereits leer. Ich streckte die Hand nach Aljoschka aus, aber der stellte sich als absolut neutral heraus, ausgepresst von Igor. Und aus Igor konnte und wollte ich keine Energie ziehen. Alle anderen jedoch waren zu weit weg, und die Welt drehte sich ... wie dämlich ...

Die Erde riss mich auf die Knie – ich verschwendete sogar noch einen dummen Gedanken daran, dass ich mir den Rock einsauen würde, obwohl *Zwielicht*-Schmutz nicht in unserer realen Welt zurückbleibt.

Im nächsten Moment feuerte Igor einen Energiestoß in mich.

Nein, nicht um mir den Rest zu geben. Sondern um mir zu helfen.

Es war eine fremde, es war lichte Kraft. Allerdings durch ihn gefiltert. Um sie mir zu geben.

Und Kraft bleibt Kraft.

Ich erhob mich, atmete schwer, ausgelaugt, genau wie in jener Nacht, der Nacht unserer wahnsinnigen, unmöglichen Liebe. Igor half mir, mich im *Zwielicht* zu halten, reichte mir aber nicht die Hand.

Er weinte jetzt, genau wie ich. Ihm ging es genauso schlecht.

»Wie konntest du nur …«, flüsterte er.

»Das war ein Zufall, Igor!« Ich machte einen Schritt auf ihn zu, streckte die Hände aus, als ob noch Hoffnung bestünde. »Igor, das war ein Zufall!«

Er wich vor mir zurück wie vor einer Aussätzigen. Mit der leichten, geschmeidigen Bewegung eines Magiers, der daran gewöhnt ist, im *Zwielicht* zu arbeiten.

Im *Zwielicht* zu kämpfen. Im *Zwielicht* zu töten.

»Solche Zufälle gibt es nicht«, spie er förmlich. »Du … du bist ein dreckiges Miststück … du … Hexe …«

Er hielt inne und saugte die Spuren verbliebener Magie auf.

»Von Kindern Kraft zu nehmen!«

Jetzt reichte es mir. »Und du? Warum bist du hier, Lichter?« Meine Zunge wollte mir nicht gehorchen, es war unmöglich, widersinnig, ihn so zu nennen, aber er war nun mal ein Lichter – und die Beschimpfung somit einfach nur eine zutreffende Bezeichnung. »Was machst du denn hier? Tust du dich etwa nicht an kleinen Menschenkindern gütlich?«

»Das Licht kann man nicht rauben.« Er schüttelte den Kopf. »Das, was wir uns nehmen, geben wir hundertfach zurück. Aber du raubst das Dunkel – und das Dunkel wächst. Ich nehme Licht – und es entsteht von neuem.«

»Sag das mal dem kleinen Aljoschka, der den ganzen Abend über bedrückt sein wird!«, schrie ich. »Erklär ihm mal, dass er nachher schon wieder fröhlich wird!«

»Ich habe anderes zu tun, Hexe! Ich muss die Kinder retten, die du ins Dunkel treibst!«

»Du musst etwas unternehmen, damit er wieder fröhlich wird«, sagte ich gleichgültig. Die ganze Welt schien sich mit eisigem Schorf zu überziehen. »Das ist deine Arbeit ... mein Lieber!«

Was tat ich da?

Er glaubte sowieso schon, ich hätte alles gewusst, die Tagwache hätte eine infame Operation geplant, er sei übel verarscht worden und alles, was es zwischen uns gegeben hatte, sei bloß ein abgekartetes Spiel gewesen ...

»Du Hexe«, zischte Igor abfällig. »Sieh zu, dass du von hier verschwindest. Klar?«

Mit Vergnügen, hätte ich beinah geantwortet. Schließlich ... wie sollte ich mich noch an diesem Sommer freuen können, am Meer und am Überschuss an Kraft? Ich erholte mich langsam wieder – das Wichtigste war schon vollbracht.

»Hau doch selbst ab«, entgegnete ich. »Mir ist sowohl der Aufenthalt hier wie auch die Aufnahme menschlicher Kraft gestattet worden. Du kannst deine Leute danach fragen ... Hast du denn auch eine Erlaubnis ... mein Lieber?«

Was sagst du jetzt, du Idiot? Was machst du jetzt, mein Liebster? Was mache ich?

Was soll ich schon machen? Ich bin eine Dunkle. Eine Hexe. Die menschliche Moral interessiert mich nicht, aber ich habe auch nicht die Absicht, mit diesen primitiven Organismen, die sich *Menschen* nennen, zu spielen. Ich bin hierher gekommen, um mich zu erholen, und das werde ich auch tun! Und du? Was willst du jetzt machen? Wenn du mich wirklich liebst? Und das tust du, das weiß ich! Ich kann es jetzt sogar sehen, und auch du kannst es sehen ... wenn du willst ...

Denn die Liebe steht über dem Dunkel und dem Licht.

Denn die Liebe ist nicht bloß Sex, nicht der gleiche Glaube oder »das gemeinsame Führen eines Haushalts und die Erziehung von Kindern«.

Die Liebe ist ebenfalls eine Kraft.

Und weder das Licht noch das Dunkel, weder die Menschen noch die Anderen, die Moral oder das Gesetz, die Zehn Gebote oder der Große Vertrag haben auch nur das Geringste mit ihr zu tun.

Und ich liebe dich trotz allem, du Dreckskerl, du Schuft, du Lichtes Mistvieh, du gutmütiger Schwachkopf, du zuverlässiger Spießer! Trotz allem! Selbst wenn wir uns vor drei Tagen gegenübergestanden haben und nur eins im Kopf hatten: den Feind zu vernichten! Selbst wenn uns ein Abgrund voneinander trennt, der niemals von irgendwem überwunden wird!

Und das solltest du gefälligst begreifen: dass ich dich liebe!

Und all meine Worte dienen nur meiner Verteidigung, es sind ebenfalls Tränen, nur siehst du sie nicht, willst sie nicht sehen ...

Aber komm zu mir, egal wo – im *Zwielicht*, wo uns niemand sieht, oder auf dieser Veranda, vor den Augen der staunenden Kinder –, und nimm mich in die Arme, und dann weinen wir gemeinsam, und keiner sagt ein Wort, und ich haue ab, kehre zu Sebulon zurück, nach Moskau, krieche unter die Fittiche der zufriedenen Lemeschewa ... Möchtest du, dass ich die Tagwache verlasse? Ja? Ich werde immer eine Dunkle bleiben, das kann ich nicht ändern, das will ich auch gar nicht, aber ich könnte den ewigen Krieg zwischen Dunkel und Licht hinter mir lassen, einfach leben, sogar darauf verzichten, mir von den Menschen Kraft zu nehmen, und selbst wenn du dann immer noch nicht mit mir zusammen sein möchtest – worum ich dich ja auch gar nicht bitte –, so behalte wenigstens in Erinnerung, dass wir einander geliebt haben!

Komm einfach zu mir.

Antworte nicht auf meine Worte!

Ich bin eine Dunkle!

Das werde ich immer sein.

Ich liebe nur mich auf dieser Welt!

Aber jetzt bist du ein Teil von mir. Ein großer Teil. Der wesentliche Teil. Und wenn es nötig sein sollte, würde ich einen Teil von mir töten, was hieße, ich würde mich vollends töten.

Du aber tu das nicht!

Du bist doch ein Lichter!

Ihr bringt euer Leben auf dem Opferaltar dar, ihr beschützt die Menschen und steht füreinander ein ... versuch doch wenigstens, auch mich so zu sehen, selbst wenn ich eine Hexe bin, selbst wenn ich deine Feindin bin! Zumindest ab und an begreift ihr doch etwas. So wie Anton Gorodezki etwas verstanden hat ... als er die ungeheuere Kraft gesammelt hat, nur um sie nicht einzusetzen. Anton kann ich nur bewundern, als echten Feind, aber dich liebe ich. Liebe ich! Liebe ich! Versteh das doch und komm zu mir, du geliebter Schweinehund, mein süßes Scheusal, mein einziger Feind, mein widerlicher Vollidiot!

»Vollidiot!«, schrie ich.

Und Igors Gesicht verzerrte sich in solch unermesslicher Qual, dass ich begriff: Aus und vorbei.

Licht und Dunkel.

Gut und Böse.

Das sind bloß Worte.

Doch wir sprechen unterschiedliche Sprachen und werden einander nie verstehen – selbst wenn wir dasselbe sagen wollen.

»Geh weg. Oder ich bringe dich um.«

Er sprach diese Worte aus – und trat aus dem *Zwielicht*. Die Umrisse seines Körpers verloren sich, lösten sich auf, damit er in der Menschenwelt wiedergeboren werden konnte, neben den Jungen aus dem Artek. Ich stürzte ihm nach, riss mich aus meinem Schatten – wenn man doch so leicht aus sich selbst heraus könnte, aus seinem eigenen Wesen, seinem eigenen Schicksal!

Ich konnte gerade noch sehen, wie Igor, sobald er in die menschliche Realität gelangt war, nach der Gitarre griff, die fast den Boden berührte, sein schmerzverzerrtes Gesicht mit dem »Parandscha« tarnte – keine Ahnung, wie die Lichten ihn nennen – und die Jungen aus der Trance holte. Er hatte sie nämlich erstarren lassen, bevor er ins *Zwielicht* getreten war. Damit sie nicht erschraken, wenn ihre Erzieher plötzlich verschwanden ...

Was hast du gesagt, Nataschka?

Zuverlässig?

Ja. Zuverlässig.

»Du musst jetzt gehen, Alissa«, sagte Igor. »Was sagen wir da, Jungs?«

Nur ich sah jetzt sein wahres Gesicht. In dem Schmerz lag, nichts als Schmerz ...

»Auf Wiedersehen«, meinte der dicke Junge.

»Tschüss«, sagte Aljoschka.

Meine Beinen waren wie Watte. Ich löste mich vom Geländer der Veranda, an das ich mich gelehnt hatte ... und machte einen Schritt.

»Leb wohl«, sagte Igor.

Dunkel.

Wie gut, dass es dunkel ist.

Dann brauchte ich keine Kraft auf den »Parandscha« zu verschwenden. Dann musste ich nicht heiter wirken. Dann brauchte ich nur auf meine Stimme zu achten. Ein schwaches Licht im Fenster – das machte nichts.

»Und dann teilten sie sich in Lichte und Dunkle«, erzählte ich. »Und die Lichten glaubten, man müsse sein Leben geben, um sich in Stücke reißen zu lassen. Das Wichtigste war zu geben, selbst wenn diejenigen, die nahmen, es nicht verdienten. Und die Dunklen glaubten, man müsse einfach leben, mehr nicht. Und jeder kriegt im Leben das, was er verdient, aber mehr nicht.«

Sie schwiegen, meine dummen Mädchen ... Menschenkinder, unter denen es nicht eine Andere gab. Weder eine Dunkle noch eine Lichte. Keine Zauberin, keine Hexe, noch nicht mal eine Vampirin ...

»Gute Nacht, Mädchen«, sagte ich. »Träumt was Schönes oder noch besser: Träumt gar nichts ...«

»Gute Nacht, Alissa.«

So viele Stimmen. Einfach erstaunlich. Dabei ist das kein Märchen, sondern eine Legende, die jeder Andere kennt. Sowohl die Dunklen als auch die Lichten. Aber sie waren nicht eingeschlafen ..., sondern hatten zugehört.

Ich war bereits an der Tür, als Natascha eine Frage stellte. »Und die Sonnenfinsternis ... muss man da Angst haben?«

»Nein«, erwiderte ich. »Da muss man keine Angst haben. Es ist nur ein bisschen traurig.«

In meinem Zimmer holte ich noch mal das Handy heraus. Wählte Sebulons Nummer.

»Der gewünschte Gesprächspartner ist zur Zeit nicht zu erreichen ...«

Wo steckst du, Sebulon? Wenn dein viel gepriesenes ›Iridium‹ nicht reagiert? Wo bist du? Wo?

Ich liebe dich nicht, Sebulon. Vermutlich habe ich noch nie jemanden geliebt. Offensichtlich habe ich erst jetzt verstanden, was das ist: Liebe. Aber du liebst mich doch! Wir waren doch zusammen, uns ging es gut miteinander, du hast mir diese ganze Welt geschenkt ... und Schlittschuhe als Dreingabe ... jetzt antworte! Du bist mein Vorgesetzter, mein Lehrer, mein Liebhaber – also sag mir, was ich jetzt tun soll. Wenn ich mit meinem Feind allein bin ... mit meinem Geliebten. Wegrennen? Kämpfen? Sterben? Was soll ich tun, Sebulon?

Ich trat ins *Zwielicht*.

Die Schatten der Träume von den Kindern wogten um mich herum. Ein Gelage! Energieströme! Sowohl lichte als auch dunkle. Angst und Traurigkeit, Sehnsucht und Verletzung. Ich konnte durch den gesamten Komplex Lasurny hindurchsehen. Dort drüben schmollte der kleine Dimka, dem seine Freunde nichts von ihrer Limo abgaben. Der kleinen unermüdlichen Irotschka mit dem Spitznamen Energizer hatte jemand den aufblasbaren Schwimmring geklaut, und sie heulte leise in ihr Kopfkissen ... Meine treue Energiespenderin Nataschka hatte in den seltsamen dunklen Gassen des Traums ihren kleinen Bruder verloren und suchte ihn jetzt wie wild und weinte ...

Ich wollte keine Kraft sammeln. Ich wollte mich nicht auf den Kampf vorbereiten. Ich wollte gar nichts.

»Sebulon!«, schrie ich im wogenden grauen Dunst. »Ich rufe dich! Sebulon ...«

Keine Antwort.

Tante Polly hatte weniger Schwierigkeiten, Tom Sawyer herbeizurufen, der mit den Fingern in einem Glas Marmelade zugange war, als ich Sebulon ...

»Sebulon ...«, wiederholte ich.

So hatte ich mir diese Nacht nicht vorgestellt ... ganz bestimmt nicht.

Igor ... Igor ...

Was tust du jetzt? Hortest du Kraft? Berätst du dich mit dem oberschlauen Geser? Oder sitzt du einfach da und schaust blöde in den Spiegel – so wie ich jetzt ...

Spieglein, Spieglein ... Vielleicht sollte ich es mit Wahrsagen versuchen?

Ich bin nicht gut im Wahrsagen, aber manchmal gelingt es mir, in die Zukunft zu blicken ...

Nein.

Ich will nicht.

Ich weiß, dass mich nichts Gutes erwartet.

Sie kamen an den Strand, als die Sonnenfinsternis schon begonnen hatte.

Meine Mädchen kreischten und rissen sich gegenseitig die Sonnenbrillen aus den Händen. Sie verstanden nicht, warum ich nicht um die Brille bat. Diese Mädchen ... Was sollte mir das blendende Sonnenlicht schon anhaben? Ich kann mit bloßen Augen in die untergehende Sonne blicken.

Um Igor sprangen die Jungen der vierten Gruppe herum, die ihn zur Eile antrieben. Sie verstanden nicht, warum ihr geliebter Erzieher nicht schneller lief. Sie verstanden nicht, warum er sie auf einem so langen und gewundenen Weg an den Strand brachte.

Ich verstand es.

Denn ich sah durchs *Zwielicht* die blassen Funken der abgezapften Kraft.

Was machst du bloß, Igor ... mein geliebter Feind ...

Bei jedem Schritt erlosch auf einem der Gesichter ein Lächeln. Schon hörte wieder ein quirliger zehnjähriger Raufbold auf, den Waffenstillstand mit seinem Freund zu genießen. Ein elfjähriges, wie aufgezogenes Mädchen vergaß, dass es am Strand eine schwarze Muschel gefunden hatte. Ein ernster fünfzehnjähriger Teenager dachte nicht länger an das Versprechen, abends zu einem Rendezvous zu kommen.

Igor zog durchs Artek wie Anton Gorodezki damals durch Moskau.

Und ich, seine ewige Gegnerin, wollte schreien: »Was tust du da?«

Anton hatte Sebulon nicht damit geschlagen, dass er mehr Kraft als alle übrigen gesammelt hatte. Selbst in dem Moment wäre Sebulon noch stärker gewesen.

Anton konnte sie richtig einsetzen ...

Schaffst auch du das?

Ich will deinen Sieg nicht. Ich liebe nur mich. Aber was soll ich machen, wenn du ein großer Teil von mir geworden bist? Wie ein Blitz in mein Leben eingeschlagen hast?

Igor sammelte alles. Jeden Funken lichter Energie, den es um ihn herum gab. Er brach alle Gesetze und Abkommen, setzte alles auf eine Karte – und zu allererst sein Leben. Und nicht nur, weil er einzig den Wunsch hegte, die Menschenkinder vor einer bösen Hexe zu schützen.

Er wollte ebenfalls nicht mehr leben. Nur dass er im Unterschied zu mir bereit war, für andere zu leben. Wenn es nötig war ...

Makar war der Letzte, von dem er sich Kraft holte.

Ich spürte schon seit einiger Zeit den Blick des Jungen auf mir. Den sehnsüchtigen Blick eines Jungen, der sich in eine erwachsene Frau verliebt hatte. Einen sehnsüchtigen Blick ... voller Abschiedsschmerz.

Das ist nicht der Schmerz, den wir, die Dunklen, uns zunutze machen können. Das ist ein lichter Schmerz.

Igor trank ihn bis zur Neige.

Er sprengte jede Kette. Ich konnte es ihm nicht einmal gleichtun – mich band das Versprechen, das ich Sebulon gegeben hatte, mich hielt der Fehler von damals davor zurück.

Und die irrsinnige Hoffnung, dass Igor sich richtig verhalten würde. Dass mein Feind siegt – und ich trotzdem nicht verliere.

Am Himmel verlosch langsam die Sonnenscheibe. Sie durch die Brille zu betrachten langweilte die Kinder bereits, die jetzt in diesem seltsamen durchscheinenden Licht, das die beiden Anderen am Strand ans *Zwielicht* erinnerte, durchs Meer tobten.

Ich drehte mich Igor zu und fing seinen Blick auf.

Geh weg, flüsterten seine Lippen tonlos. *Geh weg oder ich bring dich um.*

Dann bring mich um, antwortete ich ebenso tonlos.

Ich bin eine Dunkle.

Ich werde nicht gehen.

Was hatte er vor, mein Feind? Wollte er mich angreifen? Obwohl ich das Recht hatte, hier zu sein? Wollte er die Nachtwache aus Jalta hinzuziehen? Bestimmt hatte er sich bereits mit ihr in Verbindung gesetzt ... und dabei bloß erfahren, dass er mich nicht belangen konnte.

Igor kam näher.

»Beim Licht und beim Dunkel, ich fordere dich heraus ...«, flüsterten seine Lippen.

Mich durchrieselte ein Zittern.

Das hatte ich nicht erwartet. Auf gar keinen Fall.

»Unabhängig von Licht und Dunkel, nur du und ich, wir beide, bis zum Ende ...«

Er forderte mich zum Duell.

Ein alter Brauch, der zusammen mit dem Großen Vertrag zwischen den Lichten und den Dunklen aufgekommen war. Und fast nie praktiziert wird. Denn der Sieger muss sich vor der Inquisition verantworten. Denn zum Duell kommt es nur, wenn es keine gesetzlichen Grundlagen für eine Auseinandersetzung gibt, wenn die Wachen kein Recht haben, sich einzumischen, wenn Gefühle, aber nicht der Verstand das Handeln bestimmen.

»Möge das Licht mein Zeuge sein.«

Wohl kaum jemand dürfte die winzige Zunge jenes weißen Feuers gesehen haben, das kurz in Igors Hand aufloderte. Er zuckte sogar selbst zusammen. Die höchsten Kräfte reagieren nur selten, wenn einfache Wächter sie anrufen ...

»Igor, ich liebe dich ...«

Sein Gesicht verzerrte sich, als sei er geschlagen worden. Er glaubte mir nicht. Konnte mir nicht glauben.

»Nimmst du meine Herausforderung an, Hexe?«

Gewiss, ich konnte ablehnen. Konnte nach Moskau zurückkehren, gedemütigt und entehrt, gebrandmarkt als Hexe, die sich vor einem Zweikampf gedrückt hat ... jeder lausige Werwolf würde auf mich spucken ...

Außerdem konnte ich versuchen, Igor umzubringen. Genug Kraft zu sammeln, um mich ihm entgegenzustellen ...

»Das Dunkel sei mein Zeuge ...«, sagte ich und streckte die Hand aus. Ein Krumen Dunkelheit zitterte auf meiner Hand.

»Wähl«, forderte Igor mich auf.

Ich schüttelte den Kopf. Ich würde weder den Ort, noch die Zeit oder die Waffen bestimmen.

Versteh mich doch, versteh mich!

»Dann treffe ich die Wahl. Jetzt. Im Meer. Mit der ›Presse‹.«

Seine Augen glänzten dunkel. Bei Sonnenfinsternis muss man keine Angst haben. Sonnenfinsternis heißt nur, dass etwas das Licht verdeckt.

Das Meer erwies sich als unnatürlich warm. Vielleicht weil die Luft abgekühlt war wie sonst nur am Abend? Von der Sonne war nur eine schmale Sichel am oberen Rand der Scheibe geblieben. Sogar ein Mensch konnte jetzt mit bloßem Auge zu ihr hinaufsehen.

Ich schwamm durch das warme Wasser, ohne ans Ufer zu sehen, wo niemand merkte, wie ein Erzieher und eine Erzieherin ins Meer gingen, ohne auf die Quallen zu achten, die uns eilig den Weg räumten.

Mir fiel mein erster Urlaub am Meer ein. Damals war ich noch ein kleines Mädchen, das nicht wusste, dass es nicht zur Rasse der Menschen gehörte, sondern dass es sein Schicksal sein sollte, eine Andere zu werden. Mein Vater und ich waren nach Aluschta gekommen, er brachte mir das Schwimmen bei ... ich erinnerte mich genau an meine Begeisterung, als das Wasser sich mir das erste Mal ergab ...

Und ich erinnerte mich genau an die Wellen. Sehr starke Wellen. Oder wirkten damals alle Wellen auf mich so riesig? Mein Vater trug mich auf dem Arm und sprang fröhlich durch die

Wellen, Schaum umspülte uns, und es ging uns prächtig, wir hatten so viel Spaß ... Ich schrie, dass ich das Meer durchschwimmen könne, und mein Vater antwortete mir, aber sicher, ganz bestimmt ...

Jetzt wirst du sehr leiden, Papa.

Und auch für Mama wird es kein Zuckerschlecken.

Das Ufer lag weit hinter mir, jenes Ufer voller begeisterter Kinder und zufriedener Erwachsener, jenes wahrhaft fröhliche und zufriedene Ufer. Ich spürte nicht einmal auf Anhieb, wie die »Presse« einsetzte. Es schwamm sich einfach nicht mehr so leicht. Das Wasser trug mich nicht mehr. Etwas legte sich mir auf die Schultern.

Ein absolut simpler Zauber. Ohne jede Raffinesse. Kraft gegen Kraft.

Papa, ich habe wirklich geglaubt, ich könne das Meer durchschwimmen ...

Ich spannte einen Verteidigungsschirm über mich und nahm die unsichtbare Last von meinen Schultern. Und erneut flüsterte ich etwas, zum x-ten Mal. »Sebulon, ich rufe dich ...«

Die Kräfte, die ich hatte sammeln können, schmolzen rasch dahin. Igor schlug auf mich ein, durchbrach erbarmungslos meinen Schutz.

Ja, Alissa!

Endlich antwortete er! Reagierte! Rechtzeitig, wie immer!

»Sebulon, ich bin am Ende.«

Ich wusste es. Es tut mir sehr leid.

Ich begriff nicht sofort, was er mit diesem kalten *Ich wusste es* meinte. Auch der gleichgültige Ton und das ausbleibende Gefühl von Kraft ... denn er teilte seine Kraft stets mit mir, selbst wenn ich sie nicht so dringend brauchte ...

»Sebulon, sterbe ich?«

Ich bedauere es.

Mein Verteidigungsschirm schmolz, und immer noch begriff ich nicht, was hier passierte.

Er könnte doch intervenieren! Selbst über die Entfernung! Ein Teil seiner Kräfte würde ausreichen, damit ich diese Attacke überstand und das Duell mit einem Remis beendete!

»Sebulon, du hast gesagt, die Liebe sei eine große Kraft!«

Hast du dich wirklich nicht davon überzeugen können? Leb wohl, meine Kleine.

Erst jetzt begriff ich alles.

Während gleichzeitig meine Kräfte schwanden und die unsichtbare »Presse« mich erneut niederdrückte, mich in die warme, dämmrige Tiefe stieß.

»Igor!«, schrie ich, doch eine aufstiebende Welle erstickte meine Stimme.

Er schwamm fünfzig Meter von mir entfernt. Schaute nicht mal in meine Richtung. Er weinte, doch das Meer ist kein Ort für Tränen.

Und es zog mich, zog mich weiter und weiter in die dunkle Tiefe.

Nein ... nicht ...

Ich versuchte, mir vom Ufer Kraft zu holen. Aber dort gab es kaum etwas Dunkles, das ich hätte aufnehmen können. Nur süße Begeisterung und fröhliches Geschrei – das half mir nicht.

Hundert Meter hinter Igor und mir versuchte jedoch ein Teenager vergeblich, ruhig auf den Wellen zu liegen und sein verkrampftes Bein zu entspannen. Ein Junge, der sich glücklos in mich verliebt und belauert hatte, wie Igor und ich im Wasser verschwanden, um uns dann hinterherzuschwimmen. Ein stolzer Junge mit dem komischen Namen Makar, dem bereits klar war, dass er es nicht schaffen würde, zum Strand zurückzuschwimmen.

Die Liebe ist eine große Kraft. Was seid ihr Jungen doch dumm, wenn ihr euch verliebt ...

Das galt sowohl für den in zunehmender Panik zappelnden Makar ... Ich könnte mir seine Angst nehmen und meinen Todeskampf damit um ein paar Minuten verlängern ...

Wie auch für den mit gleichmäßigen Zügen schwimmenden Igor, der nichts sah, nichts hörte, nichts spürte von dem, was um ihn herum geschah, sondern nur daran dachte, dass ich seine Liebe getötet hatte. Der dumme Lichte Magier, der nicht wusste, dass es bei Duellen keinen Sieger gibt, vor allem dann nicht, wenn das Duell sorgfältig von Sebulon eingefädelt worden ist ...

»Igor ...«, flüsterte ich, während ich untertauchte und spürte, wie mich ein dunkler Himmel hinunterdrückte, immer weiter nach unten – hinein in einen dunklen, dunklen, dunklen Grund.

Papa, verzeih ... aber ich kann dieses Meer nicht durchschwimmen ...

Zweite Geschichte
Fremd unter Anderen

Prolog

In der Ferne glommen bereits die Lichter des Bahnhofs, doch der düstere verlassene Park neben der Fabrik *Morgenröte* wahrte die dichte eisige Dunkelheit. Unter den Füßen knirschte Harschschnee, der bis zum Mittag vermutlich wieder geschmolzen sein würde. Die fernen Pfiffe der Lokomotiven, unverständliche Durchsagen über Funk und das Knirschen unter den Füßen – das war alles, was ein Spaziergänger hören würde, den es zufällig zu dieser Zeit in den Park verschlug.

Nachts kam jedoch schon lange niemand mehr hierher – selbst abends nicht. Nicht einmal die Hundehalter, die ihre kräftigen bissigen Mündel Gassi führen wollten.

Denn auch die Hunde würden sie nicht vor dem retten, was ihnen nachts im Dunkeln begegnen konnte, zwischen den seit vier Jahrzehnten wachsenden jungen Eichen.

Ein einsamer Reisender mit einer großen Tasche über der Schulter wollte ohne Zweifel schnellstmöglich zum Zug und hatte daher beschlossen, eine Abkürzung zu nehmen. Durch den Park zu gehen. Über den knirschenden Harsch und den hier und da hervorlugenden Kies des Weges. Erstaunt blickten die Sterne auf diesen kühnen Mann. Durch die mäandernden kahlen Äste leuchtete die gelbe Scheibe des Mondes hindurch wie eine Pfütze *Advokaat*-Eierlikör. Die bizarren Umrisse der Mondmeere wirkten wie die Schatten menschlicher Ängste.

Der Reisende gewahrte zwei Lichter von einem Augenpaar,

als ihn von den Bäumen am Rand des Parks nur noch dreißig Meter trennten. Jemand spähte ihm aus den Büschen hinterher, die den Weg säumten und die zu dieser Jahreszeit Skeletten glichen. Etwas Dunkles ließ sich dort im Gestrüpp erahnen; genauer: nicht etwas, sondern jemand, denn dieser Klumpen Finsternis lebte. Bewegte sich zumindest.

Ein dumpfes Brummen, kein Gebrüll, nur ein leises, tonloses Schnarren – das war alles, was den blitzschnellen Überfall begleitete. Im Mondlicht blitzten Zähne. Ein kompletter Satz.

Der Mond stellte sich bereits auf neues Blut ein. Auf ein neues Opfer.

Doch plötzlich erstarrte der Angreifer, einen Moment nur, als sei er gegen ein unsichtbares Hindernis geprallt. Dann brach er – komisch piepsend – auf dem Weg zusammen.

Der Reisende blieb kurz stehen. »Was machst du denn hier, du Vollidiot?«, zischte er dem Angreifer zu. »Soll ich die Nachtwache rufen?«

Der Klumpen Dunkel zu Füßen des Reisenden knurrte beleidigt auf.

»Du hast Glück, dass ich spät dran bin ...« Der Reisende rückte den Riemen der Tasche über der Schulter zurecht. »Wir haben es ja weit gebracht, wenn jetzt schon Andere über Andere herfallen ...« Hastig brachte er die letzten Meter des Parks hinter sich und rannte, ohne sich noch einmal umzusehen, zum Bahnhof.

Der Angreifer kroch vom Weg runter, und erst unter den Bäumen vollführte er seine Transformation, indem er sich in einen nackten, einen völlig nackten Mann von etwa zwanzig Jahren verwandelte. Einen hochgewachsenen und breitschultrigen Mann. Der Harsch unter seinen bloßen Füßen knirschte gequält auf. Die Kälte spürte der Mann anscheinend nicht.

»Verflucht!«, stieß er flüsternd aus und erst dann erzitterte er vor Kälte. »Wer war das denn?«

Er blieb nackt und böse, aber das seltsame entkommene

Opfer hatte ihm jeden Wunsch weiterzujagen genommen. Angst packte ihn, obwohl er noch eine Sekunde zuvor felsenfest davon überzeugt war, jeder müsse allein ihn fürchten, den Tiermenschen, der auf Jagd zog. Auf eine trunkene, berauschende Jagd nach einem Menschen. Eine Jagd ohne Lizenz – das ließ das Gefühl des Risikos und des eigenen Schneids noch schärfer hervortreten.

Zwei Dinge hatten den Eifer des Jägers völlig erkalten lassen. Erstens, das Wort *Nachtwache* – denn eine Lizenz hatte er nicht. Und zweitens der Umstand, dass er in dem entkommenen Opfer nicht den Anderen zu erkennen vermocht hatte. Nicht seinesgleichen ausgemacht hatte.

Bis vor kurzem hätten sowohl der Tiermensch als auch alle Anderen, die er kannte, behauptet, so etwas sei schlechthin unmöglich.

So wie er war, in der Gestalt eines nackten Menschen, rannte der Tiermensch durch das Gestrüpp zu der Stelle, an der er seine Kleidung zurückgelassen hatte. Jetzt hieß es, sich viele, viele Tage zu verstecken, statt das Risiko einzugehen, den nächtlichen Park nach einem zufälligen Opfer zu durchstreifen – in Klausur würde er sitzen müssen und die Sanktionen der Nachtwache abwarten. Und möglicherweise auch die von seinen eigenen Leuten.

Als einzige Hoffnung blieb ihm, dass dieser einsame Reisende, der keine Angst hatte, nachts den Park zu durchqueren, dieser seltsame Andere oder bloß einen Anderen imitierende Mann, wirklich spät dran war. Seinen Zug aber noch kriegte und die Stadt verließ. Sodass ihm keine Zeit bliebe, sich an die Nachtwache zu wenden.

Auch Andere können hoffen.

Eins

Erst das gleichmäßige Rattern der Räder ließ mich endgültig zur Ruhe kommen. Obwohl: nein, nicht endgültig. Das soll man mal versuchen, sich nach alldem zu beruhigen! Aber wenigstens die Fähigkeit, zusammenhängend zu denken, gewann ich zurück.

Als dieses Wesen aus dem Park sich, die Büsche zertrampelnd, auf mich gestürzt hatte, hatte ich keine Angst gehabt. Überhaupt keine. Aber auch keine Ahnung, woher ich die nötigen Worte genommen hatte. Dafür brachte ich später vermutlich etliche Fahrer von Linientaxis, die den Platz vor dem Bahnhof verstopften, mit meinem torkelnden Gang zum Staunen. Aber versuchen Sie mal, festen Schritts zu gehen, wenn einem dauernd die Knie einknicken!

Irgendein Teufelszeug. ›Nachtwache‹ ... Was hatte ich damit sagen wollen? Aber dieser Beißer hatte sofort losgewinselt und war zurückgekrochen, hinein in die Büsche.

Während ich an meinem Bier nippte, versuchte ich zum x-ten Mal, den Vorfall zu begreifen.

Also, ich war aus dem Haus gegangen ...

Stopp.

Verwirrt stellte ich die Flasche auf dem kleinen Tisch ab. Wahrscheinlich sah ich jetzt ziemlich dumm aus, doch es konnte mich niemand sehen, das Abteil war leer.

Stopp.

Plötzlich ging mir auf, dass ich mich absolut nicht an mein Haus erinnerte.

Mehr noch: Ich erinnerte mich an nichts aus meinem bisherigen Leben. Die Erinnerungen setzten erst dort ein, in diesem nasskalten winterlichen Park, ein paar Sekunden vor dem Überfall. Alles, was davor geschehen war, lag in Finsternis. Genauer, nicht in Finsternis, sondern hinter einem seltsamen grauen Schleier, einem elastischen, dehnbaren und fast undurchdringlichen Schleier. In einem Grau in Grau wölkenden Zwielicht.

Ich verstand überhaupt nichts.

In einer Mischung aus Verwirrung und Angst sah ich mich im Abteil um. Das völlig normal wirkte. Ein kleines Tischchen, vier Liegeplätze, braunes Plastik, bordeauxfarbenes Kunstleder. Vor dem Fenster krochen vereinzelte nächtliche Lichter vorbei. Auf der gegenüberliegenden Bank lag meine Tasche ...

Die Tasche!

Mir wurde klar, dass ich nicht die geringste Vorstellung hatte, was sich in meiner Tasche befand. Kleidung – zumindest sollte sie drin sein. Und aus Kleidung kann man viel ableiten. Oder es fällt einem wieder etwas ein. Warum ich nach Moskau fuhr, zum Beispiel. Aus irgendeinem Grund war ich mir sicher, die Kleidung würde mir helfen, mein urplötzlich ausgefallenes Gedächtnis wieder in Gang zu setzen. Vermutlich hatte ich das früher irgendwo gelesen oder von jemandem gehört.

Dann fiel mir siedendheiß etwas ein, und ich fuhr mit der Hand unter meinen Pullover, weil mir aufging: in der linken Brusttasche meines Hemds steckte mein Ausweis. Fangen wir mit dem Namen an, wenn ich den sah, stellte sich bestimmt auch alles andere wieder ein.

Mit gemischten Gefühlen blickte ich auf die gelbliche Seite, die extravagante Wellenlinien schattierten. Auf die Fotografie. Auf das Gesicht, das ich immer – sei das nun seit dreißig Jahren, sei es seit heute – mit einem einzigen und unwiederholbaren Ich in Verbindung brachte.

Das Gesicht kannte ich bis ins kleinste Detail. Von der Narbe am Wangenknochen bis zu dem frühzeitig gelichteten Haar. Mein Gesicht, ohne Frage. Aber darum brauchte ich mich jetzt nicht weiter zu kümmern.

Der Name.

Witali Sergejewitsch Rohosa. Geboren am 28.09.1965.

In der Stadt Nikolajew.

Als ich die Seite umblätterte, las ich die gleichen Angaben in Ukrainisch, wobei zusätzlich versichert wurde, dass mein Geschlecht männlich sei und der Ausweis von einer Behörde mit der äußerst pompösen Abkürzung RO NGU UMWD der Ukraine ausgegeben worden war. Die Seite zum Familienstand glänzte in jungfräulicher Reinheit. Ich seufzte, teils aus Erleichterung, teils aus Enttäuschung.

Es folgte das ewige Joch und der ewige Fluch eines jeden Bürgers der ehemaligen Sowjetunion: die polizeiliche Anmeldung. Stadt Nikolajew, Tschaikowski-Straße 28, Wohnung 28.

Ach nee! Schon wieder diese Achtundzwanzig, noch dazu gleich zweimal.

Nun setzten meinen Assoziationen tatsächlich ein: Ich erinnerte mich, dass dieses Haus an der Ecke Tschaikowski-Straße und Molodogwardejskaja stand und daneben die 28. Schule lag (schon wieder diese Zahl!). Ich erinnerte mich an alles, klar und deutlich, bis hin zu der angekohlten Pappel unter meinem Fenster, einem Opfer der chemischen Experimente eines jungen Mannes, der über mir wohnte. Es gab wohl keinen Dreck, den er nicht aus dem Fenster auf den bereits arg in Mitleidenschaft gezogenen Baum kippte! Ich erinnerte mich aber auch, wie wir uns vor fünf Jahren im Nachbarhaus besoffen hatten, bei einem Freund, dem so genannten Dozenten; damals hatte jemand die Mieterin der Wohnung darunter, die sich über den Radau beschwert hatte, leichtsinnigerweise weggejagt. Die Frau stellte sich als Armenierin heraus, die Gattin irgendeines Paten der Gegend, und prompt kamen diese Armenier, dieses schwarze Gesindel, angerannt, um uns die Fresse zu polieren, worauf ich durch das Oberlicht im hintersten Zimmer fliehen musste, denn das Fenster ließ sich nicht öffnen, und dann die Regenrinne herunterrutschte. Als die Armenier sahen, dass einer der nichtsnutzigen Betrunkenen aus der belagerten Wohnung entkommen war, hielten sie ihre Fäuste im Zaum, sodass wir uns endlich mit ihnen ins Benehmen setzen konnten. Außerdem erinnerte ich mich noch an mein bitteres Staunen, als, nachdem ich meine Freunde und Bekannten aus der Gegend – mit denen ich schon oft Bier an den umliegenden Buden getrunken hatte – zu Hilfe gerufen hatte, kein Einziger von ihnen gekommen war.

Ich riss mich von den unerwartet klaren Erinnerungen los.

Hatte ich also doch eine Vergangenheit? Oder waren das bloß Erinnerungen, die in der Luft hingen?

Das würde ich schon rauskriegen.

Dem Ausweis entnahm ich noch die im Moment völlig wertlose Information, dass ich das »Recht auf die kostenfreie Privatisierung des Wohnraums in einem Umfang von (der Umfang war nicht angegeben) bei einer Norm von 24,3 m^2« wahrgenommen hatte.

Das war's.

Nachdenklich steckte ich das Dokument in die Tasche zurück – wieder in die linke Brusttasche – und starrte unverwandt auf die Tasche. Welche Hilfe wirst du mir sein, du schwarz-grüne Gefährtin mit der ausländischen Aufschrift FUJI auf der gewölbten Seite?

Bestimmt wirst du mir wenigstens ein bisschen helfen ...

Leise surrte der Reißverschluss. Ich klappte den oberen Deckel auf und schaute hinein.

Zuoberst fanden sich in einer Plastiktüte eine Zahnbürste, eine Tube Blend-a-med, zwei billige Einwegrasierklingen und ein schwarzes wohlriechendes Fläschchen, offensichtlich ein Eau de Cologne.

Auf die Bank damit.

In der nächsten Tüte entdeckte ich einen warmen Wollpullover, ohne Zweifel selbst gestrickt und nicht maschinell hergestellt. Den konnte ich auch zur Seite legen.

Ein paar Minuten kramte ich in den Tüten: saubere Unterwäsche, T-Shirts, Socken, ein warmes kariertes Hemd ...

Aha, hier hatten wir etwas anderes.

Ein Mobiltelefon. Ein kleines Handy in einer Ledertasche mit einer Antenne zum Herausziehen. Mein Gedächtnis reagierte sofort darauf: Wenn ich in Moskau bin, muss ich mir eine Karte kaufen ...

Das Ladegerät fand ich ebenfalls.

Schließlich entdeckte ich am Boden der Tasche noch eine weitere Tüte. Mit irgendwelchen Päckchen drin.

Als ich hineinsah, traf mich fast der Schlag. In einer stinknormalen Plastiktüte mit einem halb verblassten und deshalb nicht mehr zu erkennenden Aufdruck lagen in zwei Schichten Geldbündel. Amerikanische Dollar. Zehn Bündel. Hunderter. Das machte hunderttausend.

Ganz von selbst langte meine Hand zur Tür und schob den Riegel vor.

Hast du Töne, wie war ich denn an die gekommen? Und wie brachte ich eine solch ungeheure Menge Geld über die Grenze? Freilich, den Zöllnern könnte ich je einen Hunderter in die Hand drücken – dann würden sie mich wahrscheinlich in Ruhe lassen.

Dieser Fund entzündete in meinem Gedächtnis praktisch nichts, von dem Gedanken an die enorm teuer gewordenen Moskauer Hotels vielleicht abgesehen.

Noch immer leicht perplex, packte ich die Sachen zurück in die Tasche, schloss sie und schob sie unter den Sitz. Und freute mich ein bisschen, dass neben der bereits offenen Bierflasche noch eine weitere, eine ungeöffnete, stand.

Die Neuigkeiten sollten mit einem Beruhigungsmittel begossen werden.

Ich wusste nicht warum, aber dieses Beruhigungsmittel wirkte bei mir eher als Schlafmittel. Ich hatte erwartet, lange beim Rattern der Räder wach zu liegen, zu blinzeln, sobald überraschend einen Moment lang Licht aufblitzte, und quälenden Gedanken nachzuhängen.

Doch nichts dergleichen. Ich hatte noch nicht mal die zweite Flasche Bier ausgetrunken, da streckte ich mich auf der Liegebank aus – so wie ich war, angezogen, mummelte mich in die Decke und war weg.

Vielleicht hatte ich mich mit der Erinnerung zu nah an etwas Verbotenes herangewagt?

Keine Ahnung.

Ich wachte auf, als die kalte Wintersonne durchs Fenster brach. Der Zug stand. Aus dem Gang klangen die gelangweilten offiziellen Stimmen zu mir herein: »Guten Tag, der russische Zoll. Führen sie Waffen, Drogen oder Devisen bei sich?« Die Antworten erfolgten weniger gelangweilt und größtenteils unverständlich.

Dann klopfte es an meiner Tür. Ich streckte die Hand aus und öffnete.

Der Zöllner stellte sich als feister, rotgesichtiger Mann heraus, dessen Augen langsam hinter Fettpolstern verschwanden. Als er sich mir zuwandte, verließ er aus irgendeinem Grund die eingefahrene Spur und erkundigte sich ganz schlicht, ohne jeden offiziellen Habitus: »Was haben wir denn? Reichen Sie mal die Tasche her ...«

Dann sah er sich aufmerksam im Abteil um. Er stieg auf die kleine Leiter an der Abteilwand und spähte in die Gepäcknische unter der Decke. Erst dann richtete er den Blick auf die einzelne Tasche, die mitten auf der unteren Liegebank thronte.

Ich klappte die Bank herunter und setzte mich. Nach wie vor schweigend.

»Öffnen Sie bitte die Tasche«, verlangte der Zöllner.

Ob er was wittert?, fragte ich mich düster, während ich gehorsam den Reißverschluss aufzog.

Die Tüten wanderten der Reihe nach auf die Bank. Als die Tüte mit dem Geld drankam, geriet der Zöllner sichtlich in Bewegung und stieß reflexartig die Abteiltür zu.

»Ts, ts, ts ...«

Ich stellte mich bereits darauf ein, eine bigotte Tirade über Ausführungsbestimmungen zu hören und sogar den entsprechenden Absatz aus einem Büchlein vorlesen zu müssen – der wie jedes geschriebene Gesetz aus verständlichen Wörtern bestand, jedoch nicht den geringsten Sinn ergab. Zu hören, vorzulesen und zu der Frage verdammt zu sein: »Wie viel?«

Doch stattdessen streckte ich in Gedanken meine Hand nach dem Kopf des Zöllners aus, berührte seinen Verstand und flüsterte: »Geh ... geh weiter. Hier ist alles in Ordnung.«

Die Augen des Zöllners trübten sich mit einem Mal und wirkten genauso stumpfsinnig wie die Zollgesetze.

»Ja ... Gute Reise ...«

Mit hölzernen Bewegungen drehte er sich um, ließ das Türschloss aufschnappen und stakste in den Gang hinaus, ohne ein weiteres Wort zu sagen. Er glich jetzt einer Marionette. Einer gehorsamen Holzmarionette, deren Fäden ein geschickter Puppenspieler zog.

Aber wann war ich zu einem geschickten Puppenspieler geworden?

Der Zug fuhr zehn Minuten später weiter, und die ganze Zeit stellte ich mir die Frage: Was passiert hier mit mir? Ich begriff nicht, was ich tat, machte aber genau das, was erforderlich war. Erst das Wesen in dem Park bei der Fabrik, jetzt dieser verblödete Zöllner ...

Und wozu, Teufel auch, fuhr ich nach Moskau? Was wollte ich dort tun, wenn ich aus dem Zug stieg? Wohin wollte ich gehen?

Aus irgendeinem Grund gelangte ich allmählich zu der Überzeugung, dass sich alles zur rechten Zeit aufklären würde. Und zwar genau zur rechten Zeit, nicht früher.

Nur schade, dass ich mir dessen nicht völlig sicher war.

Einen großen Teil des Tages verschlief ich. Vielleicht handelte es sich dabei um eine Reaktion meines Organismus, einen Tribut, zu leisten für die unerwartet aufgetauchten Antworten und Fähigkeiten. Wie hatte ich es fertig gebracht, den Zöllner loszuwerden? Ich hatte ihn berührt, seine trüb-himbeerfarbene Aura mit dem grün schillernden $-Zeichen wahrgenommen ... und seine Wünsche korrigieren können.

Meiner Ansicht nach brachten Menschen dergleichen nicht fertig. Aber wer war ich, wenn nicht ein Mensch?

Ach ja. Ein Anderer. Das hatte ich dem Tiermensch im Park gesagt. Übrigens: Dass mich im Park ein Tiermensch angegriffen hatte, begriff ich auch erst in diesem Moment. Ich erinnerte mich an seine Aura, diese gelb-blutrote Flamme der Jagd und des Hungers.

Anscheinend fand ich nach und nach aus der Finsternis heraus. Aus diesem Abgrund. Der Tiermensch war die erste Stufe. Der Zöllner die zweite. Ob es eine lange Treppe war? Und was mich wohl erwarten würde, dort oben?

Noch hatte ich deutlich mehr Fragen als Antworten.

Erst hinter Tula wachte ich endgültig auf. Das Abteil war nach wie vor leer, doch jetzt begriff ich, dass ich selbst das wollte. Und ich begriff auch, dass meine Wünsche in dieser Welt für gewöhnlich in Erfüllung gingen.

Der Bahnsteig des Kursker Bahnhofs zog langsam am Fenster vorbei. Gestiefelt und gespornt stand ich im Abteil und wartete, bis der Zug anhielt. Die unverständliche Stimme einer Ansagerin gab die Einfahrt des Sechsundsechziger auf dem und dem Gleis bekannt.

Ich war in Moskau. Wusste aber immer noch nicht, was ich machen sollte.

Den Gang verrammelten wie üblich bereits die ungeduldigsten Reisenden. Ich konnte warten, es gab sowieso nichts, wohin es mich gezogen hätte. Ich musste mich gedulden, bis mein sich belebendes Gedächtnis mir etwas einflüsterte, mir einen Stoß gab wie ein Viehtreiber einem faulen Maultier.

Der Zug ruckelte ein letztes Mal und blieb dann stehen. Metallen klapperte es von der Waggontür her, die Kette der umgehend zum Leben erwachten Menschen erzitterte und schlängelte sich Glied für Glied hinaus. Das übliche Szenario – besorgte Rufe, Begrüßungen, Versuche, sich wegen der Koffer, die man nicht alle auf einmal hatte mitnehmen können, zurück ins Abteil zu drängeln ...

Doch das Tohuwabohu im Waggon legt sich in der Regel rasch. Wer mit dem Zug gekommen war, war bereits ausgestiegen und hatte von denjenigen, die ihn abholten, die ihm zustehende Portion an Küssen und Umarmungen erhalten. Oder auch nicht – wenn es niemanden gab, der ihn hätte abholen können. Jemand machte einen langen Hals, spähte über den Bahnsteig und fröstelte sogleich im durchdringenden Moskauer Wind. Im Waggon wuselten nur noch diejenigen herum, die eingestiegen waren, um die Pakete und Päckchen in Empfang zu nehmen, die man den Reisenden – diesen Gelegenheitspostboten – für sie mitgegeben hatte.

Ich griff nach der Tasche und steuerte auf den Ausgang zu, nach wie vor ohne zu wissen, was ich in der nächsten Zeit tun würde.

Vermutlich, so überlegte ich mir, sollte ich Geld tauschen. Ich hatte keine einzige Kopeke – russischer Währung. Nur unsere, die guten alten ukrainischen. Die hier leider nichts galten. Kurz vor Moskau hatte ich die Tüte vorausschauend um eines der Päckchen erleichtert und einen Teil der Geldscheine in meine Taschen gestopft.

Brieftaschen habe ich schon immer gehasst ...

Doch was heißt das schon? Ich? Immer? Mein *immer* setzte erst in der letzten Nacht ein.

Automatisch fröstelte es mich in den Armen des Winters, während ich über den Bahnsteig zur Unterführung ging.

Im Bahnhofsgebäude würde es doch wohl eine Wechselstube geben?

Nachdem ich in meinem trügerischen Gedächtnis gegraben hatte, konnte ich zwei Dinge feststellen: Erstens, ich wusste nicht, wann ich das letzte Mal in Moskau gewesen war, und zweitens, ich hatte trotzdem eine ungefähre Ahnung, wie das Bahnhofsinnere aussah, wo ich eine Stelle zum Tausch von Devisen finden konnte und wie ich zur Metro gelangte.

Durch die Unterführung, den unterirdischen Wartesaal, die kurze Rolltreppe rauf, in den Saal mit den Fahrkartenschaltern. Mein erstes Ziel lag dann noch weiter oben, im ersten Stock, neben einer weiteren Rolltreppe.

Doch die Wechselstube war seit langem und gründlich geschlossen. Weder Licht noch der kleinste Spalt oder die obligatorische Tabelle mit den aktuellen Kursen.

Gut. Dann zum Ausgang und nach links, zum leicht abschüssigen Ausgang an der Metrostation Tschkalowskaja. Nur brauchte ich nicht in die Metro, sondern fand das Gesuchte in der Nähe des Eingangs.

Ein weißer kleiner Laden, eine Treppe zum ersten Stock, in Licht getauchte leere kleine Räume, ein Knick ... Der Wachmann maß mich mit einem raschen Blick und entspannte sich sofort, als er in mir den Touristen erkannte.

»Kommen Sie herein, es ist frei«, erlaubte er großzügig.

Ich nahm meine Tasche mit in ein winziges Zimmerchen, dessen ganze Einrichtung aus einem Mülleimer in einer Ecke und natürlich einem kleinen Schalter mit jenem beweglichem Kästchen bestand, das mich immer an ein ewig hungriges Maul denken ließ.

He, ermahnte ich mich selbst. Vergiss nicht, wie jung dein *immer* ist ...

Trotzdem: Wenn ich wie ein Mensch denke, der tatsächlich bereits fünfunddreißig Jahre durchlebt hat, dann musste es dafür doch wohl einen Grund geben, oder?

Gut, das konnte warten.

Das Maul schluckte sofort fünf Hunderter und meinen Ausweis. Wer sich dort, hinter der blinden Trennwand, verbarg, konnte ich nicht sehen; ich gab mir auch gar keine Mühe, es zu erkennen. Ich bemerkte nur Finger und Nägel mit Perlmuttlack. Also eine Frau. Das sich nur unwillig öffnende Maul spuckte einen ordentlichen Packen an Hundertrubelscheinen sowie ein paar kleinere Scheine aus. Und sogar ein paar Münzen. Das Geld zählte ich nicht, sondern steckte es unter meinem Pullover in die Hemdtasche, nur die kleineren Scheinen kamen in die Hosentasche. Zusammen mit den Münzen. Der Ausweis wanderte in die andere Brusttasche. Der grüne Quittungsbeleg in den Mülleimer.

Bestens, jetzt war ich ein Mensch. Selbst in dieser verrückten, wohl teuersten Stadt auf dem Planeten. Obwohl ... obwohl nein. Vermutlich hatte Moskau diesen fragwürdigen Status bereits seit einem Jahr verloren.

Der Winter empfing mich erneut mit seinem eisigen Atem. Der Wind trug vereinzelte kleine Krümelchen heran, die an Grieß erinnerten, an nicht ausgereifte Hagelkörner.

Die Metro lag links. Doch da wollte ich nicht hin. Ich brauchte den anderen Ausgang.

Erneut marschierte ich am Bahnhofsgebäude vorbei und wandte mich dorthin, wo ich hinmusste: zur Ringlinie.

Anscheinend gewann ich langsam eine Vorstellung davon, wohin ich wollte. Also, freuen wir uns über diesen Fortschritt, wenn es uns schon nicht glückt, uns über das Unbestimmte zu freuen. Und hoffen wir, dass mich allein angenehme Geschäfte nach Moskau trieben. Denn dem Bösen zu dienen – dafür spürte ich keine Kraft in mir.

Nur echte Moskauer fahren vom Bahnhof mit einem Taxi weg. Natürlich nur, wenn es ihre Mittel erlauben. Jeder Provinzler nimmt, selbst wenn er über nicht weniger Geld verfügt als ich, die Metro. Etwas Hypnotisches steckt in diesem System von Tunneln, in diesem Labyrinth von Unterführungen. Im Getöse der rasenden Züge, im verebbenden und dann erneut aufbrausenden Strom der Luft. Hier brodelt unter den Gewölben der Stationen eine ungebrochene Energie, die nichts kostet: Du kannst dir davon nehmen, so viel du willst.

Außerdem gibt es hier Schutz. Offenbar hängt das mit der dicken Erdschicht über unseren Köpfen zusammen ... und mit dem, was die vergangenen Jahre in dieser Erde begraben haben. Genauer: nicht die Jahre, sondern die Jahrhunderte.

Ich trat durch die auseinander gleitenden Türen der Metro. Ekelhaft und aufdringlich dröhnte es aus den Lautsprechern, bis eine wohl intonierte Männerstimme sagte: »Vorsicht, Türen schließen. Nächste Station: Komsomolskaja.«

Ich fuhr den Ring entlang. Entgegen dem Uhrzeigersinn. An der Komsomolskaja musste ich bestimmt nicht raus. Aber danach ... Danach würde ich wohl aussteigen. Am Prospekt Mira. Außerdem hätte ich auf dem Bahnsteig schon weiter nach vorn gehen sollen, hin zum Kopf der Metro. Dann wäre ich näher am Übergang zur anderen Linie.

Also wollte ich mit der orangegelben Linie weiter. Die ich vermutlich in nördliche Richtung nehmen würde, denn sonst wäre ich mit der Ringbahn in die andere Richtung gefahren, zur Oktjabrskaja.

Der Waggon ruckelte beim Fahren. Weil ich sonst nichts zu tun hatte, studierte ich die unzähligen Anzeigen. Ein langhaariger Mann, der auf Zehenspitzen in der Hocke saß, pries aus irgendwelchen Gründen Strumpfhosen für Frauen an, und eine mit einem Filzstift bewaffnete Hand hatte es nicht unterlassen können, diesem nichtsnutzigen langhaarigen Typen einen Phallus von beeindruckenden Maßen anzuzeichnen. Die nächste Anzeige lud dazu ein, einem bunten Jeep durch die Stadt nachzujagen, doch der Sinn dieser Jagd entging mir. Ein Preis, vermutlich. Dann Wunder wirkende Tabletten, die gegen einen Großteil aller Beschwerden halfen, alle in einer Flasche,

Maklerbüros, der allerjoghurtigste Joghurt, echtes *Borshomi*-Wasser mit einem Widder auf der Flasche ... Dann die Komsomolskaja.

Da die Reklame mich nervte, knallte ich die Tasche vor den Ausgang und steuerte auf den Metroplan zu. Ich weiß nicht warum, aber mein Blick hakte sich auf Anhieb an einem roten Kreis mit der Abkürzung daneben fest, die immer noch für »Ausstellung der Errungenschaften der Volkswirtschaft« steht.

Da musste ich hin. Bestimmt. Zu einem soliden, wie ein Hufeisen gebogenen Gebäude. Zum Hotel Kosmos.

Man kann sagen, was man will, aber das Leben ist irgendwie einfacher, wenn man das Ziel seiner Reise kennt. Erleichtert atmete ich auf, drehte mich zu meiner Tasche um und lächelte sogar meinem verschwommenen Spiegelbild in der Glasscheibe der Tür zu. Das Glas wies ebenfalls Spuren der überbordenden Aktivität der städtischen Affenmenschen auf – aus dem Hinweis SCHEIBE NICHT BERÜHREN war inzwischen das rätselhafte Bekenntnis SCHEIßE ICH RÜHRE geworden.

Ich brauchte keine Erinnerungen, um mir den unbekannten Urheber dieser Tatbeschreibung vorzustellen. Diesen vermutlich dreckigen und selbstzufriedenen Affen, der sein Leben lang Scheiße rührt. Der einem Menschen gar zu ähnlich und gerade deshalb schmutzig und dumpf ist ...

Nur gut, dass ich ein Anderer bin – und kein Mensch.

Dann der Prospekt Mira. Eine Treppe, eine Biegung nach rechts, die Rolltreppe, und der Zug kam auch gerade. Rishskaja. Alexejewskaja. WDNCh. Raus aus der Metro, dann nach rechts – das hatte ich immer gewusst.

Eine sehr lange Rolltreppe, auf der mir aus irgendeinem Grund kein einziger vernünftiger Gedanke in den Kopf kommen wollte. Schon wieder diese aufdringliche Reklame. Dann eine Unterführung. Und das Hotel. Das hufeisenförmige Monster der französischen Architektur. Das Hotel hatte sich übrigens verändert, und zwar merklich. Nun zierten es beleuchtete

Schilder und grelle Lichter; auch hier ein Casino, als Preis ein ausländischer Wagen auf einem Postament. Ein paar leicht bekleidete Mädchen rauchten ungeachtet des Frosts vor dem Hotel. Drinnen gab es einen Portier, in dessen Hand ein Hunderter blitzartig verschwand. Dafür nahm er mir umgehend meine Tasche ab und geleitete mich zur Rezeption.

Es war nicht besonders spät, weshalb im Foyer noch recht viele Menschen waren. Jemand telefonierte laut übers Handy, schickte durch die ganze Eingangshalle arabische Sätze, und von mehreren Seiten zugleich drang Musik heran.

»Ein de luxe«, sagte ich beiläufig. »Ein Einzelzimmer. Und bitte keine Anrufe und keine Mädchen. Ich bin hergekommen, um zu arbeiten.«

Geld ist eine großartige Sache. Umgehend bekam ich ein Zimmer, das Abendessen wollte man mir dort servieren; außerdem versicherte man mir, es werde niemand anrufen, was ich jedoch nicht so recht glauben wollte. Da ich einen ukrainischen Ausweis hatte, sollte ich die Registrierung gleich vornehmen. Also meldete ich mich an. Doch statt gehorsam zum Fahrstuhl zu gehen, wo man mich hingeschickt hatte, steuerte ich auf eine unscheinbare Tür in der dunkelsten und leersten Ecke des Foyers zu.

An dieser Tür hing kein Schild. Gar keins.

Der Mann an der Rezeption blickte mir mit ungekünstelter Achtung nach. Alle übrigen bemerkten mich meiner Ansicht nach überhaupt nicht mehr.

Hinter der Tür lag ein heruntergekommenes Büro – vermutlich der einzige Raum in diesem Hotel, der nicht europäisch wirkte, sondern förmlich aus den tiefsten Siebzigern der Sowjetzeit zu stammen schien.

Ein gewöhnlicher Schreibtisch, noch nicht völlig abgenutzt, der aber doch schon allerhand mitgemacht hatte, ein gewöhnlicher Stuhl und ein veraltetes polnisches Telefon der Marke »Aster« mitten auf dem Tisch. Auf dem Stuhl thronte ein schwächliches Männchen in der Uniform eines Sergeanten der Miliz. Er bedachte mich mit einem fragenden Blick.

Der Sergeant war ein Anderer. Ein Lichter übrigens, das begriff ich auf Anhieb.

Ein Lichter ... Hm. Und was war ich dann? Offenbar kein Lichter. Ganz bestimmt kein Lichter.

Damit wäre diese Frage also auch geklärt.

»Guten Tag«, begrüßte ich ihn. »Ich möchte mich in Moskau registrieren lassen.«

»Die Registration erfolgt an der Rezeption ...«, informierte mich der Milizangehörige mit einer Mischung aus Unverständnis und Gereiztheit. »Wenn Sie hier buchen. Ohne Buchung geht das nicht.«

Und er knisterte mit der Zeitung, die er vor meinem Eintritt mit einem Bleistift in der Hand studiert hatte. Offensichtlich strich er interessante Angebote in einer schier endlosen Liste an.

»Die gewöhnliche Registrierung habe ich bereits hinter mir«, erklärte ich. »Ich brauche noch eine *andere* Registrierung. Ach, ich habe mich ja noch gar nicht vorgestellt. Ich bin Witali Rohosa, Anderer.«

Der Milizangehörige setzte sich darauf sofort aufrecht hin und sah mich erneut an. Jetzt verwirrt. Offenbar vermochte er den Anderen in mir nicht zu erkennen. Deshalb half ich ihm.

»Ein Dunkler«, knurrte er kurz darauf mit, wie mir schien, einer gewissen Erleichterung und stellte sich dann ebenfalls vor: »Sachar Selinski, Anderer. Freier Mitarbeiter der Nachtwache. Kommen Sie mal durch ...«

In seinem Ton klang unverkennbar das übliche *Was alles so über unser Moskau herfällt* mit. Die Anderen brachten in ihre Beziehungen unwillkürlich menschliche Modelle und Stereotypen ein. Vermutlich ärgerte sich der Lichte über diesen zugereisten Provinzler sowie über die Tatsache, dass er seinen Hintern nun vom Stuhl hochbequemen und seinen Blick von der

Zeitung losreißen musste, um sich zu seinem Dienstcomputer zu schleppen und die Registrierung vorzunehmen ...

Mitten in der Wand gab es eine weitere Tür, die ein normaler Mensch zu sehen jedoch absolut nicht imstande war. Sie zu öffnen bestand keine Notwendigkeit – wir gingen durch die Wand und durch das graue Zwielicht, das mit einem Mal alles um uns herum ausfüllte. Unsere Bewegungen wurden weich und langsam, und selbst die Deckenlampe fing an, merklich zu flackern.

Das zweite Zimmer sah weit repräsentativer aus als das erste. Der Sergeant setzte sich sofort an seinen komfortablen Schreibtisch, hinter den Computer, während er mich bat, auf einem weichen Sofa Platz zu nehmen.

»Bleiben Sie lange in Moskau?«

»Ich weiß es noch nicht. Vermutlich mindestens einen Monat.«

»Zeigen Sie mir bitte Ihre permanente Registrierung!«

Er könnte sie auch so sehen, mit dem Blick der Anderen, aber die Regeln verlangten offenbar nach einer einfachen Methode.

Meine Jacke war sowieso schon offen, deshalb hob ich nur den Pullover, das Hemd und das T-Shirt hoch. Auf meiner Brust leuchtete die blaue Markierung der permanenten Registrierung der Ukraine. Der Sergeant überprüfte sie, indem er mit der Hand Passes, die beschwörenden Bewegungen, machte, und hackte danach sofort auf die Tastatur ein. Kurz verglich er seine Ergebnisse mit den Daten, dann hackte er abermals auf die Tastatur ein, öffnete einen massiven Tresor, der offenbar nicht nur mit einem Schloss verschlossen war, zog etwas aus ihm heraus, führte die notwendigen Prozeduren durch und schleuderte schließlich einen blauen Klumpen Licht auf mich. Über meinen gesamten Oberkörper ergoss sich kurz Feuer, und eine Sekunde später schmückten meine Brust zwei Siegel. Das zweite stand für die temporäre Registrierung in Moskau.

»Die Registrierung ist zwar nur temporär, im Prinzip aber unbegrenzt«, erklärte der Sergeant ohne besondere Begeisterung. »Solange Sie in unserer Datenbank als ausschließlich gesetzestreuer Dunkler geführt werden, können wir Ihnen entgegenkommen und eine unbegrenzte Registrierung einräumen. Ich hoffe, die Nachtwache muss ihre Meinung über Sie nicht ändern. Das Siegel wird sich selbst zerstören, sobald Sie sich länger als einen Tag außerhalb von Moskau aufhalten. Wenn Sie länger als 24 Stunden ausreisen müssen, seien Sie bitte so freundlich und lassen sich erneut registrieren.«

»In Ordnung«, antwortete ich. »Danke. Kann ich jetzt gehen?«

»Gehen Sie ... Dunkler.«

Der Sergeant schwieg kurz, dann schloss er den Tresor (nicht nur mit dem Schloss), ließ den Computer, wie er war, und wies auffordernd mit der Hand zur Tür.

Wieder in dem heruntergekommenen Kämmerchen, wandte er sich mir zaghaft mit einer weiteren Frage zu. »Verzeihen Sie, was sind Sie? Kein Vampir, kein Tiermensch, kein Inkubus und kein Hexer – das kann ich sehen. Und kein Magier, meiner Ansicht nach. Irgendwas begreife ich hier nicht ...«

Der Sergeant selbst war ein Lichter Magier etwa vierten Grades. Nicht sehr hoch, aber auch nicht allzu tief.

Und in der Tat: Wer war ich?

»Das ist eine schwierige Frage«, antwortete ich ausweichend. »Am ehesten wohl ein Magier. Auf Wiedersehen.«

Ich griff nach meiner Tasche und kehrte ins Foyer zurück.

Fünf Minuten später hatte ich es mir in meinem Zimmer bereits gemütlich gemacht.

Ich hatte richtig gelegen, als ich dem Mann an der Rezeption nicht getraut hatte – der erste Anruf mit dem Vorschlag, für etwas Abwechslung zu sorgen, erreichte mich beim Rasieren. Finster, aber höflich bat ich darum, von weiteren Anrufen abzusehen. Beim zweiten Mal hatte sich die Höflichkeit in meiner Stimme schon ziemlich verzogen, während ich beim dritten Mal so viel zähe und klebrige Kraft in den völlig unschuldigen Hörer goss, dass mein Gesprächspartner sich nach der ersten Silbe verschluckte und verstummte. Danach rief niemand mehr an.

Ich mache Fortschritte, dachte ich. Bin ich am Ende also doch ein Magier?

Wenn ich ehrlich sein sollte, hatten mich die Worte des Lichten Sergeanten nicht im mindesten verwundert. Vampire, Tiermenschen, Inkubi ... All sie gab es. Natürlich. Aber nur für uns, für die Anderen. Für die gewöhnlichen Menschen existierten sie nicht. Allerdings sind die Menschen die Quelle für die Existenz der Anderen. Die Wurzeln und die Nahrung. Sowohl für die Lichten wie auch für die Dunklen, was auch immer die Lichten an jeder Ecke herausposaunen mochten. Sie schöpften ihre Energie ebenfalls aus menschlichem Leben. Und unsere Ziele ... Unsere Ziele sind ohnehin dieselben. Sowohl wir wie auch die Lichten versuchen die Konkurrenz einzuholen und als Erste am Ziel zu sein.

Von weiteren überraschenden Erkenntnissen hielt mich das Klopfen an der Tür ab – man brachte mir das Abendessen. Nachdem ich das Zimmermädchen mit hundert Rubel abgespeist hatte (woher hatte ich nur diese herrenhafte Art, übermäßig hohe Trinkgelder zu verteilen?), versuchte ich mich erneut zu konzentrieren, doch anscheinend hatte ich meinen Faden verloren. Schade.

Die nächste Stufe hatte ich gleichwohl erklommen. Zumindest wusste ich jetzt, dass es verschiedene Arten von Anderen gab. Lichte und Dunkle. Ich war ein Dunkler. Die Lichten liebte ich nicht gerade, konnte aber auch nicht sagen, dass ich sie hasste. Schließlich waren es ebenfalls Andere, selbst wenn sie sich von Prinzipien leiten ließen, die sich von unseren unterschieden.

Außerdem schwante mir langsam, was sich hinter dem verbarg, womit ich dem Tiermenschen im Park gedroht hatte, was hinter der glatten und gewichtigen Bezeichnung »Nachtwache« steckte. Dabei ging es um nichts anderes als die Überwachung der Dunklen in der Nacht, denn die Zeit der Dunklen war nun einmal die Nacht. Natürlich gab es auch eine Tagwache. Sie bestand aus unseren eigenen Leuten, doch mit denen musste man auch rechnen, denn man brauchte nur etwas falsch zu machen, und die eigenen Leute würden einem nicht gerade über den Kopf streichen. Das ganze System befand sich in einem labilen Gleichgewicht, suchte doch jede der beiden Seiten unablässig nach einem Weg und nach Möglichkeiten, die Konkurrenz zu zerschlagen, um endgültig die alleinige Herrschaft über die Welt der Menschen zu erlangen.

So viel dazu. Von dieser Stufe ließ sich bislang nicht mehr im mich umgebenden Zwielicht erkennen ...

Den Ruf hörte ich, als ich mit dem Essen fast fertig war.

Nicht laut und nicht leise, nicht mitleidig und nicht herrschsüchtig. Derjenige, dem er galt, hörte ihn auch. Und konnte ihm nicht widerstehen.

Der Ruf galt nicht mir. Komisch, dass ich ihn hörte ...

Das hieß, ich musste handeln.

Ein nicht zu fassendes Etwas in mir gab mir bereits Befehle. Zieh dich an! Die Tasche in den Schrank! Verschließ die Fenster und die Tür! Und zwar nicht nur mit Schloss und Riegel, du Hohlkopf!

Ich schöpfte Kraft, wo immer ich sie auch herkriegen konnte, und sorgte dafür, dass sich die Menschen nicht für mein Zimmer interessieren würden. Und Andere hatten hier sowieso nichts verloren.

Im Nebenzimmer wurde plötzlich ein sternhagelvoller Syrer wieder nüchtern. Eine Etage tiefer kotzte sich ein Tscheche, dem sein Magen zu schaffen machte, endlich aus und verstummte erleichtert, das Klosett umschlungen. Im Zimmer gegenüber gab ein älterer Geschäftsmann aus dem Ural zum ersten Mal im Leben seiner Frau eine Ohrfeige, womit ein langer und ermüdender Streit seinen Abschluss fand – eine Stunde später würde das Paar im Restaurant im ersten Stock Versöhnung feiern. Sollte ein Lichter in der Nähe sein, hätte ich ihm damit ein echtes Festmahl serviert ...

Aber das interessierte mich kaum. Ich folgte dem Ruf. Dem Ruf, der nicht mir galt.

Der Abend ging nahtlos in die Nacht über. Der Prospekt lärmte, pfeifend drang Wind in die offenen Türen der Oberleitungsbusse. Aus irgendeinem Grund verdrängten die natürlichen Töne die Stimmen der Zivilisation. Vielleicht, weil ich lauschte?

Von rechts, den Prospekt entlang. Genau.

Nachdem ich mir die Mütze tief ins Gesicht gezogen hatte, trat ich auf den Gehsteig hinaus.

Als ich fast bei dem langen Haus angekommen war, in dessen Schaufenstern schlecht gemachte Samowarattrappen ausgestellt waren, brach der Ruf ab. Doch ich wusste bereits, wohin ich mich wenden musste.

Das nächste Haus, und dahinter, fast ganz an der Kreuzung, lag ein schmaler Durchgang. In dem echter dichter Nebel wallte.

Der Wind nahm perfiderweise zu, schlug mir ins Gesicht, stieß mich wie ein professioneller Rugbyspieler, sodass ich mich vorbeugen musste, um irgendwie weiterzukommen.

Da klaffte auch schon der Tordurchgang in der Häuserfassade. Anscheinend kam ich zu spät. Vor dem Hintergrund eines kaum zu erkennenden Flecks – das gegenüberliegende Ende des Durchgangs – erstarrte kurz eine Silhouette; ich konnte nur ein blasses, eindeutig nicht menschliches Gesicht und zwei matte Schimmer in den Augen erkennen. Und, wenn ich mich nicht täuschte, Zähne.

Mehr nicht. Wer immer hier gewesen sein mochte, war verschwunden, während derjenige, der noch hier war, verschieden war.

Ich betrachtete ihn, indem ich mich über den reglosen Körper beugte. Ein junges Mädchen von vielleicht sechzehn Jahren.

Mit einer seltsamen Mischung aus Glückseligkeit und Qual in den erstarrten Augen. Neben ihr lagen ein weicher Wollschal und eine dazu passende Mütze. Die Jacke war geöffnet, der Hals entblößt. An ihm ließen sich vier Punkte erkennen.

Was ich da in fast vollständiger Dunkelheit sah, erstaunte mich nicht im Geringsten.

Ich hockte mich neben das Mädchen. Zusammen mit ihrem Blut – es war wenig, das sei festgehalten, nicht mehr als ein Viertel Liter – war das Leben aus ihr herausgeströmt. Jemand hatte ihre Energie aufgesaugt. Die gesamte, bis auf den letzten Tropfen. Widerwärtig.

Und in dem Moment stürmten – von beiden Seiten zugleich – Menschen in den Durchgang. Genauer keine Menschen, sondern Andere.

»Stehen bleiben! Nachtwache! Treten Sie aus dem *Zwielicht*!«

Ich richtete mich auf, ohne gleich zu begreifen, was sie eigentlich von mir verlangten, und bekam einen ordentlichen Schlag ab – nicht mit der Faust und nicht mit dem Bein. Sondern mit etwas, das weiß wie der Kittel eines Chirurgen strahlte. Es tat nicht weh, demütigte mich aber. Einer der Wächter hielt einen kurzen Stab mit einem roten Stein an einem Ende auf mich gerichtet und bereitete sich offenbar auf einen zweiten Schlag vor.

In dem Moment schleuderte es mich auf die nächste Stufe hinauf. Und zwar nicht auf die folgende, sondern gleich ein, zwei Stufen darüber.

Ich trat aus dem *Zwielicht*. Jetzt verstand ich, was das bedeutete, wenn alles um mich herum langsamer wurde und ich plötzlich in der Lage war, durch das finsterste Dunkel zu blicken. Das war die Welt der Anderen. Und mir hatte man befohlen – mich nicht aufgefordert, sondern mir befohlen –, in die Welt der Menschen zurückzukehren.

Und ich kehrte zurück, gehorsam und ohne zu murren. Denn so musste es sein.

»Name!«, verlangte jemand von mir. Wer, sah ich nicht, denn man hielt mir eine Taschenlampe ins Gesicht. Zwar hätte ich trotzdem etwas erkennen können, doch das war bis jetzt einfach nicht nötig.

»Witali Rohosa, Anderer.«

»Andrej Tjunnikow, Anderer, Mitarbeiter der Nachtwache«, stellte sich derjenige, der mich mit dem Kampfstab geschlagen hatte, mit unverhohlenem Vergnügen vor.

Jetzt spürte ich, dass er mich nicht mit aller Kraft geschlagen hatte, sondern nur prophylaktisch. Falls nötig, könnte er aber auch kräftiger auf mich eindreschen, die Ladung des Stabs hätte das erlaubt.

»Also, Dunkler, was haben wir denn hier? Eine frische Leiche und dich gleich daneben. Kannst du das erklären? Oder hast du vielleicht eine Lizenz? Hm?«

»Immer mit der Ruhe, Andrjucha«, wies ihn jemand aus der Dunkelheit heraus in seine Schranken.

Doch Andrej scherte sich nicht darum, sondern winkte ärgerlich mit der Hand ab: »Ach was!« Dann wandte er sich wieder mir zu. »Also, was ist? Du schweigst, Dunkler? Hast du gar nichts zu sagen?«

In der Tat, ich schwieg.

Andrjucha Tjunnnikow war ein Magier; selbstverständlich ein Lichter, der erst unlängst den fünften Grad erlangt hatte.

So einer war ich gestern gewesen.

Das Amulett hatte ganz bestimmt nicht er geladen – hier sprang die Arbeit eines erfahrenen Magiers ins Auge. Auch die beiden, die hinter ihm standen, hielt ich für stärker.

An der gegenüberliegenden Seite versperrte eine einzelne Frau den Durchgang, die zwar nicht sehr groß und noch jung war, aber dennoch die erfahrenste und gefährlichste in der Gruppe. Bei ihr handelte es sich um eine Kampfmagierin und Gestaltwandlerin. So etwas wie eine Lichte Tierfrau.

»Also, Dunkler?«, ließ Andrjucha nicht locker. »Schweigst du immer noch? Gut. Zeig deine Registrierung! Und gebt jemandem von der Tagwache Bescheid, dass wir hier einen wildernden Dunklen haben ...«

»Du bist ein Dummkopf, Andrjucha«, bemerkte ich süffisant. »Freu dich doch! Hast einen Wilderer gefangen! Aber hast du dir das Opfer schon mal näher angesehen? Wer hat das Mädchen deiner Meinung nach wohl getötet?«

Andrjucha brachte kein Wort hervor und schielte zu dem toten Mädchen hinüber. Offenbar begriff er allmählich etwas.

»Ein Va-Vampir ...«, murmelte er.

»Und was bin ich?«

»Du bist ein M-magier ...« In seiner Verwirrung fing Andrjucha sogar an zu stottern.

Ich wandte mich der Frau zu, denn ich hatte den Eindruck, es sei am besten, mit ihr zu reden. »Als ich angekommen bin, war schon alles vorbei. Den Vampir habe ich noch gesehen, aber jenseits des Durchgangs, er ist in den Hof geflüchtet. Das Mädchen war schon tot, er hatte alle Energie aus ihr herausgeholt, aber an ihrem Blut nur genippt. Ich bin ein Tourist und erst vor ein paar Stunden mit dem Zug angekommen. Ich wohne im Kosmos.« Außerdem konnte ich mir eine weitere Bemerkung nicht verkneifen. »Es wildern doch nicht zum ersten Mal Vampire in diesem Tordurchgang, oder?«

Jetzt sah ich nämlich auch die Spuren eines früheren Vorfalls hier, direkt auf dem Asphalt und den Mauern. Jetzt, als ich mit einem Satz mehrere Stufen hinaufgesprungen war.

»Nur dass ihr beim letzten Mal mehr Glück hattet, ihr Lichten ... Aber, nebenbei bemerkt, die Spuren habt ihr miserabel beseitigt, sie sind bis heute zu erkennen.«

»Glaub ja nicht, dass wir dir besonders dankbar sind«, brachte die Frau düster hervor. »Und noch etwas: Ich will deine Registrierung trotzdem sehen.«

»Bitte sehr.« Gehorsam zeigte ich die Siegel. »Ich hoffe, ich werde nicht mehr gebraucht? Ich würde es nie wagen, euren einmaligen Detektiven bei der Suche nach einem Wilderer in die Quere zu kommen.«

»Wir melden uns morgen bei dir«, teilte mir die Frau eisig mit. »Falls wir dich brauchen.«

»Ich habe nichts dagegen!«, meinte ich lakonisch. Und trat, indem ich einen der Wächter beiseite schob, wieder zum Prospekt hinaus.

Die Maske eines gewöhnlichen Dunklen warf ich nach hundert Schritt ab.

Zwei

In den nächsten zwei Tagen und zwei Nächten passierte nichts, was irgendwie interessant gewesen wäre. Ich streifte durch Moskau, machte überraschende Einkäufe und übte mich in meinen neuen Fähigkeiten, achtete dabei jedoch darauf, damit nicht übermäßig aufzufallen. Ich stellte mein Handy an, obwohl ich absolut nicht wusste, wozu: Es gab nirgendwo jemanden, den ich hätte anrufen können. Ich kaufte mir einen MD-Player und verbrachte zwei Stunden damit, aus einem Katalog alte und neue Lieder zusammenzustellen, die in meinem widerspenstigen Gedächtnis etwas ansprachen. Ich gewöhnte mich an das neue Moskau, das unter dem funkelnden Geflitter festtäglichen Neons jedoch immer noch schmutzig und heruntergekommen war. Im Hotel grüßte mich das Zimmermädchen, und für das Recht, mich zu bedienen, stand man offenbar bereits an – ich führte weiter das Leben eines Menschen, der Banknoten unter hundert Rubel nicht kannte. Komischerweise nahm ich das Wechselgeld in Geschäften aber stets sorgsam an mich. Selbst die kleinen vernickelten Münzen, die höchstens als Souvenir für Ausländer etwas taugen ...

Andere begegneten mir in diesen zwei Tagen nur dreimal: einmal in der Metro, absolut zufällig. Ein andermal stieß ich nachts auf eine betrunkene Hexe, die vergeblich versuchte, zu einem Balkon im zweiten Stock hinaufzufliegen, weil sie die Schlüssel von der Haustür und der Wohnung verloren und einfach nicht mehr genug Kräfte hatte, um durchs *Zwielicht* zu gehen. Der Hexe half ich. Außerdem hielt mich noch an einem der beiden Tage ein ziemlich starker Lichter Magier für einen nicht initiierten Anderen. Sogar an seinen Nachnamen erinnere ich mich: Gorodezki. Er war übrigens aus dem gleichen Grund in dem Geschäft wie ich, nämlich um sich eine MD für seinen Player aufnehmen zu lassen. Als er die offiziellen Siegel sah, wunderte sich der Magier und ließ mich sofort in Ruhe. Er wollte sogar schon gehen, denn offenbar widerte ich ihn an, doch genau in dem Moment war meine gebrannte Scheibe fertig, und ich verließ selbst den Laden.

Eine Zeit lang grübelte ich: Warum hasste er die Dunklen so?

Freilich, uns hassen ja alle Lichten. Nun ja, fast alle. Und um keinen Preis wollen sie, die Lichten, glauben, dass sie uns völlig gleichgültig sind – solange sie sich uns nicht in den Weg stellen. Was sie aber tun, und zwar häufig. Umgekehrt tun wir das allerdings auch.

Von der Nachtwache belangte mich niemand, und meiner Ansicht nach unternahmen sie noch nicht einmal den Versuch, mich zu finden oder zu verhören. Irgendwie müssen sie doch eingesehen haben, dass ein Dunkler Magier kein Bedürfnis hat, menschliches Blut zu trinken. Natürlich könnte ich es, wenn ich mir eine langwierige Magenverstimmung zuziehen wollte – und wenn ich nicht vorher vor Ekel kotzen müsste ... Ich tat nichts weiter, als auf den nächsten Schritt zu warten, der mich eine weitere Stufe hinaufbringen würde, doch anscheinend konnte er nur in bestimmten extremen und komplexen Situationen erfolgen, wenn irgendetwas in mir mich zwang, Magie anzuwenden. Keine kleinen Handlungen wie die, die kahl geschorenen, dickwangigen Kontrolleure im Autobus weitergehen zu lassen oder einen Beruhigungsschleier über einer nervigen Schlange vor dem Schalter für Metrotickets auszubreiten, als ich nicht mehr stehen mochte. Nein, dieses Niveau war für mich im wahrsten Sinne des Wortes Schnee von gestern. Um etwas Neues zu lernen und eine weitere Schicht in meinem verschlossenen Gedächtnis freizulegen, um die noch schlummernden Kenntnisse zurückzuerlangen, brauchte ich stärkere Erschütterungen.

Die ließen auf sich warten, aber nicht sehr lange.

Wie viele Dunkle stellte ich mich als eingefleischte Nachteule heraus. Da ich inmitten normaler Menschen lebte, konnte ich den Tag nicht schlichtweg ignorieren, wollte aber auch dem Lockruf der Nacht nicht widerstehen. Ich stand spät auf, erst mittags oder sogar noch später, und kehrte erst im Morgengrauen ins Hotel zurück.

In meiner vierten Nacht in Moskau dämmerte bereits langsam der neue Tag herauf, ließ die Schwärze allmählich die ersten dunkelgrauen Nuancen erkennen, als ich dicht an die nächste Stufe herangelangte. Ich schlenderte über den verlassenen Ismailowski Boulevard und spürte plötzlich, wie in der Ferne, in einem der Höfe, ein gewaltiger Magieausstoß freigesetzt wurde.

Wenn ich *Ausstoß* sage, meine ich nicht, dass unkontrolliert Energie freigesetzt worden wäre. Nein. Die Energie wurde ausgestoßen und gleich wieder absorbiert, sonst wäre es nämlich zu einer banalen Explosion gekommen. Die Anderen verwandeln sowohl sich als auch die Welt und die Energie. Aber die Bilanz von Ausstoß und Absorption muss am Ende immer gleich null sein, sonst ...

Ansonsten könnte die Welt einfach nicht existieren. Und wir nicht in ihr.

Etwas schubste mich förmlich vorwärts: Komm her! Komm!

Mir blieb nichts weiter übrig als zu gehen.

Zwanzig Minuten ging ich, wobei ich voller Überzeugung an Kreuzungen abbog und manchmal über Hinterhöfe ging, um den Weg abzukürzen. Während ich noch auf mein Ziel zusteuerte, spürte ich bereits die Anderen – sie näherten sich rasch von zwei Seiten. Zugleich hörte ich den Lärm von mehreren

Autos. Fast auf Anhieb machte ich in der gesichtslosen Palisadenwand der Hochhäuser das richtige Haus und die richtige Wohnung aus, in der erst kürzlich etwas geschehen war, was jenes Ich interessierte, das sich vorläufig noch in den Tiefen meines gewöhnlichen Seins verbarg.

Einer der üblichen vierstöckigen Chruschtschow-Bauten in der 13. Parkowaja. Mülltonnen an der Stirnseite des Hauses und nicht der geringste Hinweis auf Verkaufsbuden im Hof, wie ich sie aus dem Süden kannte.

Direkt vor dem Haus standen drei Autos: ein Shiguli, ein markenloser kleinerer Kastenwagen in ziemlich erbärmlichem Zustand und ein gepflegter BMW. Zwar standen hier überhaupt sehr viele Autos, doch sie waren alle ohne Zweifel über Nacht geparkt worden, während diese drei eben erst angekommen und aufs Geratewohl abgestellt worden waren. Widerwillig gaben die Motoren ihre Wärme an den Winter ab.

Vierter Stock. Bereits am Hauseingang (eine Eisentür, die übrigens sperrangelweit aufstand) spürte ich solide magische Blöcke. Sie waren es, die mich dazu brachten, meinen eigenen Schatten vom Boden aufzunehmen und ins *Zwielicht* einzutreten.

Meiner Meinung zieht das *Zwielicht* aus den Anderen Kraft. Natürlich nur, wenn man ihm nicht Paroli bieten kann. Das hatte mir niemand beigebracht, sondern ich fing an, es instinktiv zu tun, als hätte ich es schon immer gekonnt. Möglicherweise war das ja tatsächlich der Fall, und ich hatte mich jetzt, da es nötig war, nur daran erinnert.

Die Wände und das Treppenhaus, ja, sogar das Treppengeländer bewucherte reichlich blaues Moos, dieser Bewohner der ersten *Zwielicht*-Schicht. In diesem Haus mussten überaus gefühlsbetonte Menschen leben, wenn es so gedeihen konnte.

Dann die gesuchte Wohnung. Die Blöcke waren hier noch solider, die Tür sogar im *Zwielicht* verschlossen.

In dem Moment katapultierte es mich abermals ein paar

Stufen hinauf. Eine akute Schwäche überwindend, hob ich meinen Schatten zum zweiten Mal vom Boden auf und trat tiefer ins *Zwielicht* ein.

Sofort begriff ich, dass es nicht jedem gegeben ist, so weit vorzudringen.

Das Haus existierte nicht mehr. Es gab fast nichts, bis auf den dichten dunkelgrauen Nebel und die vage durch ihn hindurch zu erkennenden Monde. Insgesamt drei. Hier müsste Wind toben, doch in dieser Schicht verging die Zeit derart langsam, dass selbst der Wind, der keine Unterschiede zwischen der normalen Welt und dem *Zwielicht* anerkennt, kaum zu spüren war.

Ich fing langsam an zu fallen, in diesen Nebel einzusacken, aber ich *hielt* mich. Wie sich zeigte, konnte ich das. Mit einer gewissen Anstrengung – die wie immer schwer zu beschreiben war und eher instinktiv als bewusst erfolgte – bewegte ich mich vorwärts. Dann strengte ich mich nochmals an – und blickte von hier aus in die erste Schicht des *Zwielichts*.

Alles ging sehr langsam vor sich, zäh, als sei die Welt in eine Masse grauen, dabei jedoch durchscheinenden Asphaltteers eingetaucht; die Geräusche wirkten zunächst wie ein fernes tiefes Donnergrollen auf mich. Trotzdem konnte ich mich auf diese Langsamkeit einstellen. Vermutlich reduzierte ich mein Aufnahmevermögen auf das Tempo, trat von der Realität weg, passte mich an – und von diesem Moment an erinnerte mich alles, was geschah, wieder an die gewöhnliche Welt, die Welt der Menschen.

Erinnerte, mehr jedoch nicht.

Eine enge Diele, wie immer in diesen Häusern. Links zwei Türen zu Bad und WC und die Küche, noch weiter links ein Zimmer, rechts ein zweites. Das Zimmer, das rechts lag, war jetzt leer. Im Zimmer links befanden sich fünf Andere sowie eine Leiche auf einem zerwühlten Bett. Die Leiche von einem dreißigjährigen Mann. In der Leistengegend und im Bauch klafften mehrere Wunden, die jeden Gedanken an seine Rettung ad absurdum führten. Die Wunden waren mit einem zerknautschten, blutgetränkten Laken bedeckt.

Die Anderen unterteilten sich in drei Lichte und zwei Dunkle. Bei den Lichten handelte es sich um einen hageren Mann mit leicht asymmetrischem Gesicht und zwei Bekannte: den Musikfan Gorodezki und die Gestaltwandlerin. Die Dunklen wurden durch einen fülligen Magier, der angespannt und konzentriert wirkte, und ein düsteres Subjekt repräsentiert, das mir wie eine misslungene Parodie auf eine Echse erschien: Der Mann trug normale Kleidung, seine Hände und sein Gesicht waren jedoch grün und geschuppt.

Die Anderen stritten.

»Das ist bereits der zweite Fall innerhalb einer Woche, Schagron. Und wieder ein Mord. Verzeih mir, aber ich habe den Eindruck, dass ihr auf den Vertrag pfeift.«

Gesprochen hatte der mir unbekannte Lichte.

Der Dunkle Magier starrte unwillkürlich auf den Toten. »Wir können nicht alle im Auge behalten, das wisst ihr genau«, brummte er, wobei ich weder Schuld noch Mitgefühl aus seiner Stimme heraushörte.

»Aber ihr seid verpflichtet, alle Dunklen zu einer Stillen Woche anzuhalten. Das hat euer Chef uns offiziell zugesichert.«

»Das haben wir auch getan.«

»Vielen Dank auch!« Der Lichte fing demonstrativ an zu klatschen. »Das Resultat ist beeindruckend. Ich sage es noch einmal: Wir, die Mitarbeiter der Nachtwache, bitten offiziell um eure Unterstützung. Ruft euren Chef!«

»Der Chef ist momentan nicht in Moskau«, entgegnete der Magier barsch. »Was euer Chef im Übrigen ganz genau weiß, weshalb er euch überhaupt nicht hätte ermächtigen dürfen, uns um Unterstützung zu bitten.«

»Das heißt«, fragte Gorodezki mit leicht drohender Stimme zurück, »ihr verweigert uns die Unterstützung?«

Der Dunkle schüttelte etwas schneller als notwendig den Kopf. »Warum sollten wir das? Nein. Wir verweigern sie nicht. Ich verstehe nur nicht, wie wir euch helfen können.«

Die Lichten drohten offenbar vor gerechtem Zorn zu platzen. »Was heißt das?«, blaffte abermals der mir unbekannte Magier los. »Ihr wisst nicht, wie ihr uns helfen könnt? Eine Tierfrau, die als Hure arbeitet, reißt einem Freier – übrigens einem nicht initiierten Anderen – die Eier ab und kann glücklich entkommen! Wer kennt denn euer zahlloses Gesindel besser: ihr oder wir?«

»Manchmal habe ich den Eindruck, ihr«, entgegnete der Dunkle schnippisch und sah zu der Frau hinüber. »Wenn du dich an das Gespräch im Panorama-Restaurant von Ostankino erinnerst, als wir den Inquisitor und den da ...« Er nickte in Gorodezkis Richtung. »... geschnappt haben.«

Der Dunkle verstummte, als müsse er nachdenken.

»Vermutlich handelt es sich um eine nicht registrierte Tierfrau. Und vermutlich ist der Freier hitzig geworden und ... schnapp, schnapp, schnapp ... Formulieren wir es doch einfach so: Er hat etwas verlangt, das selbst für eine Nutte zu viel war. Das hat er jetzt davon.«

»Schagron, den Fall kannst du nicht den Menschenbullen aufdrücken, weil sie den Mann in ihrer *Zwielichtgestalt* ermordet hat. Darum müssen sich die Wachen kümmern! Sag mir also ganz offen, ob ihr nach ihr fahndet oder uns zwingt, das zu tun. Und bedenke eins: Du brauchst nicht darauf zu hoffen, auf Zeit zu spielen. Wir wollen den Vampir vom Samstag und diese Katze vor dem Tribunal sehen, und zwar noch bis zum nächsten Wochenende. Hast du unsere Forderungen verstanden?« Der hagere Magier setzte Schagron unter Druck, ›haute mit der Faust auf den Tisch‹ – und das mit dem unverhohlenen Vergnügen eines Anderen, der nur selten mit der Aufklärung eines Falls befasst ist. Und er hatte offensichtlich allen Grund, ihn so unter Druck zu setzen ...

»Bestialische geile Katzen«, brummte das Schuppenwesen plötzlich. »Hirnlose Idiotinnen, Drecksweiber …«

»Halt's Maul«, befahl die Lichte kalt. »Du Spätentwickler von einem Gecko.«

Nun ja, sie war ebenfalls eine Katze, wenn auch eine Lichte …

»Ganz ruhig, Tigerjunges«, wandte sich Gorodezki an sie. Dann drehte er sich wieder dem Dunklen zu. »Habt ihr unsere Forderungen verstanden?«

In dem Moment kehrte ich in die erste *Zwielicht*-Schicht zurück. Die nächsten Sekunden als Szene aus einem Stummfilm zu bezeichnen, wäre noch untertrieben.

»Du?«, stieß die Frau hervor. »Schon wieder du?«

»Buenas noches, die Herren. Verzeihen Sie mir, dass ich hier reingesprungen bin, als ich das Licht gesehen habe.«

»Anton, Tolik«, sagte Tigerjunges mit lauter und vor Verärgerung leicht zitternder Stimme, wobei sie wie ein Kind mit dem Finger auf mich zeigte. »Bei dem Opfer vom Samstag hat Andrjuschka den da gestellt! Diesen Dunklen aus der Ukraine.«

Alle fünf starrten mich unverwandt, ja, hartnäckig an.

»Ich hoffe«, sagte ich ironisch, »ich bin der Tierfraunutte nicht ähnlicher als dem übergeschnappten Vampir?«

»Wer bist du?«, fragte mit unangenehmem Ton der Dunkle, den die anderen Schagron genannt hatten.

»Ein Magier, Kollege. Ein Dunkler Magier. Ein Tourist.«

Er versuchte, mich zu sondieren, und ich spürte, dass ich, wenn ich nicht bereits eine weitere Stufe erklommen hatte, dann doch kurz davor stand. Schagron scheiterte. Nebenbei bemerkte ich zudem, dass der Schutz von Schagron nicht allein auf ihn zurückging: Die Grundlagen stammten von einem Magier der Extraklasse. Vermutlich von dem berühmt-berüchtigten Chef, der nicht in Moskau weilte.

»Der zweite Mord, und erneut bist du gleich zur Stelle.« Tolik reckte sich misstrauisch und versuchte ebenfalls, mich zu sondieren. Absolut erfolglos, wie ich mit einer gewissen Befriedigung feststellte. »Mir gefällt das nicht. Es macht dir doch nichts aus, das zu erklären?«

Tolik sah wirklich unzufrieden aus, verhielt sich jetzt aber korrekt. Was ich mit Genugtuung zur Kenntnis nahm. Das Verhalten Gorodezkis beunruhigte mich. Er war offenbar der Kopf der drei und erwog gerade geschäftsmäßig mögliche Verhaltensweisen. Varianten gab es anscheinend mehr als genug.

»Das macht mir nichts aus«, stimmte ich sofort zu. »Ich bin hier in der Nähe spazieren gegangen. Dann habe ich gespürt, dass etwas Schlimmes passiert. Daraufhin bin ich hierher gekommen – vielleicht hätte ich ja helfen können.«

»Arbeitest du in der Wache, bei dir Zuhause, in der Ukraine?«, fragte das Schuppenwesen überraschend.

»Nein.«

»Wie wolltest du dann helfen?«

»Mir wär schon was eingefallen ...« Ich zuckte mit den Schultern.

Die Zunge des Schuppenwesens war – natürlich – lang und gespalten. Hm, ja. Die Phantasie des Volks ist öde ... Die *Zwielicht*-Gestalt eines Dunklen hätte ein so weites Feld für kreatives Schaffen sein können – nicht wie bei den Lichten. Die haben ein Standardrepertoire: Sie leuchten und hüllen sich in weiße Kleidung. Besonders sentimentale Lichte und ein großer Teil der Frauen tragen noch einen Kranz. Das war's auch schon ... Fast alle Dunklen neigen jedoch zu der abgedroschenen Gestalt eines geschuppten Dämons mit Hörnern und gespaltener Zunge.

»Mit diesen Morden hast du natürlich nicht das Geringste zu tun?«, fragte die Frau mit schlecht verhohlenem Sarkasmus.

»Natürlich nicht.«

»Ich glaub ihm nicht.« Die Frau blickte über die Schulter. »Anton, er muss überprüft werden.«

»Wird erledigt«, versprach Anton, ohne weiter darüber nachzudenken. »Sobald wir im Büro sind, fordere ich persönlich seine Daten an ...«

Ich setzte ein ironisches Schmunzeln auf. »Gut. Wenn ihr keine Hilfe wollt, dann eben nicht. Ich dränge mich nicht auf. Dann gehe ich jetzt ...«

Ich wandte mich zum Ausgang.

»Hey, Dunkler«, meinte Tolik hinter mir. »Ich würde dir nicht raten, Moskau zu verlassen. Das ist ein offizielles Verbot der Nachtwache.«

»Ich werde mich dran halten«, versprach ich. »Aber ich hatte sowieso nicht vor, die Stadt schon wieder zu verlassen ...«

»Ich fahre mit euch«, sagte Tolik zu Anton und Tigerjunges. »Wir müssen etwas besprechen.«

Voll Bitterkeit dachte Anton darüber nach, dass er abermals die Spuren nicht ordentlich beseitigt hatte – aus irgendeinem Grund machten ihm die Worte des seltsamen Dunklen schwer zu schaffen. Tigerjunges hatte ihm den Satz sehr genau wiedergegeben, auf die Intonation geachtet, und als Anton ihn dann gesehen hatte, war er einmal mehr zu der Überzeugung gelangt, dass sich in Tigerjunges ein begnadeter Schauspieler verbarg. Genauer: eine Schauspielerin. Wer weiß, was aus ihr geworden wäre, wenn sie keine Andere gewesen wäre ...

Schagron und sein Partner waren schon vor einer ganzen Weile in dem neumodischen BMW abgedüst. Tolik streckte fordernd die Hand aus, und Anton gab ihm gehorsam die Schlüssel vom Shiguli der Nachtwache. Tigerjunges stieg schweigend hinten ein. Anton setzte sich neben Tolik. Dieser bog rasch in den Sirenewy Boulevard ein und jagte dann nach Osten.

»Was ist denn das für einer, dieser Dunkle?«, fragte Anton, um die Stille zu durchbrechen. Die Stimmung war im Keller. Schon wieder eine Leiche, noch dazu ein nicht initiierter Lichter!

»Er ist ein sehr starker Magier«, presste Tolik heraus. »Stärker als ich. Ich habe versucht, ihn zu sondieren. Und konnte es nicht, er hat sich sofort abgeschottet.«

»Abgeschottet?«, meldete sich Tigerjunges von hinten. »Was heißt das? Dass er ohne Schild gekommen ist?«

»Genau!«, bestätigte Tolik sauer. »Als er eingetreten ist, hat er ausgesehen wie ein mittelmäßiger Magier, vielleicht dritter oder vierter Grad. Wie Anton oder ich.«

Anton hüllte sich in Schweigen – Tolik hatte von der Form her Unrecht, vom Inhalt aber Recht. Geser sah in Anton einen Magier zweiten Grades, doch dieses Kraftniveau hatte Anton erst wenige Male erreicht. Ehrlicher war es einzugestehen, dass er nach wie vor den dritten Grad innehatte.

»Aber kaum habe ich versucht, ihn zu sondieren«, fuhr Tolik fort, »war's vorbei. Eine Mauer. Er ist ganz bestimmt stärker als ich. Hast du ihn sondiert, Anton?«

»Nein.«

»Vermutlich erster Grad ...«, meinte Tolik seufzend. »Wenn es Probleme gibt, muss Ilja eingreifen ...«

»Wenn nur nicht der Chef, Olga und Sweta intervenieren müssen«, bemerkte Anton. Niemand antwortete ihm. Die Aussicht, die höchsten Magier zu Hilfe zu rufen, behagte keinem.

Tigerjunges rutschte hin und her, um sich bequemer hinzusetzen. »Es kann nicht sein, dass er mit diesen Morden nichts zu tun hat. Beim ersten Mal könnte ich das noch verstehen: Er ist angekommen, spazieren gegangen und zufällig auf den Wilderer gestoßen. Aber jetzt? Wie hat es ihn in die Perwomaika verschlagen?«

»Ist er wirklich erst am Samstag angekommen?«, fragte Tolik.

»Bestimmt«, versicherte Tigerjunges. »Er hat mir von Anfang an nicht gefallen, weißt du. Ich habe mir sogar den Zug vorgenommen und die Erinnerung der Zugbegleiterin gescannt. Er hat das Abteil fast nie verlassen, ist aber mit diesem Zug gekommen, so viel steht fest.«

»Haben wir irgendwas über ihn?«

Anton hatte den Eindruck, dass Tolik mit unterschwelliger Hoffnung fragte. »Du meinst, etwas, womit wir ihn unter Druck setzen können? Nichts. Kein einziger Gesetzesverstoß. Lizenzen braucht er nicht, weil er weder ein Vampir noch ein Tiermensch ist. Außerdem ist er erst vor kurzem initiiert worden, erst vor sieben Jahren ... Wie ich.«

Tolik nickte nachdenklich.

»In Nikolajew gibt es wenig Andere. Die Wachen sind dementsprechend klein, zwei, drei Dutzend Mitarbeiter ... Wie gesagt, sobald wir da sind, grabe ich tiefer«, versprach Anton. »Du hast deinen Kastenwagen doch abgeschlossen, oder?«

»Was sollte dem denn passieren?« Tolik zuckte mit den Schultern. »Hm. Den Chef müssen wir wohl trotz allem anrufen. Oder kommen wir drum herum?«

Er fühlte sich ganz offensichtlich nicht wohl in seiner Haut. Tolik leitete die Abteilung der Systemadministratoren bereits seit über einem Jahr, seit Anton nur noch operative Arbeit leistete. Da jedoch kein Mitarbeiter der Nachtwache seine Qualifikation verlieren darf, war jetzt für Tolik die Zeit gekommen, wo er einen Monat lang Außendienst machen musste. Und gleich am ersten Tag ein derartiger Zwischenfall ...

»Wahrscheinlich müssen wir ihn von allem unterrichten«, entschied Anton.

»Dann sollten wir das nicht auf die lange Bank schieben«, seufzte Tolik.

Bereitwillig reichte Tigerjunges ihm das Handy. Aber Tolik hatte noch nicht danach gegriffen, als es mit dem Motiv der *Moskauer Nächte* losfiedelte.

Anton wollte schon nach dem Telefon greifen, hielt dann aber inne. Besser nicht ... Es rief zwar fraglos einer von ihren Leuten an, aber die gespannte Energie eines Dienstgesprächs fehlte. Ob einer der Kollegen Tigerjunges einfach so anrief? Schließlich hat jeder ein Privatleben, selbst Wächter der Nacht.

Tigerjunges meldete sich. Einen großen Teil der Zeit hörte sie bloß zu, einmal sagte sie: »Ich weiß nicht.«

»Das ist Garik«, sagte sie leise und besorgt. »Andrjuschka ist verschwunden.«

»Tjunnikow?«

»Ja. Garik hat gedacht, er sei bei uns.«

»Ich habe ihn mittags zum letzten Mal gesehen«, meinte Tolik. »Er wollte nach Hause fahren und sich ordentlich ausschlafen.«

»Er geht nicht ans Telefon. Außerdem spürt Garik ihn nicht. Und er ist schließlich Andrjuschkas Mentor …«

Anton drehte sich nach hinten zu Tigerjunges. »Seit Samstag führt er sich wie ein Wahnsinniger auf. Was hat ihm dieser Dunkle im Tordurchgang gesagt?«

Tigerjunges zuckte mit den Schultern.

»Nichts Besonderes. Ich habe euch das doch schon hundertmal erzählt. Er hat ihn als Detektiv beschimpft. Aber Andrjuschka hat wirklich daneben gelegen, es war auf den ersten Blick zu sehen, dass der Dunkle kein Vampir ist. Das habe ich ihm dann auch noch mal erklärt.«

»Er muss ja nicht unbedingt selbst ein Vampir sein«, gab Tolik mit seiner gelangweilten Mentorenstimme zu bedenken. »Dieser Dunkle könnte sich ohne weiteres als Organisator der ganzen Schweinerei herausstellen. Denn das muss man zugeben: Seine organisatorischen Fähigkeiten gehen mit Sicherheit weit über das normale Maß hinaus!«

»Ein Bauer Sebulons«, vermutete Anton. »Ja, möglicherweise das. Durchaus möglich.«

»Nimm nicht so was Kleines! Der ist kein Bauer. Auch kein Pferd oder Läufer. Ein Turm. Eine wichtige Figur. Womöglich sogar die Dame …«

»Jetzt übertreib nicht, Tolik. Ohne Sebulon haben die Dunklen nicht die geringste Chance gegen uns. Und Sebulon ist nicht in Moskau.«

»Das sagen die Dunklen. Aber wer weiß das schon so genau …«

»Sebulon hat sich in der letzten Zeit ohnehin kaum in der Öffentlichkeit gezeigt«, warf Anton ein.

»Eben. Er saß in seinem Kämmerlein, hat diese Operation geplant ... Das Schlimmste ist, dass ich einfach nicht begreife, worauf das Ganze hinausläuft. Was ist denn bisher überhaupt passiert? Zwei mysteriöse Morde, die auf absolut undurchsichtige Weise miteinander verbunden sind.«

»Wenn sie überhaupt miteinander verbunden sind.« Aber Anton glaubte offensichtlich selbst nicht an das, was er gerade gesagt hatte.

»Nein, wie du es auch drehst und wendest, verbunden sind sie«, widersprach Tolik. »Das sagt mir mein Instinkt. Und das Verbindungsglied ist dieser zugereiste Magier.«

»Du siehst den Wald vor Bäumen nicht«, meinte Tigerjunges. »Mit dem Auftauchen Swetlanas haben wir einen soliden Vorteil errungen. Die Dunklen räumen eine Stellung nach der nächsten. Erinner dich doch bloß mal daran, welchen Druck der Chef bei den letzten Verhandlungen auf Sebulon ausgeübt hat. Und der hat auch nachgegeben. Was hätte er auch sonst tun sollen? Offensichtlich haben die Dunklen jetzt eine Operation zur Wiederherstellung des Gleichgewichts eingeleitet. Und natürlich zu einem ausgesprochen ungelegenen Zeitpunkt, kurz vor der Stillen Woche.«

»Für die Dunklen ist das die beste Zeit«, brummte Anton. »Sie wissen doch, dass wir ohne triftigen Anlass nicht anfangen, mit den Säbeln zu rasseln. Und einen Anlass haben wir bisher nicht.«

»Unk nicht«, bat Tolik mit belegter Stimme.

Der Shiguli flog zielstrebig über den Leningradski Prospekt, dem heraufziehenden Tag voraus.

Bis zum Büro fuhren sie schweigend. Entweder weil niemand unken wollte oder weil sie etwas spürten.

Vor dem Haus trat Garik nervös von einem Bein aufs andere. Neben ihm stand ein unausgeschlafener Ilja, der sie über die Brille hinweg anblinzelte.

»So«, sagte Tolik freudlos. »Jetzt heißt es, die Zähne zusammenbeißen ...«

Ilja und Garik stiegen rasch zu. Sie setzten sich und nahmen Tigerjunges in die Mitte. Anton begriff sofort, was sie damit beabsichtigten und was der blasse, verwirrte und deshalb sehr zurückhaltende Garik jetzt sagen würde.

»Hotel Kosmos. Leute, Andrjucha ist tot ...«

Tolik trat das Gaspedal bis zum Anschlag durch, doch selbst dem schnellsten Auto stand es nicht zu Gebote, den Tod einzuholen. Tigerjunges zitterte leicht, doch ihre Freunde drückten sich fest gegen sie, und sie erstarrte.

»Wie ist das passiert?«, fragte Anton tonlos.

»Gerade hat ein Dunkler angerufen, Witali Rohosa. Er behauptet, er habe in seinem Zimmer die Leiche eines Anderen gefunden.«

»Ich beiß ihm höchstpersönlich die Kehle durch«, versprach Tigerjunges mit heiserer Stimme. »Soll mal jemand versuchen, mich daran zu hindern!«

»Ich habe für alle Fälle Bär angerufen«, sagte Ilja sehr neutral. »Ich glaube, er ist schon im Kosmos.«

Nach Antons Auffassung hatten seine Kollegen bereits vorab eins begriffen und sich mit diesem Gedanken auch abgefunden: Ein Kampf würde sich nicht vermeiden lassen. Auch er strich heimlich über die Pistole in seinem Achselhalfter. Die Waffe, die er bisher noch nie wirklich gebraucht hatte.

Das Gefühl, die Ereignisse dieser Nacht seien bei weitem noch nicht zu Ende, wollte nicht von mir weichen. Offenbar vermochte ich allmählich, die nächste Zukunft vorauszusehen. Nicht in Details, das bestimmt nicht: eher wie ein wirres Knäuel von Wahrscheinlichkeitslinien. Und ich begann zu fühlen, wohin die dicksten Fäden führten.

Sorge, Leid, Unruhe, Gefahr – das hielt die heutige Nacht für mich bereit. Zunächst hatte ich unten, neben dem BMW vor dem Hauseingang, auf die Dunklen warten wollen. Dann begriff ich jedoch, dass das nicht nötig war. Sie brauchten nicht eingeweiht zu werden ... in, nun, in meine völlige Unkenntnis. Sollten sie ruhig denken, ich beherrschte das Spiel wirklich. Der Chef der Tagwache weilte nicht in Moskau, die Übrigen stellten für mich anscheinend keine Gegner dar ...

Aber was rede ich da? Das war doch wohl anmaßend, oder? Als ob es in Moskau nicht genug starke Magier gäbe! Selbst wenn sie nicht in den Wachen arbeiteten. Schließlich würde es mich nicht ewig die Treppe hochziehen – endlose Treppen gibt es nicht. Irgendwann würde ich auf meinen Meister treffen, zumal diese Moskauer erfahrene Magier sind, viele von ihnen mit jahrhundertelanger Praxis. Und ich wusste ja selbst noch nicht, was ich vermochte und was nicht. Noch war ich ein Wilder. Und wer konnte schon sagen, ob meine Kraft nicht auf genau so wundersame Weise wieder verschwinden würde, wie sie aufgetaucht war?

Also überstürze nichts, Witalik, immer hübsch sachte. Denk lieber erst nach, was die ausklingende Nacht dir Schlechtes bringen könnte. Und lass es nicht darauf ankommen, leg lieber einen Zahn zu ...

Eilig ging ich zur Schtschelkowskoe Chaussee, verschwand in der Unterführung und baute mich an der gegenüberliegenden Seite auf, um zu trampen.

Was mir an Moskau gefällt, ist, dass es sich selbst in tiefster Nacht, selbst am frühen Morgen lohnt, den Arm auszustrecken: Schon im nächsten Moment würde am Straßenrand ein Auto anhalten. In Nikolajew kann man eine halbe Stunde den Daumen raushalten, und niemand kommt auch nur auf den Gedanken stehen zu bleiben. Hier entscheidet dagegen allein das Geld. Das brauchen alle.

Fünfzig Rubel bis zu den »Errungenschaften«. Der Standardpreis.

Ich stieg in den gut erhaltenen Volkswagen ein und fuhr meinen fast mit Händen zu greifenden Unannehmlichkeiten entgegen.

Bereits unten, vor dem Hotel, spürte ich, dass der Schutzschild meines Zimmers beschädigt worden war. Der Schutz hatte zwar funktioniert, genauso wie er es sollte, aber gerade das stellte mein Hauptproblem dar. Ohne auf jemanden zu achten, begab ich mich in den fünften Stock, ging zu meinem Zimmer, steckte den Schlüssel ins Schloss und verharrte einen Augenblick vor der Tür.

Gut. Komme, was wolle.

Er lag mit ausgebreiteten Armen mitten im Zimmer. Sein Gesicht zeigte den Ausdruck eines erstaunten und verletzten Kindes, als habe man ihm statt der heiß begehrten Schokowaffel eine wilde Hornisse in buntes Papier gewickelt, die ihm unverzüglich den Stachel in den unvorsichtig ausgestreckten Finger gejagt hatte.

Er hatte den »Ring des Schaab« aufgebrochen. Diese simple, aber wirkungsvolle Magie. Und natürlich hatte er das notwendige Wort nicht gekannt. Dieser junge, glücklose Detektiv Andrjucha Tjunnikow, der mich des Mordes an einer jungen Frau überführen wollte, dieser Lichte aus der Nachtwache.

Mit etwas mehr Erfahrung wäre er niemals in einen mit dem Ring geschützten Raum eingedrungen. Ich hatte noch nicht mal das ganze Zimmer damit gesichert, sondern nur den Schrank mit der Tasche darin.

Das konnte ich jetzt am allerwenigsten gebrauchen. Betrachteten die Lichten den Tod normaler Menschen lediglich als Wilderei, konnten sie den Mord an einem Anderen nicht so ohne weiteres abtun. Hier drohte das Tribunal.

Dabei hatte ich doch alles abgesperrt, hatte mein Territorium auf eine Weise abgesichert, die jeder Andere verstand! Das ist meins! Kümmert euch nicht darum, das ist meins! Ihr dürft hier nicht ran!

Aber nein, er musste seine Nase da reinstecken! Was das Aus

bedeutete, den Tod im *Zwielicht* ... Dieser minderjährige Neunmalkluge! Wollte er sich etwa hochdienen?

Ich musste Meldung machen. Sonst würden sie noch fragen, warum ich das nicht angezeigt hatte.

Ich griff nach dem Telefon, nicht nach dem Handy, sondern einem gewöhnlichen Apparat, der auf dem Tisch stand. Gehorsam purzelte die Nummer unverzüglich aus meinem Gedächtnis.

»Nachtwache? Witali Rohosa hier, Anderer, Dunkler. Ihr Mitarbeiter ist hier bei mir. Andrej Tjunnikow, wenn ich mich nicht täusche. Er ist tot. Könnten Sie wohl ... Hotel Kosmos, Zimmer 612.«

Seltsamerweise tauchten als Erste nicht die Lichten auf. Kaum betraten die Anderen den Stock – sie kamen zu zweit – überflutete mich förmlich ein Energiestrom. Bei den beiden handelte es sich um Dunkle Magier, die jeweils randvoll mit einer finsteren Kraft waren, die mich an das *Zwielicht* erinnerte, allerdings fester und dunkler war. Eine lange, sich allmählich zuspitzende Zunge des *Zwielichts* kroch direkt durch den Fußboden des Hotels weiter nach unten, zur Erde hin. Und, wie mir schien, noch tiefer. In die Erde hinein.

An der Tür klopfte es, und zwar betont korrekt.

»Ja, ja«, rief ich, ohne mich vom Sessel zu erheben. »Es ist offen, kommen Sie herein!«

Sie traten ins Zimmer. Mein Bekannter aus der Wohnung in der Perwomaika, Schagron. Und noch ein Mann, ebenfalls ein Magier, soweit ich es erkennen konnte. Genauso untersetzt wie Schagron, aber dunkelhaarig. Und stark. Stärker als sein Partner. Dennoch übernahm entgegen meiner Erwartungen das Reden Schagron. Offenbar handhaben die Wachen das so: Der Anführer einer Gruppe schweigt sich eher aus – Anton hatte es auch vorgezogen zuzuhören.

»Guten Abend, Kollege.«

Ich schnaubte. »Was ist an diesem Abend gut? Sie scherzen wohl, Kollege?«

Das Wort *Kollege* brachte ich absichtlich im selben Ton heraus wie Schagron. Aber der ließ sich einfach nicht aus der Fassung bringen, was eben seinen Vorteil mir gegenüber ausmachte. Den Vorteil an Erfahrung. Ich konnte nur mit billigen Finten wie diesen vorpreschen, auf plötzliche Erleuchtung und meine mystische Treppe hoffen, die sich gehorsam Stufe um Stufe für mich erbaute und mir den richtigen Stoß gab, damit ich zum richtigen Ort gelangte.

»Ich scherze nicht, Kollege, ich begrüße Sie nur. Sie hätten da auf uns warten sollen ... Sie wissen schon, wo. Ich hatte sehr darauf gehofft, mit Ihnen sprechen zu können.«

»Ich wollte niemanden stören«, gestand ich, und das entsprach zumindest mehr als zur Hälfte der Wahrheit. Es war für einen Anderen – sei er nun ein Dunkler oder ein Lichter – ganz normal.

»Ich habe mit Hilfe gerechnet. Von einem Mitstreiter. Aber Sie haben es vorgezogen zu verschwinden.«

Und dieses *Ich* zeugte durch und durch von einem Dunklen. Jeder Lichte an Schagrons Stelle hätte unweigerlich *Wir* gesagt, und zwar völlig aufrichtig. Dabei hätte er aber genau das Gleiche gemeint wie Schagron. Und auch das selbstverständlich nicht weniger aufrichtig.

»Gut. Stellen wir uns erst einmal vor. Das ist Edgar. Unser Kollege aus Estland, der seit einiger Zeit in der Moskauer Wache arbeitet. Was gibt es denn?«

»Ich bin schon wieder auf eine Leiche gestoßen«, gestand ich. »Ein Anderer. Ein Lichter. Ein Wächter. Doch Sie sind ohnehin bereits im Bilde, Kollege Edgar, oder etwa nicht?«

»Wir haben nicht viel Zeit, da die Lichten gleich auftauchen. Ist es das, was du mir sagen willst?«, fragte Edgar leise, der auf jede Diplomatie verzichtete und zum Du überging. Bei diesem dunkelhaarigen Esten, so begriff ich, legte ich es besser nicht auf einen Streit an.

»Am letzten Samstag, am Abend meiner Ankunft, hat dieser

Lichte eine Operation geleitet, zur Ergreifung eines wildernden Vampirs ...«

»Einer Vampirin«, verbesserte Edgar und runzelte die Stirn. »Und weiter?«

»Zufällig stand ich neben dem Opfer. Sie haben mich neben einer Leiche vorgefunden und den Dunklen in mir erkannt. Offenbar aus Unerfahrenheit – andere Gründe vermag ich nicht zu benennen – hat Tjunnikow mir die Taten des Vampirs ... der Vampirin zur Last gelegt. Ich habe ihn in seine Schranken gewiesen, und zwar, wie ich einräume, sehr heftig. Aber das hatte er sich selbst zuzuschreiben. Das war's im Grunde auch schon ... Als ich heute das Zimmer verlassen habe, habe ich es mit Schutzzaubern gesichert. Als ich zurückgekommen bin, lag er hier. Ich konnte ihm nicht mehr helfen.«

Der letzte Satz kam von selbst aus mir heraus, ich hatte ihn eigentlich gar nicht sagen wollen. Offenbar »trug« mich jetzt wieder etwas.

»Diese Rotznase hat die Operation geleitet?«, fragte Schagron ungläubig. »Da waren doch weitaus erfahrenere Lichte dabei. Die Tigerin, einige Magier ...«

»Tjunnikow machte sein Praktikum, da ist das ganz normal«, brummte Edgar und richtete den Blick abermals auf mich. »Hast du den ›Ring des Schaab‹ mit solcher Kraft aufgeladen, dass der Praktikant der Lichten sofort gestorben ist?«

Eine eindeutig rhetorische Frage. Ich hatte also einen simplen Zauber gewirkt, in ihn aber zu viel Kraft gelegt. Schon möglich ...

Die Ankunft der Lichten spürten Edgar und ich zugleich – sie fuhren gerade vor dem Hotel vor. Ein paar Sekunden später ortete auch Schagron sie.

»Was hast du ihnen gesagt?«, fragte Edgar, der es jetzt sehr eilig hatte. »Nur kurz.«

Allem Anschein nach hatte er uns unter einer unsichtbaren Haube verborgen, die recht stark war. Doch ehe ich ein Wort antwortete, legte ich in die Haube auch noch meine Kraft, die ich zum Teil aus mir, aus meinem Bewusstsein, zum Teil aus meiner Umgebung geschöpft hatte. Das geschah völlig unbewusst, doch in den Augen Edgars las ich eine gewisse Verwunderung.

»Ich habe sie angerufen und ihnen gesagt, dass in meinem Zimmer ein toter Lichter liegt. Und seinen Namen genannt. Mehr nicht.«

Edgar nickte kaum merklich und bedachte Schagron mit einem beredten Blick. Dieser deutete ein ganz leichtes Schulterzucken an.

Die Zeit, die noch blieb, bis es – weit weniger korrekt – an der Tür klopfte, verbrachten wir schweigend.

Die Lichten warteten noch nicht mal die Aufforderung einzutreten ab. Sondern kamen einfach ins Zimmer.

Es waren fünf: Tolik, Anton und die Gestaltwandlerin, die es gerade noch geschafft haben mussten, auf dem Weg von der Perwomaika hierher einen Abstecher zu ihrem Büro zu machen, und noch zwei andere, ein intelligent wirkender Mann mit Brille in einem Gestell, das über achthundert Dollar gekostet haben dürfte, sowie ein weiterer Mann mit einem so braungebrannten Gesicht, als ob hier nicht Winter herrschte.

Die beiden und der ihnen dicht folgende Tolik sahen sich sorgfältig um, sondierten alles und scannten jeden Zentimeter des Zimmers. Vermutlich hatten die Wände hier noch nie eine derart intensive magische Behandlung über sich ergehen lassen müssen.

Anton und die junge Frau mischten sich nicht ein, doch ich spürte instinktiv die von ihnen ausgehende Antipathie. Keinen Hass – denn die Lichten sind einfach nicht imstande, richtig zu hassen. Eher den Wunsch, mich ordentlich in die Zange zu nehmen, zu verurteilen, eine Strafe herauszuschlagen. Oder einfach kräftig genug zuzutreten, um mich für immer ins *Zwielicht* zu jagen.

Außerdem hatte ich den Eindruck, dass sich draußen noch mindestens ein weiterer Lichter aufhielt. Vielleicht stand er im Gang oder an den Fahrstühlen. Offenbar gab er seinen Kollegen Deckung, wobei er sich selbst ungeheuer sorgsam abschirmte, denn ich hatte ihn sozusagen zufällig geortet. Schagron und Edgar dagegen ahnten von seiner Anwesenheit meiner Meinung nach noch nicht einmal etwas.

Ich runzelte die Stirn. Die Lichten – doppelt so viele wie wir – waren uns zahlenmäßig überlegen. Zudem handelte es sich bei den beiden, die ich zuerst gesehen hatte, um sehr starke Magier, erster Grad, wohl kaum darunter. Auf alle Fälle waren sie zusammen stärker als Schagron und Edgar. Anton war ebenfalls keine völlige Null, er konnte sich sowohl mit Schagron wie auch mit Edgar messen. Dann noch die Frau, eine ausgebildete Kämpferin. Und der Unbekannte irgendwo in der Nähe. Eine sehr unangenehme Verteilung der Kräfte. Sie würden uns zu Staub zermalmen, zu feinem Vanillestaub ...

Inzwischen hatten die Lichten das Scannen beendet. Der Brillenträger trat an mich heran. »Sagen Sie einmal, war es wirklich nötig, einen Schutzzauber von solcher Kraft zu wirken?«, erkundigte er sich bewusst beiläufig.

»Weshalb hätte ich denn Ihrer Ansicht nach sonst so viel Kraft dafür aufwenden sollen?«

Der Brillenträger und der zweite mir unbekannte Mann wechselten rasch einen Blick.

»Wir verlangen eine Überprüfung Ihrer Sachen.«

»Stopp, stopp«, mischte sich Edgar sofort ein. »Mit welcher Begründung eigentlich?«

Der Brillenträger setzte ein unschönes Lächeln auf – das sich auf die Lippen beschränkte. »Die Nachtwache hat den Verdacht, dass ein verbotenes Artefakt von außergewöhnlicher Kraft in das Gebiet Moskaus eingeführt worden ist. Dass solche Handlungen unserem Abkommen entgegenstehen, sollten Sie wissen.«

Meine Dunklen Kollegen sahen mich voller Zweifel an. Offenbar erwarteten sie eine ganz bestimmte Reaktion von mir. Aber welche? Mein innerer Erste-Hilfe-Souffleur hielt es diesmal nicht für nötig, mir irgendetwas vorzusagen. Andererseits wusste ich nur zu gut, dass sich in meiner Tasche keine verbotenen Artefakte befanden. Deshalb winkte ich großmütig mit einer Hand. »Sollen sie sie doch ruhig durchsuchen! Von mir aus die ganze Nacht lang.«

»Einspruch«, sagte Edgar leise und anscheinend ohne allzu große Hoffnung. »Ihr Vorgehen ist nicht von der Leitung sanktioniert.«

»Einspruch abgelehnt«, parierte der Brillenträger mit fester Stimme. »Ich selbst bin die Leitung. Zeigen Sie mir Ihre Sachen, Dunkler.«

Mich brauchte man nicht zweimal zu bitten. Mit einer Handbewegung neutralisierte ich die Überreste meines Schutzschilds und öffnete den Schrank, in dem in völliger Einsamkeit neben ein paar Kleiderbürsten meine Tasche lag. Ein Teil der Aufschrift schien uns tadelnd anzublicken: »Fuj ...« Aus irgendeinem Grund stellte ich mir eine gelangweilte, knarrende Stimme vor, die »Pfui ...« sagte.

Ich holte meine Tasche hervor und kippte ihren Inhalt auf dem Bett aus. Die Lichten interessierten sich kaum für die Kleidung, spannten sich aber an, als sie die letzte Tüte entdeckten – der zweite Unbekannte griff sogar nach dem Amulett in seiner Jackentasche.

Nachdem ich das Geld auf die Decke geschüttet hatte, starrten mich alle an. Sowohl meine eigenen Leute wie auch die Lichten. Als sei ich ein Verrückter. Ein ausgemachter und unverbesserlicher Verrückter.

»Bitte«, sagte ich. »Das ist alles, was ich habe. Hunderttausend. Ach nein, schon ein bisschen weniger.«

Der Brillenträger trat ans Bett, wühlte angewidert in den Sachen herum und inspizierte die Tüten. Aber ich verstand, was er eigentlich wollte: haptischen Kontakt.

Die Sachen mit einem gewissen Abstand gescannt zu haben genügte ihm nicht!

Mein Gott, wessen verdächtigten die mich bloß? Vermutlich hatte tatsächlich irgendein Dummkopf versucht, etwas Verbotenes nach Moskau einzuschmuggeln, und nur weil ich es mit dem Schutz meiner unglückseligen Dollar ein wenig übertrieben hatte, legten sie das jetzt mir zur Last. Ha, ha, ha! Etwas Absurderes ließ sich ja wohl kaum vorstellen.

Eine Minute lang beschnüffelte der Brillenträger mein Gepäck. Dann gab er auf. »Gut. Hier ist nichts. Das Zimmer erklären wir zum Sperrgebiet. Sie müssen sich damit abfinden umzuziehen.«

Die Gestaltwandlerin zuckte zusammen und sah den Brillenträger ebenso fragend wie verständnislos an. Der deutete ein Schulterzucken an, und ich verstand den Sinn dieser Geste. Es gab nichts, was er mir hätte in die Schuhe schieben können. Dafür fehlte jede Grundlage. Die Tierfrau spannte sich an, doch der zweite Magier legte ihr die Hand auf die Schulter, als wolle er sie vor einer unüberlegten Tat bewahren.

»Ach jaa?«, brachte Edgar schmeichlerisch hervor, und in diesem *Ach jaa* lag endlich etwas Estnisches. »Umziehen, ja? In diesem Fall verlangen wir die offizielle Erlaubnis für eine Intervention siebten Grades. Um unnötige Fragen seitens der Verwaltung zu vermeiden.«

Die Lichten zeigten sich unzufrieden, und zwar durch die Bank.

»Wozu das? Sie können das Hotelpersonal auch manipulieren, ohne Korrekturen an der Psyche vorzunehmen.«

»Aber Sie haben die Angewohnheit, jegliche Manipulation zum Gesetzesverstoß zu erklären«, erläuterte Edgar mit Unschuldsmiene.

»Eine Erlaub...«, setzte Ilja an, verstummte dann aber. »Nein. Das gestatte ich nicht. Anton, geh mit ihnen runter und kümmer dich um alles. Sieh zu, dass unser Freund so weit wie möglich von hier fortkommt, damit ... Also, mach es einfach.«

Edgar seufzte enttäuscht. »Also dann ... Nein heißt nein. Sagen Sie, mein Guter, haben Sie noch Fragen an unseren Kollegen?«

In der Stimme und im Ton Edgars lagen gleichermaßen Arroganz wie Eloquenz, sodass ich schon Angst hatte, der Este würde den Lichten jede Entscheidung, wie immer sie auch ausfallen mochte, verübeln. Aber offenbar kannten sie Edgar ganz gut. Möglicherweise handelte es sich aber auch um eine essigsaure Höflichkeit, die in beiden Wachen üblich war.

»Nein. Wir werden ihn nicht länger festhalten. Wir weisen aber noch einmal darauf hin: Bis zum Abschluss der Untersuchungen in nunmehr bereits drei Fällen ist es ihm verboten, Moskau zu verlassen.«

»Ich werde es nicht vergessen«, brachte ich in höchstem Maße unschuldig hervor.

»In diesem Falle sind wir so frei, uns zurückzuziehen. Kollege Witali, packen Sie Ihre Sachen ...«

Wie es kam, stopfte ich meine Habseligkeiten in die Tüten und diese in die Tasche, griff mir die im Sessel liegende Jacke und stand auf. Edgar wies mit einer einladenden Geste auf die Tür.

Wir traten in den Gang hinaus und fuhren mit dem Fahrstuhl ins Foyer, wo Edgar sich überraschend an den Lichten wandte. »Anton! Unser Kollege wird nicht länger in diesem Hotel wohnen. Wir nehmen ihn mit. Wenn Sie noch etwas von ihm wollen, erkundigen Sie sich bei der Tagwache nach ihm.«

Den Lichten irritierte das offenbar. Unentschlossen schaute er zu dem hinter dem Empfangstresen schlummernden Mann hinüber und nickte dann unsicher. Wir gingen zum Ausgang.

Die Jacke zog ich gar nicht erst an, denn ich machte sofort den bereits vertrauten BMW vor dem Hoteleingang aus. Übrigens entdeckte ich ihn nur, weil ich ein Anderer war.

Im Wagen war es warm und gemütlich. Und komfortabel – die Knie bohrten sich nicht in die Lehnen des Vordersitzes. Ich machte es mir bequem.

»Und wo soll ich jetzt wohnen?«, wollte ich wissen.

»Im Büro der Tagwache, Kollege. Genauer, im Hotel des Büros. Du hättest gleich dorthin fahren sollen.«

»Wenn ich gewusst hätte, wohin«, murmelte ich.

Der BMW fuhr los, steuerte flugs auf die Ausfahrt des Parkplatzes zu, tauchte unter der kaum hochgegangenen Schranke hindurch und fädelte sich in den dahinströmenden Verkehrsfluss auf dem Prospekt Mira ein.

Vielleicht war Schagron nicht der stärkste Magier – aber Auto fahren konnte er. Der Prospekt Mira flog unter uns dahin und verschwand ebenso schnell wie der Gartenring. Von der Twerskaja sah ich nicht mehr als die endlosen Schaufenster mit den getönten Glasscheiben. Oder nein, endlos war die Reihe nun doch nicht.

In der Nähe des Kremls entstiegen wir dem Auto. Die Magier ließen den BMW direkt am Straßenrand stehen und machten sich nicht einmal die Mühe, ihn abzuschließen. Ich beschloss, ihn mir durchs *Zwielicht* anzusehen, einfach aus Neugier, weil ich die Schutzzauber studieren wollte. Um nicht noch einmal dumm aus der Wäsche zu gucken.

Ich erstarrte. Allerdings nicht beim Anblick des Autos. Sondern beim Anblick des Hauses, das in der normalen Welt ganz gewöhnlich aussah.

Im *Zwielicht* wuchs das Haus um ganze drei Stockwerke. Eines davon schob sich zwischen das eigentliche Parterre und den ersten Stock, während die beiden anderen das ohnehin nicht kleine Haus noch höher machten. Die *Zwielicht*-Etagen bestanden aus glänzendem schwarzem Granit. Fast alle Fenster waren dunkel, mit Gardinen verhangen; nur in den weißen Kästen der modernen Klimaanlage spiegelten sich matt die ersten schwachen Sonnenstrahlen wider.

Die Schutzzauber hatte ich prompt vergessen.

Ein kleiner Eingang mündete direkt in die Twerskaja. Hinter einer Glastür ließ sich die Silhouette eines Anderen eher erahnen als wirklich ausmachen.

»Oho!«, sagte ich. Meine Stimme klang tonlos wie jeder Ton im *Zwielicht*. Meine Kollegen wandten mir wie auf Befehl die Köpfe zu, als sie meinen Ausruf hörten.

»Was ist? Hast du das früher noch nie gesehen?«

»Nein.«

»Beim ersten Mal beeindruckt es alle. Gehen wir, du wirst es dir schon noch angucken können.«

Wir stiegen ein paar Stufen hinauf und gelangten in den winzigen Raum der Posten. Die verschwommene Figur hinter der Tür nahm als dürrer, melancholisch wirkender Mann Gestalt an, meiner Meinung nach ein Tiermann. Er las Pelewins »Die Werwolf-Frage in Mittelrussland« und grinste glücklich.

Doch kaum betrat Edgar den Vorraum, als der Mann sich verwandelte. Seine Augen blitzten auf, das Buch fiel auf die Tischplatte.

»Hallo, Oleg«, begrüßte Edgar ihn mit baltischem Akzent – wo auch immer der plötzlich herkommen mochte.

Schagron nickte bloß.

Ich entschied mich, ihn ebenfalls anzusprechen. »Guten Morgen.«

»Das ist unser Kollege aus der Ukraine«, stellte Edgar mich vor. »Im Zweifelsfall kann er ohne Kontrolle in den Gästebereich gelassen werden.«

»In Ordnung«, versicherte Oleg sofort. »Soll ich ihn in die Datenbank eintragen?«

»Ja.«

Oleg sah mir in die Augen, bleckte freundlich die Zähne, überprüfte mit einiger Anstrengung die Registrierungszeichen, setzte sich hinter seinen Tisch und holte ein Notebook aus der Schublade.

»Wo ist dein Partner?«, fragte Edgar.

Oleg blickte ertappt drein. »Er wollte nur eben Zigaretten holen ... Ist gleich wieder da.«

»Gehen wir«, meinte Edgar seufzend, packte mich am Ärmel

und brachte mich zu den Fahrstühlen. Schagron hatte bereits den Knopf gedrückt, um ihn zu holen.

Die Fahrt hinauf dauerte lange. Zumindest länger, als ich es erwartet hatte. Aber dann fielen mir die zusätzlichen Stockwerke wieder ein, und alles rückte an seinen Platz.

»Der Gästebereich liegt im achten Stock«, erklärte Edgar. »Im Grunde ist es ein Hotel, nur kostet es nichts. Ich glaube, im Moment wohnt sogar jemand hier.«

Die Türen des Fahrstuhls glitten lautlos auseinander, und wir fanden uns in einem quadratischen Foyer wieder, dessen Ausstattung eine kluge Mischung aus Luxus und sparsamer Funktionalität darstellte. Ledersofas und Sessel, ein Topf mit einer echten Palme, Stiche an den Wänden, Parkettboden mit Teppichen. Der Empfangstresen entsprach dem in einem Hotel, nur gab es hier nichts, was an einen Tisch und einen Stuhl für das Etagenpersonal erinnert hätte. Nur ein verschlossenes Büro, in dessen Schloss jedoch ein eleganter Metallschlüssel steckte.

Edgar schloss das Büro auf. In seinem Innern fanden sich akkurat horizontal angebrachte, pilzförmige Haken, an denen jeweils ein Schlüssel hing. Neben jedem Haken funkelte die Zimmernummer.

Doch halt, das war voreilig: An zwei Haken hing kein Schlüssel, am zweiten und am vierten.

»Such dir was aus. Wenn der Schlüssel hier hängt, heißt es, die Wohnung ist frei.«

Er sprach ausdrücklich von *Wohnung*, nicht von *Zimmer*, als ob der Umstand, für Wohnraum nichts bezahlen zu müssen, für Andere ebendie Grenze darstellte, die ein unpersönliches Hotelzimmer von dem Ort unterscheidet, den man ein Zuhause nennen kann.

Ich nahm den Schlüssel Nummer acht. Den rechten in der zweiten Reihe.

»Du kannst dir nachher alles ansehen«, meinte Edgar. »Jetzt stell nur deine Sachen ab und komm gleich wieder.«

Ich nickte. Was meine Dunklen Kollegen wohl mit mir vorhatten? Vermutlich ein freundliches, doch sehr knallhartes Verhör.

Gut. Das würde ich schon überstehen. Schließlich sind es doch meine Leute.

Die Wohnung trug ihre Bezeichnung zu Recht. Es gab eine Küche, ein abgetrenntes Bad und WC, drei geräumige Zimmer sowie eine große Diele – eine typische Wohnung der Stalinzeit, die nach europäischen Standards modernisiert worden war. Die Decken waren mindestens dreieinhalb Meter hoch, vielleicht sogar ganze vier.

Ich hängte meine Jacke an die Garderobe und ließ die Tasche einfach mitten in der Diele stehen. Dann trat ich wieder in den Gang hinaus und knallte die Tür hinter mir zu.

Aus der vierten Wohnung klang leise Musik zu mir herüber. Vor einer Minute, als ich daran vorbeigegangen war, hatte ich eingängige ausländische Töne vernommen. Jetzt lief ein neues Lied, und ich erahnte die Worte eher, als dass ich sie verstand, da der fetzige Rhythmus und der Hardrock-Sound sie fast erstickten.

Vom Schicksal tief hinabgestürzt,
Wird Zeit, dass du vergisst,
Was du dort oben einmal warst,
Doch denk dran, was du bist!
Der Ruhm hat dich geliebt – warum,
Ist heute ganz egal,
In deine leere Seele brennt
Die Niedertracht ihr Mal.
Die Menschen wühlen tief im Dreck,
Bereit, sich zu zerfleischen,
Um von dem Jammerleben noch
Ein Stückchen abzukriegen.
Du jagst im Kreis, so elend und

So bös wie deinesgleichen,
Und wirst, ob Sklave, ob Prophet,
Bald unterm Messer liegen.

Ich weiß nicht, warum, doch ich blieb wie angewurzelt vor der fremden Tür stehen. Das waren mehr als schlichte Worte. Ich sog sie mit meiner Haut auf, mit meinem ganzen Körper. Ich hatte vergessen, wer ich früher einmal war, aber wie sollte ich mich daran erinnern, wer ich jetzt war? Und jagte ich nicht mit meinesgleichen, die ich noch gar nicht kannte, in einem neuen Kreis herum?

Oh könntest du doch nur die Stille hören,
Nicht Lüge, Schmeichelei, nicht Tag und Nacht.
Wie Schnee im Frühling tauen,
Und lieben voll Vertrauen –
Die böse Sehnsucht hätt' dich umgebracht.

Nun, Stille würde ich in der nächsten Zeit bestimmt nicht hören.

Zu viele interessierten sich schon für meine bescheidene Person. Sowohl Lichte als auch Dunkle ...

Die Stimme des Sängers hatte unterdessen an Volumen gewonnen, klang jetzt triumphierend und frech:

He, Himmelsbewohner!
Wer war noch nicht ganz unten?
Wer nicht durch die Hölle ging,
Erbaut kein Paradies!
He, ihr da im Dreck!
Der Donner lacht über euch.
Na los doch, zieht mit ihm gleich –
Da gibt's nur eins: Hinauf!
Da gibt's nur eins: Hinauf ...

Darum ging es also ... Nach oben. Und das Paradies ist demnach nicht zu erreichen, wenn man sich vorher nicht ausgiebig in der Hölle herumgetrieben hat. Nur hat jeder sein eigenes Paradies und seine eigene Hölle. Aber andererseits singt Kipelow ja genau davon.

Wie seltsam. Dieses Lied hatte ich schon früher gehört, der Name des Sängers hatte sich in mein Gedächtnis eingebrannt, und den Song hatte ich mir sogar auf MD brennen lassen. Doch jetzt klang das Lied völlig neu für mich, schnitt mir überraschend wie eine Scherbe unsichtbaren Glases ins Bewusstsein.

»Kollege! Beeilen Sie sich ein bisschen!«, rief Edgar mich.

Bedauernd trat ich von der Tür zurück.

Das muss ich nachher noch mal hören ... Ich kaufe das ganze Album und höre es mir noch mal an.

Die Stimme des Sängers verebbte in meinem Rücken.

Doch wenn das Licht aufflammt im Hirn,
Fegt es die Demut hinweg,
Werden vergangene Tage lebendig,
Neue Sünden begangen.
Blut an den Felsen, Blut an der Hand –
Über die Körper, die elenden Rücken
Derer, die lieber als Sklaven verrecken
Drängst du von neuem hinauf.

Aus irgendeinem Grund hatte ich den Eindruck, Kipelow wisse genau, wovon er sang. Verstand etwas von Blut. Vom Dreck. Vom Himmel. Er könnte ohne weiteres ein Anderer sein, dieses langhaarige Idol der russischen Heavy-Metal-Fans. Zumindest hätte mich das nicht allzu sehr verwundert.

Edgar, Schagron und ich gingen noch ein Stockwerk nach oben und kamen zum eigentlichen Büro. Mit einem großen, durch Wandschirme in kleinere Zellen untergliederten Raum, mit einzelnen Arbeitszimmern etwas abseits und mit einer Halle, die von der Twerskaja durch eine riesige, leicht getönte Scheibe getrennt war. Ich registrierte, dass die Dunklen praktisch keine Tischcomputer benutzten – zumindest saßen die drei Mitarbeiter, die entweder absolute Nachteulen oder extreme Frühaufsteher waren, ausnahmslos über Laptops gebeugt da.

»Hellemar!«, rief Edgar, und einer der drei – wie der Posten unten am Eingang ein Werwolf – riss sich widerwillig von einem hochkomplizierten Spiel los.

»Ja, Chef?«

»Ich brauche einen operativen Bericht mit den neuesten Nachrichten! Die Verlagerungen von Reagenzien und Artefakten von großer Kraft. Verluste, Abgänge, Schmuggel. Die allerneuesten Ereignisse!«

»Weshalb?« Der, der Hellemar hieß, wurde etwas munterer. »Was ist denn im Busch?«

»Die Lichten verbreiten die Information, jemand versuche ein Artefakt nach Moskau zu bringen. Leg los, Hellemar!«

Hellemar drehte sich den übrigen Spielern zu. »He, ihr Schafsköpfe. An die Arbeit!«

Die Schafsköpfe schlossen sofort alle Spiele. Eine Sekunde später hörte ich bereits das leise Klackern der Tastatur, während die endlosen Gänge voller Monster auf den Bildschirmen dem bunten Fenster von Netscape gewichen waren.

Edgar brachte mich in ein Büro, das vom Saal durch eine Scheibe und eine Jalousie abgetrennt war. Schagron rannte kurz irgendwohin, kam aber gleich darauf mit einem Glas *Tchibo* und einem Tetrapack finnischen Eiswassers wieder. Das Wasser goss er in den Kessel und schnippte dann mit dem Finger gegen den entsprechenden Knopf. Fast unmittelbar danach blubberte der Kessel voller Arbeitseifer los.

»Ich hoffe, du hast Zucker?«, brummte Schagron.

»Ja.« Edgar ließ sich in einen Sessel fallen und bot mir den anderen an. »Setzen Sie sich, Kollege. Sie haben doch nichts dagegen, wenn ich Sie einfach Witali nenne?«

»Nein, natürlich nicht. Tun Sie das ruhig.«

»Bestens. Also, Witali, ich werde jetzt sprechen, und Sie korrigieren mich, wenn etwas nicht stimmt. Abgemacht?«

»Ja«, stimmte ich bereitwillig zu. Denn ich konnte mir kaum vorstellen, welche aus meinem Unterbewusstsein auftauchenden Märchen ich diesen zielstrebigen Mitarbeitern der Tagwache auftischen würde.

»Habe ich es richtig verstanden, dass Sie von dem eben erwähnten Artefakt keine Kenntnis haben?«

»Ja«, bestätigte ich.

»Schade«, bedauerte Edgar aufrichtig. »Das hätte die Sache ungemein vereinfacht ...«

Ehrlich gesagt hatte ich nicht nur von dem eben erwähnten, sondern von allen, von absolut allen Artefakten, die Edgar interessieren könnten, nicht die geringste Kenntnis. In diesem Bereich, in dem erfahrene Andere als Experten auftreten konnten, stand ich noch dümmer da als das berühmte Tier vor dem berühmten Eingang.

»Dann zum nächsten Punkt. Sie kommen aus der Ukraine, habe ich das richtig verstanden?«

»Ja. Aus Nikolajew.«

»Mit welchem Ziel sind Sie nach Moskau gereist?«

Ich dachte eine halbe Minute über die Antwort nach. Niemand drängte mich.

»Das ist schwer zu sagen«, gab ich ehrlich zu. »Anscheinend habe ich kein bestimmtes Ziel. Ich hatte es einfach satt, zu Hause rumzusitzen.«

»Sie sind erst vor kurzem initiiert worden, das stimmt doch, oder?«

»Ja.«

»Wollten Sie die Welt kennen lernen?«

»Vermutlich.«

»Warum dann Moskau und nicht – sagen wir mal – die Bahamas?«

Ich zuckte mit den Schultern. In der Tat, warum? Es konnte doch wohl nicht daran liegen, dass ich bis jetzt über keinen Auslandspass verfügte?

»Ich weiß nicht. Auf die Bahamas muss man im Sommer fliegen.«

»In der südlichen Halbkugel ist jetzt Sommer. Und dort gibt es genügend Orte, die Sie sich ansehen könnten.«

Das stimmte. Darüber hatte ich noch nicht nachgedacht.

»Ich weiß es einfach nicht«, erwiderte ich. »Später vielleicht einmal ...«

Ich hatte den Eindruck, Edgar wollte mir noch eine weitere Frage stellen, aber nun platzte Hellemar ohne anzuklopfen ins Büro. Seine Augen waren rund wie bei Jerry der Maus, wenn er urplötzlich in unmittelbarer Nähe seinen ewigen Verfolger Tom erspäht.

»Chef! In Bern, die Kralle des Fafnir! Sie wurde aus dem Depot der Inquisition gestohlen! Seit drei Stunden steht ganz Europa Kopf!«

Schagron verlor die Kontrolle über sich und schnellte hoch. Edgar bewahrte die Fassung, doch seine Augen loderten auf, und selbst ohne ins *Zwielicht* einzutauchen konnte ich die orangefarbenen Ströme ausmachen, die jetzt in seiner Aura aufblitzten. Gleich darauf hatte er sich übrigens wieder im Griff.

»Ist das eine offene Information?«

»Nein, eine geheime. Offizielle Erklärungen hat die Inquisition bisher nicht abgegeben.«

»Die Quelle?«

Der Werwolf zögerte. »Die Quelle ist inoffiziell. Aber zuverlässig.«

»Hellemar«, sagte Edgar bedeutungsvoll. »Die Quelle?«

»Unser Mann in der Prager Nachrichtenagentur«, gestand Hellemar. »Ein Anderer. Ein Dunkler. Ich habe ihn in einem privaten Chat abgeschöpft.«

»Ts, ts, ts ...«

Zu gern hätte ich eine Frage gestellt, doch natürlich durfte ich momentan nur blinzeln und musste schweigen, während ich die bedeutsamen, aber leider unverständlichen Sätze aufsog.

»Und woher wissen die Lichten davon?«, fragte Schagron begriffsstutzig.

»Wie wohl ...« Edgar zuckte komisch mit den Augenbrauen. »Sie haben ein riesiges Netz von Informanten ...«

»*Aleph*-Zustand«, setzte Edgar Hellemar kurz und knapp in Kenntnis. »Ruf unsere Leute zusammen ...«

Innerhalb von einer halben Stunde füllte sich das Büro. Natürlich waren alle Anwesenden Andere. Und selbstverständlich Dunkle.

Aber ich verstand nach wie vor nichts.

Als Anton in das Zimmer 612 zurückkehrte, saß Ilja in einem Sessel und massierte sich die Schläfen, während Garik nervös über den Teppich tigerte, vom Fenster zum Sofa. Tolik und Tigerjunges hatten auf dem Sofa Platz genommen, in der Türfüllung zum Schlafzimmer wiegte sich Bär hin und her.

»... hat mich übrigens geortet«, sagte Bär finster. »Deine *Wolke* hat nichts geholfen.«

»Und der Este?«

»Der Este hat tatsächlich nichts gespürt. Und Schagron natürlich auch nicht. Aber dieser Typ fast auf Anhieb.«

»So was kommt vor, Freunde. Er kann doch nicht wirklich stärker als der Este sein?«, fragte Garik.

»Warum eigentlich nicht?«, wollte Ilja wissen, ohne den Kopf zu heben. »Noch vor ein paar Stunden habe ich geglaubt, dass ich alle vier Dunklen Moskaus kenne, mit denen ich bei einem Duell nicht fertig würde. Jetzt bin ich davon nicht mehr überzeugt.«

Anton lehnte sich gegen den Kühlschrank. Eine Frage, die

ihm schon auf der Zunge lag, blieb einstweilen noch dort. Das Gespräch gestaltete sich jetzt interessanter, als er zunächst geglaubt hatte.

Außerdem kam ihm Tigerjunges zuvor. »Ilja! Kannst du uns das nicht endlich erklären? Was hat es mit diesem Artefakt auf sich?«

Ruckartig stand Ilja auf. »Kurz gesagt«, begann er, »aus dem Depot der Inquisition in Bern ist die Kralle des Fafnir gestohlen worden. Vor zwei ...« Er sah auf die Uhr. »Nein, bereits vor drei Stunden. Die Schweizer Abteilung ist in Panik. Die Inquisition spuckt Gift und Galle, hat aber noch kein offizielles Kommuniqué herausgegeben. Einzelheiten sind nicht bekannt, man weiß nur, dass die Kralle das saisonale Maximum an Kraft aufweist. In der dunklen Phase, selbstverständlich. Simplen Berechnungen zufolge drohen allein bei der Freisetzung eines Teils der Kraft, mit der die Kralle aufgeladen ist, im Gebiet Zentralrusslands gewaltige Erschütterungen bis hin zu einem lokalen Ausbruch des Infernos. So sieht es also aus ...«

»Und Sebulon ist nicht in Moskau ...«, meinte Tolik bedeutungsvoll.

»Dann stecken also die Dunklen hinter alldem?«

»Na, wir jedenfalls nicht.« Ilja rollte die Schultern, als sei ihm plötzlich kalt.

»Weiß Ignatitsch Bescheid?«

»Natürlich. Er hat mich auch über alles informiert. Er hat befohlen, nicht die Nerven zu verlieren und unermüdlich weiterzuarbeiten ...«

Ilja setzte sich wieder hin.

»Ich weiß nicht, was ich davon halten soll«, sagte er hart und zugleich hilflos. »Als ich vom ›Ring des Schaab‹ und dem ermordeten Lichten erfahren habe, habe ich ehrlich gesagt angenommen, die Kralle sei ebenfalls dort. Weshalb hat er denn den Ring mit einer solchen Kraft aufgeladen? Das ist doch Verschwendung, die reinste und überflüssige Verschwendung!

Wenn er die Kralle verteidigen wollte, ja, dann hätte ich das verstanden, aber wegen ein paar blöder Dollar, das ist doch einfach idiotisch ...«

»Der Dunkle hätte die Kralle nicht unbeaufsichtigt im Zimmer gelassen«, gab Garik zu bedenken.

»Niemals. Das wäre dumm.«

»Stimmt«, räumte Ilja ein. »Trotzdem mussten wir das überprüfen.«

»Und was sollen wir jetzt machen?«, fragte Tigerjunges niedergeschlagen. »Andrjuschka ist tot, und wir sollen noch nicht mal seine Mörder bestrafen können?«

»Katja!« Ilja sah sie mitfühlend an. »Wie traurig es auch sein mag, wir müssen uns damit abfinden. Wir sind mit einem Problem konfrontiert, das Andrejs Tod in den Hintergrund treten lässt. Die Analytiker werten seit vier Uhr heute früh das vorläufige Gleichgewicht der globalen Kraftreserven aus. Wenn die Kralle verlagert wird, wird das Gleichgewicht unweigerlich zerstört.«

»Gibt es bereits Ergebnisse?«

»Ja. Vor einer Stunde konnte ermittelt werden, dass die Kralle entweder bereits in Moskau ist oder demnächst hier auftauchen wird.«

»Warte«, schaltete sich Tolik abermals ein. »Soll das heißen, die erneuten Fälle von Wilderei und unmotivierter Aggressivität der Dunklen gehen auf den Einfluss der Kralle zurück?«

»Wahrscheinlich.«

»Aber zum ersten Zwischenfall kam es bereits am Samstag!«, wunderte sich Tigerjunges.

Ilja massierte sich erneut die Schläfen. Jetzt ließ sich nicht mehr übersehen, wie müde er war. »Die Kralle ist sehr stark, Tigerjunges. Die Wahrscheinlichkeitsfäden ziehen sich weit in die Zukunft. Und die Dunklen sind wesentlich anfälliger für den Einfluss Schwarzer Artefakte als wir. Vor allem, wenn es um so alte Artefakte geht. Da ist das Kroppzeug von denen bereits durchgedreht ...«

»Wenn sie so stark ist, wie konnte sie der Inquisition dann abgeknöpft werden?«

»Das weiß ich doch nicht«, blaffte Ilja. »Ich war schließlich nicht dabei. Aber ich bin felsenfest davon überzeugt, dass alles, was man tun kann, früher oder später auch getan wird.«

»Unsere Leute kommen«, platzte Garik mitten in ihr Gespräch hinein.

Tatsächlich kam jemand aus der Wirtschaftsabteilung. Ohne Frage, um die Leiche von Andrej Tjunnikow fortzuschaffen, der sich in einer unglückseligen Stunde in einem Geflecht der Kraft verfangen hatte, dem er noch nicht gewachsen war.

»Und dieser Dunkle?«, fragte Anton schließlich. »Glaubst du, er hat etwas mit den Entführern zu tun?«

»Nicht unbedingt.« Ilja beobachtete mit finsterem Blick, wie man Tjunnikow in einen schwarzen Plastiksack steckte, der mit einem Reißverschluss geschlossen wurde. »Möglicherweise soll er uns nur ablenken. Oder er weiß selbst nicht, was er tut. Das scheint mir übrigens am wahrscheinlichsten. Die Kralle gibt ihm Befehle. Oder derjenige, der jetzt über die Kralle gebietet. Und der Dunkle ist seit dem Zusammenstoß am Samstag im Tordurchgang bei den ›Errungenschaften‹ eindeutig stärker geworden.«

»Also sollten wir ihn observieren?«, schlug Tolik vor. »Wenn er mit der Kralle verbunden ist, bringt er uns doch unweigerlich zu den Entführern?«

»Wenn er mit ihr verbunden ist, ja.«

»Und wenn nicht?«

Ilja seufzte nur. »Dann müssen wir mit weiteren Überraschungen und Unannehmlichkeiten rechnen. Aber dieser Dunkle wird erneut in unser Blickfeld geraten. Bestimmt.«

»Moment mal!« Garik spannte sich an. »Und wenn er durch die Kralle auserwählt ist?«

»Gerade das macht mir ja Angst ...«

Anton schüttelte den Kopf. Nach den Ereignissen vor anderthalb Jahren hatte er manchmal geglaubt, er könne als erfahrener und abgebrühter Wächter durchgehen. Jetzt fühlte er sich erneut als Anfänger zwischen Virtuosen. Was einzugestehen höchst unangenehm war.

Das Telefon klingelte, der hoteleigene Apparat. Das Läuten eines normalen Telefons und nicht das Trillern der Handys zu hören war seltsam ungewohnt.

»Hallo?« Tolik hatte nach dem Hörer gelangt, hörte jetzt zu und wandte sich dann an Ilja. »Für dich. Semjon.«

Ilja nahm den Hörer, presste ihn ans Ohr und bedachte sofort alle mit einem festen Blick. »Auf die Pferde, Jungs. Der Chef ist bereits im Büro.«

Anton, der eine vage Müdigkeit verspürte, dachte daran, dass er jetzt Swetlana wiedersehen würde. Und abermals merken würde, wie die Kluft zwischen ihnen mit jeder Sekunde tiefer wurde.

Lange hielt ich in dem wuseligen Büro der Tagwache nicht mehr durch. Ich schlief im Gehen ein, weshalb man mich einfach wegschickte, damit ich mich ausschlafen konnte. Ich widersprach nicht, denn ich war jetzt seit mehr als vierundzwanzig Stunden auf den Beinen, und die Augen fielen mir einfach zu.

Unter den schwach zu vernehmenden Tönen des Lieds von Kipelow schlummerte ich ein:

He, Himmelsbewohner!
Wer war noch nicht ganz unten?

Drei

Ich wachte auf, als ich begriff, dass mich jemand rief. Mich genauso rief wie ein Vampir sein Opfer. Noch nicht ganz zu mir gekommen, stand ich auf und tastete auf dem Stuhl nach meinen Sachen.

Der Ruf war süß und betörend, er hüllte mich ein, liebkoste mich, schob mich, es war unmöglich, absolut unmöglich, sich ihm zu widersetzen. Bald klang er wie Musik, bald wie ein Lied, bald wie ein Flüstern – und in jeder Form war er vollendet, ein Abbild meiner eigenen Seele.

Und, gleich einem Schlag in die Kniekehlen, ein Stoß, der mich auf die nächste Stufe katapultierte.

Der Ruf verlor sofort seine Macht über mich, obwohl er weiter erklang. Ich ließ die Hosen fallen und schüttelte sanft den Kopf.

Denn es tat weh ...

Langsam floss der hypnotisierende Sirup aus mir heraus. Floss heraus und versickerte irgendwo im Boden. Verbrauchte lichte Energie, verblasste Kraft.

Mit einem Mal ging mir mit aller Klarheit auf, warum Opfer von Vampiren diesen ihren Hals mit einem Lächeln auf den Lippen hinhalten. Wenn der Ruf erklingt, sind sie glücklich. Ihr ganzes Leben lang haben sie sich auf diesen süßen Augenblick zubewegt, und ihr Leben ist im Vergleich zu ihm leer und grau – wie die Welt im *Zwielicht*.

Der Ruf ist eine Art Geschenk. Eine Befreiung. Nur dass es mir noch nicht vergönnt war, frei zu werden.

Mir war nicht einmal klar, weshalb, doch meine neue Fähigkeit bestand diesmal in der Immunität gegenüber dem magischen Ruf. Ich hörte ihn, wusste, was er wollte, verlor jedoch nicht einen Moment die Kontrolle über mich. Und selbstverständlich koppelte ich mein Bewusstsein von dem Rufer ab, damit dieser nicht ahnte, dass sich sein Opfer aus einem Schlafwandler in den Jäger verwandelt hatte.

In den Jäger?, fragte ich mich. Hm ...

Das hieß, ich musste auf die Jagd gehen. Interessant.

Der Ruf erklang weiter.

Nun gut, dachte ich. Das hier ist die Residenz der Tagwache. Hier ist alles von Magie durchtränkt. Der Schutzschild ist nicht von schlechten Eltern. Trotzdem wirkt der Ruf ... Ja? Wirkte er?

Die Lichten mussten sich für dieses Kunststück ordentlich ins Zeug gelegt haben. Und auch dafür, es Unbefugte nicht sehen zu lassen. Ihr Glück war, dass der Chef der Tagwache nicht in Moskau weilte – ihn zu täuschen hätte den Lichten niemals zu Gebote gestanden.

Unterdessen zog ich mich in aller Ruhe an, während ich wehmütig darüber sinnierte, dass sich mein Traum, in ein Restaurant zu gehen und mir erst heiße Soljanka und danach etwas wie Ente in Kirschsauce reinzupfeifen, abermals auf unbestimmte Zeit verschoben hatte. Dann wirkte ich zwei, drei schwächere Schutzzauber und verließ das Zimm... ach nein, die Wohnung. Wenn es hier Wohnung heißt, will ich die Tradition wahren. Das flache Kästchen des Players hatte ich natürlich schon an meinen Gürtel geschnallt. Ich stöpselte mir die kleinen Kopfhörer in die Ohren und setzte mir die Mütze auf.

Nehme ich den Zufallsgenerator, dachte ich bei mir, während ich einen der Sensoren berührte. Spiele ich ein bisschen mit dem Schicksal.

Nachdem ich alles Nötige getan hatte, ging ich zum Fahrstuhl und wartete, was das Schicksal für mich bereithielt.

Das Schicksal wählte erneut ein Lied aus der CD von Kipelow und Mawrin. Diesmal jedoch ein anderes.

Nichts als Stille um mich her
Und der Himmel regenschwer;
Regen peitscht, durchdringt mich quer,
Die Schmerzen gehn vorbei.
Unterm kalten Sternenschein
Reißen wir die Brücken ein,
Alles stürzt ins bodenlose Weite.
Und ich werd von allem frei,
Gut und Böse – einerlei.
Meine Seele stand auf Messers Schneide.

Hm, ja. Eine düstere Prophezeiung. Und wann hatte ich es geschafft, die Brücken hinter mir einzureißen? Ob ich gerade zu diesem Zweck die Wohnung verlasse? Statt ein Stockwerk hinaufzugehen und mich nach dem Schicksal irgendeiner machtvollen Kralle zu erkundigen. Doch dem Ruf in die Arme getrieben hatte mich ebenjenes Etwas, das sich seit kurzem in mir versteckte.

Ich bin frei! dem Vogel gleich am Firmament.
Ich bin frei! gleich dem, der keine Angst mehr kennt.
Ich bin frei! ein wilder Sturm im Raum.
Ich bin frei! im Wachen, nicht im Traum.

Kipelows Stimme betörte mich nicht schlechter als der Ruf. Sie klang hypnotisierend, war überzeugend wie die Wahrheit selbst. Und mit einem Mal begriff ich, dass ich eine Hymne der Dunklen hörte. Das Ton gewordene Ideal ihrer ruhelosen, keine Grenzen und Regeln anerkennenden Seelen.

Nichts als Stille um mich her,
Himmel wie ein Flammenmeer,
Und das Licht durchdringt mich quer,
Nun bin ich wieder frei.
Frei von Liebe bin ich jetzt,
Frei vom Hass und vom Geschwätz,
Dass das Schicksal mir nie mehr befehle.
Frei von aller Erdenqual,
Gut und böse sind egal.
Es ist kein Platz für dich in meiner Seele.

Freiheit. Das Einzige, was uns wirklich interessiert. Freiheit von allem. Selbst von der Weltherrschaft, und es ist unsagbar traurig, dass die Lichten das niemals begreifen, niemals daran glauben können, weshalb sie immer und immer wieder ihre endlosen Intrigen spinnen, womit sie uns – wollen wir frei bleiben wie eh und je – zwingen, sich ihnen in den Weg zu stellen.

Der Fahrstuhl fuhr nach unten, durchs *Zwielicht* und die Menschenwelt. Ich war frei ...

Sollte Kipelow ein Anderer sein, wäre er ein Dunkler. Niemand sonst kann *so* über die Freiheit singen. Und niemand außer den Dunklen hört aus diesem Lied den wahren, den tief verborgenen Sinn heraus!

Zwei schweigsame Hexer als Wachposten unten am Eingang ließen mich ohne weiteres durch: Edgar hatte nicht umsonst befohlen, das Bild meiner Registrierungsmarke in die Datenbasis aufzunehmen. Ich trat auf die Twerskaja hinaus, in die aufziehende Dämmerung eines gewöhnlichen Moskauer Abends. Dem Ruf entgegen, aber frei von ihm. Und von allem anderen auf dieser Welt.

Wer wollte etwas von mir? Unter den Lichten gibt es keine Vampire – keine normalen, versteht sich. Denn alle Anderen sind Energie saugende Vampire, alle sind in der Lage, aus den Menschen Kraft zu schöpfen. Aus ihren Ängsten, Freuden und

Sorgen. Im Grunde unterscheiden wir uns vom *Zwielicht*-Moos nur dadurch, dass wir denken und uns bewegen können. Und die angesammelte Kraft nicht nur als Nahrung brauchen.

Der Ruf führte mich die Twerskaja hinunter, am Kreml vorbei, Richtung Weißrussischer Bahnhof. Als Individuum in dieser abendlichen Masse lief ich förmlich wie gebrandmarkt einher. Und in der Tat war ich gebrandmarkt: durch den Ruf. Niemand sah mich, niemand bemerkte mich. Niemand wollte etwas von mir, weder die leichten Mädchen, die sich in Autos aufwärmten, noch die Zuhälter oder die finsteren Typen in ausländischen Wagen, die am Straßenrand parkten. Niemand.

Nach rechts. Zum Strastnoi Boulevard.

Der Ruf wurde stärker, ich spürte das. Also stand die Begegnung unmittelbar bevor.

Durch dicken Schneeregen hindurch raste die Herde von Automobilen. Kleine Schneeflocken führten im Licht der Scheinwerfer einen anmutigen Reigen auf.

Kälte und Zwielicht. Winter in Moskau.

Auf den Gehwegen des Boulevards lag der Schnee in einer gleichmäßigen Schicht ebenso wie auf den kleinen Buden, die zu dieser Zeit des Jahres leer waren, auf den Gebüschen und auf den niedrigen Gitterzäunen, die die Fahrbahn vom Bürgersteig trennten.

Auf halbem Weg zur Karetny Rjad versuchten sie, mich zu fassen.

Der Isolationszauber schien direkt vom Himmel herabzustürzen. Für alles, was nun auf dem Boulevard geschehen sollte, würden sich normale Menschen nicht mehr interessieren. Die Autos sausten weiter ihren Geschäften nach, die vereinzelten Fußgänger stockten kurz und machten dann teilnahmslos kehrt, selbst wenn sie zuvor noch auf mich zugekommen waren.

Die Lichten schlüpften nach und nach aus dem *Zwielicht*. Insgesamt vier. Zwei Magier und zwei Gestaltwandler, die bereits ihre Kampfgestalt angenommen hatten. Ein kräftiger schneeweißer Bär und eine gelbrote Tigerin.

Es hätte nicht viel gefehlt, und sie hätten mich zerquetscht, denn die Magier schlugen sofort von zwei Seiten auf mich ein. Sie hatten ihre Beute jedoch unterschätzt: Der Schlag war für jenes Ich bestimmt, das sich dem Ruf noch unterworfen hatte.

Doch dieses Ich gab es nicht mehr.

In Gedanken breitete ich die Arme aus und hielt zwei Mauern auf, die auf mich zukamen und mich zermalmen wollten. Ich hielt sie auf, schöpfte Kraft und stieß sie von mir fort. Nicht sehr stark.

Ich weiß nicht, warum, ich hatte noch nie einen Tsunami gesehen – doch das war das Erste, was mir in den Sinn kam, als ich das Ergebnis meines Tuns sah.

Die Wände der Lichten Magier, die noch vor einer Sekunde so unerschütterlich und monolithisch gewirkt hatten, barsten wie ein Raumteiler aus Reispapier. Die beiden Magier wurden weggefegt, in den Schnee geschleudert und gut zehn Meter über den Boden geschleift. Und nur das Gitter am Straßenrand verhinderte, dass sie unter die Räder kamen. In der Luft wirbelte Schneestaub auf.

Vermutlich hatten die Lichten verstanden, dass sie mich mit reiner Magie nicht kriegen würden. Deshalb stürmten jetzt ihre Gestaltwandler nach vorn. Die beiden Verwandlungsmagier in Tiergestalt.

Rasch schöpfte ich weitere Kraft, wo immer ich sie auch herbekam. Sogleich erklangen von der Fahrbahn ein dumpfes Knallen, das Geräusch zerspringenden Glases, ein weiterer Knall und danach wildes Gehupe.

Den Bären erledigte ich mit dem »gewölbten Schild« und schickte ihn kopfüber auf den Boulevard. Der Tigerin wich ich zunächst einfach aus.

Sie hatte mir von Anfang an nicht gefallen.

Ich weiß nicht, woher die Gestaltwandler die Masse zur

Transformation nehmen. Die Frau wog in Menschengestalt vielleicht gerade mal fünfundvierzig, fünfzig Kilo. Jetzt brachte sie beachtliche drei Zentner aus Muskeln, Sehnen, Krallen und Zähnen auf die Waage. Die reinste Kampfmaschine des Todes.

Die Lichten lieben dergleichen.

»He!«, schrie ich. »Bleiben Sie stehen. Vielleicht reden wir erst mal miteinander?«

Die Magier schafften es, sich zu erheben, und jetzt versuchten sie, mich einzuspinnen, doch ohne besondere Mühe verband ich die gierig schlingernden Fäden zu einem Knoten und warf sie ihren Besitzern zu. Beide stürzten erneut zu Boden, doch diesmal wurde niemand auf dem Rücken über den Boden gezerrt – ich hatte ihnen nur ihre eigene Energie zurückgegeben. Der Bär stand abseits und trat bedrohlich von einem Fuß auf den anderen. Er machte einen Buckel, als wolle er sich gleich auf die Hinterbeine stellen.

»Das würde ich dir nicht raten«, sagte ich ihm, während ich auf die angreifende Tigerin einschlug.

Nicht sehr stark. Ich wollte sie ja nicht töten.

»Worum zum Teufel geht es hier eigentlich?«, schrie ich wütend. »Oder ist das in Moskau so Usus?«

Die Nachtwache zu rufen hätte keinen Sinn gehabt – die Angreifer arbeiteten ja selbst dort. Ob es etwas brachte, die Tagwache zu alarmieren? Immerhin war sie nicht weit, ihr Büro ganz in der Nähe. Sie wären im Nu hier. Aber ob mir das helfen würde?

Die Magier erweckten nicht den Anschein, als wollten sie kapitulieren. In den Händen des einen loderte ein voll aufgeladener Stab, in denen des anderen ein geschmiedetes Amulett. Das ebenfalls nicht gerade schwach war.

Für das Amulett brauchte ich volle zwei Sekunden – das über mich geworfene Netz musste ich mit einem einfachen »Dreierdolch« zerschneiden, doch dieser simple Zauber erforderte so viel Kraft, dass man damit das gesamte Zentrum Moskaus bis auf die Grundfesten hätte niederbrennen können. Dem zweiten Magier gelang es inzwischen, ein Bethlehem-Feuer auf mich abzuschießen, wobei dieser Schlag des Lichten mich nur erboste und mir offenbar noch mehr Kraft verlieh.

Den Stab fror ich ihm ein. Ich verwandelte ihn einfach in einen länglichen Eiszapfen und belegte ihn mit einem Irreversibilitätszauber. Eisstückchen stoben in einem erstaunlichen kalten Feuerwerk von der Hand des Lichten, und gleichzeitig schoss die freigesetzte Energie zum Himmel empor.

Ja sollte ich sie etwa auf die Umgebung loslassen? Mir genügten auch schon die Verkehrsunfälle auf den Kreuzungen in der Nähe ...

Der Bär rührte sich nicht von der Stelle. Anscheinend hatte er verstanden, dass – ungeachtet ihrer zahlenmäßigen Überlegenheit – ihre und meine Kräfte sich nicht annähernd vergleichen ließen. Die Tigerin gab jedoch immer noch nicht nach. Sie kam mit der Entschlossenheit eines tollen Weibchens auf mich zu, an dessen Jungen sich ein Feind vergreifen wollte. In den gelben, den Flammen von Kirchenkerzen gleichen Augen loderte unverhohlener Hass.

Die Tigerin wollte sich rächen. Wollte sich an mir, dem Dunklen, für all ihre Schmerzen und Verluste rächen. Für den von mir ermordeten Andrej. Und wer weiß, wofür noch ... Und sie würde sich durch nichts aufhalten lassen.

Ich will nicht sagen, dass es nichts gab, wofür sie sich hätte rächen können – die Wachen haben stets gegeneinander gekämpft, und in der Regel nenne ich die Dinge beim Namen. Aber sterben wollte ich auch nicht.

Ich war frei. Frei, denjenigen zu bestrafen, der sich mir in den Weg stellte und sich weigerte, eine Angelegenheit friedlich beizulegen. Hatte mir jenes Lied nicht genau das sagen wollen?

Und ich schlug zu. Mit dem Transsilvanischen Höhenrauch.

Die Tigerin krümmte und streckte sich, und selbst durch das Brummen der Motoren und das markerschütternde Gehupe hindurch ließ sich das Knacken ihrer Knochen klar und deutlich vernehmen. Der Zauber zerquetschte die Verwandlungsmagierin wie ein Kind ein Knetmännchen. Die gebrochenen Rippen rissen die Haut auf und bohrten sich wie blutige Zähne in den Schnee. Der Kopf wurde platt gedrückt, zu einem flachen gestreiften Fladen. Von einer Sekunde zur nächsten war das herrliche Tier zu einem Klumpen blutenden Fleischs geworden.

Mit einem letzten gezielten Schlag versenkte ich die Seele der Tigerin ins *Zwielicht*.

Was ich einmal angefangen hatte, musste ich auch zu Ende bringen.

Die Lichten erstarrten. Selbst der Bär trat nicht länger von einer Tatze auf die andere.

Und was weiter?, dachte ich schwermütig.

Möglicherweise hätte ich sie alle umbringen müssen. Doch – gepriesen seien alle Himmel und Höllen – so weit kam es nicht.

»Tagwache!«, erklang eine bekannte Stimme. »Hier hat es einen Überfall auf einen Dunklen gegeben. Treten Sie aus dem *Zwielicht*!«

Edgar sprach mit fester Stimme und ohne jeglichen Akzent.

Nur mit dem *Zwielicht* lag er daneben. Dort kämpfte niemand mehr, und die Tigerin konnte nirgendwohin zurückkehren.

»Die Tagwache fordert die unverzügliche Einberufung des Tribunals«, meinte Edgar unheilvoll. »Jetzt seid bitte so freundlich und ruft den Chef der Nachtwache.«

»Er wird euch davonjagen wie Katzen«, drohte einer der Lichten Magier grimmig.

»Das wird er nicht«, nahm ihm Edgar den Wind aus den Segeln und zeigte auf mich. »Ihn wird er nicht fortjagen. Hast du das immer noch nicht begriffen?«

Ich bekam kaum mit, wie jemand geschickt die Kraft im Raum neu verteilte. Dann tauchte neben uns ein dunkelhäutiger Mann mit asiatisch anmutenden Gesichtszügen auf. Er trug einen farbenprächtigen orientalischen Mantel und wirkte auf dem verschneiten Boulevard absolut fehl am Platze.

»Ich bin bereits hier«, brummte er, während er missmutig das Feld inspizierte, auf dem gerade eben eine Schlacht stattgefunden hatte.

»Geser!«, rief Edgar lebhaft aus. »Guten Tag. In Abwesenheit des Chefs musst du mir Rede und Antwort stehen.«

»Dir?« Geser schielte zu dem Esten hinüber. »Das wäre doch wohl zu viel der Ehre für dich.«

»Dann ihm.« Edgar zuckte mit den Schultern und erschauerte, als friere er. »Oder ist er deiner ebenfalls nicht würdig?«

»Mit ihm werde ich mich auseinander setzen«, sagte Geser trocken und wandte sich mir zu. Sein Blick war unergründlich wie die Ewigkeit. »Verschwinde aus Moskau«, sagte er fast ohne jede Emotion. »Jetzt sofort. Setz dich in einen Zug, auf einen Besen, zum Teufel in den Mörser und verschwinde. Du hast schon zwei meiner Mitarbeiter umgebracht.«

»Meiner Ansicht nach«, bemerkte ich möglichst friedfertig, »hat man gerade versucht, mich umzubringen. Ich habe mich nur verteidigt.«

Geser kehrte mir den Rücken zu – das wollte er nicht hören. Er wollte nicht mit einem Dunklen sprechen, der einen seiner besten Kämpfer für immer ins *Zwielicht* geschickt hatte. Genauer: eine.

»Gehen wir von hier weg«, befahl er seinen Leuten.

»He, he«, platzte es aus Edgar heraus. »Das sind Verbrecher! Die werden nirgendwo hingehen, im Namen des Großen Vertrages!«

»Doch«, wandte sich Geser wieder an den Esten. »Und du wirst nichts dagegen unternehmen. Sie stehen unter meinem Schutz.«

Ich rechnete ernsthaft damit, jetzt auf die nächste Stufe hinaufzufliegen. Denn selbst meine bisherigen Fähigkeiten reichten, um einzusehen, dass ich es mit Geser noch nicht aufnehmen konnte. Er würde mich zermalmen. Wenn auch mit einiger Mühe – schließlich hatte ich es geschafft, jene unsichtbare Treppe der Kraft ziemlich weit hinaufzusteigen. Aber zermalmen würde er mich trotzdem.

Doch es passierte nichts. Vermutlich war die Zeit für einen Kampf mit Geser noch nicht gekommen.

Edgar sah mich verzagt an – er hatte wohl große Hoffnungen in mich gesetzt.

Die Lichten huschten ins *Zwielicht*, rafften die Überreste ihrer toten Gefährtin zusammen und glitten tiefer, in die zweite Schicht hinein. Alle.

»Ich konnte ihn wirklich nicht aufhalten«, gestand ich schuldbewusst ein. »Tut mir leid, Edgar.«

»Schade«, brachte der Este unbeteiligt hervor.

Ins Büro der Tagwache brachte man mich selbstverständlich im BMW. Und noch etwas: Zum ersten Mal fühlte ich mich in Moskau müde.

Aber nach wie vor frei.

Der Preis, den ich für meine Kraft zahlte – ich erinnerte mich kaum daran, wie man mich zurückbrachte, in den Fahrstuhl stieß, in ein Arbeitszimmer führte, mich in einen Sessel setzte und mir eine Tasse Kaffee in die Hand drückte. Wie die überstrapazierten Muskeln schmerzten, wie jetzt mein ganzes Sein aufheulte, das eben noch die Kräfte des *Zwielichts* beherrscht hatte. Trotzdem hatte ich mich gut geschlagen. Die Lichten würden sich noch lange an diese Konfrontation erinnern. Schließlich hatten mich keine kleinen Kinder angegriffen – beide Lichten schätzte ich mindestens auf die erste Kraftstufe ein.

»Mach den Analytikern Dampf«, befahl Edgar einem seiner Untergebenen. »Ich möchte endlich wissen, was hier vor sich geht.«

Ich starrte ihn an, und Edgar verstand, dass ich zu mir kam.

»Erzähl!«, forderte er mich auf.

»Der Ruf!«, krächzte ich heiser und hustete. Ich versuchte, an dem Kaffee zu nippen, verbrannte mich und zischte vor Schmerz auf. »Der Ruf«, sagte ich, sobald ich wieder in der Lage war zu sprechen. »Sie haben mich im Schlaf überrumpelt.«

»Der Ruf?«, wunderte sich Schagron, der wie ich in einem Sessel saß, allerdings am Nachbartisch. »Die Lichten haben ihn seit etwa dreißig Jahren nicht mehr eingesetzt ...«

»Sie haben dich mit dem Ruf im Gebäude der Tagwache überrumpelt?«, hakte Edgar ungläubig nach. »Das wird ja immer schöner! Und sonst hat niemand etwas gemerkt?«

»Nein. Es war ein hoher und virtuos vorgebrachter Ruf. Anscheinend haben sie ihn mit den natürlichen Geräuschen in den Wohnungen dieser Etage getarnt.«

»Und du hast dich ihm unterworfen?«

»Natürlich nicht.« Ich versuchte abermals, etwas von dem Kaffee zu trinken, diesmal mit Erfolg. »Aber ich wollte herauskriegen, was die Lichten vorhaben.«

»Ohne jemandem etwas zu sagen?« Edgar balancierte zwischen Unglauben und Missbilligung. »Du Abenteurer ...«

»Wenn ich dem Ruf mit einer Eskorte gefolgt wäre, hätten sie mich sofort entdeckt«, erklärte ich. »Nein, ich musste allein und ohne Deckung gehen. Das habe ich dann auch getan. Auf dem Strastnoi Boulevard wollten sie mich fassen, da musste ich mich wehren. Die Tigerin habe ich dreimal zurückgeschleudert und versucht, sie zur Aufgabe zu bringen. Erst dann habe ich ernsthaft zugeschlagen.«

Edgar sah mich fest an. »Bist eine dunkle Persönlichkeit, Witali«, sagte er.

»Stimmt«, gab ich voller Genugtuung zu. »Dunkler geht es nicht!«

»Bist du ein Magier außerhalb jeder Kategorie?«, fragte er.

»Leider nicht.« Ich breitete die Arme auseinander, vorsichtig, um den Kaffee nicht zu verschütten. »Denn dann hätte ich Geser nicht gehen lassen.«

Edgar trommelte mit den Fingern auf den Tisch und schielte ungeduldig zur Tür hinüber. »Was treiben diese Analytiker bloß ...«, brummte er.

Die Tür öffnete sich. In der Türfüllung standen eine resolute Frau mittleren Alters (eine Hexe) und zwei Männer (Magier).

»Guten Tag, Anna Tichonowna«, begrüßte Schagron sie wie aus der Pistole geschossen. Er wirkte zwar stärker als die Hexe, fürchtete sie aber dennoch. Was nicht falsch war. Die Kräfte einer Hexe unterscheiden sich in ihrer Natur leicht von denen eines Magiers. Und selbst einem recht starken Magier kann eine Hexe ohne weiteres die Suppe versalzen.

Edgar begnügte sich mit einem Nicken.

»Ist er das?«, fragte einer der Magier, während er mich ansah.

»Ja, Juri.«

Juri war ein alter und starker Magier, das sah ich auf Anhieb. Und ich kriegte auch mit, dass Juri nicht sein richtiger Name war. Solche wie er verschließen ihren wahren Namen in unermesslichen Tiefen, damit niemals jemand an ihn herankommt.

Ganz richtig so. Wenn einem wirklich viel an der Freiheit liegt.

»Setzen Sie sich, Anna Tichonowna.« Schagron überließ der Hexe seinen Sessel und gesellte sich zu den Magiern, die das breite Fensterbrett vorzogen.

»Edgar«, sagte die Hexe. »Die Lichten spielen va banque. Seit 1949 haben sie nicht derart über die Stränge geschlagen. Sie müssen höchst gewichtige Gründe dafür haben, den Vertrag zu verletzen!«

Edgar zuckte die Achseln. »Die Kralle des Fafnir«, erklärte er knapp.

»Aber die haben wir doch gar nicht!«, stieß die Hexe mit Nachdruck hervor und bedachte alle Anwesenden mit einem beredten Blick. »Oder doch? Schagron?«

Schagron schüttelte heftig den Kopf. Offenbar hatte er mal

einen Zusammenstoß mit der Hexe gehabt, aus dem er nicht unbedingt als Sieger hervorgegangen war. Faustdick hatte es diese Frau hinter den Ohren.

»Kolja?«

Der zweite der beiden neu hinzugestoßenen Magier antwortete recht gelassen. »Nein. Und es ist noch die Frage, was sie uns überhaupt nützen könnte ...«

»Euch frage ich nicht«, brummte die Hexe in die Richtung von Edgar und Juri. Erst danach sah sie mich an.

»Anna Tichonowna«, sagte ich eindringlich. »Von der Existenz dieser Kralle habe ich erst gestern erfahren, und die meiste Zeit seit diesem Moment habe ich geschlafen.«

»Weshalb bist du in Moskau?«, fragte sie streng.

»Das weiß ich selbst nicht. Etwas hat mir einen Stoß gegeben und verlangt, dass ich fahre. Das habe ich dann getan. Ich war kaum aus dem Zug gestiegen, als ich in diese Geschichte mit der Vampirin und der Nachtwache gerasselt bin. Gleich mitten hinein, könnte man sagen ...«

»Wenn ich irgendwas von alldem begreife«, ließ sich der Magier Juri vernehmen, »dann ist das Vorbestimmung. Das würde alles erklären, sowohl die zunehmende Kraft als auch die Geschichte mit dem Verlust der Kralle und das Verhalten der Lichten. Sie versuchen einfach, den da zu beseitigen oder wenigstens zu isolieren, solange er die Kralle noch nicht in Händen hat. Denn dann wird es bereits zu spät sein.«

»Warum haben sie bloß ihre Zauberin nicht eingesetzt?«, fragte Edgar und zog dabei abermals einige Vokale leicht in die Länge. Sein Akzent trat offenbar nur in jenen Momenten in Erscheinung, in denen er sich aufregte oder auf etwas anderes konzentrierte als darauf, wie er gerade sprach.

»Ja, und auch Geser hat sich erst eingemischt, als es kritisch wurde«, gab Schagron zu bedenken. »Und das nur ... um den Rückzug zu sichern!«

»Wer weiß.« Die Hexe durchbohrte mich erneut mit ihrem

Blick. »Möglicherweise sind sie einfach nicht mit dem da fertig geworden.«

»Ich heiße Witali«, sagte ich. »Sehr angenehm.«

Mal ehrlich, wem würde es gefallen, wenn von ihm ständig nur als »der da« oder »er« gesprochen würde?

Den Sprechern rauschte mein Einwurf aber anscheinend an den Ohren vorbei.

Juri sah mir in die Augen und sondierte mich kurz. Ich schirmte mich nicht ab – wozu auch?

»Solider erster Grad«, erklärte er. »Wenn auch mit Lücken. Noch gestern hätte mich das Auftauchen eines solchen Magiers in unseren Reihen rundum entzückt.«

»Und heute? Bist du da etwa betrübt?«, schnaubte die Hexe.

»Heute enthalte ich mich einer Bewertung. Die Lichten schlagen über alle Stränge, und wir sitzen ohne Sebulon da. Geser plus diese Zauberin plus Olga, selbst wenn sie noch nicht alle Kräfte zurückhat, dann noch Igor, Ilja, Garik und Semjon ... Gegen sie können wir nichts ausrichten.«

»Aber wir haben die Kralle und diesen ... Witali«, parierte die Hexe. »Was regst du dich also auf? Darüber hinaus hat Sebulon die Angewohnheit, genau im richtigen Moment doch noch aufzutauchen.«

»Die Kralle haben wir noch nicht«, bemerkte Juri. »Und wo ist die Garantie, dass wir sie bekommen werden? Außerdem hat Kolja völlig Recht: Was wollen wir mit der Kralle eigentlich anstellen? Sicher, es handelt sich bei ihr um eine alte und mächtige Kraft, das weiß ich. Doch wenn man sie aus lauter Dummheit freisetzt ... Dann könnten wir gewaltig auf die Nase fallen ...«

»Deshalb müssen wir uns an die Arbeit machen«, meinte die Hexe überfreundlich. »Edgar, was sagen die Analytiker?«

Wie auf Befehl klopfte es an der Tür. In der Türfüllung erschien mein alter Bekannter, der Beherrscher des Notebooks mit dem Namen Hellemar.

»Gefunden!«, verkündete er triumphierend. »Wnukowo!

Flug Fünfzehn Null Fünf aus Odessa. Bereits zweimal wegen schlechten Wetters verschoben, ist er eben erst abgeflogen. In einer Stunde und zwanzig Minuten wird er landen. Die Kralle ist an Bord.«

»Also ...« Edgar schnellte hoch. »Die Einsatzgruppe soll zum Flughafen! Sie soll das Wetter im Auge behalten. Und die Lichten fern halten. Und scheiß drauf, einen Beobachter kriegen sie auch nicht!«

»Chef«, sagte Hellemar mit saurer Miene. »In Wnukowo sitzt bereits seit fünfzehn Minuten ein Einsatzstab der Lichten. Bedenken Sie das.«

»Wir werden's bedenken«, versprach die Hexe. »Also, dann mal los ...«

Alle erhoben sich. Jemand griff nach dem Telefon, jemand kramte hastig aus dem Tresor die geladenen Amulette, jemand erteilte den Mitarbeitern mit lauter Stimme Befehle ...

Bloß ich stellte missmutig meine leere Kaffeetasse auf den Tisch.

»Kriegt man in eurem Stab wenigstens was zu essen?«, fragte ich in den Raum. »Ich habe seit vierundzwanzig Stunden nichts anderes als Spucke zwischen den Kiemen ...«

»Wirst schon nicht gleich umfallen«, blaffte mich jemand an. »Ab nach unten. Und komm ja nicht wieder auf den Gedanken, auf eigene Faust zu handeln ...«

Seltsam, gerade jetzt verspürte ich nicht den geringsten Drang in mir, auf eigene Faust zu handeln.

In Wnukowo kamen wir in beachtlich kurzer Zeit an. Am Steuer eines komfortablen Minibusses saß ein junger forscher Fahrer, der Deniska genannt wurde. Er war ein Magier und fuhr noch besser als Schagron. Die Uferstraßen, die Ordynka, der Leninski Prospekt, dann die Metrostation Jugo-Sapadnaja, der Ring ... Ich konnte mich nicht einmal in Ruhe umsehen. Schagron und Edgar hatten sich verzogen, Juri und Kolja waren ebenfalls verschwunden. Ich war mit Anna Tichonowna und drei Hexen zurückgeblieben, deren interessierte Blicke ich ab und an auf mich zog. Vermutlich hatte Anna Tichonowna ihnen befohlen, mich in Ruhe zu lassen, denn keine von ihnen sprach mich an. Hinter den Sitzen, wo Platz für Gepäck war, hantierte schwerfällig ein dicker Tiermensch herum, der aufstöhnte, sobald Deniska mit dem Minibus zum nächsten Überholmanöver ansetzte. Die Reifen quietschten, das Fahrgestell ächzte, der Motor brummte so gleichmäßig wie eine arbeitsame Hummel im Mai.

Wir trafen als Erste am Flughafen ein. Deniska steuerte auf den Personaleingang zu. Fast zur gleichen Zeit jagten zwei weitere Autos heran: der BMW mit Schagron und noch ein Minibus mit Technikern. Die Wächter arbeiteten wirklich mit seltener Effizienz zusammen. Sie wirkten umgehend Informationszauber, die uns für normale Menschen zu einer leeren Stelle werden ließen. Die Techniker mit ihren Notebooks unterm Arm bildeten eine Kette zum Eingang. Jemand hatte bereits ein Quartier für unsere Kommandozentrale ausgesucht, einen großen Raum mit dem Schild »Buchhaltung« an der Tür. Die menschlichen Angestellten waren ins Nachbarzimmer – ein Büro oder einen Konferenzsaal – geschickt und in eine glückselige Starre versenkt worden. Ich selbst hätte als Sitz für die Kommandozentrale ebendiesen Raum gewählt, doch Hellemar sagte mir, dass es in der Buchhaltung mehr Telefonanschlüsse gebe.

Wie aus dem Nichts tauchte Juri auf. Mir schoss ein völlig unangemessener Gedanke durch den Kopf: Warum übernahm bei Abwesenheit des Chefs Edgar dessen Pflichten, obwohl er von seiner Kraft her an der Grenze zum zweiten Grad entlangbalancierte? Juri hielt ich für stärker. Doch es stand mir nicht zu, mich in die Angelegenheiten der Tagwache einzumischen, deshalb zog ich mich einfach in eine Ecke zurück und versuchte abzuschätzen, ob es mir gelingen würde, für zehn Minuten ins

Restaurant zu flitzen. Die Techniker ließen bereits wie wild die Finger über die Touchpads gleiten.

»Maschine im Anflug, verbleibende Zeit: zwanzig Minuten plus/minus fünf.«

»Haben wir die Lichten schon gefunden?«, fragte Anna Tichonowna.

»Ja. In einem Ruheraum, neben den Wartesälen. Im Nachbargebäude.«

»Was tun sie?«

»Offenbar wirken sie Wetterzauber«, meinte jemand.

»Warum denn das? Wollen sie nicht, dass das Flugzeug landet?«

»Na, die Passagiere werden sie doch nicht umbringen wollen«, schnaubte Anna Tichonowna.

Ich hatte gedacht, es wäre am einfachsten, das Flugzeug zu zerstören und die Sache auf diese Weise zu Ende zu bringen. Aber Lichte bleiben Lichte. Selbst in einer solchen Situation machen sie sich Sorgen um die einfachen Menschen. Außerdem ist nicht bekannt, ob das Artefakt aus Bern bei einem Flugzeugabsturz Schaden nehmen könnte. Gesagt war das nicht. Kraft ist Kraft.

»Wer von uns ist aufs Wetter spezialisiert?«, fragte Anna Tichonowna.

»Ich!«, antworteten im Chor gleich zwei Hexen.

»Gut, dann sondiert, was hier los ist ...«

Die Hexen streckten ihre Fühler aus, um die Umgebung im Hinblick auf Zauber abzuscannen, die das Wetter verändern. Ich spürte die dichten Fächer empfindlicher Energieströme, die selbst die meisten Anderen nicht registrierten oder sahen. Nicht, dass Andere sie grundsätzlich nicht wahrnehmen könnten – die meisten konnten es nicht. Die Wettermagie hatte stets in den Händen der Hexen und einiger weniger Zauberinnen gelegen, und wie auf jedem Gebiet gab es dabei eine Menge Feinheiten zu beachten.

»Sie treiben die Bewölkung zusammen«, verkündete eine der beiden Hexen. »Wir brauchen Kraft ...«

Ein Reservemagier griff sofort nach seinem Amulett, während er mit der anderen Hand nach den Fingern der Hexe tastete. Einen Moment lang konzentrierten sie sich, und schließlich sanken alle drei, nachdem sie die Augen geschlossen und sich bei den Händen gefasst hatten, in eine Art leichter Trance.

»Wer kann, soll ihnen helfen«, befahl Anna Tichonowna.

Ich konnte ihnen noch nicht helfen. Genauer: Die Energie, die ich für diese Sache aufzubringen vermochte, konnte einem Vergleich mit der Kraft im Amulett nicht standhalten. Zu stark hatte ich mich auf dem Strastnoi Boulevard verausgabt ...

Die Tagwache ging ihrer Aufgabe nach. In der Kommandozentrale brodelte es irgendwie: Obwohl niemand rannte oder hastig hin und her lief, hing die Anspannung in der Luft. Ich fühlte mich nicht recht wohl in meiner Haut, denn ich war der Einzige hier, der nutzlos herumsaß. Und irgendetwas sagte mir, dass ich in den nächsten Minuten auch keine Hilfe sein könnte.

Deshalb stahl ich mich davon. Ich erhob mich und tauchte ins *Zwielicht*. Und dann noch weiter, in die zweite Schicht.

Der Fall vom ersten Stock kostete mich drei Minuten, wobei ich so gut ich konnte beschleunigte. Wie seltsam, dachte ich, dass das *Zwielicht* mich restlos auslaugt, ich mich aber – im Gegenteil – völlig frisch fühle, wie nach einer Dusche und hundert Gramm Wodka. Erstaunlich.

Nebenbei bemerkt: Letzteres in die Tat umzusetzen gefiele mir jetzt nicht schlecht.

Als ich aus dem *Zwielicht* auftauchte, wandte ich mich zum Nachbargebäude, einem länglichen Sechseck aus Glas und Beton, das überhaupt nicht wie ein Verwaltungsgebäude aussah und von einer Turmnadel gekrönt war, ein Relikt aus den in architektonischer Hinsicht pompösen Fünfzigern.

Meine Jacke hatte ich im Stab gelassen, weshalb ich mich bis zum Eingang im Sprint üben musste. Der Wind trug kleine

Schneekörner heran, und ich fragte mich, wie jetzt wohl die Maschine aus Odessa landen würde. Der Schnee, die Dunkelheit, das Wetter – einen Hund würde man da nicht vor die Tür jagen. Dann noch die Lichten, die sich offensichtlich so gut es ging abmühten, alles noch schlimmer zu machen. Aber wenn das Flugzeug nicht landen konnte, wohin würde es dann abdrehen? Würde man es zu einem anderen Flughafen umleiten? Nach Bykowo oder Domodedowo?

Diesen Gedanken sollte ich vielleicht Edgar oder Anna Tichonowna mitteilen. Damit sie für alle Fälle ein paar Wächter aussandten ...

Das Flugzeug könnte natürlich auch nach Kaluga oder Tula umgeleitet werden. Wenn das Wetter dort besser war. Was durchaus der Fall sein könnte, schließlich hatten hier, in Wnukowo, eindeutig die Lichten Wettermagier die Hand im Spiel.

Im Gebäude des Flughafens war es warm und gemütlich – wenn man von draußen hereinkam. Sofort begab ich mich in den ersten Stock, zur Bar, wo Borjanski und ich einmal, während wir auf unseren Flug gewartet hatten, Bier getrunken, Nüsse geknabbert und ein uns auf dieser Reise buchstäblich verfolgendes Lied gehört hatten, dem zufolge »der Sommer vorüber und alles vorbei« war.

Mir ging nicht gleich auf, dass dies eine der wenigen Erinnerungen war, die ich mir bewahrt hatte. Wo kam sie her? Aus welchen Schichten meines Bewusstseins? Das wusste ich nicht.

Ich versuchte mir darüber klar zu werden, wer Borjanski sein mochte, konnte mich aber nicht einmal mehr an sein Gesicht erinnern. Geschweige denn daran, wohin wir flogen und was wir dort wollten ... Irgendwie stieg lediglich eine ungebetene Erinnerung in mir auf, dass es in seiner Wohnung bereits in alten Sowjetzeiten ein riesiges Bidet gegeben hatte. Freilich, es hatte nicht funktioniert ... Doch wozu brauchte ein Sowjetmensch auch ein Bidet?

Die Bar war so, wie ich sie in Erinnerung hatte. Ein Tresen, hohe Hocker, funkelnde Bierhähne. Und ein Fernseher in einer Ecke. Nur liefen jetzt völlig neue Clips. Ein Mann mit verdächtig roten Augen küsste im Regen die Hand einer Frau in einem purpurroten Kleid. Alles weitere entwickelte sich so, wie es sich für einen guten Thriller gehört – mit Wolfsschnauzen und allem drum und dran. Mir gefiel besonders der Moment, als nach einer gewissen Zeit der Mann, der jetzt aus irgendeinem Grund das purpurrote Kleid der Frau trug, einen Ballsaal verließ und sich in ein paar Wölfe auflöste. Und auch das Schlussbild mochte ich – die Frau funkelte die Gäste mit geröteten Augen an ...

Na ja. Insgesamt haben die Menschen eine ziemlich schlechte Vorstellung von Tiermenschen. Was auch für den seit einiger Zeit populären Schriftsteller Pelewin gilt: echte Werwölfe, gierige, unersättliche und verdreckte Tiere. Doch aufgenommen war das Ganze sehr schön, da ließ sich nichts sagen. Die Werwölfe hatten sich vermutlich zusammengetan, den Produzenten bezahlt und die Musiker beeinflusst, und so hatten sie einen wunderbaren, romantischen Clip über sich bekommen. Vor einiger Zeit hatten die russischen Vampire genau das gemacht.

Auf alle Fälle prägte ich mir den Namen der Gruppe ein: Rammstein. Damit konnte ich das Lied später wiederfinden und mir genauer anhören.

Ich bestellte Bier und zwei Hamburger, setzte mich schräg zum Fernseher, mit dem Rücken zum Saal. Mein Magen sandte schon seit einiger Zeit SOS-Signale aus, und ich hatte die feste Absicht, ihn zu retten.

Die Lichten nahm ich wahr, als ich gerade die ersten Bissen vom zweiten Hamburger nahm. Ich spürte sie förmlich mit meinem Rücken. Worauf ich mich sofort abschirmte – das vermochte ich bereits. Ich wusste mit absoluter Sicherheit, dass sie mich noch nicht entdeckt hatten.

Immerhin bin ich ja doch ein starker Anderer, wenn auch ein unerfahrener. Dagegen waren diese beiden bestenfalls Gesellen. Ein schwacher Magier von zwanzig, zweiundzwanzig Jahren und ein angehender Wahrsager. Meiner Meinung nach sah ich die Zukunft bereits besser voraus als dieser Wahrsager, erkannte all die unzähligen möglichen Varianten klarer und vermochte die wahrscheinlichste von ihnen genauer vorauszusagen.

Die Lichten unterhielten sich leise miteinander. Über beiden lag ein gekonnt gewirkter Zauber, der die Aufmerksamkeit der Menschen ablenkte und bei dem es sich nebenbei bemerkt um eine recht exotische Variante handelte. Er musste von jemandem gewirkt worden sein, der viel, viel stärker war.

Ich belauschte sie.

»... schon hier. Der Chef sagt, wir müssen mit einer Konfrontation rechnen«, meinte der Magier mit gedämpfter Stimme.

»Sie stellen uns sowieso in die Kette«, nölte der Wahrsager. »Vor allem nach dem, was mit Tigerjunges und Andrej passiert ist.«

»Wir brauchen alle Kraft, Oleg. Verstehst du das? Alle. Restlos. Die Kralle darf diesem Dunklen nicht zufallen, das wäre das Ende von allem. Das Ende vom Licht ...«

»Ach«, entgegnete der Wahrsager skeptisch. »Was heißt schon Ende ...«

»Nun, das Ende unserer Überlegenheit«, erklärte der Magier. »Wir würden die Dunklen dann in der nächsten Zeit nicht niederhalten können.«

»Ist das denn überhaupt möglich?« In den Worten des Wahrsagers klang eine unverhohlene und ordentliche Skepsis an. »Seit Tausenden von Jahren existieren die Lichten und die Dunklen Seite an Seite. Seit Tausenden von Jahren kämpfen sie gegeneinander. Die Wachen konkurrieren schon seit so vielen Jahren miteinander. Außerdem gibt es noch die Inquisition, die eine Störung des Gleichgewichts nicht zulässt ...«

Die Lichten unterbrachen ihr Gespräch einen Augenblick, gingen zum Anfang der Schlange aus drei Menschen und vernebelten mühelos allen die Köpfe, inklusive des Barkeepers.

»Zwei Dutzend Hamburger und ein Päckchen Saft«, verlangte der Magier und wandte sich abermals seinem Gesprächspartner zu.

Ich tat so, als habe der Zauber auch mich erfasst. Im Grunde gehen Andere recht unbekümmert durchs Leben. Vor allem die jungen. Das Gefühl, normalen Menschen überlegen zu sein, steigt ihnen zu Kopf, und erst mit den Jahren verstehen sie, dass es mitunter viel leichter und einfacher ist, ein Mensch zu sein als ein Anderer.

»Trotz allem wird es einen Kampf geben. Anton hat mir gesagt, die Dunklen hätten irgendeinen zugereisten Wunderknaben, der Farid und Danila auf dem Strastnoi Boulevard mit links erledigt hat. Und Tigerjunges hat er ermordet. Das Schwein ...«

Was legt sie sich auch mit einem friedlichen Dunklen an, dachte ich verärgert. Nicht ich bin über sie hergefallen, sondern sie über mich ...

Und was das »mit links« angeht – da logen die Lichten auch. Diese Konfrontation war mich teuer zu stehen gekommen.

Mit einem Mal merkte ich: Irgendetwas begann hier. Wie auf Kommando drehten die Lichten den Kopf in Richtung Rollfeld und tauchten sofort ins *Zwielicht* ab. Ich folgte ihnen nur eine Sekunde später.

Auf dem Rollfeld stand einer der Dunklen vor der verschneiten Landebahn und streckte seinen Stab nach vorn. Eine ellenlange Flammenzunge leckte über den eisigen Beton. Einmal, zweimal. Der Magier trocknete die Piste vor der Landung des Flugzeugs aus Odessa. Aus der Abfertigungshalle stürmten, immer wieder in Schneewehen stecken bleibend, Lichte zu ihm heraus.

Nachdem er noch weitere Flammenzungen ausgestoßen hatte, tauchte der Magier tiefer ins *Zwielicht*.

Anscheinend war das Kolja.

Meine Schwatzköpfe stopften ihre Hamburger in weiß-grüne

Plastiktüten und eilten im Trab davon, auf den wogenden Teppich aus blauem Moos eintretend.

Das konnte hier prächtig gedeihen. So viele Menschen, so viele Gefühle ... Ein Passagier, der seinen Flug verpasst, reicht, um den ganzen unersättlichen Belag einen Tag lang zu ernähren.

Ich sprang ebenfalls vom Hocker. Das nicht ausgetrunkene Bier ließ ich auf dem Tresen stehen. Durch die Wand der Abfertigungshalle war praktisch nicht zu erkennen, was auf dem Rollfeld vor sich ging – ich sah nur diffuse Schatten von Anderen mit buntgefleckten Auren über den Köpfen und schlammige Klumpen freigesetzter Kraft. Zugleich beobachtete ich weiter das Innere des Saals und die Menschen, die geduldig auf ihren Flug warteten und es sich in Plastiksesseln bequem gemacht hatten.

Ein tiefes Donnern schmuggelte sich ins *Zwielicht*: Eine Ansagerin verkündete, dass der »Flug Fünfzehn Null Fünf aus Odessa gelandet« sei. Ich schoss die Stufen hinunter, schlängelte mich durch die nahezu reglosen Menschen hindurch.

Runter. Geradeaus. Jetzt nach rechts.

Ich sprang über das Drehkreuz und fand mich vor dem Ausgang zum Flugplatz wieder.

Dort spielte sich eine wenig spaßige Szene ab – mit meiner Haut spürte ich förmlich die Energieströme. Die Stärke der Amulette und das Geschick der Magier, all das, was man auch für andere Ziele hätte einsetzen können, statt einander damit zu bekämpfen. Wie vernagelt die Lichten in ihrem gerechten Kampf doch geworden waren! Sie kamen nicht einmal mehr auf die Idee, einfach mit uns zu verhandeln – sie griffen sofort an.

Ich spürte, wie miserabel die Dunklen dastanden. Offenbar hatte sich der Chef der Nachtwache eingemischt, dieser Geser. Außerdem befanden sich noch mindestens zwei sehr starke Magier bei dem auf den Halteplatz zusteuernden Flugzeug.

Plötzlich brachen vier Personen durch die Mauer der Abfertigungshalle. Natürlich alles Andere. Allesamt wie aus dem Bilderbuch: groß und breitschultrig, mit blonden Haaren und blauen Augen. Die klassischen Wikinger vom Ende des 20., Anfang des 21. Jahrhunderts. Alle mit den gleichen Alaska-Jacken und gleichen Taschen. Das unbedeckte Haar war zerzaust, und irgendetwas sagte mir: Das lag keinesfalls am Wind.

Warum sie in ihrer Menschen- und nicht in ihrer *Zwielichtgestalt* auftraten, begriff ich nicht auf Anhieb. Erst als ich sie mir in der Menschenwelt angesehen und irritiert gelacht hatte, wurde mir klar: Der *Zwielichtgestalt,* diesem unterbewussten Traum eines Anderen, sind keine Grenzen gesetzt ...

Sie gingen, ja, sie rannten fast durch den Saal, wollten an mir vorbei, zum Ausgang. Dorthin, wo als greller Lichtpunkt vor der Abfertigungshalle ein Parkplatz zu erkennen war.

An mir vorbei.

Sie waren kaum bei mir angelangt, als von rechts mit einem Mal eine dunkelblaue Blume von der Größe eines Lasters der Marke Ural hochschoss. Alle, die sich im *Zwielicht* befanden, warf es zu Boden.

Auf dem Rücken liegend, hob ich den Kopf leicht an. Ein blauer Schleier, vergleichbar mit einer gigantischen Ohrenqualle, hing schwabbelnd in der Luft. Trotzdem spürte ich: Dort, hinter dem durchscheinenden Vorhang, passierte jetzt etwas.

Ich erahnte, dass in dem blauen Dunst ein Portal geöffnet worden war. Ganz in der Nähe, hinter der transparenten Trennwand, in der Halle mit der Gepäckausgabe. Ein weißes Leuchten brannte mir blendend in den Augen, und im *Zwielicht* wurde es ungewöhnlich hell, obwohl nach wie vor jeder Schatten fehlte. Das war ein fast gruseliger Anblick – das unerträglich grelle Licht und nicht die geringste Spur eines Schattens.

Die Lichten kamen zu zweit. Der Chef der Nachtwache und eine junge, sympatische Frau. Eine Zauberin von beeindruckender Kraft.

»Ihr seid in meiner Macht«, sagte Geser laut und führte kurze sparsame Passes aus. »Steht auf!«

Er wandte sich an die Wikinger. Auf mich, der ich am nächsten am Portal lag, achteten die Lichten nicht.

Einer der Wikinger sagte etwas grimmig und knapp auf Englisch. Geser antwortete. Ich bedauerte bitter, kein Wort zu verstehen. Dann erhoben sich die Wikinger. Und drehten sich gehorsam dem Portal zu. Ich wollte ebenfalls aufstehen und schaffte es sogar, auf alle viere hochzukommen.

Als der dritte Wikinger zu mir aufschloss, tauchte der vierte plötzlich tiefer ins *Zwielicht* ab.

Geser reagierte sofort. Er warf ein magisches Netz auf uns und verschwand. Die Zauberin blieb zurück.

Die übrigen drei Wikinger waren an Ort und Stelle festgenagelt. Auch mich warf es aus meiner Hockstellung erneut zu Boden, diesmal mit dem Gesicht nach unten. Wie ein Frosch auf der Autobahn. Ich hatte das Gefühl, von einem vorbeifahrenden Kipplaster sei eine Betonplatte auf mich gekracht – ich konnte weder atmen noch mich bewegen. Und Teufel auch, etwas bohrte sich schmerzhaft in meine Brust, irgendetwas Längliches und leicht Gebogenes.

Mit der Nase auf dem Boden zu liegen war nicht sehr angenehm. Ich spannte mich an und drehte den Kopf.

Mein Blick traf den des neben mir liegenden Wikingers.

Der Frost durchdrang mich auf eine Weise, wie es nicht einmal der Moskauer Winter schaffte.

Du!

Ich ...

Du bist ein Anderer!

Ja ...

Du dienst dem Dunkel ...

Gewiss ...

Bewahre das!

Was?

Doch der Wikinger hatte bereits die Augen geschlossen. Der wortlose Dialog hatte nur einen Sekundenbruchteil gedauert.

Was sollte ich an mich nehmen? Dieses Mistding, das mir in die Rippen pikte?

Die Zauberin warf vorsichtshalber eine weitere Platte auf uns. Die Wikinger krächzten mit gepresster Stimme auf, meiner Brust entrang sich ein ähnliches Stöhnen.

Und dann dachte ich: Wie komme ich dazu?

Ich schloss die Augen, konzentrierte mich auf die Suche nach Kraft – und nahm neben mir eine praktisch unerschöpfliche Quelle wahr: das noch immer offene Portal.

Ach, wie einfach doch alles sein konnte! Die auf dem Strastnoi Boulevard verlorene Kraft zu ersetzen war eine Sache von wenigen Sekunden. Dass es sich bei dem Portal um ein lichtes handelte, störte mich nicht im Geringsten, denn die Natur der Kraft ist ohnehin ähnlich.

So fing ich an, die Kraft des Portals zu trinken. Langsam, damit die Lichte nicht gleich bemerkte, was geschah.

Als Erstes schob ich etwas von der Last von mir herrunter – was klappte, wobei ich noch nicht einmal sagen könnte, dass es sehr anstrengend gewesen wäre. Dann hüllte ich das, was unter mir lag, in einen Kokon. Und versteckte es, nach wie vor auf dem Boden liegend, unter meinem Hemd. Die Zauberin wurde anscheinend nervös.

Ich wollte schon aufstehen, als Geser zurückkam. Er zerfloss in weißem Licht wie ein Engel in der Vorstellung der Idyllenmaler. Mit einer Hand hielt er den reglosen und gefügigen Wikinger, der hatte fliehen wollen, an der Schulter fest. Ein Schritt, noch einer – und er ließ den Wikinger los, der wie eine Lumpenpuppe neben seinen Gefährten zu Boden fiel. Doch statt Freude las ich im Gesicht Gesers etwas anderes.

»Wo ist die Kralle?«

Er sah die Zauberin kurz an. Die zog besorgt den Kopf ein. Sofort spürte ich, wie sie uns alle auf einmal scannte.

Nein, Mädchen. Meinen Kokon durchdringst du nicht!

Selbst Geser wird ihn nicht durchdringen. Das kann ich euch mit Sicherheit sagen, von der Höhe meiner nächsten Stufe aus.

Geser kam jedoch, ohne Zeit zu verlieren, auf mich zu. »Schon wieder du ...«

In seiner Stimme entdeckte ich keinen Hass. Nur eine grenzenlose Müdigkeit.

Ich stand auf und klopfte aus irgendeinem Grund meine Kleidung ab. »Ja.«

»Du verblüffst mich«, gestand Geser, während er meine Person mit seinem Blick durchbohrte. »Verblüffe mich noch einmal! Gib die Kralle zurück!«

»Die Kralle?« Ausdrucksvoll zog ich eine Braue hoch. »Wovon redest du, Kollege?«

Geser presste die Lippen zusammen. Ich sah deutlich, wie seine Kiefermuskeln in den Wangenknochen mahlten.

»Genug mit dieser Komödie, Dunkler. Du hast die Kralle, sonst kann sie nirgends sein. Ich spüre sie nicht mehr, aber das ändert nichts. Jetzt gibst du mir die Kralle und – ich wiederhole es noch einmal – verschwindest für immer aus Moskau. Und merk dir eins: Du bist der Erste, den ich zweimal friedlich auffordere zu verschwinden. Der Erste seit sehr, sehr vielen Jahren. Habe ich mich klar genug ausgedrückt?«

»Mehr als klar«, murmelte ich, während ich meine Kräfte abwog und zu der Überzeugung gelangte, dass ich mich auf das Spiel einlassen konnte.

In Gedanken streckte ich mich nach der nichts Böses ahnenden Zauberin aus, schöpfte aus ihr so viel Kraft wie möglich, ohne dass sie etwas davon bemerkte, und nahm mir noch mehr aus dem Portal. Das alles so schnell, wie es schneller nicht ging.

Dann öffnete ich mein eigenes Portal. Direkt unter mir. Gleichzeitig trat ich aus dem *Zwielicht* heraus.

Wenn ich auf einem Gullideckel gestanden hätte und der

Deckel urplötzlich verschwunden wäre, hätte das einen ähnlichen Effekt gehabt. Ich stürzte einfach hinab – für Geser und die Übrigen. Stürzte hinab und verschwand.

Von Geser hatte ich nicht gewagt, Kraft zu nehmen. Etwas hatte mir gesagt: Momentan brauchst du dich nicht mit ihm zu messen. Du hast einen Kokon geschaffen, durch den Geser nicht ohne Vorbereitung hindurchblicken kann. Du hast aus der Zauberin, die wahrscheinlich eine Große Magierin wird, Energie gesaugt – das ist ein klarer Lausbubenstreich, der nur einmal glückt. Aber es auf eine offene Auseinandersetzung mit dem Chef der Nachtwache anzulegen – dazu ist es noch zu früh für dich, Witali Rohosa, Anderer, Dunkler.

Sag lieber danke, dass du mit heiler Haut davongekommen bist.

Ich sagte »danke« und stürzte aus der Höhe von mehreren Metern in eine Schneewehe. Um mich herum war alles dunkel. Fast dunkel. Nur der Mond hing über meinem Kopf. Und zu beiden Seiten erstreckte sich Wald.

Ich befand mich in einer Schneise, einer schnurgeraden, genau wie der Lenin-Prospekt in Nikolajew. Eine fünfzehn Meter breite Straße. Links eine Waldwand, rechts eine Waldwand, vor mir, über dem silbrigen Streifen unberührten Schnees, der Mond. Ein fast voller Mond.

Das war schön, unglaublich schön – eine Mondschneise, die Nacht, der Schnee ... Ich hätte mich nach Herzenslust daran ergötzen können.

Doch ich begann zu frieren.

Nachdem ich mich mehr schlecht als recht aus der Schneewehe herausgearbeitet hatte, sah ich mich um. Der Schnee blieb weiterhin unberührt. Doch irgendwo in der Ferne machte ich das typische Gerassel der Räder einer Vorortbahn aus.

Na toll. Was bin ich bloß für ein miserabler Magier. Ein wahrer Meister der Portale. Ein Portal öffnen, das kann ich. Aber wohin es mich brachte, daran dachte ich nicht. Nun hatte ich also die Bescherung: Allein stand ich da, nur in einem beklagenswerten Pullover (soll heißen ohne Jacke und Mütze) mitten im winterlichen Wald.

Wütend auf mich selbst tastete ich nach dem länglichen und harten Ding unter meinem Hemd und entschied, den Kokon noch beizubehalten, während ich dem Mond entgegenging. Auf der makellosen Schneebahn der Mondschneise.

Schon bald merkte ich, dass ein Spaziergang durch eine Schneewehe ein zweifelhaftes Vergnügen war. Ich sollte mich zum Wald durchschlagen – ich überlegte mir, dass unter den Bäumen weniger Schnee liegen dürfte.

Zu meinem Erstaunen hatte ich zu zweihundert Prozent Recht. Erstens gab es am Waldrand in der Tat keine Schneewehen, und zweitens stieß ich auf einen Pfad. Der recht gut ausgetrampelt war. Im Schatten hatte ich ihn zuvor einfach nicht wahrgenommen.

Jemand aus dem Altertum hat einmal gesagt, dass die Wege stets zu denen führen, die sie angelegt haben. Und eine andere Wahl blieb mir sowieso nicht. Deshalb ging ich den Pfad entlang. Ging zunächst, bis ich dann lief, um warm zu werden.

Ich laufe so lange, bis ich nicht mehr kann, nahm ich mir vor. Dann trete ich ins *Zwielicht* ein ... um mich aufzuwärmen.

Ich hoffte nur, dass meine Kräfte sowohl für den Lauf wie auch für das *Zwielicht* ausreichten.

Ich lief fünfzehn Minuten. Es ging absolut kein Wind, weshalb mir sogar etwas warm wurde. Die Schneise zog sich immer und immer weiter, der Schnee schillerte endlos silbrig. Hier sollte nicht ich, hier sollte ein alter Recke in einer Jacke mit nach außen gewendetem Pelz und einem verzauberten Schwert am Gürtel entlangrennen. Und mit einem treuen gezähmten Wolf ein paar Schritte vor ihm ...

Kaum hatte ich an den Wolf gedacht, klang von links Gebell zu mir hinüber. Hundegebell. Wölfe bellen anders. Und im Winter gar nicht.

Ich blieb stehen und sah mich um. Ein warmes orangefarbenes Licht funkelte zwischen den Bäumen. Außer dem Gebell ließen sich auch Stimmen vernehmen. Menschenstimmen.

Ich dachte nicht lange nach. Ich ging noch ein Stück vorwärts, stieß auf einen zu der Feuerstelle abzweigenden Pfad und schlug ihn ein.

Nach kurzer Zeit sprangen gleich zwei Hunde auf mich zu – ein weißer, vor dem Hintergrund des Schnees kaum auszumachender karelischer Schlittenhund mit einem geschwungenen Schwanz und ein rabenschwarzer wuscheliger Neufundländer. Der Schlittenhund kläffte hell wie ein Glöckchen. Der Neufundländer brummte tief. »Waff! Waff!«

»Petro? Bist du das?«, erklang es vom Lagerfeuer.

»Nein«, antwortete ich bedauernd. »Ich bin nicht Petro. Kann ich mich vielleicht etwas aufwärmen?«

Um die Wahrheit zu sagen, ging es mir nicht in erster Linie darum, mich aufzuwärmen. Ich wollte herausbekommen, wo ich war. Um mich nicht aufs Geratewohl durch den Wald zu schlagen, sondern geradenwegs zur Bahn zu gelangen.

»Komm her! Vor den Hunden brauchst du keine Angst zu haben, die tun nichts!«

Die Hunde kamen mir wirklich nicht zu nahe. Der Schlittenhund lief aufmerksam in einem gleichbleibenden Abstand von etwa vier Metern neben mir her, der Neufundländer sprang mir kurz vor die Füße, beschnupperte meine Schuhe, schnaubte und rannte zum Lagerfeuer.

Am Feuer saßen mehr als ein Dutzend Menschen. An einer langen Kette, die an einem dicken, horizontal gewachsenen Ast einer in der Nähe stehenden Kiefer befestigt war, hing ein großer Kessel, in dem es vielversprechend brodelte. Die Leute saßen auf zwei Balken, die meisten hielten einen Metallbecher in der Hand. Jemand hatte gerade eine weitere Flasche Wodka geöffnet.

»Ach du meine Güte!«, sagte ein bärtiger Mann, der an einen

Geologen erinnerte, als ich aus der Dunkelheit ins Licht trat. »Nur im Pullover!«

»Entschuldigt bitte«, seufzte ich. »Ich habe ein paar Problemchen.«

»Setz dich«, meinte jemand, der sogleich von seinem Platz wegrückte. Sie setzten mich fast mit Gewalt hin und drückten mir unverzüglich einen Becher mit Wodka in die Hand.

»Trink!«

Diese Aufforderung zu ignorieren, hielt ich nicht für angebracht. Mein Hals brannte zwar, doch schon ein paar Sekunden später hatte ich völlig vergessen, dass Winter herrschte.

»Stjopa! Hast du nicht noch 'ne Jacke?«, übernahm der Bärtige weiter das Kommando.

»Ja«, kam es vom gegenüberliegenden Baumstamm. Dann lief jemand schnell in die Richtung, in der sich zwischen den Bäumen aufgespannte Zeltplanen abzeichneten.

»Ich habe noch eine Mütze«, sagte eine pummelige Frau mit Zöpfen wie eine Schülerin. »Warte ...«

»Treibst du dich schon lange in dieser Kälte rum?«, fragte mich der Bärtige.

»Nein. Insgesamt seit zwanzig Minuten. Fragt mich bloß nicht, wie ich hier hergekommen bin.«

»Machen wir nicht«, versprach der Bärtige. »Gleich ist der Pilaw fertig. Wir sind noch bis morgen hier. Für dich finden wir schon 'n Plätzchen, wo du dich aufs Ohr hauen kannst, und auch noch 'nen Schlafsack. Morgen geht's dann nach Moskau. Du kannst mit uns mitkommen oder auch nicht.«

»Danke«, sagte ich. »Gern.«

»Wir feiern heute Geburtstag«, erklärte mir Stjopa, der gerade mit einer blau-grünen Skijacke unterm Arm zurückkam. »Hier, nimm.«

»Vielen Dank, Jungs«, meinte ich aufrichtig. Und zwar weniger, weil sie mich so warmherzig und gastfreundlich aufnahmen, sondern weil sie mir keine überflüssigen Fragen stellten.

Die Jacke war warm. Wärmer, als sie aussah.

»Und wer hat Geburtstag?«, wollte ich wissen.

Eine der Frauen stellte ihre Küsserei mit einem ihrer bärtigen Verehrer ein. »Ich«, verkündete sie. »Ich bin Tamara.«

»Herzlichen Glückwunsch«, meinte ich, was jedoch etwas schwermütig herauskam. Es tat mir wirklich leid, dass ich absolut nichts hatte, was ich ihr schenken konnte, und ihr einen Hundertdollarschein in die Hand zu drücken, wäre mir peinlich gewesen. Es hätte wie das großzügige Trinkgeld ausgesehen, mit dem ich im Hotel um mich warf, etwas, das ich nur anstandshalber herausgerückt hätte.

»Wie heißt du?«, fragte der Bärtige Nummer eins. »Ich bin Matwej.«

»Witali.« Ich drückte die Hand, die er mir entgegenstreckte. »Ein Geburtstag im winterlichen Wald – es ist das erste Mal, dass ich so was erlebe.«

»Für alles gibt es ein erstes Mal«, bemerkte Matwej philosophisch.

Die Hunde bellten erneut los und verschwanden in der Dunkelheit.

»Das wird ja wohl Petro sein?«, fragte das Geburtstagskind voller Hoffnung.

»Petro, bist du das?«, rief Stjopa mit einem überraschend klangvollen Bariton, der in nichts der Stimme glich, mit der er bisher gesprochen hatte.

»Ja!«, kam es aus dem Wald.

»Bringst du Sekt mit?«, schrie Tamara.

»Ja!«, bestätigte Petro fröhlich.

»Hurra!«, schrien die anwesenden Frauen im Chor. »Ein dreifaches Hurra auf Petro, unseren Retter!«

Heimlich tastete ich nach dem Futteral unter meinem Hemd. Anscheinend verbarg sich in ihm die geheimnisvolle Kralle des Fafnir. Ich kam zu dem Schluss, dass ich mich bis zum Morgen entspannen und mich in der ruhigen Strömung eines fremden Geburtstags treiben lassen könnte. Die Leute am Lagerfeuer beachteten mich nicht weiter. Als sei ich einer von ihnen, gossen sie meinen Becher voll und reichten mir einen Teller mit dampfendem Pilaw. Als ob jeden Tag ein halbnackter Wanderer aus dem Wald zu ihnen ans Feuer stieße.

Zu schade, dass es unter ihnen keinen einzigen Anderen gab. Noch nicht einmal einen nicht initiierten.

Vier

Semjon betrat Gesers Arbeitszimmer, erstarrte eine Sekunde an der Tür und schüttelte kaum merklich den Kopf. »Er ist nicht in Moskau. So viel steht fest.«

»Das ist alles so dumm«, schnaubte Ignat in einem Sessel. »Er soll doch wohl in Moskau irgendetwas mit der Kralle anstellen? Welchen Sinn hat es also, ein Portal nach außerhalb von Moskau zu öffnen?«

Geser schielte zu Ignat hinüber. In seinem Blick lag etwas Rätselhaftes, etwas, das man im ersten Anlauf als »höheres Wissen« bezeichnen wollte. »So dumm ist das gar nicht«, widersprach er tonlos. »Der Dunkle hatte keine andere Wahl. Er hätte in Moskau bleiben und die Kralle verlieren können oder sich mit ihr so weit wie möglich davonmachen und dann versuchen können, später zurückzukommen. Schlimm ist allerdings, dass die Regin-Brüder es trotz unserer Anwesenheit geschafft haben, diesem Dunklen aus der Ukraine die Kralle zu übergeben. Und dass er uns hat täuschen können.« Geser seufzte und schloss einen Moment lang die Augen. »Aber was heißt *uns* ...«, verbesserte er sich dann. »Mich hat er täuschen können. Mich.«

Swetlana, die sich in einer Ecke des Sofas verkrochen hatte, schluchzte abermals auf. »Es tut mir so leid, Boris Ignatjewitsch ...«

Anton, der bis jetzt so aufrecht dagesessen hatte, als habe er einen Ladestock verschluckt, beugte sich zu ihr und nahm sie schweigend in die Arme.

»Weine nicht, Swetlana. Dich trifft keine Schuld. Wenn selbst ich die Schritte dieses Dunklen nicht erahnen konnte, kann das von dir niemand verlangen.« Gesers Stimme war rau, insgesamt aber neutral. Der Chef der Nachtwache machte Swetlana tatsächlich keinen Vorwurf – was geschehen war, überstieg einfach ihre bisherigen Kenntnisse und Fähigkeiten.

»Ich verstehe nur eins nicht«, sagte Olga stockend. Sie saß auf einem kleinen gepolsterten Hocker, der zwischen Gesers Tisch und dem Fenster stand, und rauchte nervös. »Wenn die Schritte des Dunklen insgesamt nicht vorauszusehen waren, heißt das dann, dass er intuitiv gehandelt hat? Nichts vorab geplant oder gedanklich durchgespielt hat?«

»Darauf läuft es hinaus«, bestätigte Geser ihr. »Er schafft lieber neue Wahrscheinlichkeiten, als eine der existierenden zu wählen. Das ist eigentlich ein mutiges Vorgehen, aber auch nicht ganz ungefährlich. Sein Instinkt kann ihn im Stich lassen. Genau in dem Moment müssen wir zuschlagen.«

Kurz hing Stille im Raum. Semjon ging lautlos durchs Arbeitszimmer und setzte sich aufs Sofa, etwas abseits von Anton und Swetlana.

»Aber an sich beschäftigt mich etwas anderes.« Geser kramte mit finsterer Miene eine Schachtel Pall Mall aus seiner Tasche. Verwundert betrachtete er sie, steckte sie dann zurück und zog eine Havanna in einem Blechtubo, eine Schere zum Abschneiden des Endes und ein riesiges Tischfeuerzeug aus der Tasche. Doch die Zigarre packte er nicht aus. »Etwas ganz anderes.«

»Dass der Dunkle so problemlos die Energie aus dem Portal und teilweise auch von Swetlana genutzt hat?«, vermutete Semjon sofort. »Das war doch zu erwarten.«

»Wie das?«, hakte Geser nach.

Semjon zuckte die Schultern. »Meiner Ansicht nach ist er noch stärker, als wir annehmen. Er tarnt sich einfach. Im Prinzip sind Ilja und ich, ja, sogar Garik in der Lage, uns die Kraft der Dunklen zunutze zu machen. Unter bestimmten Voraussetzungen. Und mit bestimmten Folgen für uns selbst.«

»Aber nicht so dreist und nicht so schnell.« Geser schüttelte den Kopf. »Erinner dich an Spanien. Als Awwakum versucht hat, aus einem dunklen Portal Kraft zu schöpfen. Du weißt doch noch, wie das endete?«

»Ja«, meinte Semjon ungerührt. »Aber das heißt nur, dass unser Dunkler bedeutend stärker ist als Awwakum. Mehr nicht.«

Geser sah Semjon einige Sekunden an, schüttelte zweifelnd den Kopf und richtete den Blick dann auf Swetlana. »Sweta«, erkundigte er sich mit wesentlich sanfterer Stimme, »versuch noch einmal, dich an alles zu erinnern, was du in dem Moment gespürt hast. Lass dir Zeit. Und mach dir bitte keine Sorgen. Du hast alles richtig gemacht, das Problem ist nur, dass es nicht gereicht hat.«

Semjon sah Sweta mit dem Blick eines Menschen an, der das Interessanteste verpasst hatte. »Was soll das heißen – versuch es noch einmal? Du brauchst bloß das Bild zu produzieren, mehr nicht«, riet er ihr.

»Das gelingt ihr nicht«, brummte Geser. »Darin besteht ja das Problem. Es kommt nur Mist heraus, kein Bild.«

»Hast du mal versucht, ein anderes Bild zu erschaffen?«, wollte Semjon interessiert wissen. »Ein abstraktes, das nicht mit dem Dunklen verbunden ist?«

»Ja«, antwortete Geser für Swetlana. »Bei einem anderen klappt es. Nur bei diesem nicht.«

»Hm«, murmelte Semjon. »Kann es daran liegen, dass die Eindrücke zu grell und bedrückend sind? Ich erinnere mich noch, wie ich zwanzig Jahre lang versucht habe, das Bild eines Inferno-Strudels über dem Reichstag zu rekonstruieren, während Hitler eine Rede hielt. Es wollte mir einfach nichts Überzeugendes gelingen ...«

»Es geht nicht darum, ob das Bild überzeugend ist«, entgegnete Geser. »Sie kann überhaupt keins herstellen. Nur einen grauen Nebelschleier, als ob Swetlana versuchen würde, sich an die Welt des *Zwielichts* zu erinnern.«

Anton, der nach wie vor kein Wort gesagt hatte, schaute Sweta hoffnungsvoll an.

»Also noch mal«, begann sie. »Zunächst habe ich überhaupt nichts bemerkt. Während dann Sie, Boris Ignatjewitsch, den fliehenden Regin-Bruder verfolgt haben, bin ich beim Portal geblieben. Dann habe ich bemerkt, dass die Dunklen auf dem Boden sich bewegten, und Ihr magisches Netz neu aufgeladen. Daraufhin wurden die Dunklen wieder zu Boden gedrückt. Dann sind Sie zurückgekommen. Und fast unmittelbar danach fiel ich in eine Art Ohnmacht. Mir wurde schwarz vor Augen, ich fühlte mich schwach ... Und da war ein Abgrund. Ich kam am Boden wieder zu mir, als Anton mir Wasser ins Gesicht spritzte. Wenn ich mich anstrenge, steigen einzelne Erinnerungen in mir auf ... Aber das Ganze vermag ich nicht zu rekonstruieren.« Die Zauberin biss sich auf die Lippe, sie schien kurz davor, in Tränen auszubrechen. Anton sah sie an, als hoffe er, sie allein durch seinen Blick zu beruhigen.

»Ich kann keine vernünftige Erklärung dafür finden«, ließ sich Ilja vernehmen. »Es gibt nichts, worauf wir uns stützen könnten. Wir haben zu wenig Daten.«

»Wir haben mehr als genug Daten«, schnaubte Geser. »Aber auch ich habe keine Erklärung dafür ... keine hundertprozentig überzeugende Erklärung. Vermutungen, ja, die müssen jedoch noch überprüft werden. Olga?«

Olga zuckte mit den Achseln. »Wenn du schon nichts dazu sagen kannst, brauch ich es gar nicht erst zu versuchen. Entweder ist das ein Magier höchsten Grades, der aus irgendeinem Grund bislang von niemandem irgendwo registriert worden ist, oder man hat uns nach Strich und Faden hereingelegt. Mir ist zum Beispiel noch immer völlig unklar, warum Sebulon nicht interveniert hat. Die Einfuhr der Kralle müsste doch eine Operation von oberster Priorität sein. Aber er rührt keinen Finger, um seinem Kroppzeug zu helfen.«

»Stimmt schon, aber ...«, meinte Geser nachdenklich, der jetzt doch noch die Zigarre aus dem Tubo nahm, sie aufmerksam betrachtete, genussvoll den aromatischen Tabakduft einatmete und sie dann wieder zurücksteckte. »Die Tagwache Moskaus braucht mit dieser Operation, mit der Einfuhr der Kralle des Fafnir, absolut nichts zu tun zu haben. Die Regin-Brüder können hundertprozentig auf eigene Faust gehandelt haben. In diesem Fall können wir Sebulon nicht einmal belangen. Und sein Pack hat anscheinend selbständig gehandelt. Und noch nicht einmal sonderlich gut, sonst wäre es uns nicht gelungen, die Brüder zu fassen.«

»Was haben die Regin-Brüder damit zu tun, Chef!« Ignat stand unwillkürlich auf. »Wenn der Dunkle aus der Ukraine wirklich von der Kralle vorherbestimmt ist, dann hätten die Dunklen den Kampf auf dem Flughafen ja wohl gewonnen.«

»Wenn der Dunkle aus der Ukraine von der Kralle vorherbestimmt wäre«, entgegnete Geser leise, »würden wir uns jetzt an ein ewiges Dasein im *Zwielicht* gewöhnen. Selbst ich hätte dann keinen von euch zu retten vermocht. Nicht einen. Ist das klar, Ignat?«

»So schlimm sähe es aus?«, erkundigte sich Semjon gelassen. »Ist die Lage so ernst?«

»Das ist sie, Semjon. Ich habe nur noch eine einzige Hoffnung: Der Dunkle durchschaut seine Rolle bislang selbst noch nicht genau. Deshalb handelt er planlos. Unsere einzige Chance besteht nun darin, ihm die Kralle abzunehmen, bevor er damit irgendein Unheil anrichten kann. Dann stünden die Chancen im Prinzip wieder gleich.«

»Aber wie sollen wir das schaffen?«, brauste Ignat auf. »Soll ich vielleicht versuchen, mit ihm zu reden, ihn zu überzeugen? Schließlich bin ich ein echter Meister der Überredungskunst. Nur müssten wir ihn dafür erst finden ...«

»Er kann nicht tatenlos herumsitzen, denn die Kralle brennt ihm in den Fingern. Der Dunkle wird unweigerlich wieder in Moskau auftauchen.« Geser erhob sich und sah seine Untergebenen an, während er sich müde mit der Hand über die Wange strich. »Genug davon. Ruht euch aus. Ruht euch alle aus.« Dann wandte er sich an Anton. »Anton ... Weiche nicht von Swetas Seite. Nicht einen Schritt. Fahrt auch nicht nach Hause, weder zu dir noch zu ihr. Bleibt hier.«

»Gut, Boris Ignatjewitsch«, brachte Anton Gorodezki seine ersten Worte bei dieser Zusammenkunft heraus. Nach wie vor hielt er Sweta im Arm.

Zehn Minuten später reichte Anton in dem gemütlichen Aufenthaltsraum der Wachposten, der im Moment jedoch leer war, der entkräfteten Zauberin seinen MD-Player und die Kopfhörer.

»Weiß du was?«, sagte er. »Ich habe eine Art Spiel. Auf der Scheibe gibt es unglaublich viele Lieder. Ganz unterschiedliche. Ich benutze den Zufallsgenerator, aber aus irgendeinem Grund kommt immer der richtige Song dabei heraus. Willst du es auch mal probieren?«

Swetlana deutete ein Lächeln an und nahm die Kopfhörer.

»Du musst hier draufdrücken.«

Sie drückte den Knopf. Am Player flackerte ein grünes Licht auf, die Scheibe drehte sich. Der Laser glitt über die einzelnen Tracks und hielt bei einem inne.

Ich träume von Hunden, von wildem Getier,
Ich träume, dass Wesen mit flammenden Augen
Am Himmel sich mir in die Flügel verbissen,
Da bin ich gestürzt, ein gefallener Engel ...

»*Nautilus Pompilius*«, sagte Sweta, indem sie die Kopfhörer etwas aus dem Ohr nahm. »*Gefallener Engel*. Stimmt, das passt ...«

»Weißt du«, meinte Anton ausgesprochen ernst, »du kannst

mich für abergläubisch halten, aber ich habe nicht daran gezweifelt, dass *Nautilus* herauskommen würde. Mir gefällt dieses Lied sehr.«

»Lass es uns zusammen hören«, bat Swetlana und setzte sich aufs Sofa.

»Gut«, stimmte Anton ihr zu und dankte innerlich dem Menschen, der Kopfhörer ohne Bügel erfunden hatte.

Weiß nicht, wie ich fiel, ich weiß aber noch,
Wie ich tonlos aufschlug auf kaltem Gestein.
Kann's sein, dass ich wirklich so hoch bin geflogen
Und grausam gestürzt, ein gefallener Engel?
Hinab in die Tiefe, aus der wir einst
Kamen, ein neues Leben erhofften.
Hinab in die Tiefe, aus der wir einst
Gierig hinauf ins Blaue blickten.
Hinab ...

Lange saßen sie nebeneinander und hielten sich im Arm. In ihren Ohren erklang leise ein geteilter *Nautilus*. Bitter war ihnen zumute, doch auch wohlig, diesen dreien – ihm, ihr und dem gefallenen Engel.

»Als ich das Gebäude der Abfertigungshalle betreten habe«, berichtete Schagron, »war da niemand mehr. Fast unmittelbar am Eingang, etwas weiter rechts, wo die Gepäckausgabe ist, schloss sich gerade ein Portal. Die Lichten hatten ihren Stab bereits geräumt, ich spürte sie nur ganz leicht, am äußersten Rand. Sie beluden wohl die Autos oder fuhren gerade ab.«

»Und die Regin-Brüder?«, fragte Edgar.

»Bei denen blicke ich überhaupt nicht mehr durch. Meiner Ansicht nach ist einer von ihnen gestorben. Die Übrigen haben die Lichten immobilisiert und mitgenommen.«

»Wozu?«, wunderte sich Deniska, der sich dafür sogar von

seinem Kaffee losriss. »Warum haben sie sie nicht an Ort und Stelle abgemurkst?«

»Du hast Ideen! Das sind schließlich Lichte!« Juri irritierte die Frage. »Nachdem sich die Brüder ergeben hatten, reichte es ihnen, sie einfach zu verhaften. Vermutlich übergeben die Lichten sie der Inquisition ... Diese Sadisten. Besser hätten sie die drei gleich umgebracht.«

»Meiner Meinung nach ist er aber doch entkommen«, sagte Nikolai, der gedankenlos mit seinem abgefeuerten Stab herumspielte. Die Kraft, mit der der Stab noch bis vor kurzem geladen gewesen war, hatte den Schnee auf der Landebahn des Flughafens geschmolzen – geschmolzen und getrocknet. »Also, Juri? Was denkst du?«

»Ich spüre die Kralle nicht. Er ist nicht mehr in Moskau.«

»Aber wie konnte er entkommen?«, fragte Anna Tichonowna, die bisher die Lippen zusammengepresst hatte, was ihr das Aussehen einer gestrengen Schullehrerin verliehen hatte. »Aus den Klauen Gesers? Das kann ich nicht glauben.«

»Ich weiß es doch auch nicht«, blaffte Juri sie an. »Aber dort ist irgendwas geschehen.«

»Hätte er nicht das Portal nutzen können?«, fragte Edgar vorsichtig.

»Das Portal?«, schnaubte Juri. »Kannst du denn ein Portal benutzen?«

»Mit Mühe«, gestand Edgar. »Meine paar Kräfte reichen dafür nicht.«

»Oha!«, meinte Juri vielsagend und zeigte mit dem Finger unbestimmt zur Decke. »Außerdem hat unser Held nach dem Kampf auf dem Boulevard eher wie eine ausgepresste Zitrone gewirkt.«

»Dafür erinnerte nach dem Kampf im Flughafen eher die Zauberin der Lichten an eine ausgepresste Zitrone«, bemerkte Nikolai mit Unschuldsmiene. »Und es soll mir bitte schön niemand weismachen, sie habe ihre Kraft freiwillig abgegeben.«

»In der Tat.« Schagron mischte sich jetzt auch ein. »Wenn man es recht bedenkt, kommt das, was energetisch in Wnukowo vorgefallen ist, vulgärem Vampirismus gleich. Alles war in so lila ...«

Juri schüttelte skeptisch den Kopf. »Diesen Eindruck hat mir unser Ukrainer aber gar nicht gemacht, das könnt ihr mir glauben. Um unter Gesers Nase die Kraft einer Lichten aufzusaugen, muss man mindestens Sebulon sein. Und das Recht auf eine Intervention ersten Grades haben ...«

»Was heißt hier *Recht*?«, platzte Anna Tichonowna heraus. »Innerhalb der letzten vierundzwanzig Stunden haben sich die Lichten drei grobe Verletzungen des Vertrages zuschulden kommen lassen, darunter ein Überfall mit Krafteinsatz! Die Lichten haben vergessen, was das ist – Recht.«

»Anna Tichonowna«, sagte Edgar eindringlich. »Die Inquisition hat den Lichten wieder einmal einen Ablassbrief ausgestellt. Solange ihre Handlungen auf die Wiederbeschaffung des geraubten Artefakts zielen, nimmt der Vertrag keinen Schaden. Bis zu dem Moment, an dem die Kralle des Fafnir der Inquisition zurückgegeben wird, hat die Nachtwache das Recht zu tun, was sie will. Damit befinden wir uns im Grunde im Krieg. Wie 1949. Das sollten Sie nicht vergessen.«

Im Raum wurde es still wie im Weltraum.

»Und du schweigst?«, fragte Anna Tichonowna in missbilligendem Ton.

»Warum sollte ich unsere Jugend in Panik versetzen? Entschuldige, Deniska. Wir stehen auch so schon auf Verlust. Erstens, der Chef ist nicht da, zweitens, das Verschwinden der Kralle kreidet man uns an, drittens, hinter uns liegen zwei nicht gerade erfolgreiche Jahre ... Wie oft haben wir in diesen beiden Jahren den Lichten nachgeben müssen? Fünfmal? Zehnmal?«

»Aber gedrückte Stimmung – die wollen wir gar nicht erst aufkommen lassen, nicht wahr?«, höhnte Juri. »Kehren wir alles unter den Teppich. Schirmen wir die Jugend von schlechten Einflüssen ab. Hm …«

»Was heißt hier *hm*?«, blaffte Edgar zurück. »Gib mir lieber einen Rat, was wir jetzt tun sollen.«

»Der Chef hat dich zum Stellvertreter bestimmt«, sagte Juri gleichgültig. »Also musst du dir darüber den Kopf zerbrechen.«

»Kolja und du – ihr habt euch ja geweigert, deshalb hat er mich ernannt.« Edgar gab sich jetzt düster und unzugänglich. »Schöne Kämpfer seid ihr mir …«

»Ach, Jungs, jetzt haltet endlich mal die Klappe!« In ihrer Empörung war Anna Tichonowna rot angelaufen. »Wir haben jetzt andere Sorgen! Meine Hexen arbeiten im Unterschied zu euch schließlich auch gut zusammen!«

»Gut, lassen wir das.« Juri machte eine abwinkende Geste. »Ihr fragt, was wir jetzt tun sollen? Nichts. Unser ukrainischer Held kann nicht weit aus Moskau sein. Die Kralle ist meiner Ansicht nach bei ihm. Wenn er bisher noch nichts unternommen hat, heißt das, er hatte noch keine Gelegenheit dazu. Warten wir darauf, dass er zurückkommt. Und das muss er, denn die Kralle muss in den nächsten beiden Tagen nach Moskau gelangen. Andernfalls ist das Wahrscheinlichkeitsmaximum überschritten, und sie ist nichts weiter als ein starkes Artefakt.«

Nikolai nickte zustimmend.

Edgar sah die Magier aufmerksam einen nach dem anderen an. »Dann warten wir also«, seufzte er. Und fügte hinzu: »Stimmt. Ausgebufft ist er, unser Ukrainer. Noch ausgebuffter als Geser.«

»Sag nicht hopp, bevor du nicht gesprungen bist«, riet Kolja. »Wie es in der Ukraine heißt …«

»Anna Tichonowna«, sagte Schagron mit leicht einschmeichelnder Stimme. »Könnten Sie Ihre Mädchen nicht bitten, Kaffee zu kochen? Ich hab einfach keine Lust mehr, nach alldem noch einen Finger zu rühren …«

»Du bist ein Faulpelz, Schagron.« Anna Tichonowna schüttelte den Kopf. »Aber gut, ich kümmer mich darum, schließlich hast du heute gute Arbeit geleistet. Die anderen sollten sich ein Beispiel an dir nehmen.«

Schagron grinste zufrieden.

Zu meinem größten Erstaunen war es im Zelt die ganze Nacht über warm gewesen. Zum Schlafen zog sich natürlich niemand aus, und auch ich legte nur die Jacke und die Schuhe ab, um in den angebotenen Schlafsack zu kriechen. Das Zelt gehörte dem bärtigen Matwej, und bei Bedarf hätten hier auch drei, ja, sogar vier Leute Platz gefunden. Doch wir blieben zu zweit. Im Nachbarzelt, von dem uns zwanzig Meter trennten, stöhnte das Geburtstagskind, gleich nachdem alle vom Lagerfeuer aufgestanden waren, noch eine Zeit lang wohlig in den kräftigen Armen eines Verehrers; also war es nicht nur bei uns warm. Schon komisch. Als Mensch aus dem Süden hatte ich immer angenommen, dass der Winter in einem Wald kalt und scheußlich sein müsse.

Da hatte ich mich getäuscht. Im Wald war es vielleicht wirklich kalt und scheußlich. Aber der Mensch vermag es sich warm und gemütlich zu machen. Und zwar überall, wo er hinkommt. Die Natur muss dabei natürlich etwas in den Hintergrund treten, aber diese Frage steht auf einem anderen Blatt. Einem ganz anderen ...

Matwej wachte als Erster auf. Er kroch aus seinem Schlafsack, hantierte am Eingang mit seinen modernen Bergsteigerschuhen herum (kein Vergleich mit meinen Tretern), band die Eingangsplane hoch und kroch hinaus. Sofort fiel der Frost über mich her. Gleichzeitig spürte ich an der Brust das längliche Ding, das mir die Wikinger auf dem Flughafen zugeworfen hatten. Bisher hatte ich es mir noch nicht in Ruhe angesehen – es hatte sich keine Gelegenheit dazu ergeben.

Außerdem wurde mir klar, dass sich der Schutzkokon, über Nacht nicht genährt, aufgelöst hatte. Das Ding sandte spürbar

Kraft aus. Und zwar nicht einfach Kraft, sondern KRAFT. Wenn hier auch nur ein Anderer gewesen wäre, hätte er unweigerlich die Kralle gespürt.

Ich zog unter meinem Hemd ein längliches und leicht gebogenes Etwas hervor. Ein Futteral? Eine Art Scheide für einen Dolch, nur dass sie sich wie eine zweischalige Meeresmuschel öffnen ließ. Falls es denn solche Muscheln im Meer überhaupt gab: bis zu dreißig, fünfunddreißig Zentimeter lang und schmal.

Das Futteral war im *Zwielicht* geschlossen worden, weshalb ein normaler Mensch es unter keinen Umständen aufbekommen hätte. Blinzelnd rückte ich näher zum Ausgang und schob die Plane etwas zur Seite, damit es heller wurde.

Innen lag auf kirschrotem Samt in der Tat die rabenschwarze Kralle eines riesigen Tiers. An der gekrümmten Spitze war sie scharf wie ein Tscherkessendolch. Eine lange Rille zog sich über die ganze Kralle und erinnerte an eine Blutrinne. Das breite Ende sah abgebrochen oder zerschnitten aus, als sei die Kralle einem Tier höchst unzeremoniell und grob aus der Pfote herausgeschnitten worden. Was vermutlich auch zutraf.

Was musste das für ein Tier sein, das eine solche Kralle hatte! Vielleicht einer dieser legendären Drachen? Sonst kam keins in Frage. Sollten denn die Drachen tatsächlich existiert haben? Ich grub in meinem Gedächtnis in der Hoffnung, eine Antwort zu finden, und schüttelte voller Zweifel den Kopf. Hexen und Vampire – das ist eine Sache, das sind doch bloß Andere. Aber Drachen ...

Matwej kam – im Schnee knirschend – vom Bach zurück. Ich seufzte bedauernd und verschwand kurz im *Zwielicht*, um das Futteral zu schließen und unter mein Hemd zu schieben.

»Ausgeschlafen?«, fragte Matwej, während er auf mich zukam.

»Hm.«

»War dir nicht kalt?«

»Nein. Das ist erstaunlich. Ich habe gedacht, der Wald, der Winter – da würde es bestimmt kalt werden. Aber es war warm ...«

»Ihr seid komische Leute, ihr aus dem Süden!«, wunderte sich Matwej. »Glaubst du, das hier ist kalt? In Sibirien, ja, da ist es kalt. Weißt du, was man sagt? Ein Sibirier ist niemand, der keine Angst vor der Kälte hat, sondern jemand, der sich warm anzieht!«

Ich lachte. Gut beobachtet, wirklich gut! Das musste ich mir merken.

Matwej lachte ebenfalls in seinen Bart. »Da hinten ist ein Bach. Da kannst du dich waschen.«

»Hm.« Ich kroch aus dem Zelt und brachte die kurze Strecke zu dem überfrorenen Bach hinter mich. An der Stelle, an der der Pfad ans Ufer stieß, hatte jemand sorgfältig das Eis zerschlagen. Über Nacht hatte sich zwar eine neue dünne und fast durchsichtige Eisschicht über das Eisloch gelegt, doch Matwej hatte auch sie zerschlagen. Das Wasser war kalt, aber nicht so kalt, dass meine Wärme liebende Seele gemeutert hätte, als ich mir ein paar hohle Hände voll ins Gesicht spritzte. Nach dem Waschen fühlte ich mich frisch und munter, wollte sofort etwas unternehmen, irgendwohin rennen ...

Vielleicht lag das aber auch überhaupt nicht am Waschen. Gestern hatte ich mich vor dem Flughafen verausgabt, nahezu vollständig. Entsprechend hatte ich mich gefühlt. Dann hatte ich mir aus dem Portal Kraft abgezweigt und auch etwas von der Zauberin genommen, beides aber gleich wieder fast aufgebraucht. Die Nacht über musste mich die Kralle versorgt haben.

Ihre Kraft war richtig, dunkel. Die Energie der Lichten hatte mir keine besondere Freude bereitet, das war eine widerspenstige und fremde Kraft. Aber die Kralle, das war, als streichle eine Mutter ihr Baby. Der Atem der Kralle schien etwas Verborgenes und schmerzlich Vertrautes zu haben.

Ich fühlte mich imstande, Berge zu versetzen.

»Wann wollt ihr aufbrechen?«, fragte ich, als ich wieder beim

Zelt angelangt war. Genauer: nicht beim Zelt, sondern bei der Feuerstelle. Matwej hackte Holz. Beide Hunde strichen in seiner Nähe herum und schielten immer wieder gierig auf den über dem Feuer hängenden Kessel.

»Die Leutchen müssen erst ausschlafen, dann machen wir den Pilaw warm, kippen noch ein paar Grämmchen gegen die Kälte, und dann brechen wir auf. Was ist? Hast du's eilig?«

»Es wäre nicht schlecht, wenn ich bald loskäme«, meinte ich vage.

»Na denn ... Wenn du es eilig hast, dann geh. Die Jacke kannst du erst mal behalten ... Ich gebe dir Stjopkas Adresse, dann bringst du sie ihm irgendwann zurück.«

Wenn du wüsstest, wem du gerade hilfst, guter Mann ...

»Matwej«, meinte ich leise. »Ich glaube kaum, dass ich es schaffen werde, bei Stjopka vorbeizugehen. Vielen Dank, ich werde bestimmt nicht frieren.«

»Sei nicht dumm.« Matwej richtete sich auf, die Axt in der ausgestreckten Hand. »Wenn du sie nicht zurückbringst – dann eben nicht. Deine Gesundheit geht vor.«

Ich gab mir alle Mühe, damit mir ein weises und trauriges Lächeln gelang. »Matwej ... Wie gut, dass wir allein sind. Ich bin nämlich gar kein Mensch.«

In die Augen des Bärtigen trat sofort ein gelangweilter Ausdruck. Vermutlich glaubte er, ich sei einer dieser übergeschnappten Contactees oder irgendein Übersinnlicher. Hm ... Ich würde ihn eines Besseren belehren.

Beide Hunde verloren auf einen Schlag ihre Lebensfreude und warfen sich winselnd vor Matwejs Füße. Ich hob meinen kaum zu erkennenden morgendlichen Schatten vom Schnee auf und verschwand ins *Zwielicht*.

Matwej gab mit seinen aufgerissenen Augen ein zu komisches Bild ab. Verwirrt ließ er das Beil fallen, das dem Neufundländer auf die Pfote fiel, worauf der arme Hund aus vollem Hals loskläffte.

Matwej sah mich nicht. Und er sollte mich nicht sehen.

Ich zog die Jacke aus. Die würde Matwej auch nicht sehen, ehe ich sie nicht aus dem *Zwielicht* herausgeworfen hatte. Ich kramte etwas Geld aus meiner Hemdtasche und stopfte zwei Hundertdollarscheine in die Jackentasche. Dann warf ich sie Matwej zu.

Matwej zuckte zusammen, griff reflexartig nach der Jacke, die für ihn direkt in der Luft aufgetaucht sein musste, und sah sich um. Ehrlich gesagt, sah er ein wenig mitleiderweckend aus, aber ich spürte: Ohne eine solche Demonstration hätte ich ihn niemals überzeugen können.

Ich wollte nichts Fremdes mitnehmen, nicht einmal diese verdammte Jacke. Von Menschen, die ohne überflüssige Fragen zu stellen einem halb nackten Unbekannten helfen, der mitten in der Nacht an ihrem Lagerfeuer auftaucht, darf man nichts nehmen, wenn es sich vermeiden lässt. Die Jacke war völlig in Ordnung und bestimmt nicht billig gewesen. Ich wollte sie nicht. Ich war ein Dunkler. Ich brauche nichts Fremdes.

Hinter Matwej trat ich aus dem *Zwielicht* heraus. Er starrte noch immer wie blind in die Leere.

»Ich bin hier«, sagte ich, worauf Matwej herumwirbelte. Jetzt trat ein wahrhaft irrer Ausdruck in seinen Blick.

»Ah, äh, ah ...«, stotterte er und verstummte.

»Vielen Dank. Aber ich brauche die Jacke wirklich nicht.«

Matwej nickte. Jeder Wunsch, mir zu widersprechen, war ihm offensichtlich vergangen. Meiner Meinung nach beunruhigte ihn der Gedanke, die ganze Nacht allein in einem Zelt mit einem Monster verbracht zu haben, das sich vor seinen Augen in Luft auflösen konnte – und wer weiß wozu sonst noch fähig sein mochte.

»Verrat mir noch eins: Wie komme ich von hier weg?«

»Da drüben.« Matwej wedelte mit der Hand in Richtung des Pfads, über den ich gekommen war. »Da geht die Bahn. Sie fährt schon.«

»Gibt es keine Straße? Ich würde lieber trampen.«
»Doch. Gleich hinter den Schienen.«
»Wunderbar!«, freute ich mich. »Also dann! Noch mal danke. Gratuliere dem Geburtstagskind von mir ... und ... gib ihr ...«

Erstaunlich, wie gut ich diesen simplen, aber unbekannten Zauber hinbekam. Ich steckte die Hand hinter den Rücken, berührte einen vereisten Zweig, brach ihn ab – und hielt Matwej eine frische, eben erst vom Strauch geschnittene Rose hin. An den grünen Blättern zitterten Tautropfen, die Blütenblätter flammten purpurrot. Eine frische Rose in einem verschneiten Wald – das gibt ein sehr schönes Bild.

»Ah ... äh ...«, flüsterte Matwej, der automatisch die Blume an sich nahm. Ob er sie wohl dem Geburtstagskind geben oder sie vorsichtshalber doch lieber in einer Schneewehe vergraben würde, damit er keine langen und umständlichen Erklärungen abgeben musste?

Das würde ich nicht mehr in Erfahrung bringen. Erneut trat ich ins *Zwielicht*. Ich wollte mich nicht durch den Schnee schleppen. Was mir gestern Abend noch Spaß gemacht hatte, als ich mich an dem Gedanken weidete, Geser entkommen zu sein, passte heute, wo ich erholt und voller Kraft war, nicht mehr zu mir.

Etwas hatte ich noch vergessen ... Ach ja! Die Mütze. Die gehörte schließlich auch nicht mir, saß mir aber noch auf dem Kopf. Ich warf sie der Jacke hinterher – und dann nichts wie weg.

Ich eilte mit Sprüngen von ein-, zweihundert Metern vorwärts. Ich öffnete kleine Portale an der äußersten Sichtgrenze und durchmaß wie ein Riese den Raum, indem ich die Kilometer fraß.

Am Tag sah die Schneise ganz gewöhnlich aus, jeder Zauber war unwiederbringlich verloren. Nicht umsonst wählen alle echten Romantiker und Freiheitsliebenden – alle Dunklen – als ihre Zeit die Nacht. Die Nacht und nicht den Tag, wenn aller

Dreck und Müll aufdringlich ins Auge springt, wenn zu sehen ist, wie hässlich und heruntergekommen unsere Städte sind, wenn die Gehsteige von dummen Menschen überquellen und die Straßen von stinkenden Autos verstopft sind. Der Tag, das ist die Zeit der Fesseln und Ketten, der Pflichten und Regeln, während die Nacht die Zeit der Freiheit ist.

Der Freiheit, die ein echter Anderer gegen nichts eintauschen würde. Nicht gegen eine vergängliche Pflicht, nicht gegen billige, verschwommene Ideale, die jemand lange vor dir ersonnen hat. All das ist ein Mythos, eine Fiktion, ein »ucho od śledzia«, wie unsere polnischen Brüder sagen, ein »Ohr vom Hering«. Es gibt nur eine Freiheit, für alle und jeden, und es gibt nur eine Einschränkung: Niemand hat das Recht, die Freiheit seines Nächsten einzuschränken. Und nur die schlaufüchsigen und heuchlerischen Lichten können hier vermeintliche Paradoxe und Widersprüche entdecken – wer frei ist, kommt hervorragend mit allen Freien aus und wird ihnen nie in die Quere kommen.

Ein Auto musste ich als Anderer anhalten, denn einen Menschen ohne Jacke wollte niemand mitnehmen. Ich berührte das Bewusstsein eines Mannes in einem aufgemotzten Shiguli, einem »Neuner« in der Farbe schlammigen Asphalts.

Natürlich hielt er an.

Hinterm Steuer saß ein etwa fünfundzwanzigjähriger Kerl mit kurz geschnittenen Haaren, der absolut keinen Hals erkennen ließ. Der Kopf thronte einfach und irgendwie sehr natürlich auf dem Körper. Seine Augen waren leer. Insgesamt erinnerte der Fahrer an jene Boxergestalt aus einem Witz, die den Kopf nur zum Essen hatte. Dafür waren seine Reflexe fantastisch. Mir kam der starke Verdacht, er könne sein Auto selbst dann noch fahren, wenn er das Bewusstsein verloren hatte.

»Ja?«, sagte er, als ich im Fond Platz nahm, neben seiner zeltartigen Lederjacke.

»Na los. Nach Moskau. In der Twerskaja kannst du mich rauslassen.«

Dann berührte ich ihn abermals leicht durchs *Zwielicht*.

»Hm ...«, sagte der Mann und trat aufs Gas. Trotz der glatten Straße und der ihm auferlegten Erstarrung raste er mit über hundert Sachen los. Das Auto gehorchte ihm vorzüglich. Ob er irgendwelche besonderen Reifen hatte?

Wir fuhren irgendwo im Nordwesten nach Moskau rein und bogen dann auf die Wolokolamskoe Chaussee. Daher flutschten wir sehr schnell durch die Riesenstadt und kamen fast geradenwegs zum Ziel. Zum Büro der Tagwache in der Twerskaja.

Wie gut, dass ich so einen bemerkenswerten Fahrer gefunden hatte und die Straße dazu einlud, das Gaspedal ganz durchzudrücken. Obendrein schwammen wir auf einer grünen Welle.

Als wir an der Metrostation Sokol vorbeifuhren, wurde mir klar, dass man mich geortet hatte.

Mich und die Kralle.

Doch einen schnurgerade durch das morgendliche Moskau dahinschießenden »Neuner« zu verfolgen ist ein nahezu aussichtsloses Unterfangen.

An der Twerskaja stieg ich aus und steckte dem halslosen Rennfahrer einen Hunderter in die Hand. Rubel, keine Dollar.

»Ja?«, seufzte er und guckte sich um. Natürlich erinnerte er sich an nichts und versuchte jetzt mit seinem dürftigen Intellekt die fast unlösbare Aufgabe zu bewältigen: Wie war er von einer Straße in der Umgebung Moskaus ins Stadtzentrum geraten?

Ich hatte nicht die Absicht, ihn dabei zu stören, und ließ ihn mit seinem unlösbaren Rätsel allein.

Um seine Reflexe konnte man ihn freilich nur beneiden: Der »Neuner« fuhr fast gleich darauf los. Das Gesicht des Mannes, dem jetzt der Mund offen stand, war zum Seitenspiegel gedreht. So entschwand er meinem Blick. Ich überquerte die Straße und ging auf den Eingang des Büros zu.

Der Vorraum hing voller Tabakqualm. Ein Kassettenrecorder, eine Boom-Box von Philipps, spielte leise ein Lied. Die Melodie war eingängig und kräftig, die Stimme heiser und tief, sodass ich Butussow nicht gleich erkannte.

Durchs offene Fenster fegt eisig der Wind,
Nacht, die zu langen Schatten gerinnt,
Geheimnisvoll komm ich im Silbergewand,
Wozu ich gekommen bin, ist dir bekannt.
Will Macht dir geben,
Verborgne Kraft,
Den Hals dir küssen
Voll Leidenschaft.

Ein junger Vampir, der glückselig vor sich hinblinzelte und tonlos mitsang, verlor bei meinem Anblick die Gabe der Rede. Der zweite Wachhabende, ein ebenso jugendlich wirkender Alchimist, donnerte bereits seinen Bericht durch den Telefonhörer.

»Sie werden erwartet«, teilte er mir mit. »Im achten Stock.«

Der Vampir, seiner Redekunst zwar verlustig, konnte mir immerhin noch den Fahrstuhl rufen.

Doch plötzlich spürte ich, dass ich auf gar keinen Fall den Aufzug betreten und mit ihm nach oben fahren dürfte. Auf gar keinen Fall.

»Übermitteln Sie bitte, dass ich lebe und alles in Ordnung ist. Aber ich muss dringend weg«, sagte der Jemand in mir.

Ich trat wieder auf die Twerskaja hinaus.

Erneut »trug« es mich. Ohne zu zögern wandte ich mich nach links. Zum Roten Platz.

Noch wusste ich nicht, was mich dorthin trieb und warum. Doch dieser in mir verschlossenen Kraft musste ich einfach gehorchen. Außerdem spürte ich, wie die Kralle des Fafnir zum Leben erwachte, atmete.

Jeder Fußbreit Erde, jeder Quadratzentimeter Asphalt hier

war mit Magie getränkt. Alter Magie, die sich in das Gestein der Gebäude, in den Straßenstaub gefressen hatte.

Als rotes Massiv erhob sich etwas rechts das Historische Museum. Ich wusste nicht einmal, ob man es noch besuchen konnte oder ob die sich ein weiteres Mal radikal verändernde Geschichte des arg gebeutelten Russlands es in eine Art Casino verwandelt hatte. Das aufzuklären blieb mir übrigens keine Zeit. Ich ging an dem Gebäude vorbei.

Das Steinpflaster des Roten Platzes, das sich noch an den gemächlichen Schritt der Zaren, die Stiefel der Revolutionssoldaten, die Raupen sowjetischer Panzermonster und die Marschkolonnen der Demonstrationen zum Ersten Mai erinnerte, schien die Moskauer Unerschütterlichkeit zu verkörpern. Diese Stadt hatte bestanden und würde bestehen, und nichts – weder die Streitereien normaler Menschen noch die ewigen Geplänkel zwischen den Wächtern des Tages und der Nacht – würde diese ruhige Größe ins Wanken bringen können.

Ich trat auf den Platz und sah mich um. Etwas links brodelte das GUM. Rechts ragte die gezahnte Mauer des Kremls auf. Vor ihr erhob sich die Pyramide des Mausoleums. Es würde mich doch wohl nicht dorthin ziehen?

Nein, nicht dorthin. Auch gut. Wie auch immer man zu dem einstigen Führer Russlands stehen mag, es ist eine Sünde, die Ruhe der Toten zu stören. Zumal derjenigen, die für immer und unwiderruflich verstorben sind. Er war kein Anderer – und gut, dass er keiner war.

Ich ging über den Platz, ohne den Schritt zu beschleunigen. Ein paar schiefergraue Regierungsschlitten schossen aus dem Kremlgelände heraus und verschwanden in den Gassen. Schweigend begrüßte mich die Rundtribüne des Lobnoje Mesto. Der Bürger Minin und der Fürst Posharski begleiteten mich mit ihren Blicken. Die Basiliuskathedrale grüßte mit ihren bemalten Köpfen herüber.

Kraft. Kraft. Kraft ...

Hier gab es so viel davon, dass ein Anderer, der sich verausgabt hatte, in wenigen Sekunden wieder zu Kräften kommen konnte.

Doch niemals tat irgendwer dergleichen. Denn das ist eine fremde Kraft. Eine Niemandskraft. Eine widerspenstige und unkontrollierbare Kraft. Die Kraft vergangener Jahrhunderte. Die Kraft gestürzter Zaren und Generalsekretäre. Man braucht sie bloß zu berühren, und sie vertilgt einen.

Ich sah mich um, einmal, zweimal.

Und bemerkte ihn.

Den Inquisitor.

Einen Inquisitor kann man mit niemandem verwechseln, weder mit einem Lichten noch mit einem Dunklen und schon gar nicht mit einem gewöhnlichen Menschen.

Der Inquisitor sah mich hartnäckig an, weshalb nicht zu verstehen war, warum ich ihn erst jetzt bemerkt hatte.

Er war allein, völlig allein, stand über jedem billigen Kräftespiel, außerhalb von Allianzen oder Verträgen. Er verkörperte die Gerechtigkeit und die Inquisition. Er bewahrte das Große Gleichgewicht. Musste ich noch fragen, warum er hier war?

Ich trat dicht an ihn heran.

»Du hast richtig gehandelt, als du gehorcht hast«, sagte der Inquisitor.

Aus irgendeinem Grund wusste ich: Er hieß Maxim.

Er streckte die Hand aus. »Die Kralle«, verlangte er.

In seiner Stimme klang nicht die geringste Spur von Macht an, kein Hauch von Druck. Trotzdem zweifelte ich nicht daran, dass sich dieser Stimme jeder fügen würde, bis hin zum Chef einer Wache – egal welcher.

Langsam, mit unverhohlenem Bedauern griff ich mir unters Hemd.

Die Kralle brodelte, zermahlte die umliegende Kraft. Kaum hielt ich sie in meiner Hand, durchströmte mich eine tosende Welle. In jede Zelle schoss die mir von der Kralle geschenkte

Kraft, die ganze Welt schien bereit, auf die Knie zu fallen und sich zu ergeben. Mir. Dem Herrscher über die Kralle des Fafnir.

»Die Kralle«, wiederholte der Inquisitor.

Er fügte keine irgendwie geartete Bitte hinzu, ich möge keine Dummheit begehen. Die Inquisition steht über sinnlosen Ratschlägen.

Trotzdem zögerte ich noch immer. Konnte ich wirklich freiwillig das Konzentrat einer so unerschöpflichen Kraft abgeben? Ein solches Artefakt? Den Traum eines jeden Anderen?

Automatisch nahm ich die Umverteilung der Energie wahr – in der Nähe ging ein Lichtes Portal auf. Natürlich, Geser, der Chef der Nachtwache Moskaus.

Der Inquisitor reagierte überhaupt nicht auf das Erscheinen des überraschenden Zeugen. In keiner Weise. Als sei hier nicht gerade ein Portal geöffnet worden und jemand aus dem *Zwielicht* herausgetreten.

»Die Kralle«, wiederholte der Inquisitor zum dritten Mal. Zum dritten und letzten Mal. Danach würde er kein Wort mehr sagen. Das wusste ich.

Und ich wusste auch, dass, selbst wenn jetzt alle Dunklen Moskaus auftauchen würden, sich nichts ändern würde. Sie würden mir nicht helfen. Im Gegenteil, sie würden sich auf die Seite des Inquisitors stellen. Die Auseinandersetzung um die Kralle konnte nur so lange andauern, wie die Hüter des Großen Vertrags nicht in eigener Person die Bühne betreten hatten.

Mit zusammengekniffenen Augen schöpfte ich so viel Kraft, wie ich in mir abzuspeichern vermochte, ohne mich vor Anspannung zu verschlucken, und hielt dem Inquisitor mit zitternder Hand das Futteral mit dem Artefakt hin. Gleichzeitig registrierte ich den vagen und mit Mühe unterdrückten Wunsch Gesers, mir die Kralle zu entreißen und an sich zu bringen. Aber natürlich rührte sich der Chef der Nachtwache nicht. Erfahrung – das ist in erster Linie die Fähigkeit, kurzzeitige Impulse zurückzuhalten.

Der Inquisitor sah mich an. Eigentlich hätte ich in seinem Blick Genugtuung und Billigung lesen müssen: Du bist ein guter Kerl, Dunkler, machst keine Mätzchen, gehorchst, bist ein kluges Köpfchen.

Doch nichts dergleichen machte ich in den Augen des Inquisitors aus. Ab-so-lut nichts.

Geser beobachtete uns mit echtem Interesse.

Langsam steckte der Inquisitor das Futteral mit der Kralle in die Innentasche seines Jacketts und begab sich dann ohne sich zu verabschieden ins *Zwielicht*. Ich hörte sofort auf, ihn zu spüren. Sofort. Die Inquisition hat ihre eigenen Wege.

»Ha!«, sagte Geser, wobei er an mir vorbeiguckte. »Du bist ein Dummkopf, Dunkler.« Dann fixierte er mich mit seinem Blick und seufzte. »Aber ein kluger Dummkopf«, fügte er hinzu. »Und das ist bemerkenswert.«

Daraufhin ging er ebenfalls weg, diesmal unauffällig, ohne Portal. Ihn spürte ich noch einige Zeit in den tiefen Schichten des *Zwielichts*.

Ich blieb auf dem Roten Platz zurück, im durchdringenden Wind, allein, ohne Kralle, an deren Kraft ich mich gewöhnt hatte, ohne warme Kleidung, nur in Pullover, Hosen und Stiefeln, während meine Haare in alle Richtungen flogen wie bei einem Kinostar in Großaufnahme. Nur die Zuschauer, die dieses gelungene Bild sehen konnten, fehlten – Geser war definitiv weg.

»Du bist wirklich ein Dummkopf, Witali Rohosa«, flüsterte ich. »Ein kluger und gehorsamer Dummkopf. Aber vielleicht bist du gerade deshalb immer noch am Leben?«

Doch der, der in mir steckte, rührte sich plötzlich und beruhigte mich: Alles läuft wie am Schnürchen. Du hast dich völlig richtig verhalten, als du dich von der Kralle des Fafnir getrennt hast. Mich überflutete eine so beglückende und unerschütterliche Gewissheit, richtig gehandelt zu haben, dass selbst der Wind mir nicht mehr kalt und durchdringend vorkam.

Alles war prächtig. Alles war richtig. Kinder sollen nicht mit Atombomben spielen.

Ich zuckte mit den Schultern, drehte mich um und ging in Richtung Twerskaja davon.

Nachdem ich die ersten Schritte gemacht hatte, entdeckte ich die gesamte Spitze der Tagwache (es fehlten nur der Magier Kolja und natürlich der Chef) plus anderthalb Dutzend Mitarbeiter mittleren Ranges, darunter die Hexlein von Anna Tichonowna, die Vampirbrüder und den dicklichen Tiermenschen. Die ganze Gesellschaft gaffte mich an wie Schaulustige einen aus dem Gehege flüchtenden Pinguin.

»Hallo«, sagte ich unerwartet fröhlich. »Was macht ihr denn hier?«

Wieder trägt es mich, dachte ich schwermütig. Oh, oh, oh ...

»Sag mal, Witali«, fragte Edgar mit seltsam gepresster Stimme, »wozu hast du das getan?«

Eine Sekunde war er abgelenkt, denn er schickte einen übermäßig aufmerksamen Milizionär weiter, der auf die in seinen Augen verdächtige Gesellschaft zukommen wollte. Dann sah er mich wieder an. »Wozu?«

»Brauchen die Dunklen etwa ein sinnloses Scharmützel? Brauchen sie unnütze Opfer?«, antwortete ich mit einer Gegenfrage. Als sei ich der sprichwörtliche Einwohner von Odessa.

»Meiner Meinung nach lügt er«, sagte Anna Tichonowna aggressiv. »Vielleicht sollte man ihn sondieren?«

Edgar runzelte finster die Stirn. Gerade du wirst den sondieren ...

Bei der Tagwache hatten sie also schon ein bisschen Angst vor mir! Na sowas!

»Anna Tichonowna«, wandte ich mich eindringlich an die alte Hexe. »Die Kralle des Fafnir ist ein unwahrscheinlich starkes Element zur Destabilisierung. Sie ist der Zerstörer des Gleichgewichts Nummer eins. Bliebe sie in Moskau, käme es unweigerlich zu einer gewaltigen Schlacht. Die Inquisition hat

Maßnahmen getroffen, um diese Schlacht zu vereiteln. Ich als gesetzestreuer Anderer habe mich dem Urteil der Inquisition gefügt und die Kralle zurückgegeben. Das ist alles, was ich dazu sagen kann.«

Über die Kraft, die sich in mir nach dem Kontakt mit der Kralle eingenistet hatte, verlor ich kein Wort. Noch nicht.

»Hätten Sie im Grunde nicht genauso gehandelt?«, fügte ich hinzu, wobei mir natürlich klar war, dass ich keinen Widerspruch zu erwarten brauchte. Sie alle wollten das Artefakt berühren ... aus ihm Kraft ziehen ... Und sie alle fürchteten die Folgen eines solchen Verhaltens.

»Wollen wir ins Büro zurückgehen?«, wandte sich der Magier Juri an mich. »Wir stehen hier absolut auf dem Präsentierteller. Noch dazu im Wind.«

Das ließ sich nicht von der Hand weisen, denn mich fröstelte es schon wieder. Die gesammelte Kraft unnütz zu vergeuden wäre jedoch dumm und unverzeihlich gewesen.

Mit Edgars Unterstützung schuf Juri ein Portal, um Zeit zu sparen, und ein paar Minuten später fuhren die Wächter des Tages grüppchenweise im Fahrstuhl hinauf ins Büro. Ich konnte nicht umhin festzustellen, dass mein Portal besser funktioniert und länger offen gestanden hätte. Ich hatte wohl eine weitere Stufe auf der Treppe ins Nirgendwo erklommen, als ich mich von der Kralle des Fafnir getrennt hatte. Anscheinend war ich jetzt stärker als alle Anwesenden zusammen. Doch nach wie vor war ich unerfahren und naiv, und was ich unbedingt noch lernen musste, war, die Kraft richtig einzusetzen.

Die Techniker mit dem unermüdlichen Hellemar an der Spitze hingen alle über ihren Notebooks. Wann zum Teufel schlafen diese Jungs eigentlich mal? Oder sehen die sich bloß alle zum Verwechseln ähnlich?

»Wie gibt's Neues, Hellemar?«, fragte Edgar.

»Die Lichten ziehen ihre Posten ab«, gab der Werwolf munter Auskunft. »Einen nach dem anderen. Lösen sie nicht ab, sondern ziehen sich in geschlossener Formation zurück. Auch die Ketten an den Zufahrten und Bahnhöfen ziehen sie ab.«

»Sie haben sich beruhigt«, seufzte Anna Tichonowna.

»Natürlich haben sie sich beruhigt«, brummte Juri. »Die Kralle ist wieder da. Vermutlich bringt sie bereits jemand nach Bern. Da könnte ich wetten.«

Er hatte Recht: Vor ein paar Minuten hatte ich gespürt, wie die Quelle meiner Kraft mit einem Mal im *Zwielicht* verschwand und irgendwohin weit, weit weggeschafft wurde. Ob es mir vergönnt sein würde, sie wenigstens noch einmal in Händen zu halten? Ich wusste es nicht ...

»Schlagt mich, aber ich verstehe nicht, warum dieses Hin und Her mit der Kralle angezettelt worden ist. Was wollten die Regin-Brüder damit erreichen? Warum haben sie losgelegt, ohne uns irgendetwas davon zu sagen? Das ist doch Wahnsinn, kompletter Wahnsinn.«

»Und warum seid ihr überzeugt, dass die Regin-Brüder nicht geschafft haben, was sie wollten?«, fragte ich mit Unschuldsmiene.

Alle sahen mich an wie ein Kind, das Erwachsenen eine unangemessene Frage gestellt hatte.

»Glaubst du das denn?«, erkundigte sich Juri misstrauisch und wechselte schnell einen Blick mit Edgar.

»Ja«, gab ich ehrlich zu. »Aber fragt mich nicht nach Einzelheiten, die kenne ich nämlich auch nicht. In Moskau hat es eine ernst zu nehmende Verschiebung des Gleichgewichts zugunsten der Lichten gegeben. Und zwar so ernst, dass ganz Europa in Aufruhr geraten war. Maßnahmen wurden ergriffen. Die Aktion der Regin-Brüder ist nur ein Teil des Mosaiks, das sich letzten Endes zu einem neuen Gleichgewicht fügen wird.«

»Ist dein Auftauchen dann ebenfalls ein Teil des Mosaiks?«, wollte Edgar wissen.

»Anscheinend ja.«

»Und dass Sebulon nicht in Moskau ist? Unser Chef?«

»Vermutlich auch.«

Die Dunklen wechselten fragende Blicke.

»Ich weiß nicht«, brachte Anna Tichonowna mit einem gewissen Unbehagen hervor. »Das alles ist komisch. Wenn wir die Kralle hätten, könnten wir die Lichten im Nu ausschalten.«

»Aber würden wir wirklich mit ihr fertig werden?«, fragte Juri.

Anna Tichonowna seufzte abermals. »Ich weiß es nicht ...«

»Zumindest«, meinte Edgar nach kurzem Nachdenken, »haben wir immer noch das Recht, von den Lichten Satisfaktion zu fordern. Einige bedeutende Interventionen. Das, was sie in den letzten beiden Tagen angerichtet haben, lässt sich mit den jüngsten Morden überhaupt nicht vergleichen. Der Tod Tjunnikows muss sowieso als Unfall betrachtet werden, und selbst wenn Geser es noch so sehr abstreitet – das Tribunal wird seine Argumente in der Luft zerreißen. Der wildernde Vampir und die als Nutte arbeitende Tierfrau sind keine großen Sünden, vielleicht sechster Grad, höchstens fünfter. Sie haben auf eigene Faust gehandelt, die Tagwache hat damit nichts zu tun ... Das gibt uns das Recht, Interventionen mindestens zweiten Grades zu fordern. Jedenfalls meiner Meinung nach ... Schließlich profitiert die Tagwache damit am stärksten von den Vorfällen. Zumal uns das in Abwesenheit des Chefs gelungen ist, ohne seine tatkräftige Unterstützung.«

»Noch solltest du diesen Triumph nicht feiern«, bemerkte Juri skeptisch. »Noch nicht.«

Edgar breitete die Arme mit der Miene eines Menschen aus, der bei seiner Meinung bleiben wird. Er glaubte wirklich, was er eben gesagt hatte. Und das konnte man auch verstehen.

Es lässt sich nicht entscheiden, wie dieser Streit geendet hätte. Doch an Edgars Gürtel klimperte das Handy los, und alle wandten sich ihm unwillkürlich zu.

Im Prinzip konnte es ein privater Anruf oder einer vom technischen Dienst sein. Doch im Büro waren recht starke Andere anwesend. Fast alle von ihnen waren in der Lage, die Wahrscheinlichkeit und die Folgen absolut simpler Ereignisse zu bestimmen.

Der Anruf ließ einen dicken und klar erkennbaren Wahrscheinlichkeitsfaden erkennen. Einen Faden, der zu Ereignissen von höchster Wichtigkeit führte.

Edgar presste das Handy ans Ohr und lauschte eine Weile. »Bring ihn her«, befahl er dann, beendete das Gespräch und steckte das Handy in seine Gürteltasche zurück. »Der Inquisitor«, verkündete er uns mit versteinerter Miene. »Mit einer offiziellen Mitteilung.«

Es war keine halbe Minute vergangen, als der wachhabende Hexer die Tür zum Hauptbüro der Tagwache aufstieß. Bereits eine Sekunde darauf erschien der mir bereits bekannte, gleichmütige Inquisitor namens Maxim in der Türfüllung.

»Im Namen des Großen Vertrages«, verkündete er. Seine Stimme war frei von Emotionen und jeder sonstigen Einfärbung. Der Ton war rein informativ, und es wäre dumm gewesen, den Inquisitor zu verdächtigen, die eine oder die andere Seite zu bevorzugen. »Morgen bei Tagesanbruch findet eine erweiterte Sitzung des lokalen Kollegiums des Tribunals unter dem Vorsitz der Inquisition statt. Das Thema: Verschiedene Vergehen der Lichten und verschiedene Vergehen der Dunklen, die sich mit den Bestimmungen des Großen Vertrages nicht vereinbaren lassen. Die Anwesenheit aller benachrichtigten Anderen ist unerlässlich. Das Fehlen eines Unterrichteten wird ebenso wie seine Verspätung als Vergehen betrachtet, das sich nicht mit den Bestimmungen des Großen Vertrages vereinbaren lässt. Bis zum Beginn der Sitzung ist jegliche magische Handlung vom fünften Grad und darüber verboten. Möge das Gleichgewicht obsiegen.«

Nachdem er diese Worte gesprochen hatte, drehte sich der Inquisitor langsam um und ging davon. In die Halle, zu den Fahrstühlen.

Der Hexer linste kurz zu seinem Vorgesetzten hinüber und schloss die Tür. Er sah es als seine Pflicht an, den Inquisitor zum Ausgang zu begleiten.

Im Büro herrschte eine Weile Stille, selbst die Techniker über ihren Notebooks verstummten.

»Wie 1949«, bemerkte Anna Tichonowna leise. »Ganz genauso.«

»Wir können nur hoffen«, meinte der Magier Juri tonlos. »Wir können nur hoffen, Anna Tichonowna. Mit ganzer Kraft.«

Fünf

Jeder Mensch hat bisweilen den Eindruck, das, was in dieser Minute, in dieser Sekunde passiert, sei schon einmal geschehen. Dafür gibt es sogar einen Fachbegriff: Déjà-vu. Erinnerungstäuschung.

Andere kennen das auch.

Der Mitarbeiter der Nachtwache Anton Gorodezki stand vor seiner Wohnungstür und kämpfte mit seinen Erinnerungen. Schon einmal war er genauso vor seiner offenen Wohnungstür von einem Fuß auf den anderen getreten und hatte darüber nachgedacht, wer bei ihm eingedrungen sein konnte. Als er dann hineingegangen war, hatte sich der ungebetene Gast als sein eingeschworener Feind herausgestellt. Der Chef der Tagwache, der den Lichten unter dem Namen Sebulon bekannt war.

»Ein Déjà-vu«, flüsterte Anton und betrat die Wohnung. Sein Alarmsystem hatte abermals geschwiegen, doch im Zimmer befand sich mit Sicherheit ein Gast. Wer war es diesmal?

Den als Medaillon gearbeiteten Talisman in der Hand, ging er ins Zimmer.

Im Sessel saß Sebulon und las die Zeitung *Argumente und Fakten*. Er trug einen streng geschnittenen schwarzen Anzug, ein hellgraues Hemd und spiegelblank polierte Stiefeletten mit quadratischen Spitzen, wie sie Mafiosi bevorzugen. Er nahm die Brille ab, um den Lichten zu begrüßen: »Hallo, Anton.«

»Ein Déjà-vu …«, murmelte Anton. »Äh, hallo.«

Merkwürdigerweise jagte Sebulon ihm diesmal überhaupt keine Angst ein. Ob das daran lag, dass Sebulon sich beim letzten Besuch absolut korrekt verhalten hatte?

»Du kannst mein Amulett nehmen. Es ist in der Tischschublade, das spüre ich.«

Anton ließ den Talisman um den Hals baumeln, zog die Jacke aus und ging gehorsam zum Tisch. Sebulons Amulett versteckte sich zwischen Papieren und anderem Bürokram, der praktisch von selbst mit einer fatalen Zwangsläufigkeit anwuchs.

»Sebulon, du hast keine Macht mehr über mich«, sagte Anton mit fremder Stimme.

Der Dunkle Magier nickte zufrieden. »Gut. Ich muss dir ein Kompliment machen: Damals hast du gezittert wie Espenlaub. Aber heute bist du ganz ruhig. Du wächst, Anton.«

»Vermutlich sollte ich dir für das Kompliment danken?«, fragte Anton trocken.

Sebulon legte den Kopf in den Nacken und brach in lautloses Gelächter aus. »Lassen wir das«, sagte er nach ein paar Sekunden. »Wie ich sehe, kommst du gleich zur Sache. Das ist mir nur recht. Ich bin gekommen, um dir einen Verrat vorzuschlagen, Anton. Einen kleinen, wohl überlegten Verrat, von dem alle nur Vorteile haben, du ebenfalls. Das klingt paradox, nicht wahr?«

»Ja.«

Anton blickte Sebulon in die grauen Augen und versuchte zu verstehen, in welche Falle er ihn diesmal locken wollte. Trau einem Menschen zur Hälfte, einem Lichten zu einem Viertel und einem Dunklen überhaupt nicht.

Sebulon war der stärkste und folglich der gefährlichste Dunkle Moskaus. Und vermutlich Russlands.

»Ich werde es dir erklären.« Sebulon zeigte keine Hast, trödelte jedoch auch nicht. »Von der morgigen Sitzung des Tribunals hast du bereits gehört, oder?«

»Ja.«

»Geh da nicht hin.«

Anton beschloss jetzt endlich, sich zu setzen – auf das Sofa an der Wand. Sebulon befand sich damit rechts von ihm.

»Und weshalb nicht?«, wollte Anton wissen.

»Wenn du nicht hingehst, bleibst du mit Swetlana zusammen. Wenn du hingehst, verlierst du sie.«

In Antons Brust ballte sich ein heißer Kloß zusammen. Ob er Sebulon glaubte oder nicht – das war jetzt völlig zweitrangig. Denn er wollte ihm glauben. Nur zu gern.

Doch er vergaß nicht, dass man einem Dunklen nicht glauben durfte.

»Die Führung der Nachtwache plant wieder einmal ein globales gesellschaftliches Experiment. Das weißt du vermutlich. Swetlana soll in diesem Experiment eine ziemlich wichtige Rolle spielen. Es liegt mir fern, dich umzustimmen oder für das Dunkel zu gewinnen – das ist eine absolut aussichtslose Sache. Ich führe dir bloß vor Augen, was ein solches Experiment für Folgen zeitigen könnte. Nämlich die Zerstörung des Gleichgewichts. Eine banale Sache, die jeder Seite hochwillkommen ist, um ihre Position auszubauen. In letzter Zeit ist das Licht stärker geworden, was mir natürlich nicht gefällt. Die Tagwache hat ein Interesse an der Wiederherstellung des Gleichgewichts. Und du bist derjenige, der uns helfen kann.«

»Wie merkwürdig«, meinte Anton nachdenklich. »Der Chef der Tagwache bittet einen Wächter der Nacht um Hilfe. Wirklich sehr merkwürdig.«

»Im Grunde könnten wir auf deine Hilfe auch verzichten. Wir kämen ebenso gut allein zurecht. Aber wenn du etwas für dich tust – und in erster Linie geht es um dich –, tust du auch etwas für uns. Und auch für Swetlana sowie für alle, die unweigerlich unter diesem neuen Experiment zu leiden hätten.«

»Ich verstehe aber nicht, wie ich Swetlana und mir helfen könnte.«

»Was gibt es da nicht zu verstehen? Swetlana ist eine potenziell sehr starke Zauberin. Je weiter sie wächst, desto stärker wächst auch die Kluft, die euch trennt. Ihre Kraft ist ein Faktor, der das Gleichgewicht zugunsten des Lichts verschiebt. Wenn Swetlana ihre Kraft vorübergehend verlieren würde, wäre das Gleichgewicht wiederhergestellt. Dann würde euch nichts mehr trennen, Anton. Sie liebt dich – das ist klar zu erkennen. Und du liebst sie. Willst du dem Licht wirklich dein Glück und das Glück der Frau, die du liebst, opfern? Noch dazu, da das ein sinnloses Opfer wäre? Eben deshalb schlage ich dir einen kleinen Verrat vor, der niemandem schaden wird.«

»Ein Verrat kann nicht klein sein.«

»Doch, Anton. Und ob er das kann. Treue setzt sich aus kleinen und genau kalkulierten Verrätereien zusammen. Das kannst du mir glauben – ich habe bereits lange genug in dieser Welt gelebt, um mich davon überzeugen zu können.«

Anton hüllte sich eine Weile in Schweigen. »Ich bin ein Lichter«, sagte er dann. »Ich kann das Licht nicht verraten. Mein Wesen verbietet mir das – das solltest du verstehen.«

»Niemand zwingt dich, gegen das Licht zu handeln. Außerdem würdest du mit deinem Verhalten vielen Menschen helfen. Sehr vielen, Anton. Und ist das nicht das Ziel eines Lichten Magiers? Den Menschen zu helfen?«

»Aber wie könnte ich meinen eigenen Leuten dann noch in die Augen sehen?«, fragte Anton mit einem unfrohen Grinsen. »Danach?«

»Sie werden dich verstehen«, versicherte Sebulon mit einer Überzeugung, von der nicht klar war, woher er sie nahm. »Sie werden dich verstehen und dir verzeihen. Was wären sie denn sonst für Lichte, wenn nicht?«

»Du bist ein guter Sophistiker, Sebulon. Vermutlich sogar ein weitaus besserer als ich. Aber nur weil du den Dingen einen neuen Namen gibst, ändert sich ihr Wesen nicht. Verrat bleibt immer Verrat.«

»Gut«, stimmte Sebulon unerwartet schnell zu. »Dann verrate deine Liebe. Denn letzten Endes stehst du vor der Entscheidung, wen du verrätst. Verstehst du das denn nicht? Üb Verrat an dir oder verhindere, dass sich der blutige Kreis erneut schließt. Vereitel eine unvermeidbare Schlacht zwischen den Wachen oder sieh zu, wie sie ausbricht. Willst du wirklich noch mehr Tote? Du bist mehrmals mit Andrej Tjunnikow auf Patrouille gewesen. Du bist mit der Tierfrau befreundet gewesen, mit Tigerjunges. Wo sind sie jetzt? Und wen bist du bereit, noch im Namen des Lichts zu opfern? Geh morgen nicht zur Sitzung des Tribunals, und deine Freunde bleiben am Leben. Wir brauchen nicht noch mehr Tod, Anton. Wir sind bereit, auf den Kampf zu verzichten. Alles friedlich beizulegen. Deshalb biete ich dir eine Möglichkeit an, allen zu helfen. Allen! Sowohl den Dunklen als auch den Lichten. Und sogar den einfachen Menschen. Verstehst du?«

»Ich begreife nicht, wie das Gleichgewicht wiederhergestellt werden kann, wenn ich dem Tribunal fern bleibe.«

»Du bist doch mit dem Dunklen zusammengestoßen, der aus der Ukraine gekommen ist, oder? Mit Witali Rohosa?«

»Ja«, gab Anton ungern zu.

»Das ist kein Anderer.«

»Was heißt das?«, hakte irritiert Anton nach. »Kein Anderer?«

»Er ist nicht hundertprozentig ein Anderer. Er ist nur ein Spiegel. Und wird nicht mehr lange leben.«

»Was ist ... wer ist ... ein Spiegel?«

»Sag *was.*« Sebulon seufzte. »Leider nur *was* ... Das spielt keine Rolle, Anton. Nützlicher für dich ist, etwas anderes zu wissen. Wenn du nicht an der Sitzung der Inquisition teilnimmst, wird kein weiteres Blut fließen. Wenn du hingehst, wird sich ein blutiger Krieg nicht vermeiden lassen.«

»Das Nichterscheinen wird durch die Inquisition bestraft ...«

»Dein Wunsch, dich nicht auf ein Duell mit Rohosa einzulassen, wird von der Inquisition als angemessen betrachtet werden. Es gab bereits Präzedenzfälle, wenn du willst, kann ich dir sogar die entsprechenden Dokumente vorlegen. Aber du kannst auch einfach meinem Wort vertrauen. Noch habe ich dich nie getäuscht.«

»Dieses *noch* gefällt mir ...«

Sebulon lächelte – allein mit einem Mundwinkel. »Was willst du? Schließlich bin ich ein Dunkler. Ich halte es nicht für ratsam, ohne Grund zu lügen.«

Sebulon erhob sich, und auch Anton stand auf.

»Denk darüber nach, Anton. Denk darüber nach, Lichter. Und vergiss nicht: Du entscheidest über deine Liebe und das Leben deiner Freunde. Manchmal verhält es sich nämlich so: Um seinen Freunden zu helfen, muss man zunächst seinem Feind helfen. Damit solltest du dich abfinden.«

Mit raschen Schritten ging Sebulon erst aus dem Zimmer, dann aus der Wohnung. In diesem Moment heulte im *Zwielicht* das Wachzeichen widerwärtig auf, während die Maske des Choyong an der Wand eine grauenvolle Grimasse zog. Nachdem Anton sich lustlos um das Alarmsystem gekümmert hatte, versuchte er seine Gedanken zu ordnen.

Sollte er Sebulon glauben oder nicht?

Mit Swetlana zusammenbleiben oder nicht?

Geser anrufen und ihm alles erzählen oder schweigen?

Jede Auseinandersetzung, angefangen von einer primitiven Schlägerei bis hin zu Intrigen der Staaten und der Wachen, hängt davon ab, über welche Informationen die eine oder die andere Seite verfügt. Wer die Kräfte und die Ziele des Gegners besser einzuschätzen vermag, der wird auch siegen.

Die Ziele Sebulons und die Ziele Antons konnten nicht dieselben sein. Das verbot sich von selbst. Aber wenn das, was der Chef der Tagwache gesagt hatte, bereits berücksichtigte, dass Anton allein den Gedanken, der Sitzung des Tribunals nicht beizuwohnen, ablehnen würde?

Wo lag die Wahrheit, wo die Lüge? Die Worte Sebulons waren ein Käfig, und in dem Käfig stand ein Fangeisen und in dem Fangeisen eine Mausefalle, und in der Mausefalle lag ein vergifteter Köder ... Wie viele Schichten der Lüge musste er abtragen, um die Wahrheit zu erkennen?

Anton kramte eine Münze aus der Hosentasche. Er warf sie ... lachte und steckte sie wieder weg, ohne hinzusehen, was gekommen war: Wappen oder Zahl.

Das brachte nichts.

Wenn eine von zwei Möglichkeiten eine Falle war, dann musste er eine dritte finden.

Um bei Tagesanbruch an der Sitzung des Tribunals teilzunehmen, musste man entweder sehr früh aufstehen oder gar nicht erst zu Bett gehen. Ich zog das zweite vor. Ausschlafen konnte ich danach.

Meine Dunklen Kollegen versuchten mit einiger Hartnäckigkeit, die Motive meines Handelns aus mir herauszubekommen, doch da ich selbst kaum verstand, warum ich etwas so machte und nicht anders, brachte ihnen das nicht allzu viel.

Tagsüber passierte nichts Interessantes. Ich sah kurz in das Geschäft, in dem ich eine Scheibe für meinen MD-Player hatte brennen lassen, und erkundigte mich, ob sie die Zusammenstellungen aufbewahrten, die ihre Kunden verlangen würden. Wie sich herausstellte, war dem so. Aus irgendeinem Grund bestellte ich eine Kopie der MD, die Anton Gorodezki, der Lichte Magier, sich hatte aufnehmen lassen. Ob ich hinter seinen Blick auf die Welt kommen wollte, indem ich seine musikalischen Vorlieben in Erfahrung brachte? Ich wusste es nicht ...

In der letzten Zeit hatte ich aufgehört, mir Fragen zu stellen, denn zu selten fand ich eine Antwort. Und noch seltener eine zutreffende.

Und noch etwas prägte sich meinem Gedächtnis ein: eine Begegnung in der Metro. Ich fuhr gerade aus dem Musikgeschäft zurück. Mit der Metro. Ich saß da, die Hände in die Jackentasche gestopft (die Dunklen hatten Gott sei Dank meine Sachen vom Einsatz auf dem Flughafen wieder mitgebracht), und hörte meine neu erworbene Scheibe. Nikolski sang vom *Spiegel der Welt*. Es ging mir gut, mich beunruhigte nichts.

Das Wesen der Dinge, die Folge von Jahren,
Gesichter der Freunde und feindliche Mienen –
Sie müssen sich ganz ohne Rest offenbaren
Dem Blick des Poeten, dem Zeitalter dienen.
Geheimnis, auf das fernes Sternenlicht fällt,
Und Inspiration, von der Sonne erhellt,
Die Rätsel von Leben, Liebe und Glück –
Die Seele des Dichters wirft alles zurück
Als Spiegel der Welt.

Und plötzlich veränderte sich kaum fassbar etwas in meiner Nähe. Eine Ansage warnte gerade die Fahrgäste, die zu spät kamen: Vorsicht, Türen schließen. Ich drückte auf »Pause«, riss den Kopf hoch und sah mich um.

Dann sah ich ihn. Einen Jungen von vierzehn, fünfzehn Jahren. Ohne Frage ein Anderer. Vermutlich initiiert, denn er schaute mich gebannt durchs *Zwielicht* an, gegen das er sich recht gut abzuschirmen vermochte. Doch seine Aura war jungfräulich rein. Rein wie frisch gefallener Schnee, gleich weit vom Licht wie vom Dunkel entfernt. Er war ein Anderer, aber weder ein Lichter noch ein Dunkler.

Sehr lange sahen wir einander an, die ganze Zeit über bis zur nächsten Station. Vermutlich hätten wir uns noch länger angestarrt, doch eine schlanke Frau fuhr den Jungen an. Offensichtlich seine Mutter. »Jegor, schläfst du denn? Wir müssen aussteigen.«

Der Junge zuckte zusammen, sah mich ein letztes Mal mit

einer undefinierbaren Sehnsucht an und trat auf den Bahnsteig hinaus. Ich blieb im Waggon.

Eine Minute lang konnte ich mich nicht beruhigen, nach wie vor darüber nachgrübelnd, was mich an diesem Anderen so verblüfft hatte. An irgendwas erinnerte er mich. An etwas sehr Wichtiges, das sich jedoch nicht fassen ließ. Ich kam einfach nicht drauf, woran.

Erst als ich mich wieder auf Nikolski und den *Spiegel der Welt* konzentrierte, ließ meine Anspannung ein wenig nach.

Im Spiegel sieht man, wer lebte und wie,
Man sieht, wem in Liedern nur Lüge gedieh,
Man sieht, wer nichts will als Nacht ringsumher,
Man sieht: Die Menschen brauchen mich sehr.
Hier hab ich den Spiegel, und schaust du hinein,
So darfst du den Blick ins Feuer nicht scheun,
Ins Feuer, das meine Leier besingt.
Soll jeder wissen: Etwas Gutes durchdringt
Den Spiegel der Welt ...

Seltsam. Dieses Lied passte besser zu einem Lichten. Warum griff es dann mir, einem Dunklen, so ans Herz?

Mit diesem diffusen Gefühl kehrte ich ins Büro der Tagwache zurück. Ein alter, mit den Jahren klug gewordener Vampir schreckte vor mir zurück wie ein Betbruder vor der Versuchung. Daraufhin konzentrierte ich mich wieder aufs Hier und Jetzt und merkte mit einem Mal, dass in meiner Aura hellblau-weiße Streifen erblüht waren.

»Verzeihen Sie.« Ich brachte meine Aura in Ordnung. »Das dient meiner Tarnung.«

Der Vampir sah mich misstrauisch an. Aus dem Dienstzimmer lugte eine Vampirin heraus, mit Sicherheit – da ging ich jede Wette ein – seine Frau.

Die beiden kontrollierten meine Siegel sehr sorgfältig und

wollten mich anscheinend so lange wie möglich festhalten, doch in dem Moment kam Edgar mit einer jungen Hexe ins Büro. Er erfasste die Situation mit einem Blick. Für die überwachsamen Posten am Eingang reichte eine hochgezogene Augenbraue. Edgar nickte mir zu und ging zu den Fahrstühlen. Die Hexe verschlang mich mit ihrem Blick.

»Sind Sie neu?«, sprach sie mich im Aufzug an.

Ihre Stimme drückte ein ganzes Spektrum an Emotionen und Absichten aus, die zu analysieren ich weder den Wunsch verspürte noch die Gelegenheit hatte. Aus irgendeinem Grund wollte ich vor Edgar und den übrigen starken Dunklen meine eigene Kraft nicht offen legen.

Edgar interessierte die Antwort ebenfalls, wobei ich spürte, dass seine Neugier echt war.

»Nun, in gewisser Weise bin ich neu, ja.«

Die Hexe lächelte. »Und stimmt es, dass Sie allein vier Kämpfer der Lichten vertrieben und die Tigerin ermordet haben?«

Edgar verzog kaum merklich die Lippen zu einem sarkastischen Lächeln, schwieg aber erneut voller Neugier.

»Ja.«

Eine weitere Frage zu stellen gelang der Hexe nicht – wir waren angekommen.

»Alita«, sagte Edgar aus irgendeinem Grund mit dem vollen Bass des Opernsängers Schaljapin. »Du kannst unseren Gast noch nachher quälen. Zuerst musst du Anna Tichonowna Bericht erstatten ...«

Alita nickte enthusiastisch und wandte sich noch einmal an mich. »Bekomme ich vielleicht einen Kaffee bei Ihnen? In einem Stündchen?«

»Gern«, stimmte ich zu. »Nur habe ich keinen Kaffee.«

»Ich bringe welchen mit«, versprach die kleine Hexe. Dann wandte sie sich den Büroräumen zu.

Sie fragte nicht, wo ich wohnte. Also wusste sie es.

Ein paar Sekunden lang sah ich der Hexe nach. Den Rücken bedeckte eine modische, silberfarbene Jacke, wie sie alpine Skifahrer und Touristen tragen (mir fielen sofort meine Bekannten aus dem Wald wieder ein) und die hier mit einer knallbunten Zeichnung verziert war: mit einer Manga-Figur mit großen Augen und einem zum Tritt hochgerissenen Bein und mit der Aufschrift »Battle Angel Alita«. Die Zeichnung und der Schriftzug wurden zum Teil durch die über die Jacke fallenden langen Haare der Hexe verdeckt.

Edgar blickte Alita ebenfalls nach. Und zu sehen gab es da einiges, selbst in der winterlichen Verpackung.

»Sie kommt bestimmt«, meinte Edgar viel sagend. »Sie hat sich schon nach dir erkundigt.«

Ich zuckte mit den Schultern. »Morgen ist das Tribunal«, wechselte ich das Thema. »Was soll ich tun? Wegbleiben? Oder zusammen mit den Kollegen hingehen?«

»Du kommst natürlich mit uns, schließlich bist du ein Zeuge.« Edgar sah sich um. »Vielleicht gehen wir ins Arbeitszimmer?«

»Gut.«

Aus irgendeinem Grund war ich überzeugt, dass dieses Büro vom eigentlichen Chef der Tagwache, der momentan nicht in Moskau weilte, noch nie benutzt worden war. Vermutlich gehörte es Edgar oder einem höheren Dunklen. Mit Genuss ließ ich mich in einen Sessel fallen und registrierte automatisch, dass er weitaus bequemer war als die durchgesessenen Sitzbänke in den Metrowaggons. Edgar förderte von irgendwo unter dem Tisch eine angebrochene Flasche Kognak zutage.

»Wollen wir einen trinken?«, fragte er.

»Gern.«

Warum sollte ich einen alten *Koktebel* ablehnen?

»Wie gut, dass du gekommen bist«, meinte Edgar, während er den Kognak einschenkte. »Sonst hätten wir dich suchen müssen.«

»Wahrscheinlich, um die Taktik abzusprechen und eine

Strategie zu entwickeln, wie wir bei der morgigen Sitzung des Tribunals auftreten wollen?«, vermutete ich.

»Genau.«

Der Kognak war gut. Weich und aromatisch. Wenn auch nicht die bekannteste und renommierteste Marke (aber welche war das eigentlich?), schmeckte er mir sehr.

»Ich werde übrigens nicht länger versuchen herauszufinden, warum du dich so seltsam verhältst. Das hat man mir, ehrlich gesagt, verboten. Die da.« Edgar blickte beredt zur Decke. »Erst recht werde ich nicht weiter versuchen herauszukriegen, wer du eigentlich bist. Aus demselben Grund. Ich will nur eins fragen: Stehst du auf unserer Seite? Auf der Seite der Tagwache? Der Dunklen? Können wir morgen auf dich rechnen wie auf einen von uns?«

»Unbedingt«, antwortete ich, ohne nachzudenken. Dann fügte ich hinzu: »Diese Antwort gilt für alle Fragen.«

»Gut.« Edgar seufzte leicht schwermütig und leerte seinen kugelförmigen Schwenker mit einem Schluck.

Ich hatte den Eindruck, dass er mir nicht glaubte.

Den Kognak tranken wir in völligem Schweigen. Über das Verhalten bei der morgigen Sitzung zu sprechen hielt Edgar nicht für nötig. Er war wohl zu der Ansicht gelangt, ich würde ohnehin nach eigenem Gutdünken auftreten. Womit er völlig Recht hatte.

Die Nacht verbrachte ich mit Alita. Mit stundenlangen Gesprächen und Kaffee – die Hexe hatte es fertig gebracht, den heute in Vergessenheit geratenen *Casa Grande* aufzutreiben. Nachdem wir es uns in den Sesseln bequem gemacht hatten, plauderten wir über alles und nichts. Seit langem hatte ich keinen solchen Glückstag mehr erlebt: einfach dazusitzen und sich zu unterhalten. Über Musik, von der ich, wie sich zeigte, einiges verstand. Über Literatur, in der ich mich schlechter auskannte. Über Kino, das für mich ein Buch mit sieben Siegeln war. Ab und an versuchte Alita, das Gespräch auf mich und auf meine Fähigkeiten zu lenken, doch sie stellte sich dabei so ungeschickt an, dass ich schon bald den Verdacht aufgab, die wachsame Anna Tichonowna habe sie geschickt.

Eine Stunde vor Tagesanbruch klopfte es an der Tür.

»Es ist offen«, rief ich.

Edgar und Anna Tichonowna kamen herein.

»Bist du bereit?«, fragte Edgar.

»Immer bereit wie ein Pionier«, versicherte ich. »Rücken wir geschlossen vor? In Panzern oder als Infanterie?«

»Sei nicht so albern.« Anna Tichonowna presste die Lippen zusammen und sah Alita streng an. Diese zwinkerte unschuldig mit den Augen.

»Gut, ich reiß mich zusammen«, versprach ich. »Wohin fahren wir? Das weiß ich nämlich nicht.«

Im Prinzip zweifelte ich nicht daran, dass mir mein in den Tiefen meines Bewusstseins verborgener tadelloser Treiber Ort und Richtung nennen würde. Trotzdem fragte ich.

»Ins Hauptgebäude der Lomonossow-Universität«, erklärte Edgar. »In den Turm. Unten wartet Schagron mit dem Auto, du kannst mit ihm fahren.«

»Gut, fahre ich mit ihm.«

»Viel Glück«, wünschte Alita, die sich zur Tür wandte. »Ich komme morgen wieder, ja, Witali?«

»Nein«, sagte ich finster. »Du wirst nicht kommen.«

Ich wusste ganz genau, dass ich Recht hatte. Dennoch verstand ich immer noch nicht, warum eigentlich.

Alita zuckte mit den Schultern und ging weg. Anna Tichonowna schlüpfte nach ihr zur Tür hinaus. Hm ... Ob der alte Drache das Mädchen doch geschickt hatte? Nur dass die mit ihrer eigenwilligen Art nichts aus mir herausgekriegt hat? Wenn dem so war, konnte man nur Mitleid mit Alita haben: Anna Tichonowna würde ihr die Seele herausreißen, auspressen und trocken legen. Dann würde der Himmel bestimmt nicht voller Geigen hängen.

Ich holte das Mobiltelefon heraus und rief Schagron an, ohne mich auch nur zu wundern, woher ich die Nummer wusste.

»Schagron? Ich bin's, der Gast aus dem Süden. Nimmst du mich mit? Gut, ich komme.«

»In Ordnung, ich mache mich dann auch auf«, sagte Edgar. »Schont die Reifen nicht. Die Inquisition liebt es ganz und gar nicht, wenn jemand zu spät kommt.«

Ich zog mich an, schloss die Tür ab und ging hinunter. Die wachhabenden Vampire am Eingang schauten mich jetzt weitaus gelassener an – entweder hatte ihr direkter Vorgesetzter ein vertrauliches Gespräch mit ihnen geführt oder sie waren selbst auf die Wahrheit gestoßen. Das heißt: Auf welche Wahrheit eigentlich? Die Wahrheit wollte sich ja nicht einmal mir preisgeben. Ab und an schimmerte plötzlich ein Teil des Mosaiks auf, hob sich der Vorhang kurz für einen Augenblick, doch dann legte sich mir erneut ein rauchender, undurchdringlicher Schleier vor die Augen.

Der Auspuff von Schagrons BMW fauchte zwanzig Meter von der Tagwache entfernt, direkt unter dem Halteverbotsschild. Ich setzte mich auf den Beifahrersitz.

»Guten Morgen.«

»Ich hoffe, dass es ein guter wird«, brummte Schagron. »Fahren wir?«

»Na, wenn wir auf niemanden mehr warten, sollten wir fahren.«

Schweigend fädelte sich Schagron in den dichten Strom von Autos ein.

In der Stoßzeit durch das verschneite Moskau zu fahren – das hat es in sich. Schagron zähmte durchs *Zwielicht* immer wieder die aggressivsten Fahrer. Die hätten uns sonst unablässig geschnitten, auf die Nachbarspur gedrängt und uns unerwartet auftauchende Lücken vor der Nase weggeschnappt. Für alle Fälle hatte ich mich angeschnallt. Schagron presste etwas zwischen den Zähnen hervor. Vermutlich etwas Unflätiges.

Nach der schlaflosen Nacht überfiel mich das unwiderstehliche Bedürfnis, in süßen Schlummer zu fallen. Verstärkt wurde das durch den Sitz des hochwertigen deutschen Wagens, der dazu besonders einlud. Wenn ich Musik gehört hätte, wäre ich eingeschlafen und in die Welt des Traums hinübergeglitten. Aber Musik wollte ich jetzt nicht hören. So blieb ich in dieser Welt, die von dem Brummen Dutzender von Motoren, dem leisen Surren der eingeschalteten Klimaanlage, dem schrillen Aufheulen der Autohupen und dem Knirschen des schmutzig grauen Schneebreis unter den Reifen durchdrungen war.

Hätten wir die Metro genommen, wären wir viel früher da gewesen. So krochen wir eine halbe Stunde später immer noch durch die verstopfte Ostoshenka in Richtung Wernadski-Prospekt. Der Stau wuchs an und legte sich wie ein Komet einen soliden Schweif zu, der sich zum Zentrum Moskaus hin erstreckte.

»Verdammter Mist«, zischte Schagron verärgert. »Jetzt sitzen wir fest.«

»Öffnen wir ein Portal.« Ich zuckte mit den Schultern.

Schagron sah mich mit einem seltsamen Blick an. »Witali! Wir fahren zu einer Sitzung des Tribunals unter dem Vorsitz der Inquisition! Dein Portal würde zwei Kilometer vor dem Ziel verrecken!«

»Ach ja«, erwiderte ich unbekümmert. »Stimmt. Hatte ich ganz vergessen.«

Natürlich hätte ich auch selbst darauf kommen können. Magische Handlungen sowie der Gebrauch von Magie sind während der Arbeit des Tribunals verboten. Das Ich in mir soufflierte mir beflissen, es sei früher zu Verstößen gekommen, jedoch nur in Jahren grausamer Umbrüche, die ihrerseits unmittelbar mit den Gesetzesverstößen selbst verbunden waren.

Allerdings lebten wir jetzt auch in Zeiten des Umbruchs. Das Ende des Jahrtausends. Der Wendepunkt. Im Sommer hatten die Leute der Sonnenfinsternis mit der gleichen Angst entgegengesehen, wie sie vor Erdbeben in der Türkei erzitterten ... Doch nichts war geschehen, alle hatten es überstanden.

Sicher, indem wir etwas überleben, verändern wir uns alle ein wenig. Die Anderen, vor allem aber die Menschen.

»Scheiße!«, schrie Schagron und riss mich aus meinen Gedanken.

Ich konnte noch nicht einmal mehr durch die Frontscheibe sehen. Es knallte dumpf, gleichzeitig schleuderte es mich nach vorn, etwas presste sich brennend in meinen Brustkorb, und der Sicherheitsgurt schnitt mir schmerzhaft in den Oberkörper. Mit einem widerlichen dünnen Pfiff blies sich am Steuer der Airbag auf, während Schagron, der mit Gesicht und Brust über das Ding schoss, ans Wagendach und das obere Ende der Scheibe knallte. Auf der Straße klirrte es ekelhaft, kleine Glaskrümel flogen durch die Luft. Sie fielen lautlos in den Schnee, trommelten jedoch wild auf die Karosserien der Autos neben uns ein.

Und wie zum Spott drängte uns etwas rückwärts. Ins Heck, in den Kofferraum.

Ein paar Sekunden lang, die vielleicht dem Start eines Raumschiffs glichen, wurde ich nicht länger zermalmt oder geschleudert. Ein glückseliger Augenblick der dynamischen Ruhe.

Schagron rutschte über das Steuer zurück in seinen Sitz und hinterließ eine Blutspur auf dem Airbag. Offenbar war auch noch sein Arm gebrochen. Der Dummkopf hatte sich nicht angeschnallt ... Wie lange würde es jetzt dauern, bis er wiederhergestellt war?

Um uns herum heulten die Autohupen los.

Mit gemischten Gefühlen schnallte ich mich ab und stieß die Tür auf. Ich stieg aus und stand auf der mit überall herumliegenden Glasscherben und festgestampftem Schnee bedeckten Fahrbahn.

Ein roter Niwa war uns seitlich in die Motorhaube geknallt. Und den zerknautschten, förmlich angebissenen Kofferraum hatte die Schnauze eines gepflegten japanischen Jeeps gerammt. Eines ursprünglich mal gepflegten Jeeps. Übrigens hatte er nicht sonderlich viel abgekriegt. Der Scheinwerfer war an der Stoßstange eingeschlagen, die Stoßstange selbst leicht verbeult. Offensichtlich hatte er es noch geschafft zu bremsen.

»He, du Schafskopf, was stehst du hier rum?« Aus dem Jeep stürzte jemand auf mich zu, der aus einer getönten Brille, einem kahl geschorenen Schädel, einem fassförmigen Körper in einem himbeerfarben-schwarzen Etwas und Stiefeletten der größten Größe bestand.

Die Augen dieses Subjekts waren weiß wie die Aura eines Babys – oder wie die Aura des Jungen Jegor in der Metro.

Sah er denn den Niwa nicht, der uns gerammt hatte?

Und plötzlich loderte die himbeerfarbene Kleidung des Subjekts mit einer matten blauen Flamme auf. Das Subjekt winselte auf wie ein Schwein, das abgestochen wird.

Ich erkannte den transatlantischen Fluch, der im Volksmund »Spiderflame« genannt wird. »Spinnenflamme«. Und plötzlich packte mich etwas am Kragen und zog mich weg, noch bevor ich nach dem Angriff des Himbeerfarbenen wieder zu mir kam.

Wenn ich mit jemandem nicht gerechnet hatte, dann mit ihm. Dem Lichten Musikfan. Anton Gorodezki.

»Wer bist du?«, zischte er wütend. »Zum Dunkel mit dir, wer bist du? Wag es ja nicht, jetzt zu lügen!«

Seine Augen waren noch weißer als die des gigueartig herumtanzenden Subjekts aus dem Jeep.

Etwas in meinem Kopf klackte. Meine Lippen flüsterten von selbst vier Worte. »Der Spiegel der Welt ...«

»Der Spiegel ...«, echote der Lichte. »Verflucht seid ihr! Verflucht sei alles!«

Ich wollte schon haarspalterisch erwidern, dass das Fluchen

die Sache der Dunklen sei, hielt mich aber zurück. Und tat recht damit. Antons Aura brauste glutrot und lila auf. Ohne Zweifel war ich stärker als er, aber ... Ich hatte den Eindruck, dass Gorodezki momentan eine unverständliche Kraft beherrschte, die weder zum Licht noch zum Dunkel gehörte, gleichwohl nicht weniger mächtig war. Und der Ausgang eines Duells, wenn es denn dazu kommen sollte, ließ sich für mich nicht erkennen.

Nachdem er meinen Jackenkragen losgelassen hatte, drehte sich Anton um und stürzte blindlings davon, indem er sich zwischen den Autos hindurchzwängte und weder auf das Hupen noch auf das Fluchen hinter den heruntergelassenen Scheiben achtete. Ganz in der Nähe heulten die Sirenen der Straßenverkehrspolizei auf. Der Stau machte an der Ostoshenka jedes Durchkommen unmöglich, nur auf der Gegenfahrbahn gab es noch einen schmalen Spalt, durch den schimpfend und hupend die wenigen Glückspilze einer nach dem anderen rasch durchschlüpften.

Ich schaute auf die Uhr. Um zur Universität zu gelangen, blieben mir noch fünfzehn ... nein, nur noch vierzehn Minuten. Und Transportmagie durfte ich nicht anwenden.

Doch zunächst: Wie ging es Schagron?

Nachdem ich um den Niwa mit der offen stehenden Tür herumgegangen war, trat ich von der Fahrerseite an den lädierten BMW heran. Schagron war bewusstlos, doch noch im ersten Moment der Gefahr hatte er reflexartig einen Schutzschleier gewirkt und war ins *Zwielicht* geglitten. Jetzt regenerierte er sich, genau wie eine Insektenpuppe, und das gierige *Zwielicht* konnte ihm nichts anhaben.

Er würde überleben. Sich wieder berappeln, und zwar recht schnell. Vermutlich im Notarztwagen – falls der es schaffte, sich einen Weg durch den Stau zu bahnen. Schagron war ein zu starker Magier, als dass eine solche Kleinigkeit wie ein Autounfall ihm ernsthaft Schaden zufügen konnte.

Also dann, bis später, Schagron. Ich denke, die Inquisition wird dich nicht belangen. Das ist höhere Gewalt.

Und dann sah ich meine Rettung. Geschickt schlängelte sich am äußersten Rand der Fahrbahn ein junger Mann auf einem winzigen orangefarbenen Mokick entlang. Der brauchte keine Staus zu fürchten ...

Obwohl es eigentlich nicht die Jahreszeit für eine solche Art von Fortbewegungsmittel war. Trotzdem ...

Auch ich trat jetzt ins *Zwielicht*.

Hier erinnerte das Mokick an das wundertätige *Buckelpferdchen*. Klein, mit dem Lenker als Hörner und dem Scheinwerfer als Auge.

»Runter«, befahl ich dem Fahrer.

Der stieg gehorsam ab.

Ich umrundete die Motorhaube eines beigefarbenen Opels und griff nach dem Lenker. Das Mokick schnaufte ergeben im Leerlauf.

Dann mal los. Der Mann stand steif wie eine Schaufensterpuppe auf dem Gehsteig, meine ihm in die Hand gedrückten Dollar blind zusammenknüllend. Ich zog den Benzinhebel zu mir, streifte beinah die funkelnde Seite eines in der Nähe stehenden Autos und versuchte mich zum Ende des Staus durchzuschlängeln. Das war am Gartenring.

Die für kleine Menschen gedachte und an den warmen japanischen Asphalt, nicht aber an diese Moskauer Eisbahn gewöhnte Honda ließ sich recht einfach handhaben. Es gelang mir auch ganz gut, mich zwischen den Autos hindurchzuschlängeln. Aber schnell war das Mokick nicht – mit Mühe brachte ich es auf dreißig Stundenkilometer. Mir wurde klar, dass ich nicht mehr rechtzeitig ankommen würde. Selbst dann nicht, wenn ich die willige Honda stehen lassen und in die nächste Metro steigen würde, denn von der Metrostation Universität bis zum Hauptgebäude mit dem Nadelturm war es noch weit. Natürlich könnte ich einen der Autofahrer mit einem Zauber belegen, doch wo war die Garantie, dass wir weiteren morgendlichen Staus entkommen würden? Vage erinnerte ich mich daran, dass die Straßen im Universitätsviertel breiter waren, aber sicher war ich mir dessen nicht. Wenn ich weiter mit der Honda fahren würde, sicherte ich mir wenigstens bis zum Ziel meine Mobilität. Andererseits hatte ich nur eine grobe Vorstellung vom Weg. Ich bin nun mal kein Moskauer. Ob ich auf meinen bislang so verlässlichen inneren Gefährten hoffen konnte? Hoffen konnte ich, gewiss. Aber möglicherweise ließ er mich gerade jetzt im Stich? Im entscheidenden Moment? Normalerweise läuft das ja immer so.

Ich lauschte in mich hinein. Der kalte, mit Abgasen geschwängerte Wind schlug mir ins Gesicht. Moskau atmete Kohlenstoffdioxyd ...

Mein treuer Helfer schlief offenbar.

Den Gartenring und die Metrostation Park Kultury ließ ich hinter mir. Doch als vor mir das Gebäude der Metrostation Frunsenskaja aufragte, beschloss ich, mich unterirdisch weiter fortzubewegen. Die Zeit drängte.

Kaum war ich die ersten Stufen zum Eingang der Metro hinuntergegangen, war das Mokick schon weg. Der Motor grunzte kurz verängstigt auf, und jemand mit geschickten Fingern setzte die tüchtige und ergebene japanische Mechanik in Bewegung, um rasch in den Seitengässchen zu verschwinden. Ach, ihr Menschen ... Die Lichten sorgen sich um euch, verteidigen euch, passen auf euch auf, aber ihr wart schon immer Vieh und werdet es auch immer sein. Tiere ohne Gewissen und Mitgefühl. Ihr setzt die Ellenbogen ein, stehlt, verratet, schlagt euch die Plauze voll, und wo ihr lang kommt, wächst kein Gras mehr. Wie ekelhaft ...

Über das Drehkreuz sprang ich einfach hinüber – im *Zwielicht*, als unsichtbarer Schatten. Ich hatte keine Zeit, noch ein Ticket zu kaufen und es in den Schlitz des Entwerters zu schieben. Halb so wild, davon würde das Land nicht in Armut versinken.

Auch die Rolltreppe eilte ich hinunter, ohne aus dem *Zwielicht* zu treten. Ich sprang auf das langsam dahinkriechende Geländer und schoss nach unten, wobei ich in dem zähen grauen Brei kaum ein Bein vors andere zu setzen vermochte. Unten wollte gerade ein Zug abfahren. Während ich noch darüber nachdachte, ob er in die richtige Richtung fuhr, schlossen sich die Türen. So etwas hielt mich natürlich nicht auf. Und ins Zentrum fuhr er auch nicht.

In den Waggon gelangte ich durch die Türen hindurch, durchs *Zwielicht*. Die verwunderten Fahrgäste schob ich leicht auseinander, als ich praktisch aus dem Nichts auftauchte.

»Oh!«, sagte jemand.

»Sagen Sie, ist das hier Moskau?«, platzte ich aus irgendeinem Grund heraus. Vermutlich aus dummem, albernem Übermut.

Niemand antwortete mir. Auch gut. Dafür gab es sofort deutlich mehr freie Plätze um mich herum. Ich langte nach einem Griff und schloss die Augen.

Die Sportiwnaja. Die Sperlingsberge, wo der Zug nicht hielt. Hier kam er kaum vorwärts. Durch die Ritzen zwischen den vorgenagelten Metallplatten funkelten ab und zu elektrische Lichter hindurch und fiel graues Dämmerlicht des beginnenden Morgens herein. Es tagte schon ...

Endlich die Metrostation Universität. Die lange und proppenvolle Rolltreppe. Abermals musste ich warten. Das war's, jetzt kam ich bestimmt zu spät.

Oben war es schon fast hell. Als mir endgültig klar wurde, dass ich es bis zum Sitzungsbeginn nicht mehr schaffen würde, erfasste mich mit einem Mal völlige Ruhe, und ich beeilte mich nicht länger.

Nicht die Spur. Ich kramte die Kopfhörer aus der Tasche, stellte den Player mit der Minidisc von Anton Gorodezki an und versuchte zu trampen.

»Es ist Zeit«, verkündete der Inquisitor leise. »Alle, die es nicht rechtzeitig geschafft haben, werden später mit der vollen Strenge des Großen Vertrages zur Verantwortung gezogen.«

Die Anwesenden erhoben sich. Sowohl die Dunklen wie auch die Lichten. Die Wächter des Tages und der Nacht sowie die Angehörigen des Gerichts. Geser wie Sebulon, von dem alle gedacht hatten, er sei nicht in Moskau. Der Inquisitor Maxim und zwei Beobachter der Inquisition, die in graue Kittel gehüllt waren. Alle, die sich in dem kleinen Nadelturm des Hauptgebäudes der Lomonossow-Universität versammelt hatten. Ein kleiner fünfeckiger Raum lag als unsichtbare *Zwielicht*-Etage über dem Museum für physikalische Geographie und diente ausschließlich den seltenen Sitzungen des Tribunals der Inquisition. In den Nachkriegsjahren waren recht viele *Zwielicht*-Räume gebaut worden – das war billiger als die ständigen Auseinandersetzungen mit der Staatssicherheit und der Miliz, die ihre Nasen permanent in Angelegenheiten steckten, die sie nichts angingen. Es ließ sich schön beobachten, wie im Osten die Sonne am Horizont mit einem purpurroten Leuchten aufging und mit jeder Minute die zauberhaften Lichter verblassten, die seit dem Konzert von Jean-Michel Jarre anlässlich des Moskauer Stadtjubiläums über dem Gebäude der Universität tanzten. Die Anderen würden die Spuren der Lasershow noch lange genießen können, sogar ohne ins *Zwielicht* einzutreten, wo alle Farben verblassten und verschwanden. Damals hatten viele Menschen begeistert die wundervolle Show verfolgt und ihre Gefühle ins *Zwielicht* versprüht.

Maxim, der einen gewöhnlichen Geschäftsanzug trug und keinen Kittel wie die übrigen Inquisitoren, entrollte mit einer Geste im *Zwielicht* eine graue Leinwand, die mit lodernden roten Buchstaben übersät war. Drei Dutzend Stimmen hoben an zu lesen: »Wir sind die Anderen. Wir dienen unterschiedlichen Kräften. Doch im *Zwielicht* besteht kein Unterschied zwischen dem Fehlen des Dunkels und dem Fehlen des Lichts ...«

Die riesige Stadt und das riesige Land ahnten nicht, dass fast alle, die das Schicksal Russlands bestimmen, sich jetzt hier versammelt hatten, nicht im Kreml. In dem vernachlässigten kleinen Kämmerchen unter der Turmnadel des Universitätsgebäudes, wo man inmitten des lange angesammelten Staubes Stühle, leichte Sessel, sogar Liegestühle aufgestellt hatte – was immer mitzubringen jemand der Mühe wert befunden hatte. Um einen Tisch hatte sich dagegen niemand gekümmert – und es gab auch keinen.

Die Anderen schätzen billige Rituale nicht sehr: Ein Gericht – das ist ein Prozess, keine Prozession. Deshalb fehlte jedes Ornat, Perücken und Tafeltuch. Nur die grauen Kittel der Beobachter, doch niemand erinnerte sich noch genau daran, warum die Inquisitoren manchmal diese Gewänder trugen.

»Wir begrenzen unsere Rechte und unsere Gesetze. Wir sind die Anderen ...«

Die purpurroten Buchstaben des Vertrages brannten im Halbdunkel, Sinnbild der Wahrheit und Rechtsprechung.

»Wir sind die Anderen ...« Drei Dutzend Stimmen. »Die Zeit wird für uns entscheiden.«

Der Große Vertrag war verlesen, nun konnte das eigentliche Tribunal beginnen. Der Tradition zufolge mit den am wenigsten gravierenden Fällen.

Der Richter, einer der in einen Kittel gehüllten Inquisitoren, verkündete, ohne sich von seinem Drehhocker auf Rollen zu erheben, in einem völlig unfeierlichen, absolut alltäglichen Ton: »Fall eins. Wilderei durch die Dunklen. Man führe die Schuldige herein.«

Nicht die Verdächtige, sondern die Schuldige. Die Schuld ist bereits bewiesen. Die Zeugen helfen nur die Tatumstände und das Maß der Schuld zu bestimmen. Dann spricht das Gericht sein Urteil. Unerbittlich und gerecht.

»Bedauerlicherweise sind nicht alle Zeugen anwesend. Es fehlt Witali Rohosa, Anderer, registriert in Nikolajew, Ukraine, und zeitweilig registriert in Moskau; der Grund seines Ausbleibens ist nicht bekannt. Ferner fehlen Andrej Tjunnikow und Jekaterina Sorokina, die im Zusammenhang mit Fällen gestorben sind, die später verhandelt werden.«

Das Urteil war kurz und hart. »Viktoria Mangusowa, Andere, Dunkle, registriert in Moskau, wird des Rückfalls in nicht lizenzierte Jagd für schuldig befunden. Sie wird zur Dematerialisation verurteilt. Gibt es Einwände oder Ergänzungen seitens der Wächter des Tages und der Nacht zu diesem Urteil?«

Es gab keine Einwände auf Seiten der Dunklen und natürlich schon gar nicht auf Seiten der Lichten.

»Das Urteil wird unverzüglich vollstreckt«, erklärte der Inquisitor. Er sah die Lichten an – traditionell vollstrecken das Urteil die Wachen selbst.

Ilja erhob sich und schob seine Brille hoch. Aufmerksam sah er die Vampirin an. Die heulte auf, weil ihr klar wurde, dass es für sie keine Rettung gab. Im Blick des Magiers lag weder Hass noch Freude. Nichts außer Konzentration. Er streckte die Hand aus und berührte durchs *Zwielicht* das Registrierungssiegel auf der Brust der Vampirin.

Im Nu sackte Viktoria zu Boden. Sie zerfiel nicht, wie es bei einer älteren Vampirin der Fall gewesen wäre, denn ihr Körper hatte die ihm zugeteilte Zeit noch nicht durchlebt. Doch das, was bei Vampiren die Lebenskraft ersetzt, das, was sie über Jahre von Menschen geraubt hatten, löste sich spurlos im *Zwielicht* auf. Im Raum kühlte es sich ganz leicht ab. Ilja runzelte die Stirn und schickte den Körper mit einer weiteren knappen Geste ins *Zwielicht*.

Für immer.

So vollstrecken Andere ein Urteil.

»Fall zwei. Der Mord an dem nicht initiierten Anderen durch eine Tierfrau, eine Dunkle. Man führe die Schuldige herein ...«

Fragen. Antworten. Eine kurze Beratung der Inquisitoren.

»Oxana Dazjuk. Andere, Dunkle, registriert in Moskau. Sie

wird des vorsätzlichen Mordes für unschuldig befunden. Die Tat wird als Notwehr qualifiziert. Sie wird für schuldig befunden, übersteigerte Maßnahmen zu ihrer Selbstverteidigung getroffen zu haben. Dafür wird sie mit dem Entzug der Jagdlizenz für die Dauer von zehn Jahren bestraft. Sollte es zu einem Rückfall oder zu einer Gesetzesübertretung bis zur fünften Kraftstufe einschließlich kommen, wird unverzüglich die Dematerialisation eingeleitet. Gibt es Einwände oder Ergänzungen seitens der Wächter des Tages und der Nacht?«

Ilja sah zu Geser hinüber und erhob sich erneut. »Wir haben einen Einwand«, erklärte er. »Das Leben der Anderen war durch nichts bedroht. Es bestand keine Notwendigkeit, den Mann zu töten. Wir fordern daher eine Ausdehnung des Lizenzentzugs auf fünfzig Jahre.«

»Auf dreißig«, erwiderte Maxim, als ob er diesen Antrag bereits erwartet hatte. Was vermutlich auch zutraf ...

»Auf vierzig«, sagte Geser kalt, ohne sich zu erheben. »Sollen wir alle notwendigen Voraussetzungen dafür darlegen?«

»Auf vierzig«, stimmte Maxim zu. Er sah die Dunklen an, die sich jedoch nicht eingemischt hatten, sondern völlig richtig davon ausgingen, dass sie es wegen des Schicksals der Tierfrau nicht auf einen Streit anlegen sollten.

»Die Verurteilte ist aus der Bewachung zu entlassen.«

Vor der bleichen verängstigten Frau sprangen die Türen auf. Sie stürzte hinaus, glücklich und noch nicht ganz begreifend, welche Strafe sie eigentlich bekommen hatte. Vierzig Jahre, das ist für einen Tiermenschen, der seine Kraft nur aus menschlichem Leben schöpft, ein sehr langer Zeitraum. Sie würde verhutzeln und vielleicht sogar sterben, ohne eine Möglichkeit zu haben, sich dem einsetzenden Alterungsprozess entgegenzustellen.

»Fall drei. Der Überfall auf einen Anderen, einen Dunklen, durch die Wächter der Nacht. Angesichts des Fehlens des Leidtragenden hält das Gericht es für geboten, die überlebenden

Schuldigen sowie die Führung der Nachtwache, welche die nicht sanktionierte Anwendung von Kraft gegen den Anderen, den Dunklen, gestattet hat, ins Kreuzverhör zu nehmen. Jedweder Einspruch seitens der Lichten wird vorab abgelehnt.«

Geser runzelte die Stirn, Sebulon gestattete sich ein zurückhaltendes Lächeln.

Swetlana Nasarowa, die Lichte Zauberin, sah besorgt auf die Uhr. Sie geriet langsam in Panik, weil Anton Gorodezki, der Lichte Magier, sich verspätete.

»Vielleicht ist es sinnvoll, den Grund für die Abwesenheit von drei Geladenen zu klären?«, fragte Geser vorsichtig, wobei er sich unwillkürlich den offiziellen Ton der richterlichen Rede aneignete. »Glauben Sie mir, ich versuche wahrlich nicht, Zeit zu gewinnen. Mich beunruhigt die Abwesenheit eines Mitarbeiters der Nachtwache und desjenigen, der hauptsächlich für die Ruhestörung in den letzten Tagen verantwortlich ist.«

Die Inquisitoren blickten einander an, als fassten sie wortlos eine Entscheidung.

»Die Inquisition erhebt keine Einwände«, verkündete Maxim sachlich. »Die notwendige magische Handlung wird gestattet.«

Die Beobachter der Inquisition nestelten an ihren Gewändern und zogen ihre Schutzamulette hervor. Ob sie gerade deshalb Kittel trugen, damit niemand sah, wie sie mit den Amuletten arbeiteten und welche Amulette genau sie einsetzten? Die Inquisition hatte ihre eigenen Methoden, Gesetze und Waffen ...

In der Luft drehte sich eine Beobachtungskugel. Grauer Dunst, durchbrochen von Wellenlinien. Ein großer Teil von ihnen löste sich auf, es blieben nur drei übrig.

Drei Schicksalsfäden, die vor kurzem in einem Punkt zusammengelaufen waren. Ein Faden war verblasst, funkelte kaum. Ein verletzter Anderer ...

»Das ist Schagron«, seufzte der Dunkle Magier Edgar, der die Vollmachten eines Stellvertreters des Chefs wieder abgegeben hatte. »Das ist ganz bestimmt Schagron.«

Die beiden anderen Fäden gingen wieder auseinander, mussten sich aber gleich wieder treffen – direkt vor dem Gebäude der Universität.

Ein Zusammenstoß. Erneut ein Zusammenstoß zwischen den Dunklen und Lichten, abermals ein Opfer. Wenn auch bislang noch kein Todesopfer.

»Die Nachtwache bittet die Inquisition um eine Intervention!«, schrie Geser. »Maxim, Oskar, Raoul! Da bringt einer den anderen um!«

Die bringen sich gegenseitig um – das hatte Geser sich natürlich nicht zu sagen getraut.

Neben dem Chef der Nachtwache erhob sich eine Frau, eine Andere, Olga, die erst kürzlich ihre Fähigkeiten als Zauberin zurückerlangt hatte, und zwar einer sehr starken Zauberin, weshalb sie auch das Recht verloren hatte, einen Familiennamen zu führen, ihr jedoch noch nicht das Recht gewährt wurde, einen *Zwielicht*-Namen zu tragen. Sie berührte Gesers Ellenbogen und sah die Richter fragend an.

Swetlana erbleichte, ihr Gesicht schien mit einem Mal wie aus Wachs.

Die Dunklen schwiegen. Sebulon kratzte sich nachdenklich die Nasenspitze.

»Das Tribunal verbietet eine Intervention«, erklärte einer der Richter trocken.

»Warum?«, fragte Swetlana kraftlos. Sie versuchte sich aus dem leichten Korbsessel zu erheben, doch ihr versagten die Kräfte. Die Körperkräfte. Die echte Kraft, die magische Kraft einer Anderen, einer Lichten Zauberin, fing hingegen unweigerlich an, sich in einer matten dreidimensionalen Spirale um Swetlana herum zu drehen.

Wie die Menschen sind die Anderen im Zorn oder in extremen Situationen allgemein teilweise stärker, als wenn sie ganz ruhig sind.

»Warum?« Swetlanas Stimme klirrte. »Überall, wo dieser Dunkle auftaucht, sterben Andere oder Menschen. Er ist ein Mörder! Werden Sie ihm erlauben, weiter zu morden?«

Der Richter blieb ungerührt. »Witali Rohosa, Anderer, Dunkler, hat während seines Aufenthalts in Moskau nicht eine Bestimmung des Großen Vertrags verletzt und nicht einmal zu übersteigerten Formen der Selbstverteidigung gegriffen. Vor der Inquisition hat er sich nichts vorzuwerfen. Wir haben keine Grundlage, auf der wir intervenieren könnten.«

»Wenn es eine Grundlage gibt, wird es zu spät sein!«, sagte Geser scharf.

Der Inquisitor zuckte nur mit den Schultern.

»Er wird sich für Schagron rächen«, meinte einer der Lichten leise und hüstelte.

Zwei Magier – ein Lichter und ein Dunkler – näherten sich dem Eingang der Lomonossow-Universität, und je stärker der Abstand zwischen ihnen schmolz, desto fester glaubten alle Anwesenden des Tribunals, dass in die Turmnadel nur einer der beiden kommen würde.

Doch welcher?

Ich weiß nicht, weshalb, aber ich stieg über dreihundert Meter vor dem Eingang zur Universität aus dem Auto. Über dem Gebäude sah ich bunte Flecken, Strahlen und dreidimensionale Figuren. Ich spürte, dass eine mir unbegreifliche Kraft die normale höhere Magie in mir zurückhielt und mir nicht gestattete, sie einzusetzen.

Außerdem spürte ich, dass sich dort, ganz oben, wo die scharfe Turmnadel aus dem Moskauer Wolkenkratzer herauswuchs, eine hellgraue Wolke zusammenballte, die mich an eine Zeitzünderbombe denken ließ.

Ich sah mich um und ging den Gehsteig hinunter. Eigentlich

hätte ich mich beeilen müssen, doch ich ging im gemäßigten Tempo. So war es offenbar nötig.

Nur sollte niemand fragen: Für wen?

Der MD-Player lieferte mir eine neue Melodie. Sie gefiel mir nicht, und ich tastete nach dem Sensor. Was wohl als Nächstes kam?

Mein Name ist ein längst verwischtes Zeichen,
und meine Kleidung hat der Wind geflickt ...
Was ich in fest verschlossnen Händen bringe,
fragt niemand, und ich sage es auch nicht.

Piknik, ihr Lied *Das Schriftzeichen*. Das passte – eine ruhige Melodie für jemanden, der ohnehin zu spät kam und der sich bloß konzentrieren und die allumfassende Unerschütterlichkeit der Weisen aus dem Osten erlangen musste.

Ob es unter den orientalischen Weisen wohl Andere gab? Oder sollte man die Frage besser so stellen: Ob es unter ihnen auch Menschen gab?

Das würde ich gern wissen ...

Den Wachposten zu benebeln gelang mir, offensichtlich waren simple »Alltagszauber« auch während der Sitzung des Tribunals gestattet.

Ich ging zu den Fahrstühlen – das Vestibül war seltsam menschenleer. Vielleicht spürten die Menschen unterbewusst die Anwesenheit der stärksten Anderen Moskaus in ihrer Nähe und versuchten, nicht hierher zu kommen? Ich drückte den Knopf, und die Tür eines der Aufzüge öffnete sich sofort. Ich ging hinein und sah automatisch zurück: Ob nicht doch noch jemand zum Fahrstuhl gerannt kam ...

Da erblickte ich Anton. Eben lief er an dem immer noch Schachmatt gesetzten Posten am Eingang vorbei.

Wie er mich wohl eingeholt hatte? Ob er auch ein Mokick oder ein Motorrad beschlagnahmt hatte?

Wartend stand ich da. Anton sah mich an, als ob er nachdächte, und wartete ebenfalls.

Nach kurzem Zögern drückte ich den Knopf, und die Türen des Fahrstuhls schlossen sich. Ich fuhr nach oben. Aber nicht gleich nach ganz oben, sondern nur etwa zwei Drittel hinauf. Wie sich zeigte, musste man für den Rest einen anderen Fahrstuhl nehmen, der ausschließlich den oberen Stockwerken diente. Zu meinem Ziel führte sogar nur noch eine breite Marmortreppe mit alten Kalkflecken auf den Stufen. Die Treppe brachte mich zu einer Tür, die im *Zwielicht* offen stand, in der gewöhnlichen Welt jedoch selbstverständlich fest verschlossen war.

Vor der Treppe klang das heilige Lied von *Piknik* aus, und der Player spielte nach dem Zufallsprinzip den nächsten Titel an.

Ich träume von Hunden, von wildem Getier,
Ich träume, dass Wesen mit flammenden Augen
Am Himmel sich mir in die Flügel verbissen,
Da bin ich gestürzt, ein gefallener Engel ...

Dieses Lied von *Nautilus Pompilius* hatte ich früher nur flüchtig gehört, doch jetzt sprach es etwas direkt in meiner Seele an. Während ich zu der geschlossenen Tür hinaufstieg und ins *Zwielicht* eintauchte, sang ich es zusammen mit Butussow.

Weiß nicht, wie ich fiel, ich weiß aber noch,
Wie ich tonlos aufschlug auf kaltem Gestein.
Kann's sein, dass ich wirklich so hoch bin geflogen
Und grausam gestürzt, ein gefallener Engel?
Hinab in die Tiefe, aus der wir einst
Kamen, ein neues Leben erhofften.
Hinab in die Tiefe, aus der wir einst
Gierig hinauf ins Blaue blickten.
Hinab ...

Butussow und mich konnte jeder Andere hören, ungeachtet dessen, dass der tatsächliche Ton nur in den winzigen Stöpseln meiner Kopfhörer entstand und bereits in einem Umkreis von einem Schritt zur völligen Unkenntlichkeit zerschmolz.

Wir traten in den Raum ein, in dem das Tribunal tagte. Wir beide. Ich – und der gefallene Engel.

Gerecht zu sein hab ich versucht und gütig,
Und es erschien mir nicht schrecklich, nicht seltsam,
Dass die Menge sich sammelt dort unten,
Um zu sehn, wie ein Engel herabfällt ...

Geser. Sebulon. Der Inquisitor Maxim. Die Dunklen, mit denen ich die letzten Tage verbracht, Kaffee getrunken und geredet hatte: Edgar, Juri, Kolja und Anna Tichonowna. Die Lichten, mit denen ich mich in den letzten Tagen geschlagen und die Schwerter an der Grenze zum Foul gekreuzt hatte: Ilja, Garik, Tolik, der Bärenmensch. Unbekannte Andere, Dunkle wie Lichte, von denen einige mit Sicherheit nicht zu den Wächtern des Tages und der Nacht gehörten. Zwei in Kitteln, offensichtlich Inquisitoren.

Und eine Lichte Zauberin mit schmerzverzerrtem Gesicht. Solche Gesichter setzten Menschen und Andere auf, wenn jemand von ihnen geht, der ihnen nahe steht.

Da – der Wind weht in offene Münder
Weißen Schnee, süßes Manna vielleicht
Oder nur Federn, die hinter ihm trieben,
Der herabstürzte wie ein gefallener Engel ...

Dann stieß es mich heftig jene unsichtbaren Stufen hoch, trieb mich auf die Spitze jener unbekannten Pyramide hinauf, die ich die ganze Zeit über erklommen hatte. Praktisch gleichzeitig hoben die beiden Inquisitoren in den Kitteln das Verbot für höchste Magie auf. Und dann richtete die Lichte auf mich jene Wolke, die jeden Moment bersten und sich entladen konnte. Ein Klumpen von Kraft, im Vergleich zu dem ein Sprengkörper von einer Megatonne wie eine Seifenblase wirkte.

Die Zeit blieb stehen.

Da verstand ich alles. Alles, was geschehen war, alles, was jetzt geschah, und alles, was gleich geschehen würde. Ich verstand es und schluckte den gewaltigen Kloß, der mir plötzlich die Kehle zuschnürte.

Ich war der mächtigste Magier auf Erden geworden. Ein Magier außerhalb jeder Kategorie. Ein Kalif für eine Stunde ... nein, für einen Augenblick ... Der Einzige in diesem baufälligen Raum, der keine Zukunft hatte.

Manche Andere haben keine Zukunft ...

Ein Spiegel! Ich war nur ein Spiegel. Ein Spiegel der Welt. Ein kleines Gewicht, vom *Zwielicht* auf die höhere Waagschale geworfen, als das Gleichgewicht der Kräfte des Lichts und der Kräfte des Dunkels gestört war.

Das Licht hatte eine Große Zauberin gewonnen. Dem Dunkel fehlte ein ebenso starker Adept. Das Licht hatte die Chance bekommen, mit dem Dunkel ein für alle Mal abzurechnen.

Ohne Dunkel gibt es jedoch kein Licht. Deshalb hatte das *Zwielicht* mich geboren. Es hatte einen seltsamen Anderen gefunden, der bislang keiner der beiden Seiten zugeneigt war, einen Anderen mit jungfräulich reiner Aura, und ihn für das Dunkel eingefärbt. Es hatte ihm das bisherige Gedächtnis genommen und die Fähigkeit gegeben, zu spiegeln und fremde Kraft aufzusaugen. Je stärker man mich geschlagen hatte, desto stärker wurde ich. Stufe für Stufe war ich höher hinaufgesprungen. Bis es keine Stufe mehr gab, die Spitze erreicht war, darüber lagen nur noch die Ewigkeit und das *Zwielicht* – da hatte der Spiegel seine Schuldigkeit getan. Denn nun wäre der Spiegel in der Lage, seinerseits das Gleichgewicht zu zerstören.

Jetzt erwartet mich das *Zwielicht*. Das *Zwielicht* für immer.

Ich weiß nicht, was aus dem Körper von Witali Rohosa wird, der bis vor kurzem noch ein Anderer ohne Schicksal war. Ich weiß nicht, was mit seinem Gedächtnis und seiner Persönlichkeit wird, denn jedes Mal, wenn ein Spiegel auftaucht, endet die Sache anders. Ich weiß nur, dass dieses Ich, das ich in dem bitterkalten Park in Nikolajew auf dem Weg zum Zug nach Moskau erkannt habe, für immer verschwinden, sich in einen körperlosen und hilflosen Schatten verwandeln wird, in einen durchscheinenden Bewohner des *Zwielichts*.

Oder einfach in einen Teil des *Zwielichts* ... des keineswegs derart passiven *Zwielichts*, für das es immer gehalten wird ...

Ich begriff das alles in dem kurzen Moment, bevor ich die ganze Kraft Swetlanas restlos aufsaugte, die glaubte, sie habe Anton Gorodezki verloren. Sie nahm das aufgrund eines seltsam kapriziösen Zufalls an – weil ich den Saal des Tribunals mit einem MD-Player betreten hatte, der genau dem Antons entsprach, mit einer Kopie seiner Scheibe und mit dem Lieblingslied Antons auf den Lippen und in der Seele. Zudem ging mir auf, dass die Inquisition die Wahrheit kannte. Doch keiner der Inquisitoren sagte ein Wort, um Moskaus Andere zu beruhigen, die an den vermeintlichen Kampf zwischen mir und Anton ebenso glaubten wie daran, dass Anton in diesem Kampf gestorben sei.

Die Lichten kannten seine Lieblingslieder ...

»Stirb!«

Ich werde nicht sterben, Swetlana. Genauer, ich werde sterben, aber nicht jetzt. Ich bin ein Spiegel. Wenn du versuchst, mich zu vernichten, wirst du schwach, während ich nur noch stärker werde. Ich erkenne bereits, was auf dich wartet – eine langwierige, sich über dreißig bis fünfzig Jahre erstreckende Wiederaneignung der so sinnlos vergeudeten Kräfte. Tropfenweise, Quäntchen für Quäntchen wirst du dir das Verlorene wieder zusammensammeln müssen. Drei – womöglich auch mehr – Jahrzehnte sind eine Zeit, die dem Dunkel durchaus reicht, eine Zeit, die genügt, um sich für den nächsten Versuch zu wappnen, das Gleichgewicht zu stören. Wenn auch noch nicht klar ist, welche Seite ihn unternehmen wird. Auf dich warten Jahre, in denen du das Glück mit Anton finden kannst – oder auch nicht.

Aber in jedem Fall werdet ihr in diesen Jahren gleichberechtigt sein.

Denn auch wenn du deiner Kräfte beraubt bist, so gebe ich dir doch eine Chance ... die Chance, die ich nicht habe.

Die Musik verstummte. Der Player hielt den magischen Schlag nicht aus – Technik reagiert sowieso schlecht auf höhere Magie – und verspritzte kleine Plastikstückchen. Meine Mütze flog zum Ausgang, die Jacke barst gleich an mehreren Stellen.

Ich hielt mich zwar kaum auf den Beinen, stand aber noch.

»Ein Spiegel!«, rief Geser mit dem ganzen Spektrum von nicht auszudrückenden Gefühlen und Intonationen in der Stimme. »Zum dritten Mal, und zum dritten Mal für die Dunklen!«

»Wir planen schließlich auch keine globalen Gesellschaftsexperimente, Kollege!«

Sebulon, der Chef der Tagwache, der seinen Triumph nicht verhehlte.

Heute stand er auf der Seite der Sieger. Und die Lichten mussten eine Niederlage einstecken.

Doch wie oft war das schon passiert, so, aber auch anders herum?

Und Swetlana, leer und erschüttert, eben noch von Leid niedergedrückt, jetzt aber außerstande, ihre Freude zu verbergen, schrie: »Anton!«

Er stand am Eingang. Anton Gorodezki. Der Lichte Magier. Lebendig und unverletzt. Er war nach mir hereingekommen.

»Danke, Anton!«, wandte sich der unsagbar zufriedene Sebulon an ihn. »Du hättest meinen Auftrag nicht besser ausführen können. Ich hoffe, die Belohnung reicht dir?«

»Auftrag?«, schrie Geser. »Anton?«

Sebulon stieß ein leises Lachen aus und erhob sich. Der Chef der Nachtwache sah flüchtig zu dem siegestrunkenen Gegner hinüber und richtete den Blick dann wieder auf Anton.

Der ging zu Swetlana, die glückliche und nichts begreifende Lichte, und umarmte sie. »Gleich«, flüsterte er und kam auf mich zu.

Ein paar Sekunden sahen wir einander in die Augen. Einander. Von Feind zu Feind. Ein Anderer einem Nicht-Anderen. Ich wusste selbst nicht, wie ich es ausdrücken sollte, damit es der Wahrheit entsprach. Denn die Wahrheit gibt es immer mindestens in zwei Varianten.

»Nimm«, sagte Anton. Und er hielt mir seinen MD-Player als Ersatz für den zerstörten hin.

»Danke«, flüsterte ich. Ich löste die Reste meines eigenen vom Gürtel. Schweigend holte ich meine MD hervor und legte sie in den Apparat ein, der mir gerade geschenkt worden war. Als ob es im Moment nichts Wichtigeres gäbe. Jetzt wird der Inquisitor aufstehen, dachte ich bei mir, und mir sagen, dass ich gehen könne.

Natürlich hatte ich es erraten. Magier eines so hohen Grades irren sich nicht, selbst wenn sie Nicht-Andere sind.

»Im Namen des Großen Vertrages«, verkündete Maxim wie immer trocken und sachlich. »Da unwiderleglich festgestellt worden ist, dass Witali Rohosa kein Anderer im üblichen Wortsinne ist, stellen die Taten der Nachtwache ihm gegenüber keinen Fall dar, mit dem sich die Inquisition zu befassen hätte. Für Witali Rohosa gelten folglich auch nicht die Bestimmungen des Großen Vertrages. Er ist seinem eigenen Schicksal überlassen.«

Man hätte meinen können, ich hätte einmal ein Schicksal gehabt! Ich, alle Spiegel, die es vor mir gab, der Junge Jegor, dessen Zeit noch nicht gekommen war ...

»Die Inquisition erklärt die Verhandlung hiermit für beendet.« Maxim bedachte die Magier mit einem Blick. »Gibt es Anmerkungen oder Vorschläge seitens der Wächter des Tages und der Nacht?«

Ich drückte auf »Play«, drehte mich um und ging fort. Die zerfetzte Jacke ließ mich wie einen Penner oder eine gewöhnliche Vogelscheuche aussehen. Aber wen würde das schon kümmern?

Der MD-Player, den Anton mir geschenkt hatte, war auf den Zufallsgenerator eingestellt. Und erneut wurde aus dem Dutzend Tracks der richtige gewählt. Kipelow und Mawrin. *Finstere Zeit*. Alles, was mir blieb, war zu singen.

Und ich sang.

Finstere Zeit!
Freiheit durchgeistert den Raum.
Blut weit und breit,
Wie in dem wirrsten Traum
Jagt nun das Volk
Die früheren Götter hinfort,
Betet das Volk,
Erwartet ein Wahrhaftes Wort
Das Jüngste Gericht –
Kometen verkünden es allen;
Krieger des Lichts
Verbrennen jene, die fallen.
Krieger der Nacht
Riegeln den Erdenkreis ab.
Vieltausendfach
Regnen die Vögel herab.

Eine finstere Zeit, für den, der nicht mehr das Recht hatte, sich Witali Rohosa zu nennen. Für den, der aufgestiegen war, nur um zu fallen. Für einen gefallenen Engel ... einen dunklen Engel. Eine finstere Zeit für dich und für die Anderen. Das Ende des Jahrtausends. Eine Zeit, in der man das Licht nicht vom Dunkel unterscheiden kann und das Dunkel nicht vom Licht. Eine Zeit von Tod und Kampf. Eine finstere Zeit.

Wissen selbst nicht, wer wir sind –
Roten Sternes Kind,
Schwarzen Sternes Kind
Oder neuer Gräber ...
Schrecklich und leicht tanzt der Tod,
Noch aber ist's nicht so weit,
Für unsre Sünden droht
Uns eine finstere Zeit!

Ich wusste ebenfalls nicht, wes Kind ich war. Ich wusste nur eins: Für fremde Sünden bestraft die finstere Zeit häufig diejenigen, die keine Sünden begangen haben. Oder doch, aber nicht die, für die sie bestraft werden. Mir ließ man jedoch keine Wahl. Mir gab man kein Schicksal.

Wir leben noch.
Der rettet sich, der nicht.
Sie löschen jäh
In unsrer Burg das Licht,
Sie wolln die Flagge streichen
Zum Zeichen,
Sich zu ergeben.
Das wird nicht genügen –
Sie lügen,
Weil wir noch leben!

Noch lebe ich. Und singe. Singe, obwohl ich vermutlich weiß, dass es im nächsten Lied von Kipelow und Mawrin folgende Zeilen gibt:

Was soll der Blick? Ich nehm dich doch nicht mit,
Den Sinn des Lebens weiß ich nicht zu finden.
Versuch nicht, fremde Rätsel zu ergründen.
Genug! Ich bin ein Geist und muss verschwinden.

Ich bin ein Geist. Ich bin nur ein Spiegel. Ein Spiegel gibt alles wieder, dazu ist er berufen. Doch nicht bitten, nicht glauben – das kann ich nicht. Ich gehe fort, um zu verschwinden, doch ich bitte, ich hoffe, ich möchte glauben – nehmt mich mit! Nehmt mich mit!

Ich glaube.
Ich hoffe.
Ich glaube.
Ich hof...

Dritte Geschichte
Eine Andere Kraft

Prolog

Das Auto hielt Juha Mustaioki an, der jetzt der Ranghöchste in ihrer kleinen Gruppe war. Jari Kuusinen und Raivo Nikkilia zwängten sich schweigend auf den Rücksitz des alten Shiguli, Juha stieg vorn ein.

»Bringen Sie uns nach Sche-rje-mje-tje-wo«, befahl Juha prononciert. Wie seltsam es auch anmutete, doch für Mustaioki war Russisch die Sprache seiner Kindheit, die er später freilich gründlich vergessen hatte. Sprachtalent hatte ihn indes schon immer ausgezeichnet. Außerdem hatte er in der Nähe der russischen Grenze gelebt und war regelmäßig nach Petersburg gefahren, um sich dort zu betrinken. Alle anderen nahmen lieber die Fähre nach Schweden, wo man sich nachts auf dem Hinweg mit dem im Duty-free-Shop erworbenen Alkohol ordentlich einen hinter die Binde gießen konnte, tagsüber ausschlief, die Fähre nicht verließ (wen interessierte schon dieses Stockholm?) und sich auf dem Rückweg erneut dem kostspieligen Vergnügen überließ. Mustaioki fuhr jedoch unverdrossen weiter nach Piter. »Bringen Sie uns schnell und or-dent-lich hin.«

Der Fahrer brachte sie hin. Schnell und ordentlich. Ausländer zum Flughafen zu fahren war das reinste Vergnügen. Ein arbeitsloser Ingenieur, der sich als Taxifahrer verdingte, kriegte nicht häufig eine solche Tour. Und gerade jetzt konnte er das gut gebrauchen, da ein neues Jahr – noch dazu das Jahr 2000 – vor der Tür stand, da alle versuchten, ein möglichst üppiges

Fest auszurichten und den Verwandten prachtvollere Geschenke zu machen als sonst.

Die drei Anderen saßen schweigend im Wagen und belauschten die Gedanken des Fahrers nicht. Obwohl sie das natürlich gekonnt hätten.

Bereits hinter der Ringautobahn drehte sich Juha zu seinen beiden Gefährten um. »Kommen wir hier am Ende also doch noch raus, Freunde?«, fragte er.

Jari und Raivo nickten zustimmend. Es war wirklich schwer zu glauben, dass die Verhöre der Nachtwache vorüber waren, die Vorladungen bei den finsteren Mitarbeitern der Inquisition, das geschäftige Gebaren dieses Rechtsverdrehers der Tagwache, eines Vampirs, der sowohl bei den Menschen als auch bei den Anderen nur allzu bekannt war.

Sie waren entkommen. Sie waren entkommen, durften das schreckliche, kalte und unwirtliche Moskau verlassen. Allerdings durften sie noch nicht nach Hause, sondern mussten nach Prag, wo seit kurzem das Europabüro der Inquisition saß. Doch immerhin kamen sie raus aus Moskau. Mit eingeschränkten Rechten, mit der Auflage, sich am Ankunftsort registrieren zu lassen – aber trotzdem.

»Der arme Ollykainen ...«, seufzte Raivo. »Wo er doch tschechisches Bier so geliebt hat. Er hat immer gesagt, das sei gleich nach unserm *Lapin Kulta* das beste Bier der Welt. Nie wieder wird er Bier trinken ...«

»Wir werden eins für ihn mittrinken«, schlug Jari vor.

»Drei«, verbesserte Juha. »Er war der würdigste der Regin-Brüder.«

»Und wir?«, fragte Jari nach kurzem Nachdenken.

»Wir sind auch würdig«, stimmte Juha zu. »Wir haben unsere Pflicht erfüllt.«

Aus irgendeinem Grund senkten alle drei bei diesen Worten den Blick zu Boden.

Die kleine Sekte von Dunklen, die sich Regin-Brüder nannte,

existierte bereits seit fast fünfhundert Jahren in Helsinki. Sie gehörten zu den wenigen Anderen, die den Großen Vertrag nicht offiziell anerkannten, doch da sie ihn auch nie ernsthaft verletzt hatten, drückten die Wächter des Tages und der Nacht bei ihnen ein Auge zu. Den Lichten schien es sogar zu gefallen, dass zwei, drei Dutzend Dunkle harmlose Rituale pflegten, Lieder sangen und archäologische Grabungen durchführten. Die Dunklen hatten in jedem Jahrhundert ein paarmal versucht, die Regin-Brüder für ihre Arbeit in der Tagwache zu gewinnen, und winkten jetzt nur noch ab.

Bis vor kurzem hatten Juha, Jari, Raivo und ihr verstorbener Gefährte Pasi Ollykainen ihre Aufgabe in der Sekte als aufregendes, mitunter sogar als lustiges Spiel betrachtet. Ihre Großväter und Urgroßväter hatten ihr Leben der Sekte gewidmet, ihre Kinder würden ebenfalls zu Regin-Brüdern heranwachsen ... Ihre Adoptivkinder, natürlich. Nur selten hat ein Anderer das Glück, ein Kind mit den Fähigkeiten eines Anderen zu kriegen. Das ist nur bei den niederen Dunklen üblich, bei Vampiren und Tiermenschen ...

Die Magier aus der kleinen finnischen Sekte hatten es da schwerer. Sie mussten die ganze Welt bereisen, um als Andere geborene Kinder zu suchen, die sie adoptieren, aufziehen und dem Dienst an der großen Sache des Fafnir zuführen konnten. In der Regel fanden sie die Kinder in unterentwickelten und exotischen Ländern.

Raivo stammte beispielsweise aus Burkina Faso. Den kleinen Jungen mit den großen Kulleraugen, den krummen rachitischen Beinen und dem aufgequollenen Bauch hatten sie seinen Eltern für vierzehn Dollar abgekauft. Sie hatten ihn geheilt, erzogen und ihm Finnisch beigebracht. Wer hätte beim Anblick des schönen und schlanken dunkelhäutigen Mannes ahnen können, dass ihn einst ein völlig anderes Schicksal erwartet hatte?

Jari war in den Elendsvierteln von Macao gefunden worden. Mit seinen vier Jahren gab er bereits einen bemerkenswerten

Dieb ab, der seine magischen Fähigkeiten zu diesem Zweck einzusetzen wusste, was wiederum die Aufmerksamkeit seiner zukünftigen Adoptiveltern auf ihn gelenkt hatte. Für ihn mussten sie noch nicht einmal etwas zahlen. Jari tat sich nicht durch seine Körpergröße hervor, entzückte die Regin-Brüder jedoch durch seinen scharfen Verstand und seine guten magischen Anlagen.

Juha stammte aus Russland. Genauer, aus dem Süden der Ukraine. Von Kindheit an führte er das Leben eines Vagabunden, mit sieben hatte der Junge auf Güterzügen oder per Anhalter bereits das ganze Land durchquert, zu Fuß die Grenze überschritten und irgendwann bei den Eheleuten Mustaioki, treuen Anhängern der Sekte, an die Tür ihres kleinen Hauses geklopft. Das ließ sich einzig und allein durch magische Prädestination erklären.

Nur der tote Ollykainen war – welch bittere Ironie des Schicksals! – ein echter Finne gewesen.

Nie zuvor hatte der Fahrer eine derart seltsame Gesellschaft kutschiert – ein weißer Mann mit den Zügen eines Ukrainers, ein rabenschwarzer Afrikaner und ein kleiner schlitzäugiger Asiat. Alle drei unterhielten sich übrigens fließend auf Finnisch oder Schwedisch. Was es nicht alles gibt im Leben ...

Am Flughafen studierten die Regin-Brüder als Erstes die Flugpläne, doch das arglistige und unergründliche Russland hielt auch diesmal eine kleine Überraschung für sie bereit: Der Flug nach Prag war schon zum vierten Mal verschoben worden. Sicher, sie hätten eine Maschine nach Duisburg mit Zwischenlandung in Prag nehmen können. Darüber informierte der Plan natürlich nicht, und eine Maschine nach Madrid, die ebenfalls über Prag flog, startete zu einer sehr ungünstigen Zeit, weshalb sie die Pläne direkt an der Kasse umschreiben mussten, was einen kräftigen Mann im sportiven Anzug, um dessen Hals eine fingerdicke Kette baumelte und der ein winziges Handy in der behaarten Pranke hielt, in einen Zustand unerklärlicher Wut versetzte. Der Kerl wollte den klein gewachsenen Jari schon beiseite schieben, doch Raivo wirkte rasch einen Respektzauber, der dazu führte, dass alle in der Reihe Wartenden ihre Beschuldigungen gegen die in unerschütterlicher Ruhe beratschlagenden Finnen fallen ließen.

»Wir fliegen nach Duisburg«, entschied Juha schließlich. »Das ist am bequemsten. Außerdem brauchen wir dann nicht so lange zu warten. Der Flug nach Prag wird noch dreimal verschoben werden. Das habt ihr doch auch gesehen, oder?«

Natürlich hatten sie es gesehen. Die Realitätsfäden liefen in einem kleinen Knoten zusammen, und die verfluchte Maschine würde erst spät abends starten.

Ein fast vergessenes Freiheitsgefühl ließ sie sich nicht weniger trunken fühlen als das heimatliche *Lapin Kulta*. Während Juha mit der freundlichen, am Ende aber verkniffen dreinblickenden Kassiererin verhandelte, sahen sich Jari und Raivo begeistert im Saal um, beobachteten die ankommenden Reisenden, die Verkäufer in den aquariumsgleich beleuchteten Läden, die in jedem Flughafen obligatorischen Schalter internationaler Fluggesellschaften ...

Den Anderen entdeckte Jari. »Guck mal da!«

In der Nähe der Tür zur Abflughalle stand an einem Bartresen ein Lichter Magier und trank Kaffee aus einer kleinen dunkelgrünen Tasse. Neben einem hohen Hocker lugte eine halb leere Reisetasche hervor.

Eine Weile studierten Jari und Raivo die Aura des Anderen – der war völlig gelassen und hatte seine Gefühle hervorragend unter Kontrolle. Vermutlich hatte er sie bemerkt, ließ sich aber nichts anmerken.

»Lassen die uns denn nie in Ruhe?«, seufzte Raivo.

»Glaubst du, er observiert uns?«

»Natürlich.« Raivo sprach mit unbedingter Überzeugung. »Schließlich haben wir die Auflage, bei der Sitzung des Tribunals zu erscheinen. Und die Nachtwache Moskaus muss sich davon überzeugen, dass die entlassenen Zeugen sich nach Prag begeben. Du wirst schon sehen, der begleitet uns bis zur Gangway.«

»Aber unser Flug geht erst in fünf Stunden!«

»Wo sollte der Andere hin? Das ist seine Arbeit.«

Juha kam mit den zu kleinen Büchlein zusammengehefteten Tickets auf sie zu. Ein leichter Hauch von Magie ging von ihm aus – natürlich hatte es für heute keine Plätze mehr in der Maschine gegeben, drei Reservierungen mussten dafür herhalten, wofür es sowohl die Kassiererin als auch die Flughafenleitung zu manipulieren galt. »Hier, nehmt die ...«, setzte er an, stockte dann aber. Er sah die Brüder aufmerksam an. »Was ist los?«, wollte er wissen.

»Wir haben einen Aufpasser. Der da, am Tresen, der Kaffee trinkt.«

Juha sah hinüber und entdeckte den Anderen.

Genau in diesem Augenblick trat in die gleichmäßig türkisfarbene Aura des Aufpassers ein matt glutroter Streifen.

»Irgendwas beunruhigt ihn«, meinte Raivo.

»Da ist noch ein Anderer!«, sagte Raivo. »Da an der Tür!«

In der Tat stand an der Glastür ein schwarzhaariger korpulenter Mann von etwas über dreißig Jahren. Mit einer Hand wischte er sich die Stirn mit einem Taschentuch ab, mit der anderen hielt er ein Handy ans Ohr. Er schwieg und lauschte offenbar ausführlichen Anweisungen. Neben ihm stand ein kleiner Aktenkoffer.

Dieser Andere war ein Dunkler Magier.

»Und die observieren uns auch«, murmelte Raivo.

»Was können die schon von uns wollen?«, fragte Juha. »Die Anderen dürften schließlich genug im internationalen Flughafen von Moskau zu erledigen haben, oder?«

»Pass auf, Bruder«, erinnerte Jari ihn. »Sorglosigkeit betrübt und beunruhigt Fafnir ...«

Juha dachte finster darüber nach, dass nach der geplatzten Operation zur Einfuhr der Kralle nach Moskau der wiedergeborene Fafnir sie alle vier hätte zu Asche verbrennen müssen. Genauer die drei Überlebenden. Doch wie üblich sagte er kein Wort.

In der Zwischenzeit hatte der Lichte seinen Kaffee ausgetrunken, dem Dunklen einen unzufriedenen Blick zugeworfen und sich in Richtung Restaurant aufgemacht. Seine Aura hatte ihre gleichmäßige türkisfarbene Einfärbung zurückgewonnen, die nur noch kaum erkennbare kirschrote Spuren an der Stelle des Streifens zeigte, der sie bis eben noch durchzogen hatte.

Der Dunkle telefonierte immer noch. Genauer, er hörte zu.

»Sie wollen sich überzeugen, dass wir abfliegen!«, wiederholte der scharfsinnige Raivo. »Dabei sind wir doch selbst froh, dass sie uns das erlauben.«

Doch Raivo täuschte sich.

Der Lichte Magier schlenderte unablässig durch den Flughafen, kehrte abermals an die Bar zurück, las ein Buch und trank einen Kaffee. Der Dunkle beendete sein Gespräch und ging zum Fenster eines Kassenschalters, worauf die Brüder die Spur von Magie wahrnahmen. Eine relativ starke, etwa vierter Grad.

»Was macht er denn da?«, fragte Raivo beunruhigt. »Besorgt er sich auch ein Ticket, oder was? Juha, der wird uns doch wohl keine Schwierigkeiten machen?«

»Weshalb sollte er?«, wunderte sich Juha. »Schaut doch!«

Der Dunkle Magier ging mit einer Bordkarte in der Hand von der Kasse weg.

»Jemandem haben sie ein verkauftes Ticket annulliert!«, schlussfolgerte Raivo. »Hast du Töne! Das gibt einen Skandal ...«

Es gab in der Tat einen Skandal beim Einchecken, vier Stunden später, als sie alle in einer Schlange anstanden. Sie alle, inklusive des Lichten. Einem der Fluggäste wurde plötzlich freundlich mitgeteilt, dass beim Verkauf seines Tickets ein Fehler unterlaufen sei, die Fluggesellschaft sich entschuldige und ihm einen Platz in der Businessklasse für den nächsten Flug anbiete ...

Völlig ungerührt beobachtete der Dunkle Magier den aufgebrachten Passagier. Anscheinend lächelte er sogar. Den Regin-Brüdern war freilich nicht nach Lachen zumute – sowohl der Dunkle als auch der Lichte würden in ihrer Maschine sitzen.

»Sie haben beschlossen, uns bis nach Prag zu begleiten«, meinte Raivo nach einer Weile. »Die nehmen die Sache aber ernst.«

»Nein, Bruder. Nein«, widersprach Juha kopfschüttelnd. »Irgendwas stimmt hier nicht. Ihr werdet schon sehen: Die wollen noch was von uns ...«

Eins

Geser rief Anton am Abend zu sich, als die Analytiker und Techniker gerade Feierabend machten, während die Fahnder, die nachts auf Streife gehen sollten, nach und nach im Haus eintrudelten. In den Fluren des ersten Stocks roch es nach frisch gebrühtem Kaffee, heißen Zimtbrötchen und einem leichten aromatischen Tabak – in diesem Jahr war fast die ganze Nachtwache der Mode des Pfeiferauchens erlegen. Sogar die Frauen.

Anton arbeitete bereits seit einem Jahr nicht mehr im Informationszentrum, seinen Platz als Herr über die Computer und Vorgesetzter der Systemadministratorinnen nahm jetzt Tolik ein. Ein Magier zweiten Grades – und dieser Rang war Anton zu Beginn des Jahres zugesprochen worden – war zu bedeutsam, um seine Zeit am Schreibtisch abzusitzen, auf die Tastatur einzuhacken und Programme passend zu machen.

»Willst du einen Kaffee?«, fragte Semjon. Anton nickte. Im gleichen Moment klingelte das Telefon. In dem Zimmer, in dem vier Fahnder saßen – Anton, Semjon, Garik und Bär –, senkte sich sofort Stille herab. Einen Anruf des Chefs vermochte jeder zu erspüren.

Und wem er galt, ebenfalls.

Unter dem gespannten Blick seiner Kollegen ging Anton an den Apparat.

»Komm zu mir, sobald du kannst«, befahl Geser, ohne ihn zu begrüßen. »Trink deinen Kaffee aus und komm her.«

»Gut«, antwortete Anton mit gelassener Stimmer. »Wird gemacht, Boris Ignatjewitsch.«

Er dachte nach und rauchte eine Pfeife an. Wenn Geser ihm nicht ausdrücklich zu verstehen gab, dass die Zeit drängte, brauchte er sich nicht sonderlich zu beeilen.

»Was ist los? Soll dir der Kopf gewaschen werden?«, fragte Garik. Anton zuckte nur mit den Schultern. Los sein konnte vieles. Angefangen von einer Anklage, die Nachtwache verraten zu haben, bis hin zu einer Beförderung. Von der Forderung, im Büro zu sitzen und nicht die Nase vor die Tür zu stecken, bis hin zum Befehl, das Hauptquartier der Dunklen zu stürmen. Wenn ein Magier höchsten Grades sich etwas überlegt, braucht man gar nicht erst zu versuchen, hinter seine Pläne zu kommen. Und schon gar nicht, wenn dieser Magier sich in einer derart miserablen Gemütsverfassung befindet wie Geser in den letzten Monaten.

Im Grunde erging es ihnen allen so. In diesem Jahr folgte eine Niederlage der nächsten. Alles hatte im Sommer begonnen, als die banale Verhaftung einer ungesetzlich praktizierenden Hexe in eine Auseinandersetzung mit den Dunklen gemündet war. Igor hatte sich in diesem Kampf verausgabt, der verdienstvolle, gute Igor Teplow, weshalb ihm ein Aufenthalt im Artek genehmigt worden war, damit er wieder zu Kräften kam. Dort war er jedoch auf eine Intrige der Dunklen hereingefallen. Es war der Hexe Alissa Donnikowa gelungen, ihn zu verzaubern und in sie verliebt zu machen, jenes Dunkle Luder, die Freundin Sebulons, die bereits mehrmals in die schlimmsten Ränkespiele gegen die Nachtwache verwickelt gewesen war. Diesmal hatte Alissa allerdings ihre Strafe bekommen – Igor hatte sie töten können. Dabei war er jedoch über die Grenzen der zulässigen Selbstverteidigung hinausgegangen; sein Schicksal hing jetzt an einem seidenen Faden.

Vor einem Monat war schließlich Witali Rohosa aufgetaucht, und das hatte zu einer verheerenden Niederlage geführt. Zunächst hatten sie ihn für einen gewöhnlichen Dunklen gehalten, dann war der Verdacht aufgekommen, der zugereiste Ukrainer sei ein Emissär, der der Tagwache zu Hilfe komme. Rohosa hatte sich jedoch als Spiegel herausgestellt, ein höchst seltener Fall, den die Wächter des Tages und der Nacht in ihrer gesamten Geschichte weniger als ein Dutzend Mal zu verzeichnen hatten. Faktisch handelte es sich bei ihm um eine unmittelbar aus dem *Zwielicht* hervorgegangene Erscheinung, das einen völlig unscheinbaren Menschen, bei dem es sich noch nicht einmal um einen Anderen handeln musste, in eine fürchterliche Kampfmaschine verwandelte. Wenn sie das von Anfang an gewusst hätten ... Aber das hatten sie nicht. Im Kampf mit dem Spiegel war Tigerjunges gestorben, hatte Swetlana ihre Kraft verloren, und etliche Magier hatten mehr oder weniger großen Schaden davongetragen.

Alles stand sehr, sehr schlecht ...

Wieder und wieder hatte Anton sich dafür verflucht, nicht auf die Idee gekommen zu sein, eine detaillierte Analyse der mit dem Auftauchen des Spiegels verbundenen Umstände vorzunehmen. Schließlich fanden sich in ihren Geheimarchiven vergleichbare Fälle: Ein Magier, der sich keiner Klassifikation zuordnen ließ, tauchte auf, seine Kraft nahm rasant zu, es kam zu einem entscheidenden Zusammenstoß, und dann verschwand er wieder. Alles hatte gepasst. Bis hin zum letzten Moment, in dem Witali Rohosa sich buchstäblich in Luft auflöste, sich dematerialisierte und in den Tiefen des *Zwielichts* verschwand, das ihn hervorgebracht hatte.

Doch Anton brauchte sich keine Vorwürfe zu machen, Garik und Semjon ebenfalls nicht. Für sie war der Spiegel eine der zahlreichen exotischen Erscheinungen, die sie bislang nur aus Vorlesungen und Archivmaterialien kannten. Warum aber hatten Geser oder Olga mit ihrer Arbeitserfahrung nicht sofort durchschaut, worum es sich dabei handelte? Schließlich hatten sie es bereits mit Spiegeln zu tun gehabt ...

Alles stand schlecht. Alles ging schief. Als ob das Dunkel, erbost über die jüngsten Erfolge der Nachtwache, ihnen einen Schlag um den anderen zufügen wollte. Was ihm vortrefflich gelang, das musste man zugeben.

Anton schüttelte den Kopf und lehnte die zweite Tasse Kaffee ab, die Semjon ihm anbot. Sorgfältig reinigte er seine Pfeife, wobei er unwillkürlich zu Bär hinüberschielte.

Der reinigte ebenfalls seine Pfeife. Eine lange und schmale Pfeife mit einem kleinen Kopf, die früher Tigerjunges gehört hatte. Die Frau hatte sie hin und wieder geraucht, meist in der Gesellschaft ihrer Freunde. Jetzt, da es Tigerjunges nicht mehr gab, rauchte Bär abwechselnd seine eigene und ihre Pfeife. Vermutlich war das die einzige Gefühlsregung, die er nach dem Tod von Tigerjunges zeigte. Das sanfte Berühren der Pfeife ... und der starre Blick, als Witali Rohosa sich dematerialisierte. Ein Blick voll sehnsüchtigen Bedauerns. Bär hatte Rohosa nicht erwischt, seinen Rachedurst nicht stillen können ...

Was auch für Alischer galt, den Lichten aus Usbekistan, dessen Vater vor einem Jahr von Alissa umgebracht worden war.

Auch Anton hatte noch eine Rechnung mit der Tagwache und ihrem Chef offen. Eine Rechnung, die natürlich nicht bezahlt werden würde. Der Große Vertrag band sowohl die Wächter des Tages als auch die der Nacht. Die Inquisition wachte über seine Einhaltung, und es gab nur einen Ausweg: vorzupreschen, den Feind zum Duell herauszufordern, so wie es beispielsweise Igor gemacht hatte. Aber mit welchem Ergebnis? Die Hexe war tot, dafür drohte dem Magier die Dematerialisierung, er musste die Entscheidung des Europabüros der Inquisition abwarten. Und es war nicht schwer zu erraten, wie die aussehen würde ...

Anton erhob sich, nickte seinen Freunden zu und begab sich in den zweiten Stock, zum Chef.

Finster sah es in seiner Seele aus, auf die bevorstehenden Feiertage freute er sich überhaupt nicht, obwohl alle Menschen auf der Welt sie so ersehnten, als könne allein die Zahl 2000 etwas verändern. Aber was sollte daran eigentlich Besonderes sein?

Erst an der Tür zum Arbeitszimmer des Chefs packte Anton leichte Neugier.

Der magische Schutzschild war sehr stark. Das Gebäude der Nachtwache war ohnehin gegen jede Beobachtung geschützt, die Arbeitszimmer der Mitarbeiter und die Konferenzräume darüber hinaus zusätzlich abgeschirmt. Heute hatte Geser jedoch noch etliche weitere Anstrengungen unternommen, um Vertraulichkeit zu gewährleisten: Die Luft im Korridor war stickig, unbeweglich und von Energie durchtränkt. Auch die unsichtbare Mauer, die irgendwo im *Zwielicht* verlief, zog sich nicht durch die ersten beiden Schichten, in die Anton gelangen konnte, sondern durch viel tiefere.

Er trat ins Büro und schloss die Tür fest hinter sich zu. In seinem Rücken spürte er eine leichte Bewegung, als sich der für einen Moment aufgebrochene Schutz wieder schloss.

»Setz dich, Anton«, sagte Geser. »Kaffe, Tee?«, fragte er liebenswürdig.

»Danke, Boris Ignatjewitsch«, erwiderte Anton, indem er Geser abermals bei seinem profanen Vor- und Vatersnamen nannte. »Ich habe gerade welchen getrunken.«

»Dann vielleicht ein Gläschen Bier?«, bot Geser völlig unerwartet an.

Anton unterdrückte mit Mühe den Wunsch, sich die Augen zu reiben oder besser: sich in den Arm zu kneifen. Geser waren die Freuden des Lebens nicht fremd. Er vergnügte sich mit den jungen Leuten in der Disco, flirtete mit dummen jungen Frauen und verbrachte auch mal mit einer die Nacht. Er genoss es, in einem Restaurant zu sitzen und etwas Exotisches zu essen, die Kellner hin und her zu scheuchen und die Köche mit seinem Wissen um kulinarische Raffinessen zur Weißglut zu bringen. Selbst einen Ausflug mit seinen Mitarbeitern machte er mit, wobei er wie alle geräucherte Brasse zum Bier, leicht gesalzene Gurken zum Wodka und Früchte zum Wein aß.

Eins jedoch tat Geser nie – sich während der Arbeit etwas zu genehmigen. Eine Flasche Kognak, von einem Dutzend Mitarbeitern der analytischen Abteilung anlässlich des Geburtstags von Juletschka, der jüngsten und von allen geliebten Zauberin der Nachtwache, geleert, hatte den Beteiligten eine Strafe von geradezu genialer Originalität eingebracht. Nicht einmal die Fürsprache Olgas, die ebenfalls an der Feier teilgenommen hatte, konnte sie retten. Für jeden gab es eine individuelle Strafe, die jeweils die empfindlichsten Stellen traf. Juletschka durfte sich zum Beispiel eine Woche lang nicht in der Nachtwache sehen lassen, sondern musste mit ihren Altersgenossen in der Schule hocken, mit den Mädchen aus ihrer Klasse in ein Eiscafé gehen und mit den Jungen ins Kino oder in die Disco. Als Julja wieder in die Wache kam, kochte sie vor Empörung. »Mannomann«, wiederholte sie noch lange, »wenn ihr wüsstet, wie blöd die sind! Ich hasse sie!«

Für dieses *Ich hasse sie!* bekam sie übrigens einen zusätzlichen Straftag aufgebrummt. Und ein langes Gespräch mit Geser zum Thema: »Kann eine Lichte Zauberin negative Gefühle gegenüber den Menschen empfinden?«

Nun stand Anton also vor Geser, wollte eigentlich schon in einem Sessel Platz nehmen, erstarrte jedoch und vergaß völlig, sich hinzusetzen.

»Setz dich nur«, ließ es sich Geser nicht nehmen, ihn noch einmal aufzufordern. »Stehen ist nämlich auch nicht billiger. Was ist, willst du nun ein Bier?«

»Ist irgendwie nicht das Wetter dafür«, antwortete Anton und deutete mit dem Blick zum Fenster. Draußen fielen große, schwere Schneeflocken. Weiße Weihnachten, wie sie im Buche standen. »Nicht das Wetter und ... wohl auch nicht der Ort, oder?«

Zu seiner eigenen Überraschung kam das Letztere als Frage heraus.

Geser dachte kurz nach. »Vielleicht sollten wir irgendwo hingehen, wo es nett ist«, meinte er mit einem Hauch von Interesse. »Vielleicht in ein kleines Café im Südosten, da treffen sich die Zahnärzte. Kannst du dir das vorstellen? Das Lieblingscafé der Moskauer Dentisten! Außerdem gibt es noch eine Pizzeria am Weißrussischen Bahnhof, da ist immer mächtig was los ...«

»Boris Ignatjewitsch«, platzte es aus Anton heraus. »Wo graben Sie nur immer all diese Lokale aus? Ein Restaurant der alpinen Skifahrer, eine Lesbenbar, eine Kantine für Klempner, eine Pelmenistube für Philatelisten ...«

»Anton, mein Lieber.« Geser breitete die Arme aus. »Ich möchte dich noch einmal daran erinnern, wem unsere Arbeit gilt. Unsere Arbeit gilt ...«

»Den Dunklen«, brummte Anton und setzte sich in einen Sessel.

»Nein, mein Junge. Da irrst du dich. Wir arbeiten mit den Menschen. Und die Menschen, das ist keine Herde geklonter Schafe, die synchron Gras kauen und alle gleichzeitig pupsen. Jeder Mensch ist ein Individuum. Darüber sind wir froh, denn es macht den Dunklen die Arbeit schwerer. Darüber sind wir aber auch betrübt, denn es macht auch uns die Arbeit schwerer. Und um die Menschen wenigstens ansatzweise zu verstehen – schließlich führen die Wächter des Tages und der Nacht diese endlose Schlacht um ihre Seelen –, müssen wir sie alle kennen. Nicht nur ich, verstehst du? Wir! Und wir müssen jeden verstehen, vom pickligen Teenager, der in der Disco Ecstasy einwirft, bis hin zum alten Professor mit blauem Blut in den Adern, der seine ganze Freizeit seiner Kakteenzucht widmet ... Übrigens, die Bar, in der sich die Kakteenzüchter treffen, bietet eine höchst interessante Küche und eine ausgesprochen originelle Inneneinrichtung. Aber wir beide können jetzt nirgendwo hingehen. Spürst du den Schutz?«

Anton nickte.

»Glaub mir, ich habe guten Grund, ihn einzurichten. Die Sicherheit an einem Ort voller Menschen zu gewährleisten wäre viel schwieriger. Eine solche Verschwendung von Kraft kann ich mir im Moment vermutlich nicht leisten ...« Geser fuhr sich mit der Hand übers Gesicht und seufzte. Er sah in der Tat müde aus. »Ach ja ... nimm das. Es ist ein kleines Geschenk.«

Verwundert nahm Anton aus seiner Hand einen kleinen Gegenstand entgegen. Eine Art Globus: Eine Kugel, die aus feinen Knochen gearbeitet war ... genauer aus beinernen Nadeln, die wie Bögen geformt waren und an den Polen jeweils in eine kleine Holzscheibe mündeten. Innen war die Kugel hohl ... o nein. Sie war nicht hohl. Sondern voller Kraft. Schlummernder, gefangener Kraft ...

»Was ist das?«, fragte Anton mit einem Anflug von Panik.

»Keine Angst. Ein nicht verflüssigter Segen.«

»Und ... was ist dann ein verflüssigter Segen?«

Geser seufzte. »Woher soll ich das denn wissen? Das war nur Spaß. Eine rhetorische Figur. Eine Redewendung. Eine Metapher. Ich bin mir nicht einmal sicher, ob es überhaupt einen Segen gibt, und ob man ihn verflüssigen kann, ist noch eine ganze andere Frage. Was du in Händen hältst, ist eine Art magischer Generator unverständlichen Gebrabbels. Wenn du einmal ein absolut – und das sei betont –, ein *absolut* vertrauliches Gespräch führen musst, das niemand auf irgendeine Art belauschen darf, dann zerbrich einfach die Kugel in der Hand. Vermutlich wirst du dich dabei verletzen, aber diesen Preis musst du zahlen. Dafür kann dann im Laufe von zwölf Stunden niemand den Raum im Umkreis von zehn Metern um dich herum kontrollieren. Weder mit technischen noch mit magischen Mitteln. Es werden ... äh ... lediglich einige völlig harmlose und unschuldige Bilder, Gespräche und Ereignisse festgestellt werden können. Das Amulett selbst ist übrigens mit magischen Mitteln ebenfalls nicht festzustellen.«

»Vielen Dank«, sagte Anton finster. »Irgendwie kann ich mich aber über dieses Geschenk nicht so richtig freuen.«

»Du wirst es schon noch zu schätzen wissen. Was ist, trinkst du jetzt ein Bier oder nicht?«

»Gern. Nur warum muss es unbedingt Bier sein?«

»Um die eigenen Regeln nicht zu sehr zu verletzen.« Geser lächelte zufrieden. »Schließlich sind wir immer noch auf der Arbeit.«

Er drückte einen Knopf an der Sprechanlage. »Olga, bring uns bitte Bier«, sagte er leise.

Anton wunderte sich über gar nichts mehr. Doch Geser sah sich zu einer Erklärung veranlasst, nachdem er die Verbindung unterbrochen hatte. »Galotschka ist eine hervorragende Sekretärin. Aber sie ist nur eine Zauberin vierten Grades. Und könnte, ohne es selbst zu bemerken, dem Feind Informationen zukommen lassen. Deshalb habe ich sie heute ersetzt.«

Eine Minute später kam Olga herein. Mit einem Tablett, auf dem zwei große Gläser mit hellem Bier, eine beeindruckende, zwei Liter fassende Kristallkaraffe mit dem gleichen Getränk und eine Platte mit Käse standen.

»Hallo, Antoschka«, meinte Olga herzlich. »Du magst doch Budweiser?«

»Was wären wir für Lichte, wenn wir nicht so helle wären, helles tschechisches Bier zu lieben?«, versuchte Anton zu scherzen. Es gelang ihm nicht ganz, doch die Absicht, ein Wortspiel zu machen, war bemerkenswert. Es war lange her, seit er das letzte Mal dazu in Stimmung gewesen war ...

»Wie geht es Sweta?«, fragte Olga im selben Ton wie zuvor.

Anton presste die Lippen zusammen. Die Last, die ihm kurz von der Seele genommen war, drückte ihn erneut. »Alles beim Alten ...«

»Keine Veränderung?«

Anton nickte.

»Ich gehe heute Abend mal bei ihr vorbei«, meinte Olga. »Ich glaube, sie kann einen Besuch schon verkraften. Und ich werde sie ganz sicher ein wenig aufmuntern ... glaub mir.«

Das stimmte. Wer könnte eine Große Zauberin, die auf lange Zeit ihrer magischen Fähigkeiten beraubt sein würde, besser trösten als eine andere Große Zauberin, der über lange Jahrzehnte ihre Kraft entzogen worden war, um sie für ihr Verhalten zu bestrafen?

»Tu das, Olga«, bat Anton. »Sweta wird sich sehr freuen.«

Geser hüstelte leicht.

»Euch bleibt schon noch genug Zeit«, brachte ihn Olga kalt zum Schweigen. »Weißt du was, Anton ... ich wünsche dir viel Erfolg. Von ganzem Herzen wünsche ich dir viel Erfolg.«

»Wobei denn?«, fragte Anton verständnislos.

Statt ihm zu antworten, beugte sich Olga leicht zu ihm herunter und küsste ihn sanft, zärtlich auf die Lippen.

»Na aber!«, sagte Geser nur.

»Nachdem Anton und ich unsere Körper getauscht haben«, meinte Olga nonchalant, »hast du wohl kaum Grund, auf ihn eifersüchtig zu sein. Schon gar nicht wegen einer solchen Kleinigkeit. Gut, Jungs! Benehmt euch, trinkt nicht zu viel Bier; wenn was ist, ruft mich.«

»Wenn *was* ist?« Geser verzog das Gesicht. Doch Olga war bereits hinausgegangen. Der große Magier folgte ihr mit dem Blick. Als die Tür zu war, seufzte er. »Mit einer Großen Zauberin zusammenzuleben ist auch eine Erfahrung. Selbst für mich«, meinte er. »Wie kommst du damit zurecht, Anton?«

»Swetlana hat es nicht geschafft, zu einer wirklich Großen Zauberin zu werden«, bemerkte Anton. Er nahm das Glas und trank ein paar Schluck. Das Bier war vorzüglich. So wie richtiges Bier sein sollte.

»Du scheinst dich aber nicht darüber zu freuen?«, wollte Geser wissen.

»Nein.« Anton nahm sich ein Stück scharfen Ziegenkäse. »Das tue ich nicht.«

»Warum nicht?«, fragte Geser behutsam nach. »Schließlich könnt ihr jetzt einige Jahrzehnte lang ein glückliches, gleichberechtigtes Leben führen. Im Idealfall sogar ein halbes Jahrhundert lang.«

»Was soll das für ein Glück sein, Geser, wenn die Frau, die du liebst, sich wie ein minderwertiger Krüppel vorkommt?«, konterte Anton schroff. »Und wenn das meine Schuld ist – wenn auch nur teilweise?«

»Teilweise?«

»Ja«, meinte Anton nickend. »Teilweise.«

Geser hüllte sich in Schweigen. Nach einer Weile stellte er die Frage, mit der Anton vor drei Wochen gerechnet hatte, die er inzwischen aber nicht mehr erwartete. »Erzählst du mir, was Sebulon von dir wollte?«

»Er ist zu mir nach Hause gekommen. Schon wieder, genau wie damals.«

»Hat er sich erneut die Hilfe deines Freundes, des Vampirs, zunutze gemacht?«, wollte Geser wissen.

»Nein. Seit dem Zwischenfall lasse ich ihn nicht mehr in meine Wohnung. Wie Sebulon reingekommen ist, verstehe ich einfach nicht.«

Geser nickte und trank von seinem Bier.

»Dann hat Sebulon mir ... einen Verrat vorgeschlagen. Er hat behauptet, Witali Rohosa sei ein Spiegel, den das *Zwielicht* als Reaktion auf den Kraftzuwachs der Nachtwache hervorgebracht hat. Sein Hauptziel sei es, Swetlana zu vernichten oder ihrer Kräfte zu berauben. Wenn ich zu spät zur Sitzung der Inquisition käme, würde Rohosa Swetlana ihre Kraft entziehen und sich dematerialisieren.«

»Und du hast dich darauf eingelassen?«

Anton dachte kurz nach, bevor er seine Antwort formulierte. Dieses Gespräch hatte er schon oft mit Geser geführt – in Gedanken natürlich nur. Trotzdem hatte er bislang immer noch nicht die richtigen Worte gefunden.

»Die einzige Alternative wäre gewesen, den Widerstand fortzusetzen, Geser. Es lief ganz offenbar auf den Tod Swetlanas oder ...«

»Oder?«, wollte Geser neugierig wissen.

»Oder den Tod von etlichen ... nicht so hoch gestellten Mitarbeitern der Wache hinaus. Damit wir insgesamt genauso stark geschwächt würden.«

Geser nickte zufrieden. »Bist du von allein dahintergekommen?«

»Nein, nicht ganz. Ich habe in den Archiven gekramt und bin auf einige analoge Fälle gestoßen, von denen einer mit der Vernichtung der gesamten Kiewer Nachtwache geendet hat, mit Ausnahme des Chefs Alexander von Kissel. Dabei war damals das Ziel des Spiegels offenbar eben der Baron von Kissel, doch er konnte sich verteidigen. Mit dem Ergebnis, dass einfache Fahnder und Magier gestorben sind.«

»Aber warum hast du dich nicht mit mir in Verbindung gesetzt?«, wollte Geser wissen. »Warum hast du mir von dem Besuch Sebulons nichts gesagt?«

»Woher hätte ich wissen sollen, was Sebulon erwartet hat? Vielleicht wollte er ja gerade, dass ich mich gleich an Sie wende, um mir Rat zu holen. Sebulon hatte ganz offensichtlich vor, mich auszutricksen, aber ich konnte nicht herausfinden, was der Haken an der Sache war. Sowohl mich mit Ihnen in Verbindung zu setzen als auch zu schweigen konnte sich als Fehler herausstellen. Deshalb habe ich einen dritten Weg gewählt. Ich habe versucht, den Spiegel nicht zu Swetlana zu lassen. Mit dem simpelsten Mittel – indem ich sein Auto gerammt habe.«

»Bravo«, sagte Geser mit kratziger, fremder Stimme. »Einfach genial, Anton. Das hat zwar nicht geklappt, aber der Versuch war goldrichtig. Aber warum hast du nicht irgendjemandem gesagt, wer dieser Rohosa ist?«

»Warum haben Sie denn nichts gesagt, Boris Ignatjewitsch?«, fragte Anton, wobei er den Kopf hob. »Oder wollen Sie mir erzählen, Sie hätten die Untersuchungen der Ereignisse von Kiew aus dem Oktober 1906 nicht geleitet? Oder dass Ihr Gedächtnis so was nicht über ein schlappes Jahrhundert aufbewahren kann? Damals hatten wir es mit einer absolut analogen Situation zu tun! Ein gewisser Wladimir Sobolew kam aus Poltawa nach Kiew, ließ sich in der Nachtwache registrieren, wurde später bei der Leiche einer Nutte gestellt, einem Mord, der klare Merkmale von Vampirismus erkennen ließ. Später wurde er dann neben einem abgemurksten kleinen Gauner erwischt …«

»Wozu habe ich dich gerufen?«, empörte sich Geser lauthals. »Um dich zu den zweifelhaften Aspekten deiner Beziehungen zu den Dunklen zu verhören oder um mir von dir Beschuldigungen anzuhören?«

»Sie haben mich gerufen, um mit mir Bier zu trinken, Boris Ignatjewitsch. Und um mich um etwas zu bitten.«

Geser atmete tief durch. »Nein«, meinte er kopfschüttelnd. »Ich habe nicht vor, dich um etwas zu bitten. Noch habe ich das Recht, dir etwas zu befehlen.«

»Versuchen Sie es«, sagte Anton mit Genugtuung. »Ich werde mich nicht mit Ihnen streiten und den Befehl ausführen. Hundertprozentig. Aber wollen Sie das wirklich? Einen gehorsamen Befehlsempfänger ohne jede Eigeninitiative?«

Geser breitete die Arme aus. »Schon gut. Du hast mich überzeugt. Ich möchte dich um etwas bitten, Anton …«

»Beantworten Sie erst noch meine Frage … nach dem Spiegel.«

»Gut, hör zu. Der Spiegel ist zum neunten Mal aufgetaucht – wenn man die offiziell registrierten und nachgewiesenen Fälle nimmt. Dabei hat er nur in zwei Fällen auf unserer Seite gestanden. Als der Spiegel die letzten drei Male in Erscheinung getreten ist, hat er den Dunklen gedient, und zwar immer dort, wo die Lichten zuvor enorm an Kraft gewonnen hatten und … und eine groß angelegte Operation planten. Mit dem Spiegel zu kämpfen ist unmöglich, jede magische Attacke wehrt er ab, wobei er sich damit gleichzeitig auf das Niveau seines Gegners hochzieht. Und gegen normale Angriffe setzt er sich mit magischen Mitteln zur Wehr. Man kann nur wählen, wen man opfern will, ein, zwei Dutzend einfache Magier oder einen von den Großen.«

»Und Sie haben beschlossen, ihm Tigerjunges und Swetlana zu überlassen.«

»Das habe ich überhaupt nicht! Ich war mir doch gar nicht sicher, dass wir es wirklich mit einem Spiegel zu tun haben, bis Tigerjunges gestorben ist!« Geser schlug mit der Faust auf den Tisch, sodass das Bier überschwappte. »Es hat überhaupt niemand sterben sollen, alles hätte mit der Gefangennahme Rohosas enden sollen, was bedeutet hätte, dass er kein Spiegel war, sondern ein ganz normaler zugereister Emissär. Oder wir hätten uns zurückgezogen. Ich hätte doch niemals gedacht, dass Tigerjunges auf ihn losgehen würde!«

»Sie war eine sehr impulsive Frau!«

»Nein, Anton. Da irrst du dich. Sie war eine energische und impulsive Andere, die sich hervorragend unter Kontrolle hatte. Und dieser Ausbruch ...« Geser verstummte. »Wahrscheinlich habe ich mir nicht ganz klar gemacht, wie viel ihr an Andrej Tjunnikow gelegen hat ...«

»In der letzten Zeit haben sie sich oft gesehen«, bestätigte Anton. »Er hat sie sogar in ihrem Haus im Umland von Moskau besucht – und Tigerjunges hat die Einsamkeit sehr geschätzt. Und als Andrej ... Warum hat er sich diesen Rohosa überhaupt vorgeknöpft?«

»Um sich vor Tigerjunges dicke zu tun ...« Geser seufzte. »Ach, ihr Jungs und Mädels, grün seid ihr noch alle hinter den Ohren, plustert euch voreinander auf, gebt mit eurer Magie an, mit euren Kampfnarben, Talismanen und Glücksbringern ... Warum steckt nur so viel menschliche Dummheit in euch?«

»Weil wir Menschen sind. Andere Menschen, aber eben Menschen. Die nicht auf Anhieb zu echten Anderen werden.«

»Auch da hast du Recht, Anton.« Geser nickte. »Man muss das Leben eines Menschen durchleben, so richtig, achtzig oder hundert Jahre lang, seine Verwandten und Nächsten verlieren, die Menschen sind, sehen, wie lächerlich die Politiker sind, die tausendjährige Reiche aufbauen, und die Philosophen, die für ein, zwei Generationen ewige Wahrheiten schaffen ... Erst danach wirst du ein Anderer. Aber solange du noch dein erstes, dein gewöhnliches Menschenleben lebst, bleibst du auch ein Mensch. Selbst wenn du ins *Zwielicht* eintreten, Zauber wirken und die Realitätslinien verfolgen kannst ... Du bist noch ein Mensch, Anton. Und Swetlana ebenfalls. Und Tigerjunges ... und Andrejka ... waren auch Menschen. Und bei eurer menschlichen Seite hat das Dunkel euch auch erwischt. Bei euren Schwächen, euren Gefühlen ...«

»Ist die Liebe wirklich eine Schwäche?«

»Wenn du die Liebe in dir hast, ist sie eine Kraft. Aber wenn die Liebe dich festhält, ist sie eine Schwäche.«

»Wir können es halt noch nicht anders.«

»Doch, Anton. Mit Mühe zwar, aber ihr könnt es auch anders ...« Geser sah ihm in die Augen. »Was ist? Bist du noch immer sauer auf mich?«

»Nein. Ich glaube, dass Sie sich ... alle Mühe gegeben haben.«

»Ja, das habe ich. Und ich habe es auch geschafft, was sehr bemerkenswert ist.«

»Der Tod von Tigerjunges und Andrej, der Kraftverlust von Swetlana – das nennen Sie *geschafft*?«, empörte sich Anton lautstark.

»Ja. Denn alle anderen Möglichkeiten wären noch schlimmer gewesen. Und das, was passiert ist, arbeitet nicht nur Sebulon und seinen Kläffern in die Hände, was ebenfalls bemerkenswert ist.«

Daraufhin lächelte Geser. Kalt, ironisch. Ein sehr unschönes Lächeln, das nichts Gutes versprach.

»Swetlana wird das aber nicht helfen ...«, setzte Anton an. Und verstummte, denn Geser schüttelte den Kopf.

»Es liegt alles noch vor uns, Anton«, sagte er. »Alles hat gerade erst angefangen.«

Der Chef der Nachtwache goss ihnen ein zweites Glas Bier ein, trank und lehnte sich im Sessel zurück.

»Boris Ignatjewitsch ...«

»Ich verstehe das alles ja, Anton. Du bist müde. Ich bin auch müde, wir alle sind müde, voller Bitternis, Schmerz und Schwermut. Aber wir leben im Krieg, und dieser Krieg ist noch längst nicht zu Ende. Wenn du nicht mehr teilnehmen willst, dann geh! Lebe als einfacher Lichter. Doch solange du ein Wächter der Nacht bist ... das bist du doch noch, oder, Anton?«

»Ja!«

»Gut. Schmeckt dir das Bier?«

»Ja«, brummte Anton.

»Auch das ist gut. Denn du fliegst in die Heimat dieses göttlichen Getränks. Nach Prag.«

»Wann?«, fragte Anton wie vor den Kopf geschlagen.

»Morgen früh. Genauer, mittags, die Morgenmaschine startet mit sechs Stunden Verspätung. Du nimmst eine Maschine mit Zwischenlandung in Prag.«

»Wozu?«

»Du weißt, dass das Europabüro der Inquisition von Bern nach Prag gezogen ist?«

»Ja, natürlich. Wegen der Kralle des Fafnir, die diese Blödmänner geklaut haben ...«

»Genau. Die Inquisition pflegt sowieso die Tradition, einmal in fünfzig oder hundert Jahren ihren Sitz zu wechseln, und nach diesem Schlag ins Kontor der Berner Wachen ... Kurzum, sie haben sich jetzt wieder eingerichtet und sich unseren Fall vorgenommen.«

»Dafür war also dieses Geschenk ... Igor?«

»Ja. Er ist bereits dort. Wir haben eine offizielle Klage eingereicht und erklärt, die Dunklen hätten Igor bewusst provoziert und Alissa Donnikowa hätte ihn behext, was auch seinen Nervenzusammenbruch ausgelöst habe, der zu der übermäßigen Aneignung menschlicher Kraft geführt habe ... und ... zu diesem bedauerlichen Zwischenfall mit dem ertrunkenen Jungen. Die Dunklen haben natürlich erklärt, Igor seinerseits habe Alissa verzaubert und versucht, sie für unsere Seite abzuwerben ...«

Anton schnaubte, um seine Einschätzung dieser idiotischen Anschuldigung zum Ausdruck zu bringen. Abzuwerben! Als ob ein Dunkler aufhören könnte, ein Dunkler zu sein. Ihn einschüchtern, zur Kooperation zwingen, kaufen oder erpressen – na schön. Aber abwerben ...

»Das Tribunal wird darüber entscheiden, wer schuldig ist und welches Maß an Verantwortung Igor zu tragen hat. Er hat Alissa zu einem offiziell registrierten Duell herausgefordert, insofern trifft die Nachtwache keine Schuld. Doch wenn die Inquisition ihn für schuldig befindet, zu übersteigerten Formen der Selbstverteidigung gegriffen oder es bewusst auf eine Provokation angelegt zu haben, ist sein Schicksal besiegelt. Dann muss er ins *Zwielicht*. Schon jetzt lebt er kaum noch ... und wie es scheint, hat er keinen Willen zu kämpfen. Aber wir brauchen Igor, Anton. Du kannst dir gar nicht vorstellen, wie sehr.«

»Aber was ist dort eigentlich passiert, Boris Ignatjewitsch?«, fragte Anton.

»Was passiert ist? Keine Ahnung. Wir haben nicht versucht, jemanden zu provozieren, das kannst du mir glauben. Ich habe Igor in Urlaub geschickt, denn der Junge hatte sich völlig verausgabt. Weißt du eigentlich, wie hervorragend die Arbeit im Pionierlager zur Regeneration geeignet ist? Die glücklichen Gesichter der Kinder, das fröhliche Gelächter, das übermütige Geschrei ...« Gesers Stimme klang jetzt ganz warm. Es hätte nicht viel gefehlt, und Anton hätte geglaubt, der stets ernste Chef der Nachtwache lecke sich im nächsten Moment über die Lippen und fange an zu schnurren. Doch Geser unterbrach sich selbst. »Entweder ist unsere Anklage gerechtfertigt, dann haben wir eine Chance, Igor zu retten«, fuhr er schließlich fort. »Oder alles, was geschehen ist, ist ein tragischer Zufall ... dann kann uns die Inquisition zwar nichts vorwerfen, aber Igor würde das Ganze auch nicht überleben. Er würde sich selbst für den Tod des Jungen und ... von Alissa bestrafen.«

»Was hat Alissa damit zu tun?«

»Er hat sich wirklich in sie verliebt ... ein weiterer unfertiger Anderer ...« Geser beobachtete das Mienenspiel Antons und nickte: »Er hat sich verliebt, daran gibt es keinen Zweifel. Gut, du fährst also nach Prag. Als unser Vertreter beim Tribunal. Als Anwalt und Ankläger in einem. Ich gebe dir gleich alle notwendigen Unterlagen.«

»Ja ... aber ...«, stammelte Anton. »Ich habe doch überhaupt keine Erfahrung!«

»Wer hat die schon! Und du wirst sie dir aneignen. Mein Instinkt sagt mir, dass es in Zukunft viele solcher ... juristischer Prozesse geben wird. Anstelle eines ehrlichen Kampfs und einer offenen Auseinandersetzung. Und mach dir nicht allzu viele Sorgen: Wenn die Sitzung eröffnet wird, werde ich vermutlich in Prag sein. Möglicherweise zusammen mit Olga und Swetlana.«

»Weshalb mit Swetlana?«

»Vielleicht gelingt es uns zu beweisen, dass Swetlana infolge einer Intrige der Dunklen ihre Kräfte verloren hat. Dann könnten wir vielleicht die Erlaubnis zu ihrer Heilung bekommen.«

»Wie ... wie das?«

»Genauso wie bei Igor. Das Unglück besteht schließlich nicht darin, dass Swetlana nicht schneller wieder gesund werden könnte. Innerhalb von nur wenigen Monaten. Das könnte sie! Das Unglück besteht darin, dass ich die Erlaubnis zur Heilung eines Magiers zweiten oder dritten Grades mit Sicherheit kriegen könnte, aber die Wiederherstellung der Kräfte einer Großen Zauberin – das ist eine außergewöhnliche Sache. Hier kann uns nur eine Erlaubnis von der Inquisition helfen. Und zwar nicht von der Moskauer Abteilung, sondern mindestens vom Europabüro.« Geser erhob sein Glas und lächelte. »Prosit, Anton. Trinken wir auf unser Gelingen.«

»Boris Ignatjewitsch! Sie haben mir selbst jetzt nicht alles gesagt!«, schrie Anton fast.

»Ja, das stimmt. Aber ich habe bereits mehr gesagt, als gut wäre. Wenn du aber gern an Schlaflosigkeit leiden möchtest ...« Geser dachte kurz nach. »... dann halt dir noch einmal alles vor Augen, was im letzten Jahr passiert ist. Die Schicksalskreide*, der Tod von Alissa Donnikowa, das Auftauchen des Spiegels, die an eine Karikatur erinnernden Regin-Brüder mit der Kralle des Fafnir ... und die Hysterie, die überall anlässlich des Endes des zweiten Jahrtausends grassiert.«

»Aber diese Sachen haben nichts miteinander gemein!«, platzte Anton heraus.

»Dann kannst du ja ruhig schlafen.« Geser lächelte.

Ende Dezember – das ist eine verrückte Zeit, eine entschieden unernste Zeit. Eine Zeit, in der vor den Feiertagen alles drunter und drüber geht, eine Zeit der Geschenke, eine Zeit, in der man mit Kollegen Sekt trinkt, sogar am Arbeitsplatz. Eine Zeit der bunten Lichter und Weihnachtsmärkte. Vor Weihnachten und Neujahr lässt sogar die ewige Konfrontation zwischen den Anderen nach, wenn sowohl Lichte als auch Dunkle sich einer verträumten Stimmung hingeben und bisweilen sogar geneigt sind, ihrem Gegner gewisse Demütigungen zu verzeihen. Die leichtesten und oberflächlichsten.

Edgar, der Dunkle Magier und Mitarbeiter der Tagwache, kam zum ersten Mal seit seinem Umzug von Estland in die Hauptstadt Russlands zur täglichen Besprechung zu spät. Der Grund dafür war trivial, doch ihn laut auszusprechen hätte sich jeder Magier, der etwas auf sich hält, geschämt.

* Geser spielt hier auf die Operation der Moskauer Nachtwache an, die in der dritten Geschichte »Im eigenen Saft« des Buches *Wächter der Nacht* eingehend geschildert wird.

Edgar hatte am Tschistoprudny-Boulevard Enten gefüttert. Völlig in unerwartet über ihm zusammenschlagenden Erinnerungen abgetaucht, hatte er die Zeit schlichtweg vergessen. Wie ein Teenager nach einem Glas Wein hatte er sich seinen Träumen überlassen. Als er wieder zu sich kam, war ihm klar geworden, dass die Besprechung bereits begonnen hatte.

Wenn ihn das Alter auch manches gelehrt hatte, so ragte die Fähigkeit, sich nicht zu hetzen, wenn er ohnehin zu spät kommen würde, unter diesen erworbenen Weisheiten doch heraus. Deshalb versuchte Edgar gar nicht erst, ein Auto anzuhalten oder im Geschwindschritt zur Metro zu jagen, sondern verfütterte in aller Ruhe das gekaufte Brötchen an die Enten, die am Rand eines Eislochs entlangwatschelten und manchmal auch direkt übers Eis schlitterten. Erst danach machte er sich zur Metrostation Tschistyje Prudy auf. Der weihnachtliche Schnee knirschte munter unter seinen festen Schuhen.

Zwanzig Minuten später betrat Edgar das Büro der Tagwache, auch jetzt die Ruhe bewahrend und ohne Hast. Das ältere Vampirpaar am Eingang schmückte eine Tanne. Sie begrüßten Edgar, wie es sich gehörte, respektvoll und unaufdringlich.

»Der Chef hat schon nach Ihnen gefragt«, teilte der Vampir mit. »Er hat angeordnet, dass Sie bei ihm vorbeikommen, sobald Sie auftauchen.«

»Danke, Filippitsch«, meinte Edgar. »Ist der Chef in seinem Zimmer?«

»Inzwischen ja.«

»Gut. Ein schönes Neues Jahr euch beiden.«

»Ihnen auch, Edgar.«

Edgar begab sich in die oberen Stockwerke und sandte Sebulon durchs *Zwielicht* das Choshda-Zeichen zu.

Komm rein, erwiderte Sebulon daraufhin.

Der Chef der Tagwache verlangte von seinen Untergebenen eine strenge Einhaltung der Hierarchie und Disziplin. Dabei brachte er es aber fertig, die persönliche Freiheit selbst des Geringsten der Tiermenschen von den Eingangsposten zu respektieren, und vertraute den Magiern an der Spitze der Tagwache. Er machte keine Anstalten, Edgar geradezu zu fragen, warum dieser nicht zur Besprechung erschienen war. Wenn er sie verpasst hatte, musste er einen gewichtigen Grund dafür haben.

Doch einen gewichtigen Grund konnte Edgar nicht vorweisen. Deshalb hielt er es für geboten, alles so zu erzählen, wie es sich abgespielt hatte, ohne Ausflüchte. Vor allem da für heute keine wichtigen Aktionen geplant waren. In einer brenzligen Situation hätte man sich ohnehin durchs *Zwielicht* mit ihm in Verbindung gesetzt oder ihn äußerstenfalls auf dem Handy angerufen, weshalb Edgar letzten Endes kein sonderlich schlechtes Gewissen plagte.

»Guten Abend, Chef.«

»Guten Abend, Edgar. Schönes Wetter, nicht?«

»Es schneit. Und es ist schön, dass kein Wind geht. Entschuldigen Sie, Chef, dass ich die Sitzung geschwänzt habe. Es stand doch nichts Dringendes an, oder?«

»Nein. Aber jetzt.«

Sebulon trug wie immer seinen geliebten grauen Anzug und ein graues Hemd. Noch nie, so schoss es Edgar durch den Kopf, hatte er den Chef in anderer Kleidung gesehen. Nur im Anzug und im grauen Hemd – wenn er sich in der gewöhnlichen Welt bewegte. Und ohne jede Kleidung in seiner *Zwielicht*-Gestalt.

»Stellen Sie sich vor, Chef, ich bin ins Träumen geraten. Ich bin an den Teichen Tschistyje Prudy entlangspaziert und habe an Samara gedacht, wie es 1912 war.«

Sebulon lächelte kaum merklich. »Ein Fotoatelier ...«, sang er leise. »In diesem Paar ersteht Samara neu, das Zwölfer Jahr ...«

Der Chef der Tagwache hatte einen klangvollen Bariton, den er gut zu intonieren wusste. Auch wenn die beiden Dunklen Magier einander seit vielen Jahren kannten, hörte Edgar Sebulon zum ersten Mal singen.

»Hast du Enten gefüttert?«, wollte Sebulon wissen.

»Ja.«

Sebulon seufzte und überließ sich einen kurzen Moment seinen Erinnerungen. Einen sehr kurzen Moment. Buchstäblich nur eine halbe Minute.

»Gut, Edgar. Kommen wir zur Sache. Du fliegst morgen nach Prag.«

»Zum Tribunal?«

»Ja. Es werden verschiedene Fälle verhandelt, darunter auch der Mord an Alissa und die Aktion der Regin-Brüder.«

»Wollten sie die nicht morgen laufen lassen?«, wunderte sich Edgar. »Oder haben es sich die Lichten anders überlegt?«

»Sie haben es sich nicht anders überlegt. Der Fall ist dem Europabüro des Tribunals übergeben worden. Ich glaube, Geser versucht, uns die Verantwortung für ihre Aktion anzuhängen. Dass wir sie geplant hätten. Oder die Brüder dazu angestiftet hätten.«

»Dafür haben sie doch keine Beweise! Überhaupt keine!«

»Deshalb schicke ich dich ja auch nach Prag. Pass auf, was sie da machen. Und lass dich von niemandem unterkriegen, wir haben in den letzten Jahren genug unter denen gelitten, jetzt ist es an der Zeit, den Kopf wieder hoch zu tragen.«

»Die Umstände waren so, deshalb haben wir uns klein gemacht«, erwiderte Edgar. Die Aussicht, Weihnachten und danach den Beginn des Jahres 2000 in der alten gotischen Stadt Prag zu feiern, entzückte ihn aufs Höchste. Edgar liebte die düstere Stadt, die den europäischen Geist verkörperte, diese Stadt, in der sich die Dunklen frei und ungezwungen fühlten.

»Übrigens fliegst du höchstwahrscheinlich in derselben Maschine wie diese Brüder. Nimm dir eine Minute Zeit und mach ihnen klar, dass die Tagwache Moskaus nicht die Absicht hat, Dunkle beleidigen zu lassen, die auf ihrem Territorium leiden mussten. Sie sollen also nicht verzagen oder den Schwanz einziehen.«

»Wollen wir sie denn wirklich verteidigen?«

»Natürlich. Siehst du, Edgar, ich habe noch meine Pläne mit diesem albernen Dreigespann. Dieses internationale Terzett wird noch gebraucht ... Nebenbei können wir uns auch um sie kümmern. Die Lichten werden ihnen vermutlich einen Aufpasser hinterherschicken. Um den musst du dich auch kümmern. Damit er sich nicht einmischt. Ohne Anlass zettel keinen Streit an, halt ihn einfach auf Abstand, das genügt.«

»Alles klar, Chef.«

»Nimm das.« Sebulon öffnete den Tresor neben dem Tisch und händigte Edgar zwei Amulette sowie einen geladenen Stab aus. »Den Höhenrauch solltest du vermutlich nicht einsetzen. Aber für den Notfall ... Und wo du den Stab wieder aufladen kannst, weißt du.«

»In der Kostnice? Der Knochenkirche?«, vermutete Edgar prompt.

Sebulon nickte.

»Beim Dunkel!«, sagte Edgar mit einem Hauch von Wehmut in der Stimme zu sich selbst. »Ich bin seit siebzig Jahren nicht dort gewesen.«

»Gleichzeitig reinigst du dich dort auch selbst«, riet Sebulon. »Kannst du das?«

Edgar runzelte die Stirn. Freundschaft war eine schöne Sache, doch Sebulon war ein Magier außerhalb jeder Kategorie, während Edgar noch nicht einmal den ersten Grad erreicht hatte, obgleich er ganz offensichtlich alle Voraussetzungen dafür mitbrachte. Bis jetzt musste sich Edgar mit einem normalen menschlichen Namen begnügen, doch immerhin war sein Familienname bereits unwiderruflich in Vergessenheit geraten.

»Mit der Technik habe ich mich schon vertraut gemacht. Zumindest oberflächlich.« Es ließ sich nicht übersehen, wie peinlich es Edgar war, das zuzugeben.

»Dann üb noch«, beendete Sebulon das Thema. »Das war's, geh jetzt und pack. Hast du dringende Aufgaben? Wenn ja, übergib sie jemandem. Schagron oder Belaschewitsch.«

»Verstehe, Chef. Mach ich.«

»Viel Glück.«

Edgar ging hinaus, begab sich kurz in sein Arbeitszimmer, setzte eine Nachricht für Schagron auf, hinterließ sie im *Zwielicht* und ging nach Hause.

Unten traf er Alita.

»Hallo, meine Schöne!«

»Guten Tag, Edgar. Du kommst wohl nicht mit zum Schlittschuhlaufen?«

»Keine Zeit.«

»Mit dir ist einfach nichts anzufangen«, sagte die Hexe. »Neujahr steht vor der Tür – wie kannst du da an Arbeit denken? Die Lichten machen sich jetzt mehr Gedanken um die Qualität des erzeugten Sekts als um ihre üblichen Gemeinheiten. An einem Feiertag muss man durch die Straßen ziehen, nicht arbeiten.«

»Das kann man so und so sehen«, seufzte Edgar. »Ich habe jedenfalls keine Zeit. Ich fahre weg.«

»Wohin?«

»Nach Prag.«

»Oh!«, beneidete Alita ihn. »Lange?«

»Ich weiß es nicht. Vielleicht eine Woche ...«

»Silvester in Prag!«, seufzte Alita. »Noch dazu beim Jahr 2000 ... Kann ich nicht mitkommen?«

»Flieg ruhig nach Prag«, forderte Edgar sie sofort auf. »Aber nicht mit mir. Schließlich fahre ich ja nicht zu meinem Vergnügen ...«

Er beneidete sie ebenfalls ein wenig: Wenn die Hexe nach Prag fahren würde, könnte sie sich dort reinen Gewissens amüsieren. Edgar ging zu oft auf solche Dienstreisen, als dass er jetzt die grundlose Illusion hegen konnte, es würde nicht allzu viel Arbeit anfallen.

Es gab immer viel zu tun. Und an Feiertagen erst recht. Und an großen Feiertagen – und wer wollte behaupten, der Wechsel der ersten von vier Ziffern einer Jahreszahl sei kein großer Feiertag? – fiel noch mehr Arbeit an, als in den finstersten Prognosen vorausgesagt.

Auf dem Heimweg überprüfte Edgar die Wahrscheinlichkeit und stellte fest, dass der Frühflug nach Prag auf den Abend verschoben werden würde und er mittags eine Maschine mit Zwischenlandung nehmen musste. An der Kasse gab es natürlich keine Tickets mehr; auf das Kontingent von reservierten Tickets brauchte er ebenfalls nicht zu hoffen. Doch das beunruhigte Edgar nicht weiter: der gute alte Trick mit der doppelt verkauften Flugkarte – was konnte einfacher sein? Und natürlich würde sich die Karte des Anderen als die »richtige« herausstellen. Selbst wenn es eine Minute vor dem Einchecken erfolgte.

Seine Sachen zu packen, dafür braucht ein Anderer nicht lange. Warum sollte er sich auch mit Gepäck abschleppen, wenn es leichter war, alles unterwegs zu kaufen? Alles, was er brauchte, waren die Amulette, den Stab und ein Aktenkoffer samt einer Zeitschrift und einigen Bündeln grüner überseeischer Währung.

Natürlich konnte sich ein Anderer alles, was es zu kaufen gab, auch so beschaffen. Doch zum einen lohnte es nicht, dafür Kraft zu vergeuden. Zum anderen ist Tat nicht gleich Tat. Du manipulierst einen Piroggenverkäufer, und die Nachtwache hängt dir eine nicht sanktionierte Intervention an. Bei denen musste man mit allem rechnen.

Außerdem hätte Edgar der Verkäufer leid getan. Natürlich nicht, wenn es um Piroggen ging. Aber womöglich musste er einem Autohändler mal einen Jeep aus dem Geschäft entführen? Die Menschen waren die Grundlage. Ihre Futterbasis, ihr Substrat. Um sie musste man sich kümmern ... Und in diesem Fall spielte es keine Rolle, dass eine solche Einstellung sehr an die Auffassung der Lichten erinnerte.

Die Dunklen spüren den Unterschied zwischen *sich um jemanden kümmern* und *sich für ihn ein Bein ausreißen*.

Ganz genau.

Die Nacht nutzte Edgar, um sich richtig auszuschlafen, obwohl es ihm mehr Mühe bereitete als angenommen, zu dieser ungewöhnlichen Zeit zu schlafen. Edgar wälzte sich bereits im Halbschlaf, als ihm der Gedanke durch den Kopf schoss, dass er doch lieber hätte mit Alita Schlittschuhlaufen gehen sollen.

Morgens bemerkte Edgar, dass man sich an seiner natürlichen magischen Hülle gewaltig zu schaffen gemacht hatte. Sie war jetzt stärker, enthielt unnachgiebige und stabil gepanzerte Fäden. Sebulon – natürlich, wer sonst? Jemand anders kam nicht in Frage. Hm, dachte Edgar. Sollte die Sache also doch nicht so einfach und ungefährlich werden? Oder ist Sebulon einfach übervorsichtig?

Seit die Auseinandersetzungen mit den Lichten zugenommen hatten, sorgte Sebulon immer häufiger persönlich für den Schutz der Mitarbeiter der Tagwache. Woher er nur all die Energie nahm, um diese unzähligen Schilde aufrechtzuerhalten?

Eine Antwort auf diese Fragen wussten in ganz Moskau wohl nur zwei Männer: Sebulon selbst und sein ewiger Gegenspieler Geser. Vielleicht auch noch die Inquisition. Die Leute an der Spitze.

Schagron brachte Edgar aus eigenem Antrieb zum Flughafen. Anscheinend gefiel es dem erst seit kurzem wiederhergestellten Magier einfach, mit dem ebenfalls erst seit kurzem reparierten BMW durch das festliche Moskau zu fahren. Als Vorwand diente ihm ein höchst einfaches und überzeugendes Argument: Er hatte sich um die aktuellen Fälle zu kümmern. Die er freilich mit der Lupe suchen musste. Ein dreizehnjähriges hysterisches Mädchen, das entdeckt hatte, dass es ins *Zwielicht* eintreten konnte, und sich dort zufällig im Spiegel erblickt hatte. Sie musste beruhigt, wieder zur Vernunft gebracht, unterstützt werden ... Eine Aufgabe für einen Dilettanten. Dann gab es noch einen durchgedrehten Sukkubus mit einer gerontophilen Neigung, über den halb Birjulewo lachte.

Das waren keine Fälle. Sondern kleine Unebenheiten. Unannehmlichkeiten.

Noch am Eingang zum Flughafengebäude erreichte Edgar ein Anruf von einem Magier aus der Leitung der Tagwache – ein Magier, den seine Freunde und Kollegen als Juri kannten, obgleich er seinen *Zwielicht*-Namen bereits offen hätte tragen dürfen. Schagron hatte ihn schließlich auch für besondere Verdienste für die Wache bekommen. Und Juri war bedeutend stärker als Schagron und wesentlich älter.

»Hallo Edgar. Du fliegst nach Prag?«

»Warum nicht?«, erwiderte Edgar in der Art eines Mannes aus Odessa.

»Hör zu und unterbrich mich nicht. Ich weiß etwas von den Plänen des Chefs. Und darüber, warum er dich dorthin schickt. Alles ist längst nicht so einfach und unkompliziert, wie es auf den ersten Blick aussieht. Heute oder morgen fliegen mehrere Lichte nach Prag, und ich würde mich nicht wundern, wenn in den nächsten Tagen auch Geser zu euch stoßen würde. Es gibt ein paar vage Hinweise darauf, dass die Lichten eine ganz große Operation planen. Natürlich lässt es sich Sebulon nicht nehmen, eine entsprechende Antwort parat zu halten. Also ... pass ein bisschen auf. Vor allem unterwegs.«

Juri verstummte, als warte er auf Edgars Antwort, doch dieser – die Bitte, den Kollegen nicht zu unterbrechen im Ohr – schwieg. Er streckte sich lediglich im *Zwielicht* aus, um Sebulon auszumachen, konnte jedoch nicht die geringste Spur vom Chef entdecken. Wo dieser umherirrte, in welchen geheimen Winkeln, in welchen tiefen Schichten des *Zwielichts,* war nicht herauszukriegen. Mächtige Magier haben ihre eigenen Wege und Beweggründe, die ihre Umwelt nicht zu verstehen vermag.

»Erinnerst du dich noch daran, wie der Chef Alissa Donnikowa in Urlaub geschickt hat?«, fuhr Juri fort. »Vergiss nicht, was ihr passiert ist. Und bevor du mich fragst, weshalb ich dir das alles erzähle: Weil ich ein Dunkler bin. Und weil ich eine gewisse

Zeit mit dir zusammengearbeitet habe. Fass das auf, wie du willst, aber ich würde dich lieber unter den gesunden Anderen sehen als unter den Schatten im *Zwielicht*. Tschüss, Edgar.«

Damit beendete Juri das Gespräch.

Eine Zeit lang stand Edgar noch da und hielt das Handy nachdenklich in der Hand. Dann verstaute er es an seinem Gürtel, nahm den Aktenkoffer und ging zur Kasse.

Beim Dunkel!, dachte der Magier. Was sollte denn das? Will er mich warnen? Von etwas abhalten? Und all das ganz klar über Sebulons Kopf hinweg. Er hat Alissa erwähnt ...

Die Hexe Alissa hatte Sebulon einfach geopfert. Kaltblütig und ohne überflüssiges Mitleid. Wie einen Bauern in einem Schachspiel. Allerdings hätte es auch komisch angemutet, bei diesem Spiel der Wachen den gesichtslosen Figuren auf dem Brett Gefühle entgegenzubringen. Gleichwohl können auch die Anderen fühlen und lieben. Doch obwohl Edgar wie ein Mensch Mitleid mit Alissa empfunden hatte, hätte er keinen Finger gerührt, um sie zu retten, selbst wenn er gewusst hätte, was ihr bevorstand. Denn jedes Spiel hat seine strengen, ein für alle Mal festgelegten Regeln. Und wer das Spiel einmal angefangen hat, kann es weder abbrechen noch gegen die Regeln handeln. Die Hexe Alissa war gegangen, die Hexe Alita gekommen. Das Gesetz vom Erhalt der Handlungsfähigkeit. Alita wirkte sogar sympathischer ...

Tief in seine Überlegungen versunken, bearbeitete Edgar die Kassiererin völlig automatisch. Sie händigte ihm ein blaues Büchlein aus, während das Ticket eines unglückseligen Passagiers annulliert wurde. Der Arme würde später fliegen müssen. Denn in der Welt der Menschen und der Anderen stellen Letztere die Regeln auf. Weshalb wollte Juri mich warnen?, grübelte Edgar an der Bar bei einem Glas Bier, das teuer war, aber nicht schmeckte. Sicherlich nicht aus Altruismus? So stark verletzt niemand die Regeln des Spiels.

Kurz erinnerte er sich daran, dass Sebulon, bevor er aus Moskau verschwand, weder Juri noch Nikolai – die beiden stärksten Dunklen Magier der Tagwache nach dem Chef – zum Stellvertreter ernannt hatte, sondern ihn, Edgar, der hinter diesen beiden deutlich zurückblieb. Juri war bereits im letzten Jahrhundert zum Magier außerhalb jeder Kategorie ernannt worden, bei Nikolai lag die Ernennung noch nicht so lange zurück, sondern war erst nach dem Krieg erfolgt. Edgar hatte bislang noch nicht einmal die erste Kraftstufe erreicht, selbst die zweite hatte er, offen gestanden, nur mit Einschränkungen erklommen. Natürlich handelte es sich bei Edgar um einen starken Magier. Natürlich war er stärker als die meisten Anderen in Moskau – und zwar sowohl Dunkle als auch Lichte. Trotzdem fiel er gegen Juri und Nikolai ab.

Warum hatte Sebulon das getan? Wollte Juri sich jetzt einfach rächen? Aus purem Neid? Ihn erschrecken oder (was gab es nicht alles!) den emporgekommenen Kollegen zum Besten halten?

Auch aus Estland hatte man Edgar irgendwie überstürzt und nicht ganz nachvollziehbar angefordert. Er hatte in seinem kleinen baltischen Heimatland gelebt, die überschaubare und verschlafene Wache geleitet – und plötzlich das! Holterdiepolter! Sofortige Abberufung nach Moskau! Die schnelle Einarbeitung eines Nachfolgers, eines typischen »heißen Esten«, eines Magiers, der mal gerade den vierten Grad innehatte ... Den muss ich auch noch in Tallinn anrufen. Und was hatte in Moskau auf ihn gewartet? Gewiss, nach Edgars Ankunft lief eine hektische zweiwöchige Operation an, etwas später musste er mit einer kühnen Finte den Lichten eine Hexe abjagen, die ohne Lizenz arbeitete. Das war's. Dann, nach über drei Monaten voller Routine, kam Mitte November die überraschende Ernennung zum Stellvertreter des Chefs der Tagwache während Sebulons Abwesenheit, das Auftauchen des Spiegels und das Tribunal in der Lomonossow-Universität.

Wenn er sich alles durch den Kopf gehen ließ, schien es ihm

keinesfalls ausgeschlossen, dass die alten Magier der Tagwache versuchen könnten, dem Balten, der bei seinem Gastspiel in Moskau etwas zu schnell Karriere machte, mal zu zeigen, wo sein Platz war – das Wort *intrigieren* war hier wohl doch nicht angebracht. Sebulon verließ Moskau nur selten. Sobald er jedoch in der Stadt weilte, war Edgar ein Fahnder, mehr nicht. Ein starker Fahnder, gewiss, wenn man so wollte, die Elite. Aber mit den gleichen Rechten wie alle.

Als das Glas leer war, beschloss Edgar: Er würde sich nicht länger den Kopf über die Gründe zerbrechen. Besser sollte er eine Verhaltensstrategie ausarbeiten, die berücksichtigte ... die alles berücksichtigte. Selbst die absurdesten Varianten.

Gut. Was hatte Alissa das Genick gebrochen? Sie hatte es nicht geschafft, Kraft zu sammeln. Sie hatte den Lichten in ihrem nächsten Umfeld nicht erkannt. Sie hatte dem bewusst herbeigeführten, gefährlichen Zusammenstoß nicht auszuweichen gewusst. Und das Wichtigste: Sie hatte sich ihren Emotionen ausgeliefert. Sie hatte versucht, die Gefühle des Lichten anzusprechen.

Nun, mit der Kraft hatte Edgar keine Probleme, außerdem hatte ihm Sebulon noch etwas gegeben. Beide Amulette waren die reinsten Kraftbrunnen. Vor allem das, das mit dem Transsilvanischen Höhenrauch geladen war. Sollte Edgar dieses Amulett einsetzen, würden alle Anderen Europas eine ungeheure Freisetzung magischer Energie wahrnehmen. Hinzu kam noch der Kampfstab, eine hoch spezialisierte Waffe, die jedoch schnell und durchschlagend war. Mit der »Geißel Schaabs« war nicht zu spaßen!

Also musste Edgar die Lichten so gut wie möglich im Auge behalten. Apropos – die Lichten. In Scheremetjewo trieben sich im Moment gleich drei Lichte ’rum. Zum einen Anton Gorodezki, den er bereits von früheren Operationen kannte und der von den Dunklen unteren Ranges als »Sebulons Liebling« bezeichnet wurde. In der Geschichte mit dem Spiegel hatte er

Sebulon aus irgendeinem Grund nachgegeben und den Dunklen geholfen ... Oder hatte er alle nur glauben machen wollen, er habe den Dunklen geholfen? Vermutlich doch Letzteres, denn wie hätte er sich sonst in seiner Nachtwache behaupten können?

Zum anderen schnupperte im Duty-free-Shop eine Heilerin in mittleren Jahren aufmerksam an den Parfüms. Sie gehörte der Nachtwache nicht an. Vermutlich flog sie nur zufällig mit dieser Maschine.

Schließlich war da noch ein Anderer, der seinen Dienst als Milizionär bei der Registrierungsstelle versah. Die musste es freilich auf jedem Flughafen geben.

Dunkle gab es in Scheremetjewo-2 außer Edgar noch vier. Das ihm ans Herz gelegte Dreiergespann der Regin-Brüder, die misstrauisch abwechselnd zu Anton, der es sich in der Bar am gegenüberliegenden Ende der Halle gemütlich gemacht hatte, und zu Edgar hinüberschielten. Außerdem stand an den Spielautomaten noch ein schwacher Magier, der weiter nichts von seiner Umgebung wahrnahm. Anscheinend versuchte er, sich etwas zuzuverdienen, indem er den Apparat zwang, ihm den größtmöglichen Gewinn auszuspucken. Nichtsnutze wie er lassen sich vortrefflich mit dem russischen Wörtchen *fuflo* beschreiben.

Nichts, was auffällig gewesen wäre.

Das Einchecken und die Ausweiskontrolle gingen schnell über die Bühne, ein Visum war für Tschechien immer noch nicht notwendig. Für alle Fälle hielt Edgar zudem einen estnischen und einen argentinischen Pass bereit. Und dies absolut legal, denn Argentinien war ein prächtiges Land, das völlig offen Handel mit seiner Staatsbürgerschaft trieb.

Die verbleibende Zeit bis zum Abflug verbrachte Edgar in einer der Bars. Natürlich nicht in der, in der es sich der Liebling Sebulons bequem gemacht hatte, der Lichte Magier Gorodezki. Mit ihm hatte Edgar nur einmal kurz Blickkontakt gehabt. Also gut, ich weiß, dass du hier bist, du weißt, dass ich hier bin, und wir beide wissen, dass jeder von uns seinen Gegenspieler erkannt hat ... Wir haben einen vergleichbaren Auftrag. Wir sollen unsere Leute vor Gericht verteidigen und den Gegnern einheizen ...

Zu Gorodezkis Ehre sei gesagt, dass dieser klar zu verstehen gab: Sobald die Verhandlung eröffnet ist, können wir uns die Köpfe einhauen. Aber jetzt steigen wir einfach ins Flugzeug und lassen einander in Ruhe.

Wie komisch, wie merkwürdig hier das Wort »einander« klang. Aber welches wollte man sonst nehmen ...

Ob das ein Nachhall jener fernen Zeiten war, als die Anderen sich noch nicht in Lichte und Dunkle geteilt, sondern sich gemeinsam dem Schicksal und den Widrigkeiten des Lebens entgegengestellt hatten? Damals stand freilich jeder Heiler einem Vampir näher als ein glückloser Mensch aus der gesichtslosen Masse seinesgleichen. Das *Zwielicht* sorgt für Nähe.

Doch das *Zwielicht* kann auch trennen. Und zwar nicht schlecht. Weltweit wird man heute keine unversöhnlicheren Feinde finden als Dunkle und Lichte. Dagegen wirkt der Konflikt zwischen den USA und der islamischen Welt mit Iran und Irak an der Spitze nahezu läppisch ... Selbst der Kalte Krieg von einst zwischen den USA und der UdSSR konnte mit dem Krieg zwischen den Wachen nicht mithalten. Das waren Spiele. Kinderspiele von dummen Menschen.

Edgar trank einen rabenschwarzen Kaffee, der jedoch nicht sehr gut schmeckte, und dachte über alles und nichts zugleich nach. Zum Beispiel darüber, warum all die Bars in Flughäfen und Bahnhöfen, die so teuer waren und bei Lebensmitteln nicht zu pfuschen schienen, so schlechten Kaffee kochten, scheußliches Bier ausschenkten und belegte Brote servierten, die absolut niemand essen konnte. Viele Übel im Leben der Menschen gingen auf den Kampf zwischen den Wachen zurück, aber in diesem Punkt waren sie völlig unschuldig!

Seine Schützlinge – das bunt gemischte Dreiergespann – behielten ihn vom Wartesaal aus missbilligend im Auge. Er konnte verstehen, dass die Regin-Brüder in ihm lediglich einen ganz gewöhnlichen Schnüffler sahen. Sollten sie ruhig. Diese Hohlköpfe. Diese dummen und sorglosen Hohlköpfe. Aber wenn es sein musste, würde er sie vor den Karren der Dunklen spannen. Sebulon hatte völlig Recht, wenn er sie für ihre Sache einsetzen wollte. Die Geschichte mit der Kralle des Fafnir, das musste man unumwunden festhalten, hatte die Lichten während des Auftauchens des Spiegels Rohosa gewaltig verunsichert. Die Regin-Brüder hatten, ohne es selbst zu ahnen, einen der Schläge abgekriegt, der für die Tagwache bestimmt war. Darüber hinaus hatten sie es dem immer stärker werdenden Spiegel ermöglicht, sich bis obenhin mit Kraft vollzutanken. Das hatte schließlich den Erfolg der Lichten in dieser Runde vereitelt und Sebulon und seiner Garde zum Vorteil gereicht.

Recht geschah es ihnen.

Ohne jedes Mitgefühl beobachtete Edgar, wie ein wütender Schnösel im hyperkorrekten Anzug und teuren Mantel von zuvorkommenden Zöllnern weggeführt wurde – eben an seiner Stelle würde nun Edgar nach Prag fliegen.

Edgar passte den richtigen Moment ab und stand auf, als sich einer der Regin-Brüder aus seinem Sessel erhob. Er wandte sich an denjenigen, der den vernünftigsten Eindruck machte, an den weißen Bruder.

»Grüß dich, Bruder«, sprach Edgar ihn eindringlich an.

Der »Finne« schaute ihn mit großen Augen an. Gespannt.

»Wir sind die Dunklen«, fuhr Edgar leise fort. »Wir geben unsere Leute nicht auf. Ich bin geschickt worden, um euch im Notfall zu verteidigen. Und beim Tribunal werden wir euch zu schützen wissen, das könnt ihr glauben. Also, Kopf hoch, ihr Diener des Dunkels. Unsere Stunde wird bald kommen.«

Nach diesen Worten erhob sich Edgar und kehrte, ohne sich noch einmal umzudrehen, zu seinem Platz zurück.

Gut. Sollen sie sich den Kopf darüber zerbrechen ...

Aber wie pathetisch er gesprochen hatte! Eine gemeißelte, feierliche Miene zu bewahren und sich das Lachen zu verkneifen hatte Edgar einiges abverlangt. Doch die großen Augen des »Finnen« vermittelten ihm eine ganz andere Botschaft – er hatte wirklich Angst und machte sich Sorgen.

»Ich bin doch gemein«, murmelte Edgar in seinen Bart. »Sie sind die reinsten Kinder ... Und ich mache mich über sie lustig.«

Edgar seufzte zerknirscht und blätterte die Zeitschrift auf. Wie gut, dass der Flug nach Prag kürzer war als beispielsweise nach Jushno-Sachalinsk. Ein Stündchen, zwei – und schon war man da. Ohne Zwischenlandungen und ohne im Flugzeug schlafen zu müssen, ein wahrer Albtraum. Doch wenn man ehrlich war, stellten die Dunklen Portale die bequemste Art des Reisens dar. Nur bedeutete es einen unangemessenen Luxus, ein Portal von Moskau nach Prag zu legen. Also musste er fliegen wie ein normaler Mensch.

Nun, nicht ganz wie ein normaler Mensch. Wenigstens hatten Andere keine Probleme mit dem Ticket.

Zwei

Anton liebte Prag. Ja, mehr noch: Er verstand nicht, wie man diese Stadt nicht lieben konnte. Es gibt Städte, die vom ersten Augenblick an nur Missfallen auslösen, einen erdrücken, während es andere gibt, die einen sanft und unmerklich verzaubern. Moskau gehörte leider weder zur ersten noch zur zweiten Kategorie. Prag dagegen glich einer alten und weisen Zauberin, die es verstand, eine junge Frau vorzugaukeln, dies jedoch nicht für nötig erachtete, da sie ihre Schönheit in jedem Alter bewahrte.

So betrachtet, hätte Prag eigentlich zur Heimstatt der Dunklen werden müssen. Eine Stadt, die von gotischen Bauwerken birst, eine Stadt voller Pestsäulen, diesen an die Epidemien im Mittelalter gemahnenden Denkmälern, eine Stadt, die im Zweiten Weltkrieg als Getto diente, eine Stadt des Widerstreits der Supermächte im Kalten Krieg – wo waren all diese Manifestationen des Dunkels geblieben, dieser Nährboden der Dunklen?

Wohin hatten sie sich verflüchtigt, warum blieben von ihnen nur Erinnerungen, aber keine Verbitterung?

Ein Rätsel ...

Anton kannte niemanden von der Prager Nachtwache persönlich. Ein paarmal hatte er mit einem Kurier oder per E-Mail Informationen mit ihr ausgetauscht, als es darum ging, etwas in den Archivmaterialien zu präzisieren. Zu Weihnachten und

Silvester schickten sich alle Nachtwachen traditionell Grüße ... doch niemand unterschied dabei zwischen der Prager Nachtwache (die einhundertdreißig Andere zu ihren aktiven Mitarbeitern zählte und sechsundsiebzig zur operativen Reserve) und der Nachtwache irgendeiner amerikanischen »Stadt« (mit einem aktiven Anderen und null Reserve).

Anton hatte bereits zweimal in Prag Urlaub gemacht. Damals war er einfach ziellos durch die Straßen geschlendert, von einer Bierstube zur nächsten, hatte auf der Karlsbrücke Andenken gekauft und war nach Karlsbad gefahren, um dort in einem Becken mit einer heißen Mineralquelle zu baden und in einem Café warme Waffeln zu essen.

Jetzt flog er nach Prag, um zu arbeiten. Und wie ...

Er streckte sich auf seinem Platz aus, so gut es in der Economyklasse der Boeing 737 ging, die sich vom Komfort her nicht allzu sehr von der guten alten Tupolew aus Sowjetzeiten unterschied. Anton sah auf die Hinterköpfe der Regin-Brüder. Sie waren angespannt, die Auren der Dunklen voller Angst und Ungeduld. Seine Anwesenheit war ihnen nicht entgangen, und jetzt hofften sie, so schnell wie möglich weit weg von Anton zu kommen.

Wenn diese Geschichte auf dem Flughafen nicht passiert wäre, hätte Anton sogar Mitleid mit den glücklosen Magiern empfinden können. Doch ein Feind, mit dem er sich einmal geschlagen hatte, blieb für alle Ewigkeit ein Feind.

Als hätte er diesen Gedanken gespürt – obgleich das natürlich nicht in seinen Kräften stand –, drehte sich einer der Regin-Brüder, ein hochgewachsener kräftiger Afrikaner, um. Misstrauisch spähte er zu Anton hinüber, blickte dann aber rasch woanders hin. Anton fiel sein Name wieder ein: Raivo. Ursprünglich aus Senegal ... nein, aus Burkina Faso, genau. Von einer Familie der Regin-Brüder aufgenommen und in Treue zum großen Fafnir erzogen ...

Welchem Unsinn hingen diese Regin-Brüder bloß an?

Vor sehr, sehr langer Zeit hatte sich einmal eine Geschichte ereignet, wie sie unter Anderen immer wieder vorkommt. Ein Dunkler und ein Lichter Magier hatten sich einen tödlichen Kampf geliefert. Der Lichte hieß Sigurd ... Siegfried, wenn man die deutsche Variante bevorzugte. Der Dunkle starb, und zwar in seiner *Zwielicht*-Gestalt als Drache. Er hieß Fafnir. Später starb auch Sigurd ... Ob Geser ihn gekannt hatte?

Danach nahm die Geschichte jedoch einen etwas ungewöhnlichen Lauf. Die Schüler des Dunklen Magiers liefen nicht in alle Richtungen auseinander, wie es normalerweise der Fall ist, und bekämpften sich auch nicht gegenseitig – was noch weitaus häufiger vorkommt. Sie beschlossen, ihren Meister auferstehen zu lassen. Sie schlossen sich unter dem Namen Regin-Brüder zu einer Sekte zusammen und zogen sich aus dem üblichen Kampf zwischen Licht und Dunkel fast völlig zurück. Was den Lichten natürlich nur recht war. Sorgsam hüteten die Brüder die Kralle, die sie aus dem *Zwielicht*-Körper des Dunklen Magiers herausgezogen hatten. Später konfiszierte die Inquisition die Kralle – vor dem Zweiten Weltkrieg gelang es den Lichten, ihren Protest dagegen geltend zu machen, dass sich ein derart mächtiges Artefakt im Besitz der Dunklen befand. Die Regin-Brüder schienen keinen Streit zu wollen und gaben die Kralle mit den Worten »Die Zeit des Fafnir ist noch nicht gekommen ...« heraus. Und plötzlich dieser Überfall auf das Europabüro der Inquisition! Ein Zusammenstoß, bei dem fast alle Magier der kleinen Sekte und eine ordentliche Zahl träge gewordener Wachleute der Inquisition fielen. Dann die absurde Ankunft der überlebenden Sektenmitglieder in Moskau.

Bekanntlich gab es nicht nur unter den Menschen Idioten ...

Doch waren sie wirklich Idioten?

Anton erinnerte sich, was für ein ungeheurer Kraftausstoß von dieser Kralle ausgegangen war. Teilweise handelte es sich dabei um die Kraft, die über lange Jahrhunderte hinweg in der

Kralle durch die Anstrengungen der Regin-Brüder gespeichert worden war. Teilweise um die Kraft des Dunklen Magiers.

Die Anderen sterben nicht wie normale Menschen. Sie gehen ins *Zwielicht* ein, verlieren ihre materielle Hülle und werden der Möglichkeit beraubt, in die Welt der Menschen zurückzukehren. Doch etwas bleibt. Anton hatte bereits die vagen Schatten gesehen, den zitternden Höhenrauch, der mitunter im *Zwielicht* entsteht und den Weg der toten Anderen markiert. Einmal hatte er sogar mit einem toten Anderen kommuniziert ... Keine sehr angenehme Erinnerung. Dennoch: Irgendetwas bleibt auch dort erhalten ...

Ob ein toter Anderer wieder zum Leben erweckt werden konnte?

Vermutlich gab es darauf irgendwo eine Antwort. Im Dschungel der Archive, geschützt von Stempeln »Streng geheim«, den Siegeln der Nacht- und der Tagwache, dem Verbot der Inquisition. Die höchsten Magier mussten diese Frage gestellt haben: Wohin die Anderen nach dem Tod gehen, wohin sie selbst sich am Ende aufmachen müssen ...

Nur brauchte Anton die Antwort nicht zu wissen.

Er sah zum Fenster hinaus, in die unter ihm vorbeiziehenden Wolken, die schwachen Funken von Tausenden zu einem Ganzen verschmelzender Auren, die die Stadt absteckten. Sie überflogen bereits Polen.

Angenommen, Fafnir könnte wieder zum Leben erweckt werden ...

Was dann? Selbst wenn er ein starker Magier, selbst wenn er ein Hoher Magier gewesen war, ein Magier außerhalb jeder Kategorie ... seine Auferstehung würde nichts am globalen Gleichgewicht der Kräfte ändern. Vor allem, da er dem Leben der Menschen entfremdet worden war, die Tatsachen nicht mehr verstand. Wenn er so dumm wäre, in seiner *Zwielicht*-Gestalt durch Europa zu ziehen, würde man ihn mit Raketen zerfetzen, mit Laserraketen erschießen, taktische Atombomben gegen ihn einsetzen – unter dem kummervollen Geschrei der Japaner über die Auferstehung und Ermordung Godzillas.

Was wollten die Dunklen? Chaos, Panik, Geschrei, die Apokalypse drohe?

Anton rutschte unruhig auf seinem Sitz hin und her. Er nahm der lächelnden Stewardess einen Plastikbecher und eine kleine Flasche mit trockenem ungarischem Wein ab. Edgar hatte es gut ... Wie jeder Dunkle Magier flog er Businessclass, weshalb er ein Kristallglas und besseren Wein bekam ...

Etwas an seinem letzten Gedanken hatte ihn stutzen lassen. Fafnir ... die Apokalypse ... Immerhin hing Gesers Anspielung auf die Massenhysterie im Zusammenhang mit dem Jahr 2000 damit nicht völlig in der Luft. Nur warum legten es die Dunklen auf das Ende der Welt an? Und was bedeutete der Rest? Die Hexe Alissa ... Die Schicksalskreide ...

Anton bedauerte, seinen Laptop nicht bei sich zu haben. Wie hilfreich es jetzt wäre, eine Übersicht am Bildschirm zu erstellen, Varianten durchzuspielen, zu überprüfen, wie was zusammenpasste. Es gab ein Standardprogramm zur Berechnung von Intrigen, das *Mazarini*, und bisweilen half es, eine Situation zu verstehen.

Die Schicksalskreide ...

Er nippte an dem Wein – der zu seinem Erstaunen recht gut war. Dann runzelte er die Stirn. Geser und Sebulon. Die beiden Hauptfaktoren, von denen die ganze Geschichte abhing. Sie waren weitaus rätselhafter und komplexer als alte Artefakte wie die Schicksalskreide oder die Kralle des Fafnir, aber auch als Andere wie der Spiegel und Alissa. Und vermutlich wussten sie ganz genau, was geschah ... und versuchten, sich gegenseitig auszutricksen. Wie üblich.

Geser.

Sebulon.

Jede Auswertung sollte vermutlich bei der Schicksalskreide anfangen. Als die Nachtwache Moskaus Swetlana gewonnen hatte, die neue Große Zauberin, hatte Geser wieder einmal versucht, eine globale Veränderung der Welt herbeizuführen. Er hatte für Swetlana die Schicksalskreide besorgt, ein altes und mächtiges Artefakt, mit dem es möglich war, das Schicksalsbuch umzuschreiben, ein Menschenleben zu manipulieren. Auf den ersten Blick sah es so aus, als müsse Swetlana das Schicksal des Jungen Jegor umschreiben, des Anderen mit der unbestimmten Aura, der gleichermaßen dem Dunkel wie dem Licht zugeneigt war, als müsse sie ihn in einen zukünftigen Propheten oder Herrscher verwandeln. Doch Swetlana hatte – nicht ohne sein, Antons, Dazutun – davon abgesehen. Sie hatte Jegors Schicksal lediglich wieder ins Gleichgewicht gebracht, alle Einflüsse ausgelöscht, die die Wächter des Tages und der Nacht im Kampf gegeneinander bereits auf ihn ausgeübt hatten.

Doch Gesers Plan erwies sich natürlich als vielschichtig. Und in der zweiten Schicht dieses Plans wurde seine alte Freundin Olga, ebenfalls eine Große Zauberin, die von der Führung der Lichten einst bestraft worden war, rehabilitiert, bekam ihre magischen Fähigkeiten zurück und erhielt die andere Hälfte jener Schicksalskreide, um ein Schicksal umzuschreiben – während alle Dunklen Moskaus Swetlana überwachten.

Das war die Wahrheit, die Anton kannte. Die zweite Schicht der Wahrheit.

Aber gab es nicht noch eine dritte?

Gut, damit konnte er sich später befassen. Was weiter? Alissa Donnikowa, eine fähige Hexe der Tagwache, wenn auch nicht aus der Elite. Bei einer Konfrontation zwischen Dunklen und Lichten, die klar auf das Konto von Sebulon ging, hatte sie sämtliche magischen Kräfte verloren. Sie war ins Artek geschickt worden – an den Ort, an den Geser auch Igor geschickt hatte, dem es genauso ergangen war. Beide waren in Liebe füreinander entflammt, in einer schrecklichen, tödlichen Liebe, wie sie nur ein Lichter Magier und eine Dunkle Hexe füreinander hegen können. Mit klarem Ergebnis – Alissa war tot, ermordet von Igor, Igor selbst drohte die Dematerialisierung, denn ihn belastete die Verletzung des Großen Vertrages und die eigene Schuld. Dann noch dieser Junge, der seinetwegen zufällig ertrunken war …

Das war keine Intrige Gesers. Das trug die Handschrift der Tagwache, war ihr erbarmungsloser und zynischer Stil. Sebulon hatte seine Freundin geopfert, sie zur Schlachtbank geschickt – aber wozu? Um Igor auszuschalten? Seltsam. Auch wenn der Tausch fast gerecht war, denn Alissa Donnikowa war eine starke Hexe.

Eine Intrige als Antwort auf eine Intrige …

Dann das Auftauchen des Spiegels. Geser war sich sicher, dass es sich nicht hatte voraussagen lassen, folglich in der Tat einen Zufall darstellte. Doch vermutlich hatten sowohl Geser als auch Sebulon sofort beschlossen, davon zu profitieren – jeder auf seine Art.

Der Wunsch, laut – nicht nur innerlich – zu fluchen, packte Anton. Von wegen: Die Daten reichen nicht für die Analyse! Alles Mutmaßungen, weiße Flecken, Spekulationen …

Auch die Regin-Brüder ließen sich kaum einordnen. Sie hatte Sebulon nach Moskau gelockt. Um Panik in der Nachtwache zu verbreiten? Den Spiegel mit Kraft aufzutanken? Damit diese Dunklen Magier die Inquisition in so sinnloser Weise angriffen, konnte ihnen nur eins versprochen worden sein: die Auferstehung Fafnirs. Natürlich wollten die alten Magier Fafnir wieder leben sehen, denn das war vermutlich ihre letzte Chance, doch noch zu siegen. Auch die Reaktion der jungen Magier konnte nicht verwundern, dieser wahllos zusammengesuchten Finnen afrikanischen und asiatischen Ursprungs, denn sie lebten viel zu zurückgezogen, fassten das Ganze als Spiel auf, nicht als Aufsehen erregendes Verbrechen.

Aber was bezweckte Sebulon damit?

Nein. All das ergab keinen Sinn. Anton schüttelte den Kopf

und nahm seine Unfähigkeit, die Vorgänge zu durchschauen, gelassen hin. Was nur ... Gut, er würde seinen Auftrag erledigen. Er würde versuchen, Igor zu retten.

Er würde versuchen, die Tagwache anzuklagen.

Unterdessen war das Flugzeug bereits im Landeanflug ...

Die jüngste Nummer der *National Geographic* half Edgar nicht – er konnte sich einfach nicht auf den Artikel über den italienischen Brauch, zu Silvester alte Sachen zum Fenster hinauszuwerfen, und andere Neujahrsrituale konzentrieren. Das Einzige, was Edgar den ersten Absätzen entnahm, war der feste Vorsatz, zu Silvester nicht durch die schmalen alten Gässchen Italiens zu flanieren.

Das leise Brummen der Turbinen zwang ihn, seine Gedanken zu ordnen. Unwillkürlich wandte sich Edgar abermals seiner Aufgabe zu und dem aktuellen Stand in der endlosen Auseinandersetzung zwischen Licht und Dunkel, personifiziert durch die Anderen.

Gut. Noch einmal ganz von vorn.

In der letzten Zeit hatte die Tagwache ihre Position deutlich ausbauen und den Lichten einige empfindliche Schläge beibringen können, die sich nicht so ohne weiteres wegstecken ließen. Dafür brauchte es Zeit, möglicherweise nicht nur Jahre, sondern Jahrzehnte. Sebulons natürliche Reaktion dürfte darin bestehen, den Erfolg jetzt zu nutzen und nicht abzuwarten, bis die Lichten zu neuen Kräften gekommen waren. Auf den Schultern des perplexen Gegners würde er dem Sieg entgegeneilen ...

Was konnte die Lichten gegenwärtig schwächen und die Dunklen stärken? Jetzt, da die Nachtwache eine starke und viel versprechende Zauberin verloren hatte? Der Versuch, noch jemanden aus dem Sattel zu ziehen?

Edgar dachte weiter darüber nach und bedauerte, keinen Laptop dabeizuhaben. Dann könnte er rasch alle Varianten durchspielen, sich nacheinander alle fähigen Lichten Magier vornehmen und versuchen, ihre schwachen Seiten zu finden ... Dafür gab es sogar ein besonderes Programm, *Richelieu*. An qualifizierten Programmierern mangelte es der Tagwache nicht.

Nun musste er sich also auf seinen internen Computer verlassen, ein leistungsfähiges Gerät mit kleineren Macken.

Wer? Geser? Er dürfte ausscheiden, denn er war bereits in Gefilde vorgedrungen, in denen Andere von ihren Kollegen praktisch nicht mehr belangt werden konnten.

Objektiv sollte Edgar als Nummer zwei der Nachtwache Swetlana Nasarowa annehmen, doch sie würde für lange Zeit aus dem Spiel sein, weshalb er die Nummer zwei besser der Intrigantin Olga gab, einer alten Spezialistin für Gewaltaktionen, die gerade erst wieder ins Spiel zurückgekommen war. Oder an Ilja, den Magier ersten Grades. Zudem hegte Edgar den Verdacht, dies stelle längst nicht die Grenze von Iljas Fähigkeiten dar. Im Prinzip konnte er zu einem Großen heranwachsen, doch solche Metamorphosen brauchten Zeit und kosteten kolossale Anstrengungen. Vor allem seitens des Magiers. Ilja war jedoch noch zu jung, um auf die zahllosen einfachen, fast menschlichen Lebensfreuden zu verzichten.

Wer also? Olga oder Ilja? Wer von beiden war jetzt verletzbar?

Wie der sowjetische Spion Stirlitz aus dem Kultfilm der siebziger Jahre *Siebzehn Augenblicke des Frühlings* klappte Edgar den Tisch herunter und warf langsam die schematisierten Porträts auf die Servietten: eine schmale Frauensilhouette und ein längliches Gesicht mit Brille. Olga oder Ilja?

Olga. Sie war klug, erfahren, vorausschauend und rundum zynisch. Edgar kannte ihr genaues Alter nicht, vermutete aber zu Recht, dass Olga mindestens doppelt so alt war wie er selbst. Edgar wusste auch nicht, wie stark sie wirklich war – er hatte noch keine Gelegenheit gehabt, das zu prüfen und sich von ihrer Kraft zu überzeugen. Ehrlich gesagt, wollte er das aber auch gar nicht ... Ihr abermals die Fähigkeiten zu entziehen dürfte mit Sicherheit unglaublich schwer werden – alle, die erst kürzlich aus dem Gefängnis entlassen worden waren, hingen in der ersten Zeit enorm an ihrer Freiheit. Olga würde es sich tausendmal überlegen, bevor sie erneut ein Risiko einging und vor dem Tribunal landete. Außerdem war sie Gesers alte Liebe, und der Chef der Nachtwache würde sie gewiss mit besonderem Eifer verteidigen. An Sebulons Stelle würde Edgar sich hüten, Olga anzugreifen, weil ein wütender Geser ein weitaus gefährlicherer Gegner war als ein normaler Geser.

Nachdenklich fuhr er sich mit der Kappe des Filzstifts über die Nase und ixte die weibliche Figur auf der Serviette aus.

Ilja. Ein sehr starker Magier, mit dem Gesicht eines raffinierten Intelligenzlers, der aus irgendeinem Grund eine Brille trug, obwohl er seine Fehlsichtigkeit ohne weiteres selbst korrigieren könnte. Im Moment war er weder in Moskau noch in Europa. Er hielt sich auf Ceylon auf. Die Lichten der Moskauer Nachtwache waren in den letzten fünf Jahren übrigens verdächtig oft nach Ceylon geflogen. Was sie da wohl ausheckten?

Edgar machte sich einen Knoten im Gedächtnis: Diese Information musste er an die analytische Abteilung weiterleiten, sollten die sich mal den Kopf darüber zerbrechen ... Obwohl sie ihr Augenmerk vermutlich ohnehin längst auf diese Besonderheit gerichtet hatten. Und wenn nicht? Edgar stand lieber wie ein Idiot da und pustete aufs Wasser, als sich später an heißer Milch den Mund zu verbrennen, weil sich niemand um Ceylon gekümmert hatte ...

Hm, ja. Wenn Sebulon etwas gegen Ilja plante, würde er seine Pläne wohl kaum in Prag umsetzen. Und auch nicht jetzt. Oder hoffte er vielleicht, Ilja dorthin zu locken?

Edgar schob die Serviette weg, ohne die zweite Figur durchzustreichen, und nahm sich eine neue. Die letzte. Er teilte sie mit zwei senkrechten Linien in vier Sektoren und fing an, in jedem ein Porträt zu zeichnen. Zunächst nur drei, mit flüchtigen Strichen, aber dennoch unglaublich lebendig, im Stile eines Bidstrup oder Tschishikows.

Möglicherweise war an Edgar ein Karikaturist verloren gegangen.

Ilja, Semjon ... Igor. Der Angeklagte des Tribunals. Sollte er ihn mitzählen oder nicht? Vermutlich schon, denn er war der Verletzlichste von allen.

Nach kurzem Nachdenken zeichnete er in den vierten Abschnitt Anton Gorodezki. Den Einzigen, der immer noch seinen Familiennamen führte. Dennoch hatte er bereits den zweiten Grad erlangt, stand also mit Edgar auf einer Stufe. Wenn er auch weniger Erfahrung hatte.

Wer von ihnen? Natürlich wäre es am einfachsten, Igor auszuschalten. Er stand ohnehin mit einem Bein im Schattenreich des *Zwielichts*.

Und wieder Gorodezki. Er flog auch nach Prag. Aber das sind nur die schlichtesten Varianten. Wie viele gab es insgesamt?

Allein bei dem Gedanken an die Zahl der theoretisch möglichen Varianten und Wechselbeziehungen bekam Edgar Zahnschmerzen. Mist! Ach, jetzt das *Richelieu*-Programm mit seinem heuristischen Modul ...

Stopp, rief sich Edgar innerlich zur Ordnung. Stopp. Du bist fürchterlich einseitig, Dunkler!

Der neue Gedanke war einfach und unerwartet.

Die Dunklen konnten nicht nur gestärkt werden, indem sie einen ihrer Gegner aus dem Sattel warfen. Gäbe es nicht auch die umgekehrte Möglichkeit: einen starken Dunklen in den Kampf zu schicken?

Doch wen konnten sie unter die wenigen Magier der Tagwache einreihen? Witali Rohosa, über dessen Auftauchen Edgar sich wie ein Kind gefreut hatte, war nur ein Spiegel gewesen. Er hatte vollbracht, wofür das *Zwielicht* ihn geschaffen hatte, und war für immer verschwunden. Sollten sie einen aussichtsreichen jungen Menschen suchen? Bestimmt würden sie jemanden finden ... Aus ihm würden sie jedoch nicht im Handumdrehen einen wirklich starken Anderen machen, und auf Wunderkinder wie Swetlana Nasarowa waren die Dunklen schon lange nicht mehr gestoßen.

Trotzdem, dachte Edgar, trotzdem bin ich auf dem richtigen Weg. Ich fliege nach Prag. Die Hauptstadt der europäischen Nekromantie. Noch dazu kurz vor Weihnachten, vor Beginn des Jahres 2000. In einer Zeit, in der zahllose Propheten und Seher die Welt mit den unterschiedlichsten Schreckensszenarien verunsichern, darunter auch solche vom Ende der Welt ...

Ha! Das war's! Sebulon würde doch nicht vorhaben, einen der dematerialisierten Magier der Vergangenheit wieder auferstehen zu lassen? Prag! In dieser Zeit! Beim Dunkel, Sebulon hatte wie immer leichthin und geschickt verborgen, was eigentlich ins Auge sprang!

Edgar atmete schwer aus, zerknüllte die Serviette mit den Zeichnungen und stopfte sie sich in die Tasche.

Also: In der Stadt der Nekromanten könnte Sebulon im Zuge einer unglaublichen energetischen Instabilität durchaus versuchen, jemanden aus dem Nichts zurückzuholen. Aber wen?

Denk nach, Edgar ... Die Antwort muss ebenfalls auf der Hand liegen.

Gut, schauen wir uns noch einmal an, was wir haben. Prag, das Tribunal, den Fall des Duells zwischen Teplow und Donnikowa, Gorodezki und Edgar, beide auf Dienstreise ... Alita könnte noch herkommen. Wer noch? Ach ja, die Regin-Brüder ...

Stopp! Stopp, stopp und noch mal stopp!!!

Die Regin-Brüder! Die Diener Fafnirs! »Siehst du, Edgar, ich habe noch meine Pläne mit diesem albernen Dreigespann«, hatte Sebulon gesagt.

Fafnir!

Edgar versuchte, äußerlich ruhig zu bleiben, klappte das Tischchen hoch und setzte sich bequemer hin.

Fafnir. Das käme den Dunklen allerdings vortrefflich zupass, der mächtige Fafnir, der Große Magier, der *Zwielichtdrache* ...

Allein ein kleiner Nachhall seiner Kraft, von Rohosa dem Spiegel aufgenommen, hatte es ermöglicht, eine Zauberin wie Swetlana aller Kraft zu berauben.

Und wenn Sebulon wirklich die Auferstehung Fafnirs plant, hätte er keinen besseren Ort und keine bessere Zeit in den vergangenen und in den kommenden hundert Jahren wählen können, resümierte Edgar, während er den Blick durch die Boeing schweifen ließ. Ja, so musste es sein.

Auf einen Blick der Stewardess hin legte Edgar den Sicherheitsgurt an. Das Flugzeug setzte zur Landung an.

Guten Tag, Prag ...

Seine Ohren schienen wie mit Watte verstopft, doch das hinderte Edgar nicht am Denken.

Also eine Auferstehung. Eine Aktion, die die Dunklen seit fünfzig Jahren nicht mehr durchgeführt hatten, seit Stalin nicht. Freilich hatte sich auch keine Gelegenheit dazu geboten: Seit 1933 und 1947 waren die erforderlichen mächtigen energetischen Turbulenzen nicht mehr aufgetreten.

Warum hatte Sebulon Edgar nichts gesagt? War die Zeit dafür noch nicht reif? Wie passte die versteckte Warnung Juris dazu? Und wie hing die Geschichte, die sich im Sommer im Artek abgespielt hatte, damit zusammen? Denn zusammenhängen musste sie damit, ganz bestimmt. Ein Bauer war bereits geopfert. Traf es jetzt eine wichtigere Figur? Und was sollte Edgar abgeben? Einen Springer oder einen Läufer? Die beiden Türme – das sind mit Sicherheit Juri und Nikolai, die Dame ist Sebulon, der König – das ist nichts anderes als die Sache des Dunkels, die schutzlose und alles bestimmende Sache.

Der Turm hatte Edgar zu verstehen gegeben, das Gambit der Krim könne sich wiederholen, diesmal mit einem Offizier. Ein Springer wollte Edgar aus irgendeinem Grund nicht sein. Sollte doch Anna Tichonowna, diese Hexe und Missgeburt, den Gaul spielen, für sie wäre das genau das Richtige ...

Das Flugzeug erbebte. Die Räder berührten die Landebahn. Einmal, zweimal. Der Flug ging in eine rasante, jedoch mit jeder Sekunde langsamer werdende Fahrt auf dem Beton über.

Sebulon plante doch nicht wirklich einen neuen Tausch, während er in aller Ruhe ein paar Bauern vorschob (die Regin-Brüder), in der Hoffnung, auf dem Brett möge, wenn nicht eine weitere schwarze Dame, so doch ein Turm auftauchen?

Die ausgetauschte Figur zu sein wäre jedenfalls peinlich.

Und was, wenn das gleichzeitig ein Examen ist?, überlegte Edgar. Eine Prüfung, ob ich überhaupt was tauge? Alissa hatte sich fressen lassen. Solche Figuren kann Sebulon in seinem Spiel nicht gebrauchen. Aber wenn Edgar seine Haut retten konnte, noch dazu ohne die Pläne des Chefs zu durchkreuzen ... Ja, genau, das war es, was er erreichen musste!

Nur wie?

Das Objekt für den Tausch war Anton Gorodezki, der Liebling Sebulons. Das stand außer Frage. Er konnte ihn nicht endlos benutzen, das wusste der Chef der Tagwache ganz genau. Außerdem war längst nicht klar, ob es ihm auch gelingen würde, ihn zu benutzen ... Sebulon war stets bereit, gute Miene zum bösen Spiel zu machen, und würde die Sache so hinstellen, als habe er den Lichten Magier getäuscht ...

Die Passagiere erhoben sich und schlängelten sich zum Ausgang, einem ziehharmonikaartigen Schlauch, an den die Bewohner der ehemaligen UdSSR nicht gewohnt waren. Edgar langte nach seinem Mantel und warf ihn sich über die Schultern, während er die Zeitschrift in der Tasche am Vordersitz ließ, schnappte sich seinen Aktenkoffer und ging ebenfalls zum Ausgang.

Das Gefühl, nicht mehr in Russland, sondern in Europa zu sein, stellte sich unverzüglich ein und war seltsam umfassend. Es war nicht genau zu verstehen, worin es sich ausdrückte – in den Gesichtern der Menschen, ihrer Kleidung, in der Sauberkeit oder Ausstattung des Flughafens. In tausend Kleinigkeiten. In Durchsagen auf Tschechisch und Englisch ohne Rjasaner Akzent. Im Lächeln, das weitaus häufiger anzutreffen war. Im Fehlen von lästigen Zigeunern auf dem Platz vor dem Gebäude und nicht weniger lästigen Schwarztaxifahrern.

Dafür gab es am Stand zugelassene Taxis, freundliche gelbe Opel.

Der Taxifahrer plauderte gleichermaßen fließend auf Russisch, auf Englisch und natürlich in seiner Muttersprache Tschechisch mit ihm. Wohin? Ins Hotel. Ich vermute, ins Hilton. Oh! Es kommt nicht häufig vor, dass man Russen ins Hilton bringt. Und die, die sich dort tatsächlich einquartieren, das sind andere: behangen mit Gold, wichtige Persönlichkeiten, mit Bodyguards, in teuren Limousinen ... Aber ich bin kein Russe, sondern Este. Stimmt, jetzt ist das nicht mehr dasselbe ... Früher allerdings auch nicht. Ach ja, aber früher galten auch die Tschechen fast als Russen ... Hm, ja. Darüber könnte man natürlich streiten.

Der Taxifahrer lenkte ihn mit seinem Geplauder ab, und Edgar beschloss, seine Überlegungen ruhen zu lassen. Schließlich würde er am Tag seiner Ankunft ohnehin noch nicht ernsthaft arbeiten. Da konnte er sich ruhig entspannen – natürlich bei dem einen oder anderen Glas Bier. Wer würde bei klarem Verstand und gesundem Magen (oder auch bei krankem) ein Glas echtes tschechisches Bier nicht zu schätzen wissen?

Nur ein Toter.

Wie in jedem Hilton fand sich selbst in dem vor Weihnachten von Touristen überquellenden Prag ein freies Zimmer. Aber wie in jedem Land, das sich von den Ketten des Sozialismus noch nicht ganz befreit hatte, kostete es für einen Nicht-Anderen eine Unsumme Geld. Edgar war ein Anderer, weshalb er sofort bezahlte, ohne mit der Wimper zu zucken, obwohl man das offenbar von ihm erwartet hatte. Letzten

Endes war er doch ein Russe, sah aber nicht wie ein Mafioso beziehungsweise Neureicher aus ... In jungen Jahren hätte sich Edgar nicht beherrschen können und dem Mann an der Rezeption seinen argentinischen Pass unter die Nase geknallt, doch seit dieser Zeit war er hundert Jahre herangereift. Ganze hundert Jahre.

Deshalb begnügte er sich mit dem russischen.

Bei der Registrierung – bei der, die nicht für alle ist – saß er einem Dunklen gegenüber. Der einer sehr seltenen Spezies angehörte: den Schraten. Während er Edgar betrachtete, beleckte er die schmalen Lippen und riss die spaltartigen Augen auf. Erst dann lächelte er: Seine Zähne waren klein, scharf und alle dreieckig.

»Hallo! Zum Tribunal?«

»Hm.«

»Nimm das ...«

Er warf Edgar einen Klumpen blauen Lichts zu, die temporäre Registrierung. Der Klumpen durchdrang ohne weiteres die Kleidung und setzte sich auf Edgars Brust als ovales, im *Zwielicht* leuchtendes Siegel fest.

»Danke.«

»Heizt denen ein, auf dem Tribunal«, bat der Schrat. »Wie es sich gehört. Jetzt ist unsere Zeit ...«

»Ich werde mir alle Mühe geben«, versprach Edgar seufzend.

Er ging nur kurz in sein Zimmer, um sich zu waschen und den Aktenkoffer abzustellen.

Gut, dachte Edgar begeistert, als er mit dem Fahrstuhl wieder nach unten fuhr, jetzt ab in den *Schwarzen Adler*! Dort bestelle ich mir natürlich gebackene Wildschweinkeule. Dieses Essen war so beliebt, das er sogar einmal in einem Fantasy-Thriller auf sein Rezept gestoßen war.

Während Edgar auf sein Essen wartete, trank er in kleinen Schlucken sein zweites Glas Bier (das erste hatte er nach russischem Brauch auf ex geleert und sich damit ein billigendes Nicken des Kellners verdient) und versuchte, seine Gedanken weiterzuentwickeln. Irgendetwas störte ihn dabei. Oder irgendjemand.

Er blickte auf und sah Anton Gorodezki, der neben seinem Tisch stand und Edgar unverwandt anstarrte.

Edgar erschauerte, da er glaubte, man verfolge ihn. Doch in Gorodezkis Augen leuchtete dieselbe Verwirrung, worauf Edgar sich sofort wieder beruhigte. Ein Zufall ... das war nicht mehr als ein Zufall.

Und noch etwas: Es gab keine freien Plätze mehr. Nur noch an Edgars Tisch.

Einem unerwarteten Impuls folgend, nickte Edgar dem Lichten zu. »Setz dich. Ich bin nicht im Dienst. Und dir wünsche ich dasselbe – lassen wir sie, die Arbeit!«

Anton zögerte. Edgar glaubte schon fast, er werde weggehen, doch dann überwand Anton sich. Er kam auf ihn zu und setzte sich Edgar gegenüber. Düster blickte er ihn an. Offenbar glaubte er nicht, dass Edgar, sein eingeschworener Feind, nur seine Freizeit genoss. Wie drücken es die Lichten aus? Derjenige, dem du einmal in einem Kampf gegenübergestanden hast, ist für immer dein Feind.

Quatsch. Spinnerei. Edgar zog Flexibilität vor. Wenn ihm jetzt ein Bündnis mit demjenigen, den er noch gestern mit der »Geißel Schaabs« durchgepeitscht hatte, vorteilhaft erschien, warum sollte er es dann nicht eingehen? Freilich gab es nach einer Behandlung mit der »Geißel Schaabs« kaum jemanden, mit dem man ein Bündnis hätte eingehen können ... Doch wohl nicht mit der Asche?

»Kein Wort über die Wachen?«, fragte Anton ironisch.

»Kein Wort«, versicherte Edgar. »Nur zwei Landsleute kurz vor Weihnachten in Prag. Ich habe gebackene Wildschweinkeule bestellt. Das kann ich nur empfehlen!«

»Danke, ich kenn's«, meinte Anton, nach wie vor ohne die

Andeutung eines Lächelns, und drehte sich dem heraneilenden Kellner zu.

Nein, diese Europäer können einfach nicht verstehen, was richtiger Frost, was richtiger Winter ist ... Anton trat aus der Metrostation Malostranská und überlegte, ob er den Jackenkragen hochschlagen sollte, entschied sich dann aber dagegen.

Nur ganz leichter Schnee. Gerade mal zwei Grad unter Null.

Langsam, ohne Eile schlenderte er die Straße entlang, das alte Kopfsteinpflaster hinunter. Manchmal betrachtete er im Vorbeigehen die Souvenirstände – komisches Holzspielzeug, Keramikgeschirr von seltsamer Form, Ansichtskarten mit Motiven von Prag, T-Shirts mit skurrilen Aufschriften. Letztendlich würde er doch etwas kaufen müssen. Zur Erinnerung, wie man so sagte. Beispielsweise ein T-Shirt mit der Aufschrift *Born to be wild* und einer lustigen Fratze.

Bis zum Treffen mit dem Vertreter der Inquisition blieben noch fast drei Stunden. Es würde noch nicht einmal nötig sein, ein Taxi zu nehmen oder mit der Metro zu fahren. Er konnte in Ruhe Mittag essen und zu Fuß zum genannten Ort gehen. Ein Treffen unter der Rathausuhr – was könnte es Romantischeres geben?

Womöglich stellte sich der Vertreter der Inquisition ja als Frau heraus, noch dazu als hübsche und obendrein als Lichte? Dann wäre die Romantik perfekt.

Anton musste über diese Gedanken lachen. Er verspürte nicht den geringsten Wunsch, fremdzugehen und eine Affäre anzufangen. Zudem ließen sich auf die Inquisitoren die Begriffe »Lichter« und »Dunkler« gar nicht anwenden. Sie standen außerhalb der hohen Kräfte.

Vielleicht waren auch die Begriffe »Mann« und »Frau« nicht auf sie anzuwenden? Soviel Anton wusste, hatte der Lichte Moskauer Magier namens Maxim, der in ihren Untersuchungen als der Wilde lief, die Scheidung eingereicht, nachdem er

Inquisitor geworden war.* Allem Anschein nach verloren sie jedes Interesse an kleinen menschlichen Dummheiten wie Liebe, Sex, Eifersucht ...

Der *Schwarze Adler* war eins von Antons Lieblingsrestaurants in Prag. Möglicherweise einfach deshalb, weil er mehrmals dort gewesen war, als er das erste Mal Prag besucht hatte. Braucht ein russischer Mensch viel, um glücklich zu sein? Eine gute, aber unaufdringliche Bedienung, leckeres Essen, das wundervolle Bier und niedrige Preise. Der letzte Punkt war recht wichtig.

Es waren die Dunklen, die es sich leisten konnten, nicht aufs Geld zu achten. Selbst Rohosa, vom *Zwielicht* hervorgebracht, war mit den Taschen voller Dollar in Moskau aufgetaucht. Geld konnte man auch mit ehrlicher Arbeit verdienen, aber auf ehrliche Weise zu *viel* Geld zu kommen, das ging nie, dafür musste man das eigene Gewissen immer ein wenig überlisten. Und in diesem Punkt unterlag die Nachtwache der Tagwache stets.

Die Straße, die er entlangging, teilte sich. Wie ein Fluss, in dessen Mitte eine schmale lange Insel lag, auf der einige alte, flachere Gebäuden standen, meist Restaurants und Souvenirläden. Der *Schwarze Adler* fand sich im ersten.

Bereits an der Tür stieß Anton auf den Lichten.

Nein, das war kein Mitarbeiter irgendeiner Tagwache. Sondern einfach ein Anderer, der der vordersten Linie im magischen Krieg ein fast normales, ein fast menschliches Leben vorzog. Ein großer, schlanker schöner Mann in mittleren Jahren, der die Uniform eines Offiziers der amerikanischen Luftwaffe trug. Er verließ das Restaurant gerade, ganz offenkundig zufrieden mit der hier verbrachten Zeit, seiner Freundin, einer attraktiven Tschechin, und sich selbst.

* Die Ereignisse um Maxim werden in der zweiten Geschichte »Der eigene Kreis« in dem Buch *Wächter der Nacht* geschildert.

Anton entdeckte er nicht gleich, so war er ins Gespräch vertieft. Doch als er ihn bemerkte, erstrahlte auf seinem Gesicht ein breites Lächeln.

Jetzt gab es kein Entkommen mehr – Anton nahm vom verschneiten Steinboden seinen Schatten auf und trat ins *Zwielicht*. Wie ein Baldachin aus Watte senkte sich Stille herab. Die Welt bremste ab, verlor ihre Farben. Die Auren der Menschen loderten in verschwommenen Regenbögen auf – in der Regel ruhige, ausgeglichene Auren, die nicht von überflüssigen Gedanken belastet wurden. Genau so sollte es an einem Ort für Touristen sein.

»Hallo, Wächter!«, begrüßte ihn der Amerikaner fröhlich. Hier, in der *Zwielicht*-Welt, gab es keine Verständigungsprobleme.

»Guten Abend, Lichter«, erwiderte Anton. »Ich freue mich, dich zu sehen.«

»Prager Wache?«, vermutete der Amerikaner. Die Aura des Wächters hatte er erkannt, die Details jedoch nicht. Bei ihm selbst handelte es sich übrigens um einen recht schwachen Magier. Vielleicht sechster Grad, außerdem mit einem starken Hang zur traditionellen Magie. In der Wache war er wirklich fehl am Platze. Vielleicht hätte er irgendwo in der Provinz hocken und ebenso schwache Dunkle, kleine Hexen und Tiermenschen, im Auge behalten können.

»Die Moskauer.«

»Oh! Die Moskauer Wache!« Jetzt schwang in der Stimme des Amerikaners offene Bewunderung mit. »Eine starke Wache. Lass mich dir die Hand schütteln.«

Sie gaben sich die Hand. Der amerikanische Flieger schien in ihrer Begegnung eine würdevolle Bereicherung seines Abends zu sehen.

»Hauptmann Christian Vanover jr., Magier sechsten Grades. Brauchst du meine Hilfe, Wächter?« Die formale Anfrage war mit der gebotenen Seriosität vorgebracht worden.

»Ich danke dir, Lichter. Nein, Hilfe ist nicht nötig«, erwiderte Anton ebenso höflich.

»Machst du hier Urlaub?«, fragte Christian.

»Nein. Ich bin dienstlich hier. Trotzdem brauche ich keine Hilfe.«

»Ich habe Weihnachtsferien«, meinte der Hauptmann nickend. »Meine Einheit ist im Kosowo stationiert, und ich habe beschlossen, mir Prag anzusehen.«

»Eine gute Wahl«, bestätigte Anton. »Eine schöne Stadt.«

Er wollte das Gespräch nicht fortsetzen. Doch der Amerikaner floss von Gutmütigkeit über. »Eine herrliche Stadt! Wie gut, dass wir sie während des Zweiten Weltkriegs gerettet haben.«

»Ja, wir haben sie gerettet ...«, nickte Anton.

»Hast du in diesen Jahren mitgekämpft, Wächter?«

Anton sah ein, dass in der Tat ein schwacher Magier vor ihm stand. Er konnte das tatsächliche Alter nicht sehen, noch nicht einmal annähernd ...

»Nein.«

»Ich war damals auch noch zu jung«, seufzte der Amerikaner. »Ich habe davon geträumt, zur Armee zu gehen, doch ich war erst fünfzehn. Schade, denn dann hätte ich ein halbes Jahrhundert eher hierher kommen können ...«

Anton gelang es gerade noch, sich den Satz zu verkneifen, dass dafür gleichwohl geringe Chancen bestanden hatten, schließlich waren die amerikanischen Truppen nicht in Prag einmarschiert. Doch gleich darauf schämte er sich seines Gedankens.

»Na, dann viel Glück«, verabschiedete sich der Amerikaner endlich. »Irgendwann werde ich ganz bestimmt mal nach Moskau kommen, Wächter!«

»Nur nicht auf die Weise wie ins Kosowo.« Diesmal schaffte es Anton nicht, sich auf die Zunge zu beißen. Doch der Hauptmann Christian Vanover jr. nahm es ihm nicht krumm. Im

Gegenteil, auf seinem Gesicht lag ein strahlendes Lächeln. »Nein, ich glaube, dazu wird es doch wohl nicht kommen«, meinte er. »Das Licht sei mit dir, Wächter!«

Anton trat nach dem Amerikaner aus dem *Zwielicht*. Der hakte sich erneut bei seiner Freundin ein, die von alldem nichts bemerkt hatte, und zwinkerte Anton verschmitzt zu.

»Der Saft sei mit dir ...«, murmelte Anton auf Russisch.

Mist! Die gute Stimmung war verflogen und so gründlich dahingeschmolzen wie ein Stück Eis in einer glühenden Bratpfanne.

Er konnte sich tausendmal in Erinnerung rufen, dass Auseinandersetzungen und Streitigkeiten zwischen Staaten sich nicht auf die Beziehungen von Licht und Dunkel auswirkten. Man musste zugeben, dass ein Magier, der als Flieger an einem Krieg teilnahm, höchstwahrscheinlich keine Bomben auf die friedliche Bevölkerung abwerfen würde. Und trotzdem ...

Doch wie brachte er es fertig, Angriffe zu fliegen, Bomben über den Köpfen von Menschen zu zünden und dennoch ein Lichter zu bleiben? Denn ein Lichter war er, ohne Zweifel! Dabei hatte er mit an Sicherheit grenzender Wahrscheinlichkeit Menschenleben auf dem Gewissen. Wie schaffte er es, nicht ins *Zwielicht* abzustürzen? Wie stark musste er an die eigene Wahrheit glauben, um eine Armee, eine kämpfende Armee, und die Sache des Lichts unter einen Hut zu bringen?!

Finster und bedrückt betrat Anton den *Schwarzen Adler*.

Und erblickte sofort die Kameraden von Christian Vanover. Zehn Männer, alles gewöhnliche Menschen. Sie saßen an einem langen Tisch, aßen Gulasch und tranken Sprite.

Ehrenwort, sie tranken Sprite!

In einer tschechischen Bierstube! Im Urlaub!

Und nicht, weil sie sich an eine Prohibition hielten. Auf dem Tisch standen auch einige leere Bierflaschen. Amerikanisches Budweiser, das Anton nur trinken würde, wenn er in der Wüste am Verdursten war.

Anton ging an den Amerikanern vorbei. Freie Tische gab es nicht mehr. Schon wieder Pech ... Doch da hinten saß jemand allein, vielleicht konnte er sich dazusetzen ...

Der Mann hob den Kopf und erschauderte. Genau wie Anton im selben Moment.

Es war Edgar.

Drei

Was man den Dunklen nicht nehmen kann, das ist ihre Lebensfreude. Diesbezüglich hegte Anton keinerlei Zweifel. Man brauchte sich nur anzusehen, mit welchem Appetit Edgar die ausgesprochen leckere und vermutlich von Diätisten nicht gerade empfohlene Schweinshaxe verputzte, die er mit Meerrettich und Senf würzte, der – obwohl reichlich scharf – für einen Russen natürlich zu süß war. Das Ganze rundete er mit einer tüchtigen Portion Bier ab.

Das verblüffte Anton stets aufs Neue. Selbst seine Nachbarn, die Vampire, mit denen er einmal recht gut befreundet gewesen war, wirkten mitunter lebendiger und lebenslustiger als die Lichten Magier. Die höchsten Magier natürlich – jene, deren Kraft sich mit Antons vergleichen ließ – hatten sich als Menschen noch nicht ausgetobt.

Eins nur war unangenehm: Ihre Lebensfreude erstreckte sich in der Regel nur auf sie selbst.

Anton hob den schweren Seidel mit hellem Budweiser. »Prosit«, murmelte er.

Wie gut, dass der tschechische Brauch es nicht verlangte anzustoßen. Mit einem Dunklen hätte Anton das nicht gern getan.

»Prosit«, erwiderte Edgar. Genussvoll leerte er die Hälfte des Glases mit zwei Schlucken und wischte sich den Schaum ab. »Das ist gut.«

»Stimmt«, pflichtete Anton ihm bei, obwohl sich seine Anspannung nicht legte. Nein, natürlich brauchte er sich nichts vorzuwerfen, weil er mit einem Dunklen Bier trank. Die Gesetze der Nachtwache verboten den Kontakt mit den Dunklen nicht, im Gegenteil: Wenn ein Mitarbeiter von seiner Sicherheit überzeugt war, wurde dies sogar begrüßt. Vielleicht konnte man etwas in Erfahrung bringen oder – hol's das Dunkel! – sein Gegenüber beeinflussen. Ihn natürlich nicht fürs Licht gewinnen ... ihn aber doch wenigstens von der nächsten Gemeinheit abhalten. »Wie schön, dass wir wenigstens einmal Anlass haben, einer Meinung zu sein«, meinte Anton zu seiner eigenen Überraschung.

»Stimmt.« Edgar versuchte freundlich und korrekt zu sprechen, damit der Lichte sich nicht in die Idee hineinsteigerte, er solle wieder einmal beleidigt oder beschuldigt werden. »Ob man tschechisches Bier in Moskau oder in Prag trinkt, das ist ein großer Unterschied.«

Gorodezki nickte. »Genau. Vor allem wenn man an Flaschenbier denkt. Tschechisches Bier in Flaschen, das ist die Leiche echten Biers in einem gläsernen Sarg.«

Edgar grinste und drückte damit sein Einverständnis aus. »Aus irgendeinem Grund fehlt den Bierbrauern im übrigen Osteuropa das Talent.«

»Selbst in Estland?«, fragte Anton.

Edgar zuckte mit den Schultern. Die Lichten würden sich nie eine Gelegenheit zum Sticheln entgehen lassen.

»Unser Bier ist gut, aber nicht hervorragend. Genau wie in Russland übrigens auch.«

Anton runzelte die Stirn, als versuche er sich an den Geschmack russischen Biers zu erinnern. »Diesen Sommer war ich in Ungarn«, wechselte er dann jedoch das Thema. »Da ist *Dreher* fast die einzige einheimische Marke.«

»Und?«

»Lieber hätte ich sauer gewordenes *Baltika* trinken sollen.«

Edgar schmunzelte. Selbst als er sein Gedächtnis etwas bemühte, konnte er sich an keine ungarische Biermarke erinnern. Doch so wie sich Anton darüber äußerte, war es wohl auch besser, sich nicht zu erinnern. Vom Bier verstand sein Gesprächspartner etwas. Und zwar nicht zu wenig. Überhaupt lieben die Lichten die Sinnesfreuden, das musste man einräumen.

»Und diese ... ruhmreichen Soldaten ... trinken ihre heimatliche Plörre.« Anton nickte zu den Amerikanern hinüber. »Die Friedensstifter ... Die Asse Görings ...«

Sowohl Edgar wie auch Anton hatten die gebackene Wildschweinkeule seit langem aufgegessen. Auch Bier hatten sie schon reichlich getrunken, weshalb ihre Augen leicht glänzten, die Stimme lauter und zwangloser erklang.

»Wieso Göring?«, wunderte sich Edgar. »Das sind doch keine Deutschen, sondern Amis.«

»Die Asse der Air Force der USA – wie klingt denn das?!«, erklärte Anton so geduldig, als rede er mit einem Kind. »Kennst du irgendeine kurze und prägnante Bezeichnung der amerikanischen Luftwaffe?«

»Nein.«

»Siehst du. Also meinetwegen die Asse Clintons. Die Deutschen wussten immerhin, dass gegen sie damals genau solche Flieger gekämpft haben, die hier aber haben ihre Bomben auf Siedlungen abgeworfen, deren einzige Verteidigung Flak aus dem Zweiten Weltkrieg war ... Dafür sind sie dann auch noch ausgezeichnet worden. Frag sie doch mal, ob ihnen überhaupt etwas im Leben heilig ist. Bis heute glauben sie, dass sie 1945 Prag befreit haben.«

»Heilig?« Edgar grinste. »Wozu sollte ihnen etwas heilig sein? Sie sind Soldaten.«

»Weißt du, Anderer, ich glaube, selbst Soldaten sollten in erster Linie Menschen sein. Und Menschen müssen etwas haben, das sie in ihrer Seele heilig halten.«

»Für den Anfang reicht es, wenn sie eine Seele haben. Erst dann kommt das Heilige. Oh! Fragen wir doch gleich mal!«

An ihrem Tisch zwängte sich gerade ein rotwangiger amerikanischer Flieger vorbei, funkelnd mit Tressen und anderem Lametta behangen. Ein frisches Gesicht, der ganze Stolz von Texas oder Oklahoma. Der Flieger kam vermutlich vom Klo zurück.

»Entschuldigen Sie bitte, Offizier! Darf ich Sie etwas fragen?«, sprach Edgar ihn in flüssigem Englisch an. »Gibt es etwas in Ihrem Leben, das Ihnen heilig ist? Etwas, das Ihnen viel bedeutet?«

Der Amerikaner blieb stehen, als sei er gestolpert. Sein Instinkt sagte ihm, dass ein Soldat des allerbesten Landes der Welt verpflichtet ist, das Gesicht zu wahren und eine würdige Antwort zu geben. Seine Miene spiegelte anstrengende Denkarbeit wider – und plötzlich ein Aufleuchten! Die Offenbarung. Der Amerikaner hatte doch noch etwas gefunden, das ihm heilig war. Ein stolzes Lächeln breitete sich auf seinen Lippen aus. »Etwas, das mir heilig ist? Natürlich habe ich das. Die *Chicago Bulls* ...«

Selbst die Magier vermochten nicht zu sagen, ob er scherzte oder ob er das völlig ernst meinte.

»Weißt du, es ist wie eine Partie Schach«, erklärte Edgar. »Die Leitung bewegt einfach auf dem Brett ihre unpersönlichen Figuren: uns.«

Die Augen des Kellners wurden proportional zu der von Anton und Edgar bestellten Menge Bier immer größer. An diesen Tisch hatte er bereits so viele große Seidel gebracht, dass es für das gesamte amerikanische Luftgeschwader und die *Chicago Bulls* obendrein gereicht hätte. Die beiden Russen saßen jedoch immer noch da, fanden kein Ende, obwohl nicht zu übersehen war, was für eine Mühe ihnen das Sprechen inzwischen bereitete.

»Nimm doch nur mal dich und mich«, fuhr Edgar fort. »Du trittst in diesem Prozess als Verteidiger auf. Ich als Ankläger.

Trotzdem stellen wir keine bedeutsame Größe dar. Wir sind auch jetzt nur Figuren auf dem Spielbrett. Bei Bedarf schickt man uns an die vorderste Front. Bei Bedarf nimmt man uns für bessere Zeiten zur Seite. Wenn sie wollen, tauschen sie uns ab. Worum geht es denn bei diesem Prozess eigentlich? Es ist der Tanz um einen trivialen Abtausch herum. Euer Igor für unsre Alissa. Das ist alles. Sie sind aufeinander losgegangen wie Spinnen im Glas und wurden vom Brett genommen. Im Namen hehrer und für uns unerforschlicher Ziele.«

»Da liegst du falsch.« Anton drohte ihm streng mit dem Finger. »Geser hat nicht gewusst, dass Igor mit Alissa zusammenstoßen würde. Das war eine Intrige Sebulons!«

»Woher nimmst du diese Sicherheit?«, fragte Edgar amüsiert. »Bist du so ausgebufft, dass du in Gesers Seele lesen kannst wie in einem offenen Buch? Soweit ich weiß, weiht die Leitung der Lichten ihre Mitarbeiter ebenfalls nicht gerade bereitwillig in ihre geheimen Pläne ein. Die hohe Politik der hohen Kräfte!«, deklamierte er lautstark und schulmeisterlich.

Anton wollte nur zu gern widersprechen. Doch überzeugende Einwände hatte er bedauerlicherweise nicht zur Hand.

»Oder nehmen wir die letzte Auseinandersetzung in der Lomonossow-Universität. Sebulon hat dich benutzt. Tut mir leid, das hörst du wahrscheinlich nicht gern, aber wo wir schon einmal mit dem Thema angefangen haben ... Also, Sebulon hat dich benutzt. Sebulon! Dein eingeschworener Feind!«

»Er hat mich nicht benutzt.« Anton zögerte, fuhr dann aber doch fort. »Er hat versucht, mich zu benutzen. Und ich habe versucht, die Situation zu unseren Gunsten auszunutzen. Du weißt, wie das ist – im Krieg.«

»Gut, dann hat er es eben nur versucht«, stimmte Edgar geringschätzig zu. »Gut ... Aber Geser hat nichts – nichts! – unternommen, um dich zu schützen. Warum sollte er seinen Bauern zu Hilfe kommen? Das ist unökonomisch und sinnlos.«

»Was ihr mit euern Bauern macht, ist auch nicht besser«, bemerkte Anton finster. »Die niederen Anderen, die Vampire und Tiermenschen, seht ihr nicht mal als gleichberechtigt an. Sie sind nur Kanonenfutter.«

»Sie sind wirklich Kanonenfutter, Anton. Billiger und nicht so wertvoll wie wir Magier. Aber im Grunde sind unsere Spitzfindigkeiten und Muskelspielereien völlig unsinnig. Wir sind Marionetten. Nur Marionetten. Aber es zum Puppenspieler zu bringen, haben wir nicht die geringste Chance, denn dafür sind die Fähigkeiten eines Geser oder eines Sebulon nötig, und diese Fähigkeiten kommen extrem selten vor. Außerdem sind die Plätze an den Spieltischen schon besetzt. Keiner der Spieler würde seinen Platz einer Figur überlassen, nicht einmal der Dame oder dem König.«

Anton leerte mit finsterem Blick das Glas und stellte es lautlos auf den Bierdeckel mit dem Wappen des Restaurants.

Er war längst nicht mehr der junge Magier, der zum ersten Mal im Leben auf Jagd geht und eine wildernde Vampirin verfolgt. Schon lange nicht mehr, obwohl eigentlich nicht so viel Zeit vergangen war. Seitdem hatte er oft genug Gelegenheit gehabt, sich davon zu überzeugen, wie viel Dunkel im Licht steckte. Und die düstere Einstellung des Dunklen Edgar – wir sind doch eh nur Schräubchen im Getriebe der Großen Onkel, weshalb es am besten ist, Bier zu trinken und die Klappe zu halten – beeindruckte ihn sogar ein wenig. Und einmal mehr dachte Anton darüber nach, dass die Dunklen in ihrer scheinbaren Einfalt mitunter menschlicher waren als die Kämpfer für die hohen Ideale, die Lichten.

»Trotzdem liegst du falsch, Edgar«, sagte er schließlich. »Zwischen uns gibt es einen wesentlichen Unterschied. Wir leben für andere. Wir dienen, wir befehlen nicht.«

»So reden alle Herrscher der Menschen.« Bereitwillig tappte Edgar in die Falle. »Die Partei ist die Dienerin des Volkes. Erinnerst du dich noch?«

»Aber es gibt etwas, das uns von den Herrschern der Menschen unterscheidet.« Anton sah Edgar in die Augen. »Die Dematerialisierung. Verstehst du? Ein Lichter kann den Weg des Bösen nicht einschlagen. Wenn er begreift, dass er das Böse in dieser Welt vermehrt, geht er ins *Zwielicht* ein. Er verschwindet. Das ist schon mehrmals vorgekommen. Ein Lichter braucht bloß einen Fehler zu machen oder dem Dunkel ein wenig nachzugeben.«

Edgar kicherte leise. »Anton ... da hast du die Antwort doch gleich mitgeliefert. *Wenn er begreift* ... Und wenn er es nicht begreift? Erinnerst du dich noch an den wahnsinnigen Heiler? Vor zwölf Jahren, wenn mich nicht alles täuscht ...«

Anton erinnerte sich. Er war damals noch nicht initiiert, doch diesen einmaligen Fall nahm jeder Mitarbeiter der Wachen durch, jeder Lichte.

Ein einfacher Heiler mit starken Anlagen zur Prophezeiung. Er lebte bei Moskau, arbeitete nicht aktiv in der Nachtwache, zählte jedoch zur aktiven Reserve. Von Beruf Arzt, griff er in seiner Praxis zu Lichter Magie. Die Patienten vergötterten ihn – er wirkte wahrhaftig Wunder ...

Doch er tötete auch Patientinnen, junge Frauen. Nicht auf magische Weise, sondern schlicht mit Gift. Ab und an durch Akupunktur, denn die energetischen Punkte des menschlichen Körpers kannte er vorzüglich ...

Die Nachtwache kam ihm fast zufällig auf die Spur. Einer der Analytiker interessierte sich für die sprunghafte Zunahme der Todesrate von jungen Frauen in dieser kleinen Stadt bei Moskau. Vor allem frappierte ihn, dass die meisten Opfer schwanger waren. Außerdem verzeichnete man hier eine ungeheure Zahl von Fehlgeburten, Abtreibungen und Totgeburten. Die Dunklen gerieten in Verdacht, die Vampire und Tiermenschen, Satanisten und Hexen ... Wen hatten sie nicht alles überprüft!

Dann nahm sich Geser der Sache an, und der Mörder wurde gefasst. Ein Lichter Magier ...

Er hatte die Zukunft einfach zu genau vorausgesehen, dieser

charmante, imposante Heiler. Und mitunter hatte er bei einer Untersuchung auch die Zukunft des ungeborenen Kindes seiner Patientin vorausgesehen, das mit an Sicherheit grenzender Wahrscheinlichkeit zum Mörder heranwachsen würde, zum Verrückten oder Verbrecher. Manchmal sah er, dass die Patientin selbst ein unglaubliches Verbrechen begehen oder zufällig für den Tod vieler Menschen verantwortlich sein würde. Irgendwann beschloss er, etwas dagegen zu tun. So gut er konnte ...

Vor Gericht erklärte der Heiler voller Eifer, er habe auf lichte magische Handlungen verzichtet, weil sonst die Dunklen das Recht auf einen Gegenschlag gehabt hätten, womit das Böse auf der Welt nicht verringert worden wäre. So habe er sich einfach selbst daran gemacht, das »Unkraut zu jäten«. Davor, ins *Zwielicht* zu stürzen, hatte ihn die sichere Überzeugung bewahrt, die Summe des von ihm in der Welt vollbrachten Guten übersteige die des angerichteten Bösen bei weitem.

Geser selbst musste ihn dematerialisieren.

»Das war ein Psychopath«, erklärte Anton. »Einfach ein Verrückter. Mit einer typischen Zerrüttung des Denkvermögens ... Solche Fälle gibt es nun einmal.«

»Wie auch der Waffengefährte von Jeanne d'Arc, Gilles de Rais«, konterte Edgar schlagfertig. »War das nicht auch ein Lichter? Der dann Frauen und Kinder ermordet hat, um aus ihren Körpern ein Jugendelixier zu gewinnen, den Tod zu besiegen und die ganze Menschheit zu beglücken.«

»Gegen Wahnsinn ist niemand gefeit, Edgar. Selbst die Anderen nicht. Doch wenn wir eine ganz normale Hexe nehmen ...«, begann Anton hitzig.

»Ich will mich gar nicht streiten.« Edgar breitete friedfertig die Arme aus. »Aber es geht doch hier nicht um Extreme! Sondern einfach darum, dass dergleichen *möglich* ist, und euer viel gerühmter Schutzmechanismus, die Dematerialisierung ... nennen wir ihn einfach das Gewissen ... kann versagen. Und jetzt stell dir mal vor, Geser sei zu der Überzeugung gelangt, dein Tod werde dem Licht gewaltigen Nutzen bringen. Wenn in einer Waagschale Anton Gorodezki liegt und in der anderen Millionen von Menschenleben.«

»Er bräuchte mich nicht zu täuschen«, sagte Anton mit fester Stimme. »Bestimmt nicht. Wenn eine solche Situation einträte, wäre ich bereit, mich zu opfern. Jeder von uns wäre dazu bereit!«

»Wenn er dir aber davon nichts sagen dürfte?«, schmunzelte Edgar zufrieden. »Damit der Feind nichts davon erfährt, damit du dich natürlich verhältst, damit du nicht unnütz leidest ... Denn deinen Seelenfrieden zu bewahren gehört ebenfalls zu Gesers Pflichten.«

Zufrieden führte er das nächste Glas Bier an die Lippen. Geräuschvoll schlürfte er die Blume ab.

»Du bist ein Dunkler«, sagte Anton. »Du siehst in allem nur das Böse, den Verrat, die Gemeinheit.«

»Ich verschließe nur nicht die Augen davor«, parierte Edgar. »Und deshalb vertraue ich Sebulon nicht. Fast genauso wenig wie Geser. Selbst dir kann ich mehr vertrauen, denn du bist eine genauso unglückliche Figur, die bloß zufällig eine Farbe bekommen hat, die sich von meiner unterscheidet. Aber muss ein schwarzer Bauer einen weißen hassen? Nein. Vor allem dann nicht, wenn sich diese Bauern gegenübersitzen und friedlich Bier trinken.«

»Weißt du was?«, sagte Anton leicht verwundert. »Mir ist es ein Rätsel, wie ihr leben könnt – mit dieser Weltsicht. Ich würde mich da sofort aufhängen.«

»Aber du kannst mir nichts entgegensetzen?«

Anton trank ebenfalls von seinem Bier. Die erstaunliche Besonderheit frisch gezapften tschechischen Biers besteht darin, weder den Körper noch den Kopf sonderlich schwer zu machen, selbst dann nicht, wenn man viel davon trinkt. Oder kam ihm das nur so vor?

»Nein«, gab Anton zu. »Im Moment nicht. Aber ich bin mir sicher, dass du nicht Recht hast. Es ist nur schwierig, mit einem Blinden über die Farben des Regenbogens zu streiten. Dir fehlt etwas ... was genau, weiß ich nicht. Aber etwas sehr Wichtiges, ohne das du hilfloser als jeder Blinde bist.«

»Wieso hilflos?«, erwiderte Edgar leicht beleidigt. »Hilflos seid eher ihr, die Lichten. Durch eure ethischen Prinzipien an Armen und Beinen gefesselt. Aber wer – wie zum Beispiel Geser – ein höheres Entwicklungsniveau erreicht hat, der lenkt euch.«

»Ich werde versuchen, dir zu antworten«, sagte Anton. »Aber nicht jetzt. Dafür werden wir uns noch einmal sehen müssen.«

»Weichst du der Antwort aus?«, kicherte Edgar.

»Nein. Aber wir haben uns vorgenommen, nicht von der Arbeit zu sprechen. So war es doch, oder?«

Edgar hüllte sich in Schweigen. Der Lichte hatte ihn in der Tat ausgetrickst, wenn auch nur ein bisschen. Warum hatte er sich bloß auf dieses sinnlose Streitgespräch eingelassen? Aus einem weißen Hund machst du keinen schwarzen, hieß es bei ihnen in der Tagwache.

»Stimmt«, räumte er schließlich ein. »Es ist meine Schuld, das gebe ich zu. Nur ...«

»Nur dass es sehr schwierig ist, nicht über das zu sprechen, was uns trennt«, nickte Anton. »Das verstehe ich. Deshalb ist es nicht deine Schuld ... sondern Schicksal.«

Er kramte in seinen Taschen und holte ein Päckchen Zigaretten heraus. Edgar registrierte automatisch, dass es sich um billige Zigaretten handelte, die russischen *21. Jahrhundert*. Ach ja! Ein Dunkler Magier seines Grades konnte sich alle Freuden des Lebens leisten. Während Anton russische Zigaretten rauchte ... und vermutlich nicht zufällig in diesem kleinen und gemütlichen, aber auch sehr preiswerten Restaurant gelandet war.

»Sagst du mir, wo du abgestiegen bist?«, fragte er.

»Im *Kafka*«, antwortete Anton. »Das ist in Žižkov, in der Křemencova.«

Also tatsächlich. Ein billiges Hotel ohne Renommee. Edgar nickte, während er beobachtete, wie der Lichte seine Zigarette anzündete. Irgendwie ungeschickt, als rauche er noch nicht lange oder nur sehr selten.

»Du bist im Hilton«, sagte Anton plötzlich. »Simmt's? Oder im Radisson SAS, äußerstenfalls.«

»Observiert ihr mich?«, fragte Edgar unwillkürlich voller Misstrauen.

»Nein. Nur zieht es alle Dunklen zu großen Namen und teuren Einrichtungen. Bei euch weiß man nämlich auch ganz gut, woran man ist.«

»Ja, und?«, fragte Edgar provozierend. »Bist du also ein Anhänger von Askese und einer ärmlichen Lebensweise?«

Anton sah sich mit einem ironischen Blick im Restaurant um, schaute auf die nahezu kläglichen Reste der Schweinshaxe auf dem beschnitzten Holzbrett und das wer weiß wievielte Bier ... Obwohl es irgendwie nicht nötig war zu antworten, tat er es. »Natürlich nicht, das sage ich ja gar nicht. Aber die Zahl der Betten und der Service sind nicht das Wichtigste in einem Hotel. Ebenso wenig wie der Preis für ein Essen auf der Speisekarte. Ich hätte auch ins Hilton gehen oder mein Bier in der teuersten Prager Kneipe trinken können. Aber wozu? Nimm doch nur dich: Weshalb bist du ausgerechnet hierher gekommen? Das ist doch nicht das angesagteste Restaurant!«

»Hier ist es gemütlich«, gab Edgar zu. »Und das Essen ist gut.«

»Genau das meine ich.«

»Ja!«, rief Edgar in einem urplötzlichen Ausbruch betrunkenen Großmuts aus. »Ich glaube, ich habe es verstanden. Worin der Unterschied zwischen uns besteht. Ihr versucht, eure natürlichen Bedürfnisse einzuschränken. Aus Bescheidenheit oder so ... Wir dagegen leben auf größerem Fuß ... Was die Kraft angeht, das Geld, Rohstoffe und menschliche Ressourcen ...«

»Menschen sind keine Ressourcen!« Antons Blick wurde mit

einem Mal bohrend und böse. »Verstehst du das? Sie sind keine Ressourcen!«

So war es immer ... man brauchte nur Berührungspunkte zu erwähnen ... Edgar seufzte. Was hatte man ihnen nicht alles weisgemacht, diesen Lichten. Ach, was nicht alles ...

»Gut. Lassen wir das.« Er trank sein Bier aus. »Aber hier hat ein amerikanischer Pilot gesessen ...«, konnte er sich dann doch nicht verkneifen. »Ein Lichter Magier obendrein ... Eine echte Nullnummer, er hat mich noch nicht einmal bemerkt. Wollen wir wetten, dass er Menschen als Ressourcen sieht? Oder als minderwertige Rasse, als dumme und unverständige Rasse, die man züchten und bestrafen kann. Damit unterscheidet er sich nicht von uns.«

»Unser Unglück ist, dass wir ein Produkt der menschlichen Gesellschaft sind«, erwiderte Anton düster. »Mit all ihren Unzulänglichkeiten. Wenn die Lichten nicht bereits viele hundert Jahre gelebt haben, tragen selbst sie die Stereotypen und Mythen ihres jeweiligen Landes in sich, sei es nun Russland, Amerika oder Burkina Faso, das ist völlig egal. Warum spukt mir bloß ständig Burkina Faso im Kopf rum?«

»Einer dieser Idioten von den Regin-Brüdern ist aus Burkina Faso«, bot Edgar eine Erklärung an. »Und die Bezeichnung ist auch komisch.«

»Die Regin-Brüder ...« Anton nickte. »Weshalb habt ihr euch mit denen eingelassen? Denn es war doch wohl einer aus der Moskauer Tagwache, der sie gerufen hat! Er hat Hilfe versprochen, die Aktivierung der Kralle des Fafnir ... Wozu?«

»Ich weiß nur, was offiziell verbreitet wird!«, versicherte Edgar rasch. Das fehlte noch, dass diese Lichten ihn wegen eines Formfehlers drankriegten ...

»Du brauchst es nicht zuzugeben, das ist gar nicht nötig!« Anton winkte ab. »Ich bin schließlich kein Kind mehr. Aber wenn wir eins nicht brauchen, dann ist es das Auftauchen eines wahnsinnigen Dunklen Magiers mit ungeheurer Kraft.«

»Das brauchen auch wir nicht«, erklärte Edgar. »Das wäre Krieg. Mit allem Drum und Dran. Das wäre die Apokalypse.«

»Dann habt ihr die Regin-Brüder also angelogen«, stellte Anton fest. »Ihr habt sie dazu überredet, das Berner Büro anzugreifen, die Kralle zu stehlen, nach Moskau zu fliegen ... aber wozu? Um den Spiegel aufzutanken?«

Er denkt schnell, stellte Edgar insgeheim fest. Doch er schüttelte den Kopf, während er nach einer brillanten Erwiderung suchte. »Was für ein Quatsch! Wir haben überhaupt erst erfahren, wer dieser Witali Rohosa ist, nachdem die Kralle bereits geraubt und die vier überlebenden Kämpfer auf dem Weg nach Moskau waren.«

»Stimmt auch wieder!«, rief Anton plötzlich aus. »Du hast Recht, Dunkler! Das Auftauchen des Spiegels ließ sich nicht voraussagen, denn er ist ein elementares Produkt des *Zwielichts*. Das offizielle Kommuniqué der Inquisition bestätigt, dass die Sekte den Sturm auf das Depot mit den Artefakten bereits zwei Wochen vor diesen Ereignissen geplant hat. Rohosa gab es damals noch gar nicht ... genauer gesagt, es gab ihn, aber nicht als Spiegel, sondern als normalen Menschen, den das *Zwielicht* dann einer Metamorphose unterzog ...«

Edgar biss sich auf die Lippe. Jetzt sah es so aus, als habe er dem Lichten etwas gesteckt ... ihm eine Information zukommen lassen oder ihn einfach auf den richtigen Gedanken gebracht. Das sah nicht gut aus ... Warum eigentlich nicht? Er selbst durchschaute die Situation ja auch nicht. Für ihn war das auch lebenswichtig. »Vielleicht wollte jemand das Büro der Inquisition aus Bern verjagen?«, dachte er schließlich laut.

»Oder hat beschlossen, es nach Prag zu verlegen ...«

Sie starrten einander nachdenklich an, der Lichte und der Dunkle, beide gleichermaßen daran interessiert zu verstehen, was hier geschah. Der Kellner wollte schon auf sie zukommen, doch als er bemerkte, dass sie ihr Bier noch nicht ausgetrunken hatten, ging er zu den Amerikanern.

»Das wäre eine Variante«, stimmte Edgar zu. »Doch die Operation mit der Kralle brauchten wir nicht! Versucht gar nicht erst, uns einen derartigen Schwachsinn anzuhängen!«

»Aber vielleicht«, sagte Anton plötzlich, »wart ihr darauf aus, eine andere Operation zu *hintertreiben* … *unsere* Operation? Und da kam euch die Kralle des Fafnir gerade recht?«

Edgar verfluchte sich selbst für seine Geschwätzigkeit. Natürlich nur im übertragenen Sinne. Kein Dunkler würde sich freiwillig einen Infernostrudel über den Kopf hängen.

»Wie kommst du denn darauf? Und was denn überhaupt für eine Operation …«, setzte er an. Und begriff sogleich: Indem er unversehens die Nachtwache zu verteidigen begann, bestätigte er im Grunde Antons Hypothese.

»Danke, Anderer«, sagte der Lichte nachdrücklich.

Während sich Edgar innerlich immer noch in den Arsch trat, erhob er sich. Es hieß ja nicht umsonst: Wenn du dich mit einem Lichten an einen Tisch setzt, schneid dir die Zunge ab und näh dir den Mund mit Draht zu!

»Ich muss jetzt gehen«, erklärte er. »Es war sehr schön … mit dir zu sprechen.«

»Gleichfalls«, stimmte Anton zu. Und streckte sogar die Hand aus.

Ihm nicht die Hand zu geben wäre dumm gewesen. Edgar ergriff die ausgestreckte Hand, legte einen Schein im Wert von fünfhundert Kronen auf den Tisch und ging schnell hinaus.

Anton lächelte ihm hinterher. Letzten Endes machte es Spaß, einen Dunklen zu verwirren, vor allem dann, wenn er zu den ersten Zehn der Tagwache gehörte. Dieser dicke Wächter glaubte jetzt tatsächlich, er habe ihm irgendein schreckliches Geheimnis verraten – obwohl er nichts beim Namen genannt hatte und Antons Version dumm war; und selbst wenn sie zufällig wahr sein sollte, so hatte Anton doch nichts Handfestes erfahren …

Er nickte dem Kellner zu und machte eine Geste, bei der er

mit dem Finger etwas auf die offene Handfläche zu schreiben schien. Eine Minute später kriegte er die Rechnung.

Mit dem üblichen Trinkgeld belief sie sich auf Tausendundzwanzig Kronen.

Ach diese Dunklen ...

Selbst wenn es um Kleinigkeiten geht, müssen sie geizen. Nach all den Anspielungen, wie erbärmlich die Nachtwache dastehe und wie ihre Mitarbeiter das Geld zusammenhielten ...

Nachdem Anton bezahlt hatte, stand er auf (das Bier war nun doch zu spüren – sein Körper war angenehm, gleichzeitig aber auch beängstigend entspannt) und verließ den *Schwarzen Adler*. Zum Altstädter Ring, dem Rathausplatz, wo er sich mit dem Mitarbeiter des Europabüros der Inquisition treffen sollte, würde er es noch gerade so schaffen.

Hier wimmelte es stets von Touristen.

Vor allem zu Beginn einer Stunde, wenn im Rathausturm die alte astronomische Uhr zu schlagen begann. Dann öffneten sich zwei Fenster, in denen die Apostel erschienen, sich nach vorn bewegten, als ob sie den Platz überblicken wollten, und dann wieder im Innenleben des Mechanismus verschwanden. Eine unermüdliche Wache des Altstädter Rings.

Anton stand inmitten der Touristen, die Hände in den Taschen vergraben – die Finger froren doch, und Handschuhe hatte er aus irgendeinem Grund noch nie gern getragen. Um ihn herum surrten leise Videokameras, klickten die Auslöser der Fotoapparate, tauschte die vielsprachige Menge Eindrücke vom Besuch einer weiteren obligatorischen Sehenswürdigkeit aus. Er vermeinte sogar, das Knirschen der Gehirne zu hören, die einen Haken im Reiseführer für Prag machten: Uhr angucken – erledigt.

Warum lief er unwillkürlich in dieser gesichtslosen Masse mit und hakte seine Programmpunkte innerlich ganz genauso ab?

War er zu faul, sich selbst etwas einfallen zu lassen? Zu träge? Oder war das ein unausrottbarer Herdeninstinkt? Die Dunklen dürften schließlich nicht in der allgemeinen Menge trotten ...

»Nein, ich verstehe dich nicht«, erklang es ein paar Schritte von ihm entfernt. »Ich bin im Urlaub, hörst du? Kannst du das nicht selbst entscheiden?«

Anton schielte zu seinem Landsmann hinüber. Eine besondere Freude war das nicht. Ein kräftiger Russe mit breiten Schultern und reichlich viel Gold. Teure Anzüge zu tragen hatte er bereits gelernt, aber eine Krawatte von Hermes binden – das konnte er nicht. Natürlich war die Krawatte gebunden, aber mit einem so furchtbaren »Kolchosknoten«, dass es peinlich anzusehen war. Unter dem offenen Mantel aus glutrotem Kaschmir lugte ein zerknautschter Schal hervor.

Der neureiche Russe fing seinen Blick auf, runzelte die Stirn, steckte das Handy weg und sah wieder zur Rathausuhr. Anton schaute woanders hin.

Die dritte Generation, so versprachen es die Analytiker. Sie müssten auf die dritte Generation warten. Der Enkel dieses reich gewordenen Mafioso, dem es gelungen war, am Leben zu bleiben, würde ein absolut anständiger Mensch sein. Sie mussten nur warten. Und im Unterschied zu Menschen konnten Andere Generationen warten. Ihre Arbeit zog sich über Jahrhunderte hin ... zumindest die Arbeit der Lichten.

Die Dunklen hatten es dagegen leichter, die notwendigen Veränderungen im Bewusstsein der Menschen herbeizuführen. Der Weg des Dunkels ist stets kürzer als der des Lichts. Kürzer, leichter und angenehmer.

»Anton Gorodezki«, sagte jemand hinter ihm. Russisch war offenbar nicht die Muttersprache des Sprechers, obwohl er es vollendet beherrschte.

Die Intonation war unverwechselbar. Die beiläufige, leicht gelangweilte Intonation der Inquisitoren.

Anton drehte sich um, nickte und streckte die Hand aus.

Der Inquisitor schien ein Tscheche zu sein. Ein hochgewachsener Mann unbestimmten Alters, der einen warmen grauen Mantel und eine Baskenmütze aus Wolle mit einer komischen Spange in Form von Jagdhörnen, Flinte und Hirschkopf trug. Man konnte sich ihn ohne weiteres in einem dämmrigen herbstlichen Park vorstellen: Langsam schritt er über den dicken Teppich aus bereits braun gewordenen Blättern, ein nachdenklicher, trauriger Mann, der an einen in seine Gedanken versunkenen Spion erinnerte.

»Vítězslav«, sagte der Inquisitor. »Vítězslav Grubin. Gehen wir.«

Sie kamen problemlos aus der Menge heraus, denn die Menschen wichen aus irgendeinem Grund vor dem Inquisitor zurück, obwohl dieser nicht auf seine Fähigkeiten als Anderer zurückgriff. Sie gingen durch ein schmales Gässchen und entfernten sich langsam von den müßiggängerischen Touristen.

»Wie war der Flug, Anton?«, wollte Vítězslav wissen. »Haben Sie sich schon erholt und etwas gegessen?«

»Danke, es ist alles in Ordnung.«

Die Freundlichkeit des Inquisitors – selbst wenn sie noch so formell sein mochte – überraschte und freute Anton.

»Brauchen Sie Hilfe von unserem Büro?«

Anton schüttelte den Kopf, ohne im Geringsten daran zu zweifeln, dass der ein paar Schritte vor ihm hergehende Vítězslav die Bewegung spürte.

»Gut«, antwortete der Inquisitor in nach wie vor gleichgültigem, wenn auch aufrichtigem Ton. »Wir haben sehr viel Arbeit ... Die Verlegung des Europabüros von Bern nach Prag war für uns alle ein bedeutsames Ereignis. Wir sind sehr stolz ... sehr stolz darauf. Aber unsere Abteilung ist nur sehr klein. Und es gibt jede Menge Arbeit.«

»Soweit ich weiß, hat die Inquisition in Prag wenig zu tun«, sagte Anton.

»Ja. Die Wachen hier sind sehr gesetzestreu. Sie verletzen den Großen Vertrag kaum.«

Da hat er Recht, dachte Anton. Die Inquisition beschäftigte sich stets mit den Zwistigkeiten der Wachen untereinander, der Verbrechen einzelner Anderer nahmen sich die Wachen selbst an. Auf die Dunklen in Prag dürfte indes die Atmosphäre eines normalen europäischen Landes kaum eine beruhigende Wirkung gehabt haben. Doch im Rahmen der Organisation hatten sie gelernt, die Gesetze zu achten.

Oder sie zumindest weniger augenfällig zu übertreten.

»Die Sitzung des Tribunals zum Fall Igor Teplow, Magier zweiten Grades, leitender Mitarbeiter der Nachtwache Moskaus, beginnt morgen Abend«, teilte Vítězslav mit. Anton fiel auf, dass Igor mit vollem Namen und dem ihm zukommenden Status genannt worden war und die Sitzung *begann*, und nicht *stattfand*. Demzufolge hatte die Inquisition noch keinen Beschluss gefasst. Und stellte sich auf einen langen Prozess ein ... »Wollen Sie ihn sehen?«

»Ja, natürlich«, nickte Anton. »Ich habe ihm ein paar Briefe von Kollegen und ein paar Geschenke mitgebracht ...«

Er verstummte. Der Satz von den Briefen und Geschenken klang irgendwie sehr bedeutungsschwer. Als brächte er tatsächlich jemandem im Gefängnis etwas. Oder besuche einen Schwerkranken ...

»Ich bin mit dem Auto da«, sagte der Inquisitor. »Wir können jetzt in Ihr Hotel fahren, um die Sachen zu holen, und dann zu dem Arrestanten ...«

»Igor ... ist er irgendwo in der Inquisition?«

»Nein. Warum?«, antwortete Vítězslav mit einer Gegenfrage. Er blieb vor einem Skoda Felicia stehen, der am Straßenrand geparkt war. »Einen arretierten Dunklen hätten wir vielleicht unter Beobachtung gestellt. Aber Ihr Mitarbeiter ist in einem gewöhnlichen Hotel. Er musste allerdings eine Erklärung unterschreiben, nicht auszureisen.«

Anton nickte und erkannte, wie überflüssig seine Frage gewesen war. In der Tat, warum hätten sie einen Lichten Magier ins Gefängnis stecken sollen?

»Entschuldigen Sie, Vítězslav ...«, sagte er. »Mir ist klar, dass es für Ihre heutige Arbeit keine Bedeutung hat, aber ich würde gern wissen ... einfach so, ohne jeden Hintergedanken ... vielleicht könnte ich Sie auch sondieren, aber das widerspräche den Gepflogenheiten ...«

»Was ich gewesen bin?«, fragte Vítězslav.

»Ja.«

Der Inquisitor holte den Schlüssel heraus, drückte einen Knopf am Schlüsselanhänger und schaltete damit die Alarmanlage ab. Dann öffnete er die Tür.

»Ich bin ein Vampir. War es, besser gesagt.«

»Ein Höherer?«, hakte Anton aus irgendeinem Grund nach.

»Ja.«

Anton nahm auf dem Beifahrersitz Platz und schnallte sich an. Der Vampir Vítězslav ließ den Motor an, fuhr aber noch nicht los, damit der Motor sich erst warm laufen konnte.

»Verzeihen Sie mir, die Frage war wirklich idiotisch«, gab Anton zu.

»Natürlich, absolut idiotisch.« An übermäßiger Feinfühligkeit litt der Inquisitor nicht. »Soweit ich weiß, Anton, sind Sie noch sehr jung ...«

Sanft, flüssig fädelte sich Vítězslav in den Verkehr ein. In welchem Hotel Anton abgestiegen war, fragte er natürlich nicht. Das war nicht nötig. »Sie hegen vermutlich einige Illusionen, was die Inquisition ist und welche Anderen für sie arbeiten«, sagte er. »Also gut ... Lassen Sie mich Ihnen die nötigen Erklärungen geben. Die Inquisition repräsentiert keine dritte Kraft, wie viele einfache Mitarbeiter der Wachen glauben. Wir entwickeln uns auch nicht zu einer besonderen Art von Anderen, die weder zum Dunkel noch zum Licht gehört ... Wir sind einfach Inquisitoren. Ausgewählt aus den Dunklen und Lichten, vorausgesetzt, wir haben – aus welchen Gründen auch immer – verstanden, wie notwendig der Große Vertrag und die Waffenruhe zwischen den Wachen ist. Ja, wir verfügen über bestimmte Informationen, die Ihnen, den Wächtern, nicht zugänglich sind – von den höchsten Magiern vielleicht abgesehen. Und glauben Sie mir, Anton Gorodezki, dass unser Wissen uns keine Freude bereitet. Wir sind dazu *gezwungen*, die Hüter des Großen Vertrages zu sein. Verstehen Sie das?«

»Ich versuche, es zu verstehen«, sagte Anton.

»Ich bin ein Vampir«, wiederholte Vítězslav leise. »Ein echter Höherer Vampir, der mehr als einmal eine junge Frau umgebracht hat ... Energetisch gesehen gibt es nichts Besseres ...«

»Auf einen Vortrag über die Physiologie der Vampire kann ich verzichten«, unterbrach Anton ihn. »Das ist mir unangenehm, glauben Sie mir das.«

Vítězslav nickte und schaute aufmerksam auf die Straße. Anton fiel plötzlich auf, dass das Auto noch ganz neu war, sauber, der Inquisitor es offenbar pflegte und stolz darauf war ...

»Also gut, ich habe keine Seele oder zumindest kein Leben in dem Sinne, wie es die Lichten auffassen«, fuhr Vítězslav fort. »Die Sache des Lichts halte ich für naiv, gefährlich und teilweise sogar für eine verhängnisvolle Doktrin. Die Sache des Dunkels spricht mich dagegen sehr an. Aber ...«

Er verstummte einen Moment, als müsse er einen komplizierten Gedankengang konstruieren.

»Aber ich kann mir die Alternative zur gegenwärtigen Situation gut vorstellen. Deshalb gehöre ich der Inquisition an. Deshalb bestrafe ich alle, die den Großen Vertrag verletzen. Beachten Sie das, Anton. Nicht diejenigen, die Unrecht haben, denn die Wahrheit gibt es immer mindestens in zwei Varianten. Nicht diejenigen, die nach vorn stürmen, denn es gab Zeiten, in denen das Licht über mehr Kraft verfügte, und Zeiten, in denen das Dunkel siegte. Die Inquisition ist nur der Hüter des Großen Vertrages.«

»Ich verstehe«, sagte Anton. »Natürlich. Was mich aber schon immer interessiert hat: Kann eine Situation entstehen, in der die Inquisition die eine oder die andere Seite unterstützt? Sich nicht auf die Buchstaben des Vertrages bezieht, sondern auf die Wahrheit.«

»Es gibt mindestens zwei Wahrheiten«, wiederholte der Inquisitor. »Eine Situation ...«

Er versank in Gedanken.

»Ich habe noch nie einen Lichten Inquisitor kennen gelernt, der seine Wache unterstützt hätte«, erklärte Anton. »Aber lässt sich das auch für Dunkle Inquisitoren sagen? Wie man es auch dreht und wendet, Sie haben Ihre Kräfte, Ihr geheimes Wissen. Von den konfiszierten Artefakten in den Depots ganz zu schweigen.«

»Möglich ist alles«, räumte der Vampir überraschend ein. »Ja ... das gebe ich zu. Falls ein offener Krieg zwischen dem Dunkel und dem Licht ausbricht, nicht nur eine Schlacht zwischen den Wachen, sondern ein regelrechter Krieg zwischen Dunkel und Licht. Wenn jeder Andere auf seiner Seite der Front steht ... Doch ob die Inquisition dann noch nötig ist? Dann werden auch wir wieder einfache Andere ...« Er nickte. »Doch zu dieser Zeit existiert vermutlich schon gar keine Inquisition mehr«, fügte er schließlich hinzu. »Sie wäre untergegangen bei dem Versuch, eine solche Situation zu verhindern. Aber wir sind nicht sehr viele. Und das Verhalten einiger überlebender Anderer, die einst die Kittel der Inquisitoren getragen haben, würde nichts ändern.«

»Ich verstehe, was die Nachtwache veranlasst, den Vertrag einzuhalten«, sagte Anton. »Wir kämpfen für die Menschen. Und ich weiß, was die Tagwache antreibt, nämlich die Angst um sich selbst. Aber was bringt Sie, die Inquisitoren, dazu, gegen Ihr eigenes Wesen anzugehen?«

Vítězslav drehte ihm den Kopf zu. »Euch alle leitet nur die *Angst*, Anton Gorodezki«, sagte er leise. »Um euch selbst oder um die Menschen, das spielt keine Rolle. Aber uns leitet *das Entsetzen*. Deshalb halten wir den Großen Vertrag ein. Sie können wegen des Prozessausgangs beruhigt sein – es wird keine Unterstellungen geben. Wenn Ihr Kollege den Vertrag nicht verletzt hat, kann er Prag gesund und munter verlassen.«

Gegen Abend ließ Edgars Verzweiflung etwas nach. Vielleicht hatte ihm das gute Essen in einem teuren Restaurant geholfen, samt einer Flasche erlesenen tschechischen Weins (nun, kein französischer, kein spanischer, aber ein ziemlich guter). Vielleicht wirkte auch die Atmosphäre des weihnachtlichen Prags beruhigend auf ihn. An Gott glaubte Edgar natürlich nicht – wenige Andere und noch weniger Dunkle waren anfällig für solche überholten Ansichten. Aber das Weihnachtsfest selbst fand er reizend und ansprechend, weshalb er versuchte, es stets gebührend zu feiern.

Vielleicht lag das an Kindheitserinnerungen? Als er noch ein einfacher Bauernjunge namens Edgar gewesen war, der seinem Vater auf dem Hof half, in die Kirche ging und mit klopfendem Herzen jedes Fest erwartete. Oder kamen ihm die ungebetenen Erinnerungen aus den zwanziger, dreißiger Jahren in den Sinn, als er bereits ein Anderer war, aber noch nicht aktiv in der Wache arbeitete, in Tallinn lebte, eine gut gehende Anwaltskanzlei führte, eine prachtvolle Frau und vier Kinder hatte ... Seine Eltern waren schon lange tot, auch seine Frau hatte er inzwischen begraben, von den beiden noch nicht verstorbenen Söhnen lebte einer in Kanada, der andere in Pärnu. Beide hatte er seit vierzig Jahren nicht gesehen. Es wäre den beiden alten Leuten schwer gefallen zu glauben, dass dieser jugendliche kräftige Mann ihr Vater war, der noch Ende des 19. Jahrhunderts auf die Welt gekommen war.

Ja, vermutlich sind es Erinnerungen, dachte Edgar bei sich, während er sich eine Zigarre anzündete. Trotz allem bot ein normales menschliches Leben doch viel Schönes. Vielleicht sollte er es mal wieder als Mensch versuchen? Heiraten, eine Familie gründen … sich für dreißig Jahre von der Wache beurlauben lassen …

Er lachte lautlos. Das war doch alles Quatsch. Man konnte nicht zweimal in denselben Fluss steigen. Er hatte bereits als Mensch gelebt, hatte als einfacher Anderer gelebt, und jetzt war sein Platz in der Tagwache. Jungen wie Anton hatten es gut, mit ihrem ungebrochenen Eifer und ihren lebendigen Gefühlen, aber für Edgar schickte sich eine derartige Unruhe nicht mehr …

Edgar fing den Blick einer jungen Frau auf, die sich allein am Nachbartisch langweilte, und lächelte sie an. Ganz leicht nur berührte er ihr Bewusstsein.

Keine Prostituierte, sondern einfach eine junge Frau auf Abenteuersuche. Umso besser. Er mochte die Professionellen nicht, die ihn ohnehin nicht mehr erstaunen konnten.

Er rief den Kellner und bestellte eine Flasche Sekt.

Vier

Die Inquisition hatte es bei der Unterbringung des Arrestanten an nichts mangeln lassen. Das Hotel war anständig, die Suite zwar nicht de luxe, aber sehr schön, mit zwei Zimmern.

Anton verhielt kurz den Schritt, bevor er auf Igor zutrat.

Er hatte sich verändert ...

Von Anfang an hatte Igor in der Wache als Fahnder gearbeitet. Er war ihr in den ersten Nachkriegsjahren beigetreten, als es ungeheuer viel Arbeit gab. Damals kam es einerseits zu einer Eruption lichter Gefühle, andererseits hatten kleine Ganoven Hochkonjunktur ... Außerdem erkannten bei der allgemeinen atheistischen Einstellung im Land die Menschen nur mit Mühe den Anderen in sich. Igor hatte sein Wesen leicht und voller Freude akzeptiert. Ihm schien es relativ egal zu sein, was er tat – mit dem Fallschirm im Rücken der Faschisten abzuspringen und Brücken in die Luft zu sprengen oder in Moskaus Straßen Vampire und Tiermenschen zu jagen. Solide dritte Kraftstufe, mit gewissen Chancen, sich weiterzuentwickeln, doch auch die dritte Stufe war bereits nicht wenig, wenn sie mit Erfahrung, Kühnheit und einem guten Reaktionsvermögen einherging.

Igor besaß all das im Übermaß. Höchstens an Erfahrung mangelte es ihm noch, aber manches Jahr seiner Arbeit in der Wache konnte durchaus für drei zählen. Vielleicht war er nicht so belesen und versiert wie Ilja oder Garik, hatte nicht an so vielen beeindruckenden Operationen teilgenommen wie Semjon, aber »im Feld« waren ihm nur wenige ebenbürtig. Und noch etwas hatte Anton immer gefallen: Igor war jung geblieben. Nicht nur körperlich, was ohnehin kein Problem für einen Magier seines Grades darstellte, sondern auch seelisch. Wer sonst hätte fröhlich zugestimmt, die fünfzehnjährige Julja aus der analytischen Abteilung zu begleiten, um ins tiefste Tuschino zu fahren, wo die Band *Tequila Jazz* ihr neues Album *Hundertfünfzig Milliarden Schritte* vorstellte? Wer sonst würde sich hingebungsvoll um einen Teenager voller Komplexe kümmern, der festgestellt hatte, dass er ein Anderer war? Wer würde fünf Jahre lang begeistert extremes Fallschirmspringen betreiben, nur um jene Theorie gründlichst zu überprüfen, derzufolge der Anteil von Anderen unter Extremsportlern höher ist als anderswo? Wer sonst erklärte sich immer als Erster bereit, mit einem Kollegen den Dienst zu tauschen oder die langweiligsten Aufgaben (für die gefährlichsten fanden sich immer Freiwillige) zu übernehmen? Vielleicht machte Anton da einen Fehler, aber in letzter Zeit gelangte er immer häufiger zu der Überzeugung, dass es weit nützlicher sei, wenn ihm ein zuverlässiger und lebenslustiger statt eines starken und durch Erfahrung klug gewordenen Kollegen den Rücken deckte. Der starke und kluge Wächter konnte immer durch eine Aufgabe abgelenkt werden, die wichtiger war als die, ihm Rückendeckung zu geben ...

Der Andere, der jetzt vor Anton stand, sah weder stark noch lebensfroh aus. Igor war enorm abgemagert, in seinen Augen lag eine stumme, farblose Sehnsucht. Und noch etwas: Er schien kaum zu wissen, wohin mit seinen Händen ... mal versteckte er sie hinterm Rücken, mal faltete er sie.

»Anton ...«, sagte er schließlich. Ohne ein Lächeln, nur mit einem leichten Hauch von Freude. »Hallo, Anton.«

Einem plötzlichen Impuls folgend, trat er an Igor heran und

umarmte ihn. »Hallo, hallo ...«; flüsterte er. »Was machst du nur für Sachen ...«

Vítězslav stand neben der Tür. »Ich werde Sie nicht offiziell zur Einhaltung der Besuchsordnung gegenüber dem Verdächtigen ermahnen ... denn Sie sind beide Lichte«, sagte er leise. »Soll ich auf Sie warten, Gorodezki?«

»Nein, danke.« Anton trat von Igor zurück, ließ aber die Hand auf seiner Schulter. »Ich komme allein zurück.«

»Igor Teplow, die Sitzung des Tribunals zu Ihrem Fall findet morgen Abend statt, um sieben Uhr Ortszeit. Ein Auto wird Sie um halb sieben abholen, halten Sie sich bereit.«

»Ich halte mich schon lange bereit«, sagte Igor leise. »Keine Sorge.«

»Alles Gute«, wünschte der Vampir freundlich und ging.

Die beiden Lichten blieben allein.

»Seh ich so erbärmlich aus?«, fragte Igor.

Anton wollte nicht lügen. »Das kannst du laut sagen. Wie der Tod auf Beinen. Man könnte denken, du bekämst nur Wasser und Brot.«

Igor schüttelte ernst den Kopf. »Nein, wie kommst du darauf. Die Bedingungen, in denen ich gehalten werde, sind normal.«

Eine leichte Ironie schwang in seinen Worten mit. Als spreche er über ein Tier, das im Zoo im Käfig lebt.

»Ich habe dir was mitgebracht«, antwortete Anton im selben Ton, in der Hoffnung, so den schwachen Lebensfaden zu erwischen. »Ist das Füttern erlaubt?«

»Ja«, nickte Igor. »Ich habe nur einfach ... Mir bleibt jeder Bissen im Hals stecken, verstehst du? Ich lese keine Bücher, will nichts trinken, mit niemandem reden ... Ich stelle den Fernseher an und glotze ... bis drei Uhr nachts. Wenn ich morgens aufstehe, stelle ich ihn gleich wieder an. Kannst du dir das vorstellen? Ich habe sogar schon perfekt Tschechisch gelernt. Eine sehr verständliche Sprache.«

»Schlimm«, meinte Anton. »Gut. Wie du dir sicherlich denken kannst, habe ich unter der Hand Befehle und Anweisungen vor der Reise bekommen. Ich soll dir nämlich deinen Lebenswillen zurückgeben.«

Jetzt musste Igor doch lachen. »Verstehe. Da kann man wohl nichts machen ... Dann pack mal aus.«

Anton legte einen dicken Packen Briefe auf den Tisch. Auf jedem Umschlag stand nur ein Name: der des Absenders.

»Jeder von uns hat dir geschrieben. Olga hat verlangt, dass du ihren Brief als Erstes liest. Das Gleiche haben allerdings auch Juletschka und Lena verlangt. Also entscheide selbst ...«

Igor schaute nachdenklich auf die Briefe. »Ich ziehe später einfach einen. Gut, pack weiter aus. Ich meine jetzt nicht die Briefe.«

Lächelnd holte er eine in Papier gewickelte Flasche heraus.

»Smirnowskaja Nr. 21«, sagte Igor. »Stimmt's?«

»Stimmt.«

»Das hab ich gewusst. Mach weiter.«

Mit einem schiefen Lächeln holte Anton aus der Tüte einen kleinen Laib Schwarzbrot *Borodinski*, eine Wurst, eingelegte Gurken in einer Plastiktüte, einige fliederfarbene Zwiebeln aus Jalta und ein Stück Speck.

»Teufel auch!« Igor schüttelte den Kopf. »Alles, was ich mag. Da hat Semjon euch beraten, oder?«

»Ja.«

»Die Zöllner müssen dich für verrückt gehalten haben.«

»Ich habe ihren Blick abgelenkt. Schließlich bin ich auf Dienstreise, da habe ich das Recht dazu.«

»Alles klar. Gut, ich bereite uns was vor. Du erzählst mir, was bei uns los war. Man hat mich zwar informiert ... aber so ist es besser. Von Andrej und Tigerjunges ... von diesem ganzen Wirrwarr.«

Während Igor die Sachen zurechtschnitt, Gläser spülte und gewissenhaft abtrocknete und die Flasche öffnete, gab Anton ihm eine Kurzfassung der jüngsten Moskauer Ereignisse.

Schweigend goss Igor Wodka in vier Gläser ein. Zwei deckte er mit geschnittenem Brot ab, eins schob er Anton hin, das letzte nahm er selbst.

»Auf die Kollegen«, sagte er. »Möge das Licht ihnen gnädig sein. Auf Tigerjunges ... auf Andrjuschka ...«

Sie tranken auf ex, ohne vorher anzustoßen. Neugierig betrachtete Anton Igor. Der hustete los und sah das Glas verzweifelt an. »Anton ... um Himmels willen ... der Wodka ätzt einem ja alles weg!«

»Ach nee!«, bestätigte Anton fröhlich. »Dieser Wodka ist auch etwas ganz Besonderes, nämlich reiner Alkohol, veredelt mit Leitungswasser. Ich habe ewig danach gesucht. Du kannst dir gar nicht vorstellen, wie schwierig es jetzt ist, in einem Geschäft gepanschten Wodka zu bekommen!«

»Wozu?«, erwiderte Igor.

»Was, *wozu*? Wozu bringe ich dir das *Borodinski* mit? In jedem Prager Geschäft hätte ich ein Schwarzbrot kaufen können, ein frisches und leckeres Brot! Und Wurst auch. Und Speck. Mit den Zwiebeln wäre es vielleicht nicht so einfach gewesen ...«

»Was ist das? Ein Gruß aus der Heimat?«, fragte Igor, der noch immer das Gesicht verzog.

»Genau.«

»Alles, bloß das nicht ... An meinem letzten Morgen möchte ich ohne Kopfschmerzen aufwachen«, sagte Igor ernsthaft. Er runzelte die Stirn und fuhr mit der Hand über die Flasche und die beiden vollen Gläser. Die Flüssigkeit funkelte kurz zitronengelb auf. »Niedere Magie ist mir erlaubt«, erklärte Igor mit einem leichten Schuldgefühl in der Stimme.

»Dann gieß noch mal ein.«

»Musst du noch irgendwohin?«, fragte Igor, wobei er zu Anton hinüberschielte und den magisch behandelten Wodka einschenkte.

»Nein. Wo sollte ich hinmüssen?«, erwiderte Anton. »Ich sitze lieber hier mit dir zusammen und unterhalte mich. Willst du wissen, weshalb ich die Flasche ausgetauscht habe?«

»Dann geht das also auf dich zurück?«

»Ja, genau. Semjon hat richtigen mitgebracht. Aber ich wollte dich an etwas erinnern ... Nicht immer steckt in einer schönen Verpackung auch ein schöner Inhalt.«

Igor seufzte, sein Gesicht verschattete sich. »Gorodezki ... du brauchst mir keine Moralpredigt zu halten. Ich war schon bei der Wache, da warst du noch nicht mal geboren. Mir ist das alles klar! Aber ich bin schuldig, und ich werde meine Strafe akzeptieren.«

»Nein, dir ist überhaupt nichts klar!«, schrie Anton wütend. »Du stehst da, *Seht nur her* ... besser, du sitzt da! *Ich bin schuldig, ich akzeptiere meine Strafe ...«*, äffte er Igor nach. »Und was sollen wir tun? Vor allem jetzt, ohne Tigerjunges und Andrej? Hast du schon gehört, dass Geser beschlossen hat, unsere Programmiererinnen auszubilden?«

»Hör auf damit, Anton! Jeder Andere ist zu ersetzen. In der Reserve der Moskauer Wache sind Hunderte von Magiern und Zauberinnen!«

»Ja, natürlich. Und wenn wir pfeifen, kommen sie. Sie verlassen ihre Familien, geben ihre Arbeit auf, das Übliche. Stehen Gewehr bei Fuß, was auch sonst? Wenn das aktive Personal sich blamiert hat, die Hände in den Schoß legt, aufgibt ...«

Igor seufzte. »Anton, das alles ist mir klar.« Er redete jetzt mit scharfer und energischer Stimme, erinnerte wieder an den Fahnder von einst. »Du bist ein schlauer Kerl, und du hast Recht, wenn du mich auf die Palme bringst. Du versuchst, meinen Lebenswillen wieder anzustacheln ... versuchst, mich zu überzeugen zu kämpfen ... Aber du musst eins begreifen: Ich will wirklich nicht kämpfen! Ich halte mich wirklich für schuldig. Ich habe wirklich ... entschieden zu gehen. Ins Nichts, ins *Zwielicht.*«

»Warum, Igor? Ich verstehe, dass der Tod eines Menschen immer eine Tragödie ist, vor allem wenn es deine Schuld ist, aber du konntest doch nicht vorhersehen ...«

Igor bedachte ihn mit einem schweren Blick. Und schüttelte den Kopf. »Nein, Antoschka. Du verstehst nicht das geringste Bisschen. Du glaubst, ich bestrafe mich dafür, dass dieser Junge ertrunken ist? Nein.«

Anton nahm sein Glas und leerte es in einem Zug.

»Der Junge tut mir leid«, fuhr Igor fort. »Sehr leid. Ich habe in der Tat schon eine Menge mit ansehen müssen ... auch, dass Menschen sterben. Meinetwegen. Kinder, Frauen und Alte. Musstest du zum Beispiel schon einmal entscheiden, zu wem du rennst, wen du rettest: einen nicht initiierten Anderen oder einen normalen Menschen? Ich musste es. Musstest du schon mal aus einer Menge alle Kraft ziehen? In dem Wissen, dass mit neunzigprozentiger Wahrscheinlichkeit zwei Menschen in dieser Menge das nicht aushalten und sich das Leben nehmen? Ich musste es.«

»Ich habe auch schon einiges durchmachen müssen, Igor.«

»Ja, ich weiß. Damals dieser Orkan ... Warum kommst du mir dann mit diesem Mist? Kannst du mir nicht glauben, dass es nicht um diesen unglückseligen Jungen geht? Sondern darum, dass ich eine Dunkle liebe?«

»Das kann ich nicht«, gab Anton zu. »Niemals! Geser hat das auch gesagt, aber ...«

»Gut, dann glaub halt Geser.« Igor lächelte bitter. »Ich liebe sie, Anton. Selbst jetzt noch. Und ich werde sie immer lieben – das ist mein Problem.«

Er nahm das Glas.

»Vielen Dank auch, dass du zu Ehren dieser Toten wenigstens kein Glas auf dem Tisch stehen hast ...« Anton spürte, wie die Wut in ihm hochkochte. »Viel...«

Und verstummte, als er unwillkürlich Igors Blick folgte. Im Schrank, hinter der Scheibe, stand ein halb volles Glas, auf dem ein Stück hart gewordenes Brot lag.

»Du bist ja verrückt«, murmelte Anton. »Absolut verrückt. Igor, versteh doch, sie ist eine Hexe!«

»Sie war eine Hexe«, räumte Igor mit einem leicht traurigen Lächeln ein.

»Sie hat dich um den Finger gewickelt ... freilich, nicht verzaubert, das natürlich nicht, aber sie hat dafür gesorgt, dass du dich in sie verliebst.«

»Nein. Sie hat sich auch verliebt. Und nicht den geringsten Verdacht gehabt, wer ich bin.«

»Gut. Gehen wir davon aus, dass du Recht hast. Trotzdem war es eine Intrige. Von Sebulon, der genau wusste, was ...«

»Ja, vermutlich schon«, meinte Igor nickend. »Ich habe viel darüber nachgedacht, Anton. Anscheinend war auch die Konfrontation in Butowo von den Dunklen eingefädelt worden. Von den höchsten Leuten, von Sebulon und noch ein, zwei Dunklen. Die Lemeschewa wusste wahrscheinlich Bescheid. Edgar und die Hexen nicht.«

Die Vampire und Tiermenschen hielt er nicht einmal für erwähnenswert.

»Wenn du mir also zustimmst ...«, setzte Anton an.

»Warte. Ja, die Dunklen haben diese Operation geplant. Es war eine Intrige Sebulons. Eine erfolgreiche Intrige ...« Igor senkte den Kopf. »Nur ändert das doch nichts an meiner Beziehung zu Alissa, oder?«, sagte er tonlos.

Am liebsten hätte Anton tüchtig losgeflucht. Was er auch tat. »Igor, du kennst doch das Dossier von Alissa Donnikowa«, sagte er danach. »Du musst es dir angesehen haben!«

»Ja.«

»Dann weißt du doch, wie viel Blut an ihren Händen klebt! Wie viel Böses sie angerichtet hat! Ich selbst bin mehrmals mit ihr zusammengestoßen! Ihretwegen sind unsere Operationen den Bach runtergegangen, sie ... sie war Sebulon treu ergeben ...«

»Du hast noch vergessen zu erwähnen, dass sie Sebulons

Matratze gewesen ist«, sagte Igor mit Grabesstimme. »Dass das Haupt der Moskauer Dunklen sehr gern mit ihr Sex in seiner *Zwielichtgestalt* gehabt hat, dass sie mehrmals an einem Hexensabbat mit Opferung und an Gruppenorgien teilgenommen hat. Warum hast du das verschwiegen? Du hättest es ruhig sagen können, ich weiß es sowieso. Geser hat mir ihr vollständiges Dossier überlassen ... Er hat sich alle Mühe gegeben. Ich weiß das alles.«

»Und trotzdem liebst du sie?«, fragte Anton naiv.

Igor hob den Kopf, und sie sahen einander in die Augen. Dann streckte Igor die Hand aus und berührte vorsichtig Antons Arm. »Sei nicht böse auf mich, mein Lichter Bruder. Verachte mich nicht. Wenn du das nicht verstehen kannst, dann geh lieber. Schau dir Prag an ...«

»Ich versuche, es zu verstehen«, flüsterte Anton. »Ehrenwort, ich versuche es. Alissa Donnikowa war eine ganz gewöhnliche Hexe. Nicht besser und nicht schlechter als alle anderen. Eine kluge, schöne und strenge Hexe. Die eine Spur von Bösem und Schmerz hinter sich hergezogen hat. Wie kannst du sie lieben?«

»Ich habe sie anders gesehen«, antwortete Igor. »Als eine ruhelose und unglückliche Frau, die unbedingt jemanden lieben wollte. Die sich zum ersten Mal selbst verliebt hat. Eine Frau, die zu unserem Pech die Dunklen zuerst entdeckt haben. Sie haben für ihre Initiierung jenen Moment gewählt, als in ihrer Seele das Dunkel das Licht überwog. Bei heranwachsenden Frauen ist das sehr leicht, das weißt du selbst. Danach lief dann alles wie am Schnürchen. Das *Zwielicht* saugte ihre ganze Güte aus ihr heraus. Das *Zwielicht* hat sie zu dem gemacht, was sie dann war.«

»Du liebst nicht Alissa selbst«, sagte Anton, ohne zu bemerken, dass er von der Donnikowa in der Gegenwart sprach. »Du liebst ein idealisiertes ... nein, ein alternatives Bild von ihr! Jene Alissa, die es nie gab und auch jetzt nicht gibt!«

»Jetzt bestimmt nicht. Und trotzdem hast du nicht völlig Recht, Anton. Ich liebe die, die sie war, als sie ihre Fähigkeiten als Andere eingebüßt hatte. Als sie, wenn auch nur kurz, von dem grauen Spinnennetz befreit war. Musstest du denn noch nie verzeihen?«

»Doch«, antwortete Anton und verstummte kurz. »Doch. Aber nicht so etwas.«

»Dann hast du Glück gehabt, Antoschka.«

Igor goss noch einmal Wodka ein.

»Dann beantworte mir eine Frage.« Obwohl Anton nicht versuchte, Igor zu schonen, brachte er die Worte nur mit Mühe heraus. »Warum hast du sie dann umgebracht?«

»Weil sie eine Hexe war«, erklärte Igor ausgesprochen gelassen. »Weil sie Böses und Schmerz brachte. Weil: *Ein Mitarbeiter der Nachtwache verteidigt die Menschen immer und überall gegen das Böse, auf jedem Territorium, ungeachtet seiner persönlichen Einstellung zur Situation*. Hast du noch nie darüber nachgedacht, warum es in unserer Satzung diese Präzisierung gibt? Über die persönliche Einstellung zur Situation? Wobei es besser ›persönliche Einstellung zu den Dunklen‹ heißen sollte, aber das klingt irgendwie nicht so gut. Deshalb griff man auf diesen Eume... Euphe...«

»Euphemismus ...«, sagte Anton wie hypnotisiert.

»... diesen Euphemismus zurück.« Igor lächelte. »Genau. Erinnerst du dich noch, als wir die Vampirin auf dem Dach verhaftet haben? Du hast auf sie geschossen, aber dann ist dein Nachbar, der Vampir, gekommen. Und du hast die Pistole gesenkt.«

»Ich war dabei, einen Fehler zu machen.« Anton zuckte mit den Schultern. »Sie gehörte vor ein Gericht. Deshalb habe ich auch aufgehört ...«

»Nicht doch, Anton. Du hättest sie erschossen. Und jeden anderen Vampir, der eine Verbrecherin verteidigen wollte, ebenfalls. Aber vor dir stand kein Vampir, sondern dein Freund ...

gut, vielleicht nicht dein Freund, sondern nur ein Bekannter. Und deshalb hast du aufgehört. Aber jetzt stell dir mal vor, du hättest vor der Wahl gestanden: Entweder du feuerst deine Pistole ab oder schenkst der Verbrecherin die Freiheit.«

»Dann hätte ich sie erschossen«, sagte Anton scharf. »Und Kostja auch. Dann hätte ich keine andere Wahl gehabt. Es wäre mir sehr schwer gefallen, sicher, aber ich ...«

»Und wenn es nicht nur ein guter Bekannter gewesen wäre, sondern deine Liebste? Eine Menschenfrau oder eine Andere, eine Zauberin, egal in welcher Einfärbung ...«

»Dann hätte ich geschossen ...«, flüsterte Anton. »Trotz allem hätte ich geschossen.«

»Und was weiter?«

»Ich hätte es einfach nicht zu einer solchen Situation kommen lassen. Ich hätte es nicht dazu kommen lassen!«

»Natürlich nicht. Wir kommen nicht einmal auf die Idee, uns zu verlieben, sobald wir die Aura des Dunkels erblicken. Wie die Dunklen auch nicht, sobald sie die Aura des Lichts sehen. Aber uns hat es hinterrücks erwischt, Anton. Als wir aller Kräfte beraubt waren. Wir hatten keine Wahl ...«

»Sag mir eins, Igor.« Anton holte Luft. Der Wodka zeigte keine Wirkung, und ihr Gespräch brachte, selbst wenn es noch so persönlich war, keine Erleichterung. »Sag mir, warum du Alissa nicht einfach vom Gelände des Ferienlagers vertrieben hast? Warum hast du Geser nicht um Rat und Hilfe gebeten? Damit hättest du die Menschen geschützt und gleichzeitig ...«

»Sie wäre nicht gegangen«, entgegnete Igor scharf. »Sie hatte schließlich eine offizielle Erlaubnis, im Artek zu sein. Weißt du, was am schrecklichsten ist, Anton? Das Recht auf Wiederherstellung ihrer Kräfte hat Sebulon mit Geser ausgehandelt, indem er ihm das Recht einräumte, dass ein Lichter Magier dritten Grades ebenfalls neue Kräfte schöpfen durfte. Das war ich! Verstehst du jetzt, wie eins zum andern passt?«

»Bist du sicher, dass sie nicht gegangen wäre?«, fragte Anton.

Igor hob schweigend sein Glas. Zum ersten Mal an diesem Abend stießen sie an, brachten aber keinen Toast aus.

»Ich bin nicht sicher, Anton. Das ist ja so schlimm, dass ich nicht sicher bin. Ich habe ihr gesagt ... befohlen, das Feld zu räumen. Aber das war gleich in dem Moment, als wir erkannt haben, wer wir sind. Als wir nicht klar denken konnten, nur Adrenalin rauschte ...«

»Wenn sie dich geliebt hätte«, sagte Anton, »dann wäre sie gegangen. Man hätte nur die richtigen Worte finden müssen ...«

»Vermutlich. Wer kann das jetzt noch sagen?«

»Das tut mir so leid, Igor«, flüsterte Anton. »Natürlich nicht die Hexe Alissa, die nicht. Das kannst du von mir nicht verlangen. Um sie werde ich keine Träne vergießen. Aber du tust mir sehr leid. Und ich würde mir sehr wünschen, dass du bei uns bleibst. Dass du alles durchstehst, nicht daran kaputtgehst.«

»Es gibt nichts, wofür ich noch leben möchte, Anton.« Bedauernd breitete Igor die Arme aus. »Versteh mich, *nichts*! Wahrscheinlich habe ich mich nämlich auch zum ersten Mal im Leben verliebt. Ich bin schon verheiratet gewesen ... früher. 1945 bin ich ein Anderer geworden ... als ich von der Front zurückkam, ein junger Hauptmann, die Brust voller Orden, ohne eine Schramme ... überhaupt hatte ich Glück, und erst später habe ich begriffen, dass ich das meinen latenten Fähigkeiten als Anderer zu verdanken habe. Und dann habe ich alles über die Wachen erfahren ... Ein neuer Krieg, verstehst du? Ein völlig gerechter, ohne Frage! Ich konnte weiter nichts richtig, als zu kämpfen, und mir wurde klar, dass ich hier eine neue Lebensaufgabe gefunden hatte. Für ein sehr langes Leben. Und dass ich mich nicht mit den Kümmernissen eines Menschen herumschlagen müsste oder mit ärgerlichen Krankheiten, nicht mehr nach Lebensmitteln anstehen ... Du kannst dir ja nicht vorstellen, Anton, was ganz stinknormaler Hunger ist, was echtes *Schwarzbrot*, was wirklich *gepanschter* Wodka ist ... was es heißt, dem Lackaffen von der Spionageabwehr zum ersten Mal in die satte Visage zu grinsen und bloß gelangweilt zu gähnen, nachdem er dich gefragt hat: ›Warum haben Sie sich zwei Monate auf feindlichem Gebiet aufgehalten, wenn die Brücke bereits drei Tage nach Landung der Truppen gesprengt worden ist?‹«

Bei Igor machte sich der Wodka jetzt doch etwas bemerkbar. Er sprach schnell und wütend ... und keineswegs so, wie ein junger Magier aus der Nachtwache normalerweise spricht ...

»Ich bin zurückgekommen und habe meine Wilena angesehen, meine Lenotschka-Wilenotschka, eine junge und schöne Frau, die mir jeden Tag einen Brief geschrieben hat, ich lüge nicht, jeden Tag! Und du kannst dir nicht vorstellen, was für Briefe! Ich sah, dass sie sich sehr über meine Rückkehr freute, denn ich war gesund, nicht verkrüppelt und noch dazu ein Held! Eine Frau hatte damals selten so viel Glück. Aber sie hatte unglaubliche Angst, dass die neidischen Nachbarsweiber mir von all den Männern erzählen, die sie in diesen vier Jahren gehabt hatte, und davon, dass sie keinen Kummer gekannt hatte, und zwar nicht wegen meines Offizierspatents ... Du verstehst immer noch nicht einmal die Hälfte von dem, was ich sage, nicht wahr? Aber ich habe mit einem Mal alles erkannt. Alles, auf einen Schlag. Und je länger ich sie betrachtete, desto mehr sah ich. Details, Einzelheiten. Und nicht nur, was die Männer angeht – von verschissenen Spekulanten bis zu solchen wie mir, Raufbolden, die heimlich vom Krankenbett abhauen und ab zu Muttern untern Rock schlüpfen ... Und wie sie einem Oberst zugeflüstert hat: ›Der verfault bestimmt schon lange in der Erde ...‹, das habe ich auch gehört ... Der Oberst hat sich übrigens als Mensch herausgestellt. Als echter. Er stieg aus dem Bett, knallte ihr eine, zog sich an und ging.«

Er goss Wodka ein und trank ihn schnell aus, ohne auf Anton Rücksicht zu nehmen. Dann goss er noch einmal ein. »Seit dieser Zeit bin ich so«, fuhr er fort. »Ich bin aus dem Haus gegangen, unter dem Klirren der Medaillen und dem Geschrei Wilenas. ›Sie haben dich alle angelogen, die Mistweiber, ich bin dir treu gewesen!‹ Ich ging die Straße entlang, und etwas in meinem Innern brannte aus. Das war im Mai, Anton. Im Mai 1945. Geser hat mich gleich nach der Kapitulation Deutschlands von der Front weggeholt. ›Deine Front ist jetzt hier, Hauptmann Teplow‹, hat er mir erklärt. Die Menschen waren damals ... sie waren nicht so wie heute, Anton. Sie alle hatten leuchtende Gesichter. Die Dunklen Dreckskerle hatten Hochsaison, da brauchen wir uns nichts vormachen! Aber auch Licht gab es viel. Und als ich die Straße entlangging, stromerten Kinder um mich herum, staunten die Ordenspracht auf meiner Brust an und stritten darüber, welche Medaille ich wofür bekommen hatte. Die Männer drückten mir die Hand und luden mich auf einen Wodka ein. Die Frauen kamen herbeigelaufen ... und küssten mich. Einfach so, ohne sich viel dabei zu denken. Sie küssten mich wie ihren Freund, der noch nicht zurückgekehrt oder bereits gefallen war, wie ihren Vater, wie ihren Bruder. Manchmal weinten sie, küssten mich und gingen weiter. Verstehst du das? Wahrscheinlich nicht ... Schließlich gehörst auch du zu denen, die sich Sorgen um unser Land machen, darüber nachgrübeln, wie schlecht jetzt alles ist, in was für einem Loch wir gelandet sind ... Du leidest, weil die Lichten Russland nicht in großem Maßstab helfen. Dabei kennst du ein richtiges Loch gar nicht, Anton. Wir schon!«

Igor trank erneut. Anton hob schweigend sein Glas, nickte und brachte einen stummen, wiewohl auch ohne Worte verständlichen Toast aus.

»Damals wurde ich zu dem, der ich heute bin«, wiederholte Igor. »Ein Magier. Ein Fahnder. Ewig jung. Einer, der alle liebt ... und niemanden. Ich hatte für mich bereits beschlossen, dass ich mich nicht verlieben werde. Niemals. Freundinnen, das ist eine Sache, Liebe eine andere. Einen Menschen darf man nicht lieben, denn er ist schwach, einen Anderen darf man nicht lieben, denn er ist entweder dein Feind oder dein Kampfgefährte.

Dieses Lebensprinzip habe ich für mich formuliert, Antoschka. Und es befolgt, so gut ich konnte. In gewisser Weise bin ich immer noch der junge Spund, der von der Front zurückkehrt und für den es noch viel zu früh ist, sich zu verlieben. Es ist eins, mit einer Frau über die Tanzfläche zu schieben ...« Er lachte leise. »... oder in der Disco im coolen Outfit unter einer UV-Lampe herumzuhüpfen ... egal, ob bei Jazz, Rock oder Trash, egal, wie lang der Rock ist und aus was die Strümpfe sind ... Das ist alles gut. Das kannst du alles machen, das ist richtig. Hast du diesen amerikanischen Zeichentrickfilm gesehen? *Peter Pan*? Ungefähr so war ich. Nur dass ich kein dummer Junge war, sondern ein dummer Jüngling. Und mir ging es gut damit ... sehr lange. Die Zeit, die einem Menschen bestimmt ist, habe ich schon durchlebt. Sich zu beklagen wäre eine Sünde, denn ich habe nicht unter Hilflosigkeit im Alter oder anderen Problemen gelitten. Deshalb mach dir keine unnützen Sorgen, Anton.«

Anton saß da und hielt sich den Kopf. Er schwieg.

Es war, als öffnete sich eine Tür – und dort sah er etwas ... nein, nichts Verbotenes ... nichts Peinliches ... Etwas völlig Fremdes. Und er verstand, dass hinter jeder Tür, die er, so das Licht will, öffnete, etwas ebenso Fremdes lag ... etwas Persönliches ...

»Ich bin meinen Weg gegangen, Anton«, sagte Igor fast zärtlich. »Sei nicht so traurig. Ich weiß, dass du in der Hoffnung hierher gekommen bist, mich aufzurütteln, mir die Flausen aus dem Kopf zu treiben, deine Anweisungen auszuführen. Nur wird nichts daraus. Ich habe mich nämlich wie der letzte Trottel in die Dunkle verliebt. Ich habe sie umgebracht. Und mich, wie es scheint, damit auch.«

Anton schwieg. Alles war so leer. Eine fremde Sehnsucht rollte über ihn hinweg, ein fremder Kummer. Allem Anschein nach hatte er nicht einem kranken Freund Geschenke von Freunden aus Russland gebracht, sondern saß jetzt mit ihm bei seiner Totenfeier ...

»Bleib heute hier, Anton«, bat Igor. »Ich werde sowieso nicht schlafen ... bald kann ich mich für immer ausschlafen. Ich habe noch drei Flaschen Wodka im Kühlschrank ... um ehrlich zu sein. Und fünf Stockwerke weiter unten ist das Restaurant.«

»Dann schlafen wir am Tisch ein.«

»Bestimmt nicht, schließlich sind wir Andere. Wir halten das durch. Ich möchte reden. Jemandem die Ohren vollheulen. Ich fange an, mich vor der Dunkelheit zu fürchten. Glaubst du mir das?«

»Ja.«

Igor nickte. »Danke. Ich habe meine Gitarre hier, singen wir etwas. Oder ich singe allein etwas. Für sich selbst zu singen, das ist ... na ja, du verstehst schon. Und noch etwas.«

Anton sah Igor an. Mit einem Mal klang seine Stimme konzentrierter. Kräftiger.

»Ich bin immer noch ein Wächter. Das habe ich nicht vergessen, da brauchst du nicht dran zu zweifeln. Und ich glaube, dass ich in diesem ganzen Chaos einfach ein Bauer ... nein, wohl kein Bauer ... ein Offizier bin, der eine andere Figur geschlagen hat und nun eingestellt ist. Nur dass ich im Unterschied zu einer Figur denken kann. Ich hoffe, auch du hast das nicht verlernt. Mir ist schon alles egal, Anton. Aber wer die Partie gewinnt, das geht mir nicht am Rücken vorbei! Lass uns zusammen darüber nachdenken.«

»Womit fangen wir an?«, fragte Anton. Fragte und wunderte sich insgeheim über sich selbst. Hatte er Igor etwa beim Wort genommen? Sich damit abgefunden, ihn als vom Brett genommene Figur zu betrachten ... nun, vielleicht nicht heruntergenommene, aber bereits verlorene, nach der die Hand des unsichtbaren Gegners greift ...

»Mit Swetlana. Mit der Schicksalskreide.« Igor beobachtete aufmerksam, wie sich Antons Miene veränderte. Zufrieden lachte er los. »Was ist, habe ich es getroffen? Hast du den gleichen Gedanken gehabt?«

»Und Geser auch ...«, flüsterte Anton.

»Geser ist ein kluger Kopf«, meinte Igor. »Und wir? Wollen wir wenigstens einmal versuchen, nicht mit unseren Händen, sondern mit unserem Kopf zu denken?«

»Versuchen wir's«, nickte Anton. »Nur ...«

Er kramte in seiner Tasche nach dem Amulett, das ihm Geser gegeben hatte. Als er die kleine Kugel zerquetschte, spürte er, wie kleine Nadeln aus Knochen in seine Haut pikten. Nichts geht ohne Schmerzen ... »In den nächsten zwölf Stunden wird uns niemand beobachten und belauschen können«, erklärte er.

»Sicher?«, hakte Igor nach. »Aber wird es die Inquisition nicht stutzig machen, wenn sie über uns keine Informationen mehr bekommt?«

»Das wird nicht der Fall sein«, erwiderte Anton. »Soweit ich es verstanden habe, müssten, falls sie hier Beobachtungsapparate oder Observierungszauber installiert haben, falsche Informationen übermittelt werden. Von ausgezeichneter Qualität.«

»Geser ist ein kluger Kopf«, wiederholte Igor lächelnd.

Edgar saß am Fenster, rauchte und trank langsam aus einem Glas den abgestandenen Sekt. Es schmeckte trotzdem ...

Seine Freundin schlief im Nachbarzimmer zufrieden und befriedigt den Schlaf der Gerechten. Eine tolle Frau. Eine deutsche Studentin, mit skandinavischen Wurzeln, gerade leidenschaftlich genug, gerade lustig genug. Für Edgars Geschmack beim Sex jedoch etwas zu kompliziert. Im Unterschied zu den meisten seiner Kollegen war Edgar in dieser Frage höchst konservativ. Er nahm nicht an Orgien teil, legte sich keine minderjährigen Freundinnen zu, und von allen Positionen war ihm die klassische Missionarsstellung die liebste.

Dafür beherrschte er diese – das musste man anerkennen – in vollendeter Weise.

Edgar rekelte sich genüsslich und öffnete vorsichtig das Fenster. Er stand auf und atmete die kalte, frostige Luft ein. Ein neuer Tag hatte begonnen. Möglicherweise würde das Tribunal bereits heute das Urteil fällen. Dann konnte er die Feiertage in aller Ruhe genießen, ohne sich den Kopf über Intrigen zerbrechen zu müssen.

Und trotzdem: Wessen Intrige war das? Die der Tag- oder die der Nachtwache?

Und vor allem: Welche Rolle sollte er dabei spielen?

Doch wohl nicht in der Tat – wie Juri angedeutet hatte – die gleiche Opferrolle wie Alissa?

»Hier, sieh dir das an ...« Igor breitete auf dem Tisch ein großes Blatt Papier aus und holte eine Schachtel Filzmarker aus der Tasche. »Ich habe schon öfter solche Schemata gezeichnet ... und das eine oder andere kommt dabei immer heraus. Das hier ist Swetlana.«

Nachdenklich sah Anton auf den Kreis, der mit einem dicken gelben Strich gezeichnet war. »Keine große Ähnlichkeit«, sagte er.

Igor lachte. »Na schön ... Jetzt mal keine Witze. Sieh dir die Verteilung an. Das Gleichgewicht zwischen den Dunklen und uns war ausbalanciert, wenn auch labil, doch es bestand. Hier sind die Magier der ersten drei Grade auf unserer Seite ... und hier die Dunklen, die ihnen gleichwertig sind ... Sowohl die aktiven wie auch die, die man leicht zum Dienst mobilisieren kann.«

Das Blatt bedeckte sich schnell mit kleinen Kreisen. Mit einer schwungvollen Bewegung zog Igor in der Mitte der Liste einen Strich. In der einen Hälfte schrieb er oben »Geser« hin, in der anderen »Sebulon«. »Im Grunde stehen die beiden außen vor«, erklärte er. »Sie sind die Schachspieler, aber uns interessieren die Figuren. Siehst du, was sich mit dem Auftauchen Swetlanas verändert hat?«

»Kommt drauf an, für welche Figur du sie hältst«, meinte Anton vorsichtig. »Im Moment ist sie eine Zauberin ersten Grades ... oder war es, besser gesagt.«

»Ja, und? Guck dir doch mal an, wie viele Magier noch ihr Niveau haben!«

»Sie ist ein Bauer«, sagte Anton und wunderte sich selbst über seine Worte. »Swetlana ist nicht mehr als ein Bauer, und zwar noch viele lange Jahre! Sie wird ihre Kraft vergrößern, lernen, ihre Fähigkeiten zu kontrollieren, Erfahrung sammeln ... Sie ist stärker als ich ... war es. Aber ich würde mit ihr fertig werden, wenn ich auf der anderen Seite der Front stehen würde.«

»Völlig richtig, Anton.« Igor goss sich geschickt einen Wodka aus der zweiten Flasche ein, die erste stand seit langem unterm Tisch. »Völlig richtig! Swetlana hat die Nachtwache ungeheuer gestärkt. Und kann zukünftig durchaus in einer Reihe mit Geser stehen. Aber das ist eine Frage von Jahrzehnten, wenn nicht Jahrhunderten!«

»Weshalb dann diese Aktivität der Dunklen? Sie hätten beinahe den Vertrag verletzt, nur um Sweta auszuschalten.«

»Denk mal nach!« Igor sah ihm in die Augen. »Spielen wir die Schachanalogie doch mal bis zum Ende durch ...«

»Der Bauer erreicht das andere Ende des Bretts ...«

»... und verwandelt sich in eine beliebige Figur.«

Anton breitete die Arme aus. »Igor, das weiß sowieso jeder. Wir alle sind Bauern, aber einige haben die Chance, eine Dame zu werden. Swetlana hat sie. Du nicht, ich auch nicht, Semjon ebenfalls nicht ... Aber der Weg bis zum anderen Ende des Bretts ist lang, und die Dunklen hätten nicht so hinterher sein müssen, Swetlana auszuschalten!«

»Die Schicksalskreide«, warf Igor ein.

»Was soll schon mit der Kreide sein? Geser wollte den Jungen ohne Schicksal, Jegor, benutzen, um aus ihm einen ...«

»Was zu machen?«

»Einen Propheten, einen Philosophen, Dichter, Magier ...« Anton zuckte mit den Achseln. »Ich weiß es nicht. Einen, der die Menschheit zum Licht führt. Oder vielleicht einen Spiegel?

Einen Spiegel, wie es Witali Rohosa gewesen ist, nur dass er unserer Seite nützt.«

»Aber Swetlana wollte sich nicht einmischen«, nickte Igor. »Der Junge Jegor bleibt allein mit seinem Schicksal.«

»Dafür ...« Anton erstarrte. Er wusste nicht, ob er das Recht hatte, Igor jene Wahrheit zu sagen, die er kannte – selbst wenn das Amulett sie schützte.

»Dafür hat Olga mit der zweiten Hälfte der Schicksalskreide das Schicksal von jemandem umgeschrieben«, meinte Igor schmunzelnd. »Das pfeifen die Sperlinge von den Dächern ...«

»Die Spatzen«, korrigierte Anton ihn automatisch.

»Von mir aus. Entscheidend ist, dass die Operation trotzdem geglückt ist. Swetlana hat es nicht geschafft – aber Olga. Nebenbei hat Geser auf diese Weise Olga rehabilitiert.«

»Nebenbei?« Anton schüttelte den Kopf. »Gut, von mir aus nebenbei. Aber das ist nur die zweite Schicht der Wahrheit. Ich bin überzeugt, dass es noch eine dritte gibt.«

»Die dritte ist die Frage, wessen Schicksal Olga umgeschrieben hat. Sobald Sebulon von ihrer Rehabilitation erfahren hat, wusste er, dass er reingelegt worden war. Dass er auf eines der üblichen Ablenkungsmanöver hereingefallen war. Daraufhin haben sich die Dunklen auf die Suche gemacht. Jegorka, den armen Kerl, haben sie zehnmal überprüft – vielleicht hatte man sein Schicksalsbuch ja zweimal umgeschrieben ...«

»Woher weißt du das denn?«

»Ich habe auf den Jungen aufgepasst. Geser hat mir den Befehl dazu gegeben, denn es war klar, dass die Dunklen denjenigen suchen würden, um den es eigentlich ging.«

»Und?«

»Nichts. Mit Jegor ist alles in Ordnung. Sein Schicksal wurde nicht umgeschrieben.«

»Wessen dann?«

Igor schwieg und sah Anton in die Augen. Er wartete. Als ob er nicht das Recht hätte, diesen Namen selbst auszusprechen.

»Swetlanas?«, schrie Anton in jäher Erkenntnis auf. Gleichzeitig schoss ihm durch den Kopf, dass jeder Dunkle an seiner Stelle gebrüllt hätte: »Meins?«

»Sieht so aus. Das ist ein Zug von genialer Schönheit. Um sie herum tobt ein derartiger Ozean von Kraft, dass es einfach unmöglich war, die Operation mit ihrem Schicksalsbuch zu bemerken. Und ihr Schicksalsbuch können die Dunklen nicht überprüfen, das käme einer Kriegserklärung gleich.«

»Will Geser Swetlanas Verwandlung in eine Große Zauberin beschleunigen?«

»Das ist ausgeschlossen. Das würde den Vertrag verletzen. Grabe tiefer.«

Anton starrte auf die kleinen Kreise. Er nahm einen Filzstift und zog von Swetlana eine leuchtend rote Linie nach oben, die in einen neuen kleinen Kreis mündete. Einen leeren.

»Ja«, sagte Igor. »Genau. Du weißt, in welcher Zeit wir leben?«

»Das Ende des Jahrtausends ...«

»Zweitausend Jahre nach Christi Geburt«, schmunzelte Igor.

»Jeschua war der größte Lichte Magier«, sagte Anton. »Ich weiß nicht genau, ob man hier überhaupt von einem *Magier* sprechen kann ... er war das Licht selbst ... aber ... Will Geser einen neuen Messias?«

»Das sagst du, nicht ich«, erwiderte Igor. »Komm ... aufs Licht.«

In absoluter Erstarrung trank Anton ein volles Glas. »Nein, aber das ...« Er schüttelte den Kopf. »Igor, das ist ein Spiel mit den Urkräften! Mit der Grundlage des Universums! Wie kann er das riskieren?«

»Anton, ich bin überzeugt, dass alles genau so geplant ist. Urteil doch selbst: Weltweit flammen religiöse Glaubensvorstellungen auf, alle erwarten auf die eine oder andere Weise gleichermaßen das Ende der Welt und die Wiederkehr eines Heilands ... was übrigens dasselbe ist.«

»Doch wohl nicht alle ...« Anton winkte ab. »Übertreib nicht!«

»Nicht alle, aber genug, damit der Strom menschlicher Erwartungen sich auf die Realität auswirkt. Und wenn man dem Ganzen ein bisschen nachhilft, wenn man das Schicksal von jemandem umschreibt ... Geser spielt va banque. Er will für unsere Reihen einen Anderen gewinnen, mit dessen Kraft sich keiner der Dunklen messen kann. Weder Sebulon noch ein gewisser kleiner kalifornischer Landwirt, weder die Besitzerin eines schlichten Hotels in Spanien noch die populäre japanische Sängerin ... Niemand.«

»Das könnte stimmen«, gab Anton zu. »Aber Swetlana hat ihre Kraft verloren, und zwar für lange Zeit.«

»Ja und? Hindert sie das etwa daran, ein Kind zur Welt zu bringen?«

»Stopp!« Anton fuchtelte mahnend mit den Händen. »Jetzt machen wir uns gegenseitig schon ganz wuschig. Glauben kann man letzten Endes an jede Hypothese. Aber sehen wir uns mal die übrigen Ereignisse an. Was ist zum Beispiel mit dem Spiegel?«

»Der Spiegel ...« Igor runzelte die Stirn. »Einen Spiegel bringt das *Zwielicht* hervor. Sebulon konnte nicht direkt auf ihn einwirken ... aber diese dummen Sektierer mit dem Artefakt nach Moskau holen und Rohosa mit Kraft auftanken – das durchaus. Und das Ziel dieser Aufladung ist klar: Swetlana zu vernichten.«

»Rohosa hat sie nicht vernichtet! Er hat ihr bloß ihre Kraft geraubt, aber das ist ...«

»Irgendjemand von uns hat nicht so gespielt, wie Sebulon es geplant hat«, erwiderte Igor. »Irgendjemand hat nicht den Schritt getan, der es Sebulon ermöglicht hätte, Swetlana vollständig zu vernichten ... als Persönlichkeit. Vielleicht hat sie gerettet, dass Tigerjunges und Andrej bereits gestorben waren? Der Spiegel ist kein hundertprozentiger Dunkler, und in die Konfrontation der Wachen greift er nicht direkt ein. Was meinst du, ob er womöglich noch mit einem bestimmten Schlag gerechnet hat? Von dir, beispielsweise. Oder von Geser. Aber der

Schlag blieb aus ... weshalb er im Gegenzug nicht mit voller Kraft zuschlagen konnte.«

»Dann erklär mir mal, wozu Sebulon Alissa und dich aufeinander gehetzt hat, Igor?«

»Das war ein Zufall«, murmelte Igor. »Ich habe doch schon gesagt, dass Alissa ...«

»Selbst wenn sie es nicht gewusst hat! Aber Sebulon hat es gewusst, das kannst du mir glauben! Er hat sie dem Tod überlassen und damit zwei Figuren abgetauscht! Wozu?«

»Das wüsste ich auch gern.« Igor breitete die Arme aus.

Fünf

Raivo tigerte durchs Zimmer und gestikulierte mit einem für ihn untypischen Eifer. »Trotzdem rechne ich noch mit Schwierigkeiten! Wir haben nicht das Recht, von der Hilfe der Tagwache auszugehen. Ob sie nun aus Moskau kommt, aus Prag, aus Helsinki – oder woher auch immer.«

»Aber dieser Dunkle hat versprochen, uns zu helfen ...«, bemerkte Jari.

Raivo runzelte die Stirn. Mit einer beredten Geste winkte er ab. »Versprochen! Ja, natürlich. Und wer hat unseren Brüdern versprochen, dass Fafnir auferstehen wird?«

»Meiner Ansicht nach«, bemerkte Juha leise, »wäre es weitaus klüger, der großen Sache der Wiederauferstehung Fafnirs zu dienen, als den alten Magier tatsächlich auferstehen zu lassen ...«

Einen Augenblick lang herrschte Stille.

»Juha ...«, sagte Jari tadelnd. »Also ... so direkt brauchst du das nicht ...«

»Warum nicht? Die Zeiten der Magier, die ohne jede Regel spielen, sind längst vorbei. Willst du etwa eine globale Katastrophe?«

»Aber unsere ...«

»Unsere altersschwachen Häuptlinge haben den Verstand verloren! Deshalb sind sie auch auf die Versprechungen von sonst wem reingefallen! Und in Bern gestorben ... Uns wird niemand helfen, da hat Raivo Recht! Wer tot ist, kommt nicht wieder. Pasi hat das auch geglaubt – und wo ist Pasi jetzt? Von Geser im *Zwielicht* dematerialisiert!«

Auf dem Tisch schrillte das Telefon. Juha, der seine Rede offensichtlich nur ungern unterbrach, langte nach dem Hörer. »Ja.«

Im nächsten Moment sprang er hoch und riss ein Glas mit jenem scheußlichen tschechischen Bier um. »Du?«, schrie er. »Du ... Von wo rufst du an? Was?«

Eine Minute lang hörte er zu, wobei sich auf seiner Miene ein immer fröhlicherer, zugleich aber auch immer verwirrterer Ausdruck abzeichnete. Wie es eben der Fall ist, wenn einem Menschen eine gute Nachricht mitgeteilt wird, der bereits auf böse Überraschungen eingestellt war und – mehr noch – es geschafft hatte, alle mit seinem Pessimismus anzustecken. Nach einer Weile legte Juha den Hörer auf. »Brüder ...«, flüsterte er.

Anton vermochte sich einfach nicht darüber klar zu werden, ob es dumm von ihnen gewesen war, die zweite Flasche Wodka zu öffnen oder nicht. Auf der einen Seite schienen sie der Sache langsam auf den Grund zu kommen, auf der anderen wurde es immer schwieriger, das Problem zu erörtern. Igor beispielsweise neigte immer mehr zu extremer Skepsis. Und wollte einfach nicht begreifen, was Anton ihm zu beweisen versuchte. »Igor, wenn in einem derart komplizierten Schema auch nur ein Element nicht passt, fällt alles in sich zusammen! Für alles muss es eine Erklärung geben. Vielleicht hast du einem Plan Sebulons im Weg gestanden?«

»Ich?« Igor lachte bitter auf. »Vergiss es. Ich bin ein ganz gewöhnlicher Fahnder. Dritter Grad ... in Hochform zweiter ... ohne besondere Fähigkeiten und ohne jede Perspektive. Ich hätte es mit dem Spiegel nicht aufnehmen können. Ich weiß nicht, Anton.«

»Irgendwas muss doch an dir dran sein«, murmelte Anton.

Er goss Wodka ein, schwieg eine Sekunde und stellte dann seine Frage. »Igor, hast du was mit Swetlana gehabt?«

»Nein«, antwortete Igor scharf. »Nein. Schlag dir diesen Gedanken aus dem Kopf. Da war nichts, da ist nichts und da wird auch nie etwas sein. Und wenn du glaubst, ich solle der Vater des zukünftigen Messias sein ...«

Er lachte mit einem Mal los.

»Es ist mir einfach in den Sinn gekommen ...«, brummte Anton, der sich wie ein kompletter Idiot vorkam.

»Du hast Ideen, Anton ... Das ist die Eifersucht, die da aus dir spricht, verzeih mir, aber nicht dein Kopf! Das Ganze hat doch nichts mit dem normalen, dem menschlichen Fortpflanzungsprozess zu tun! Wenn Swetlanas Schicksalsbuch umgeschrieben worden ist, wenn sie die Mutter eines neuen Messias werden soll, ist das ein Prozess auf dem Niveau komplexer Stoffe, der Energetik von Licht und Dunkel, des Kerns des Universums! Welche Rolle spielt es da, wer ...« Er legte eine kurze Kunstpause ein. »... der biologische Vater ist? Selbst von Swetlana hängt dabei nicht allzu viel ab! Nein, das ist Quatsch. Sebulon braucht nur vor Swetlana Angst zu haben.«

»Dann verstehe ich nicht, was es bringt, dich zu entfernen ...«

»Ich auch nicht. Aber es wird schon einen Grund dafür geben ...«

Schweigend und ohne anzustoßen tranken sie. Wie auf Kommando starrten sie wieder auf das Blatt Papier.

»Dann lass uns genau davon ausgehen!«, schlug Anton vor, der bemerkte, dass seine Stimme leicht zerfloss. »Also, vor anderthalb Jahren haben Olga und Geser Swetlanas Schicksal umgeschrieben? Und jetzt soll sie Mutter eines Messias werden?«

»Allem Anschein nach, ja.«

»Sebulon hat versucht, sich das Auftauchen des Spiegels zunutze zu machen, um sie zu vernichten, ist aber gescheitert ...«

»Auch das ist richtig.«

»Gut. Deine Rolle dabei lassen wir erst einmal beiseite ... Was könnte der nächste Schritt Sebulons sein? Jetzt, da Swetlana ihre gesamte Kraft verloren hat und schutzlos ist?«

»Sie ist nicht schutzlos!« Igor drohte ihm mit dem Finger. »Was redest du denn da! Ich zweifle nicht im Geringsten daran, dass auf höchster Ebene für ihren Schutz gesorgt worden ist. Außerdem würde ein Angriff auf sie eine Verletzung des Vertrages bedeuten. Den Dunklen ist ihre Haut teuer, niemand von ihnen will dematerialisiert werden ...«

»Was könnte dann der Gegenzug sein? Doch nur ...«

»Das Auftauchen des Antichrist. Er ist der Einzige, der sich dem Messias entgegenstellen könnte.«

»Wobei die Menschheit das Auftauchen des Antichrist ... dieses *Gegenchristus* ebenso bereitwillig erwartet!«, rief Anton aus. »Dank der Massenkultur!«

»Hast du eine Bibel?«, fragte Igor überraschend.

»Dabei? Natürlich nicht, wie kommst du darauf ...«

»Warte ...« Igor ging mit schnellen, wenn auch nicht ganz sicheren Schritten ins andere Zimmer und kehrte mit einem dicken kleinen Buch zurück. Leicht verlegen sah er Anton an. »Natürlich bin ich Atheist«, sagte er. »Aber die Bibel ... du verstehst. Das ist ...«

»Igor!« Anton legte die Hand auf das Buch. »Sie wird uns nicht helfen. Lass uns lieber logisch vorgehen!«

»Gut«, stimmte Igor ohne weiteres zu und legte mit einiger Erleichterung die Heilige Schrift weg.

»Sebulon will auch leben. Er braucht keine Apokalypse ... hoffe ich wenigstens. Er braucht eine Figur, die von der Kraft her einem Messias des Lichts ebenbürtig wäre.«

»Fafnir ...«, meinte Igor nachdenklich. »Fafnir?«

»Ein starker Dunkler Magier ...«, stimmte Anton zu. »Aber kein Antichrist!«

»Sechshundertsechsundsechzig.« Igor rutschte im Sessel hin und her. »Genau! Und nun bild mal die Summe der Buchstaben in Fafnirs Namen!«

»Ich erinnere mich nicht mehr, wie sich Fafnirs Name im Original schreibt. Aber wenn du ihn russisch schreibst, dann ...« Anton dachte einen Moment lang nach. »Achtundachtzig! Und nicht sechshundertsechsundsechzig.«

»Aber achtundachtzig ... ist ... auch eine seltsame Zahl!« Igor sah Anton mit glühenden Augen an. »Überleg doch mal! Nicht siebenundachtzig! Und nicht neunundachtzig! Sondern genau achtundachtzig! Ist das nicht komisch?«

»Doch ...«, pflichtete ihm Anton bei. Die Zahl kam ihm in der Tat komisch vor. »Vermutlich könnte man Fafnir tatsächlich auferstehen lassen, ihn aus dem *Zwielicht* ziehen ... Aber ...«

»Nicht einfach auferstehen lassen«, präzisierte Igor. »Das alles ist doch auf die Menschen abgestimmt, oder? Auf ihre Erwartungen, auf ihre Bereitschaft zu glauben! Und wenn die Wiederbelebung des Fafnir dem richtigen Muster folgt, dann wird aus einem verrückten Magier ein verrückter Antimessias!«

»Aber welchem Muster?«

»Nun, all diese ... die vier apokalyptischen Reiter ... das Tier, das aus dem Meer heraufkommt ...« Plötzlich nahmen Igors Augen einen starren Ausdruck an. »Anton ... es heißt doch, Fafnir sei im Meer bestattet worden! Und ... was, wenn der Tod von Alissa und diesem Jungen, Makar, ... im Meer ... eine Art Opfer darstellt ... das ist auch ein Heraufkommen Dunkler Kraft ...«

Anton schüttelte den Kopf und wischte sich die schweißglänzende Stirn ab. »Haben wir nicht einfach zu viel getrunken, Igor? Ja, ich stimme dir zu: Geser versucht ... könnte versuchen, Swetlana zur Mutter eines neuen Messias zu machen ... der gewissermaßen eine neue Verkörperung Christi wäre ... hm ... oder einfach eines Zauberers mit nie da gewesenen Kräften ... Es sieht ganz danach aus. Und Sebulon versucht im Gegenzug eine Figur mit gleichen Kräften aufzutreiben. Aber all das mit einem Armageddon in Verbindung zu bringen, mit der Bibel, mit Religion – das geht doch wohl zu weit!«

»Aber es ist das Jahr 2000!«, schrie Igor fast. »Verstehst du das nicht? Was die Magier denken, ist eins, aber die Realität der Menschen, ihre Träume und Ängste ... die biegen die Realität auf ihre Weise zurecht! Und die auftauchenden Figuren werden alle nötigen Eigenschaften haben! Gehen wir!«

»Wohin?«

»Wodka holen. Im Restaurant.«

Anton seufzte und sah auf die Flasche. Die war in der Tat leer. »Lass uns lieber anrufen und ihn bestellen.«

»Vergiss es, ich muss mir die Füße vertreten.«

Anton erhob sich, verstaute das Amulett in der Tasche und nickte. »Gut, gehen wir ...«

An den Fahrstühlen war niemand, trotzdem mussten sie lange warten. »Halt dir doch mal vor Augen, was Sebulon machen kann ...«, meinte Igor gegen die Wand gelehnt. »Er klaut die Kralle des Fafnir aus dem Depot ...«

»Wie das?«

»Was heißt hier, wie das? Einmal ist sie schon gestohlen worden, da kann es auch ein zweites Mal passieren! Dann werden ein paar magische Handlungen durchgeführt und die mythologischen Vorstellungen von der Apokalypse in Szene gesetzt. Heuschrecken ... der Stern Wermut ... vier Reiter ...«

»Ich stell mir schon vor, wie Sebulon vier Pferde am Zügel führt.«

»Ach was, Pferde sind gar nicht nötig!« Igor runzelte die Stirn. »Du weißt genauso gut wie ich, was die Magie der Analogien ist. Nehmen wir einfach mal vier Menschen, besser noch vier Dunkle. Einen Asiaten, das ist das rote Pferd, einen Afrikaner, das ist das schwarze Pferd, einen Europäer, das ist das weiße Pferd, und einen, sagen wir mal, Skandinavier, das ist das fahle Pferd ... Wir setzen sie auf Spielzeugpferde aus Holz ...«

Anton erstarrte vor der Tür des Fahrstuhls, die sich gerade öffnete.

In der verspiegelten Kabine standen, die Lichten verängstigt anschauend, die Regin-Brüder. Die Adoptivkinder der Sekte: ein Afrikaner, ein Chinese und ein Ukrainer. Freilich ... in welchem Hotel hätten sie sonst untergebracht sein sollen? Schließlich hatten sie beim Tribunal der Inquisition zu erscheinen ... Irgendwie langsam, ohne Hast ließ sich Anton durch den Kopf gehen, dass der vierte Kämpfer ausgerechnet ein Skandinavier gewesen war.

Und wie gut, dass er es *gewesen war* ...

Anscheinend hatte Igor den gleichen Gedanken. »Drei ...«, murmelte er.

In tödlicher Stille schlossen sich die Türen des Aufzugs. Doch Juha Mustaioki trat plötzlich nach vorn, quetschte den Fuß zwischen den Spalt, genau unter die Fotozelle. Sofort gingen die Türen wieder auseinander.

»Ich möchte der Moskauer Nacht-wache dan-ken«, sagte er unerwartet. Ohne Frage war er außer sich, versuchte aber dennoch, sich unter Kontrolle zu halten. »Das war sehr human.«

»Was war human?«, fragte Anton.

»Pasi Ollykainen zu verzeihen. Wir ... wir wissen es zu schätzen, dass er noch lebt.«

»Wo ist er?«, rief Anton aus.

»Unten ... in der Bar ...« Verwundert sah Juha die Magier an.

»Vier Pferde ...«, sagte Igor tonlos. »Vier Pferde! Vier Pferde!«

Mustaioki fuhr zurück und sah seine Gefährten verwirrt an.

Die Magier blieben allein zurück.

»Alles passt!« Igor drehte sich Anton zu. »Siehst du das nicht? Alles!«

»Wart mal ...«

Anton konzentrierte sich, um sich an die Bewegungen zu erinnern. Er hob die rechte Hand, fuchtelte damit vor Igors Gesicht herum, riss sie abrupt herunter und dann wieder nach oben, wobei er mit den Fingern eine Schale formte.

»Dass dich doch ...«, stöhnte Igor mit erstickter Stimme und stürzte ins Zimmer. Anton folgte ihm langsam. Während er auf

Igors gekrümmten Rücken blickte, der in der geöffneten Toilettentür zu sehen war, streckte er sich im *Zwielicht* nach ihm aus. Igor stöhnte auf.

Der Ernüchterungszauber ist nicht sehr kompliziert. Aber sehr unangenehm für das manipulierte Objekt.

Ein paar Minuten später kam Igor aus dem Bad. Mit nassen Haaren, eingefallenen Augen, leichenblass.

»Das fahle Pferd ...«, murmelte Anton. »Komm ... jetzt bist du bei mir dran.«

Igor führte bereitwillig die Passes durch, sodass jetzt Anton über der Kloschüssel hing. Danach wusch er sich, trank das ekelhaft schmeckende Leitungswasser (er hatte sofort Durst bekommen) und kam ein paar Minuten später wieder ins Zimmer. Igor hatte die Spuren ihres Besäufnisses bereits beseitigt. Er sah Anton an. »Das schwarze Pferd ...«, meinte er amüsiert.

Anton ging zum Kühlschrank, holte zwei Flaschen Mineralwasser heraus, riss mit den Fingern den Kronkorken ab und ließ sich in einen der Sessel fallen. Igor nahm die zweite Flasche. Eine Weile tranken sie in seligem Schweigen ihr Wasser. »Mannomann ... was haben wir uns hinter die Binde gegossen«, meinte er schuldbewusst.

»Diese Schaukelpferde!«, fluchte Anton und schlug mit der Faust auf den Tisch. »Allein zuzugeben, dass wir auf so was gekommen sind, ist peinlich!«

»Aber es sieht recht logisch aus ...«, gab Igor kleinlaut zu bedenken. »Diese verfluchten Brüder ... Der vierte lebt also doch?«

»Offensichtlich ...« Anton breitete die Arme aus. »Ich weiß nur, dass Geser ihn im *Zwielicht* verfolgt und erwischt hat ...«

»Ja, gewiss ... Weshalb hätte er einen Verdächtigen umbringen sollen? Er hat ihn der Inquisition übergeben. Vermutlich gleich da, im *Zwielicht*. Anton ... ob wir vielleicht doch Recht haben?«

»Ist der Fusel doch nicht ganz raus?«, wollte Anton wissen.

»Nein, nein ... der ist draußen«, seufzte Igor. »Und richtig trinken kann ich jetzt auch nicht mehr! Ein verfluchter Mist ist das! Sebulon wird doch einen verrückten alten Magier nicht aus dem *Zwielicht* holen. Was sollte er mit diesem Prachtburschen schon anfangen? Und weshalb sollte er das Ende der Welt herbeiführen, indem er einen Antichrist schafft ...«

»Und Fafnir selbst reißt sich auch nicht um diese Aufgabe«, erklärte Anton. »Ganz bestimmt nicht. Dazu fehlt es ihm an Mumm.«

»Dann ist also alles, was wir uns überlegt haben, Müll?«

Anton sah auf das Blatt Papier, auf dem Fettflecken von der Wurst und feuchte Kreise von den Gläsern prangten. Wann hatten sie es denn geschafft, alles so einzusauen – sie waren doch eigentlich ganz manierlich gewesen?

»Was Swetlana angeht, nicht, fürchte ich. Aber der Rest ... Warum haben wir uns so in die Zahl achtundachtzig verbissen? Was ist denn an ihr so geheimnisvoll?«

»Sie ist ... so rund, du kannst sie von beiden Seiten lesen ...« Igor winkte mit der Hand ab und lachte. »Ja, du hast Recht. Betrunkenes Gequatsche.«

Anton hob einen Marker auf, der heruntergefallen war. Er strich den Kreis mit der Beschriftung Regin-Brüder durch. »Sie sind raus aus dem Spiel«, sagte er. »Allem Anschein nach haben sie ihre Mission erfüllt, nämlich den Spiegel mit Kraft zu versorgen. Worum wir uns jetzt kümmern sollten, Igor ...«

Igor sah den Kreis mit seinem eigenen Namen an. »Ich wäre froh, wenn ich daran glauben könnte, eine besondere Mission zu haben«, seufzte er. »Daran, dass ich Sebulon und der Tagwache die Suppe gehörig versalzen habe. Aber ...« Hilflos breitete er die Arme aus.

»Igor, du bist der Schlüssel zu allem«, meinte Anton. »Verstehst du das? Wenn wir herausfinden, warum Sebulon versucht hat, dich aus dem Weg zu räumen, um etwas gegen Swetlana zu unternehmen, dann werden wir siegen. Wenn wir es nicht herauskriegen, geht die Partie an ihn.«

»Es gibt noch Geser. Soweit ich es verstanden habe, kommt er heute Morgen hierher.«

»Besser wäre es, wenn wir ohne ihn dahinter kämen.« Anton entging nicht, dass in seiner Stimme ein Hauch von Ärger mitschwang. »Seine ... seine Entscheidungen sind zu global.«

Edgar goss sich den schalen Sekt ein, der vom Vorabend übrig geblieben war, trank ihn und runzelte die Stirn. Nur Aristokraten trinken gern Sekt zum Frühstück, dachte er. Oder Degenerierte. Na, mit einem Aristokraten hast du jedenfalls keine Ähnlichkeit, mein Guter ...

Die seltsame Angewohnheit eines Wächters, in jeder Lebenssituation über Probleme nachzudenken, behielt Edgar selbst während nächtlicher Ausschweifungen bei. Auch in der letzten Nacht hatte Edgar weiter darüber gegrübelt, was die beiden Chefs der Moskauer Wachen dieses Jahr zu Weihnachten planten ... Was ihn freilich nicht daran gehindert hatte, dem Akt Vergnügen abzugewinnen.

Also, dachte Edgar. Was haben wir denn? Am besten, ich nehme mir alles häppchenweise vor. Alles, bis zum letzten Detail.

Welchen Nutzen kann Sebulon aus der derzeitigen Situation ziehen? Ich müsste mir in Gedanken ein Modell von ihr machen.

Das Tribunal, zu dem beide Wachen jemanden schickten. Nicht die besten Kräfte, aber auch nicht die schlechtesten. Zwei Magier, beide unter den ersten Zehn. Edgar und Anton. Es würden noch Beobachter kommen, daran dürfte kaum zu zweifeln sein. Ebenfalls dürfte außer Frage stehen, dass während der Sitzung des Tribunals keine der beiden Seiten etwas unternehmen würde – alle würden versuchen, bei der gleichgültigen und unparteiischen Inquisition einen Vorteil für sich herauszuschlagen.

Aber war sie so unparteiisch? An ihrer unparteilichen Einstellung zweifelte Edgar nicht im mindesten. Dazu hatte er bereits zu lange in der Welt der Anderen gelebt. Nicht einmal – nicht ein einziges Mal – hatte ihn auch nur die Spur eines Zweifels am Handeln und Verhalten der Inquisition beschlichen. Die Diener des Großen Vertrages blieben stets kalt und entschlossen. Jemand hatte einmal völlig richtig bemerkt, die Inquisition urteile nicht über Recht und Schuld, sondern bestrafe lediglich denjenigen, der den Großen Vertrag verletzt. Darin drückte sich der Kern der Weltsicht eines jeden Inquisitors aus, doch Edgar, bereits zu dieser Erkenntnis gelangt, verstand nach wie vor nicht, was die Inquisitoren zwang, so und nicht anders zu handeln.

Ob die höchsten Magier das wussten? Geser und Sebulon?

Also, das Tribunal. Der Lichte Igor Teplow kann freigesprochen werden (was nicht zu wünschen wäre) oder aber verurteilt.

Im ersten Fall bliebe der Moskauer Nachtwache ein zwar vorübergehend kampfunfähiger, ansonsten aber starker und – was nicht zu unterschätzen war – sehr erfahrener Magier dritten Grades erhalten. Bereits vor ihrem Zweikampf in Südbutowo war Edgar mit Teplow zusammengestoßen, wenn auch nie so direkt. Unmittelbar nach dem Krieg, in dem unvergesslichen Fall des »Aschfarbenen Belosersk«. Damals griffen sowohl die Moskauer wie auch die Tallinner Wache an den unglaublichsten Orten ein, so auch im Gebiet Wologoda. Es fehlte an Leuten ... genauer gesagt, an Anderen. Sowohl bei den Dunklen wie auch bei den Lichten.

Im zweiten Fall wäre der Magier der Nachtwache unwiderruflich verloren. Was die Frage aufwarf: Ja und? Antwort: Igor Teplow ist gar nicht der, der er zu sein scheint. Genauer: Mit ihm ist etwas verbunden, das kaum jemand weiß, die Magier der Extraklasse ausgenommen. Überhaupt sieht es sehr danach aus, als schlage Sebulon treffsicher und hartnäckig auf zwei Ziele im Lager des Feindes ein: auf Igor Teplow und Swetlana Nasarow. Dafür hatte er sogar seine kleine Freundin Alissa geopfert. Die logische Verbindung zwischen dem Kampf in Butowo, dem Duell im Artek und den reichlich verworrenen Ereignissen, die das Auftauchen des Dunklen Spiegels begleiteten, hatte Edgar noch nicht erfasst. Doch es reichte ihm, sie deutlich zu spüren. All diese Auseinandersetzungen und Intrigen verband mit Sicherheit ein Faden, dessen Ende direkt zur Hand Sebulons führte.

Nun, der Versuch, eine zukünftige Große Zauberin zu beseitigen, war völlig verständlich und gerechtfertigt. Aber weshalb wollte Sebulon dem Magier Igor ans Leder? Warum ausgerechnet ihm? Und warum ausgerechnet jetzt, nicht früher, als er noch schwächer und unbedarfter gewesen war?

Das ließ nur eine Schlussfolgerung zu: Igor war erst zu dem Zeitpunkt gefährlich geworden, als Swetlana in die Reihen der Nachtwache aufgenommen worden war.

Gut. Weiter.

Die Auferstehung Fafnirs. Ort und Zeit hätten nicht besser gewählt sein können: am Vorabend des Jahres 2000 im Zentrum der europäischen Nekromantie. In welchem Zusammenhang stand das jedoch mit dem Tribunal und dem Fall Teplow/Donnikowa?

Das war die Frage!

Düster trank Edgar etwas Sekt und dachte darüber nach, dass ihm kaum noch Zeit verblieb, nur noch bis zum Abend. Deshalb traf er die einzig mögliche Entscheidung, nämlich sich unverzüglich ins Büro der hiesigen Tagwache zu begeben und die Unterlagen zu dem Duell von Siegfried und Fafnir anzufordern sowie im *Necronomicon* den Eintrag zur Auferstehung zu studieren.

Edgar war als Magier stark genug, um den Mechanismus der Auferstehung eines Großen Dunklen zu begreifen, um zu verstehen, welche der unabdingbaren Voraussetzungen gegenwärtig erfüllt werden konnten und welche nicht.

Die Deutsche schlief immer noch tief und fest. Es hätte Edgar leid getan, sie zu wecken. Er wusch sich, rasierte sich, zog sich Kleidung und Schuhe an, berührte sanft ihr schlafendes Bewusstsein und trat in den morgendlichen Schnee Prags hinaus.

Das Büro der Tagwache lag im Vysehrad, direkt über der Vltava, untergebracht in einem zweistöckigen Privathaus aus Ziegelsteinen, mit einer alten, aber noch funktionierenden Pumpe. Ihr Hebel glich einem gekrümmten Zeigefinger. Der Tradition gemäß stieg Edgar in einer gewissen Entfernung aus dem Taxi, um den Kollegen die Möglichkeit zu geben, ihn zu bemerken und eine Entscheidung zu treffen.

Die Kollegen enttäuschten ihn nicht. Dreihundert Meter vor dem Eingang entdeckten sie Edgar. Er spürte, wie jemand kurz seine Aura berührte, und öffnete sich – gerade so weit, dass der Magier, der ihn scannte, feststellen konnte: Hier kommt ein Dunkler, ein Dunkler Magier, ein Dunkler Magier zweiten Grades, und er kommt dienstlich. So und nicht anders, indem er die Information in zunehmendem Grade dosierte.

Prag ist natürlich eine europäische Hauptstadt, mit Moskau kann sie aber trotzdem nicht mithalten. Der – nebenbei bemerkt einzige – Posten am Eingang, ein Schrat, lächelte Edgar mit gebleckten Zähnen an.

Schon wieder ein Schrat, dachte Edgar leicht verwundert. Ob sie in Prag wirklich häufiger vorkommen? Das ist schließlich schon der zweite ...

Im Territorium der ehemaligen UdSSR waren insgesamt nur sechs Schrate registriert: zwei in Turkmenistan und je einer auf der Krim, in Weißrussland, in Jakutien und auf Kamtschatka. Edgar wusste das, weil er sich vor fünfzehn Jahren mit einem Fall außerhalb von Tallinn beschäftigt hatte, bei dem alle sechs als Zeugen auftraten.

Die *Zwielicht*-Gestalt des Schrats war fast klassisch. »Ich grüße Sie, Kollege!«

»Guten Tag.«

Im *Zwielicht* gab es natürlich keine Verständigungsprobleme.

»Was führt Sie in unsere Bastion? Ein Fall? Oder ist das nur ein Höflichkeitsbesuch?«

»Eher ein Fall. Wo finde ich hier das Archiv?«

»Im zweiten Untergeschoss, alles Weitere sehen Sie dann selbst.«

Zweites Untergeschoss, dachte Edgar. Also ein Keller mit mehreren Geschossen ...

»Vielen Dank. Kann ich dann durchgehen?«

»Natürlich! Ein Dunkler kann gehen, wohin er will, oder etwa nicht?«

Edgar seufzte. Irgendwie war es so – und doch auch wieder nicht.

»Der Fahrstuhl ist dort drüben«, erklärte der Schrat.

»Vielen Dank«, meinte Edgar noch einmal und ging in die genannte Richtung.

Der uralte Aufzug brachte ihn zwei Stockwerke unter das Straßenpflaster. Und dabei ging es noch weiter hinunter: Noch fünf weitere Geschosse versteckten sich unter der Erde. Die Prager Wache hatte gründliche Arbeit geleistet!

Der Flur vor dem Fahrstuhl war absolut winzig, maß nur vier mal vier Meter. Rechts und links gab es je eine Tür; an der einen hing ein Schild »Bibliothek«, an der anderen eins mit der Aufschrift »Rechenzentrum«.

Fangen wir mit der Bibliothek an, beschloss Edgar. Zur Zeit von Fafnir und Alhazred gab es noch keine Computer ... zumindest keine Computer im heutigen Sinne.

Edgar trat auf die Tür linker Hand zu. Sie war nicht abgeschlossen, sondern einfach nur zu.

Eine klassische Bibliothek: ein großer Saal, in dem ein Dutzend Tische und lange Reihen mit Bücherregalen standen. Ein Blick auf die Rücken genügte, um zu erkennen, dass die altehrwürdigen Folianten sich der besonders anderen Anderen entsannen ...

Edgar blieb stehen. In diesem Moment kam hinter den Regalen ein unglaublich dünner Dunkler hervor. Ein Vampir. Zudem ein Höherer Vampir, das erkannte Edgar sofort.

Normale Vampire gibt es in Moskau reichlich. Sie stellen das unterste Glied dar. Jenes Kanonenfutter, von dem Anton Gorodezki gesprochen hatte. Zu magischen Handlungen sind sie kaum in der Lage, selbst ein miserabler Magier ist stärker als sie. Etwas anderes sind Höhere Vampire, die in Moskau und in Osteuropa aus irgendeinem Grund überhaupt nicht vorkommen. Eine Ausnahme stellen hier jedoch Tschechien und Rumänien dar.

»Guten Tag. Kann ich Ihnen irgendwie behilflich sein?«

»Guten Tag. Ich suche Materialien zu einem Magier aus der Vergangenheit.«

»Zu welchem denn?«, wollte der Vampir wissen.

»Fafnir. Der *Zwielichtdrache.*«

»Oh, oh!«, meinte der Vampir respektvoll. »Das war ein mächtiger Magier. Einer der stärksten Dunklen in der gesamten Geschichte der Menschheit. Was konkret interessiert Sie denn?«

»Die Todesumstände. Die Gründe für das Duell mit Siegfried, die Vorgeschichte, Einzelheiten ... Kurzum, ich möchte mich umfassend über diese bemerkenswerte Persönlichkeit informieren. Die Sache ist nur die, dass mir dafür leider nur ein paar Stunden zur Verfügung stehen. Außerdem würde ich mir gern klar machen, wie eine Aktion aussehen müsste, die zu einer Rückkehr aus dem *Zwielicht* führt ...«

»Eine solche Aktion ist leider praktisch unmöglich«, meinte der Vampir mit einem traurigen Lächeln. »Dafür wären Manipulationen von solcher Kraft und Intensität notwendig, dass die Dunklen – und zwar alle weltweit, das betone ich ausdrücklich – das Recht darauf nicht erwerben könnten, selbst wenn sie einen hundertjährigen Winterschlaf hielten.«

»Gleichwohl.« Edgar beschrieb einen Kreis mit der Hand. »Ich würde diese Aufgabe gern lösen, und sei es nur auf dem Papier.«

»Dann müssen Sie im *Necronomicon* von Alhazred nachlesen«, riet der Vampir. »Dort werden die nötigen Schritte zur Rematerialisierung eines Wesens recht ausführlich beschrieben.« Ohne Übergang fragte er dann: »Sind Sie ein Theoretiker der Nekromantie?«

»Wie kommen Sie denn darauf?«, meinte Edgar mit breitem Lächeln. »Ich habe mich noch nie mit Nekromantie beschäftigt. Aber jetzt habe ich angefangen, mich dafür zu interessieren ...«

»Dann haben Sie genau das Richtige getan, als Sie nach Prag gekommen sind. Hier kennt man sich mit Nekromantie aus, und Sie werden so viele Experten finden, wie Sie brauchen ... Aber leider sind sie alle Theoretiker geblieben, und Sie wissen natürlich ganz genau, weshalb.«

Edgar wusste in der Tat, warum.

Weil die Inquisition seit der Unterzeichnung des Großen Vertrages nur zweimal eine Rematerialisierung sanktioniert hatte, und beide Male nur vorübergehend. Weil das Tribunal Zeugen vernehmen musste. Mitunter gibt es also die Möglichkeit, einen dematerialisierten Anderen aus dem *Zwielicht* zurückzuholen. Das wurde zweimal getan, aber nach dem Verhör wartete auf die Anderen wieder das *Zwielicht*.

Edgar glaubte nicht, dass ein Magier vom Niveau eines Fafnir sich nicht prophylaktisch um ein Schlupfloch zur Rematerialisierung gekümmert hatte. Er musste es geradezu tun, sobald er ein bestimmtes Niveau erreicht hatte. Nebenbei bemerkt hoffte Edgar, auch selbst einmal diese Stufe zu erklimmen. Mit nicht weniger Berechtigung hoffte er übrigens auch, nicht dematerialisiert zu werden, doch das Leben gebärdet sich so seltsam, dass es einem immer wieder die komischsten Überraschungen bereitet. Vor allem unter den Bedingungen eines anhaltenden Krieges.

»Kommen Sie hierher.« Der Vampir wies auf die Tische. »Ich bringe Ihnen gleich die Bücher. Ich vermute, Sie interessieren sich keineswegs für die Legenden der Menschen, sondern für die Chroniken der Anderen. Das stimmt doch, oder?«

»Ja, natürlich, verehrter Kollege. Natürlich.«

»Ich bin gleich wieder da.«

Der Vampir kam in der Tat schnell zurück. Offenbar arbeitete er schon so manches Jahrzehnt als Hüter der Bibliothek und kannte seine Bücher aufs Trefflichste.

»Bitte schön«, sagte er und legte zwei Werke auf den Tisch. Bei dem einen handelte es sich um einen alten, in matt gewordenes braunes Leder gebundenen Folianten, das *Necronomicon* in der Übersetzung von Gerhard Küchelstein. Das zweite Buch war kleiner und wirkte bescheidener. In der Mitte der Seite prangte in Schnörkelschrift der Titel *Lebensbeschreibung und Erklärung der ruhmreichen Taten sowie der Prophezeiungen und der unzähligen beispiellosen Entdeckungen des Großen Dunklen Magiers, welchselbiger den Anderen unter dem Namen Fafnir oder* Zwielichtdrache *wohlbekannt ist* von Johann Jetzer, Urmongomod. Anscheinend das Original.

Der Titel des Buches von Jetzer-Urmongomod dürfte vermutlich weit archaischer gewesen sein, doch Edgar war des Althochdeutschen nicht mächtig und musste durchs *Zwielicht* lesen, wobei stilistische Besonderheiten geglättet und der Text nivelliert, dafür jedoch weitaus verständlicher wurde.

Die *Taten des Fafnir* las Edgar kursiv. Wie zu erwarten, interpretierte dieser Foliant die Ereignisse deutlich anders als die *Edda* oder das *Nibelungenlied*. Zum einen waren natürlich sowohl Sigurd (alias Siegfried alias Sirvit) wie auch Regin, Hreidmar und Fafnir selbst Andere. Natürlich war Hreidmar nicht der biologische Vater von Fafnir und Regin nicht sein Bruder. Durch eine lange und sorgfältig eingefädelte Intrige stiftete Sigurd Unfrieden unter den Dunklen Magiern und vernichtete sie alle – manche durch fremde Hand, manche durch die eigene. Selbstverständlich hatte es Sigurd nicht auf irgendwelche Schätze, wertloses Metall oder funkelnde Steine abgesehen. Sigurd und die Übrigen machten Jagd auf das Erbe des Zwergs Andwari, doch worum es sich dabei handelte, ging aus der Arbeit Jetzers nicht hervor. Vielleicht um alte und mächtige Artefakte, vielleicht einfach um bestimmte Kenntnisse (zum Beispiel in Form von Büchern). Sigurd tötete am Ende jedenfalls alle und brachte Andwaris Erbe in seinen Besitz. Was dann weiter geschah, konnte Edgar nirgends herausfinden. Fafnir hatte Sigurd als Vorletzten besiegt, vor Regin. Offenbar konnte Fafnir trotz allem bestimmte Geheimnisse mit ins *Zwielicht* retten, doch das hat die Magier jener Zeit wenig geschert, die weder an Verträge noch Bestimmungen gebunden waren und ohne jede Rücksicht auf die Inquisition handeln konnten, da diese damals noch gar nicht existierte.

Das Wichtigste, was Edgar erfuhr, war, dass Fafnir über einige vergessene Kenntnisse im Bereich der höchsten Kampfmagie verfügte (was ihm freilich im Duell mit dem arglistigen Sigurd kaum geholfen hatte), die er mit ins *Zwielicht* genommen hatte. Folglich konnte Sebulon durchaus versuchen, sich diese Kenntnisse anzueignen.

Nachdem er zu diesem recht offensichtlichen Schluss gekommen war, nahm Edgar sich das *Necronomicon* vor.

Das Erste, was Edgar herausfand, war, dass es sich bei der Rematerialisierung nicht unbedingt um die Auferstehung eines vormals dematerialisierten Anderen handelte. Alles war viel einfacher und banaler.

Am besten ließ sich das Ganze mit einer Rochade vergleichen. Jemand geht ins *Zwielicht* ein, jemand tritt an seiner Stelle aus dem *Zwielicht* heraus. Je höher das Kraftniveau des zu Rematerialisierenden ist, desto stärker muss der zu Dematerialisierende sein. Das Niveau muss aber nicht absolut gleich sein, etwas »Luft« ist durchaus zulässig. Wenn das, was Urmongomod über Fafnir schrieb, der Wahrheit entsprach, dann konnte der *Zwielicht*-Drache gegen einen Dunklen Magier zweiten oder dritten Grades ausgetauscht werden. Allerdings nur bei einer entsprechenden globalen Energiezufuhr.

Diese Zufuhr konnte eine Inszenierung der Apokalypse durchaus gewährleisten. Die Gefühle Tausender von Menschen bringen einen solchen Sturm, eine solche Bö von Emotionen hervor, dass der auferstandene Fafnir, wenn er aus dem *Zwielicht* trat, vermutlich voller Kraft sein würde, ein mächtiger Dunkler Magier, den es nach Rache und Freiheit dürstete. Nach einer Freiheit, die er vor sehr langer Zeit verloren hatte.

Was würde er tun, der Große Magier der Vergangenheit, der noch nie ein Wort vom Vertrag oder der Inquisition gehört hatte? Wie wollte Sebulon mit ihm fertig werden? Machte er sich darüber überhaupt Gedanken? Der *Zwielichtdrache* am Himmel des weihnachtlichen Europas – was konnte wahnwitziger und schrecklicher sein?

Denn wenn Fafnir lostobt und eine Stadt nach der nächsten abfackelt, Zerstörung bringt, blindlings seine Kraft freisetzt, dann würden ihn die Menschen schon zum Schweigen bringen. Mit Raketen. Dieses Lichte Ass mit seinen *Chicago Bulls* würde aus seiner Phantom oder Harrier schon was Passendes abfeuern ... Vielleicht brachten sie ihn um, vielleicht nicht – aber zum Schweigen würden sie ihn auf alle Fälle bringen. Ob es Europa danach leichter haben würde? Brauchte es Atompilze? Beschauliche Städtchen, die in den Flammen Fafnirs aufgingen?

Aber vermutlich würde Fafnir nicht seine Kraft einsetzen, sondern seine Erfahrung und seine Tücke – und dann gute Nacht Europa. Dann würde es weitaus mehr Opfer und Zerstörung geben.

Nur, was hatte Sebulon von alledem?

Das verstand Edgar nicht.

Was war noch für die Auferstehung des *Zwielichtdrachen* nötig? Ein Magier zweiten oder dritten Grades am richtigen Ort ... An welchem eigentlich?

Zehn Minuten lang berechnete Edgar diesen anhand der Sterne und der mobilen Energieherde. Eine Aufgabe mittleren Schwierigkeitsgrades: Fafnir war im Norden Europas ins *Zwielicht* geschickt worden ... Also musste seine Rematerialisierung möglichst beim Übergang vom Jahr 1999 zum Jahr 2000 in ... Eben!

Das Ergebnis erstaunte Edgar nicht sehr. Tschechien. Prag.

Gleich darauf durchströmten Edgar jedoch unschöne Vorahnungen. Ein Magier zweiten oder dritten Grades am richtigen Ort ... In Prag ...

Das war er! Edgar, der Este!

Edgar wischte sich den schlagartig austretenden Schweiß von der Stirn und machte sich wieder an die Lektüre.

Als Figur in Sebulons Spiel taugte bei weitem nicht jeder. Das Objekt der Rochade musste beispielsweise an einem ganz bestimmten Ort geboren worden sein. Das war alles reichlich vage ... An welchem Ort denn nun?

Die Auswertung ergab: Skandinavien, Norddeutschland und das Baltikum.

Das Baltikum.

Der Chef der Moskauer Tagwache hatte den Esten völlig überraschend zur Arbeit in die Hauptstadt abbeordert ... Niemand hatte dafür einen triftigen Grund erkennen können ...

Wer war noch in Skandinavien, Norddeutschland oder dem Baltikum geboren worden und hielt sich zurzeit in Prag auf?

Niemand. Nur Edgar.

Davor hatte Juri ihn also vor seiner Abreise nach Prag gewarnt. Genau davor. Wovor sonst?

Also. Ruhig. Ganz ruhig. Jetzt nur nicht die Nerven verlieren. Wer gewarnt ist, ist gewappnet. Was gab das *Necronomicon* noch her?

Es sind vier Dunkle nötig, die den Kreis der Auferstehung bilden. Nun, das ist klar. Ein Kreis ist die Variante eines Portals, der an die Energie der vier genannten angeschlossen werden muss, die mit dem extravaganten Namen Reiter des Dunkels bezeichnet werden.

Zudem waren die Reiter rot, schwarz, weiß und fahl. Kurzum, genau wie die Pferde im Szenario der Apokalypse. Haargenau.

Und auch die passenden Magier waren hier. Freilich nur drei. Die Regin-Brüder ... die übrigens rot (der Asiat!), schwarz (der Afrikaner!), weiß (der Slawe) und fahl (der von Geser ermordete Skandinavier!) sind.

Sebulon hatte doch gesagt, er habe mit diesen dreien noch etwas vor. Jetzt konnte Edgar so kühn sein und mutmaßen, was genau. Und das Fehlen des vierten Reiters dürfte Sebulon kaum aufhalten.

Edgar arbeitete den Abschnitt im *Necronomicon* bis zum Ende durch und stieß dabei noch auf zwei Details. Kleine, doch allem Anschein nach wichtige.

Da Fafnir ein Drache war, musste seine Auferstehung laut Kanon so aussehen, als käme er aus dem Meer. Das war allerdings nicht zwingend notwendig. Dagegen war es unbedingt erforderlich, dem Meer ein Opfer zu bringen. Zuvor. Wo auch immer, in China oder auf den Falklandinseln.

Oder auf der Krim.

Als Opfer sollte ein »Jüngling oder eine Maid« dargebracht werden. Kein Kind mehr, aber auch noch kein Erwachsener.

Das Artek, schoss es Edgar sofort durch den Kopf. Der Teenager, der infolge des Duells ertrunken ist.

Und noch etwas. Wenn Sebulon für die Rolle der zweiten Figur in dieser Rochade wirklich ihn, Edgar, bestimmt hatte, dann musste der Chef, wo auch immer er sich befand, in den letzten vierundzwanzig Stunden ein Bild von Edgar aufgetrieben haben. Ein Porträt oder ein Foto. Am ehesten wohl ein Porträt. Und er musste die Darstellung bei sich tragen. Bis zum Moment des Austauschs.

Das war's. Die Bibliothek konnte Edgar jetzt nicht mehr helfen. Hastig dankte er dem als Bibliothekar angestellten Vampir und eilte zu einem Computer.

Natürlich könnte er einfach in Moskau anrufen. Doch ein Anruf ließ sich leicht abhören, und Edgar wollte auf gar keinen Fall zu früh die Karten auf den Tisch legen. Darüber hinaus war er absolut sicher, dass Alita jetzt auf einem der Kanäle der IRC chatten würde.

Der Systemadministrator, entweder ein schwacher Magier oder ein Zauberer, zeigte ihm hilfsbereit, wie er ins Internet kam. Edgar dankte ihm. Sofort tauchte der junge Mann wieder hinter dem Bildschirm seines Laptops ab, der mit Maschinencode übersät war. Er programmierte auf althergebrachte Weise, ganz ohne neumodischen Windows-Delphi-Kram.

Edgar startete *mirc*, wählte sich gewohnheitsgemäß in den DALnet-Server in Göteborg mit einer lustigen Kuh als Logo (die Kuh war natürlich mit Buchstaben und Ziffern als Pseudographik gestaltet) ein und gab sein Passwort ein, klinkte sich aber in keinen Chatroom ein. Er wählte im Menü *Query* und gab den Spitznamen ein, den er suchte: Alita.

Ein neues Fenster öffnete sich.

Am meisten hatte Edgar davor Angst, im Ergebnisfeld werde die trockene Auskunft »No such nick or channel« erscheinen.

Doch das Dunkel war ihm gnädig. Schon im nächsten Augenblick bekam er eine Antwort. Die in der gewünschten Adresse bestand: alita@ncport.ru.

»Edgar! Hallo! Bist du in Prag?«

»Ja. Alita, ich muss dringend etwas wissen ... allerdings ist es etwas merkwürdig. Und nicht für alle bestimmt. Hilfst du mir?«

»Blöde Frage, Edgar! Natürlich.«

»Bist du in den letzten Tagen beim Chef gewesen?«

Die Wahrscheinlichkeit, dass Sebulon eine kleine Hexe zu sich rief, war insgesamt recht niedrig – aber mit irgendwas musste er ja anfangen.

»Ja. Warum?«

Ach nee, wunderte sich Edgar. Habe ich es also getroffen! *»Hast du zufällig gesehen, ob der Chef ein Foto oder Porträt von mir im Büro hat?«*, tippte er weiter. *»Auf dem Tisch zum Beispiel ...«*

»Woher weißt du das denn?« Alita schickte ihm eine ganze

Reihe Smileys, die ihre gute Laune symbolisierten. »*Nach deiner Abreise hat der Chef zwei Zeichnungen in Auftrag gegeben. Dein Porträt und die Darstellung eines Drachen. Beide stehen in Rahmen auf seinem Tisch. Die Rahmen habe ich in einem Geschäft für Künstlerbedarf in der Twerskaja gefunden. Der Chef hat mir dafür eine Flasche Cliquot geschenkt!*«

Edgar kniff die Augen zusammen.

Das war's. Der letzte Strich unter der zukünftigen Rochade. Dein Urteil, Edgar der Este.

Und was wirst du jetzt tun?

»*Vielen Dank, Alita*«, hackte er mit hölzernen Fingern. »*Ich muss wieder los, stecke bis über beide Ohren in Arbeit ...*«

»*Tschüss, Edgar. Ich küsse dich!*«

Die Smileys wollte er sich nicht einmal mehr ansehen. Edgar schloss das *mirc*-Fenster und stand vom Tisch auf.

Der Programmierer sah ihn über seinen Bildschirm hinweg an. »Schon fertig?«, fragte er, ohne sich jedoch allzu sehr darüber zu wundern.

»Ja«, antwortete Edgar. »Vielen Dank.«

Er ging zur Tür, ohne über irgendetwas nachzudenken. In seinem Kopf hatte sich schallende Leere ausgebreitet.

Sebulon hatte ihn also ausgewählt wie eine Kuh fürs Weihnachtsschaschlik. Denn er brauchte einen relativ starken Magier aus dem Baltikum. Hatte ihn zu sich gerufen und beschützt. Hatte ihm für kurze Zeit das Kommando übertragen – und zwar nicht über irgendwen, sondern über die Moskauer Wache. Aber im Grunde bist du die Kuh. Zur rechten Zeit wirst du abgeschlachtet. Er hat dich benutzt wie einen Gegenstand. Jetzt tauscht er dich ab wie eine Figur.

Denn das Spiel ist endlos, auch wenn die Figuren nur vorübergehend auf dem Brett bleiben.

Und dann? Wenn die Zeit kommt, erscheint auf dem Spielfeld eine neue schwarze Dame. Bringt es dem Offizier, der so schnell von der Peripherie nach vorn geschoben worden ist, dann wirklich nichts mehr, mit den Armen zu rudern und sich an der glatten Oberfläche des Spielfelds festzuklammern?

O nein! Vielleicht bin ich keine Dame, dachte Edgar bei sich, der jetzt langsam zu kochen anfing. Aber auf alle Fälle bin ich auch kein Bauer. Ich will nicht einfach so vom Brett genommen werden. Ich wehre mich. Und wenn mir das gelingt, werde ich halb Europa vor Schwierigkeiten bewahren.

Schließlich gibt es noch die Inquisition. Etwas sagte Edgar, dass die Träger der grauen Kittel sich kaum über ein neuerliches Auftauchen des *Zwielichtdrachen* freuen würden.

Das vorweihnachtliche Prag schien irgendwie verschwunden zu sein, zur Seite getreten, verblasst. Edgar nahm sich ein Taxi und fuhr in das Hotel, in das er jetzt musste. Unterwegs sah er nicht einmal aus dem Fenster. Geistesabwesend bezahlte er schließlich und marschierte ins Foyer. So wie er den Hotelportier ansah, wäre der vermutlich glücklich gewesen, wenn sich der Granitboden unter ihm aufgetan hätte.

Raschen Schrittes ging Edgar zu den Fahrstühlen, sodass in seinem Rücken der offene Mantel fast hochwehte. Er schoss auf das Zimmer zu, das ihm der Instinkt eines Anderen genannt hatte.

Plötzlich blieb er wie angewurzelt stehen. Und schluckte krampfhaft.

Aus der Bar kamen gerade die »Finnen«, die Regin-Brüder. Alle vier. Vier, und nicht drei – zu dem Chinesen, dem Afrikaner und dem Slawen hatte sich der echte Finne hinzugesellt, den alle für tot hielten.

Doch der Finne war gesund und munter.

Na klar, weshalb hätte Geser einen Zeugen umbringen sollen?

Vermutlich überkommen einen Künstler die unterschiedlichsten Gefühle, wenn er das letzte Stückchen Glas in das nunmehr vollständige Mosaik einpasst. Aber was sollte derjenige machen, für den sich die Glasscherben des Mosaiks zu den trockenen Worten eines Urteils zusammenfügen?

»Bruder!«, wandte sich einer der »Finnen« feierlich an Edgar. »Wir möchten dir und der Tagwache Moskaus für die Unterstützung danken. Kommst du mit uns? Wir begießen die Rettung unseres Bruders Pasi, den alle für tot gehalten haben.«

Der echte Finne lächelte gequält, und seine Miene brachte deutlich zum Ausdruck, wie sehr ihn die Sorge seiner Gefährten rührte.

»Herzlichen Glückwunsch ...«, sagte Edgar tonlos. Obwohl zum Gratulieren eigentlich kein Anlass bestand – alle vier würden bei der Auferstehung Fafnirs unweigerlich sterben.

»Mein Dunkler Bruder.« Als der Magier Edgars Zögern bemerkte, drang er nicht weiter in ihn ein. »Du weißt nicht zufällig ... warum dieser Lichte, der ebenfalls angeklagt ist ... warum er uns die vier Pferde genannt hat?«

Seine Gefährten nickten unisono und empört.

»Das kann man wohl nicht als unbegründete Beleidigung betrachten?«, hakte der Anführer der Regin-Brüder nach.

»Nein«, antwortete Edgar. »Das ist schlimmer als eine Beleidigung. Das ist die Wahrheit.«

Darauf stürzte er zum Fahrstuhl.

Sechs

Anton kapitulierte gegen Mittag.

Trotz der bemerkenswerten Fähigkeit von Alkohol, die Fantasie anzuregen, rührten Igor und er keinen Wodka mehr an. Schon von Kaffee wurde ihm übel. Das hervorragende tschechische Bier wollte er auch nicht.

Igor stand am Fenster mit einem Glas Trinkjoghurt von Danone in der Hand und wies mit einem Kopfschütteln einen weiteren Vorschlag Antons zurück. »Was du nur für Ideen hast! Was soll ich schon für ein Drachentöter sein? Und haben wir die Version mit Fafnir nicht schon längst ad acta gelegt?«

»Und wenn sie doch stimmt?«

»Ändert das auch nichts. Hier geht es um einen Kampf von Magiern, nicht um ein Duell mit einem feuerspeienden Ungeheuer ...« Igor grinste. »Außerdem würde ich bei einem Kampf zwischen dem Drachen Fafnir und einigen modernen Kampfhelikoptern auf die Hubschrauber setzen«, fügte er dann zynisch hinzu. »Geben wir das Rätselraten auf, Anton. Wir kriegen es doch nicht raus.«

»Und trotzdem, Igor, du bist der Schlüssel.«

»Und was heißt das? Den Schlüsseln wird nie mitgeteilt, welche Tür sie öffnen sollen. Ich bin ein stinknormaler Anderer, Anton. Nur Sebulon weiß, worin meine ... Bedeutung besteht. Und Geser vermutlich auch. Gleich ist er bei uns, dann werden wir ihn danach fragen.«

Anton sah durchs *Zwielicht*. »Wirklich?«, fragte er neidisch. »Ist er schon so nah? Ich spüre ihn nicht ...«

»Ich spüre ihn auch nicht, ich habe durchs Fenster gesehen, wie sie ins Hotel gekommen sind.«

An der Tür klopfte es leise. Ein Tribut an die Höflichkeit, mehr nicht, denn bereits einen Augenblick später kamen die Gäste durchs *Zwielicht* herein. Geser, sein schweigsamer Schatten Alischer und Swetlana. Swetlana wurde von den beiden Magiern durchs *Zwielicht* geführt. Sie sah Anton erst, als alle drei aus dem *Zwielicht* heraus in die Menschenwelt eintraten. Sie lächelte und breitete ein wenig schuldbewusst die Arme aus: Sieh dir an, was aus mir geworden ist! Und Anton wurde abermals von jener sehnsuchtsvollen und schuldbewussten Zärtlichkeit durchströmt, die mit Scham und Wut auf ihn selbst versetzt war. Dabei hatte er keine andere Wahl gehabt, als dem Spiegel zu erlauben, Swetlana ihre Kraft zu rauben ... Und was das Wichtigste war: Swetlana lebte noch ... Doch wie sollte er dem verfluchten Gefühl entkommen, die Partie verloren zu haben?

Ob Igor etwas Vergleichbares empfand, wenn er an Alissa dachte? Vergleichbar, aber umso vieles bitterer?

Dann blieb ihm nur, sich zu wundern und darüber zu freuen, dass er noch am Leben war ...

»Guten Tag, Kinder ...«, sagte Geser sanft.

Er trug einen bescheidenen, nicht sehr teuren Anzug und eine Krawatte von gedeckter Farbe. Ein mittelständischer Geschäftsmann, der sich bei Marks & Spencer einkleidet und seinen Mitarbeitern zu Weihnachten stets kleine Geschenke zukommen lässt. In diesem Fall sah Geser das beste Geschenk anscheinend in seiner eigenen Person ...

»Seien Sie gegrüßt, Boris Ignatjewitsch«, erwiderte Anton. Den Tag gut zu nennen – da weigerte sich seine Zunge. »Sei gegrüßt, Alischer.«

Mit Sweta tauschte er nur nochmals einen Blick, bevor er sie bei der Hand nahm und zum Sessel führte. Wie eine Kranke ... Was sollte das bloß ...

»Guten Tag, Chef«, sagte Igor ruhig. »Ich freue mich, Sie zu sehen. Grüß dich, Sweta. Hallo, Alischer.«

Der Leibwächter (wenn man einen Magier dritten Grades allen Ernstes als Leibwächter für einen Großen Magier durchgehen lassen will) oder eher wohl die Ordonnanz von Geser, der Sohn eines Devona und einer Menschenfrau, nickte den Magiern schweigend zu und zog sich in eine Ecke des Zimmers zurück. Dort blieb er wie angewurzelt stehen, die Hände vor der Brust verschränkt und teilweise im *Zwielicht* verschwunden. Anton spürte, dass Alischers Fähigkeiten zur Beobachtung im *Zwielicht* künstlich gesteigert worden waren, allem Anschein nach vom Chef. Und dass der junge Magier versuchte, Igor nicht anzusehen, entging Anton ebenfalls nicht. Noch eine sinnlose Scherbe – Alischers Vater war von Alissa Donnikowa umgebracht worden. Auch wenn er kein Mensch oder Anderer ist – was genau eigentlich ein Devona, dieser treue Gehilfe hoher Magier ist, lässt sich nur schwer in Worte fassen. Der Devona selbst vollbringt keine Ruhmestaten, das ist nicht seine Aufgabe. Er dient lediglich den Helden, indem er ihren Weg von kleinen Hindernissen befreit. Außerdem stärkt er die Familienbeziehungen ... sorgt dafür, dass große Helden zur Welt kommen ...

Anton stockte der Atem.

Die Kinder von Tiermenschen erben in der Regel die Fähigkeit, sich zu verwandeln. Magier bekommen nur selten Andere. Aber wie war es bei einem Devona?

Was ist Alischer? Einfach ein Magier? Oder ein Devona wie sein Vater, der viele Jahrhunderte der Gehilfe Gesers in Zentralasien gewesen war?

Und wozu brauchte der Chef einen jungen usbekischen Magier? Hatte Geser ihn nur aus Sentimentalität und Pflichtgefühl in die Moskauer Wache aufgenommen und an sich gebunden?

»Anton!«

Er sah Swetlana an und verstand erst jetzt, dass er ihren Arm zu fest gepackt hielt. »Entschuldige ...«

Geser stand vor Igor und sah ihm in die Augen. Lange und schweigend. Dann seufzte er und ging irgendwie gekrümmt und ermattet zum Sessel. Er setzte sich und vergrub das Gesicht in den Händen.

»Boris Ignatjewitsch«, sagte Igor. »Sie müssen mir das verzeihen!«

»Nein!«, schrie Geser, ohne die Hände vom Gesicht zu nehmen. »Ich verzeihe dir das nicht! Hast du dich in die Hexe verliebt? Darüber werde ich nicht urteilen, das ist dein Schicksal. Aber dass du dich schon aufgegeben hast, dafür kannst du keine Vergebung erwarten!«

Igor fühlte sich eindeutig nicht wohl in seiner Haut. Anton sah ihn an und begriff mit einem Mal, dass er trotz allem ins Ziel getroffen hatte. Wenn auch nicht ins Schwarze, natürlich nicht – es wäre dumm gewesen zu glauben, man könne einen Magier, den das Leben zermürbt hatte, mit einem profanen Besäufnis und Gesprächen über Freunde benebeln und ihm seinen Lebenswillen zurückgeben. Noch dümmer wäre es, darauf zu hoffen, ihn davon zu überzeugen, dass seine Liebe schlicht und ergreifend eine widerwärtige gierige Schlampe war.

Aber ihr langes Gespräch in der letzten Nacht, ihr Versuch, die Ereignisse zu verstehen, diese neue Phase im Krieg der Wachen zu durchschauen – all das gehörte zu der Rolle, die sie zu spielen hatten. Igor war von seiner schwermütigen Qual abgelenkt worden. Er fühlte sich wieder wie einer von ihnen.

Damit konnte Geser doch nicht gerechnet haben, oder?

Denn dann wäre sein ganzes Verhalten – inklusive dieser Szene – vorbedacht und berechnet!

Immerhin hatte der Chef insofern Recht, als Igors Verstand im Moment einfach getrübt war ...

»Geser, es gibt etwas, das noch nicht einmal du verlangen

kannst!«, sagte Igor plötzlich. In scharfem Ton. Mit hochkochendem Zorn. Und bebender Stimme.

»Ja, natürlich, Hauptmann Igor Teplow.« Gesers Stimme war kalt wie Eis. »Das darf ich nicht! Aber wer hatte das Recht, im November 1942 von dir zu verlangen, unter Kugelhagel durch den Dnjepr zu schwimmen? Und wer hatte das Recht ...«

»Das ist was anderes!«

»Wieso denn?« Geser erhob sich und trat an Igor heran. Abermals blieb er wie angewurzelt vor ihm stehen, ein kleiner Mann – er war einen Kopf kürzer als Igor – mager und absolut nicht heldenhaft. »Teplow, muss ich dir vielleicht erklären, was der Krieg fordert? Er frisst nicht in erster Linie den Körper, sondern den Geist! Und als du in der ruhmreichen Stadt Berlin den armen Rotzjungen aus der Hitlerjugend mit einem Messer malträtiert hast, damit er seine Leute verrät, hast du das genau gewusst!«

Igor zuckte zusammen, als habe er einen Schlag ins Gesicht bekommen.

»Gewissen ... Liebe ... Ehre ...«, deklamierte Geser nachdenklich. »Niemand hat das Recht, dich zu zwingen, gegen dein Gewissen zu handeln. Niemand hat das Recht, dich zu zwingen, deine Liebe zu verraten. Niemand hat das Recht, dich zu überreden, gegen deine Ehre zu handeln. Niemand. Da hast du Recht. Trotzdem tun wir das! Aus freiem Entschluss. Wenn in einer Waagschale unsere Liebe, unser Gewissen und unsere Ehre liegt und in der anderen eine Million Menschen, die verliebt sind, ein reines Gewissen haben, ihre Ehre achten. Wir sind keine Engel, das passt nicht zu uns. Und ich verstehe deinen Schmerz, das kannst du mir glauben! Aber sieh dir Alischer an! Und versuch, auch seinen Schmerz zu verstehen! Und frag Anton, was er über deine Liebste denkt! Und Swetlana!«

»Ich kann Igor nicht verurteilen«, sagte Swetlana leise. »Sie müssen schon entschuldigen, Chef. Und du verzeih mir auch, Alischer. Vielleicht bin ich eine Idiotin ... und nicht würdig, in der Wache zu arbeiten. Nur kann ich euch alle verstehen.«

Sie sagte das sehr leise, ohne jede Effekthascherei, aber Geser blieb nun stumm, erstarrte und ging dann von Igor weg. »Als ob ich das nicht verstehe ...«, sagte er und breitete die Arme aus.

Im Zimmer senkte sich Stille herab, zähe Stille.

»Geser, wann immer mir die Pflicht etwas gebot, habe ich es getan«, sagte Igor plötzlich. »Ehrenhaft und unerbittlich. Ohne Rücksicht auf ... auf meine Gedanken und Gefühle. Aber meine Pflicht habe ich erfüllt. Bis zum Ende.«

»Nein. Da hast du Unrecht, Igor.« Geser durchquerte das Zimmer und holte eine Zigarre aus seiner Tasche. Er sah sie an, runzelte die Stirn und steckte sie wieder zurück, um ein Päckchen der demokratischen Pall Mall herauszukramen. Er knüllte es zusammen und fuchtelte ärgerlich mit der Hand ... »Die Wache braucht dich. Wir alle brauchen dich. Ich brauche dich.«

»Swetlana braucht mich ...«, bemerkte Igor beiläufig.

»Swetlana, Alischer, Ilja, Semjon, Bär, wir alle!«, erwiderte Geser sehr schnell. »Das ist doch klar!«

Igor lächelte, als akzeptiere er die Notwendigkeit, nicht offen zu sprechen. »Für lange?«, hakte er plötzlich in sachlichem, ernstem Ton nach.

»Höchstens für zwanzig Jahre«, antwortete Geser so ruhig, als habe er die Frage erwartet.

»Hoffst du, dass in dieser Zeit meine Liebe zu Alissa vergeht, Geser?«, fragte Igor.

»Das auch«, gab Geser zu. »Aber die Wache braucht dich gerade jetzt. In den nächsten Jahren.«

»Weshalb, Geser?«

»Lass uns einfach machen, Igor. Wir versuchen, dich herauszuholen. Und wir holen dich heraus, glaube mir, wenn du uns nur machen lässt ... oder noch besser, uns ein klein bisschen hilfst.«

Igor dachte nach. »Ich werde Alissa Donnikowa nicht anklagen, mich verzaubert zu haben«, sagte er dann. »Das hat sie nicht.«

»Aber du könntest doch die Vermutung äußern, eure Begegnung sei von der Moskauer Tagwache herbeigeführt worden.«

»Das könnte ich«, nickte Igor. »Vermutlich war das ja auch so.«

»Das ist alles.« Geser breitete die Arme aus. »Um mehr bitte ich dich nicht.«

Er sah wirklich zufrieden aus.

Anton hüstelte. Er wartete, bis Geser ihn ansah. »Boris Ignatjewitsch«, sagte er dann. »Ich möchte Sie auch um einen Gefallen bitten. Erklären Sie uns, welche Rolle Igor in unserer neuen Intrige spielt.«

»Nur Igor?«

»Ja. Wozu Sie Swetlana, mich und den Devona Alischer brauchen, ist auch so klar.«

Der in seiner Ecke erstarrte junge usbekische Magier zuckte zusammen.

»Guten Nachwuchs haben wir ...«, sagte Geser müde. »Schlau. Und gleichzeitig so dumm ...«

Er hielt inne und sah sich konzentriert um. Dann schüttelte er den Kopf. Anton spürte, wie sich um sie herum Kraft ausbreitete. Das Zimmer anfüllte, aufheizte. Wie eine feste Mauer drückte und *etwas* nach außen drängte ...

»Ich kann das nicht sagen«, gestand Geser überraschend ein. »Ich kann das aus einem ganz einfachen Grund nicht sagen ...«

»Weil wir uns dann weigern würden mitzuarbeiten?«, fragte Anton scharf.

»Nein.« Geser schüttelte den Kopf. »Im Gegenteil. Ich schwöre beim Licht, dass diese Ereignisse niemandem von euch Schaden zufügen werden. Weder eurem magischen noch eurem menschlichen Ich ... Ihr würdet wirklich mit echtem, aufrichtigem Eifer mitarbeiten. Aber ...« Er wog jetzt jedes Wort ab. »Im Moment läuft tatsächlich die Schlussoperation der Moskauer Nachtwache. Leider ist das auch die Schlussoperation der Tagwache. Vom Verhalten jedes Einzelnen hier hängt genauso wie vom Verhalten unserer Gegner ... hängt zu viel ab. Wir machen unsere Schritte, dito unsere Feinde. Diese Schritte können verfehlt sein, glücklos und falsch. Aber den Sieg wird derjenige erringen, der zum Schluss den richtigen Schritt macht!«

»Sieger werden nicht verurteilt«, stimmte Anton zu. »Aber die Figuren auf dem Schachbrett haben nicht das Recht, sich selbständig zu bewegen.«

»Jeden Zug von euch kann Sebulon ohne Mühe erahnen!«, brüllte Geser. »Mach dir da nichts vor, Anton. Auch dass du das Auto, in dem der Spiegel gesessen hat, gerammt hast, war ein Schritt, den er vorausgesehen hat! Ja, es war ein erfolgreicher Schritt! Ja, das kleinere Übel! Aber er hat niemanden überrascht! Weder Sebulon ... noch mich.« Er holte Luft. »Kinder ...«, fuhr er dann ruhiger fort. »Ihr seid für mich keine Figuren auf einem Schachbrett. Glaubt mir das. Und auch keine Werkzeuge.«

»Aber eine von uns«, meinte Swetlana lächelnd und brachte zum Ausdruck, wie lächerlich ein solcher Satz in einer männlichen Gesellschaft klang, »könnte die Werkbank sein, an der ein Werkzeug hergestellt wird?«

Anton fragte nicht, wie sie das herausgefunden hatte. Vielleicht hatte sie auch Schemata gezeichnet, heimlich, ohne ihm etwas zu sagen? Oder hatte sie etwas gespürt, als sie noch über ihre Kraft verfügte?

Geser hüllte sich in Schweigen und ließ den Kopf hängen. Er schien nachzudenken ... Doch Anton bemerkte, dass sich der Schutzkokon um sie herum bis zu einer wahrhaft undenkbaren Dichte verstärkte. Wo lag die Grenze der Kraft der Großen Magier? Hatte sie überhaupt eine Grenze?

»Gut.« Geser nickte. »Swetlana, du hast Recht ... aber nur teilweise ... ach, beim Licht und beim Dunkel!«

Er sank in einen Sessel. Nun holte er doch seine Zigaretten heraus und zündete sich eine an. Bevor er weitersprach, nahm er mehrere Züge. »Swetlana ... du bist eine Große Zauberin. Solche wie du werden bloß alle paar Jahrhunderte einmal geboren. Potenziell bist du vermutlich stärker als Olga ... Aber dein Wert für die Lichten – ich meine nicht nur für unsere Wache, sondern für die Lichten insgesamt – besteht darin, dass du die Mutter eines Messias werden könntest.«

»Nachdem Olga mein Schicksalsbuch umgeschrieben hat«, sagte Swetlana.

»Nein. Nicht erst danach. Man kann das Schicksal eines Anderen nicht so leicht umschreiben wie das Schicksal eines Menschen. Das war von Anfang an vorherbestimmt. Wir haben nur einige Details korrigiert. Winzigkeiten. Die dich nicht betreffen, auch nicht die Zukunft des ... des zu erwartenden Kindes.«

»Welche?« In Swetlanas Stimme klang nun doch Ärger durch. Lange hatte sie ihre Wut zurückgehalten. Jetzt war Anton allerdings kurz davor loszuschreien – so bohrten sich ihre Finger in seine Hand.

»Nur das Datum!« Nein, Geser stand Swetlana in puncto Hartnäckigkeit in nichts nach. »Nichts, außer dem Datum! Zweitausend Jahre nach der Geburt Christi! Nie zuvor hat die Menschheit so an die Ankunft eines Messias geglaubt!«

»Meinen herzlichen Dank auch«, zischte Swetlana mit vor Wut schriller Stimme. »Ihr habt also entschieden, wann und von wem ich ihn euch zur Welt bringe?«

»Erstens, wieso *ihn*?«, wollte Geser wissen.

Anton, der sich eigentlich gerade in das Gespräch einmischen und sich zu Swetlanas Frage nach dem Vater äußern wollte, schluckte die bereits formulierte Antwort hinunter. Der Druck von Swetlanas Hand ließ jetzt auch nach.

»Für die einen entscheiden Mama und Papa, für die anderen eine besoffene Hebamme und für die dritten ein Gläschen Wodka zu viel«, sinnierte Geser schwermütig. Auf die zweite Frage einzugehen war nicht nötig. »Swetlana, mein Kind! Mit diesen Kräften, mit dieser Vorbestimmung zu spielen ist gefährlich! Selbst ich würde das nicht wagen! Es ist vorbestimmt, dass du eine Tochter zur Welt bringst, die eine herausragende Figur im Krieg zwischen Licht und Dunkel werden wird! Ihr Wort wird das Universum verändern, ihr Wort wird die Sünder zur Beichte treiben, bei ihrem Anblick werden selbst die bedeutendsten Magier des Dunkels auf die Knie fallen!«

»Das ist nur eine Wahrscheinlichkeit ...«, flüsterte Swetlana.

»Natürlich. Es gibt kein Schicksal – leider und glücklicherweise. Aber du kannst mir glauben, dass dieser müde alte Magier hier alles tun wird, was in seiner Macht steht, um diese Wahrscheinlichkeit Realität werden zu lassen.«

»Besser wäre ich ein Mensch geblieben ...«, flüsterte Swetlana. »Besser wäre ich ...«

»Wann hast du dir das letzte Mal eine Ikone angeschaut?«, fragte Geser. »Sieh Maria in die Augen und denke mal darüber nach, warum sie immer traurig sind.«

Es war sehr still.

»Ich habe euch schon mehr gesagt, als ich dürfte.« Geser breitete mit schuldbewusster Miene die Arme aus. Anton hatte zum ersten Mal den Eindruck, dass Geser ihnen nicht eine Sekunde etwas vorgespielt hatte. »Ich habe es gesagt und habe mit einem Fuß die Grenze des Zulässigen überschritten. Jetzt müsst ihr entscheiden. Darüber nachdenken, wer eine Figur auf dem Schachbrett ist und wer ... wer eine vernünftige Persönlichkeit ist, in der Lage, über eine vermeintliche Beleidigung hinwegzugehen!«

»Vermeintlich?«, fragte Swetlana bitter.

»Als man dir erklärt hat, dass du dir nach dem Sandkasten die Hände waschen sollst oder dich dazu angehalten hat, dir eine Schleife ins Haar zu binden, war das auch eine Einmischung in dein Schicksal«, sagte Geser. »Und meiner Ansicht nach eine völlig gerechtfertigte.«

»Sie sind nicht mein Vater, Boris Ignatjewitsch!«, erwiderte Swetlana.

»Nein. Natürlich nicht. Aber für mich seid ihr alle meine Kinder ...« Geser seufzte. »Ich erwarte euch im Foyer ... genauer, Alischer und ich werden dort auf euch warten. Wenn ihr wollt, kommt nach.«

Er ging hinaus, wie ein Schatten folgte ihm der Devona.

Der Erste, der etwas sagte, war Igor. »Das Schlimmste ist, dass er in gewisser Weise Recht hat.«

»Wenn dir jemand mitteilen würde, dass du einen Messias zur Welt bringen sollst, werde ich noch einmal mit dir darüber reden, ob dieser jemand Recht hat!«, entgegnete Swetlana scharf.

»Für mich wäre das ... weitaus ... schwieriger ...«, gab Igor kleinlaut zu.

Anton lächelte als Erster. Er sah Swetlana an. »Hör mal ...«, sagte er. »Ich erinnere mich noch, wie du dich über die Ungerechtigkeit des Schicksals beklagt hast, dass Andere in der Regel normale Menschenkinder bekommen ...«

»Da habe ich mich abstrakt empört ...« Swetlana schlug die Hände über dem Kopf zusammen. »Ihr beiden habt doch bestimmt was zum Rauchen ...«

Schweigend gab Igor ihr eine Zigarette.

»Warum muss das so laufen? Hinter meinem Rücken?«, fragte Swetlana kläglich, während sie ihre Zigarette anrauchte. »Und wie will man aus mir ... die Mutter eines Messias machen? Noch dazu eines weiblichen Messias!«

»Na ja, Messias ist einfach ein Terminus, der passt«, sagte Igor. »Entspann dich.«

»Ich bin keine Jungfrau mehr!«, erklärte Swetlana finster. »Und überhaupt ... Ich halte mich auch nicht für die Tugend in Person ...«

»Zieh keine überflüssigen Parallelen.«

Seltsamerweise schien Igor sich beruhigt zu haben. Und zwar richtig. Innerlich. Jetzt konzentrierte er sich sogar.

»Anton, nun sag doch auch mal was!«, platzte es aus Swetlana heraus, während sie ihn ansah. »Was ist denn mit dir? Geht dich das alles etwa nichts an?«

»Ich hoffe sehr, dass es mich ganz direkt etwas angeht«, erwiderte Anton. »Und ich glaube, dass wir jetzt zu Geser gehen sollten. Schön ist das bestimmt nicht für ihn, so dazusitzen und zu warten.«

»Er weiß doch schon alles ... ahnt es ...« Swetlana drehte sich um.

»Nein. Er weiß es nicht. Wenn wir wirklich keine Bauern sind, dann weiß er es nicht.«

Sanft erklang eine Gitarre. Igor, gegen die Wand gelehnt, hatte das Instrument in den Händen. Er sang so leise, dass Swetlana und Anton schweigen mussten.

Es bitten mich Teufel um Dienste,
Keinem jedoch will ich dienen.
Nicht einmal mir, nicht einmal dir,
Denen nicht, die es befehlen.
Denn solange sie leben,
Dien' ich keinem von ihnen.
Ich hab genug Feuer gestohlen,
Um es nie wieder zu stehlen.

Igor legte die Gitarre weg, ließ sie sanft in den Sessel gleiten. So lässt man ein Instrument zurück, wenn man überzeugt ist, gleich wiederzukommen.

»Gehen wir?«

Von den Dunklen betrat Edgar als Erster den Sitzungssaal des Tribunals. So sollte es sein. Mit ihm kam Anton herein, der durch die gegenüberliegende Tür eintrat. Höflich nickten sie einander zu, begrüßten sich. Edgar hegte keine besonderen Vorbehalte gegen diesen Lichten und ging davon aus, dass es sich bei Anton ebenso verhielt.

O ja, verglichen mit dem kleinen verfallenen Zimmer in der Lomonossow-Universität machte dieser Saal richtig Eindruck! Das hier war Europa, ohne Frage!

Die Steingewölbe wirkten schwer und drückend, vermittelten aber gleichzeitig auch den Eindruck von Sicherheit und Ruhe. Ein einfacher Metalllüster, allerdings mit mehreren hundert Kerzen. Edgar hätte schwören können, dass die Kerzen nicht erst seit hundert Jahren brannten. Es hieß, die Berner Abteilung der Inquisition sei in einem ultramodernen Bau untergebracht gewesen; für die Prager galt das Gegenteil, es war ein sehr altes Gebäude.

Und gefiel Edgar besser.

Der runde Saal war in zwei Hälften unterteilt: Eine war mit hellem Marmor verkleidet, eine mit dunklem. In dieser augenfälligen Schlichtheit, die die beiden Kräfte demonstrierte, lag etwas ebenso Naives wie Erhabenes. Kleine Stehpulte – die Plätze für die Ankläger – standen in der Mitte rings um ein rundes Gitter, das ein dunkles Loch im Boden überdeckte.

Ein dreieckiger Keil aus grauem Marmor streckte sich fast bis zur Mitte in den Saal hinein. Er war den Inquisitoren vorbehalten, die natürlich schon anwesend waren. Sieben. Im Grunde galt die Inquisition nicht als Kraft, die den Wachen vergleichbar war, aber unter diesen sieben befanden sich, wie Edgar wusste, zwei Große: ein Dunkler und ein Lichter. Falls das Europabüro wollte, konnte es vermutlich mit Geser und Sebulon fertig werden.

Was nicht schlecht war.

Hinter Anton kamen weitere drei Lichte aus Moskau herein. Geser ... nun ja, was täten sie ohne Geser?! Swetlana, auch nicht weiter verwunderlich. Und dieser Usbeke, der Sekretär oder Adjutant Gesers.

Hinter Edgar kamen bereits die Dunklen den Gang hinunter. Sebulon ... Edgar spürte das Nahen des Chefs, drehte sich unwillkürlich um und fing das freundliche Nicken vom Oberhaupt der Moskauer Dunklen auf. Ja, ja ... lach du nur, Judas ... nein, du bist noch schlimmer als Judas, denn der hat seinen Lehrer verraten, aber du verrätst deinen Schüler!

Aber hinter Sebulon kamen noch zwei Dunkle herein. Und wenn Edgar mit Anna Lemeschewa gerechnet hatte, so doch niemals mit Juri, der ihm jetzt verschmitzt zuzwinkerte, Juri, der ihn rechtzeitig vor den sinistren Plänen Sebulons gewarnt hatte.

Edgar zwang sich dazu, sich von seinen Kollegen abzuwenden und nur nach vorn zu schauen.

Igor brachte man als Letzten. Zwei einfache Inquisitoren gingen neben ihm her und begleiteten ihn schweigend zu dem vergitterten Kreis mit einem Durchmesser von drei Metern in der Mitte des Saals.

Entweder war in diesen Kreis keine besondere Magie eingeflochten oder Edgar spürte sie nicht. Und auch der Mechanismus, mit dem man das Gitter im Handumdrehen herunterklappen und den Angeklagten so in den tiefen Kellerschacht schicken konnte, machte den Eindruck, als sei er seit langem eingerostet und werde schon ewig nicht mehr benutzt. Trotzdem dürfte es nicht sonderlich angenehm sein, auf diesem Kreis zu stehen.

Igor achtete jedoch gar nicht darauf. Er stellte sich in die Mitte des Kreises, die Hände vor der Brust verschränkt.

»Im Namen des Großen Vertrages ...«

Aus der Gruppe der Inquisitoren löste sich einer, der keinen grauen Kittel trug. Vítězslav, der Höhere Vampir.

»Wir sind die Anderen. Wir dienen unterschiedlichen Kräften ...«

Mechanisch wiederholte Edgar die Worte des Vertrages und versuchte dabei, sich vorzustellen, womit Vítězslav anfangen würde. Und wie er selbst aus all dem bloß mit heiler Haut davonkommen sollte ...

»Heute muss sich das Europäische Tribunal der Inquisition mit der Klage der Nachtwache Moskaus, Russland, gegen die Tagwache Moskaus, Russland, befassen«, erklärte der Vampir, nachdem der Vertrag verlesen worden war. »Die Gegenklage der Tagwache Moskaus gegen die Nachtwache Moskaus ist Teil dieses Prozesses. Gegenstand der Verhandlung ist das Duell zwischen dem Lichten Magier Igor Teplow und der Dunklen Hexe Alissa Donnikowa ...«

Bis jetzt war alles ohne Überraschung verlaufen ... Edgar bemerkte, wie er sich an das dunkle, kühle Holz des Stehpults geklammert hielt und sich mit aller Willenskraft zur Ruhe zwang. Schließlich war er ein erfahrener Jurist. Was unterschied eine Gerichtsverhandlung der Menschen schon von einer der Anderen?

Vielleicht die Art des Urteils ...

»Der Prozessablauf wird jedoch leicht abgeändert«, fuhr Vítězslav fort. »Das Tribunal hat noch über zwei Fragen zu befinden, die mit der Hauptklage in Zusammenhang stehen. Die erste betrifft die Sekte der Dunklen, die sich selbst die Regin-Brüder nennt und des Überfalls auf das Depot der Inquisition, den Raub der Kralle des Fafnir, der unerlaubten Einfuhr dieses Artefakts nach Russland und des Widerstands gegen die Moskauer Nachtwache für schuldig befunden ist. Man führe die Angeklagten herein.«

Zwei weitere junge Inquisitoren brachten die vier Finnen herein. Ein leichtes Lächeln zeichnete sich auf den Gesichtern aller Anderen ab – es war einfach unmöglich, sich ein noch stärker an eine Karikatur gemahnendes Quartett vorzustellen.

»Es besteht vermutlich keine Notwendigkeit, die Umstände des betrüblichen Zwischenfalls zu wiederholen«, sagte der Vampir. »Alle Anwesenden sind mit den von der Inquisition zu diesem Fall zusammengetragenen Materialien vertraut. Jetzt ist es an der Inquisition, das Urteil zu sprechen. Ein gerechtes, sachliches und strenges Urteil.«

Die Gesichter der vier ließen darauf schließen, dass sie nicht auf Nachsicht hofften.

»Ein derart schweres Verbrechen wie der Überfall auf die Mitarbeiter der Inquisition und der Raub eines hochgefährlichen

Artefakts aus ihrem Depot kann nicht anders als mit bedingungsloser Dematerialisierung bestraft werden«, verkündete der Vampir. Er machte eine Pause. Seine nächsten Worte ließen die Köpfe der Finnen hochschnellen: »Aber ... aber die Angeklagten waren nicht unmittelbar in den Vorfall von Bern verwickelt. Wie aus den Prozessunterlagen erhellt, hat die Leitung der Sekte, die bedauerlicherweise bei der Verhaftung gestorben ist, die vier jungen Magier gezwungen, als Kuriere tätig zu werden. Insofern qualifiziert die Inquisition ihr Verhalten nur als Schmuggel und Widerstand gegen die Moskauer Nachtwache. Mildernde Umstände sind gleichfalls zu berücksichtigen: die tiefe und aufrichtige Reue, die Hilfe bei der Aufklärung nach der Verhaftung, die Jugend der Angeklagten sowie die bisherige Unbescholtenheit. Wenn die Moskauer Nachtwache weitere mildernde Umstände vorbringt und die persönliche Anklage gegen die Dunklen Magier fallen lässt, hat die Inquisition das Recht, ein weniger strenges Urteil zu fällen.«

Auf Seiten der Lichten erhob sich Geser. Er breitete die Arme aus. »Die Moskauer Nachtwache macht keine ... persönlichen Ansprüche gegen die Angeklagten geltend. Darüber hinaus vertreten wir die Ansicht, dass die Führung der Sekte der Regin-Brüder zu diesem Verbrechen von einem ... von einem unbekannten Dunklen Magier gedrängt worden ist.«

»Das ist nicht bewiesen«, erklärte Vítězslav.

»Nur die Identität des Drahtziehers ist bisher nicht festgestellt worden«, meinte Geser lächelnd. »Die Tatsache seiner Existenz kann keinem Zweifel unterliegen.«

Vítězslav nickte. Er wandte sich seinen sechs Kollegen zu. Eine Weile tauschten die Inquisitoren wortlos ihre Gedanken aus. Dann wandte sich Vítězslav wieder den vier erstarrten Finnen zu.

»Im Namen des Großen Vertrages. Unter Berücksichtigung der Nachsicht der Nachtwache, des Ausbleibens schwerwiegender Folgen und anderer mildernder Umstände räumt die Inquisition Ihnen das Recht ein, die Strafe selbst zu wählen. Variante eins: Sie werden zum Tod durch Erhängen ohne Beschneidung der bürgerlichen Rechte verurteilt ...«

Der kräftige Afrikaner seufzte schwer, der Chinese und der Finne fassten ihn unterm Arm und stützten ihn.

»Die zweite Variante der Strafe: Von heute an bis zum Ende Ihrer Tage ist es Ihnen verboten, Magie anzuwenden. Sie haben das Recht, ein normales Menschenleben zu führen, das Sie jedoch nicht durch magische Möglichkeiten verlängern oder in seiner Qualität verbessern dürfen.«

Wie gebannt starrten die Finnen den Inquisitor an. Sebulon kicherte leise, nahm aber gleich wieder einen ernsten Ausdruck an.

»Das zweite ... das zweite!«, stieß Juha Mustaioki mit gepresster Stimme hervor. Die übrigen drei nickten.

»Gibt es Einwände seitens der hier Anwesenden?«, fragte Vítězslav.

Abermals erhob sich Geser. »Wir ...« Er seufzte. »Als Ausdruck unseres guten Willens ... glauben wir ... als kleine Geste ... den Angeklagten die Anwendung von Magie gestatten zu können ... niederer Magie ... bei unbelebten Gegenständen.«

Offenbar brachte Geser jedes Wort nur mit Mühe über die Lippen, als müsse er sich zu dieser Barmherzigkeit zwingen.

»Sagen wir, um einen verlorenen Gegenstand wieder zu finden ... einen kleinen ... einen Schlüssel oder eine Münze ... Um Fliegen aus dem Zimmer zu vertreiben ... laut Bestimmung gelten Fliegen doch als unbelebt, oder? Um den Vergaser im Auto zu reinigen ...«

Auf dem Gesicht des Vampirs zeichnete sich leichte Verblüffung ab. Das versteht er nicht, schlussfolgerte Edgar.

»Die Inquisition gibt dem statt ...«, sagte der Vampir schließlich. »Drückt den Angeklagten das Siegel auf!«

Zwei Inquisitoren hoben die rechte Hand – und zu den vier Verurteilten schlängelten sich dünne funkelnde Energiefäden. Die Siegel brannten sich fest ein und ließen den Verurteilten nur die Möglichkeit, allerschwächste Magie anzuwenden. Vermutlich hatten die Inquisitoren in der Tat nicht verstanden, dass die überraschende Güte Gesers die Strafe nur schlimmer machte. Es ist eine Sache, auf jede Magie verzichten zu müssen und sich nach und nach mit einer menschlichen Existenz abzufinden. Es ist etwas ganz anderes, sich jeden Tag wie ein unfähiger Krüppel vorzukommen, der sich mit einem Schatten seiner einstigen Fähigkeiten begnügen muss.

Die Finnen dachten darüber im Moment übrigens nicht nach. Man brachte sie, trunken vor Glück, aus dem Saal des Tribunals. Juha versuchte in einem fort, sich loszureißen, um allen die Hand zu drücken, doch die aufmerksamen Tribunalsdiener trieben ihn mit profanen Stößen hinaus.

Edgar schüttelte den Kopf. Im Grunde war es nicht schlecht, dass die Regin-Brüder gerettet worden waren. Aber dieser Preis ... Er selbst hätte vermutlich einen schnellen Tod bevorzugt.

»Die nächste Frage der Sitzung wurde nicht vorab eingereicht«, sagte Vítězslav. »Die Inquisition bittet den Leiter der Moskauer Nachtwache, bekannt unter dem Namen Geser, in den Kreis der Anklage zu treten ...«

Sebulon lächelte triumphierend.

»Desgleichen den Leiter der Moskauer Tagwache, bekannt unter dem Namen Sebulon.«

Die leichte Verwirrung auf Sebulons Gesicht überraschte Edgar in höchstem Maße. Nur: Wie viel davon war gespielt?

»Die erste Frage der Inquisition geht an den Großen Magier Geser.« Vítězslav sprach jetzt höflich, aber sehr streng. »Geser, haben Sie eine Manipulation am Schicksalsbuch der hier anwesenden Großen Zauberin Swetlana Nasarowa vorgenommen, um die besagte Große Zauberin auf diese Weise zu zwingen, Mutter eines Lichten Messias zu werden?«

Im Saal senkte sich Stille herab.

»Präzisieren Sie die Formulierung, Vítězslav«, bat Geser sanft. »Ansonsten nehme ich sie übel.«

Der Vampir bleckte die Zähne zu einem Lächeln. »Beantworten Sie den Kern der Frage, Großer Magier Geser.«

»Gut«, nickte Geser. »Ich habe eine solche Anklage nicht erwartet, aber ... ich werde dem Tribunal alles erklären.«

Du hast sie erwartet, dachte Edgar bei sich. All das hast du erwartet, du alter Intrigant ...

»Eine derartige Manipulation ist grundsätzlich unmöglich. Selbst für mich«, erläuterte Geser bescheiden.

Vítězslav schien das zu irritieren. »Lichter Magier Geser, aber das Schicksalsbuch von Swetlana Nasarowa ...«

»... zeigt, dass sie Mutter einer der größten Lichten Zauberinnen wird oder, um es einmal poetisch auszudrücken, eines Messias des Lichts.« Geser lächelte fröhlich. »Das freut die Moskauer Nachtwache sehr ... ach, nicht nur uns, sondern alle Lichten! Aber die verehrte Inquisition muss eins verstehen: Solche Dinge *schreibt man nicht* in das Schicksalsbuch. Mit keinen Mitteln. Auf keine Weise. Selbst mit dem Ihnen bekannten Artefakt nicht, das rechtmäßig der Nachtwache gehört.«

Der Vampir gab nicht nach: »Aber es ist doch eine Manipulation an dem Schicksalsbuch von Swetlana Nasarowa vorgenommen worden?«

»Ja.« Geser nickte. »Wie alle wissen ... oder fast alle ..., ist es möglich, einen neuen Eintrag im Schicksalsbuch vorzunehmen, was sich jedoch unmittelbar auf das Gleichgewicht von Licht und Dunkel auswirkt. Es ist recht einfach, belanglose Veränderungen im Schicksal eines gewöhnlichen Menschen herbeizuführen. Etwas schwieriger ist es, unbedeutendere Änderungen im Schicksal eines Anderen vorzunehmen. Und je stärker dieser Andere und je gewichtiger die Veränderung ist, desto empörter werden Licht und Dunkel dagegen protestieren. Können Sie, verehrte Mitglieder des Tribunals, sich vorstellen, welche Folgen es hätte, wenn im Schicksalsbuch einer Großen Zauberin ein Eintrag eingefügt würde, dass sie die Mutter eines Messias wird?«

Niemand antwortete.

»Jeder von uns ... ja, alle Anderen zusammengenommen, würden allein bei dem Versuch, etwas derart Schändliches zu tun, dematerialisiert werden!«, rief Geser laut. »Zu Staub zerfallen! Die Welt würde einstürzen! Und Sie klagen mich einer solchen Tat an!«

»Lichter Magier Geser, welche Veränderungen haben Sie denn nun im Schicksalsbuch der Swetlana Nasarowa vorgenommen?«

»Nichtigkeiten!« Geser breitete die Arme aus. »Ich bin doch wohl verpflichtet, für meine Mitarbeiter Sorge zu tragen, oder? Eine Reise zu einem Ferienort in Italien ... die Fahrschule ... dies und das ... Ich kann Ihnen eine detaillierte Liste vorlegen, wenn Sie das wünschen. Nichts von Bedeutung. Kleine Freuden des menschlichen Lebens!«

Vítězslav dachte nach. »An welcher Stelle haben Sie die Einträge vorgenommen?«, hakte er nach. »*Vor* oder *nach* dem Eintrag zur Geburt einer Großen Lichten?«

»Ich glaube *vor* ...«, meinte Geser lächelnd.

»Folglich haben Sie den Zeitpunkt dieses Ereignisses korrigiert.« Vítězslav fragte nicht, er überlegte. »Sie haben die maximale Wahrscheinlichkeit dafür geschaffen, dass die zukünftige Tochter Swetlanas ein Messias des Lichts wird ...«

»Das kann sein«, räumte Geser ein. »Was werfen Sie mir eigentlich vor? Schließlich habe ich doch nur versucht, das Leben meiner Mitarbeiterin angenehmer zu gestalten.«

»Aber hätten Sie für eine Verschönerung der Lebensumstände von Swetlana Nasarowa nicht andere Möglichkeiten gehabt? Eine kostenlose Reise? Eine Geldprämie? Ein freundschaftlicher Rat?«

Geser sah jetzt ehrlich verletzt aus. »Ich habe die Möglichkeiten ausgeschöpft, die mir zur Verfügung standen. Die Inquisition hat das Recht, sich darüber zu wundern, warum ich Nägel mit einem Mikroskop einschlage, ja ... Aber sie kann mich deswegen nicht anklagen!«

Die Inquisitoren sahen einander an. Dieses Mal dauerte die wortlose Beratung fast eine Minute. Edgar merkte, wie ein Strom kalten Schweißes über seinen Rücken rann. Was sollte das alles?! Wenn die Inquisition Geser anklagte ... einen Großen Magier dematerialisierte ... Der war schließlich ein anderes Kaliber als die vier Finnen, mit denen man ohne weiteres fertig werden konnte ...

»Das fällt nicht in unsere Zuständigkeit«, sagte Vítězslav schließlich. »Großer Magier Geser, nachdem die Inquisition Ihre Erklärungen gehört hat, kommt sie zu dem Schluss, dass Sie die Buchstaben des Großen Vertrages nicht verletzt haben ...«

»Die Buchstaben und den Geist!«, stellte Geser in scharfem Ton richtig.

»Die Buchstaben und den Geist!«, pflichtete ihm der Vampir bei, dessen Ärger jetzt jedoch durchbrach. »Gleichwohl stellt Ihr Vorgehen ein zweifelhaftes und gefährliches ...«

»Nicht mehr als der Versuch der Moskauer Tagwache, Swetlana Nasarowa noch kurz vor ihrer Initiierung zu vernichten«, schnitt ihm Geser das Wort ab. »Haben Sie noch weitere Fragen an mich?«

»Nein«, antwortete Vítězslav. »Sie können an Ihren Platz zurückgehen.«

Während des Verhörs hatte Sebulon bescheiden am Rand des Gitterkreises gestanden. Ein anspruchsloser, unauffälliger grauer Schatten ... Anscheinend nahm er es völlig gelassen hin, dass die Klage gegen Geser fallen gelassen wurde. Und das beunruhigte Edgar.

»Dunkler Magier Sebulon, die Inquisition hat auch an Sie einige Fragen«, sagte Vítězslav. »Haben Sie die Sekte der Regin-Brüder zu diesem Überfall angestiftet?«

»Niemand ist verpflichtet, gegen sich selbst auszusagen ...«, erklärte Sebulon mit tonloser Stimme.

»Ist das ein Geständnis?«, fragte der Vampir schon etwas interessierter.

»Nein, ich zitierte damit nur das Gesetz. Sie haben nicht das Recht, mir eine solche Frage zu stellen. Deshalb werde ich sie nicht beantworten.«

»Gut. Einspruch stattgegeben. Großer Magier Sebulon, haben Sie, um dem zukünftigen Messias der Lichten etwas entgegenzusetzen, geplant, den Großen Magier Fafnir auferstehen zu lassen, der vor mehr als tausend Jahren ins *Zwielicht* geschickt und dematerialisiert worden ist?«

Sebulon blinzelte mehrmals. »Wie kommen Sie auf einen derartigen Quatsch?«, rief er voller Verwunderung.

»Haben Sie sich der Initiierung Swetlana Nasarowas entgegengestellt und gegen sie gerichtete Maßnahmen ergriffen?«

»Ja, innerhalb der vom Großen Vertrag erlaubten Grenzen«, erwiderte Sebulon rasch.

»Und Fafnir?«

»Was ist mit Fafnir?«, antwortete Sebulon mit einer Gegenfrage. Er sah Edgar an – und zwinkerte ihm zu.

»Warum haben Sie einen Mitarbeiter der Tagwache nach Prag geschickt, der ideal für die Rematerialisierung Fafnirs geeignet wäre?«

»Ich weiß nicht, wovon Sie sprechen!«

»Haben Sie geplant, folgende Parallelen herzustellen: Fafnir – der Antichrist, die vier Mitglieder der Sekte der Regin-Brüder – die vier apokalyptischen Reiter ...«

Sebulon prustete los. Er lachte lange, fröhlich, ab und an wiehernd – wie man nur lachen kann, wenn man ein riskantes, aber ausgesprochen lustiges Spiel gewonnen hat. Er wischte die austretenden Tränen ab. »Der Sinn für Humor bei den Vertretern der Inquisition entzückt mich«, erklärte er dann schon ruhiger. »Fafnir ist ein verrückter Psychopath, ich habe ihn noch persönlich kennen gelernt, und wenn ich etwas nicht will, dann ist es, ihm noch einmal zu begegnen ... Vor allem eignet er sich nicht im Geringsten als Messias der Dunklen! Dazu reicht seine Kraft nicht. Um Swetlana zu vernichten ...« Sebulon lächelte. »... ja, das schon. Aber dieser Preis ... Wie kommen Sie nur darauf?! Und diese schwächlichen finnischen Magier ... Wie war das? Was haben Sie gesagt? Die apokalyptischen Reiter?«

Edgar kam sich wie ein kompletter Idiot vor. Flehend sah er Vítězslav an. Doch der ließ nicht locker. »Weshalb haben Sie folgende Handlungen vorgenommen: die Vorbereitung des Todes von Alissa Donnikowa, der als rituelles Opfer für die Rematerialisierung verstanden werden kann, und der Auftrag an einen bekannten Moskauer Künstler, zwei Porträts anzufertigen, von dem Dunklen Magier Edgar und vom Drachen Fafnir?«

»Zu den Umständen des Todes von Alissa Donnikowa hätte ich auch noch was zu sagen!«, meinte Sebulon wieder ernst. »Soweit mir bekannt ist, wird das im nächsten Verhör zur Sprache kommen. Und die Porträts ...«

Das Haupt der Moskauer Dunklen schob die Hand hinter das Revers seines Jacketts und holte zwei kleine, etwa 20 × 30 cm große gerahmte Bilder heraus. In dem einen Porträt erkannte Edgar sich voller Entsetzen selbst. Auf dem anderen schlug krampfhaft ein Drache um sich.

»Das ist ein kleines Weihnachtsgeschenk für einen meiner besten Mitarbeiter. Wenn Sie einem alten Mann diese Sentimentalität nachsehen wollen ...«

Mit diesen Worten machte Sebulon einen Schritt vor und streckte Edgar das Porträt hin. Ein gutes Bild, ohne Frage! Was Edgar jedoch Angst einjagte, war das Flüstern Sebulons: »Schlaukopf ...«

Dann kehrte Sebulon wieder zum Kreis zurück.

»Und das zweite Bild?«, fragte Vítězslav.

»Reine Sentimentalität«, erklärte Sebulon. »Durch diese Regin-Brüder ist in meiner Seele einiges aufgewühlt worden. Ich habe mich an Fafnir erinnert ... und beschlossen, mir zum Gedenken an ihn sein Porträt anfertigen zu lassen ...«

»Sie haben nicht geplant, ihn wieder ins Leben zu rufen?«, hakte Vítězslav noch einmal nach. Und diesmal antwortete Sebulon sehr ernst und, wie es schien, völlig aufrichtig. »Nicht eine Sekunde. Es gibt einfachere Wege, um ans Ziel zu gelangen.«

Die Inquisitoren sahen einander an.

»Großer Magier Sebulon«, sagte Vítězslav. »Die Inquisition hat nichts gegen Sie vorzubringen, Sie können sich wieder an Ihren Platz begeben. Wir erinnern freilich noch einmal daran, dass Ihre Handlungen in ihrer Gesamtheit höchst zweideutig und gefährlich wirken ...«

»Ja doch, das habe ich verstanden«, murmelte Sebulon, der bereits den Kreis verließ. »Schon bald wird es verboten sein, sich ohne Erlaubnis in der Nase zu bohren ...«

Edgar sah zu Geser hinüber. Ob der alte Intrigant vor Wut schäumte?

Nein. Geser war nicht wütend. Es hatte den Anschein, als habe er die Worte Sebulons mit echtem Interesse vernommen. Folglich musste er zwar hundertprozentig davon überzeugt gewesen sein, dass sich das Haupt der Dunklen aus dieser Sache herauswinden würde, interessierte sich aber für das Wie.

Sie beide hatten all das von Anfang an gewusst!

Verzweifelt ordnete Edgar seine sich überschlagenden Gedanken. Also ... Swetlana sollte tatsächlich die Mutter eines Messias des Lichts werden ... der weiblichen Geschlechts war, was eine echte Überraschung darstellte! Sebulon hintertrieb das, aber ... aber nicht, indem er einen Antichrist aus Fleisch und Blut schuf ... Dabei handelte es sich nur um ein Ablenkungsmanöver, auf das er, obwohl kein dummer Dunkler Magier, wie ein kleiner Junge hereingefallen war!

Worum ging es dann?

»Die Inquisition kommt jetzt zur Behandlung der Hauptfrage des heutigen Tages, die für Licht und Dunkel von herausragender Bedeutung ist«, verkündete Vítězslav und beantwortete damit gleichsam die unausgesprochene Frage Edgars. »Der Fall Igor Teplow, Magier dritten Grades der Moskauer Nachtwache. Sie alle sind mit den Prozessunterlagen vertraut?«

Niemand sagte etwas. Alle kannten das Material seit langem ...

»Das Wort hat der Vertreter der Anklage, Anton Gorodezki!«

Der Edgar gegenüberstehende Lichte hob den Kopf. Er bedachte Vítězslav mit einem knappen Nicken. »Ich fasse mich kurz. Der Kern unserer Klage ist einfach: Der hier anwesende ehrenwerte Magier Sebulon hat Alissa Donnikowa mit Bedacht ins Artek geschickt, da er wusste, dass Igor Teplow sich dort zwecks Erneuerung seiner Kraft aufhielt. Vermutlich hat Sebulon sich die Wahrscheinlichkeitslinien angesehen und erkannt, dass unter den gegebenen Umständen zwischen Igor und Alissa unweigerlich etwas ... unweigerlich Liebe entstehen würde. Eine tragische und hoffnungslose Liebe, da die beiden Beteiligten unterschiedlichen Kräften angehören. Eine Liebe, die mit einem Duell enden würde, bei dem entweder Igor oder Alissa sterben und der überlebende Gegner von der Inquisition verurteilt werden würde. Wir klagen Sebulon der bewussten und zynischen Beseitigung ... des Versuchs der Beseitigung«, verbesserte er sich, »des Mitarbeiters der Moskauer Nachtwache Igor Teplow an. Im Zusammenhang damit bitten wir die Inquisition, die Klage gegen Igor Teplow auf Verletzung des Großen Vertrages und Mord an Alissa Donnikowa fallen zu lassen.«

»Ist das alles?«, fragte Vítězslav nach kurzem Schweigen.

»Nein. Ferner bitten wir darum, den Tod eines jungen Menschen, der nicht zu den Anderen gehört und infolge dieses Duells gestorben ist, hier zu behandeln. Da das Duell von Sebulon inszeniert worden ist ...«

»Einspruch«, sagte Sebulon klirrend.

»Einspruch stattgegeben«, bestätigte der Vampir.

»Da wir glauben, das Duell sei von Sebulon inszeniert worden, muss ihm der Tod des Jungen ebenfalls zur Last gelegt werden, wohingegen Igor Teplow nicht dafür zur Verantwortung gezogen werden kann. Das ist alles.«

Vítězslav richtete den Blick auf Sebulon. »Können Sie auf den Kern der Frage eingehen?«

»Ich werde mich nicht dazu äußern, den Grund habe ich bereits genannt«, erwiderte Sebulon kalt.

»Das Wort hat der Vertreter der Verteidigung.«

Edgar seufzte. »Die hier vorgestellten gedanklichen Konstrukte meines Kollegen sind ausgesprochen kurzweilig«, fing er an. »Wir erleben hier den Versuch, einen Verbrecher zu entlasten ...«

»Einspruch!«, sagte Anton rasch.

»Den Angeklagten zu entlasten«, korrigierte sich Edgar. »Igor Teplow ist des Mordes an der jungen Hexe Alissa Donnikowa schuldig. Was jedoch das Schlimmste ist: die ihn von ganzem Herzen geliebt hat! Aber das ist noch nicht alles! Igor Teplow hat im Zuge seiner manischen Leidenschaft nebenbei auch noch den Jungen Makar Kanewski umgebracht. Er hat ein Kind getötet. Ein Menschenkind, das ebenfalls ein Recht auf Leben hatte! Doch auch das ist noch nicht alles! Als Folge des umfänglichen Kraftabzugs bei den Kindern, die im Artek Ferien gemacht haben, kam es bei sieben von ihnen im Laufe der darauf folgenden drei Monate zu nächtlichen Angstzuständen! Es sind zwei Fälle von hartnäckigem nächtlichem Bettnässen bekannt geworden! Der neunjährige Jurik Semezki aus Moskau ist einen Monat nach seiner Rückkehr aus dem Artek an Erstickung gestorben, als er sich in der Badewanne verschluckt hat. Und bis heute ist noch nicht geklärt, ob nicht auch das eine Folge des Tuns von Igor Teplow ... des Lichten Magiers Igor Teplow ist!«

Er sah den Angeklagten an. Igors Miene war wie gemeißelt. Nicht zu durchdringen. Ausdruckslos.

»Die Lichten können so viele grundlose Anklagen vorbringen, wie sie wollen«, sagte Edgar. »Ohne Beweise, ohne eine vernünftige Erklärung, weshalb die Tagwache Moskaus eine junge und viel versprechende Mitarbeiterin opfern sollte, die bereits mehrfach von der Leitung gelobt worden ist, nur um einen insgesamt talentlosen Lichten Magier Dritten Grades zu beseitigen ... Das ist eine Frage ihres Gewissens. Wir bitten die Inquisition nur, die Sachlage unvoreingenommen zu betrachten und den Schuldigen für die Verletzung des Großen Vertrages zu bestrafen.« Edgar holte Luft und formulierte seine abschließenden Worte. »Uns ist schon oft zu Ohren gekommen, dass die Lichten Magier, die sich in ethisch nicht zu rechtfertigender Weise verhalten haben, sich selbst dematerialisieren. Unter der Last ihrer Scham ins *Zwielicht* eingehen ... Wir haben viel davon gehört. Aber ich beispielsweise habe dergleichen noch nie gesehen. Igor Teplow dürfte den Mord an der in ihn verliebten Frau ebenso wie den Tod und das Leid unschuldiger kleiner Menschenkinder doch wohl kaum als eine Tat erachten, die ethisch einwandfrei ist!«

Er verstummte.

Die Inquisitoren sahen einander an. Dann ergriff Vítězslav das Wort. »Kann die jeweilige Seite Beweise für ihre jeweilige Wahrheit vorbringen?«

Geser schwieg.

»Verzeihen Sie«, fragte Sebulon verwundert, »aber welche Beweise könnte ich vorbringen, dass ich kein Kamel bin? Sollen doch die ein Fantasiegespinst beweisen, die es in Umlauf gebracht haben!«

»Die Inquisition hat die Meinung beider Seiten vernommen«, sagte der Vampir. »Angeklagter, wollten Sie dem etwas hinzufügen?«

»Ja.« Igor Teplow nickte. »Ich gebe zu, dass meine Handlungen nicht völlig gerechtfertigt waren ... und ich mich ihrer Folgen schäme. Ich ... ich bin sehr ...« Er verhaspelte sich, sprach dann aber schnell weiter. »Mich verband mit Alissa Donnikowa eine sehr gute Beziehung. Aber dass sie sich als Dunkle herausgestellt hat, ließ mich im Affekt handeln. Ich bitte nicht um Gnade. Auch das Urteil über mich habe ich gefällt. Aber ...« Abrupt drehte er sich Sebulon zu. »Der Mörder bist du! Du hast Alissa zum Tode verurteilt! Und genau deshalb bin ich gezwungen zu leben ... gezwungen, damit deine Gemeinheit dir nichts bringt!«

Sebulon breitete nur die Arme aus und seufzte schwer.

»Haben Sie dafür Beweise?«, fragte der Vampir.

Igor schüttelte den Kopf.

»Das Tribunal versteht die Bedeutung dieses Falls«, sagte Vítězslav. »Ungeachtet dessen, dass keine Seite Beweise hat vorbringen können, erkennt das Tribunal die Notwendigkeit an, den wahrhaft Schuldigen zu ermitteln. Insofern ...«

Edgar sah, wie sich mit einem Mal Sebulons Gesichtsausdruck veränderte. Einfror, als sich seine Lippen halb zu einem traurigen Lächeln verzogen hatten.

»Insofern setzt die Inquisition die Vernehmung der Zeugen fort. Alissa Donnikowa wird einer temporären Rematerialisierung unterzogen.«

»Einspruch!« Sebulon erhob sich. »Der vorliegende Fall ist nicht von solcher Bedeutung, dass man die Ruhe der Toten stören müsste.«

»Einspruch abgelehnt. Die Inquisition bittet Anna Lemeschewa, die auf Weisung der Inquisition anwesend ist, in die Mitte des Saals zu gehen. Ihr Körper wird der temporären Materialisierung von Alissa Donnikowa dienen.«

Die Lemeschewa winselte auf. Doch schon im nächsten Moment geleiteten zwei einfache Inquisitoren sie, die leicht zappelte, in die Mitte des Saals.

»Alle Energieausgaben dieses Vorgangs werden der Moskauer Nachtwache berechnet, eine Entschädigung erfolgt nicht, unabhängig davon, wie der Prozess endet«, fuhr Vítězslav fort. »Großer Magier Geser, verfügen Sie über den erforderlichen Kraftvorrat?«

»Ja.« Geser erhob sich. »Das tue ich.«

Edgar begriff, dass er den Faden der Ereignisse endgültig verloren hatte. Was war denn so wichtig an ihm, diesem Igor Teplow, dass Sebulon seinetwegen seine Geliebte geopfert hatte und Geser eine ungeheure Menge Kraft abgeben würde?

»Man führe die Rematerialisierung durch«, ordnete Vítězslav

an. »Jeder Versuch des Widerstands wird mit dem unverzüglichen und unwiderruflichen Tod bestraft.«

Einige der Magier der Inquisition rückten etwas vor, Geser seufzte und ging zur Lemeschewa. Die winselte erneut – und verstummte dann, um mit starren Augen auf den Lichten Magier zu starren.

Edgar musste die Augen zusammenkneifen.

In der Mitte des Saals brodelte eine solch ungeheure Energie, dass er einfach nicht hinsehen konnte. Er spürte, wie die Inquisitoren eine magische Barriere nach der nächsten um Geser und die Lemeschewa herum errichteten. Er spürte, wie die Barrieren unter dem Druck einer undenkbaren Kraft einstürzten. Wie das *Zwielicht* zusammenzuckte, zerfetzt wurde, in allen Schichten, die Edgar kannte, und in allen, von denen er nicht einmal etwas geahnt hatte. Wenn das eine temporäre Rematerialisierung war, wie sähe dann eine permanente aus?

Der Sturm legte sich. Geser trat langsam zurück.

In der Mitte des Saals blieben drei Personen zurück: der Inquisitor Vítězslav, der Lichte Magier Igor Teplow und die Dunkle Hexe Alissa Donnikowa.

Eine zitternde, hustende, ihre Kehle umklammernde Alissa.

Edgar schreckte zusammen. Er wusste nicht, was mit Anderen passiert – dort, im *Zwielicht*. Und wenn er ehrlich war, wollte er es auch gar nicht wissen. Doch jetzt kam Alissa in dem Augenblick zu sich, in dem ihr menschliches Dasein geendet hatte. Sie kam mit schmerzzerrissenen Lungen ins Leben zurück, schluckte noch Meerwasser, versuchte verzweifelt, sich aus der »Presse« zu befreien, mit der der Lichte sie herunterdrückte.

»Alissa Donnikowa«, sagte der Vampir. Selbst ihm zitterte die Stimme. Die temporäre Rematerialisierung war eine seltene Prozedur, eine sehr seltene ... »Sie unterliegen der temporären Rematerialisierung und befinden sich im Gebäude des Europatribunals der Inquisition in Prag. Verstehen Sie meine Worte?«

Alissa Donnikowa richtete sich auf, hatte ihr Röcheln bereits unter Kontrolle und sah Igor Teplow an. Nur ihn.

»Verstehen Sie meine Worte?«, wiederholte Vítězslav.

»Warum ... in Prag?«, fragte Alissa. Sie atmete schnell und tief, als könne sie nicht genug Luft einatmen – und sei es die feuchte Luft eines Kellergewölbes.

»Das ist nicht wichtig, Alissa Donnikowa. Sie sind als Zeugin in unsere Welt gerufen worden. Von Ihren Worten hängt viel ab.«

»Kann ... kann ich hier bleiben? Wieder? Für immer?«, fragte Alissa.

Doch sie sah nur Igor an.

»Nein«, antwortete der Inquisitor ehrlich. »Werden Sie freiwillig auf unsere Fragen antworten?«

Alissa nickte. Mit verzweifeltem Stolz. »Ja, das werde ich, Inquisitor. Fragen Sie.«

Doch sie sah nur Igor an.

»Die Fragen betreffen Ihr Duell mit dem hier anwesenden Lichten Magier Igor Teplow. Sind Sie den Regeln entsprechend zum Duell herausgefordert worden?«

»Ja.«

»Hatten Sie die Möglichkeit, das Duell auszuschlagen und zu gehen?«

»Ja.«

»Sagen Sie, Alissa, machen Sie Igor Teplow für Ihren Tod verantwortlich?«

Alissa lächelte. Sie fuchtelte mit der Hand – drehte sich nicht um, zeigte aber zielsicher auf Sebulon.

»Nein.«

Sie sah nur Igor an.

»Legen Sie ... Ihrem Gegner etwas zur Last?«

Sie schüttelte nur den Kopf.

»Alissa Donnikowa, können Sie jemanden der hier Anwesenden beschuldigen, die traurigen Ereignisse herbeigeführt zu haben, die zu Ihrem Tod geführt haben?«

»Sebulon«, sagte Alissa absolut gleichgültig. »Das ist seine Operation.«

»Feige Idiotin!«, schrie Sebulon. »Du wirst trotzdem nicht rematerialisiert werden! Was machst du bloß, du Hexe!«

Und erst da wandte sich Alissa Donnikowa zu Sebulon um. Einen Augenblick nur. Und unter ihrem Blick verstummte das Haupt der Dunklen.

»Sebulon, erinnerst du dich noch, was du mir gesagt hast, als ich dich gerufen habe, schon halb ertrunken?«

»Du dumme, rachsüchtige kleine Idiotin«, sagte Sebulon schon ruhiger.

Alissa schüttelte den Kopf. Dann sah sie wieder Igor an. »Was hat denn Rache damit zu tun ...«, sagte sie sehr spöttisch. »Die Liebe ist auch eine große Kraft, Sebulon.«

»Die Inquisition hat keine weiteren Fragen«, sagte Vítězslav rasch. »Meine Herren ... ich glaube, es wäre eines Anderen nicht würdig ... diese Szene weiter fortzusetzen. Die Klage auf Verletzung des Großen Vertrages gegen Igor Teplow wird fallen gelassen. Alissa Donnikowa kann ... kann ... zurückkehren.«

Wie im Traum sah Edgar, wie Geser sich erhob. Der triumphierende, siegreiche Geser. Und gekrümmt auf der Bank: Sebulon. Der besiegte Sebulon.

Erst als sich auf den Gesichtern dieser beiden Großen Magier erneut ein verwirrter Ausdruck abzeichnete, richtete Edgar den Blick wieder auf die Mitte des Saals.

Alissa Donnikowa verschwand. Ihr Körper veränderte sich, zerfloss, tauchte als leichter, körperloser Schatten ins *Zwielicht* ein. Die Lemeschewa, auf alle viere gefallen, kroch Sebulon vor die Füße.

Aber auch Igor Teplow verschwand.

Ging ins *Zwielicht* ein.

Edgar hatte nicht gelogen. Er sah wirklich zum ersten Mal, wie ein Lichter Magier sich dematerialisierte. Freiwillig. Ohne Kampf, ohne Geschrei, ohne Kraftausstoß.

Als Igor Teplow sich schon fast in einen körperlosen Schatten verwandelt hatte, wandte er sich noch einmal für einen Augenblick zurück, um seine Gefährten anzusehen. Irgendwie schuldbewusst. Danach – sah er nur noch Alissa an.

Und verschwand.

Das *Zwielicht* schloss sich. Die Luft im Saal war eiskalt, die Wände mit weißen Raureifzweigen bewachsen – als seien es Trauerbänder in einem Zimmer. Auf Sebulons Gesicht kehrte langsam das triumphierende Lächeln zurück. Geser blickte schwermütig und traurig auf den leeren Gitterkreis.

»Nun?«, schrie Sebulon. »Und jetzt? Wo ist dein Hauslehrer jetzt? Wo ist derjenige, der Einzige, der den Messias des Lichts *erziehen* kann?«

Er brach in prustendes Gelächter aus und tätschelte der vor ihm knienden Lemeschewa den Kopf. »Ja, in der Tat, das war eine Operation der Tagwache«, sagte er, indem er sich an die Inquisition wandte. »Die jedoch innerhalb der Grenzen des Großen Vertrages lag. Der Austausch zweier ebenbürtiger Figuren, Alissa Donnikowa für Igor Teplow. Haben Sie noch weitere Fragen an uns?«

»Seitens der Inquisition gibt es keine weiteren Fragen ...«, sagte der Vampir zögernd. Er wischte sich das Gesicht mit der Hand ab. »Unter Berücksichtigung aller Umstände ... wird die Inquisition über die Frage der vorzeitigen Wiederherstellung der Kraft Swetlana Nasarowas beraten. Aber das erst ... später. Das war's ... Alle können den Saal verlassen.«

Als Erste stand Swetlana auf. Sie ging zu Sebulon. Eine Sekunde lang stand sie vor ihm und sah ihm ins Gesicht. Mit einem Mal begriff Edgar – begriff es mit stockendem Herzen –, dass die Zauberin den Magier jetzt schlagen würde.

Doch sie sagte ihm nur etwas. Dann drehte sie sich um und ging rasch weg.

Edgar stakste mit steifen Knien vom Stehpult weg. Beinah wäre er gegen Geser gestoßen, den nachdenklichen, niedergedrückten, in seine Grübeleien versunkenen Magier. Im selben Moment sprang Anton, Edgar zur Seite stoßend, auf Geser zu. »Was heißt das ...?«, schrie er. »Swetlanas Tochter kann eine Andere sein, braucht aber trotzdem nicht zum Messias der Lichten heranzuwachsen?«

Geser nickte.

»Wie das?«, fragte Anton begriffsstutzig. »Kann denn nicht Swetlana selbst ...«

»Eine Große Zauberin zu sein und eine Große Zauberin zu erziehen sind zwei ganz unterschiedliche Dinge ...«, sagte Geser müde. »Leider. Ich ... ich sehe momentan keine Figur, die Igor gleichwertig wäre. Ich ... ich wusste nicht, dass er diese Hexe so sehr liebt! Dann hätte ich einen anderen Weg gesucht.«

»Wessen Tochter wird es sein?«, fragte Anton unvermittelt. »Swetlanas und ...«

»Wessen?« Geser sah Anton mit einem Mal verärgert an. »Wenn du hier nicht wie ein Idiot rumstehst und einen alten Dummkopf anstarrst, sondern zusiehst, dass du zu deiner Frau kommst, dann deine!«

Anton deutete ein Nicken an. Und stürzte aus dem Saal. Edgar hätte Geser auch gern ein paar Fragen gestellt ... aber er fing den Blick des Lichten auf und zog es vor, das Risiko nicht einzugehen. Er drehte sich um, ging zu dem Feld aus grauem Marmor, trat an den schmalen Keil der Inquisition heran, der versuchte, den Saal in eine schwarze und eine weiße Hälfte zu schneiden.

Die Inquisitoren legten ihre Kittel bereits ab. Einer von ihnen warf Vítězslav seinen Kittel lässig über den Arm, öffnete ein Portal und verschwand. Die Übrigen nahmen den üblichen Weg durch die Tür.

Der Vampir sah Edgar an. »Möchtest du ihn mal anprobieren?«, fragte er.

»Ich weiß nicht, ob mir der Schnitt steht«, antwortete Edgar leise.

»Wer weiß. Aber probieren solltest du. Oder willst du etwa nach Moskau zurückkehren?«

Behutsam nahm Edgar den zusammengeknüllten grauen Stoff aus Vítězslavs Händen entgegen. »Verzeihen Sie ...«, fragte er betreten. »Aber was hat Swetlana zu Sebulon gesagt?«

»Als Inquisitor muss man ein gutes Gehör haben.« Auf dem Gesicht des Vampirs zeichnete sich ein schiefes Lächeln ab. »Fast nichts. Ich würde es einen Fluch nennen, aber Lichte können nicht einmal fluchen ... Sie hat gesagt: ›Möge dich niemals jemand lieben.‹«

Edgar nickte. Er zuckte mit den Schultern und sagte: »Darauf kann er ohnehin verzichten.«

WÄCHTER DES ZWIELICHTS

Der vorliegende Text ist für die
Sache des Lichts belanglos.

Die Nachtwache

Der vorliegende Text ist für die
Sache des Dunkels belanglos.

Die Tagwache

Erste Geschichte
Niemandszeit

Prolog

Irgendwann zwischen Wyssozki und Okudshawa sind in Moskau die echten Höfe verschwunden.

Seltsam. Selbst nach der Revolution, als man der Küchenfron den Kampf ansagte und zu diesem Zwecke in den Häusern die Küchen abschaffte, tastete man die Höfe nicht an. Zu jedem stolzen Stalinbau, der seine Potjomkin'sche Fassade dem nächstgelegenen Prospekt zuwandte, gehörte unbedingt ein Hof. Ein großer grüner Hof mit kleinen Tischen und Bänken und mit einem Hausmeister, der morgens den Asphalt fegte. Dann brach die Zeit der vierstöckigen Plattenbauten an – und die Höfe schrumpften in sich zusammen, wurden kahl, die einst so gemütlichen Hausmeister wechselten das Geschlecht und verwandelten sich in Hauswartinnen, die es für ihre Pflicht hielten, übermütigen Jungs die Ohren lang zu ziehen und die Mieter zu tadeln, die betrunken nach Hause kamen. Trotzdem gab es noch Höfe.

Doch dann – als habe jemand aufs Gaspedal gedrückt – schossen die Häuser in die Höhe. Erst neun, dann sechzehn und schließlich vierundzwanzig Etagen. Als werde jedem Haus mehr Raum, aber nicht mehr Fläche zugebilligt. Die Höfe verkümmerten bis auf den Platz direkt vor dem Hauseingang, die Türen gingen jetzt direkt auf die Straße hinaus, Hausmeister und Hauswartinnen verschwanden, an ihre Stelle traten die Angestellten der Wohnungsverwaltung.

Freilich, später kehrten die Höfe zurück. Jedoch – als nähmen sie es krumm, derart vernachlässigt worden zu sein – nicht zu allen Häusern. Die neuen Höfe säumte eine hohe Mauer, in der Pförtnerloge saßen geschniegelte junge Männer, unter englischem Rasen versteckte sich eine Tiefgarage. In diesen Höfen spielten die Kinder unter Aufsicht ihrer Kindermädchen, durch nichts zu erschütternde Bodyguards zogen betrunkene Mieter aus BMW und Mercedes, und die neuen Hausmeister beseitigten mit kleinen deutschen Fahrzeugen den Müll vom englischen Rasen.

Das hier war einer jener neuen Höfe.

Die Hochhaustürme am Ufer der Moskwa kannte ganz Russland. Sie galten als das neue Symbol der Hauptstadt – anstelle des alten Kremls, der seinen Glanz eingebüßt hatte, und des ZUM, das nun vom ›zentralen‹ zu einem ganz normalen Kaufhaus geworden war. Die Uferstraße aus Granit, eine eigene Anlegestelle, Hauseingänge mit venezianischem Stuck, Cafés und Restaurants, Schönheitssalons und Supermärkte und natürlich Wohnungen mit zwei-, dreihundert Quadratmetern. Wahrscheinlich brauchte das neue Russland ein solches Symbol, ein pompöses und kitschiges Symbol wie eine dieser dicken Goldketten, die all diejenigen um den Hals trugen, die gerade zu Geld gekommen waren. Und es spielte keine Rolle, dass ein Großteil der bereits vor einiger Zeit verkauften Wohnungen leer stand, die Cafés und Restaurants geschlossen waren und auf bessere Zeiten warteten und schmutzige Wellen die Anlegestelle aus Beton umspülten.

Der Mann, der an diesem warmen Sommerabend die Uferstraße entlangflanierte, hatte noch nie eine Goldkette getragen. Denn er verfügte über ein gutes Gespür, das ihm guten Geschmack vollauf ersetzte. Rechtzeitig hatte er den Adidas-Trainingsanzug aus China gegen ein himbeerfarbenes Jackett getauscht, um dann als Erster das himbeerfarbene Jackett zugunsten eines Anzugs von Versace wieder abzulegen. Selbst beim Sport war er anderen immer eine Nasenlänge voraus. Einen Monat vor sämtlichen Kremlbeamten warf er den Tennisschläger in die Ecke, um alpinen Skilauf zu betreiben – obgleich er in seinem Alter Bergskiern nur noch dann etwas abgewann, wenn er sich nicht auf ihnen fortbewegte.

Außerdem zog er es vor, in einer Villa im moskaunahen Datschenviertel Gorki-9 zu leben und die Wohnung mit den Fenstern zum Fluss nur mit einer Geliebten aufzusuchen.

Von seiner Dauergeliebten wollte er sich übrigens auch trennen. Schließlich würde kein Viagra der Welt sein Alter besiegen, und eheliche Treue kam langsam wieder in Mode.

Der Chauffeur und der Bodyguard hielten recht großen Abstand zu ihm, damit sie die Stimme ihres Chefs nicht hören konnten. Und selbst wenn der Wind Bruchstücke seiner Worte zu ihnen hinübertrüge – was wäre schon so schlimm daran? Warum sollte ein Mensch nach einem Arbeitstag nicht mit sich selbst reden, wenn er in absoluter Einsamkeit über den plätschernden Wellen stand? Schließlich gibt es keinen verständnisvolleren Gesprächspartner als das eigene Ich.

»Und trotzdem wiederhole ich meinen Antrag ...«, sagte der Mann. »Noch einmal.«

Matt leuchteten die Sterne, die den städtischen Smog durchdrangen. Am anderen Ufer des Flusses schimmerten die winzigen Fenster der hoflosen Hochhäuser. Von den hübschen Laternen, die sich die Anlegestelle entlangzogen, brannte jede fünfte – auch das nur, weil es dem großen Mann eingefallen war, am Fluss spazieren zu gehen.

»Ich wiederhole es noch einmal«, sagte der Mann leise.

Die Wellen klatschten an den Kai – und mit ihnen die Antwort. »Das ist unmöglich. Absolut unmöglich.«

Den Mann am Ufer verwunderte die Stimme aus der Leere nicht im Geringsten. Er nickte. »Was ist mit den Vampiren?«, fragte er dann.

»Stimmt, das wäre eine Möglichkeit«, räumte der unsichtbare Gesprächspartner ein. »Die Vampire könnten Sie initiieren. Wenn Sie sich mit einer Existenz als Untoter abfinden ... Nein, ich werde Sie nicht anlügen. Das Sonnenlicht ist ihnen unangenehm, tötet sie aber nicht, und auch auf Risotto mit Knoblauch müssen sie nicht verzichten ...«

»Was ist es dann?«, erkundigte sich der Mann, der unwillkürlich die Hand auf die Brust legte. »Die Seele? Die Notwendigkeit, Blut zu trinken?«

Die Leere lachte leise. »Sie würden nur noch Hunger kennen. Ewigen Hunger. Und innere Leere. Das würde Ihnen nicht gefallen, das weiß ich.«

»Was käme sonst in Frage?«, bohrte der Mann weiter.

»Tiermenschen«, erwiderte der Unsichtbare fast amüsiert. »Sie sind ebenfalls in der Lage, einen Menschen zu initiieren. Aber auch bei Tiermenschen handelt es sich um eine niedere Form der Dunklen. Die meiste Zeit ist alles wunderbar ... Doch wenn ein Anfall naht, verlören Sie die Kontrolle über sich. Drei, vier Nächte im Monat. Manchmal seltener, manchmal öfter.«

»Bei Neumond«, meinte der Mann mit einem verständnisvollen Nicken.

Die Leere lachte erneut. »Nein. Die Anfälle der Tiermenschen sind nicht mit dem Mondzyklus verbunden. Sie werden das Nahen des Wahnsinns zehn bis zwölf Stunden vor der Verwandlung spüren. Aber einen genauen Zeitplan wird Ihnen niemand vorlegen können.«

»Kommt nicht in Frage«, sagte der Mensch kalt. »Ich wiederhole ... meine Bitte. Ich möchte ein Anderer werden. Und zwar kein niederer Anderer, den Anfälle tierischen Wahnsinns packen. Aber auch kein großer Magier, der große Taten vollbringt. Sondern ein ganz gewöhnlicher, einfacher Anderer ... Was ist das in Ihrer Klassifikation? Siebter Grad?«

»Das ist unmöglich«, antwortete die Nacht. »Ihnen fehlt jede Anlage zum Anderen. Wirklich jede. Ein Mensch kann Geige spielen lernen, selbst wenn er kein musikalisches Gehör hat. Er kann ohne die geringste Veranlagung Sportler werden. Aber Sie können kein Anderer werden. Sie gehören einfach einer anderen Gattung an. Es tut mir sehr leid.«

Der Mann am Ufer lachte. »Nichts ist unmöglich. Wenn die niederen Anderen in der Lage sind, einen Menschen zu initiieren, dann muss es auch eine Möglichkeit geben, mich in einen Magier zu verwandeln.«

Die Dunkelheit schwieg.

»Außerdem habe ich nicht gesagt, dass ich ein Dunkler werden möchte. Ich verspüre nicht den geringsten Wunsch, unschuldiges Blut zu trinken, Jungfrauen über Felder nachzujagen oder mit ekelhaftem Gelächter Schadzauber zu wirken«, sagte der Mann verärgert. »Ich würde viel lieber Gutes tun ... Kurzum, Ihre internen Streitigkeiten sind mir völlig einerlei.«

»Das ...«, sagte die Nacht müde.

»Das ist Ihr Problem«, erwiderte der Mann. »Ich gebe Ihnen eine Woche. Danach möchte ich eine Antwort auf meine Bitte bekommen.«

»Bitte?«, hakte die Nacht nach.

Der Mann auf der Uferstraße lächelte. »Ja. Noch bitte ich bloß.«

Er drehte sich um und ging zu seinem Auto, einem Wolga, der etwa in einem halben Jahr wieder in Mode kommen würde.

Eins

Selbst wenn du deine Arbeit liebst: Am letzten Urlaubstag packt dich die Schwermut. Noch vor einer Woche hatte ich am sauberen Strand in Spanien geschmort, Paella gegessen (der usbekische Pilow schmeckt mir, wenn ich ehrlich sein soll, besser), in einem kleinen chinesischen Restaurant eisgekühlte Sangria getrunken (woran es wohl liegen mag, dass die Chinesen das spanische Nationalgetränk viel besser hinbekommen als die Eingeborenen?) und in Souvenirläden allerlei Quatsch für Touristen gekauft.

Jetzt hatte mich das sommerliche Moskau wieder, das zwar gar nicht so heiß, dafür jedoch drückend und schwül war. Mein letzter Urlaubstag. Der Kopf kann schon nicht mehr abschalten, will aber auf gar keinen Fall an Arbeit denken.

Vielleicht freute ich mich deshalb über Gesers Anruf.

»Guten Morgen, Anton«, meinte der Chef, ohne sich zu melden. »Willkommen daheim. Wusstest du, dass ich es bin?«

Seit einiger Zeit konnte ich spüren, wenn Geser anrief. Als ob sich das Klingeln des Telefons änderte, fordernder, machtvoller erscholl.

Dem Chef hatte ich davon aber nichts gesagt.

»Ja, Boris Ignatjewitsch.«

»Bist du allein?«, erkundigte sich Geser.

Eine überflüssige Frage. Ich war mir sicher, dass Geser genau wusste, wo Swetlana sich gerade aufhielt.

»Ja. Meine Mädels sind auf der Datscha.«

»Eine schöne Sache.« Am anderen Ende seufzte der Chef. In seine Stimme schlich sich ein durchaus menschlicher Unterton. »Olga ist heute Morgen auch in den Urlaub geflogen ... Die Hälfte aller Leute brät im Süden ... Könntest du nicht mal kurz ins Büro kommen?«

Bevor ich etwas antworten konnte, fuhr Geser munter fort: »Prima! Dann also in vierzig Minuten.«

Zu gern wollte ich Geser als billigen Aufschneider beschimpfen – aber natürlich legte ich erst einmal auf. Doch auch danach schwieg ich. Zum einen könnte der Chef meine Worte auch ohne jedes Telefon hören. Zum anderen: Was auch immer der Chef sein mochte, ein billiger Aufschneider war er nicht. Er vergeudete bloß nicht gern Zeit. Wenn mir sowieso auf der Zunge lag zu sagen, dass ich in vierzig Minuten da wäre – wofür hätte er dann noch auf meine Antwort warten sollen?

Außerdem hatte ich mich wirklich sehr über den Anruf gefreut. Der Tag war sowieso im Eimer. Ich würde erst in einer Woche auf die Datscha fahren. Für einen Wohnungsputz war es noch zu früh. Wie jeder Mann, der auf sich hält, tat ich das in Abwesenheit meiner Familie nur einmal: am letzten Tag meines Strohwitwerdaseins. Danach jemanden zu besuchen oder einzuladen, stand mir absolut nicht der Sinn. Deshalb war es viel vernünftiger, den Urlaub einen Tag früher zu beenden, um zu gegebener Zeit reinen Gewissens meine Überstunden abbummeln zu können.

Selbst wenn das bei uns nicht üblich ist.

»Danke, Chef«, höhnte ich sarkastisch. Wohl oder übel stemmte ich mich aus dem Sessel hoch und legte das Buch, das ich gerade las, weg. Reckte mich.

Dann klingelte das Telefon noch einmal.

Klar, jetzt würde Geser anrufen und »Keine Ursache« sagen. Selbst wenn das nun wirklich kindisch war!

»Hallo!«, meldete ich mich mit sehr sachlicher Stimme.

»Anton, ich bin's.«

»Swetka«, begrüßte ich sie, während ich mich wieder hinsetzte. Und mich anspannte: Swetas Stimme klang alarmierend. Besorgt. »Swetka, ist was mit Nadja?«

»Es ist alles in Ordnung«, antwortete sie rasch. »Mach dir keine Sorgen. Sag mir lieber, wie es bei dir aussieht.«

Einen Moment lang dachte ich nach. Ich hatte mich nicht besoffen, keine Frauen ins Haus geschleppt, die Wohnung nicht im Chaos versinken lassen, sogar das Geschirr abgewaschen ...

Dann kam ich drauf.

»Geser hat angerufen. Gerade eben.«

»Was wollte er?«, hakte Swetlana sofort nach.

»Nichts Besonderes. Ich soll gleich mal ins Büro kommen.«

»Anton, irgendwas spüre ich. Etwas stimmt nicht. Hast du eingewilligt? Fährst du in die Wache?«

»Warum nicht? Mir fällt hier die Decke auf den Kopf.«

Am anderen Ende der Leitung (obwohl: was haben Handys für eine Leitung?) schwieg Swetlana sich aus. Nach einer Weile brachte sie dann unwillig hervor: »Es war wie ein Stich ins Herz. Glaubst du, dass ich Unheil wittern kann?«

»Ja, o Große«, meinte ich schmunzelnd.

»Das ist kein Witz, Anton!« Swetlana explodierte sofort. Wie immer, wenn ich sie Große nannte. »Tu mir den Gefallen ... Wenn Geser dich um etwas bittet, dann lehne ab.«

»Sweta, wenn Geser mich ruft, dann hat er einen Auftrag für mich. Dann heißt das, er braucht Leute. Er hat gesagt, sonst seien alle im Urlaub ...«

»Er braucht Kanonenfutter«, fiel Swetlana mir ins Wort. »Gut ... Anton, du hörst sowieso nicht auf mich. Sei einfach vorsichtig.«

»Swetka, du glaubst doch nicht ernsthaft, dass Geser vorhat, mich ans Messer zu liefern«, gab ich zu bedenken. »Ich versteh ja, was du von ihm hältst ...«

»Sei vorsichtig. Unseretwegen. In Ordnung?«

»Gut«, versprach ich. »Ich bin immer sehr vorsichtig.«

»Ich rufe wieder an, wenn ich was spüre«, sagte Swetlana. Anscheinend hatte sie sich etwas beruhigt. »Und du ruf auch an, ja? Sobald etwas Ungewöhnliches passiert, ruf an. Abgemacht?«

»Mach ich.«

Swetlana schwieg einen Moment. Dann, bevor sie die Verbindung unterbrach, sagte sie: »Du solltest die Wache verlassen, Lichter Magier dritten Grades ...«

Irgendwie gab sie verdächtig leicht nach. Nur diese kleine Spitze ... Freilich, wir hatten vereinbart, nicht über dieses Thema zu sprechen. Schon vor langer Zeit, schon seit Swetlana vor drei Jahren aus der Nachtwache ausgetreten war. Und nicht einmal hatten wir das Versprechen gebrochen. Natürlich erzählte ich meiner Frau von meiner Arbeit. Von außergewöhnlichen Fällen. Und sie hörte immer interessiert zu. Und jetzt das: Sie brachte das Thema von sich aus zur Sprache.

Ob sie wirklich eine Gefahr spürte?

Auf alle Fälle fing ich erst mal an zu trödeln, wollte nicht los. Erst zog ich mir einen Anzug an, dann Jeans und ein kariertes Hemd, danach konnten mich alle mal, und ich schlüpfte in Shorts und ein schwarzes T-Shirt mit dem Aufdruck »Mein Freund war klinisch tot, aber alles, was er mir aus dem Jenseits mitgebracht hat, ist dieses T-Shirt!« Wie ein deutscher Tourist, der sich des Lebens freut. Immerhin wahrte ich so wenigstens den Anschein von Urlaubsstimmung, wenn ich Geser gegenübertrat ...

Schließlich verließ ich das Haus erst zwanzig Minuten, bevor ich beim Chef zu sein hatte. Ich musste ein Auto anhalten, die Wahrscheinlichkeitslinien überprüfen, um dem Fahrer dann eine Strecke nennen zu können, bei der uns kein Stau erwartete.

Der Fahrer akzeptierte die Tipps nur ungern und voller Skepsis.

Dafür schafften wir es noch rechtzeitig.

Auf den Fahrstuhl musste ich verzichten: Ein paar Jungs in Blaumännern beluden die Aufzüge eifrig mit Papiersäcken, die eine Zementmischung enthielten. Also nahm ich die Treppe. Im ersten Stock unseres Hauses entdeckte ich Handwerker. Sie verkleideten die Wände mit Gipskartonplatten. Außerdem wuselten Verputzer herum, die die Dinger gleich verfugten. Parallel dazu zogen wieder andere eine Zwischendecke ein, über der bereits Röhren von einer Klimaanlage verliefen.

Hatte sich der Leiter unserer Wirtschaftsabteilung am Ende doch noch durchgesetzt! Und den Chef dazu bekommen, eine umfassende Modernisierung zu bewilligen. Und sogar Geld dafür aufgetrieben.

Ich blieb kurz stehen, um mir die Arbeiter durchs *Zwielicht* anzusehen. Menschen. Keine Anderen. Was schließlich auch zu erwarten gewesen war. Bloß ein Verputzer, ein völlig unscheinbarer Mann, hatte eine etwas verdächtige Aura. Doch schon im nächsten Moment begriff ich, dass er lediglich verliebt war. In die eigene Frau! Ha! Gab es also doch noch anständige Menschen!

Der zweite und dritte Stock waren bereits fertig, was auch die letzten Reste meiner schlechten Laune vertrieb. Endlich würde es im Rechenzentrum kühler sein. Sicher, ich würde da jetzt nicht mehr jeden Tag auftauchen. Aber trotzdem ... Im Vorbeigehen begrüßte ich die Wachleute, die hier offensichtlich für die Zeit der Bauarbeiten Dienst schoben. Dann stürmte ich auf Gesers Zimmer zu. Und stieß erst mal mit Semjon zusammen. Der erklärte Julja gerade etwas mit ernster Miene und eindringlicher Stimme.

Wie die Zeit vergeht ... Vor drei Jahren war Julja noch ein kleines Mädchen gewesen. Inzwischen hatte sie sich zu einer jungen hübschen Frau gemausert. Da sie eine tüchtige Zauberin zu werden versprach, hatte man sie bereits ins Europabüro der Nachtwache holen wollen. Zu gern sicherte man sich dort die talentierte Jugend – unter dem Deckmäntelchen vielsprachiger Losungen über die große und gemeinsame Sache.

Diesmal war ihre Rechnung jedoch nicht aufgegangen. Geser hatte ihnen Julka verweigert und damit gedroht, er selbst könne auch anfangen, die europäische Jugend zu rekrutieren.

Was wohl Julja selbst gewollt hatte?

Semjon unterbrach sein Gespräch, sobald er mich sah. »Hat er dich herbestellt?«, fragte er verständnisvoll. »Oder ist dein Urlaub schon vorbei?«

»Sowohl als auch«, antwortete ich. »Ist irgendwas passiert? Hallo, Julka.«

Semjon und ich begrüßten uns aus irgendeinem Grund nie. Als ob wir uns schon kurz zuvor begegnet wären. Er sah ja auch immer gleich aus: höchst schlicht und unachtsam angezogen, mit dem faltigen Gesicht eines Bauern, den es in die Stadt verschlagen hat.

Heute sah Semjon sogar noch schlampiger aus als sonst.

»Hallo, Anton«, meinte Julja lächelnd. Ihr Miene war ernst. Anscheinend ging Semjon gerade seiner pädagogischen Tätigkeit nach, eine Sache, auf die er sich meisterlich verstand.

»Nichts ist passiert.« Semjon schüttelte den Kopf. »Alles ist ruhig und friedlich. Letzte Woche haben wir zwei Hexen festgenommen, aber auch nur wegen Kleinigkeiten.«

»Dann ist es ja gut«, meinte ich und gab mir alle Mühe, Julkas wehleidigem Blick auszuweichen. »Ich geh mal zum Chef.«

Semjon nickte und wandte sich wieder Julja zu. Auf dem Weg ins Vorzimmer schnappte ich noch auf: »Also, Julja, ich mache das jetzt schon seit sechzig Jahren, aber ein derartig verantwortungsloses ...«

Streng ist er. Doch wenn er schimpft, dann immer zu Recht. Daher hatte ich nicht die Absicht, Julka vor diesem Gespräch zu bewahren.

Im Vorzimmer, wo jetzt leise eine Klimaanlage surrte und an

der Decke winzige Halogenstrahler prangten, saß Larissa. Anscheinend war auch Galotschka, Gesers Sekretärin, im Urlaub, und die Leute vom Fuhrpark haben wirklich wenig zu tun.

»Hallo, Anton«, begrüßte mich Larissa. »Du siehst gut aus.«

»Zwei Wochen am Strand«, antwortete ich stolz.

Larissa linste auf ihre Uhr. »Ich soll dich gleich reinschicken. Aber der Chef hat noch Besuch. Willst du trotzdem rein?«

»Ja«, beschloss ich. »Wozu habe ich mich denn sonst so beeilt?«

»Gorodezki für Sie, Boris Ignatjewitsch«, meinte Larissa in die Sprechanlage. Sie nickte mir zu. »Geh rein ... aber mach dich auf was gefasst, da ist es verdammt heiß ...«

In Gesers Zimmer war es in der Tat heiß. Vor seinem Tisch duckmäuserten zwei mir unbekannte Männer in mittleren Jahren in den Sesseln, die ich insgeheim gleich Dick und Dünn taufte. Schwitzen taten sie allerdings beide.

»Und was haben wir hier?«, fragte Geser sie tadelnd. Er schielte zu mir herüber. »Komm rein, Anton. Setz dich, ich bin gleich fertig.«

Dick und Dünn fassten ein wenig Mut.

»Eine durch und durch unfähige Hausfrau ..., die alle Fakten verdreht ... banalisiert und vereinfacht ... und euch verarscht! Nach Strich und Faden!«

»Weshalb wohl? Weil sie eben alles banalisiert und vereinfacht!«, blaffte Dick finster.

»Sie haben befohlen, dass *alles seine Ordnung haben soll*«, sprang Dünn ihm bei. »Und das ist halt das Ergebnis, Helllichter Geser!«

Ich betrachtete Gesers Besucher durchs *Zwielicht*. Natürlich! Schon wieder Menschen! Die noch dazu Gesers richtigen Namen und Titel kannten! Den sie obendrein mit offenem Sarkasmus aussprachen! Gewiss, es gibt die merkwürdigsten Situationen, aber dass Geser selber Menschen seine Identität enthüllt ...

»Gut.« Geser nickte. »Ich gebe euch noch eine Chance. Diesmal arbeitet ihr getrennt.«

Dick und Dünn sahen sich an.

»Wir werden uns alle Mühe geben«, meinte Dick mit gutmütigem Lächeln. »Sie müssen das doch verstehen, wir haben bestimmte Erfolge erzielt ...«

Geser schnaubte. Als hätten sie ein unsichtbares Signal bekommen, dass das Gespräch beendet sei, erhoben sich die beiden Besucher, verabschiedeten sich per Handschlag vom Chef und gingen hinaus. Im Vorzimmer machte Dünn eine lustige, scherzhafte Bemerkung zu Larissa, die daraufhin loslachte.

»Menschen?«, fragte ich vorsichtig.

Geser nickte und blickte grimmig zur Tür. »Menschen«, seufzte er. »Menschen ... Gut, Gorodezki. Setz dich.«

Obwohl ich Platz nahm, fing Geser das Gespräch nicht an. Sondern hantierte mit Papieren herum, sortierte ein paar farbige, glatte beschliffene Glasscherben, die in einer grob gearbeiteten Tonschale lagen. Zu gern hätte ich gewusst, ob es sich um Amulette oder einfach um Scherben handelte, aber wenn ich Geser gegenübersaß, traute ich mich nicht, mir allzu viel herauszunehmen.

»Wie war der Urlaub?«, fragte Geser, als wolle er jede Möglichkeit ausschöpfen, das Gespräch hinauszuzögern.

»Gut«, erwiderte ich. »Natürlich habe ich mich ohne Sweta gelangweilt. Aber wir wollten Nadjuschka nicht in die spanische Glut mitschleppen. Das ist noch nichts für sie ...«

»Stimmt«, pflichtete Geser mir bei. Ich wusste nicht, ob der große Magier Kinder hatte, derlei Informationen vertraut man nicht mal den eigenen Leuten an. Vermutlich schon. Und wahrscheinlich ist er in der Lage, so etwas wie Vatergefühle zu empfinden. »Anton, hast du Swetlana angerufen?«

»Nein.« Ich schüttelte den Kopf. »Hat sie sich mit Ihnen in Verbindung gesetzt?«

Geser nickte. Und plötzlich explodierte er. Schlug mit der Faust auf den Tisch. »Was bildet sie sich eigentlich ein?«, brüllte er. »Erst desertiert sie ...«

»Geser, wir alle haben das Recht, die Wache zu verlassen«, korrigierte ich ihn. Aber Geser dachte gar nicht daran, sich zu entschuldigen.

»Sie ist desertiert! Eine Zauberin von ihrem Niveau kann nicht einfach machen, was ihr gefällt! Dazu hat sie kein Recht! Sie ... nennt sich eine Lichte ... und dann zieht sie ihre Tochter wie einen Menschen auf!«

»Noch ist Nadja ein Mensch«, entgegnete ich und spürte, wie Wut in mir hochkochte. »Wenn sie eine Andere wird, muss sie sich selbst für eine Seite entscheiden ... Helllichter Geser!«

Der Chef begriff, dass auch mit mir jetzt nicht mehr zu spaßen war. Und änderte seinen Ton. »Gut. Das ist euer Recht. Haltet euch aus dem Kampf raus, verbaut dem Mädchen das Leben ... Alles schön und gut! Aber woher kommt dieser Hass?«

»Was hat Sweta denn gesagt?«, fragte ich.

»Deine Frau hat mich angerufen«, meinte Geser seufzend. »Auf einem Apparat, dessen Nummer sie gar nicht wissen dürfte ...«

»Dann wusste sie sie auch nicht«, stellte ich klar.

»Und sie hat mir vorgeworfen, ich würde dich umbringen! Dass ich irgendeinen langfristigen Plan umsetzen will, der auf deine physische Vernichtung hinausläuft!«

Eine Sekunde lang sah ich Geser in die Augen. Dann lachte ich los.

»Was ist daran so komisch?«, wollte Geser mit gequälter Stimme wissen. »Na?«

»Geser ...« Mit Mühe unterdrückte ich das Lachen. »Entschuldigung. Kann ich ganz offen sprechen?«

»Das will ich doch hoffen ...«

»Sie sind der größte Intrigant, den ich kenne. Noch ausgekochter als Sebulon. Gegen Sie war Machiavelli ein Waisenknabe ...«

»Machiavelli solltest du nicht unterschätzen«, knurrte Geser. »Gut, ich bin also ein Intrigant. Und weiter?«

»Weiter bin ich davon überzeugt, dass Sie nicht vorhaben, mich umzubringen. In einer kritischen Situation würden Sie mich unter Umständen opfern. Um eine wer weiß wie viel größere Zahl an Menschen oder Lichten zu retten. Aber dass Sie planen ... aushecken ... mich ... Das glaube ich nicht.«

»Vielen Dank, das freut mich.« Geser nickte. Ob ich ihn gekränkt hatte oder nicht, war mir schleierhaft. »Was hat Swetlana sich da in den Kopf gesetzt? Entschuldige, Anton ...« Geser verstummte und blickte sogar zur Seite. »Ihr erwartet doch kein Kind?«, fuhr er schließlich fort. »Ein Geschwisterchen?«

Ich verschluckte mich. »Nein ...« Ich schüttelte den Kopf. »Eigentlich nicht ... Das hätte sie mir gesagt!«

»Frauen drehen manchmal durch, wenn sie ein Kind bekommen«, schnaubte Geser und machte sich wieder daran, seine Glasscherben zu sortieren. »Sie fangen an, überall Gefahren zu sehen, die dem Kind drohen, dem Mann, ihnen selbst ... Oder vielleicht hat sie ...« Doch jetzt wurde der große Magier vollends verlegen und unterbrach sich selbst. »Quatsch ... vergiss es. Du solltest zu deiner Frau aufs Dorf fahren, mit deiner Tochter spielen, frisch gemolkene Milch trinken ...«

»Mein Urlaub ist ja morgen zu Ende«, erinnerte ich ihn. Irgendwas stimmte hier doch nicht! »Außerdem hatte ich gedacht, ich sollte schon heute wieder mit der Arbeit anfangen.«

Geser sah mich mit großen Augen an. »Anton! Wie kannst du jetzt an Arbeit denken? Swetlana hat mich geschlagene fünfzehn Minuten angeschrien! Wenn sie eine Dunkle wäre, würde über mir jetzt ein Höllenstrudel hängen! Vergiss die Arbeit! Ich verlängere deinen Urlaub um eine Woche. Und du fährst jetzt zu deiner Frau ins Dorf!«

Bei uns in der Moskauer Abteilung heißt es, drei Dinge seien für einen Lichten unmöglich: sich ein Privatleben aufzubauen, Glück und Frieden für die ganze Welt zu erreichen und von Geser die Erlaubnis zu bekommen, die Überstunden abzubummeln.

Mein Privatleben stellte mich, ehrlich gesagt, zufrieden. Und jetzt hatte ich noch eine Woche Urlaub bekommen.

Ob nun auch Glück und Frieden für die ganze Welt vor der Tür standen?

»Freust du dich denn nicht?«, fragte Geser.

»Doch«, gab ich zu. Nun ja, die Aussicht, unter dem gestrengen Blick meiner Schwiegermutter in den Beeten Unkraut zu jäten, begeisterte mich nicht gerade. Aber Sweta und Nadja zu sehen, das ja. Nadja, Nadenka, Nadjuschka. Mein zweijähriges Wunder. Ein Mensch, ein kleines Menschlein ... Mit der Aussicht, eine Andere von großer Kraft zu werden. Eine Große, die mit Riesenschritten davoneilen und selbst Geser abhängen würde ... Prompt stellte ich mir Nadenkas kleine Sandalen vor, mit denen sie davontrippelte, während der große Lichte Magier Geser mit lechzender Zunge hinter ihr herhastete, und musste grinsen.

»Geh in die Buchhaltung, die sollen dir eine Prämie auszahlen ...«, schlug Geser vor, ohne den geringsten Verdacht zu haben, wie ich ihn in Gedanken gerade verspottete. »Denk dir selbst aus, wofür. Irgendwas wie ... für langjährige gewissenhafte Arbeit ...«

»Geser, weshalb haben Sie mich angerufen?«, fragte ich.

Geser schwieg und durchbohrte mich mit seinem Blick. Was ihm nichts brachte. »Wenn ich dir alles erzählt habe, wirst du Swetlana anrufen«, sagte er dann. »Und zwar gleich von hier aus. Du wirst sie fragen, ob du einwilligen sollst. In Ordnung? Vom Urlaub erzählst du ihr auch.«

»Was ist denn passiert?«

Statt zu antworten zog Geser eine Schublade in seinem Schreibtisch auf, holte eine schwarze Ledermappe heraus und reichte sie mir. Die Mappe verströmte einen deutlichen Geruch nach Magie. Nach schwerer Kampfmagie.

»Öffne sie ruhig, du darfst das ...«, brummte Geser.

Ich öffnete die Mappe. Ein Anderer, der kein Recht dazu hatte, oder ein Mensch würde sich nach einem solchen Versuch in eine Hand voll Asche verwandeln. In der Mappe lag ein Brief. Ein einzelner Umschlag.

Die Adresse unseres Büros war mit aus der Zeitung ausgeschnittenen Buchstaben akkurat aufgeklebt.

Ein Absender fehlte natürlich.

»Die Buchstaben stammen aus drei Zeitungen«, erklärte Geser. »Aus der *Prawda*, dem *Kommersant* und *Argumenty i fakty*.«

»Wie originell«, räumte ich ein. »Darf ich ihn aufmachen?«

»Nur zu. Die Kriminalisten haben schon alles Mögliche mit dem Briefumschlag angestellt. Es gibt keine Fingerabdrücke, der Kleber kommt aus China und wird an jedem Zeitungskiosk verkauft ...«

»Und bei dem Papier handelt es sich um Klopapier!«, rief ich begeistert aus, als ich dem Umschlag ein paar Seiten entnahm. »Es ist doch wohl sauber?«

»Leider ja«, meinte Geser. »Nicht die geringste Spur von organischen Stoffen. Gewöhnlicher billiger Pipifax. Marke *Vierundfünfzig Meter*.«

Das Blatt Klopapier, achtlos an der Perforation abgerissen, war ebenfalls mit Buchstaben aus besagten drei Zeitungen beklebt. Genauer: mit ganzen Wörtern, nur die Endungen waren ab und an ohne Berücksichtigung der Schriftart verbessert worden.

ES sollte DIE NACHTWACHE INTERESSIERen, dass EIN AndereR einem MenschEN die ganze Wahrheit über die AndereN enthüllt hat und aus DIESEm MENSCHen jetzt einen ANDEREN machen will. Ein FREUND.

Beinahe hätte ich losgelacht. Doch dann blieb mir das Lachen im Hals stecken. »Wo hat er denn die Nachtwache her?«, fragte ich stattdessen. »Sieht fast so als, als sei das Wort im Ganzen ausgeschnitten worden.«

»Es gab einen Artikel in *Argumenty i fakty*«, erklärte Geser. »Über den Brand im Fernsehturm. Er war mit *DIE NACHTWACHE AM FERNSEHTURM IN OSTANKINO* getitelt.«

»Wirklich originell«, stimmte ich zu. Die Erwähnung des Fernsehturms ließ mich leicht erschaudern. Das war nicht gerade die spaßigste Zeit gewesen. Und nicht gerade das spaßigste Abenteuer. Mein ganzes Leben lang würde mich das Gesicht des Dunklen verfolgen, den ich im *Zwielicht* vom Fernsehturm gestürzt hatte ...

»Zerbrich dir darüber nicht den Kopf, Anton. Du hast alles richtig gemacht«, sagte Geser. »Kommen wir zur Sache.«

»Gut, Boris Ignatjewitsch.« Ich sprach den Chef mit seinem alten »zivilen« Namen an. »Müssen wir das etwa ernst nehmen?«

»Der Brief riecht nicht im Geringsten nach Magie«, meinte Geser schulterzuckend. »Entweder hat ihn also ein Mensch geschrieben oder ein fähiger Anderer, der seine Spuren verwischen kann. Wenn es ein Mensch war ..., heißt das, dass wir irgendwo eine undichte Stelle haben. Wenn es ein Anderer war ..., handelt es sich um eine absolut verantwortungslose Provokation.«

»Keine Spuren?«, hakte ich noch mal nach.

»Keine. Der einzige Anhaltspunkt ist der Poststempel.« Geser runzelte die Stirn. »Und an dem ist garantiert was faul ...«

»Was heißt das? Ist der Brief aus dem Kreml abgeschickt worden?«, feixte ich.

»Fast. Der Kasten, in den der Brief gesteckt wurde, befindet sich auf dem Gelände des Wohnkomplexes Assol.«

Die endlos hohen Häuser mit roten Dächern – Genosse Stalin hätte ohne Zweifel seine Freude an ihnen gehabt – kannte ich. Jedoch nur von außen.

»Da kommt man nicht so einfach rein, oder?«

»Richtig.« Geser nickte. »Nachdem unser Unbekannter einen solchen Aufwand mit dem Papier, dem Kleber und den Buchstaben getrieben hat, schickt er den Brief also aus dem Assol ab. Damit begeht er entweder eine Riesendummheit ...«

Ich schüttelte den Kopf.

»... oder lockt uns auf eine falsche Fährte.« An dieser Stelle legte Geser eine Kunstpause ein und beobachtete aufmerksam, wie ich reagierte.

Ich dachte nach. Und schüttelte abermals den Kopf. »Das ist sehr naiv. Nein.«

»Oder unser ›Freund‹« – das letzte Wort sprach Geser mit offenem Sarkasmus aus – »will uns in der Tat einen Hinweis geben.«

»Wozu?«, fragte ich.

»Den Brief hat er ja zu einem bestimmten Zweck abgeschickt«, erinnerte mich Geser. »Wir müssen auf solche Briefe reagieren, Anton, das wirst du einsehen. Nehmen wir einmal das Schlimmste an, nämlich dass ein Verräter unter den Anderen existiert, der Menschen das Geheimnis unserer Existenz enthüllt.«

»Aber wer würde ihm denn glauben?«

»Einem Menschen würde man natürlich nicht glauben. Aber ein Anderer könnte seine Fähigkeiten unter Beweis stellen.«

Da hatte Geser natürlich Recht. Was mir jedoch nicht in den Kopf wollte: Wer würde so etwas tun? Und weshalb? Selbst der dümmste und fieseste Dunkle müsste sich im Klaren darüber sein, was er in Gang setzt, wenn er die Wahrheit preisgibt.

Eine neue Hexenjagd nämlich.

Dabei dürften die Menschen keine Schwierigkeiten haben, sowohl in den Dunklen wie auch in den Lichten die Hexen zu sehen. In allen, die Anlagen zum Anderen haben ...

Auch in Sweta. Auch in Nadjuschka.

»Wie kann man denn aus einem Menschen einen Anderen machen?«, fragte ich. »Über den Vampirismus?«

»Durch Vampire, Tiermenschen ...« Geser breitete die Arme aus. »Das ist wohl ein Weg. Die Initiierung erfolgt dann auf dem allergröbsten, primitivsten Niveau dunkler Kraft. Bezahlen muss man dafür mit dem Verlust der menschlichen Existenz. Einen Menschen zum Magier zu initiieren ist dagegen unmöglich.«

»Nadjuschka ...«, flüsterte ich. »Schließlich haben Sie doch auch Swetlanas Schicksalsbuch umgeschrieben!«

»Nein, Anton«, entgegnete Geser kopfschüttelnd. »Deiner Tochter war es bestimmt, als Große auf die Welt zu kommen. Wir haben nur für das richtige Vorzeichen gesorgt. Das Element des Zufalls ausgeschaltet ...«

»Jegor«, erinnerte ich ihn. »Der Junge war schon ein Dunkler geworden ...«

»Bei ihm haben wir bloß das Zeichen der Initiierung gelöscht. Wir haben ihm die Chance gegeben, noch einmal zu wählen«, bestätigte Geser. »Alle Interventionen, zu denen wir in der Lage sind, hängen mit der Wahl zwischen Licht und Dunkel zusammen, Anton. Aber zu wählen, ob wir ein Mensch oder ein Anderer sein wollen, ist uns nicht gegeben. Das ist niemandem auf dieser Welt gegeben.«

»Also geht es um Vampire«, sagte ich. »Nehmen wir an, bei den Dunklen ist mal wieder ein verliebter Vampir aufgetaucht ...«

»Das ist möglich.« Geser breitete die Arme aus. »Dann wäre das Ganze relativ einfach. Die Dunklen überprüfen ihre Untoten, denn sie haben das gleiche Interesse wie wir ... Ach ja. Sie haben übrigens auch so einen Brief bekommen. Haargenau den gleichen. Der ebenfalls aus dem Assol abgeschickt wurde.«

»Und die Inquisition hat keinen bekommen?«

»Du begreifst immer schneller«, lachte Geser. »Die auch. Per Post. Aus dem Assol.«

Ganz offensichtlich spielte Geser auf etwas an. Ich dachte kurz nach und kam dann auf eine weitere fulminante Schlussfolgerung. »Damit untersuchen beide Wachen und die Inquisition den Fall, nicht wahr?«

In Gesers Blick flackerte Enttäuschung auf. »Sieht ganz danach aus. Privat kann man sich schon einem Menschen zu erkennen geben, wenn es unbedingt sein muss. Du weißt, was ich meine ...« Er nickte zur Tür, durch die die beiden Besucher hinausgegangen waren. »Aber eben nur privat. Wobei entsprechende magische Einschränkungen zum Tragen kommen. Diese Sache ist aber viel schlimmer. Offenbar plant ein Anderer, einen Handel mit Initiierungen aufzuziehen.«

Als ich mir einen Vampir vorstellte, der einem neureichen Russen seine Dienste anbot, musste ich lächeln. »Wollen Sie nicht mal ein bisschen richtiges Blut aus dem Volk saugen, mein lieber Herr?« Obwohl – es geht ja nicht ums Blut. Selbst der schwächste Vampir oder Tiermensch verfügt über Kraft. Sie brauchen keine Angst vor Krankheiten zu haben und leben sehr, sehr lange. Auch die Körperkräfte sollte man nicht vergessen. Ein Tiermensch steckt einen Karelin in die Tasche, poliert einem Tyson die Fresse. Und auch jener ›Tiermagnetismus‹ selbst, jener ›Ruf‹, den sie vollendet beherrschen, ist nicht zu verachten. Ein Wink – und dir gehört jede Frau.

Natürlich haben sowohl Vampire wie auch Tiermenschen in der Realität mit etlichen Einschränkungen zu kämpfen. Die sogar noch gravierender sind als für Magier, ihre Unausgeglichenheit verlangt das. Aber ob das einem frisch gebackenen Vampir klar ist?

»Worüber lachst du?«, fragte Geser.

»Ich habe mir gerade ein Zeitungsinserat vorgestellt. *Verwandle Sie in einen Vampir. Zuverlässig, einwandfrei, 100 Jahre Garantie. Preis nach Vereinbarung.*«

»Ein kluger Gedanke.« Geser nickte. »Ich werde jemanden beauftragen, die Zeitungen und Websites auf entsprechende Anzeigen durchzukämmen.«

Ich starrte Geser an, verstand aber nicht, ob er sich einen Scherz erlaubte oder das völlig ernst meinte.

»Ich glaube nicht, dass wir es mit einer realen Gefahr zu tun haben«, sagte ich. »Vermutlich hat nur ein kreuzdämlicher Vampir beschlossen, sich etwas dazuzuverdienen. Er führt einem reichen Menschen ein paar Tricks vor und bietet ihm ... äh ... einen Biss an.«

»Beißen lassen, Glück abfassen«, stieß Geser ins gleiche Horn.

»Irgendjemand ...«, fuhr ich munter fort, »... zum Beispiel die Frau des Mannes, hat dann von diesem wahnsinnigen Vorschlag erfahren! Während der holde Gatte noch zögert, beschließt sie, uns zu schreiben. In der Hoffnung, dass wir den Vampir ausschalten und ihr Mann ein Mensch bleibt. Daher auch diese Kombination: die aus der Zeitung ausgeschnittenen Buchstaben und der Briefkasten im Assol. Das ist ein Hilfeschrei! Sie kann sich nicht direkt mit uns in Verbindung setzen, fleht aber förmlich: Rettet meinen Mann!«

»Du Romantiker«, höhnte Geser missbilligend. »*Wenn Ihnen Leben und Verstand teuer sind, so halten Sie sich vom Moor fern* ... Und dann, ritsch, ratsch, werden mit der Nagelschere aus der neuesten *Prawda* die Buchstaben ausgeschnitten ... Hat sie die Adresse eigentlich auch aus der Zeitung?«

»Die Adresse der Inquisition!«, fiel es mir wie Schuppen von den Augen.

»Diesmal liegst du richtig. Könntest du der Inquisition einen Brief schicken?«

Ich schwieg. Vorgeführt. Dabei hatte Geser nicht mal ein Geheimnis aus dem Brief an die Inquisition gemacht!

»Bei uns in der Wache kenne nur ich die Postadresse. In der Tagwache dürfte es nur Sebulon sein. Was folgt daraus, Gorodezki?«

»Den Brief haben Sie abgeschickt. Oder Sebulon.«

Geser schnaubte bloß.

»Nimmt die Inquisition die Sache ernst?«, wollte ich wissen.

»Das ist noch gelinde ausgedrückt. Der Versuch, mit Initiierungen zu handeln, beunruhigt sie im Grunde nicht weiter. Ein normaler Fall für die Wachen, die denjenigen finden müssen, der den Großen Vertrag verletzt hat, ihn bestrafen und das Informationsleck stopfen sollen. Und da wir und die Dunklen gleichermaßen über diese Angelegenheit empört sind ... Aber ein Brief an die Inquisition ... das ist eine andere Frage. Bei ihnen arbeiten nicht viele, das weißt du selbst. Wenn eine Seite den Vertrag verletzt, ergreift die Inquisition Partei für die andere Seite, um das Gleichgewicht wiederherzustellen. Das ... diszipliniert uns alle. Aber gehen wir einmal davon aus, in einer der Wachen hätte eine kleine Gruppe einen Plan entwickelt, mit dem sie den endgültigen Sieg erlangen wollten. Ein paar Kampfmagier, die sich zusammenschließen, wären in der Lage, in einer Nacht alle Inquisitoren zu erschlagen – natürlich nur, falls sie alles über die Inquisition wüssten. Wer für sie arbeitet, wo die Inquisitoren wohnen, wo die Unterlagen aufbewahrt werden ...«

»Ist der Brief ans Hauptbüro gegangen?«, hakte ich nach.

»Ja. Und wenn man bedenkt, dass sechs Stunden später das Büro leer war und im Gebäude ein Feuer ausgebrochen ist ... und zwar genau in dem Teil, wo die Archive der Inquisition liegen ... Wo das ist, weiß selbst ich nicht genau. Indem der Mensch ... oder der Andere ... der Inquisition einen Brief geschickt hat, hat er ihr förmlich den Fehdehandschuh hingeworfen. Jetzt wird die Inquisition ihn jagen. Die offizielle Version wird lauten, weil er die Vertraulichkeit verletzt und versucht hat, einen Menschen zu initiieren. Aber im Grunde, weil sie ihre eigene Haut retten wollen.«

»Ich hätte nie gedacht, dass es ihrer Natur entspricht, um sich selbst Angst zu haben«, meinte ich.

»Und wie, Anton«, meinte Geser mit einem Nicken. »Denk doch mal über folgende Frage nach: Warum gibt es in der Inquisition eigentlich keine Verräter? Ihr gehören Dunkle und Lichte an. Sie durchlaufen ihre Ausbildung. Danach verfolgen die Dunklen unerbittlich die Dunklen und die Lichten die Lichten, sobald einer von ihnen den Vertrag verletzt.«

»Man braucht dafür eine besondere charakterliche Veranlagung«, vermutete ich. »Entsprechend werden die Anderen dann ausgewählt.«

»Und da macht man nie einen Fehler?«, fragte Geser skeptisch. »Das gibt es nicht. Trotzdem ist in unserer Geschichte kein Fall bekannt, wo ein Inquisitor den Großen Vertrag verletzt hätte ...«

»Vermutlich kennen sie die Folgen einer Vertragsverletzung nur allzu genau. Ein Inquisitor in Prag hat mir mal gesagt: ›Uns leitet das Entsetzen.‹«

»Vítěszlav ...« Geser runzelte die Stirn. »Er liebt eloquente Formulierungen ... Gut, zerbrich dir darüber nicht weiter den Kopf. Die Situation ist einfach. Es gibt einen Anderen, der entweder den Großen Vertrag verletzt oder die Wachen und die Inquisition zum Besten hält. Die Inquisition wird eine Fahndung einleiten, dito die Dunklen. Von uns verlangt man ebenfalls einen Mitarbeiter.«

»Darf ich eine Frage stellen? Warum ausgerechnet ich?«

»Aus mehreren Gründen.« Geser breitete die Arme aus. »Erstens wird es im Zuge der Fahndung wohl zu einer Konfrontation mit Vampiren kommen. Und du bist unser Spezialist für die niederen Dunklen.«

Nein, ich hatte nicht den Eindruck, dass er lachte ...

»Zweitens«, fuhr Geser fort, wobei er wie ein Deutscher die Finger der geschlossenen Faust nacheinander ausstreckte. »Seitens der Inquisition wurden mit der Untersuchung offiziell deine beiden Bekannten betraut. Vítěszlav und Edgar.«

»Edgar ist in Moskau?«, fragte ich erstaunt. Ich konnte nicht gerade behaupten, dass ich den Dunklen Magier, der vor drei Jahren der Inquisition beigetreten war, sonderlich mochte. Aber ... aber ich konnte immerhin sagen, dass er mir nicht unsympathisch war.

»Ja. Vor vier Monaten hat er seine Ausbildung abgeschlossen und ist zu uns gekommen. Da du dich während der Arbeit mit den Inquisitoren in Verbindung setzen musst, ist jede persönliche Beziehung von Vorteil.«

»Unsere persönlichen Begegnungen zählen aber nicht zu meinen angenehmsten Erinnerungen«, gab ich zu bedenken.

»Habe ich dir vielleicht eine Thai-Massage während der Arbeitszeit versprochen?«, fragte Geser hämisch. »Der dritte Grund, weshalb ich ausgerechnet dich auf diese Sache ansetzen möchte ...« Er verstummte.

Ich wartete.

»Auf Seiten der Dunklen leitet die Untersuchung ebenfalls ein alter Bekannter von dir.«

Den Namen brauchte Geser gar nicht erst zu nennen. Trotzdem fuhr er fort: »Konstantin. Der junge Vampir ... dein ehemaliger Nachbar. Ich meine mich zu erinnern, dass ihr recht gut miteinander ausgekommen seid.«

»Ja, stimmt«, räumte ich bitter ein. »Solange er noch ein Kind war, nur Schweineblut getrunken und davon geträumt hat, seinem ›Fluch‹ zu entgehen ... Solange er noch nicht verstanden hatte, dass sein Bekannter, der Lichte Magier, solche wie ihn mit Haut und Haar verbrennt.«

»So ist das Leben«, konstatierte Geser.

»Er hat ja schon Menschenblut getrunken«, sagte ich. »Bestimmt! Wenn er sich in der Tagwache hochgedient hat.«

»Er ist ein Hoher Vampir geworden«, informierte mich Geser. »Der jüngste Hohe Vampir in ganz Europa. Wenn du das auf uns überträgst, ist er ...«

»Zweite oder dritte Kraftstufe«, flüsterte ich. »Fünf oder sechs zerstörte Leben.«

Kostja, Kostja ... Damals war ich ein junger und unerfahrener Magier. In der Nachtwache konnte ich keine Freunde finden, die Beziehungen zu meinen alten Bekannten gingen alle ziemlich schnell den Berg runter ... Andere und Menschen können nicht miteinander befreundet sein ... Und dann fand ich heraus, dass meine Nachbarn Dunkle waren. Eine Vampirfamilie. Mutter und Vater waren Vampire und hatten ihr Kind initiiert. Was wirklich nicht schlimm war. Sie gingen nachts nicht auf Jagd, beantragten keine Lizenzen. Gesetzestreu tranken sie nur Schweine- und Spenderblut. Mich Idioten hat das beruhigt. Ich habe mich mit ihnen angefreundet. Sie sogar besucht. Sie sogar eingeladen! Sie aßen das Essen, das ich für sie gekocht hatte, und lobten es ... Und ich Hohlkopf begriff nicht, dass das Essen der Menschen für sie nach nichts schmeckt, dass sie ein alter, ewiger Hunger quält. Der kleine Vampir wollte sogar Biologe werden und herausfinden, wie man Vampirismus heilt ...

Dann tötete ich meinen ersten Vampir.

Danach trat Kostja in die Tagwache ein. Ich weiß nicht, ob er sein Biologiestudium abgeschlossen hat, aber von seinen Kinderträumen ist er mit Sicherheit kuriert ...

Und er hat Lizenzen zum Töten bekommen. Wie sonst hätte er es geschafft, in nur drei Jahren zum Hohen Vampir aufzusteigen? Jemand muss ihm geholfen haben. Muss alle Möglichkeiten der Tagwache genutzt haben, damit Kostja, einst ein prima Kerl, wieder und wieder das Recht bekam, seine Eckzähne in den Hals eines Menschen zu schlagen ...

Und ich ahne sogar, wer ihm da geholfen hat.

»Was meinst du, Anton?«, fragte Geser. »Wer sollte in dieser Situation von unserer Seite mit der Untersuchung betraut werden?«

Ich zog das Handy aus meiner Tasche und wählte Swetlanas Nummer.

Zwei

Wir arbeiten nur selten verdeckt.

Erstens müssen wir unsere Natur als Andere dann vollständig verbergen. Damit deine Aura, die Kraftströme, die Erschütterung im *Zwielicht* dich nicht verraten. Diesbezüglich hast du es mit einer recht einfachen Konstellation zu tun. Wenn du ein Magier fünften Grades bist, bemerken dich schwächere Magier, also die mit dem sechsten oder siebten Grad, nicht. Als Magier ersten Grades bist du vor allen vom zweiten Grad abwärts geschützt. Wenn du ein Magier außerhalb jeder Kategorie bist ... kannst du darauf hoffen, dass dir niemand auf die Schliche kommt.

Geser selbst sorgte für meine Tarnung. Sofort nach dem Gespräch mit Swetlana. Diesem kurzen, aber beklemmenden Gespräch. Wir stritten nicht, das nicht. Sie war nur *sehr* enttäuscht.

Zweitens brauchst du eine Legende. Am besten sicherst du die Legende auf magische Weise ab. Unbekannte Menschen sind dann schnell bereit, in dir einen Bruder zu sehen, einen Schwiegervater oder Freund aus der Armeezeit, mit dem sie sich von ihrer Truppe davongestohlen haben, um irgendwo was zu picheln. Aber jede magische Deckung hinterlässt Spuren, die ein mehr oder weniger starker Anderer erkennen kann.

Deshalb verzichteten wir bei meiner Legende auf jede Magie. Geser drückte mir die Schlüssel von einer Wohnung im Assol in die Hand. Hundertfünfzig Quadratmeter im siebten Stock. Die

Wohnung lief auf meinen Namen, gekauft hatte ich sie vor einem halben Jahr. Als ich große Augen machte, erklärte Geser mir, dass die Papiere heute Morgen ausgestellt, dabei aber zurückdatiert worden waren. Für eine hübsche Stange Geld. Und dass wir die Wohnung später zurückgeben müssten.

Als Dreingabe bekam ich den Schlüssel für einen BMW. Das Auto war nicht neu, auch nicht besonders luxuriös – aber meine Wohnung war ja auch klein.

Dann betrat ein Schneider das Zimmer, ein trauriger alter Jude, ein Anderer siebten Grades. Er nahm meine Maße und versprach, bis zum Abend würde der Anzug fertig sein, in dem »dieser Junge endlich wie ein Mensch« aussehen werde. Geser behandelte den Schneider mit ausgesuchter Höflichkeit, öffnete ihm die Tür, begleitete ihn ins Vorzimmer und fragte beim Abschied schüchtern, was denn sein »Mäntelchen« mache. Worauf der Schneider erwiderte, der Chef brauche sich keine Sorgen zu machen, denn bis die Kälte einsetze, sei der Mantel, der dem Helllichten Geser zur Ehre gereiche, fertig.

Nach diesen Worten behagte mir die Entscheidung, mir einen ganzen Anzug anfertigen zu lassen, nicht mehr so wahnsinnig. Richtig grandiose Sachen nähte der Schneider offenbar nicht an einem halben Tag.

Um meine Krawatten kümmerte sich Geser persönlich. Er brachte mir sogar bei, wie ich einen besonders modischen Knoten hinbekam. Danach drückte er mir ein Bündel Geldscheine in die Hand, nannte mir die Adresse eines bestimmten Geschäfts und befahl mir, alles zu kaufen, was sonst noch nötig war, inklusive Unterwäsche, Taschentücher und Socken. Als Berater schlug er mir Ignat vor, unseren Magier, der in der Tagwache garantiert als Inkubus durchgegangen wäre. Oder Sukkubus. Ihm war das mehr oder weniger egal.

Der Streifzug durch die Boutiquen, in denen sich Ignat wie ein Fisch im Wasser fühlte, machte mir Spaß. Der Besuch beim

Friseur, genauer gesagt, in einem Schönheitssalon, raubte mir dagegen den letzten Nerv. Nacheinander taxierten mich zwei Frauen und ein Mann, der einen auf Tunte machte, aber nicht schwul war. Die drei seufzten lange und wünschten meinem Friseur sonst was an den Hals. Sollten diese Flüche wahr werden, müsste mein armer Coiffeur während der ihm noch verbleibenden Jahre glatzköpfige Hammel scheren. Und zwar irgendwo in Tadschikistan. Anscheinend gehörte das zum Schlimmsten, was man einem Friseur wünschen konnte ... Ich nahm mir vor, nachher bei meinem zweitrangigen Friseur vorbeizuschauen, der mir das letzte Jahr die Haare geschnitten hatte, und zu prüfen, ob sie dem Mann nicht doch einen Höllenstrudel angehängt hatten.

Der Kollektivverstand dieser Schönheitsspezialisten gelangte zu der Überzeugung, nur ein streichholzkurzer Schnitt könne mich noch retten. So einer, wie ihn kleine Mafiosi tragen, die die Händler auf dem Markt ausnehmen. Zum Trost versicherten sie mir, der Sommer solle heiß werden, weshalb ein Kurzhaarschnitt ausgesprochen bequem sei.

Nach dem Schneiden, das mehr als eine Stunde dauerte, folgten Mani- und Pediküre. Danach brachte mich ein zufriedener Ignat zum Zahnarzt, der mit einem speziellen Bohrer den Zahnstein entfernte und mir riet, die Prozedur jedes halbe Jahr zu wiederholen. Meine Zähne fühlten sich danach irgendwie nackt an, es war sogar unangenehm, sie mit der Zunge zu berühren. Auf Ignats doppeldeutige Aussage »Anton, du siehst direkt zum Verlieben aus!« fand ich keine passende Antwort, sondern murmelte nur etwas Unverständliches und ärgerte mich innerlich auf dem gesamten Weg zurück ins Büro über seinen plumpen Humor.

Der Anzug war bereits fertig. Der Schneider brummte unzufrieden, wenn man ein Stück nähe, ohne ein zweites Mal Maß zu nehmen, könne man auch blindlings heiraten.

Hm. Wenn alle Eheleute, die überstürzt geheiratet hatten, so gut zueinander passten wie dieser Anzug zu mir, sollte die Zahl der Scheidungen eigentlich gegen Null tendieren.

Geser sprach mit dem Schneider noch über seinen Mantel. Die beiden stritten lange und heftig über die Knöpfe, bis der Hellichte Magier schließlich nachgab. Ich stand am Fenster, schaute auf die abendliche Straße und das blinkende Lämpchen der Alarmanlage an »meinem« Auto hinaus.

Wenn sie nur die Karre nicht klauten ... Einen magischen Schutz, der sämtliche Diebe abschreckte, durfte ich nicht wirken. Er hätte mich schneller verraten als in dem Witz vom Spion Stirlitz jener Fallschirm, den er hinter sich herschleppte.

Schlafen musste ich heute bereits in der neuen Wohnung. Dabei sollte ich so tun, als täte ich das nicht das erste Mal. Nur gut, dass zu Hause niemand auf mich wartete. Weder meine Frau noch meine Tochter, kein Hund und keine Katze ... Noch nicht mal Fische im Aquarium hielten wir. Und das war auch gut so.

»Hast du deine Aufgabe verstanden, Gorodezki?«, fragte Geser. Während ich am Fenster meinen Gedanken nachhing, war der Schneider gegangen. In dem neuen Anzug fühlte ich mich überraschend wohl. Selbst mit dem Kurzhaarschnitt kam ich mir nicht wie ein Erpresser von Schwarzhändlern, sondern wie jemand Wichtigeres vor. Zum Beispiel wie jemand, der in kleinen Geschäften Schutzgelder eintrieb.

»Ich ziehe ins Assol. Lerne die Nachbarn kennen. Suche nach Spuren des abtrünnigen Anderen und seines eventuellen Auftraggebers. Wenn mir was auffällt, mache ich Meldung. Wenn ich mich mit den anderen Parteien, die an dieser Untersuchung beteiligt sind, treffe, verhalte ich mich korrekt, tausche Informationen aus und lasse mich auf eine Zusammenarbeit ein.«

Geser trat neben mich ans Fenster. Er nickte. »Richtig, Anton. Richtig. Das Wichtigste hast du jedoch vergessen.«

»Ja?«, fragte ich.

»Du darfst keine der Versionen bevorzugen. Selbst die nicht, die dir am wahrscheinlichsten vorkommen. Gerade weil sie am wahrscheinlichsten sind! Der Andere kann ein Vampir oder ein Tiermensch sein, muss es aber nicht.«

Ich nickte.

»Er kann ein Dunkler sein«, fuhr Geser fort, »aber auch ein Lichter.«

Ich sagte kein Wort. Dieser Gedanke war mir auch schon in den Sinn gekommen.

»Und das Allerwichtigste«, fügte Geser hinzu. »Dass er ›aus einem Menschen einen Anderen machen‹ will – das könnte auch ein Bluff sein.«

»Aber das muss es nicht?«, hakte ich nach. »Gibt es denn nun die Möglichkeit, aus einem Menschen einen Anderen zu machen, Geser, oder nicht?«

»Du glaubst doch nicht etwa, ich würde so etwas geheim halten?«, antwortete Geser mit einer Frage. »Wie viele Schicksale von Anderen, die verloren sind ... Wie viele wundervolle Menschen, die gezwungen sind, nur ihr kurzes Leben zu leben ... Dergleichen ist bisher niemals vorgekommen. Aber für alles gibt es ein erstes Mal.«

»Dann werde ich davon ausgehen, dass es möglich ist«, meinte ich.

»Ich kann dir keine Amulette geben«, bedauerte Geser. »Du musst das verstehen. Auch Magie solltest du besser nicht einsetzen. Das Einzige, was du darfst, ist, durchs *Zwielicht* zu schauen. Aber im Notfall sind wir schnell da. Du brauchst uns bloß zu rufen.« Er verstummte kurz. »Ich gehe nicht von irgendwelchen Kämpfen aus«, fügte er dann noch hinzu. »Aber du solltest genau das tun.«

Noch nie hatte ich in einer Tiefgarage parken müssen. Nur gut, dass hier wenig Autos standen, die Betonauffahrt in grelles Licht getaucht war und der Security-Mann, der an einem Bildschirm die Vorgänge im Innern beobachtete, mir freundlich erklärte, wo sich meine Garagen befanden.

Man ging also davon aus, dass ich mindestens zwei Autos hätte.

Ich stellte den Wagen ab, holte aus dem Kofferraum eine Tasche mit Sachen und schaltete die Alarmanlage ein. Dann wandte ich mich zum Ausgang. Und bekam die erstaunte Frage des Security-Menschen zu hören: Ob die Fahrstühle wirklich nicht funktionierten? Ich musste die Stirn runzeln, mit der Hand abwinken und erklären, dass ich ein Jahr lang nicht mehr hier gewesen sei.

Der Mann fragte nach meinem Block und dem Stockwerk, in dem ich wohnte, um mich dann zum Aufzug zu bringen.

Umgeben von Chrom, Glas und klimatisierter Luft fuhr ich in den siebten Stock hinauf. Es war nahezu beschämend, dass ich so weit unten wohnte. Nicht dass ich nach einer Penthousewohnung verlangt hätte, aber trotzdem ...

Im Treppenhaus – falls dieser schnöde Ausdruck überhaupt zu jener Halle mit einer Fläche von dreißig Quadratmetern passte – irrte ich eine Zeit lang zwischen den Türen hin und her. Ein überraschendes Ende des Märchens. Bei einer Wohnung fehlte die Tür völlig. Hinter dem leeren Durchbruch schimmerte ein gigantischer dunkler Raum: Betonwände, Betonboden, keine weiteren Unterteilungen. Leises Tropfen von Wasser.

Es dauerte lange, bis ich mich zwischen den drei bereits eingesetzten Türen entschieden hatte. Nummern hatten sie keine. Nach einer Weile entdeckte ich an einer Tür dann doch eine eckige Nummer, die jemand eingeritzt hatte, an einer anderen die Überreste einer Kreideaufschrift. Also konnte meine Tür nur die dritte sein. Die unscheinbarste von allen. Bei Geser hätte ich allerdings auch damit rechnen müssen, dass er mich in der Wohnung untergebracht hätte, deren Tür fehlte. Dann wäre jedoch meine Legende zum Teufel gewesen ...

Ich kramte den Schlüsselbund hervor und schloss die Tür relativ leicht auf. Suchte den Lichtschalter – und stieß auf eine ganze Palette von Schaltern.

Ich machte mich daran, sie nacheinander zu betätigen.

Sobald die Wohnung beleuchtet war, schloss ich die Tür und sah mich nachdenklich um.

Hm. Das Ganze hatte was. Könnte man meinen.

Der bisherige Besitzer ... Ja, schon gut, laut Legende bin ich das. Ich hatte also mit der Modernisierung angefangen. Offenbar trug ich mich mit napoleonischen Plänen. Wie sonst ließen sich das handgefertigte, kunstvolle Parkett, die Eichenfenster, die Klimaanlage Daikin und andere Attribute des schöneren Wohnens erklären?

Im weiteren Verlauf war mir dann vermutlich das Geld ausgegangen. Denn das riesige Apartmentstudio – ohne jede Wände im Innern – bestach durch jungfräuliche Leere. In der Ecke, in der die Küche hätte liegen sollen, stand ein schiefer Gasherd der Marke Brest, auf dem man durchaus schon Grießbrei gekocht haben konnte, als ich noch in den Windeln lag. Direkt auf dem Herdring thronte – als wolle sie mich warnen: »Benutze bloß nicht den Herd!« – eine einfache Mikrowelle. Über dem schrottreifen Herd hing übrigens ein Luxusabzug. Neben ihm fristeten zwei Hocker und ein niedriger Teewagen ihr Dasein.

Aus alter Gewohnheit zog ich mir die Schuhe aus und ging in die Küchenecke. Einen Kühlschrank gab es nicht, genauso wenig wie Möbel, aber auf dem Fußboden stand ein großer Pappkarton voll Proviant: Flaschen mit Mineralwasser und Alkohol, Konserven, Tütensuppen, Päckchen mit Zwieback. Vielen Dank auch, Geser. Wenn Sie vielleicht auch noch an einen Topf hätten denken können ...

Aus der »Küche« steuerte ich auf die Badezimmertür zu. Offensichtlich hatte ich genug Verstand besessen, das Klo und den

Jacuzzi nicht auch noch dem Blick der Allgemeinheit preiszugeben ...

Ich öffnete die Tür und sah mir das Bad an. Ganz passabel. Ein zehn, zwölf Quadratmeter großer Raum, hübsche türkisfarbene Kacheln, eine futuristisch anmutende Duschkabine. Allein bei dem Gedanken, was sie gekostet haben musste, wurde mir mulmig. Und womit sie wohl aufgemotzt sein mochte.

Einen Jacuzzi gab es nicht. Es gab überhaupt keine Badewanne. In einer Ecke hingen lediglich ein paar abgedichtete Wasserleitungen heraus. Und dann ...

Während ich das Bad weiter inspizierte, bestätigte sich mein schrecklicher Verdacht.

Das Klo fehlte ebenfalls!

Es gab nur ein Fallrohr, in das ein Holzverschluss gerammt worden war.

Wirklich, vielen Dank auch, Geser!

Aber Stopp. Nur keine Panik. In Wohnungen wie diesen gibt es mehr als eine Toilette. Es musste noch ein Klo vorhanden sein. Für Gäste. Kinder. Angestellte ...

Ich stürzte ins Studio zurück und entdeckte in einer Ecke tatsächlich eine weitere Tür. Direkt neben dem Eingang. Mein Instinkt hatte mich nicht getäuscht: das Gästeklo. Eine Wanne war hier sowieso nicht zu erwarten, die Duschkabine schlichter.

Anstelle des Klos entdeckte ich jedoch nur ein weiteres abgedichtetes Rohr.

Mist.

Scheiße!

Sicher, mir ist klar, dass echte Profis auf diese Kleinigkeiten nicht achten. Wenn James Bond mal aufs Klo geht, dann bloß, um ein Gespräch zu belauschen oder einen Gangster zu erledigen, der sich im Spülkasten versteckt hat.

Aber ich sollte hier wohnen!

Ein paar Sekunden lang spielte ich mit dem Gedanken, Geser anzurufen und einen Klempner samt kompletter Ausstattung anzufordern. Dann stellte ich mir seine Reaktion vor.

Aus irgendeinem Grund lächelte Geser in meiner Phantasie. Dann seufzte er und gab einen Befehl: Danach kam der Oberinstallateur Moskaus ins Assol und baute höchstpersönlich ein Klosett ein. Während Geser immer noch lächelte und den Kopf schüttelte.

Magiern seines Niveaus unterlaufen in Details keine Fehler. Ihre Fehler, das sind brennende Städte, blutige Kriege und Impeachments von Präsidenten. Aber nicht ein fehlendes Klo.

Wenn es in meiner Wohnung keine Toilette gab, sollte das so sein.

Abermals durchstreifte ich meinen Wohnraum. Fand eine aufgerollte Matratze und eine Garnitur fröhlich bunt bedruckter Bettwäsche. Ich entrollte die Matratze, packte die Tasche mit meinen Sachen aus. Zog Jeans und das T-Shirt mit dem optimistischen Aufdruck zum klinischen Tod an. Schließlich brauchte ich in meiner eigenen Wohnung nicht in Schlips und Kragen rumzulaufen! Dann holte ich den Laptop heraus. Übrigens, wie sollte ich hier ins Internet kommen – übers Handy?

Ich musste noch einen Streifzug durch die Wohnung machen. Eine Steckdose fand sich in der Wand des großen Badezimmers – glücklicherweise sogar auf der Seite zum Studio. Das konnte kein Zufall sein. Deshalb schaute ich ins Bad. In der Tat: Neben dem nicht funktionierenden Klo prangte eine weitere Steckdose.

Was hatte ich bloß für einen seltsamen Geschmack, als ich mit der Modernisierung begonnen habe ...

Strom war da. Wenigstens etwas, aber schließlich war ich nicht deswegen hierher gekommen.

Um die lastende Stille wenigstens ein bisschen zu vertreiben, öffnete ich das Fenster. Warmer Wind strömte ins Zimmer. Über dem Fluss leuchteten die Fenster der Häuser. Gewöhnlicher Häuser von Menschen. Und immer noch diese Stille. Kein Wunder, um ein Uhr nachts.

Ich kramte den MD-Player heraus. Wühlte in den Scheiben und entschied mich für *Belaja gwardija*, eine Gruppe, die niemals die Charts auf MTV anführen oder Stadien füllen würde. Mit eingestöpselten Kopfhörern streckte ich mich auf der Matratze aus.

Wenn dieser Kampf zu Ende geht
Und du noch lebst am nächsten Tage,
Dann wird dir klar, es riecht der Sieg
Genauso streng wie Niederlage.

Du bist allein, hast keine Feinde mehr
Und stehst verloren in den Trümmern nun.
Der Himmel drückt dir auf die Schultern schwer;
Was bleibt in dieser Wüste noch zu tun?

Doch du wartest ab,
Was sie bringt,
Die Zeit,
Du wartest ab ...

Und Honig scheint dir bitterer als Salz,
Die Träne süßer nicht als Wermut – nein,
Ich kenne keine größ'ren Schmerzen, als
lebendig unter lauter Schläfern sein.

Doch du wartest ab,
Was sie bringt,
Die Zeit,
Du wartest ab ...

Als ich mich dabei erwischte, wie ich die leise Frauenstimme mit unmelodischem Gesang begleitete, stöpselte ich die Kopfhörer aus und stellte den Player ab. Nein. Ich war nicht hier, um rumzuhängen.

Was hätte James Bond an meiner Stelle getan? Den geheimnisvollen Anderen, diesen Verräter, gefunden, seinen menschlichen Auftraggeber und den Verfasser des anonymen Briefes!

Und was tue ich?

Ich suche etwas, das für mich schlicht und ergreifend lebensnotwendig ist. Da unten, bei dem Security-Menschen, wird es doch wohl ein Klo geben!

Irgendwo draußen – nein, ganz in der Nähe – dröhnte mit voller Wucht eine Bassgitarre. Ich sprang auf, aber in der Wohnung entdeckte ich niemanden.

»Und jetzt los, Kumpel!«, drang es von draußen herein. Ich beugte mich zum Fenster hinaus und ließ den Blick über die Fassade des Assol wandern. Zwei Stockwerke weiter oben bemerkte ich die offenen Fenster, aus denen diese grauenvollen, erstaunlicherweise für eine Bassgitarre arrangierten Akkorde hochschallten.

Früher, was habe ich da für Geschäfte gemacht!
Galt als scharfer Hecht, als großer Geschäftemacher.
Doch neulich, da ist mir aufgefallen –
    und wer hätte das gedacht
Verdammt lang her, dass ich mein letztes Geschäft gemacht.

Doch anno dunnemals, was habe ich da für
    Geschäftchen gemacht!
Hab Druck ausgeübt, denn drücken konnt ich
    wie kein Zweiter.
Deshalb hab ja auch ich allein für alle die Geschäfte gemacht.
Die haben sich gedrückt – und das Drücken blieb mir,
    dem Goldenen Reiter!

Unmöglich, sich einen größeren Kontrast vorzustellen, als die leise Stimme von Soja Jaschtschenko, der Sängerin von *Belaja gwardija*, und diesem unvorstellbaren Chanson zur Bassgitarre. Trotzdem gefiel mir das Lied irgendwie. Der Sänger, der nur drei Akkorde hinbekam, streute sich weiter aufs Haupt:

Aber noch habe ich mein letztes Geschäftchen nicht
gemacht,
Selbst wenn wohl kein Geschäft mehr die Größe von einst
erreicht.
Weil heute ja jeder über große Geschäfte bloß lacht,
Weil es zum Druckmachen, zum Drücken nicht mehr reicht ...

Ich lachte los. Ein echter Underdog-Song. Alle Attribute stimmten: Der lyrische Held erinnert sich an die Tage seines vergangenen Ruhmes, beschreibt seine jetzige Misere und klagt darüber, dass er nie wieder etwas Großes vollbringen werde.

Ich hatte den starken Verdacht, dass, wenn dieses Lied im *Schlagerradio* gespielt werden würde, neunzig Prozent der Hörer die Anspielungen nicht einmal mitbekämen.

Die Gitarre stieß ein paar Seufzer aus. Dann stimmte der Sänger ein neues Lied an.

Bin noch nie im Irrenhaus gewesen,
Also frag mich bitte nicht danach ...

Die Musik brach ab. Jemand seufzte jämmerlich und strich noch etwas über die Saiten.

Ich zögerte nicht länger. Tauchte in den Pappkarton ab, holte eine Flasche Wodka und ein Stück Räucherwurst heraus. Stürmte ins Treppenhaus hinaus, knallte die Tür hinter mir zu und rannte hinauf.

Die Wohnung des Mitternachtsbarden zu finden war nicht schwerer, als einen im Gebüsch versteckten Presslufthammer auszumachen.

Einen Presslufthammer in Betrieb.

Vögel singen hier nicht mehr,
Nirgends scheint die liebe Sonne,
Kinder toben nicht umher
böse bei der Abfalltonne.

Ich klingelte, fragte mich aber, ob er das überhaupt hören würde. Doch die Musik verstummte, und eine halbe Minute später öffnete sich die Tür.

In der Türfüllung stand, freundlich lächelnd, ein kleinerer, gedrungener Mann von etwa dreißig Jahren. In seinen Händen hielt er die Tatwaffe, eine Bassgitarre. Mit finsterer Genugtuung bemerkte ich, dass der Barde ebenfalls einen »Mafiososchnitt« trug. Außerdem verwaschene Jeans und ein recht kurioses T-Shirt, auf dem ein Soldat in russischer Uniform mit einem riesigen Messer einem Schwarzen in amerikanischer Uniform den Hals durchschnitt. Darunter prangte der stolze Aufdruck: »Wir können euch auch daran erinnern, wer den Zweiten Weltkrieg gewonnen hat.«

»Auch nicht schlecht«, kommentierte der Gitarrist mein T-Shirt. »Komm rein.«

Er nahm den Wodka und die Wurst an sich und verschwand in den Untiefen seiner Wohnung.

Ich sah ihn mir durchs *Zwielicht* an.

Ein Mensch.

Mit einer derart wirren Aura, dass ich gar nicht erst versuchte, seinen Charakter zu verstehen. Mit grauen, rosafarbenen, roten und blauen Tönen. Ein erstaunlicher Cocktail.

Ich folgte dem Gitarristen.

Seine Wohnung war doppelt so groß wie meine. Mit seinem Gitarrenspiel hatte er sich die bestimmt nicht verdient ... Aber das ging mich nichts an. Viel komischer war, dass die Wohnung, von der Größe abgesehen, eine genaue Kopie meiner eigenen darstellte. Die Anfänge einer ambitionierten Modernisierung, die überstürzt abgebrochen und nur teilweise ausgeführt worden war.

Mitten in dem enormen Wohnzimmer – fünfzehn mal fünfzehn Meter, mindestens – standen ein Stuhl, davor ein Mikroständer, ein guter Verstärker, wie ihn Profis benutzen, und zwei gigantische Boxen.

An der Wand reihten sich drei riesige Kühlschränke von Bosch. Der Gitarrist öffnete den größten – in dem gähnende Leere herrschte – und legte den Wodka ins Eisfach. »Zu warm«, erklärte er.

»Ich hab keinen Kühlschrank«, erklärte ich.

»Kommt vor«, meinte er. »Lass.«

»Was soll ich lassen?« Ich verstand nicht, was er meinte.

»So heiße ich. Lass. Steht natürlich nicht im Pass.«

»Anton«, stellte ich mich vor. »Laut Pass.«

»Kommt vor«, räumte der Barde ein. »Wo wohnst du?«

»Im siebten Stock«, antwortete ich.

Nachdenklich kratzte sich Lass den Nacken. Blickte zu den offenen Fenstern hinüber. »Ich hab sie aufgemacht, damit es nicht so laut ist«, erklärte er. »Das halten meine Ohren nicht aus. Ich wollte eine Schallisolierung einbauen lassen, aber mir ist das Geld ausgegangen.«

»Anscheinend ein verbreitetes Übel«, tastete ich mich vor. »Ich habe nicht einmal ein Klo.«

Lass grinste triumphierend. »Ich schon. Seit einer Woche! Da, hinter der Tür.«

Als ich wiederkam, schnitt Lass gerade mit wehmütigem Blick die Wurst.

»Warum ein englisches?«, konnte ich meine Neugier nicht unterdrücken. »Noch dazu ein so großes?«

»Hast du die Firmenlogos an dem Ding gesehen?«, fragte Lass. »›Wir haben das erste Klosett erfunden.‹ Wie hätte ich das Ding nicht kaufen können – mit dem Slogan? Ich habe vor, den Aufkleber einzuscannen und ein wenig zu korrigieren. Es sollte heißen. ›Wir haben als Erste verstanden, wozu Menschen ...‹«

»Alles klar«, kam ich ihm zuvor. »Dafür hab ich eine Dusche.«

»Echt?« Der Barde stand auf. »Seit drei Tagen träume ich davon, mich mal zu waschen ...«

Ich hielt ihm den Schlüssel hin.

»Kümmer dich inzwischen darum, dass wir zum Wodka was zu essen haben«, meinte Lass froh. »Der Wodka ist garantiert in zehn Minuten eiskalt. Und bei mir dauert's nicht lange.«

Die Tür schlug zu, und ich blieb allein in der fremden Wohnung zurück – in trauter Einsamkeit mit angeschlossenen Verstärkern, bereits geschnittener Wurst und einem riesigen, leeren Kühlschrank.

Ach ja!

Niemals hätte ich gedacht, dass in solchen Häusern die ungezwungene, freundschaftliche Atmosphäre einer Wohngemeinschaft herrschen könnte. Oder eines Wohnheims für Studenten.

Geh du ruhig auf mein Klo, dann nehm ich ein Bad in deinen Jacuzzi ... Pjotr Petrowitsch hat einen Kühlschrank, Iwan Iwanowitsch hat versprochen, Wodka mitzubringen, er handelt schließlich damit, und Semjon Semjonitsch schneidet die Zuspeisen sorgsam, akkurat in kleine Stücke ...

Vermutlich haben die meisten Mieter hier die Wohnung »für die Ewigkeit« gekauft. Mit all dem Geld, das sie sich erarbeitet, zusammengeklaut und geliehen haben.

Erst danach ging den glücklichen Wohnungseigentümern auf, was in einer Wohnung dieser Größe noch alles gemacht werden muss. Und jemanden, der sich hier eine Wohnung gekauft hatte, nahm jede Firma bis aufs letzte Hemd aus. Dann galt es, monatlich auch noch etwas für die sonstige Unmenge an Quadratmetern, die Tiefgarage, die Grünanlage und die Uferstraße zu berappen.

So stand das riesige Haus halb leer, wirkte fast aufgegeben.

Natürlich ist es keine Tragödie, wenn jemand nur eine kleine Perle besitzt. Aber zum ersten Mal konnte ich mich mit eigenen Augen davon überzeugen, dass es mindestens eine Tragikomödie war.

Wie viele Menschen wohl tatsächlich im Assol lebten? Wenn auf das nächtliche Geheule der Bassgitarre hin nur ein Mieter erschienen ist? Und wenn dieser seltsame Barde bisher völlig ungestört rumlärmen konnte?

Ein Mieter pro Stockwerk? Wohl eher noch weniger ...

Wer hat dann den Brief abgeschickt?

Ich versuchte mir vorzustellen, wie Lass mit einer Nagelschere Buchstaben aus der *Prawda* ausschnitt. Es klappte nicht. Einer wie er hätte sich etwas Originelleres ausgedacht.

Ich schloss die Augen. Stellte mir vor, wie sich der graue Schatten von meinen Lidern auf meine Pupillen legte. Dann öffnete ich die Augen und sah mich durchs *Zwielicht* in der Wohnung um.

Nicht die geringste Spur von Magie. Selbst an der Gitarre nicht, die, auch wenn sie ein dankbares Instrument ist, nur einmal in den Händen eines Anderen oder eines potenziellen Anderen gelegen haben muss, um sich noch Jahre an diese Berührung zu erinnern.

Und das blaue Moos, dieser Parasit des *Zwielichts*, der von negativen Gefühlen lebt, ließ sich auch nicht entdecken. Wenn der Hausherr in eine Depression gefallen sein sollte, dann nicht innerhalb seiner eigenen vier Wände. Oder er hat sich offen und von ganzem Herzen amüsiert – und damit das blaue Moos verbrannt.

Schließlich setzte ich mich hin und schnitt die Wurst bis auf das letzte Zipfelchen in Scheiben. Auf alle Fälle würde ich durchs *Zwielicht* prüfen, ob ich sie essen konnte.

Die Wurst war in Ordnung. Geser beabsichtigte nicht, seinen Agenten mit einer Vergiftung auszuschalten.

»Jetzt stimmt die Temperatur«, meinte Lass, während er aus der offenen Flasche ein Weinthermometer zog. »Wir haben es nicht übertrieben. Sonst verwässerst du den Wodka, bis er die Konsistenz von Glyzerin hat. Da kannst du auch gleich flüssigen Stickstoff trinken ... Auf unsere Bekanntschaft!«

Wir tranken auf ex und aßen Wurst und Zwieback dazu. Den Zwieback hatte Lass aus meiner Wohnung mitgebracht. Mit der Erklärung, er habe sich heute überhaupt nicht um Essen gekümmert.

»Alle im Haus leben so«, setzte er mir auseinander. »Sicher, es gibt natürlich auch diejenigen, bei denen das Geld sowohl für die Handwerker wie auch für die Ausstattung reicht. Aber mach dir doch mal klar, was es für ein Vergnügen ist, in einem leeren Haus zu wohnen. Man wartet darauf, bis solche Deppen wie du und ich fertig mit den Umbauten sind und das Haus voll wird. Das Café ist geschlossen, das Casino leer, die Security-Leute werden vor Langeweile verrückt ... Gestern sind zwei von denen geflogen. Die haben sich in den Büschen hier im Hof eine Schießerei geliefert. Angeblich haben sie was ganz Schreckliches beobachtet. Na ja ... sie wurden gleich zum Arzt gebracht. Wie sich herausstellte, waren die beiden total zugekifft.«

Bei diesen Worten holte Lass ein Päckchen Belomor aus seiner Tasche. »Willst du?«, fragte er mit viel sagendem Blick.

Ich hatte nicht damit gerechnet, dass ein Mensch, der so begeistert Wodka trank, sich mit Marihuana abgab.

Ich schüttelte den Kopf. »Rauchst du viel?«, fragte ich.

»Das ist heute schon die zweite Schachtel«, seufzte Lass. In dem Moment begriff er mich. »Echt, Anton! Das sind Belomor! Kein Gras! Früher habe ich Gitane geraucht, doch dann ist mir klar geworden, dass die auch nicht anders schmecken als unsere Belomor!«

»Wie originell«, meinte ich.

»Was hat das damit zu tun?«, blaffte Lass. »Es geht mir nicht darum, originell zu sein. Sobald ein Mensch aus seiner Haut raus will, ein anderer sein will …«

Ich erschauerte, doch Lass fuhr gelassen fort. »… nicht so sein will wie alle, heißt es gleich: Der hält sich für was Besonderes. Mir schmecken die Belomor einfach. In einer Woche habe ich vielleicht die Schnauze voll, dann höre ich damit auf.«

»Ist doch nicht schlimm, wenn man mal ein Anderer sein will«, ließ ich einen Probeballon los.

»Wirklich ein anderer zu sein ist schwer«, erwiderte Lass. »Vor ein paar Tagen habe ich gedacht …«

Abermals merkte ich auf. Der Brief war vor zwei Tagen abgeschickt worden. So glatt konnte sich doch nicht alles auflösen?

»Ich war im Krankenhaus, während der Sprechstunde dort. Da habe ich alle Preislisten studiert«, fuhr Lass fort, nichts Böses ahnend. »Bei denen ist alles ganz seriös. Titanprothesen als Ersatz für verlorene Extremitäten. Schenkelknochen, Kniegelenke, Hüftgelenke, Kiefer … Der Preis für einen Schädel anstelle der eingebüßten Knochen, der Zähne und anderer Kleinigkeiten … Ich hab meinen Taschenrechner rausgeholt und berechnet, wie viel es kostet, sich sämtliche Knochen ersetzen zu lassen. Eine Million siebenhunderttausend Dollar. Allerdings vermute ich, dass man bei einem derartigen Großauftrag einen hübschen Rabatt bekommt. Zwanzig, dreißig Prozent. Und wenn du die Ärzte noch überzeugen kannst, dass das gute Reklame ist, brauchst du nicht mehr als eine halbe Million hinzublättern!«

»Wozu?«, fragte ich. Dank dem Friseur konnten sich mir die Haare nicht mehr sträuben – es war einfach nichts mehr da.

»Das ist doch interessant!«, erklärte Lass. »Stell dir vor, du musst einen Nagel einhauen! Du holst aus und schlägst mit der

Faust auf den Nagel! Der dringt in den Beton ein! Titanknochen! Oder jemand versucht, dich zu verprügeln ... Sicher, es gibt noch einige Mängel. Auch mit den künstlichen Organen sieht es nicht gut aus. Aber die Richtung, in die der Fortschritt geht, freut mich.«

Er goss uns noch einmal ein.

»Ich glaube, der Fortschritt geht in eine andere Richtung«, versuchte ich meine Taktik zu ändern. »Man müsste die Möglichkeiten des Organismus besser nutzen. Was in uns steckt, ist doch ganz erstaunlich! Telekinese, Telepathie ...«

Lass setzte eine bedripste Miene auf. So gucke ich auch aus der Wäsche – wenn ich es mit einem Idioten zu tun habe.

»Kannst du meine Gedanken lesen?«, fragte er.

»Jetzt nicht«, gab ich zu.

»Ich glaube, wir brauchen hier keine neuen Fähigkeiten zu ersinnen«, erklärte Lass. »Alles, was der Mensch kann, ist seit langem bekannt. Wenn die Menschen Gedanken lesen, levitieren und ähnlichen Unsinn vollbringen könnten, wäre das längst bewiesen.«

»Wenn ein Mensch plötzlich solche Fähigkeiten besitzt, wird er sie vor seiner Umwelt verbergen«, entgegnete ich und beobachtete Lass durchs *Zwielicht*. »Wenn er wirklich so etwas wie ein Anderer wäre, würde er den Neid und die Furcht seiner Umwelt heraufbeschwören.«

Lass ließ nicht die geringste Nervosität erkennen. Nur Skepsis.

»Aber würde dieser Wunderknabe nicht dafür sorgen wollen, dass seine geliebte Frau und die Kinder die gleichen Fähigkeiten hätten? Mit der Zeit würden sie uns als biologische Art verdrängen.«

»Und wenn diese besonderen Fähigkeiten nicht vererbt werden könnten?«, fragte ich. »Oder nicht unbedingt. Oder wenn es unmöglich wäre, sie einem anderen zu vermitteln? Dann würden die Menschen und die Anderen unabhängig voneinander existieren. Wenn es nicht viele dieser Anderen gibt, würden sie sich vor ihrer Umwelt verstecken ...«

»Ich glaube, du meinst eine zufällige Mutation, die zu übersinnlichen Fähigkeiten führt«, vermutete Lass. »Doch wenn diese Mutation zufällig und rezessiv ist, braucht sie uns nicht zu interessieren. Aber die Titanknochen kann man sich schon heute einsetzen lassen!«

»Na toll!«, schnaubte ich.

Wir tranken auf ex. »Trotz allem hat unsere Situation was!«, meinte Lass verträumt. »Ein riesiges leeres Haus! Hundert Wohnungen, und nur neun Leute, die hier wohnen ... wenn du dich dazurechnest. Was könnte man hier nicht alles machen! Da bleibt dir die Spucke weg! Was für einen Film könnte man hier drehen! Oder stell dir mal einen Videoclip vor: ein luxuriöses Interieur, leere Restaurants, tote Waschsalons, rostende Fitnessgeräte und kalte Saunen, leere Schwimmbecken und unter einer Decke dahinvegetierende Tische im Casino. Durch all diese Pracht schlendert eine junge Frau. Schlendert und singt. Egal was.«

»Drehst du Clips?«, hakte ich nach.

»Nö ...« Lass runzelte die Stirn. »Na ja ... einmal habe ich einer bekannten Punkgruppe geholfen, ein Video zu machen. Erst wurde es auf MTV gezeigt, dann aber verboten.«

»Was war denn an dem so schrecklich?«

»Nichts weiter«, sagte Lass. »Ein stinknormales Lied, nichts, was zensiert werden müsste. Es ging sogar um Liebe. Das Video war komisch. Wir haben es in einem Krankenhaus für Personen mit Störungen im Bewegungsapparat gedreht. Haben Stroboskope in einem Saal aufgestellt, das Volkslied *He, Kosak, he, Kosak, wo ist dein Pferd geblieben?* angestellt und die Patienten gebeten zu tanzen. Das haben sie dann gemacht. Unter den Stroboskopen. So gut sie konnten. Dann haben wir auf diese Bilder eine neue Tonspur gelegt. War wirklich sehr stilvoll. Aber zeigen durften wir das nicht. War irgendwie nicht angesagt.«

Ich stellte mir die Videospur vor und erschauerte.

»Clips sind nicht meine Stärke«, gab Lass zu. »Auch als Musiker tauge ich nicht viel ... Einmal wurde ein Song von mir im Radio gespielt, spät nachts, in einer Sendung für alle möglichen Looser. Was glaubst du, was da passiert ist? Ein bekannter Komponist rief beim Radio an, um zu sagen, dass er sein ganzes Leben lang versucht habe, den Menschen mit seinen Liedern das Gute und Ewige nahe zu bringen, aber dieser eine Song mache sein ganzes Lebenswerk zunichte ... Du hast doch schon ein Lied von mir gehört. Bist du danach ein schlechter Kerl geworden?«

»Meiner Meinung nach hat das Lied sich lustig gemacht«, sagte ich. »Über die schlechten Kerle.«

»Danke«, meinte Lass traurig. »Aber das ist die Krux: dass viele das gar nicht kapieren. Die glauben, das ist alles ernst.«

»Dann sind sie Idioten«, versuchte ich den verkannten Barden zu trösten.

»Aber sie sind in der Mehrheit«, rief Lass aus. »Und die Kopfprothesen sind noch nicht ausgereift ...«

Er griff nach der Flasche, goss Wodka ein. »Komm vorbei, wenn du wieder pinkeln musst«, forderte er mich auf. »Nur keine falsche Scham. Außerdem werde ich dir noch den Schlüssel von einer Wohnung im vierzehnten Stock geben. Die ist leer, hat aber Klos.«

»Hat denn der Besitzer nichts dagegen?«, grinste ich.

»Dem ist jetzt alles egal. Und die Erben kriegen's nicht fertig, die Bude unter sich aufzuteilen.«

Drei

Um vier Uhr morgens kehrte ich in meine Wohnung zurück. Leicht betrunken, aber erstaunlich entspannt. Derart andere *Menschen* trifft man schließlich selten. Die Arbeit in der Wache erzieht dich in gewisser Weise dazu, pauschal zu denken. Der raucht nicht, der trinkt nicht, also ist er ein guter Junge. Aber der flucht, also ist er schlecht. Und wie man es auch dreht und wendet, uns interessieren nun mal in erster Linie die guten, unsere Stütze, während die schlechten eine potenzielle Basis für die Dunklen darstellen.

Darüber vergessen wir dann gern, wie unterschiedlich Menschen sein können.

Der Barde wusste nichts von den Anderen. Da war ich mir absolut sicher. Und wenn es mir gelingen würde, mit jedem Mieter im Assol so die halbe Nacht lang zusammenzuhocken, dann könnte ich mir von jedem einzelnen ein genaues Bild machen.

Allerdings gab ich mich dieser Illusion gar nicht erst hin. Nicht jeder würde mich reinbitten, nicht jeder würde über Gott und die Welt plaudern. Von den zehn Mietern abgesehen, gab es noch Hunderte von Menschen, die hier arbeiteten: Security-Leute, Installateure, Handwerker, Buchhalter. Niemals könnte ich die in absehbarer Zeit alle überprüfen!

Nachdem ich geduscht hatte – in der Duschkabine hing ein komischer Schlauch, aus dem Wasser plätscherte –, kam ich in mein einziges Zimmer. Ich musste schlafen ... Morgen früh würde ich mir dann einen neuen Plan überlegen.

»Hallo, Anton«, klang es vom Fenster herein.

Ich erkannte die Stimme. Sofort fühlte ich mich beklommen.

»Guten Abend, Kostja«, erwiderte ich. *Guten Abend,* das klang irgendwie unangemessen. Aber einem Vampir einen »Schlechten Abend« zu wünschen wäre noch dümmer gewesen.

»Kann ich reinkommen?«, fragte Kostja.

Ich trat ans Fenster. Kostja saß, mit dem Rücken zu mir, auf dem Fensterbrett und baumelte mit den Beinen. Er war splitterfasernackt. Als wolle er mir beweisen: Ich bin nicht die Fassade hochgeklettert, sondern als riesige Fledermaus an dein Fenster geflogen gekommen.

Ein Hoher Vampir. Mit Anfang zwanzig.

Ein fähiger Junge ...

»Lieber nicht«, lehnte ich ab.

Kostja nickte, fing keinen Streit an. »Anscheinend sind wir auf denselben Fall angesetzt.«

»Ja.«

»Gut.« Kostja drehte sich zu mir um. Lächelte mit weißen Zähnen. »Ich freu mich, dass wir zusammenarbeiten. Aber du hast Angst vor mir, oder?«

»Nein.«

»Ich habe jede Menge gelernt«, prahlte Kostja. Genau wie damals, als er noch ein Kind gewesen war und verkündet hatte: »Ich bin ein schrecklicher Vampir! Ich werde lernen, mich in eine Fledermaus zu verwandeln! Ich werde fliegen lernen!«

»Du hast gar nichts gelernt«, korrigierte ich ihn. »Du hast bloß jede Menge gestohlen.«

»Das sind Wortklaubereien.« Kostja runzelte die Stirn. »Das ist nur eines der üblichen Wortspiele von euch Lichten. Ihr habt mir etwas angeboten, und ich habe es genommen. Irgendwas dagegen?«

»Wir wollen uns doch nicht streiten, oder?«, fragte ich. Und hob die Hand, wobei ich mit den Fingern das Zeichen des Aton andeutete, das gegen alle Untoten feien soll. Schon lange wollte ich mal ausprobieren, ob die alten nordafrikanischen Zauber bei den russischen Dämonen von heute wirken.

Ängstlich starrte Kostja auf das unvollendete Zeichen. Entweder wusste er davon, oder Kraft stürmte auf ihn ein. »Darfst du denn deine Tarnung aufgeben?«, fragte er.

Wütend senkte ich die Hand. »Nein. Aber ich kann doch wohl ein Risiko eingehen.«

»Das ist nicht nötig. Du brauchst nur ein Wort zu sagen, dann geh ich. Aber wo wir schon denselben Fall bearbeiten ..., sollten wir miteinander reden.«

»Dann rede«, forderte ich ihn auf und zog einen der Hocker ans Fenster.

»Du lässt mich also nicht rein?«

»Ich möchte nachts nicht allein mit einem nackten Mann erwischt werden«, erklärte ich grinsend. »Wer weiß, was die Leute dann denken. Schieß los.«

»Wie gefällt dir der T-Shirt-Sammler?«

Fragend sah ich Kostja an.

»Der aus dem neunten Stock. Er sammelt T-Shirts mit albernen Slogans.«

»Der hat keine Ahnung«, versicherte ich.

»Glaub ich auch.« Kostja nickte. »Acht Wohnungen sind belegt. Bei weiteren sechs tauchen die Mieter ab und an auf. In den übrigen nur äußerst selten. Alle Dauermieter habe ich schon überprüft.«

»Und?«

»Null. Sie wissen nichts von uns.«

Ich erkundigte mich nicht, woher Kostja diese Gewissheit nahm. Immerhin war er ein Hoher Vampir. Die können einem mit der Leichtigkeit eines erfahrenen Magiers ins Bewusstsein eindringen.

»Die übrigen sechs knöpfe ich mir morgen vor«, kündigte Kostja an. »Besondere Hoffnungen mache ich mir aber nicht.«

»Hast du jemanden in Verdacht?«, fragte ich.

Kostja zuckte mit den Schultern. »Jeder, der hier wohnt, hat genug Geld und Einfluss, um für einen Vampir oder einen Tiermenschen von Interesse zu sein. Für einen schwachen, gierigen ... frisch gebackenen Vertreter dieser Spezies. Auf diese Weise können wir den Kreis der Verdächtigen also nicht eingrenzen.«

»Wie viele frisch gebackene niedere Dunkle gibt es zurzeit in Moskau?«, wollte ich wissen. Und wunderte mich selbst darüber, wie leicht mir die »niederen Dunklen« über die Lippen gingen.

Früher hatte ich nie so von ihnen gesprochen.

Da hatten sie mir leid getan.

Kostja reagierte gelassen auf meine Äußerung. In der Tat: ein Hoher Vampir. Konzentriert. Selbstsicher.

»Nicht sehr viele«, wich er aus. »Aber die werden wir überprüfen, da kannst du ganz beruhigt sein. Alle werden überprüft. Die niederen Anderen, aber auch die Magier.«

»Bringt der Fall Sebulon auf die Palme?«, fragte ich.

»Geser ist auch nicht gerade die Ruhe in Person«, höhnte Kostja. »Das Ganze ist für alle unangenehm. Nur du nimmst die Sache auf die leichte Schulter.«

»Mir ist nicht klar, was daran so schlimm sein soll«, gestand ich. »Es gibt Menschen, die bereits von unserer Existenz wissen. Nur wenige, aber immerhin. Ein Mensch mehr oder weniger – das ändert doch nichts. Wenn er anfängt, Lärm zu schlagen, finden wir ihn im Handumdrehen und erklären ihn für psychisch krank. So was hat es ...«

»Und wenn er ein Anderer wird?«, fragte Kostja scharf.

»Dann gibt es einen Anderen mehr.« Ich zuckte mit den Achseln.

»Wenn er aber weder ein Vampir noch ein Tiermensch, sondern ein richtiger Anderer wird?« Kostja bleckte die Zähne zu einem Lächeln. »Ein echter? Egal, ob nun ein Lichter oder ein Dunkler ...«

»Dann gibt es einen Magier mehr«, wiederholte ich nur.

»Hör mir mal zu, Anton«, sagte Kostja kopfschüttelnd. »Ich mag dich. Immer noch. Aber manchmal kann ich mich nur wundern, wie naiv du bist ...«

Er streckte sich. An seinen Armen wuchs ein kurzhaariges Fell, seine Haut dunkelte ein und verlor ihre Glätte.

»Nimm dir die Angestellten der Mieter vor«, riet er mit feiner, durchdringender Stimme. »Wenn du etwas witterst, ruf mich.«

Er wandte mir das in der Transformation verzerrte Gesicht zu. »Weißt du, Anton«, meinte er und lächelte abermals. »Nur wenn ein Lichter so naiv ist, kann ein Dunkler mit ihm befreundet sein ...«

Daraufhin sprang er nach unten. Schwer schlugen seine ledernen Flügel. Eine etwas unbeholfene, aber dennoch schnelle, gigantische Fledermaus flog in die Nacht davon.

Auf dem Fensterbrett schimmerte das weiße Rechteck einer Visitenkarte. Ich nahm sie auf. »Konstantin. Wissenschaftliches Forschungsinstitut für Blutprobleme. Wissenschaftlicher Mitarbeiter« las ich.

Dann folgten die Telefonnummern: dienstlich, privat, Handy. Die Nummer zu Hause kannte ich, denn Kostja lebte immer noch bei seinen Eltern. Die Familienbande von Vampiren sind allgemein sehr eng.

Woran hatte er gedacht?

Warum diese Panik?

Ich schaltete das Licht aus, streckte mich auf der Matratze aus und starrte auf die grau schimmernden Quadrate der Fenster.

»Wenn er ein richtiger Anderer wird ...«

Wie entstehen Andere? Niemand weiß das. Eine zufällige Mutation, wie Lass es ausgedrückt hat. Das traf es genau. Du wirst als Mensch geboren, lebst ein ganz normales Leben ... bis dann ein Anderer in dir die Fähigkeit erspürt, ins *Zwielicht* einzutreten und dort Kraft zu schöpfen. Danach »lenken« sie dich dann. Behutsam, mit Bedacht bringen sie dich in die nötige Geistesverfassung, damit du in einem Moment starker emotionaler Erregung deinen Schatten ansiehst – diesmal mit anderen Augen. Sodass du siehst, wie er gleich einem schwarzen Fetzen vor dir liegt, wie ein Vorhang ... den du zu dir heranziehen und beiseite schieben kannst, um in eine andere Welt einzutreten.

In die Welt der Anderen.

Ins *Zwielicht*.

Und davon, wie du das erste Mal ins *Zwielicht* eintrittst – fröhlich und gut oder unglücklich und böse – hängt ab, was du wirst. Welche Kraft du zukünftig aus dem *Zwielicht* schöpfst – das wiederum die Kraft aus den gewöhnlichen Menschen heraussaugt.

»Wenn er ein richtiger Anderer wird ...«

Es gibt immer die Möglichkeit, jemandem die Initiierung aufzuzwingen. Jedoch um den Preis des Lebens, indem man ihn in eine lebendige Leiche auf zwei Beinen verwandelt. Ein Mensch kann ein Vampir oder ein Tiermensch werden – und wäre gezwungen, seine Existenz durch Menschenleben aufrechtzuerhalten. Daher können nur Dunkle diesen Weg gehen ... Und selbst sie lieben ihn nicht besonders.

Aber wenn man tatsächlich zum Magier werden konnte?

Wenn es für jeden x-beliebigen Menschen die Möglichkeit gab, sich in einen Anderen zu verwandeln? Ein langes, ein sehr langes Leben zu erhalten, in dem ihnen die ungewöhnlichsten Wege offen standen? Das würden viele wollen, ohne Zweifel.

Wir selbst hätten ja auch gar nichts dagegen. Es gäbe so viele Menschen, die es wert wären, Lichte zu werden!

Nur würden dann auch die Dunklen anfangen, ihre Reihen aufzustocken ...

Plötzlich fiel es mir wie Schuppen von den Augen. Das Unglück bestand nicht darin, dass jemand den Menschen unser Geheimnis enthüllte. Das Unglück bestand nicht in der Lücke im System. Nicht darin, dass der Verräter die Adresse der Inquisition kannte.

Sondern darin, dass dies eine neue Phase in einem ewigen Krieg einleitete!

Seit Jahrhunderten sind die Lichten und die Dunklen nun durch den Großen Vertrag gebunden. Wir dürfen unter den Menschen die Anderen suchen, dürfen sie auf die jeweilige Seite ziehen, die Seite, die wir für die richtige halten. Aber wir sind gezwungen, Tonnen von Sand zu sieben, um ein Goldkorn zu finden. Auf diese Weise wird das Gleichgewicht gewahrt.

Und plötzlich tut sich die Möglichkeit auf, Tausende, Millionen von Menschen auf einen Schlag in Andere zu verwandeln.

Eine Fußballmannschaft holt sich den Pokal – und Zehntausende jubelnder Fans bekommen einen magischen Schlag, der sie in Lichte verwandelt.

Parallel dazu gibt die Tagwache den Anhängern der besiegten Mannschaft einen Befehl – und diese verwandeln sich in Dunkle.

Das schwirrte Kostja im Hinterkopf. Die gewaltige Versuchung, mit einem Mal das Gleichgewicht zugunsten der eigenen Seite zu verschieben. Natürlich können sowohl die Dunklen als auch wir die Folgen eines solchen Schritts abschätzen. Natürlich würden beide Seiten neue Bestimmungen in den Vertrag aufnehmen und für die Initiierung von Menschen akzeptable Grenzen abstecken. So wie die USA und die UdSSR das Wettrüsten bei Atomwaffen einschränken konnten ...

Ich schloss die Augen und schüttelte den Kopf. Semjon hatte mir mal erzählt, das Wettrüsten sei gestoppt worden, als eine ultimative Waffe gefunden worden war. Zwei – mehr waren dazu nicht nötig – thermonukleare Sprengkörper, die eine selbstständig weiterlaufende Kettenreaktion der Kernfusion hervorrufen würden. Die amerikanische Bombe war in Texas stationiert, die russische in Sibirien. Es brauchte nur eine gezündet zu werden, und der ganze Planet würde sich in einen Feuerball verwandeln.

Dass uns ein solches Vorgehen nicht gefällt, steht hier nicht zur Debatte. Allerdings wird eine Waffe, die nie eingesetzt werden darf, auch nie funktionieren. Die Präsidenten müssen das nicht unbedingt wissen, schließlich sind sie nur Menschen ...

Ob die Chefs der Wachen vergleichbare »magische Bomben« haben? Und die Inquisition, in das Geheimnis eingeweiht, deshalb so grimmig auf die Einhaltung des Vertrags achtet?

Vielleicht.

Trotzdem wäre es besser, wenn man normale Menschen nicht initiieren könnte ...

Selbst im Halbschlaf zuckte ich schmerzlich vor meinen eigenen Gedanken zurück. Sollte das heißen, dass ich anfing, wie ein echter Anderer zu denken? Es gibt die Anderen, und es gibt Menschen. Letztere sind zweitrangig. Nie werden sie ins *Zwielicht* eintreten können, nie werden sie länger als hundert Jahre leben. Da ist nichts zu machen ...

Ja, genau so dachte ich allmählich. Einen guten Menschen mit Anlagen zum Anderen zu finden, ihn auf unsere Seite zu ziehen, das ist ein pures Vergnügen. Aber durchweg aus allen Andere zu machen wäre kindisch, gefährlich und verantwortungslos.

Ich hatte Grund, stolz zu sein. Keine zehn Jahre hatte ich gebraucht, um endgültig aufzuhören, ein Mensch zu sein.

Mein Morgen begann mit der Erkundung der Geheimnisse der Dusche. Mein Verstand trug den Sieg über das seelenlose Metall davon, ich duschte, sogar bei Musik, und stellte mir dann ein Frühstück aus Zwieback, Wurst und Joghurt zusammen. Durch den Sonnenschein stieg meine Laune gleich, ich setzte mich aufs Fensterbrett und frühstückte mit Blick auf die Moskwa. Aus irgendeinem Grund fiel mir ein, dass Kostja zugegeben hatte, Vampire könnten nicht in die Sonne gucken. Sonnenlicht verbrannte sie nicht, sie mochten es einfach nicht.

Allerdings hatte ich keine Zeit, lange über das traurige Schicksal meiner alten Bekannten nachzugrübeln. Ich musste jemanden suchen. Aber wen? Einen Anderen, der zum Verräter geworden war? Da befand ich mich nicht gerade in der besten Ausgangsposition. Seinen menschlichen Auftraggeber? Eine lange und mühevolle Angelegenheit.

Gut, beschloss ich, gehen wir nach den strengen Gesetzen des klassischen Kriminalromans vor. Was haben wir in der Hand? Einen Hinweis. Einen Brief, der aus dem Assol abgeschickt worden ist. Was bringt uns das? Nichts! Es sei denn, jemand hat gesehen, wer den Brief vor drei Tagen eingesteckt hat. Die Chancen, dass er sich daran erinnerte, standen natürlich nicht gerade gut ...

Ich Idiot! Ich schlug mir sogar gegen die Stirn. Natürlich denkt ein Anderer nicht an die moderne Technik, denn die Anderen lieben komplizierte Technik nicht. Aber ich bin immerhin ein Computerfreak!

Das gesamte Territorium des Assol wird durch Videokameras überwacht!

Ich zog meinen Anzug an und band mir die Krawatte um. Bespritzte mich mit dem Eau de Cologne, das Ignat gestern für mich ausgesucht hatte. Steckte das Handy in die Innentasche ... »Nur kleine Jungs und Verkäufer tragen das Handy am Gürtel!« So hatte Geser es mir beigebracht.

Das Handy war auch neu, ungewohnt. Mit irgendwelchen Spielen, eingebautem Player, einem Diktiergerät und weiterem in einem Telefon absolut überflüssigem Kram.

In der angenehm kühlen Stille des funkelnagelneuen Otis fuhr ich ins Vestibül hinunter. Und stieß als Erstes auf meinen nächtlichen Bekannten. Der jetzt noch seltsamer aussah ...

Lass, in einem neuen Blaumann mit dem stolzen Aufdruck »Assol« auf dem Rücken, erklärte einem bedripsten älteren Mann, der genau so einen Overall trug, etwas. »Das ist kein Besen, verstehst du das denn nicht?«, klang es zu mir herüber. »Da ist ein Computer, der dir das Niveau der Verschmutzung des Asphalts anzeigt und dir sagt, welchen Druck das Spülwasser haben muss ... Ich zeig's dir einfach ...«

Meine Beine trugen mich den beiden von selbst hinterher.

Vor dem Hauseingang standen zwei grell orangefarbene Kehrfahrzeuge. Mit Wasserbehälter, Tellerbürsten und kleiner Glaskabine für den Fahrer. Die Wagen beschworen die Erinnerung an ein Spielzeug herauf, als kämen sie direkt aus einem Märchenland, wo kleine Jungen und Mädchen fröhlich ihre Miniaturboulevards säuberten.

Geschickt kroch Lass in das Fahrerhäuschen eines der Wagen, der ältere Mann zwängte sich ebenfalls halb hinein. Er ließ sich von Lass etwas erklären, nickte und ging zu dem zweiten orangefarbenen Fahrzeug.

»Wenn du eine ruhige Kugel schieben willst, solltest du dein Leben lang irgendwo schwarz als Hausmeister arbeiten!«, vernahm ich Lass' Worte. Sein Fahrzeug setzte sich in Bewegung, die Bürsten kreisten munter, und er drehte seine Runden über den Asphalt. Der Hof, ohnehin sauber, nahm im Handumdrehen ein steriles Aussehen an.

Hast du Töne!

Was bedeutete das? Arbeitete Lass als Hausmeister im Assol?

Ich versuchte, mich leise davonzustehlen, um ihn nicht in Verlegenheit zu bringen. Doch Lass hatte mich bereits entdeckt, winkte mir fröhlich zu und fuhr mir entgegen. Die Bürsten brummten jetzt leiser.

»Einen wunderschönen Morgen!«, rief Lass und steckte den Kopf zum Fenster des Fahrerhäuschens raus. »Willst du's mal probieren?«

»Du arbeitest hier?«, fragte ich. Urplötzlich malte ich mir die phantastischsten Bilder aus: Lass wohnte überhaupt nicht im Assol, sondern hatte sich nur in einer der vorübergehend leeren Wohnungen eingenistet. Schließlich würde jemand, dem in einem solchen Luxusschuppen eine Wohnung gehörte, nicht den Hof kehren!

»Ich verdien mir was zu«, erklärte Lass ruhig. »Das ist ziemlich cool, musst du wissen! Morgens fährst du ein Stündchen über den Hof, als Frühsport sozusagen – und dafür bekommst du auch noch Geld. Und zwar nicht zu wenig!«

Ich hüllte mich in Schweigen.

»Gefallen dir die Sachen beim Rummel?«, fragte Lass. »Diese Skooter, bei denen du für drei Minuten zehn Dollar zahlst? Und hier kriegst du sogar noch was dafür. Für dein eigenes Vergnügen. Oder nehmen wir mal die Computerspiele ... Du sitzt da, fuhrwerkst mit dem Joystick herum ...«

»Alles hängt davon ab, ob sie dich zwingen, den Zaun zu streichen ...«, murmelte ich.

»Eben!«, triumphierte Lass. »Mich zwingt niemand. Mir macht es Spaß, den Hof zu fegen. Genau wie damals Lew Tolstoi das Heumähen. Nur muss mir niemand hinterherfegen, im Unterschied zum Grafen, bei dem die Bauern immer noch mal nachschneiden mussten ... Ich bin hier eh gut angesehen und bekomme regelmäßig eine Prämie. Was ist nun, willst du 'ne Runde drehen? Ich kann dir übrigens auch was organisieren, wenn du willst. Professionelle Hausmeister kommen mit dieser Technik einfach nicht klar.«

»Ich denk drüber nach«, antwortete ich und beäugte die Bürsten, die sich munter drehten, das Wasser, das aus vernickelten Düsen spritzte, das funkelnde Fahrerhäuschen. Wer von uns wollte als kleiner Junge nicht den Wagen fahren, mit dem der Rasen gesprengt wurde? Damals, in der frühen Kindheit, als wir noch nicht davon träumten, Banker oder Killer zu werden ...

»Überleg's dir, ich muss mich jetzt wieder an die Arbeit machen«, meinte Lass aufgeräumt. Der Wagen fuhr über den Hof, fegend, waschend, Dreck aufsaugend. Aus dem Fahrerhäuschen schallte es herüber:

Von Hausmeistern und Aufpassern eine ganze Generation
In den Weiten eines endlosen Winters ging einander
verlor'n ...
Ein jeder stürmte davon, zurück in sein Haus.

In unsrer Zeit, wo jeder Dritte wird zum Held erkor'n
Lassen sie die Finger vom Feuilleton
Schicken sie keine Telegramme in die Welt hinaus ...

Leicht perplex kehrte ich zurück ins Vestibül. Von den Security-Leuten erfuhr ich, wo sich die Postabteilung des Assol befand. Dorthin ging ich. Die Post war offen. In einem gemütlichen Saal langweilten sich drei junge Frauen, hier stand auch ebenjener Kasten, in den besagter Brief gesteckt worden war.

Unter der Decke flimmerten die Augen der Videokameras.

Alles in allem könnten auch wir ein paar professionelle Ermittler gut gebrauchen. Die wären sofort auf diesen Gedanken gekommen.

Ich kaufte eine Ansichtskarte mit einem hüpfenden Küken im Brutkasten und dem Aufdruck: »Ich vermisse meine Familie!«Nicht gerade lustig, aber ich wusste die Adresse von dem Dorf, in dem meine Familie Urlaub machte, sowieso nicht auswendig. Deshalb schickte ich die Karte mit einem hämischen Grinsen Geser nach Hause: seine Adresse kannte ich.

Ich unterhielt mich ein bisschen mit den Frauen. In einem derart elitären Haus zu arbeiten verlangte ohnehin, dass sie freundlich auftraten. Außerdem langweilten sie sich. Danach verließ ich die Post.

Und ging in die Sicherheitsabteilung im Parterre.

Hätte ich das Recht gehabt, auf meine Fähigkeiten als Anderer zurückzugreifen, hätte ich dem Security-Mann einfach Sympathie für mich eingeflößt und mir damit Zugang zu allen Videocassetten verschafft. Aber ich durfte meine Tarnung nicht aufgeben. Weshalb ich beschloss, den universellsten aller Sympathieheraufbeschwörer einzusetzen: Geld.

Von dem mir ausgehändigten Geld nahm ich hundert Dollar in Rubeln – mehr brauchte ich doch wohl nicht, oder? Damit ging ich ins Zimmer der Security-Leute, wo sich ein junger Mann in streng geschnittener Uniform langweilte.

»Guten Tag!«, begrüßte ich ihn mit freudestrahlendem Lächeln.

Mit seiner ganzen Miene drückte der Security-Mann seine uneingeschränkte Zustimmung zu meiner Einschätzung des heutigen Tages aus. Ich schielte zu den Monitoren vor ihm hinüber, mindestens ein Dutzend Videokameras übermittelten hier ihre Bilder. Vermutlich könnte er jeden x-beliebigen Moment wiederholen. Wenn das Ganze auf einer OAW gespeichert wurde (und wo sonst?), brauchten die Aufzeichnungen der letzten drei Tage noch nicht ins Archiv gewandert zu sein.

»Ich habe ein Problem«, erklärte ich. »Gestern habe ich einen komischen Brief bekommen ...« Ich zwinkerte. »Von einer Frau. Soweit ich es verstanden habe, wohnt sie auch hier.«

»Einen Drohbrief?«, hakte der Mann nach.

»Nein, nein«, beschwichtigte ich ihn. »Ganz im Gegenteil ... Aber die geheimnisvolle Unbekannte möchte ihr Inkognito wahren. Ob ich wohl mal sehen könnte, wer hier vor drei Tagen einen Brief abgeschickt hat?«

Der Security-Mann dachte nach.

Und dann verdarb ich alles. Indem ich das Geld auf den Tisch legte. Und lächelnd »Ich wäre Ihnen sehr dankbar ...« sagte.

Sofort erstarrte der Mann. Dann musste er mit dem Fuß auf einen Knopf gedrückt haben.

Zehn Sekunden später kamen zwei seiner Kollegen herein – ausgesprochen höfliche Männer, was sich bei ihrer massiven Statur recht komisch ausnahm –, die mich aufforderten, sie zu ihrem Chef zu begleiten.

Es gibt eben doch einen Unterschied – einen gewaltigen sogar – zwischen Staatsbeamten und einem privaten Security-Service ...

Ob sie mich auch mit Gewalt zu ihrem Chef bringen würden? Wäre interessant, das einmal herauszukriegen. Schließlich handelt es sich bei ihnen nicht um die Miliz. Am Ende zog ich es aber doch vor, die Situation nicht noch weiter eskalieren zu lassen, und schloss mich dem Zivilkonvoi an.

Der Chef der Security-Leute, ein älterer Mann, der ganz klar aus dem KGB oder der Miliz hervorgegangen war, schaute mich vorwurfsvoll an.

»Was haben Sie sich denn dabei gedacht, Herr Gorodezki ...«, meinte er, während er den Ausweis, der mich berechtigte, das Gelände des Assol zu betreten, in den Fingern hin und her drehte. »Wir sind doch keine staatliche Institution ...«

Ich konnte mich des Eindrucks nicht erwehren, dass er nur zu gern meinen Assol-Ausweis zerrissen, einen seiner Männer gerufen und befohlen hätte, mich vom Gelände des elitären Wohnkomplexes zu jagen.

Zu gern hätte ich mich entschuldigt und ihm versichert, dass ich dergleichen nie wieder tun würde. Vor allem, weil es mir in der Tat peinlich war.

Nur war dies der Wunsch des Lichten Magiers Anton Gorodezki, aber nicht der des A. Gorodezki, Besitzer einer kleinen Firma, die mit Milchprodukten handelte.

»Was ist denn eigentlich passiert?«, fragte ich. »Wenn Sie

meine Bitte nicht erfüllen können, dann sagen Sie es doch einfach.«

»Und wozu das Geld?«, antwortete der Chef der Security-Leute mit einer Gegenfrage.

»Was für Geld?«, wunderte ich mich. »Ach ... hat Ihr Mitarbeiter etwa geglaubt, ich biete ihm Geld an?«

Der Security-Chef grinste.

»Ausgeschlossen!«, beteuerte ich. »Ich habe in meiner Tasche nach einem neuen Taschentuch gesucht. Meine Allergie macht mir heute zu schaffen. In meiner Tasche sammelt sich immer allerlei Kleinkram an, den ich erst rausholen musste ... Dann konnte ich mir nicht mal mehr die Nase putzen.«

Anscheinend war das übertrieben.

Der Chef hielt mir mit steinerner Miene meinen Assol-Ausweis hin. »Vergessen wir den Zwischenfall«, schlug er ausgesprochen höflich vor. »Wie Sie verstehen, Herr Gorodezki, ist es Privatpersonen untersagt, die Aufzeichnungen unserer Überwachungskameras einzusehen.«

Ich spürte, dass den Mann hauptsächlich der Ausdruck »allerlei Kleinkram« pikierte. Natürlich nagte hier niemand am Hungertuch. Aber sie schwammen auch nicht dermaßen im Geld, um hundert Dollar »Kleinkram« zu nennen.

»Verzeihen Sie einem alten Dummkopf«, bat ich seufzend und senkte den Kopf. »Ich habe wirklich ... eine Belohnung anbieten wollen. Die ganze Woche bin ich zu Behörden gerannt, um meine Firma neu registrieren zu lassen ... da muss das eine Art Reflex gewesen sein.«

Mit forschendem Blick sah mich der Chef der Security-Leute an. Schien ein wenig einzulenken.

»Meine Schuld«, bekannte ich. »Aber die Neugier hat mich einfach gepackt. Glauben Sie mir, ich habe die halbe Nacht nicht geschlafen, weil ich darüber nachgegrübelt habe ...«

»Dass Sie nicht geschlafen haben, sehe ich«, versicherte der

Mann mit einem Blick auf mich. Und dann hielt er es nicht mehr aus. Die Neugier im Menschen ist einfach nicht totzukriegen. »Was wollen Sie denn nun eigentlich wissen?«

»Meine Frau ist mit meiner kleinen Tochter auf der Datscha«, berichtete ich. »Ich bin verdonnert worden, mich hier um tausenderlei Dinge zu kümmern und aufzupassen, dass die Handwerker endlich fertig werden ... Und dann bekomme ich plötzlich diesen Brief. Einen anonymen Brief. Geschrieben von einer Frau. Und in dem Brief ... nun, wie soll ich Ihnen das erklären ... ein Kilo Koketterie und ein halbes Kilo Versprechungen. Stellen Sie sich das doch mal vor: Eine schöne Unbekannte träumt davon, Sie kennen zu lernen, wagt es aber nicht, den ersten Schritt zu machen. Wenn ich die Augen offen halte und rausbekommen würde, von wem der Brief ist, dann bräuchte ich nur noch auf sie zuzugehen ...«

In den Augen meines Gegenübers funkelte ein belustigtes Feuerchen auf. »Und Ihre Frau ist auf der Datscha?«, wollte er wissen.

»Ja«, nickte ich. »Sie dürfen nicht glauben ... ich habe keine ernsthaften Absichten. Ich will nur wissen, wer die Unbekannte ist.«

»Haben Sie den Brief dabei?«, wollte der Security-Chef wissen.

»Den habe ich gleich weggeworfen«, gestand ich. »Nachher sieht meine Frau ihn noch ... Und dann soll mal einer beweisen, dass da absolut nichts gewesen ist.«

»Wann ist er abgeschickt worden?«

»Vor drei Tagen. Von hier, von unserer Postfiliale aus.«

Der Mann dachte nach.

»Der Kasten dort wird einmal am Tag geleert. Abends«, erklärte ich. »Ich glaube nicht, dass viele Leute die Post benutzen. Vielleicht fünf, sechs pro Tag ... Wenn ich mir nur mal anschauen könnte ...«

Der Mann schüttelte den Kopf. Grinste.

»Ich verstehe ja, dass es nicht geht«, räumte ich traurig ein. »Aber vielleicht könnten Sie sich dann einmal alles ansehen? Vielleicht war da ja gar keine Frau. Möglicherweise erlaubt sich mein Nachbar einen Scherz mit mir. Er ist ... ein sehr alberner Mensch.«

»Etwa der aus dem neunten Stock?« Der Security-Chef verzog das Gesicht.

Ich nickte. »Schauen Sie sich doch mal alles an ... Sagen Sie mir einfach, ob da eine Frau war oder nicht ...«

»Dieser Brief kompromittiert Sie doch, oder?«, wollte der Mann wissen.

»In gewisser Weise schon«, bestätigte ich. »Gegenüber meiner Frau.«

»Damit haben Sie einen triftigen Grund, die Aufzeichnung anzusehen«, beschloss der Security-Chef.

»Vielen Dank!«, rief ich. »Vielen herzlichen Dank!«

»Sehen Sie, so einfach kann das gehen«, entgegnete der Mann, nachdem er nach einer Kunstpause auf einen Knopf an der Tastatur für seinen Computer gedrückt hatte. »Und Sie wedeln mit Geld ... Damit sind Sie zu Sowjetzeiten durchgekommen ... aber jetzt ...«

Ich konnte mich nicht mehr beherrschen, erhob mich und stellte mich hinter ihn. Der Mann hatte nichts dagegen. Das Jagdfieber hatte ihn gepackt – anscheinend brachte er sich auf dem Gelände des Assol nicht gerade um vor Arbeit.

Auf dem Bildschirm erschien das Bild der Postfiliale. Zunächst aus einer Ecke, sodass hervorragend zu erkennen war, was die Angestellten gerade taten. Dann aus einer anderen, mit Blick auf den Eingang und den Briefkasten.

»Montag. Acht Uhr«, verkündete der Security-Chef feierlich. »Wie jetzt weiter? Wollen Sie zwölf Stunden auf den Bildschirm starren?«

»Ach ja ...« Ich spielte den Enttäuschten. »Daran habe ich gar nicht gedacht.«

»Dann drücken wir doch mal auf diesen Knopf ... nein, auf diesen hier ... Und was sehen wir dann?«

Das Bild wackelte leicht.

»Was denn?«, fragte ich, als hätte ich für unser Büro nicht ein analoges System durchgesetzt.

»Der Bewegungssucher!«, rief der Security-Chef triumphierend aus.

Zum ersten Mal tat sich etwas um halb zehn. Ein orientalisch aussehender Arbeiter betrat die Post. Und gab einen ganzen Stapel Briefe auf.

»Das ist wohl nicht Ihre Unbekannte?«, stichelte der Security-Mensch. »Er gehört zu den Bauarbeitern im zweiten Block«, erklärte er mir dann. »Die schicken dauernd Briefe nach Taschkent ...«

Ich nickte.

Der zweite Besucher kam um Viertel nach eins. Ein mir unbekannter Mann, der höchst solide wirkte. Ihm folgte ein Bodyguard.

Der Mann steckte keinen Brief ein. Überhaupt verstand ich nicht, was er auf der Post wollte: vielleicht die jungen Frauen beglotzen oder das Territorium des Assol erkunden.

Beim Dritten handelte es sich um Lass!

»Ach nee!«, rief der Security-Mann. »Ist das nicht Ihr Spaßvogel von Nachbar? Der nachts seine Liedchen schmettert?«

Was bin ich bloß für ein miserabler Ermittler ...

»Ja!«, flüsterte ich. »Sollte er wirklich ...«

»Gut, sehen wir mal weiter«, erbarmte sich mein Gegenüber.

Danach, nach einer zweistündigen Mittagspause, strömten etliche Leute herein.

Drei weitere Mieter steckten Briefe ein. Alles Männer, die sehr seriös wirkten.

Dann eine Frau. Von etwa siebzig Jahren. Kurz vor Feierabend. Eine dicke Alte in prachtvollem Kleid und mit riesigen, geschmacklosen Perlen. Dünnes silbergraues dauergewelltes Haar.

»Die doch wohl nicht?«, feixte der Mann. Er stand auf und klopfte mir auf die Schulter. »Und? Ob es noch etwas bringt, weiter nach der geheimnisvollen Flirterin zu suchen?«

»Ist schon alles klar«, entgegnete ich. »Da hat sich jemand einen Spaß erlaubt!«

»Halb so wild, ein Späßchen hat noch niemandem geschadet«, philosophierte der Mann. »Aber eine Bitte habe ich noch an Sie ... Sehen Sie doch zukünftig bitte von zweideutigen Gesten ab. Legen Sie kein Geld auf den Tisch, wenn Sie nicht vorhaben, jemanden zu bestechen.«

Ich ließ den Kopf hängen.

»Wir selbst sind es, die die Menschen verderben«, meinte der Security-Mann bitter. »Verstehen Sie das? Wir selbst! Wir bieten einmal Geld an, zweimal ... und beim dritten Mal verlangt man es von uns. Dann geht das Lamento los: Was bloß aus den Menschen geworden ist ... Sie sind doch ein guter Mensch! Ein Licht in der Dunkelheit!«

Erstaunt blickte ich den Mann an.

»Doch, doch, ein guter Mensch«, versicherte der Mann. »Dafür habe ich ein Gespür. In zwanzig Jahren bei der Kripo habe ich manches gesehen ... Machen Sie das einfach nicht wieder, ja? Säen Sie um sich herum nicht das Böse aus.«

Es war lange her, dass ich mich das letzte Mal so geschämt hatte.

Einen Lichten Magier darauf hinzuweisen, nichts Böses anzurichten!

»Ich werde mir Mühe geben«, versprach ich. Schuldbewusst schaute ich dem Security-Mann in die Augen. »Vielen Dank für Ihre Hilfe ...«

Der Mann antwortete mit keinem Wort. Seine Augen wurden glasig, rein und leer wie bei einem Baby. Der Mund stand ihm leicht offen. Die Finger hielten die Armlehnen des Sessels gepackt, die Knöchel traten weiß hervor.

Der Gefrierzauber. Nicht schwer, absolut üblich.

Hinter mir stand jemand. Am Fenster. Ich sah ihn nicht, spürte ihn nur mit dem Rücken ...

So schnell ich konnte, sprang ich zur Seite. Dennoch bekam ich den eisigen Atem der Kraft mit, die auf mich gerichtet war. Nein, das war kein Gefrierzauber. Aber etwas Vergleichbares aus dem Repertoire der Vampire. Einer ihrer kleinen Späße.

Die Kraft glitt über mich hinweg. Und entlud sich in dem unglückseligen Security-Mann. Der von Geser gefertigte Schild tarnte mich nicht nur, sondern schützte mich auch!

Ich prallte mit der Schulter gegen die Wand. Gleichzeitig riss ich die Arme nach vorn, hielt aber in letzter Sekunde inne und schlug nicht zu. Blinzelte. Und zog den Schatten meiner Lider vor meine Augen.

Am Fenster stand ein Vampir mit vor Anspannung gebleckten Zähnen. Ein hochgewachsener, mit den Gesichtszügen eines vornehmen Europäers. Ein Hoher Vampir, da gab's keinen Zweifel. Nicht so ein frühreifer wie Kostja. Mindestens dreihundert Jahre alt war er. Und seine Kraft hätte meine ganz bestimmt überstiegen.

Aber nicht Gesers! Dass ich ein Anderer war, konnte der Vampir nicht erkennen. Jetzt brachen all die unterdrückten Instinkte eines Untoten, die Hohe Vampire normalerweise im Zaum halten, aus ihm heraus. Keine Ahnung, was er in mir sah: einen besonderen Menschen, dessen Reaktionsvermögen sich mit dem eines Vampirs messen kann, ein mythisches »Halbblut«, das Kind einer Menschenfrau und eines Vampirmannes, einen nicht weniger phantastischen »Hexer«, der Jagd auf niedere Andere machte. Auf alle Fälle würde der Vampir keine Sekunde zögern, die Zügel schießen zu lassen und alles um sich herum kurz und klein zu schlagen. Sein Gesicht zerfloss – wie Knete, die über die Stirn eines Tierkopfs modelliert ist. Aus dem Oberkiefer ragten nun Eckzähne hervor, an den Fingern wuchsen ihm rasiermesserscharfe Krallen.

Ein rasender Vampir ist etwas Schreckliches.

Schlimmer ist nur noch ein abgeklärter Vampir.

Vor einem Duell mit unklarem Ausgang bewahrten mich meine Reflexe. Ich hielt mich zurück und schlug nicht zu, sondern schrie die traditionelle Formel bei einer Verhaftung heraus: »Nachtwache! Treten Sie aus dem *Zwielicht*!«

»Stopp!«, erklang in diesem Moment eine Stimme von der Tür her. »Das ist einer von uns!«

Erstaunlich, wie schnell sich der Vampir wieder im Griff hatte. Krallen und Eckzähne schrumpften ein, sein Gesicht schwabbelte, als sei es Sülze, während er nach und nach wieder den gefassten, vornehmen Ausdruck eines durch und durch erfolgreichen Europäers annahm. Und an diesen Europäer erinnerte ich mich noch gut: von der ruhmreichen Stadt Prag her, wo es das weltweit beste Bier und die weltweit schönste Gotik der Welt gibt.

»Vítěszlav?«, rief ich. »Was erlauben Sie sich denn?«

An der Tür stand natürlich Edgar. Der Dunkle Magier, der nach nur kurzer Arbeit in der Moskauer Tagwache zur Inquisition gewechselt war.

»Anton, das tut mir leid!« Der gelassene Balte wirkte in der Tat verunsichert. »Uns ist da ein kleiner Fehler unterlaufen. Das kann im Eifer des Gefechts schon mal vorkommen …«

Vítěszlav war nun die Freundlichkeit in Person. »Nehmen Sie unsere Entschuldigungen an, Wächter. Wir haben Sie einfach nicht erkannt …« Sein Blick huschte rasch über mich hinweg, in seiner Stimme schwang Anerkennung mit. »Was für eine Tarnung … Meinen Glückwunsch, Wächter. Wenn das Ihre Arbeit ist, kann ich nur ehrfürchtig das Haupt neigen.«

Auf wen mein Schutzschild zurückging, erklärte ich nicht. Nur selten gelingt es einem Lichten Magier (und einem Dunklen übrigens auch, da braucht man kein Geheimnis draus zu machen), einen Inquisitor so befriedigend runterzuputzen.

»Was haben Sie dem Mann angetan?«, brüllte ich. »Er steht unter meinem Schutz!«

»Wie mein Kollege schon gesagt hat, dergleichen kann bei der Arbeit vorkommen«, erwiderte Vítěszlav schulterzuckend. »Uns interessieren die Aufzeichnungen dieser Videokameras.«

Edgar schob den Sessel mit dem eingefrorenen Security-Mann kurzerhand zur Seite und kam auf mich zu. Lächelnd. »Es ist alles in Ordnung, Gorodezki. Wir bearbeiten doch denselben Fall, oder?«

»Habt ihr eine Genehmigung für ... diese Art des Vorgehens?«, fragte ich.

»Wir haben jede Menge Genehmigungen«, presste Vítěszlav kalt hervor. »Sie können sich gar nicht vorstellen, wie viele.«

Vorbei. Er hatte seine Fassung zurückgewonnen. Und wollte es jetzt auf einen Streit ankommen lassen. Kein Wunder – schließlich hätte er sich beinahe seinen Instinkten überlassen, hätte seine Selbstbeherrschung verloren – für einen Hohen Vampir ein unverzeihbarer Fehler. »Wollen Sie sich davon überzeugen, Wächter?« In Vítěszlavs Stimme schwang echte, ruhige Wut mit.

Natürlich darf sich ein Inquisitor anschreien lassen. Doch auch ich konnte jetzt nicht mehr zurück!

Es war Edgar, der die Situation rettete. Er hob die Hände und deklamierte theatralisch: »Das ist alles meine Schuld! Ich hätte Herrn Gorodezki erkennen müssen! Vítěszlav, das ist mein persönliches Versäumnis! Verzeihen Sie!«

Ich streckte dem Vampir als Erster die Hand hin. »Richtig, wir bearbeiten denselben Fall. Ich habe einfach nicht erwartet, Sie hier zu sehen.«

Das stimmte. Vítěszlav blickte kurz zur Seite. Dann ergriff er mit einem ausgesprochen freundlichen Lächeln meine Hand. Die Hand des Vampirs war warm ... Ich wusste, was das hieß.

»Der Kollege Vítěszlav ist gerade erst aus dem Flugzeug gestiegen«, erklärte Edgar.

»Und hat es noch nicht geschafft, eine temporäre Registrierung vornehmen zu lassen?«, hakte ich nach.

Wie mächtig Vítěszlav auch sein, welchen Posten er auch innerhalb der Inquisition bekleiden mochte, er blieb doch ein Vampir. Und musste die erniedrigende Prozedur der Registrierung über sich ergehen lassen.

Doch ich ritt nicht weiter auf der Sache herum. Im Gegenteil. »Wir können die notwendigen Formalitäten gleich hier hinter uns bringen«, schlug ich vor. »Ich habe das Recht dazu.«

»Vielen Dank«, meinte der Vampir nickend. »Aber ich schaue nachher in Ihrem Büro vorbei. Ordnung muss sein.«

Der brüchige Friede war wiederhergestellt.

»Ich habe mir die Aufzeichnungen schon angesehen«, informierte ich sie. »Vor drei Tagen haben vier Männer und eine Frau Briefe abgeschickt. Und ein Bauarbeiter hat einen ganzen Stapel Briefe aufgegeben. Hier sind Leute aus Usbekistan beschäftigt.«

»Ein gutes Zeichen für Ihr Land«, meinte Vítěszlav ausgesprochen höflich. »Wenn als Arbeitskräfte Menschen aus den Nachbarstaaten angeworben werden, deutet das auf wirtschaftlichen Aufschwung hin.«

Ich hätte ihm erklären können, was ich diesbezüglich dachte, ließ es aber bleiben.

»Wollen Sie sich die Aufzeichnungen ansehen?«, fragte ich.

»Wenn es möglich ist, ja«, bekundete der Vampir sein Interesse.

Edgar stand bescheiden abseits.

Ich brachte das Bild der Postfiliale auf den Bildschirm. Schaltete den »Bewegungssucher« ein, und wir schauten uns noch einmal die Liebhaber des epistolarischen Genres an.

»Den kenn ich.« Ich wies mit dem Finger auf Lass. »Ich kriege heute noch raus, was genau er abgeschickt hat.«

»Haben Sie ihn in Verdacht?«, hakte Vítĕszlav nach.

»Nein.« Ich schüttelte den Kopf.

Der Vampir ließ die Aufzeichnung noch einmal durchlaufen. Diesmal wurde der arme eingefrorene Security-Mensch ebenfalls vor den Computer gesetzt.

»Wer ist das?«, fragte Vítĕszlav.

»Ein Mieter«, antwortete der Mann, der teilnahmslos auf den Bildschirm sah. »Erster Block, fünfzehnter Stock ...«

Er hatte ein gutes Gedächtnis. Kannte die Namen aller Verdächtigen, nur bei dem Arbeiter mit dem Stapel Briefen musste er passen. Außer Lass, dem Mieter aus dem fünfzehnten Stock und der Alten aus dem zehnten hatten noch zwei Manager Briefe aus dem Assol abgeschickt.

»Wir nehmen uns die Männer vor«, entschied Vítĕszlav. »Fürs Erste. Überprüfen Sie die Alte, Gorodezki. In Ordnung?«

Ich zuckte die Achseln. Zusammenarbeit war ja schön und gut, aber herumkommandieren würde ich mich nicht lassen.

Schon gar nicht von einem Dunklen. Einem Vampir.

»Für Sie ist das einfacher«, erklärte Vítĕszlav. »Ich ... ich habe Probleme, mich mit alten Menschen zu unterhalten.«

Das Geständnis war offen und überraschend. Ich murmelte etwas, bestand aber nicht auf weiteren Erklärungen.

»Ich spüre bei ihnen das, was mir fehlt«, fuhr der Vampir trotzdem fort. »Die Sterblichkeit.«

»Sind Sie neidisch?«, platzte es aus mir heraus.

»Mir graut vor ihnen.« Vítĕszlav beugte sich zu dem Security-Mann hinunter. »Wir gehen jetzt«, informierte er ihn. »Du wirst noch fünf Minuten schlafen und süße Träume haben. Wenn du aufwachst, hast du unseren Besuch vergessen. Du wirst dich nur an Anton erinnern ... den du in dein Herz schließen wirst. Wann immer Anton etwas von dir will, wirst du ihm behilflich sein.«

»Das geht doch ...«, protestierte ich schwach.

»Wir arbeiten am selben Fall«, erinnerte mich der Vampir. »Ich weiß, wie schwer es ist, verdeckt zu arbeiten. Leben Sie wohl.«

Im nächsten Augenblick war er verschwunden. Edgar lächelte schuldbewusst. Und ging zur Tür hinaus.

Ohne darauf zu warten, dass der Security-Mann aufwachte, verließ auch ich sein Büro.

Vier

Das Schicksal, das nach Überzeugung unserer Magier nicht existierte, war mir wohlgesonnen.

Im Foyer des Assol (dieser Raum sollte nicht Treppenhaus genannt werden!) erblickte ich die Alte, mit der ein Gespräch anzufangen der Vampir sich fürchtete. Sie stand am Fahrstuhl und schaute nachdenklich auf die Knöpfe.

Ich betrachtete sie durchs *Zwielicht* – und konnte mich davon überzeugen, dass die Alte total verzweifelt war. Fast schon panisch. Die professionellen Security-Leute würden ihr nicht zu Hilfe eilen, denn äußerlich wirkte die Alte absolut gelassen.

Entschlossen trat ich an die ältere Dame heran. In der Tat: eine »ältere Dame«. Das bescheidene, gute russische Wort »Alte« traf es überhaupt nicht.

»Entschuldigen Sie, aber kann ich Ihnen vielleicht behilflich sein?«, fragte ich.

Die ältere Dame schielte zu mir hinüber. Ohne den üblichen Argwohn alter Menschen, eher beschämt.

»Ich habe vergessen, wo ich wohne«, gestand sie. »Wissen Sie es zufällig?«

»Im zehnten Stock«, antwortete ich. »Darf ich Sie vielleicht hinbringen?«

Die silbergrauen Locken, zwischen denen zarte rosafarbene

Haut hindurchschimmerte, gerieten kaum merklich in Bewegung.

»Achtzig Jahre«, erklärte die Alte. »Das weiß ich noch ... Wenn es mir auch schwer fällt. Aber das habe ich nicht vergessen.«

Ich hakte mich bei der Dame ein und führte sie zum Aufzug. Einer der Security-Männer kam auf uns zu, doch meine Begleiterin älteren Semesters schüttelte den Kopf. »Der Herr bringt mich ...«

Der Herr brachte sie. Ihre Tür erkannte die alte Dame wieder, sie beschleunigte sogar fröhlich den Schritt. Die Wohnung war nicht abgeschlossen und aufs Prachtvollste modernisiert und eingerichtet. Durch die Diele tigerte eine energische junge Frau um die zwanzig. »Und unten habe ich auch schon alles abgesucht!«, jammerte sie ins Handy. »Sie ist schon wieder entwischt ...«

Unser Erscheinen begeisterte die Frau. Nur fürchtete ich, dass sowohl das freundliche Lächeln wie auch die rührende Sorge in erster Linie für mich bestimmt waren.

Sieh her, junge sympathische Frauen wie wir arbeiten in solchen Häusern nicht um des Geldes willen als Angestellte.

»Maschenka, bring uns einen Tee«, unterbrach die Alte ihr Gegacker. Vermutlich hegte auch sie keine Illusionen. »Ins große Zimmer.«

Die junge Frau stürmte beflissen in die Küche, nicht ohne mir vorher noch einmal zuzulächeln. »Es wird immer schlimmer mit ihr ...«, flüsterte sie mir ins Ohr, wobei sie voller Bedacht ihren drallen Busen gegen mich presste. »Ich bin Tamara.«

Ich selbst wollte mich nicht vorstellen, warum auch immer. Stattdessen folgte ich der Alten einfach ins »große Zimmer«. In ein sehr großes Zimmer. Mit alten Möbeln aus der Stalinzeit und unübersehbar das Werk eines teuren Innenarchitekten. An den Wänden hingen Schwarzweißfotografien, die ich auf den ersten Blick ebenfalls für Details der Einrichtung hielt. Dann begriff ich jedoch, dass es sich bei der jungen, betörenden Schönheit mit den weißen Zähnen und der Pilotenmütze um keine Geringere als meine Dame handelte.

»Ich habe Bomben auf die Fritzen geworfen«, erklärte die Dame bescheiden, während sie an dem runden Tisch Platz nahm, auf dem eine bordeauxfarbene Samtdecke mit Fransen lag. »Kalinin selbst hat mir einen Orden überreicht ...«

Völlig perplex setzte ich mich der einstigen Fliegerin gegenüber.

Frauen wie sie beschließen ihr Leben im besten Fall auf einer Staatsdatscha oder in einem dieser riesigen baufälligen Stalinbauten. Aber auf gar keinen Fall in einem elitären Wohnkomplex! Sie hat Bomben auf die Faschisten abgeworfen, nicht die Goldvorräte aus dem Reichstag geklaut!

»Mein Enkel hat mir die Wohnung gekauft«, erklärte die Alte, als habe sie meine Gedanken gelesen. »Eine große Wohnung. Aber ich kann mir einfach nichts merken ... Ist mir zwar alles irgendwie nicht fremd, aber ich kann mich nicht mehr daran erinnern ...«

Ich nickte. Ein guter Enkel, ohne Frage. Natürlich besorgt er der ordengeschmückten Oma eine teure Wohnung – die er später erben würde. Ein vernünftiger Zug. Und auf alle Fälle eine sehr gutmütige Geste. Nur das Hausmädchen hätte er sorgfältiger aussuchen sollen. Keine zwanzigjährige Frau, die sich um den Kapitalwert ihres jungen Gesichtchens und ihre gute Figur sorgte, sondern eine ältere, gestandene Krankenschwester ...

Die Alte blickte nachdenklich zum Fenster hinaus. »Besser hätte ich es in diesen anderen Häusern, diesen kleinen ...«, meinte sie. »Das würde besser zu mir passen ...«

Ich hörte jedoch nicht zu. Sondern blickte auf den Tisch, der mit zerknitterten Briefen mit dem Stempel »Unbekannt verzogen« übersät war. Kein Wunder: Bei den Adressaten handelte es sich sowohl um den Allunionsvorsteher Kalinin wie auch um den Generalissimus Jossif Stalin, den Genossen Chruschtschow und sogar den »lieben Leonid Iljitsch Breschnew«.

Die letzten Staatsoberhäupter hatte das Gedächtnis der Alten offenbar nicht mehr behalten können.

Man brauchte nicht die Fähigkeiten eines Anderen, um zu schlussfolgern, was für einen Brief die Alte vor drei Tagen abgeschickt hatte.

»Ich kann die Hände nicht in den Schoß legen«, jammerte die Alte, als sie meinen Blick auffing. »Ich bitte alle, mich in eine Schule zu schicken, eine Fliegerschule ... Um der Jugend zu erzählen, wie wir damals gelebt haben ...«

Trotzdem sah ich sie mir noch einmal durchs *Zwielicht* an. Und hätte beinah aufgeschrien.

Die alte Pilotin war eine potenzielle Andere. Freilich, ihre Kraft war nicht besonders groß, aber nicht zu übersehen!

Nur, sie in diesem Alter zu initiieren, das konnte ich mir nicht vorstellen. Mit sechzig Jahren, mit siebzig – aber mit achtzig?

Die Belastung würde sie umbringen. Sie würde als körperloser, wahnsinniger Schatten ins *Zwielicht* eingehen ...

Alle kannst du nicht aufspüren. Selbst in Moskau nicht, wo es so viele Wächter gibt.

Mitunter erkennen wir unsere Brüder und Schwestern zu spät!

Tamara trat ein, mit einem Tablett, auf dem Schälchen mit Gebäck und Pralinen, eine Teekanne und wunderschöne alte Tassen standen. Lautlos stellte sie die Schalen auf den Tisch.

Die Alte döste bereits, obwohl sie nach wie vor gerade und sicher auf dem Stuhl saß.

Leise stand ich auf. »Ich gehe dann«, meinte ich mit einem Nicken zu Tamara. »Passen Sie ein bisschen besser auf sie auf, sie vergisst schon mal, wo sie wohnt.«

»Ich lasse sie nicht aus den Augen!«, entgegnete Tamara, wobei sie mit den Wimpern klimperte. »Wie können Sie so was nur denken ...«

Ich überprüfte auch sie. Keine Anlagen zur Anderen.

Eine normale junge Frau. Auf ihre Art sogar gut.

»Schreibt sie viele Briefe?«, fragte ich sie und deutete ein Lächeln an.

Mein Lächeln fasste Tamara als Einladung auf, ebenfalls zu lächeln. »Die ganze Zeit! An Stalin, Breschnew ... Komischer Humor, nicht wahr?«

Kein Widerspruch meinerseits.

Von allen Cafés und Restaurants, mit denen das Assol gespickt war, hatte nur das Café im Supermarkt auf. Eine sehr sympathische Lokalität, die eine Ebene über den Kassen lag. Mit einem einzigartigen Blick auf den gesamten Supermarkt. Vermutlich machte es Spaß, dort einen Kaffee zu trinken, bevor man durch die Warenregale schlenderte, und sich die Route fürs Shopping zurechtlegte. Was für ein grauenvolles Wort, ein schrecklicher Anglizismus, der über das Russische hergefallen ist wie eine Zecke über wehrlose Beute!

Dort aß ich zu Mittag und gab mir alle Mühe, mich von den Preisen nicht einschüchtern zu lassen. Danach bestellte ich mir einen doppelten Espresso, kaufte mir ein Päckchen Zigaretten – ich rauche nicht oft – und versuchte, wie ein Detektiv zu denken.

Wer hatte den Brief abgeschickt?

Ein abtrünniger Anderer oder ein Mensch, der Auftraggeber des Anderen?

Irgendwie schien das beiden nicht sonderlich viel zu bringen. Es war sogar völlig blödsinnig! Und die Version mit einem weiteren Menschen, der versuchte, eine Initiierung zu verhindern, schien mir reichlich melodramatisch.

Denke, Kopf, denke! Du hast es schon mit vertrackteren Problemen zu tun gehabt. Es gibt einen Anderen, der zum Verräter geworden ist. Er hat einen Auftraggeber. Jeweils ein Brief ist an die Wachen und die Inquisition geschickt worden. Also stammen diese Briefe vermutlich von einem Anderen. Einem starken, klugen Anderen, der viel weiß.

Bleibt die Frage, wozu.

Vermutlich gab es darauf eine Antwort. Nämlich um diese Initiierung zu verhindern. Um uns den Auftraggeber auszuliefern und von der Pflicht entbunden zu sein, das gegebene Versprechen einzuhalten.

Folglich ging es nicht um Geld. Der Auftraggeber musste – wie auch immer! – Macht über den Anderen bekommen haben. Eine schreckliche, absolute Macht, die es ihm erlaubte, jede denkbare Forderung zu stellen. Zugeben, dass ein Mensch solche Gewalt über ihn erlangt hatte, konnte der Andere nicht. Weshalb er einen Rösselsprung wagte ...

Ha!

Ich zündete mir eine Zigarette an, nippte an meinem Kaffee. Wie ein Dandy lümmelte ich mich in den weichen Sessel.

Allmählich kristallisierte sich ein Bild heraus. Wie kann ein Anderer zum Sklaven eines Menschen werden? Eines gewöhnlichen Menschen, mochte er noch so wohlhabend, einflussreich und klug sein ...

Es gab nur eine Möglichkeit, und die gefiel mir überhaupt nicht. Unser geheimnisvoller Verräter musste sich in die gleiche Lage gebracht haben wie der goldene Fisch im Märchen. Er hatte dem Menschen sein Ehrenwort gegeben, ihm jeden Wunsch zu erfüllen. Auch der Fisch hatte nicht damit gerechnet, dass die meschuggene Alte – apropos Alte: Ich musste Geser mitteilen, das ich eine potenzielle Andere entdeckt hatte –, dass die meschuggene Alte Herrscherin über das Meer werden wollte.

Und genau hier lag der Hund begraben.

Sowohl ein Vampir wie auch ein Tiermensch oder ein Dunkler Magier hätten auf das Versprechen gepfiffen.

Sie geben ihr Wort – und nehmen es wieder zurück. Fängt ein Mensch dann noch an, auf seinem Recht zu bestehen, gibt's einen Biss in den Hals.

Also musste ein Lichter Magier das unbedachte Versprechen gegeben haben!

Konnte das sein?

Ja.

Ohne weiteres. Wir alle sind leicht naiv, da hatte Kostja Recht. Man kriegt uns bei unseren menschlichen Schwächen, bei unserem Schuldgefühl, bei allerlei romantischem Kram ...

Also mussten wir den Verräter in unseren Reihen suchen. Er hat sein Wort gegeben, wir wissen bloß noch nicht, warum. Er sitzt in der Falle. Wenn ein Lichter Magier sein Versprechen nicht hält, muss er sich dematerialisieren ...

Stopp! Auch das war nicht uninteressant. Ich kann einem Menschen versprechen, »alles Mögliche« für ihn zu tun. Doch wenn er mich um etwas Unmögliches bittet – keine Ahnung, worum genau, nichts, was schwierig, eklig oder verboten ist, sondern in der Tat um etwas, das sich nicht erfüllen lässt, zum Beispiel die Sonne auszulöschen oder einen Menschen in einen Anderen zu verwandeln –, was würde ich dann antworten? Dass das nicht geht. Unter gar keinen Umständen. Und es stimmt ja, weshalb ich mich auch nicht zu dematerialisieren bräuchte. Mein Herr, mein Mensch müsste sich damit abfinden. Müsste etwas Neues verlangen: Geld, Gesundheit, eine umwerfende sexuelle Anziehungskraft, Erfolg bei Börsenspekulationen und ein Gespür für Gefahr – kurzum, die üblichen menschlichen Freuden, die ein starker Anderer ihm problemlos garantieren kann.

Aber der Verräter gerät in Panik! Und zwar so heftig, dass er seinen »Herrn« gleich beiden Wachen und der Inquisition ausliefert. Er steht mit dem Rücken zur Wand, fürchtet, für immer ins *Zwielicht* einzugehen.

Das heißt, es musste tatsächlich eine Möglichkeit geben, einen Menschen in einen Anderen zu verwandeln!

Das heißt, das Unmögliche war möglich. Es gab einen Weg. Der nur wenigen offen stand, aber es gab ihn.

Mir wurde unheimlich zumute.

Der Verräter musste einer von unseren ältesten und kundigsten Magiern sein. Nicht unbedingt ein Magier außerhalb jeder Kategorie, nicht unbedingt einer, der einen wichtigen Posten bekleidete. Aber einer, den das Leben Manches gelehrt hatte, einer, der die großen Geheimnisse kannte ...

Aus irgendeinem Grund fiel mir sofort Semjon ein.

Semjon, der mitunter Dinge weiß, deretwegen ihm, dem Lichten Magier, das Zeichen des Straffeuers an den Körper geheftet wird.

»Ich bin schon mehr als ein Jahrhundert alt ...«

Kann sein.

Er weiß sehr viel.

Wer noch?

Es gibt eine ganze Reihe alter, erfahrener Magier, die nicht in der Wache arbeiten. Sie leben in Moskau, sehen fern, trinken Bier, gehen zum Fußball ...

Ich kannte sie nicht, das war mein Problem. Diese weisen Magier, die sich aus unseren Angelegenheiten heraushalten, wollen nicht in den endlosen Krieg der Wachen verwickelt werden.

Wen sollte ich jetzt um Rat fragen? Wem konnte ich meine fürchterlichen Ahnungen darlegen? Geser? Olga? Letzten Endes zählten auch sie zum Kreis der potenziell Verdächtigen.

Selbst wenn ich nicht an ihre Leichtfertigkeit glauben konnte. Nach allem, was Olga durchgemacht hatte – über den durchtriebenen Geser brauchte man in diesem Zusammenhang kein Wort zu verlieren –, würde ihr ein solcher Lapsus nicht unterlaufen. Beide würden einem Menschen keine unerfüllbaren Versprechungen machen. Was auch für Semjon zutraf! Ich konnte nicht glauben, dass der weise, im ursprünglichen, allgemein gebräuchlichen Sinne weise Semjon in eine solche Falle laufen würde ...

Also musste ein anderer unserer Meister den Fehler begangen haben.

Wie stünde ich da, wenn ich eine solche Beschuldigung vorbrächte? »Also, meines Erachtens ist einer von uns der Schuldige. Ein Lichter. Vermutlich Semjon. Oder Olga. Oder Sie selbst, Geser ...«

Wie sollte ich danach noch zur Arbeit gehen? Wie meinen Kollegen ins Gesicht schauen?

Nein, einen solchen Verdacht konnte ich nicht aussprechen. Ich brauchte Gewissheit.

Irgendwie schien es nicht angemessen, die Kellnerin zu rufen. Daher ging ich zum Tresen und bat, mir noch einen Kaffee zu machen. Auf das Geländer gestützt, starrte ich nach unten.

Und entdeckte dort meinen nächtlichen Bekannten. Der Gitarrist und Sammler von albernen T-Shirts, der glückliche Besitzer eines großen englischen Klosetts, stand neben einem offenen Becken, in dem lebende Hummer krabbelten. Auf dem Gesicht von Lass spiegelte sich angestrengte Denkarbeit wider. Dann grinste er und schob seinen Wagen zur Kasse.

Ich merkte auf.

Lass legte gemächlich seine bescheidenen Einkäufe aufs Fließband, unter denen eine Flasche tschechischer Absinth herausragte. »Wissen Sie«, meinte er beim Bezahlen, »da bei Ihrem Hummerbecken ...«

Die Kassiererin lächelte und brachte mit ihrer ganzen Miene zum Ausdruck, dass es in der Tat ein solches Becken gebe, dass in ihm Hummer schwämmen und ein Paar dieser Gliederfüßer ganz ausgezeichnet zu Absinth, Kefir und Tiefkühlpelmenis passe.

»Also da«, fuhr Lass ungerührt fort, »habe ich gerade gesehen, wie ein Hummer auf den Rücken eines anderen geklettert ist, dann den Beckenrand erklommen hat und unter den Tiefkühltruhen verschwunden ist ...«

Die Frau blinzelte ein paar Mal. Kurz darauf erschienen zwei Security-Leute und eine kräftige Putzfrau an der Kasse. Sobald sie die schreckliche Nachricht von der Flucht hörten, stürzten sie auf die Tiefkühltruhen zu.

Lass sah sich noch einmal im Supermarkt um und bezahlte.

Die Jagd nach dem nicht existierenden Hummer erreichte ihren Höhepunkt. Die Putzfrau fuchtelte mit ihrem Schrubber unter den Truhen herum, die Security-Männer wuselten um sie herum. »Zu mir«, schnappte ich auf, »treib ihn zu mir! Gleich hab ich ihn.«

Mit einem Ausdruck stiller Freude im Gesicht wandte sich Lass dem Ausgang zu.

»Schlag nicht so doll zu, sonst verbeulst du den Panzer, dann können wir das Ding nicht mehr verkaufen«, warnte einer der Security-Leute.

Während ich versuchte, das einem Lichten Magier unwürdige Lächeln von meinen Lippen zu scheuchen, nahm ich von der Barfrau meinen Kaffee entgegen. Nein, so einer würde bestimmt nicht mit einer Schere Buchstaben aus einer Zeitung ausschneiden. Das war viel zu langweilig.

Mein Handy klingelte.

»Hallo, Sweta«, sagte ich.

»Wie geht's dir, Anton?«

Diesmal lag weniger Sorge in ihrer Stimme.

»Ich trinke gerade einen Kaffee. Mit den Kollegen habe ich bereits gesprochen. Mit denen von den Konkurrenzfirmen.«

»Aha«, erwiderte Swetlana. »Gut gemacht. Brauchst du meine Hilfe, Anton?«

»Du gehörst doch nicht ... zum Personal«, meinte ich verdutzt.

»Ja und?!«, blaffte Swetlana prompt. »Ich mach mir um dich Sorgen, nicht um die Wache!«

»Bislang ist das nicht nötig«, beruhigte ich sie. »Was macht Nadjuschka?«

»Sie hilft Mama Borschtsch kochen«, amüsierte sich Swetlana. »Wird wohl noch ein Weilchen dauern mit dem Mittagessen. Soll ich sie rufen?«

»Hm«, meinte ich entspannt und setzte mich ans Fenster.

Nadja kam jedoch nicht, denn sie wollte nicht mit ihrem Papa telefonieren.

Mit zwei Jahren kommt solche Direktheit vor.

Ein Weilchen unterhielt ich mich noch mit Swetlana. Eigentlich wollte ich sie fragen, ob sie noch immer ihre dummen Vorahnungen hatte, ließ es dann aber doch bleiben. Ihre Stimme sagte mir bereits, dass dem nicht so war.

Schließlich beendete ich das Gespräch, legte das Handy jedoch nicht beiseite. Im Büro rief ich besser nicht an. Aber wenn ich nun mit jemandem privat sprechen wollte?

Außerdem musste ich doch wohl in die Stadt fahren, jemanden treffen, mich um meine Handelsgeschäfte kümmern und neue Verträge abschließen?

Ich wählte Semjons Nummer.

Genug des Detektivspiels. Lichte lügen einander nicht an.

Für Treffen, die nicht ganz beruflich, aber auch nicht völlig privat sind, gibt es nichts Besseres als kleine Kneipen mit maximal fünf, sechs Tischen. Kneipen fand man früher in Moskau gar nicht. Wenn schon öffentliche Verköstigung, dann in einem Raum, in dem man wunderbar große Partys geben konnte.

Jetzt haben wir auch Kneipen.

Eine solche völlig unauffällige Lokalität lag im Zentrum, in der Soljanka. Die Haustür führte direkt auf die Straße hinaus, drinnen gab es fünf Tische, eine kleine Bar – im Assol sind selbst die Bartresen in den Wohnungen beeindruckender.

Auch das Publikum wirkte absolut durchschnittlich. Kein Club für Verfechter bestimmter Interessen, wie Geser sie so gern sammelt: Hier treffen sich die Taucher, hier die Profidiebe.

Die Küche konnte schon gar keine Extravaganz für sich beanspruchen. Zwei Sorten Bier vom Fass, diverse Alkoholika, Würstchen aus der Mikrowelle und Pommes. Fastfood.

Ob Semjon deshalb vorgeschlagen hatte, dass wir uns hier treffen? Er passte nämlich hundertprozentig in diese Kneipe. Auch ich fiel übrigens nicht sonderlich aus dem Rahmen ...

Nachdem Semjon den Schaum geräuschvoll an den Glasrand gepustet hatte – nur in alten Filmen hatte ich dergleichen schon gesehen –, trank er den ersten Schluck von seinem *Klinsker Goldbräu* und sah mich friedfertig an. »Erzähl mal.«

»Hast du schon von der Krise gehört?«, packte ich den Stier gleich bei den Hörnern.

»Von welcher genau?«, wollte Semjon wissen.

»Von der Krise mit den anonymen Briefen.«

Semjon nickte. »Ich habe gerade die zeitweilige Registrierung für unseren Gast aus Prag vorgenommen«, erzählte er mir sogar.

»Weißt du, was ich glaube«, sagte ich, wobei ich das Bierglas auf dem sauberen Tischtuch drehte. »Der Absender ist ein Anderer.«

»Ohne Zweifel!«, erwiderte Semjon. »Trink ruhig dein Bier. Wenn du willst, mach ich dich nachher wieder nüchtern.«

»Da wirst du keinen Erfolg haben, ich bin versiegelt.«

Mit zusammengekniffenen Augen sah Semjon mich an. Und musste erkennen, dass es stimmte und dass es über seine Kräfte ging, die für jede Magie undurchdringliche Schale aufzubrechen, die von keinem Geringeren als Geser um mich gelegt worden war.

»Also«, fuhr ich fort. »Wenn der Absender ein Anderer ist, was will er dann damit erreichen?«

»Die Isolierung oder Eliminierung des Menschen, der sein Auftraggeber ist«, antwortete Semjon gelassen. »Offenbar hat er ihm das leichtfertige Versprechen gegeben, aus ihm einen Anderen zu machen. Und jetzt kriegt er Muffensausen.«

Meine gesamten heroischen geistigen Mühen hätte ich mir sparen können. Semjon, der nicht direkt mit dem Fall befasst war, kam mit seinem eigenen Verstand problemlos genauso weit.

»Es ist ein Lichter Anderer«, sagte ich.

»Warum?«, wunderte sich Semjon.

»Ein Dunkler hätte jede Menge Möglichkeiten, ein Versprechen nicht einzuhalten.«

Semjon dachte nach, kaute auf einem Stück Pommes herum und meinte dann, dass dem wohl so sei. Aber hundertprozentig wollte er die Verwicklung eines Dunklen in die Sache nicht ausschließen. Denn auch Dunkle könnten unüberlegt etwas schwören, woran sie dann gebunden seien. Sie könnten zum Beispiel etwas beim Dunkel schwören, die Urkraft als Zeuge anrufen. Danach kämen sie nicht so ohne weiteres davon los.

»Stimmt«, pflichtete ich ihm bei. »Trotzdem sind die Chancen größer, dass einer von unseren Leuten Mist gebaut hat.«

Semjon nickte. »Ich war's nicht«, sagte er dann.

Ich wich seinem Blick aus.

»Mach dir keinen Kopf«, beruhigte mich Semjon mit gelassener Stimme. »Du hast alles richtig analysiert und richtig gemacht. Auch wir können Mist bauen. Auch ich kann unbedacht handeln. Danke, dass du mit mir reden wolltest und nicht zum Chef gerannt bist ... Ich gebe dir mein Wort, Lichter Magier Anton Gorodezki, dass ich die dir bekannten Briefe nicht abgeschickt habe und ihren Absender nicht kenne.«

»Weißt du, da bin ich sehr froh«, gab ich ehrlich zu.

»Und ich erst«, grinste Semjon. »Ich sage dir eins: Der Andere, der diesen Fehler gemacht hat, ist ein echter Dreckskerl. Nicht nur, dass er die Wachen mit in die Sache zieht, nein, auch noch die Inquisition. Entweder hat er nur Stroh im Kopf, oder er hat alles bestens kalkuliert. Im ersten Fall ist er erledigt, im zweiten wird er seine Haut retten können. Ich wette zwei zu eins, dass er ungeschoren davonkommt.«

»Kann man einen normalen Menschen also doch in einen Anderen verwandeln, Semjon?«, fragte ich. Ehrlichkeit ist die beste Politik.

»Ich weiß es nicht.« Semjon schüttelte den Kopf. »Früher habe ich gedacht, es sei unmöglich. Doch die letzten Ereignisse legen nahe, dass es irgendein Schlupfloch geben muss. Ein sehr enges, sehr unbequemes. Aber es muss da sein.«

»Warum unbequem?«, griff ich dieses Wort auf.

»Ansonsten würden wir diesen Weg gehen. Was für ein Plus, wenn wir beispielsweise aus dem Präsidenten einen von uns machen könnten! Ach, nicht nur aus dem Präsidenten, sondern aus allen mehr oder weniger einflussreichen Leuten. Es müsste einen Anhang zum Vertrag geben, der die Initiierung regelt, es gäbe die gleichen Konflikte, aber auf neuem Niveau.«

»Und ich dachte, das sei absolut verboten«, gab ich zu. »Die Mächtigen haben sich doch getroffen und vereinbart, dass Gleichgewicht nicht zu zerstören ... und sich gegenseitig mit einer ultimativen Waffe gedroht ...«

»Womit?« Semjon erstarrte.

»Mit einer ultimativen Waffe. Erinnerst du dich noch, wie du mir von Wasserstoffbomben mit gewaltiger Sprengkraft erzählt hast? Eine für uns, eine für die Amis ... Vermutlich gibt es in der Magie doch etwas Ähnliches ...«

»Was redest du denn da, Anton!« Semjon lachte. »Solche Bomben gibt es nicht, das ist reine Phantasie, hat sich jemand ausgedacht! Beschäftige dich mal mit Physik! In den Ozeanen gibt es zu wenig schweres Wasser, als dass es zu einer permanenten thermonuklearen Reaktion kommen könnte!«

»Weshalb hast du mir das dann erzählt?«, fragte ich fassungslos.

»Wir haben damals allerlei dummes Zeug zusammengeredet. Ich habe nicht geglaubt, dass du das für bare Münze nehmen würdest ...«

»Hohlkopf«, murmelte ich, während ich an meinem Bier nippte. »Danach habe ich übrigens nächtelang schlecht geschlafen ...«

»Es gibt keine ultimative Waffe, du kannst beruhigt schlafen«, grinste Semjon. »Keine echte, keine magische. Und selbst wenn wir davon ausgehen, dass es möglich ist, gewöhnliche Menschen zu initiieren, muss die Prozedur wohl ausgesprochen schwierig sein, widerwärtig und mit Nebeneffekten. Mit einem Wort, alle lassen die Finger davon. Sowohl wir als auch die Dunklen.«

»Weißt du was von einer solchen Prozedur?«, hakte ich noch mal nach.

»Nein.« Semjon dachte nach. »Nein, ganz bestimmt nicht. Sich den Menschen gegenüber zu erkennen geben, ihnen entsprechende Befehle zu erteilen oder, sagen wir es mal so, sie als Freiwillige zu rekrutieren – all das ist schon vorgekommen. Aber dass man einen Menschen, den man braucht, in einen Anderen verwandelt hat, das ist mir noch nie zu Ohren gekommen.«

Schon wieder eine Sackgasse.

Ich nickte. Blickte düster in mein Bierglas.

»Verbeiß dich nicht in die Sache«, riet Semjon mir. »Es gibt nur zwei Möglichkeiten: Entweder ist der Andere ein Idiot oder ein absolut ausgebuffter Kerl. Im ersten Fall finden ihn die Dunklen oder die Inquisitoren. Im zweiten findet ihn niemand, aber man wird dem Menschen auf die Spur kommen und ihn von seinem seltsamen Wunsch abbringen. Solche Fälle hat es bereits gegeben ...«

»Und was soll ich jetzt machen?«, fragte ich. »Ich beklag mich ja nicht, es ist schon interessant, an so einem komischen Ort zu leben. Vor allem auf Firmenkosten ...«

»Dann genieß es«, riet Semjon gelassen. »Oder lässt dein Stolz das nicht zu? Möchtest du es allen zeigen und den Verräter finden?«

»Ich bringe Sachen nun mal gerne zu Ende«, gab ich zu.

Semjon lachte los. »Ich mache nun schon ein Jahrhundert lang nichts anderes, als Sachen auf halber Strecke hinzuwerfen ... Es hat da zum Beispiel mal einen hübschen kleinen Fall gegeben, wo das Vieh des reichen Bauern Besputnow im Gouvernement Kostroma vergiftet worden ist. Ein Fall, der es in sich hatte, Anton! Ein Rätsel! Eine verworrene Intrige! Eine magische Vergiftung, aber so raffiniert ausgeführt ... das Gift war im Hanf!«

»Fressen Tiere denn Hanf?« Meine Neugier war geweckt.

»Wer würde ihnen denn welchen geben? Aus diesem Hanf hat der Bauer Besputnow seine Leinen gedreht. An diesen Schnüren hat er das Vieh geführt. Durch sie ist dann der Schaden angerichtet worden. Ein heimtückisches Gift, das langsam wirkte und absolut verheerend war. Und im Umkreis von hundert Werst gab es keinen einzigen registrierten Anderen! Ich habe mich dann in diesem Dorf eingenistet, um den Halunken zu suchen ...«

»Habt ihr früher wirklich so ordentliche Arbeit geleistet?«, wunderte ich mich. »Wurde tatsächlich wegen Vieh, wegen irgendeines Bauern ein Wächter hinzugezogen?«

»Auch früher hat man mal so, mal so gearbeitet«, lächelte Semjon. »Der Sohn des Bauern war ein Anderer, er hat darum gebeten, dass wir uns um seinen Vater kümmern, der sich schon beinah aus dieser Schnur seinen Strick gedreht hätte ... Also bin ich da hingefahren, ganz der einsame Wolf, habe einen Haushalt gegründet, hab sogar bei einer Witwe landen können. Nebenbei habe ich den Täter gesucht. Und verstanden, dass ich auf die

Spur einer alten Hexe gestoßen bin, die sich sehr gut getarnt hatte, bei keiner Wache arbeitete und in keiner Liste geführt wurde. Kannst du dir vorstellen, was für eine Intrige sie angezettelt hat? Die Hexe war zwei-, dreihundert Jahre alt! Sie hatte so viel Kraft gesammelt, dass sie es mit einem Magier ersten Grades aufnehmen konnte! Wie ein Detektiv von Pinkerton habe ich ... nach ihr gefahndet ... Die Hohen Magier wollte ich nicht um Hilfe bitten, das war mir peinlich. Nach und nach habe ich dann einige Anhaltspunkte herausbekommen, den Kreis der Verdächtigen eingegrenzt. Zu ihnen gehörte übrigens auch jene Witwe, die mir so gewogen war ...«

»Und weiter?«, fragte ich begeistert. Auch wenn Semjon gern aufschnitt, diese Geschichte schien zu stimmen.

»Nichts weiter«, seufzte Semjon. »In Petrograd ist es zum Aufstand gekommen. Die Revolution. Da konnte mir eine abgebrühte Hexe echt egal sein, das wirst du verstehen. Dort floss Menschenblut in Strömen. Ich wurde abbeordert. Ich wollte noch einmal zurück, habe aber nie die Zeit dazu gefunden. Dann ist das Dorf überflutet worden, alle wurden evakuiert. Vielleicht lebt die Hexe gar nicht mehr.«

»Schade«, sagte ich.

Semjon nickte. »Das ist meine Geschichte. Und von der Sorte habe ich noch Unmengen auf Lager. Also nimm's nicht so schwer und mach dich nicht verrückt!«

»Wenn du ein Dunkler wärst«, meinte ich, »wäre ich mir sicher, dass du den Verdacht nur von dir ablenken willst.«

Semjon grinste. »Ich bin kein Dunkler, Anton. Das weißt du genau.«

»Und du weißt nichts über die Initiierung von Menschen ...«, seufzte ich. »Ich hatte so gehofft ...«

Semjon wurde wieder ernst. »Anton, ich sage dir noch etwas. Die Frau, die ich mehr als alles auf der Welt geliebt habe, ist 1921 gestorben. An Altersschwäche.«

Ich sah ihn an – und wagte es nicht zu lächeln. Semjon machte keinen Spaß.

»Wenn ich gewusst hätte, wie ich aus ihr eine Andere machen kann …«, flüsterte Semjon, wobei er ins Nichts starrte. »Wenn ich es doch bloß gewusst hätte … Ich habe ihr meine Identität enthüllt. Habe alles für sie getan. Sie ist nie krank gewesen. Mit dreiundsiebzig sah sie mal gerade wie dreißig aus. Selbst in Petersburg während der Blockade hat es ihr an nichts gefehlt. Als die Rotarmisten ihren Schutzbrief gesehen haben, hat es ihnen die Sprache verschlagen. Ich hatte mir eine Vollmacht von Lenin besorgt … Aber mein Leben konnte ich ihr nicht geben. So etwas geht über unsere Kraft.« Er sah mir finster in die Augen. »Wenn ich gewusst hätte, wie ich Ljubow Petrowna hätte initiieren können …, hätte ich niemanden um Erlaubnis gebeten. Alles hätte ich auf mich genommen. Ich hätte mich dematerialisiert, wenn ich nur aus ihr eine Andere hätte machen können …«

Semjon stand auf. Seufzte. »Jetzt ist mir ehrlich gesagt alles egal. Ob es verboten ist, aus Menschen Andere zu machen, interessiert mich nicht im Geringsten. Und dich sollte es auch nicht um deinen Schlaf bringen. Deine Frau ist eine Andere. Deine Tochter ist eine Andere. Reicht dir dieses Glück nicht? Selbst Geser kann davon nur träumen.«

Er ging, während ich noch ein Weilchen am Tisch sitzen blieb und mein Bier austrank. Der Wirt – der auch Kellner, Koch und Barkeeper war – sah nicht einmal zu mir herüber. Als Semjon hinausgegangen war, hatte er vor den Tisch einen magischen Vorhang gezogen.

Was bildete ich mir eigentlich ein?

Drei Inquisitoren waren hinter der Sache her. Der talentierte Vampir Kostja flatterte als Fledermaus ums Assol herum. Sie würden herausbekommen, wer ein Anderer werden möchte. Ganz bestimmt. Und den Absender würden sie finden – oder auch nicht.

Warum gab ich keine Ruhe?

Die Frau, die ich liebte, war eine Andere. Die außerdem freiwillig auf die Arbeit in der Wache, auf eine glänzende Karriere als Große Zauberin verzichtet hatte. All das wegen mir, diesem Idioten. Damit ich, der ich auf der zweiten Kraftstufe versauern würde, keine Komplexe bekam ...

Und Nadjuschka war eine Andere! Nie würde ich den Horror eines Anderen durchmachen, dessen Kind heranwächst, altert und stirbt. Früher oder später würden wir Nadenka erzählen, was sie war. Dann würde sie eine Große werden wollen, ohne Zweifel. Und sie würde eine Große werden. Vielleicht würde sie diese unvollendete Welt sogar etwas besser machen.

Und ich spielte irgendwelche kindlichen Agentenspiele! Machte mir Sorgen, dass ich meinen Auftrag nicht erfüllte, statt mich abends mit meinem lustigen Nachbarn zu amüsieren oder – natürlich nur um meine Tarnung aufrechtzuerhalten – ins Casino zu gehen.

Ich stand auf, legte das Geld auf den Tisch und ging. In ein, zwei Stunden würde sich der Vorhang auflösen, der Wirt das Geld sowie die leeren Gläser sehen und sich daran erinnern, dass irgendwelche unscheinbaren Männer hier ihr Bier getrunken hatten.

Fünf

Den halben Tag verbrachte ich mit absolut nebensächlichen Dingen, die niemandem etwas nutzten. Vermutlich hätte der Vampir Kostja seinen weißlippigen Mund verzogen und mir einen Vortrag darüber gehalten, was er von meiner Naivität hielt ...

Als Erstes fuhr ich ins Assol, zog mir Jeans und ein einfaches Hemd an, danach ging ich in den nächsten normalen Hof, der zu einem tristen achtstöckigen Plattenbau gehörte. Zu meiner uneingeschränkten Genugtuung entdeckte ich dort einen Fußballplatz, auf dem die Schule schwänzende ältere Jungen einem abgewetzten Ball hinterherjagten. Auch ein paar jüngere Männer waren dabei. Trotz allem machte sich die gerade zu Ende gegangene Fußballweltmeisterschaft, bei der sich unsere Mannschaft nicht gerade mit Ruhm bekleckert hatte, positiv bemerkbar. In einige der noch erhaltenen Höfe kehrte der Hofgeist zurück, der völlig verloren gegangen schien.

Man nahm mich in eine Mannschaft auf. In die, in der nur ein erwachsener Mann spielte – der eine beeindruckende Wampe vor sich hertrug, aber dennoch ausgesprochen agil und draufgängerisch war. Ich selbst spiele nicht gut, aber hier hatten sich auch nicht gerade Weltmeister versammelt.

Etwa eine Stunde rannte ich über die staubige, fest gestampfte Erde, schrie, schoss auf das Tor aus durchlöchertem Maschendraht und traf sogar ein paar Mal. Einmal schaffte es ein baumlanger kräftiger Zehntklässler, mich geschickt auszutrippeln. Er lächelte mich großmütig an.

Ich nahm's nicht krumm, ärgerte mich nicht.

Als das Spiel dem Ende zuging – irgendwie ganz von selbst –, steuerte ich das nächste Geschäft an, kaufte Mineralwasser und Bier sowie für die jüngsten Fußballer Limo der Marke Baikal. Natürlich hätten sie Coca-Cola bevorzugt, doch allmählich sollte man anfangen, ihnen das transatlantische Gift wieder ...

Was mich enttäuschte: Mein großzügiges Verhalten – das entging mir nicht – beschwor die unterschiedlichsten Mutmaßungen herauf. Gute Taten muss man also in Maßen vollbringen.

Nachdem ich mich von den »eigenen« und den »gegnerischen« Spielern verabschiedet hatte, ging ich zum Ufer hinunter, wo ich begeistert ins dreckige, aber erfrischende Wasser stieg. Ganz in der Nähe erhob sich das Assol mit seinem pompösen Hof.

Soll es doch ...

Irgendwann ging mir etwas auf, das urkomisch war: Ein Dunkler Magier an meiner Stelle könnte genauso handeln. Nicht einer der ganz jungen, der sich noch auf alle zuvor unerreichbaren Vergnügen wie frische Austern und teure Prostituierte stürzt, sondern ein älterer Dunkler, der bereits hinter das Prinzip dieser Welt gekommen war: Vanitas vanitatum (et omnia vanitas) – alles ist nichtig.

Auch er wäre über den kleinen Bolzplatz gejagt, hätte geschrien, den Ball getreten und die ungeschickt fluchenden Jugendlichen angeschnauzt: »Halt deine Zunge im Zaum, du Knallkopf!« Dann wäre er an den Strand gegangen, hätte im trüben Wasser geplanscht, im Gras gelegen, in den Himmel geschaut ...

Wo verläuft sie, die Grenze? Gut, bei den niederen Dunklen ist alles klar. Sie sind die Untoten. Sie müssen töten, um existieren zu können. Hier hilft auch kein sprachlicher Eiertanz. Sie sind das Böse.

Aber wo verläuft die eigentliche Grenze?

Und warum verschwindet sie mitunter? In Momenten, wenn es darum geht, dass ein einzelner Mensch ein Anderer werden will? Ein einziger! Wen setzt man da gleich an, um ihn zu suchen! Dunkle, Lichte, die Inquisition ... Denn nicht nur ich befasse mich mit diesem Fall, ich bin schließlich nur ein vorgeschobener Bauer, der für Ordnung vor Ort sorgt. Nein, Geser runzelt die Stirn, Sebulon blickt finster drein, Vítěszlav bleckt die Zähne. Ein Mensch möchte ein Anderer werden! Packt ihn, fasst ihn!

Doch wer würde das schließlich nicht wollen?

Nicht den ewigen Hunger der Vampire, nicht die Anfälle von Wahnsinn der Tiermenschen, sondern ein befriedigendes Leben als Magier. Wo alles wie bei einem Menschen ist.

Nur besser.

Du brauchst keine Angst mehr zu haben, dass aus deinem Auto die teure Musikanlage gestohlen wird, wenn du es auf einem unbewachten Parkplatz abgestellt hast.

Du kriegst nie wieder Grippe, und wenn du an einer unheilbaren Schweinerei erkrankst, stehen Dunkle Hexenmeister oder Lichte Heiler zu deinen Diensten.

Du brauchst dir nicht länger den Kopf darüber zu zerbrechen, wie du bis Ultimo überleben sollst.

Du hast nachts unterwegs keine Angst mehr und fürchtest dich nicht vor besoffenen Halbstarken.

Selbst die Miliz lässt dich kalt.

Du brauchst dir keine Gedanken darüber zu machen, ob dein Kind sicher von der Schule nach Hause kommt und nicht im Hauseingang einem wahnsinnigen Psycho in die Arme läuft ...

Andererseits liegt gerade hier der Hund begraben. Deine Familie ist in Sicherheit, sie werden sogar aus der Vampirlotterie herausgenommen. Dennoch rettest du sie nicht vor Alter und Tod.

Sicher, noch ist das alles weit weg. Ganz weit weg.

Und insgesamt ist es schon weitaus angenehmer, ein Anderer zu sein.

Außerdem würdest du nichts gewinnen, wenn du dich nicht initiieren lässt. Im Gegenteil, selbst Verwandte dürften dich dann als Idioten beschimpfen. Denn als Anderer könntest du dich für sie einsetzen. So wie Semjon es erzählt hat ... Jemand vergiftet einem Bauern das Vieh, und der Sohn, ein Anderer, sorgt dafür, dass ein Anderer die Sache untersucht. Die Blutsbande machen sich eben doch bemerkbar. Sie sind dicker als Wasser ...

Ich erschauerte, als hätte ich einen Stromschlag bekommen. Sprang auf und starrte zum Assol hinüber.

Aus welchem Grund gab ein Lichter einem Menschen das leichtsinnige Verspechen, für ihn alles nur denkbar Mögliche zu tun?

Aus einem einzigen!

Das war sie, die Spur!

»Ist dir eine Idee gekommen, Anton?«, erklang in meinem Rücken eine Stimme.

Ich drehte mich und erblickte Kostja. Er hatte, wie am Strand nicht anders zu erwarten, lediglich eine Badehose an, trug allerdings noch eine Sonnenbrille sowie einen weißen Kinderhut, der ihm wie ein orientalisches Käppchen auf dem Kopf thronte (bestimmt hatte er ihn ohne Gewissensbisse einem Kind weggenommen).

»Brennt die Sonne?«, fragte ich höhnisch.

Kostja verzog das Gesicht. »Total. Hängt da im Himmel wie ein Bügeleisen ... Ist dir etwa nicht heiß?«

»Doch«, gab ich zu. »Aber das ist eine andere Hitze.«

»Wollen wir die Sticheleien nicht lassen?«, fragte Kostja. Er setzte sich in den Sand und warf angeekelt eine Kippe beiseite.

»Ich bade jetzt nur nachts. Aber ich bin gekommen ... um mit dir zu reden.«

Ich fühlte mich nicht wohl in meiner Haut. Vor mir saß ein missmutiger junger Mann, der obendrein ein Untoter war. Aber ich erinnerte mich noch an den verschlossenen Jugendlichen, der verlegen vor meiner Tür stand. »Sie dürfen mich nicht einladen. Ich bin doch ein Vampir, ich könnte sonst eines Nachts wiederkommen und Sie beißen ...«

Relativ lange hatte dieser Junge sich beherrschen können. Hatte nur Schweine- und Spenderblut getrunken. Davon geträumt, ein Lebender zu werden. »Wie Pinocchio«, brachte er irgendwann als Vergleich an, nachdem er Collodi gelesen oder den Film *A. I. – Künstliche Intelligenz* gesehen hatte.

Wenn Geser mich nicht losgeschickt hätte, um Vampire zu jagen ...

Nein, Quatsch. Die Natur hätte so oder so das Ihre verlangt. Und Kostja seine Lizenz bekommen.

Trotzdem durfte ich mich nicht über ihn lustig machen. Ich hatte einen ungeheuren Vorteil – ich war ein Lebender.

Ich konnte mich mit alten Menschen unterhalten, ohne mich zu schämen. Denn darum ging es: um Scham. Vítězslav hatte sich um die Wahrheit herumgedrückt. Weder Angst noch Ekel hielten ihn von den Alten fern.

Sondern Scham.

»Tut mir leid, Kostja«, sagte ich und legte mich neben ihn in den Sand. »Lass uns reden.«

»Ich glaube, die ständigen Bewohner des Assol haben mit dem Fall nichts zu tun«, begann Kostja finster. »Der Auftraggeber ist unter denjenigen zu suchen, die sich nur ab und an dort aufhalten.«

»Wir müssen alle überprüfen ...«, seufzte ich theatralisch.

»Und dann haben wir noch eine kleine Aufgabe. Wir müssen den Verräter finden.«

»Dann müssen wir ihn suchen.«

»Ich seh schon, wie du ihn suchst ... Dir ist doch klar, dass es einer von euch ist?«

»Wie kommst du denn darauf!«, empörte ich mich. »Es kann durchaus sein, dass ein Dunkler Mist gebaut hat ...«

Eine Zeit lang diskutierten wir über die Situation. Offenbar waren wir zur selben Zeit zum selben Schluss gekommen.

Nur dass ich Kostja jetzt einen halben Schritt voraus war. Und nicht die Absicht hatte, ihm zu helfen.

»Der Brief befand sich in dem Stapel, den der Bauarbeiter zur Post gebracht hat«, meinte Kostja, der nicht ahnte, wie ich ihn auflaufen ließ. »Nichts leichter als das. Alle diese Gastarbeiter sind in einer alten Schule untergebracht, die jetzt eine Art Wohnheim ist. Im Parterre werden auf dem Tisch des Wachtposten die Briefe gesammelt. Morgens geht dann jemand zur Post und gibt sie auf. Einem Anderen dürfte es keine Mühe bereiten, ins Wohnheim zu gehen, den Blick des Wachtposten abzulenken ... oder einfach abzuwarten, bis der seinen Platz einmal verlässt, um zur Toilette zu gehen. Dann steckt er den Brief in den großen Stapel. Das war's! Ohne jede Spur.«

»Einfach und sicher«, stimmte ich zu.

»Und typisch für die Lichten«, meinte Kostja stirnrunzelnd. »Lasst andere für euch die Kastanien aus dem Feuer holen.«

Aus irgendeinem Grund nahm ich ihm das nicht krumm. Sondern grinste nur amüsiert und drehte mich auf den Rücken, um in den Himmel zu gucken, in die zärtliche gelbe Sonne.

»Gut, wir machen das ganz genauso ...«, brummte Kostja.

Ich schwieg.

»Was ist? Willst du mir etwa weismachen, ihr würdet niemals Menschen bei euren Operationen einsetzen?«, blaffte Kostja.

»Das kommt schon vor. Das haben wir schon getan. Aber wir verraten sie nicht.«

»Aber hier hat ein Anderer einen Menschen ja auch nur gebraucht und nicht verraten«, erklärte Kostja, sich selbst widersprechend und die »Kastanien« vergessend. »Also, ich glaube ... Sollten wir diese Spur nicht weiterverfolgen? Bisher hat der Verräter alle Spuren sehr gut verwischt. Wir jagen einem Gespenst hinterher ...«

»Angeblich haben vor ein paar Tagen zwei Security-Männer im Assol in den Büschen etwas Schreckliches beobachtet«, sagte ich. »Sie haben sogar angefangen zu schießen.«

In Kostjas Augen loderte es auf. »Hast du das schon überprüft?«

»Nein«, sagte ich. »Ich arbeite undercover und habe dazu keine Möglichkeit.«

»Soll ich das vielleicht machen?«, fragte Kostja eifrig. »Ich sag auch, dass du das ...«

»Mach das«, beschloss ich.

»Danke, Anton!« Kostjas Gesicht erstrahlte in einem Lächeln, und er stieß mir recht schmerzhaft mit der Faust gegen die Schulter. »Trotz allem bist du ein prima Kerl! Danke!«

»Mach es ordentlich«, konnte ich mir nicht verkneifen, »vielleicht bekommst du dann ja eine Extralizenz.«

Sofort verstummte Kostja. Sein Blick verfinsterte sich. Er starrte zum Fluss hinunter.

»Wie viele Menschen hast du umgebracht, um ein Hoher Vampir zu werden?«, wollte ich wissen.

»Spielt das für dich eine Rolle?«

»Es ... interessiert mich.«

»Geh halt irgendwann in eure Archive und guck nach«, meinte Kostja mit schiefem Lächeln. »Das dürfte doch nicht so schwer sein, oder?«

Natürlich war das nicht schwer. Trotzdem hatte ich nie einen Blick in Kostjas Dossier geworfen. Ich wollte das nicht wissen ...

»Onkel Kostja, gib mir meinen Hut wieder!«, fiepte jemand in unserer Nähe mit fordernder Stimme.

Ich schielte zu einem kleinen, etwa vierjährigen Mädchen hinüber, das auf Kostja zugerannt kam. Also doch, hatte er tatsächlich ein Kind ausgeschaltet und ihm den Hut geklaut ...

Gehorsam zog Kostja jetzt den Hut vom Kopf und gab ihn dem Mädchen.

»Kommst du heute Abend wieder zu uns?«, fragte das Mädchen, während es mich anguckte und die Lippen spitzte. »Erzählst du mir ein Märchen?«

»Hm«, nickte Kostja.

Das Mädchen strahlte und lief zu einer jungen Frau, die in der Nähe ihre Sachen zusammenpackte. Ließ nur noch aufgewirbelten Sand erkennen ...

»Hast du völlig den Verstand verloren?!«, brüllte ich und schnellte hoch. »Ich sollte dich gleich hier an Ort und Stelle zu Asche verbrennen!«

Vermutlich machte ich ein fürchterliches Gesicht. »Was glaubst du denn?«, rief Kostja sofort. »Was glaubst du bloß, Anton? Das ist meine Nichte! Ihre Mutter ist meine Schwester! Sie wohnen in Strogino, ich wohne vorübergehend bei ihnen, damit ich nicht durch die ganze Stadt fahren muss!«

Ich erstarrte.

»Hast du geglaubt, ich würde Blut aus ihr heraussaugen?«, fragte Kostja, der mich noch immer erschrocken anstarrte. »Dann geh hin und überzeug dich! Sie hat keine Bisswunden! Das ist meine kleine Nichte, verstehst du? Für sie würde ich alles tun.«

»Puh«, schnaubte ich. »Was hätte ich denn sonst denken sollen? ›Kommst du heute Abend wieder zu uns?‹, ›Erzählst du mir ein Märchen?‹ ...«

»Typisch für einen Lichten ...«, kommentierte Kostja schon etwas gelassener. »Wo ich schon ein Vampir bin, verhalte ich mich gleich wie ein Schwein. So ist es doch, oder?«

Noch war unser brüchiger Waffenstillstand zwar nicht aufgehoben, hatte sich aber in den üblichen kalten Krieg verwandelt.

Kostja saß da und kochte vor Wut, ich saß da und ärgerte mich über mich selbst und über meine voreiligen Schlussfolgerungen. Für Kinder unter zwölf Jahren werden keine Lizenzen ausgegeben, und Kostja ist kein Idiot und würde nicht ohne Lizenz auf Jagd gehen ...

Immer würde uns etwas trennen.

»Du hast doch eine Tochter«, meinte Kostja plötzlich. »Hast doch auch so ein kleines Mädchen, oder?«

»Jünger«, erwiderte ich. »Und besser.«

»Na klar, wo sie deine Tochter ist, muss sie auch besser sein«, grinste Kostja. »In Ordnung, Gorodezki. Ich hab's verstanden. Vergessen wir das. Und vielen Dank für den Tipp.«

»Keine Ursache«, wiegelte ich ab. »Vielleicht haben diese Security-Leute gar nichts gesehen. Sondern nur Wodka getrunken, gekifft ...«

»Wir werden das überprüfen«, meinte Kostja munter. »Wir überprüfen alles.«

Er strich sich mit der Hand über den Kopf und stand auf.

»Du gehst?«, fragte ich.

»Es ist heiß«, antwortete Kostja, während er in den Himmel hinaufschielte. »Ich verschwinde.«

Das tat er in der Tat. Nachdem er zuvor von allen Menschen um uns herum den Blick abgelenkt hatte. Nur ein diffuser Schatten hing noch eine Sekunde in der Luft.

»Angeber«, murmelte ich und drehte mich auf den Bauch.

Ehrlich gesagt war mir auch heiß. Aber ich hatte mich nun mal in die Entscheidung verbissen, nicht zusammen mit dem Dunklen aufzubrechen.

Außerdem musste ich noch über etwas nachdenken, bevor ich mich an die Security-Leute im Assol wandte.

Vítězslav hatte ordentliche Arbeit geleistet. Als ich das Büro des Chefs der Security-Firma betrat, begrüßte dieser mich mit einem freudestrahlenden Lachen. »Was für ein angenehmer Besuch!«, rief er, während er diverse Papiere zur Seite schob. »Tee? Kaffee?«

»Kaffee«, antwortete ich.

»Andrej, bring uns Kaffee«, ordnete der Mann an. »Und eine Zitrone.«

Dann machte er sich am Tresor zu schaffen und beförderte eine Flasche guten georgischen Kognak zu Tage.

Der Angestellte, der mich zum Büro des Security-Chefs gebracht hatte, wirkte leicht entgeistert. Sagte aber kein Wort.

»Was haben Sie denn für Fragen?«, erkundigte sich der Mann, während er mit raschen Schnitten die Zitrone zerteilte. »Wollen Sie einen Kognak, Anton? Der ist gut, Ehrenwort!«

Ich wusste noch nicht mal, wie er hieß ... Der alte Chef der Security-Leute hatte mir besser gefallen. Der war mir gegenüber wenigstens ehrlich gewesen.

Aber der alte Chef hätte mir nie die Information gegeben, die ich jetzt zu bekommen hoffen durfte.

»Ich muss mir die persönlichen Akten von allen Mietern ansehen«, meinte ich. Und fügte dann lächelnd hinzu: »In einem Haus wie diesem überprüfen Sie doch sicher alle, oder?«

»Natürlich«, pflichtete der Chef mir sofort bei. »Geld ist ja gut und schön, aber hier sollen anständige Leute wohnen, wir brauchen keine nichtsnutzigen Mafiosi ... Möchten Sie alle persönlichen Akten?«

»Ja«, sagte ich. »Von allen, die hier eine Wohnung gekauft haben, unabhängig davon, ob sie hier auch wohnen oder nicht.«

»Und möchten Sie die Dossiers zu den eigentlichen Wohnungsinhabern oder zu denen, auf deren Namen die Wohnungen laufen?«, hakte der Chef freundlich nach.

»Zu den eigentlichen Besitzern.«

Der Chef nickte und hantierte abermals am Safe herum.

Zehn Minuten später saß ich hinter seinem Schreibtisch und

blätterte die ordentlichen, nicht sehr dicken Mappen durch. Aus verständlicher Neugier fing ich bei mir selbst an.

»Brauchen Sie mich noch?«, wollte der Security-Chef wissen.

»Nein, vielen Dank.« Ich taxierte die Zahl der Mappen. »In einer Stunde bin ich fertig.«

Der Mann ging und zog leise die Tür hinter sich zu.

Ich vertiefte mich in die Lektüre.

Anton Gorodezki war, wie sich herausstellte, mit Swetlana Gorodezkaja verheiratet, mit der er die zweijährige Tochter Nadeshda hatte. Ihm gehörte ein kleines Unternehmen, das Milchprodukte vertrieb. Milch, Kefir, Quark, Joghurt ...

Die Firma kannte ich. Ein normales Tochterunternehmen der Nachtwache, das für uns Geld erwirtschaftete. Davon unterhielten wir rund zwanzig in Moskau, in ihnen arbeiteten normale Menschen, die nicht die geringste Ahnung hatten, an wen die Gewinne eigentlich flossen.

Kurzum, alles bescheiden, einfach und schlicht. Auf der Mauer, auf der Lauer, wer da wohl kauert? Eben, die Anderen. Da konnte ich ja wohl schlecht mit Wodka handeln ...

Ich legte mein Dossier zur Seite und nahm mir die übrigen Mieter vor.

Natürlich brachte das nichts – und es konnte ja kaum viele Informationen über die Menschen geben. Schließlich ist ein Security-Unternehmen – und sei es das eines noch so luxuriösen Wohnkomplexes – nicht das KGB.

Allerdings brauchte ich auch fast nichts. Bloß Informationen über Verwandte. Vor allem über die Eltern.

Als Erstes legte ich diejenigen zur Seite, deren Eltern gesund und munter waren. Auf einen zweiten Stapel packte ich die Mappen von denjenigen, deren Eltern gestorben waren.

Vor allem interessierten mich die einstigen Heimkinder – von ihnen gab es zwei – und diejenigen, bei denen in der Spalte von Vater oder Mutter ein Strich gezogen war.

Von Letzteren gab es acht.

Diese Fälle legte ich vor mich, um sie genauer zu studieren.

Ein Heimkind sortierte ich sofort aus, das laut Dossier Kontakte zu Verbrecherkreisen unterhielt. Im letzten Jahr war der Mann nicht in Russland gewesen und hatte ungeachtet der Bitte der Justizbehörden nicht die Absicht zurückzukehren.

Dann schied ich zwei Kinder mit nur einem Elternteil aus.

Der eine Mann stellte sich als schwacher Dunkler Magier heraus, den ich von einem belangslosen Fall her kannte. Den würden sich jetzt vermutlich die Dunklen vorknöpfen. Wenn sie nichts rauskriegen sollten, hatte der Mann mit der Sache nichts zu tun.

Der zweite Mann war ein recht bekannter Schlagersänger, von dem ich absolut zufällig wusste, dass er seit drei Monaten auf einer Auslandstournee weilte, in den USA, Deutschland und Israel. Vermutlich verdiente er sich das Geld für die Modernisierung zusammen.

Es blieben noch sieben. Eine gute Zahl. Auf sie konnte ich mich jetzt konzentrieren.

Ich öffnete die Mappe und las sie gründlich. Zwei Frauen, fünf Männer ... Wer kam für mich in Frage?

Chlopow, Roman Lwowitsch, 42 Jahre, Geschäftsmann ... Das Gesicht rief keine Assoziationen hervor. Ob er es war? Vielleicht ...

Komarenko, Andrej Iwanowitsch, 31 Jahre, Geschäftsmann ... Was für ein entschlossenes Gesicht! Und noch relativ jung ... Er? Möglicherweise ... Nein, unmöglich! Ich legte die Akte des Unternehmers Komarenko zur Seite. Ein Mann, der mit dreißig Jahren eine hübsche Stange Geld für den Bau von Kirchen opfert und sich durch seine »überdurchschnittliche Religiosität« auszeichnet, hegt nicht den Wunsch, sich in einen Anderen zu verwandeln.

Rawenbach, Timur Borissowitsch, 61 Jahre, Geschäftsmann ... Er wirkte relativ jung für sein Alter. Der entschlossene junge Andrej Iwanowitsch hätte bei einer Begegnung mit Timur Borissowitsch respektvoll den Blick abgewandt. Mir selbst kam das Gesicht bekannt vor, sei es vom Fernsehen, sei es ...

Ich legte die Mappe weg. Bekam feuchte Hände. Über meinen Rücken lief ein Kälteschauder.

Nein, nicht aus dem Fernseher, genauer: Nicht nur aus dem Fernseher kannte ich dieses Gesicht ...

Das konnte nicht sein!

»Das kann nicht sein!«, wiederholte ich meinen Gedanken laut. Ich goss mir einen Kognak ein und trank ihn auf ex. Dann sah ich mir das Gesicht von Timur Borissowitsch noch einmal an. Ein ruhiges, intelligentes Gesicht mit leicht asiatischem Einschlag.

Das konnte nicht sein.

Ich öffnete die Mappe und begann zu lesen. Er wurde in Taschkent geboren. Der Vater ... war nicht bekannt. Die Mutter ... starb bei Kriegsende, als der kleine Timur noch keine fünf Jahre alt war. Danach wuchs er in einem Kinderheim auf. Er absolvierte zunächst eine Ausbildung zum Bauzeichner, danach ein Studium als Ingenieur. Karriere im Komsomol. Irgendwie gelang es ihm, um einen Parteibeitritt herumzukommen. Er hatte eine der ersten Baukooperativen der UdSSR gegründet, die sich übrigens weit stärker mit dem Handel importierter Herde und sanitärer Einrichtungen beschäftigte, als tatsächlich etwas baute. Er zog nach Moskau ... gründete eine Firma ... ging in die Politik ... Ehe? Nein. Straffälligkeit? Nein. Zweite Ehe? Nein.

Ich hatte den Auftraggeber aus den Reihen der Menschen gefunden.

Aber was das Schrecklichste war: Ich hatte damit auch den abtrünnigen Anderen gefunden.

Und dieser Fund kam so überraschend, als sei das Universum eingestürzt.

»Wie konnten Sie nur«, meinte ich tadelnd. »Wie konnten Sie nur ... Chef ...«

Wenn man Timur Borissowitsch um zehn, fünfzehn Jahre verjüngen würde, dann wäre er Geser – mit zivilem Namen Boris Ignatjewitsch – wie aus dem Gesicht geschnitten, der vor sechzig Jahren in ebendieser Gegend gelebt hatte ... Taschkent, Samarkand und andere Orte in Zentralasien ...

Am stärksten erschütterte mich noch nicht mal das Verhalten des Chefs. Geser ein Verbrecher? Das war so unwahrscheinlich, dass ich mich nicht mal darüber aufregte.

Mich erschütterte, wie leicht der Chef in eine Falle geraten war.

Geser war also vor sechzig Jahren im fernen Usbekistan Vater geworden. Danach hatte man ihm Arbeit in Moskau angeboten. Die Mutter des Jungen, eine gewöhnliche Frau, starb in den Kriegsjahren. Der kleine Mensch Timur, dessen Vater ein großer Magier war, kam ins Kinderheim ...

Möglich ist alles. Geser brauchte von der Existenz seines Kindes nichts gewusst zu haben. Oder er hatte etwas gewusst, konnte sich aber aus verschiedenen Gründen nicht um das Schicksal des Jungen kümmern. Jetzt musste in dem Alten ein Hebel umgelegt worden sein, er bekam Sehnsucht nach ihm, traf sich mit seinem in die Jahre gekommenen Sohn und gab ihm das leichtsinnige Versprechen ...

Und das war in der Tat erstaunlich!

Seit Hunderten, seit Tausenden von Jahren spann Geser seine Intrigen. Kein Wort sprach er unbedacht aus. Und dann lief er so in die Falle?

Kaum vorstellbar.

Aber Tatsache.

Man brauchte kein Experte für Physiognomie zu sein, um in Timur Borissowitsch und Boris Ignatjewitsch nahe Verwandte zu erkennen. Selbst wenn ich schwiege, würden die Dunklen dahinter kommen. Oder die Inquisitoren. Sie würden den älteren

Geschäftsmann in die Zange nehmen ... Oder nein, weshalb sollten sie ihn bedrängen? Wir sind keine üblen Erpresser. Wir sind die Anderen. Vítěszlav bräuchte ihm nur in die Augen zu sehen, Sebulon nur mit den Fingern zu schnippen, und schon würde Timur Borissowitsch alles so frei heraus erzählen, als sitze er im Beichtstuhl.

Was würde Geser dann tun?

Ich dachte nach. Nun ... Wenn er zugab, dass er selbst die Briefe abgeschickt hatte ... hieße das, er hatte keine schlimmen Hintergedanken gehegt ... Schließlich durfte er sich grundsätzlich einem Menschen gegenüber zu erkennen geben ...

Kurz ging ich in Gedanken die einzelnen Punkte des Vertrages, der Ergänzungen und Nachbesserungen, der Präzedenzfälle und Ausnahmen, Kommentare und Fußnoten durch.

Eine komische Situation.

Geser würde bestraft werden, aber nicht sehr streng. Im Höchstfall eine Rüge vom Europabüro der Nachtwache. Und irgendwas Aufsehenerregendes, aber wenig Sinnvolles von der Inquisition. Selbst seinen Posten könnte Geser behalten.

Nur ...

Ich stellte mir vor, was daraufhin in der Tagwache losbrechen würde. Wie Sebulon feixen würde. Mit welch unverhohlener Neugier die Dunklen über Gesers Familienangelegenheiten herfallen und seinem menschlichen Sohn einen Gruß zukommen lassen würden.

Sicher, in den Jahren, die Geser schon hinter sich hatte, hätte sich jeder ein dickes Fell zugelegt. Gelernt, Spott zu ertragen.

Trotzdem würde ich jetzt nicht mit ihm tauschen wollen!

Und auch unsere Leute neigten zur Ironie. Nein, niemand würde Geser einen Vorwurf machen. Oder hinter seinem Rücken über ihn tuscheln.

Ein Grinsen hier und da, das ja. Ein verständnisloses Kopfschütteln. Und Geflüster: »Er wird doch alt, der Große, ja, er wird alt ...«

Heute kannte ich Geser gegenüber keine hündische Unterwürfigkeit und keine Begeisterung mehr. Zu oft beurteilten wir die Dinge völlig unterschiedlich. Manches konnte ich ihm bis heute nicht verzeihen ...

Aber so in der Tinte zu sitzen!

»Was hast du da bloß gemacht, Großer?«, sagte ich. Dann legte ich die Mappen in den offenen Tresor zurück und goss mir ein weiteres Glas Kognak ein.

Konnte ich Geser helfen?

Wie?

Indem ich mich als Erster an Timur Borissowitsch wandte?

Wie dann weiter? Sollte ich ihn mit einem Schweigezauber belegen? Den nur wahre Meister aufheben könnten?

Und wenn der Geschäftsmann Russland verlassen musste? Fliehen musste, als seien sämtliche Gangsterbanden der Stadt und auch alle Justizorgane hinter ihm her?

Vielleicht würde er das sogar tun. Sich irgendwo in der Tundra oder in Polynesien verstecken.

Geschah ihm ganz recht. Sollte er doch für den Rest seines Lebens Robben jagen oder Kokosnüsse von den Palmen schlagen! Schließlich hatte er zur »Herrscherin über das Meer« werden wollen ...

Ich nahm den Telefonhörer, wählte die Nummer der Zentrale unseres Büros. Dann noch die Durchwahl für das Rechenzentrum.

»Ja?«, erklang im Hörer Toliks Stimme.

»Tolik, du musst einen Menschen für mich durchleuchten. Sofort.«

»Gib mir den Namen, dann durchleuchte ich ihn«, erwiderte Tolik unerschütterlich.

Ich gab ihm alles durch, was ich von Timur Borissowitsch hatte in Erfahrung bringen können.

»He, was brauchst du denn sonst noch?«, wunderte sich Tolik.

»Auf welcher Seite er schläft oder wann er das letzte Mal beim Zahnarzt gewesen ist?«

»Wo er jetzt ist«, meinte ich finster.

Tolik schnaubte, aber ich hörte, wie er am anderen Ende der Leitung munter auf die Tastatur einschlug.

»Er hat ein Handy«, sagte ich für alle Fälle.

»Versuch nicht, einen Weisen zu belehren. Er hat sogar zwei Handys ... beide befinden sich ... sind ... Gut, ich lade jetzt die Karte ...«

Ich wartete.

»Wohnanlage Assol. Genauer kann es dir der CIA auch nicht sagen. Präzisere Angaben sind nicht möglich.«

»Ich schulde dir ein Fläschchen«, meinte ich und legte auf. Sprang hoch. Doch wozu die Eile? Schließlich saß ich vor dem Bildschirm der Überwachungskameras.

Ich musste nicht lange suchen.

Timur Borissowitsch betrat gerade den Fahrstuhl. Ihm folgte ein Pärchen mit steinernen Mienen. Zwei Bodyguards. Oder ein Bodyguard und der Chauffeur, der obendrein den zweiten Leibwächter abgab.

Ich stellte den Bildschirm ab und stürmte los. Rannte in den Flur – gerade rechtzeitig, um den Chef der Security-Firma zu treffen.

»Hatten Sie Erfolg?«, fragte er freudestrahlend.

»Hm«, nickte ich ihm im Lauf zu.

»Brauchen Sie noch weitere Hilfe?«, rief mir der Mann fürsorglich hinterher.

Ich schüttelte nur den Kopf.

Sechs

Der Fahrstuhl kroch – so kam es mir vor – unerträglich langsam in den neunzehnten Stock hinauf. Inzwischen konnte ich verschiedene Pläne entwickeln und wieder verwerfen. Bodyguards – das machte die Sache erheblich schwieriger.

Ich würde improvisieren müssen. Und im Notfall ein wenig von meiner Tarnung aufgeben.

Ich klingelte lange an der Tür und blickte in die elektronische Pupille der Kamera. Schließlich rührte sich etwas, und aus der in die Wand eingebauten Sprechanlage fragte jemand: »Ja?«

»Sie setzen mich unter Wasser!«, echauffierte ich mich und versuchte, so aufgelöst wie möglich zu klingen. »Die Fresken an der Decke sind schon nass! Im Flügel stehen bereits zwei Eimer Wasser!«

Woher nahm ich bloß diese Fresken und den Konzertflügel?

»In was für einem Flügel?«, fragte eine misstrauische Stimme.

Woher sollte ich denn wissen, was die hier für Flügel haben? Schwarze und teure. Oder weiße und noch teurere ...

»In meinem Wiener Flügel! Mit geschwungenen Beinen!«, phantasierte ich weiter.

»Und wir dachten schon in dem Klavier, das da steht vor der Tür«, erwiderte jemand mit unverhohlener Ironie.

Ich sah zu Boden. Diese verfluchte allseitige Beleuchtung ... Nicht einmal einen ordentlichen Schatten gab es hier!

Als ich die Hand in Richtung Tür ausstreckte, schaffte ich es immerhin, einen schwachen Schatten auf dem rosafarbenen Holz, mit dem der Panzerstahl verkleidet war, zu erkennen.

Sofort zog ich ihn zu mir.

Meine Hand tauchte ins *Zwielicht* ein, der Hand hinterher ich selbst.

Die Welt gestaltete sich neu. Verlor ihre Farben, ergraute. Tiefe Stille senkte sich herab, nur das elektrische Innenleben der Kamera und der Sprechanlage surrten noch.

Ich stand im *Zwielicht*, in jener seltsamen Welt, wohin nur die Anderen einen Weg kennen. In jener Welt, aus der unsere Kraft stammt.

Die fahlen Schatten der aufgeschreckten Bodyguards. Über ihren Köpfen glomm eine alarmierte purpurrote Aura, die ich sogar durch die Tür hindurch sehen konnte. Ich könnte sie mit einem Gedanken berühren, ihnen einen Befehl geben – und sofort würden sie mir öffnen.

Doch ich zog es vor, durch die Tür hindurchzugehen.

Die Bodyguards waren wirklich auf der Hut. Einer hielt eine Pistole in der Hand, einer tastete sehr langsam nach seinem Halfter.

Ich berührte die Bodyguards, fuhr ihnen mit dem Daumen über die kräftige Stirn. Schlaft, schlaft, schlaft ... Ihr seid sehr müde. Ihr müsst euch hinlegen und sofort einschlafen. Mindestens eine Stunde lang. Tief und fest. Mit süßen Träumen.

Der eine Bodyguard fiel sofort in Ohnmacht, der zweite leistete den Bruchteil einer Sekunde Widerstand. Später würde ich prüfen müssen, ob er zu uns Anderen gehörte. Wer weiß ...

Dann trat ich aus dem *Zwielicht* heraus. Die Welt gewann ihre Farben und ihr Tempo zurück. Von irgendwoher erklang Musik.

Wie Säcke sanken die Bodyguards auf den teuren Perser, der unmittelbar hinter der Tür lag.

Es gelang mir, mit einem Griff gleich beide abzufangen und sie relativ sanft zu betten.

Dann folgte ich der Musik, dem friedlichen Geigenspiel.

Diese Wohnung war in der Tat gründlich renoviert worden! Alles glänzte, war durchdacht und harmonisch, offenkundig die Arbeit eines der besten Innenarchitekten. Hier schlug der Hausherr nicht einen Nagel selbst in die Wand. Vermutlich hegte er aber auch gar nicht den Wunsch. »Das«, brummte er billigend oder unzufrieden, während er die kolorierten Zeichnungen betrachtete, dann mit dem Finger auf einige Gemälde zeigte – und die Wohnung fürs nächste halbe Jahr vergaß.

Timur Borissowitsch war anscheinend ins Assol gekommen, um den Jacuzzi zu genießen. Und zwar einen echten Jacuzzi, keinen Whirlpool einer weniger renommierten Firma. Aus dem schaumbekrönten Wasser ragte nur das Gesicht heraus, das mich so schmerzhaft an Geser erinnerte. Der teure Anzug war achtlos über eine Sessellehne geworfen – in diesem Bad reichte der Platz für Sessel, einen Zeitungstisch, eine geräumige Sauna und eben den Jacuzzi, der an ein kleines Schwimmbecken erinnerte.

Gene sind doch trotz allem eine großartige Sache! Gesers Sohn konnte kein Anderer werden, aber in seinem menschlichen Dasein genoss er alle denkbaren Freuden.

Als ich eintrat, mich orientierte und auf die Wanne zuging, starrte Timur Borissowitsch mich an und runzelte die Stirn. Machte aber keine abrupten Bewegungen.

»Ihre Bodyguards schlafen«, setzte ich ihn in Kenntnis. »Ich vermute, Sie könnten jetzt den Knopf einer Alarmanlage drücken oder eine Pistole ziehen. Das brauchen Sie nicht, es würde Ihnen ohnehin nichts nützen.«

»Es gibt hier keinen solchen Alarmknopf«, brummte Timur Borissowitsch, und seine Stimme erinnerte schmerzhaft an die

Stimme Gesers. »Ich bin nicht paranoid ... Sie sind vermutlich ein Anderer?«

Aha. Legen wir die Karten also auf den Tisch ... »Ja«, meinte ich lächelnd. »Schön, dass ich auf lange Erklärungen verzichten kann.«

Timur Borissowitsch schnaubte empört. »Was kommt jetzt?«, fragte er. »Muss ich aus der Wanne steigen? Oder können wir das so aushandeln?«

»Es geht auch so«, versicherte ich. »Darf ich mich setzen?«

Der Sprössling des großen Magiers nickte, ich zog einen Sessel heran und nahm Platz, wobei ich erbarmungslos seinen teuren Anzug zerknautschte. »Wissen Sie, warum ich gekommen bin?«, fing ich an.

»Sie sehen nicht wie ein Vampir aus«, meinte Timur Borissowitsch. »Sie sind ein Magier, oder? Ein Lichter?«

Ich nickte.

»Sie sind gekommen, um mich zu initiieren«, vermutete Timur Borissowitsch. »Wäre es so kompliziert gewesen, vorher anzurufen?«

Ach du meine Güte ...

Nichts verstand er.

»Wer hat Ihnen versprochen, Sie zu initiieren?«, fragte ich scharf.

Timur Borissowitsch runzelte die Stirn. »Also ... bringen wir es hinter uns«, murmelte er. »Weshalb sind Sie gekommen?«

»Ich untersuche einen Fall, bei dem es um eine nicht sanktionierte Weitergabe von geheimen Informationen geht«, antwortete ich.

»Aber Sie sind ein Anderer? Sie sind nicht von der Staatssicherheit?«, wollte Timur Borissowitsch nervös wissen.

»Zu Ihrem großen Unglück bin ich nicht von der Staatssicherheit. Erzählen Sie mir in aller Offenheit, wer Ihnen wann das Versprechen gegeben hat, Sie zu initiieren.«

»Eine Lüge würden Sie eh spüren«, erwiderte Timur Borissowitsch nur.

»Natürlich.«

»Mein Gott, ich wollte einfach nur ein paar Stunden meine Ruhe haben!«, rief Timur Borissowitsch mit schmerzerfüllter Stimme. »Hier gibt es Probleme, da Schwierigkeiten ... Und wenn ich mich in der Wanne entspannen will, platzt ein seriöser junger Mensch herein und verlangt Erklärungen!«

Ich wartete ab. Wies ihn nicht darauf hin, dass ich kein »junger Mensch« war.

»Vor einer Woche hat sich jemand mit mir getroffen ...«, begann Timur Borissowitsch stockend. »Unter recht seltsamen Umständen ... ein Herr ...«

»Wie sah er aus?«, wollte ich wissen. »Sie brauchen ihn mir nicht zu beschreiben. Stellen Sie ihn sich einfach kurz vor.«

In Timur Borissowitschs Augen flackerte Neugier auf. Er starrte mich an.

»So?«, fragte ich irritiert.

Was seinen Grund hatte.

Wenn ich dem Bild glauben durfte, das der Geschäftsmann sich eben ins Bewusstsein gerufen hatte (und ich hatte keinen Grund, ihm nicht zu glauben), dann hatte der heute kaum noch bekannte, früher jedoch ausgesprochen populäre Filmschauspieler Oleg Strishenow mit ihm gesprochen.

»Oleg Strishenow«, schnaubte Timur Borissowitsch. »Jung und schön. Ich habe schon geglaubt, mit meinem Kopf stimme irgendetwas nicht. Doch er hat mir mitgeteilt, das sei bloß eine Maskierung ... eine Maske ...«

Natürlich. Geser hatte noch so viel Verstand besessen, sich zu maskieren. Hm ... das erhöhte vielleicht unsere Chancen!

Ich wurde wieder etwas zuversichtlicher. »Fahren Sie fort«, verlangte ich. »Was passierte dann?«

»Dieser Tiermensch«, berichtete Timur Borissowitsch, unfreiwillig all unsere Begriffe verwechselnd, »hat mir bei einer Sache sehr geholfen. Ich war da in eine unangenehme Geschichte hineingeraten ... durch puren Zufall. Wenn er mir nicht bestimmte Dinge gesagt hätte, läge ich jetzt nicht hier.«

»Er hat Ihnen also geholfen?«, hakte ich nach.

»Und wie«, nickte Timur Borissowitsch. »Natürlich wurde dadurch meine Neugier geweckt. Irgendwann haben wir uns unterhalten ... ganz offen. Wir haben uns an das alte Taschkent erinnert, über alte Filme geplaudert ... Dann hat mir dieser falsche Strishenow von den Anderen erzählt. Er hat behauptet, mit mir verwandt zu sein. Deshalb würde er mir gern jeden nur denkbaren Gefallen erweisen. Einfach so, ohne jede Gegenleistung.«

»Und?«, wollte ich weiter wissen.

»Ich bin schließlich kein Dummkopf.« Timur Borissowitsch zuckte mit den Schultern. »Einen goldenen Fisch sollte man nicht um drei Wünsche bitten, sondern um Allmacht. Oder schlimmstenfalls um ein Bassin mit goldenen Fischen. Ich habe ihn gebeten, aus mir ebenfalls einen Anderen zu machen. Daraufhin fing der so genannte Strishenow an herumzudrucksen und wand sich wie ein Fisch in der Pfanne. Er behauptete, das ginge nicht. Doch ich spürte, dass er log. Es ging! Deshalb habe ich ihn gebeten, sich etwas einfallen zu lassen und mich doch zu einem Anderen zu machen ...«

Er log nicht. Nicht bei einem Wort. Sondern sagte einfach nicht alles.

»Sie können kein Anderer werden«, erklärte ich. »Sie sind ein gewöhnlicher Mensch. Es tut mir leid, aber Sie werden nie ein Anderer.«

Timur Borissowitsch schnaubte erneut.

»Das ist ... Das ist eine Frage der Gene, wenn Sie so wollen«, erklärte ich. »Timur Borissowitsch, ist Ihnen klar, dass Ihr Verhandlungspartner aus bestimmten Gründen in eine Falle geraten war? Dass er seinen Vorschlag unglücklich formuliert hat und jetzt gezwungen ist, etwas Unmögliches zu vollbringen?«

Daraufhin konnte mein selbstsicheres Gegenüber nur schweigen.

»Sie haben es gewusst«, schlussfolgerte ich. »Ich sehe doch, dass Sie es gewusst haben. Und trotzdem haben Sie diese Forderung gestellt?«

»Ich habe Ihnen doch bereits gesagt, dass es möglich ist, das zu machen!«, widersprach Timur Borissowitsch mit erhobener Stimme. »Das spüre ich! Ich spüre nicht schlechter als Sie, wenn jemand lügt! Und ich habe niemanden bedroht, sondern nur um etwas gebeten!«

»Vermutlich ist Ihr Vater an Sie herangetreten!«, sagte ich. »Ist Ihnen das klar?«

Timur Borissowitsch erstarrte in seinem sprudelnden Jacuzzi zur Salzsäule.

»Er wollte Ihnen in der Tat helfen«, sagte ich. »Aber das kann er nicht. Ihre Forderung bringt ihn im wörtlichen Sinne um. Begreifen Sie das?«

Timur Borissowitsch schüttelte den Kopf.

»Er hat Ihnen ein viel zu vage formuliertes Versprechen gegeben«, sagte ich. »Sie haben ihn jedoch beim Wort genommen. Wenn er das gegebene Wort nicht einhält, stirbt er. Ist Ihnen das klar?«

»Ist das bei Ihnen so üblich?«

»Das hängt mit der Kraft zusammen«, erwiderte ich. »Jedenfalls bei den Lichten.«

»Wo war er denn früher, mein Papa ...«, fragte Timur Borissowitsch mit deutlicher Wehmut in der Stimme. »Er ist doch noch immer jung, oder? Warum kommt er erst jetzt, wo meine Enkel schon verheiratet sind?«

»Glauben Sie mir, er konnte nicht«, versicherte ich. »Und vermutlich wusste er gar nichts von Ihnen. Das kann vorkommen. Aber jetzt bringen Sie ihn um. Ihren eigenen Vater.«

Timur Borissowitsch schwieg.

Während ich triumphierte. Denn dieser im Jacuzzi liegende Geschäftsmann war kein ausgemachtes Schwein. Und das Wort »Vater« bedeutete für ihn, der er im Orient aufgewachsen war, viel.

Trotz allem.

»Sagen Sie ihm, dass ich ... meine Bitte zurückziehe ...«, murmelte Timur Borissowitsch. »Wenn er nicht will ... ach, zum Teufel mit ihm ... Er hätte doch einfach vorbeikommen und offen mit mir über alles sprechen können. Es gibt doch keinen Grund, dafür einen seiner Angestellten zu schicken.«

»Sind Sie sicher, dass ich einer seiner Angestellten bin?«, hakte ich neugierig nach.

»Ja. Ich weiß nicht, wer mein Vater ist. Aber in Ihrer Wache wird er schon nicht das kleinste Rädchen sein.«

Ich hatte es geschafft! Ich hatte das Damoklesschwert, das über Geser hing, abgenommen.

Ob er mich deswegen ins Assol geschickt hatte? Ob er wusste, dass mir das gelingen würde?

»Ich habe noch eine Bitte, Timur Borissowitsch«, schmiedete ich das Eisen, solange es noch heiß war. »Sie müssen für einige Zeit die Stadt verlassen. Es sind gewisse Umstände bekannt geworden ... Ihre Spur haben noch weitere Andere aufgenommen. Darunter auch die Dunklen. Sie werden Schwierigkeiten bekommen, aber ... aber auch Ihr Vater.«

Abrupt setzte sich Timur Borissowitsch in der Wanne hoch. »Wollen Sie mir nun auch vorschreiben, was ich zu tun habe?«, fragte er.

»Ich könnte es Ihnen befehlen«, erklärte ich. »Genauso leicht, wie ich Ihre Bodyguards ausgeschaltet habe. Sie würden ohne Hosen zum Flughafen stürzen. Aber ich bitte Sie, Timur Borissowitsch. Sie haben bereits einen guten Schritt getan, indem Sie der Rücknahme Ihrer Forderung zugestimmt haben. Machen Sie jetzt auch den nächsten Schritt. Ich bitte Sie.«

»Sie wissen, welche Meinung man sich von einem Geschäftsmann macht, der urplötzlich Gott weiß wohin verschwunden ist?«

»Ich kann es mir denken.«

Timur Borissowitsch grunzte und wirkte von einer Sekunde zur nächsten viel älter. Ich schämte mich. Doch ich wartete.

»Ich möchte gern ... mit ihm reden.«

»Ich glaube, das lässt sich machen«, stimmte ich kurzerhand zu. »Aber zunächst müssen Sie verschwinden.«

»Drehen Sie sich um«, brummte Timur Borissowitsch.

Gehorsam drehte ich mich um. Aus irgendeinem Grund war ich mir sicher, nicht gleich eins mit der verchromten Seifenschale über den Schädel gezogen zu bekommen.

Und dieses durch nichts zu rechtfertigende Vertrauen rettete mich.

Denn ich sah durchs *Zwielicht* auf die Wand, um mich zu überzeugen, dass die beiden Bodyguards noch friedlich vor der Tür schlummerten. Dabei bemerkte ich einen flinken Schatten. Einen Schatten, der zu flink für einen Menschen war.

Außerdem ging dieser Schatten durch Wände. Nicht mit den gewöhnlichen Schritten eines Anderen, sondern mit dem huschenden Gang eines Vampirs.

Als Kostja das Badezimmer betrat, hatte ich meinem Gesicht bereits wieder einen ruhigen und amüsierten Ausdruck gegeben. Wie es sich für einen Lichten Wächter gehört, der vor einem Dunklen am Ort des Geschehens eingetroffen ist.

»Du«, sagte Kostja. Im *Zwielicht* stieg von seinem Körper feiner Dampf auf. Vampire sehen überhaupt in der *Zwielicht*-Welt anders aus, doch Kostja hatte noch viel von einem Menschen. Erstaunlich viel für einen Hohen Vampir.

»Natürlich«, sagte ich. Die Töne schienen in feuchte Watte gepackt. »Warum bist du hierher gekommen?«

Kostja zögerte. »Ich habe gespürt, dass du Kraft einsetzt«, antwortete er dann ehrlich. »Du musstest also etwas gefunden haben ... Jemanden.«

Er blickte zu Timur Borissowitsch hinüber. »Ist das unser Erpresser?«, fragte er.

Es hätte keinen Sinn gehabt, jetzt zu lügen. Oder den Geschäftsmann zu verstecken.

»Ja«, sagte ich. »Ich habe ihn dazu gebracht, von seinen Forderungen abzusehen.«

»Wie?«

»Mit der Lüge, dass die Verwandlung in einen Anderen ihm unvorsichtigerweise sein eigener Vater versprochen hat. Dem deswegen jetzt ernsthafte Schwierigkeiten drohen ... Daraufhin hat er sich geschämt und nicht auf der Einhaltung des Versprechens bestanden.«

Kostja runzelte die Stirn.

»Vorsichtshalber wollte ich ihn möglichst weit wegschicken«, log ich seufzend weiter. »Soll er sich doch irgendwo in der Dominikanischen Republik ansiedeln.«

»Das ist nur die eine Hälfte der Untersuchung«, wandte Kostja finster ein. »Ich glaube, ihr Lichten wollt jemanden aus euren eigenen Reihen decken.«

»Wir oder ich?«

»Du. Den Menschen zu finden ist nicht das Wichtigste. Wir brauchen denjenigen, der unser Geheimnis preisgegeben hat. Der ihm die Initiierung versprochen hat.«

»Aber das weiß er doch nicht!«, empörte ich mich. »Ich habe sein Gedächtnis überprüft, das ist absolut sauber. Der Verräter ist zu ihm in Gestalt eines Filmschauspielers aus dem vorigen Jahrhundert gekommen. Und hat keine Spuren hinterlassen.«

»Das werden wir noch sehen«, verkündete Kostja. »Er soll sich die Hosen anziehen, ich nehm ihn mit.«

Was bildete sich der Kerl bloß ein?!

»Ich habe ihn gefunden, und er kommt mit mir mit!«, brüllte ich.

»Und ich kann mich des Eindrucks nicht erwehren, dass du Spuren vertuschen willst«, meinte Kostja mit leiser, aber drohender Stimme.

Hinter uns trocknete sich Timur Borissowitsch ab, ohne auch nur im Geringsten zu ahnen, welches Gespräch gerade im *Zwielicht* geführt wurde. Wir durchbohrten einander mit Blicken, keiner von uns beiden wollte nachgeben.

»Er kommt mit mir mit«, wiederholte ich.

»Wollen wir uns um ihn schlagen?«, fragte Kostja fast belustigt.

Und mit einer gleitenden Bewegung stand er neben mir, um mir forschend in die Augen zu gucken. Seine Pupillen flackerten im *Zwielicht* wie ein rotes Feuer.

Ja! Er wollte diesen Kampf!

Seit vielen Jahren schon! Um sich endgültig zu überzeugen, dass das Recht auf Seiten des Hohen Vampirs Konstantin war und nicht auf Seiten des naiven Kostja, der davon geträumt hatte, seinem Fluch zu entkommen und wieder ein Mensch zu werden ...

»Ich bringe dich um«, zischte ich.

Kostja grinste nur. »Wollen wir es drauf ankommen lassen?«

Ich sah zu Boden. Mein Schatten ließ sich kaum erkennen, doch ich hob ihn auf und drang in die nächste Schicht des *Zwielichts* ein. Dorthin, wo die Wände des Hauses sich kaum noch im Nebel erahnen ließen, wo den Raum ein alarmierendes tiefes Grollen ausfüllte.

Nur einen kurzen Augenblick lang genoss ich den Vorteil dieser Position.

Dann tauchte auch Kostja in der zweiten *Zwielicht*-Schicht auf. Jetzt sah er stark verändert aus. Sein Gesicht erinnerte an einen Schädel, dem die Haut abgezogen worden war, die Augen lagen tief in den Höhlen, die Ohren ragten lang und spitz auf.

»Ich habe Vieles gelernt«, flüsterte Kostja. »Was ist nun, mit wem geht der Verdächtige mit?«

In dem Moment erklang eine dritte Stimme. »Ich habe einen Vorschlag, der alle zufrieden stellt.«

Im grauen Nebel materialisierte sich Vítĕszlav. Sein Körper war ebenfalls deformiert und gab Dampf ab wie ein Stück Trockeneis in der Sonne. Ein Schauder durchlief mich. Der Prager Vampir kam aus der dritten *Zwielicht*-Schicht, aus jenen Schichten, die mir nicht zugänglich waren. Über welche Kraft musste er verfügen?

Nach Vítĕszlav tauchte Edgar auf. Dem Magier hatte die Reise in die dritte Schicht Mühe bereitet, er schwankte und rang nach Atem.

»Er kommt mit uns«, erklärte Vítĕszlav. »Wir glauben nicht, dass Anton Gorodezki böse Absichten hegt. Doch wir erkennen auch den Verdacht der Tagwache an. Die Untersuchung wird fortan in Händen der Inquisition liegen.«

Kostja sagte kein Wort.

Auch ich schwieg. Was sollte ich tun: Das war Vítĕszlavs gutes Recht. Und ich hatte nichts, was ich ihm entgegensetzen konnte.

»Gehen wir, meine Herren?«, fuhr Vítĕszlav fort. »Hier ist es nicht sehr angenehm.«

In der nächsten Sekunde standen wir wieder in dem geräumigen Badezimmer, in dem Timur Borissowitsch, auf einem Bein hüpfend, versuchte, seine Unterhose anzuziehen.

Vítĕszlav ließ ihm die Zeit, sie anzuziehen. Und erst als sich der Geschäftsmann auf ein Geräusch hin umdrehte, unsere ganze Gesellschaft entdeckte und verwundert aufschrie, sah Vítĕszlav ihn kalt an.

Timur Borissowitsch fiel in Ohnmacht. Edgar sprang ihm bei und bettete den bewusstlosen Körper in den Sessel.

»Du sagst, er kenne den Verräter nicht ...«, meinte Vítěszlav, während er den Geschäftsmann neugierig betrachtete. »Was für ein erstaunlich bekanntes Gesicht ... Mir kommt da ein ausgesprochen interessanter Verdacht.«

Ich schwieg.

»Du kannst stolz auf dich sein, Anton«, fuhr Vítěszlav fort. »Deine Behauptung ist nicht von der Hand zu weisen. Ich glaube, der Vater dieses Menschen arbeitet tatsächlich in der Wache. In der Nachtwache.«

Kostja kicherte. Natürlich gefiel ihm Vítěszlavs Entscheidung nicht. Kostja hätte den Sprössling Gesers viel lieber persönlich in der Tagwache abgeliefert. Dennoch konnte er auch dieser Situation etwas abgewinnen.

»Der ach so weise Geser wird doch nicht einen derartigen Fehler gemacht haben?«, fragte er begeistert. »Ich würde gern wissen ...«

Vítěszlav blickte Kostja an, der daraufhin verstummte.

»Einen Fehler machen kann jeder«, sagte Vítěszlav leise. »Selbst ein Magier außerhalb jeder Kategorie. Aber ...« Er starrte mich an. »Kannst du Geser herrufen?«

Ich zuckte mit den Schultern. Eine dumme Frage. Natürlich konnte ich das. Und auch Vítěszlav konnte es.

»Mir gefällt nicht, was hier vor sich geht ...«, meinte Vítěszlav leise. »Ganz und gar nicht. Irgendjemand hält uns hier sehr geschickt zum Narren.«

Er bedachte uns alle mit einem durchdringenden, unmenschlichen Blick. Etwas hatte seinen Argwohn geweckt. Aber was?

»Ich setze mich mit meinem Chef in Verbindung«, verkündete Kostja in einem Ton, der keinen Widerspruch duldete.

Vítěszlav erhob keine Einwände. Abermals sah er Timur Borissowitsch an und runzelte die Stirn.

Ich holte das Handy heraus und wählte Gesers Nummer.

»Irgendjemand hält uns hier zum Narren ...«, meinte Vítěszlav, dessen Wut sich jetzt Bahn brach. »Und dieser Jemand ...«

»Befehlen Sie ihm, sich anzuziehen«, bat ich, während ich auf die langen Klingeltöne lauschte. »Oder muss ein älterer Mensch wirklich so gedemütigt werden? Wollen wir ihn in Unterhosen mitnehmen?«

Vítěszlav rührte sich nicht, doch Timur Borissowitsch stand auf und fing gleichsam im Halbschlaf an, sich anzuziehen.

Verunsichert trat Edgar an mich heran. »Antwortet er nicht?«, fragte er teilnahmsvoll. »Ich an seiner Stelle ...«

»Es wird noch lange dauern, bis man dir so eine Stelle anbietet«, bemerkte Vítěszlav. »Wenn du nicht begreifst, wie man uns hereingelegt hat ...«

Edgars Gesicht ließ darauf schließen, dass er nichts begriff. Genau wie ich, genau wie Kostja, der mit verdrehten Augen lautlos etwas flüsterte.

»Ja, Anton ...«, meldete sich Geser. »Gibt's was Neues?«

»Ich habe den Mann gefunden, dem man versprochen hat, aus ihm einen Anderen zu machen«, presste ich hervor.

Im Badezimmer senkte sich absolute Stille herab. Vermutlich lauschten alle auf die schwachen Töne aus dem Handy.

»Wunderbar!«, rief Geser aus. »Du bist einfach großartig. Setz dich jetzt unverzüglich mit denjenigen in Verbindung, die von der Tagwache und der Inquisition mit der Untersuchung betraut worden sind. Sie sollen sich den Ermittlungen anschließen. Irgendwo muss dieser tschechische Vampir rumspringen, dieser Vítěszlav. Ein kluger Kerl, wenn auch ohne jeden Sinn für Humor ... aber darunter leiden ja alle Vampire.«

Vítěszlav wandte sich mir zu. Mit versteinerter Miene und glühenden Augen. Er hatte alles gehört.

Und ich war bereit, einen Kasten tschechischen Biers gegen

ein Fläschchen Kölnischwasser zu wetten, dass Geser nur zu genau wusste, dass Vítěszlav neben mir stand.

»Vítěszlav ist bereits hier«, sagte ich. »Ebenso Edgar und ... ein Vertreter der Dunklen.«

»Hervorragend!«, frohlockte Geser. »Bitte unseren Gast aus Prag doch, mir ein Portal aufzuhängen ... wenn er das bewältigt, natürlich nur. Dann stoße ich zu euch.«

Ich steckte das Handy weg und sah Vítěszlav an. Meiner Ansicht nach hatte Geser es mit seinem Spott ein wenig übertrieben.

Doch woher sollte ich wissen, wie der alte Lichte Magier und der alte Vampir der Inquisition zueinander standen? Und welche Rechnungen sie miteinander zu begleichen hatten?

»Sie haben alles gehört«, lavierte ich.

»Ich möchte es von dir hören«, erwiderte Vítěszlav.

»Das Haupt der Moskauer Nachtwache, der Helllichte Magier Geser, bittet Sie, ihm ein Portal aufzuhängen. Natürlich nur, wenn das in Ihren Kräften liegt.«

Vítěszlav blickte lediglich kurz zur Seite – und über dem sprudelnden Jacuzzi zeichnete sich in der Luft ein feiner heller Rahmen ab. Wer durch diese merkwürdige Tür trat, würde unweigerlich im Wasser landen.

»Kein Problem«, erwiderte Vítěszlav kalt. »Edgar ...«

Der ehemalige Dunkle Magier blickte ihm ergeben in die Augen.

»Das Dossier von diesem ...« Vítěszlav nickte in Timur Borissowitschs Richtung, der mit trägen Bewegungen seine Krawatte band. »Vermutlich liegt es unten, bei der Firma, die für die Sicherheit zuständig ist.«

Edgar verschwand. Um Zeit zu sparen, bewegte er sich durchs *Zwielicht*, um die Mappe zu holen.

Kurz darauf erschien Geser im Badezimmer.

Nur dass er nicht durch das Portal kam, sondern direkt neben diesem das Badezimmer betrat, akkurat über die Bodenfliesen schreitend.

»Ich werde wirklich alt«, seufzte er. »Da komme ich neben der Tür raus ...« Er sah Vítěszlav an und bedachte ihn mit einem freudestrahlenden Lächeln. »Was für eine Begegnung. Warum bist du nicht mal bei mir vorbeigekommen?«

»Arbeit«, erwiderte Vítěszlav einsilbig. »Ich denke, wir sollten die uns interessierenden Fragen so schnell als möglich klären ...«

»Du verbringst zu viel Zeit hinterm Schreibtisch«, seufzte Geser. »Ein richtiger Bürokrat bist du geworden ... Was haben wir denn?«

»Den hier ...«, warf ich ein.

Geser lächelte mich ermutigend an und betrachtete dann Timur Borissowitsch.

Stille senkte sich herab. Selbst Kostja gab Ruhe und beendete sein lautloses Gespräch mit Sebulon, der es nicht sehr eilig hatte, hier aufzutauchen. Vítěszlav schien förmlich zu erstarren. Ich versuchte, die Luft anzuhalten.

»Wie interessant«, meinte Geser. Er trat an Timur Borissowitsch heran, der teilnahmslos vor sich hinstierte, und berührte seine Hand. »Ei, ei, ei ...«, seufzte er.

»Kennen Sie diesen Mann, Helllichter Geser?«, fragte Vítěszlav.

Geser wandte sich uns mit einer Miene zu, die tiefsten Schmerz ausdrückte. »Glaubst du etwa, ich hätte meinen Instinkt völlig eingebüßt?«, fragte er bitter. »Das ist mein Blut, Vítěszlav! Das ist mein Sohn!«

»Tatsächlich?«, fragte Vítěszlav ironisch.

Geser beachtete ihn einfach nicht weiter. Er umarmte den älteren Mann, der nach menschlichem Dafürhalten sein Vater hätte sein können. Zärtlich strich er ihm über die Schulter. »Wo warst du nur all die Jahre, mein Junge ...«, flüsterte er. »Und unter welchen Umständen begegnen wir uns jetzt ... Aber man hat mir gesagt, du seist gestorben... An Diphtherie, hieß es ...«

»Meine aufrichtigen Glückwünsche, Geser«, sagte Vítěszlav. »Aber ich würde gern ein paar Erklärungen bekommen!«

Edgar kehrte ins Badezimmer zurück. Verschwitzt, mit der Mappe unterm Arm.

»Das ist eine einfache Geschichte, Vítěszlav«, erwiderte Geser, der seinen Sohn, diesen alten Mann, noch immer im Arm hielt. »Vor dem Krieg habe ich in Usbekistan gearbeitet. Samarkand, Buchara, Taschkent ... Ich war verheiratet. Dann beorderte man mich nach Moskau. Ich wusste, dass ich Vater eines Jungen geworden war, habe meinen Sohn jedoch nicht ein einziges Mal gesehen. Es war halt ... Krieg. Dann starb die Mutter des Kleinen. Und seine Spuren verloren sich.«

»Und selbst du konntest ihn nicht finden?«, fragte Vítěszlav ungläubig.

»Selbst ich nicht. Aus den Unterlagen ging hervor, dass er gestorben war. An Diphtherie ...«

»Das ist eine mexikanische Telenovela«, platzte Edgar heraus. »Helllichter Geser, wollen Sie uns weismachen, dass Sie diesen Menschen noch nie getroffen haben?«

»Nicht einmal«, meinte Geser traurig.

»Sie haben nie mit ihm gesprochen, ihm nicht – entgegen aller Gesetze – vorgeschlagen, ein Anderer zu werden?«, ließ Edgar nicht locker.

Geser bedachte den Magier mit einem ironischen Blick. »Ihnen sollte doch bekannt sein, verehrter Inquisitor, dass ein Mensch kein Anderer werden kann.«

»Antworten Sie auf die Frage!«, bat – oder befahl – Edgar.

»Ich habe ihn noch nie gesehen, noch nie mit ihm gesprochen und ihm nichts versprochen. Ich habe den Wachen und der Inquisition keinen Brief geschickt! Ich habe niemanden gebeten, sich mit ihm zu treffen oder diese Briefe abzuschicken!

Möge das Licht meine Worte bezeugen!«, skandierte Geser. Er streckte einen Arm aus und auf seinem Handteller flackerte kurz ein weißes Feuer auf. »Wollt ihr meine Worte etwa anzweifeln? Wollt ihr behaupten, ich sei dieser Verräter?«

Er wuchs über sich hinaus, als sei in ihm eine Feder hochgeschnellt. Mit Gesers Blick hätte man jetzt Nägel einschlagen können.

»Wollt ihr mich anklagen?«, fuhr Geser mit erhobener Stimme fort. »Du, Edgar? Oder du, Vítěszlav?«

Kostja wich nicht rechtzeitig aus und bekam ebenfalls eine Portion von dem versengenden Blick ab. »Oder du, kleiner Vampir?«

Selbst ich wollte mich verstecken. Doch in den Tiefen meiner Seele musste ich lachen. Geser hatte alle reingelegt! Wie genau, wusste ich nicht – aber reingelegt hatte er sie!

»Wir würden an dergleichen nicht einmal denken, Helllichter Geser.« Vítěszlav neigte als Erster den Kopf. »Edgar, Ihre Fragen waren unhöflich formuliert.«

»Ich bitte um Entschuldigung.« Edgar ließ den Kopf hängen. »Verzeihen Sie mir, Helllichter Geser. Es tut mir aufrichtig leid.«

Kostja sah sich voller Panik um. Erwartete er Sebulon? Nein, vermutlich nicht. Im Gegenteil, er wünschte, das Haupt der Dunklen möge nicht auftauchen und diesem hagelnden Spott ausgesetzt werden.

Und Sebulon würde nicht auftauchen, das hatte ich bereits begriffen. Der europäische Vampir hatte ungeachtet seiner Kraft und seiner jahrhundertealten Weisheit jede Erfahrung bezüglich fein gesponnener Intrigen eingebüßt und war in eine Falle getappt. Sebulon jedoch hatte sofort begriffen: Geser würde nie so dumm sein und sich derart ausliefern.

»Ihr seid über meinen Sohn hergefallen«, sagte Geser traurig. »Wer hat ihm diese Willenlosigkeit auferlegt? Du, Konstantin?«

»Nein!«, schrie Kostja panisch.

»Das war ich«, bekannte Vítĕszlav finster. »Soll ich den Zauber aufheben?«

»Aufheben?«, brüllte Geser. »Ihr habt an meinem Kleinen eine magische Intervention vorgenommen! Könnt ihr euch vorstellen, was für einen Schock das für ihn bedeutet? In seinem Alter? Und wie weiter? Was soll er jetzt werden, nach seiner Initiierung? Ein Dunkler?«

Mir traten die Augen aus den Höhlen. Kostja piepte leise etwas. Edgar klapperte mit den Zähnen.

Und vermutlich sahen wir alle gleichzeitig Timur Borissowitsch durchs *Zwielicht* an.

Die Aura des potenziellen Anderen ließ sich absolut deutlich erkennen.

Timur Borissowitsch brauchte seinen Hals nicht den Eckzähnen eines Vampirs oder eines Tiermenschen darzubieten. Er konnte durchaus ein ordentlicher Magier werden. Vierten oder fünften Grades.

Bedauerlicherweise wohl eher ein Dunkler Magier ... Aber ...

»Was soll ich jetzt tun?«, fragte Geser. »Ihr habt euch auf meinen Jungen gestürzt, ihn erschreckt, ihm euren Willen aufgezwungen ...«

Der angegraute »Junge« fuhr mit tauben Fingern über die Krawatte und versuchte immer noch, den Windsorknoten sorgfältiger zu binden.

»Soll er jetzt ein Dunkler werden?«, empörte sich Geser. »Ja? Das habt ihr doch wohl mit Absicht gemacht! Gesers Sohn ein Dunkler Magier!«

»Ich bin überzeugt davon, dass er in jedem Fall ein Dunkler Magier geworden wäre ...«, gab Vítĕszlav zu bedenken. »Bei dem Leben, das er führt ...«

»Du hast ihm seinen Willen genommen, ihn zum Dunkel gedrängt – und jetzt gibst du solche Erklärungen ab?«, zischte Geser in bedrohlichem Ton. »Glaubt die Inquisition, sie habe das

Recht, den Großen Vertrag zu verletzen? Oder geht dieser Angriff auf deine Rechnung? Kannst du Karlsbad immer noch nicht vergessen? Wir können unser Gespräch von damals gern fortsetzen, Vítěszlav. Hier ist nicht das Rote Bad, aber genug Platz für ein Duell haben wir.«

Eine Sekunde lang zögerte Vítěszlav, versuchte, dem Blick Gesers standzuhalten.

Dann kapitulierte er. »Ich bitte um Entschuldigung, Geser. Ich habe nicht geahnt, dass dieser Mensch ein potenzieller Anderer ist. Alles hat auf das Gegenteil hingewiesen ... diese Briefe ...«

»Und jetzt?«, brüllte Geser.

»Die Inquisition erkennt ihr ... ihr voreiliges Verhalten an ...«, sagte Vítěszlav. »Die Moskauer Nachtwache hat das Recht, diesen ... diesen Mann unter ihre Fittiche zu nehmen.«

»Und bei ihm eine Remoralisierung durchzuführen?«, hakte Geser nach. »Um ihn danach so zu initiieren, dass er sich dem Licht zuwendet?«

»Ja ...«, flüsterte Vítěszlav.

»In diesem Fall können wir den Konflikt als beigelegt betrachten.« Geser lächelte und klopfte Vítěszlav auf die Schultern. »Nimm es nicht tragisch. Wir alle machen mitunter Fehler. Die Hauptsache ist doch, dass wir sie wieder korrigieren, oder?«

Eine eiserne Selbstbeherrschung hatte er, dieser alte europäische Blutsauger.

»Gewiss, Geser ...«, räumte er traurig ein.

»Habt ihr den abtrünnigen Anderen eigentlich geschnappt?«, wollte Geser wissen.

Vítěszlav schüttelte den Kopf.

»Was gibt denn das Gedächtnis von meinem Söhnchen her ...«, fragte Geser laut. Er sah Timur Borissowitsch an, der bereits tipptopp angezogen dastand. »Ei, ei, ei ... Oleg Strishenow. Der Filmstar aus den Sechzigern ... Was für eine perfide Tarnung!«

»Der Verräter liebt wohl die alten russischen Filme?«, fragte Vítěszlav.

»Anscheinend. Ich selbst hätte Innokenti Smoktunowski bevorzugt«, erwiderte Geser. »Oder Oleg Dal. Das ist eine aussichtslose Sache, Vítěszlav. Der Verräter hat keine Spuren hinterlassen.«

»Und du hast keine Ahnung, wer er ist?«, fragte Vítěszlav.

»Spekulieren könnte ich«, meinte Geser nickend. »In Moskau gibt es Tausende von Anderen. Jeder von ihnen kann eine fremde Gestalt annehmen. Will die Inquisition etwa von jedem einzelnen Anderen Moskaus das Gedächtnis überprüfen?«

Vítěszlav runzelte die Stirn.

»Eben, das würde nichts bringen«, versicherte Geser. »Ich könnte mich nicht einmal für meine eigenen Mitarbeiter verbürgen, geschweige denn für die Anderen, die nicht in den Wachen arbeiten.«

»Wir werden ihn in einen Hinterhalt locken«, erklärte Edgar. »Und wenn der Verräter erneut auftaucht ...«

»Er wird nicht wieder auftauchen«, erklärte Vítěszlav müde. »Das ist nicht mehr nötig.«

Lächelnd betrachtete Geser den düster dreinblickenden Vampir. Dann verlosch sein Lächeln mit einem Mal. »Ich bitte euch, die Wohnung meines Sohnes zu verlassen. Zur Unterzeichnung des Protokolls erwarte ich euch im Büro. Heute Abend um sieben Uhr.«

Vítěszlav nickte und verschwand. Kurz darauf tauchte er jedoch wieder auf. Leicht konfus.

»Zu Fuß, zu Fuß«, erklärte Geser. »Ich habe das *Zwielicht* hier geschlossen. Vorsichtshalber.«

Ich tappte den Inquisitoren und Kostja hinterher, der über alle Maßen glücklich war, nach Hause zu können.

»Anton«, rief Geser mir nach. »Vielen Dank. Du hast gute Arbeit geleistet. Komm heute Abend zu mir.«

Ich antwortete nicht. Wir gingen an den noch immer völlig teilnahmslosen Bodyguards vorbei, und ich scannte sorgfältig die Aura desjenigen, der mir verdächtig vorgekommen war.

Nein, kein Anderer. Ein Mensch.

Lange würde ich jetzt kein Land sehen ...

Der in seine Gedanken vertiefte Vítěszlav schwieg und überließ Kostja und Edgar den langen Kampf mit den Schlössern. Nur einmal linste er zu mir herüber. »Lädst du mich auf einen Kaffee ein, Wächter?«, fragte er.

Ich nickte. Warum eigentlich nicht?

Schließlich hatten wir denselben Fall bearbeitet. Und hatten uns gemeinsam blamiert – ungeachtet aller Lobesworte, die Geser für mich fand.

Sieben

Eine komische Gesellschaft: ein junger Vampir aus der Tagwache, zwei Inquisitoren und ein Lichter Magier.

Und alle saßen wir friedlich in der großen leeren Wohnung, warteten, bis das Wasser in der Mikrowelle heiß war, um löslichen Kaffee aufzubrühen. Ich hatte sogar Kostja erlaubt einzutreten, und jetzt saß er wieder auf dem Fensterbrett, allerdings auf der Innenseite.

Nur Vítĕszlav stand.

»Ich bin nicht mehr an Russland gewöhnt«, sagte er, während er nachdenklich vor dem Fenster auf und ab ging. »Ich bin entwöhnt. Ich erkenne dieses Land nicht wieder.«

»Stimmt, das Land hat sich verändert! Es werden neue Häuser gebaut, neue Straßen ...«, setzte ich begeistert an.

»Verschon mich mit deiner Ironie, Wächter«, fiel Vítĕszlav mir ins Wort. »Das meine ich nicht. Vor siebzig Jahren lebten in eurem Land die diszipliniertesten Anderen. Sogar die Wachen agierten im Rahmen des Zulässigen ...«

»Und jetzt lassen alle die Zügel schießen?«, mutmaßte ich.

Vítĕszlav schwieg.

Ich fühlte mich nicht wohl in meiner Haut. Was auch immer er sein mochte, dieser Prager Vampir aus der Inquisition, aber heute hatte man ihn mit Schimpf und Schande durch den Dreck gezogen. Zum ersten Mal hatte ich miterlebt, wie die Inquisition sich blamiert hatte. Sogar Geser hatte sie wohl nicht gefürchtet, aber immer als unüberwindbare Kraft anerkannt.

Und plötzlich trickste er sie aus. Leicht und raffiniert.

Was hatte sich auf der Welt verändert? War die Inquisition zur dritten Partei geworden? War sie nur noch eine der an diesem Spiel beteiligten Seiten? Die Dunklen, die Lichten und die Inquisition?

Oder die Dunklen, die Lichten und das *Zwielicht*?

In der Glaskanne brodelte das Wasser. Ich goss die auf dem Fensterbrett aufgestellten Tassen auf. Stellte Kaffeepulver, Zucker und ein Päckchen Milch bereit.

»Gorodezki, du weißt, dass heute der Große Vertrag verletzt worden ist?«, fragte Vítěszlav plötzlich.

Ich zuckte mit den Schultern.

»Du brauchst nicht zu antworten«, sagte Vítěszlav. »Mir ist auch so klar, dass du es verstanden hast. Jemand aus der Nachtwache hat die Inquisition zu dieser unüberlegten Handlung gedrängt ... Und danach hat die Wache das Recht bekommen, diesen einen Menschen auf ihre Seite zu ziehen. Ich glaube nicht, dass er der Nachtwache einen großen Vorteil bringen wird.«

Das glaubte ich auch nicht. Timur Borissowitsch würde nicht lernen, die Kraft des *Zwielichts* zu nutzen. Er würde sein langes Leben bekommen, er würde die Möglichkeit haben, kleine magische Tricks zu vollführen, die geheimen Gedanken seiner Geschäftspartner zu lesen, einer Kugel aus dem Weg zu gehen ... Das würde ihm genügen. Nun, seine Firma dürfte wohl regelmäßig große Summen auf das Konto der Nachtwache überweisen. Und der Geschäftsmann selbst würde gütiger auftreten, würde wohltätige Einrichtungen unterstützen, für den Unterhalt des Eisbären im Zoo und eines Dutzends Waisenkinder im Heim die Verantwortung übernehmen.

Egal. All das war keinen Streit mit der Inquisition wert.

»Gewissenlos«, sagte Vítěszlav bitter. »Die Ausnutzung der beruflichen Stellung zu persönlichen Zwecken!«

Unwillkürlich schnaubte ich.

»Was ist daran so komisch?«, fuhr mich Vítěszlav an.

»Ich glaube, Geser hat Recht. Sie sitzen wirklich schon zu lange hinter Ihrem Schreibtisch.«

»Willst du damit behaupten, für dich sei das alles ganz normal?«, fragte Vítěszlav. »Es gebe keinen Grund, sich zu empören?«

»Ein Mensch, wenn auch nicht der beste auf der Welt, wird zum Lichten«, erwiderte ich. »Nun fügt er niemandem mehr etwas Böses zu. Im Gegenteil. Weshalb sollte ich mich darüber empören?«

»Lass es, Vítěszlav«, riet Edgar mit leiser Stimme. »Gorodezki versteht das nicht. Er ist zu jung.«

Vítěszlav nickte und nippte an seinem Kaffee. »Ich habe geglaubt, du würdest dich von dieser ganzen lichten Zunft unterscheiden«, sagte er dann finster. »Dass dir der Kern wichtig ist, nicht die Schale ...«

»Ja, mir ist der Kern wichtig, Vítěszlav!«, explodierte ich. »Und im Kern bist du ein Vampir! Und du, Edgar, bist ein Dunkler Magier! Ich weiß nicht, worin eurer Meinung nach die Verletzung des Großen Vertrages besteht, aber ich bin sicher, Sebulon wäre nichts zur Last gelegt worden!«

»Lichter Magier ...«, brachte Vítěszlav widerwillig hervor. »Adept des Lichts ... Wir bewahren nur das Gleichgewicht, ist das klar? Und Sebulon müsste sich vor dem Tribunal verantworten, wenn er dergleichen getan hätte!«

Doch ich ließ mich jetzt nicht mehr aufhalten.

»Sebulon hat schon viel angerichtet. Er hat versucht, meine Frau zu ermorden. Er hat versucht, mich zu ermorden. Er drängt die Menschen ständig zum Dunkel! Und du behauptest, irgendjemand von uns habe nicht ehrlich gehandelt, habe einen

Falschspieler ausgetrickst? Kann schon sein, dass er nicht ehrlich gespielt hat. Aber den Regeln gemäß! Ihr regt euch die ganze Zeit darüber auf, wenn man euch auf euer Falschgeld entsprechend herausgibt ... Warum? Das lässt sich doch leicht einwechseln. Lernt endlich, ehrlich zu spielen.«

»Deine und unsere Ehrlichkeit lassen sich nicht vergleichen«, bemerkte Edgar. »Gehen wir, Vítěszlav ...«

Der Vampir nickte. Stellte seine noch nicht ausgetrunkene Tasse ab.

»Vielen Dank für den Kaffee, Lichter. Ich gebe dir deine Einladung, deine Wohnung zu betreten, zurück.«

Daraufhin verschwanden die beiden Inquisitoren. Nur der schweigsame Kostja blieb noch, der jetzt auf einem Hocker saß und Kaffee trank.

»Moralisten«, sagte ich wütend. »Oder glaubst du auch, dass sie Recht haben?«

»Nein, warum sollte ich?«, meinte Kostja lächelnd. »Sie haben es nicht besser verdient. Es war höchste Zeit, der Inquisition mal ihre Arroganz auszutreiben ... Nur schade, dass es Geser war, der das gemacht hat, und nicht Sebulon.«

»Geser hat nichts gemacht«, widersprach ich. »Das hat er geschworen, das hast du doch gehört.«

Kostja zuckte mit den Achseln. »Ich habe keine Ahnung, wie er es geschafft hat. Aber das ist seine Intrige. Sebulon hatte gute Gründe, sich nicht einzumischen. Schlau ist er, der alte Fuchs, schlau ... Weißt du, was ich mich frage?«

»Na?«, wollte ich angespannt wissen. Kostjas Unterstützung schmeckte mir irgendwie nicht.

»Was ist eigentlich der Unterschied zwischen uns? Wir intrigieren, ziehen die Leute, die wir brauchen, auf unsere Seite. Und ihr macht ganz genau dasselbe. Wenn Geser aus seinem Sohn einen Lichten machen will, dann tut er das. Alle Achtung! Von mir aus, bitte schön.«

Kostja lächelte.

»Was meinst du, wer hatte im Zweiten Weltkrieg Recht?«, wollte ich wissen.

»Was soll die Frage?« Jetzt spannte sich Kostja an, denn er vermutete nicht ohne Grund eine Falle.

»Antworte.«

»Wir hatten Recht«, antwortete Kostja patriotisch. »Übrigens haben auch einige Vampire und Tiermenschen mitgekämpft! Zwei haben sogar den Stern des Helden bekommen!«

»Und warum haben ausgerechnet wir Recht? Stalin hätte doch auch am liebsten ganz Europa geschluckt. Wir haben friedliche Städte bombardiert, Museen geplündert, Deserteure erschossen ...«

»Aber das waren doch unsere Leute! Deshalb waren sie im Recht!«

»Und jetzt sind unsere Leute im Recht. Und unsere Leute – das sind die Lichten.«

»Das heißt, du empfindest es so«, stellte Kostja klar. »Und deswegen erhebst du keine Einwände?«

Ich nickte.

»Ha ...«, meinte Kostja verächtlich. »Dann nenn mir wenigstens ein zündendes Argument dafür.«

»Wir trinken kein Blut«, entgegnete ich.

Kostja stellte die Tasse auf den Boden. Erhob sich. »Ich danke dir für die Gastfreundschaft. Ich gebe dir deine Einladung, deine Wohnung zu betreten, zurück.«

Dann blieb ich allein – in der großen leeren Wohnung, in trauter Zweisamkeit mit den nicht vollständig geleerten Tassen, der offenen Mikrowelle und dem verbliebenen Wasser im Kessel ...

Warum hatte ich es in der Mikrowelle warm gemacht? Eine einzige Handbewegung – und das Wasser hätte direkt in den Tassen gebrodelt.

Ich holte das Handy heraus und wählte Swetlanas Nummer. Sie meldete sich nicht. Vermutlich ging sie gerade mit Nadjuschka spazieren, hatte das Handy aber wie üblich zu Hause liegen lassen ...

In meinem Innern herrschte durchaus nicht diese Unbeschwertheit, die ich vorzutäuschen versucht hatte.

Was machte uns denn nun wirklich zu den besseren Anderen? Intrigierten, kämpften und täuschten wir etwa nicht? Ich brauchte eine Antwort. Wieder mal. Und nicht von dem Schlaukopf Geser, der mich in ein Geflecht aus Worten einzuspinnen verstand. Und nicht von mir selbst, denn ich traute mir nicht mehr. Ich brauchte eine Antwort von einem Menschen, dem ich vertraute.

Und ich musste verstehen, wie Geser die Inquisition ausgetrickst hatte.

Denn wenn er etwas beim Licht geschworen hatte und das eine Lüge war ...

Wofür kämpfte ich dann?

»Soll doch alles ...«, setzte ich an, verstummte dann aber. Du darfst nicht fluchen – das bringt man dir bereits in den ersten Tagen nach der Initiierung bei. Und jetzt hätte ich beinahe die Kontrolle verloren ...

Soll doch alles ... Soll es doch einfach sein.

In dem Moment läutete es an der Tür. Als hätte jemand erraten, dass ich jetzt auf gar keinen Fall allein sein wollte.

»Herein!«, rief ich durchs Zimmer, denn ich erinnerte mich, dass die Tür nicht verschlossen war.

Die Tür ging auf, und Lass steckte den Kopf herein. Mein Nachbar sah sich um. »Störe ich?«, fragte er.

»Nein, komm rein.«

Lass kam ins Zimmer, sah sich um. »So schlimm sieht es hier doch gar nicht aus ...«, kommentierte er. »Noch ein Klo ... Vielleicht könnte ich mich noch mal hier duschen? Jetzt oder heute Abend ... Das war nämlich nicht schlecht.«

Ich steckte die Hand in die Tasche und tastete nach dem Schlüsselbund. Stellte mir vor, wie die Schlüssel anschwollen und sich spalteten ...

Dann warf ich Lass den neu entstandenen Bund zu. »Fang!«

»Warum das?«, fragte Lass, während er die Schlüssel betrachtete.

»Ich muss wegfahren. Du kannst die Wohnung solange nutzen.«

»Wo nun endlich mal ein normaler Mensch hier eingezogen ist«, schmollte Lass. »Das ist echt nicht nett. Fährst du bald weg?«

»Gleich«, antwortete ich. Mit einem Mal war mir klar geworden, wie dringend ich Swetka und Nadja sehen wollte. »Vielleicht komme ich noch mal wieder.«

»Vielleicht aber auch nicht?«

Ich nickte.

»Das ist echt nicht nett«, wiederholte Lass und kam auf mich zu. »Ich habe hier bei dir einen MD-Player gesehen ... Nimm das.«

Ich nahm die kleine Scheibe an mich.

»Kampfprothesen«, erklärte Lass. »Mein Album. Hör sie aber nicht, wenn Frauen und Kinder in der Nähe sind!«

»Gut.« Ich drehte die Scheibe in den Händen. »Vielen Dank.«

»Hast du irgendwelche Probleme?«, fragte Lass. »Entschuldige, ich will mich nicht in deine Angelegenheiten einmischen, aber du siehst wirklich hundserbärmlich aus ...«

»Nein, es ist nichts«, riss ich mich zusammen. »Ich vermisse meine kleine Tochter. Ich fahr jetzt zu ihr ... Meine Frau ist mit ihr auf der Datscha, ich hatte hier noch was zu erledigen ...«

»Das geht vor«, pflichtete Lass mir bei. »Man darf es einem Kind gegenüber nicht an Aufmerksamkeit mangeln lassen. Obwohl: Dass ihre Mutter bei ihr ist, ist natürlich das Wichtigste.«

Ich starrte Lass an.

»Die Mutter ist trotz allem das Wichtigste für ein Kind«, behauptete Lass mit der Miene eines Wigotski, Piaget oder sonstigen Experten für Kinderpsychologie. »Das ist biologisch bedingt. Wir, die Männchen, denken doch in erster Linie an die Weibchen. Und die Weibchen eben an die Kinder.«

In die Wohnung von Timur Borissowitsch ließ man mich ohne Fragen. Die Bodyguards wirkten völlig normal und hatten anscheinend nicht die geringste Vorstellung davon, was hier kürzlich geschehen war.

Geser trank mit seinem frisch gebackenen Sohn Tee im Arbeitszimmer. Das große – fast möchte ich sagen: weitläufige – Arbeitszimmer mit dem massiven Schreibtisch, einem Haufen unnützer Kinkerlitzchen in den Regalen antiker Schränke. Erstaunlich, wie gut sich ihre Geschmäcker vergleichen ließen. Das Arbeitszimmer Timur Borissowitschs glich dem Büro seines Vaters auf ganz bemerkenswerte Weise.

»Komm rein, mein Freund«, lächelte mir Timur Borissowitsch zu. »Siehst du, wie prächtig sich alles gefügt hat.« Er schielte zu Geser hinüber. »Er ist noch jung, hitzköpfig ...«, fügte er dann hinzu.

»Das mit Sicherheit«, pflichtete ihm Geser mit einem Nicken bei. »Was ist passiert, Anton?«

»Wir müssen miteinander reden«, sagte ich. »Unter vier Augen.«

Geser seufzte und sah seinen Sohn an. Der erhob sich. »Ich gehe mal zu meinen Kraftbolzen. Was sollen die sich da die Hosen durchsitzen, die brauchen eine Aufgabe.«

Timur Borissowitsch ging hinaus, Geser und ich blieben allein zurück.

»Raus mit der Sprache, was ist passiert, Gorodezki?«, fragte Geser müde.

»Können wir offen reden?«

»Ja.«

»Sie wollten nicht, dass Ihr Sohn ein Dunkler wird«, fing ich an. »Das stimmt doch, oder?«

»Würdest du denn zusehen wollen, wie deine Nadjuschka eine Dunkle Zauberin wird?«, antwortete Geser mit einer Gegenfrage.

»Aber Timur wäre unweigerlich zu einem Dunklen geworden«, fuhr ich fort. »Sie brauchten das Recht auf eine Remoralisierung. Deshalb mussten die Dunklen, besser noch die Inquisition in Panik geraten und eine nicht zu rechtfertigende Manipulation an Ihrem Sohn vornehmen ...«

»So ist es ja auch gekommen«, sagte Geser. »Also Gorodezki, willst du mir etwas zur Last legen?«

»Nein, ich will das Ganze bloß verstehen.«

»Du warst doch dabei, als ich beim Licht einen Schwur abgelegt habe. Ich habe Timur noch nie zuvor getroffen. Ich habe ihm nichts versprochen, ich habe keine Briefe abgeschickt. Und ich habe niemanden für diese Aufgabe angeworben.«

Nein, Geser rechtfertigte sich nicht. Und versuchte nicht, mich einzulullen. Er legte bloß die Bedingungen der Aufgabe dar und wartete vergnügt, welche Antwort sein Schüler geben würde.

»Vítěszlav hätte nur noch eine weitere Frage stellen müssen«, meinte ich. »Doch diese Frage war wohl allzu menschlich für ihn ...«

Geser zwinkerte, als probe er ein Nicken.

»Seine Mutter«, sagte ich.

»Vítěszlav hat seine eigene Mutter umgebracht«, erklärte Geser. »Nicht aus böser Absicht. Er war ein junger Vampir und hatte sich nicht unter Kontrolle. Aber ... seit dieser Zeit vermeidet er es, dieses Wort auszusprechen.«

»Wer ist Timurs Mutter?«

»Im Dossier müsste ihr Name stehen.«

»Da kann jeder x-beliebige Name stehen. Es heißt, Timurs Mutter sei bei Kriegsende verschwunden ... Aber ich kenne eine Frau, eine Andere, die zu dieser Zeit in einen Vogelkörper gebannt worden ist. Nach dem Dafürhalten der Menschen ist sie gestorben.«

Geser schwieg.

»Konnten Sie ihn wirklich nicht früher finden?«, fragte ich.

»Wir waren davon überzeugt, dass Timur tot ist«, antwortete Geser leise. »Es war Olga, die sich nicht damit abfinden wollte. Und nachdem sie rehabilitiert worden war, machte sie sich wieder auf die Suche ...«

»Sie hat ihren Sohn gefunden. Und ihm das voreilige Versprechen gegeben«, schloss ich.

»Frauen dürfen sich solche Gefühle leisten«, sagte Geser trocken. »Selbst die weisesten Frauen. Aber Männer sind dazu da, ihre Frau, ihr Kind zu verteidigen. Das ist alles sehr rational und überlegt organisiert.«

Ich nickte.

»Verurteilst du mich?«, wollte Geser neugierig wissen. »Anton?«

»Wer bin ich, Sie zu verurteilen?«, entgegnete ich. »Ich habe selbst eine Tochter, eine Lichte. Und die würde ich auch nicht dem Dunkel überlassen.«

»Danke, Anton.« Geser nickte und entspannte sich merklich. »Ich bin froh, dass du mich verstehst.«

»Ich frage mich nur, wie weit Sie für Ihren Sohn und Olga gegangen wären«, bemerkte ich. »Swetlana hat doch etwas gespürt, nicht wahr? Welche Gefahr hat mir gedroht?«

Geser zuckte mit den Schultern. »Vorgefühle, darauf darf man sich nicht verlassen.«

»Wenn ich beschlossen hätte, der Inquisition die Wahrheit zu sagen ...«, fuhr ich fort. »Wenn ich beschlossen hätte, aus der Wache in die Inquisition überzuwechseln ... Was wäre dann gewesen?«

»Du bist nicht übergewechselt«, erwiderte Geser. »Obwohl Vítěszlav sehr um dich geworben hat. Was noch, Anton? Ich spüre, dass dir noch eine Frage auf der Zunge liegt.«

»Wie kommt es, dass Ihr Sohn ein Anderer ist?«, fragte ich. »Das ist doch ein Glücksspiel. Nur selten bekommen Andere auch ein Kind mit den Anlagen zum Anderen.«

»Anton, entweder gehst du jetzt zu Vítěszlav und legst ihm deine Überlegungen dar«, meinte Geser leise, »oder du machst dich auf zu Swetlana, wie du es ohnehin vorhattest. Aber verschon mich mit diesem Verhör.«

»Haben Sie keine Angst, dass die Inquisition noch einmal über alles nachdenkt und Ihnen auf die Schliche kommt?«, fragte ich.

»Nein. In drei Stunden wird Vítěszlav ein Dokument unterschreiben, mit dem diese Untersuchung zu den Akten gelegt wird. Sie werden sich den Fall nicht wieder vornehmen. Sie haben sich sowieso schon bis auf die Knochen blamiert.«

»Viel Glück bei der Remoralisierung von Timur«, wünschte ich ihm.

Dann ging ich zur Tür.

»Du hast noch eine Woche Urlaub, verbring ihn mit deiner Familie!«, rief Geser mir hinterher.

Erst wollte ich ihm stolz antworten, dass ich auf seine Almosen verzichten könnte.

Gerade noch rechtzeitig besann ich mich jedoch.

Welcher Teufel ritt mich jetzt bloß?

»Zwei Wochen«, entgegnete ich. »Allein schon Überstunden habe ich genug, um mir einen ganzen Monat freizunehmen.«

Geser hüllte sich in Schweigen.

Epilog

Ich beschloss, den BMW erst nach dem Urlaub zurückzugeben. Schließlich ...

Auf der neu angelegten Schnellstraße – früher gab es hier nur Schlaglöcher, verbunden durch einzelne Abschnitte einer Chaussee, jetzt handelte es sich um eine Chaussee, deren einzelne Abschnitte mitunter durch ein Schlagloch unterbrochen wurden – fuhr der Wagen ruhig mit 120 Stundenkilometern dahin.

Nicht schlecht, ein Anderer zu sein.

Ich wusste, dass ich in keinen Stau geraten würde. Ich wusste, dass mir kein Kipplaster mit besoffenem Fahrer entgegenkommen würde. Wenn das Benzin ausging, konnte ich Wasser in den Tank füllen und es in Brennstoff verwandeln.

Wer würde seinem Kind nicht ein solches Schicksal wünschen?

Hatte ich wirklich das Recht, Geser und Olga zu verurteilen?

Die Stereoanlage des Autos war neu und verfügte über ein MD-Laufwerk. Erst wollte ich die *Kampfprothesen* einlegen, dann merkte ich aber, dass mir der Sinn nach etwas Lyrischerem stand.

Deshalb legte ich *Belaja gwardija* ein.

Ich weiß nicht, hast du eine Frau,
Und weiß nicht, wie's dir geht;

Ein Engel hat mit Fäden blau
Den Himmel zugenäht.

Vergessen der Verlust, ich geb
Dem Bösen seine Ruh,
Doch immer, wenn ich ausgeh, streb
Ich deiner Wärme zu.

Mein Handy klingelte. Sofort drosselte die kluge Anlage den Ton.

»Sweta?«, fragte ich.

»Ich konnte dich nicht erreichen, Anton.«

Swetlanas Stimme klang ruhig, also war alles in Ordnung.

Nur das zählte.

»Ich konnte dich auch nicht erreichen«, meinte ich.

»Das muss an atmosphärischen Fluktuationen liegen«, amüsierte sich Swetlana. »Was ist vor einer halben Stunde passiert?«

»Nichts Besonderes. Ich habe mit Geser gesprochen.«

»Ist alles in Ordnung?«

»Ja.«

»Ich hatte eine Vorahnung. Dass du dich an einer Grenze bewegst.«

Ich nickte und sah auf die Straße. Klug ist sie, meine Frau, Geser. Auf ihre Vorahnungen kann ich mich verlassen.

»Ist jetzt alles in Ordnung?«, hakte ich nach.

»Jetzt ja.«

»Sweta ...«, fragte ich, während ich das Steuer nur mit einer Hand hielt. »Was würdest du tun, wenn du nicht sicher wärst, ob du dich richtig verhalten hast? Wenn dich die Frage quält, ob du Recht hast oder nicht?«

»Zu den Dunklen gehen«, antwortete Swetlana wie aus der Pistole geschossen. »Die quälen sich nie.«

»Ist das alles, was du mir dazu sagen kannst?«

»Ja, das ist die einzige Antwort, die ich dir geben kann. Das ist der einzige Unterschied zwischen den Lichten und den Dunklen. Man kann ihn Gewissen nennen, man kann ihn moralischen Instinkt nennen. Der Kern ist der gleiche.«

»Ich habe den Eindruck«, gestand ich bedrückt, »als gehe die Zeit der Ordnung zu Ende. Verstehst du, was ich meine? Als begänne ... ich weiß nicht, was. Keine dunkle Zeit, keine lichte ... und auch nicht die Stunde der Inquisitoren ...«

»Das ist die Niemandszeit, Anton«, sagte Swetlana. »Das ist lediglich die Niemandszeit. Du hast Recht, das etwas auf uns zukommt. Dass auf der Welt etwas passiert. Aber noch nicht jetzt.«

»Sprich mit mir, Sweta«, bat ich. »Ich muss noch eine halbe Stunde fahren. Sprich diese halbe Stunde mit mir, ja?«

»Meine Handykarte ist fast alle«, erwiderte Swetlana mit zweifelnder Stimme.

»Ich ruf dich jetzt zurück«, schlug ich vor. »Noch bin ich im Dienst, mein Handy ist von der Firma. Soll doch Geser ruhig dafür zahlen.«

»Und dein Gewissen meldet sich da nicht?«, lachte Swetlana.

»Heute ist es gut trainiert.«

»Gut, du brauchst aber trotzdem nicht zurückzurufen, ich verzaubere mein Handy«, meinte Swetlana. Im Spaß oder im Ernst. Nicht immer verstand ich, wann sie einen Scherz machte.

»Dann erzähl mal«, forderte ich sie auf. »Wie es sein wird, wenn ich komme. Was Nadjuschka sagt. Was du sagst. Was deine Mutter sagt. Was wir machen.«

»Alles wird sehr schön werden«, fing Swetlana an. »Ich werde mich freuen, und Nadja auch. Und meine Mutter wird sich freuen ...«

Ich fuhr Auto, während ich unter Verletzung all der strengen Vorschriften der Verkehrspolizei das Handy mit einer Hand ans Ohr presste. Auf der Gegenfahrbahn sausten in einem fort Laster an mir vorbei.

Ich lauschte dem, was Swetlana mir erzählte.

Aus den Lautsprechern erklang immer noch die leise Frauenstimme:

Kommst du zurück, wird alles anders sein,
Wir müssten uns erkennen.
Kommst du zurück, kannst du mich nicht mehr Frau,
Nicht einmal Freundin nennen.
Kommst du zurück zu mir,
Die dich so sehr geliebt vor allen,
Kommst du zurück, du siehst:
Die Würfel sind schon längst gefallen.

Zweite Geschichte
Niemandsraum

Prolog

Schon immer machten im Umland von Moskau entweder arme oder reiche Menschen Urlaub. Dagegen bevorzugt die Mittelklasse türkische Hotels, bei denen »alles inklusive ist, Getränke frei Hahn«, entscheidet sich für die Siesta im brütend heißen Spanien oder für den sauberen Strand Kroatiens. In Mittelrussland verbringt die Mittelklasse ihren Urlaub jedoch nicht gern.

Übrigens ist die Mittelklasse in Russland nicht zahlreich.

Ein Biologielehrer gehört, selbst wenn er an einem renommierten Moskauer Gymnasium unterrichtet, nicht dazu. Wenn der Lehrer dann noch eine Lehrerin ist, deren Schweinehund von Mann sie vor drei Jahren wegen einer anderen hat sitzen lassen und die um ihre Pflicht als Mutter, die beiden Kinder zu erziehen, nicht herumkommt, dann kann sie von türkischen Hotels nur träumen.

Glücklicherweise hatten die Kinder das schreckliche Alter der Pubertät noch nicht erreicht und freuten sich aufrichtig, zu der alten Datscha zu fahren, begnügten sich mit dem kleinen Fluss und dem direkt hinter dem Dorf beginnenden Wald.

Bedauerlicherweise legte die ältere Tochter jedoch zu viel Gewicht auf ihren Status als Ältere. Freilich, mit zehn Jahren kann man schon recht gut auf den fünfjährigen Bruder aufpassen, wenn er in dem Flüsschen herumplanscht, sollte aber immer noch nicht – womöglich im Vertrauen auf die aus dem Schulbuch *Unsere Heimat* erworbenen Kenntnisse – zu tief in den Wald hineingehen.

Bislang war der zehnjährigen Xjuscha freilich nicht einmal bewusst, dass sie beide sich im Wald verlaufen hatten. Fest hielt sie ihren Bruder bei der Hand und ging einen kaum zu erahnenden Pfad entlang. »Und dann haben sie wieder Kiefernpflöcke in ihn hineingehauen!«, erzählte sie. »Einen Pflock in die Stirn, einen in den Bauch! Er ist aus dem Grab auferstanden und hat gesagt: ›Trotzdem werdet ihr mich nicht umbringen! Ich bin schon lange tot! Und ich heiße ...‹«

Ihr Bruder wimmerte leise.

»Schon gut, keine Angst, das war doch nur ein Spaß«, sagte Xjuscha ernst. »Er ist umgefallen und war tot. Man hat ihn begraben und ein Fest gefeiert.«

»Sch-sch-schrecklich«, gab Romka zu. Er stotterte nicht vor Angst, er stotterte immer. »So was er-erzählst du mir nie wieder, ja?«

»Versprochen«, erwiderte Xjuscha und sah sich um. Hinter ihnen ließ sich der Pfad noch erkennen, vor ihnen verlor er sich indes unter abgefallenen Tannennadeln und verfaulten Blättern. Unmerklich war der Wald schummrig und dunkel geworden. Er glich hier nicht mehr dem hinter dem Dorf, wo ihre Mutter eine Datscha gemietet hatte, ein altes, aufgegebenes Haus. Sie mussten umkehren, bevor es zu spät war. Als ältere und besorgte Schwester wusste Xjuscha das. »Gehen wir nach Hause, sonst schimpft Mama noch mit uns.«

»Da ist ein Hund«, sagte ihr Bruder plötzlich. »Guck mal, da ist ein Hund!«

Xjuscha drehte sich um.

Hinter ihr stand tatsächlich ein Hund. Ein großer grauer Hund mit Fangzähnen. Der sie ansah und das Maul aufriss, als lächle er.

»So einen Hund möchte ich haben«, sagte Romka ohne zu stocken und sah seine Schwester voller Stolz an.

Xjuscha, ein Stadtkind, hatte Wölfe bisher nur auf Bildern gesehen. Und im Zoo, wo es allerdings nur irgendwelche seltenen Sumatrawölfe gab ...

Jetzt bekam sie es mit der Angst zu tun.

»Gehen wir, komm«, hauchte sie ganz leise und packte Romka fester bei der Hand. »Das ist ein fremder Hund, mit dem dürfen wir nicht spielen.«

Vermutlich erschreckte irgendetwas in ihrer Stimme Romka. Und zwar so, dass er nicht zu heulen anfing, sondern die Schwester von sich aus an der Hand fasste und ihr gehorsam folgte.

Der graue Hund blieb ein Weilchen stehen und lief den Kindern dann langsam hinterher.

»Er ff-folgt uns«, sagte Romka, als er sich einmal umdrehte. »Xjucha, ist da-das ein Wolf?«

»Das ist ein Hund«, erwiderte Xjuscha. »Du darfst nicht wegrennen, hörst du? Wölfe beißen diejenigen, die wegrennen!«

Der Hund stieß einen hüstelnden Laut aus, fast eine Art Lachen.

»Lauf!«, schrie Xjuscha. Und sie rannten los, quer durch den ganzen Wald, durch das dichte pikende Gebüsch, vorbei an einem fürchterlich hohen Ameisenhaufen, der groß wie ein erwachsener Mann war, entlang an einer Reihe moosbewachsener Baumstümpfe; irgendjemand musste hier ein Dutzend Bäume gefällt und abtransportiert haben.

Bald verschwand der Hund, bald tauchte er wieder auf. Hinter ihnen, rechts, links. Von Zeit zu Zeit hüstelnd. Oder lachend.

»Er lacht über uns!«, schrie Romka unter Tränen.

Der Hund war jetzt irgendwohin verschwunden. Xjuscha blieb an einer mächtigen Eiche stehen und drückte Romka an sich. Normalerweise sträubte sich ihr kleiner Bruder seit einiger

Zeit gegen solche Zärtlichkeiten, doch diesmal leistete er keinen Widerstand, presste sich mit dem Rücken gegen seine Schwester und bedeckte die Augen verängstigt mit den Händen. »Ich ha-habe kei-keine Angst«, beteuerte er immer und immer wieder mit kaum hörbarer Stimme. »Hier ist niemand.«

»Nein, hier ist niemand«, versicherte Xjuscha. »Nun heul doch nicht! Der Wol... Hund passt auf seine Jungen auf. Deshalb hat er uns weggejagt. Hast du das verstanden? Wir gehen jetzt nach Hause.«

»Ja«, stimmte Romka erleichtert zu und nahm die Hände vom Gesicht. »Oj, da sind die Jungen!«

Die Angst verschwand, sobald er die aus dem Gebüsch heraustretenden Jungen sah. Drei kleine graue Tiere mit hoher Stirn und dummen Augen.

»Die Ju-Jungen ...«, rief Romka begeistert.

Xjuscha wollte panisch zur Seite springen. Die Eiche, gegen die sie sich pressten, ließ sie jedoch nicht los – das Baumwollkleidchen klebte fest am Harz. Xjuscha zerrte heftiger, der Stoff knisterte, löste sich.

Dann sah sie den Wolf. Er stand hinter ihr und lächelte.

»Wir müssen auf den Baum raufklettern ...«, flüsterte Xjuscha.

Der Wolf lachte auf.

»Ob er nur will, dass wir mit seinen Jungen spielen?«, fragte Romka hoffnungsvoll.

Der Wolf schüttelte den grauen, dunkel gefleckten Kopf. Antwortete gleichsam: nein, nein. Ich möchte, dass meine Jungen mit *euch* spielen.

Dann schrie Xjuscha, so laut und durchdringend, dass selbst der Wolf einen Schritt zurücktrat und die Schnauze verzog. »Hau ab! Hau ab!«, brüllte Xjuscha und vergaß, dass sie ja bereits ein großes und ein tapferes Mädchen war.

»Schreit doch nicht so«, erklang es da in ihrem Rücken. »Ihr weckt ja den ganzen Wald auf ...«

Mit aufkeimender Hoffnung drehten sich die Kinder um. Neben den Wolfsjungen stand eine erwachsene Frau, eine schöne, schwarzhaarige Frau, barfuß und in einem langen Leinengewand.

Der Wolf knurrte drohend.

»Ganz brav«, sagte die Frau. Sie beugte sich vor und packte eines der Jungen beim Fell, das so reglos in ihren Armen hing, als schlafe es. Die anderen waren ebenfalls an ihrem Platz erstarrt. »Wen haben wir denn hier?«

Der Wolf achtete nun nicht mehr auf die Kinder, sondern steuerte finster auf die Frau zu. Die stimmte einen Singsang an:

Wolfsdickicht, Dunkel, Grauen
Niemals werd ich euch vertrauen.

Der Wolf blieb stehen. Den Blick auf ihn gerichtet, beendete die Frau ihr Lied:

Seh die Wahrheit, seh die Lüge,
Erkenn in dir – wessen Züge?

Der Wolf fletschte die Zähne.

»Aj, aj, aj ...«, sagte die Frau. »Und was sollen wir jetzt mit dir machen?«

»Geh ... weg ...«, bellte der Wolf. »Geh ... weg ... He-xe ...«

Die Frau warf das Wolfsjunge ins weiche Moos. Gleichsam als falle die Erstarrung nun von den Jungen ab, rannten sie panisch zu dem Wolf hin, krochen unter seinen Bauch.

Drei Kräuter und Birkenrinde,
Dazu Wolfsbeeren, nicht gelinde,
Ein paar Tropfen Blut, ein paar Tränen
Und Ziegenfell, der Haare Strähnen ...

Gerührt, geknetet, einerlei –
Mein Sud steht mir noch später frei.

Der Wolf wich zurück, seine Jungen taten es ihm nach. Feierlich fuhr die Frau fort:

Für dich da heißt's jedoch,
Dass jeder Zauber sich aus dir verkroch!

Wie vier graue Blitze – ein großer und drei kleine – schossen die Tiere von der Lichtung fort ins Gebüsch. Durch die Luft wirbelten Büschel grauen Fells. Es roch so stark nach Hund, als sei hier nach einem Regenguss ein ganzes Rudel vorbeigekommen.

»Si-sind Sie eine He-hexe, Tante?«, fragte Romka ganz leise.

Die Frau lachte. Sie trat an ihn heran und nahm seine Hand. »Gehen wir.«

Die Hütte stand durchaus nicht auf Hühnerbeinen, was Romka sehr enttäuschte. Ein ganz normales Holzhäuschen mit kleinen Fenstern und einem winzigen Flur.

»Wo ist Ihr Da-dampfbad?«, fragte Romka, während er den Kopf in alle Richtungen drehte.

»Wozu brauchst du ein Dampfbad?«, lachte die Frau. »Möchtest du dich waschen?«

»Sie mü-müssen erst das Da-dampfbad anheizen, dann uns füt-füttern, und erst danach können Sie uns aufessen«, erklärte der Junge völlig ernst.

Xjuscha packte ihn bei der Hand. Doch die Frau war nicht gekränkt. »Verwechselst du mich mit der Hexe Baba-Jaga?«, fragte sie lachend. »Aber vielleicht erlässt du es mir, das Dampfbad anzuheizen? Ich habe sowieso keins. Und essen werde ich euch auch nicht.«

»G-gut«, freute sich Romka.

Auch im Haus erinnerte nichts an das Zuhause der von sich selbst so eingenommenen Baba-Jaga. An der weißen Wand tickte eine Uhr, an der Decke hing eine prachtvolle Lampe mit Samttroddeln, auf einem wackeligen Regal stand ein Fernseher der Marke Philips. Es gab einen russischen Ofen, der jedoch derart mit allerlei Krimskrams zugestopft war, dass kein Zweifel aufkommen konnte: Hier wurden schon seit langer Zeit keine tapferen Recken und kleinen Kinder mehr gebacken. Das Einzige, was solide und geheimnisvoll aussah, war der große Bücherschrank mit den alten Bänden. Xjuscha ging zum Schrank und betrachtete die Rücken. Ihre Mutter sagte stets, ein intelligenter Mensch müsse sich in einer fremden Wohnung zunächst die Bücher des Gastgebers und erst danach den Rest ansehen.

Die Bücher waren abgenutzt, die Titel kaum zu lesen. Und das, was Xjuscha lesen konnte, war zwar auf Russisch geschrieben, aber trotzdem völlig unverständlich. Ihre Mutter hatte ebenfalls solche Bücher: *Helminthologie, Ethnogenese* ... Xjuscha seufzte und ging vom Schrank weg.

Romka hatte sich bereits an den Tisch gesetzt, die Hexe goss ihm gerade mit Wasser aus einem weißen Elektrokessel Tee auf.

»Möchtest du einen Tee?«, fragte sie freundlich. »Der ist lecker, ich mache ihn aus Waldkräutern ...«

»Le-lecker«, bestätigte Romka, obwohl ihm eher daran gelegen war, einen Kringel in Honig zu stippen, als Tee zu trinken. »Ss-setz dich, Xjucha.«

Xjuscha setzte sich, ließ sich höflich eine Tasse geben.

Der Tee schmeckte in der Tat gut. Die Hexe trank ebenfalls davon. Lächelnd betrachtete sie die Kinder.

»Und wir verwandeln uns auch nicht in Ziegen, wenn wir den Tee trinken?«, fragte Romka plötzlich.

»Warum solltet ihr das?«, wunderte sich die Hexe.

»Weil Sie uns verzaubern«, erklärte Romka. »Weil Sie uns in Ziegen verwandeln und dann aufessen.«

Allem Anschein nach brachte er der geheimnisvollen Retterin kein uneingeschränktes Vertrauen entgegen.

»Und warum sollte ich euch erst in stinkende Ziegen verwandeln, bevor ich euch esse?«, empörte sich die Hexe. »Wenn ich euch essen wollte, dann würde ich euch auch ohne jede Verwandlung essen. Du solltest dir weniger von Rou ansehen, mein Junge!«

Romka blähte die Wangen und trat Xjuscha mit dem Fuß. »Wer ist Rou?«, flüsterte er.

Xjuscha wusste es nicht. »Trink deinen Tee und halt den Mund!«, zischte sie. »Das ist irgendein Zauberer ...«

Sie verwandelten sich nicht in Ziegen, der Tee schmeckte gut, der Honig und die Kringel noch besser. Die Zauberin befragte Xjuscha nach ihren Leistungen in der Schule. Sie pflichtete ihr bei, dass die vierte Klasse einfach grauenvoll war, mit der dritten überhaupt nicht zu vergleichen. Sie schimpfte Romka aus, weil er seinen Tee schlürfte. Und sie wollte von Xjuscha wissen, seit wann Romka schon stotterte. Dann erzählte sie, dass sie keine Zauberin sei. Sie sei Botanikerin und sammle im Wald allerlei seltene Kräuter. Und natürlich wisse sie, welche Kräuter Wölfe wie das Feuer fürchteten.

»Und warum hat der Wolf gesprochen?«, fragte der misstrauische Romka.

»Er hat doch nicht gesprochen«, widersprach die Zauberin oder Botanikerin aufs heftigste. »Er hat gebellt, und euch ist es nur so vorgekommen, als habe er etwas gesagt. Meint ihr nicht auch?«

Xjuscha überlegte kurz und kam dann zu dem Schluss, es müsse in der Tat so gewesen sein.

»Ich bringe euch bis zum Waldrand«, erklärte die Frau. »Von dort aus könnt ihr das Dorf schon sehen. Kommt nicht mehr in den Wald, sonst fressen euch die Wölfe doch noch auf!«

Romka dachte nach und schlug der Frau vor, ihr bei der Kräutersuche zu helfen. Damit die Wölfe sie dabei nicht anrührten, müsste die Frau ihm ein spezielles Kraut gegen Wölfe geben. Und vorsichtshalber auch noch gegen Bären. Und vielleicht auch noch gegen Löwen, denn der Wald hier sei ganz genauso wie der in Afrika.

»Du bekommst keine Kräuter!«, widersprach die Frau streng. »Das sind seltene Kräuter, die ins Rote Buch eingetragen sind. Die darf man nicht einfach ausreißen.«

»Ich weiß, was das Rote Buch ist«, freute sich Romka. »Sagen Sie doch bitte ...«

Die Frau sah auf die Uhr und schüttelte den Kopf. Unverzüglich meinte die gut erzogene Xjuscha, es sei jetzt wohl Zeit für sie zu gehen.

Für den Rückweg bekamen die Kinder eine Honigwabe. Die Frau brachte sie bis zum Waldrand, den sie so schnell erreichten, als renne der Pfad ihnen unter den Füßen davon.

»Setzt keinen Fuß mehr in den Wald!«, schärfte die Frau ihnen noch einmal ein. »Wenn ich nicht in der Nähe bin, frisst euch der Wolf.«

Als sie den Hügel zum Dorf hinunterkletterten, blickten die Kinder mehrmals zurück.

Am Anfang stand die Frau noch da und schaute ihnen hinterher. Dann war sie verschwunden.

»Es ist doch eine Hexe, oder, Xjucha?«, wollte Romka wissen.

»Sie ist Botanikerin!«, verteidigte Xjuscha die Frau. Und dann fiel ihr etwas auf. »Du stotterst nicht mehr!«

»Do-do-doch!«, alberte Romka. »Ich konnte auch früher schon ohne zu stottern sprechen, das habe ich nur zum Spaß gemacht!«

Eins

Wer hat eigentlich behauptet, frisch gemolkene Milch sei lecker?

Das geht anscheinend schon in der ersten Klasse los. Mit der *Ersten Fibel*, in der die ach so leckere frische Milch gepriesen wird. Und die naiven Stadtkinder glauben das dann.

Tatsächlich schmeckt frisch gemolkene Milch höchst eigenwillig. Ja, nach einem Tag im Keller, kalt geworden, da sieht die Sache schon anders aus. Dann können sie sogar die Geschlagenen trinken, die an einem Mangel an Verdauungsenzymen leiden. Von denen es im Übrigen gar nicht so wenige gibt. Nach Dafürhalten von Mütterchen Natur bräuchten erwachsene Menschen nämlich keine Milch zu trinken, sondern nur Kinder ...

Doch die Menschen hören selten auf die Meinung der Natur.

Noch seltener tun es die Anderen.

Ich langte nach dem Krug und goss mir ein weiteres Glas ein. Kalte Milch, mit Schaum ... Warum der Schaum durch das Erhitzen wohl so eklig wird, während er bei frischer Milch am besten schmeckt? Ich nahm einen großen Schluck. Genug, für Swetka und Nadjuschka musste auch noch was übrig bleiben. Im ganzen Dorf – keinem kleinen Dorf, sondern einem mit fünfzig Häusern! – gab es nur eine Kuh! Aber immerhin gab es eine ... Und ich hatte den starken Verdacht, dass die alleinstehende Kuh ihren reichen Ertrag Swetlana zu verdanken hatte. Tante Sascha, eine vierzig Jahre alte Bäuerin, Besitzerin der Kuh Raika, des Ebers Borka, des Ziegenbocks Mischka und einer kleinen namenlosen Vogelschar, bildete sich grundlos etwas darauf ein. Swetlana wollte einfach, dass unsere Tochter richtige Milch trank. Deshalb blieb die Kuh von allen Krankheiten verschont. Tante Sascha hätte sie mit Sägespänen füttern können – Raika wäre nichts passiert!

Nein, richtige Milch, das ist schon was Feines. Selbst wenn die Reklamehelden mit Tetrapacks ins Dorf fahren und mit strahlendem Funkeln in den Augen immer wieder »echte Milch!« sagen. Das müssen sie. Dafür bekommen sie ihr Geld. Und auch die Bauern, die schon seit langem und unwiderruflich vergessen haben, wie man Vieh hält, haben es jetzt leichter. Sie können auf Demokraten und Städter schimpfen, brauchen aber keine Kühe zu weiden.

Nachdem ich das leere Glas abgestellt hatte, machte ich es mir in der zwischen Bäumen gespannten Hängematte bequem. Wie ein echter Bourgeois – zumindest aus Sicht der Dorfbewohner. Fährt hier in einem Luxusschlitten vor, schleppt seiner Frau Lebensmittel aus der Stadt an, lümmelt sich den lieben langen Tag mit einem Buch in der Hängematte ... Während hier alle durch die Bank den ganzen Tag durch die Gegend stromern, auf der Suche nach einem Schlückchen, mit dem sie ihren Kater bekämpfen können ...

»Guten Tag, Anton Sergejewitsch«, begrüßte mich – als habe er meine Gedanken gelesen – der Dorftrinker Kolja über den Zaun hinweg. Wie konnte er sich bloß meinen Namen merken? »Hatten Sie eine gute Fahrt?«

»Hallo, Kolja«, begrüßte ich ihn ganz wie ein Lebemann, indem ich nicht mal den Versuch unternahm, die Hängematte zu verlassen. Er würde das ohnehin nicht zu schätzen wissen. Denn deshalb war er nicht gekommen. »Danke, ich kann nicht klagen.«

»Sie brauchen wohl keine Hilfe, im Haushalt oder ...«, fragte Kolja zaghaft. »Ich komme hier vorbei, denke, frag ich doch mal ...«

Ich schloss die Augen. Zwischen meinen Lidern leuchtete blutrot die gerade im Zenit stehende Sonne hindurch.

Nichts konnte ich machen. Nicht das geringste bisschen. Eine Intervention sechsten oder siebten Grades hätte gereicht, um dem armen Kolja seinen Hang zum Alkohol auszutreiben, seine Zirrhose zu heilen und in ihm den Wunsch zu wecken, einer Arbeit nachzugehen, auf Wodka zu verzichten und seine Frau nie wieder zu vermöbeln.

Ich könnte sogar, entgegen dem Großen Vertrag, klammheimlich diese Intervention vornehmen. Eine leichte Bewegung mit der Hand ...

Und weiter? Im Dorf gab es keine Arbeit. Auch in der Stadt brauchte niemand den ehemaligen Mechaniker Kolja. Und Geld, um »etwas Eigenes« aufzuziehen, hatte Kolja nicht. Noch nicht mal ein Ferkel konnte er sich kaufen.

Er würde weiter seinem Selbstgebrannten nachjagen, sich mit Gelegenheitsarbeiten über Wasser halten und seinen Ärger an seiner ebenso versoffenen Frau auslassen, die die Nase von allem gestrichen voll hatte. Man muss nicht den einzelnen Menschen kurieren, sondern die ganze Welt.

Oder wenigstens ein Sechstel der Welt. Mit dem stolzen Namen Rus.

»Anton Sergejewitsch, ich habe einfach keine Kraft mehr ...«, beteuerte Kolja nachdrücklich.

Wer brauchte einen ehemaligen Alkoholiker in einem sterbenden Dorf, in dem der Kolchos abgewickelt worden war und dem einzigen Landwirt drei Mal der Hof abgefackelt wurde, bevor er die Anspielung endlich verstand?

»Kolja«, sagte ich. »Was hast du bei der Armee gemacht? Warst du Panzerfahrer?«

Gibt es bei uns eigentlich Söldner? Sollen die doch in den Kaukasus ziehen, statt ein Jahr lang gepanschtem Wodka hinterherzurennen ...

»Ich habe nicht gedient«, antwortete Kolja kleinlaut. »Sie haben mich nicht genommen. Damals hat man dringend Mechaniker gebraucht, deshalb wurde ich immer wieder zurückgestellt, dann war ich zu alt ... Anton Sergejewitsch, wenn Sie mal jemandem die Fresse polieren müssen – da bin ich wirklich gut! Ganz bestimmt! Ich mach Hackfleisch aus dem!«

»Kolja«, bat ich. »Kannst du dir nicht mal den Motor in meinem Auto angucken? Irgendwas hat da gestern geklackert ...«

»Klar!« Kolja wurde munter. »Ich ...«

»Nimm den Schlüssel.« Ich warf ihm den Bund zu. »Nachher kriegst du eine Flasche von mir.«

Auf Koljas Gesicht breitete sich ein strahlendes Lächeln aus. »Soll ich das Auto auch noch für Sie waschen? Das ist doch ein teurer Wagen ... und bei unseren Straßen ...«

»Vielen Dank«, erwiderte ich. »Da wäre ich dir wirklich sehr dankbar.«

»Aber Wodka will ich nicht«, meinte Kolja plötzlich, und ich zuckte sogar vor Überraschung zusammen. Was bedeutete das? Stand die Welt Kopf? »Der schmeckt nach nichts ... Aber ein Fläschchen Selbstgebrannter ...«

»Abgemacht«, stimmte ich zu. Der glückliche Kolja machte die Pforte auf und ging auf den Schuppen zu, in dem ich gestern das Auto abgestellt hatte.

Aus dem Haus kam Swetlana – die ich nicht sah, sondern spürte. Also musste Nadjuschka sich beruhigt haben und in den süßen Nachmittagsschlaf gefallen sein ... Sweta kam auf mich zu, blieb hinter mir stehen, zögerte kurz und legte mir dann ihre kühle Hand auf die Stirn. »Geht es dir nicht gut?«, fragte sie.

»Hm«, brummte ich. »Ich kann hier nichts machen, Swetka. Nichts. Wie hältst du das aus?«

»Ich bin schon als kleines Mädchen in dieses Dorf gekommen«, antwortete Swetlana. »Ich erinnere mich noch an Onkel Kolja, wie er kein Trinker war. Jung und lustig. Er hat mich Krümel auf dem Traktor mitgenommen. War nüchtern. Und hat Lieder gesungen. Kannst du dir das vorstellen?«

»War es früher besser?«, fragte ich.

»Die Leute haben weniger getrunken«, meinte Swetlana bloß. »Warum remoralisierst du ihn nicht, Anton? Ich habe doch gespürt, dass du das vorhattest, denn durch das *Zwielicht* ist ein Zittern gegangen. Hier gibt es keine Wächter ... außer dir.«

»Willst du das Pferd von hinten aufzäumen?«, erwiderte ich grob. »Entschuldige ... aber ich müsste doch wohl nicht mit Onkel Kolja anfangen.«

»Stimmt«, pflichtete Swetlana mir bei. »Aber eine Einmischung in das Tun der Regierungsbehörden ist durch den Vertrag verboten. *Dem Menschen, was des Menschen ist, den Anderen das Andere ...*«

Ich schwieg. Ja, es war verboten. Weil es die einfachste und sicherste Möglichkeit bot, die Menschenmasse zum Guten oder zum Bösen zu bekehren. Was eine Zerstörung des Gleichgewichts bedeutet hätte. Es hat in der Geschichte Könige und Präsidenten gegeben, die zu den Anderen zählten. Und auch das hat nur mit Kriegen geendet ...

»Du gehst hier ein, Anton«, meinte Swetlana, während sie mir über die Haare strich. »Lass uns nach Moskau zurückfahren.«

»Aber Nadjuschka hat ihren Spaß«, widersprach ich. »Und du wolltest doch auch noch eine Woche länger bleiben, oder?«

»Aber du quälst dich ... Vielleicht willst du allein fahren? In der Stadt würdest du keine Trübsal blasen.«

»Ich könnte fast glauben, du willst mich loswerden«, brummte ich. »Weil du hier einen Liebhaber hast.«

»Kannst du mir auch nur einen Kandidaten nennen?«, schnaubte Swetlana.

»Nein«, bekannte ich nach kurzem Nachdenken. »Aber vielleicht hat jemand, der hier eine Datscha gemietet hat ...«

»Hier herrscht die reinste Weiberwirtschaft«, fiel Swetlana mir ins Wort. »Entweder sind sie alleinstehend, oder die Männer sind den ganzen Tag auf Arbeit, während die Frauen mit den Kindern hier die Landluft genießen ... Übrigens, Anton, hier ist etwas Komisches passiert ...«

»Was denn?«, fragte ich neugierig. Wenn Swetlana schon von »etwas Komischem« sprach ...

»Gestern hat mich doch Anna Viktorowna besucht, nicht wahr?«

»Die Paukerin?«, sagte ich schmunzelnd. Anna Viktorowna war eine so typische Lehrerin, dass sie direkt aus dem Kinderprogramm im Fernsehen entsprungen zu sein schien. »Ich dachte, sie habe deine Mutter besucht.«

»Meine Mutter und mich. Sie hat zwei Kinder, Romka, ihren kleinen fünfjährigen Sohn, und Xjuscha, die schon zehn ist.«

»Sehr löblich«, pries ich Anna Viktorowna.

»Veräppeln kann ich mich selbst. Vor zwei Tagen haben sich ihre Kinder im Wald verlaufen.«

Mit einem Schlag war die Müdigkeit von mir gewichen, ich setzte mich in der Hängematte auf und hielt mich mit der Hand am Baum fest. Sah Swetlana an. »Warum hast du das nicht gleich gesagt? Vertrag hin oder her, aber wenn ...«

»Du brauchst dich nicht aufzuregen, sie haben sich verlaufen, haben aber auch wieder herausgefunden. Am Abend waren sie wieder da.«

»Das kommt in der Tat nicht häufig vor«, platzte ich heraus. »Kinder, die ein paar Stunden im Wald bleiben! Sie mögen doch nicht obendrein auch noch Erdbeeren?«

»Nachdem ihre Mutter ihnen die Leviten gelesen hatte, fingen sie an zu erzählen, dass sie sich verlaufen haben«, fuhr Swetlana unerschütterlich fort. »Und einem Wolf begegnet sind.

Der Wolf hat sie durch den Wald gejagt, direkt zu seinen Jungen hin ...«

»Hm ...«, murmelte ich. Ich spürte, wie etwas bedenklich in meiner Brust schlug.

»Die Kinder hatten natürlich Angst. Dann ist plötzlich eine Frau aufgetaucht, die dem Wolf einen Vers aufgesagt hat, worauf dieser weggerannt ist. Dann hat die Frau die Kinder in ihr Häuschen gebracht, ihnen Tee gemacht und sie dann bis zum Waldrand begleitet. Sie hat behauptet, Botanikerin zu sein und Kräuter zu besitzen, vor denen Wölfe Angst haben ...«

»Das sind kindliche Phantasien«, fiel ich ihr ins Wort. »Ist mit den beiden alles in Ordnung?«

»Absolut.«

»Ich habe schon irgendeine Gemeinheit befürchtet«, sagte ich und streckte mich wieder in der Hängematte aus. »Hast du sie auf Magie überprüft?«

»Sie sind absolut sauber«, informierte Swetlana mich. »Nicht die geringsten Spuren.«

»Phantasien. Oder sie haben tatsächlich vor jemandem Angst gehabt ... vielleicht sogar vor einem Wolf. Und irgendeine Frau hat sie dann aus dem Wald herausgebracht. Die Kinder hatten wirklich Glück, auch wenn eine Tracht Prügel ...«

»Der Kleine, Romka, hat gestottert. Ziemlich stark sogar. Jetzt spricht er absolut flüssig. Er plappert in einem fort, trägt kleine Gedichte vor ...«

Ich dachte kurz nach. »Kann man Stottern heilen?«, fragte ich. »Durch Suggestion oder Hypnose ... oder was es sonst noch so gibt.«

»Das ist nicht zu heilen. Im Unterschied zu Schnupfen. Und jeder Arzt, der dir verspricht, durch Hypnose sei das Stottern wegzukriegen, ist ein Scharlatan. Natürlich, wenn es eine reaktive Neurose wäre, dann ...«

»Verschon mich mit diesen Begriffen«, bat ich. »Es lässt sich also nicht heilen. Und alternative Mittel?«

»Vielleicht könnten wilde Andere tatsächlich etwas ausrichten ... Kannst du Stottern heilen?«

»Und nächtliches Bettnässen auch«, brummte ich. »Dito Einkoten. Aber du hast doch keine Magie gespürt, oder, Sweta?«

»Aber das Stottern ist weg.«

»Das kann nur eins heißen ...«, räumte ich widerwillig ein. Ich seufzte und erhob mich nun doch aus der Hängematte. »Das sieht nicht gut aus, Sweta. Eine Hexe. Noch dazu von einer Kraft, die deine übersteigt. Und du stehst auf der ersten Kraftstufe!«

Swetlana nickte. Ich komme nur selten darauf zu sprechen, dass ihre Kraft meine übersteigt. Denn das ist das, was uns in erster Linie trennt – eines Tages vielleicht für immer.

Und Swetlana hatte extra die Nachtwache verlassen! Sonst ... sonst wäre sie jetzt bereits eine Zauberin außerhalb jeder Kategorie.

»Aber den Kindern ist doch nichts passiert«, fuhr ich fort. »Kein widerlicher Zauberer hat sich an dem Mädchen vergriffen, keine böse Hexe hat aus dem Jungen Suppe gemacht ... Also, wenn das eine Hexe ist, warum legt sie dann ein so gutes Verhalten an den Tag?«

»Hexen müssen nicht immer Menschen fressen oder zu sexueller Aggressivität neigen«, erwiderte Swetlana so ernst, als halte sie einen Vortrag. »Ihr ganzes Verhalten wird von normalem Egoismus bestimmt. Wenn eine Hexe *sehr* hungrig ist, dann könnte sie wohl in der Tat über einen Menschen herfallen. Einfach aus dem Grund, weil sie sich selbst nicht zu den Menschen zählt. Aber sonst ... Warum hätte sie den Kindern nicht helfen sollen? Das kostet sie nichts. Sie hat sie aus dem Wald herausgebracht und das Stottern des Jungen geheilt. Womöglich hat sie selbst Kinder. Du würdest doch auch einen kleinen Hund füttern, der kein Zuhause mehr hat, oder?«

»Das gefällt mir nicht«, versicherte ich. »Eine Hexe von solcher Kraft? Sie erreichen doch nur selten den ersten Grad, nicht wahr?«

»Sehr selten.« Swetlana sah mich forschend an. »Bist du dir genau über den Unterschied zwischen einer Zauberin und einer Hexe im Klaren, Anton?«

»Im Großen und Ganzen, ja«, antwortete ich.

Doch Swetlana ließ nicht locker. »Eine Zauberin arbeitet direkt mit dem *Zwielicht*, aus dem sie ihre Kraft schöpft. Eine Hexe dagegen benutzt materielle Hilfsmittel, die mehr oder weniger stark mit Kraft aufgeladen sind. Alle magischen Artefakte, die es auf der Welt gibt, sind von Hexen oder Hexern geschaffen worden. Das sind ihre ›Prothesen‹, wenn du so willst. Als Artefakte können alle Gegenstände oder Körperorgane aus Horn wie Haare oder lange Fingernägel dienen ... Deshalb ist eine Hexe ungefährlich, wenn du sie ausziehst und rasierst, während du einer Zauberin noch mit einem Knebel den Mund stopfen und die Hände fesseln musst.«

»Dir stopft garantiert niemand den Mund«, feixte ich. »Sweta, wozu hältst du mir diesen Vortrag? Ich bin kein großer Magier, aber die grundlegenden Dinge weiß auch ich, über die musst du mich nicht aufklären ...«

»Tut mir leid, ich wollte dich nicht verletzen«, entschuldigte sich Sweta sofort.

Ich sah sie an – und erkannte den Schmerz in ihren Augen.

Was bin ich doch für ein Schwein!

Warum muss ich meine Komplexe immer an der Frau auslassen, die ich liebe?!

Ich bin mieser als jeder Dunkle ...

»Verzeih mir, Swetka ...«, flüsterte ich und berührte ihre Hand. »Hab Nachsehen mit einem alten Idioten.«

»Ich muss mich wohl auch an die eigene Nase fassen«, räumte Sweta ein. »In der Tat: Warum halte ich dir hier große Vorträge? Du hast es in der Wache jeden Tag mit Hexen zu tun ...«

Der Friede war wiederhergestellt. »Mit solchen starken?«, fragte ich sofort zurück. »Vergiss nicht, in ganz Moskau gibt es eine Hexe ersten Grades, und die hat sich seit langem aus dem Geschäft zurückgezogen ... Was sollen wir jetzt tun, Sweta?«

»Wir haben keinen triftigen Grund zu intervenieren«, meinte Sweta besorgt. »Den Kindern geht es gut, dem Jungen sogar besser. Es bleiben zwei Fragen: Was für ein komischer Wolf hat die Kinder zu seinen Jungen getrieben?«

»Wenn es überhaupt ein Wolf war«, warf ich ein.

»Eben«, stimmte Sweta mir zu. »Aber irgendwie haben die Kinder alles sehr überzeugend berichtet ... Und die zweite Frage: Ist die Hexe hier im Ort registriert, was haben wir über sie ...«

»Das kriegen wir sofort raus«, sage ich, während ich nach meinem Handy langte.

Fünf Minuten später bekam ich die Antwort, dass es nach den Unterlagen der Nachtwache keine Hexen in dieser Gegend gab oder geben dürfte.

Weitere zehn Minuten später verließ ich den Hof, bewaffnet mit den Instruktionen und Ratschlägen meiner Frau, die zugleich eine verhinderte Große Zauberin war. Als ich am Schuppen vorbeiging, linste ich durch die offene Tür hinein. Kolja hing über der offenen Motorhaube, auf einer ausgebreiteten Zeitung lagen verschiedene Schrauben und Teilchen. Oh, oh, ich hatte doch nur was von einem Klopfen im Motor gesagt!

Außerdem sang Onkel Kolja, brummte vor sich hin:

Wir sind keine Heizer, sind keine Zimmerleute,
Wir sind die Kommunistische Garde von heute!

Anscheinend hatte sein Gedächtnis nur diese beiden Zeilen abgespeichert, die er wie aufgezogen wiederholte, während er selbstvergessen am Motor fummelte:

Wir sind keine Heizer, sind keine Zimmerleute,
Wir sind die Kommunistische Garde von heute!

»Ein halber Liter wird hier nicht reichen, Antoscha!«, rief Onkel Kolja fröhlich, sobald er mich sah. »Die Japaner müssen völlig den Verstand verloren haben, was sie in diesen Diesel gestopft haben, ist ja nicht mit anzusehen!«

»Das waren nicht die Japaner, sondern die Deutschen«, korrigierte ich ihn.

»Die Deutschen?«, wunderte sich Onkel Kolja. »Ach, das ist ja ein BMW, und ich habe früher nur den Subaru wieder auf Vordermann gebracht ... Was die sich dabei gedacht haben, die Dinger hier völlig anders zu bauen ... Aber keine Sorge, ich krieg das schon hin! Allerdings dröhnt mir der Schädel, das ist die Pest ...«

»Geh zu Sweta, sie gibt dir ein Schlückchen!«, fand ich mich mit dem Unvermeidlichen ab.

»Nein.« Onkel Kolja schüttelte den Kopf. »Während der Arbeit nie. Sonst verpfusch ich dir das ... Unser erster Vorsitzender, Friede seiner Asche, hat mir eingeschärft: Wenn du schraubst, keinen Tropfen! Geh nur, geh. Ich habe hier noch bis zum Abend zu tun.«

Innerlich nahm ich von dem Wagen Abschied und trat dann auf die staubige heiße Straße hinaus.

Den kleinen Romka machte mein Besuch unsagbar glücklich. Ich kam genau in dem Moment, als Anna Viktorowna eine schändliche Niederlage im Kampf um den Mittagsschlaf hinnehmen musste. Romka, ein magerer und braun gebrannter Junge, sprang auf der Matratze herum. »Schlaf ich an der Wand«, schrie er übermütig. »Krieg ich morgen um mein Knie 'nen Verband!«

»Was soll ich nur mit ihm machen?«, freute sich Anna Viktorowna über mein Erscheinen. »Guten Tag, Anton. Sagen Sie, führt sich Ihre Nadenka auch so auf?«

»Nein«, log ich.

Romka hörte auf zu springen und schaute uns aufmerksam an.

»Dann nehmen sie den hier doch mit«, schlug Anna Viktorowna scheinheilig vor. »Was soll ich mit so einem Rabauken anfangen? Sie sind ein strenger Mann, Sie werden ihn schon erziehen. Er wird auf Nadenka aufpassen, ihre Windeln bügeln, die Böden für Sie wischen, den Müll rausbringen …«

Bei diesen Worten zwinkerte Anna Viktorowna mir heftig zu, als ob ich ihren Vorschlag tatsächlich für bare Münze nehmen und mir kurzerhand einen minderjährigen Sklaven besorgen könnte.

»Ich denk drüber nach«, unterstützte ich ihre pädagogischen Bemühungen. »Wenn er absolut nicht hören will, nehmen wir ihn zur Umerziehung auf. Bei uns haben schon schlimmere Kinder gelernt zu spuren!«

»Sie nehmen mich ja doch nicht!«, meinte Romka keck, fing aber immerhin nicht wieder an zu springen, sondern setzte sich aufs Bett und streckte die Beine auf der Decke aus. »Was sollten Sie mit einem solchen Rabauken schon anfangen?«

»Dann stecke ich dich ins Internat«, drohte Anna Viktorowna.

»Nur herzlose Menschen stecken Kinder ins Internat«, wiederholte Romka einen Satz, den er ohne Frage aufgeschnappt hatte. »Aber du bist nicht herzlos!«

»Was soll ich bloß mit ihm machen?«, stellte Anna Viktorowna noch einmal ihre rhetorische Frage. »Möchten Sie etwas eisgekühlten Kwass?«

»Ich auch, ich auch«, piepste Romka, bevor er unter dem strengen Blick seiner Mutter verstummte.

»Danke«, meinte ich nickend. »Ehrlich gesagt, bin ich wegen dieses Rabauken gekommen …«

»Hat er was angestellt?«, wollte Anna Viktorowna gleich wissen.

»Sweta hat mir vom Abenteuer Ihrer Kinder erzählt ... und von dem Wolf. Ich bin Jäger, aber so etwas ...«

Innerhalb einer Minute saß ich am Tisch und wurde mit kaltem Kwass und allerlei Aufmerksamkeiten bewirtet.

»Eben. Ich bin Lehrerin, ich verstehe was von diesen Dingen«, meinte Anna Viktorowna. »Die Wölfe sind die Sanitäter des Waldes ... Das ist natürlich eine Lüge, denn ein Wolf reißt nicht nur kranke Tiere, sondern durch die Bank alle Tiere ... Trotzdem ist er ein Lebewesen. Der Wolf ist nicht schuld daran, dass er ein Wolf ist ... Aber hier, in der Nähe des Dorfs! Er jagt Kinder! Treibt sie zu seinen Jungen. Wissen Sie, was das bedeutet?«

Ich nickte.

»Er bringt seinen Jungen das Jagen bei.« In Anna Viktorownas Augen loderte Angst oder ein mütterlicher Zorn auf, vor dem sowohl Wölfe wie auch Bären im tiefsten Wald Zuflucht gesucht hätten. »Was ist das? Ein Menschen fressender Wolf?«

»Das kann nicht sein«, erwiderte ich. »Hier hat es noch nie einen Fall gegeben, wo ein Wolf einen Menschen angefallen hätte. Ohnehin gibt es hier schon lange keine Wölfe mehr ... Das war wohl eher ein verwilderter Hund. Aber das möchte ich gern überprüfen.«

»Tun Sie das«, meinte Anna Viktorowna in festem Ton. »Und wenn ... selbst wenn das ein Hund war. Wenn die Kinder sich das nicht ausgedacht haben ...«

Erneut nickte ich.

»Erschießen Sie ihn«, bat Anna Viktorowna. Dann fuhr sie im Flüsterton fort: »Ich schlafe nachts nicht mehr. Wenn ich nur daran denke ... was hätte passieren können.«

»Aber das war ein Hund!«, erklang vom Bett Romkas Stimme herüber.

»Scht!«, fuhr Anna Viktorowna ihn an. »Gut, komm her. Erzähl dem Onkel, wie alles gewesen ist.«

Es bedurfte keiner weiteren Überredungskünste, damit Romka vom Bett sprang, zu uns kam und sich höchst geschäftig auf meinen Schoß setzte. Fordernd sah er mir in die Augen.

Ich zerzauste ihm das störrische, ausgeblichene Haar.

»Also, die Sache war so ...«, begann Romka voller Genugtuung.

Anna Viktorowna blickte Romka irgendwie sehr traurig an. Ich verstand sie. Den Vater dieser Kinder konnte ich jedoch nicht verstehen. Es kann alles Mögliche passieren, die Leute trennen sich – aber die eigenen Kinder danach aus seinem Leben zu verbannen und sie mit Alimenten abzuspeisen?

»Wir sind gelaufen und immer weiter gelaufen, also wir sind spazieren gegangen«, erzählte Romka ermüdend langatmig. »Wir sind spazieren gegangen und in den Wald gekommen. Und dann hat Xjuscha mir schreckliche Geschichten erzählt ...«

Aufmerksam hörte ich mir seinen Bericht an. Die »schrecklichen Geschichten« legten einmal mehr nahe, dass sie sich die ganze Geschichte ausgedacht hatten. Andererseits schilderte der Junge alles absolut klar. Abgesehen von den für sein Alter typischen Wiederholungen einzelner Wörter, verhedderte er sich nicht einmal.

Für alle Fälle scannte ich auch noch die Aura des Jungen. Ein Mensch ... ein kleiner Mensch. Ein guter kleiner Mensch, von dem man glauben möchte, dass er zu einem guten Menschen heranwächst. Nicht die geringsten Hinweise darauf, dass es sich bei ihm um einen potenziellen Anderen handeln könnte. Und nicht die geringsten Spuren einer magischen Manipulation.

Wenn jedoch schon Swetlana nichts bemerkt hatte – was sollte mir mit meinem zweiten Grad dann eigentlich auffallen?

»Und plötzlich hat der Wolf gelacht!«, rief Romka, während er fröhlich mit den Händen fuchtelte.

»Hast du denn keine Angst gehabt?«, fragte ich.

Zu meinem Erstaunen dachte Romka lange darüber nach.

»Doch«, sagte er dann. »Ich bin noch klein, und der Wolf war groß. Außerdem hatte ich keinen Stock – wo kriege ich im Wald einen Stock her? Aber später hatte ich dann keine Angst mehr.«

»Hast du jetzt Angst vor Wölfen?«, hakte ich nach. Nach einem solchen Abenteuer hätte jeder normale Junge angefangen zu stottern. Romka hingegen hatte damit aufgehört!

»Nicht die Spur!«, versicherte der Junge. »Aber wegen Ihnen habe ich jetzt meinen Faden verloren. Wo war ich denn?«

»An der Stelle, wo der Wolf gelacht hat«, meinte ich lächelnd.

»Genau wie ein Mensch«, sagte Romka.

Alles klar. Ich hatte es schon ziemlich lange nicht mehr mit Werwölfen zu tun gehabt. Noch dazu mit solchen hinterhältigen ... Kinder zu jagen, nur hundert Kilometer von Moskau entfernt. Worauf hofften sie? Dass es hier im Dorf keine Wache gab? Dabei ging das regionale Büro jedem Fall von vermissten Menschen nach. Für diese Aufgabe gibt es einen guten und hochspezialisierten Magier. Er macht das mit Methoden, die alle Welt für pure Scharlatanerie hält, sieht sich Fotos an und legt sie dann weg oder ruft die Fahnder an, um besorgt zu klagen: »Irgendwas ist hier ... irgendwas, aber ich weiß nicht, was ...«

Dann würden wir losfahren, im Moskauer Umland ausschweifen, den Wald durchkämmen, Spuren sichern ... schreckliche Spuren, an die wir uns jedoch gewöhnt haben. Die Tiermenschen würden vermutlich bei ihrer Verhaftung Widerstand leisten. Und irgendjemand – möglicherweise wäre ich das – würde mit der Hand wedeln. Daraufhin würde der leuchtende graue Höhenrauch durch das *Zwielicht* kriechen ...

Solche wie sie fangen wir nur selten lebend. Wollen es auch gar nicht.

»Außerdem glaube ich«, fuhr Romka verständig fort, »dass der Wolf etwas gesagt hat. Ich glaube, ich glaube ... Aber er hat doch gar nicht geredet, das weiß ich. Wölfe reden schließlich nicht, oder? Aber ich träume davon, dass er etwas gesagt hat.«

»Und was?«, fragte ich vorsichtig nach.

»Geh ... weg, He-xe!«, meinte Romka, der angestrengt versuchte, den heiseren Bass nachzuahmen.

Also doch. Damit konnte ich eine Razzia anordnen. Oder sogar Hilfe aus Moskau anfordern.

Das war ein Werwolf gewesen, ohne Frage. Und die Kinder konnten von Glück sagen, dass sich auch noch eine Hexe in der Gegend rumtrieb.

Eine starke.

Eine sehr starke.

Die nicht einfach nur den Werwolf vertrieb, sondern auch noch das Gedächtnis der Kinder reinigte, ohne dabei die geringste Spur zu hinterlassen. Indem sie einfach nicht allzu tief eindrang. Sie hatte nicht erwartet, dass in dem Dorf ein aufmerksamer Wächter auftauchen würde ... Bei Bewusstsein erinnerte sich der Junge an nichts – aber im Schlaf, da schon. *»Geh weg, Hexe!«*

Interessant!

»Danke, Romka.« Ich drückte ihm die kleine Hand. »Ich werde mal in den Wald gehen und nachgucken.«

»Haben Sie denn keine Angst? Haben Sie ein Gewehr?«, fragte Romka munter.

»Ja.«

»Zeigen Sie's mir!«

»Es ist zu Hause«, meinte Anna Viktorowna streng. »Gewehre sind außerdem kein Spielzeug für Kinder.«

Romka seufzte. »Aber die kleinen Wölfe erschießen Sie nicht, ja?«, bat er in herzzerreißendem Ton. »Bringen Sie mir lieber einen von ihnen mit, dann erziehe ich ihn wie einen Hund! Oder zwei, einen für mich, einen für Xjucha!«

»Roman!«, wies Anna Viktorowna ihn mit strenger Stimme zurecht.

Xjuscha fand ich am Teich, genau wie ihre Mutter es gesagt hatte. Eine Gruppe Mädchen brutzelte neben einer Horde Jungen in der Sonne, auf beiden Seiten flogen spitze Bemerkungen hin und her. Die männlichen Wasserratten waren in dem Alter, in dem sie die Mädchen bereits nicht mehr an den Zöpfen zogen – aber noch nicht begriffen, was sie mit ihnen anstellen sollten.

Bei meinem Auftauchen verstummten alle, Neugier und Furcht packte sie. Ich war im Dorf noch nicht allzu bekannt.

»Oxana?«, fragte ich ein Mädchen, das ich meiner Ansicht nach schon einmal zusammen mit Romka gesehen hatte und das Xjuscha sein konnte.

Ein sehr ernstes Mädchen mit blauem Badeanzug sah mich an und nickte. »Hallo ... Guten Tag«, sagte sie höflich.

»Guten Tag. Ich bin Anton, der Mann von Swetlana Nasarowa. Kennst du sie?«, fragte ich.

»Wie heißt Ihre Tochter?«, fragte Oxana misstrauisch.

»Nadja.«

»Ich kenne sie«, meinte Oxana nickend und erhob sich aus dem Sand. »Sie wollen mit mir über die Wölfe reden, nicht wahr?«

»Richtig«, meinte ich mit einem Lächeln.

Oxana schielte zu den Kindern hinüber. Genauer, zu den Jungen.

»Ach, das ist ja Nadkas Vater«, bemerkte ein sommersprossiger Bengel, in dem – warum auch immer – der dörfliche Ursprung nicht zu übersehen war. »Mein Vater repariert gerade Ihr Auto.«

Stolz blickte er seine Freunde an.

»Wir können uns auch hier unterhalten«, schlug ich zur Beruhigung der Kinder vor. Es war natürlich schrecklich, dass sich normale, in Familien aufwachsende Kinder in diesem Alter ein solches Misstrauen angewöhnt hatten.

Aber vielleicht war es auch besser so.

»Wir sind im Wald spazieren gegangen«, fing Oxana an zu erzählen, die sich kerzengerade vor mir aufgebaut hatte. Ich dachte kurz nach und setzte mich dann in den Sand, worauf sich auch das Mädchen wieder setzte. Anna Viktorowna hatte ihre Kinder wirklich gut erzogen. »Es war meine Schuld, dass wir uns verirrt haben ...«

Einer der Dorfjungen lachte. Wenn auch leise. Vermutlich war Oxana nach diesen Geschichten mit den Wölfen zum beliebtesten Mädchen bei den jüngeren Schulkindern avanciert.

Im Prinzip erzählte Oxana mir nichts Neues. Auch an ihr ließen sich keine Spuren von Magie feststellen. Nur die Erwähnung des Schranks »mit alten Büchern« ließ mich aufhorchen.

»Erinnerst du dich an die Titel?«, fragte ich.

Oxana schüttelte den Kopf.

»Versuch es einmal«, bat ich. Ich sah zu Boden – auf meinen langen, verzerrten Schatten.

Gehorsam kroch mir der Schatten entgegen.

Dann nahm mich das graue, kühle *Zwielicht* auf.

Kinder aus dem *Zwielicht* heraus zu betrachten ist immer ein Vergnügen. Ihre Auren – selbst die der schüchternsten und unglücklichsten – sind noch frei von jener Bosheit und Härte, die die Auren erwachsener Menschen umhüllen.

Innerlich entschuldigte ich mich bei den Kindern, schließlich hatten sie mich nicht um das gebeten, was ich jetzt tat. Mit einer sachten, unmerklichen Berührung glitt ich über sie hinweg. Einfach so. Ich löschte jene Funken des Bösen, die bei ihnen trotz allem schon aufblitzten.

Dann strich ich Oxana über den Kopf. »Erinnere dich, Mädchen ...«, flüsterte ich.

Sicher, ich würde die Barriere, die jene unbekannte Hexe errichtet hatte, nicht beseitigen können, wenn sie stärker oder genauso stark war wie ich. Aber zu meinem Glück schien sie an eine Kinderfreundin geraten zu sein. Die Hexe war höchst behutsam mit dem Bewusstsein der beiden umgegangen.

Ich trat aus dem *Zwielicht* heraus. Wie in einem Backofen schlug die heiße Luft über mir zusammen. Was für ein brütender Sommer!

»Jetzt weiß ich es wieder!«, verkündete Oxana stolz. »Ein Buch hieß *Aliada Ansata.*«

Ich runzelte die Stirn.

Von den gewöhnlichen Kräuterbüchern – ich meine von den gewöhnlichen Hexenkräuterbüchern – unterschied sich dieses durch seine besondere Niederträchtigkeit. Dort wurden sogar für Löwenzahn einige abscheuliche Anwendungsformen vorgestellt.

»Dann noch *Kassagar Garsarra*«, sagte Oxana.

Eines der Kinder kicherte. Wenn auch unsicher.

»Wie war der Titel geschrieben?«, fragte ich. »In lateinischen Buchstaben? So wie englisch ... ja? *Kassagar Garsarra?*«

Wozu hatte ich das wiederholt? Als ob man den Unterschied hören könnte ...

»Nein, mit russischen Buchstaben«, meinte Oxana. »Aber mit komischen, alten.«

Noch nie hatte ich von einer Übersetzung dieses selbst für die Dunklen seltenen Werks ins Russische gehört. Es ist verboten, das Buch zu drucken, denn dann büßen die Zaubersprüche ihre Magie ein. Man darf es bloß abschreiben. Ausschließlich mit Blut. Und zwar keinesfalls mit dem Blut einer Jungfrau oder dem unschuldiger Kinder, das sind irrige Ansichten, die später aufkamen; entsprechende Abschriften taugen überhaupt nichts. Bis heute glaubt man, das *Kassagar Garsarra* existiere lediglich auf Arabisch, Spanisch, Latein und Althochdeutsch. Das Blut muss von dem Magier, der das Buch abschreiben möchte, stammen. Für jeden Zauberspruch muss er sich frisches abzapfen. Und das Buch ist dick ...

Außerdem fließt zusammen mit dem Blut die Kraft aus ihm heraus.

Was können wir stolz auf die russischen Hexen sein! Hatte sich doch eine Fanatikerin gefunden!

»Ist das alles?«, fragte ich.

»Noch das *Fuaran.*«

»So ein Buch gibt es nicht, das hast du dir ausgedacht ...«, entgegnete ich unwillkürlich. »Wie war das? *Fuaran?*«

»*Fuaran*«, bestätigte Oxana.

Nein, in diesem Buch gab es nichts Gemeines. Nur wurde es in allen Nachschlagewerken als Phantasieprodukt ausgewiesen. Der Legende nach enthielt das Buch Instruktionen, wie aus einem Menschenkind eine Hexe oder ein Hexer zu machen sei. Genaue und angeblich funktionierende Anweisungen.

Als ob das möglich wäre!

Oder etwa doch, Geser?

»Erstaunliche Bücher«, sagte ich.

»Das sind botanische Bücher, nicht wahr?«, fragte Oxana.

»Hm«, bestätigte ich. »Vergleichbar mit Katalogen. Im *Aliada Ansata* wird beschrieben, wo man verschiedene Kräuter findet ... und so weiter. Vielen Dank, Xjuscha.«

Interessante Dinge taten sich in unserem Wald! Ganz in der Nähe von Moskau sitzt im tiefsten Dickicht – aber was heißt hier Dickicht? –, in einem kleinen Wald eine mächtige Hexe mit einer Bibliothek voll seltenster Bücher zu allen dunklen Gebieten. Ab und an rettet sie Kinder vor idiotischen Werwölfen. Besten Dank auch dafür! Aber die Bücher, die sie besitzt, müssen gemeldet werden, und zwar beiden Wachen und der Inquisition. Denn die Kraft, die hinter ihnen steht, ist enorm, ist gefährlich.

»Du kriegst eine Tafel Schokolade von mir«, versprach ich. »Du hast alles sehr schön erzählt.«

Oxana zierte sich nicht, sondern sagte bloß »danke«. Und

schien das Interesse an unserem Gespräch völlig verloren zu haben.

Offenbar hatte die Hexe ihr als der Älteren das Gedächtnis gründlicher gereinigt. Nur an die Bücher, die das Mädchen gesehen hatte, hatte sie nicht gedacht.

Und das beruhigte mich ein wenig.

Zwei

Geser hörte mir mit ungeteilter Aufmerksamkeit zu. An manchen Stellen hakte er nach, schwieg dann, seufzte und ächzte. Ich lümmelte mich in die Hängematte, das Handy in der Hand, und erstattete ausführlich Bericht ... Nur das *Fuaran*, das die Hexe besaß, verschwieg ich.

»Gute Arbeit, Anton«, meinte Geser schließlich. »Wirklich gut. Du hast dich da nicht auf die faule Haut gelegt.«

»Was soll ich jetzt tun?«, fragte ich.

»Du musst die Hexe finden«, erwiderte Geser. »Sie hat zwar nichts Böses angerichtet, muss sich aber registrieren lassen. Na ja ... die übliche Prozedur, du weißt Bescheid.«

»Und die Werwölfe?«, wollte ich wissen.

»Vermutlich Moskauer, die auf Tournee im Umland sind«, kommentierte Geser gelassen. »Ich werde den Befehl geben, alle Werwölfe zu überprüfen, die mehr als drei Kinder mit Anlagen zum Tiermenschen haben.«

»Es gab insgesamt nur drei Junge«, erinnerte ich ihn.

»Der Werwolf könnte nur die ältesten mit auf Jagd genommen haben«, erklärte Geser. »In der Regel sind es große Familien ... Im Dorf haben sich nicht gerade irgendwelche verdächtigen Leute auf den Datschen einquartiert? Also ein Erwachsener und drei oder mehr Kinder?«

»Nein«, bedauerte ich. »Daran haben Sweta und ich sofort gedacht ... Nur Anna Viktorowna ist mit ihren beiden Kindern gekommen, alle anderen haben entweder keine oder nur ein Kind. Wir haben eine Geburtenkrise im Land ...«

»Von der demographischen Situation ist mir auch schon etwas zu Ohren gekommen«, unterbrach mich Geser amüsiert. »Was ist mit den Dorfbewohnern?«

»Es gibt große Familien, aber Swetlana kennt die aus dem Dorf alle gut. Die sind sauber, das sind ganz gewöhnliche Menschen.«

»Also müssen es Leute von auswärts sein«, schlussfolgerte Geser. »Soweit ich es verstanden habe, ist im Dorf niemand verschwunden. Gibt es in der Nähe vielleicht Pensionen oder Hotels?«

»Ja«, entgegnete ich. »Auf der anderen Seite des Flusses, rund fünf Kilometer entfernt, ist ein Pionierlager ... oder wie die Dinger jetzt heißen. Ich habe schon herausgekriegt, dass dort alles in Ordnung ist und kein Kind vermisst wird. Man lässt sie auch gar nicht zum Fluss hinunter, das ist ein Lager mit militärischer Disziplin, ziemlich streng. Schlafengehen, Aufstehen, fünf Minuten zum Anziehen. Machen Sie sich deswegen keine Sorgen.«

Geser krächzte missmutig. »Brauchst du Hilfe, Anton?«, fragte er.

Ich dachte nach. Das war die entscheidende Frage, auf die ich bislang noch keine Antwort hatte finden können.

»Ich weiß es nicht. Die Hexe ist anscheinend stärker als ich. Aber ich will sie ja nicht ermorden ... und das sollte sie spüren.«

Weit, weit weg, in Moskau, versank Geser tief in Gedanken. »Swetlana soll die Wahrscheinlichkeitslinien überprüfen«, stieß er dann hervor. »Wenn für dich keine große Gefahr besteht ... dann versuch, allein mit der Sache klarzukommen. Wenn sie höher als zehn, zwölf Prozent ist ... dann ...« Er zögerte, fuhr dann aber recht munter fort: »Dann kommen Ilja und Semjon. Oder Danila und Farid. Zu dritt schafft ihr das.«

Ich lächelte. Dein Plan sieht anders aus, Geser. Ganz anders. Du hoffst, dass mich im Notfall Swetlana rettet. Und dann in die Nachtwache zurückkehrt ...

»Außerdem hast du noch Swetlana«, meinte Geser abschließend. »Du überblickst das Ganze. Also mach dich an die Arbeit und gib mir im Notfall Bescheid.«

»Zu Befehl, *mon général*«, konterte ich. Denn Bescheid zu geben – das hatte Geser in ausgesprochenem Befehlston verlangt.

»Militärisch gesprochen, Oberstleutnant«, fuhr mich Geser prompt an, »läge mein Dienstgrad nicht unter dem eines Generalissimus. Genug, mach dich an die Arbeit.«

Nachdem ich das Telefon weggesteckt hatte, verglich ich kurz die Kraftstufen mit den Armeerängen. Siebter Grad einfacher Soldat, sechster Sergeant, fünfter Leutnant, vierter Hauptmann, dritter Major, zweiter Oberstleutnant, erster Oberst.

Gut, wenn man großzügig war und die Unterteilung innerhalb der einzelnen Ränge außer Acht ließ, dann wäre ich ein Oberstleutnant. Während der General für einen gewöhnlichen Magier außerhalb jeder Kategorie zu reservieren war.

Geser jedoch war ein ungewöhnlicher Magier!

Die Pforte klapperte, und Ljudmila Iwanowna trat ein. Meine Schwiegermutter. Die unermüdliche Nadjuschka wirbelte um sie herum. Kaum war sie in den Garten gekommen, warf sie sich johlend in die Hängematte.

Ja, meine Tochter war noch nicht initiiert. Doch sie spürte ihre Eltern. Und ihren Alltag prägte noch vieles mehr, was normale zweijährige Mädchen nicht kennen. Zum Beispiel fürchtete sie sich vor keinem einzigen Tier, während alle Tiere sie mochten. Hunde und Katzen wichen ihr überhaupt nicht von der Seite ...

Mücken bissen sie nicht.

»Papka«, meinte Nadja, während sie auf mich kraxelte. »Wir sind spazieren gewesen.«

»Guten Tag, Ljudmila Iwanowna«, begrüßte ich meine Schwiegermutter. Für alle Fälle: Denn heute Morgen hatten wir uns auch schon begrüßt.

»Du ruhst dich aus?«, fragte meine Schwiegermutter ungläubig. Nein, mein Verhältnis zu ihr war gut. Kein sprichwörtliches. Trotzdem hatte ich den Eindruck, sie wolle mir ständig irgendetwas vorwerfen. Dass ich ein Anderer war, zum Beispiel – wenn sie denn etwas von den Anderen gewusst hätte.

»Ein bisschen«, antwortete ich munter. »Seid ihr weit weg gewesen, Nadja?«

»Ja.«

»Bist du jetzt müde?«

»Ja«, bestätigte Nadka, »aber Oma ist noch mehr müde.«

Ljudmila Iwanowna blieb kurz stehen, als überlege sie, ob sie einem Nichtsnutz wie mir seine eigene Tochter anvertrauen konnte. Offenbar beschloss sie, es zu wagen. Sie ging ins Haus.

»Und wohin gehst du?«, fragte Nadjuschka, wobei sie meine Hand kräftig drückte.

»Habe ich denn gesagt, dass ich irgendwohin gehe?«, wunderte ich mich.

»Nein ...«, räumte Nadka ein und zerzottelte sich mit ihrem kleinen Händchen das Haar. »Aber du gehst doch?«

»Ja«, gab ich zu.

Eben. Wenn ein Kind ein potenzieller Anderer ist – noch dazu von solcher Kraft –, verfügt es von Geburt an über die Gabe, in die Zukunft zu sehen. Vor einem Jahr hatte Nadka eine Woche vor dem Zeitpunkt, als die ersten Zähne durchkamen, angefangen zu weinen.

»La, la, la ...«, fing Nadja an zu singen und guckte zum Zaun hinüber. »Der Zaun muss gestrichen werden!«

»Hat Oma das gesagt?«, wollte ich wissen.

»Ja. Wenn hier ein richtiger Mann wäre, würde er den Zaun

streichen«, wiederholte Nadjuschka inbrünstig die Worte. »Aber hier ist kein richtiger Mann, da muss Oma selbst streichen.«

Ich seufzte.

Zum Teufel mit diesen Datschenfanatikern! Warum müssen Menschen auf ihre alten Tage unbedingt in sich die Leidenschaft entdecken, in der Erde zu buddeln? Ob sie sich schon mal an sie gewöhnen wollen?

»Oma hat einen Spaß gemacht«, sagte ich und klopfte mir auf die Brust. »Hier gibt es einen richtigen Mann, und der wird auch den Zaun streichen! Im Notfall streicht er sogar alle Zäune im ganzen Dorf.«

»Ein richtiger Mann«, wiederholte Nadka und lachte los.

Ich vergrub das Gesicht in ihrem Haar und pustete. Nadjuschka fing gleichzeitig zu kichern und zu strampeln an. Ich blinzelte Swetlana zu, die gerade aus dem Haus kam, und setzte meine Tochter auf der Erde ab. »Lauf zu Mama.«

»Nein, lieber zu Oma«, meinte Swetlana, als sie Nadja auffing. »Milch trinken.«

»Ich will keine Milch!«

»Du brauchst sie«, entgegnete Swetlana.

Darauf widersprach Nadjuschka nicht, sondern steuerte widerspruchslos auf die Küche zu. Selbst bei Menschen gibt es ein seltsames wortloses Verstehen zwischen Mutter und Kind. Was wollte man da erst über uns sagen? Nadja spürte genau, wann sie sich Mätzchen leisten konnte – und wann sie es besser bleiben ließ.

»Was hat Geser gesagt?«, fragte Swetlana, während sie sich neben mich setzte. Die Hängematte schaukelte.

»Er hat mir die Wahl gelassen. Ich kann die Hexe allein suchen oder Hilfe rufen. Was meinst du?«

»Soll ich für dich in die Zukunft schauen?«, wollte Swetlana wissen.

»Hm.«

Swetlana schloss die Augen und streckte sich in der Hängematte aus. Ich zog ihre Beine gerade und legte sie mir über die Knie. Von außen betrachtet die reinste Idylle. Eine attraktive Frau lag in einer Hängematte und entspannte sich. Neben ihr saß ihr Mann, der ihr hingebungsvoll über die Hüfte streichelte ...

Auch ich konnte in die Zukunft sehen. Jedoch viel schlechter als Swetlana, denn das gehörte nicht zu meinem Spezialgebiet. Außerdem brauchte ich dafür weitaus länger, und meine Prognose traf nicht immer zu.

Swetlana schlug die Augen auf. Sah mich an.

»Und?« Ich konnte mich nicht beherrschen.

»Streichel mich ruhig weiter«, lächelte sie. »Es ist alles sauber. Ich sehe keine Gefahr.«

»Anscheinend hat die Hexe genug von ihrem niederträchtigen Tun«, feixte ich. »Na gut. Ich werde ihr einen mündlichen Verweis wegen der nicht erfolgten Registrierung erteilen.«

»Ihre Bibliothek beunruhigt mich«, gab Swetlana zu. »Warum hockt sie mit solchen Büchern tief im Wald?«

»Kann doch sein, dass sie die Stadt einfach nicht mag«, entgegnete ich. »Sie braucht den Wald, die frische Luft ...«

»Warum dann das Moskauer Umland? Sie hätte doch nach Sibirien fahren können, da ist die Umwelt auch noch nicht so verschmutzt, und es gibt dort die seltensten Kräuter. Oder in den Fernen Osten.«

»Sie ist von hier«, meinte ich lächelnd. »Und sie ist ihrer kleinen Heimat treu.«

»Irgendwas stimmt hier nicht«, meinte Swetlana verärgert. »Ich kann die Geschichte mit Geser einfach nicht vergessen ... Und hier hockt eine Hexe!«

»Warum stößt dir die Sache mit Geser immer wieder auf?«, fragte ich achselzuckend. »Er wollte aus seinem Sohn einen

Lichten machen. Ich kann ihn dafür nicht mal verurteilen. Stell dir doch mal vor, welche Schuldgefühle er gegenüber seinem Sohn empfunden haben muss ... Er hat geglaubt, der Junge sei tot ...«

Swetlana setzte ein ironisches Lächeln auf. »Nadjuschka sitzt gerade auf einem Hocker, baumelt mit den Beinen und will, dass die Haut von der Milch abgeschöpft wird.«

»Ja und?« Ich wusste nicht, was sie meinte.

»Ich spüre, wo sie ist und wie es ihr geht«, erklärte Swetlana. »Weil sie meine Tochter ist. Und weil sie eine Andere ist. Dabei bin ich schwächer als Geser oder Olga ...«

»Sie haben geglaubt, ihr Sohn sei gestorben ...«, murmelte ich.

»Das kann nicht sein!«, widersprach Swetlana hart. »Geser ist kein gefühlloser Baumstumpf. Er hätte spüren müssen, dass der Junge noch am Leben ist, verstehst du? Und Olga erst recht. Er ist ihr Fleisch und Blut ... Sie hätte nicht glauben dürfen, dass der Junge gestorben ist. Als sie erst einmal erfahren hatten, dass ihr Sohn am Leben war, stellte alles Weitere kein Problem mehr dar. Geser verfügt jetzt genau wie vor fünfzig Jahren über genügend Kraft, um im ganzen Land das Unterste zuoberst zu kehren und seinen Sohn zu finden.«

»Willst du damit sagen, sie hätten ihn absichtlich nicht gesucht?«, fragte ich. Swetlana schwieg. »Oder ...«

»Oder«, bestätigte Swetlana. »Oder der Junge war in der Tat ein Mensch. Dann ginge das Puzzle auf. Dann mussten sie an seinen Tod glauben und konnten ihn nur absolut zufällig finden.«

»Das *Fuaran*«, meinte ich. »Ob diese Hexe irgendwas mit den Ereignissen im Assol zu tun hat?«

Swetlana zuckte die Schultern. »Ich würde schrecklich gern mit dir in den Wald gehen, Anton«, versicherte sie seufzend. »Um diese gute Frau und Botanikerin zu finden, sie nach allem Möglichen zu fragen ...«

»Aber du kommst nicht mit«, sagte ich.

»Genau. Ich habe geschworen, an keiner Operation der Nachtwache teilzunehmen.«

Ich verstand sie. Teilte Swetlanas Groll auf Geser. Außerdem hätte ich es ohnehin vorgezogen, Swetlana nicht mitzunehmen ... Es war nicht ihre Aufgabe, Hexen im Wald aufspüren.

Aber um wie vieles leichter und einfacher wäre es, wenn wir zusammenarbeiten würden!

Ich stand auf. Seufzte. »Gut, ich will hier nicht rumtrödeln. Die größte Hitze haben wir hinter uns, da werde ich mich mal in den Wald aufmachen.«

»Es ist bald Abend«, bemerkte Swetlana.

»Ich hab es ja nicht weit. Die Kinder haben gesagt, die Hütte sei ganz in der Nähe.«

»Gut«, nickte Swetlana. »Aber wart noch einen Moment, ich mache dir ein paar Brote fertig. Und fülle dir etwas Obstsaft in eine Flasche ab.«

Während ich auf Swetlana wartete, spähte ich vorsichtig in den Schuppen. Mir blieb die Spucke weg. Nicht nur, dass Onkel Kolja den halben Motor auseinander genommen und die Teile auf dem Boden ausgebreitet hatte, nein, neben ihm hing ein weiterer Dorfalkoholiker mit Feuereifer über dem Motor, ein gewisser Andrjucha oder Serjoga. Völlig dem Kampf gegen die deutsche Technik anheim gefallen, hatten die beiden noch nicht einmal den von der mitleidigen Swetlana gebrachten Flachmann angerührt. Onkel Kolja brummte vor sich hin:

Springt der Motor mal nicht an,
Lass mich und meinen Kumpel ran.

Auf Zehenspitzen entfernte ich mich vom Schuppen.

Zum Kuckuck mit dem Wagen ...

Swetlana stattete mich aus, als wolle ich nicht einen Waldspaziergang machen, sondern müsse in der Taiga überleben.

Eingepackte Brote, eine Flasche mit Obstsaft, ein gutes Taschenmesser, Streichhölzer, ein Döschen mit Salz, zwei Äpfel und eine kleine Taschenlampe.

Außerdem überprüfte sie, ob mein Handy noch geladen war. Angesichts der bescheidenen Ausmaße des Waldes war das Handy durchaus nicht überflüssig: Im Notfall könnte ich auf einen Baum klettern – von dort würde ich mit Sicherheit eine Verbindung kriegen.

Meinen MD-Player packte ich selbst ein. Während ich jetzt langsam Richtung Wald marschierte, hörte ich *Simowje swerej*.

Die alte Stadt schlief längst schon ein,
Es zittert der gequälte Stein,
Die Nacht, bedroht von Todespein,
Hüllt sich in Schweigen.
Die alte Stadt schlief längst schon ein,
Nun spricht der fahle trübe Schein
Zu euch als Echo – dürft ihm kein
Vertrauen zeigen.

In Bücherein schläft Band an Band,
Voll sind die Scheuern bis zum Rand,
Genies verlieren den Verstand
Des Nachts auf Wacht.
Das Dunkel hat mit schwerer Hand
Die Unterschiede fortgebannt:
Das Kapitol, die Kerkerwand
Sind gleichgemacht.

Große Hoffnungen, noch heute Abend auf die Hexe zu stoßen, hegte ich nicht. Besser sollte ich morgen früh aufbrechen, obendrein mit einem Team. Aber ich wollte die Verdächtige ja unbedingt selbst finden!

Und einen Blick in das Buch *Fuaran* werfen.

Am Waldrand blieb ich kurz stehen, um mir die Welt durchs *Zwielicht* anzusehen. Nichts Besonderes. Nicht die geringste Spur von Magie. Nur in der Ferne, über unserem Haus, blinkte weißer Feuerschein auf. Eine Zauberin ersten Grades ist von weither zu erkennen ...

Gut, weiter.

Ich hob meinen Schatten auf und trat ins *Zwielicht* ein.

Der Wald verwandelte sich in wabbeligen Höhenrauch, in Düsternis. Nur einzelne, nur die größten Bäume hatten in der *Zwielicht*-Welt einen Doppelgänger.

Wo waren die Kinder aus dem Wald gekommen?

Ich fand ihre Spur relativ schnell. In ein paar Tagen würde die zarte Kette von Abdrücken wohl geschmolzen sein, aber jetzt ließ sie sich noch erkennen. Kinder hinterlassen klare Spuren, in denen viel Kraft liegt. Klarer sind nur noch die Spuren von Schwangeren.

Von der Botanikerin fand ich keine Spuren. Freilich, sie konnten auch verschwunden sein. Aber vermutlich achtete diese Hexe seit langem darauf, keine Spuren zu hinterlassen.

Die Spuren der Kinder hatte sie allerdings nicht beseitigt! Warum nicht? Aus Nachlässigkeit? Der berühmte russische Schlendrian? Oder absichtlich?

Aber Rätselraten würde ich hier bestimmt nicht veranstalten.

Ich speicherte die Fußabdrücke der Kinder in meinem Gedächtnis ab und trat aus dem *Zwielicht*. Die Spuren sah ich nun zwar nicht mehr, spürte jedoch, wohin sie führten. Ich konnte mich auf den Weg machen.

Zunächst maskierte ich mich jedoch noch sorgfältig. Natürlich ließ sich das nicht mit jener Schutzhülle vergleichen, die Geser für mich geschaffen hatte. Trotzdem würde mich ein Magier, der schwächer war als ich, für einen Menschen halten. Womöglich überschätzten wir die Kräfte dieser Hexe?

Die erste halbe Stunde sah ich mir meine Umgebung aufmerksam an, betrachtete jedes verdächtige Gebüsch durchs *Zwielicht* und wirkte hin und wieder einen einfachen Suchzauber. Kurzum, ich ging strikt nach Lehrbuch vor, wie ein disziplinierter Anderer, der eine Razzia durchführt.

Dann reichte es mir. Um mich herum war Wald, ein kleiner, nicht ganz gesunder Wald, der aber immerhin noch nicht den Touristen zum Opfer gefallen war. Ob das vielleicht daran lag, dass der ganze Wald nur fünfzig mal fünfzig Kilometer maß? Immerhin trieben sich hier allerlei Waldbewohner wie Eichhörnchen, Hasen und Füchse herum. Wölfe – echte, keine Werwölfe – gab es in ihm natürlich nicht. Auf die können wir allerdings auch gut verzichten. Dafür gab es allerlei Essbares: Einmal setzte ich mich neben einen Strauch mit wilden Himbeeren und pflückte innerhalb von zehn Minuten die bereits leicht vertrockneten, süßen Früchte. Dann stieß ich auf eine ganze Siedlung von Steinpilzen. Aber was heißt Siedlung? Auf eine wahre Metropole! Große, nicht wurmstichige Steinpilze, nicht irgendwelches Murkelzeug, und kein Hallimasch oder Röhrenpilz dazwischen. Nicht einmal geahnt hatte ich, dass ein paar Kilometer vom Dorf entfernt ein solcher Schatz lag!

Einen Moment lang schwankte ich. Ob ich nicht all die Pilze sammeln, nach Hause bringen und zum Erstaunen von meiner Schwiegermutter und zur Freude Swetlanas auf dem Tisch ausbreiten sollte? Und wie Nadka erst vor Begeisterung jauchzen und gegenüber den Nachbarskindern mit ihrem erfolgreichen Papa angeben würde!

Dann fiel mir ein, dass bei einer solchen Beute (schließlich würde ich sie nicht heimlich ins Haus schmuggeln können) das ganze Dorf im Wald auf Pilzjagd gehen würde. Auch die Trinker aus der Gegend, die sich freuen würden, die Pilze am Straßenrand verscherbeln zu können, um sich hinterher Wodka zu kaufen. Und die alten Frauen, die sich hauptsächlich von dem ernährten, was sie fanden. Und alle Kinder aus dem Dorf.

Aber irgendwo hier im Wald trieben sich Werwölfe rum ...

»Sie würden es nicht glauben ...«, sagte ich bitter, während ich auf die Pilzlichtung blickte.

Gebratene Steinpilze, o ja, das wär was. Ich schluckte meine Spucke herunter und folgte meiner Spur.

Keine fünf Minuten später stieß ich auf ein Holzhäuschen.

Genau wie die Kinder es beschrieben hatten. Ein kleines Haus, winzige Fenster, kein Zaun, kein Schuppen, kein Gemüsegarten. Niemals hätte irgendjemand solche Häuser im Wald errichtet. Selbst das kleinste Waldhüterhäuschen hat noch ein hölzernes Vordach.

»He, Hausherren!«, rief ich. »Holla!«

Niemand antwortete.

»Hüttlein, Hüttlein«, murmelte ich. »Den Rücken jetzt zum Walde dreh, damit ich durch die Türe geh ...«

Doch die Hütte rührte sich nicht. Außerdem stand sie ohnehin schon mit dem Gesicht zu mir. Plötzlich fühlte ich mich ungeheuer schlau – ganz wie Stirlitz in den Witzen.

Gut, genug der Dummheiten. Ich gehe da jetzt rein, falls die Frau nicht zu Hause sein sollte, warte ich auf sie ...

Ich ging auf die Tür zu, berührte die verrostete Eisenklinke – und in diesem Moment, als habe jemand nur darauf gewartet, öffnete sich die Tür.

»Guten Tag«, sagte eine etwa dreißigjährige Frau lächelnd.

Eine sehr schöne Frau ...

Aus irgendeinem Grund hatte ich sie mir nach den Erzählungen von Romka und Xjuscha älter vorgestellt. Außerdem hatten sie ihre äußere Erscheinung mit keinem Wort erwähnt – und in meinem Kopf hatte sich das typische Bild einer »einfachen Frau« gebildet. Ich Idiot! »Schön«, das hieß für so kleine Kinder

»ein prachtvolles Kleid«. In ein oder zwei Jahren würde Xjuscha vermutlich begeistert und verzückt berichten: »Und wie schön die Tante war!« Und als Beispiel Natalia Oreiro oder ein aktuelles Mädchenidol nennen.

Die Frau trug jedoch bloß Jeans und ein einfaches kariertes Hemd von der Art, wie sie sowohl Männer als auch Frauen anziehen.

Hochgewachsen, aber nur so, dass ein Mann von mittlerer Größe keine Minderwertigkeitskomplexe entwickelte. Schlank, aber nicht mager. So lange und wohlgeformte Beine, dass man am liebsten losschreien wollte: »Weshalb steckst du in Jeans, du Idiotin, steig sofort in einen Minirock!« Busen – hm, mancher sieht vielleicht lieber zwei Silikonmelonen, mancher bevorzugt eine knabenhaft flache Brust, aber ein normaler Mann hält sich in dieser Frage an die gesunde Mitte. Die Hände ... Ich habe keine Ahnung, ob Hände erotisch sein können. Aber ihre waren es. So, dass dir sofort der Gedanke durch den Kopf schießt, diese Finger müssten dich berühren ...

Bei einer solchen Figur braucht eine Frau kein attraktives Gesicht zu haben. Sie jedoch hatte auch das. Rabenschwarze Haare, große Augen, die lächelten und betörten. Ebenmäßige Gesichtszüge, allerdings mit kleinen Abweichungen vom Ideal, die das Auge zwar gar nicht bemerkte, die es jedoch erlaubten, sie als lebendige Frau zu betrachten und nicht als Kunstprodukt.

»Gu-Guten Tag«, flüsterte ich.

Was war mit mir? Man konnte ja glauben, ich sei auf einer unbewohnten Insel aufgewachsen und hätte noch nie eine Frau gesehen!

»Sie sind Romans Vater, oder?«, wollte die Frau mit strahlendem Lächeln wissen.

»Was?«, fragte ich begriffsstutzig zurück.

Die Frau wurde leicht verlegen. »Entschuldigen Sie ... Hier hat sich vor ein paar Tagen ein Junge im Wald verlaufen, den ich zu seinem Dorf zurückgebracht habe. Er hat ebenfalls gestottert ... leicht. Da habe ich gedacht ...«

Na toll! Einfach großartig!

»Normalerweise stottere ich nicht«, murmelte ich. »Normalerweise plapper ich allerlei Unsinn zusammen. Aber ich habe nicht damit gerechnet, im Wald einer so schönen Frau zu begegnen, das hat mich völlig aus dem Konzept gebracht.«

Die »so schöne Frau« lachte. »Und diese Worte? Sind die auch Unsinn? Oder die Wahrheit?«

»Die Wahrheit«, gestand ich.

»Kommen Sie rein.« Sie machte einen Schritt zur Seite. »Vielen Dank, hier bekomme ich nicht oft Komplimente zu hören ...«

»Hier kommen wohl auch nicht oft Leute vorbei«, bemerkte ich, während ich das Haus betrat und mich umsah.

Keine Spuren von Magie. Eine etwas merkwürdige Einrichtung für ein Haus mitten im Wald, aber warum auch nicht. Und in der Tat: ein Bücherschrank mit alten Folianten ... Aber die Frau hatte nichts von einer Anderen an sich.

»Hier in der Nähe sind zwei Dörfer«, erklärte die Frau. »Das, zu dem ich die beiden Kinder gebracht habe, und eins, das etwas größer ist. Dort mache ich meine Einkäufe, der Laden hat jeden Tag auf. Aber mit Komplimenten werde ich da nicht überschüttet.« Sie lächelte erneut. »Ich heiße Arina. Nicht Irina, sondern Arina.«

»Anton«, stellte ich mich vor. Um dann mit meiner exzellenten Grundschulbildung zu glänzen: »Arina wie die Kinderfrau Puschkins?«

»Genau, ihr zu Ehren wurde ich so genannt«, lächelte die Frau. »Mein Vater hieß Alexander Sergejewitsch, meine Mutter war besessen von Puschkin. Fanatisch, wenn man so will. Und deshalb habe ich diesen Namen bekommen ...«

»Und warum nicht Anna, zu Ehren der Kern? Oder Natalja, zu Ehren der Gontscharowa?«

»Sie stellen Fragen ...« Die Frau schüttelte den Kopf. »Meine Mutter glaubte, all diese Frauen hätten in Puschkins Leben eine verhängnisvolle Rolle gespielt. Sicher, sie dienten ihm als Quelle der Inspiration, aber als Mensch hat er ihretwegen sehr gelitten ... Während seine Kinderfrau ... Sie hat nichts verlangt, hat Sascha hingebungsvoll geliebt ...«

»Sind Sie Philologin?«, ließ ich einen Versuchsballon steigen.

»Was hätte eine Philologin hier im Wald verloren?«, amüsierte sich Arina. »Setzen Sie sich, ich mache Ihnen einen Tee, einen wohlschmeckenden Kräutertee. Alle Welt ist jetzt hinter Mate, Rooibosch und diesen ganzen ausländischen Sachen her. Aber ein Russe, das sagen ich Ihnen ganz offen, braucht diesen exotischen Kram nicht. Unsere eigenen Kräuter reichen völlig. Oder normaler Tee, der schwarze, schließlich sind wir keine Chinesen, die grünes Wasser trinken. Oder Waldkräuter. Das können Sie gleich selbst feststellen ...«

»Sie sind Botanikerin«, meinte ich niedergeschlagen.

»Richtig!« Arina lachte. »Und Sie sind bestimmt nicht Romans Vater?«

»Nein, ich ...«, ich geriet ins Stocken und flüchtete zur bequemsten Ausrede. »Ich bin ein Freund seiner Mutter. Vielen Dank, dass sie die Kinder gerettet haben.«

»Nun habe ich sie gleich gerettet«, meinte Arina lächelnd. Sie stand mit dem Rücken zu mir und gab getrocknete Kräuter in die kleine Kanne, in der der Sud aufgebrüht wurde. Hiervon eine Prise, davon ganz wenig, ein Löffel von dem hier ... Unwillkürlich blieb mein Blick an dem Teil der ausgeblichenen Jeans hängen, der den kräftigen Hintern umspannte. Irgendwie wusste ich sofort, dass ihr Hintern straff war und jedes Anzeichen der Lieblingskrankheit städtischer Damen, der Zellulitis, vermissen ließ. »Xjuscha ist ein kluges Mädchen, die beiden hätten auch allein wieder herausgefunden.«

»Und die Wölfe?«, fragte ich.

»Was für Wölfe, Anton?« Erstaunt sah Arina mich an. »Ich habe schon den beiden gesagt: Das war ein streunender Hund. Woher sollten in einem Wäldchen wie diesem Wölfe kommen?«

»Ein wilder Hund, noch dazu mit Jungen, kann ebenfalls gefährlich sein«, bemerkte ich.

»Hm ... vermutlich haben Sie Recht.« Arina seufzte. »Auf alle Fälle glaube ich, dass der Hund sich nicht auf die beiden gestürzt hätte. Hunde fallen Kinder nur selten an, man muss ein Tier schon sehr reizen, damit es dergleichen tut. Menschen sind weitaus gefährlicher als Tiere ...«

Wogegen sich in der Tat nichts einwenden ließ ...

»Langweilen Sie sich nicht, so im tiefen Wald?«, wechselte ich das Thema.

»Ich bin doch nicht hierher verbannt«, amüsierte sich Arina. »Ich bin nur den Sommer über hier, um meine Dissertation zu schreiben. *Die Ethnogenese einiger Kreuzblütler in Mittelrussland.*«

»Sie wollen promovieren?«, fragte ich ein wenig neidisch. Aus irgendeinem Grund bedauerte ich noch immer, dass ich meine Diss nicht zu Ende gebracht hatte. Und zwar deshalb nicht, weil ich ein Anderer geworden war und mich das ganze wissenschaftliche Geplänkel mit einem Mal genervt hatte. Es hatte genervt – dennoch bedauerte ich es jetzt ...

»Ja«, antwortete Arina mit verständlichem Stolz. »Im Winter will ich sie verteidigen ...«

»Haben Sie Ihre wissenschaftliche Bibliothek mit hierher gebracht?«, fragte ich und nickte in Richtung Schrank.

»Ja«, meinte Arina. »Es war natürlich dumm, das alles hier anzuschleppen. Aber ein ... Bekannter hat mich hergebracht. Im Jeep. Die Gelegenheit habe ich genutzt und meine ganze Bibliothek hierher verfrachtet.«

Ich fragte mich, ob ein Jeep durch diesen Wald fahren konnte. Hinter dem Haus schien es einen recht breiten Pfad zu geben ... vermutlich hätte er es also geschafft ...

Ich ging zum Schrank, um mir die Bücher aufmerksam anzusehen.

Das war in der Tat die gut sortierte Bibliothek einer Botanikerin. Alte Wälzer aus dem frühen 20. Jahrhundert, bei denen im Vorwort ein Loblied auf die Partei und den Genossen Stalin höchstselbst angestimmt wurde. Aber auch noch ältere, die aus der Zeit vor der Revolution stammten. Und eine Unzahl einfacher, zerlesener Bände von vor zwanzig, dreißig Jahren.

»Der größte Teil ist Mist«, kommentierte Arina, ohne sich umzudrehen. »Deren Platz ausschließlich im Regel eines Bibliophilen sein sollte. Aber ... ich bringe es einfach nicht übers Herz, sie zu verkaufen.«

Ich lächelte traurig und sah mir den Schrank durchs *Zwielicht* an. Alles sauber. Keine Magie. Alte Bücher über Botanik.

Oder das Ganze war kunstvoll in eine Düsternis gehüllt, die ich nicht zu durchdringen vermochte.

»Setzen Sie sich, der Tee ist fertig«, forderte Arina mich auf.

Ich nahm auf einem knarrenden Wiener Stuhl Platz. Griff nach der Tasse Tee, schnupperte.

Ein betörender Geruch. Irgendwas musste da drin sein, ein wenig normaler Tee, aber auch Zitrone und Minze. Obwohl ich gewettet hätte: Der Tee enthielt weder Teeblätter, noch Zitronenschale oder banale Minze.

»Was ist?«, lächelte Arina. »Probieren Sie ruhig ...«

Sie setzte sich mir gegenüber und lehnte sich etwas vor. Unwillkürlich fiel mein Blick auf den offenen Hemdausschnitt, der die braun gebrannte Brust erkennen ließ. Ob dieser »Bekannte mit Jeep« wohl ihr Liebhaber war? Oder einfach ein Kollege? Ja, klar, ein Botaniker mit Jeep ...

Was war nur mit mir los? Man konnte wirklich glauben, ich käme von einer unbewohnten Insel und hätte seit zehn Jahren keine Frau gesehen!

»Er ist heiß«, erwiderte ich, während ich die Tasse in beiden Händen hielt. »Er muss noch etwas abkühlen ...«

Arina nickte.

»Wie bequem, einen Elektrokessel zu haben«, fuhr ich fort. »Das Wasser kocht schnell. Woher haben Sie denn hier Strom, Arina? Ich habe am Haus gar keine Leitungen gesehen.«

Arinas Gesicht erzitterte. »Vielleicht verlaufen die Kabel ja unterirdisch«, meinte sie kläglichen Tones.

»Hm«, erwiderte ich, streckte die Hand mit der Tasse aus und goss den Tee fein säuberlich auf den Fußboden. »Die Antwort lass ich nicht gelten. Denken Sie noch einmal darüber nach.«

»Warum muss ich nur immer so ein Pech haben?« Ärgerlich schüttelte Arina den Kopf. »Wegen solcher Kleinigkeiten ...«

»Man stolpert immer über Kleinigkeiten«, meinte ich mitleidig. Und stand auf. »Moskauer Nachtwache, Anton Gorodezki. Ich verlange, die Illusion sofort aufzuheben!«

Arina hüllte sich in Schweigen.

»Ihre Weigerung zu kooperieren wird als Verletzung des Großen Vertrages gewertet«, erinnerte ich sie.

Arina blinzelte. Und verschwand.

Also, das durfte doch nicht ...

Mit einem Blick fing ich meinen Schatten ein. Streckte mich nach ihm aus – und das kühle *Zwielicht* nahm mich auf.

Das Häuschen hatte sich nicht im Geringsten verändert!

Arina war weg.

Ich konzentrierte mich. Hier war es zu grau und zu trüb, um meinen Schatten auszumachen. Trotzdem fand ich ihn. Und trat in die zweite Schicht des *Zwielichts* ein.

Der graue Nebel verdichtete sich, den Raum erfüllte ein fernes, lang gezogenes Grollen. Ein Frösteln lief über meine Haut. Jetzt hatte sich das Häuschen verändert, und zwar radikal: Es hatte sich in eine Hütte verwandelt. Mit Wänden aus Holzbalken, die Moos bewucherte. Statt Glas funkelte eine halb durchscheinende, glimmernde Platte in den Fenstern. Die Möbel waren einfacher, älter, der Wiener Stuhl, auf dem ich saß, hatte sich in einen Baumstumpf verwandelt. Nur der teure, hochverehrte Schrank war noch der alte. Ein schöner alter Schrank. In dem die Bücher jedoch rasant ihr Äußeres veränderten. Falsche Buchstaben hagelten zu Boden, die kunstledernen Rücken verlederten ...

Arina war weg. Nur eine vage Silhouette neben dem Schrank ließ sich erkennen, ein geisterhafter, schneller Schatten ... Die Hexe war in die dritte Schicht des *Zwielichts* abgetaucht!

Theoretisch könnte ich ihr dorthin folgen.

Praktisch hatte ich das noch nie ausprobiert. Für einen Magier zweiten Grades bedeutet das eine unsagbare Anspannung der Kräfte.

Doch ich war zu wütend auf die durchtriebene Hexe. Sie hatte versucht, mich zu verzaubern, zu bezirzen ... die alte Vettel!

Ich stand an dem dunklen Fenster und fing die Funken Licht ein, die in die zweite *Zwielicht*-Schicht drangen. Ich fand – glaubte das zumindest – meinen sehr, sehr schwachen Schatten auf dem Boden ...

Das war das Schwierigste: ihn zu bemerken. Danach gehorchte der Schatten, schoss zu mir hoch und gab mir den Weg frei.

Ich trat in die dritte Schicht des *Zwielichts*.

In die Analogie des Hauses, errichtet aus Baumzweigen und dicken Stämmen.

Hier gab es keine Bücher, keine Möbel mehr. Nur ein Nest aus Zweigen.

Und Arina, die mir gegenüberstand.

Wie alt sie war!

Wenn auch nicht bucklig wie die Hexe Baba-Jaga aus dem Märchen. Sondern immer noch schlank und hochgewachsen. Ihre Haut war jedoch faltig wie Baumrinde, die Augen lagen tief in den Höhlen. Sie trug nicht mehr als einen schmutzigen Kittel aus Sackleinen. Wie leere Säcke hingen die welken Brüste in dem tiefen Ausschnitt des Kittels. Außerdem war sie kahl, nur eine Strähne ragte wie bei den Wirbeln von Indern auf ihrem Schädel auf.

»Die Nachtwache!«, wiederholte ich. Die Worte krochen widerwillig, langsam aus meinem Mund. »Kommen Sie aus dem *Zwielicht*! Das ist die letzte Warnung!«

Was wollte ich ihr, die so leicht in die dritte Schicht der *Zwielicht*-Welt abtauchen konnte, eigentlich anhaben? Keine Ahnung. Möglicherweise gar nichts ...

Doch sie leistete nicht länger Widerstand. Sondern kam auf mich zu – und verschwand.

Mühevoll kehrte ich in die zweite Schicht zurück. Normalerweise ist es leichter, aus dem *Zwielicht* herauszukommen, doch die dritte Schicht hatte meine Kräfte aus mir herausgesaugt wie aus einem diplomierten Looser.

Arina wartete in der zweiten Schicht auf mich. Sie hatte ihr bisheriges Aussehen bereits wieder angenommen. Mit einem Nicken ging sie weiter, der normalen, gemütlichen und ruhigen Welt der Menschen entgegen ...

In kalten Schweiß gebadet, brauchte ich zwei Versuche, um meinen Schatten aufzuheben, bevor mir das endlich gelang.

Drei

Arina saß auf einem Stuhl, die Hände bescheiden auf die Knie gelegt. Sie lächelte nicht mehr, sondern war der Inbegriff des Gehorsams selbst.

»Können wir in Zukunft vielleicht auf diese Tricks verzichten, ja?«, wollte ich wissen, als ich in die reale Welt zurückkam. Mein Rücken war klatschnass, meine Beine zitterten leicht.

»Kann ich diese Gestalt behalten, Wächter?«, fragte Arina leise.

»Wozu?« Diese kleine Rache konnte ich mir nicht verkneifen. »Ich habe Ihre echte Gestalt doch sowieso schon gesehen.«

»Wer entscheidet, was in dieser Welt echt ist?«, entgegnete Arina nachdenklich. »Das kommt doch wohl darauf an, von wo aus man das Ganze betrachtet ... Halten Sie meine Bitte für weibliche Koketterie, Lichter.«

»Und der Versuch, mich zu betören, war der auch Koketterie?«

Arina klimperte mit den Augen. »Ja!«, platzte es aus ihr heraus. »Ich weiß, dass meine *Zwielicht*-Gestalt ... Aber hier und jetzt sehe ich so aus! Und nichts Menschliches ist mir fremd. Eben auch nicht der Wunsch zu gefallen.«

»Gut, bleiben Sie so«, brummte ich. »Allerdings kann ich nicht gerade behaupten, dass ich von einer Wiederholung der Show träume ... Nehmen Sie die Illusion von den magischen Gegenständen!«

»Wie Sie wünschen, Lichter.« Arina fuhr sich mit der Hand übers Haar, um ihre Frisur in Ordnung zu bringen.

Kaum merklich veränderte sich das kleine Haus.

Statt des Kessels stand ein kleiner Topf aus Birkenholz auf dem Tisch. Aus ihm stieg noch Dampf auf. Den Fernseher gab es zwar noch, aber die Leitung führte nicht zu einer imaginären Steckdose, sondern zu einer braunen Tomate.

»Wie originell«, kommentierte ich und nickte in Richtung Fernseher. »Muss man das Gemüse oft wechseln?«

»Tomaten jeden Tag«, antwortete die Hexe achselzuckend. »Ein Kohlkopf reicht zwei oder drei Tage.«

Nie zuvor hatte ich eine derart ausgefallene Form der Stromgewinnung gesehen. Gewiss, theoretisch war so was möglich ... aber in der Praxis ...

Am meisten interessierte mich natürlich der Bücherschrank. Ich trat an ihn heran und zog ein x-beliebiges Buch heraus, einen schmalen Band mit weichem Einband.

Weißdorn. Praktische Anwendung in der häuslichen Zauberei.

Eine Art Rotationsdruck. Vor einem Jahr erschienen. Sogar die Auflage war angegeben: 200 Exemplare. Und die ISBN-Nummer! Die Druckerei sagte mir nichts, irgendeine unbekannte GmbH *TP*.

»Tatsächlich Botanik ... Lassen Sie Ihre Bücher wirklich drucken?«, fragte ich begeistert.

»Gelegentlich«, antwortete die Hexe bescheiden. »Man kann ja nicht alles von Hand abschreiben ...«

»Von Hand, das ist ja noch gar nichts«, entgegnete ich. »Manches muss sogar mit Blut geschrieben werden ...«

Dann holte ich das *Kassagar Garsarra* aus dem Schrank.

»Mit dem eigenen Blut, merken Sie sich das«, brachte Arina scharf hervor. »Mir ist diesbezüglich nichts vorzuwerfen.«

»Dieses Buch überhaupt zu besitzen kann ich Ihnen vorwerfen«, widersprach ich. »Hm, was haben wir denn hier ... ›Aufwiegelung der Menschen gegeneinander ohne übergroße Anstrengung‹.«

»Was wollen Sie mir eigentlich zur Last legen?«, fragte Arina nun ärgerlich. »Das sind ... wissenschaftliche Ausgaben. Antiquarische. Ich habe niemanden aufgehetzt.«

»Wirklich nicht?«, erwiderte ich, während ich das Buch durchblätterte. »›Linderung bei Nierenleiden und Heilung von Wassersucht‹ ... Also das ist ...«

»Wollen Sie jemandem, der de Sade liest, sadistische Absichten unterstellen?«, knurrte Arina. »Das ist unsere Geschichte. Verschiedene Zauber. Ohne Unterscheidung in destruktive und positive.«

Ich brummte etwas. Im Prinzip hatte sie Recht. Dass sie hier die unterschiedlichsten magischen Rezepte zusammengetragen hatte, stellte nun wirklich keinen Straftatbestand dar. Außerdem ... was sollte ich nun wieder davon halten: »Wie man bei einer Gebärenden die Schmerzen tilgt, ohne dem Kind zu schaden«. Und gleich danach »Wie man die Frucht abtreibt und der Schwangeren nicht schadet« und »Wie man die Frucht zusammen mit der Schwangeren auslöscht«.

Für Dunkle nichts Ungewöhnliches.

Doch trotz dieser widerwärtigen Anleitungen und dem eben erst unternommenen Versuch Arinas, mich zu täuschen, nahm irgendetwas an der Hexe mich für sie ein. Vor allem wohl, wie sie sich den Kindern gegenüber verhalten hatte. Ohne Frage hätte die weise alte Hexe ihnen die grausamsten Dinge antun können. Außerdem ... außerdem strahlte sie eine gewisse Melancholie und Einsamkeit aus, ungeachtet ihrer Stärke, ungeachtet ihrer wertvollen Bibliothek und ihrer attraktiven Menschengestalt.

»Was soll ich denn angestellt haben?«, fragte Arina streitsüchtig. »Nun mal raus mit der Sprache, Zauberkundiger!«

»Sind Sie registriert?«, wollte ich wissen.

»Bin ich etwa eine Vampirin oder eine Tierfrau?«, fragte Arina zurück. »Wenn du mir einen Stempel aufdrücken willst ... das schlag dir aus dem Kopf.«

»Vom Siegel rede ich nicht«, beruhigte ich sie. »Die Sache ist einfach die, dass alle Magier vom ersten Grad an verpflichtet sind, dem regionalen Büro ihren Wohnort bekannt zu geben. Damit ihnen ein Umzug nicht als feindliche Handlung ausgelegt wird ...«

»Ich bin keine Zauberin, sondern eine Hexenmeisterin.«

»Magier und sonstige Andere von gleichwertiger Kraft ...«, wiederholte ich müde. »Sie befinden sich auf dem Territorium der Moskauer Wache. Sie hätten sich bei uns melden müssen.«

»Früher hat es dergleichen nicht gegeben«, murmelte die Hexe. »Hohe Zauberkundige haben sich übereinander informiert, Vampire und Tiermenschen wurden erfasst ... aber um uns hat sich niemand gekümmert.«

Hm ...

»Was heißt *früher*?«, wollte ich wissen.

»1931«, gab die Hexe widerwillig preis.

»Sie leben seit 31 hier?«, hakte ich ungläubig nach. »Arina ...«

»Ich lebe erst seit zwei Jahren hier. Davor ...« Sie runzelte die Stirn. »... das spielt keine Rolle, wo ich davor war. Ich habe jedenfalls nichts von diesen neuen Gesetzen gehört.«

Vielleicht sagte sie sogar die Wahrheit. Bei alten Anderen, vor allem bei denjenigen, die nicht in den Wachen arbeiten, kann so was vorkommen. Sie verkriechen sich irgendwo, im Wald oder in der Taiga, und hocken da jahrzehntelang, bis Sehnsucht sie überwältigt.

»Und vor zwei Jahren haben Sie beschlossen, hierher zu ziehen?«, hakte ich nach.

»Ja. Was hatte ich dummes Weib auch in der Stadt verloren?« Arina lachte. »Jetzt sitze ich hier, gucke fern und lese meine Bücher. Hole das Versäumte nach. Ich habe eine alte Freundin gefunden ... die mir Bücher aus Moskau schickt.«

»Gut«, meinte ich. »Dann kommt jetzt die übliche Prozedur. Haben Sie ein Blatt Papier?«

»Ja.«

»Schreiben Sie eine Erklärung. Name, Eltern, Geburtsjahr, Initiierungsjahr, ob Sie einmal den Wachen angehört haben, auf welcher Kraftstufe Sie stehen ...«

Gehorsam nahm Arina Blatt und Bleistift zur Hand. Ich runzelte die Stirn, bot ihr aber keinen Kugelschreiber an. Sollte sie doch mit einer Gänsefeder schreiben.

»Wann Sie sich das letzte Mal angemeldet oder Ihren Wohnsitz einem offiziellen Organ der Wachen mitgeteilt haben ... Wo Sie sich danach aufgehalten haben.«

»Ich werde das nicht schreiben.« Arina legte den Stift beiseite. »Was soll neuerdings dieses Geschreibsel ... Wen geht es etwas an, wo ich meine alten Knochen wärme?«

»Hören Sie doch auf, wie eine Dorfalte zu sprechen, Arina!«, bat ich. »Sie haben sich doch vorhin ganz normal ausgedrückt!«

»Da habe ich mich verstellt«, erklärte Arina, ohne mit der Wimper zu zucken. »Gut, wie Sie wollen. Nur verzichten Sie dann auch auf diesen Armeeton.«

Mit einer peniblen, engen Schrift schrieb sie rasch das ganze Blatt voll. Reichte es mir.

Sie war jünger, als ich vermutet hatte. Noch nicht einmal zweihundert Jahre alt. Ihre Mutter war eine Bäuerin, ihr Vater unbekannt, in ihrer Familie gab es keine Anderen. Mit elf Jahren wurde das Mädchen von einem Dunklen Magier oder, wie Arina die Magier hartnäckig nannte, von einem Zauberkundigen initiiert. Einem Zugereisten aus Deutschland. Nebenbei entjungferte er sie, worauf Arina hinweisen zu müssen glaubte, wobei sie sich ein »geiler Bock« nicht verkneifen konnte. Ach – so war das! Der Deutsche hatte das Mädchen in seine Dienste genommen und es ausgebildet – in jeder Hinsicht des Wortes. Offenbar war er weder besonders klug noch besonders sensibel: Mit dreizehn Jahren verfügte das Mädchen über so viel Kraft, dass sie in einem fairen Duell siegte und ihren Lehrer dematerialisierte. Bei dem es sich übrigens um einen Magier vierten Grades handelte. Danach fiel sie den damaligen Wachen auf. Weitere Straftaten hatte sie nicht begangen, schenkte man ihrer Erklärung Glauben. Städte mochte sie nicht, sie lebte auf dem Lande und bestritt ihren Lebensunterhalt mit kleinen Zaubereien. Nach der Revolution wollte man sie mehrmals enteignen ... Die Bauern wussten, dass es sich bei ihr um eine Hexe handelte, und beschlossen irgendwann, ihr die Tscheka auf den Hals zu hetzen. Mauser gegen Magie, das muss man sich mal vorstellen! Die Magie siegte, aber das konnte natürlich nicht ewig so weitergehen. Im Jahre 1934 beschloss Arina daher ...

Ich sah die Hexe an. »Wirklich?«, fragte ich.

»Ich hielt Winterschlaf«, gab Arina gelassen Auskunft. »Ich wusste, dass die rote Pest lange dauern würde. Den Umständen gemäß kann der Schlaf auf sechs, achtzehn oder sechzig Jahre festgelegt werden. Wir Hexen haben gelernt, alles Mögliche zu bedenken ... Sechs oder achtzehn Jahre, das reicht bei Kommunisten nicht. Deshalb schlief ich für sechzig Jahre ein.« Sie zögerte kurz. »Ich habe hier geschlafen«, gestand sie dann schließlich. »Ich habe die Hütte so gut umzäunt, wie ich konnte, damit weder ein Mensch noch ein Anderer an sie herankam ...«

Nun passte alles. Eine wirre Zeit, in der Andere fast so oft wie gewöhnliche Menschen starben. So mancher ging da verloren ...

»Und Sie haben niemandem gesagt, dass Sie hier schlafen?«, hakte ich nach. »Keiner Freundin ...«

»Wenn ich etwas verraten hätte«, amüsierte sich Arina, »dann würden wir beide jetzt nicht miteinander reden, Lichter.«

»Warum nicht?«

Sie nickte in Richtung Schrank. »Das ist mein Reichtum. Und das ist nicht wenig.«

Ich faltete die Erklärung zusammen und steckte sie in die

Tasche. »Stimmt«, meinte ich. »Trotzdem habe ich hier ein seltenes Buch nicht entdeckt.«

»Welches?«, wunderte sich die Hexe.

»Das *Fuaran.*«

»So ein großer Junge, und glaubt noch an Märchen ...«, schnaubte Arina. »Dieses Buch gibt es nicht.«

»Na klar. Das Mädchen hat sich die Bezeichnung ganz allein ausgedacht.«

»Ich habe ihr Gedächtnis nicht gesäubert«, seufzte Arina. »Lohnt es sich denn nicht mehr, Gutes zu tun?«

»Wo ist das Buch?«, fragte ich scharf.

»Drittes Regal von unten, viertes Buch von links«, antwortete Arina ärgerlich. »Hast du deine Augen zu Hause vergessen?«

Ich ging zum Schrank und bückte mich.

Das *Fuaran*!

Große Goldbuchstaben auf schwarzem Leder.

Ich zog das Buch heraus, sah die Hexe triumphierend an.

Arina lächelte.

Ich starrte auf den Titel auf dem Einband. *Fuaran. Phantasie oder Wahrheit?* Das Wort Fuaran war in großer, der Rest in kleiner Schrift gedruckt.

Ich schaute mir den Rücken an ...

Hm. Die kleinen Buchstaben waren ausgeblichen, abgeblättert.

»Ein seltenes Buch«, räumte Arina ein. »Es wurden nur dreizehn Exemplare davon gedruckt, in St. Petersburg, 1913, in der Druckanstalt Seiner Kaiserlichen Hoheit. Und zwar in einer Neumondnacht, wie es sich gehört. Ich habe keine Ahnung, wie viele davon noch existieren.«

Ob das verängstigte kleine Mädchen nur das Wort registriert hatte, das in großer Schrift geschrieben worden war?

Gut möglich!

»Was geschieht jetzt mit mir?«, fragte Arina betrübt. »Welche Rechte habe ich?«

Ich seufzte, setzte mich an den Tisch und blätterte das vermeintliche *Fuaran* durch. Ein interessantes Buch, ohne Frage ...

»Nichts geschieht mit Ihnen«, versicherte ich. »Sie haben den Kindern geholfen, die Nachtwache erkennt das an.«

»Warum sollte ich Menschen nur um des Schreckens willen erschrecken?«, murmelte die Hexe. »Damit würde ich doch nur mir selbst schaden ...«

»Unter Berücksichtigung dieser Tatsache sowie der besonderen Umstände Ihres Lebens ...« Ich grub in meinem Gedächtnis, rief mir die Paragraphen, Kommentare und Anmerkungen in Erinnerung. »Unter Berücksichtigung all dessen werden Sie nicht bestraft werden. Nur eine Frage ... Auf welcher Kraftstufe stehen Sie?«

»Weiß ich nicht, das habe ich doch auch schon geschrieben«, antwortete Arina gelassen. »Gibt es denn eine Möglichkeit, das zu messen?«

»Aber so in etwa?«

»Als ich mich schlafen gelegt habe, bekleidete ich den ersten Rang«, teilte Arina mir nicht ohne Stolz mit. »Jetzt dürfte ich wohl außerhalb jedes Ranges sein.«

Das stimmte. Eben deshalb hatte ich auch ihre Illusion nicht durchbrechen können.

»Wollen Sie nicht in der Tagwache arbeiten?«

»Was hätte ich dort verloren?«, empörte sich Arina. »Vor allem, da es Sebulon inzwischen in die obersten Etagen geschafft hat, oder?«

»Ja«, bestätigte ich. »Wundert Sie das? Glauben Sie etwa, er sei nicht stark genug dafür?«

»Kraft hat er immer genug gehabt«, knurrte Arina. »Nur opfert er seine Leute zu leicht. Seine Freundinnen ... mit keiner hat er länger als zehn Jahre zusammengelebt, immer ist irgendetwas passiert ... Trotzdem hüpfen diese dummen blutjungen Dinger zu ihm ins Bett. Und wie er die Ukrainer und Litauer hasst! Sobald Drecksarbeit anfällt, lässt er unter irgendeinem Vorwand eine Brigade aus der Ukraine kommen, und die Kohlen holt er auch nie selbst aus dem Feuer. Braucht er einen Prügelknaben, fällt ihm als Erstes jemand aus Litauen ein ... Nie hätte ich gedacht, dass er sich mit diesen Allüren auf so einem Posten halten könnte.« Plötzlich lachte Arina. »Allerdings – einem Schlag ausweichen, das hat er offensichtlich gelernt! Tüchtig!«

»Und wie«, meinte ich bitter. »Wenn Sie also nicht die Absicht haben, innerhalb der Tagwache zu arbeiten, sondern Ihr bürgerliches Leben fortsetzen wollen, dann erhalten Sie das Recht, bestimmte magische Handlungen durchzuführen ... zu persönlichen Zwecken. Pro Jahr zwölf Handlungen siebten Grades, sechs sechsten, drei fünften und eine vierten Grades. Alle zwei Jahre dürfen sie eine Handlung dritten Grades vornehmen, alle vier eine zweiten Grades.«

Ich verstummte.

»Und eine Handlung ersten Grades?«, wollte Arina wissen.

»Die maximale Kraft, die Andere, die nicht in den Wachen arbeiten, einsetzen dürfen, wird durch ihr früheres Niveau bestimmt«, teilte ich ihr süffisant mit. »Wenn Sie eine Untersuchung und Registrierung als Hexe außerhalb jeder Kategorie vornehmen lassen, dürfen Sie einmal in sechzehn Jahren Magie ersten Grades einsetzen. Natürlich unter Abstimmung mit den Wachen und der Inquisition. Magie ersten Grades, das ist eine zu ernste Sache.«

Die Hexe grinste. Ein seltsames Grinsen, durch und durch altweiberhaft und unangenehm auf diesem schönen jungen Gesicht.

»Ich werde auch ohne den ersten Grad vorzüglich zurechtkommen. Soweit ich es verstehe, betrifft die Einschränkung nur Magie, die auf Menschen zielt?«

»Auf Menschen und Andere«, bestätigte ich. »Mit sich selbst und unbelebten Gegenständen können Sie machen, was Sie wollen.«

»Na immerhin«, meinte Arina. »Entschuldige übrigens, Lichter, dass ich versucht habe, dich zu täuschen. Du bist eigentlich ganz in Ordnung. Fast wie wir.«

Dieses zweifelhafte Kompliment ließ mich erschauern.

»Noch eine Frage«, sagte ich. »Wer waren diese Tiermenschen?«

Arina hüllte sich in Schweigen. »Was soll das?«, fragte sie dann. »Ist das Gesetz etwa abgeschafft worden?«

»Welches Gesetz?«, versuchte ich, mich dumm zu stellen.

»Ein altes Gesetz. Dass ein Dunkler einen Dunklen nicht zu verraten braucht, ein Lichter keinen Lichten ...«

»Es gibt so ein Gesetz«, gab ich zu.

»Dann finde deine Tiermenschen selbst. Ob sie nun Dummköpfe sind oder blutrünstig, ich werde sie nicht ausliefern.«

Sie hatte das voll Überzeugung, voll Entschlossenheit gesagt. Druck auf sie ausüben konnte ich nicht. Schließlich hatte sie den Werwölfen nicht geholfen. Im Gegenteil.

»Die magischen Handlungen gegen mich ...« Ich dachte kurz nach. »Sei's drum, die verzeihe ich Ihnen.«

»Einfach so?«, hakte die Hexe nach.

»Einfach so. Es hat mich gefreut, dass ich Ihnen widerstehen konnte.«

»Er hat mir widerstanden ...«, schnaubte die Hexe. »Deine Frau ist eine Zauberin. Was ist, glaubst du, dass ich blind bin und das nicht wittere? Sie hat dich verzaubert. Damit kein Weibsbild dich verführen kann.«

»Du lügst«, entgegnete ich gelassen.

»Ja«, gab die Hexe zu. »Unglaublich! Zauberei ist hier keine im Spiel, du liebst sie einfach. Grüß deine Frau von mir, und deine Tochter auch. Wenn du Sebulon triffst, sag ihm, dass er schon immer ein Esel war und auch immer einer bleiben wird.«

»Gern«, versprach ich. Was für eine Hexe! Traute sich sogar, Sebulon frech zu kommen! »Und was soll ich Geser ausrichten?«

»Dem lasse ich überhaupt nichts ausrichten«, sagte Arina respektlos. »Was sollen wir alten Landpomeranzen uns schon um die großen tibetischen Magier scheren!«

Ich stand da und starrte die seltsame Frau an, die in ihrer menschlichen Gestalt so schön, tatsächlich aber so widerwärtig aussah. Eine Hexe, eine mächtige Hexe. Doch ob auch eine böse? Bestimmt eine, die in keinen Rahmen passte ...

»Bist du nicht einsam hier allein, Alte?«, fragte ich.

»Willst du mich beleidigen?«, antwortete Arina mit einer Gegenfrage.

»Nein, keinesfalls. Ein wenig habe ich aber doch begriffen.«

Arina nickte, hüllte sich jedoch in Schweigen.

»Du hattest nämlich überhaupt nicht die Absicht, mich zu verführen, denn fleischliche Lust kennst du nicht mehr«, fuhr ich fort. »Bei Hexen ist das nicht so wie bei Zauberinnen. Du bist alt und fühlst dich alt, Männer interessieren dich nicht die Bohne. Allerdings kannst du noch tausend Jahre eine Alte bleiben. Deshalb hast du mich bloß aus rein sportlichem Interesse heraus zu verführen versucht.«

Ein Moment – und Arina hatte sich erneut verwandelt. In eine propere Alte, mit roten Wangen, leicht gebückter Haltung, wachen forschenden Augen, einem Mund, dem schon einige Zähne fehlten, und grauen, streng zurückgekämmten Haaren. »Ist es so besser?«, fragte sie.

»Ja, vermutlich schon«, gab ich mit leichtem Bedauern zu. Trotz allem hatte sie bisher einfach toll ausgesehen.

»So habe ich ausgesehen ... vor hundert Jahren«, erklärte die Hexe. »Und so, wie ich dir die Tür aufgemacht habe, auch ... irgendwann mal. Und wie ich erst mit sechzehn ausgesehen habe! Ach, Lichter, was war ich für ein lustiges, hübsches junges Ding! Wenn auch eine Hexe ... Weißt du, wie und warum wir altern?«

»Irgendwas habe ich mal darüber gehört«, gab ich zu.

»Das ist der Preis, den wir für einen höheren Rang zahlen.« Schon wieder benutzte sie dieses altmodische Wort, das in den letzten Jahren vollständig von dem aus Computerspielen übernommenen »Grad« verdrängt worden war. »Auch eine Hexe könnte einen jungen Körper behalten. Nur würde sie sich dann auch mit dem dritten Rang abfinden müssen. Unsere Beziehung zur Natur ist sehr stark, und die Natur liebt eben keine Fälschungen. Verstehst du das?«

»Ja«, sagte ich.

»Gut, Lichter ...« Arina nickte. »Freu dich also, Lichter, dass deine Frau eine Zaubermeisterin ist. Du hast dich mir gegenüber freundlich verhalten, das will ich gar nicht abstreiten. Darf ich dir ein Geschenk mitgeben?«

»Nein.« Ich schüttelte den Kopf. »Ich bin im Dienst. Und ein Geschenk von einer Hexe ...«

»Das weiß ich doch. Aber das Geschenk ist nicht für dich, sondern für deine Frau!«

Das verwirrte mich. Arina humpelte munter zu einer mit Eisenbeschlägen versehenen Truhe hinüber (vorher hatte hier eine unauffällige Kommode gestanden), öffnete sie und ließ die Hand darin verschwinden. Schon im nächsten Moment kam sie mit einem kleinen beinernen Kamm zu mir zurück.

»Nimm das, Wächter. Ohne Hintergedanken, ohne Verschlagenheit meinerseits, weder zu deinem Schaden noch Kummer. Will zum Schatten werden, wenn ich lüge, dass ich spurlos mit dem Wind verfliege ...«

»Was ist das?«, fragte ich.

»Ein Kleinod.« Arina runzelte die Stirn. »Oder, wie es jetzt heißt ... ein Artefakt.«

»Und wozu?«

»Deine Kraft reicht wohl nicht, um das zu erkennen?«, fragte Arina mitleidig. »Deine Frau wird es wissen. Und wozu brauchst du Erklärungen, Lichter? Ich könnte schließlich auch lügen, das würde mir nicht schwer fallen. Könnte lügen, und du würdest mir glauben. Schließlich bist du schwächer als ich, das weißt du selbst.«

Ich schwieg, biss mir auf die Lippe. Hm ... Immerhin hatte ich sie ein paar Mal ziemlich angefahren. Nun zahlte sie es mir heim.

»Nimm das, keine Angst«, wiederholte Arina. »Auch Baba-Jaga ist zwar schlecht, hilft aber guten jungen Männern.«

Warum eigentlich nicht?

»Besser würdest du mir die Werwölfe ausliefern«, meinte ich, während ich den Kamm an mich nahm. »Ich nehme dein Geschenk nur als Überbringer entgegen, und diese Gabe bedeutet für niemanden irgendein Versprechen.«

»Du abgebrühter Kerl«, nuschelte Arina. »Und die Wölfe ... tut mir leid. Ihr werdet sie schon kriegen, das weiß ich. Aber ich werde sie nicht ausliefern. Übrigens kannst du das Buch mitnehmen. Vorübergehend. Um es zu prüfen. Dazu hast du doch das Recht, oder?«

Erst jetzt bemerkte ich, dass ich immer noch das vermaledeite *Fuaran. Phantasie oder Wahrheit?* in der linken Hand hielt.

»Zum Studium, zeitweilig, im Rahmen meiner Rechte als Wächter«, meinte ich finster.

Trotzdem machte diese Frau mit mir, was sie wollte! Wenn ihr der Sinn danach gestanden hätte, wäre mir erst zu Hause aufgefallen, dass ich das Buch zufällig mitgenommen hatte. Dann hätte sie mit Fug und Recht bei den Wachen Beschwerde einlegen können: wegen Diebstahls eines wertvollen »Kleinods«.

Als ich das Haus verließ, sah ich, dass es bereits tiefe Nacht geworden war. Und ich musste noch mindestens zwei, drei Stunden durch den Wald marschieren.

Doch kaum war ich die paar Stufen zum Haus hinunter, als vor mir ein geisterhaftes blaues Feuer aufleuchtete. Ich seufzte und linste zur Hütte hinüber, in deren Fenster grelles elektrisches Licht brannte. Arina würde mich nicht begleiten. Das Feuerchen tanzte auffordernd vor mir in der Luft.

Ich folgte ihm.

Fünf Minuten später hörte ich das träge Kläffen der Hunde.

Weitere zehn Minuten später gelangte ich zum Waldrand.

Was mir am meisten zu schaffen machte: Die ganze Zeit über hatte ich nicht die geringste Spur von Magie gespürt.

Vier

Das Auto im Schuppen hatte sein früheres Äußeres bereits zurückgewonnen. Allerdings wagte ich es nicht, mich ans Steuer zu setzen, um zu testen, ob der vielgeplagte Motor, nachdem russische Mechaniker, Spezialisten für landwirtschaftliche Maschinen, an ihm herumhantiert hatten, auch funktionierte. Mucksmäuschenleise schlich ich ins Haus, wobei ich lauschte: Meine Schwiegermutter schlief bereits in ihrem Zimmer, während in unserem matt das Nachtlicht brannte.

Ich öffnete die Tür und trat ein.

»Hat alles geklappt?«, wollte Swetlana wissen. Der fragende Ton in ihrer Stimme ließ sich übrigens kaum wahrnehmen. Sie spürte auch ohne Worte alles ganz genau.

»Mehr oder weniger«, nickte ich. Ich sah zu Nadjuschkas Bett hinüber. Meine Tochter schlief fest. »Die Werwölfe habe ich nicht gefunden. Mit der Hexe habe ich geredet.«

»Erzähl mal«, forderte Swetlana mich auf. Sie saß nur im Nachthemd im Bett, neben ihr lag das dicke Buch *Die Mumins*. Entweder hatte sie Nadja daraus vorgelesen – der war es noch egal, was sie vor dem Einschlafen hörte, es konnte auch ein Lehrbuch zur Festigkeitslehre sein, solange sie nur die Stimme ihrer Mutter vernahm –, oder sie hatte sich selbst vor dem Einschlafen mit einem guten Kinderbuch entspannen wollen.

Ich zog meine Schuhe aus und setzte mich neben sie. Dann fing ich zu erzählen an.

Ein paar Mal verzog Swetlana das Gesicht. Ein paar Mal lächelte sie. Als ich die Worte der Hexe, »deine Frau hat dich verzaubert« wiederholte, wurde Swetlana ganz verlegen.

»Hör auf damit!«, rief sie völlig hilflos. »Frag Geser ... er sieht jeden meiner Zauber ... Ich bin noch nicht mal auf den Gedanken gekommen!«

»Ich weiß«, beruhigte ich sie. »Die Hexe hat zugegeben, dass sie gelogen hat.«

»Freilich, darüber nachgedacht habe ich schon«, lachte Swetlana plötzlich. »Wer kann seinen Gedanken schon entkommen ... Aber das war nur Spinnerei, nicht ernst gemeint. Als Olga und ich mal über Männer gesprochen haben ... vor ewigen Zeiten ...«

»Sehnst du dich nach der Wache?«, platzte ich heraus.

»Ja«, gab Swetlana zu. »Aber lass uns nicht darüber reden ... Anton, du bist fabelhaft! Du bist wirklich in die dritte Schicht des *Zwielichts* vorgedrungen?«

Ich nickte.

»Erste Kategorie ...«, sagte Swetlana unsicher.

»Das ist eine Nummer zu groß für mich«, widersprach ich. »Zweite. Eine solide zweite. Das ist meine Grenze. Und auch darüber werden wir nicht weiter sprechen, ja?«

»Lass uns lieber über die Hexe reden.« Swetlana lächelte. »Sie hat sich also in Winterschlaf gelegt? Von so etwas habe ich schon gehört, aber es ist unglaublich selten. Du könntest einen Artikel darüber schreiben.«

»Für wen? Für die Zeitung *Argumente und Fakten*? Hexe gefunden, die sechzig Jahre lang in einem Wald bei Moskau geschlafen hat?«

»Für die Informationsbroschüre der Nachtwache«, schlug Swetlana vor. »Überhaupt, wir sollten unsere eigene Zeitung herausbringen. Für Menschen müsste sie einen zweiten Text enthalten ... worüber auch immer. Irgendwas Hochspezielles. *Der russische Aquarianer* zum Beispiel. Wie man Skalare hält und in seiner Wohnung ein Aquarium mit Wasserabfluss aufstellt.«

»Woher weißt du das alles?«, wunderte ich mich. Und erstarrte. Mir fiel wieder ein, dass ihr erster Mann, den ich nie gesehen hatte, sich für Aquarien begeisterte.

»Ach, das ist mir einfach so eingefallen«, meinte sie stirnrunzelnd. »Auf alle Fälle müsste jeder Andere, selbst der schwächste, den richtigen Text sehen können.«

»Mir schwebt bereits eine erste Überschrift vor«, sagte ich. »*Für progressive Magie*. Im Zweifelsfall kann das erste R in *progressive* auch wegfallen«

Wir lächelten beide.

»Zeig mir mal dieses *Artefakt*«, bat Swetlana.

Ich griff nach meiner Jacke und holte den in ein Taschentuch gewickelten Kamm heraus. »Ich kann darin keine Magie erkennen«, gab ich zu.

Swetlana hielt den Kamm eine Zeit lang in Händen.

»Und?«, fragte ich. »Was musst du tun? Ihn über die Schulter werfen, damit dort ein Wald entsteht?«

»Du solltest sie auch gar nicht sehen«, erklärte Swetlana mit einem Lächeln. »Das liegt nicht an der Kraft, da hat die Hexe dich hinters Licht geführt. Vermutlich würde selbst Geser nichts erkennen ... Das ist nichts für Männer.«

Sie führte den Kamm zum Haar und fing an, sich mit gleichmäßigen Bewegungen zu kämmen. »Stell dir mal vor ...«, sagte sie beiläufig. »Es ist Sommer, heiß, du bist müde, hast die Nacht über nicht geschlafen, den ganzen Tag gearbeitet ... Und dann schwimmst du im kühlen Wasser, wirst massiert, isst vorzüglich und trinkst ein Glas guten Wein. Danach geht es dir richtig gut ...«

»Er macht, dass es dir besser geht?«, begriff ich. »Nimmt dir die Müdigkeit?«

»Nur bei Frauen«, lächelte Swetlana. »Er ist schon alt, dreihundert Jahre mindestens. Anscheinend ein Geschenk eines mächtigen Magiers für seine Geliebte. Bei der es sich möglicherweise sogar um eine Menschenfrau handelte ...«

Sie sah mich an, ihre Augen leuchteten. »Außerdem soll er eine Frau anziehend machen«, sagte sie sanft. »Unwiderstehlich. Betörend. Funktioniert es?«

Ich sah sie eine Sekunde lang an. Dann löschte ich mit einem Blick das Nachtlicht.

Den magischen Baldachin, der alle Geräusche erstickte, hatte Swetlana selbst über uns geworfen.

Ich wachte früh auf, es war noch nicht einmal fünf Uhr morgens. Erstaunlicherweise fühlte ich mich jedoch völlig frisch, ganz wie die Herrin des magischen Kamms, die sich ordentlich gekämmt hatte. Große Taten wollte ich vollbringen. Und ein anständiges Frühstück zu mir nehmen.

Ohne jemanden zu wecken, schlich ich leise in die winzige Küche, brach mir ein paar Stücke Weißbrot ab und fand ein Päckchen mit Wurstaufschnitt. In einen großen Becher goss ich mir selbstgemachten Kwass – und mit all dieser Pracht ging ich nach draußen.

Es tagte bereits, doch über dem Dorf lag noch Stille. Niemand musste hier früh die Kühe melken, der Stall stand seit fünf Jahren leer. Überhaupt musste niemand dringend irgendwohin ...

Seufzend setzte ich mich ins Gras unter einen Apfelbaum, der schon lange einfach wild wucherte und nicht mehr trug. Ich aß ein riesiges Stück Brot mit Wurst und trank den Kwass. Und, um meinem Wohlbefinden noch eins drauf zu geben, beförderte ich das Buch über das *Fuaran* auf magische Weise durchs Fenster. In der Hoffnung, dass meine Schwiegermutter noch schlief und das levitierende Ding nicht sah ...

Beim zweiten Stück Brot vertiefte ich mich in die Lektüre.

Die, ehrlich gesagt, höchst aufschlussreich war!

Zu jener Zeit, als das *Fuaran* geschrieben worden war, gab es all die gelehrten Ausdrücke wie »Gene«, »Mutation« samt der ganzen biologischen Schlauheit, die heutzutage die Natur der Anderen erklären soll, noch nicht. Deshalb hat das Hexenkollektiv, das das Buch verfasst hatte (insgesamt fünf Autorinnen, die nur mit Vornamen aufgezählt wurden) auf Formulierungen wie »Neigung zu Zauberkunst«, »Veränderung der Natur« und dergleichen zurückgegriffen. Zu den Autorinnen gehörte auch Arina, worüber sich die Hexe gestern jedoch in aller Bescheidenheit ausgeschwiegen hatte!

Im ersten Kapitel diskutierten die belesenen Hexen lange über die Natur der Anderen selbst. Sie gelangten zu folgendem Schluss: In jedem Menschen findet sich »eine Neigung zur Zauberei«. Das Niveau dieser »Neigung« ist bei allen unterschiedlich. Als Bezugsgröße kann man das natürliche Niveau der Magie nehmen, die über die ganze Welt ausgebreitet ist. Wenn die »Neigung« bei einem Menschen *stärker* ist als das Niveau der Magie in seiner Umwelt, dann wächst er zu einem ganz gewöhnlichen Menschen heran! Er wird nicht ins *Zwielicht* eintreten können und nur in seltenen Ausnahmen, wenn es zu Schwankungen des natürlichen magischen Niveaus kommt, wird er etwas Seltsames wahrnehmen. Wenn die »Neigung« in einem Menschen jedoch *schwächer* ist als in seiner Umwelt, wird er sich das *Zwielicht* zunutze machen können!

Das klang höchst merkwürdig. Ich selbst hatte immer angenommen, die Anderen seien Menschen mit stark entwickelten magischen Anlagen. Die Hexen vertraten genau den entgegengesetzten Standpunkt.

Als Beispiel führten sie eine komische Analogie an: Einmal angenommen, die Temperatur betrüge weltweit 36,5 °C. Dann würden die meisten Menschen, deren Körpertemperatur ja höher ist, Wärme abgeben und damit »die Natur aufheizen«. Die wenigen jedoch, deren Körpertemperatur aus irgendeinem Grund unter 36,5 °C liegen sollte, würden die Wärme *aufnehmen*. Wenn nun der permanente Strom von Kraft auf sie stößt, können sie diese Kraft nutzen, während die wärmeren Menschen ziellos »die Natur aufheizen«.

Eine interessante Theorie. Ich hatte mich mit verschiedenen möglichen Erklärungen zu unserer Entstehung und den Unterschieden zu den Menschen auseinander gesetzt. Auf diese war ich bislang nicht gestoßen. Sie hatte etwas Demütigendes ...

Doch was spielte das für eine Rolle! Am Ergebnis änderte sie nichts! Es gab Menschen, und es gab Andere ...

Ich las weiter.

Das zweite Kapitel war den Unterschieden zwischen »Magiern und Zauberinnen« einerseits und »Hexen und Hexenmeistern« andererseits gewidmet. Zu dieser Zeit wurden mit dem Wort »Hexenmeister« nicht Dunkle Magier bezeichnet, sondern alle »Hexen männlichen Geschlechts«, also alle Anderen, die Artefakte verwendeten. Das Kapitel war interessant, und ich hatte den Eindruck, Arina habe es geschrieben. Es lief darauf hinaus, dass es im Prinzip keine Unterschiede gebe. Eine Zauberin operiert unmittelbar mit dem *Zwielicht*, aus dem sie Kraft abzieht, um verschiedene magische Handlungen zu vollführen. Die Hexe schafft zunächst ein »Kleinod«, das die Kraft des *Zwielichts* speichert und über einen langen Zeitraum eigenständig funktioniert. Der Vorteil der Zauberinnen und Magier ist der, dass sie keine Utensilien, Stäbe oder Ringe, Bücher oder Amulette brauchen. Der Vorteil der Hexen und Hexenmeister ist der, dass sie, nachdem sie ein brauchbares Artefakt kreiert haben, in ihm einen derartigen Vorrat an Kraft speichern können, wie man ihn nur mit äußerster Anstrengung auf einen Schlag aus dem *Zwielicht* abziehen könnte. Die Schlussfolgerung drängte sich von selbst auf, doch Arina formulierte sie auch explizit: Ein vernünftiger Magier wird sich nicht gegen Artefakte sperren, ein kluger Hexenmeister versuchen zu lernen, auch direkt mit dem *Zwielicht* zu arbeiten. Nach Auffassung der Autorin werden wir »in hundert Jahren erleben, wie die größten und hochmütigsten Magier sich nicht mehr zu schade sind, Amulette zu benutzen, während es durch und durch orthodoxen Hexen nicht mehr zum Nachteil gereicht, ins *Zwielicht* einzutreten«.

Mit dieser Prognose lag sie absolut richtig, daran ließ sich nicht rütteln. In der Nachtwache arbeiten hauptsächlich Magier. Aber Artefakte benutzen wir ständig ...

Ich ging in die Küche, brach mir noch Brot ab und goss mir Kwass ein. Sah auf die Uhr: sechs Uhr morgens. Irgendwo bellten zwar schon die ersten Hunde, aber das Dorf schlief noch.

Das dritte Kapitel behandelte die zahlreichen Versuche von Anderen, einen Menschen in einen Anderen zu verwandeln – in der Regel trieben Liebe oder der eigene Vorteil die Anderen dazu –, aber auch die Versuche von Menschen, zu einem Anderen zu werden, nachdem sie auf die eine oder andere Weise hinter die Wahrheit gekommen waren.

Ausführlich wurde auf die Geschichte von Gilles de Rais eingegangen, dem Waffengefährten von Jeanne d'Arc. Jeanne war eine sehr schwache Dunkle, eine »Hexe siebten Ranges«, was sie im Übrigen nicht daran hinderte, größtenteils edle Taten zu vollbringen. Über Jeannes Tod wurde höchst nebulös berichtet, selbst eine Andeutung, sie habe den Blick der Inquisitoren abgelenkt und sich vom Scheiterhaufen retten können, fehlte nicht. Ich hegte da so meine Zweifel: Jeanne hatte den Großen Vertrag verletzt, indem sie ihre menschlichen Beziehungen magisch geregelt hatte, sodass auch unsere Inquisition ein Auge auf die Vollstreckung der Strafe gehabt hatte. Und deren Blick lenkt niemand ab ... Die Geschichte des unglückseligen Gilles de Rais wurde dagegen weitaus detaillierter wiedergegeben. Sei es aus Liebe, sei es aus Verschrobenheit oder Nachlässigkeit, jedenfalls hatte Jeanne ihm alles über die Natur der Anderen erzählt. Der junge Ritter, für seine Kühnheit und seinen Edelmut berühmt, geriet auf Abwege. Man konnte also, so sinnierte er, magische Kraft bei ganz normalen Menschen sammeln, bei jungen und gesunden Menschen. Dafür müsste man sie nur peinigen, dem Kannibalismus frönen und die dunklen Kräfte um Hilfe bitten ... Kurzum, der Mann wollte ein Dunkler Anderer werden. Er quälte mehrere hundert Frauen und Kinder, wofür er – ebenso wie für unterlassene Zinszahlungen – am Ende ebenfalls auf dem Scheiterhaufen landete.

Aus dem Text ging hervor, dass selbst die Hexen dieses Vorgehen nicht billigen konnten. Die empörten Seitenhiebe gegen die Klatschbase Jeanne ließen sich nicht überlesen, die nicht druckreifen Beinamen für ihren übergeschnappten Waffengefährten sprachen für sich. Die Schlussfolgerung dagegen fiel trocken und wissenschaftlich aus: Es gebe absolut keine Möglichkeit, die »Neigung zur Zauberei« bei einem gewöhnlichen Menschen zu nutzen, um ihn in einen Anderen zu verwandeln. Denn ein Anderer zeichnet sich nicht durch seine größere »Neigung« aus, die der blutrünstige und dumme Gilles de Rais zu erreichen hoffte, sondern durch seine geringere! Daher machten alle grausamen Experimente ihn nur mehr und mehr zum Menschen ...

Das klang überzeugend. Ich kratzte mir den Nacken. Also ... meine magische Veranlagung war also weitaus geringer als die des Alkoholikers Onkel Kolja? Und nur deshalb konnte ich mir das *Zwielicht* zunutze machen? Na so was ...

Swetlana hätte demnach wohl eine noch geringere »Neigung«?

Und sollte Nadjuschka dann theoretisch überhaupt nicht magisch veranlagt sein? Weshalb die Kraft sich schier in sie ergoss? Ungehemmt, ohne jedes Problem?

So sind sie, die Hexen, immer für einen Spaß zu haben!

Das nächste Kapitel diskutierte die Frage, ob es möglich sei, das Niveau der Kraft der Natur anzuheben, damit sich eine höhere Zahl von Menschen in Andere verwandelte. Das Ergebnis bot nicht viel Trost: nein. Denn die Kraft nutzen nicht nur die Anderen, die im Prinzip zeitweise auf Magie verzichten konnten. Auch das blaue Moos, die einzige bekannte Pflanze, die in der ersten *Zwielicht*-Schicht wächst, fraß begeistert Kraft. Je mehr Kraft es gab, desto stärker würde das *Zwielicht*-Moos wachsen. Möglicherweise gab es in tieferen Schichten weitere Kraftverbraucher ... Daher stellt das Kraftniveau eine Konstante dar. Als ich diesen Ausdruck in dem alten Buch las, musste ich schmunzeln.

Danach folgte die Geschichte des *Fuaran*. Der Titel ging auf den Namen einer alten orientalischen Zaubermeisterin zurück, die unbedingt aus ihrer Tochter eine Andere machen wollte. Lange Zeit hatte die Zaubermeisterin experimentiert. Zunächst schlug sie den Weg von Gilles de Rais ein, dann erkannte sie ihren Fehler und versuchte, das Kraftniveau der Natur anzuheben ... Kurzum, sie irrte in alle denkbaren falschen Richtungen. Am Ende verstand sie, dass es nötig war, die »Neigung der Tochter zu Zauberei herabzusenken«. Ihre entsprechenden Versuche sollen Gerüchten zufolge im *Fuaran* beschrieben sein. Das Ganze wurde zusätzlich dadurch erschwert, dass die Natur der »Neigung« zu dieser Zeit nicht bekannt war. An dieser Situation hatte sich weder bis zum Erscheinungsjahr des Buches noch bis heute etwas geändert. Dennoch hatte die Hexe mit der Methode von Versuch und Irrtum Erfolg und machte aus ihrer Tochter eine Andere!

Zum Pech der Hexe interessierte eine dermaßen bedeutende Entdeckung ausnahmslos alle Anderen. Damals gab es noch keinen Großen Vertrag und keine Wachen, keine Inquisition ... Kurzum, dem Zauberspruch jagten alle nach, die gerüchteweise von diesem Wunder gehört hatten. Eine Zeit lang wehrten sich Fuaran und ihre Tochter erfolgreich gegen alle Angriffe. Anscheinend hatte die ohnehin schon mächtige Hexe nicht nur aus ihrer Tochter eine starke Andere gemacht, sondern auch ihre eigene Kraft noch gesteigert. Die erbitterten Anderen formierten sich zu einer ganzen Armee von Magiern, ohne in Dunkle und Lichte zu unterscheiden, schlugen gemeinsam zu und vernichteten in einer schrecklichen Schlacht die kleine Familie der Hexe. In ihrer letzten Stunde kämpfte Fuaran verzweifelt um ihr Leben, verwandelte sogar ihre menschlichen Diener in Andere. Diese gewannen zwar tatsächlich Kraft, waren aber zu verzweifelt und ungeschickt. Nur ein Diener stellte sich als klüger als die übrigen heraus, indem er sich nicht blindlings in den Kampf stürzte, sondern das Buch an sich nahm und Fersengeld gab. Als die siegreichen Magier merkten, dass der »Laborbericht« der Hexe verschwunden war (denn beim *Fuaran* handelte es sich schlicht um die Laboraufzeichnungen der Hexe), hatten sich die Spuren des Flüchtlings bereits verloren. Danach suchte man lange und erfolglos nach dem Buch. Ab und an versicherte jemand, dem flüchtigen Diener, der inzwischen zu einem recht starken Anderen geworden war, begegnet zu sein und das Buch gesehen und durchgeblättert zu haben. Fälschungen tauchten auf – teilweise stammten sie aus der Hand verrückter Anhänger der Hexe, teilweise von abenteuerlustigen Anderen. Alle Fälle wurden sorgfältig untersucht und dokumentiert.

Das letzte Kapitel beschäftigte sich mit dem Thema »Worauf war Fuaran gestoßen?«. Die Autorinnen bezweifelten nicht, dass die Frau wirklich Erfolg gehabt hatte, hielten das Buch jedoch für unwiederbringlich verloren. Sie zogen einen traurigen Schluss: Ihre Entdeckung muss so zufällig und außergewöhnlich gewesen sein, dass sich ihre Natur nicht mehr rekonstruieren lässt.

Am meisten erstaunte mich das kurze Resümee. Falls das *Fuaran* heute noch existieren sollte, dann sei es die Pflicht jedes einzelnen Anderen, es zu vernichten, und zwar »aus allgemein einsichtigen Gründen, ungeachtet der außerordentlichen Versuchung und des eigenen Vorteils ...«

Ach, diese Dunklen! Wie sie an ihrer Macht kleben!

Ich schloss das Buch und schlenderte durch den Garten. Abermals schaute ich in den Schuppen, wagte es aber auch diesmal nicht, den Motor anzulassen.

Fuaran und ihr Buch waren real. Daran hegten die Hexen keinen Zweifel. Ich ließ die Möglichkeit einer Mystifizierung zu, glaubte im tiefsten Herzen jedoch nicht daran.

Damit gab es also theoretisch die Möglichkeit, einen Menschen in einen Anderen zu verwandeln!

Das warf auch ein völlig neues Licht auf die Ereignisse im Assol. Der Sohn von Geser und Olga war ein Mensch gewesen – wie es üblicherweise bei Anderen der Fall ist. Deshalb konnten die beiden Großen ihn nicht finden. Sobald sie ihn jedoch gefunden hatten, machten sie einen Anderen aus ihm, erst dann zogen sie das ganze Theater auf. Bei dem sie noch nicht einmal davor zurückschreckten, die Inquisition zu täuschen.

Ich legte mich in die Hängematte, griff nach meinem MD-Player. Stellte den Zufallsgenerator ein und schloss die Augen. Ich wollte mich aus der Welt ausklinken, meine Ohren mit irgendetwas Sinnlosem zustopfen ...

Doch ich hatte kein Glück. Es kam *Piknik*.

Mir ist gar nicht mehr zum Lachen,
Tür und Fenster sind verschwommen,
Ist der Große Inquisitor
Mich zu foltern doch gekommen.

Mich bedrängt der Inquisitor
Er sortiert die Instrumente:
»Sag mir, was du weißt, sag alles,
weil es dir nur nützen könnte.«

Glaubt, er kriegt mich auf, als ob ich
Irgend so ein Koffer wär,
Weiß, da ist ein Doppelboden,
Scheint der Koffer noch so leer.

Solche Zufälle mag ich nicht! Selbst ganz gewöhnliche Menschen können die Realität beeinflussen, sie sind bloß nicht in der Lage, ihre Kraft zu lenken. Jeder Mensch kennt das: Der Autobus, der genau im richtigen Moment kommt – oder eben hartnäckig nicht kommt; ein Lied aus dem Radio, das hundertprozentig zu deinen Gedanken passt; ein Anruf von jemandem, an den du gerade gedacht hast ... Es gibt übrigens eine sehr einfache Möglichkeit, um herauszubekommen, ob du nah an den Möglichkeiten eines Anderen bist. Wenn du mehrere Tage hintereinander bei einem zufälligen Blick auf die Uhr die Ziffern 11:11, 22:22 oder 00:00 siehst, heißt das, dass deine Beziehung zum *Zwielicht* an Bedeutung gewinnt. In diesen Tagen solltest du auf deine Vorgefühle und Ahnungen hören ...

Aber das sind Lappalien, die Menschen betreffen. Für Andere ist die Beziehung mit dem *Zwielicht* genauso unbewusst wie für Menschen, wirkt sich aber weitaus stärker aus. Und mir gefiel überhaupt nicht, dass ausgerechnet jetzt das Lied vom Großinquisitor kam.

Wenn ich noch bei Kräften wäre,
Sagte ich zu ihm: »Mein Herr,
Ich weiß gar nicht, was hier vorgeht,
Wo ich bin und was und wer;

So verwirrt sind alle Straßen,
dass ich kaum noch gehen kann.«
Doch das will er mir nicht glauben,
Zieht die Daumenschraube an.

Glaubt, er kriegt mich auf, als ob ich
Irgend so ein Koffer wär,
Weiß, da ist ein Doppelboden,
Scheint der Koffer noch so leer.

Hm. Auch ich hätte zu gern gewusst, was die Welt im Innersten zusammenhält ...

Jemand klopfte mir sanft auf die Schulter.

»Ich schlafe nicht, Sweta«, sagte ich. Und öffnete die Augen.

Der Inquisitor Edgar schüttelte den Kopf und deutete ein Lächeln an. Von seinen Lippen las ich: »Tut mir leid, Anton, aber ich bin nicht Sweta.« Trotz der Hitze trug Edgar Anzug, Krawatte und schwarze Lackschuhe, auf denen sich nicht ein einziges Staubkörnchen niedergelassen hatte. In dieser Stadtkleidung wirkte er noch nicht mal albern. Das nenne ich baltisches Blut!

»Ja, woher ...!«, rief ich und wälzte mich aus der Hängematte. »Edgar?«

Edgar wartete geduldig. Ich stöpselte die Kopfhörer aus den Ohren, atmete durch. »Ich habe Urlaub«, sagte ich. »Einen Mitarbeiter der Nachtwache in der arbeitsfreien Zeit zu stören ist laut Vorschrift ...«

»Anton, ich wollte Sie nur mal besuchen«, versicherte Edgar. »Haben Sie etwas dagegen?«

Edgar war mir nicht unsympathisch. Niemals würde aus ihm ein Lichter werden, doch sein Wechsel zur Inquisition hatte mir Respekt abgenötigt. Wenn Edgar mit mir reden wollte, würde ich mich jederzeit mit ihm treffen.

Aber nicht auf der Datscha, wo Sweta und Nadjuschka Urlaub machten!

»Ja«, erwiderte ich eisern. »Wenn Sie keine offizielle Verfügung haben, dann verlassen Sie mein Territorium!«

Mit einer unsagbar albernen Geste wies ich auf den schiefen Zaun. Territorium – das Wort war mir einfach so herausgerutscht.

Edgar seufzte. Und griff langsam in die Innentasche seines Jacketts.

Ich wusste, was er herausholen würde. Doch es war zu spät, um jetzt einen Rückzieher zu machen.

Die Verfügung des Moskauer Büros der Inquisition teilte mir mit, dass »wir im Rahmen einer dienstlichen Aufklärung dem Mitarbeiter der Moskauer Nachtwache Anton Gorodezki, Lichter Magier zweiten Ranges, gebieten, er möge dem Inquisitor dritten Ranges Edgar alle nur denkbare Hilfe gewähren«. Eine Verfügung der Inquisition hatte ich nie zuvor gesehen, und auch jetzt fielen mir nur Kleinigkeiten auf: Die Inquisition maß die Kraft weiterhin in den altmodischen »Rängen«, genierte sich nicht, ein Wort wie »gebieten« zu gebrauchen und nannte die eigenen Mitarbeiter selbst in offiziellen Dokumenten nur mit dem Vornamen.

Dann bemerkte ich das Wesentliche. Unten prangte der Stempel der Nachtwache und in Gesers Schrift: »Zur Kenntnis genommen, stattgegeben«.

Das wurde ja immer schöner!

»Und wenn ich ablehne?«, fragte ich. »Sie müssen wissen, es gefällt mir nicht, wenn mir jemand etwas *gebietet*.«

Edgar runzelte die Stirn und linste zu dem Formular hinunter. »Unsere Sekretärin ist schon dreihundert Jahre alt«, erklärte er. »Nehmen Sie es nicht übel, Anton. Das ist nur ihre archaische Ausdrucksweise. So wie *Rang*.«

»Ist es auch Tradition, ohne Familiennamen auszukommen?«, hakte ich nach. »Nur interessehalber.«

Verständnislos sah Edgar auf das Blatt Papier. Abermals runzelte er die Stirn. »Ach, die alte Blausocke ...«, meinte er ärgerlich. »Sie hat meinen Familiennamen vergessen, und mich danach zu fragen, hat der Stolz ihr verboten.«

»Das würde mir das Recht geben, die Verfügung in den Komposthaufen zu werfen.« Meine Augen suchten die Datscha nach besagtem Haufen ab, fanden ihn jedoch nicht. »Oder ins Klo. Wenn in der Anordnung kein Familienname steht, heißt das, sie ist nicht rechtskräftig. Oder etwa nicht?«

Edgar hüllte sich in Schweigen.

»Und was droht mir, wenn ich die Zusammenarbeit verweigere?«, wiederholte ich meine Frage.

»Nichts Schlimmes«, meinte Edgar bedrückt. »Selbst wenn ich eine neue Verfügung bringe. Eine Beschwerde an Ihren unmittelbaren Vorgesetzten, eine Strafe nach seinem Ermessen ...«

»Damit läuft das strenge Papier also auf eine einfach Bitte um Hilfe hinaus?«

»Ja.« Edgar nickte.

Eine Situation ganz nach meinem Geschmack. Die schreckliche Inquisition, mit der Neulinge einander Angst einjagen, stellte sich als zahnlose alte Blausocke heraus!

»Was ist denn überhaupt passiert?«, wollte ich wissen. »Ich bin schließlich im Urlaub. Mit meiner Frau und meiner Tochter. Und meiner Schwiegermutter. Ich bin nicht im Dienst.«

»Das hat Sie aber nicht daran gehindert, Arina zu besuchen«, antwortete Edgar, ohne mit der Wimper zu zucken.

Das hatte ich nun davon! Wieso musste ich das Ganze auch auf die leichte Schulter nehmen ...

»Das gehört zu meinen unmittelbaren dienstlichen Verpflichtungen«, konterte ich. »Menschen zu schützen, Dunkle zu kontrollieren. Immer und überall. Woher weiß die Inquisition übrigens von Arina?«

Jetzt war die Reihe an Edgar zu grinsen und die Antwort hinauszuzögern. »Geser hat es uns mitgeteilt«, sagte er schließlich. »Sie haben ihn doch gestern angerufen und ihm alles berichtet, oder? Da es eine ungewöhnliche Situation ist, hielt Geser es für seine Pflicht, die Inquisition in Kenntnis zu setzen. Als Zeichen unserer unverändert freundschaftlichen Beziehungen.«

Das sollte einer verstehen!

Wenn die Hexe irgendwie in die Geschichte mit Gesers Sohn verwickelt war ... Oder war sie es am Ende doch nicht?

»Ich muss ihn anrufen«, sagte ich und ging demonstrativ zum Haus. Edgar blieb gehorsam neben der Hängematte stehen. Er linste zwar zu dem Plastikstuhl hinüber, hielt ihn aber nicht für sauber genug.

Ich wartete, das Handy ans Ohr gepresst.

»Hallo, Anton.«

»Edgar ist zu mir gekommen ...«

»Ja, ja, ja«, sagte Geser zerstreut. »Nach deinem Bericht gestern habe ich es für nötig erachtet, die Inquisition über die Hexe zu informieren. Wenn du willst, hilf ihm. Wenn nicht, jag ihn sonst wohin. Seine Verfügung ist nicht rechtskräftig, ist dir das aufgefallen?«

»Ja«, antwortete ich, während ich zu Edgar hinüberschielte. »Was ist mit diesen Werwölfen, Chef?«

»Die überprüfen wir«, erwiderte Geser nach kurzem Zögern. »Noch haben wir nichts.«

»Und noch einmal zu dieser Hexe ...« Ich linste zu dem Buch über das Buch. »Ich habe bei ihr ein erstaunliches Buch beschlagnahmt ... *Fuaran. Phantasie oder Wahrheit?*«

»Das kenn ich, das kenn ich«, sagte Geser in gutmütigem Ton. »Wenn du das echte *Fuaran* gefunden hättest ... Darauf hättest du dir was einbilden können. Ist das alles, Anton?«

»Ja«, gab ich zu. Und Geser unterbrach die Verbindung.

Edgar wartete geduldig.

Ich ging zu ihm, legte eine Kunstpause ein. »Welches Ziel hat Ihre Untersuchung?«, fragte ich dann. »Und was soll ich dabei tun?«

»Sie werden mit mir zusammenarbeiten, Anton?« Edgar freute sich aufrichtig. »Meine Untersuchung betrifft die Hexe Arina, die Sie entdeckt haben. Sie müssten mir den Weg zu ihr zeigen.«

»Und was will die Inquisition von der Alten?«, wollte ich wissen. »Meiner Ansicht nach hat sie nicht das geringste Verbrechen begangen. Auch nicht aus Sicht der Nachtwache.«

Edgar geriet in Verlegenheit. Er wollte lügen – und gleichzeitig wusste er, dass ich die Lüge spüren könnte. Von der Kraft her konnten wir beide uns ungefähr messen. Und seine inquisitorischen Tricks mussten nicht immer funktionieren.

»Es geht da um eine alte Sache«, gab der Dunkle Magier zu. »Die seit den dreißiger Jahren anhängig ist. Die Inquisition hat eine Reihe von Fragen an sie ...«

Ich nickte. Von Anfang an hatte mich die Geschichte von den Ermittlungen des bösen NKWD gestört. Gewiss, die Bauern hätten durchaus versuchen können, die Hexe hintenrum loszuwerden. Aber eben nur versuchen. Mit einem Anderen niedrigen Grades konnte eine solche Sache durchaus noch klappen. Aber nicht mit einer so mächtigen Hexe ...

»Gut, ich zeig Ihnen, wo sie wohnt«, stimmte ich zu. »Wollen Sie noch etwas frühstücken, Edgar?«

»Da sage ich nicht nein.« Der Magier zierte sich nicht. »Und ... Ihre Gattin hat nichts dagegen?«

»Das werden wir gleich in Erfahrung bringen«, meinte ich.

Ein interessantes Frühstück. Trotz allem fühlte sich der Inquisitor nicht ganz wohl in seiner Haut, versuchte krampfhaft, lustig zu sein, machte Swetlana und Ljudmila Iwanowna Komplimente, plapperte mit Nadjuschka in der Kindersprache und lobte das einfache Spiegelei.

Nadjuschka, meine kleine Kluge, sah den »Onkel Edgar« aufmerksam an und schüttelte den Kopf. »Du bist ein anderer«, sagte sie.

Danach wich sie ihrer Mutter nicht von der Seite.

Swetlana amüsierte Edgars Besuch. Sie stellte Edgar verschiedene unverfängliche Fragen, erinnerte ihn an die »Geschichte mit dem Spiegel« und verhielt sich insgesamt so, als ob ein Arbeitskollege oder guter Bekannter gekommen sei.

Dafür zeigte sich Ljudmila Iwanowna schier entzückt von Edgar. Ihr gefiel seine Art, sich zu kleiden, zu reden, selbst dass er die Gabel in der linken Hand hielt und das Messer in der rechten, begeisterte meine Schwiegermutter. Man hätte glauben können, alle übrigen äßen mit Fingern ... Als Edgar dann auch noch ganz entschieden ein Schnäpschen ablehnte, erntete ich einen derart gouvernantenhaften Blick, als ob ich die Angewohnheit hätte, mir jeden Morgen erst mal ein oder zwei Gläschen Wodka hinter die Binde zu kippen.

Deshalb machten Edgar und ich uns satt, aber leicht verärgert auf den Weg. Ich über die Begeisterung meiner Schwiegermutter, er anscheinend über ihre Aufmerksamkeit.

»Können Sie mir sagen, was Sie der Hexe vorzuwerfen haben?«, fragte ich, während wir auf den Wald zusteuerten.

»Eigentlich haben wir doch Brüderschaft getrunken«, erinnerte mich Edgar. »Wollen wir wieder zum Du übergehen? Oder steht meine neue Arbeit ...«

»Die ist nicht schlechter als die Arbeit in der Tagwache«, unterbrach ich ihn. »Gut, duzen wir uns.«

Zufrieden drückte sich Edgar nicht länger um die Antwort. »Arina ist eine starke und ehrenwerte Hexe ... innerhalb ihrer engen Kreise. Wie du weißt, Anton, hat jede Gruppe ihre eigene Hierarchie. Geser kann sich noch so sehr über Vítěszlav lustig machen, aber unter den Vampiren ist er der stärkste. Bei den Hexen nimmt Arina eine vergleichbare Position ein. Eine sehr hohe.«

Ich nickte. O nein, sie war keine einfache Hexe, meine neue Bekannte ...

»Die Tagwache hat sie mehrmals zur Mitarbeit aufgefordert«, fuhr Edgar fort. »Genauso hartnäckig, wie ihr um Swetlana gekämpft habt ... Nimm's mir nicht übel, Anton!«

Das tat ich nicht.

»Die Hexe lehnte entschieden ab. Gut, das ist ihr Recht! Vor allem, da sie sich verschiedentlich auf eine zeitweilige Zusammenarbeit eingelassen hat. Aber zu Beginn des letzten Jahrhunderts, genauer, nach der sozialistischen Revolution, geschah etwas Unangenehmes ...«

Er verstummte, zögerte. Wir gingen in den Wald, wobei ich Edgar, wenn auch mit einer gewissen aufgesetzten Sicherheit, führte. Der Dunkle Magier stapfte, so albern er in seiner Stadtkleidung auch wirkte, ungerührt durch Büsche und über holprigen Boden. Noch nicht mal die Krawatte lockerte er.

»Damals haben die Nacht- und die Tagwache um das Recht auf ein gesellschaftliches Experiment gerungen ...«, berichtete Edgar. »Den Kommunismus haben sich ja bekanntlich die Lichten ausgedacht ...«

»Und die Dunklen verdorben«, konnte ich mir nicht verkneifen.

»Hör doch auf, Anton«, meinte Edgar beleidigt. »Wir haben gar nichts verdorben. Die Menschen haben frei entschieden, welche Gesellschaft sie aufbauen wollen! Doch zurück zum Thema: Die Wachen haben Arina um Hilfe gebeten. Sie hat sich einverstanden erklärt ... eine kleine Mission zu übernehmen. An ihr hatten sowohl die Dunklen wie auch die Lichten ein Interesse, aber auch die Hexe selbst. Jede Seite war mit ... mit dieser Mission einverstanden. Jede Seite hoffte darauf, am Ende zu gewinnen. Die Inquisition schaute sich das Ganze an, einen Grund zum Eingreifen gab es jedoch nicht. Alles lief ja mit Zustimmung beider Wachen ...«

Eine interessante Neuigkeit! Was das wohl für eine Mission sein mochte, die sowohl die Dunklen wie auch die Lichten guthießen?

»Arina hat ihre Mission brillant erfüllt«, fuhr Edgar fort. »Die Wachen haben sie sogar belobigt ... Wenn ich mich nicht irre, haben ihr die Lichten das Recht auf dunkle Magie zweiten Grades eingeräumt.«

Eine Geschichte, mit der nicht zu spaßen war. Mit einem Nicken nahm ich die Information zur Kenntnis.

»Mit der Zeit kamen der Inquisition jedoch Zweifel an der Rechtmäßigkeit von Arinas Vorgehen«, berichtete Edgar in sachlichem Ton. »Es tauchte der Verdacht auf, sie sei im Zuge ihrer Arbeit von einer der beiden Seiten beeinflusst worden und habe dann in deren Interesse gehandelt.«

»Und von welcher Seite?«

»Der lichten«, antwortete Edgar finster. »Eine Hexe hilft den Lichten – das klingt unwahrscheinlich, nicht wahr? Ebendeshalb hat man sie auch lange Zeit überhaupt nicht in Verdacht gehabt, doch irgendwann gab es zu viele indirekte Hinweise auf einen Verrat ... Die Inquisition beorderte Arina ... zu einem Gespräch. Daraufhin verschwand diese. Eine Zeit lang suchte man nach ihr, aber in jenen Jahren, na ja, du weißt selbst, wie das damals gewesen ist ...«

»Worin bestand denn eigentlich ihre Aufgabe?«, fragte ich, ohne wirklich mit einer Antwort zu rechnen.

Edgar seufzte. »Manipulation des Bewusstseins von Menschen ...«, sagte er dann aber. »Eine vollständige Remoralisation.«

Ich schnaubte. Welches Interesse sollten die Dunklen denn daran gehabt haben?

»Das erstaunt dich?«, brummte Edgar. »Hast du eigentlich eine Ahnung, was so eine Remoralisation bedeutet?«

»Ich habe sie sogar durchgeführt. Bei mir selbst.«

Ein paar Sekunden lang sah Edgar mich überrascht an. Dann nickte er. »Ach ... ja. Natürlich. Dann ist es nicht schwer, das Ganze zu erklären. Eine Remoralisation ist ein relativer Prozess, kein absoluter. Letzten Endes gibt es in der Welt eben keine allgemein gültige Moral. Deshalb zwingt die Remoralisation einen Menschen zwar, sich absolut ethisch zu verhalten, jedoch nur im Rahmen seiner moralischen Grundwerte. Grob gesagt, wird ein papuanischer Kannibale, der das Verspeisen seines Feindes nicht für ein Verbrechen hält, sein Gelage seelenruhig fortsetzen. Aber das, was die Moral ihm verbietet, wird er dann in der Tat unterlassen.«

»Das ist mir klar«, sagte ich.

»Siehst du, und diese Remoralisation damals war eben nicht ganz relativ. Bestimmten Menschen – von etlichen hast du sicher gehört, aber Namen tun hier nichts zur Sache – ist die kommunistische Ideologie ins Bewusstsein gepflanzt worden.«

»Der moralische Kodex zum Aufbau des Kommunismus«, brummte ich.

»Der war damals noch nicht erfunden«, antwortete Edgar sehr ernst. »Aber etwas in der Art wird es wohl gewesen sein. Diese Menschen fingen an, in völliger Übereinstimmung mit den Normen zu handeln, die als kommunistische Ethik deklariert worden sind.«

»Ich kann mir vorstellen, welches Interesse die Nachtwache daran hatte«, sagte ich. »Die kommunistischen Prinzipien haben viel für sich ... Aber das Interesse der Dunklen?«

»Die Dunklen wollten sich überzeugen, dass eine oktroyierte, lebensunfähige Ethik zu nichts Gutem führt. Dass die Opfer des Experiments entweder den Verstand verlieren, sterben oder anfangen, entgegen der Remoralisation zu handeln.«

Ich nickte. Was für ein Experiment! Was waren da schon die Naziärzte, die Körper verstümmelten! Hier kamen die Seelen unters Messer ...

»Empört dich das Verhalten der Lichten?«, fragte Edgar einschmeichelnd.

»Nein.« Ich schüttelte den Kopf. »Ich bin überzeugt, dass sie diesen Menschen nichts Böses wollten. Sondern darauf hofften, dass ein solches Experiment zum Aufbau einer neuen, einer glücklichen Gesellschaft führt.«

»In der KPdSU bist du nicht gewesen?« Edgar grinste.

»Nur bei den Pionieren. Gut, den Kern des Experiments habe ich verstanden. Aber warum wurde dafür ausgerechnet eine Hexe herangezogen?«

»In diesem Fall war die Anwendung von Hexerei weitaus ökonomischer als der Einsatz von Magie«, erklärte Edgar. »Das Objekt des Experiments waren Tausende von Menschen unterschiedlichen Alters und mit unterschiedlichem gesellschaftlichem Status. Kannst du dir vorstellen, welche Kräfte Magier hätten sammeln müssen? Eine Hexe konnte das jedoch mit einem Kräutertrank bewerkstelligen ...«

»Hat sie den ins Trinkwasser gemischt?«

»Ins Brot. Für Arina wurde eine Stelle in einer Brotfabrik besorgt.« Edgar lächelte. »Sie hat eine neue, ökonomische Art des Brotbackens vorgeschlagen, bei der verschiedene Kräuter dazugegeben wurden. Dafür hat sie sogar eine Prämie bekommen.«

»Alles klar. Und welches Interesse hatte Arina daran?«

Edgar schnaubte. Behände sprang er über einen umgestürzten Baum. »Du kannst Fragen stellen, Anton!« Er sah mir in die Augen. »Wer wollte nicht mit Magie von dieser Kraft herumspielen, noch dazu mit der Erlaubnis der Wachen und der Inquisition!«

»Schon möglich ...«, murmelte ich. »Das war das Experiment ... Und das Ergebnis?«

»Wie es zu erwarten war«, sagte Edgar, wobei in seinen Augen Ironie auffunkelte. »Einige haben den Verstand verloren, sind dem Alkohol verfallen oder haben sich umgebracht. Einige fielen der Verfolgung zum Opfer – weil sie ihren Idealen die Treue hielten. Die Dritten haben schließlich eine Möglichkeit gefunden, die Remoralisation zu umgehen.«

»Die Sichtweise der Dunklen hat also gesiegt?«, staunte ich und blieb sogar stehen. »Trotzdem glaubt die Inquisition, die Hexe habe ihren Zauber auf Befehl der Lichten abgewandelt?«

Edgar nickte.

»Quatsch«, sagte ich und ging weiter. »Absoluter Müll! Die Dunklen haben ihre Sicht faktisch bewiesen. Und ihr behauptet, die Lichten hätten sich etwas zu Schulden kommen lassen.«

»Nicht alle Lichten«, entgegnete Edgar ungerührt. »Nur einer ... möglicherweise eine kleine Gruppe. Weshalb, das weiß ich nicht. Aber die Inquisition ist unzufrieden. Die Reinheit des Experiments wurde nicht gewahrt, das Gleichgewicht der Kräfte geriet ins Wanken, irgendeine sehr langfristige und undurchsichtige Intrige ist damit eingeleitet worden ...«

»Na klar«, meinte ich nickend. »Haben wir erst mal eine Intrige, können wir auch alles auf Geser abwälzen.«

»Ich habe keine Namen genannt«, meinte Edgar rasch. »Ich kenne sie auch gar nicht! Außerdem möchte ich dich daran erinnern, dass der verehrte Geser damals in Zentralasien gearbeitet hat, sodass es absurd wäre, ihm irgendetwas anzulasten ...«

Er seufzte. Ob er an die Ereignisse im Assol dachte?

»Aber ihr wollt hinter die Wahrheit kommen?«, fragte ich.

»Unbedingt!«, erwiderte Edgar entschieden. »Tausende von Menschen wurden gewaltsam zum Licht bekehrt – das ist ein Verbrechen gegen die Tagwache. All diese Menschen haben gelitten – das ist ein Verbrechen gegen die Nachtwache. Die Erlaubnis der Inquisition für ein gesellschaftliches Experiment wurde missbraucht – das ist ein Verbrechen ...«

»Schon verstanden«, unterbrach ich ihn. »Mir gefällt diese Geschichte ja auch ganz und gar nicht ...«

»Hilfst du mit, die Wahrheit herauszubekommen?«, fragte Edgar. Und lächelte.

»Ja«, antwortete ich ohne zu zögern. »Denn das ist in der Tat ein Verbrechen.«

Edgar streckte mir die Hand hin, ich ergriff sie.

»Ist es noch weit?«, wollte der Inquisitor wissen.

Ich sah mich um. Und erkannte voller Freude die bekannten Umrisse der Lichtung wieder, in der ich gestern die Pilzmetropole entdeckt hatte.

Heute waren übrigens keine Pilze mehr da.

»Es ist ganz in der Nähe«, beruhigte ich den Dunklen Magier. »Hauptsache, die Frau ist überhaupt zu Hause ...«

Fünf

Die Hexe Arina braute einen Kräutertrank – ganz wie es sich für eine praktizierende Hexe in ihrem Häuschen im Wald gehört. Sie stand an ihrem russischen Ofen mit einer Zange in der Hand, die einen gusseisernen, in grünliche Wolken gehüllten Topf umspannte. Dabei murmelte sie:

Weißer Ginster, Spindelbaum,
Sand, vom Hang gebrochen,
Vom Abszess noch Eiterschaum,
Farnkraut, Finkenknochen ...

Edgar und ich gingen ins Haus, blieben aber an der Tür stehen. Die Hexe tat so, als bemerke sie uns nicht. Sie stand mit dem Rücken zu uns, schüttelte den Topf und murmelte weiter:

Wieder Ginster, Spindelbaum,
Adlerfedern drei ...

Edgar hüstelte und fuhr dann fort:

Phosphor, Selters, Fiebertraum,
Kurze Gerten zwei?

»Heiliger Strohsack aber auch!«, rief Arina und hüpfte von einem Fuß auf den anderen.

Das klang absolut echt ... Dennoch begriff ich mit unumstößlicher Sicherheit, dass die Hexe uns erwartet hatte.

»Guten Tag, Arina«, sagte Edgar ausdruckslos. »Die Inquisition. Ich bitte Sie, die Zauberei einzustellen.«

Behänd schob Arina den Topf in den Ofen. Erst danach drehte sie sich um. Sie wirkte jetzt wie eine vierzigjährige Frau, wie eine kräftige, korpulente schöne Bäuerin. Und wie eine sehr wütende. »Tagchen auch Ihnen, Herr Inquisitor!«, polterte sie bärbeißig los, die Hände in die Hüften gestemmt. »Die Zauberei stört Sie wohl, ja? Und ich? Ich darf mir dann meine Finken wohl noch mal fangen und den Adlern noch mal ein paar Federn ausrupfen?«

»Ihre Knittelverse sind nichts weiter als eine Stütze, um die Menge der Zutaten und die Abfolge der einzelnen Schritte im Gedächtnis zu behalten«, erwiderte Edgar ungerührt. »Ihren Trank der unbeschwerten Fortbewegung haben Sie schon längst gebraut, meine Worte konnten daran nichts ändern. Setzen Sie sich, Arina. Schließlich steckt die Wahrheit nicht in den Beinen, oder?«

»In den Beinen nicht, und weiter oben auch nicht«, antwortete Arina patzig und ging zum Tisch. Setzte sich und strich mit der Hand über die fröhlich mit Kamillen und Kornblumen bedruckte Schürze. Dann schielte sie zu mir hinüber.

»Guten Tag, Arina«, sagte ich. »Herr Edgar hat mich gebeten, ihn hierher zu bringen. Sie haben doch nichts dagegen?«

»Wenn ich etwas dagegen hätte, hättet ihr euch im Moor verlaufen!«, ließ sich Arina leicht beleidigt vernehmen. »Ich bin ganz Ohr, Herr Inquisitor Edgar. Was führt Sie denn zu mir?«

Edgar nahm Arina gegenüber Platz. Er griff mit der Hand unter sein Jackett und zog eine kleine Ledermappe hervor. Wo hatte er die denn versteckt gehabt?

»Ihnen wurde eine Vorladung zugesandt, Arina«, sagte der Inquisitor höflich. »Haben Sie die bekommen?«

Arina versank in Nachdenken. Edgar öffnete seine Mappe, um Arina einen schmalen Streifen gelben Papiers zu zeigen.

»Von 1931!«, stöhnte die Hexe. »Was für ein alter Wisch ... Nein, den habe ich nicht bekommen. Ich habe schon dem Herrn von der Nachtwache erklärt, dass ich mich schlafen gelegt habe. Die Tschekisten wollten mir was anhängen ...«

»Die Tscheka ist nicht das Schlimmste im Leben eines Anderen«, wandte Edgar ein. »Bei weitem nicht ... Also, Sie haben diese Vorladung bekommen ...«

»Nein«, widersprach Arina prompt.

»Sie haben sie nicht bekommen«, korrigierte sich Edgar. »Belassen wir es dabei. Der Bote ist nicht zurückgekehrt ... Natürlich, dem angeheuerten Mitarbeiter kann in den finsteren Moskauer Wäldern alles Mögliche passiert sein.«

Arina hüllte sich in Schweigen.

Ich stand an der Tür und beobachtete. Interessant. Die Arbeit des Inquisitors ließ sich zwar mit der eines x-beliebigen Wächters vergleichen, dennoch war die Situation nicht alltäglich. Ein Dunkler Magier verhörte eine Dunkle Hexe. Die obendrein weitaus stärker war als er – das musste Edgar klar sein.

Andererseits stand hinter ihm die Inquisition. Und damit konnte er auf die Hilfe »seiner« Wache verzichten.

»Nehmen wir einmal an, Sie bekämen die Vorladung jetzt«, fuhr Edgar fort. »Mir ist aufgetragen, mit Ihnen ein erstes Gespräch zu führen, bevor wir eine endgültige Entscheidung treffen. Also ...«

Er holte ein weiteres Blatt Papier heraus. »Im März 1931 haben Sie im Ersten Moskauer Brotkombinat gearbeitet?«, fragte Edgar mit Blick auf das Blatt.

»Ja«, nickte Arina.

»Mit welchem Ziel?«

Arina sah zu mir herüber.

»Er weiß Bescheid«, sagte Edgar. »Antworten Sie.«

»Sowohl die Leitung der Nacht- wie auch die der Tagwache Moskaus hatten sich an mich gewandt«, meinte Arina seufzend. »Die Anderen wollten sehen, wie sich Menschen verhalten, wenn sie in strenger Übereinstimmung mit den kommunistischen Idealen leben. Da beide Wachen dasselbe wollten und die Inquisition ihr Anliegen unterstützte, habe ich zugestimmt. Städte habe ich nie gemocht, da ist es immer ...«

»Weichen Sie nicht vom Thema ab ...«, bat Edgar.

»Ich habe meine Aufgabe erfüllt«, kam Arina kurzerhand zum Ende. »Ich habe ein Elixier gebraut, das ich in den folgenden zwei Wochen in den Brotteig gegeben habe. Das war's! Die Wachen haben mich ihrer Dankbarkeit versichert, ich habe die Brotfabrik verlassen und bin in mein Dorf zurückgekehrt. Und da sind die Tschekisten völlig ...«

»Über ihre komplizierte Beziehung zur Staatssicherheit können Sie sich in Ihren Memoiren auslassen«, fuhr Edgar sie plötzlich an. »Ich will wissen, warum Sie sich nicht an das Rezept gehalten haben!«

Langsam erhob sich Arina. Ihre Augen funkelten wütend, ihre Stimme dröhnte, als stünde in dieser Hütte nicht eine Frau, sondern das Weibchen von King Kong. »Merken Sie sich eins, junger Mann! Arina irrt sich niemals bei einem Rezept! Niemals!«

Edgar beeindruckte sie damit nicht im Mindesten.

»Ich habe ja nicht gesagt, dass Sie sich geirrt hätten. Sie haben sich absichtlich nicht an das Rezept gehalten. Mit dem Ergebnis ...« Er legte eine Pause ein.

»Mit welchem Ergebnis?«, empörte sich Arina. »Der fertige Trunk ist getestet worden! Er hatte genau die Wirkung, die er haben sollte!«

»Mit dem Ergebnis, dass die Wirkung des Kräutertranks unverzüglich einsetzte«, sagte Edgar. »Die Nachtwache ist noch nie eine Sammelstätte für dumme Idealisten gewesen. Die Lichten haben genau gewusst, dass alle zehntausend Versuchspersonen, die mit einem Schlag die kommunistische Moral übernehmen, verloren sind. Die Wirkung des Kräutertranks hätte allmählich einsetzen müssen, damit die Remoralisation in vollem Umfang erst in zehn Jahren zum Tragen gekommen wäre, also im Frühjahr 1941.«

»Sicher«, erwiderte Arina vernünftig. »Mein Trank war ja auch entsprechend.«

»Der Kräutertrank hat praktisch sofort gewirkt«, widersprach Edgar. »Wir haben nicht gleich durchschaut, was da vor sich ging, doch bereits nach einem Jahr hatte die Zahl der Probanden um die Hälfte abgenommen. Weniger als einhundert Menschen haben bis 1941 überlebt, nämlich diejenigen, die die Remoralisation überwinden konnten ... indem sie eine gewisse moralische Flexibilität an den Tag legten.«

»Och, wie betrüblich.« Arina hob bedauernd die Hände. »Schlimm, schlimm, schlimm ... die armen kleinen Menschen ...« Sie setzte sich wieder. Schielte zu mir herüber. »Was ist, Lichter?«, fragte sie. »Glaubst du auch, dass ich den Dunklen in die Hände gearbeitet habe?«

Sollte sie lügen, dann tat sie das ausgesprochen überzeugend. Ich zuckte mit den Achseln.

»Ich habe alles genau richtig gemacht«, meinte Arina stur. »Die Hauptzutaten wurden ins Mehl gemischt ... Wissen Sie eigentlich, wie schwierig in jenen Jahren Sabotage gewesen ist? Als Verzögerungsmittel für das Elixier diente einfacher Zucker ...« Abermals hob sie die Hände. Dann sah sie Edgar triumphierend an. »Daran muss es gelegen haben! Hungerjahre, die Menschen haben den Zucker geklaut ... Deshalb hat das Elixier zu schnell gewirkt ...«

»Eine interessante Version«, kommentierte Edgar, während er seine Papiere durchblätterte.

»Mich trifft keine Schuld«, erklärte Arina fest. »Der Operationsplan ist abgesegnet worden. Wenn die Weisen der Wachen derart simple Sachen nicht bedenken, wessen Schuld ist das dann?«

»Das ist ja alles schön und gut«, versicherte Edgar und hielt ein Blatt Papier hoch. »Allerdings haben sie das erste Experiment an den Arbeitern der Brotfabrik vorgenommen. Hier ist Ihr Bericht, erkennen Sie ihn? Danach hätten sie keinen Zucker mehr stehlen dürfen. Damit bleibt nur eine Möglichkeit: Sie haben die Operation mit Absicht in den Sand gesetzt.«

»Wollen wir nicht weitere Versionen in Betracht ziehen?«, sagte Arina kläglichen Tones. »Zum Beispiel ...«

»Zum Beispiel die Aussagen Ihrer Freundin Luisa gegen sie«, schlug Edgar vor. »Darüber, dass sie zufällig beobachtet hat, wie Sie an den Tagen, an denen die Operation durchgeführt wurde, mit einem bislang noch nicht identifizierten Lichten Magier Kontakt gehabt haben, mit dem sie sich bei den Tribünen der Pferderennbahn getroffen haben. Darüber, dass sie beide lange miteinander gestritten und gefeilscht haben, bis der Lichte Ihnen schließlich ein Päckchen aushändigte und Sie nickten. Anschließend haben sie beide sich die Hand geschüttelt. Luisa konnte sogar einen Satz aufschnappen: ›Ich mache es, und es wird kein Jahr vergehen ...‹ Mir ist erinnerlich, dass es Ihnen während der Dauer des Experiments verboten war, mit Anderen Kontakt aufzunehmen. Das stimmt doch, oder?«

»Ja«, sagte Arina und senkte den Kopf. »Lebt Luschka noch?«

»Leider nicht«, antwortete Edgar. »Doch ihre Aussagen sind zu Protokoll genommen worden ...«

»Schade ...«, murmelte Arina. Worauf sie dieses ›schade‹ bezog, erklärte sie nicht. Aber man brauchte nicht viel Phantasie, um darauf zu kommen, dass Luisa noch einmal Glück gehabt hatte.

»Können Sie uns sagen, mit welchem Lichten Sie in Kontakt gestanden haben, was Sie zu tun versprochen und was Sie von ihm bekommen haben?«

Arina hob den Kopf und lächelte mich bitter an. »Zu dumm ...«, bemerkte sie. »In was für dumme Situationen ich immer gerate ... wegen Kleinigkeiten. Wie mit dem Teekessel ...«

»Arina, ich bin gezwungen, Sie zwecks weiterer Befragungen mitzunehmen«, erklärte Edgar. »Im Namen der Inquisition ...«

»Versuch es doch mal, Zweitrangiger«, entgegnete Arina amüsiert.

Und verschwand.

»Sie ist ins *Zwielicht* eingetaucht!«, rief ich, während ich mich von der Wand abstieß und mit dem Blick meinen Schatten suchte. Edgar zögerte jedoch noch eine Sekunde: Er prüfte erst, ob die Hexe nicht unseren Blick abgelenkt hatte.

Wir tauchten fast gleichzeitig in die erste Schicht ein. Leicht verängstigt sah ich zu Edgar hinüber. In wen er sich wohl in der *Zwielicht*-Welt verwandelt hatte?

Gut, das ging. Nur minimale Veränderungen. Bloß weniger Haare.

»Tiefer!« Energisch fuchtelte ich mit der Hand. Edgar schüttelte den Kopf, hob die Hand vors Gesicht – die ihn förmlich aufzusaugen schien.

Beeindruckend, diese Tricks der Inquisitoren.

In der zweiten Schicht, in der das Häuschen sich in eine Holzhütte verwandelt hatte, blieben wir stehen und sahen uns an. Arina war auch hier natürlich nirgends zu entdecken.

»Sie ist weiter in die dritte Schicht ...«, flüsterte Edgar. Er hatte jetzt überhaupt keine Haare mehr, dafür einen lang gestreckten Schädel, der wie ein Entenei aussah. Sonst war alles in Ordnung, das Gesicht fast menschlich.

»Kannst du das auch?«, fragte ich.

»Einmal habe ich es schon geschafft«, antwortete Edgar ehrlich. Unser Atem wölkte auf. Obwohl es uns nicht sehr kalt vorkam, kroch ein eisiger Schauder heran …

»Ich habe es auch schon einmal geschafft«, gestand ich.

Wir drucksten herum wie selbstbewusste Schwimmer, denen plötzlich klar wird, dass der Fluss vor ihnen zu stürmisch und zu kalt ist. Keiner wollte den ersten Schritt machen.

»Anton … hilfst du mir?«, fragte Edgar schließlich.

Ich nickte. Wozu hatte ich mich denn sonst ins *Zwielicht* gestürzt?

»Gehen wir …«, sagte der Inquisitor, wobei er konzentriert zu Boden sah.

Kurz darauf traten wir in die dritte Schicht ein, in die normalerweise nur Magier ersten Grades vordringen dürfen.

Die Hexe war nirgends zu sehen.

»Ein komischer Sinn … für Humor …«, flüsterte Edgar, während er sich umsah. Die Hütte aus Zweigen war in der Tat beeindruckend. »Anton … sie hat es selbst gebaut … sie kann sich hier lange aufhalten …«

Langsam – der Raum um mich herum widersetzte sich abrupten Bewegungen – ging ich zur »Wand«. Bog die Zweige auseinander. Schaute hindurch.

Das sah absolut nicht wie die Menschenwelt aus.

Am Himmel zogen gleißende Wolken – Stahlspäne, in Glyzerin getaucht. Statt der Sonne loderte weit, weit oben eine glutrote Feuerwolke, der einzige Farbfleck im grauen Höhenrauch. Um uns herum erstreckten sich bis zum Horizont jene knorrigen, flachen Bäume, aus denen die Hexe ihr Haus gebaut hatte. Doch ob das wirklich Bäume waren? So blattlos, nur mit diesem eigenartig verflochtenen Geäst …

»Anton, sie ist noch tiefer gegangen. Anton, sie steht außerhalb jeder Kategorie«, sagte Edgar hinter mir. Ich drehte mich um und sah den Magier an. Dunkelgraue Haut, ein kahler, langgezogener Schädel, eingefallene Augen … Immerhin Menschenaugen. »Wie sehe ich aus?« Edgar bleckte die Zähne zu einem Lächeln. Was er nicht hätte tun sollen: Er hatte spitze kegelförmige Zähne. Wie ein Hai.

»Nicht sehr gut«, gab ich zu. »Aber vermutlich sehe ich auch nicht besser aus, oder?«

»Das ist nur äußerlich«, antwortete Edgar ungerührt. »Kannst du dich halten?«

Das konnte ich. Das zweite Abtauchen in diese Tiefe des *Zwielichts* fiel mir schon leichter.

»Wir müssen in die vierte Schicht gehen!«, sagte Edgar. In seinen Augen – da konnten es hundertmal die eines Menschen sein – glühte das Feuer des Fanatismus.

»Stehst du außerhalb jeder Kategorie?«, fragte ich zurück. »Edgar, mir wird schon die Rückkehr schwer fallen!«

»Wir können unsere Kräfte vereinigen, Wächter!«

»Wie?« Ich war verwirrt. Sowohl Dunkle als auch Lichte kennen den Kraftkreis. Aber das ist eine gefährliche Sache, die mindestens drei oder vier Andere erfordert ... Außerdem: Wie sollten lichte und dunkle Kraft vereinigt werden?

»Lass das meine Sorge sein!« Edgar schüttelte energisch den Kopf. »Anton, sie verschwindet! Sie verschwindet in die vierte Schicht! Vertrau mir!«

»Einem Dunklen?«

»Einem Inquisitor!«, fuhr mich der Magier an. »Ich bin Inquisitor, klar? Anton, vertrau mir, ich befeh...« Edgar verstummte, um dann in freundlicherem Ton hinzuzufügen: »Ich bitte dich!«

Keine Ahnung, was mich packte. Jagdeifer? Der Wunsch, diese Hexe zu erwischen, die Tausende von Menschen in den Tod getrieben hatte? Dass ein Inquisitor mich bat?

Oder vielleicht schlicht der Wunsch, die vierte Schicht zu sehen? Die geheimsten Tiefen des *Zwielichts*, die auch Geser nicht oft zu Gesicht bekam und in der Swetlana niemals gewesen war?

»Was soll ich tun?«, fragte ich.

Auf Edgars Gesicht erstrahlte ein Lächeln. Er streckte mir die Hand entgegen – die Finger endeten in stumpfen, hakenförmigen Krallen. »Im Namen des Großen Vertrages, des Gleichgewichts, das ich bewahre ... rufe ich das Licht und das Dunkel an ... erbitte ich Kraft ... im Namen des Dunkels!«

Auf seinen fordernden Blick hin streckte ich ebenfalls die Hand aus. »Im Namen des Lichts ...«, sagte ich.

Das Ganze ließ sich in gewisser Weise mit einem Eid vergleichen, den ein Dunkler und ein Lichter sich schwören. Aber nur in gewisser Weise. In meiner Hand loderte kein Flammenzüngchen auf, auf Edgars ballte sich kein Krumen Dunkelheit. Alles lief ohne unser Zutun ab: Die graue, verschwommene Welt um uns herum gewann plötzlich an Schärfe. Nein, die Farben kehrten nicht zurück, wir befanden uns noch immer im *Zwielicht*. Schatten bildeten sich. Wie auf einem Fernsehbildschirm, bei dem man zuvor die Farbe so weit wie möglich herausgenommen hatte und auf dem man dann wieder ein buntes und kontrastreiches Bild einstellte.

»Unser Recht wird anerkannt ...«, flüsterte Edgar, während er sich umsah. In seinem Gesicht spiegelte sich echtes Glück wider. »Sie erkennen unser Recht an, Anton!«

»Und wenn sie es nicht anerkannt hätten?«, hakte ich nach.

Edgar runzelte die Stirn. »Das hätte sein können ... Aber schließlich haben sie es doch anerkannt, oder? Gehen wir!«

In diesem neuen, »kontrastreichen« *Zwielicht* fiel jede Bewegung entschieden leichter. Ich hob meinen Schatten genauso mühelos auf wie in der gewöhnlichen Welt.

Und gelangte dorthin, wo nur Magier außerhalb jeder Kategorie hindurften.

Bäume – wenn es denn Bäume waren – gab es hier nicht mehr. Die ganze Welt um uns herum war eben, flach, ganz wie im Mittelalter der Fladen der Erde, den drei Wale trugen. Kein Relief, bloß eine endlose Sandebene ... Ich bückte mich, ließ eine Hand voll Sand durch meine Finger rieseln. Der war grau, wie im *Zwielicht* nicht anders zu erwarten. Doch in diesem Grau ließen sich die ersten Farben erkennen, ein rauchiges Perlmutt, bunte Funken, goldschimmernde Körner ...

»Da läuft sie...«, sagte Edgar mir direkt ins Ohr. Und streckte die Hand aus, die überraschend lang und dünn war.

Ich schaute in die angezeigte Richtung. Und sah in der Ferne – nur in einer Ebene kann man so weit sehen – eine sich rasch entfernende graue Silhouette. Die Hexe bewegte sich mit riesigen Sprüngen vorwärts, schwang sich in die Luft auf, flog gut zehn Meter über die Erde hinweg, mit ausgebreiteten Armen und komisch schlenkernden Beinen, einem fröhlichen Kind gleich, das über eine Frühlingswiese hüpft.

»Sie hat ihr Elixier ausgetrunken?«, erriet ich. Sonst konnte ich mir diese Sprünge nicht erklären.

»Ja. Das hat sie nicht umsonst gebraut«, sagte Edgar. Er holte aus und schleuderte Arina etwas hinterher.

Eine Reihe kleiner Feuerbälle schoss auf die Hexe zu. Der Geschwader-Fireball, ein ganz gewöhnlicher Kampfzauber bei den Wachen, allerdings in einer besonderen Version der Inquisition.

Einige Kugeln platzten, bevor sie die Hexe erreichten. Eine beschleunigte enorm, traf sie aber dennoch, schnappte nach ihrem Rücken, explodierte und hüllte die Hexe in Feuer. Die Flamme erlosch jedoch augenblicklich wieder, während die Hexe ohne sich umzusehen etwas über ihre Schulter warf – worauf sich dort eine Pfütze aus funkelnder, quecksilbriger Flüssigkeit bildete. Sobald die übrigen Geschosse über diese Lache flogen, verloren sie an Tempo und Höhe, stürzten in die Flüssigkeit und verschwanden.

»Hexentricks ...«, presste Edgar angewidert hervor. »Anton!«

»Ja? Was?«, fragte ich, ohne die am Horizont verschwindende Arina aus den Augen zu lassen.

»Wir müssen zurückgehen. Uns war nur Kraft für die Festnahme der Hexe zugeteilt worden, aber die Jagd ist zu Ende. Wir haben sie nicht gekriegt.«

Ich sah nach oben. Die glutrote Wolke, die in der vorigen *Zwielicht*-Schicht geleuchtet hatte, gab es hier nicht. Der ganze Himmel strahlte in einem gleichmäßigen Rosaweiß.

Wie seltsam. Hier gab es also wieder Farben ...

»Gibt es noch mehr Schichten, Edgar?«, fragte ich.

»Die gibt es immer.« Edgar machte sich offenbar langsam Sorgen. »Gehen wir, Anton! Gehen wir, sonst sitzen wir hier fest.«

Die Welt um uns herum verlor ihre Schärfe, hüllte sich in grauen Rauch. Doch nach wie vor gab es Farben, den perlmuttfarbenen Sand, den rosaweißen Himmel ...

Während ich bereits das kalte Prickeln des *Zwielichts* auf meiner Haut spürte, folgte ich Edgar zurück in die dritte Schicht. Als hätte die Welt nur auf diesen Moment gewartet, blich sie endgültig aus, ergraute, füllte sich mit kaltem tosendem Wind. Wir packten uns bei den Händen – nicht, um Kraft auszutauschen, das ist hier praktisch unmöglich, sondern um uns auf den Beinen zu halten – und versuchten wieder und wieder, in die zweite Schicht zurückzukehren. Die »Bäume« um uns barsten mit einem kaum hörbaren Knistern, das Baumzelt der Hexe krachte seitwärts ein – doch wir konnten unsere Schatten einfach nicht finden. Ich erinnerte mich nicht einmal mehr an den Augenblick, als sich das *Zwielicht* vor mir öffnete und ich in die zweite Schicht trat – die fast gewöhnlich wirkte, überhaupt nicht schrecklich.

Schwer atmend saßen wir auf dem sauberen, abgeschabten Fußboden. Uns beiden ging es gleichermaßen schlecht, uns, dem Dunklen Inquisitor und dem Lichten Wächter.

»Puh.« Edgar schob die Hand ungeschickt in die Tasche seines Jacketts und holte eine Tafel Schokolade der Marke Gardist heraus. »Iss ...«

»Und du?«, fragte ich, während ich die Verpackung aufriss.

»Ich habe noch ...« Edgar kramte lange in seinen Taschen, bis er schließlich eine weitere Tafel fand. Diesmal eine der Marke Inspiration, bei der jeder Riegel einzeln eingepackt war. Er wickelte sie einen nach dem anderen aus.

Danach aßen wir bloß gierig. Das *Zwielicht* saugt einem alle Kräfte aus, und zwar nicht nur die magische Kraft, sondern auch ganz banal die Glukose im Blut. Das ist eines der wenigen Details, die mit Hilfe der modernen Wissenschaft bezüglich des *Zwielichts* festgestellt werden konnten. Der Rest ist nach wie vor ein Rätsel.

»Edgar, wie viele Schichten hat das *Zwielicht*?«, fragte ich.

Edgar kaute einen weiteren Riegel Schokolade. »Ich weiß von fünf«, antwortete er. »In der vierten bin ich eben zum ersten Mal gewesen.«

»Und was ist dort? In der fünften?«

»Ich weiß nur, dass es sie gibt, Wächter. Mehr nicht. Ich habe auch über die vierte Schicht vorher nichts gewusst.«

»Dort gibt es wieder Farben«, sagte ich. »Sie ... sie ist völlig anders, nicht wahr?«

»Hm«, murmelte Edgar. »Das ist sie. Aber darüber brauchen wir uns nicht den Kopf zu zerbrechen, Anton. Das geht über unsere Kräfte. Sei stolz, dass du in der vierten Schicht gewesen bist, das können nicht mal alle Magier ersten Grades von sich behaupten.«

»Ihr könnt also dahin?«

»Wenn die Arbeit es erfordert«, bestätigte Edgar. »Zur Inquisition kommen nicht unbedingt die stärksten Anderen. Und wir müssen doch einem durchgedrehten Magier außerhalb jeder Kategorie etwas entgegenzusetzen haben, oder?«

»Wenn Geser oder Sebulon durchdrehen, werdet ihr ihnen nichts entgegenzusetzen haben«, bemerkte ich. »Es hat ja nicht mal bei der Hexe geklappt ...«

Nach kurzem Nachdenken pflichtete Edgar mir bei, dass das Moskauer Büro der Inquisition wenig gegen Geser oder Sebulon ausrichten könne. Allerdings nur in dem Falle, wenn beide gleichzeitig den Großen Vertrag verletzten. Sonst ... sonst dürfte Geser wohl mit Freuden dabei helfen, Sebulon zu neutralisieren, und umgekehrt. Auch darauf gründet sich die Inquisition.

»Was passiert jetzt mit der Hexe?«, fragte ich.

»Wir werden sie suchen«, antwortete Edgar geschäftig. »Ich habe mich schon mit meinen Leuten in Verbindung gesetzt. Der Bezirk wird abgesperrt. Kann ich auch in Zukunft auf dich rechnen?«

Ich überlegte.

»Nein, Edgar. Arina ist eine Dunkle. Irgendwas hat sie bestimmt gemacht ... damals, vor rund siebzig Jahren. Aber wenn die Lichten sie benutzt haben ...«

»Du hältst also an deiner Seite fest«, konstatierte Edgar angewidert. »Verstehst du das denn wirklich nicht, Anton? Es gibt weder Licht noch Dunkel in reiner Form. Die beiden Wachen sind doch letzten Endes wie die Demokraten und die Republikaner in den USA. Sie streiten sich, hetzen gegeneinander – und treffen sich abends zur Cocktailparty.«

»Noch ist nicht Abend.«

»Es ist immer Abend«, entgegnete Edgar finster. »Glaube mir, ich bin ein gesetzestreuer Dunkler gewesen. Bis man mich in die Enge getrieben hat ... bis ich zur Inquisition gegangen bin. Und weißt du, was ich jetzt denke?«

»Sag's mir.«

»Die Kraft der Nacht und die Kraft des Tages – die kannst du beide gleichermaßen vergessen. Ich sehe zwischen Sebulon und Geser keinen Unterschied mehr. Dich mag ich ... als Mensch.

Trätest du der Inquisition bei, würde ich gern mit dir zusammenarbeiten.«

»Wirbst du mich gerade an?«, amüsierte ich mich.

»Ja. Jeder Wächter hat das Recht, zur Inquisition zu kommen. Niemand hat das Recht, dich daran zu hindern. Man darf dir deine Entscheidung noch nicht einmal ausreden!«

»Vielen Dank, aber mir braucht auch niemand etwas auszureden. Ich habe nicht die Absicht, zur Inquisition überzuwechseln.«

Ächzend stand Edgar vom Boden auf. Er strich über seinen Anzug – auf dem freilich weder ein Stäubchen noch ein Fältchen zu sehen war.

»Dein feiner Anzug ist verzaubert«, konstatierte ich.

»Ich verstehe ihn nur zu tragen. Und es ist gutes Tuch.« Edgar ging zum Bücherschrank, holte ein Buch heraus und blätterte darin. Dann ein zweites, ein drittes ... »Was für eine Bibliothek!«, brachte er voller Neid hervor. »Hochspeziell, aber ...«

»Ich habe gedacht, dass sie auch das *Fuaran* hat«, gab ich zu.

Edgar lachte nur.

»Was machen wir mit der Hütte?«, fragte ich.

»Siehst du, du denkst immer noch wie mein Partner!«, bemerkte Edgar prompt. »Ich wirke ein paar Schutz- und Wachzauber ... Hm, was noch? In zwei, drei Stunden müssten die Experten hier sein. Die sollen dann alles gründlich untersuchen. Gehen wir?«

»Willst du denn nicht selbst alles inspizieren?«, fragte ich.

Edgar sah sich aufmerksam um und meinte dann, nein, das wolle er nicht. Denn in dem Häuschen könnten eine Unmenge böser Überraschungen warten, die die durchtriebene Hexe hinterlassen habe. Außerdem sei es gesundheitsgefährdend, in den Sachen einer Hexe außerhalb jeder Kategorie herumzuwühlen ... sollten sich damit ruhig diejenigen beschäftigen, deren Pflicht das sei.

Ich wartete, bis Edgar um die Hütte ein paar Wachzauber gelegt hatte. Hilfe brauchte er dabei nicht. Danach machten wir uns auf zum Dorf.

Der Rückweg kam uns wesentlich länger vor. Als ob ein nicht zu fassender Zauber verschwunden sei, der uns geholfen hatte, zum Haus der Hexe zu gelangen. Dafür gab sich Edgar jetzt entschieden gesprächiger. Ob meine Unterstützung zu dieser Offenheit geführt hatte?

Er erzählte mir von seiner Ausbildung, davon, wie man ihm beigebracht hatte, nicht nur dunkle Kraft, sondern auch lichte zu nutzen. Berichtete von weiteren Auszubildenden bei der Inquisition, darunter waren zwei Lichte Zauberinnen aus der Ukraine, ein Werwolf aus Ungarn, ein holländischer Magier und viele weitere, höchst unterschiedliche Andere. Erklärte mir, die Gerüchte von den Sonderdepots der Inquisition, die angeblich von magischen Artefakten bersten würden, seien pure Übertreibung: Es gebe zwar viele Artefakte, die meisten hätten ihre magische Kraft jedoch längst eingebüßt und taugten nun nichts mehr. Schilderte gesellige Abende und Partys, die die Auszubildenden in ihrer Freizeit veranstalteten ...

All das war sehr komisch, doch ich wusste genau, worauf Edgar zielte. Deshalb fing ich an, mich mit überzogener Begeisterung an die Jahre meiner Ausbildung zu erinnern, an diverse lustige Ereignisse in der Geschichte der Nachtwache, die historischen Erzählungen von Semjon ...

Edgar seufzte und ging nicht weiter auf das Thema ein. Außerdem waren wir zum Dorf gelangt. Edgar blieb am Waldrand stehen. »Ich warte hier auf meine Leute«, sagte er. »Sie müssen gleich hier sein. Vítĕszlav hat sogar seine Abreise verschoben und versprochen herzukommen.«

Ich hatte nicht die Absicht, den Inquisitor in mein Haus einzuladen. Vor allem nicht in Gesellschaft eines Hohen Vampirs.

Deshalb nickte ich nur. »Was meinst du, wie geht es weiter?«, wollte ich aber noch wissen.

»Ich habe rechtzeitig Alarm gegeben, die Hexe wird die Gegend nicht verlassen«, erklärte Edgar sachlich. »Jetzt kommen die Experten von der Spurensicherung, wir werden alles überprüfen, wir werden Arina festnehmen. Sie verurteilen. Wenn du gebraucht wirst, wird man dich als Zeugen einbestellen.«

Ich teilte Edgars Optimismus nicht uneingeschränkt, nickte aber dennoch. Er wusste besser, was die Inquisition fertig brachte.

»Und die Werwölfe?«

»Auf die hat die Nachwache das Vorrecht, oder?«, antwortete Edgar mit einer Gegenfrage. »Wenn wir auf sie stoßen, geben wir Bescheid, aber wir werden nicht extra im Wald Jagd auf sie machen. Woher willst du überhaupt wissen, ob sie noch hier sind? Vielleicht sind es die üblichen Städter, die ins Umland gefahren sind, um zu jagen. Du solltest die Augen besser aufhalten, Anton.«

»Irgendwie habe ich den Eindruck, dass sie noch hier sind«, murmelte ich. Das stimmte, obwohl ich nicht erklären konnte, woher ich diese Überzeugung nahm. Im Dorf war alles sauber ... Und Werwölfe stromern selten länger als einen Tag in ihrem Wolfskörper herum.

»Überprüf die Nachbardörfer«, riet Edgar mir. »Zumindest das, in dem die Hexe ihre Einkäufe gemacht hat. Obwohl ... das wird nichts bringen. Nach einer erfolglosen Jagd ziehen sie sofort den Schwanz ein und verstecken sich ... Ich kenne ihre Natur.«

Ich nickte. Der Rat hatte, obwohl reichlich elementar, etwas für sich. Ich hätte gleich die Gegend abklappern sollen, statt hinter einer harmlosen Hexe herzujagen. Ein toller Detektiv – den das *Fuaran* interessierte ... nicht die alltägliche, öde Arbeit. Verbrechensvorbeugung, wie es zu Sowjetzeiten so schön hieß.

»Viel Glück, Edgar«, sagte ich.

»Dir auch, Anton.« Nach kurzem Nachdenken fügte Edgar hinzu: »Ach, übrigens, die Situation ist ganz interessant, weil in den Fall mit der Hexe beide Wachen involviert sind. Du vertrittst sozusagen die Interessen der Nachtwache. Aber ich glaube, dass Sebulon auch jemanden schickt ... solange die Lage noch nicht geklärt ist.«

Ich seufzte. Mit jeder Stunde wurde das Ganze verzwickter.

»Ich kann mir schon vorstellen, wen er schickt«, erwiderte ich. »Sebulon genießt es, mir kleine gemeine Überraschungen zu bereiten.«

»Du solltest dich lieber darüber freuen, dass er sich keine großen gemeinen Überraschungen ausdenkt«, blaffte Edgar. »Die kleinen musst du halt ertragen. Niemand kann die Natur eines Menschen ändern, wenn dein Freund ein Dunkler ist, dann wird er auch als Dunkler sterben.«

»Kostja ist längst tot. Und er ist kein Mensch, sondern ein Vampir. Ein Anderer.«

»Was macht das für einen Unterschied?«, fragte Edgar finster. Er steckte die Hände in die Taschen seiner teuren Hosen, die er so vorzüglich zu tragen verstand, sackte leicht in sich zusammen und betrachtete die am Horizont untergehende rote Sonne. »Alles ist eins in dieser Welt, Wächter ...«

Hm! Die Arbeit bei der Inquisition wirkt sich doch seltsam auf die Anderen aus! Lässt sie einen nihilistischen Blick aufs Leben werfen. Nimmt ihnen alle Ideale ...

»Viel Glück«, wiederholte ich und machte mich daran, den Hügel hinabzusteigen. Während Edgar sich ohne Rücksicht auf seinen Anzug ins Gras legte und in den Himmel starrte.

Sechs

Auf halbem Weg zum Haus traf ich Xjuscha und Romka. Die beiden Kinder gingen zügig die staubige Straße entlang, hielten sich bei den Händen. Ich winkte ihnen zu.

»Ihre Nadjuschka ist mit ihrer Omi zum Fluss hinuntergegangen!«, rief Xjuscha mir sofort entgegen.

Ich musste grinsen. Alles in allem bekam Ljudmila Iwanowna nur selten ein »Oma« zu hören – doch wie jede Moskauer Frau um die fünfzig hasste sie diese Bezeichnung.

»Schön, sollen sie ruhig noch spazieren gehen«, sagte ich.

»Haben Sie die Wölfe schon gefunden?«, rief Romka.

»Nein, deine Wölfe sind verschwunden«, erwiderte ich.

Oder hätte ich aus psychotherapeutischen Gründen sagen sollen, ich hätte die Wölfe gefangen und einem Zoo übergeben? Allerdings hatte ich nicht den Eindruck, dass der Junge nach seiner Begegnung mit den Tiermenschen irgendwie verängstigt war. Arina hatte wirklich gute Arbeit geleistet.

Auf dem Weg nach Hause begrüßte ich noch ein paar weitere Dorfbewohner. Swetlana hatte meine Hängematte okkupiert – mit einer Flasche Bier und dem *Fuaran. Phantasie oder Wahrheit?* in der Hand, dessen letzte Seite sie bereits erreicht hatte.

»Interessant, oder?«, fragte ich.

»Hm«, nickte Swetlana. Das Bier trank sie ohne Umschweife direkt aus der Flasche. »Lustiger als *Mumins wundersame Insel-*

abenteuer von Tove Jansson. Mir ist jetzt klar, warum früher nicht alle Geschichten der Mumins gedruckt worden sind. Die letzten sind absolut nichts für Kinder. Tove Jansson muss in einem tiefen Loch gesteckt haben, als sie sie geschrieben hat.«

»Auch eine Schriftstellerin hat das Recht auf Niedergeschlagenheit«, erklärte ich.

»Wenn sie Kinderbücher schreibt, dann nicht«, widersprach Swetlana scharf. »Kinderbücher sollen gut sein. Sonst ist es wie bei einem Traktorfahrer, der das Feld schief pflügt und dann sagt: ›Ich bin heute so traurig, da war es für mich verlockender, Kreise zu fahren.‹ Oder ein Arzt, der einem Patienten ein Abführmittel und Schlaftabletten verschreibt und erklärt: ›Ich bin schlechter Stimmung und will mich auf diese Weise mal entspannen.‹«

Sie beugte sich zum Tisch vor und legte das vermeintliche *Fuaran* weg.

»Du bist streng, Mutter.« Ich schüttelte den Kopf.

»Ich bin Mutter, deshalb bin ich streng«, erwiderte Swetlana. Dann lachte sie. »Ich mache nur Spaß. Die Bücher sind einfach wunderbar. Nur die letzten sind sehr traurig.«

»Nadjuschka ist mit deiner Mutter zum Fluss runtergegangen«, sagte ich.

»Hast du sie getroffen?«

»Nein, Oxana hat es mir erzählt. ›Ihre Nadja ist mit ihrer Omi spazieren gegangen‹ ...«

Swetlana prustete los. Gleich darauf setzte sie jedoch wieder ein ernstes Gesicht auf. »Sag das ja nicht in Gegenwart meiner Mutter! Das verkraftet sie nicht.«

»Für wen hältst du mich? Für einen Kamikaze?«

»Erzähl mir lieber, was euer Ausflug gebracht hat.«

»Die Hexe ist uns entwischt«, berichtete ich. »Wir haben sie bis in die vierte Schicht des *Zwielichts* verfolgt, aber sie ist uns trotzdem entkommen ...«

»Bis in die vierte?« Swetlanas Augen funkelten auf. »Schwindelst du auch nicht?«

Ich setzte mich neben sie. Die Hängematte schaukelte empört, die Bäume knarzten, hielten aber stand. Mit knappen Worten gab ich unsere Abenteuer wieder.

»Ich bin noch nie in der vierten Schicht gewesen ...«, meinte Swetlana nachdenklich. »Wie es da wohl ... Dort gibt es also wieder Farben?«

»Ich glaube, es gibt da sogar Gerüche.«

Abwesend nickte Swetlana. »Ja, solche Gerüchte kursieren ... Interessant.«

Ein paar Sekunden schwieg ich. »Swetlana, du musst in die Wache zurückkehren«, sagte ich dann.

Entgegen ihrer Gewohnheit schwieg Swetlana. Was mich ermutigte fortzufahren. »Du darfst nicht nur mit halber Kraft leben. Früher oder später wirst du ...«

»Lassen wir das, Anton. Ich möchte keine Große Zauberin werden.« Swetlana grinste. »Kleine Alltagsmagie, das ist alles, was ich brauche.«

Die Pforte ging, und Ljudmila Iwanowna kam zurück. Ich sah flüchtig zu ihr hinüber, wollte schon wieder woanders hinsehen – als sich mein Blick verständnislos an ihr festhakte.

Meine Schwiegermutter strahlte. Man hätte glauben können, sie habe gerade eine impertinente Verkäuferin erfolgreich zur Schnecke gemacht, auf der Straße hundert Rubel gefunden oder den Fernsehstar Jakubowitsch, ihren Liebling, mit Handschlag begrüßt.

Sie ging noch nicht mal wie sonst, sondern leichten Schrittes, mit geraden Schultern und hocherhobenem Kinn. Und mit einem absolut entrückten Lächeln auf den Lippen. »Wir sind geboren, damit das Märchen Wahrheit wird ...«, sang sie leise vor sich hin.

Ich schüttelte den Kopf. Meine Schwiegermutter lächelte uns sanft an, winkte und ging weiter in Richtung Haus.

»Mama!«, rief Swetlana ihr hinterher und sprang auf. »Mama!«

Meine Schwiegermutter blieb stehen und sah Sweta an – wobei auf ihrem Gesicht immer noch jenes entrückte Lächeln lag.

»Ist mit dir alles in Ordnung, Mama?«, fragte Swetlana.

»Aber sicher«, erwiderte Ljudmila Iwanowna zärtlich.

»Mama, wo ist Nadjuschka?«, brachte Swetlana mit leicht erhobener Stimme hervor.

»Sie geht mit einer Freundin spazieren«, antwortete meine Schwiegermutter ungerührt.

Ich erschauerte.

»Was sagst du da, Mama?«, schrie Swetlana. »Es ist schon Abend ... die Kinder sind allein unterwegs ... mit was für einer Freundin?«

»Mit einer Freundin von mir«, erklärte meine Schwiegermutter, nach wie vor lächelnd. »Mach dir keine Sorgen. Ich bin doch kein dummes Weibsbild, dass ich die Kleine allein lassen würde!«

»Mit was für einer Freundin von dir?«, fuhr Swetlana sie an. »Mama! Was ist mit dir? Wer ist bei Nadja?«

Langsam kroch das Lächeln vom Gesicht meiner Schwiegermutter, um einem verlegenen Ausdruck Platz zu machen.

»Mit jener ... dieser ...« Sie runzelte die Stirn. »Mit Arina. Meine Freundin ... Arina ... meine Freundin?«

Was genau Swetlana tat, konnte ich nicht erkennen, doch über meine Haut huschte ein Kälteschauder aus dem zerspaltenen *Zwielicht*. Swetlana hatte sich nur leicht zu ihrer Mutter vorgebeugt – die daraufhin mit offenem Mund erstarrte und in kleinen Schlucken nach Luft schnappte.

Die Gedanken von Menschen zu lesen ist recht schwierig, weitaus leichter ist es, sie zum Reden zu bringen. Doch von nahen Verwandten kann man Informationen auf die gleiche Weise bekommen, die wir unter uns anwenden, um Zeit zu sparen.

Im Grunde brauchte ich diese Informationen jedoch gar nicht.

Ich hatte auch so alles verstanden.

Und nicht Angst packte mich – sondern Leere. Als ob die ganze Welt um mich herum zu Eis erstarrt und stehen geblieben sei.

»Geh schlafen!«, rief Swetlana ihrer Mutter zu. Ljudmila Iwanowna drehte sich um und stakste zombiegleich aufs Haus zu.

Swetlana sah mich an. Ihr Gesicht war sehr ruhig – was mich selbst enorm hinderte, mich zu konzentrieren. Letzten Endes fühlt sich ein Mann einfach stärker, wenn seine Frau verängstigt wirkt.

»Sie ist auf die beiden zugekommen. Hat sie angepustet. Dann hat sie Nadenka bei der Hand genommen. Ist mit ihr in den Wald gegangen«, presste Swetlana heraus. »Und sie, diese ausgemachte Obernärrin ... geht noch eine Stunde lang spazieren!«

In diesem Moment begriff ich, dass Swetlana kurz davor stand, hysterisch zu werden.

Und konnte mich selbst konzentrieren.

»Was sollte sie gegen eine Hexe schon ausrichten?« Ich packte Swetlana bei den Schultern und schüttelte sie. »Deine Mutter ist nur ein Mensch!«

In Swetlanas Augen schimmerten Tränen, die jedoch gleich wieder verschwanden. Plötzlich stieß sie mich sanft weg. »Geh zur Seite, Anton, ich hake mich bei ihr an ...«, sagte sie. »Und du kannst mir sowieso nicht helfen ...«

Ich ließ mich auf keinen Streit ein. Nach Edgars und meinem Abenteuer war ich keine große Hilfe mehr. Auch über Kraft, die ich mit Swetlana hätte teilen können, verfügte ich kaum noch.

Ich lief ein paar Schritte weg, umfasste den Stamm des kümmerlichen Apfelbaums, der bald absterben würde. Dann schloss ich die Augen.

Die Welt um mich herum erbebte.

Ich spürte, wie das *Zwielicht* sich bewegte.

Swetlana sammelte keine Kraft aus der Umgebung, wie ich es getan hätte. Ihr reichte die eigene, die sie so hartnäckig ignorierte, ungenutzt ließ – und von der sie dabei nur immer mehr anhäufte. Angeblich sollen weibliche Andere nach einer Geburt einen enormen Kraftzustrom verspüren, doch bei Swetlana hatte ich damals keine Veränderung gespürt. Alles war irgendwohin verschwunden, hatte sich verkrochen, angesammelt. Für einen schwarzen Tag – wie sich jetzt zeigte.

Die Welt verlor ihre Farbe. Ich begriff, dass ich ins *Zwielicht* gefallen war, in die erste Schicht. Die Magie drängte dermaßen auf alles ein, dass nichts, was nur ein wenig magisch war, sich in der menschlichen Realität halten konnte. Das Buch *Fuaran. Phantasie oder Wirklichkeit?* fiel durch den Holztisch und schlug hart auf dem Boden auf. In der Nachbarschaft, drei Häuser weiter, loderten auf dem Dach Klumpen blauen Mooses – diese im *Zwielicht* lebenden Parasiten unserer Emotionen – auf, die sofort verbrannten.

Ein weißes Leuchten hüllte Swetlana ein. Sie fuhr rasch mit den Händen auf und ab, als spinne sie unsichtbares Garn. Im nächsten Augenblick tauchte dieses »Garn« auf, dünne, spinnenwebartige Fäden lösten sich von ihren Fingern und flogen davon, getrieben von einem nicht vorhandenen Wind. Um Swetlana herum tobte ein Schneesturm. Der sich legte, sobald die funkelnden Fäden in alle Richtungen davongeweht waren.

»Was tust du?«, schrie ich. »Sweta!«

Ich kannte den Zauber, den sie gerade eben gewirkt hatte. Selbst ich hätte das »Schneeige Spinnennetz« aufwerfen können, eventuell nicht so effektiv, nicht so schnell, aber trotzdem ...

Swetlana antwortete nicht. Wie bei einem Gebet reckte sie die Arme zum Himmel. Dabei glauben wir weder an Götter noch an Gott. Wir sind unsere eigenen Götter und unsere eigenen Dämonen.

Von Swetlanas Hand riss sich eine regenbogenfarbige, überballgroße Kugel los, eine Seifenblase, die voller Grandezza am Himmel dahinsegelte. Die Blase vergrößerte sich und begann, sich langsam um die eigene Achse zu drehen. Ein dunkelroter Fleck auf der durchscheinenden regenbogenfarbigen Hülle gemahnte an den Planeten Jupiter. Als der rote Fleck mir bei einer Drehung gegenüberstand, nahm ich eine kalte sengende Berührung wahr, gleichsam als streife mich eisiger Wind.

Swetlana hatte das »Auge des Magiers« geschaffen. Abermals Magie ersten Grades. Und das sofort nach dem »Schneeigen Spinnennetz«!

Beim dritten Zauber, den sie so unfassbar schnell wirkte, dass ich vermutete, Swetlana habe ihn seit langer Zeit für ebensolche Fälle eingeübt, schickte sie eine Schar mattweißer, geisterhafter Vögel aus ihren Handflächen gen Himmel. Man hätte sie als Tauben bezeichnen können – wären die Schnäbel dieser Geistervögel nicht reichlich groß und spitz gewesen. Schnäbel von Raubvögeln.

Diesen Zauber kannte ich nicht einmal.

Swetlana ließ die Arme sinken. Worauf sich das *Zwielicht* beruhigte. Zu uns zurückkroch, unsere Haut mit einer leichten beißenden Kälte berührte.

Ich kehrte in die normale Welt zurück.

Swetlana folgte mir.

Hier hatte sich nichts verändert. Selbst das zu Boden segelnde Buch, im Fallen aufgegangen, hatte sich noch nicht wieder geschlossen.

Nur die Hunde winselten, kläfften, jaulten im ganzen Dorf.

»Sweta, was hast du gemacht?«, fragte ich, während ich auf sie zustürzte.

Sie drehte sich mir zu, mit verschleierten Augen. Ihre unsichtbaren magischen Abgesandten, die sich noch nicht in alle

Winde zerstreut hatten, überbrachten gerade, Dutzende oder Hunderte Kilometer von uns entfernt, ihre Botschaften.

Ich wusste, welche.

»Nichts ...«, flüsterte Swetlana. »Überall Leere. Keine Nadjuschka ... keine Hexe ...«

In ihre Augen kehrte das Leben zurück. Was bedeutete: Das magische Spinnennetz löste sich auf, die weißen Vögel fielen zu Boden und schmolzen, am Himmel platzte die regenbogenfarbige Kugel.

»Überall Leere«, wiederholte Swetlana. »Anton ... wir dürfen uns nicht verrückt machen.«

»Sie kann nicht weit sein«, erwiderte ich. »Und sie hat Nadja nichts Schlimmes getan, glaub mir!«

»Geiselnahme?«, fragte Swetlana. Auf ihrem Gesicht spiegelte sich Hoffnung wider.

»Die Inquisition hat das Gebiet abgesperrt. Und die hat ihre eigenen Methoden. Selbst Arina wird nicht unbemerkt an ihnen vorbeikommen.«

»Also ...«, flüsterte Swetlana. »Gut.«

»Um zu fliehen, braucht sie Hilfe von außen«, meinte ich – sei es zu Swetas Beruhigung, sei es zu meiner eigenen. »Freiwillig wird die ihr niemand anbieten. Also hat sie sich auf Erpressung verlegt.«

»Können wir ihre Forderung erfüllen?«, packte Swetlana den Stier gleich bei den Hörnern. Ohne auch nur darauf einzugehen, ob wir sie erfüllen wollten ... Was blieb uns denn übrig? Wir würden alles erfüllen – wenn wir es konnten.

»Wir müssen die Forderungen abwarten.«

Swetlana nickte. »Gut ... warten wir. Worauf genau? Auf einen Anruf?«

Im nächsten Moment riss sie eine Hand hoch und visierte das Schlafzimmerfenster an.

Prompt kam, die Scheibe zerschlagend, aus dem Schlafzimmer der Kamm angeflogen, den Arina ihr geschenkt hatte. Swetlana nahm ihn in die Hand, so angewidert, als handle es sich um ein ekliges Insekt. Ein paar Sekunden lang sah sie den Kamm an, bis sie die Stirn runzelte und sich damit durchs Haar fuhr.

Ein leises, gutmütiges Lachen ließ sich vernehmen. Und irgendwo um Swetas Kopf herum erklang Arinas Stimme: »Guten Tag auch, meine Liebe. So lernen wir uns also kennen. Ein nützliches Geschenk, nicht wahr?«

»Merk dir eins, du alte Kröte ...«, setzte Swetlana an, während sie den Kamm vor sich hielt.

»Ich weiß, ich weiß, meine Schwester. Alles weiß ich, nichts vergesse ich. Wenn Nadenka nur ein Haar gekrümmt wird, verfolgst du mich bis ans Ende der Welt, ziehst mich aus der fünften Schicht, reißt mir jede Ader einzeln aus, hackst mich in Stückchen und verfütterst mich an die Schweine. Alles weiß ich, was du sagen willst. Und ich bin überzeugt, dass du genau das machen würdest.«

Arinas Stimme klang ernst. Sie machte sich nicht über Swetlana lustig, sondern erklärte uns völlig ernsthaft, wie wir ihrer Meinung nach mit ihr verfahren müssten. Swetlana schwieg, hielt den Kamm jedoch in der Hand gepackt. Erst als die Hexe verstummte, sagte sie etwas. »Gut. Dann lass uns keine Zeit vergeuden. Ich möchte mit Nadjuschka sprechen.«

»Nadenka, sag deiner Mama Hallo«, bat Arina.

Wir vernahmen ein ungetrübt lustiges Stimmchen. »Hallo!«

»Geht es dir gut, Nadjuscha?«, fragte Swetlana besorgt.

»Hm ...«, antwortete Nadja.

Dann mischte sich Arina wieder ein. »Zauberin, ich werde deiner Tochter kein Leid zufügen. Wenn du keine Dummheiten machst. Ich brauche eine Kleinigkeit von euch: Bringt mich durch die Sperren, und ihr bekommt eure Tochter zurück.«

»Arina«, sagte ich, während ich nach Swetlanas Hand griff,

»die Inquisition hat den Bezirk abgesperrt. Du weißt, was das heißt?«

»Sonst hätte ich nicht um Hilfe gebeten«, blaffte Arina trocken. »Lass dir was einfallen, Zauberkundiger! In jedem Zaun gibt es eine lockere Latte, in jedem Netz ein Loch. Bring mich hier raus, dann gebe ich dir deine Tochter zurück.«

»Und wenn ich das nicht kann?«

»Dann ist mir alles einerlei«, drohte Arina. »Dann werde ich versuchen, mit Gewalt durchzubrechen. Und euer Mädchen werde ich ohne Diskussion umbringen.«

»Wozu?«, fragte ich mit äußerster Ruhe. »Was würde dir das bringen?«

»Wie, was würde mir das bringen?«, wunderte sich Arina. »Wenn ich durchbreche, ist jedem sofort klar, dass mit mir nicht zu spaßen ist. Außerdem ... weiß ich genau, wer sich freuen würde, wenn jemand die Drecksarbeit für ihn erledigt. Für den Tod eurer Tochter würde er mich gut bezahlen.«

»Wir werden alles versuchen«, versicherte Swetlana und drückte mir fest die Hand. »Hörst du, Hexe? Rühr das Kind nicht an, wir werden dich retten!«

»Abgemacht«, meinte Arina offenkundig erleichtert. »Denkt darüber nach, wie ihr mich durch die Sperren bringt. Ihr habt drei Stunden Zeit. Wenn dir früher etwas einfällt, Zaubermeisterin, dann nimm den Kamm und kämm dich.«

»Aber rühr Nadjuschka nicht an!«, schrie Swetlana mit bebender Stimme.

Dann führte sie mit der linken Hand Passes aus.

Der Kamm überzog sich mit einer Eiskruste. Swetlana knallte ihn auf den Tisch. »Dieses blöde alte Ding ...«, murmelte sie. »Anton?«

Eine Sekunde sahen wir einander an. Als würfen wir uns gegenseitig den Ball zu, um nicht selbst die Initiative zu ergreifen.

»Es ist sehr riskant, Sweta«, sagte ich schließlich. »In einem offenen Kampf zieht sie gegen uns den Kürzeren. Deshalb bringt sie sich in Gefahr, wenn sie Nadja zurückgibt.«

»Wir bringen sie durch die Sperre ... finden einen Weg ...«, flüsterte meine Frau. »Soll sie doch aus dem Sperrgebiet rauskommen und Nadenka irgendwo außerhalb zurücklassen. Ich finde sie sofort. Soll sie doch in irgendeine Stadt fahren und Nadja dort lassen! Ich bahne einen Weg ... ich weiß, wie. Ich kann das! Und in einer Minute wäre ich dort!«

»Richtig«, nickte ich. »In einer Minute. Und dann? Die Hexe wäre noch nicht weit. Und sobald Nadja bei uns ist, würdest du Arina finden und sie dematerialisieren wollen.«

»Zerreißen, nicht dematerialisieren ...«, meinte Swetlana nickend. »Genau das hätte diese Hexe verdient: Sie beansprucht unsere Hilfe, ermordet Nadja aber trotzdem. Was sollen wir bloß machen, Anton? Geser rufen?«

»Was, wenn sie das wittert?«, fragte ich zurück.

»Und ein Anruf?«, schlug Swetlana vor.

Ich überlegte. Nickte. Arina hatte sich zu lange aus dem Leben ausgeklinkt. Ob sie überhaupt wusste, dass wir uns mit Geser nicht nur auf magische Weise, sondern auch mit einem simplen Funktelefon in Verbindung setzen konnten?

Swetlana hatte ihr Handy im Haus gelassen. Sie beförderte es mit denselben beiläufigen Passes herbei wie den Kamm. Dann sah sie mich noch einmal an. Ich nickte.

Es war Zeit, um Hilfe zu bitten. Zeit, Hilfe zu fordern. Die gesamte Moskauer Nachtwache. Schließlich knüpfte Geser an Nadenka seine eigenen, uns nicht bekannten Hoffnungen ...

»Wartet!«, rief uns jemand von der Pforte her zu.

Wir drehten uns um, wobei wir – vermutlich überflüssiger Weise – die Hände abrupt hochrissen und Kampfstellung einnahmen. Die Welt war für uns nicht die normale Menschenwelt. Wir lebten jetzt in der Welt der Anderen, einer gefährlichen

Welt, in der die Kraft der Zauber und das Reaktionsvermögen alles entscheiden.

Doch wir brauchten uns nicht in den Kampf zu stürzen.

An der Pforte stand ein junger Mann, hinter ihm drei Kinder, zwei Jungen und ein Mädchen. Sowohl der Mann wie auch die Kinder trugen eine grau-grüne paramilitärische Kluft, die an die Uniform einer zerschlagenen Armee erinnerte. Der Mann mochte fünfundzwanzig sein, die Kinder zehn. Ihr Vater konnte er nicht sein, ihr Bruder wohl auch nicht, dazu sahen die vier Gesichter zu unterschiedlich aus.

Nur eins verband sie: die dunkle Aura. Eine wilde, zottelige Aura, die in keiner Weise zu den freundlichen Gesichtern und den ordentlich geschnittenen Haaren passte.

»Da hätten wir also auch unsere Werwölfe«, murmelte ich.

Der Mann senkte kurz den Kopf und gab mir Recht.

Was bin ich nur für ein Blödmann!

Ich suche einen Erwachsenen mit drei Kindern, denke aber nicht an das Pionierlager!

»Seid ihr gekommen, um euch zu stellen?«, fragte Swetlana kalt. »Dazu ist es zu spät!«

Wie schwach diese Anderen auch sein mochten, sie mussten den Kraftwirbel gespürt haben, der sich hier eben erhoben hatte. Und auch die von Swetlana ausgehende Kraft, die Tiermenschen, Vampiren und sonstigem magischem Kleinvieh keine Chance lässt. Mit einer einzigen Handbewegung könnte Swetlana die vier jetzt bis zum Hals in die Erde stampfen.

»Warten Sie!«, sagte der Mann rasch. »Hören Sie uns an! Ich heiße Igor. Ich bin ... ich bin ein registrierter Dunkler sechsten Grades.«

»Stadt?«, fragte Swetlana knapp.

»Sergijew Possad.«

»Die Kinder?«, fuhr sie mit ihrem Verhör fort.

»Petja aus Swenigorod, Anton aus Moskau, Galja aus Kolomna ...«

»Registriert?«, fragte Swetlana weiter. Ohne Zweifel wollte sie ein Nein hören – womit das Schicksal Igors besiegelt gewesen wäre.

Wortlos hoben die Jungen ihr Hemd hoch. Das Mädchen genierte sich ein wenig, öffnete dann aber doch den obersten Knopf.

Alle hatten ihr Siegel.

»Das wird dir nicht viel nützen«, murmelte Swetlana. »Geht in den Schuppen und wartet dort auf die Einsatzgruppe. Du kannst dem Tribunal erklären, warum du deine Jungen Jagd auf Menschen machen lässt.«

Abermals schüttelte Igor den Kopf. Auf seinem Gesicht spiegelte sich unverfälschte Angst wider, und zwar – was erstaunlich war! – nicht um sich.

»Warten Sie! Ich bitte Sie! Das ist wichtig! Sie haben doch eine Tochter, oder? Eine Andere, eine Lichte von zwei oder drei Jahren?«

»Wir haben gesehen, wohin die Frau sie gebracht hat«, sagte mein kleiner Namensvetter leise.

Ich schob Swetlana zur Seite. Trat vor. »Was wollt ihr?«, fragte ich.

Wir wussten, was diese Tiermenschen wollten. Und die Werwölfe wussten, dass wir das wussten. Was am traurigsten war: Sie zweifelten nicht im Mindesten daran, dass wir uns auf den Handel einlassen würden.

Doch es gibt immer Details, die besprochen werden müssen.

»Eine Anklage auf geringfügige Fahrlässigkeit«, brachte Igor schnell hervor. »Während eines Spaziergangs haben uns die Kinder zufällig entdeckt und sind erschrocken.«

»Du hast sie gejagt, du Tier!«, konnte Swetlana sich nicht verkneifen. »Du hast mit deinen Jungen Jagd auf Menschenkinder gemacht!«

»Nein!« Igor schüttelte den Kopf. »Die Kinder haben herumgetobt und wollten mit den kleinen Menschenkindern spielen. Als ich dazugekommen bin, habe ich sie weggezogen. Es ist meine Schuld, denn ich habe nicht richtig aufgepasst.«

Er hatte alles genau kalkuliert. Ich konnte die Augen nicht völlig vor dem verschließen, was geschehen war, selbst wenn ich das noch so sehr wollte. Denn der Stein war bereits ins Rollen gebracht. Es blieb nur die Frage, wie man den Vorfall klassifizierte. Als Mordversuch – was mit an Sicherheit grenzender Wahrscheinlichkeit für Igor Dematerialisierung und für die Wolfsjungen strengste Kontrolle bedeutet hätte? Oder als Fahrlässigkeit in minder schwerem Fall – was nur ein Protokoll, eine Strafe und eine »besondere Kontrolle« von Igors zukünftigem Verhalten nach sich ziehen würde?

»Gut«, sagte ich. Rasch, damit Swetlana mir nicht ins Wort fiel. »Wenn ihr uns helft, belassen wir es bei geringfügiger Fahrlässigkeit.«

Und dafür werde ich auch geradestehen.

Igor entspannte sich. Vermutlich hatte er mit zäheren Verhandlungen gerechnet.

»Erzähl alles, Galja«, verlangte er. Uns erklärte er: »Sie hat sie gesehen ... unsere Galja hat Hummeln im Hintern, nie kann sie stillsitzen ...«

Swetlana ging zu dem Mädchen. Ich forderte Igor mit einer Geste auf, zu mir zu kommen. Abermals verkrampfte er sich, folgte mir aber gehorsam ein Stück zur Seite.

»Ich habe einige Fragen«, erklärte ich. »Und ich empfehle dir, ehrlich zu antworten.«

Igor nickte.

»Wie hast du das Recht bekommen, drei fremde Kinder zu initiieren?«, wollte ich wissen, wobei ich den Wunsch runterschluckte, »du Schwein« an meine Frage anzuhängen.

»Alle drei waren zum Tode verdammt«, erklärte Igor. »Ich

habe Medizin studiert. Mein Praktikum habe ich auf einer Station für krebskranke Kinder gemacht ... Die drei wären an Leukämie gestorben. Ein Arzt dort war ebenfalls ein Anderer. Ein Lichter. Er hat mir vorgeschlagen ... die drei zu beißen und sie in Tiermenschen zu verwandeln, damit sie gesund werden. Im Gegenzug würde er dafür das Recht erhalten, ebenfalls einige Kinder zu heilen.«

Ich schwieg. Ich erinnerte mich an diesen Fall von vor einem Jahr. Ein idiotischer, klarer Handel zwischen einem Dunklen und einem Lichten, den beide Wachen lieber unter den Teppich gekehrt hätten. Der Lichte hatte zwei Dutzend Kinder gerettet, obwohl es im Grunde über seine Kräfte ging, sie zu heilen. Doch er wollte die seltene Chance nicht ungenutzt lassen – und gerettet hat er sie dann ja auch. Die Dunklen bekamen drei Werwölfe. Ein kleiner Tausch. Alle waren glücklich, die Kinder und ihre Eltern inbegriffen. Wieder einmal wurden danach einschränkende Bestimmungen in den Großen Vertrag aufgenommen, um solche Fälle in Zukunft zu vermeiden. Und diesen Präzedenzfall wollte man so schnell wie möglich vergessen ...

»Verurteilst du mich?«, fragte Igor.

»Es ist nicht an mir, dich zu verurteilen«, flüsterte ich. »Gut. Was auch immer dein Motiv war ... lassen wir das. Zweite Frage: Warum hast du sie mit auf die Jagd genommen? Lüg nicht, lüg jetzt bloß nicht! Denn du hast Jagd auf die Kinder gemacht! Du wolltest den Vertrag verletzen!«

»Es ist mit mir durchgegangen«, antwortete Igor gelassen. »Warum sollte ich lügen. Ich bin mit den Kleinen draußen herumgepirscht. Ich habe extra die ruhigste Gegend ausgesucht. Und plötzlich tauchen diese Kinder auf ... Lebendige Kinder. Die gut riechen. Mit mir geht es durch, es packt mich. Und dann meine Kleinen ... Sie haben in diesem Jahr ihr erstes Kaninchen gefangen, den Geschmack von Blut kennen gelernt.«

Und er lächelte – schuldbewusst, gequält, sehr aufrichtig. »Dein Kopf funktioniert ganz anders, wenn du in einem Tierkörper steckst«, erklärte er mir. »Nächstes Mal werde ich besser aufpassen.«

»Gut«, meinte ich.

Was hätte ich auch sonst sagen sollen? Jetzt, wo Nadjuschkas Leben an einem seidenen Faden hing? Selbst wenn er log, würde ich ihn nicht in die Mangel nehmen.

»Anton!«, rief Sweta mir zu. »Fang!«

Ich sah sie an – und in meinem Kopf wirbelten unzählige Bilder durcheinander.

Eine schöne Frau in einem langen altmodischen Gewand, mit einem groß geblümten Tuch ...

Ein Mädchen, das neben ihr einhergeht ... stehen bleibt ... die Frau nimmt es bei der Hand ...

In der Nähe ein Fluss ...

Gras ... hohes Gras ... Warum ist es so hoch? ... Es reicht ihr bis über den Kopf ...

Ich springe über einen Bach, auf vier Pfoten, mit der Nase am Boden, wittere die Spur ...

Ein kahler Wald, der in höckeriges Feld übergeht ... Gräben, Rinnen ...

Geruch ... ein seltsamer Geruch steigt von dieser Erde auf ... er wühlt mich auf ... zwingt mich, den Schwanz einzuziehen ...

Die Frau mit dem Mädchen an der Hand steigt in einen tiefen Graben hinab ...

Zurück ... zurück ... das ist genau die Hexe, das ist die Hexe, ihr Geruch ...

»Was bedeutet das?«, fragte Swetlana. »Wenn es so dicht ist, warum habe ich die beiden dann nicht gefunden?«

»Ein Schlachtfeld«, flüsterte ich, während ich aus meinem Kopf die Bilder von dem Mädchen und dem Wolf vertrieb. »Dort verlief die Front, Sweta. Der ganze Boden ist mit Blut getränkt. Dort muss man gezielt suchen, um wenigstens etwas zu finden. Es ist, als wolltest du den Kreml auf magische Weise sondieren.«

Igor trat an uns heran, taktvoll hüstelnd. »Ist alles in Ordnung?«, fragte er. »Sollen wir im Lager auf das Verhör warten? Oder können wir das Ganze auch ruhiger angehen? In einer Woche ist meine Zeit hier zu Ende, dann melde ich mich selbst bei der Nachtwache und erkläre alles ...«

Ich überlegte. Versuchte das, was ich gesehen hatte, auf einer Karte der Umgebung zu orten, die ich mir ins Gedächtnis rief. Zwanzig Kilometer – da war die Hexe mit Nadjuschka nicht zu Fuß hingekommen. Sie hatte den Weg abgekürzt, Hexen können so was. Mit dem Auto würden wir sie nicht erwischen, denn ich hatte keinen Jeep und im ganzen Dorf gab es keinen Niwa, keinen Uas. Vielleicht käme man mit einem Traktor über solche Wege ...

Natürlich könnte ich ins *Zwielicht* gehen.

Oder noch besser: Mich in es hineinstürzen.

»Sweta.« Ich sah ihr in die Augen. »Du bleibst hier.«

»Was?« Diese Worte warfen sie um.

»Die Hexe ist nicht dumm. Sie gibt uns keine drei Stunden zum Nachdenken. Sie setzt sich früher mit uns in Verbindung. Mit dir, besser gesagt, denn von mir verspricht sie sich nichts. Du bleibst hier, und wenn die Hexe sich meldet, redest du mit ihr. Sag ihr, dass ich einen Weg durch die Absperrung bahnen würde ... lüg irgendwas zusammen. Ich rufe dich später und lenke sie ab.«

»Das schaffst du nicht«, sagte Swetlana. »Anton, du hast nicht die Kraft, um sie zu überwältigen! Und ich habe keine Ahnung, wie schnell ich ein Portal öffnen kann. Ich weiß nicht mal, ob ich das überhaupt kann. Ich habe das noch nie versucht, sondern nur darüber gelesen! Anton!«

»Ich bin nicht allein«, erwiderte ich. »Nicht wahr, Igor?«

Er erbleichte und schüttelte den Kopf. »He, he, Wächter ... das haben wir aber nicht vereinbart.«

»Wir haben abgemacht, dass du mir hilfst«, erinnerte ich ihn. »Wie die Hilfe aussieht, haben wir nicht gesagt. Stimmt's?«

Igor schielte zu seinen Schützlingen hinüber. Runzelte die Stirn. »Du bist ein Schwein, Wächter ...«, seufzte er. »Es wäre für mich einfacher, mich mit einem Magier als mit einer Hexe anzulegen! Ihre Magie kommt ausschließlich aus der Erde! Sie weiß auf Anhieb, wo sie dich am schmerzlichsten trifft ...«

»Keine Angst, wir sind ja zusammen«, beruhigte ich ihn. »Zu fünft.«

Die Jungen – ich zwang mich, in ihnen ausschließlich Wolfsjungen zu sehen – wechselten Blicke. Galja stieß Petja die Faust in die Seite und flüsterte etwas.

»Was haben sie dir getan?«, fragte Igor mit erhobener Stimme. »Wächter! Das sind Kinder!«

»Junge Werwölfe«, korrigierte ich ihn. »Die beinahe Kinder gerissen hätten. Möchtest du dich von deiner Schuld freikaufen? Mit einer Verwarnung davonkommen? Dann hör auf, hier sinnlos herumzukläffen!«

»Wir haben keine Angst, Onkel Igor«, sagte plötzlich der Junge, der Petja hieß.

»Wir bleiben bei dir!«, stieß mein Namensvetter ins gleiche Horn.

Mich sahen sie gelassen an, ohne mir etwas übel zu nehmen. Anscheinend hatten sie genau das von mir erwartet.

»Sie können noch gar nichts ...«, sagte Igor. »Wächter ...«

»Keine Bange, sie werden die Hexe ablenken. Dafür wäre ich ihnen dankbar. Mutiert jetzt!«

Swetlana drehte sich um. Sagte aber kein Wort.

Wortlos fingen die Werwölfe an, sich auszuziehen. Nur das Mädchen sah sich in ihrer Scham um – und verschwand hinter einem Johannesbeerstrauch, die übrigen scherten sich nicht um uns.

Aus den Augenwinkeln heraus bemerkte ich eine Bauersfrau mit einem Eimer voll Kartoffeln, die den Weg entlangkam. Vermutlich hatte sie die auf dem Feld der Kolchose gesammelt. Als sie sah, was jenseits des Zauns vor sich ging, blieb sie kurz stehen, doch ich konnte mich jetzt nicht weiter um sie kümmern. Ich war sowieso nicht in Hochform, geschweige denn, dass ich noch Kraft an eine zufällige Zeugin vergeuden konnte. Ich musste rennen lernen. Schnell rennen, damit die Werwölfe mich nicht abhängten.

»Lass mich dir helfen«, sagte Swetlana. Sie fuhr mit der Hand durch die Luft, und ich spürte, wie mein Körper angenehm aufheulte und Kraft in meine Beinmuskeln schoss. Sofort wurde mir dermaßen heiß, als sei ich in eine überheizte Sauna gekommen. Der »Lauf«, ein einfacher Zauber, der jedoch nur äußerst vorsichtig angewendet werden darf. Wenn du außer den Beinen den Herzmuskel erwischst, erleidest du einen Infarkt.

Neben mir stöhnte Igor heiser auf und krümmte sich auf allen vieren, wobei das Rückgrat, als sei es in zwei Hälften gebrochen, zum Himmel zeigte. Daher rühren alle die Märchen von der Notwendigkeit, über einen morschen Baumstumpf zu springen ... Die Haut dunkelte ein, ein grellroter Ausschlag überzog sie, der sich in kleinen Klumpen zu einem feuchten, rasch wachsenden Fell aufblähte.

»Schneller!«, schrie ich. Heiß und feucht quoll mir die Luft aus dem Mund, ich meinte sogar, wie im Winter den Dampf von meinem Atem zu sehen. Zu stehen fiel mir unglaublich schwer – mein Körper jieperte nach Bewegung.

Einen Trost hatte ich: Den Werwölfen erging es genauso.

Der große Wolf fletschte die Zähne. Aus irgendeinem Grund mutierten seine Zähne als Letztes. In der Wolfsschnauze sahen die Menschenzähne komisch und zugleich schrecklich aus. Mir schoss plötzlich der seltsame Gedanke durch den Kopf, dass Werwölfe ohne Plomben und Kronen leben müssen.

Allerdings ist ihr Organismus auch wesentlich stärker als der eines Menschen. Werwölfe kriegen keine Karies.

»Ge-he-hen wir ...«, bellte der Wolf vernuschelt. »Es ... bre-re-rennt.«

Winselnd rannten die Wolfsjungen zum Wolf, auch sie nass, wie schweißgebadet. Eines hatte noch Menschenaugen, aber mir war nicht klar, ob es sich dabei um einen der Jungen oder um das Mädchen handelte.

»Los«, sagte ich.

Und schoss davon, ohne mich noch einmal zu Swetlana umzudrehen, ohne darüber nachzudenken, ob man uns sah oder nicht. Damit würde ich mich später auseinander setzen. Oder Swetlana würde die Spuren beseitigen.

Auf den Straßen war niemand, nicht einmal die Frau mit dem Eimer. Ob Swetlana die Menschen in die Häuser getrieben hatte? Falls ja, war das nur gut. Denn es ist ein komischer Anblick: Ein Mensch, der schneller läuft, als die Natur es ihm erlaubt, und vier Wölfe, die ihm folgen.

Meine Beine trugen mich wie von selbst vorwärts. Die Siebenmeilenstiefel aus den Kindermärchen, der Schnellläufer, der der Gefährte des Barons Münchhausen war – so spiegelt sich diese kleine Magie in den Mythen der Menschen wider. Nur wird in den Märchen nicht gesagt, wie schmerzhaft der Asphalt gegen die Fußsohlen schlägt ...

Innerhalb einer Minute gelangten wir zum Fluss, und über die weiche Erde zu laufen war entschieden angenehmer. Ich hielt mich mit dem Wolf auf gleicher Höhe, ein taktvoller Iwan Zarewitsch, der seinen grauen Freund nicht ermüden will. Die Jungen blieben etwas zurück, denn ihnen machte die Rennerei mehr zu schaffen. Werwölfe sind sehr stark, doch ihre Schnelligkeit wird nicht durch Magie hervorgerufen.

»Was ... hast ... du ... dir ... überlegt?«, bellte der Wolf. »Was ... willst ... du ... tun?«

Wenn ich darauf eine Antwort wüsste!

Ein Kampf zwischen Anderen, das ist eine Manipulation der Kraft, die im *Zwielicht* liegt. Ich bin ein Magier zweiten Grades, was nicht zu verachten ist. Arina fällt gänzlich aus dem Klassifikationsschema. Aber Arina ist eine Hexe, das ist ein Plus und ein Minus zugleich. Sie hat keinen Talisman oder Glücksbringer, keinen Trank und kein Amulett mitnehmen können ... oder allenfalls etwas ganz Kleines. Dafür kann sie unmittelbar aus der Natur Kraft schöpfen. In der Stadt sinken ihre Möglichkeiten, hier steigen sie. Für ernsthafte Magie müsste sie irgendein Amulett einsetzen, das kostet Zeit ... Andererseits könnte im Amulett ein Kraftvorrat von unglaublicher Stärke gespeichert sein.

Ich weiß nicht. Zu viele Wenn und Aber. Ich würde mir nicht einmal zutrauen, den Ausgang eines Kampfs zwischen Geser und Arina zu prognostizieren. Vermutlich würde der Große Magier gewinnen, doch einfach wäre es nicht.

Was konnte ich der Hexe entgegensetzen?

Schnelligkeit?

Dann tritt sie ins *Zwielicht* ein, wo sie sich weitaus sicherer fühlt. Und mit jeder tieferen *Zwielicht*-Schicht würde ich für sie langsamer und langsamer werden.

Das Überraschungsmoment?

Teilweise. Denn trotz allem hoffte ich, dass Arina nicht mit meinem Erscheinen rechnete.

Schlichte Körperkraft? Ihr mit einem Stein eins überbraten?

Dafür musste ich erst mal an sie rankommen.

Alles in allem lief es darauf hinaus, dass ich so dicht wie möglich an sie heran musste. Um auf die Hexe loszugehen, sobald sie abgelenkt war. Um hart und ohne jede Raffinesse auf sie einzudreschen.

»Hör zu!«, rief ich dem Wolf zu. »Wenn wir in ihre Nähe kommen, gehe ich ins *Zwielicht*. Ich überhol dich und pirsch mich an die Hexe ran. Ihr geht offen auf sie zu. Wenn sie mit euch spricht und abgelenkt ist, stürze ich mich auf sie. Dann helft mir.«

»Gu-gut«, knurrte der Wolf, ohne im Geringsten anzudeuten, wie er zu dem Plan stand.

Sieben

Ob dieser Ort auf den Karten des Zweiten Weltkriegs vermerkt ist? Vielleicht ist das ein den Historikern bekanntes, in Büchern besungenes Schlachtfeld, wo sich einst zwei Armeen in blutigem Kampf ineinander verbissen haben – sodass die ins Stocken geratene Maschinerie des Blitzkrieges zurückrollte?

Vielleicht ist dies aber auch eines jener namenlosen Felder unserer Schande, wo die Eliteeinheiten der Deutschen die ihnen entgegengeworfenen, nicht ausgebildeten und schlecht bewaffneten Landwehrsoldaten niedertrampelten? Sodass der Ort nur noch in den Archiven des Verteidigungsministeriums seinen Platz hat?

Ich bin in Geschichte nicht sehr bewandert. Aber vermutlich trifft das zweite zu. Denn hier ist es schmerzlich leer, finster, tot. Vergessene, aufgegebene Erde, auf die noch nicht einmal Kolchose scharf waren.

In unserem Land errichtet man auf den Feldern der Niederlage nicht gern Denkmäler.

Ob vielleicht deshalb auch mit den Siegen nicht alles so glatt läuft?

Ich stand am Ufer des kleinen Flusses und sah auf das tote Feld. Es war nicht sehr groß: ein Streifen Erde zwischen dem Wald und dem Fluss, einen Kilometer breit, zehn Kilometer lang. Hier konnten nicht so viele Menschen gefallen sein. Eher Hunderte als Tausende.

Falls man das wirklich wenig nennen kann ...

Das Feld war absolut leer. Mit meinem gewöhnlichen Blick sah ich niemanden, auch ein Blick durchs *Zwielicht* brachte nichts.

Als ich meinen Schatten aufnahm, brannte die untergehende Sonne in meinem Rücken. Ich trat ins *Zwielicht* ein.

In der ersten Schicht bedeckte blaues Moos den Boden, jedoch nicht sehr dicht. Die üblichen dicken Klumpen, die sich gierig auf die Echos menschlicher Gefühle stürzen.

Doch etwas ließ mich aufmerken. Das Moos schien einen bestimmten Punkt ringförmig einzukreisen. Ich wusste, dass das Moos kriechen kann – um sich langsam, aber sicher seiner Nahrung zu nähern.

Hier konnte es nur einen Grund geben, warum es Kreise bildete.

Ich ging durch den wolkigen grauen Rauch, um mich herum schimmerte die Menschenwelt durch wie eine unscharfe, überbelichtete Schwarzweißfotografie. Es war kalt und ungemütlich – mit jeder Sekunde verlor ich hier mehr Energie. Was jedoch auch ein Plus bedeutete. Selbst Arina kann sich nicht permanent im *Zwielicht* aufhalten. Sie kann aus der Menschenwelt in die erste Schicht blicken, doch auch das kostet Kraft.

Und momentan befindet sie sich nicht in der Lage, unüberlegt den Vorrat von Jahren zu vergeuden.

In der ersten Schicht entsprach das Profil der Landschaft fast dem der realen Welt. Hier gab es Erde, Bodenrinnen und kleinere Hügel. Aber auch noch was. Ich sah – besser erahnte – in der Erde alte Waffen. Nicht alle, natürlich nicht, sondern nur die, die jemanden getötet hatten. Halb verrostete Maschinenpistolen, kaum besser erhaltene Gewehre ... Die Gewehre überwogen.

Hundert Meter vor Arina ging ich in die Hocke und lief im Entengang weiter. Swetlanas Zauber wirkte noch, sonst wär mir ziemlich bald die Puste ausgegangen. Fünfzig Meter vor ihr legte ich mich hin und robbte weiter. Der Boden war feucht, ich saute mich sofort ein. Nur gut„ dass dieser Dreck abbröckeln würde, sobald ich aus dem *Zwielicht* heraustrat. Das blaue Moos wogte, wusste nicht, was es jetzt tun sollte: auf mich zukriechen oder sich in Sicherheit bringen. Das war nicht gut. Arina könnte ahnen, weshalb das Moos in Aufregung geriet ...

Und ganz in der Nähe, fünf Meter vor mir, erhob sich langsam ein schwarzhaariger Kopf. Es sah aus, als wachse Arina direkt aus der Erde heraus. Zu eng und zu dicht bewachsen war dieser Graben ...

Ich erstarrte.

Aber Arina blickte nicht in meine Richtung. Ganz, ganz langsam richtete sie sich zu voller Größe auf. Zuvor musste sie am Boden eines dieser alten Schützengräben gesessen haben. Elegant schirmte sie die Augen mit der Hand ab. Mir war klar, dass sie durchs *Zwielicht* spähte.

Zum Glück nicht zu mir hin.

Meine unfreiwilligen Rekruten näherten sich.

Wie schön sie rannten! Selbst aus dem *Zwielicht* heraus sah ihr Lauf schnell aus, nur bei den Sprüngen hingen sie etwas zu lange in der Luft. Vorneweg das alte, weise Leittier, hinter ihm die Wolfsjungen.

Ein Mensch hätte Angst bekommen.

Arina lachte. Sie stand da, die Hände in die Hüften gestemmt, eine junge kräftige Ukrainerin, die beobachtet, wie ein leichtsinniger Mann samt seinen Zechkumpanen auf sie zustürmt. Als sie anfing zu reden, schwangen tiefe, hohle Töne durch die Luft. Sie hatte keine Eile, ins *Zwielicht* einzutreten.

Ich begab mich jetzt ebenfalls in die Menschenwelt.

»... Kläffhälse!«, klang es zu mir herüber. »Habe ich euch etwa schlecht gefüttert?«

Die Wölfe trabten jetzt nur noch. Sie hielten zwanzig Meter vor Arina an.

Der Leitwolf trat vor. »Hexe!«, bellte er. »Reden ... wir müssen reden!«

»Sprich, Grauer«, sagte Arina gutmütig.

Lange würde Igor die Hexe nicht ablenken können, das wurde mir klar. Jeden Augenblick könnte sie ins *Zwielicht* abtauchen und sich ordentlich umsehen.

Wo war Nadjuschka?

»Gib ... das Mädchen ... raus«, stieß der Wolf in einer Mischung aus Gebrüll und Heulen heraus. »Der Lichte ... tobt ... Gib das Mädchen raus ... sonst wird alles schlimmer ...«

»Du willst mir doch nicht irgendwie drohen?«, wunderte sich Arina. »Du bist ja völlig verrückt geworden. Wer würde schon Wölfen ein Mädchen anvertrauen? Macht lieber, dass ihr fortkommt!«

Komisch, sie schien irgendwie auf Zeit zu spielen.

»Das Kind ... ist in Ordnung?«, brachte der Wolf etwas deutlicher hervor.

»Nadenka, ist mit dir alles in Ordnung?«, fragte Arina, wobei sie nach unten spähte. Dann beugte sie sich hinunter und hob das Mädchen aus dem Graben, um es oben auf dem Boden abzusetzen.

Mir stockte der Atem. Nadjuschka sah überhaupt nicht verschreckt oder müde aus. Ihr schien zu gefallen, was hier passierte – und zwar weitaus besser als die Spaziergänge mit ihrer Oma.

Aber sie stand nah, viel zu nah an der Hexe!

»Ein kleiner Wolf«, sagte Nadja und betrachtete den Tiermenschen. Sie streckte die Patschhand nach ihm aus und lachte fröhlich.

Der Werwolf wedelte mit dem Schwanz!

Freilich, das dauerte nur ein paar Sekunden. Dann spannte Igor sich an, sträubte sein Fell – und vor uns stand wieder ein wildes Tier, kein Schoßhund. Trotzdem hatte es diesen Moment gegeben, in dem der Werwolf vor einem zweijährigen Mädchen, vor einer nicht initiierten Anderen, scharwenzelt hatte!

»Ein Wolf«, pflichtete Arina ihr bei. »Nadenka, guck doch mal, wer noch da ist. Mach die Augen zu und guck. So, wie ich es dir beigebracht habe.«

Bereitwillig deckte Nadjuschka die Augen mit den Händen ab. Und drehte sich in meine Richtung um.

Auf die Weise würde sie sie ja initiieren!

Wenn Nadjuschka tatsächlich gelernt haben sollte, durchs *Zwielicht* zu sehen ...

Meine Tochter drehte sich zu mir um. Lächelte. »Papka ...«

Zwei Dinge gingen mir im nächsten Moment auf.

Erstens: Arina wusste ganz genau, dass ich in der Nähe war! Die Hexe spielte mit mir.

Zweitens: Nadjuschka sah nicht durchs *Zwielicht*! Sie hatte die Finger gespreizt und linste durch sie hindurch.

Sofort trat ich ins *Zwielicht* zurück. Meine Nerven waren so angespannt, dass ich prompt in der zweiten Schicht landete, in dieser dumpfen wattigen Stille, in jenem fahlen grauen Schatten.

Arinas Aura loderte orangefarben und türkis. Nadjuschka hüllte eine reine weiße Aureole ein, gleichsam als hämmere ein Leuchtturm seine Botschaft in den Raum: eine potenzielle Andere! Eine Lichte! Von enormer Kraft!

Und die Werwölfe, die losrasten, rote und purpurne Klumpen, Wut und Bosheit, Hunger und Angst ...

»Swetlana!«, schrie ich hochschnellend. Hinein in den grauen Raum, hinein in die weiche Stille. »Komm!«

Eine Stelle für das Portal markierte ich problemlos, indem ich einfach reine Kraft ins *Zwielicht* schleuderte, als wollte ich eine Lichterkette spannen, eine Landebahn schaffen. Zwischen mir und Arina.

Gleichzeitig rannte ich los, damit Nadjuschka Arina nicht gegen mich abschirmte, und feuerte aus meinen Fingerspitzen vor langer Zeit gelernte Zauber ab.

Den »Freeze«, mit dem die Zeit vor Ort angehalten wird.

»Opium«, der Schlaf bringt.

Die »Dreifachschneide«, der gröbste und einfachste Kraftzauber.

»Thanatos«, den Tod.

Von keinem von ihnen versprach ich mir viel. All das konnte funktionieren, wenn du es mit einem sehr schwachen Anderen zu tun hast. Ein Anderer, dessen Kraft deine übersteigt, pariert alle Schläge, egal, ob er sich im *Zwielicht* oder in der Menschenwelt aufhält.

Ich musste die Hexe jedoch nur ablenken und aufhalten. Sie zwingen, ihre Verteidigung zu verpulvern, die vermutlich aus Amuletten und Talismanen bestand. All diese imposanten Feuerwerksspiele sollten nur die Lücke in ihrem Schutz ausfindig machen.

Der »Freeze« schien im Nichts zu verpuffen.

Der Schlafzauber verfehlte sein Ziel und schoss in den Himmel hinauf. Hoffentlich flog über uns nicht gerade ein Flugzeug.

Die »Dreifachschneide« versagte nicht: Die funkelnden Klingen bohrten sich in die Hexe. Nur dass sie auf die drei Schneiden schiss.

Mit der Anrufung des Todes erlebte ich ein Desaster! Es hat seinen Grund, dass ich diese Magie nicht mag, die den Zaubern der Dunklen so gefährlich ähnelt. Arina konnte, da sie sich in der Menschenwelt befand, die Hand heben. Ein Klumpen grauen Dunkels, der den Willen tötet und das Herz stillstehen lässt, legte sich ihr gehorsam auf den Handteller.

Arina sah mich durchs *Zwielicht* an und lächelte. Ihre Hand schwebte über Nadjuschkas Kopf, die graue Masse sickerte langsam durch die Finger der Hexe.

Ich sprang zu den beiden hin. Abwehren konnte ich den Schlag nicht – aber ihn auf mich umlenken, das ja ...

Doch Arina, die schnelle und blendend schöne, war bereits in der zweiten *Zwielicht*-Schicht. Mit einer Bewegung ihrer Finger knüllte sie meinen Zauber zusammen – und warf ihn achtlos gegen die Wölfe.

»Überstürze nichts ...«, riet die Hexe mir, jede Silbe in die Länge ziehend. In der Stille der zweiten Schicht dröhnten ihre Worte – und meine Beine ließen mich im Stich. Einen Schritt vor Arina und Nadjuschka fiel ich auf die Knie.

»Rühr sie nicht an!«, schrie ich.

»Ich habe dich doch gebeten ...«, sagte die Hexe leise. »Willst du mir nicht raushelfen ... Was habe ich alte Hexe dir denn getan?«

»Ich glaube dir nicht!«

Arina nickte. »Und Recht hast du ...«, sagte sie mit müder, bitterer Stimme. »Aber was soll ich denn machen, Zauberkundiger?«

Sie huschte mit einer Hand über den Rocksaum und zog einen kleinen Zweig getrockneter Trauben daraus hervor. Als sie ihn in die lodernden weißen Feuer warf, stiegen Wolken schwarzen Rauchs auf. Und die Markierung für das Portal verschwand.

Swetlana hatte es nicht geschafft!

»Du lässt mir keine Wahl, Lichter ...« Arina setzte ein schiefes Lächeln auf. »Hast du verstanden? Ich werde dich ermorden müssen, und deine Tochter wird niemandem mehr nützen. Was willst du mit deinem zweiten Grad schon ausrichten?«

In diesem Moment traf ein lodernder weißer Keil Arina im Rücken. Einen Moment lugte er aus ihrer Brust heraus, dann zog er sich langsam, einer unsichtbaren Hand gehorchend, zurück.

»Ah, ah, ah …«, stöhnte die Hexe, die unwillkürlich nach vorn stürzte.

Die Feuerschneide loderte im *Zwielicht*.

Dann verzog sich die graue Finsternis und gab Swetlana frei.

Die Hexe schien sich bereits von dem Schlag erholt zu haben. Tänzelnd wich sie zurück, ohne Swetlana aus den Augen zu lassen. Von dem angesengten Riss in ihrem Kleid stieg Rauch auf, Blut floss jedoch nicht. In ihren Augen stand eher Respekt als Hass zu lesen.

»Ach du … Große …« Arina stieß ein krächzendes Gelächter aus. »Habe ich dich übersehen?«

Swetlana antwortete nicht. Nie hätte ich mir einen solchen Hass in ihren Augen vorstellen können: Ein Mensch wäre gestorben, wenn er sie bloß angesehen hätte. In ihrer rechten Hand hielt sie ein weißes Schwert, die Finger ihrer linken fuhrwerkten in der Luft herum, als drehten sie an einem unsichtbaren Zauberwürfel.

Das *Zwielicht* dunkelte ein. Um Nadjuschka herum bildete sich eine regenbogenfarbene Kugel. Die nächsten Passes Swetlanas galten mir: Mein Körper bekam seine Beweglichkeit zurück. Ich sprang auf und lief hinter die Hexe. In diesem Krieg spielte ich nur eine Nebenrolle.

»Aus welcher Schicht bist du gekommen, du Irrlichternde?«, fragte die Hexe fast gutmütig. »Doch wohl nicht aus der vierten? Aber die dritte habe ich abgesucht …«

Ich spürte, dass ihr sehr, sehr viel an der Antwort lag.

»Aus der fünften«, sagte Swetlana plötzlich.

»Das ist nicht gut …«, murmelte die Hexe. »Das schafft sie, die Wut einer Mutter …« Sie linste aus den Augenwinkeln zu mir herüber, richtete den Blick dann jedoch wieder auf Swetlana. »Behalte besser für dich, was du dort gesehen hast …«

»Spar dir deine klugen Ausführungen«, meinte Swetlana.

Die Hexe nickte. Abrupt krempelte sie die Ärmel hoch und

riss sich ein paar Haare aus. Ich weiß nicht, ob Swetlana damit gerechnet hatte – ich hielt es jedoch für geboten wegzuspringen. Woran ich gut tat: Um die Hexe herum toste ein schwarzer Schneesturm los, als ob sich jedes einzelne Haar in eine dünne, feine Klinge aus schwarzem Stahl verwandelt hätte. Die Hexe ging auf Swetlana zu. Diese schleuderte das weiße Schwert gegen die Hexe. Die Klingen zerstückelten es jedoch, löschten es aus. Daraufhin bildete sich vor Swetlana ein durchscheinender, durch die Luft gleitender Schild.

Ich glaube, er heißt »Lushin-Verteidigung«.

Lautlos und fast unverzüglich zerbrachen die Klingen an dem Schild.

»Ach, diese Mamotschkas ...«, sagte Arina kläglich. Komisch, aber ich hegte keinen Zweifel daran, dass sie das ernst meinte. Gleichzeitig war es theatralisch, für ein Publikum gedacht.

In dem Fall für mich.

»Ergib dich, du Miststück«, sagte Swetlana. »Noch biete ich dir das an: dich zu ergeben!«

»Und wenn ... wenn ich tatsächlich ...«, meinte Arina plötzlich. »Was dann?«

Diesmal hatte sie nicht nach ihren Amuletten gelangt. Sondern nur in einer Art Singsang ihre Knittelverse vorgetragen.

Staub, zu andrem Staub gerafft,
In den Händen spüre Kraft,
Diener sollst du sein und Halt,
Sonst verstreue ich dich bald!

Von Arina hatte ich alles Mögliche erwartet. Aber nicht das. Selbst bei den Dunklen trifft man nur selten echte Nekromanten an.

Langsam stiegen die Toten aus der Erde!

Die deutschen Soldaten aus dem Zweiten Weltkrieg zogen abermals in den Kampf!

Vier in Lumpen gehüllte Skelette. Zwischen den Knochen klebte Erde, das Fleisch war längst zerfallen. Sie stellten sich im Kreis um Arina herum auf. Einer torkelte blind auf mich zu, fuchtelte ungeschickt mit den fingerlosen Händen; die Fingerknochen waren vollständig verrottet. Bei jedem Schritt des plumpen Zombies fielen Erdklumpen herunter. Die drei anderen unglückseligen Monster bewegten sich auf Swetlana zu. Einer von ihnen hielt sogar eine schwarze Maschinenpistole in den Händen, deren Magazin jedoch fehlte.

»Kannst du die Rote Armee auferstehen lassen?«, schrie Arina keck.

Das hätte sie besser nicht getan. Swetlana schien zu versteinern. »Mein Großvater hat den Krieg mitgemacht«, presste sie zwischen den Zähnen hervor. »Glaubst du, du kannst mir damit Angst einjagen?«

Was sie tat, kriegte ich nicht mit. Ich hätte die »graue Andacht« eingesetzt, doch sie griff auf höhere Magie zurück, die mir verschlossen war. Die Zombies zerfielen zu Staub.

Swetlana und Arina starrten sich feindselig an.

Der Spaß hatte ein Ende.

Jetzt würden die Zauberin und die Hexe ihre Kräfte in einem offenen Zweikampf messen.

Ich nutzte die kurze Pause, um ebenfalls Kraft zu sammeln. Sollte Swetlana überraschend ins Hintertreffen geraten, würde ich zuschlagen ...

Doch es war Arina, die das Nachsehen hatte.

Als Erstes fiel ihr das Gewand vom Körper. Einen Mann hätte das sicher demoralisiert.

Dann fing die Hexe an, mit ungeheurem Tempo zu altern. Das prächtige schwarze Haar verwandelte sich in einen erbärmlichen weißgrauen Mopp. Die Brüste fielen ein, Arme und Beine trockneten aus. Sie sah aus wie die Hexe Gingema aus den Märchen von Wolkow, wie die Gagool von Rider Haggard.

Schluss mit den schönen Effekten.

»Name!«, schrie Swetlana.

Arina zögerte nur kurz.

Der zahnlose Mund bewegte sich. »Arina ...«, nuschelte sie. »Ich bin in deiner Macht, Zaubermeisterin ...«

Erst jetzt entspannte sich Swetlana – und schien förmlich in sich zusammenzusacken. Ich ging um die ruhig gestellte Arina herum, um meine Frau zu stützen.

»Schon gut ... ich halte mich.« Swetlana lächelte. »Es hat geklappt.«

Die Alte – meine Zunge weigerte sich, sie Arina zu nennen – sah uns traurig an.

»Erlaubst du ihr, ihr bisheriges Aussehen wieder anzunehmen?«, fragte ich.

»War das etwa ansprechender?«, versuchte Swetlana zu scherzen.

»Sie kann jeden Augenblick an Altersschwäche sterben«, sagte ich. »Schließlich ist sie über zweihundert Jahre alt ...«

»Soll sie doch verrecken ...«, murmelte Swetlana. Von unten herauf sah Swetlana Arina an. »Hexe! Ich erlaube dir, jünger zu werden!«

Zügig richtete sich Arinas Körper auf, strömte Leben in ihn. Gierig rang die Hexe nach Luft. Sie sah mich an. »Danke, Zauberkundiger ...«, sagte sie.

»Gehen wir hier raus«, befahl Swetlana. »Und keine Dummheiten ... Ich habe dir nur das Recht eingeräumt, das *Zwielicht* zu verlassen!«

Die ganze Kraft der Hexe – jener Teil, der nicht mit der Kleidung und den Amuletten verschwunden war – unterlag jetzt der uneingeschränkten Kontrolle Swetlanas. Bildlich gesprochen hatte sie die Hand am Hebel.

»Zauberkundiger ...«, brachte Arina heraus, ohne den Blick von mir zu wenden. »Nimm als Erstes die Schilde von deiner

Tochter. Unter ihr liegt eine Granate mit herausgezogenem Sicherungssplint. Die kann jede Sekunde hochgehen.«

Swetlana schrie auf.

Ich stürzte zu der regenbogenfarbigen Kugel. Zerschlug sie und drang in die Negationssphäre ein. Unter ihr lagen noch zwei Schilde, die ich mit roher Gewalt zerstörte, ausschließlich mit Körperkraft.

Von der zweiten Schicht aus ließ sich nichts erkennen.

Ich fand meinen Schatten, stürzte mich in die erste Schicht. Hier war alles sauber, keine Spuren des blauen Mooses. Der Kampf hatte alles verbrannt.

Fast sofort sah ich die alte Handgranate, die unter Nadjuschka lag. Arina hatte sie im *Zwielicht* dorthin gepackt. Gut abgesichert hatte sie sich, das Luder ...

Der Sicherungssplint war herausgezogen. Irgendwo in der Granate brannte langsam der Zündkanal. In der Menschenwelt waren bereits drei, vier Sekunden vergangen ...

Die Reichweite lag bei zweihundert Metern.

Sollte die Granate unter den Schilden explodieren, würde von Nadjuschka nur blutiger Staub übrig bleiben ...

Ich bückte mich, griff nach der Granate. Solange man sich im *Zwielicht* aufhält, ist es sehr schwierig, mit Gegenständen der realen Welt zu hantieren. Immerhin besaß die Granate einen gut erkennbaren Doppelgänger im *Zwielicht*: ein genauso geripptes Ding, verdreckt und verrostet ...

Ob ich es wegschmeißen sollte?

Nein.

In der Menschenwelt würde die Granate nicht weit fliegen. Holte ich sie ins *Zwielicht*, würde sie hier explodieren.

Mir fiel nichts Klügeres ein, als die Granate zu halbieren. Als schälte ich den Kern aus einer Avocado heraus. Und teilte die Frucht dann noch in mehrere Stückchen. Wobei ich zwischen dem Splitterkörper und dem Sprengstoff den glühenden Strang des Verzögerers suchte. Mit einer imaginären Klinge, einem Keil reiner Kraft, zerschnitt ich die Granate, als handle es sich um eine reife Tomate.

Schließlich entdeckte ich das winzige Feuerchen, das schon an den Zünder herangekrochen war. Ich erstickte es mit den Fingern.

Und stürzte zurück in die Menschenwelt. Schweißgebadet, mich kaum auf den zitternden Beinen haltend, meine Hand wild schüttelnd: Die verbrannten Finger schmerzten.

»Männern braucht man doch bloß was zum Rumschrauben zu geben«, bemerkte Arina, die hinter mir auftauchte, giftig. »Hättest du sie doch unter den Schilden gelassen, selbst wenn sie dann in die Luft gegangen wäre! Oder sie mit Eis überzogen, damit sie bis morgen gefroren bleibt ...«

»Papka, du musst mir beibringen, mich auch so zu verstecken«, sagte Nadjuschka, als ob nichts gewesen wäre. Als sie Arina sah, empörte sie sich lautstark: »Bist du denn verrückt, Tante? Hier nackig herumzulaufen!«

»Wie oft habe ich dir schon gesagt, dass du so nicht mit Erwachsenen reden sollst«, mischte sich Swetlana ein. Um im selben Augenblick Nadjuschka auf den Arm zu nehmen und sie zu küssen.

Was für ein Irrenhaus ...

Fehlte nur noch meine Schwiegermutter mit ihren Kommentaren ...

Ich setzte mich an den Rand des Grabens. Wollte rauchen. Und trinken. Und essen. Und schlafen. Oder wenigstens rauchen.

»Ich mache es nie wieder«, murmelte Nadja wie üblich. »Der Wolf ist ja krank!«

Erst jetzt fielen mir die Werwölfe wieder ein. Ich drehte mich um.

Der Wolf lag am Boden und zappelte kraftlos mit den Pfoten. Die Jungen wuselten um ihn herum.

»Tut mir leid, Zauberkundiger«, sagte Arina. »Ich habe deinen Todeszauber gegen den Werwolf geschleudert. Die Zeit war zu knapp, um mir etwas Besseres einfallen zu lassen.«

Ich sah Swetlana an. »Thanatos«, das bedeutet nicht unbedingt den sicheren Tod. Der Zauber konnte noch aufgehoben werden.

»Ich bin leer ...«, sagte Swetlana leise. »Ich habe alles gegeben.«

»Wenn ihr wollt, rette ich den Dreckskerl«, schlug Arina vor. »Ich hab damit keine Probleme.«

Wir sahen uns an.

»Warum hast du mir von der Granate erzählt?«, fragte ich.

»Was hätte es mir gebracht, wenn das Kind gestorben wäre?«, erwiderte Arina gleichmütig.

»Sie wird eine Große Lichte«, sagte Swetlana. »Die Allergrößte!«

»Von mir aus.« Arina lächelte. »Vielleicht erinnert sie sich ja an Tante Arina, mit der sie über Kräuter und Blumen gesprochen hat ... Keine Angst, niemand wird aus ihr eine Dunkle machen. Bei diesem Kind ist das nicht so einfach, ohne Magie kommt man hier nicht weiter ... Was wollen wir jetzt mit dem Wolf machen?«

»Rette ihn«, sagte Swetlana bloß.

Arina nickte. »Dort im Graben«, wandte sie sich plötzlich an mich, »steht eine Tasche ... In ihr ist was zu rauchen und was zu essen. Ich habe schon vor langer Zeit für Proviant gesorgt ...«

Für Igor brauchte die Hexe zehn Minuten. Zunächst vertrieb sie die brüllenden Wolfsjungen. Diese liefen zur Seite, versuchten sich in Kinder zurückzuverwandeln, was ihnen jedoch nicht gelang, worauf sie sich in die Büsche legten. Dann flüsterte sie etwas und pflückte währenddessen bald dieses, bald jenes Kraut. Die Wolfsjungen herrschte sie an, endlich Ruhe zu geben, woraufhin diese in alle Richtungen auseinander stoben und nach einer Weile, das Maul voller Zweige und Wurzeln, zurückkehrten.

Swetlana und ich sahen einander an. Ohne ein Wort zu sagen. Auch so war alles klar. Ich rauchte meine zweite Zigarette zu Ende, zerquetschte die dritte in meiner Hand und holte aus der schwarzen Stofftasche eine Tafel Schokolade. Abgesehen von den Zigaretten, der Schokolade und einem Bündel englischer Pfund – die vorausplanende Hexe! – befand sich nichts in der Tasche.

Dabei hatte ich aus irgendeinem Grund immer noch auf das *Fuaran* gehofft ...

»Hexe!«, schrie Swetlana, als der Werwolf, nach wie vor leicht zitternd, auf die Beine kam. »Komm her!«

Arina kehrte zu uns zurück – sich graziös in den Hüften wiegend und sich ihrer Nacktheit in keiner Weise genierend. Der Werwolf legte sich ebenfalls in unserer Nähe hin. Er atmete schwer. Die Jungen gruppierten sich um ihn herum und fingen an, ihn zu belecken. Als Swetlana die Szene betrachtete, machte sie ein angewidertes Gesicht. Dann richtete sie den Blick auf Arina. »Was wirft man dir vor?«

»Auf Befehl eines nicht identifizierten Lichten vom Rezept für das Elixier abgewichen zu sein. Damit hätte ich ein gemeinsames Experiment der Inquisition, der Nacht- und der Tagwache hintertrieben.«

»Und stimmt das?«, hakte Swetlana nach.

»Ja«, gab Arina ohne Umschweife zu.

»Weshalb?«

»Vom ersten Tag der Revolution an wollte ich den Roten schaden.«

»Lüg nicht.« Swetlana verzog das Gesicht. »Ob Rot, Weiß oder sonst wer, das ist dir doch ganz egal. Weshalb bist du das Risiko eingegangen?«

»Welchen Unterschied macht das denn für dich aus, Zaubermeisterin?« Arina seufzte.

»Es macht einen aus. Vor allem für dich.«

Die Hexe warf den Kopf in den Nacken. Sah erst mich an, dann Swetlana. Ihre Lider zitterten.

»Bist du traurig, Tante Arina?«, fragte Nadjuschka. Sie schielte zu ihrer Mutter hinüber und legte von sich aus die Hand vor den Mund.

»Ja«, antwortete die Hexe.

Arina wollte auf gar keinen Fall der Inquisition in die Hände fallen.

»Alle Anderen haben das Experiment unterstützt«, berichtete Arina. »Die Dunklen haben geglaubt, dass es nichts ändern würde, wenn an der Spitze des Landes – und die Brotfabrik produzierte in erster Linie für den Kreml und das Volkskommissariat – Tausende von überzeugten Kommunisten stünden. Im Gegenteil, die ganze übrige Welt würde sich gegen die Sowjetunion zusammenschließen. Die Lichten haben geglaubt, dass die UdSSR nach einem harten, aber gewonnenen Krieg gegen Deutschland – die Wahrscheinlichkeit, dass es zu einem solchen Krieg kommen würde, haben die Seher schon damals klar erkannt – zu einer wirklich attraktiven Gesellschaft werden würde. Es gab da einen geheimen Bericht, wonach ... kurzum, die Menschen würden den Kommunismus bis zum Jahr 1980 aufgebaut haben.«

»Und Mais würde zur Hauptnahrungsquelle werden«, schnaubte Swetlana.

»Spotte nicht, Zaubermeisterin«, wies die Hexe Sweta gelassen zurecht. »An den Mais erinnere ich mich nicht mehr. Aber eine Stadt auf dem Mond sollte bereits in den siebziger Jahren errichtet sein. Wir wollten zum Mars fliegen und außerdem ... Ganz Europa sollte kommunistisch werden. Und zwar nicht durch die Knute. Heute sollte es auf der Welt nur noch eine riesige Sowjetunion und das riesige Reich der Vereinigten Staaten geben ... zu denen Großbritannien, Kanada und Australien gehören sollten ... Als weiteres selbstständiges Land würde noch China existieren.«

»Sind die Lichten denn von falschen Voraussetzungen ausgegangen?«, fragte ich.

»Nein.« Arina schüttelte den Kopf. »Das sind sie nicht. Sicher, Blut wäre in Strömen geflossen. Aber das, was am Ende herausgekommen wäre, hätte sie zufrieden gestellt. Es wäre weitaus besser als alle heutigen Regime ... Die Lichten haben aber eins nicht bedacht: Wenn alles nach Plan gelaufen wäre, hätten die Menschen etwa jetzt von der Existenz der Anderen erfahren!«

»Verstehe«, meinte Swetlana. Nadjuschka zappelte unruhig auf ihrem Schoß herum. Das Stillsitzen reichte ihr, sie wollte zu »dem Wolf«.

»Deshalb ist dieser ... nicht identifizierte Lichte ...« Arina lächelte. »... der die Zukunft eben besser als jeder sonst vorhersehen konnte, zu mir gekommen. Wir haben uns ein paar Mal getroffen und die Situation durchgesprochen. Das Unglück bestand darin, dass das Experiment nicht nur Große Magier geplant hatten, die einschätzen konnten, welche Gefahren unsere Demaskierung mit sich brachte, sondern auch etliche Magier der ersten oder zweiten Kategorie ... sogar einige der dritten und vierten. Das Projekt ist ausgesprochen populär gewesen ... Um es offiziell zu kippen, hätte man Tausende von Anderen umfassend informieren müssen. Darauf konnten wir es nicht ankommen lassen.«

»Ich verstehe«, sagte Swetlana.

Was ich von mir nicht behaupten konnte!

Wir verbergen unsere Existenz vor den Menschen, weil wir Angst haben. Letzten Endes sind wir zu wenige, und keine Magie würde uns retten, wenn eine neue »Hexenjagd« einsetzte. Aber drohte uns wirklich auch in einer guten und glücklichen Zukunft, die Arinas Worten zufolge inzwischen schon längst hätte aufgebaut sein können, noch Gefahr?

»Deshalb haben wir beschlossen, das Experiment zu sabotieren«, fuhr Arina fort. »Das erhöhte die Zahl der Opfer im Zweiten Weltkrieg, verringerte jedoch die der Opfer, die mit dem Export der Revolution nach Europa und Nordafrika verbunden war. Mehr oder weniger hielt sich das die Waage ... Natürlich ist das Leben in Russland heute nicht so schön und angenehm, wie es sein sollte. Doch wer sagt, dass sich Glück in einem vollen Bauch zeigt?«

»In der Tat«, konnte ich mich nicht beherrschen zu sagen. »Jeder Lehrer aus dem Wolgagebiet oder jeder Kumpel aus der Ukraine wird dir Recht geben.«

»Glück muss man im geistigen Reichtum suchen!«, fuhr Arina mich an. »Nicht in einer Badewanne voll Seifenschaum oder in einem beheizten Klo. Dafür wissen die Menschen wenigstens nichts von den Anderen!«

Ich hüllte mich in Schweigen. Die vor uns sitzende Frau hatte keine geringe Schuld auf sich geladen. Sie gehörte vors Tribunal und in die Mangel genommen, so eine durfte man nicht mit Glacéhandschuhen anfassen! Was heißt hier Stadt auf dem Mond? Gut, wir haben keine Städte auf dem Mond. Und brauchen sie auch nicht. Aber dass die normalen Städte nur noch dahinsiechen, dass die ganze Welt bis heute mit Schrecken auf uns blickt ...

»Du Arme«, sagte Swetlana. »Hast du sehr gelitten?«

Im ersten Moment glaubte ich, sie mache sich über Arina lustig.

Den gleichen Gedanken muss die Hexe gehabt haben.

»Hast du Mitleid mit mir oder verarschst du mich?«, fragte sie.

»Ich habe Mitleid«, antwortete Swetlana.

»Die Menschen tun mir nicht leid, das brauchst du nicht zu denken«, fuhr die Hexe fort. »Das Land ja, das tut mir leid. Es ist mein Land, wie auch immer es sein mag, aber es ist meins! Und so, wie alles gekommen ist, ist es besser. Das Leben geht weiter. Die Menschen werden neue Menschen zur Welt bringen, neue Städte bauen, neue Felder pflügen.«

»Du hast dich nicht wegen der Tscheka in den Winterschlaf gelegt«, sagte Swetlana plötzlich. »Und auch nicht wegen der Inquisition. Denen hättest du irgendeinen Unsinn erzählt, das weiß ich ... Nein, du wolltest nicht sehen, was nach deiner Sabotage aus Russland wird.«

Arina schwieg.

Swetlana sah mich an. »Was sollen wir jetzt tun?«, fragte sie.

»Entscheide du«, antwortete ich, da ich nicht genau wusste, worauf die Frage abzielte.

»Wohin wolltest du fliehen?«, wollte Swetlana wissen.

»Nach Sibirien«, sagte Arina gelassen. »Das ist in Russland doch so üblich: Entweder wird man nach Sibirien verbannt oder man flieht dorthin. Ich werde mir ein sauberes Dorf suchen und mich etwas abseits davon niederlassen. Für meinen Unterhalt kann ich sorgen ... Ich werde einen Mann finden.« Lächelnd strich sie mit der Hand über die volle Brust. »Dann warte ich noch zwanzig Jährchen, gucke mir an, was geschieht. Und ich werde mir Gedanken darüber machen, was ich der Inquisition sage, wenn sie mich schnappt.«

»Allein kommst du nicht durch die Sperren«, murmelte Swetlana. »Und wir dürften dich kaum rauskriegen.«

»Ich ... verstecke ... dich ...«, hüstelte der Werwolf heiser. »Bin ... dir ... noch ... was ... schuldig.«

Arina kniff die Augen zusammen. »Weil ich dich gerettet habe?«, fragte sie.

»Nein ... nicht dafür ...«, antwortete der Werwolf nebulös. »Ich bringe ... dich durch den Wald ... ins Lager ... dort verstecke ich dich ... später ... gehst du ...«

»Niemand wird irgendwohin ...«, setzte ich an. Doch Swetlanas Hand berührte sanft meine Lippen – ganz so, als bringe sie Nadjuschka zum Schweigen.

»Es ist besser so, Anton. Arina sollte besser gehen. Schließlich hat sie Nadenka nicht angerührt, oder?«

Ich schüttelte den Kopf. Das war doch alles Mist. Unsinn. Quatsch. Ob die Hexe es fertig gebracht hatte, Sweta ihrem Willen zu unterwerfen?

»Es ist besser so!«, wiederholte Swetlana nachdrücklich.

Dann wandte sie sich an Arina. »Hexe! Schwöre, dass du nie wieder einem Menschen oder einem Anderen das Leben nehmen wirst!«

»Einen solchen Schwur kann ich nicht leisten.« Arina schüttelte den Kopf.

»Schwöre, dass du in den nächsten hundert Jahren weder einem Menschen noch einem Anderen das Leben nimmst, sofern er dein Leben nicht bedroht ... und dir keine sonstigen Möglichkeiten zu deiner Verteidigung bleiben«, sagte Swetlana nach kurzem Zögern.

»Das hört sich schon besser an!« Arina lächelte. »Man merkt gleich, dass du jetzt eine Große bist ... Ein Jahrhundert zahnlos zu verbringen ist keine Freude. Trotzdem beuge ich mich. Möge das Dunkel mein Zeuge sein!«

Sie hob die Hand, auf der sich im nächsten Moment ein Klumpen Dunkelheit bildete. Die Tiermenschen, sowohl der Erwachsene wie auch die Kinder, winselten leise.

»Ich gebe dir deine Kraft zurück«, sagte Swetlana, noch bevor ich sie daran hindern konnte.

Daraufhin verschwand Arina.

Ich sprang auf und stellte mich neben die ruhig dasitzende Swetlana. Ein wenig Kraft war mir noch geblieben ... Für ein paar Schläge würde es reichen, nur dass die Hexe diese Schläge ...

Abermals tauchte Arina vor uns auf. Bereits angezogen, anscheinend sogar gekämmt. Lächelnd.

»Ich kann dir auch schaden, ohne dich zu töten«, sagte sie gemein. »Dich lähmen oder in ein Monster verwandeln.«

»Stimmt«, pflichtete Swetlana ihr bei. »Das streite ich nicht ab. Nur, was hättest du davon?«

Einen kurzen Moment loderte in Arinas Augen eine solch durchdringende Wehmut auf, dass etwas in meiner Brust zu schmerzen begann.

»Nichts, Zaubermeisterin. Gut, lebe wohl. Gutes vergesse ich, aber ich bin mir nicht zu fein, dir zu danken ... Danke, Große. Du wirst es schwer haben ... jetzt.«

»Das habe ich bereits verstanden«, meinte Swetlana leise.

Arinas Blick blieb auf mir ruhen. Sie lächelte kokett. »Und auch du leb wohl, Zauberkundiger. Bedauere mich nicht, das mag ich nicht. Ach ... schade, dass du deine Frau liebst ...«

Sie hockte sich hin und streckte die Hand nach Nadjuschka aus.

Und Swetlana griff nicht ein!

»Auf Wiedersehen, mein Mädchen«, sagte die Hexe fröhlich. »Ich bin eine böse Tante, aber dir wünsche ich alles Gute. Derjenige, der dein Schicksal schon frühzeitig bestimmt hat, war nicht dumm ... O nein, das war er nicht ... Vielleicht gelingt dir das, was wir nicht geschafft haben? Nimm auch du ein kleines Geschenk von mir ...« Sie linste zu Swetlana hinüber.

Swetlana nickte!

Arina fasste Nadjuschka bei einem ihrer kleinen Finger. »Soll ich dir Kraft wünschen?«, murmelte sie. »Davon hast du ohnehin viel. Man hat dir alles gegeben ... im Übermaß ... Aber du liebst Blumen, nicht wahr? Nimm von mir die Gabe, Blumen und Kräuter zu nutzen. Das schadet auch einer Lichten Zauberin nicht.«

»Auf Wiedersehen, Tante Arina«, sagte Nadjuschka leise. »Vielen Dank.«

Die Hexe sah mich noch einmal an. Ich war wie vom Donner gerührt, verwirrt, verstand nichts. Dann drehte sie sich zu den Tiermenschen um.

»Was ist nun? Los, Grauer!«, rief sie.

Die Wolfsjungen stürzten hinter der Hexe und ihrem Lehrer her. Einer dieser Dreckskerle blieb sogar stehen, scharrte mit der Pfote vor einem Busch und pisste los – den Blick demonstrativ auf uns gerichtet. Nadjuschka kicherte.

»Swetlana ...«, flüsterte ich. »Sie gehen ...«

»Sollen sie«, erwiderte sie. »Sollen sie.«

Dann drehte sie sich mir zu.

»Was ist passiert?«, fragte ich, indem ich ihr in die Augen sah. »Was und wann?«

»Lass uns nach Hause gehen«, bat Swetlana. »Wir ... wir müssen miteinander reden, Anton. Ein ernstes Gespräch führen.«

Wie ich diese Worte hasse!

Die verheißen nie etwas Gutes!

Epilog

Meine Schwiegermutter schnatterte in einem fort, während sie Nadjuschka schlafen legte. »Ach du Schwindlerin, ach du Märchentante ...«

»Wir sind mit der Tante spazieren gegangen ...«, beharrte meine Tochter mit müder Stimme.

»Ja, ja, spazieren gegangen ...«, bestätigte meine Schwiegermutter fröhlich.

Swetlana verzog schmerzlich das Gesicht. Früher oder später müssen alle Anderen das Gedächtnis ihrer Verwandten manipulieren.

Was keine angenehme Sache ist.

Natürlich haben wir die Wahl. Wir könnten uns nahe stehenden Menschen auch die Wahrheit enthüllen – oder einen Teil der Wahrheit.

Doch was brächte das?

»Gute Nacht, mein Töchterchen«, sagte Swetlana.

»Geht jetzt, raus hier«, schnaubte meine Schwiegermutter. »Ihr habt mir meine Kleine schon ganz müde gemacht, meine Süße ...«

Wir verließen das Zimmer. Swetlana schloss die Tür fest zu. Alles war ruhig, nur die alte Uhr an der Wand tickte.

»Diese ewigen dutzi, dutzi«, murrte ich. »So kann man doch nicht mit einem Kind ...«

»Mit einem Mädchen schon«, winkte Swetlana ab. »Vor allem, wenn es erst drei Jahre alt ist. Anton ... gehen wir in den Garten.«

»Ab in den Garten, ich kann's kaum erwarten«, stimmte ich munter zu. »Gehen wir.«

Ohne ein Wort zu sagen, steuerten wir auf die Hängematte zu. Wir setzten uns nebeneinander in sie hinein, wobei ich spürte, dass Swetlana gern etwas abgerückt wäre – so schwierig das in einer Hängematte auch sein mochte.

»Fang ganz von vorn an«, riet ich ihr.

»Also von Anfang an ...« Swetlana seufzte. »Aber das klappt nicht. Dazu ist das Ganze zu verworren.«

»Dann erklär mir, warum du die Hexe hast laufen lassen?«

»Sie weiß zu viel, Anton. Und wenn sie vor Gericht kommt ... wenn all das herauskommt ...«

»Aber sie ist eine Verbrecherin!«

»Arina hat uns doch nichts getan«, brachte Swetlana so leise hervor, als wolle sie sich selbst davon überzeugen. »Ich glaube, sie ist nicht wirklich blutrünstig. Die meisten Hexen sind richtig böse, aber es gibt eben auch welche ...«

»Ich geb's auf!« Ich hob die Hände. »Und die Werwölfe hat sie auch zurechtgewiesen und Nadenka hat sie nicht angerührt. Die reinste Arina Rodionowna, die Amme Puschkins! Und was ist mit dem missglückten Experiment?«

»Das hat sie doch erklärt.«

»Was hat sie erklärt? Dass es mit der Geschichte Russlands in knapp hundert Jahren gewaltig bergab gegangen ist? Dass man statt einer normalen Gesellschaft eine bürokratische Diktatur aufgebaut hat ... mit allen daraus resultierenden Konsequenzen?«

»Du hast es doch gehört: Am Ende hätten die Menschen von uns erfahren!«

Schwer seufzend versuchte ich, meine Gedanken zu ordnen.

»Sweta ... was sagst du denn da? Vor fünf Jahren bist du selbst noch ein Mensch gewesen! Außerdem bleiben wir Menschen ...

nur eben fortschrittlichere. Eine neue Stufe in der Evolution. Sollen die Menschen doch von uns erfahren, das ist doch nicht schlimm!«

»Wir sind nicht fortschrittlicher!« Swetlana schüttelte den Kopf. »Anton, als du mich gerufen hast ... habe ich geahnt, dass die Hexe das *Zwielicht* observieren würde. Ich bin sofort in die fünfte Schicht gesprungen. Ich glaube, außer Geser und Olga ist noch keiner von unseren Leuten dort gewesen ...«

Sie verstummte. Und ich begriff: Genau darüber wollte Swetlana sprechen. Über etwas unendlich Grauenvolles.

»Was ist dort, Sweta?«, flüsterte ich.

»Ich bin relativ lange dort gewesen«, fuhr Swetlana fort. »Also ... ich habe etwas verstanden. Im Moment spielt es keine Rolle, auf welche Weise.«

»Und?«

»Was in diesem Hexenbuch steht, stimmt alles, Anton. Wir sind keine richtigen Magier. Wir verfügen über keine größeren Fähigkeiten als die Menschen. Wir sind genau wie das blaue Moos aus der ersten Schicht. Erinnerst du dich noch an das Beispiel in dem Hexenbuch, bei dem es um die Körpertemperatur und die Temperatur der Umwelt ging? Bei allen Menschen liegt die magische Temperatur bei 36,6 °C. Wenn jemand großes Glück oder großes Unglück hat, bekommt er Fieber. Die Temperatur dieser Menschen ist also höher. Und all diese Energie, all diese Kraft wärmt die Welt. Unsere Körpertemperatur liegt unter der Norm. Wir schöpfen fremde Kraft und können sie umverteilen. Wir sind Parasiten. Bei einem schwachen Anderen wie Jegor liegt die Temperatur bei 34 °C. Bei dir beträgt sie beispielsweise 20 °C. Bei mir 10 °C.«

Wie aus der Pistole geschossen antwortete ich. Darüber hatte ich nämlich schon nachgedacht, als ich das Buch gelesen hatte. »Ja und, Sweta? Was folgt daraus? Die Menschen können ihre Kraft nicht nutzen. Wir schon. Wo ist da der Unterschied?«

»Der Unterschied besteht darin, dass die Menschen sich damit niemals zufrieden geben würden. Selbst anständige, selbst gute Menschen schielen immer ein wenig neidisch auf diejenigen, denen mehr gegeben ist. Auf Sportler, schöne Männer und Frauen, geniale und talentierte Menschen. Darüber muss man sich nicht beklagen ... Das ist Schicksal, Zufall. Aber jetzt stell dir mal vor, du seist ein ganz gewöhnlicher Mensch. Absoluter Durchschnitt. Plötzlich erfährst du, dass jemand hundert Jahre alt wird, die Zukunft voraussagen kann, Krankheiten heilt und Unheil anrichtet. Und zwar richtig, ohne Pfusch! Und all das auf deine Kosten! Wir sind Parasiten, Anton. Genau wie die Vampire. Genau wie das blaue Moos. Wenn das herauskommt, wenn jemand einen Apparat erfindet, um Menschen und Andere voneinander zu unterscheiden, dann beginnt die Jagd auf uns, dann wird man uns ausrotten. Vereinzelt würden wir inmitten der Menschen leben und irgendwann von ihnen erwischt werden. Oder wir würden uns zu Gruppen zusammenschließen und einen eigenen Staat gründen. Mit Atombomben werfen.«

»Abgrenzen und schützen ...«, flüsterte ich die Hauptlosung der Nachtwache.

»Richtig. Abgrenzen und schützen. Und zwar nicht Menschen vor Dunklen, sondern Menschen vor Anderen überhaupt.«

Ich lachte. Sah in den Nachthimmel hinauf und lachte, erinnerte mich daran, wie ich selbst gewesen war, vor nicht allzu langer Zeit, als ich eine dunkle Straße entlangging, den Vampiren entgegen. Mit heißem Herzen, sauberen Händen und einem leeren, kühlen Kopf ...

»Wie oft haben wir darüber gesprochen, wodurch wir uns von den Dunklen unterscheiden ...«, sagte Swetlana leise. »Einmal bin ich auch auf folgende Formulierung gestoßen: Wir sind die guten Hirten. Wir kümmern uns um die Herde. Das ist vermutlich nicht mal wenig. Nur sollten wir weder uns selbst noch anderen etwas vormachen. Niemals werden alle Menschen Andere werden. Niemals werden wir uns den Menschen zu erkennen geben. Und niemals werden wir den Menschen erlauben, eine mehr oder weniger anständige Gesellschaft aufzubauen. Kapitalismus, Kommunismus – darum geht es doch gar nicht. Was wir wollen, ist eine Welt, in der die Menschen sich einzig um die Größe der Futtertröge und die Qualität des Heus Sorgen machen müssen. Denn sobald sie den Kopf aus dem Futtertrog ziehen, sich umsehen und uns erblicken, wäre das unser Ende.«

Ich sah in den Himmel – und streichelte Swetlanas Hand auf meinen Knien. Nur ihre Hand, diese warme und schlaffe Hand – die vor kurzem Blitz und Donner gegen eine schädliche verräterische Hexe geschleudert hatte ...

Die hilflose Hand einer Großen Zauberin, in der nur halb so viel Magie steckte wie in mir.

»Und wir könnten nichts machen«, flüsterte Swetlana. »Die Wachen werden die Menschen niemals aus dem Stall lassen. In den Staaten gibt es große und gut gefüllte Futtertröge, in die du gern den Kopf steckst. In Uruguay gibt es nur ab und an etwas Grün an einem Abhang, sodass dir keine Zeit bleibt, in den Himmel zu schauen. Alles, was wir tun können, ist, einen möglichst freundlichen Viehstall auszusuchen und ihn in einer fröhlichen Farbe anzustreichen.«

»Was, wenn du das den Anderen erzählst?«

»Die Dunklen schert das nicht. Die Lichten würden sich damit abfinden. Ich habe etwas erfahren, was ich nie erfahren wollte, Anton – und mich damit abgefunden. Vielleicht sollte ich dir nichts davon erzählen? Aber das wäre nicht fair. Es würde dich quasi zu einem Teil der Herde machen.«

»Sweta ...« Ich sah zu dem schwachen Schein des Nachtlichts im Fenster hinüber. »Sweta, welche magische Temperatur hat unsere Nadjuschka?«

Sie zögerte, bevor sie antwortete. »Null.«

»Die Größte der Großen ...«, sagte ich.

»Absolut frei von jeder Magie ...«, versicherte Swetlana noch einmal.

»Was sollen wir jetzt tun?«

»Leben«, sagte Swetlana bloß. »Ich bin eine Andere ... und es ist zu spät, die Unschuldige zu mimen. Ich kriege meine Kraft von den Menschen, ziehe sie aus dem *Zwielicht*, doch auch das ist fremde Kraft. Aber das ist nicht meine Schuld.«

»Ich gehe zu Geser, Sweta. Gleich jetzt. Ich verlasse die Wache.«

»Ich weiß. Fahr.«

Ich erhob mich, hielt die schaukelnde Hängematte an. Es war dunkel, nicht einmal Swetlanas Gesicht konnte ich erkennen.

»Fahr, Anton«, wiederholte sie. »Es wird uns schwer fallen, einander in die Augen zu sehen. Wir werden Zeit brauchen, um uns daran zu gewöhnen.«

»Was ist dort? In der fünften Schicht?«, fragte ich.

»Das solltest du besser nicht wissen.«

»Gut. Dann frage ich Geser.«

»Soll er dir antworten ... wenn er will.«

Ich beugte mich vor und berührte ihre Wange – die tränenfeucht war.

»Es ist widerwärtig ...«, flüsterte sie. »Widerwärtig ... ein Parasit zu sein.«

»Halte durch ...«

»Das tu ich.«

Als ich in den Schuppen ging, fiel eine Tür zu. Swetlana war ins Haus gegangen. Ohne Licht anzuschalten, setzte ich mich ins Auto und schlug die Tür hinter mir zu.

Was hatte Onkel Kolja hier wohl angestellt? Ob ich losfahren konnte?

Der BMW sprang sofort an, leise und ruhig surrte der Motor.

Ich schaltete die Scheinwerfer an und fuhr aus dem Schuppen.

Die Regeln der Maskierung?

Scheiß drauf. Was soll sich ein Hirte vor seinem Schaf verstecken!

Mit leichten Passes öffnete ich das Tor, ohne aus dem Auto zu steigen. Ich fuhr auf die Straße und gab Gas. Das Dorf wirkte leer und tot. Man hatte den Schafen Schlafmittel ins Futter geschüttet ...

Das Auto ließ den Ort hinter sich. Ich schaltete das Fernlicht ein, drückte weiter aufs Gas. Durch das offene Fenster schlug der Wind herein. Ich tastete auf dem Armaturenbrett nach der Fernbedienung, stellte den MD-Player ein.

Ohne Mantel kam ich in die winddurchwehte Stadt,
Die sich mir wie Efeu um den Hals geschlungen hat.
Schlangenringe schnüren mir die Seele ein,
Der ich unter schwarzer Sonne keine Träne wein.
Dreist geworden, tu ich oft, was nicht richtig ist;
Was wohl das Kaninchen hofft, das die Schlange frisst?
Wenn man sich gewöhnt hat, stören Schlangenringe kaum,
Eine schwarze Sonne seh ich, einen schwarzen Traum.
Tugend, Laster klar zu trennen, kannst du nicht verlangen;
Jene, die die Wahrheit kennen, macht man wohl zu
Schlangen.
Unter jeder Flagge bin ich willens, hinzusiechen,
Und bereit, im Zickzack auf dem Boden langzukriechen,
Und von Liebe singen, bis mir zum Kotzen ist,
Wenn es für mein Vaterland denn von Nutzen ist.

Vor mir, an der Autobahneinfahrt, brannte ein Licht. Mit zusammengekniffenen Augen spähte ich durchs *Zwielicht*. Quer über der Straße stand ein Sperrgitter der Miliz. Daneben warteten zwei Menschen und zwei Andere.

Dunkle Andere.

Lächelnd drosselte ich die Geschwindigkeit.

Ameisen statt Bienenschwärme wimmeln mir im Sinn,
Das Geschoss hat eine Unwucht zu der Liebe hin.
Doch die Schlangenringe sind eine feste Wehr,
Eine schwarze Sonne seh ich, und sie hasst mich sehr.
Kampflos könnte ich dem Teufel in den Rachen springen,
Doch ich werde stehend sterben in den Schlangenringen.
Denn die Ringe machen, dass ich starr und reglos steh.
Stets die schwarze Sonne sehen tut den Augen weh.

An der Sperre hielt ich an, wartete, bis der Polizist zu mir kam, der eine Maschinenpistole vor die Brust gepresst hielt. Die Inquisition hat noch nie Probleme damit gehabt, bei der Abriegelung eines Gebiets Menschen einzusetzen.

Ich hielt dem Polizisten meinen Führerschein und die Fahrzeugpapiere hin und stellte den Ton ab.

Dann sah ich mir die Anderen an.

Den einen Inquisitor kannte ich nicht, ein hagerer, älterer Asiat. Ich würde schätzen, er stand auf der zweiten oder dritten Kraftstufe, doch bei Inquisitoren lässt sich so was immer schwer sagen.

Der zweite war ein gewöhnlicher Dunkler aus der Moskauer Tagwache. Der Vampir Kostja.

»Wir suchen eine Hexe«, sagte der Inquisitor. Die Polizisten ignorierten die beiden völlig, denn ihnen war befohlen worden, nichts zu sehen.

»Bei mir ist Arina nicht«, sagte ich. »Leitet Edgar die Razzia?«

Der Inquisitor nickte.

»Fragen Sie ihn nach mir. Anton Gorodezki, Nachtwache.«

»Ich kenne ihn«, murmelte Kostja, während er sich zum Inquisitor beugte. »Alles in Ordnung. Ein gesetzestreuer Lichter ...«

»Fahren Sie weiter.« Der Polizist gab mir meine Papiere zurück.

»Ja, Sie können weiterfahren«, nickte der Inquisitor. »Es kommen noch mehr Straßensperren.«

Ich nickte und fuhr auf die Autobahn.
Kostja stand da und sah mir nach.
Ich stellte den Ton wieder an.

Bin nicht gut, nicht böse, nein; ich bin für alles offen.
Heimat, hast es doch mit mir mächtig gut getroffen!
Deine Schlangenringe sind mir Wohnung und Verschlag.
Und so werd ich weiterkriechen
Unter dieser Teufelssonne,
Hin und her, hin und her,
Bis zum Jüngsten Tag.

Dritte Geschichte
Niemandskraft

Prolog

Er träumte selten.

Momentan schlief er nicht einmal. Und trotzdem kam ihm das alles fast wie ein Traum vor, eine Phantasie, kurz vor dem Aufwachen ...

Eine leichte, reine, nahezu kindliche Phantasie ...

»Treibstoff ... Oxydationsmittel ... Start ...«

Der silbrige Körper einer Rakete in leichtem Nebel.

Aus den Düsen herausschlagende Flammen.

Jedes Kind träumt davon, Kosmonaut zu werden, bis es dann zum zehnten Mal gefragt wird: »Was möchtest du werden? Kosmonaut?«

Andere hören auf, vom Kosmos zu träumen, sobald sie Andere werden.

Das *Zwielicht* ist interessanter als fremde Planeten. Die neue Kraft verlockender als der Ruhm des Kosmonauten.

Doch jetzt phantasierte er wieder von einer Rakete – einer alten, plumpen Rakete, die in den Himmel aufstieg.

Die Erde zog unter den Füßen oder über dem Kopf vorbei.

Dicke Fensterscheiben aus Quarzglas.

Seltsame Träume für einen Anderen, oder?

Die Erde ... der Wolkenschleier ... die Lichter in den Städten ... die Menschen.

Millionen. Milliarden.

Und er, der aus dem Orbit auf sie herunterblickte.

Ein Anderer im Weltall – was könnte es Absurderes geben? Vielleicht ein Anderer im Kampf gegen einen Außerirdischen. Als er einmal einen SF-Film gesehen hatte, war ihm plötzlich der Gedanke gekommen, dass es für die tapfere Ripley allerhöchste Zeit war, ins *Zwielicht* einzutreten. Und zuzuschlagen, wieder und wieder auf diese behäbigen, hilflosen Mistwesen einzuschlagen.

Bei dem Gedanken hatte er lachen müssen.

Es gab keine Außerirdischen.

Aber es gab den Kosmos. Nur dass früher nicht klar war, wozu.

Jetzt hatte er es verstanden.

Mit geschlossenen Augen stand er da und hing seiner Phantasie von der kleinen, sich langsam unter ihm drehenden Erde nach.

Jedes Kind träumt davon, ein Riese zu werden – solange es nicht darüber nachdenkt, wozu das nötig ist.

Jetzt wusste er alles.

Die Teile des Puzzles passten zusammen.

Sowohl seine Vorherbestimmung als Anderer.

Als auch sein alberner Traum vom Kosmos.

Wie auch das schmale Buch, gebunden in Menschenhaut, geschrieben in akkurater Schnörkelschrift.

Er hatte das Buch genommen, das direkt auf dem Holzfußboden lag.

Die erste Seite aufgeschlagen.

Dort prangten unversehrt die Buchstaben, die eine leichte, aber zuverlässige Magie schützte.

Schon seit langer Zeit erklang diese Sprache nicht mehr auf der Erde. Einen Indologen hätte sie an Sanskrit erinnert, doch nur wenige wussten, was es mit Paisaci auf sich hatte.

Ein Anderer indes versteht selbst eine tote Sprache.

»Möge euch der Elefantengesichtige schützen, der mit dem Kopf nickt, ihn nach oben reißt, ihn nach unten drückt, gleich

Shiva, wie er auf Uma auf und ab wippt! Und möge Ganapati in mich den süßen Saft der Weisheit gießen!

Mein Name ist Fuaran, ich bin eine Frau aus der ruhmreichen Stadt Kanakapura.

Der Erfüller aller Wünsche und Gatte der Parvati hat mich in den Tagen meiner Jugend reich bedacht, als er mir das Vermögen schenkte, in der Welt der Gespenster zu wandeln. Während in unserer Welt ein Blütenblatt, sich im Winde drehend, von einem blühenden Baum herabsegelt, vergeht in jener Welt ein Tag. Denn das ist ihre Natur. Und es ist in jener Welt dort eine große Kraft verborgen ...«

Er schloss das *Fuaran*.

Das Herz hämmerte ihm in der Brust.

Eine große Kraft!

Ihm aus den Händen einer Hexe zugefallen, die vor fast zweitausend Jahren umgekommen war.

Eine herrenlose, verwahrloste, selbst den Anderen verborgene Kraft.

Eine Niemandskraft.

Eins

Kurz nach sieben Uhr morgens fuhr ich am Gebäude der Nachtwache vor. Da ist am wenigsten los – es ist die Zeit zwischen den Schichten. Die Fahnder, die nachts durch die Straßen patrouilliert sind, haben bereits ihren Bericht abgeliefert und sind nach Hause gegangen. Die Mitarbeiter aus dem Innendienst tauchen den Moskauer Gewohnheiten gemäß nicht vor neun auf der Bildfläche auf.

Schichtwechsel gab es auch im Raum der Wachleute. Die Kollegen, die Feierabend machten, unterschrieben irgendwelche Papiere, diejenigen, die den Dienst antraten, warfen einen Blick ins Dienstbuch. Ich begrüßte alle mit Handschlag und betrat ohne die vorgeschriebene Kontrolle das Haus. Eigentlich eine Nachlässigkeit der Wachhabenden – auch wenn sie in erster Linie für Menschen zuständig sind.

Im zweiten Stock hatte der Wachtposten bereits gewechselt. Jetzt schob Garik Dienst, der mir nichts durchgehen ließ: Er betrachtete mich durchs *Zwielicht* und forderte mich mit einem Nicken auf, das Amulett zu berühren, eine verspielte Hahnendarstellung aus Golddraht. Bei uns hieß das Ding nach dem Zaren in Puschkins Märchen »Gruß dem Dadon«: Theoretisch sollte der Hahn anfangen zu krähen, sobald ein Dunkler ihn berührte. Einige Witzbolde behaupteten sogar, der Hahn würde mit menschlicher Stimme »Widerling!« quäken, wenn er einen Dunklen spürte.

Erst danach lächelte Garik mich zur Begrüßung an und gab mir dir Hand.

»Ist Geser in seinem Büro?«, fragte ich.

»Wer weiß das schon?«, antwortete Garik mit einer Gegenfrage.

In der Tat, die Frage hätte ich mir schenken können! Den Hohen Magiern stehen viele Wege offen.

»Hast du nicht noch Urlaub ...?« Meine seltsame Frage schien Garik aufmerken zu lassen.

»Ich hab genug vom Urlaub. Wie heißt es doch so schön: *Der Montag beginnt* ...«

»Aber du bist völlig fertig ...«, fuhr der Magier immer misstrauischer fort. »Fass den Hahn noch mal an!«

Abermals begrüßte ich Dadon, stand dann unbeweglich da, bis Garik meine Aura mit Hilfe eines ausgebufften Amuletts aus Buntglas kontrolliert hatte.

»Entschuldige«, sagte Garik, als er das Amulett wegsteckte. Verunsichert fügte er hinzu: »Du bist nicht wie sonst.«

»Ich habe mit Swetka in einem Dorf Urlaub gemacht, wo eine alte Hexe aufgetaucht ist«, erklärte ich. »Außerdem eine Horde Werwölfe, die die Gegend unsicher gemacht haben. Ich musste die Wölfe jagen, die Hexe ...« Ich winkte ab. »Nach einem solchen Urlaub musst du dich eigentlich krankschreiben lassen.«

»Wenn das so ist«, meinte Garik gleich ruhiger, »reich einen Antrag ein, wir haben anscheinend noch Reserven zur Wiederherstellung der Kraft.«

Erschauernd schüttelte ich den Kopf. »Ich schaff das schon selbst, vielen Dank.«

Ich verabschiedete mich von Garik und ging in den dritten Stock hoch. Blieb vor Gesers Vorzimmer stehen. Klopfte.

Als mir niemand antwortete, trat ich ein.

Die Sekretärin war natürlich nicht da, die Tür zu Gesers Arbeitszimmer fest verschlossen. Allerdings blinkte am Kaffeeautomaten fröhlich das Stand-by-Lämpchen, lief der Computer, und sogar der Fernseher brachte ganz leise die Nachrichten. Der Sprecher berichtete, dass ein Sandsturm die amerikanischen Truppen erneut an einer ihrer Friedensmissionen gehindert, einige Panzerwagen umgeworfen und sogar zwei Hubschrauber zum Absturz gebracht habe.

»Außerdem hat er den Soldaten die Fresse poliert und einige gefangen genommen«, fügte ich unwillkürlich hinzu.

Was hatten einige Andere doch für eine komische Angewohnheit beim Fernsehen? Entweder glotzten sie irgendwelche hirnlosen Seifenopern oder die Lügenmärchen in den Nachrichten. Mit einem Wort: Menschen ...

Mit einem anderen Wort: Vieh?

Die sind daran aber nicht schuld. Sie sind schwach und zersplittert. Sie sind Menschen, kein Vieh!

Das Vieh sind wir.

Die Menschen sind das Gras.

Ich stand da, gestützt auf den Schreibtisch der Sekretärin, und schaute zum Fenster hinaus, in die über der Stadt dahinziehenden Wolken. Warum hängt der Himmel über Moskau so tief? Nirgendwo sonst habe ich einen so tiefen Himmel gesehen ... höchstens noch im Moskauer Winter ...

»Gras kann man mähen«, ließ sich hinter mir eine Stimme vernehmen. »Oder mit der Wurzel ausreißen. Was gefällt dir besser?«

»Guten Morgen, Chef«, sagte ich und drehte mich um. »Ich habe geglaubt, Sie seien nicht da.«

Geser gähnte. Er trug einen Morgenmantel und Pantoffeln. Unter dem Morgenmantel lugte ein Pyjama hervor.

Niemals hätte ich gedacht, dass der Große Geser einen Pyjama trägt, den Walt-Disney-Figuren zieren! Angefangen bei Mickey Maus und Donald Duck bis hin zu Lilo und Stitch. Wie kann ein Großer, der schon Tausende von Jahren alt ist und ohne Probleme fremde Gedanken liest, einen solchen Pyjama tragen?

»Ich habe geschlafen«, erklärte Geser finster. »Ich habe süß und selig geschlafen. Allerdings bin ich erst um fünf Uhr morgens ins Bett gekommen.«

»Entschuldigen Sie, Chef«, sagte ich. Aus irgendeinem Grund kam mir als Anrede bloß »Chef« in den Sinn. »Ist heute Nacht viel los gewesen?«

»Ich habe ein interessantes Buch gelesen«, sagte Geser und setzte den Kaffeeautomaten in Betrieb. »Für mich schwarz mit Zucker, für dich mit Milch und ohne Zucker ...«

»Irgendwas Magisches?«, wollte ich wissen.

»Nein, zum Kuckuck, SF von Golowatschew!«, schnaubte Geser. »Ich werde in Rente gehen und ihn fragen, ob er mich als Koautor nimmt, damit wir zusammen Bücher schreiben! Hier, dein Kaffee.«

Ich nahm die Tasse und folgte Geser in sein Arbeitszimmer.

Hier empfingen mich noch mehr Kuriositäten als beim letzten Mal. In einem der Schränke tummelten sich jetzt unzählige kleine Mäusefiguren aus Glas, Zinn und Holz, standen Porzellantassen und lagen Stahlmesser. An die Innenwand des Schranks war eine alte Broschüre der Freiwilligen Gesellschaft zur Zusammenarbeit mit Armee, Luftwaffe und Flotte der UdSSR geheftet, auf deren Umschlag eine Jury abgebildet war, die einen Fallschirm begutachtete, daneben lehnte eine einfache Lithographie mit einer grünen Waldlandschaft gegen die Wand.

Aus irgendeinem Grund – mir war absolut nicht klar, aus welchem – ließ mich das an eine Grundschulklasse denken.

An der Decke hing außerdem ein goldfarbener Hockeyhelm, der verblüffend an einen Glatzkopf erinnerte. Im Helm steckten einige Dartpfeile.

Mit einem Blick auf all diese Dinge – die irgendeine wichtige Bedeutung haben mochten, genauso gut aber auch nichts zu bedeuten brauchten – nahm ich in einem der Besuchersessel Platz. Und bemerkte, dass in dem Papierkorb aus Metall ein

Buch mit einem bunten Einband lag. Ob Geser wirklich Golowatschew gelesen hatte? Dann beschloss ich, einen Blick drauf zu werfen, und kam zu dem Schluss, dass ich mich geirrt hatte: Da hieß es nämlich *Meisterwerke der internationalen Science Fiction*.

»Trink deinen Kaffee, morgens muss man das Hirn durchspülen«, brummte Geser immer noch in diesem unzufriedenen Ton. Er selbst trank seinen Kaffee geräuschvoll, schlürfte, und ich dachte schon, wenn ich ihm eine Untertasse und Würfelzucker brächte, würde er auch daraus trinken.

»Ich brauche Antworten auf ein paar Fragen, Chef«, sagte ich. »Auf viele Fragen.«

»Die bekommst du«, meinte Geser nickend.

»Die Anderen sind in magischer Hinsicht viel schwächer als Menschen.«

Geser runzelte die Stirn.

»Quatsch. Das ist ein Widerspruch in sich.«

»Aber die magische Kraft der Menschen ...«

Geser hob den Finger und drohte mir. »Stopp! Verwechsel jetzt nicht die potenzielle Energie mit der kinetischen!«

Jetzt war die Reihe an mir, mich in Schweigen zu hüllen. Während Geser mit der Tasse in der Hand durchs Arbeitszimmer schritt und geduldig dozierte: »Erstens: Ja, alle Lebewesen sind in der Lage, magische Kraft zu produzieren. Alle Lebewesen, nicht nur Menschen! Sondern auch Tiere, sogar Pflanzen. Ob diese magische Kraft eine physische Grundlage hat? Ob man sie mit wissenschaftlichen Methoden messen kann? Das weiß ich nicht. Möglicherweise wird das niemals irgendjemand herausfinden. Zweitens: Niemand kann die eigene magische Kraft lenken. Sie verteilt sich im Raum, wird vom *Zwielicht* aufgesaugt, teilweise vom blauen Moos gefressen, teilweise von den Anderen aufgenommen. Verstehst du? Es sind zwei Prozesse: die Ausstrahlung der eigenen magischen Kraft und die Aufnahme fremder. Der erste ist unfreiwillig und nimmt zu, je weiter wir ins *Zwielicht* eintauchen. Der zweite ist in gewisser Weise ebenfalls für alle typisch, für Menschen und Andere. Ein krankes Kind bittet seine Mutter: ›Setz dich zu mir, streich mir über den Bauch!‹ Die Mutter streichelt es – und der Schmerz verschwindet! Eine Mutter möchte ihrem Kind helfen, und ihre Kraft wirkt zumindest teilweise zielgerichtet. Die so genannten übersinnlichen Menschen – kastrierte Andere, wenn du so willst – können ihre Kraft nicht nur bei ihnen nahe stehenden Menschen einsetzen und nicht nur in einem Zustand psychischer Erregung, sondern auch fremde Menschen heilen oder verfluchen. Die aus ihnen herausströmende Kraft ist bereits stärker geformt. Kein Dampf mehr, aber auch noch kein Eis, sondern Wasser. Drittens: Wir sind die Anderen. Bei uns ist das Gleichgewicht zwischen Abgabe und Aufnahme zugunsten der Absorption verschoben.«

»Was?«, rief ich aus.

»Du hast wohl gedacht, alles sei so einfach wie bei den Vampiren?« Geser lächelte belustigt. »Du glaubst wohl, die Anderen nehmen nur, ohne im Gegenzug etwas zu geben? Nein, wir alle geben die Kraft ab, die wir produzieren. Aber während sich der Prozess von Aufnahme und Abgabe bei einem normalen Menschen in einem dynamischen Gleichgewicht befindet, das nur selten – in Fällen innerer Anspannung – gestört wird, liegen die Dinge bei uns anders. Bei uns ist das Gleichgewicht prinzipiell gestört. Wir schöpfen aus unserer Umwelt mehr, als wir abgeben.«

»Und über die Differenz können wir frei verfügen?«, fragte ich. »Ja?«

»Wir arbeiten mit den Unterschieden zwischen den einzelnen Potenzialen.« Geser drohte mir abermals mit dem Finger. »Es ist nicht wichtig, welche *magische Temperatur* du hast ... Diesen Ausdruck haben früher die Hexen benutzt. Du könntest sehr viel Kraft generieren, aber dann würde das Tempo ihrer Abgabe in einer geometrischen Progression wachsen. Es gibt solche Andere ... Sie stecken sogar mehr Kraft als die Menschen in die allgemeine Sparbüchse, nehmen aber auch verstärkt Kraft auf. Diesen Unterschied zwischen den Potenzialen machen sie sich bei ihrer Arbeit zunutze.«

Geser verstummte kurz, um dann selbstkritisch hinzuzufügen: »Das sind allerdings Einzelfälle, das gebe ich zu. Viel öfter bleiben die Anderen hinter den Menschen zurück, wenn es um die Produktion magischer Kraft geht, sind ihnen dafür bei der Aufnahme von Kraft aber ebenbürtig oder überlegen. Dinge wie eine Durchschnittstemperatur bei Kranken gibt es nicht, Anton. Wir sind keine banalen Vampire. Wir sind eben auch noch Spender.«

»Warum klärt uns darüber niemand auf?«, wollte ich wissen. »Warum nicht?«

»Weil wir, simpel betrachtet, eben doch nur fremde Kraft verbrauchen!«, polterte Geser. »Was kreuzt du hier überhaupt in aller Herrgottsfrühe auf? Warum kommst du mir mit diesen wüsten Beschimpfungen? Hach Gottchen, wir verbrauchen die Kraft, die die Menschen erarbeitet haben! Dabei musstest du sie dir sogar schon mal direkt holen! Sie wie ein richtiger Vampir absaugen! Das war nötig, und damals hat dir das auch keine schlaflosen Nächte bereitet! Du bist losgezogen, die Unschuld selbst, und Traurigkeit stand dir auf die edle Stirn geschrieben! Während hinter dir kleine Kinder geweint haben!«

Natürlich hatte er Recht. Teilweise.

Doch ich hatte schon lange genug in der Wache gearbeitet, um zu verstehen: Eine Halbwahrheit ist auch eine Lüge.

»Lehrer ...«, sagte ich leise, worauf Geser zusammenzuckte.

Ich hatte mich genau an dem Tag geweigert, sein Schüler zu sein, als ich mir von den Menschen Kraft holte.

»Was ist, Schüler?«, erwiderte er, indem er mir in die Augen sah.

»Es kommt doch nicht darauf an, wie viel Kraft wir verbrauchen und wie viel wir abgeben«, meinte ich. »Ist das Ziel der Nachtwache, abzugrenzen und zu schützen, Lehrer?«

Geser nickte.

»Abzugrenzen und zu schützen bis zu dem Tag, an dem die Moral der Menschen eine bessere ist und neue Andere sich nur noch dem Licht zuwenden?«

Abermals nickte Geser.

»Und alle Menschen in Andere zu verwandeln?«

»Quatsch.« Geser schüttelte den Kopf. »Wer hat dir diesen Bären aufgebunden? Gibt es auch nur in einem Dokument der Wachen einen solchen Satz? Oder im Großen Vertrag?«

Ich schloss die Augen, um die gehorsam auflodernden Zeilen zu betrachten.

»Wir sind die Anderen ...«

»Nein, darüber steht nirgends ein Wort«, gab ich zu. »Aber unsere gesamte Ausbildung, all unsere Handlungen ... sind so aufgebaut, dass genau dieser Eindruck entsteht.«

»Ein falscher Eindruck.«

»Aber dieser Selbstbetrug ist doch gewollt!«

Geser seufzte schwer. Sah mir in die Augen. »Jeder braucht einen Sinn im Leben, Anton«, sagte er. »Einen höheren Sinn. Sowohl die Menschen als auch die Anderen. Selbst wenn dieser Sinn eine Lüge ist.«

»Aber das ist eine Sackgasse ...«, flüsterte ich. »Das ist eine Sackgasse, Lehrer. Wenn wir die Dunklen besiegen ...«

»Dann besiegen wir das Böse. Egoismus, Selbstherrlichkeit, Gleichgültigkeit.«

»Aber unsere Existenz an sich, die ist ebenfalls Egoismus und Selbstherrlichkeit.«

»Was hast du für Vorschläge?«, wollte Geser wissen.

Ich schwieg.

»Hast du gegen die operative Arbeit der Wachen etwas einzuwenden? Dagegen, dass wir die Dunklen kontrollieren? Oder den Menschen helfen? Versuchen, das Gesellschaftssystem zu verbessern?«

Hier sah ich eine Gelegenheit zur Revanche.

»Was genau haben Sie Arina 1931 übergeben, Lehrer? Als Sie sich mit ihr im Hippodrom getroffen haben?«

»Ein Stück chinesischer Seide«, antwortete Geser gelassen. »Schließlich ist und bleibt sie eine Frau, die gern schöne Kleider trägt ... Und die Jahre damals waren schwer. Ein Bekannter aus der Mandschurei hatte mir den Stoff geschickt, und was sollte ich schon damit anfangen ... Verurteilst du mich dafür?«

Ich nickte.

»Ich bin von Anfang an gegen dieses globale Experiment an Menschen gewesen, Anton«, sagte Geser mit offenem Ekel. »Eine idiotische Idee, die bereits im 19. Jahrhundert ausgeheckt worden ist. Die Dunklen hatten schon ihre Gründe, als sie dem Experiment zugestimmt haben. Es hätte keine positiven Ergebnisse gebracht. Nur Blut, Kriege, Hunger, Repressionen ...«

Er verstummte und öffnete polternd eine Schublade seines Schreibtischs. Holte eine Zigarre heraus.

»Aber Russland wäre jetzt ein glückliches Land ...«, setzte ich an.

»Bla, bla, bla ...«, murmelte Geser. »Nicht Russland, sondern die Eurasische Union. Ein satter sozialdemokratischer Staat. Der gegen die Asiatische Union mit China an der Spitze und die Konföderation englischsprachiger Länder mit den USA vorneweg kämpft. Fünf, sechs lokal begrenzte atomare Konflikte pro Jahr ... in Ländern der Dritten Welt. Ein Kampf um Ressourcen, ein Wettrüsten, das schlimmer wäre als heute ...«

Ich war geschlagen und vernichtet. Am Boden zerstört. Zappelte aber noch. »Arina hat gesagt ... eine Stadt auf dem Mond ...«

»Ja, sicher«, meinte Geser nickend. »Städte auf dem Mond hätten wir jetzt. Um Basen mit Atomraketen herum. Liest du hin und wieder Science Fiction?«

Ich zuckte mit den Schultern und schielte zu dem Buch im Mülleimer hinüber.

»Das, was die amerikanischen Schriftsteller in den fünfziger Jahren geschrieben haben, das wäre passiert«, erklärte Geser. »Ja, Raumschiffe mit Atomantrieb ... militärische. Du musst wissen, Anton, für den Kommunismus in Russland gab es drei Wege. Erstens: Es konnte eine wunderbare, herrliche Gesellschaft entstehen. Doch das widerspricht der Natur der Menschen. Zweitens: Er konnte verkommen und untergehen. Das ist dann ja auch passiert. Drittens: Er konnte die Form einer sozialdemokratischen Gesellschaft skandinavischen Typs annehmen und sich einen großen Teil Europas und Nordafrikas unterwerfen. Leider hätte dieser letzte Weg auch eine Aufteilung der Welt in drei Blöcke bedeutet, die einander gegenüberstehen würden und früher oder später einen Weltkrieg angezettelt hätten. Doch zuvor hätten die Menschen noch von unserer Existenz erfahren und die Anderen entweder vernichtet oder unterjocht. Verzeih, Anton, aber ich bin der Ansicht gewesen, dass Städte auf dem Mond und hundert Wurstsorten im Jahre 1980 diesen Preis nicht wert sind.«

»Dafür ist jetzt Amerika ...«

»Du mit deinem Amerika«, blaffte Geser. »Warte bis 2006, dann reden wir noch mal darüber.«

Ich schwieg. Fragte noch nicht einmal, was Geser für das gar nicht mehr so ferne Jahr 2006 vorausgesehen hatte ...

»Ich verstehe deine Gewissensqualen«, meinte Geser, während er nach dem Feuerzeug langte. »Es ist doch nicht zu zynisch, wenn ich jetzt rauche?«

»Von mir aus können Sie auch Wodka trinken, Lehrer«, konterte ich.

»Morgens trinke ich keinen Wodka.« Geser steckte sich die Zigarre an und paffte. »Deine Qualen ... deine Zweifel ... kann ich wirklich gut verstehen. Mir selbst passt die heutige Situation auch nicht. Aber was würde passieren, wenn wir in eine Depression fallen und unsere Arbeit aufgeben würden? Ich werd's dir sagen! Die Dunklen würden nur zu gern die Rolle der Hirten für die menschliche Herde übernehmen! Keine Sekunde würden sie zögern! Freuen würden sie sich, dass sie es am Ende doch noch geschafft haben ... Also triff deine Entscheidung.«

»Welche?«

»Du bist doch hergekommen, um den Dienst zu quittieren!« Geser hatte die Stimme erhoben. »Also entscheide dich, ob du in der Wache bleiben willst oder ob dir unsere Ziele nicht licht genug sind.«

»In der Nachbarschaft von Schwarz erscheint Grau weiß«, antwortete ich.

Geser schnaubte. »Was ist mit Arina?«, fragte er etwas ruhiger. »Ist sie entkommen?«

»Ja. Sie hat Nadjuschka als Geisel genommen und von Swetlana und mir verlangt, dass wir ihr helfen.«

In Gesers Gesicht zuckte nicht ein Muskel.

»Die alte Vettel hat ihre eigenen Prinzipien, Anton. Sie kann so viel bluffen, wie sie will, aber sie würde sich nie an einem Kind vergreifen. Glaub mir das, ich kenne sie.«

»Und wenn sie die Nerven verloren hätte?«, fragte ich in Erinnerung an die durchlebte Angst. »Die Wachen und die Inquisition sind ihr völlig schnuppe! Sie hat noch nicht mal vor Sebulon Angst.«

»Vor Sebulon vielleicht schon ...«, meinte Geser lächelnd. »Ich habe die Inquisition über die Hexe informiert, mich aber auch mit Arina in Verbindung gesetzt. Übrigens absolut offiziell. Das ist alles protokolliert. Was deine Familie angeht, da habe ich die Hexe gewarnt. Und zwar aufs Schärfste.«

Das war neu für mich.

Ich sah Geser in das ruhige Gesicht und wusste nicht, was ich sagen sollte.

»Arina und mich verbindet eine langjährige, von gegenseitigem Respekt geprägte Beziehung«, erklärte Geser.

»Wie schaffen Sie das?«, wollte ich wissen.

»Was meinst du damit?«, fragte Geser. »Den gegenseitigen Respekt? Weißt du ...«

»Jedes Mal, wenn ich zu der felsenfesten Überzeugung gekommen bin, dass Sie ein mieser Intrigant sind, beweisen Sie mir innerhalb von zehn Minuten, dass ich Unrecht habe. Wir sind Parasiten, die die Menschen ausnutzen? – Na, das ist doch nur zu ihrem Besten. Das Land liegt am Boden? – Es könnte noch viel schlimmer sein. Meine Tochter ist in Gefahr gewesen? – Aber nein, sie war so sicher behütet wie der kleine Sascha Puschkin in der Obhut seiner alten Kinderfrau ...«

Gesers Blick wurde weicher. »Vor langer, langer Zeit, Anton, da war ich ein schmächtiges Kerlchen mit ewig laufender Nase ...« Gedankenversunken sah er durch mich hindurch. »Ja. Schmächtig und verrotzt. Und ich habe mich mit meinen Mentoren gestritten, deren Namen dir nichts sagen werden, denn ich war überzeugt davon, dass sie miese Intriganten sind. Dann haben sie mich vom Gegenteil überzeugt. Jahrhunderte sind vergangen, ich habe selbst Schüler bekommen ...«

Er stieß eine Rauchwolke aus und verfiel in Schweigen. Was hätte er auch noch sagen sollen?

Jahrhunderte? Ha! Tausende von Jahren! Und das ist ein ausreichender Zeitraum, um zu lernen, jeden Angriff der eigenen Schützlinge zu parieren. Damit sie, wenn sie vor Empörung kochend zu ihm kommen, voller Liebe und Hochachtung für ihren Chef wieder von dannen ziehen. Erfahrung ist eine gewaltige Kraft. Beängstigender als jede magische.

»Ich würde Sie gern mal ohne Maske sehen, Chef«, sagte ich.

Geser lächelte großmütig.

»Sagen Sie mir wenigstens, ob Ihr Sohn wirklich ein Anderer gewesen ist?«, fragte ich. »Oder haben Sie ihn zu einem Anderen gemacht? Ich verstehe ja, dass Sie das Geheimnis nicht preisgeben dürfen, sollen doch ruhig alle glauben ...«

Krachend schlug Gesers Faust auf den Tisch. Geser selbst erhob sich. Beugte sich über den Tisch. »Wie oft willst du das Thema noch durchkauen?«, brüllte er. »Ja, Olga und ich haben die Inquisition ausgetrickst, um das Recht auf eine Remoralisation für Timur zu bekommen! Er sollte ein Dunkler werden, was mir nicht gepasst hat! Verstehst du? Wenn du willst, schmier mich bei der Inquisition an! Aber lass mich mit diesem Mist zufrieden!«

Einen Moment lang bekam ich es mit der Angst zu tun. Dann tigerte Geser wieder durchs Zimmer, permanent aus seinen Pantoffeln rutschend und wild gestikulierend. »Man kann aus einem Menschen keinen Anderen machen! Niemals! Unter keinen Umständen! Soll ich dir die Wahrheit über deine Frau und deine Tochter sagen? Olga hat sich in Swetlanas Schicksal eingemischt! Für sie hat sie die zweite Hälfte der Schicksalskreide gebraucht! Doch selbst mit der Schicksalskreide wäre es nicht möglich gewesen, aus deiner ungeborenen Tochter eine Andere zu machen, wenn sie nicht als Andere auf die Welt gekommen wäre! Wir haben sie nur noch stärker gemacht, ihr absolute Kraft gegeben!«

»Ich weiß«, meinte ich nickend.

»Woher?«, wunderte sich Geser.

»Arina hat das angedeutet.«

»Sie ist eine kluge Frau«, sagte Geser. Dann erhob er abermals die Stimme. »Das reicht! Jetzt weißt du alles, was dieses Thema angeht! Ein Mensch kann kein Anderer werden. Mit Hilfe sehr starker Artefakte kann man ihn im Anfangsstadium oder noch früher stärker oder schwächer machen, ihn zum Licht oder zum Dunkel bringen ... In einem eng gesteckten Rahmen, Anton! Wenn der kleine Jegor nicht von Anfang an neutral gewesen wäre, hätten wir die Initiierung durch die Dunklen nicht rückgängig machen können. Wenn deine Tochter nicht als Große Zauberin hätte auf die Welt kommen sollen, hätten wir sie nicht zur Allergrößten machen können! Um ein Gefäß mit Licht oder Dunkel zu füllen, muss es erst mal da sein, dieses Gefäß! Von uns hängt ab, was hineingegossen wird, aber das Gefäß selbst können wir nicht herstellen! Wir müssen uns mit Kleinigkeiten, mit den geringsten Kleinigkeiten begnügen! Und du glaubst, man könne einen Menschen in einen Anderen verwandeln!«

»Boris Ignatjewitsch ...« Ich wusste selbst nicht, warum ich Geser mit seinem russischen Namen ansprach. »... entschuldigen Sie, wenn ich Unsinn rede. Aber ich kann einfach nicht verstehen, warum Sie Timur nicht schon früher gefunden haben. Schließlich ist er der Sohn von Ihnen und Olga! Und Sie sollen ihn nicht gespürt haben? Selbst wenn Sie räumlich getrennt gewesen sind?«

In dem Moment knickte Geser überraschend ein. Auf seinem Gesicht spiegelten sich zugleich ein Schuldgefühl und Verzweiflung wider.

»Anton, ich mag ja ein alter Intrigant sein ...« Er verstummte. »Aber du kannst doch nicht ernsthaft glauben, dass ich meinen Sohn in einem Waisenhaus hätte aufwachsen lassen? In Armut und Leid? Glaubst du etwa, ich würde nicht auch gern ein bisschen Wärme und Zärtlichkeit genießen? Mich als Mensch fühlen? Mein Baby wiegen, mit meinem kleinen Sohn zum Fußball gehen, meinem heranwachsenden Jungen das Rasieren beibringen und den jungen Mann in die Wache aufnehmen? Nenn mir nur einen Grund, warum ich hätte zulassen sollen, dass mein Sohn allein in der Fremde lebt und alt wird? Bin ich ein schlechter Vater? Ein herzloser Kerl? Vielleicht. Aber warum hätte ich dann einen Anderen aus ihm machen sollen? Warum hätte ich mir diese Probleme aufhalsen sollen?«

»Aber warum haben Sie ihn nicht früher gefunden?«, konterte ich.

»Weil er bei seiner Geburt ein stinknormaler Junge war! Ohne die geringsten Anlagen zum Anderen!«

»Das könnte sein«, sagte ich unsicher.

»Du kannst dir das nicht vorstellen?«, fragte Geser. »Siehst du, ich auch nicht ... Andererseits hätte ich in Timur die Kraft spüren müssen! Da war aber keine ...«

Er breitete die Arme aus. Setzte sich. »Aber schreib nicht mir diese Heldentat zu«, murmelte er. »Ich kann aus einem Menschen keinen Anderen machen.« Geser verstummte. Um mit einem Mal aufgewühlt hinzuzufügen: »Aber du hast Recht. Ich hätte ihn früher spüren müssen! Man kann in einem fremden Menschen erst im Alter den Anderen erkennen. Aber in dem eigenen Sohn? Den du auf deinen Armen gehalten hast? In dem du unbedingt den Anderen erkennen willst? Ich weiß nicht. Seine Anlagen müssen zu schwach gewesen sein ... oder ich einfach zu blöd.«

»Es gibt noch eine Variante«, brachte ich unsicher hervor.

Geser sah mich von unten herauf an und zuckte mit den Schultern. »Varianten gibt es immer mehr als eine. Was meinst du genau?«

»Irgendjemand kann Menschen in Andere verwandeln. Und dieser Jemand hat Timur gefunden und zu einem potenziellen Anderen gemacht. Danach haben Sie ihn dann gespürt ...«

»Olga hat ihn gespürt«, brummte Geser.

»Gut, Olga. Dann haben Sie angefangen zu handeln. Sich überlegt, wie Sie die Inquisition und die Dunklen täuschen. Dabei sind Sie es, der getäuscht worden ist.«

Geser schnaubte.

»Nehmen Sie doch wenigstens für einen Augenblick an, dass man einen Menschen in einen Anderen verwandeln kann!«, bat ich.

»Und weshalb sollte jemand das getan haben?«, fragte Geser. »Ich bin bereit, alles zu glauben, wenn du mir die Gründe dafür nennst. Wollte man Olga und mich in irgendwas hineinreiten? Das kann nicht sein. Schließlich ist alles reibungslos über die Bühne gegangen.«

»Ich weiß es nicht«, gab ich zu. Und während ich aufstand, fügte ich rachsüchtig hinzu: »Aber ich an Ihrer Stelle würde mich noch nicht zurücklehnen. Sie sind daran gewöhnt, dass Ihre Intrige immer die raffinierteste ist. Aber es gibt immer mehr als eine Variante.«

»Kluger Junge ...« Geser verzog das Gesicht. »Geh jetzt zu Sweta ... Nein, warte.«

Er steckte die Hand in die Tasche seines Morgenmantels und holte sein Handy heraus. Das klingelte nicht, vibrierte aber nervös.

»Ich mach's kurz ...«, meinte Geser, während er mir zunickte. »Hallo«, sagte er dann ins Mobiltelefon, bereits mit seiner Telefonstimme.

Taktvoll ging ich zu den Schränken und guckte mir den magischen Nippes an. Gut, die Figuren von Ungeheuern dürften der Anrufung von Monstern dienen. Zum Beispiel. Aber wofür war die Peitsche nötig? War das eine Art Geißel des Schaab?

»Wir sind gleich da«, meinte Geser knapp. Dann klappte er sein Handy zu. »Anton!«

Als ich mich zu Geser umdrehte, war er gerade mit dem Umziehen fertig. Er hatte sich einfach mit den Händen über den Körper gestrichen, worauf Morgenmantel samt Pyjama Farbe und Stoff änderten, sich in einen streng geschnittenen grauen Anzug verwandelten. Mit einer letzten Handbewegung legte Geser eine Krawatte um seinen Hals. Bereits komplett mit strengem Windsorknoten. All das war keine Illusion, sondern Geser hatte tatsächlich einen Anzug aus seinem Pyjama gemacht.

»Wir müssen eine kleine Reise machen, Anton ... In das Häuschen dieser bösen Zauberin.«

»Ist sie gefasst worden?«, fragte ich, wobei ich versuchte, mir über meine Gefühle klar zu werden. Ich trat an Geser heran.

»Nein, schlimmer. Gestern Abend ist im Zuge einer Hausdurchsuchung bei Arina ein Geheimversteck entdeckt worden.« Geser fuchtelte mit der Hand, worauf in der Luft ein Portal entstand. »Es sind schon ... ein paar Leute da«, fügte er nebulös hinzu. »Gehen wir.«

»Was war in dem Versteck?«, rief ich.

Aber Gesers Hand schubste mich bereits in das weiße leuchtende Oval hinein.

»Geh in Position«, vernahm ich seinen Rat.

Der Weg durch ein Portal braucht seine Zeit. Mal Sekunden oder Minuten, manchmal auch Stunden. Das hängt nicht von der Entfernung ab, sondern von der Präzision der Einstellung. Ich wusste nicht, wer das Portal in Arinas Haus geöffnet hatte, ich wusste auch nicht, wie lange ich in der milchweißen Leere bleiben musste.

Ein Geheimversteck in Arinas Haus. Ja und? Jeder Andere konnte in seinem Haus ein Versteck für magische Gegenstände anlegen.

Was hatte Geser so beunruhigt? Denn ich war überzeugt davon, dass der Chef beunruhigt und irritiert war – zu steinern und gelassen wirkte seine Miene!

Aus irgendeinem Grund stellte ich mir fürchterliche Dinge vor, zum Beispiel Kinderleichen im Keller. Das würde Gesers Panik erklären, der so überzeugt gewesen war, dass Arina Nadjuschka nicht angerührt hätte!

Aber nein, das konnte nicht sein ...

Mit diesem Gedanken stürzte ich aus dem Portal, mitten hinein in das kleine Zimmer.

Da waren in der Tat reichlich viele Leute.

»Aus dem Weg!«, schrie Kostja und packte mich bei der Hand. Ich hatte kaum einen Schritt zur Seite getan, als Geser aus dem Portal trat.

»Ich grüße dich, Großer«, sagte Sebulon erstaunlich freundlich, ganz ohne seine sonstige Gehässigkeit.

Ich blickte mich um. Sechs unbekannte Inquisitoren, in Kitteln, die Kapuzen auf dem Kopf, alles so, wie es sich gehört. Edgar, Sebulon und Kostja – das war nicht weiter verwunderlich. Aber Swetlana! Voller Angst sah ich sie an, doch zu meiner Beruhigung schüttelte sie sofort den Kopf. Mit Nadja war also alles in Ordnung.

»Wer leitet die Untersuchung?«, fragte Geser.

»Ein Triumvirat«, antwortete Edgar knapp. »Ich von der Inquisition, Sebulon von den Dunklen und ...« Er sah Swetlana an. »... wen ihr bestimmt.«

»Ich«, nickte Geser. »Vielen Dank, Swetlana. Ich weiß das sehr zu schätzen.«

Erklärungen brauchte ich nicht. Was auch immer hier geschehen war, Swetlana war als erste Lichte eingetroffen – und hatte im Namen der Nachtwache gehandelt.

Der Dienst hatte sie zurück, wenn man so wollte.

»Sollen wir Sie informieren?«, fragte Edgar.

Geser nickte.

»Und Gorodezki?«, fragte Edgar.

»Bleibt bei mir.«

»Das ist Ihr gutes Recht.« Edgar nickte mir zu. »Also, wir haben es hier mit einem außergewöhnlichen Zwischenfall zu tun ...«

Warum verständigte er sich mit Worten?

Ich versuchte Swetlana danach zu fragen, streckte mich gedanklich nach ihr aus ...

Und schlug gegen eine blinde Mauer.

Die Inquisition hatte die Gegend blockiert. Deshalb hatte man Geser angerufen, statt sich telepathisch mit ihm in Verbindung zu setzen. Worum es hier auch gehen mochte, sollte geheim bleiben.

Die nächsten Worte Edgars bestätigten meinen Gedanken.

»Da das, was hier geschehen ist, strengster Geheimhaltung unterliegt«, sagte Edgar, »bitte ich alle Anwesenden, ihren Schutz aufzugeben und sich für die Markierung mit dem Straffeuer bereitzuhalten.«

Ich schielte zu Geser hinüber, der bereits sein Hemd aufknöpfte. Sebulon, Swetlana, Kostja und sogar Edgar – alle entkleideten sich!

Ich fand mich damit ab und zog meinen Pullover aus. Kriegte also auch ich jetzt das Straffeuer ...

»Wir, die hier Anwesenden, schwören, niemals irgendwo jemanden darüber zu informieren, was wir im Zuge der Untersuchung dieses Vorfalls in Erfahrung bringen, abgesehen vom obersten Tribunal der Inquisition als einziger Ausnahme«, sagte Edgar. »Ich schwöre!«

»Ich schwöre«, sagte Swetlana und fasste mich bei der Hand.

»Ich schwöre«, flüsterte ich.

»Ich schwöre, ich schwöre, ich schwöre ...«, erklang es von allen Seiten.

»Wenn ich dieses Geheimnis preisgebe, möge mich die Hand des Straffeuers vernichten!«, schloss Edgar.

Seine Finger loderten in blendend roten Strahlen auf. In der Luft schien der brennende Abdruck einer Hand zu hängen, die in einzelne Schichten zerfiel, um flackernd zwölffach auf uns zuzukommen. Sehr langsam – und nichts jagte mir eine derartige Angst ein wie diese Bedächtigkeit.

Als Ersten berührte das Zeichen des Straffeuers Edgar selbst. Das Gesicht des Inquisitors verzog sich, auf seiner Haut leuchteten für einen kurzen Moment noch weitere solcher glutroten Abdrücke auf.

Offenbar tat das weh ...

Geser und Sebulon nahmen die Einbrennung des Zeichens stoisch hin. Wenn meine Augen mich nicht täuschten, überzog bereits ein dichtes Netz dieser Zeichen ihren Körper.

Einer der Inquisitoren winselte auf.

Offenbar tat das sehr weh ...

Dann kam ich an die Reihe und begriff, dass ich mich geirrt hatte. Das tat nicht sehr weh – das war unerträglich! Als ob man mich mit einem glühenden Brandeisen kennzeichnete. Und mich dabei nicht nur an einer Stelle brandmarkte, sondern das Feuer durch meinen ganzen Körper jagte.

Sobald sich der blutige Schleier vor meinen Augen gehoben hatte, bemerkte ich zu meinem Erstaunen, dass ich mich – im Gegensatz zu zwei Inquisitoren – immer noch auf den Beinen hielt.

»Und da heißt es, eine Geburt sei schmerzhaft ...«, sagte Swetlana leise, während sie ihre Bluse zuknöpfte. »Ha ...«

»Ich möchte daran erinnern ... Wenn das Zeichen zum Einsatz kommt, wird es weitaus schmerzhafter sein ...«, murmelte Edgar. In den Augen des Dunklen standen Tränen. »Das ist zum Wohle der Allgemeinheit.«

»Genug der schönen Worte!«, unterbrach ihn Sebulon. »Wenn du hier nun schon mal das Sagen hast, dann benimm dich auch entsprechend.«

In der Tat, wo war Vítěszlav?

War er trotz allem nach Prag abgeflogen?

»Wenn Sie mir jetzt bitte folgen wollen«, meinte Edgar, der immer noch ein gequältes Gesicht machte. Dann ging er zur Wand.

Ein Geheimversteck kann man auf verschiedene Weise anlegen. Ganz banal als magisch maskierten Safe in der Wand, aber auch im *Zwielicht*, gesichert durch etliche mächtige Zauber.

Dieses Versteck war recht originell. Als Edgar in die Wand schlüpfte, tat sich vor ihm für einen kurzen Moment ein schmaler, irgendwie nicht für einen Menschen gedachter Spalt auf. Sofort erinnerte ich mich an jene heimtückische und komplizierte Methode, diese Mischung aus Magie der Illusion und Magie der Verschiebung. Aus einem begrenzten Raum, zum Beispiel aus einem Zimmer, wird ein Stück entfernt – hier schmale Streifen aus der Wand – und magisch zu einer einzigen »Kammer« verbunden. Eine recht komplizierte und gefährliche Sache, aber Edgar trat ruhig in das Geheimversteck ein.

»Alle passen da nicht rein«, murmelte Geser und schielte zu den Inquisitoren hinüber. »Wenn ich es richtig verstanden habe, sind Sie bereits drinnen gewesen? Dann können Sie jetzt warten.«

In der Sorge, man könne auch mich zurückhalten, machte ich einen Schritt nach vorn – und die Wand öffnete sich gehorsam vor mir. Die Verteidigungszauber waren bereits durchbrochen.

Die Kammer erwies sich als gar nicht so klein: drei mal drei Meter, mindestens. Darin gab es sogar ein Fenster, das ebenfalls aus Stücken der übrigen Fenster »zusammengeschnitten« worden war. Durch das Fenster ließ sich eine phantasmagorische Landschaft erkennen: ein Waldstreifen, ein halber Baum, ein Fetzen Himmel – alles völlig chaotisch miteinander kombiniert.

Es gab in der Kammer aber noch etwas, das weit größere Aufmerksamkeit verdiente.

Ein guter Anzug aus festem grauem Stoff, ein schickes Hemd (weiß, aus Seide, mit Spitze am Kragen und an den Manschetten), eine elegante Krawatte (silbergrau mit einem rot glänzenden Streifen), ein Paar herrlicher schwarzer Lederschuhe, aus denen weiße Socken hervorlugten. All das lag mitten in der Kammer auf dem Boden. Im Anzug würde sich mit Sicherheit seidene Unterwäsche mit handgesticktem Monogramm finden.

Allerdings verspürte ich nicht den Wunsch, in der Kleidung des Hohen Vampirs Vítěszlav herumzuwühlen. Denn die homogene graue Asche in der Kleidung und um sie herum – das war alles, was von dem Inspektor des Europabüros der Inquisition noch übrig war.

Swetlana, die die Kammer nach mir betreten hatte, seufzte nur und nahm mich bei der Hand. Geser grunzte finster. Sebulon seufzte, anscheinend sogar aufrichtig.

Kostja, der als Letzter hereinkam, brachte keinen Laut heraus. Sondern stand wie angewurzelt da und betrachtete die traurigen Überreste seines Artgenossen.

»Wie Sie verstehen, meine Herren«, sagte Edgar leise, »ist das, was hier geschehen ist, schon an sich grauenvoll. Ein Hoher Vampir ist ermordet worden. Schnell und ohne jede Kampfspuren. Ich vermute, dass selbst den verehrten Hohen, die hier anwesend sind, das nicht möglich wäre.«

»Die hier anwesenden Hohen sind nicht so dumm, einen Mitarbeiter der Inquisition anzugreifen«, presste Geser angewidert heraus. »Sollte die Inquisition jedoch auf einer Überprüfung bestehen ...«

Edgar schüttelte den Kopf. »Nein. Gerade weil ich nicht den geringsten Verdacht gegen Sie hege, habe ich Sie hierher gerufen. Bevor ich das Europabüro in Kenntnis setze, hielt ich es für angebracht, Ihren Rat einzuholen. Schließlich ist das hier das Territorium der Moskauer Wachen.«

Sebulon hockte sich neben die Überreste, nahm ein wenig Asche auf, rieb sie zwischen den Fingern, roch daran und berührte sie anscheinend sogar mit der Zunge. Mit einem Seufzer erhob er sich. »Vítěszlav ...«, murmelte er. »Ich kann mir nicht vorstellen, wer ihn umgebracht haben könnte. Ich würde ...« Er zögerte. »... ich würde es mir dreimal überlegen, bevor ich mich auf einen Kampf mit ihm einließe. Und Sie, Kollege?«

Er sah Geser an. Der ließ sich mit der Antwort Zeit, sah sich die Asche mit der Begeisterung eines jungen Naturwissenschaftlers an.

»Geser?«, fragte Sebulon.

»Ja, ja ...«, meinte Geser nickend. »Ich hätte es gekonnt. Ehrlich gesagt, hatten wir schon die Gelegenheit ... es gab da verschiedentlich Missverständnisse. Aber so schnell ... und so sauber ...« Geser breitete die Arme aus. »Nein, das hätte ich nicht geschafft. Leider nicht. Man könnte fast neidisch werden.«

»Das Siegel«, erinnerte ich vorsichtig. »Vampire bekommen bei einer temporären Registrierung ein Siegel ...«

Edgar sah mich an, als rede ich Unsinn. »Aber nicht die Mitarbeiter der Inquisition.«

»Und nicht die Hohen Vampire!«, fügte Kostja streitlustig hinzu. »Das Kleinvieh kriegt ein Siegel, das sich nicht unter Kontrolle hat, Vampire und Tiermenschen in ihrer Lehrzeit.«

»Eigentlich wollte ich schon lange die Frage zur Diskussion stellen, ob wir diese diskriminierende Behandlung nicht abschaffen«, warf Sebulon ein. »Vampire und Tiermenschen sollten kein Siegel bekommen, sobald sie den zweiten, besser noch den dritten Grad erlangt haben.«

»Lass uns noch die Registrierung bei der jeweils anderen Wache am Wohnort abschaffen«, schlug Geser amüsiert vor.

»Schluss mit dem Streit!«, ließ sich Edgar in überraschend herrischem Ton vernehmen. »Gorodezkis Unwissenheit ist kein Grund, hier einen Disput vom Zaun zu brechen! Außerdem ... ist das Ende der Existenz des Vampirs Vítěszlav noch nicht das schlimmste.«

»Was könnte denn noch schlimmer sein als ein Anderer, der spielend einen Hohen umbringt?«, fragte Sebulon.

»Das *Fuaran*«, antwortete Edgar nur. »Das *Fuaran*, dessentwegen er ermordet worden ist.«

Zwei

Sebulon grinste. Die Worte Edgars, das war nicht zu übersehen, nahm er auch nicht ansatzweise für bare Münze.

Geser wiederum schien wütend zu werden. Kein Wunder. Erst war ich ihm mit dem *Fuaran* gekommen, jetzt der Inquisitor.

»Verehrter ... europäischer Inquisitor.« Nach kurzem Zögern hatte der Chef doch noch eine in Maßen bösartige Anrede gefunden. »Ich interessiere mich nicht weniger als Sie für Mythologie. Unter Hexen sind die Erzählungen über das *Fuaran* sehr verbreitet, aber wir sind uns doch wohl einig, dass dies nur ein Versuch ist, der eigenen ... Kaste mehr Glanz zu verleihen. Vergleichbare folkloristische Erzählungen sind auch bei Werwölfen, Vampiren und sonstigen Anderen im Umlauf, deren Schicksal es ist, eine untergeordnete Rolle in unserer Gemeinschaft zu spielen. Doch wir stehen hier vor einem realen Problem und sollten uns nicht im Dickicht alten Aberglaubens verlieren ...«

»Ich verstehe Ihren Standpunkt, Geser«, unterbrach Edgar ihn. »Aber die Sache ist die, dass Vítěszlav sich vor zwei Stunden mit mir in Verbindung gesetzt hat, indem er mich auf meinem Handy angerufen hat. Er hatte Arinas Sachen überprüft und war dabei unversehens über das Geheimversteck gestolpert. Kurz gesagt ... Vítěszlav war völlig aufgelöst. Er hat behauptet, im Versteck liege das *Fuaran*. Und dass es echt sei. Ich ... muss zugeben, dass ich das Ganze mit Skepsis aufgenommen habe. Vítěszlav ließ sich leicht beeindrucken.«

Geser schüttelte zweifelnd den Kopf.

»Ich bin nicht sofort hergekommen«, fuhr Edgar fort. »Vor allem weil Vítěszlav gesagt hatte, dass er Mitarbeiter der Inquisition aus der Absperrung abziehen werde.«

»Hat er denn vor etwas Angst gehabt?«, fragte Sebulon scharf.

»Vítěszlav? Ich glaube, vor nichts Konkretem. Das ist einfach die übliche Prozedur, wenn derart starke Artefakte entdeckt werden. Ich hatte gerade die Überprüfung der Posten beendet und mit Konstantin gesprochen, als unsere Mitarbeiter uns darüber informierten, dass sie sich um das Haus herum aufgestellt hätten, Vítěszlavs Anwesenheit aber nicht spürten. Daraufhin habe ich sie angewiesen, ins Haus zu gehen. Sie haben mir mitgeteilt, dass im Haus niemand sei. Das hat mich ...« Edgar stockte. »... leicht irritiert. Warum sollte sich Vítěszlav vor seinen Kollegen verstecken? Ich habe mir Kostja geschnappt, und wir beide sind so schnell wie möglich hergekommen. Es hat etwa vierzig Minuten gedauert, denn wir wollten nicht durchs *Zwielicht* gehen, da wir möglicherweise all unsere Kraft brauchen würden. Und unsere Kollegen konnten für uns kein ordentliches Portal aufhängen, da es hier nur so von magischen Artefakten strotzt ...«

»Verstehe«, sagte Geser. »Weiter.«

»Das Haus war abgeriegelt worden, zwei Mitarbeiter hatten drinnen Posten bezogen. Zusammen mit diesen beiden haben wir das Geheimversteck betreten und dort die Überreste von Vítěszlav entdeckt.«

»Wie lange ist Vítěszlav ohne Schutz gewesen?«, erkundigte sich Geser. Immer noch ungläubig, doch jetzt zumindest mit einem Anflug von Interesse.

»Etwa eine Stunde.«

»Und dann haben die Inquisitoren noch vierzig Minuten lang seine Leiche bewacht. Sie sind zu sechst gewesen, alle vierte und dritte Kraftstufe.« Geser runzelte die Stirn. »Ein starker Magier hätte an ihnen vorbeigehen können.«

»Wohl kaum.« Edgar schüttelte den Kopf. »Ja, sie stehen auf der vierten und dritten Stufe, nur Roman schafft es mitunter, wenn er sich anstrengt, auf die zweite. Aber sie sind mit *unseren* Wachamuletten ausgerüstet. Selbst ein Großer wäre nicht an ihnen vorbeigekommen.«

»Also muss der Mörder vor ihnen hier gewesen sein, oder?«

»Vermutlich«, gab Edgar ihm Recht.

»Und zwar ein Magier, der relativ stark sein muss, damit er einen Hohen Vampir so schnell ermorden kann ...«, Geser schüttelte den Kopf. »Ich habe nur einen Kandidaten.«

»Die Hexe«, murmelte Sebulon. »Wenn sich das *Fuaran* tatsächlich in ihrem Besitz befand, dann könnte sie deswegen zurückgekehrt sein.«

»Erst lässt sie es hier, und dann kommt sie deswegen zurück?«, rief Swetlana aus. Mir war klar, dass sie versuchte, Arina zu verteidigen. »Das ist unlogisch!«

»Anton und ich haben sie verfolgt«, antwortete Edgar treuherzig. »Sie ist in Panik davongerannt. Offenbar ist sie jedoch nicht gleich geflohen, wie wir angenommen haben, sondern hat sich in der Nähe versteckt. Als Vítěszlav das Buch gefunden hat, hat sie das gespürt und es mit der Angst zu tun bekommen.«

Geser blickte Swetlana und mich finster an. Sagte aber kein Wort.

»Vielleicht ist Vítěszlav ja auch ohne Fremdverschulden gestorben«, ließ Swetlana nicht locker. »Er hat das Buch gefunden, hat versucht, einen der darin beschriebenen Zauber zu wirken ... und ist gestorben. Solche Fälle hat es schließlich bereits gegeben!«

»Ach ja«, höhnte Sebulon. »Und in der Zwischenzeit sind dem Buch Beinchen gewachsen, und es ist weggelaufen.«

»Selbst diese Version würde ich nicht ausschließen.« Jetzt ergriff Geser Swetlanas Partei. »Vielleicht sind ihm ja welche gewachsen. Vielleicht ist es ja weggelaufen.«

Stille senkte sich herab, und in dieser Stille erschall Sebulons Lachen besonders laut. »Köstlich! Glauben wir jetzt also an das *Fuaran*?«

»Ich glaube daran, dass jemand mühelos einen Hohen Vampir ermordet hat«, sagte Geser. »Und dieser Jemand fürchtet weder die Wachen noch die Inquisition. Allein deswegen sollte der Fall schnell und gründlich untersucht werden. Meinen Sie nicht auch, Kollege?«

Gegen seinen Willen musste Sebulon nicken.

»Gehen wir doch mal einen Moment lang davon aus, dass das *Fuaran* tatsächlich hier aufbewahrt worden ist ...« Geser schüttelte den Kopf. »Dass alle Gerüchte über dieses Buch stimmen ...«

Sebulon nickte erneut.

Die beiden Großen erstarrten. Sahen einander an. Vielleicht, um sich mit Blicken zu messen, vielleicht, um ungeachtet sämtlicher Schutzmaßnahmen irgendein magisches Gespräch zu führen.

Ich ging zu den Überresten des Vampirs und hockte mich hin.

Ein unangenehmer Typ. Selbst für einen Vampir.

Und trotzdem einer von uns.

Ein Anderer.

Hinter mir brummte Edgar etwas von der Notwendigkeit, neue Leute anzufordern und davon, dass es jetzt lebenswichtig geworden sei, Arina zu fangen. Diesmal würde die Hexe nicht entkommen. Die Verletzung des Großen Vertrages – mochte sie auch noch so schwerwiegend sein, so war sie doch immerhin recht lange her – war eine Sache. Der Mord an einem Inquisitor eine andere.

Und alle Fakten sprachen gegen sie. Wer sonst wäre so stark, einen Hohen Vampir abzumurksen?

Trotzdem glaubte ich aus irgendeinem Grund nicht an Arinas Schuld ...

Vítĕszlavs Überreste riefen nicht den geringsten Ekel in mir hervor. Vielleicht, weil ihnen so gar nichts Menschliches anhaftete und selbst Knochen völlig fehlten. Graue Asche, ähnlich der von einer feucht gewordenen Zigarette, die die Form bewahrt hatte, aber eine absolut homogene Struktur aufwies. Ich berührte etwas, das vage an eine geballte Faust erinnerte – und wunderte mich nicht im Geringsten, als die Asche zerfiel und ein zerknülltes weißes Blatt freigab.

Grabesstille senkte sich herab. Da niemand Einwände erhob, nahm ich das Blatt, drehte es um und las es. Erst danach schaute ich die Magier an.

Alle hatten so angespannte Gesichter, als erwarteten sie zu hören: »Vítĕszlav hat vor seinem Tod den Namen seines Mörders aufgeschrieben ... Sie waren es!«

»Das hat nicht Vítĕszlav geschrieben«, sagte ich. »Das ist Arinas Handschrift. Sie hat mir eine Erklärung geschrieben ...«

»Lies vor«, verlangte Edgar.

»An die Herren Inquisitoren!«, las ich laut. »Wenn Sie das lesen, heißt das, Sie haben sich an Vergangenes erinnert und geben keine Ruhe. Ich schlage Ihnen vor, die Angelegenheit friedlich beizulegen. Sie bekommen das Buch, das Sie suchen. Ich bekomme eine Begnadigung.«

»Sie haben also danach gesucht?«, fragte Geser in sehr ruhigem Ton.

»Die Inquisition sucht alle Artefakte«, erwiderte Edgar gelassen. »Auch die, die als mythisch eingestuft werden.«

»Wäre sie begnadigt worden?«, fragte Swetlana plötzlich.

Missmutig sah Edgar sie an. »Wenn das *Fuaran* hier gewesen wäre?«, meinte er. »Ich treffe diese Entscheidung zwar nicht, aber vermutlich schon. Wenn es das echte *Fuaran* gewesen wäre.«

»Allmählich neige ich der Auffassung zu, dass es das echte war ...«, sagte Geser leise. »Edgar, ich möchte mich gern mit meinen Mitarbeitern beratschlagen.«

Edgar breitete nur die Arme aus. Möglicherweise war er nicht sonderlich erpicht darauf, mit Sebulon und Kostja allein zu bleiben, doch die Miene des Inquisitors verriet nichts.

Swetlana und ich folgten Geser aus dem Geheimversteck hinaus.

Die Inquisitoren empfingen uns mit dermaßen misstrauischen Blicken, als verdächtigten sie uns, alle Dunklen umgebracht zu haben. Geser nahm es gelassen hin.

»Wir ziehen uns zu einem Gespräch zurück«, warf er ihnen achtlos hin, während er sich zur Tür wandte. Die Inquisitoren wechselten beredte Blicke, erhoben jedoch keine Einwände. Nur einer steuerte auf das Geheimversteck zu. Doch da hatten wir das Haus der Hexe bereits verlassen.

Hier, in der Tiefe des Waldes, kam es mir vor, als sei es noch nicht einmal Morgen. Ein geheimnisvolles Halbdunkel, ganz wie in den frühen Dämmerstunden. Verwundert blickte ich nach oben. Und bemerkte, dass der Himmel in der Tat unnatürlich grau aussah, als blicke ich ihn durch eine Sonnenbrille an. So wirkte sich in unserer Welt also der magische Schutzschild aus, den die Inquisitoren aufgestellt hatten.

»Alles geht den Bach runter ...«, murmelte Geser. »Alles ganz falsch ...«

Sein Blick huschte von mir zu Swetlana und zurück. Als könne er sich nicht entscheiden, wen von uns beiden er jetzt brauchte.

»Hat sie das *Fuaran* wirklich gehabt?«, fragte Swetlana.

»Anscheinend ja. Anscheinend existiert dieses Buch.« Geser verzog das Gesicht. »Wie dumm ... wie unschön ...«

»Wir müssen die Hexe finden«, sagte Swetlana. »Wenn Sie wollen ...«

Geser schüttelte den Kopf.

»Nein, das will ich nicht. Arina muss entkommen.«

»Das weiß ich.« Ich fasste nach Swetlanas Hand. »Wenn man Arina fasst, könnte sie sagen, wer dieser Lichte war ...«

»Arina weiß nicht, wer dieser Lichte gewesen ist«, fiel Geser mir ins Wort. »Dieser Lichte kam in einer Maskierung zu ihr. Sie könnte einen Verdacht haben, etwas ahnen, vielleicht sogar überzeugt sein, aber sie hat keine Beweise. Nein, was weitaus schlimmer ist …«

Plötzlich durchschaute ich alles.

»Das *Fuaran*?«

»Ja«, meinte Geser nickend. »Deshalb würde ich euch bitten …«

Bevor er den Satz beendete, sagte ich schnell: »Wir wissen nicht, wo Arina ist. Das stimmt doch, oder, Swetlana?«

Swetlana blickte finster drein, nickte aber.

»Danke«, sagte Geser. »Das war das Erste. Jetzt zum Zweiten. Wir müssen das *Fuaran* finden. Um jeden Preis. Vermutlich wird ein Suchtrupp gebildet. Ich möchte, dass von unserer Seite Anton daran teilnimmt.«

»Ich bin stärker«, sagte Swetlana leise.

»Das spielt in dem Fall keine Rolle.« Geser schüttelte den Kopf. »Nicht die geringste. Außerdem brauche ich dich hier, Swetlana.«

»Wozu?«, wollte Swetlana misstrauisch wissen.

Einen Moment lang zögerte Geser. Dann sagte er: »Um im Notfall Nadja zu initiieren.«

»Das kommt überhaupt nicht in Frage!«, sagte Swetlana mit eisiger Stimme. »In ihrem Alter und mit ihrer Kraft kann sie noch keine Andere werden!«

»Möglicherweise bleibt uns nichts anderes übrig«, murmelte Geser. »Swetlana, die Entscheidung triffst du. Ich bitte dich nur, dass du in der Nähe des Kindes bleibst.«

»Da mach dir mal keine Gedanken«, zischte Swetlana. »Ich werde sie nicht aus den Augen lassen.«

»Richtig so.« Geser lächelte und ging wieder zum Haus zurück. »Kommt, jetzt beginnt unser Rat in Fili.«

Kaum hatte sich die Tür hinter ihm geschlossen, als Swetlana sich mir zudrehte. »Kannst du dir einen Reim darauf machen?«, fragte sie mit allem Nachdruck.

»Geser hat seinen Sohn nicht finden können«, meinte ich. »Der ist nämlich wirklich nur ein Mensch gewesen! Und erst vor kurzem zum Anderen geworden.«

»Arina?«

»Sieht so aus. Sie ist aus ihrem Winterschlaf erwacht und hat sich orientiert. Hat in Erfahrung gebracht, wer jetzt der Chef bei welcher Wache ist ...«

»Und hat das *Fuaran* benutzt, um Geser insgeheim ein kleines Geschenk zu machen? Um seinen Sohn in einen Anderen zu verwandeln?« Swetlana zuckte die Achseln. »Das glaub ich nicht. Weshalb hätte sie das tun sollen? So dick ist ihre Freundschaft doch wohl nicht, oder?«

»Was heißt, weshalb? Jetzt wird Geser alles daransetzen, damit Arina nicht gefunden wird. Das ist ihre Rückversicherung, oder etwa nicht?«

Swetlana kniff die Augen zusammen. Dann nickte sie. »Aber was ist, wenn die Tagwache ...«

»Woher wollen wir wissen, was sie im Hinblick auf Sebulon unternommen hat?« Ich zuckte mit den Schultern. »Irgendwie glaube ich, dass auch die Tagwache es mit der Suche nach der Hexe nicht übertreiben wird.«

»Das ist doch ein durchtriebenes Weibsbild«, sagte Swetlana ohne jede Häme. »Ich hätte Hexen nicht so unterschätzen dürfen! Durchschaust du auch die Geschichte mit Nadja?«

Ich schüttelte den Kopf.

Das, was Geser gesagt hatte, war in der Tat völliger Quatsch. Manchmal wurden Andere im Alter von fünf oder sechs Jahre initiiert. Aber niemals früher. Ein Kind, das die Fähigkeiten eines Anderen erhält, das diese aber noch nicht kontrolliert einsetzen kann, wäre eine wandelnde Bombe. Vor allem eine so starke Andere wie Nadjuschka. Selbst Geser würde das Mädchen nicht aufhalten können, wenn es übermütig wird und seine Kraft einsetzt.

Nein, die Worte Gesers ergaben einfach keinen Sinn!

»Ich reiße ihm die Beine aus und pflanze sie ihm an Stelle der Arme wieder an!«, versprach Swetlana völlig gelassen. »Sobald er noch einmal darauf zu sprechen kommt, dass Nadja initiiert werden soll. Was ist, wollen wir gehen?«

Hand in Hand – wir beide hatten im Moment das starke Bedürfnis, einander nahe zu sein – gingen wir zum Haus zurück.

Die Inquisitoren, die durch eine Laune des Zufalls in das Geheimnis eingeweiht worden waren, sollten erneut eine Kette rund um das Haus bilden. Wir sechs setzten uns an den Tisch.

Geser trank Tee. Er hatte ihn selbst aufgebrüht, wobei er nicht nur normalen Sud benutzt, sondern auch Kräuter aus den reichen Vorräten der Hexe hinzugegeben hatte. Auch ich nahm eine Tasse. Der Tee roch nach Minze und Wachholder, war bitter und streng, machte mich aber munter. Sonst konnte er niemand verführen: Swetlana murmelte freundlich etwas und stellte ihre Tasse weg.

Auf dem Tisch lag der Brief.

»Vor zweiundzwanzig, dreiundzwanzig Stunden«, meinte Sebulon mit einem Blick auf das Blatt Papier. »Sie hat den Brief vor Ihrem Besuch geschrieben, Inquisitor!«

Edgar nickte. »Schon möglich ...«, fügte er widerwillig hinzu. »Möglicherweise sogar während unseres Besuchs. Wir hatten Probleme, sie in den tiefen Schichten des *Zwielichts* zu verfolgen. Ihr wäre also genug Zeit geblieben, sich in aller Ruhe hinzusetzen und den Brief zu schreiben.«

»Damit haben wir keinen Grund, die Hexe zu verdächtigen«, murmelte Sebulon. »Sie hat das Buch dagelassen, um sich freizukaufen. Arina hätte also keine Veranlassung gehabt, deswegen zurückzukommen und einen Inquisitor umzubringen.«

»Einverstanden«, meinte Geser zögerlich.

»Welch erstaunliche Übereinstimmung zwischen Dunklen und Lichten ...«, bemerkte Edgar. »Sie machen mir Angst, meine Herren.«

»Das ist nicht die Zeit für Unstimmigkeiten«, erwiderte Sebulon. »Wir müssen den Mörder und das Buch finden.«

O ja, er hatte seine Gründe, Arina zu verteidigen!

»Gut.« Edgar nickte. »Kommen wir zum Anfang zurück. Vítězslav hat mich angerufen und mir vom *Fuaran* erzählt. Das Gespräch hat niemand mitgehört.«

»Alle Gespräche über Handy werden abgehört und aufgezeichnet ...«, warf ich ein.

»Was du nicht sagst, Anton!« Edgar bedachte mich mit einem ironischen Blick. »Ermitteln etwa Geheimdienste der Menschen gegen die Anderen? Um dann, sobald sie etwas von dem Buch gehört haben, einen Agenten hierher zu schicken? Der dann einen Hohen Vampir ermordet?«

»Anton hat so Unrecht nicht«, sprang Geser mir zur Seite. »Ihnen ist doch bekannt, Edgar, dass wir jedes Jahr Schritte der Menschen zu unterbinden haben, die auf unsere Entdeckung zielen. Und was die Spezialabteilungen der Geheimdienste angeht ...«

»Dort sitzen welche von uns«, warf Edgar ein. »Doch selbst wenn wir davon ausgehen, dass wieder einmal nach Anderen gefahndet wird, dass irgendwo Informationen nach außen dringen, bleibt Vítězslavs Tod ein Rätsel. Nicht einmal James Bond könnte unbemerkt zu ihm vordringen.«

»James Bond? Wer ist denn das?«, wollte Sebulon wissen.

»Das gehört in den Bereich der Mythologie«, meinte Geser schmunzelnd. »Der modernen Mythologie. Lassen Sie uns hier nicht sinnlos unsere Zeit vergeuden, meine Herren. Die Situation ist doch völlig klar: Vítĕszlav ist von einem Anderen ermordet worden. Einem starken Anderen. Und aller Wahrscheinlichkeit nach von jemandem, dem der Inquisitor vertraut hat.«

»Er hat niemandem vertraut, noch nicht einmal mir«, murmelte Edgar. »Vampire nehmen das Misstrauen einfach mit dem Mutterblut auf ... wenn Sie den Scherz entschuldigen wollen.«

Niemand lächelte. Kostja schielte finster zu Edgar hinüber, sagte jedoch kein Wort.

»Willst du von allen Anwesenden das Gedächtnis überprüfen lassen?«, erkundigte sich Geser höflich.

»Würden Sie dem denn zustimmen?«, wollte Edgar wissen.

»Nein«, entgegnete Geser. »Ich weiß die Arbeit der Inquisition zu schätzen, aber alles hat seine Grenzen.«

»Damit wären wir in einer Sackgasse gelandet.« Edgar breitete die Arme aus. »Meine Herren, wenn Sie nicht kooperationsbereit sind ...«

Swetlana hüstelte taktvoll. »Darf ich vielleicht etwas dazu sagen?«, fragte sie.

»Aber ja, sicher.« Edgar nickte freundlich.

»Ich glaube, wir schlagen einen falschen Weg ein«, sagte Swetlana. »Sie sind der Ansicht, wir sollten den Mörder suchen, dann würden wir auch das Buch finden. Das stimmt, aber den Mörder kennen wir nicht. Warum versuchen wir nicht einfach, das Buch aufzuspüren? Über das *Fuaran* kommen wir dann auch an den Mörder.«

»Und wie würdest du das Buch suchen, Lichte?«, fragte Sebulon in ironischem Ton. »Willst du James Bond anrufen?«

Swetlana streckte die Hand aus und berührte vorsichtig Arinas Brief. »Also ... Soweit ich es verstanden habe, hat die Hexe den auf das Buch gelegt, möglicherweise sogar zwischen die Seiten gesteckt. Eine gewisse Zeit lang lagen diese beiden Gegenstände also zusammen. Das Buch selbst ist eine magische, eine mächtige Sache. Wenn wir ein Ebenbild herstellen ... Sie wissen schon, in der Weise, wie man es den jungen Magiern beibringt ...«

Unter den Blicken der Hohen wurde sie unsicher und geriet aus dem Konzept. Doch sowohl Sebulon wie auch Geser blickten Swetlana wohlwollend an.

»Ja, stimmt, es gibt eine solche Magie«, murmelte Geser. »Wie ist das gleich, jetzt fällt's mir wieder ein ... Einmal ist mir ein Pferd gestohlen worden, ich hatte dann nur noch das Zaumzeug ...«

Er verstummte. Schielte zu Sebulon hinüber. »Ich bitte Sie, Dunkler«, sagte er in ausgesucht freundlichem Ton. »Erschaffen Sie das Ebenbild!«

»Ich würde es lieber sehen, wenn Sie das täten«, erwiderte Sebulon nicht weniger höflich. »Damit mir nicht unterstellt wird, ich sei unehrlich gewesen.«

Irgendwas stimmte hier nicht! Aber was?

»Nun, wie heißt es doch im Volksmund so schön: Den ersten Peitschenhieb für den Denunzianten!«, meinte Geser fröhlich. »Swetlana, dein Vorschlag ist angenommen. Stell das Ebenbild her.«

Gequält sah Swetlana Geser an. »Boris Ignatjewitsch ... Es tut mir leid, das ist eine so einfache Sache ... die habe ich schon lange nicht mehr gemacht. Vielleicht könnten wir einen Magier mit niedrigerem Grad bitten?«

Daran hakte es also. Die Großen Magier beherrschten das ABC der Magie, das allen neuen Anderen beigebracht wird, nicht mehr. Hatten es vergessen – wie ein Akademiker das kleine Einmaleins oder Schönschrift!

»Wenn Sie nichts dagegen haben«, sagte ich. Ohne die Antwort abzuwarten, streckte ich eine Hand nach dem Brief aus. Ich kniff die Augen zusammen, damit der Schatten meiner Wimpern auf meine Augen fiel, und sah durchs *Zwielicht* auf das graue Blatt Papier. Ich stellte mir ein Buch vor, einen dicken Schmöker, gebunden in Menschenhaut, das Tagebuch einer von Menschen und Anderen verfluchten Hexe ...

Langsam formte sich das Bild. Das Buch sah fast so aus, wie ich es mir vorgestellt hatte, nur die Ecken des Einbands waren mit goldfarbenen Metalldreiecken beschlagen. Anscheinend waren sie erst später angebracht worden, von einem der Besitzer des *Fuaran,* der nicht wollte, dass das Buch beschädigt wurde.

»Da ist es!«, sagte Geser mit lebhaftem Interesse. »In der Tat, in der Tat ...«

Die Magier erhoben sich, beugten sich über den Tisch, betrachteten das nur für Andere sichtbare Bild des Buchs. Das Papier auf dem Tisch erzitterte leicht, als gehe hier ein Luftzug.

»Kann man es nicht öffnen?«, fragte Kostja.

»Nein, das ist nur ein Bild, das die Sache selbst nicht in sich birgt ...«, sagte Geser freundlich. »Weiter, Anton. Fixiere es ... und überleg dir einen Suchmodus.«

Das Bild des Buchs zu fixieren gelang mir ohne weiteres. Aber die Bitte, mir einen Suchmodus zu überlegen, hatte mich kalt erwischt. Am Ende entschied ich mich für eine groteske Kompass-Analogie: ein riesiger, tellergroßer Kompass mit einer Nadel, die sich um die eigene Achse drehte. Ein Ende der Nadel leuchtete heller – es musste das *Fuaran* anzeigen.

»Lad ihn mit Energie auf«, bat Geser. »Er muss mindestens eine Woche funktionieren ... für alle Fälle.«

Ich lud ihn auf.

Völlig erschöpft, aber zufrieden entspannte ich mich.

Wir starrten auf den im *Zwielicht* hängenden »Kompass«. Die Nadel wies direkt auf Sebulon.

»Was soll das, Gorodezki?«, wollte Sebulon wissen. Er stand auf und trat zur Seite.

Die Nadel rührte sich nicht.

»Gut«, meinte Geser zufrieden. »Edgar, deine Mitarbeiter sollen reinkommen.«

Rasch ging Edgar zur Tür, rief sie und kam an den Tisch zurück.

Einer nach dem anderen betraten die Inquisitoren das Zimmer.

Die Nadel rührte sich nicht. Sondern wies ins Leere.

»Was zu beweisen war«, brachte Edgar beruhigt hervor. »Keiner der hier Anwesenden hat etwas mit dem Diebstahl des Buches zu tun.«

»Sie zittert«, sagte Sebulon, indem er auf den »Kompass« guckte. »Die Nadel zittert. Aber da wir bei dem Buch keine Beinchen entdecken konnten ...«

Er brach in ein unschönes, böses Gelächter aus. Er schlug Edgar auf die Schulter. »Was nun, alter Genosse?«, fragte er. »Brauchst du Hilfe bei der Festnahme?«

Edgar fixierte den »Kompass« ebenfalls aufmerksam. »Wie genau arbeitet das Gerät, Anton?«, fragte er dann.

»Ich glaube, nicht sehr genau«, gestand ich. »Schließlich war die Spur des Buchs nur sehr schwach.«

»Die Genauigkeit!«, wiederholte Edgar.

»Auf hundert Meter genau«, vermutete ich. »Vielleicht auf fünfzig. Soweit wie ich es verstehe, wird das Signal in größerer Nähe zu stark, und die Nadel fängt dann an, sich nur noch chaotisch um sich selbst zu drehen. Tut mir leid.«

»Keine Sorge, Anton, du hast alles richtig gemacht«, lobte mich Geser. »Bei einer so schwachen Verbindung hätte das niemand besser machen können. Hundert Meter sind hundert Meter ... Kannst du die Entfernung zum Ziel bestimmen?«

»Annähernd, anhand der Helligkeit des Leuchtens ... Hundertzehn, hundertzwanzig Kilometer.«

Geser blickte finster drein. »Das Buch ist bereits in Moskau. Wir verschwenden hier unsere Zeit, meine Herren. Edgar!«

Der Inquisitor steckte die Hand in die Tasche und holte eine gelblich-weiße Kugel aus Knochen heraus. Äußerlich sah sie wie eine gewöhnliche Billardkugel aus, nur etwas kleiner. Außerdem überzogen willkürlich eingravierte, unverständliche Piktogramme ihre Oberfläche. Edgar nahm die Kugel in beide Hände und konzentrierte sich.

Im nächsten Moment spürte ich, wie sich etwas veränderte. Als habe bis eben in der Luft ein mit bloßem Auge nicht zu erkennender, aber dennoch wahrnehmbarer Schleier gehangen – der jetzt verschwand, zusammenschrumpfte, in die beinerne Kugel kroch.

»Ich habe gar nicht gewusst, das die Inquisition noch minoische Kugeln in ihrem Besitz hat«, bemerkte Geser.

»Kein Kommentar«, sagte Edgar, zufrieden mit seinem Auftritt, lächelnd. »Gut, die Barrieren werden aufgelöst. Hängen Sie ein Portal auf, Große!«

Natürlich. Ein direktes Portal, das vorher »drüben« nicht markiert wird, das ist eine Aufgabe für Große. Edgar selbst konnte das entweder nicht oder wollte Kraft sparen ...

Geser schielte zu Sebulon hinüber. »Vertrauen Sie mir noch einmal?«, fragte er.

Sebulon fuchtelte schweigend mit der Hand – und in der Luft öffnete sich ein im Dunkel klaffender Spalt. Sebulon trat als Erster hinein, danach, uns mit einem Zeichen auffordernd, ihm zu folgen, Geser. Ich nahm den wertvollen Brief Arinas zusammen mit dem unsichtbaren »Kompass« an mich und folgte Swetlana.

Obwohl das direkte Portal äußerlich anders aussah, war im Innern alles wie sonst. Ein milchiger Nebel, der Eindruck, sich schnell fortzubewegen, der vollständige Verlust des Zeitgefühls. Ich versuchte mich zu konzentrieren – gleich würden wir in die Nähe des Verbrechers kommen, des Mörders eines Hohen Vampirs. Geser und Sebulon würden natürlich das Kommando übernehmen. Swetlana war ihnen, wenn auch nicht an Erfahrung, so doch an Kraft sogar noch überlegen. Kostja mochte jung sein, war aber bereits ein Hoher. Und dann hatten wir noch Edgar mit seinem Team und den Taschen voller Artefakte aus den Beständen der Inquisition. Trotzdem konnte ein Kampf lebensgefährlich sein.

Im nächsten Moment begriff ich allerdings, dass es keinen Kampf geben würde.

Zumindest nicht gleich.

Wir standen auf dem Bahnsteig des Kasaner Bahnhofs. Unmittelbar um uns herum gähnende Leere – die Menschen spüren, wenn in ihrer Nähe ein Portal geöffnet wird, und ziehen sich unwillkürlich etwas zurück. Ansonsten herrschte ein Gedränge, wie es selbst in Moskau nur im Sommer und nur auf einem Bahnhof denkbar ist. Die Menschen eilten zur Eisenbahn, stiegen aus Fernzügen, zogen Gepäck hinter sich, rauchten im Wartesaal an der Anzeigetafel, bis ihr Zug darauf erschien, tranken Bier oder Limonade, aßen die schrecklichen Bahnhofspiroggen und die nicht weniger suspekten Schawarma. Vermutlich befanden sich im Radius von hundert Metern nicht weniger als zwei-, dreitausend Menschen.

Ich blickte auf den imaginären »Kompass«. Langsam drehte sich die Nadel.

»Wir sollten umgehend Aschenbrödel anheuern«, sagte Geser, während er sich umsah. »Wir müssen einen Mohnsamen in einem Sack Hirse finden.«

Einer nach dem anderen tauchten die Inquisitoren neben uns auf. Edgars Gesicht, der sich bereits auf einen harten Kampf eingestellt und vorbereitet hatte, spiegelte seine Verwirrung wider.

»Er versucht, sich zu verstecken«, sagte Sebulon. »Schön, soll er ...«

Doch auch in seinem Gesicht stand keine besondere Freude geschrieben.

Unserer Gruppe näherte sich eine schwer befrachtete Frau mit gestreiften Plastiktaschen auf einem Handwagen. In dem verschwitzten roten Gesicht zeigte sich jene Entschlossenheit, wie sie nur eine russische Frau haben kann, die als so genanntes Shuttle arbeitet, indem sie Sachen aus dem Ausland heranschafft und sie hier verkauft, um ihren nichtsnutzigen Mann sowie drei oder vier Kinder durchzufüttern.

»Der Zug nach Uljanowsk ist noch nicht ausgerufen, oder?«, wollte sie wissen.

Swetlana schloss kurz die Augen. »In sechs Minuten auf Gleis 1, fährt mit drei Minuten Verspätung ab«, antwortete sie dann.

»Vielen Dank«, meinte die Frau, die sich über die Präzision der Auskunft nicht im Mindesten wunderte. Dann ging sie zu Gleis 1.

»Das ist sehr freundlich, Swetlana«, murmelte Geser. »Aber welchen Vorschlag hast du, damit wir das Buch finden?«

Swetlana breitete nur die Arme aus.

Das Café war so gemütlich und so sauber, wie ein Bahnhofscafé gemütlich und sauber sein kann. Vielleicht, weil es etwas komisch lag, im Souterrain, neben den Schließfächern. Hierher kamen kaum Bahnhofspenner, anscheinend hatten die Betreiber des Cafés ihnen das abgewöhnt. Eine ältere russische Hausfrau stand hinter dem Tresen, aus der Küche brachten einsilbige, freundliche Kaukasier das Essen herbei.

Ein komischer Ort.

Ich holte für Sweta und mich trockenen Wein aus einem Dreiliter-Tetrapack. Der zu meinem Erstaunen billig und zu meinem noch größeren Erstaunen gut war. Damit kehrte ich zu dem Ecktisch zurück, an den wir beide uns gesetzt hatten.

»Es ist noch immer hier«, sagte Swetlana, indem sie in Richtung Arinas Brief nickte. Die Nadel des »Kompasses« drehte sich langsam.

»Vielleicht ist das Buch in einem Schließfach versteckt«, schlug ich vor.

Swetlana nippte an ihrem Wein und nickte – entweder meinem Vorschlag zustimmend oder sich mit dem Merlot aus Krasnodar abfindend.

»Ist irgendwas nicht in Ordnung?«, fragte ich vorsichtig.

»Warum der Bahnhof?«, antwortete Swetlana mit einer Gegenfrage.

»Um zu fliehen. Sich zu verstecken. Der Täter muss damit gerechnet haben, dass wir ihn verfolgen.«

»Der Flughafen. Ein Flugzeug. Egal wohin«, entgegnete Swetlana lakonisch, wobei sie ihren Wein in kleinen Schlucken trank.

Ich breitete die Arme aus.

In der Tat, das war seltsam. Ein Anderer – wer auch immer er sein mochte – konnte, nachdem er das *Fuaran* gestohlen hatte, versuchen unterzutauchen oder zu fliehen. Unser Kandidat wählte die zweite Variante. Aber warum mit dem Zug? Im 21. Jahrhundert eine Flucht per Zug?

»Vielleicht hat er Angst vorm Fliegen«, mutmaßte Swetlana.

Ich schnaubte nur. Natürlich hätte auch ein Anderer kaum Chancen, einen Flugzeugabsturz zu überleben. Aber er könnte sich drei, vier Stunden vorher die Wahrscheinlichkeitslinien ansehen, klären, ob bei einem Flug eine Katastrophe droht. Dazu ist sogar ein schwacher Anderer in der Lage.

Und der Mörder von Vítězslav war nicht schwach.

»Er muss irgendwohin, wo keine Flugzeuge hinfliegen«, schlug ich vor.

»Immerhin könnte er Moskau erst mit dem Flugzeug verlassen, um seine Verfolger abzuschütteln.«

»Nein«, korrigierte ich Swetlana voller Vergnügen. »Das würde ihm nichts bringen. Wir könnten seinen Aufenthaltsort annähernd bestimmen, würden ahnen, in welchem Flugzeug der Täter sitzt, die Passagiere befragen, die Aufzeichnungen der Überwachungskameras im Flughafen auswerten und seine Identität feststellen. Dann würde Geser oder Sebulon ein Portal öffnen ... und zwar genau da, wo er hin wollte. Damit hätte er im Vergleich zur jetzigen Situation nichts gewonnen, wir aber würden unseren Feind persönlich kennen.«

Swetlana nickte. Sah auf die Uhr. Schüttelte den Kopf. Einen Moment lang schloss sie die Augen und lächelte gelassen.

Mit Nadjuschka war also alles in Ordnung.

»Warum sollte er überhaupt fliehen ...«, meinte Swetlana nachdenklich. »Die Durchführung des Rituals, das im *Fuaran* beschrieben wird, dürfte kaum viel Zeit in Anspruch nehmen. Die Zauberin hat schließlich noch eine große Zahl ihrer Dienstboten in Andere verwandelt, als sie angegriffen wurde. Für den Mörder wäre es viel leichter gewesen, das Buch zu benutzen und ein Großer zu werden ... der Allergrößte. Dann könnte er sich entweder auf einen Kampf mit uns einlassen oder das *Fuaran* vernichten und untertauchen. Wenn er nämlich stärker als wir geworden wäre, könnten wir ihn einfach niemals enttarnen.«

»Vielleicht ist er jetzt bereits stärker als wir«, bemerkte ich. »Wo Geser schon die Sprache auf die Initiierung von Nadja gebracht hat ...«

Swetlana nickte. »Keine sehr verlockende Perspektive. Ob Edgar selbst vielleicht das *Fuaran* benutzt hat? Und jetzt diese Komödie aufzieht und so tut, als suche er den Täter? Sein Verhältnis zu Vítěszlav war ausgesprochen kompliziert, Edgar ist sehr verschlossen ... und jetzt wollte er eben der stärkste Andere weltweit werden ...«

»Wozu bräuchte er dann das Buch?«, konterte ich. »Er hätte es vor Ort lassen können, und Schluss! Wir hätten nicht mal mitgekriegt, dass Vítěszlav ermordet worden ist. Sondern alles den Verteidigungszaubern zugeschrieben, die der Vampir nicht beachtet hat.«

»Du bringst mich auf einen Gedanken«, meinte Swetlana. »Der Mörder hat offensichtlich nicht die Kraft gebraucht. Oder nicht nur die Kraft. Er braucht auch das Buch.«

Plötzlich fiel mir Semjon ein. »Es muss jemanden geben, den der Mörder zum Anderen machen will!«, sagte ich. »Er hat gewusst, dass man ihm nicht erlauben würde, das Buch zu benutzen. Deshalb hat er Vítěszlav umgebracht ... Im Moment spielt keine Rolle, wie. Er hat das Ritual vollzogen und ist zu einem sehr starken Anderen geworden. Dann hat er das Buch versteckt ... irgendwo hier, auf dem Bahnhof. Und jetzt hofft er, es rauszubringen.«

Swetlana streckte die Hand nach mir aus, und wir drückten uns über den Tisch hinweg triumphierend die Hände.

»Nur, wie bringt er es raus?«, hakte Swetlana nach. »Hier und jetzt sind die beiden stärksten Magier Moskaus vor Ort ...«

»Drei«, korrigierte ich sie.

Swetlana runzelte die Stirn. »Dann sogar vier«, entgegnete sie. »Kostja ist immerhin ein Hoher ...«

»Ein Rotzbengel ist er, wenn auch ein Hoher ...«, murmelte ich. Irgendwie wollte mir nicht in den Kopf, dass der Junge innerhalb weniger Jahre ein Dutzend Menschen umgebracht hatte.

Noch widerwärtiger war, dass wir ihm dafür die Lizenz erteilt hatten.

Swetlana wusste, woran ich dachte. Sie streichelte meine Hand. »Nimm's nicht so schwer«, sagte sie leise. »Er kann nicht gegen seine Natur handeln. Was hättest du tun sollen? Ihn ermorden?«

Ich nickte.

Natürlich hätte ich das niemals fertig gebracht.

Aber das wollte ich nicht einmal mir selbst eingestehen.

Leise ging die Tür auf, und Geser, Sebulon, Edgar und Kostja kamen herein. Und Olga. Angesichts der Tatsache, dass sie alle lebhaft miteinander diskutierten, musste Olga schon im Bilde sein.

»Edgar hat erlaubt, Reserveleute hinzuzuziehen ...«, sagte Swetlana leise. »Die Sache sieht nicht gut aus.«

Die Magier kamen an unseren Tisch. Mir fiel auf, wie alle rasch den Blick über den »Kompass« gleiten ließen. Kostja ging zum Tresen und bestellte ein Glas Rotwein. Die Frau dahinter lächelte ihn an. Ob er seinen vampirischen Charme spielen ließ oder ob er ihr einfach gefiel? Ach, Frau ... du solltest diesen Jungen nicht anlächeln, der sonst was bei dir hervorruft: Mutterinstinkte oder durch und durch weibliche Gefühle. Denn dieser Junge kann dich so küssen, dass dir das Lächeln für ewig auf dem Gesicht gefriert ...

»Kostja und die Inquisitoren haben alle Schließfächer durchsucht«, sagte Geser. »Nichts.«

»Wir haben den ganzen Bahnhof durchkämmt«, berichtete Sebulon mit freundlichem Lachen. »Sechs Andere, die ganz klar nichts mit der Sache zu tun haben.«

»Und ein nicht initiiertes Mädchen ...«, fügte Olga hinzu, das Lächeln erwidernd. »Ja, ja, das habe ich bemerkt. Um sie werden wir uns später noch kümmern.«

Sebulon lächelte noch breiter – ich musste im Café des Lächelns gelandet sein.

»Tut mir leid, Große, aber um sie kümmert man sich *gerade.*«

In einer normalen Situation wäre das Gespräch an diesem Punkt erst richtig losgegangen!

»Es reicht, Ihr Großen!«, brüllte Edgar. »Es geht hier nicht um eine potenzielle Andere. Es geht hier um unsere Existenz!«

»Völlig richtig«, pflichtete ihm Sebulon bei. »Wollen Sie mir nicht helfen, Boris Ignatjewitsch?«

Geser und er rückten einen weiteren Tisch an unseren heran. Kostja schleppte schweigend Stühle herbei, und dann saßen wir alle beieinander. Eine ganz normale Sache: Menschen fahren in den Urlaub oder gehen auf Geschäftsreise, schlagen vorher im Bahnhofscafé die Zeit tot ...

»Entweder ist er nicht hier, oder er kann sich sogar vor uns tarnen«, sagte Swetlana. »So oder so würde ich darum bitten, mich zurückziehen zu dürfen. Wenn etwas sein sollte, ruft mich einfach.«

»Mit deiner Tochter ist alles in Ordnung«, krächzte Sebulon. »Da gebe ich dir mein Wort drauf.«

»Wir könnten dich brauchen«, unterstützte Geser ihn.

Swetlana seufzte.

»Geser, wirklich, lassen Sie Swetlana gehen«, bat ich. »Ihnen ist doch klar, dass es nicht Kraft ist, die wir jetzt brauchen.«

»Sondern?«, wollte Geser wissen.

»Gerissenheit und Geduld. Was das Erste angeht, da sind Sie und Sebulon unschlagbar. Und das Zweite dürfen Sie von einer besorgten Mutter niemals erwarten.«

Geser schüttelte den Kopf und schielte zu Olga hinüber. Die kaum merklich nickte.

»Fahr zu deiner Tochter, Sweta«, sagte Geser. »Du hast Recht. Wenn was ist, ruf ich dich und hänge dir ein Portal auf.«

»Dann gehe ich mal«, sagte Swetlana. Kurz beugte sie sich zu mir rüber, berührte mit den Lippen meine Wange – und löste sich in Luft auf. Das Portal war so winzig, dass ich es nicht mal bemerkt hatte.

Die Menschen im Café hatten das Verschwinden Swetlanas überhaupt nicht mitbekommen. Für sie waren wir unsichtbar, denn sie wollten uns nicht sehen.

»Sie ist stark«, sagte Sebulon. Er streckte die Hand aus, nahm sich Kostjas Glas, das der Vampir nicht angerührt hatte, und nippte daran. »Du wirst wissen, was du tust, Geser ... Was weiter, Herr Inquisitor?«

»Wir warten«, antwortete Edgar bloß. »Er wird kommen, um das Buch zu holen.«

»Oder sie«, korrigierte Sebulon ihn. »Oder sie ...«

Wir bildeten keinen operativen Stab. Sondern saßen einfach im Café, aßen etwas, tranken etwas. Kostja bestellte Fleisch à la Tatar. Die Tresenfrau wollte sich schon wundern, flitzte aber nur sofort in die Küche. Kurz darauf sprang ein junger Mann heraus und lief los, um Fleisch zu besorgen.

Geser bestellte Hühnchen nach Kiewer Art. Die übrigen begnügten sich mit Wein, Bier und Kleinigkeiten wie getrockneten Tintenfischringen und Pistazien.

Ich saß da, beobachtete, wie Kostja das fast rohe Fleisch verputzte, und dachte über das Verhalten des unbekannten Täters nach. »Suchen Sie das Motiv!«, hatte Sherlock Holmes uns beigebracht. Wenn wir das Motiv finden, haben wir auch den Täter. Sein Ziel besteht nicht darin, der allerstärkste Andere zu werden. Das war er schon oder konnte er jeden Moment werden. Was sonst? Erpressung? Das wäre dumm. Er würde nicht beiden Wachen und der Inquisition seinen Willen aufzwingen können, sondern das gleiche Schicksal erleiden wie Fuaran ... Vielleicht wollte der Täter eine eigene, alternative Organisation von Anderen gründen? In Petersburg war in diesem Frühling die Organisation der »Wilden Dunklen« zerschlagen worden ... Mit großer Mühe. Das schlechte Beispiel könnte Schule gemacht, ansteckend auf jemanden gewirkt haben. Und das Schlimmste: Das konnte sogar ein Lichter sein. Der eine neue Nachtwache gründen wollte. Eine Superwache. Um die Dunklen samt und sonders zu vernichten, die Inquisition zu zerschlagen und einen Teil der Lichten auf die eigene Seite zu ziehen ...

Schlecht. Sehr schlecht – falls es stimmen sollte. Die Dunklen würden sich nicht ohne Kampf ergeben. In der Welt von heute, die mit Massenvernichtungswaffen, Chemiefabriken und Kernkraftwerken gespickt ist, könnte ein Schlag von ihnen die ganze Welt vernichten. Die Zeiten, in denen der Stärkere gesiegt hat, sind vorbei. Vielleicht hatte es sie auch nie gegeben, diese Zeiten ...

»Die Nadel«, sagte Edgar. »Seht doch mal!«

Mein »Kompass« hörte auf, sich wie ein Ventilator aufzuführen. Die Nadel verlangsamte ihre Drehungen. Erstarrte, zitterte – und drehte sich langsam, um dann eine Richtung anzuzeigen.

»Yes!«, rief Kostja und stand auf. »Jetzt schnappen wir ihn uns!«

Den Bruchteil einer Sekunde erkannte ich in ihm wieder den kleinen Vampir, der noch kein Menschenblut gekostet hatte und überzeugt war: Für die Kraft muss man niemals irgendwas bezahlen ...

»Dann los, meine Herren.« Edgar sprang auf. Sah auf die Nadel, folgte der Richtung mit dem Blick – und stieß auf die Wand. »Zu den Zügen«, verkündete er voller Überzeugung.

Drei

Eine typische Bahnhofsszene: Über die Bahnsteige hastete eine Hand voll Menschen, die versuchten herauszukriegen, von wo ihr Zug abfährt – wenn er nicht schon längst abgefahren war. Aus irgendeinem Grund übernahmen die Rolle der Zuspätkommenden am häufigsten entweder als Shuttles arbeitende Frauen, die mit gestreiften Plastiktaschen beladen waren, oder – das absolute Gegenteil von ihnen – intelligente Menschen, die lediglich einen Aktenkoffer von Samsonite und ein ledernes Handtäschchen bei sich trugen.

Wir gehörten zu einer exotischen Unterart der zweiten Kategorie: Gepäck hatten wir überhaupt nicht, äußerlich wirkten wir in erster Linie seltsam, dabei aber respekteinflößend.

Auf dem Bahnsteig fing die Nadel wieder an, sich zu drehen: Wir näherten uns dem Buch.

»Er versucht abzuhauen«, verkündete Sebulon triumphierend. »Also ... klären wir als Erstes, welche Züge abfahren ...«

Der Blick des Dunklen verschleierte sich, als er in die Zukunft sah, um festzustellen, welcher Zug als nächster abfahren würde.

Ich studierte die Informationstafel, die hinter mir hing. »Jetzt fährt der Zug Moskau – Almaty ab. In fünf Minuten. Von Gleis 2.«

Sebulon kehrte aus seinen seherischen Gefilden zurück. »Ein Zug nach Kasachstan von Gleis 2«, teilte er uns mit. »In fünf Minuten.«

Er machte eine sehr zufriedene Miene.

Kostja schnaubte kaum hörbar.

Geser starrte demonstrativ auf die Tafel. »Ja, du hast Recht, Sebulon ...«, sagte er. »Der nächste geht dann erst in einer halben Stunde.«

»Halten wir den Zug auf und durchkämmen alle Abteile«, schlug Edgar schnell vor. »Ja?«

»Sind deine Jungs imstande, den Anderen zu finden?«, fragte Geser. »Wenn er sich maskiert? Wenn er ein Magier außerhalb jeder Kategorie ist?«

Von einer Sekunde zur nächsten fiel Edgar in sich zusammen. Er schüttelte den Kopf.

»Siehst du«, meinte Geser nickend. »Das Buch ist im Bahnhof gewesen. Er ist im Bahnhof gewesen. Doch wir haben weder das *Fuaran* noch den Täter aufspüren können. Woher nimmst du die Gewissheit, dass es im Zug leichter wäre?«

»Wenn er im Zug ist, wäre es am einfachsten, den Zug in die Luft zu sprengen«, bemerkte Sebulon. »Dann hätten unsere Probleme ein Ende.«

Stille senke sich herab.

Geser schüttelte den Kopf.

»Mir ist klar, dass das eine unangenehme Entscheidung ist«, meinte Sebulon. »Mir gefällt sie ja auch nicht. Weshalb sollten wir einfach so Tausende von Menschenleben auslöschen ... Aber haben wir denn eine Wahl?«

»Was schlägst du vor, Großer?«, fragte Edgar.

»Wenn ...« Sebulon betonte dieses Wort ausdrücklich. »... das *Fuaran* tatsächlich im Zug ist, müssen wir einen Moment abpassen, in dem der Zug durch eine unbewohnte Gegend fährt. Die kasachische Steppe böte sich an. Alles Weitere würde dann ... entsprechend den Plänen ablaufen, die die Inquisition für solche Fälle bereithält.«

Edgar schüttelte nervös den Kopf. Wie immer, wenn er sich

aufregte, schlug ein leichter baltischer Akzent bei ihm durch. »Das ist kein guter Plan, Großer. Außerdem kann ich ihn nicht allein bewilligen, den müsste das Tribunal sanktionieren.«

Sebulon zuckte mit den Achseln und brachte durch sein ganzes Gebaren zum Ausdruck: Er wollte ja bloß einen Vorschlag machen.

»Auf alle Fälle müssen wir uns überzeugen, dass das Buch im Zug ist«, meinte Geser. »Ich schlage vor ...« Er schaute zu mir hinüber und deutete ein Nicken an. »Ich schlage vor, Anton von der Nachtwache, Konstantin von der Tagwache und jemanden von der Inquisition in den Zug zu setzen. Damit sie ihn überprüfen. Eine große Gruppe ist dafür nicht nötig. Wir ... wir würden morgen früh dazustoßen. Und dann entscheiden, was wir weiter unternehmen.«

»Fahr, Kostja«, sagte Sebulon zärtlich und klopfte dem jungen Vampir auf die Schulter. »Geser hat Recht. Das ist eine gute Gruppe, ihr habt einen langen Weg vor euch, eine interessante Sache – das wird dir gefallen.«

Der amüsierte Blick in meine Richtung fiel kaum auf.

»Das ... gibt uns Zeit«, stimmte Edgar dem Vorschlag zu. »Ich werde selbst mitfahren. Und meine Leute nehme ich ebenfalls mit. Alle.«

»Es bleibt noch eine Minute«, sagte Olga leise. »Wenn ihr das tun wollt, müsst ihr jetzt los.«

Edgar winkte seinen Trupp heran, und wir rannten zum Zug. Am ersten Waggon sagte Edgar etwas zum Waggonbetreuer, einem jungen Kasachen mit Schnurrbart. Seine Gesichtszüge wurden weich, spiegelten Müdigkeit wider – aber auch Fröhlichkeit. Dann trat der Mann einen Schritt zur Seite, um uns einsteigen zu lassen. Wir zwängten uns rein. Ich drehte mich noch einmal um. Sebulon, Geser und Olga standen auf dem Bahnsteig und blickten uns nach. Olga sagte leise etwas.

»In der jetzigen Situation werde ich die Gesamtleitung übernehmen«, erklärte Edgar. »Gibt es Einwände dagegen?«

Ich schielte zu den sechs Inquisitoren hinüber, die hinter ihm standen, und schwieg. Kostja konnte sich jedoch nicht beherrschen. »Kommt auf die Befehle an. Ich bin nur der Tagwache zu Gehorsam verpflichtet.«

»Ich wiederhole noch einmal: Die Operation leite ich«, sagte Edgar kalt. »Wenn Sie nicht einverstanden sind, schlage ich vor, dass Sie abziehen.«

Kostja schwankte nur eine Sekunde, dann senkte er den Kopf. »Verzeihen Sie, Inquisitor. Das war ein dummer Scherz. Natürlich übernehmen Sie das Kommando. Aber wenn es nötig sein sollte, würde ich mich mit meinem Chef in Verbindung setzen.«

»Erst wirst du springen, dann die Erlaubnis erbitten.« Edgar machte Nägel mit Köpfen.

»Gut«, sagte Kostja. »Verzeihen Sie, Inquisitor.«

Damit war jeder Aufstand im Keim erstickt. Edgar nickte und lehnte sich zur Tür hinaus, um den Waggonbetreuer zu rufen.

»Wann fahren wir ab?«

»Jetzt!«, antwortete der Mann, der Edgar mit der Begeisterung eines treu ergebenen Hundes anschaute. »Jetzt! Wir müssen einsteigen!«

»Dann steig ein.« Edgar gab die Tür frei.

Der Mann stieg ein, immer noch den Ausdruck freudiger Unterwürfigkeit im Gesicht. Langsam setzte sich der Zug in Bewegung. Um Gleichgewicht ringend, stand der Waggonbetreuer in der offenen Tür.

»Wie heißt du?«, fragte Edgar.

»Ashat. Ashat Kurmangalijew.«

»Schließ die Tür. Gehe deiner Arbeit entsprechend deinen Anweisungen nach.« Edgar runzelte die Stirn. »Wir sind deine besten Freunde. Wir sind deine Gäste. Du musst uns in diesem Zug unterbringen. Verstanden?«

Die Tür schlug zu, Ashat schloss sie ab und wandte sich wieder Edgar zu. »Ja. Wir müssen zum Zugführer. Ich habe kaum Platz. Nur noch vier freie Plätze.«

»Gehen wir zu deinem Chef«, stimmte Edgar zu. »Anton, was ist mit dem ›Kompass‹?«

Ich hob den Brief an und schaute auf den im *Zwielicht* hängenden »Kompass«.

Die Nadel drehte sich langsam.

»Offensichtlich ist das Buch im Zug.«

»Um sicher zu sein, werden wir noch ein bisschen warten«, verkündete Edgar.

Doch auch nachdem wir den Bahnhof gut einen Kilometer hinter uns gelassen hatten, drehte die Nadel sich immer noch. Der Täter, wer immer es auch sein mochte, saß mit uns im Zug.

»Er ist im Zug, das Schwein«, sagte Edgar. »Wartet hier auf mich. Ich geh zum Zugführer, wir müssen irgendwo unterkommen.«

Zusammen mit dem zufrieden lächelnden Ashat ging er den Gang hinunter. Ein zweiter Waggonbetreuer sagte, sobald er seinen Kollegen sah, etwas auf Kasachisch und fuchtelte wütend mit den Armen. Doch dann fing er Edgars Blick auf und verstummte.

»Wir können uns auch gleich ein Schild umhängen: *Wir sind die Anderen*«, bemerkte Kostja. »Was denkt er sich denn? Wenn in dem Zug wirklich ein Hoher Anderer sein sollte, spürt er die Magie ...«

Kostja hatte Recht. Weitaus klüger wäre es, alles mit Geld zu regeln – dessen Magie ist bei Menschen nicht weniger effektiv. Aber Edgar war vermutlich zu konfus ...

»Und du? Spürst du die Magie?«, fragte plötzlich einer der niedrigeren Inquisitoren.

Irritiert drehte sich Kostja zu ihm um. Dann schüttelte er den Kopf.

»Auch sonst spürt sie niemand. Edgar hat ein Gehorsamsamulett. Es wirkt nur aus der Nähe.«

»Die Tricks der Inquisition ...«, murmelte Kostja eingeschnappt. »Trotzdem sollten wir besser nicht auffallen, oder, Anton?«

Widerwillig nickte ich.

Zwanzig Minuten später kam Edgar zurück. Auf welche Weise er sich mit dem Zugführer geeinigt hatte – mit Geld oder, was wahrscheinlicher war, unter Zuhilfenahme seines mysteriösen Gehorsamsamuletts –, fragte ich nicht. In Edgars Gesicht standen Zufriedenheit und Beruhigung geschrieben.

»Wir teilen uns in zwei Gruppen.« Sofort übernahm er das Kommando. »Ihr« – er nickte in Richtung der Inquisitoren – »bleibt in diesem Waggon. Ihr bekommt den Raum der Waggonbetreuer und dazu noch das Abteil 1, das sind genau sechs Plätze. Ashat wird es euch zeigen ... Überhaupt, zögert nicht, euch an ihn zu wenden, falls etwas sein sollte. Handelt nicht auf eigene Faust, spielt nicht Detektiv. Benehmt euch wie ... wie Menschen. Liefert mir alle drei Stunden persönlich einen Bericht über die Lage ... oder wann immer es sonst nötig ist. Wir sind im Waggon 7.«

Schweigend folgten die Inquisitoren dem lächelnden Waggonbetreuer zu ihrem Abteil. Edgar drehte sich zu Kostja und mir um. »Wir sind in Waggon 7, Abteil 4. Das können wir als unsere zeitweilige Basis betrachten. Gehen wir.«

»Haben Sie irgendeinen Plan, Chef?«, fragte Kostja in einer Mischung aus Ironie und Aufrichtigkeit.

Edgar sah ihn kurz an. Offenbar versuchte er, sich darüber klar zu werden, was in dieser Frage überwog, das Interesse oder die Frechheit, auf die er dann nicht antworten müsste. »Wenn ich einen Plan habe, werdet ihr es erfahren«, sagte er schließlich doch. »Alles zu seiner Zeit. Im Moment möchte ich nur einen Kaffee trinken und zwei, drei Stunden schlafen. In dieser Reihenfolge.«

Kostja und ich folgten Edgar. Der Vampir grinste. Wohl oder übel zwinkerte ich ihm daraufhin zu. Letzten Endes verband uns die untergeordnete Stellung ja doch – ungeachtet dessen, was ich über Kostja dachte.

Der Waggon, in dem der Zugführer mitfährt, ist der beste im ganzen Zug. Die Klimaanlage fällt hier nie aus. Es gibt immer heißes Wasser für Tee und beim Waggonbetreuer auch Sud. Außerdem ist es hier sauber, selbst in den asiatischen Zügen, die Bettwäsche wird in verschweißten Päckchen ausgegeben und tatsächlich nach jeder Fahrt gewaschen. Beide Toiletten funktionieren, und man kann sie beherzt ohne Gummistiefel betreten.

Zur Krönung des anspruchslosen Glücks eines Reisenden liegt der Waggon direkt zwischen Speisewagen und Schlafwagen – falls es den überhaupt gibt.

Im Zug Moskau–Almaty gab es einen Schlafwagen. Während wir durch ihn hindurchgingen, betrachteten wir neugierig die Passagiere. Bei den meisten handelte es sich um wichtige, wohlgenährte Kasachen. Fast alle trugen ein Aktenköfferchen in der Hand, von dem sie sich auch nicht trennten, wenn sie mal in den Gang hinaustraten. Einige tranken bereits Tee aus bunten Porzellanschalen, einige breiteten ihren Wurstaufschnitt aus, stellten Flaschen auf und tranchierten gekochtes Huhn. Die meisten standen jedoch noch im Gang, um auf die vorbeiziehenden Moskauer Vororte zu schauen.

Was sie wohl empfinden mögen, die Bürger des heute unabhängigen Landes, wenn sie auf ihre ehemalige Hauptstadt blicken? Ob ihnen die Unabhängigkeit wirklich Genugtuung verschafft? Oder ob sie nicht doch Nostalgie befällt?

Keine Ahnung. Fragen kannst du sie nicht, und selbst wenn du fragst, wäre nicht gesagt, dass du eine ehrliche Antwort bekommst. Und in ihr Bewusstsein eindringen, sie zwingen, die Wahrheit zu sagen, das ist nicht mein Ding.

Sollen sie sich ruhig freuen und stolz sein – auf ihre Unabhängigkeit, ihren eigenen Staat, ihre Korruption. Als man vor kurzem in St. Petersburg das dreihundertjährige Bestehen der Stadt gefeiert hat, machte ein Wort die Runde: »Sollen sie uns doch nach Strich und Faden bestehlen – immerhin sind es unsere Diebe, keine Moskauer.« Warum sollten Kasachen und Usbeken, Ukrainer und Tadschiken nicht dieselben Gefühle hegen? Wenn schon innerhalb eines Landes ein Graben zwischen den Republiken und Städten verläuft, was sollte man dann den Nachbarn aus der einstigen Wohngemeinschaft vorwerfen? Man sondert sich ab, wenn man ein Zimmer mit Fenster zur Ostsee hat, die stolzen Georgier und die Kirgisen mit der einzigen Hochgebirgs-Kriegsflotte der Welt – alle haben sich mit Freuden abgespalten. Am Ende bleibt dann nur eine große Küche übrig, Russland nämlich, wo früher einmal in einem einzigen imperialen Kessel die verschiedenen Völker gekocht wurden. Ach ja. Was will man da schon machen. Wir haben zu Hause Gas. – Und ihr, werdet ihr da nicht ganz blass?

Sollen sie sich doch freuen. Sollen es sich doch alle gut gehen lassen. Sowohl die mit ihrem Jubiläum beglückten Petersburger – denn ein solches Fest reicht bekanntlich für ein ganzes Jahrhundert – wie auch die Kasachen und Kirgisen, die jetzt erstmals ihren eigenen Staat haben, wobei sie natürlich eine Unmenge an Beweisen für ihre Staatlichkeit in der Vergangenheit vorgebracht haben. Und auch unsere slawischen Brüder sollen es sich gut gehen lassen, die so unter der Existenz des großen Bruders gelitten haben, und nicht zuletzt wir, die Russen, die wir uns mit Feuereifer verachten: die Moskauer die Provinzler und umgekehrt.

Einen Moment lang empfand ich zu meiner eigenen Überraschung Ekel. Nein, nicht vor den hier mitfahrenden Kasachen oder meinen russischen Mitbürgern. Vor den Menschen. Vor allen Menschen auf der Welt. Womit beschäftigen wir von der Nachtwache uns denn? Abgrenzen und schützen? Quatsch! Nicht ein Dunkler, nicht eine Tagwache fügt den Menschen so viel Böses zu wie sie sich selbst. Was ist schon ein hungriger Vampir im Vergleich zu einem stinknormalen Verrückten, der in Fahrstühlen kleine Mädchen vergewaltigt und ermordet? Was ist eine mitleidlose Hexe, die gegen Geld Unheil wirkt, im Vergleich mit einem humanen Präsidenten, der Langstreckenraketen losschickt – wegen Öl?

Verflucht seien sie alle ...

Ich blieb vor der Waggontür stehen, ließ Kostja vorbei. Erstarrte, glotzte auf den vollgerotzten Boden, wo sich bereits das erste Dutzend stinkender Kippen angesammelt hatte.

Was war nur mit mir los?

Hatte ich diese Gedanken?

O nein, ich brauchte mir da nichts vorzumachen. Das waren meine, keine fremden. Niemand kroch in meinen Kopf hinein, selbst ein Hoher Anderer hätte das nicht unbemerkt geschafft.

Das war ich. Pur.

Ein ehemaliger Mensch.

Ein sehr müder, von allem auf der Welt enttäuschter Lichter.

In diesen Fällen gehen Andere zur Inquisition. Wenn du den Unterschied zwischen Lichten und Dunklen nicht mehr bestimmen kannst. Wenn die Menschen für dich nicht mal mehr eine Hammelherde sind, sondern eine Hand voll Spinnen im Glas. Wenn du nicht mehr daran glaubst, dass alles besser wird, sondern nur noch eins willst: den Status quo erhalten. Für dich. Für die wenigen, an denen dir noch liegt.

»Ich will nicht«, sagte ich, gleichsam als rezitiere ich einen Zauberspruch, als höbe ich einen unsichtbaren Schild gegen meinen Feind – der ich selbst war. »Ich will nicht! Du hast ... keine Macht ... über mich ... Anton Gorodezki!«

Zwei Türen und vier dicke Scheiben weiter drehte Kostja sich um und sah mich verständnislos an. Hatte er etwas gehört? Oder konnte er sich einfach keinen Reim darauf machen, warum ich nicht nachkam?

Mit einem verkrampften Lächeln öffnete ich die Tür und ging in den rumpelnden Ziehharmonikadurchgang zwischen den beiden Waggons.

Der Waggon des Zugführers genoss in der Tat eine Vorzugsstellung. Saubere kleine Teppiche auf dem Fußboden, ein Läufer im Gang. Weiße Vorhänge vor den Fenstern, weiche Matratzen, die nicht an jenen mit Maiskolben gestopften Sack des Negers Jim denken ließen.

»Wer schläft unten? Wer oben?«, erkundigte sich Edgar geschäftig.

»Mir ist es egal«, antwortete Kostja.

»Ich würde lieber oben schlafen«, sagte ich.

»Ich auch«, meinte Edgar. »Dann wäre das klar.«

Höflich klopfte jemand an der Tür.

»Herein!« Der Inquisitor wandte nicht einmal den Kopf um.

Es war der Zugführer – mit einem Tablett in der Hand, auf dem ein vernickelter Kessel mit heißem Wasser, eine kleine Kanne mit Teesud, Tassen, Waffelgebäck und sogar ein Päckchen Kondensmilch standen. Ein ernster Mann, kräftig, mit einem prächtigen Schnurrbart und einer Uniform, die wie angegossen saß.

Das Gesicht war jedoch so einfältig wie bei einem neugeborenen Hündchen.

»Lassen Sie sich den Tee schmecken, meine lieben Gäste!«

Alles klar. Die Wirkung des Amuletts. Letzten Endes drückte die Tatsache, dass Edgar ein Dunkler war, seiner Arbeitsweise eben doch einen Stempel auf.

»Vielen Dank. Informieren Sie uns bitte über alle, die in Moskau eingestiegen sind und vor Almaty aussteigen, mein Bester«, bat Edgar, während er dem Mann das Tablett abnahm. »Vor allem über diejenigen, die nicht an ihrem Ziel aussteigen, sondern früher.«

»Wird gemacht, Euer Wohlgeboren«, meinte der Zugführer mit einem Nicken.

Kostja kicherte.

Ich wartete, bis der arme Kerl wieder draußen war. »Euer Wohlgeboren – was soll das?«, fragte ich dann.

»Woher soll ich das wissen?« Edgar zuckte mit den Schultern. »Das Amulett zwingt die Menschen zu Gehorsam. Aber es ist einzig und allein ihre Sache, wen sie dann in mir sehen: einen gestrengen Revisor, den heißgeliebten Opa, einen Schauspieler, den sie verehren, oder den Generalissimus Stalin. Der da muss Akunin gelesen haben. Oder sich alte Filme anschauen.«

Kostja schnaubte.

»Das ist nicht lustig«, blaffte Edgar. »Aber auch nicht schrecklich. Es ist die Methode, die die Psyche der Menschen am meisten schont. Die Hälfte der Geschichten, wie jemand den Fernsehmoderator Jakubowitsch im Auto mitnimmt oder Gorbatschow seinen Platz in einer Schlange anbietet, ist solchen Manipulationen zuzuschreiben.«

»Deswegen lache ich ja gar nicht«, erklärte Kostja. »Ich habe Sie mir in der Uniform eines weißgardistischen Offiziers vorgestellt ... Chef. Sie flößen wirklich Respekt ein.«

»Lach nur, lach ...«, sagte Edgar, während er sich Kaffee einschenkte. »Was macht der ›Kompass‹?«

Schweigend legte ich den Brief auf den Tisch. Das *Zwielicht*-Bild hing in der Luft – ein runder »Kompass«, eine sich langsam drehende Nadel.

Ich goss mir Tee ein und trank einen Schluck. Der Tee war gut. Mit Liebe gemacht, wie es sich gehört, wenn man ihn »Wohlgeboren« serviert.

»Er ist also im Zug, der Mistkerl ...«, seufzte Edgar. »Meine Herren, ich werde euch unsere Alternativen nicht vorenthalten. Entweder wir fassen den Täter oder wir müssen den Zug eliminieren. Zusammen mit allen Passagieren.«

»Wie?«, wollte Kostja sachlich wissen.

»Es gibt verschiedene Varianten. In der Nähe des Zuges könnte eine Gasleitung explodieren, ein Jagdflugzeug könnte versehentlich eine Rakete abwerfen ... im Extremfall wird diese Rakete einen Atomsprengkopf haben.«

»Edgar!« Alles in mir wollte glauben, dass er bloß in allzu dicken Farben auftrug. »Im Zug sitzen mindestens fünfhundert Menschen.«

»Leicht darüber«, korrigierte mich der Inquisitor.

»Das dürfen wir nicht tun!«

»Wir dürfen das Buch nicht verlieren. Wir dürfen nicht zulassen, dass ein prinzipienloser Anderer sich eine Garde aufbaut und sich daran macht, die Welt nach seinem Gusto umzubauen.«

»Aber wir wissen doch gar nicht, was er will!«

»Wir wissen, dass er ohne zu zögern einen Inquisitor umgebracht hat. Wir wissen, dass er sehr stark ist und ein uns nicht bekanntes Ziel verfolgt. Was hat er in Zentralasien verloren, Gorodezki?«

Ich zuckte mit den Achseln.

»Dort gibt es eine Reihe von alten Kraftzentren ...«, murmelte Edgar. »Ein paar spurlos verschwundene Artefakte, einige schlecht zu kontrollierende Gebiete ... Was noch?«

»Eine Milliarde Chinesen«, mischte sich Kostja plötzlich ein.

Die Dunklen starrten einander an.

»Du bist ja völlig verrückt geworden ...«, brachte Edgar unsicher hervor.

»Eine Milliarde und ein paar Zerquetschte«, präzisierte Kostja amüsiert. »Was, wenn er vorhat, sich von Kasachstan aus nach China durchzuschlagen? Eine Armee könnte er da aufbauen! Eine Milliarde Andere! Dann gibt es noch Indien ...«

»Nun krieg dich mal wieder ein«, winkte Edgar ab. »Kein Idiot würde so etwas versuchen. Woher will er Kraft schöpfen, wenn er ein Drittel der Bevölkerung zu Anderen macht?«

»Vielleicht ist er ein Idiot?«, gab Kostja nicht nach.

»Deshalb greifen wir ja auch zu extremen Maßnahmen«, fuhr Edgar ihn an.

Was sie sagten, meinten sie ernst. Ohne jeden Zweifel: Sie durften diese manipulierten Waggonbetreuer, dickwangigen Geschäftsreisenden und die armen Menschen in den Waggons dritter Klasse ermorden. Was sein muss, muss sein. Ein Landwirt, der das an Maul- und Klauenseuche erkrankte Vieh schlachten muss, leidet schließlich auch darunter.

Irgendwie stand mir der Sinn nicht mehr danach, Tee zu trinken. Ich erhob mich und verließ das Abteil. Edgar schickte mir einen wissenden, aber keinesfalls mitfühlenden Blick hinterher.

Im Waggon war es bereits ruhiger geworden, die Leute bereiteten sich auf die Nacht vor. Einige Abteiltüren standen zwar noch offen, irgendjemand drückte sich im Gang zwischen zwei Waggons herum und wartete, bis die Toilette frei wurde, irgendwo war zu hören, wie Leute anstießen; die meisten Mitreisenden aber hatte Moskau sehr müde gemacht.

Ungerührt ließ ich mir den Gedanken durch den Kopf gehen, dass nach allen Gesetzen des Melodramas jetzt engelsgleiche Kinderchen mit unschuldigen Gesichtern durch den Gang rennen müssten. Damit mir die Perversität von Edgars Plan so richtig aufginge ...

Kinder kamen keine vorbei. Stattdessen spähte aus einem Abteil ein fetter Kerl in verwaschener Trainingshose und ausgeleiertem Hemd heraus. Das rote, verschwitzte Gesicht war durch den bereits genossenen Alkohol schon aufgedunsen. Der Mann schaute mit trübem Blick durch mich hindurch, hickste und zog sich ins Abteil zurück.

Meine Hände griffen ganz von selbst nach dem MD-Player. Ich stöpselte mir die Kopfhörer in die Ohren, legte aufs Geratewohl eine Scheibe ein und presste mich ans Fenster. Ich sah nichts, ich hörte nichts. Und – aber das verstand sich von selbst – ich sagte nichts.

Eine leise, sanfte Melodie erklang, eine zarte Stimme sang.

Du kannst dich nicht mehr in die Büsche schlagen,
Wenn dich der Schuss aus der Lupara fällt.
Es ist fürwahr das Schönste auf der Welt,
Morphinbeflügelt allem zu entsagen.

Ach ja, von Lass, meinem Bekannten aus dem Assol. Die Scheibe hatte er mir geschenkt. Grinsend stellte ich den Ton lauter. Das war's, was ich jetzt brauchte ...

Die Seele kehrt zurück zu Kindertagen,
Man schmilzt das Eisen, das das Blut enthält,
Es ist fürwahr das Schönste auf der Welt,
Morphinbeflügelt allem zu entsagen.

Wow, das ging ab ... Oberpunk. Da konnte selbst *Schnur* mit den überdrehten Schreihälsen abstinken ...

Eine Hand schlug mir auf die Schulter.

»Jeder entspannt auf seine Weise, Edgar«, murmelte ich.

Jemand pikte mich leicht in die Rippen.

Ich drehte mich um.

Und erstarrte.

Vor mir stand Lass. Zufrieden grienend und im Takt tanzend: Hatte ich die Musik also doch zu laut eingestellt.

»Ach nee!«, rief er begeistert, sobald ich die Kopfhörer ausgestöpselt hatte. »Da gehst du so durch den Waggon, nichts Böses ahnend – und plötzlich hört da jemand deine Songs! Was machst du denn hier, Anton?«

»Ich fahr weg ...«, konnte ich nur herausbringen, während ich den MD-Player ausschaltete.

»Wirklich?«, rief Lass begeistert. »Ich wär im Leben nicht darauf gekommen, dich hier zu treffen! Wohin fährst du?«

»Nach Alma-Ata.«

»Das heißt jetzt Almaty!«, dozierte Lass. »Aber gut, setzen wir unser Gespräch fort. Warum fliegst du nicht?«

»Warum fliegst du nicht?« Allmählich ging mir auf, dass das Ganze mich an ein Verhör erinnerte.

»Ich bin aerophob«, verkündete Lass stolz. »Gut, wenn es unbedingt sein muss, hilft mir ein Liter Whisky, an die Aerodynamik zu glauben. Aber das kommt nur äußerst selten vor, wenn ich nach Japan muss oder in die Staaten ..., wo keine Züge hinfahren.«

»Bist du geschäftlich unterwegs?«

»Zum Vergnügen«, grinste Lass. »In der Türkei oder auf den Kanaren kann man doch wohl keinen Urlaub machen, oder? Und du? Bist du auf Geschäftsreise?«

»Hm.« Ich nickte. »Ich will in Moskau einen Handel für Kumys und Schubat aufziehen.«

»Was ist denn Schubat?«, wollte Lass wissen.

»Das ist ... Kefir aus Kamelmilch.«

»Cool«, begeisterte sich Lass. »Bist du allein unterwegs?«

»Mit Freunden.«

»Wollen wir zu mir gehen? Mein Abteil ist leer. Schubat habe ich zwar nicht, aber deine Stutenmilch werden wir schon auftreiben.«

Eine Falle?

Ich betrachtete Lass durchs *Zwielicht*. So aufmerksam wie möglich.

Nicht das kleinste Zeichen eines Anderen.

Entweder war er ein Mensch – oder ein Anderer von unvorstellbarer Kraft. Imstande, sich in allen Schichten des *Zwielichts* zu tarnen.

Sollten wir doch Glück haben? Stand hier, vor mir, der mysteriöse Dieb des *Fuaran*?

»Gleich. Ich hol nur noch schnell was«, antwortete ich lächelnd.

»Aber ich hab doch alles!«, protestierte Lass. »Bring deine Freunde ruhig mit. Ich bin im nächsten Waggon, Abteil 2.«

»Sie haben sich schon schlafen gelegt«, tischte ich ihm eine grobe Lüge auf. »Also, es dauert nicht lange ...«

Nur gut, dass Lass seitlich von mir stand und nicht sehen konnte, wer im Abteil saß. Ich öffnete die Tür nur einen Spalt und schlüpfte hinein. Lass musste denken, hinter der Tür verberge sich eine halb nackte Frau.

»Was ist passiert?« Edgar sah mich forschend an.

»Da ist jemand aus dem Assol«, berichtete ich schnell. »Der Musiker, vielleicht erinnert ihr euch noch an ihn, den wir auch in Verdacht hatten, aber anscheinend ist er kein Anderer ... Er hat mich auf ein Gläschen in sein Abteil eingeladen.«

Auf Edgars Gesicht zeichnete sich Jagdfieber ab. Kostja sprang sogar auf. »Schnappen wir ihn uns?«, rief er. »Der wird singen ...«

»Stopp.« Edgar schüttelte den Kopf. »Überstürzen wir nichts. Das kann alles Mögliche bedeuten. Anton, nimm das.«

Ich erhielt ein kleines gläsernes Fläschchen, das mit einem kupfernen oder einem bronzenen Draht umwickelt war. Es sah furchtbar alt aus. In der Flasche schwappte eine dunkelbraune Flüssigkeit.

»Was ist das?«

»Allergewöhnlichster Armagnac, zwanzig Jahre alt. Aber die Flasche hat es in sich. Die kann nur ein Anderer öffnen.« Edgar grinste. »Im Grunde ist das Firlefanz. Irgendwann vor langer Zeit hat ein Magier all seine Flaschen auf diese Weise verzaubert, damit seine Diener sie ihm nicht stahlen. Wenn dein Bekannter sie öffnen kann, dann ist er ein Anderer.«

»Aber ich spüre keine Magie ...«, sagte ich, während ich die Flasche in den Händen drehte.

»Darum geht es ja gerade«, meinte Edgar zufrieden. »Es ist ein einfacher und zuverlässiger Test.«

Ich nickte.

»Und hier habt ihr noch eine Kleinigkeit, die ihr dazu essen könnt.« Edgar holte aus der Innentasche seines Mantels eine dreieckige Stange Toblerone. »Das ist alles, mach dich an die Arbeit. Halt! Welches Abteil?«

»Der Schlafwagen, Abteil 2.«

»Wir werden euch im Auge behalten«, versprach Edgar. Er stand auf und schaltete das Licht im Abteil aus. »Kostja, unter die Decke!«, kommandierte er. »Wir schlafen schon!«

So lagen meine Reisegefährten kurz darauf, als ich mit der Flasche und der Schokolade in den Gang hinaustrat, wirklich friedlich unter der Decke.

Lass schaute übrigens taktvoll an der geöffneten Tür vorbei – offenbar hatte er in der Tat seine eigenen Vorstellungen, was das Geschlecht meiner Freunde anging.

»Kognak?«, fragte Lass, als er die Flasche in meiner Hand sah.

»Besser. Zwanzig Jahre alter Armagnac.«

»Der ist nicht von schlechten Eltern«, stimmte Lass mir zu. »Manch andere kennen noch nicht einmal das Wort.«

»Andere?«, hakte ich nach, während ich Lass in den Nachbarwaggon folgte.

»Hm. Irgendwie ernste Menschen, durch deren Hände Millionen gehen und deren Wissen im Bereich der Trinkkultur sich auf das *Weiße Pferd* und *Napoléon* beschränkt. Mich hat der enge Horizont unserer politischen und wirtschaftlichen Elite immer erstaunt. Warum ist bei uns das Symbol für Erfolg ein 600er-Mercedes? Du unterhältst dich mit einem ernsten, seriösen Menschen, und plötzlich platzt der voller Stolz heraus: ›Mein Benz ist Schrott, ich muss jetzt eine Woche lang mit dem 500er fahren!‹ Und in seinen Augen liegt sowohl die Selbstbeherrschung des Asketen, der sich mit einem 500er begnügt, wie auch der Stolz des Besitzers eines 600er! Früher habe ich gedacht, solange die neureichen Russen nicht auf den ihnen angemessenen Bentley oder Jaguar umsteigen, wird es mit diesem Land nicht bergauf gehen. Jetzt sitzen sie in den Schlitten, aber geändert hat sich trotzdem nichts! Die roten Jacketts schimmern immer noch unter den Hemden von Versace durch .... Übrigens ... einen tollen Modemacher haben sie da für kultig erklärt ...«

Ich folgte Lass in ein gemütliches Abteil des Schlafwagens. Hier gab es nur zwei Betten, einen kleinen Ecktisch, ein darunter verstecktes dreieckiges Waschbecken und einen hochklappbaren Stuhl.

»Ehrlich gesagt ist es hier kleiner als in einem normalen Abteil«, bemerkte ich.

»Hm. Dafür funktioniert die Klimaanlage. Und dann das Waschbecken ... eine Vorrichtung, die in vielen Situationen des Lebens gute Dienste leistet ...«

Lass zog unter einer Bank seinen Aluminiumkoffer hervor und fing an, darin herumzukramen. Im Handumdrehen stand eine Einliterflasche aus Plastik auf dem Tisch. Ich langte danach, um mir das Etikett anzugucken. Tatsächlich: Kumys.

»Hast du gedacht, ich mach Spaß?«, grinste mein ›Nachbar‹. »Das ist ein sehr gesundes Getränk. Damit willst du handeln?«

»Ja, genau damit«, brummte ich.

»Daraus wird nichts, das Zeug ist kirgisisch. Du solltest sowieso besser nach Ufa fahren. Das ist näher, und du hast keine Probleme mit dem Zoll. Die machen Kumys und Busa. Hast du schon mal Busa probiert? Das ist eine Mischung aus Kumys und Haferschleim. Absolut widerlich! Macht dich aber schlagartig nüchtern!«

Auf dem Tisch waren in der Zwischenzeit eine Wurst, Karbonade, ein angeschnittenes Brot, eine Literflasche französischer Kognak der Marke Polignac, die ich nicht kannte, und eine Flasche französisches Evian-Wasser erschienen.

Ich schluckte und ergänzte das kulinarische Angebot um meine bescheidene Gabe. »Lass uns als Erstes den Armagnac probieren«, schlug ich vor.

»Gut«, meinte Lass, während er Plastikbecher für Wasser und zwei kleine Becher aus Neusilber für den Kognak hinstellte. »Öffne du.«

»Deinen Armagnac musst du schon selbst aufmachen«, parierte Lass mühelos.

Stimmt schon, irgendwie klang da was faul!

»Mach du das lieber!«, verlangte ich ganz direkt. »Bei mir kriegen nie alle gleich viel.«

Lass guckte mich an, als sei ich ein Idiot. »Du nimmst das Ganze aber ernst«, konstatierte er. »Genehmigst dir wohl oft ein Gläschen mit Freunden?«

Trotzdem nahm er die Flasche an sich und machte sich daran, den Verschluss aufzudrehen.

Ich wartete.

Lass keuchte und verzog das Gesicht. Hörte auf, an dem Verschluss zu drehen, um ihn stattdessen sorgfältig zu inspizieren. »Er muss eingetrocknet sein ...«, murmelte er.

Von wegen ein maskierter Anderer!

»Gib mal her«, sagte ich.

»Nein, jetzt warte«, empörte sich Lass. »Was ist das? Erhöhter Zuckergehalt? Gleich ...«

Er packte den Saum seines T-Shirts, wickelte ihn um den Verschluss und drehte so heftig daran, dass seine Adern hervortraten. »Er kommt!«, rief er hitzig. »Er kommt!«

Etwas splitterte.

»Er kommt ...«, wiederholte Lass unsicher. »Oh ...«

Bedripst streckte er mir die Hände hin. In der einen hielt er die gläserne Flasche, in der anderen den Verschluss – der fest in dem abgebrochenen Hals steckte.

»Tut mir leid ... so ein Mist ...«

Doch schon im nächsten Moment flackerte in Lass' Blick so etwas wie Stolz auf. »Mann, hab ich Kräfte! Niemals hätte ich gedacht ...«

Ich schwieg, während ich mir Edgars Gesicht vorstellte, der sein kostbares Artefakt eingebüßt hatte.

»War das eine wertvolle Flasche?«, fragte Lass schuldbewusst. »Antiquarisch oder so?«

»Quatsch«, murmelte ich. »Um den Armagnac tut es mir leid. Da ist jetzt Glas drin.«

»Das macht nichts«, versicherte Lass munter. Er stellte die lädierte Flasche auf dem Tisch ab und kramte abermals in seinem Koffer herum. Schließlich beförderte er ein Taschentuch zu Tage und riss theatralisch das Etikett ab. »Das ist sauber. Nicht einmal gewaschen. Und kein chinesisches, sondern ein tschechisches, sodass wir keine Lungenentzündung befürchten müssen!«

Er faltete das Taschentuch zweimal, legte es über die Flaschenöffnung und goss den Armagnac ungerührt in die Becher. Dann hob er seinen. »Auf die Reise!«

»Auf die Reise!«, wiederholte ich.

Der Armagnac war mild, aromatisch und leicht süß, fast wie warmer Traubensaft. Er trank sich gut, ließ nicht mal den Gedanken aufkommen, man müsse etwas dazu essen – und explodierte bereits irgendwo tief in meinem Innern, so human und präzise, dass jede amerikanische Rakete vor Neid erblassen könnte.

»Ein ausgezeichnetes Tröpfchen«, lobte Lass und atmete tief aus. »Aber wie ich schon gesagt habe, ein zu hoher Zuckergehalt! Mir schmeckt armenischer Kognak gerade deshalb besser, weil er ein Minimum an Zucker enthält, dafür aber das ganze Aromaspektrum bewahrt ... Lass uns noch einen trinken.«

Die zweite Runde kam in die Becher. Lass guckte mich herausfordernd an.

»Auf die Gesundheit?«, schlug ich unsicher vor.

»Auf die Gesundheit«, stimmte Lass zu. Er trank aus und schnüffelte an dem Taschentuch. Dann schaute er zum Fenster hinaus und zuckte zusammen. »Mannomann … das Zeug haut dich um.«

»Was ist?«

»Du wirst denken, ich spinne, aber ich glaube, neben dem Waggon fliegt eine Fledermaus!«, rief Lass aus. »Eine riesige, so groß wie ein Schäferhund. Br, rr, rr …«

Ich nahm mir vor, mit Kostja mal ein paar freundliche Takte zu reden. »Das ist keine Fledermaus«, versuchte ich das Ganze als Scherz abzutun. »Sondern vermutlich ein Eichhörnchen.«

»Ein fliegendes Eichhörnchen«, grummelte Lass. »Ja, ja, keiner entkommt seinem Schicksal … Nein, das ist eine riesige Fledermaus, Ehrenwort!«

»Die ist bloß ziemlich dicht an die Scheibe herangeflogen«, vermutete ich. »Da du nur kurz hingeschaut hast, konntest du die Entfernung nicht richtig einschätzen, und da ist dir das Tier viel größer vorgekommen, als es eigentlich ist.«

»Hm, kann schon sein …«, meinte Lass nachdenklich. »Und was macht sie hier? Warum fliegt sie neben dem Zug her?«

»Dafür gibt es eine ganz einfache Erklärung«, sagte ich, griff mir die Flasche und schenkte die dritte Runde aus. »Eine Lok, die sich mit hoher Geschwindigkeit vorwärts bewegt, schafft vor sich eine Art Luftschild. Dieser Schild schlägt Mücken, Schmetterlinge und alles mögliche fliegende Getier k. o. und stößt es in die Luftstrudel hinein, die auf allen Seiten um den Zug herumwirbeln. Daher lieben Fledermäuse es, nachts neben einem fahrenden Zug herzufliegen und die ausgeschalteten Mücken zu fressen.«

Lass dachte darüber nach. »Und warum fliegen dann tagsüber nicht Vögel neben den Zügen her?«

»Das ist genauso einfach!« Ich hielt ihm den Becher hin. »Vögel sind viel dümmere Geschöpfe als Säugetiere. Daher haben

Fledermäuse bereits mitgekriegt, wie sie einen Zug zur Nahrungsbeschaffung ausnutzen können, und Vögel eben noch nicht! In hundert, zweihundert Jahren wird auch zu den Vögeln vorgedrungen sein, wie sie von Zügen profitieren können.«

»Und warum bin ich nicht selbst dahintergekommen?«, wunderte sich Lass. »Das ist in der Tat höchst simpel! Also dann ... auf einen guten Gedanken!«

Wir tranken auf ex.

»Tiere sind eine erstaunliche Sache«, sagte Lass tiefsinnig. »Viel klüger, als Darwin es darstellt. Bei mir lebte mal ...«

Was mal bei ihm gelebt hatte, ein Hund, eine Katze, ein Hamster oder ein Aquariumsfisch, bekam ich nicht mehr zu hören. Lass schaute erneut aus dem Fenster und wurde ganz grün im Gesicht.

»Da ist wieder ... diese Fledermaus!«

»Sie fängt Fliegen«, erinnerte ich ihn.

»Aber was für Fliegen! Sie fliegt hinter dem Zug her wie auf Befehl! Ich sage dir, groß wie ein ausgewachsener Schäferhund!«

Lass stand auf und zog mit einer energischen Bewegung das Rollo herunter. »Zum Teufel mit ... Ich weiß ja, man soll abends nicht King lesen ... Das nenn ich Fledermaus! Der reinste Pterodaktylus! Die fängt Eulen und Uhus, aber keine Mücken!«

Kostja ist doch ein Monster! Freilich, ein Vampir in Tiergestalt ist ebenso wie ein Werwolf ein Schwachkopf, der sich nicht mehr unter Kontrolle hat. Vermutlich gefiel es ihm, so um den nächtlichen Zug herumzufliegen, durch die Fenster zu spähen und auf Lichtmasten Pause zu machen. Aber die grundlegenden Vorsichtsmaßnahmen durfte er dabei doch nicht einfach außer Acht lassen!

»Das sind Mutationen«, hatte Lass inzwischen befunden. »Strahlenbelastung, Risse im Reaktor, elektromagnetische Wellen, Funktelefone ... Und wir lachen die ganze Zeit darüber, sagen, das ist Science Fiction ... Dann noch die ständigen Lügen in den Boulevardblättern. Wenn ich das jemandem erzählen würde, würde der doch denken, ich sei entweder besoffen oder lüge wie gedruckt!«

Entschlossen öffnete er seinen Kognak. »Glaubst du eigentlich an Mystik?«, fragte er.

»Das tu ich«, antwortete ich würdevoll.

»Ich auch«, gab Lass zu. »Jetzt. Früher nicht ...« Ängstlich schaute er zu dem verhangenen Fenster hinüber. »Du lebst so vor dich hin, dann triffst du irgendwo im Moor von Pskow einen lebenden Yeti und drehst völlig durch! Oder du siehst eine meterlange Ratte. Oder ...« Er wedelte mit der Hand und goss Kognak in unsere Becher. »Vielleicht leben ja wirklich in deiner Nachbarschaft Hexen, Vampire oder Tiermenschen? Schließlich gibt es keine zuverlässigere Tarnung, als das eigene Erscheinungsbild in die Populärkultur einzuschleusen. Eine Beschreibung in einem belletristischen Werk, eine Darstellung im Film – und schon hörst du auf, schrecklich und geheimnisvoll zu sein. Echter Horror braucht die mündliche Rede, braucht einen alten Opa, der vor seinem Häuschen hockt und mit Angst einflößender Stimme anfängt: ›Und dann hat der Herr sich ihm gezeigt und gesagt: Ich lass dich nicht laufen, ich fessel dich, ich schnür dich zusammen, du wirst im Windbruch verfaulen!‹ So ist dann auch die echte Angst vor anormalen Erscheinungen entstanden! Kinder spüren das übrigens, deshalb erzählen sie auch so gern Geschichten wie die von der Schwarzen Hand und dem Sarg auf Rädern. Die moderne Literatur und vor allem das Kino höhlen diesen instinktiven Horror aus. Wie soll man vor Dracula Angst haben, wenn er schon hundert Mal getötet worden ist? Wie soll man sich vor Außerirdischen fürchten, wenn unsere Leute sie immer in Staub verwandeln? Nein, Hollywood – das ist der große Betäuber der menschlichen Wachsamkeit! Trinken wir auf den Tod von Hollywood, das uns die gesunde Angst vor dem Unbekannten nimmt!«

»Darauf immer!«, sagte ich begeistert. »Was treibt dich eigentlich wirklich nach Kasachstan, Lass? Da kann man doch nicht etwa tatsächlich gut Urlaub machen?«

Lass zuckte mit den Schultern. »Ich weiß es selbst nicht«, antwortete er. »Plötzlich wollte ich was Exotisches, Kumys im Melkeimer, Kamelreiten, Hammelkämpfe, Hammeleintopf aus einem Kupfernapf, Schönheiten mit ungewöhnlichen Gesichtszügen, baumartige Haschpflanzen in den städtischen Grünanlagen ...«

»Was?«, fragte ich begriffsstutzig. »Was für Hasch?«

»Baumartiger. Hasch ist eigentlich ein Baum, nur dass niemand ihn so hoch wachsen lässt«, erklärte Lass mit einem ebenso ernsten Gesicht, wie ich es bei meiner Geschichte über Fledermäuse und sonstiges fliegendes Getier aufgesetzt hatte. »Mir ist das völlig egal, ich versau mir mit Tabak die Gesundheit, aber ich will ein bisschen Exotik ...«

Er holte eine Packung Belomor heraus und zündete sich eine Zigarette an.

»Gleich kommt der Waggonbetreuer«, warnte ich.

»Der kommt nicht, ich habe ein Kondom über den Rauchmelder gezogen.« Mit einer Kopfbewegung deutete Lass nach oben. Über den aus der Wand herauslugenden Melder war tatsächlich ein leicht aufgeblasenes Kondom gestülpt. Zartrosa, mit Plastiknoppen.

»Trotzdem glaube ich, dass du dir falsche Vorstellungen von der kasachischen Exotik machst«, sagte ich.

»Jetzt ist es zu spät, um darüber nachzudenken, schließlich sitz ich ja schon im Zug«, brummte Lass. »Heute Morgen ist es mir so durch den Kopf geschossen, warum ich eigentlich nicht mal nach Kasachstan fahre. Dann habe ich meine Sachen zusammengepackt, meinen Stellvertreter instruiert – und ab in den Zug.«

Ich merkte auf.

»Du bist einfach so los? Bist du immer so spontan?«

Lass dachte nach. Schüttelte den Kopf. »Eigentlich nicht. Aber diesmal hat es mich irgendwie angepikt ... Ach, lassen wir das. Genehmigen wir uns lieber noch ein letztes Schlückchen ...«

Während er eingoss, schaute ich ihn mir abermals durchs *Zwielicht* an.

Selbst jetzt, da ich wusste, wonach ich suchte, nahm ich nur mit Mühe die Spur wahr – so elegant und leicht war die Berührung des unbekannten Anderen gewesen. Eine Spur, die bereits verlosch, die fast erkaltet war.

Eine einfache Intervention, zu der selbst der schwächste Andere in der Lage ist. Aber unglaublich akkurat!

»Gut«, stimmte ich zu. »Mir fallen die Augen auch schon zu ... Aber ich hoffe, wir quatschen noch mal miteinander.«

In der nächsten Stunde durfte ich an Schlaf allerdings nicht denken. Mir stand ein Gespräch mit Edgar bevor, möglicherweise auch eins mit Geser.

Vier

Betrübt blickte Edgar auf die Scherben der Flasche. Leider eignete sich seine Aufmachung jedoch so gar nicht, schweren Kummer auszudrücken: weite, fröhlich bedruckte Unterhosen, ein ausgeleiertes Hemd und ein zwischen Unterhose und Hemd hervorlugendes Bäuchlein. Um ihr körperliches Erscheinungsbild sorgen sich Inquisitoren nicht sehr, sie vertrauen offenbar ganz auf kraftvolle Magie.

»Du bist hier nicht in Prag«, versuchte ich ihn zu trösten. »Das ist Russland. Wenn sich eine Flasche nicht ergibt, wird ihr hier der Hals umgedreht.«

»Jetzt muss ich eine Erklärung schreiben«, sagte Edgar finster. »Die Bürokraten in Tschechien sind nicht besser als die in Russland.«

»Dafür wissen wir jetzt aber, dass Lass kein Anderer ist.«

»Nichts wissen wir«, brummte der Inquisitor mürrisch. »Ein positives Resultat wäre eindeutig gewesen. So ist es ein negatives ... nun, es könnte schließlich sein, dass er als sehr starker Anderer die Falle gespürt hat. Und sich dann einen Scherz erlaubt hat ... zumindest was er dafür hält.«

Ich hüllte mich in Schweigen. Diese Möglichkeit durften wir in der Tat nicht außer Acht lassen.

»Er wirkt nicht wie ein Anderer«, bemerkte Kostja leise. Er saß bloß in Unterhose im Bett, schweißgebadet und schwer atmend.

Offenbar hatte er zu lange im Körper einer Fledermaus Unfug getrieben. »Ich habe ihn im Assol überprüft. Mit allen Mitteln. Und jetzt auch ... Er wirkt nicht wie ein Anderer.«

»Wir beiden haben auch noch ein Wörtchen miteinander zu reden«, fuhr ihn Edgar an. »Warum bist du direkt vor seinem Fenster herumgeflattert?«

»Ich habe ihn beobachtet.«

»Hättest du nicht an die Decke fliegen und dich kopfüber da hinhängen können?«

»Bei einer Geschwindigkeit von hundert Stundenkilometern? Ich bin zwar ein Anderer, aber die Gesetze der Physik kann ich nicht ändern. Es hätte mich fortgerissen!«

»Aber die Physik hindert dich nicht daran, mit einer Geschwindigkeit von hundert Stundenkilometern zu fliegen? Du kannst dich halt bloß nicht auf das Dach des Zuges setzen, ja?«

Kostja zog die Brauen zusammen und hüllte sich in Schweigen. Er langte nach seinem Jackett und beförderte eine kleine Flasche zu Tage. Und trank einen Schluck, irgendein dickes dunkelrotes, fast schwarzes Zeug.

Edgar runzelte die Stirn. »Was ist? Brauchst du bald was ... zu essen?«

»Wenn ich mich nicht mehr transformieren muss, erst morgen Abend.« Kostja schüttelte die Flasche. Etwas gluckerte träge. »Zum Frühstück reicht es noch.«

»Ich könnte ... angesichts der besonderen Umstände ...« Edgar schielte zu mir herüber. »... dir eine Lizenz geben.«

»Nein«, sagte ich schnell. »Das würde den derzeitigen Status quo zerstören.«

»Konstantin steht jetzt in Diensten der Inquisition«, erinnerte mich Edgar. »Die Lichten werden entsprechend Kompensation erhalten.«

»Nein«, wiederholte ich.

»Er braucht Nahrung. Und die Menschen in diesem Zug sind vermutlich eh alle verdammt. Alle, bis auf den letzten.«

Kostja schwieg. Sah mich an. Ohne zu lächeln, völlig ernst ...

»Dann verlasse ich den Zug«, sagte ich. »Dann könnt ihr machen, was ihr wollt.«

»Jetzt spricht die Nachtwache aus dir«, brachte Kostja leise heraus. »Du wäschst deine Hände in Unschuld, nicht wahr? Das macht ihr ja immer. Ihr selbst weist uns die Menschen zu – um dann abfällig das Gesicht zu verziehen.«

»Ruhe jetzt!«, brüllte Edgar, indem er sich erhob und sich zwischen uns stellte. »Und zwar alle beide! Wenn ihr euch streiten wollt, verschiebt das auf später! Kostja, brauchst du eine Lizenz? Oder kannst du noch durchhalten?«

»Ich brauche keine Lizenz«, antwortete Kostja kopfschüttelnd. »In Tambow machen wir Halt, da verschwinde ich kurz und fang mir ein paar Katzen.«

»Warum gerade Katzen?«, wollte Edgar wissen. »Warum nicht ... äh ... beispielsweise Hunde?«

»Es würde mir leid tun, einen Hund zu töten«, erklärte Kostja. »Bei Katzen ist es eigentlich genauso ... aber wo kriege ich denn in Tambow eine Kuh oder ein Schaf her? Und auf den kleinen Bahnhöfen hält der Zug nicht lange.«

»Du bekommst in Tambow einen Hammel«, versprach Edgar. »Wir brauchen ... der Mythenbildung keine neue Nahrung zu geben. So hat schließlich einmal alles angefangen: Jemand findet eine blutlose Tierleiche, schreibt einen Artikel für ein Boulevardblatt ...«

Er holte sein Handy heraus und wählte eine eingespeicherte Nummer. Er musste lange warten, bis der friedlich schlafende Mensch endlich ranging.

»Dmitri? Spar dir das Gejammer, zum Schlafen ist jetzt keine Zeit, die Heimat ruft ...« Er schielte zu uns herüber. »Einen ganz herzlichen und hochoffiziellen Gruß von Solomon«, sagte Edgar dann betont.

Eine Zeit lang schwieg Edgar, entweder um dem Menschen Zeit zu lassen, zu sich zu kommen, oder um sich die Antwort anzuhören.

»Ja. Edgar. Erinnerst du dich noch? Genau der«, sagte Edgar. »Wir haben dich nicht vergessen. Und jetzt bräuchten wir deine Hilfe. In vier Stunden macht in Tambow der Zug Moskau–Almaty Halt. Wir brauchen einen Hammel. Was?«

Eine Sekunde lang hielt Edgar das Handy vom Ohr weg und legte die Hand darüber. »Was für Esel, diese angeheuerten Leute!«, empörte sich Edgar.

»Einen Esel würde ich auch nehmen«, feixte Kostja.

Dann sprach Edgar wieder ins Handy. »Nein, nicht du. Ja, ein Hammel. Ein Tier. Oder ein Schaf. Oder eine Kuh. Das ist mir egal. In vier Stunden wartest du mit dem Tier in der Nähe des Bahnhofs. Nein, ein Hund geht nicht! Weil es eben nicht geht! Nein, niemand wird ihn essen. Das Fleisch und das Fell kannst du mitnehmen. Das war's, ich melde mich wieder, kurz bevor wir ankommen.«

Damit beendete Edgar das Gespräch. »In Tambow müssen wir mit einem sehr bescheidenen ... Kontingent zurechtkommen«, erklärte er. »Momentan gibt es dort keine Anderen, nur Menschen, die wir angeheuert haben.«

»Oh, oh«, konnte ich nur sagen. In den Wachen haben noch nie Menschen gearbeitet.

»Manchmal kommt man da nicht drum herum«, meinte Edgar nebulös. »Aber keine Sorge, er wird das schon schaffen. Schließlich wird er dafür bezahlt. Du kriegst deinen Hammel, Kostja.«

»Danke«, erwiderte Kostja friedlich. »Ein Schaf wäre natürlich besser gewesen. Aber ein Hammel tut's auch.«

»Habt ihr die kulinarische Diskussion jetzt beendet?«, konnte ich mir nicht verkneifen.

»Unsere Kampffähigkeit ist ebenfalls ein wichtiger Faktor ...«, brachte Edgar mit Nachdruck hervor. »Du bleibst also dabei, dass bei diesem ... Lass ... eine magische Intervention vorgenommen worden ist?«

»Ja. Heute Morgen. Ihm ist der Wunsch eingegeben worden, mit dem Zug nach Alma-Ata zu fahren.«

»Sinnvoll wäre das schon«, meinte Edgar. »Wenn du die Spur nicht entdeckt hättest, hätten wir ihn vermutlich für unseren Mann gehalten. Und hätten jede Menge Kraft und Zeit mit ihm vergeudet. Aber das heißt ...«

»Dass der Täter mit den Fällen der Wachen aufs Beste vertraut ist«, meinte ich nickend. »Er weiß über die Ermittlungen im Assol Bescheid, weiß, wen wir in Verdacht hatten. Das heißt ...«

»Jemand von ganz oben«, pflichtete mir Edgar bei. »Fünf, sechs Andere aus der Nachtwache, genauso viele aus der Tagwache. Sagen wir mal insgesamt zwei Dutzend ... Das sind immer noch sehr, sehr wenige.«

»Oder jemand von der Inquisition«, gab Kostja zu bedenken.

»Nun mach mal halb lang! Und nenn mir einen Namen, Freundchen! Einen Namen!« Edgar grinste. »Wer?«

»Vítěszlav.« Kostja schwieg kurz und fügte dann hinzu: »Zum Beispiel.«

Ein paar Sekunden lang glaubte ich, der normalerweise so unerschütterliche Dunkle Magier würde aufs Übelste losschimpfen. Obendrein mit baltischem Akzent. Doch Edgar riss sich zusammen. »Nach deiner Transformation musst du doch sehr müde sein, oder, Konstantin? Vielleicht solltest du dich schlafen legen?«

»Edgar, ich bin jünger als du, aber wir beide, du und ich, sind die reinsten Wickelkinder im Vergleich zu Vítěszlav«, erwiderte Kostja gelassen. »Was haben wir denn gesehen? Einen Anzug voller Asche. Haben wir die Asche persönlich überprüft?«

Edgar hüllte sich in Schweigen.

»Ich bin nicht sicher, dass man die Überreste eines Vampirs bestimmen kann ...«, warf ich ein.

»Weshalb sollte Vítĕszlav ...«, setzte Edgar an.

»Macht«, sagte Kostja lakonisch.

»Was hat Macht damit zu tun? Wenn er das Buch hätte stehlen wollen, warum hat er dann seinen Fund erst bekannt gegeben? Er hätte es klammheimlich an sich nehmen und verschwinden können. Als er es gefunden hat, war er allein! Verstehst du? Allein!«

»Vielleicht hat er nicht gleich begriffen, was er da gefunden hatte«, parierte Kostja. »Oder sich nicht sofort zu dem Verbrechen durchgerungen. Aber den eigenen Tod zu inszenieren und mit dem Buch unterzutauchen, während wir seinen Mörder jagen, ist ein brillanter Schachzug!«

Edgars Atem beschleunigte sich. »Gut«, meinte er. »Ich werde darum bitten, das man dem nachgeht. Ich setze mich gleich mit ... mit den Hohen in Moskau zusammen und bitte sie, die Asche zu überprüfen.«

»Vorsichtshalber solltest du auch Geser und Sebulon bitten, die Überreste zu prüfen«, riet Kostja. »Wir können nicht sicher sein, dass die beiden nichts mit der Sache zu tun haben.«

»Bring einer Henne nicht das Eierlegen bei ...«, brummte Edgar. Er setzte sich bequemer hin – und klinkte sich aus dem Geschehen aus.

O ja, Geser und Sebulon dürften diese Nacht auch kein Auge zutun.

Ich gähnte. »Meine Herren, machen Sie, was Sie wollen, aber ich leg mich jetzt schlafen«, verkündete ich.

Edgar antwortete nicht, da er gerade telepathisch mit einem der Großen kommunizierte. Kostja nickte und verschwand ebenfalls unter der Bettdecke.

Ich kletterte zur oberen Liege, zog mich aus und stopfte Jeans und Hemd in das Fach über dem Bett. Dann nahm ich die Uhr ab und legte sie neben mich, denn ich schlafe nicht gern mit dem Ding. Unter mir kippte Kostja den Schalter vom Nachtlicht um – es wurde dunkel.

Edgar saß reglos da. Die Räder ratterten gemütlich. In Amerika sollen in die langen, in einem Stück gegossenen Schienen angeblich spezielle Rillen eingelassen sein, um das Rattern zu imitieren und dieses gemütliche Geklopfe der Räder zu erzeugen ...

Ich konnte nicht einschlafen.

Jemand hatte einen Hohen Vampir ermordet. Oder dieser Vampir hatte seinen Tod selbst inszeniert. Das spielte keine Rolle. In beiden Fällen verfügte da jemand über unvorstellbare Kraft.

Warum hatte er fliehen müssen? Sich in einem Zug verstecken – und dabei das Risiko eingehen, dass der ganze Zug gesprengt oder beispielsweise von Hunderten von Hohen umstellt wird, die jeden Einzelnen überprüfen? Das ist dumm, unnötig und riskant. Wenn du erst mal der stärkste Andere geworden bist, fällt dir die Macht früher oder später sowieso zu. In hundert Jahren, in zweihundert, wenn alles vergessen ist, was die Hexe Arina und das mythenumwobene Buch angeht. Wenn auch nicht jedem, aber Vítěszlav wäre das klar gewesen.

Das sieht zu sehr ... nach einem Menschen aus. Verworren und unlogisch. Überhaupt nicht wie die Tat eines weisen starken Anderen.

Doch nur ein solcher Anderer konnte Vítěszlav ermordet haben.

Schon wieder passten nicht alle Teile zusammen ...

Unten rührte sich Edgar. Seufzte, raschelte mit der Decke und kletterte ebenfalls auf seine Liege hinauf.

Ich schloss die Augen und versuchte mich so gut es ging zu entspannen.

Ich stellte mir vor, wie sich die Gleise hinter dem Zug dahinzogen ... von einem großen Bahnhof zu einem kleinen, vorbei an Städten und Städtchen, bis hin nach Moskau, wo fächerförmig vom Bahnhof Straßen abgingen, um hinter der Ringautobahn zu einer Berg- und Talbahn zu werden, um sich hundert Kilometer weiter in holprige kleine Wege zu verwandeln, die zu einem gotterbärmlichen Dörflein führten, zu einem alten Holzhaus ...

»Swetlana?«

»Ich hab dich schon erwartet, Anton. Was macht ihr?«

»Wir sind im Zug. Hier ist was Merkwürdiges passiert ...«

Ich versuchte, mich ihr maximal zu öffnen ... na ja, fast maximal. Ich rollte mein Gedächtnis aus wie eine Stoffbahn auf dem Tisch einer Schneiderin. Der Zug, die Inquisitoren, das Gespräch mit Lass, das Gespräch mit Edgar und Kostja ...

»Komisch«, sagte Swetlana nach einer kurzen Pause. *»Sehr komisch. Ich habe den Eindruck, als ob jemand mit euch spielt. Das gefällt mir nicht, Anton.«*

»Mir auch nicht. Wie geht es Nadja?«

»Sie schläft schon lange.«

In einem Gespräch wie diesem, das nur Andere verstehen können, fehlt jede Intonation. Allerdings wird sie durch irgendwas ersetzt. Und ich spürte eine leichte Unsicherheit Swetlanas.

»Du bist nicht zu Hause, oder?«

»Stimmt. Ich bin zu Besuch bei einer alten Frau.«

»Swetlana!«

»Ich bin wirklich zu Besuch, also mach dir keine Sorgen! Ich wollte mit ihr die ganze Situation durchgehen ... und etwas über das Buch erfahren.«

Ich hätte doch gleich wissen müssen, dass nicht nur die Sorge um unsere Tochter Swetlana gezwungen hat, uns zu verlassen.

»Und was hast du rausbekommen?«

»Es war das Fuaran. *Ebendas. Das echte. Und ... was Gesers Sohn anging, da hatten wir Recht. Unsere Alte war mit sich und der Welt zufrieden ... und hat nützliche Kontakte wiederhergestellt.«*

»Und dann hat sie das Buch geopfert?«

»Ja. Sie hat es in der hundertprozentigen Überzeugung zurückgelassen, dass das Geheimversteck schnell gefunden wird und man dann die Fahndung nach ihr einstellt.«

»Und was hält sie von dem, was passiert ist?« Angestrengt versuchte ich, Namen zu vermeiden – als ob so ein Gespräch abgehört werden könnte.

»Ich glaube, sie ist in Panik geraten. Obwohl sie versucht, sich nichts anmerken zu lassen.«

»Swetlana, wie schnell kann das Fuaran einen Menschen in einen Anderen verwandeln?«

»Fast sofort. Man braucht etwa zehn Minuten, um alle Zaubersprüche aufzusagen, dann sind noch ein paar Zutaten nötig ... oder genauer gesagt eine – das Blut von zwölf Menschen. Selbst wenn von jedem nur ein Tropfen gebraucht wird, aber es müssen zwölf verschiedene Menschen sein.«

»Weshalb?«

»Das musst du Fuaran fragen. Ich bin überzeugt, dass statt Blut auch jede andere Flüssigkeit ginge, aber die Hexe hat den Zauberspruch an Blut gebunden ... Also zehn Minuten Vorbereitung, zwölf Tropfen Blut, und du kannst aus einem Menschen einen Anderen machen. Oder aus einer ganzen Gruppe von Menschen. Hauptsache, sie sind alle in deinem Blickfeld.«

»Und wie stark werden sie sein?«

»Das variiert. Aber schwache Andere können mit dem nächsten Zauberspruch auf eine höhere Stufe gezogen werden. Theoretisch kannst du aus jedem Menschen einen Hohen Magier machen.«

Etwas hatte sie gesagt. Etwas Wichtiges. Nur kriegte ich diesen Faden im Moment noch nicht zu fassen ...

»Und was fürchtet ... die Alte, Sweta?«

»Eine Massenverwandlung der Menschen in Andere.«

»Will sie nicht herkommen und ein Geständnis ablegen?«

»Nein, sie will die Beine in die Hand nehmen. Und ich verstehe sie.«

Ich seufzte. Arina sollte eigentlich schon zur Verantwortung gezogen werden ... wenn die Inquisition sie dann nicht wegen Sabotage anklagen würde. Und wieder einmal hatte Geser seine Finger im Spiel ...

»Sweta, frage sie doch ... frage sie, weshalb der Dieb nach Osten fahren könnte? Hat das Fuaran *vielleicht mehr Kraft an dem Ort, wo es geschrieben worden ist?«*

Pause. Zu dumm, dass das kein Handy war, dass ich mit der Hexe nicht persönlich sprechen konnte. Denn ein direktes Gespräch ist nur zwischen Anderen möglich, die sich nahe stehen. Oder zumindest Gleichgesinnte sind.

»Nein ... Sie wundert sich sehr darüber. Sie sagt, dass es keine Verbindung zwischen dem Fuaran *und dieser Gegend gebe. Das Buch würde auch im Himalaja funktionieren oder an der Antarktis oder der Elfenbeinküste.«*

»Dann ... dann frag sie, ob Vítězslav es benutzen könnte. Immerhin ist er ein Vampir, ein niederer Anderer ...«

Abermals Pause.

»Er könnte. Ob Vampir oder Tiermensch, das spielt keine Rolle. Auch nicht, ob Dunkler oder Lichter. Es gibt keine Einschränkungen. Bis auf die, dass Menschen das Buch nicht benutzen können.«

»Das ist klar ... Sonst noch was?«

»Nein, Anton. Ich hatte gehofft, sie könne uns einen Hinweis geben ... Aber ich habe mich geirrt.«

»Gut. Vielen Dank. Ich liebe dich.«

»Ich dich auch. Schlaf gut. Ich bin überzeugt, dass morgen früh alles besser aussieht ...«

Das dünne Fädchen, das zwischen uns gespannt gewesen war, riss. Ich zuckte zusammen, dann machte ich es mir gemütlich. Schließlich hielt ich es nicht mehr aus und schaute zum Tisch hinunter.

Die Nadel des »Kompasses« drehte sich nach wie vor. Das *Fuaran* war im Zug.

Nachts wachte ich zwei Mal auf. Einmal, als einer der Inquisitoren zu Edgar kam, um ihm zu berichten, dass sie bestimmte

Beweise nicht hatten entdecken können. Das zweite Mal, als der Zug in Tambow hielt und Kostja sich leise aus dem Abteil schlich.

Erst nach zehn stand ich auf.

Edgar trank Tee. Kostja, rosig und frisch, kaute ein Wurstbrot. Die Nadel drehte sich. Alles wie gehabt.

Ich zog mich gleich im Bett an und sprang nach unten. Zu meinem Bettzeug gehörte ein winziges Stück Seife – das war jedoch alles, was mir für meine Körperpflege zur Verfügung stand.

»Nimm das«, brummte Kostja und reichte mir eine Plastiktüte. »Ich habe was besorgt ... in Tambow ...«

In der Tüte entdeckte ich ein Päckchen Einwegrasierklingen und eine kleine Flasche mit Rasiercreme von Gillette, eine Zahnbürste und Zahncreme der Marke Neue Perle.

»Eau de Cologne habe ich vergessen«, fügte Kostja hinzu. »Ich habe nicht daran gedacht.«

Kein Wunder, dass er es vergessen hatte. Vampire und Tiermenschen haben etwas gegen starke Gerüche. Ob vielleicht auch die Wirkung des Knoblauchs, der im Grunde für Vampire absolut unschädlich ist, darauf beruht, dass er Vampire daran hindert, ihre Opfer zu wittern?

»Danke«, sagte ich. »Was kriegst du?«

Kostja winkte ab.

»Ich habe ihm schon Geld gegeben«, teilte Edgar mit. »Du bekommst übrigens auch Tagegeld für eine Dienstreise. Fünfzig Dollar pro Tag plus die Summe für die Verpflegung, die du mit Quittungen nachweisen kannst.«

»Die Inquisition lebt nicht schlecht«, stichelte ich. »Gibt es Neuigkeiten?«

»Geser und Sebulon versuchen, alles über die Gebeine von Vítěszlav herauszubekommen.« So drückte er sich aus, die Gebeine, feierlich und offiziell. »Es ist schwierig, etwas zu sagen.

Du weißt ja: Je älter ein Vampir, desto weniger bleibt von ihm nach dem Tod übrig ...«

Kostja kaute konzentriert sein Brot.

»Ja«, pflichtete ich ihm bei. »Ich geh mich mal waschen.«

Im Waggon waren bereits fast alle wach, nur bei ein paar Abteilen, wo es gestern Abend heiß hergegangen war, waren die Türen noch geschlossen. Nachdem ich in der kurzen Schlange angestanden hatte, zwängte ich mich in das Zugklo mit seinem Armeekomfort. Das warme Wasser kam in einem dünnen Strahl träge aus dem Hahn. Die polierte Stahlfolie, die den Spiegel ersetzte, war seit langem über und über mit kleinen Spritzern übersät. Während ich mir die Zähne mit der harten Zahnbürste aus China putzte, ließ ich mir mein nächtliches Gespräch mit Sweta noch einmal durch den Kopf gehen.

Irgendwas Wichtiges hatte sich zwischen ihren Worten versteckt. Es war da – aber weder Swetlana noch ich verstanden es.

Dabei musste ich es verstehen.

Als ich ins Abteil zurückkehrte, war ich der Wahrheit zwar kein Stück näher gekommen, hatte aber eine Idee, die mir Erfolg versprechend schien. Meine Reisegefährten hatten ihr Frühstück bereits beendet. Ich schloss die Tür und packte den Stier gleich bei den Hörnern. »Edgar, ich habe eine Idee. Deine Jungs sollen auf einem langen Streckenabschnitt die Waggons abkoppeln. Einen nach dem anderen. Einer von ihnen soll den Maschinisten kontrollieren, damit der Zug nicht anhält. Wir behalten den ›Kompass‹ im Auge. Sobald der Waggon mit dem Buch abgekoppelt ist, zeigt die Nadel uns das an.«

»Ja und?«, fragte Edgar desinteressiert.

»Wir orten das Buch. Mit der Genauigkeit von einem Waggon. Dann können wir den Waggon umstellen und jeden Fahrgast einzeln mit seinem Gepäck herauslotsen. Sobald wir den Mörder haben, wird die Nadel uns das zeigen. Das war's! Dann brauchen wir den Zug nicht zu sprengen!«

»Ich habe auch schon darüber nachgedacht«, gab Edgar ungern zu. »Es gibt ein einziges Argument dagegen, das ist jedoch ausschlaggebend. Der Täter wird merken, was im Gange ist. Und könnte als Erster zuschlagen.«

»Dann kommen eben auch Geser, Sebulon, Swetlana, Olga ... haben die Dunklen noch weitere starke Magier?« Ich sah Kostja an.

»Die werden sich finden«, wich Kostja aus. »Reichen unsere Kräfte denn?«

»Gegen einen einzigen Anderen?«

»Der nicht irgendein Anderer ist«, erinnerte mich Edgar. »Der Legende zufolge haben sich mehrere hundert Magier zusammengefunden, um Fuaran zu töten.«

»Dann werden auch wir unsere Kräfte zusammenziehen. Die Nachtwache hat fast zweihundert Mitarbeiter, in der Tagwache sind es nicht weniger. Hinzu kommen noch Hunderte von Reservisten. Jede Seite kann mindestens tausend Andere aufstellen.«

»Die in der Regel schwach sind, sechster, siebter Grad. Die echten Magier, vom dritten Grad an aufwärts, zählen nicht mehr als ein paar Hundert.« Edgar sprach so überzeugt, dass kein Zweifel aufkommen konnte: Er hatte die Variante eines direkten Kräftemessens tatsächlich schon in Gedanken durchgespielt. »Das könnte reichen, wenn die Dunklen und die Lichten durch Inquisitoren unterstützt werden, die Amulette einsetzen und beide Kräfte vereinen. Aber es muss nicht reichen. Dann würden die stärksten Kämpfer sterben, und der Täter hätte freie Hand. Meinst du nicht, dass er genau darauf hofft?«

Ich schüttelte den Kopf.

»Darüber habe ich nämlich schon nachgedacht«, meinte Edgar mit düsterer Genugtuung. »Der Täter kann den Zug als Falle benutzen, in die alle starken Magier Russlands tappen. Er könnte den ganzen Zug mit Zaubern beladen haben, die wir nicht spüren.«

»Warum machen wir uns dann überhaupt noch die Mühe?«, fragte ich. »Warum sind wir dann hier? Eine Atombombe – und alle unsere Probleme wären gelöst.«

»Ja«, meinte Edgar nickend. »Wir bräuchten eine Atombombe, denn sie geht durch alle Schichten des *Zwielichts* hindurch. Aber zunächst müssen wir sicherstellen, dass uns das Zielobjekt nicht im letzten Moment entwischt.«

»Schlägst du dich jetzt auf Sebulons Seite?«, wollte ich wissen.

Edgar seufzte. »Ich schlage mich auf die Seite des gesunden Verstandes. Bei einer vollständigen Überprüfung des Zuges unter Hinzuziehung etlicher Kräfte droht uns ein magisches Gemetzel. Die Menschen sterben jedoch so oder so. Sprengen wir den Zug – ja, dann würden mir die Menschen leid tun. Aber immerhin würden wir auf diese Weise weltweite Konflikte vermeiden.«

»Aber wenn es noch eine Chance gibt ...«, setzte ich an.

»Die gibt es«, pflichtete Edgar mir bei. »Deshalb schlage ich vor, unsere Suche fortzusetzen. Kostja und ich schnappen uns meine Jungs als Hilfe und durchkämmen den Zug – gleichzeitig vom ersten und vom letzten Waggon aus. Wir werden Amulette einsetzen und gegebenenfalls versuchen, den Verdächtigen durchs *Zwielicht* zu überprüfen. Und du sprich noch mal mit Lass. Schließlich gehört er immer noch zu unseren Verdächtigen.«

Ich zuckte mit den Schultern. All das erinnerte mich bloß schrecklich an die Imitation einer Suche. Im tiefsten Herzen hatte Edgar bereits kapituliert.

»Wann ist die Stunde X?«, fragte ich.

»Morgen Abend«, antwortete Edgar. »Wenn wir durch die menschenleeren Landstriche bei Semipalatinsk kommen. Dort sind sowieso schon Bomben gezündet worden ... ein taktischer Sprengkörper mehr richtet dort keinen großen Schaden an.«

»Erfolgreiche Jagd«, sagte ich und ging aus dem Abteil.

Das war doch Wahnsinn. Das alles war nur eine Zeile in einem Bericht, an dem Edgar innerlich schon schrieb. »Ungeachtet der ergriffenen Maßnahmen konnten weder der Täter lokalisiert noch das *Fuaran* sichergestellt werden ...«

Ab und zu hatte ich schon mal darüber nachgedacht, ob die Inquisition nicht eine reale Alternative zu den Wachen ist. Womit beschäftigen wir uns denn schon? Wir grenzen Menschen und Andere voneinander ab. Achten darauf, dass die Menschen durch die Handlungen der Anderen nur minimal betroffen sind. Gewiss, praktisch ist das unmöglich, denn einige Andere sind von Natur aus Parasiten. Und die Widersprüche zwischen Dunklen und Lichten sind nun mal so, dass Konfrontationen unvermeidlich sind.

Aber es gibt noch die Inquisition, sie steht über den Wachen, sie bewahrt das Gleichgewicht, sie ist die dritte Kraft und die abgrenzende Struktur einer höheren Ordnung, sie korrigiert die Fehler der Wachen ...

Und jetzt stellte sich heraus: Dem ist nicht so.

Es gibt keine dritte Kraft. Es gibt sie nicht – und hat sie nie gegeben.

Die Inquisition ist das Werkzeug, um Dunkle und Lichte voneinander abzugrenzen. Mehr nicht. Sie achtet auf die Einhaltung des Großen Vertrages, aber nicht im Interesse der Menschen, sondern ausschließlich im Interesse der Anderen. Die Inquisition, das sind die Anderen, die wissen: Wir sind alle Parasiten, ein Lichter Magier ist um keinen Deut besser als ein Vampir.

Und in der Inquisition zu arbeiten heißt, sich damit abzufinden. Es heißt, endgültig erwachsen zu werden, den naiven jugendlichen Maximalismus gegen einen gesunden erwachsenen Zynismus einzutauschen. Anzuerkennen, dass es Menschen gibt und dass es Andere gibt – und das die beiden nichts miteinander verbindet.

Bin ich bereit, das anzuerkennen?

Ja, vermutlich.

Aber aus irgendeinem Grund will ich nicht in die Inquisition wechseln.

Lieber reiß ich in der Nachtwache meine Stunden ab. Gehe meiner absolut überflüssigen Arbeit nach, die darin besteht, absolut überflüssige Menschen zu schützen.

Und warum überprüfte ich dann nicht jetzt unseren einzigen Verdächtigen? Noch hatte ich Zeit.

Lass war bereits wach. Er saß in seinem Abteil, schaute finster auf die erbärmliche Landschaft draußen. Der Tisch war hochgeklappt, im Waschbecken kühlte er unter dem dünnen Wasserstrahl eine Flasche Kumys.

»Hier fehlt ein Kühlschrank«, sagte er traurig. »Selbst im besten Waggon ist kein Kühlschrank im Abteil vorgesehen. Willst du Kumys?«

»Ich habe bereits gefrühstückt.«

»Wann?«

»Na gut, ein klitzekleines Schlückchen ...«, stimmte ich zu.

Den Kognak goss Lass in der Tat tröpfchenweise ein, gerade so viel, um die Lippen zu befeuchten. Wir tranken ex. »Was hat mich nur gestern gepikt?«, meinte Lass nachdenklich. »Sag mir mal ganz ehrlich, warum ein normaler Mensch plötzlich auf die Idee kommt, in Kasachstan Urlaub zu machen? Spanien, gut. Türkei, ja. Peking, ja – zum Kussfestival, falls du auf Extremtourismus stehst. Aber Kasachstan?«

Ich zuckte mit den Schultern.

»Das muss eine merkwürdige Fluktuation meines Bewusstseins gewesen sein«, sagte Lass. »Ich habe einfach gedacht ...«

»Und jetzt willst du aussteigen«, fuhr ich fort.

»Richtig. Und dann steige ich in den nächsten Zug wieder ein. In die entgegengesetzte Richtung.«

»Eine kluge Entscheidung«, sagte ich ehrlich. Erstens waren wir damit einen Verdächtigen los. Zweitens würde ein anständiger Mensch gerettet.

»In ein paar Stunden sind wir in Saratow«, überlegte Lass laut. »Da steige ich aus. Ich rufe jetzt meinen Geschäftspartner an und bitte ihn, mich abzuholen. Saratow ist eine schöne Stadt.«

»Und was ist daran schön?«, wollte ich wissen.

»Nun ...« Abermals füllte Lass unsere Becher, diesmal etwas großzügiger. »Im Gebiet von Saratow leben seit Jahrhunderten Menschen. Das unterscheidet es auch aufs Vorteilhafteste von den Gebieten im Hohen Norden und ähnlichen Gegenden. Zur Zarenzeit gab es dort ein Gouvernement, das jedoch in der Entwicklung etwas hinterherhinkte. Nicht umsonst hat Tschazki gesagt: ›Auf in die Wildnis, auf nach Saratow!‹ Heute ist es das Industrie- und Kulturzentrum der Region, ein großer Eisenbahnknotenpunkt.«

»Nun übertreib mal nicht«, merkte ich vorsichtig an. Mir war nicht klar, ob er das ernst meinte oder einfach Unsinn faselte, bei dem er Saratow leicht durch Kostroma, Rostow am Don oder jede x-beliebige andere Stadt hätte austauschen können.

»Das Wichtigste dort ist der Eisenbahnknotenpunkt«, erklärte Lass. »Ich werde in einem McDonald's essen – und dann ab nach Hause. Außerdem gibt es dort noch eine alte Kathedrale, die werde ich bestimmt besichtigen. Damit habe ich die Reise nicht umsonst gemacht, oder?«

Ach ja, hatte unser unbekannter Gegner am Ende doch nicht richtig aufgepasst. Die Intervention war zu schwach und verflog innerhalb von vierundzwanzig Stunden.

»Und weshalb wolltest du nun unbedingt nach Kasachstan?«, fragte ich noch einmal.

»Ich habe es dir doch schon gesagt: einfach so«, seufzte Lass.

»Wirklich einfach so?«

»Na ja ... ich habe so rumgesessen, nichts Böses ahnend, die Saiten meiner Gitarre gewechselt. Plötzlich klingelt das Telefon. Jemand hatte sich verwählt, wollte irgendeinen Kasachen sprechen ... den Namen habe ich schon wieder vergessen. Kaum hatte ich den Hörer aufgelegt, fing ich an darüber nachzudenken, wie viele Kasachen in Moskau leben. Auf meiner Gitarre waren gerade genau zwei Saiten aufgezogen, wie bei einer Dombra, so einer Art kasachischer Balalaika. Ich spannte sie und fing an zu klimpern. Das war komisch. Denn es kam irgendeine Melodie heraus ... die sich in mir festsetzte und mich betörte. Da habe ich gedacht: Jetzt fahre ich nach Kasachstan!«

»Eine Melodie?«, hakte ich nach.

»Hmm. Eine betörende, lockende. Die Steppe, Kumys, all das ...«

Ob es doch Vítěszlav gewesen war? Ein normaler Mensch bemerkt die Magie in der Regel nicht. Aber die Magie der Vampire steht zwischen richtiger Magie und sehr starker Hypnose. Sie ist auf Blickkontakt angewiesen, auf Geräusche, eine Berührung – auf einen wenn auch minimalen Kontakt zwischen Vampir und Mensch. Und sie hinterlässt Spuren: Der Mensch meint, einen Blick zu spüren, eine Berührung, ein Geräusch zu hören ...

Ob der alte Vampir uns alle betrogen hatte?

»Anton«, sagte Lass nachdenklich. »Du handelst doch nicht wirklich mit Milch, oder?«

Ich schwieg.

»Wenn da irgendwas wäre, was den FSB interessieren könnte, dann würde ich mir vor Angst in die Hosen pinkeln«, fuhr Lass fort. »Nur glaube ich, dass auch der FSB in meiner Situation Angst hätte.«

»Wir wollen diese Frage nicht weiter vertiefen, ja?«, schlug ich vor. »Das ist besser.«

»Hmm«, stimmte Lass mir schnell zu. »Gut. Was ist? Kann ich in Saratow aussteigen?«

Ich nickte. »Steig aus und fahr nach Hause. Danke für den Kognak.«

»Zu Befehl«, entgegnete Lass. »Ich helfe immer gern.«

Mir war nicht klar, ob er mich verarschte. Bei manchen Menschen ergibt sich diese Art zu sprechen wohl von selbst.

Lass und ich drückten uns recht feierlich die Hand, ich trat in den Gang hinaus und steuerte auf meinen Waggon zu.

Also doch Vítěszlav? Ach ja, dieser schlaue Kerl ... dieser verdiente Mitarbeiter der Inquisition!

Jagdfieber packte mich. Natürlich konnte Vítěszlav sich die Unvorstellbarkeit des Ganzen zunutze machen und sich als sonst wer tarnen. Als dieser Rotzbengel von zwei Jahren, der vorsichtig aus einem Abteil herausspähte. Als diese dicke junge Frau mit den geschmacklosen, großen goldenen Ohrringen. Als Waggonbetreuer, der um Edgar herumscharwenzelte. Warum nicht?

Sogar als Edgar oder Kostja ...

Ich blieb stehen, sah auf den Vampir und den Inquisitor, die vor unserer Abteiltür im Gang standen. Und wenn er wirklich ...

Nein, stopp. Langsam werde ich wahnsinnig. Alles ist möglich – aber nicht alles geschieht auch. Ich bin ich, Edgar ist Edgar, Vítěszlav ist Vítěszlav. Sonst könnte ich gar nicht arbeiten.

»Es gibt was Neues«, sagte ich, als ich zwischen Kostja und Edgar trat.

»Ja?«, meinte Edgar.

»Lass ist von einem Vampir manipuliert worden. Er erinnert sich ... dass er so etwas wie Musik gehört hat, die ihn zur Reise aufgefordert hat.«

»Wie poetisch«, schnaubte Edgar. Er lächelte jedoch nicht, lobte mich aber: »Musik? Das klingt sehr nach einem Blutsau... entschuldige, Kostja. Nach einem Vampir.«

»Du könntest dich auch einer politisch korrekten Ausdrucksweise bedienen: nach einem Hämoglobinabhängigen«, meinte Kostja, wobei er die Lippen zu einem Lächeln verzog.

»Das Hämoglobin hat damit nichts zu tun, das weißt du selbst«, fuhr Edgar ihn an. »Gut, das ist eine Spur.« Plötzlich lächelte er und klopfte mir auf die Schultern. »Du bist hartnäckig. Nun denn, so hat der Zug eine Chance. Wartet hier auf mich.«

Mit schnellen Schritten ging Edgar den Gang hinunter. Ich glaubte schon, er wolle zu seinen Kämpfern, aber Edgar betrat das Abteil des Zugführers und schloss hinter sich die Tür.

»Was er wohl vorhat?«, fragte Kostja.

»Woher soll ich das wissen?« Ich schielte zu ihm hinüber. »Vielleicht gibt es ja spezielle Zaubersprüche, mit denen man einen Vampir erkennen kann.«

»Nein«, entgegnete Kostja scharf. »Das ist so wie bei allen Anderen. Wenn Vítěszlav sich als Mensch tarnt, können wir ihn mit keinem Zauberspruch aufdecken. Das ist zu dumm ...«

Er wurde nervös. Ich verstand ihn. Es ist schwer, der am stärksten diskriminierten Minderheit der Anderen anzugehören – und dann den eigenen Artgenossen zu jagen. Was hatte er mir mal gesagt ... als ich noch ein junger, kühner Vampirjäger war: *»Wir sind nur sehr wenige, Anton. Wenn einer von uns stirbt, spüren wir das sofort.«*

»Kostja, hast du Vítěszlavs Tod gespürt?«

»Was meinst du, Anton?«

»Du hast mal gesagt, dass ihr spürt, wenn ... einer von euch stirbt.«

»Wir spüren es, wenn es ein Vampir mit Lizenz ist. Wenn ihn das Registrierungssiegel tötet – dann fühlen alle in der Nähe ein schmerzhaftes Echo. Vítěszlav hatte kein Siegel.«

»Aber Edgar hat doch offenbar etwas vor?«, murmelte ich. »Ist das irgendein Trick der Inquisition?«

»Vermutlich.« Kostja kniff die Augen zusammen. »Warum, Anton? Warum sind wir die einzigen, die permanent gejagt werden ... selbst von den eigenen Leuten? Die Dunklen Magier morden schließlich auch!«

Plötzlich redete er mit mir genauso wie früher. Als er noch ein unschuldiger Vampirjunge gewesen war ... Obwohl: Wie kann ein Vampir unschuldig sein?

Und das war schrecklich, das stellte alles auf den Kopf. Verfluchte Fragen und verfluchte Vorherbestimmung, das alles präsentiert von jemandem, der diese Grenze bereits überschritten hatte. Der jagte und mordete ...

»Ihr mordet ... um an Nahrung zu kommen«, sagte ich.

»Aber für Macht, für Geld, zum Spaß – das ist anständiger?«, fragte Kostja bitter. Er wandte sich mir zu und schaute mich an. »Warum ... widert es dich so an, mit mir zu reden? Wir sind doch mal Freunde gewesen. Was hat sich bloß geändert?«

»Du bist ein Hoher Vampir geworden.«

»Ja, und?«

»Ich weiß, wie Vampire zu Hohen Vampiren werden, Kostja.«

Einige Sekunden lang sah er mir in die Augen. Dann zeichnete sich ein Lächeln auf seinen Lippen ab. Ein Vampirlächeln – bei dem du im Mund die Eckzähne zwar noch nicht sehen kannst, du die Dinger aber schon an deinem Hals spürst.

»Ach ja ... Man muss das Blut unschuldiger junger Frauen und Kinder trinken, sie ermorden ... Das alte, klassische Rezept. So ist Vítěszlav ein Hoher Vampir geworden ... Willst du damit sagen, du hättest niemals einen Blick in mein Dossier geworfen?«

»Ja«, bestätigte ich.

Er sackte förmlich in sich zusammen. Sein Lächeln wirkte mit einem Mal mitleidheischend und verwirrt.

»Nicht einmal?«

»Genau«, antwortete ich, obwohl mir bereits schwante, dass ich einen Fehler gemacht hatte.

Ungeschickt breitete Kostja die Arme aus – und dann legte er los, wobei er ausschließlich mit Konjunktionen, Interjektion und Pronomen auskam. »Ah ... ha ... wie ... du ... dabei ... ich ... aber du ...«

»Ich schaue nicht gern in das Dossier eines Freundes«, sagte ich und fügte dummerweise hinzu: »Selbst wenn es ein ehemaliger Freund ist.«

»Und ich habe gedacht, du hättest es dir angesehen«, sagte Kostja. »Gut. Wir leben im 21. Jahrhundert, Anton. Also ...« Er griff in die Tasche seines Jacketts und zog sein Fläschchen heraus. »Das ist ein Konzentrat ... Spenderblut. Zwölf Menschen haben ihr Blut gegeben ... Man muss niemanden umbringen. Hämoglobin hat in der Tat nichts damit zu tun! Wichtiger sind die Emotionen, die ein Mensch empfindet, wenn er Blut spendet. Du kannst dir ja gar nicht vorstellen, wie viele Menschen eine Todesangst davor haben und trotzdem zum Arzt gehen, um Blut für ihre Verwandten zu spenden. Mein persönliches Rezept ... das Sauschkin-Rezept. Meist spricht man jedoch vom Sauschkin-Cocktail. Vermutlich steht das im Dossier.«

Triumphierend sah er mich an – und konnte einfach nicht begreifen, warum ich nicht lächelte. Warum ich nicht schuldbewusst murmelte: »Kostja, verzeih mir, ich habe dich für ein Arschloch und einen Mörder gehalten ... dabei bist du ein ehrlicher Vampir, ein guter Vampir, ein moderner Vampir ...«

Ja, auch das war er. Ehrlich, gut und modern. Nicht umsonst hatte er in einem Wissenschaftlichen Forschungsinstitut für Hämatologie gearbeitet.

Aber warum hatte er die Zusammensetzung erwähnt? Das Blut von zwölf Menschen?

Obwohl schon klar war, warum. Woher sollte ich den Inhalt des *Fuaran* kennen? Woher sollte ich wissen, dass für den Zauber eben das Blut von zwölf Menschen nötig ist?

Vítěszlav standen keine zwölf Menschen zur Verfügung. Er konnte den Zauber aus dem *Fuaran* nicht wirken und seine Kraft auf diese Weise nicht erhöhen.

Aber Kostja hatte sein Fläschchen.

»Anton, was hast du?«, fragte Kostja. »Warum sagst du denn nichts?«

Gerade trat Edgar aus dem Abteil des Zugführers, sagte etwas, drückte dem Mann die Hand und kam auf uns zu, auf den Lippen immer noch ein zufriedenes Lächeln.

Ich starrte Kostja an. Und las alles in seinen Augen.

Er hatte verstanden, dass ich verstanden hatte.

»Wo hast du das Buch versteckt?«, fragte ich. »Sag's. Das ist deine letzte Chance. Deine einzige Chance. Mach dich nicht unglücklich ...«

In dem Augenblick schlug er zu. Ohne jede Magie – wenn man die übermenschliche Kraft eines Vampirs nicht als Magie betrachtet. Mit einem weißen Blitz explodierte die Welt, in meinem Mund knackten die Zähne, und mein Kiefer schien wie gelähmt. Ich flog bis ans eine Ende des Ganges und prallte auf einen Mitreisenden, der nicht rechtzeitig aus dem Weg gegangen war. Vermutlich sollte ich mich bei ihm bedanken, dass ich nicht das Bewusstsein verloren hatte – an meiner Stelle wurde er ohnmächtig.

Kostja stand da und rieb sich die Faust. Sein Körper flimmerte, weil er immer wieder kurz ins *Zwielicht* eintrat, weil er zwischen den Welten hin und her huschte. Wie hatte mich diese Besonderheit der Vampire einst fasziniert: Gennadi, Kostjas Vater, war über den Hof auf mich zugekommen, Kostjas Mutter Polina hatte dem damals noch so jungen Vampir den Arm um die Schulter gelegt ... wir sind gesetzestreu ... wir ermorden niemanden ... was müssen wir auch ausgerechnet mit einem Lichten Magier Tür an Tür leben!

»Kostja?!«, rief Edgar und blieb stehen.

Langsam drehte ihm Kostja den Kopf zu. Ich sah nicht, spürte aber, wie er die Zähne fletschte.

Edgar riss die Hände hoch, worauf den Gang eine trübe Mauer versperrte, die an Bergkristall erinnerte. Möglicherweise durchschaute er noch nicht hundertprozentig, was hier vor sich ging – doch die Instinkte des Inquisitors funktionierten einwandfrei.

Kostja stieß ein tiefes Heulen aus und drückte mit den Händen gegen die Mauer. Die gab nicht nach. Der Waggon erbebte, hinter mir fing eine Frau an, langsam und gedehnt zu kreischen. Kostja schwankte hin und her und versuchte, Edgars Verteidigung zu durchbrechen.

Ich hob die Hand und schickte eine »graue Andacht« auf Kostja, jenen alten Zauber gegen die Untoten. Jeden Organismus, der sich aus seinem Grab erhoben hat, kein Bewusstsein besitzt, sondern nur durch den Willen eines Zauberers lebt, hackt die »graue Andacht« kurz und klein. Vampiren nimmt sie die Schnelligkeit und Stärke.

Kostja drehte sich um, als die dünnen grauen Fäden ihn im *Zwielicht* umwickelten. Er kam auf mich zu und schüttelte sich – worauf der Zauber sich sofort auflöste. Niemals hatte ich eine derart grobe, aber effektive Arbeit gesehen.

»Stör mich nicht!«, brüllte er. Kostjas Gesicht war spitz geworden, die Eckzähne hatten sich jetzt wirklich gebildet. »Ich will dich nicht ... ich will dich nicht umbringen ...«

Ich konnte mich hochrappeln und kroch über den zu Boden gegangenen Mann in ein Abteil. Auf den oberen Liegen fingen irgendwelche Männer mit beeindruckenden Fratzen an zu winseln, und zwar keinesfalls schlechter als jene Frau, die vor der Toilettentür stand und schrie. Über den Fußboden rollten Gläser und Flaschen.

Mit einem Sprung tauchte Kostja in der Türfüllung auf. Er bedachte die Männer mit einem einzigen Blick – und sie verstummten.

»Ergib dich ...«, flüsterte ich, während ich mich vor dem Tisch auf den Boden setzte. Mit meinem Kiefer stimmte was nicht – er schien zwar nicht ausgerenkt, aber jede Bewegung tat mir weh.

Kostja lachte. »Ich erledige euch alle hier ... Wenn ich will. Komm mit mir, Anton. Komm! Ich will nichts Böses! Was hast du bei der Inquisition verloren? Was bei den Wachen? Wir werden alles verändern!«

Er sprach absolut aufrichtig. Sogar bittend.

Warum musste er der Allerstärkste werden, um sich diese Schwäche zu leisten?

»Wach auf ...«, flüsterte ich.

»Du bist ein Idiot! Ein Oberidiot!«, brüllte Kostja, während er einen Schritt auf mich zumachte. Er streckte die Hand aus. Seine Finger mündeten bereits in Krallen. »Du ...«

Eine offene Flasche *Posolskaja*, aus der träge der Wodka tropfte, fiel mir von selbst in die Hände.

»Es ist an der Zeit, Brüderschaft zu trinken«, sagte ich.

Er schaffte es zwar auszuweichen, doch ein paar Spritzer trafen sein Gesicht dennoch. Kostja heulte auf und warf den Kopf in den Nacken. Selbst wenn du der Allerhöchste Vampir bist – Alkohol ist und bleibt Gift für dich.

Ich stand auf, griff mir vom Tisch ein nicht ausgetrunkenes Glas und holte aus. »Nachtwache!«, schrie ich. »Du bist verhaftet! Hände hinter den Kopf! Zieh die Eckzähne ein!«

Genau in diesem Moment zwängten sich drei Inquisitoren durch die Tür herein. Ob Edgar sie gerufen hatte? Oder ob sie selbst gespürt hatten, dass etwas nicht stimmte? Sie stürzten sich auf Kostja, der sich immer noch das blutüberströmte Gesicht rieb. Einer versuchte Kostja eine graue Metallscheibe an den Hals zu drücken, ein Ding, das bis zum Anschlag magisch aufgeladen sein musste ...

Im nächsten Moment stellte Kostja unter Beweis, wozu er in der Lage war.

Mit dem Fuß trat er mir das Glas aus der Hand und presste mich mit dem Rücken gegen das Fenster. Der Rahmen knackte. Dort, wo eben noch Kostja gestanden hatte, erhob sich jetzt ein grauer Wirbel – und mit einer unsagbaren, nur Kinohelden eigenen Schnelligkeit hagelten Fausthiebe und Tritte auf mich ein. Von allen Seiten spritzte Blut und flogen Fleischfetzen durch die Luft, so, als ob jemand Frischfleisch mit einem Mixer püriere.

Dann sprang Kostja in den Gang, sah sich um – und schlüpfte durchs Fenster, als bemerke er die dicke Doppelglasscheibe gar nicht.

Umgekehrt bemerkte die Scheibe ihn auch nicht.

Kostja tauchte noch einmal kurz im Fenster auf, dann schlüpfte er seitlich nach unten weg – der Zug hatte ihn hinter sich gelassen.

Wann immer ich von diesem Vampirtrick gehört hatte, hatte ich ihn als reines Phantasieprodukt abgetan. Selbst in Nachschlagewerken stand unter dem Eintrag zu den Möglichkeiten »in der realen Welt durch Wände und Fenster zu gehen«, ein verschämtes »n. b.«, ein »nicht bewiesen«.

Im Abteil lagen zwei Inquisitoren in einem formlosen Haufen. Sie waren derart zerfetzt, dass niemand auf die Idee kam, ihren Puls zu fühlen.

Der dritte hatte Glück gehabt, er saß auf einer Liege und hielt sich eine Bauchwunde.

Der Boden schwamm in Blut.

Die Reisenden in den oberen Liegen schrien nicht mehr. Der eine hatte den Kopf unter ein Kissen gesteckt, der zweite sah mit starren Augen nach unten und kicherte leise.

Ich kroch unter dem Tisch hervor und trat auf wackligen Beinen in den Gang hinaus.

Fünf

Wie sagt der Held in einem bösen alten Witz: »Aber das Leben richtet sich jetzt wieder ein!«

Die Mitreisenden in unserem Waggon saßen in ihren Abteilen und starrten mit leeren Augen zum Fenster hinaus. Die Menschen, die durch unseren Waggon liefen, beschleunigten aus irgendeinem Grund den Schritt und blickten stur geradeaus. In einem abgeschlossenen Abteil lag – zusammen mit den in schwarze Plastiksäcke verpackten Körpern – der verletzte Inquisitor, den ein Kollege bereits seit einer Viertelstunde mit Heilzaubern behandelte. Zwei weitere Inquisitoren standen an der Tür zu unserem Abteil Wache.

»Wie bist du darauf gekommen?«, fragte Edgar.

Nachdem er zunächst seinem verletzten Kollegen geholfen hatte, kurierte er meinen Kiefer binnen drei Minuten. Ich fragte nicht, was ich gehabt hatte, eine schlichte Quetschung, einen Riss oder einen Bruch. Er war wieder in Ordnung, das genügte. Allerdings fehlten mir zwei Vorderzähne, und die Stelle mit der Zunge zu berühren war unangenehm.

»Ich habe mich an etwas aus dem *Fuaran* erinnert ...«, sagte ich. In den chaotischen ersten Minuten nach Kostjas Flucht hatte ich genug Zeit gehabt, mir eine Erklärung zu überlegen. »Die Hexe ... also, Arina ... sie hat gesagt, dass der Legende zufolge die Zauber aus dem *Fuaran* wirken, wenn man das Blut von zwölf Menschen hat. Selbst wenn es nur sehr wenig Blut ist ...«

»Warum bist du nicht schon früher damit herausgerückt?«, fragte Edgar scharf.

»Ich habe dem keine Bedeutung beigemessen. Damals hielt ich die ganze Geschichte mit dem *Fuaran* für ein reines Phantasieprodukt ... Dann hat Kostja mir erzählt, dass sein Cocktail aus dem Blut von zwölf Spendern besteht ... und da habe ich zwei und zwei zusammengezählt.«

»Verstehe. Vítěszlav hatte kein Dutzend Menschen zur Hand«, meinte Edgar. »Wenn du das gleich gesagt hättest ... wenn du das doch bloß gesagt hättest ...«

»Kennst du die Zusammensetzung des Cocktails?«

»Ja, natürlich. In der Inquisition ist über den Sauschkin-Cocktail diskutiert worden. Das Zeug vollbringt keine Wunder, du wirst damit nicht stärker, als es dir von der Natur gegeben ist. Aber es erlaubt einem Vampir in der Tat, sich voll zu entfalten, ohne Menschen töten zu müssen ...«

»Sich zu entfalten oder sich gehen zu lassen?«, fragte ich.

»Wenn kein Mord nötig ist, kann man ohne Bedenken von Entfaltung sprechen«, antwortete Edgar sachlich. »Nun sag bloß nicht, du hättest ... davon nichts gewusst ...«

Ich schwieg.

Nein, ich hatte es nicht gewusst. Denn ich hatte es nicht wissen wollen. Ich wollte ein Held sein. Mit dem Ergebnis, dass jetzt zwei Inquisitoren in schwarzen Plastiksäcken liegen, denen niemand mehr helfen kann ...

»Lassen wir das«, meinte Edgar. »Was hat er nur jetzt ... Er fliegt, siehst du?«

Ich schielte zum »Kompass« hinüber. Ja ... ganz offenbar. Der Abstand zu Kostja – genauer zum Buch – blieb konstant, obwohl der Zug mit einer Geschwindigkeit von mindestens 70 bis 80 Stundenkilometern dahinraste. Er flog uns also nach. Floh nicht!

»Anscheinend hat er in Zentralasien wirklich etwas vor ...«, sagte Edgar irritiert. »Nur was ...«

»Wir müssen die Großen rufen«, sagte ich.

»Die kommen von selbst«, winkte Edgar ab. »Ich habe ihnen alles berichtet, ein Portal aufgehängt ... sie werden selbst entscheiden, was sie tun.«

»Ich weiß schon, was sie entscheiden werden«, murmelte ich. »Sebulon verlangt, dass ihm Kostja ausgeliefert wird, damit er ihn bestrafen kann. Und vor allem wird er das *Fuaran* haben wollen.«

»Das Buch wird niemand bekommen, da mach dir keine Sorgen.«

»Außer der Inquisition?«

Edgar hüllte sich in Schweigen.

Ich setzte mich bequemer hin. Betastete meinen Kiefer.

Er tat nicht mehr weh.

Aber um meine Zähne tat es mir leid. Entweder musste ich zum Zahnarzt oder zu einem Heiler. Doch selbst die besten Lichten Heiler können Zähne nicht schmerzlos heilen! Sie können es nicht – Punkt, aus, Ende.

Die Nadel des »Kompasses« zitterte, hielt aber die Richtung. Der Abstand veränderte sich nicht: zehn, zwölf Kilometer. Kostja musste sich ausgezogen und in eine Fledermaus verwandelt haben. Oder in sonst ein Tier. In eine gigantische Ratte, einen Wolf. Egal. Er hatte sich in eine Fledermaus verwandelt und flog dem Zug hinterher, dabei das Bündel mit seinen Sachen und das Buch in den Pfoten haltend. Wo hatte er es eigentlich versteckt gehabt, der Dreckskerl? Am Körper? In einer geheimen Tasche in seiner Kleidung?

Ein Dreckskerl, sicher ... aber wie abgebrüht! Wie mies und wie mutig – auf sich selbst Jagd zu machen, sich Versionen auszudenken, zu beratschlagen ...

Alle hatte er zum Besten gehalten.

Aber wozu? Wollte er absolute Macht? Letzten Endes standen die Chancen für einen Sieg nicht gut, und Kostja hatte sich noch nie durch besonderen Ehrgeiz ausgezeichnet. Das heißt: Er war ehrgeizig, erhob jedoch keine verrückten Ansprüche, die Weltherrschaft zu erlangen.

Weshalb floh er jetzt eigentlich nicht? An seinen Händen klebte das Blut von drei Inquisitoren. Das wird man ihm nie verzeihen, selbst wenn er mit einem Geständnis ankommt, selbst wenn er das Buch rausrückt. Er müsste fliehen ... und sicherheitshalber das Buch vernichten, an das der Suchzauber gekoppelt ist. Aber nein, er schleppt das Buch mit sich rum und folgt dem Zug. Was für ein Wahnsinn ... Oder hoffte er immer noch auf einen Dialog?

»Wie wolltest du Vítěszlav unter den Mitreisenden ausmachen?«, fragte ich Edgar.

»Wie bitte?«, erwiderte der in seine Gedanken versunkene Inquisitor nach einer Weile. »Eine dumme Frage. Natürlich auf die gleiche Weise, wie es dir gelungen ist: mit der Unverträglichkeit von Alkohol. Wir hätten uns weiße Kittel angezogen und wären als medizinische Inspektoren durch alle Waggons gegangen. Mit der Begründung, Kranke mit einer atypischen Lungenentzündung zu suchen. Jedem hätten wir ein Thermometer gegeben, das tief in Alkohol getaucht worden war. Wer es nicht in den Händen halten konnte oder Verbrennungen davontrug, wäre unser Verdächtiger gewesen.«

Ich nickte. Freilich, es hätte auch schief gehen können. Und natürlich wären wir dabei ein Risiko eingegangen – aber etwas zu riskieren, das ist unsere Arbeit. Die Großen wären in der Nähe gewesen, »auf Abruf«, um im Notfall mit ganzer Kraft zuzuschlagen.

»Das Portal öffnet sich ...« Edgar packte mich beim Arm und zog mich auf die Liege. Wir setzten uns nebeneinander hin, mit untergeschlagenen Beinen. Im Abteil breitete sich ein flackerndes weißes Licht aus. Ein leiser Aufschrei war zu hören: Geser hatte sich beim Verlassen des Portals den Kopf an einer der Liegen gestoßen.

Nach ihm tauchte Sebulon auf, der im Unterschied zum Chef rundum zufrieden wirkte und lächelte.

Geser rieb sich den Schädel und sah uns böse an. »Warum habt ihr das Portal nicht gleich in einem Auto aufgehängt ...«, brummte er. »Wie ist die Lage?«

»Die Reisenden haben sich beruhigt, das Blut ist aufgewischt, der Verletzte ist behandelt«, berichtete Edgar. »Der Verdächtige Konstantin Sauschkin bewegt sich parallel zum Zug mit einer Geschwindigkeit von 70 Stundenkilometern.«

»Jetzt ist er also ... unser *Verdächtiger* ...«, brachte Sebulon giftig hervor. »Dabei war er so ein begabter Junge ... so aussichtsreich.«

»Du hast kein Glück mit den Aussichtsreichen, Sebulon«, bemerkte Edgar leise. »Irgendwie kannst du sie nicht halten.«

Die beiden Dunklen Magier maßen sich mit kalten Blicken. Edgar hatte mit Sebulon noch eine Rechnung zu begleichen, die auf die Geschichte mit Fafnir und der finnischen Sekte zurückging. Niemand macht gern den Bauern.

»Sparen Sie sich Ihre Sticheleien, meine Herren«, bat Geser. »Sonst hätte ich dazu auch noch etwas zu sagen ... was sowohl dich beträfe, Sebulon, als auch dich, Edgar ... Wie stark ist er?«

»Sehr stark«, antwortete Edgar, den Blick unverwandt auf Sebulon gerichtet. »Der Junge war ohnehin schon ein Hoher ...«

»Vampir.« Sebulon grinste verächtlich.

»Ein Hoher Vampir. Sicher, es mangelte ihm an Erfahrung ... da konnte er mit Ihnen nicht mithalten. Aber mit Hilfe des Buches ist er stärker als Vítĕszlav geworden. Und das will etwas heißen. Ich neige der Auffassung zu, dass Vítĕszlav mit Ihnen auf einer Stufe stand, verehrte Große.«

»Wie hat er Vítĕszlav getötet?«, fragte Sebulon. »Gibt es dafür schon eine Erklärung?«

»Jetzt ja«, meinte Edgar. »Vampire haben ihre eigene Hierarchie. Der Junge hat ihn zu einem Duell um die Führungsposition herausgefordert. Das ist ... kein Vergnügen. Ein Zweikampf des Verstandes, ein Duell des Willens. Etwas in der Art wie das Ausguckspiel. Ein paar Sekunden lang starren sich die beiden in die Augen, dann gibt einer nach und unterwirft sich vollständig dem Willen des Gegners. Wann immer die Inquisition es mit Vampiren zu tun bekam, hat Vítĕszlav sie sich alle problemlos gefügig gemacht. Aber dieses Mal hat er das Spiel verloren.«

»Und ist daran gestorben«, sagte Sebulon.

»Was nicht zwangsläufig so sein musste«, stellte Edgar fest. »Kostja hätte ihn auch zu seinem Sklaven machen können. Aber ... entweder hatte er Angst, die Kontrolle über ihn zu verlieren, oder er wollte die Sache bis zum bitteren Ende durchziehen. Kurzum, er hat Vítĕszlav befohlen, sich zu dematerialisieren. Und der musste ihm gehorchen.«

»Ein talentierter Junge«, bemerkte Geser in ironischem Ton. »Ich kann nicht behaupten, dass der endgültige Tod Vítĕszlavs mich sonderlich betrübt ... Aber gut, Konstantin ist jetzt stärker als Vítĕszlav. Schätz mal seine Kraft ein!«

Edgar zuckte mit den Achseln. »Wie denn? Er ist stärker als ich. Vermutlich stärker als jeder von Ihnen. Möglicherweise sogar stärker als wir alle zusammen.«

»Nur keine Panik«, murmelte Sebulon. »Er ist unerfahren. Magie ist kein bloßes Kräftemessen, Magie ist eine Kunst. Wenn du einen Degen in Händen hältst, ist es wichtig, präzise zuzustoßen, nicht, mit aller Wucht zuzuschlagen ...«

»Ich kriege keine Panik«, meinte Edgar leise. »Ich schätze nur seine Kraft ein. Sie ist sehr hoch. Ich habe den ›Kristallschild‹ gegen ihn eingesetzt – und Kostja hätte ihn beinahe eingedrückt.«

Die Großen wechselten beredte Blicke.

»Den ›Kristallschild‹ drückt niemand ein«, bemerkte Geser.

»Wie kommst du überhaupt zu ... ach ja, klar. Die Artefakte aus den Spezialdepots.«

»Er hätte den ›Schild‹ beinahe zerquetscht«, wiederholte Edgar.

»Und wie hast du das überlebt?«, fragte Geser mich. Vielleicht bildete ich es mir nur ein, vielleicht schwang in seiner Stimme aber tatsächlich ein Hauch von Mitleid mit.

»Kostja wollte mich nicht umbringen«, erklärte ich schlicht. »Er hat sich auf Edgar gestürzt ... Als Erstes habe ich mit der ›grauen Andacht‹ auf ihn eingeschlagen« – Geser nickte zustimmend –, »dann habe ich eine Flasche Wodka zu fassen gekriegt und ihm davon etwas ins Gesicht gespritzt. Kostja ist ausgerastet. Trotzdem wollte er mich nicht umbringen. Dann hat er sich die Inquisitoren vorgenommen, sie zerfetzt und ist geflohen.«

»Typisch Russe: Probleme mit einem Glas Wodka zu lösen«, kommentierte Geser finster. »Weshalb? Weshalb hast du ihn so auf die Palme gebracht? Er ist schließlich kein Anfänger mehr. Ist dir denn wirklich nicht klar, dass du gegen ihn keine Chance gehabt hättest? Dass ich dann Swetlana deine Überreste hätte bringen können?«

»Ich bin genauso ausgerastet wie er«, gab ich zu. »Das kam alles zu überraschend. Und dann wollte Kostja mich auf seine Seite ziehen: ›Komm mit mir mit, ich will dir nichts Böses‹«.

»Ich will dir nichts Böses«, echote Geser bitter. »Ein reformorientierter Vampir. Ein progressiver Herrscher über die Welt ...«

»Geser, wir müssen eine Entscheidung treffen«, sagte Sebulon leise. »Ich kann Jagdflugzeuge vom Militärflughafen aus losschicken.«

Die Magier schwiegen.

Ich stellte mir vor, wie reaktive Jagdflugzeuge über den Nachthimmel einer Fledermaus nachsetzten, sie beschossen und Raketen auf sie abfeuerten ...

Eine Phantasmagorie.

»Dann eher Hubschrauber ...«, sagte Geser nachdenklich. »Nein, das ist Quatsch, Sebulon. Er wird die Menschen aus dem Weg räumen.«

»Also doch die Bombe?«, wollte Sebulon neugierig wissen.

»Nein!« Geser schüttelte den Kopf. »Nein. Nicht hier. Außerdem kann ihm das nichts anhaben ... er ist vorsichtig. Man muss ihn mit Magie schlagen.«

Sebulon nickte. Und lachte plötzlich leise los.

»Was ist?«, fragte Geser.

»Davon träume ich schon mein ganzes Leben lang«, sagte Sebulon. »Glaubst du das, alter Feind? Ich träume davon, einmal mit dir zusammenzuarbeiten! Offenbar ist doch was dran ... vom Hass zur Liebe ...«

»Du bist und bleibst doch ein hoffnungsloser Fall«, bemerkte Geser leise.

»Ganz in Ordnung ist das Oberstübchen ja bei keinem von uns«, kicherte Sebulon. »Was ist? Du und ich? Oder sollen wir *unsere* Leute noch dazuziehen? Sollen sie uns Kraft nachliefern, während wir die Speerspitze bilden.«

Geser schüttelte den Kopf.

»Nein, Sebulon. Wir brauchen uns nicht auf Konstantin zu stürzen. Ich wüsste eine Alternative ...«

Er sah mich an.

Ich tastete mit der Zunge nach der Zahnlücke. Wie dumm doch alles gelaufen war ...

»Ich bin bereit, Geser.«

»Das könnte eine Chance sein«, meinte Sebulon zustimmend. »Wenn Kostja noch irgendwelche sentimentalen Gefühle hegt ... Aber wirst du auch zuschlagen können, Anton?«

Ich antwortete nicht gleich. Denn ich musste wirklich erst darüber nachdenken.

Es ging hier nicht um eine Verhaftung. Vermutlich würde ich tödlich zuschlagen müssen. Zur Spitze werden, zum Zentrum der Kraft, die Geser, Sebulon, Edgar und möglicherweise noch weitere Magier in mich hineinpumpen würden. Sicher, ich besitze weniger Erfahrung als die Großen. Doch ich hatte die Chance, mich Kostja ohne Kampf zu nähern.

Wenn man von jenen »sentimentalen Gefühlen« ausgeht.

Die Alternative sähe einfach aus: Die Großen würden alle Kraft in eine Faust legen. Selbst Nadjuschkas Kraft würden sie brauchen. Geser würde von Swetlana verlangen, unsere Tochter zu initiieren ...

Also gab es keine Alternative.

»Ich werde Kostja umbringen«, sagte ich.

»Nicht so«, sagte Geser leise. »Rede nicht so, Wächter.«

»Ich werde einen Vampir töten«, flüsterte ich.

Geser nickte.

»Denk nicht zu viel darüber nach, Gorodezki«, fügte Sebulon hinzu. »Zeig jetzt Rückgrat. Den netten Jungen Kostja, den gibt es nicht. Und es hat ihn nie gegeben. Gewiss, er hat keine Menschen umgebracht, um an ihr Blut zu kommen. Aber er ist ein Vampir. Ein Untoter.«

Geser nickte zustimmend.

Einen Augenblick lang schloss ich die Augen.

Ein Untoter.

Der nicht über das verfügt, was wir der Einfachheit halber Seele nennen.

Über eine selbst für uns, die Anderen, nicht fassbare Komponente. Nicht einmal in der frühesten Kindheit, dafür hatten seine Eltern gesorgt. Er wuchs auf, der Bezirksarzt hörte sein Herz ab und lobte die Gesundheit des Jungen. Von einem Jungen verwandelte er sich in einen jungen Mann, und keine Frau hätte behauptet, seine Lippen seien beim Küssen kalt. Er hätte Kinder haben können – ganz normale Kinder von einer ganz normalen Menschenfrau.

Aber all das ist ein Nicht-Leben. Ist Ersatz, ist gestohlen. Und wenn Kostja stirbt, zerfällt sein Körper schlagartig zu Asche ... denn er ist schon seit langer, seit sehr langer Zeit tot.

Wir alle sind von Geburt an zum Tod verurteilt.

Doch zumindest leben wir bis zum Tod.

»Lasst mich mit Anton allein«, sagte Geser. »Ich werde versuchen, ihn vorzubereiten.«

Ich hörte, wie Sebulon und Edgar aufstanden. Sie gingen in den Gang hinaus und schlossen die Tür hinter sich. Etwas raschelte, anscheinend schirmte Geser uns gegen jede Beobachtung ab. Dann fragte er: »Nimmt es dich mit?«

»Nein.« Ich schüttelte den Kopf, ohne jedoch die Augen zu öffnen. »Ich denke nach. Schließlich hat Kostja versucht, sich nicht wie ein Vampir zu verhalten ...«

»Und zu welchem Schluss bist du gekommen?«

»Er wird es nicht aushalten.« Ich öffnete die Augen und sah Geser ins Gesicht. »Er wird es nicht aushalten, er wird zusammenbrechen. Den physischen Bedarf nach Menschenblut konnte er ersticken, aber alles andere ... Er ist ein Nicht-Lebender unter Lebenden und leidet darunter. Früher oder später wird Kostja zusammenbrechen.«

Geser wartete ab.

»Einmal ist das schon passiert«, fuhr ich fort. »Als er Vítězslav und die Inquisitoren ermordet hat ... Einer der Inquisitoren war ein Lichter, oder?«

Geser nickte.

»Ich werde tun, was nötig ist«, versprach ich. »Kostja tut mir leid, aber das ändert nichts.«

»Ich glaube dir, Anton«, sagte Geser. »Und jetzt stell mir die Frage, die du eigentlich stellen willst!«

»Was hält Sie in der Nachtwache, Chef?«, fragte ich.

Geser lächelte.

»Wir haben doch alle mehr oder weniger den gleichen Dreck am Stecken«, sagte ich. »Wir kämpfen nicht gegen die Dunklen, sondern wir kämpfen gegen diejenigen, die auch von den Dunklen verachtet werden ... gegen Psychopathen, Verrückte, Größenwahnsinnige. Aus verständlichen Gründen gibt es bei Vampiren und Tiermenschen mehr davon. Und das sind halt Dunkle ... Die Tagwache fängt die Lichten, die mit einem Schlag die ganze Menschheit glücklich machen wollen ... also letzten Endes diejenigen, die den Menschen unsere Existenz enthüllen. Die Inquisition ... sie sollte irgendwie über dem Kampf stehen, achtet aber eigentlich nur darauf, dass die Wachen ihre Aufgabe nicht übertrieben ernst nehmen. Dass die Dunklen nicht nach der förmlichen Macht über die Menschenwelt streben, dass die Lichten die Dunklen nicht vollständig ausrotten ... Geser, die Nachtwache und die Tagwache – das sind zwei Hälften eines Ganzen.«

Geser schwieg. Sah mich an und schwieg.

»Hat ... hat man das mit Absicht so gemacht?«, fragte ich. Und gab mir gleich darauf selbst die Antwort: »Vermutlich schon. Die Jugend, die frisch initiierten Anderen würden niemals eine gemeinsame Wache aus Lichten und Dunklen anerkennen. Wie sähe das denn aus, wenn es hieße: Geh mit einem Vampir auf Patrouille! Ich selbst würde mich auch darüber aufregen. Deshalb wurden zwei Wachen geschaffen. Und die unteren Ränge bekriegen sich heute mit Feuereifer, während die Chefs ihre Intrigen spinnen, aus Langeweile und um die Form zu wahren. Aber über beiden Wachen steht eine gemeinsame Leitung!«

Geser seufzte und holte sich eine Zigarre raus. Schnitt das Ende ab und zündete sie an.

»Ich bin ein Idiot, dass ich die ganze Zeit grüble«, murmelte ich, ohne den Blick von Geser zu wenden. »Wie können wir überhaupt existieren? Hier die Wache in Samara, hier die in Groß Nowgorod, hier die im Dorf Kirejewski im Tomsker Gebiet. Alle scheinen irgendwie selbstständig zu sein. Aber im Grunde kommen bei Problemen alle zu uns gerannt, nach Moskau ... Freilich, de jure ist nichts festgelegt, aber de facto ist es so: Die Moskauer Nachtwache leitet die Nachtwachen in ganz Russland.«

»Und von noch drei GUS-Staaten ...«, murmelte Geser. Er stieß Rauch aus. Der Qualm ballte sich in der Luft zu einer dichten, schweren Wolke, die im Abteil hängen blieb.

»Gut, und wie weiter?«, fragte ich. »Wie können denn dann die unabhängigen Wachen Russlands und beispielsweise die Litauens zusammenarbeiten? Oder die Russlands, Litauens, der USA und Ugandas? In der Menschenwelt ist das alles klar: Wer den größeren Knüppel und das dickere Portemonnaie hat, der bestellt auch die Musik. Aber die russischen Wachen sind größer als die amerikanischen! Ich glaube sogar ...«

»Die stärkste Wache ist die französische«, erklärte Geser mit gelangweilter Stimme. »Stark, aber extrem faul. Ein erstaunliches Phänomen. Wir können nicht begreifen, worauf es zurückzuführen ist – doch wohl nicht auf den Genuss von trockenem Wein und Austern in unvorstellbaren Mengen ...«

»Die Inquisition regiert die Wachen«, sagte ich. »Sie entscheidet keine Streitigkeiten, bestraft keine Aussteiger, sondern regiert. Sie gibt die Erlaubnis für verschiedene gesellschaftliche Experimente, bestimmt und entlässt die Chefs ... versetzt jemanden von Usbekistan nach Moskau ... Es gibt eine Inquisition, und die hat zwei Arbeitsorgane. Die Nachtwache und die Tagwache. Und das einzige Ziel der Inquisition besteht im Erhalt des gegenwärtigen Status quo. Deshalb wäre ein Sieg der Dunklen genauso wie einer der Lichten eine Niederlage für die Inquisition als solche.«

»Und weiter, Anton?«, fragte Geser.

Ich zuckte mit den Achseln.

»Weiter? Nichts weiter. Die Menschen leben ihr kleines Menschenleben. Freuen sich an den kleinen Menschenfreuden. Ernähren uns mit ihrer Energie ... und liefern neue Andere. Die Anderen, die nicht so ehrgeizig sind, führen weiterhin ein fast normales Leben. Nur dass es satter, gesünder und länger ist als das von normalen Menschen. Wer unbedingt Auseinandersetzungen und Abenteuer braucht, Ideale und Kampf in seinem Leben haben will, kommt in die Wache. Wer sein Vertrauen in die Wache verliert, geht zur Inquisition.«

»Ja und?«, ermunterte mich Geser.

»Was machen Sie dann noch in der Nachtwache, Chef?«, fragte ich. »Haben Sie es nicht über ... nach Tausenden von Jahren?«

»Nehmen wir einmal an, dass mir die Auseinandersetzungen und Abenteuer immer noch gefallen«, gab Geser zu bedenken. »Was dann?«

Ich schüttelte den Kopf. »Nein, Boris Ignatjewitsch. Das glaube ich nicht. Ich habe Sie schon ... anders gesehen. Zu müde. Zu enttäuscht.«

»Dann gehen wir halt davon aus, dass ich trotz allem noch mit Sebulon abrechnen will«, sagte Geser ruhig.

Ich dachte kurz darüber nach. »Das kann auch nicht sein. In all den Jahrhunderten ... da hätte einer von Ihnen den anderen schon längst erledigt haben können. Sebulon hat gerade gesagt, dass die Magie wie ein Stoß mit einem Degen ist. Sie kämpfen jedoch gar nicht mit Degen, sondern mit Sportfloretts. Sie deuten den Stoß an, spießen den Feind aber nicht auf.«

Nach kurzem Zögern nickte Geser. Abermals ergoss sich dichter Qualm in die nebelgraue Rauchwolke.

»Was denkst du, Anton, kann man Jahrtausende leben und die Menschen nach wie vor bedauern?«

»Bedauern?«, fragte ich zurück.

Geser nickte. »Ja, bedauern. Nicht lieben, denn es steht nicht in unseren Kräften, die ganze Welt zu lieben. Nicht bewundern, denn wir wissen nur zu gut, was das ist, ein Mensch.«

»Bedauern kann man sie vermutlich«, sagte ich. »Aber wozu brauchen sie Ihr Mitleid, Chef? Es ist leer und unfruchtbar. Die Anderen machen diese Welt nicht besser.«

»Das machen wir, Anton. Wie auch immer sie jetzt ist, aber genau das tun wir. Glaub einem alten Mann, der schon viel gesehen hat.«

»Aber trotzdem ...«

»Ich warte auf ein Wunder, Anton.«

Fragend sah ich Geser an.

»Ich weiß nicht, auf was für eins. Dass alle Menschen die Fähigkeiten von Anderen bekommen. Dass die Anderen wieder zu Menschen werden. Dass irgendwann die Teilung nicht nach ›Mensch oder Anderer‹ vorgenommen wird, sondern nach ›gut oder schlecht‹.« Geser lächelte sanft. »Ich kann mir nicht einmal ansatzweise vorstellen, wie das vor sich gehen sollte und ob es irgendwann dazu kommt. Aber wenn ..., dann würde ich es vorziehen, auf der Seite der Nachtwache zu stehen. Und nicht in der Inquisition zu sein, dieser starken, weisen, gerechten, allmächtigen Inquisition.«

»Ob Sebulon auf dasselbe wartet?«, fragte ich.

»Vielleicht«, antwortete Geser. »Ich weiß es nicht. Aber lieber habe ich es mit einem alten Feind zu tun, den ich kenne, als mit einem jungen, unberechenbaren Dummkopf. Halte mich für konservativ, aber die Sportfloretts und Sebulon sind mir lieber als ein Baseballschläger und ein progressiver Dunkler Magier.«

»Und was raten Sie mir?«

»Was ich dir rate?« Geser breitete die Arme aus. »Dass du selbst eine Entscheidung triffst. Du kannst uns verlassen und ein normales Leben führen. Du kannst in die Inquisition wechseln ... Ich würde dich nicht daran hindern. Und du kannst in der Nachtwache bleiben.«

»Und warten?«

»Und warten. In dir das Menschliche bewahren, das noch da ist. Dich weder zu Ekstase noch zu Rührung hinreißen lassen, indem du den Menschen ein Licht bringst, das sie nicht wollen. Nicht in Zynismus und Misstrauen verfallen und dich nicht selbst für rein und vollkommen halten. Und das Schwierigste: nicht verzagen, den Glauben nicht verlieren, nicht gleichgültig werden.«

»Keine große Auswahl ...«, sagte ich.

»Ha!« Geser lächelte. »Sei froh, dass du überhaupt eine hast.«

Draußen blitzte der Stadtrand von Saratow auf. Der Zug wurde langsamer.

Ich saß in einem leeren Abteil und sah auf die kreisende Nadel.

Kostja folgte uns weiter.

Worauf wartete er?

In den Kopfhörern erklang die Stimme von Arbenin:

Zwischen Verrat und Ruchlosigkeit
Nur Manna vom Himmel schneit.
Von einer Siesta zur nächsten
Man uns abfüttert mit Manifesten.

Einer stirbt, einer verschwindet,
Damit meine Wahl auch schon endet.
Doch mein siebter Sinn, der flüstert mir:
Wir sind nicht wie alle, Anders sind wir.

Ich schüttelte den Kopf. Wir sind die Anderen. Doch selbst wenn es uns nicht gäbe, würden die Menschen sich und andere gegeneinander abgrenzen. Was auch immer diese Anderen dann ausmachen würde.

Die Menschen können ohne Andere nicht auskommen. Setze zwei Menschen auf einer unbewohnten Insel aus, dann wird einer ein Mensch und einer ein Anderer. Und der Unterschied besteht darin, dass der Andere immer unter seinem Anderssein leidet. Die Menschen haben es leichter. Sie haben keine Komplexe. Sie wissen, dass sie Menschen sind – und das auch sein sollen. Dass alle das sein sollen. Alle. Für immer.

Wir stehen in der Mitte der Gleise,
Verbrennen als Lagerfeuer auf dem Eise.
Dabei wollten wir nur Wärme schmecken,
Doch das Ziel wir hinter den Mitteln verstecken.
So brennen wir nieder bis zur Seele Grund
Bei diesem Blick in der Ödnis Schlund.

Die Tür öffnete sich, und Geser kam ins Abteil. Ich stöpselte die Kopfhörer aus.

»Schau mal.« Geser legte einen Palm auf den Tisch. Auf dem Display des Organizers kroch ein Punkt über eine Karte, unser Zug. Geser sah flüchtig auf den »Kompass«, nickte und zog selbstsicher mit dem Metallstift eine dicke Linie auf dem Display.

»Was heißt das?«, fragte ich, während ich das Rechteck betrachtete, in dem Kostjas Flugbahn lag. Und gab mir selbst die Antwort: »Der Flughafen?«

»Genau. Er rechnet nicht mit Verhandlungen.« Geser grinste. »Er fliegt auf kürzestem Weg zum Flughafen.«

»Ist das ein Militärflughafen?«

»Nein, ein ziviler. Aber was macht das für einen Unterschied? Das Modul mit den Pilotenkenntnissen ist in ihm abgespeichert.«

Ich nickte. Alle Fahnder verfügen »auf Vorrat« über eine Auswahl nützlicher Fähigkeiten: Sie können mit Autos, Flugzeugen und Hubschraubern umgehen, erste Hilfe leisten, beherrschen den Nahkampf ... Natürlich ersetzt ein solches Modul die entsprechenden Fähigkeiten nur ansatzweise. Ein erfahrener Autofahrer hängt einen Anderen mit seinen Modulkenntnissen ab, ein guter Arzt operiert unvergleichlich besser. Aber jedes x-beliebige Fluggerät in die Luft bringen, das konnte Kostja.

»Das ist doch ganz gut«, sagte ich. »Wir schnappen uns ein paar Jagdflugzeuge und ...«

»Und die Passagiere?«, fragte Geser scharf.

»Im Vergleich zum Zug ist das trotzdem besser«, sagte ich leise. »Es würde weniger Opfer geben.«

In diesem Moment zog sich etwas in mir schmerzhaft zusammen. Zum ersten Mal wog ich auf der unsichtbaren Waage der Rationalität die menschlichen Opfer aus – und befand die eine Schale für leichter.

»Das würde nichts bringen ...«, sagte Geser. Und fügte hinzu: »Zum Glück. Was sollte ihm die Zerstörung des Flugzeugs schon anhaben? Er würde sich in eine Fledermaus verwandeln und entwischen.«

Draußen kam der Bahnsteig in Sicht. Schnaufend fuhr die Lok in den Bahnhof ein.

»Atomare Abfangraketen«, sagte ich ganz offen.

Erstaunt sah mich Geser an. »Was ist denn mit dir los?«, fragte er. »Was für Kernsprengköpfe ... die sind längst abgerüstet. Möglicherweise gibt es um Moskau noch einen Raketenabwehrgürtel ... Aber Kostja wird nicht nach Moskau kommen.«

»Sondern?«, hakte ich nach.

»Woher soll ich das wissen? Es ist deine Aufgabe, dass er nirgendwo hingeht«, entgegnete Geser scharf. »Aha! Er hält an!«

Ich sah auf den »Kompass«. Der Abstand zwischen uns und Kostja begann sich zu vergrößern. Ob er wie eine Fledermaus geflogen oder wie der Graue Wolf aus dem Märchen gerannt war – jetzt hielt er jedenfalls an.

Geser hatte interessanterweise noch nicht einmal auf den »Kompass« geschaut.

»Der Flughafen«, sagte er voller Genugtuung. »Schluss jetzt, der Worte sind genug gewechselt. Geh. Schnapp dir jemanden mit einem guten Auto und sieh zu, dass du zum Flughafen kommst.«

»Aber ...«, setzte ich an.

»Keine Artefakte, das würde er wittern«, widersprach Geser

gelassen. »Und keine Partner. Momentan spürt er uns alle, verstehst du? Alle! Los!«

Die Bremsklötze zischten, der Zug hielt an. Einen Moment lang blieb ich in der Tür stehen und hörte: »Ja, mit der ›grauen Andacht‹. Nur nichts Kompliziertes. Wir pumpen dich so voll, dass es ihn auf dem Flugfeld zu Brei zerquetscht.«

In Ordnung. Der Chef war anscheinend der Ansicht, ich bräuchte nicht mehr mit ihm zu reden. Er hörte meine Gedanken, bevor ich sie in Worte gebracht hatte.

Im Gang ging ich an Sebulon vorbei – und zuckte unwillkürlich zusammen, als der mir aufmunternd auf den Rücken klopfte.

Sebulon nahm es nicht krumm. »Viel Erfolg, Anton!«, wünschte er mir. »Du bist unsere Hoffnung.«

Die Menschen saßen friedlich in ihren Abteilen. Nur der Zugführer, der etwas in ein Mikrofon sprach, begleitete mich mit gläsernem Blick.

Ich öffnete die Zugtür selbst, ließ das Trittbrett herunter und sprang auf den Bahnsteig. Alles irgendwie ziemlich schnell. Zu schnell ...

Auf dem Bahnhof herrschte das übliche Gedränge. Eine laute Reisegesellschaft, die aus dem Nachbarwaggon ausstieg, fragte grölend: »Wo bleiben denn die Omas mit unserm guten Tröpfchen?«

Die »Omas« im Alter von zwanzig bis siebzig Jahren kamen bereits auf den Ruf herbeigeeilt. Jetzt würde es Bier und Wodka und gebratenen Schinken und Piroggen mit zweifelhafter Füllung geben.

»Anton!«

Ich drehte mich um. Neben mir stand Lass mit einer Tasche über der Schulter. In seinem Mund steckte eine nicht angezündete Papirossa, er machte einen zufriedenen und aufgeräumten Eindruck.

»Steigst du auch aus?«, fragte Lass. »Kann ich dich vielleicht irgendwo absetzen? Mein Auto wartet hier.«

»Ist es ein gutes Auto?«, hakte ich nach.

»So was wie ein VW.« Lass runzelte die Stirn. »Geht der? Oder fährst du nur im Cadillac?«

Ich drehte mich zurück zum Fenster unseres Waggons. Geser, Sebulon und Edgar sahen mich an.

»Der geht«, sagte ich finster. »Also ... tut mir leid. Ich hab's wirklich ziemlich eilig, da bräuchte ich ein Auto. Ich bekehre dich zum ...«

»Was stehen wir dann hier rum, wenn du es eilig hast? Gehen wir«, meinte Lass und ließ mich damit die Standardformel zur Anwerbung eines Freiwilligen nicht zu Ende sprechen.

Er fädelte sich so geschickt in die Menge ein, dass mir nichts weiter übrig blieb, als ihm zu folgen.

Wir schlugen uns durch die Menschenmenge und erreichten den Platz vor dem Bahnhofsgebäude. Ich schloss zu Lass auf, packte ihn bei der Schulter. »Ich bekehre dich zum ...«

»Da, ich seh ihn schon!« Lass schüttelte meine Hand ab. »Hallo, Roma!«

Auf uns kam ein Mann zu – am liebsten hätte ich ihn, warum auch immer, »Bürger« genannt –, der relativ groß und irgendwie kindlich pummelig war: Alles an ihm war rund, weich und leicht eingeschnürt. Der Mund war klein, die Lippen wie ein Hühnerhintern, die Augen waren ebenfalls winzig und wirkten selbst hinter der Brille ausdruckslos und gelangweilt.

»Hallo, Alexander«, begrüßte der Bürger Lass ausgesprochen zeremoniell und streckte ihm eine schlaffe Hand entgegen. Dann richtete er den Blick auf mich.

»Das ist Anton, ein Freund von mir. Können wir ihn mitnehmen?«, sagte Lass.

»Warum nicht?«, meinte Roma melancholisch. »Die Räder sind in Ordnung, die Straße ebenfalls.«

Daraufhin wandte er sich um und steuerte auf einen neuen VW Bora zu.

Erst stieg er ins Auto ein, dann wir. Rücksichtslos wählte ich den Beifahrersitz. Lass schnaubte, nahm aber gehorsam hinten Platz. Roman ließ den Motor an. »Wohin müssen Sie, Anton?«

Er redete sogar rund und weich, als spreche er nicht, sondern schreibe die Wörter in die Luft.

»Zum Flughafen, und zwar schnell«, sagte ich finster.

»Wohin?«, fragte Roman ehrlich erstaunt. Dann sah er Lass an. »Sollen wir nicht lieber ein Taxi für deinen Freund suchen?«

Bedripst sah Lass mich an. Dann richtete er seinen Blick – genauso bedripst – auf Roman.

»Gut«, sagte ich. »Ich bekehre dich zum Licht. Verleugne das Dunkel, verteidige das Licht. Ich verleihe dir den Blick, um das Gute vom Bösen zu unterscheiden. Ich verleihe dir den Glauben, dem Licht zu folgen. Ich verleihe dir die Kühnheit, gegen das Dunkel zu kämpfen.«

Lass kicherte. Und verstummte gleich darauf.

Natürlich sind hier nicht die Worte entscheidend. Worte können nichts ändern, selbst wenn jedes Einzelne so ausgesprochen würde, als sei es in Großbuchstaben geschrieben. Das ist wie bei den Zaubersprüchen der Hexen. Es ist bloß eine Formel, die das in meinem Gedächtnis abgelegte Modul aktiviert. Ich hätte mir einen Menschen auch selbst gefügig machen können, aber so ... so war es irgendwie richtiger. Denn so kam ein vor langer Zeit abgesegneter Mechanismus zum Tragen.

Roman nahm eine würdevolle Haltung an, sogar die Rundlichkeit seiner Wangen schien zu verschwinden. Eben noch saß neben mir ein dicker und etwas verwöhnter Junge, jetzt ein Mann! Ein Kämpfer!

»Das Licht sei mit dir!«, beendete ich die Formel.

»Zum Flughafen!«, rief Roman begeistert aus.

Der Motor heulte auf, und wir schossen davon, indem wir aus

dem deutschen Wagen alles rausholten, was in ihm steckte. Ich hätte schwören können, dass dieser sportive Kasten noch nie gezeigt hatte, wozu er in der Lage war!

Ich schloss die Augen und sah durchs *Zwielicht* in das von bunten Fäden durchzogene Dunkel. In dieses verknäulte Bündel von Lichtröhren, in grüne, gelbe, rote. Ich kann die Wahrscheinlichkeitslinien nicht sehr gut ausmachen, doch jetzt fiel es mir überraschend leicht. Ich spürte, dass ich in Form war wie nie zuvor.

Was bedeutete, dass bereits fremde Kraft in mich hineinströmte. Die Kraft von Geser und Sebulon, von Edgar und den Inquisitoren. Möglicherweise erstarrten ja gerade in ganz Moskau Andere, Lichte wie Dunkle, alle, von denen Geser und Sebulon etwas *nehmen* durften.

Nur einmal hatte ich bislang etwas Vergleichbares gespürt. Und zwar damals, als ich mir von den Menschen Kraft geholt hatte.

»An der dritten Kreuzung nach links, sonst kommen wir in einen Stau«, sagte ich. »Dann biegen wir nach rechts ab, in einen Hof rein, wir fahren durch das Tor ... dort ist eine Gasse ...«

Ich war noch nie in Saratow gewesen. Aber das spielte jetzt keine Rolle mehr.

»Zu Befehl!«, salutierte Roman munter.

»Gib Gas!«

»Wird gemacht!«

Ich sah Lass an. Der hatte ein Päckchen Papirossy herausgeholt und sich eine angesteckt. Das Auto raste durch die verlassenen Straßen. Roman saß hinterm Steuer mit dem Eifer eines Straßenbahnfahrers, der die Chance bekommen hatte, Schumacher bei einem Formel-1-Rennen zu besiegen.

Lass seufzte. »Und was wird jetzt mit mir?«, fragte er. »Holst du eine Taschenlampe heraus und sagst ›Das war eine Sumpfgasexplosion‹?«

»Du siehst doch, dass eine Taschenlampe dafür gar nicht nötig ist«, erwiderte ich.

»Aber ich werde das doch überleben?«, ließ Lass nicht locker.

»Das wirst du«, beruhigte ich ihn. »Aber du wirst dich an nichts erinnern. Tut mir leid, aber das ist eben die übliche Prozedur.«

»Alles klar«, sagte Lass traurig. »Mist ... Was soll das bloß alles ... Aber wo ich jetzt schon mit drinhänge, könntest du mir wenigstens sagen ...«

Das Auto raste ohne Rücksicht auf Verluste durch die Gasse und hüpfte über Schlaglöcher hinweg. Lass machte die Papirossa aus. »Wer bist du?«, fragte er.

»Ein Anderer.«

»Was für ein Anderer?«

»Ein Magier. Aber keine Angst, ich bin ein Lichter Magier.«

»Du bist erwachsen geworden, Harry Potter ...«, bemerkte Lass. »Was man nicht alles mitmacht. Oder bin ich vielleicht verrückt geworden?«

»Da besteht leider keine Hoffnung ...«, sagte ich und stemmte die Hand gegen die Decke. Roman mühte sich gewaltig, jagte über Blumenbeete und schnitt Kurven. »Pass auf, Roman! Wir müssen schnell *und* sicher ankommen!«

»Dann sag mir auch noch eins«, fing Lass wieder an. »Diese Jagd ... autsch ... hängt die mit dieser anormalen Riesenfledermaus zusammen, die wir gestern Nacht gesehen haben?«

»Du wirst darüber lachen – aber das tut sie!«, bestätigte ich. Die Kraft brodelte in mir, machte mich trunken wie Champagner. Ich wollte albern sein, meinen Spaß haben. »Hast du Angst vor Vampiren?«

Lass holte eine Flasche Whisky aus seiner Tasche, schraubte sie mit einer heftigen Bewegung auf und setzte sie an den Mund. »Kein bisschen!«, behauptete er munter.

Sechs

Auf halber Strecke hängte sich ein Polizeiwagen an uns an. Ich wirkte für den Bora einen Zauber, der die Aufmerksamkeit der Menschen ablenkt, und sofort entfernten die Polizisten sich. Normalerweise schützen Andere ihre Autos mit diesem Zauber gegen Diebstahl – jetzt freute ich mich, eine neue Anwendung für ihn gefunden zu haben. Allerdings wäre kurz darauf beinah ein LKW in uns reingefahren, worauf ich den Zauber umgehend wieder aufhob.

»In fünfzehn bis zwanzig Minuten sind wir am Flughafen«, erstattete Roma Bericht, der wild mit dem Lenkrad hantierte. »Welche Instruktionen haben Sie dann, Chef?«

Aus den Augenwinkeln heraus bemerkte ich, wie Lass den Kopf schüttelte und einen weiteren Schluck trank. Wir waren bereits aus der Stadt raus und rasten über die Straße zum Flughafen dahin. Eine ziemlich gute Straße – für die Verhältnisse in Mittelrussland.

»Schalte das Radio an«, bat ich. »Sonst macht die Fahrt keinen Spaß.«

Roma schaltete das Radio ein. Wir erwischten gerade noch die letzten Nachrichten. »... zur Freude von Millionen von Lesern hat das Warten nach drei Jahren nun ein Ende«, verkündete die Sprecherin. »Zum Abschluss noch eine Mitteilung vom Kosmodrom Baikonur, wo in Kooperation von Russen und Amerikanern eine Rakete ins All geschickt werden soll. Der Start ist für 18.32 Uhr Moskauer Zeit geplant. Und jetzt setzen wir unser Musikprogramm fort ...«

»Willst du auch einen Whisky?«, fragte Lass.

»Nein, ich muss noch arbeiten.«

»Reiß dich zusammen, Alexander, das ist nicht die Zeit zum Trinken!«, rief Roman munter. »Wir haben noch Arbeit!«

Dieser gutmütige Mann, der normalerweise wohl keiner Fliege etwas zuleide tun konnte, hielt sich jetzt für James Bond. Oder seinen Assistenten.

Irgendwie haben wir alle in unserer Kindheit nicht genug gespielt.

»Du wirst das Auto bewachen«, sagte ich ihm. »Das ist eine sehr verantwortungsvolle Aufgabe. Wir zählen auf dich.«

»Ich diene dem Licht!«, schrie Roman.

»Niemals hätte ich geglaubt ...«, stöhnte Lass auf der Rückbank. »Soll ich auch auf das Auto aufpassen?«

»Ja«, meinte ich. »Nur ... ich habe eine große Bitte: Versuch nicht wegzurennen.«

Von hinten war abermals ein Gluckern zu hören. Ob ich auch Lass dem Licht empfehlen sollte? Das wäre humaner ... Warum sollte ich den Menschen unnötig quälen?

Zeit zum Nachdenken blieb mir jedoch nicht. Das Auto raste auf den Platz vor dem Flughafengebäude zu und hielt mit quietschenden Bremsen vor dem Eingang an. Niemand achtete besonders auf uns: Jemand, der zu spät zu seinem Flug kam, nichts Außergewöhnliches.

Ich holte Arinas Brief heraus. Sah auf den »Kompass«.

Die Nadel bewegte sich leicht hin und her, gab aber noch keine Richtung an.

Ob Kostja meine Ankunft spürte? Zumindest Geser war überzeugt davon.

Was würde nun auf mich zukommen?

Seltsamerweise empfand ich bis jetzt keine Angst. Innerlich war ich nicht bereit, Kostja als Feind zu sehen – noch dazu als einen Feind, der fähig ist zu morden. Ich bin ein Magier zweiten Grades, das ist nicht schlecht. Hinter mir stand die gesamte Kraft der Nachtwache und nun auch – was noch nie da gewesen war – die der Tagwache. Was sollte mir ein einziger Vampir da schon anhaben? Selbst wenn er ein Hoher war.

Doch dann fiel mir das verzerrte Gesicht Vítěszlavs wieder ein.

Kostja hatte ihn ermordet. Ihn überwältigt.

»Lass«, sagte ich. »Ich hätte eine kleine Bitte ... Komm hinter mir her. In gewissem Abstand. Wenn was passiert ... Wenn du etwas bemerkst, sagst du es mir.«

Lass nahm den letzten Schluck Whisky und warf die leere Flasche auf die Rückbank. »Warum sollte ich nicht mitkommen?«, sagte er vernünftig. »Vorwärts, bleichgesichtiger Blade.«

Ihm war jetzt anscheinend alles schnuppe. Er hatte sich einen angetrunken – was auch eine gute Methode ist, um sich gegen einen Vampir zu schützen. Das Blut eines angetrunkenen Menschen bekommt ihm nicht, das eines stark betrunkenen kann ihn sogar umbringen. Ob sich Vampire deswegen immer lieber in Europa rumgetrieben haben als in Russland?

Aber ein Vampir ist keinesfalls gezwungen, das Blut eines getöteten Menschen zu trinken. Futter ist Futter, und Dienst ist Dienst.

»Komm mir nicht zu nah«, wiederholte ich. »Halte Abstand!«

»Passen Sie auf sich auf, Chef!«, bat Roman. »Viel Erfolg. Sie sind unsere Hoffnung!«

Ich sah ihn an und erinnerte mich an die Abschiedsworte Sebulons.

Wie ähnlich wir uns doch sind.

Wie ähnlich wir uns doch alle sind. Menschen und Andere, Dunkle und Lichte.

»Leise, geduldig, ohne Aggression«, sagte ich vor mich hin, während ich die vor dem Eingang zum Flughafengebäude rauchenden Männer anstarrte. Überwiegend intelligente Menschen mit Krawatte. Eine Putzfrau in einer orangefarbenen Jacke, die eine Prima qualmte, sah neben ihnen völlig wild aus. »Leise und friedlich ...«

Ich steuerte auf das Gebäude zu. Die Raucher wichen mir aus, denn in mir steckte jetzt zu viel Kraft, sogar normale Menschen konnten das spüren.

Und sobald sie es spürten, brachten sie sich klugerweise in Sicherheit.

Als ich hineinging, sah ich mich um. Lass kam mit einem gutmütigen Lächeln hinter mir hergetrottet.

Wo bist du, Kostja?

Wo bist du, Hoher Vampir, der nie einen Menschen um der Kraft willen umgebracht hat?

Wo bist du, der du davon träumst, wie in einem billigen Hollywoodstreifen der Herrscher über die Welt zu werden?

Dort, wo auch der kleine Vampir ist, der versucht hat, sein Schicksal zu überlisten ...

Ich werde dich töten.

Nicht »Ich muss töten«, nicht »Ich kann töten«, nicht »Ich will töten«. Genug mit den Präzisierungen. Ich habe das »Müssen«, habe Rotz und Tränen hinter mir, die intellektuelle Selbstzerfleischung und Selbstrechtfertigung. Ich habe das »Können«, habe die Komplexe und Qualen eines Magiers dritten Grades hinter mir, die Anspannung eines Anderen, der seine Grenze erreicht hatte. Ich habe das »Wollen«, habe die Emotionen und Leidenschaften hinter mir, den Zorn und das Mitleid.

Jetzt tue ich nur, was getan werden muss.

Falsche Ideale und Pseudoziele, fiebrige Losungen und doppeldeutige Postulate interessieren mich nicht mehr. Ich glaube nicht mehr an das Licht und nicht mehr an das Dunkel. Das

Licht, das ist nur ein Photonenstrom. Das Dunkel nichts weiter als die Abwesenheit von Licht. Die Menschen sind unsere kleinen Brüder. Die Anderen sind das Salz der Erde.

Wo bist du, Kostja Sauschkin?

Wo auch immer du hingerannt bist – zu den alten Artefakten des Ostens, zu einer milliardenstarken Armee aus chinesischen Magiern – ich werde deinen Sieg nicht zulassen.

Wo bist du?

In der Mitte der Halle – der nicht allzu großen Halle eines Provinzflughafens – blieb ich stehen. Ich hatte den Eindruck, ihn zu spüren ...

Ein verschwitzter Mann mit einem Koffer stolperte in mich hinein, entschuldigte sich und ging weiter. Ich erhaschte einen kurzen Blick auf seine Aura: ein nicht initiierter Anderer, ein Lichter, der Angst vor dem Fliegen hatte, der aber gerade glücklich gelandet war und sich entspannte. Ein zufriedener Mann – der eben deshalb auffiel.

Im Moment interessierte mich das nicht.

Kostja?

Ich drehte mich um, als habe jemand meinen Namen gerufen. Ich starrte auf das Schild »Personaleingang« und auf das Codeschloss.

Im Lärm des Flughafens erhob sich eine für niemanden hörbare Melodie.

Offenbar rief er mich.

Die Knöpfe des Codeschlosses leuchteten gehorsam auf, als ich meine Hand danach ausstreckte. Vier, drei, zwei, eins. Ein wirklich schlauer Code ...

Ich öffnete die Tür, sah mich um und nickte Lass zu, um die Tür dann vorsichtig, damit sie nicht wieder ins Schloss fiel, anzulehnen.

Leere, in einem trostlosen Grün gestrichene Gänge. Durch die ich jetzt ging.

Die Melodie schwoll an, schlingerte durch die Luft, schwang sich empor und sank wieder. Wie eine versponnene Melodie auf einer klassischen Gitarre. Dazu die zarten Klänge einer Geige.

Das ist er also, der richtige Ruf eines Vampirs, der Ruf, der dir gilt.

»Ich komme ja schon«, murmelte ich, während ich auf eine weitere Tür mit Codeschloss zusteuerte. Hinter mir ging eine Tür: Lass folgte mir.

Ein neues Schloss, ein neuer Code. Sechs, drei, acht, eins.

Ich öffnete die Tür – und fand mich auf dem Rollfeld wieder.

Langsam kroch ein dickbäuchiger Airbus über den Beton. Weiter hinten heulten die Turbinen einer Tupolew, die auf die Startbahn zusteuerte.

Fünf Meter vor der Tür stand Kostja. In der Hand hielt er einen kleinen, piekfeinen Aktenkoffer aus Hartplastik. Mir war klar, dass er das *Fuaran* enthielt. Kostjas Hemd war eingerissen – als ob es ihm zwischendurch zu klein gewesen sei.

Offenbar war er aus dem Zug gesprungen und hatte mit der Transformation begonnen, bevor er sich vollständig ausgezogen hatte.

»Hallo«, sagte Kostja.

Die Musik verstummte, riss mitten im Ton ab.

»Hallo«, erwiderte ich. »Du bist schnell hergeflogen.«

»Geflogen?« Kostja schüttelte den Kopf. »Nein ... eine Fledermaus schafft diese Strecke kaum.«

»Und in was hast du dich dann verwandelt? In einen Wolf?«

Kostjas Antwort setzte der absurden Profanität unseres Gesprächs die Krone auf: »In einen Hasen. Eine großen grauen Hasen. Sprung für Sprung ...«

Ich konnte nicht an mich halten – und kicherte los, als ich mir den gigantischen Hasen vorstellte, der durch Gärten rannte, mit riesigen Sprüngen über Bäche und Zäune setzte.

»Stimmt ...« Kostja breitete die Arme aus. »Es war wirklich

komisch. Ist mit dir alles in Ordnung? Habe ich dich nicht ... zu sehr ...? Sind die Zähne in Ordung?«

Ich versuchte, so breit wie möglich zu lächeln.

»Entschuldige.« Kostja wirkte ehrlich bedrückt. »Das lag daran, dass alles so überraschend kam. Wie bist du dahinter gekommen, dass ich das Buch habe? Der Cocktail?«

»Ja. Für den Zauber ist das Blut von zwölf Menschen nötig.«

»Woher weißt du das?«, fragte Kostja gedankenversunken. »Euch ist doch gar nicht bekannt, was im *Fuaran* steht ... Na ja, egal. Ich möchte mit dir reden, Anton.«

»Ich mit dir auch«, sagte ich. »Gib auf. Noch kannst du dein Leben retten.«

»Ich lebe seit langem nicht mehr.« Kostja lächelte. »Hast du das etwa vergessen?«

»Du weißt, was ich meine.«

»Lüg mich nicht an, Anton. Du glaubst ja selbst nicht, was du da sagst. Ich habe vier Inquisitoren ermordet!«

»Drei«, korrigierte ich ihn. »Vítĕszlav und zwei im Zug. Der dritte hat überlebt.«

»Ein gewaltiger Unterschied.« Kostja runzelte die Stirn. »Schon einen würden sie mir niemals verzeihen.«

»Das ist ein besonderer Fall«, entgegnete ich. »Ich sage es ganz offen, die Großen haben es mit der Angst zu tun bekommen. Sie könnten dich umbringen, doch der Preis für ihren Sieg wäre sehr hoch. Die Großen würden sich auf Verhandlungen einlassen.«

Kostja schwieg und sah mich unverwandt an.

»Wenn du das *Fuaran* zurückgibst, wenn du dich freiwillig ergibst, krümmen sie dir kein Haar«, fuhr ich fort. »Du bist doch ein gesetzestreuer Vampir. Das liegt alles an dem Buch, du hast im Affekt gehandelt ...«

Kostja schüttelte den Kopf. »Das habe ich nicht. Edgar hat die Worte Vítĕszlavs nicht für voll genommen. Aber ich habe sie geglaubt. Ich bin umgekehrt und zur Hütte zurückgeflogen.

Vítěszlav hat nicht mit einer Falle gerechnet ... Er hat mir das Buch gezeigt und alles erklärt. Als ich das von dem Blut von zwölf Menschen gehört habe ... da war mir klar, dass das meine Chance ist. Er hat noch nicht einmal Einwände gegen das Experiment erhoben. Vermutlich wollte er so schnell wie möglich herauskriegen, ob es sich wirklich um das echte Buch handelt. Erst in dem Moment hat er begriffen, dass ich stärker geworden bin ... und dann hat er seine Kräfte angespannt. Aber es war bereits zu spät.«

»Wozu?«, fragte ich. »Das ist doch Wahnsinn, Kostja! Wozu brauchst du die Weltherrschaft?«

Kostja zog die Brauen hoch. Eine Zeit lang sah er mich an – dann lachte er los. »Wovon redest du, Anton? Was für eine Herrschaft? Du hast ja rein gar nichts verstanden!«

»Ich verstehe sehr wohl«, sagte ich trotzig. »Du fliehst nach China, oder? Bringst eine Milliarde Magier unter deine Macht?«

»Idioten«, sagte Kostja leise. »Ihr seid alle Idioten. Ihr könnt immer nur an eins denken ... Macht und Kraft ... Ich brauche diese Macht nicht! Ich bin ein Vampir! Verstehst du? Ich bin ein Ausgestoßener! Mieser als jeder sonstige Andere! Ich will nicht der stärkste Ausgestoßene werden! Ich will ganz normal werden! Ich will so sein wie alle!«

»Aber mit dem *Fuaran* kannst du einen Anderen nicht in einen Menschen umwandeln ...«, murmelte ich.

Kostja kicherte. »Ach!« Er schüttelte den Kopf. »Schalt mal dein Hirn ein, Anton! Die haben dich mit Kraft aufgetankt und losgeschickt, um mich umzubringen, das weiß ich. Aber denk vorher wenigstens nach, Anton! Mach dir klar, was ich will!«

Hinter mir quietschte die Tür. Lass kam herein. Verwirrt sah er mich an, dann schielte er zu Kostja hinüber.

Kostja schüttelte den Kopf.

»Ich störe wohl?«, sagte Lass, nachdem er die Situation abgeschätzt hatte. »Tut mir leid, ich bin schon wieder weg ...«

»Stopp«, meinte Kostja sachlich. »Du kommst gerade recht.«

Lass erstarrte. Ich hatte in Kostjas Stimme keinen Befehl herausgehört, aber da war wohl doch einer gewesen.

»Ein kleines Experiment zur Veranschaulichung«, sagte Kostja. »Schau dir an, wie es gemacht wird ...«

Heftig schüttelte er seinen Aktenkoffer, worauf die Schlösser gehorsam aufsprangen, der Koffer sich öffnete und aus ihm ein schweres, solides Buch herausflog.

Das *Fuaran*.

Der Einband war in der Tat aus Leder, aus grau-gelbem Leder. Kupferne Dreiecke schützten die Ecken. Außerdem gab es noch eine sinnreiche Schließe, die verhinderte, dass das Buch sich öffnete.

Kostja fing das Buch mit einer Hand und schlug es mit so erstaunlicher Leichtigkeit auf, als hantiere er nicht mit einem mehrere Kilogramm schweren Folianten, sondern blättere eine Zeitung durch. Er ließ den Aktenkoffer fallen, der auf den Beton krachte.

»Hier steht größtenteils Gewäsch drin«, amüsierte sich Kostja. »Eine Chronik missglückter Experimente. Die Anleitung kommt am Ende ... Es ist ganz einfach.«

Mit der freien Hand holte Kostja aus der Gesäßtasche seiner Jeans die kleine Metallflasche. Schraubte den Verschluss ab und gab einen Tropfen direkt auf die aufgeschlagene Seite.

Worauf wartete ich noch?

Was hatte er vor?

Alles in mir schrie: Greif ihn an! Schlag mit voller Kraft zu, solange er abgelenkt ist!

Doch ich wartete, von dem Anblick wie gebannt.

Der Blutstropfen verschwand von der Seite. Schmolz dahin, gab braunen Rauch ab. Und das Buch ... das Buch fing an zu singen. Es stieß einen Laut aus, der einem kehligen Gesang ähnelte, an eine menschliche Stimme erinnerte. Es lag nichts Artikuliertes darin.

»Beim Dunkel und beim Licht ...«, sagte Kostja, während er auf die aufgeschlagenen Seiten blickte. Er sah etwas, das mir verborgen blieb. »Om ... Mrigankandata gauri ... Auchitya dhvani ... Nach meinem Willen ... Mokscha gauri ...«

Die Stimme des Buches – und ich hegte nicht den geringsten Zweifel, dass hier das Buch sprach – schwoll an. Erstickte Kostjas Stimme, erstickte die Worte des Zauberspruchs, sowohl die russischen als auch die jener alten Sprache, in der das *Fuaran* abgefasst worden war.

Kostja hob die Stimme, als versuche er das Buch zu überschreien.

Ich verstand nur das letzte Wort, wieder ein Om.

Der Gesang riss mit einem scharfen, dissonanten Ton ab.

Hinter mir fluchte Lass. »Was war das denn?«, fragte er.

»Ein Meer«, amüsierte sich Kostja. Er bückte sich, hob den Aktenkoffer auf und legte sowohl das Buch als auch die Flasche hinein. »Ein ganzes Meer neuer Möglichkeiten.«

Ich drehte mich um – obwohl ich bereits wusste, was ich sehen würde. Kniff die Augen zusammen und fing mit den Pupillen den Schatten meiner Wimpern auf.

Ich betrachtete Lass durchs *Zwielicht*.

Die Aura eines nicht initiierten Anderen war absolut klar zu erkennen. Herzlich willkommen in unserem Freundeskreis ...

»So funktioniert es bei Menschen«, sagte Kostja. Auf seiner Stirn standen jetzt zwar Schweißtropfen, dennoch wirkte er rundum zufrieden. »Genau so.«

»Was hast du jetzt vor?«, fragte ich.

»Ich möchte ein Anderer unter Anderen sein«, sagte Kostja. »Ich möchte, dass das alles aufhört ... Lichte und Dunkle, Menschen und Andere, Magier und Vampire. Alle sollen zu Anderen werden, begreifst du das? Alle Menschen auf der Welt.«

Ich lachte. »Kostja ... du brauchst zwei oder drei Minuten pro Mensch. Wie steht's mit deinen Kenntnissen in Arithmetik?«

»Hier hätten auch zweihundert Menschen stehen können«, erklärte Kostja. »Dann wären sie jetzt alle Andere geworden. Hier hätten zweitausend Menschen stehen können. Der Zauber wirkt auf alle, die sich in meinem Blickfeld befinden.«

»Trotzdem ...«

»In anderthalb Stunden startet vom Kosmodrom Baikonur die nächste Rakete zur Internationalen Raumstation«, sagte Kostja. »Ich glaube, der deutsche Weltraumtourist wird mir seinen Platz überlassen müssen.«

Einen Moment lang schwieg ich und wog seine Worte ab.

»Ich werde ganz ruhig am Fenster sitzen und auf die Erde glotzen«, verkündete Kostja. »Wie es sich für einen Weltraumtouristen gehört. Ich werde auf die Erde schauen, etwas Blut aus der Flasche auf den Seiten verschmieren und den Zauberspruch flüstern. Und weit unter mir werden die Menschen zu Anderen. Alle Menschen, verstehst du? Vom Säugling in der Wiege bis zum Greis im Rollstuhl.«

Jetzt wirkte er fast wie ein Lebender. Durch und durch. In seinen Augen loderte etwas, das nicht der Vampirkraft entsprang, sondern normalem menschlichem Eifer.

»Anton, du hast doch selbst auch schon davon geträumt, oder? Dass es keine Menschen mehr gibt! Dass alle gleich sind!«

»Ich habe davon geträumt, dass alle zu Anderen werden«, sagte ich. »Aber nicht davon, dass es keine Menschen mehr gibt.«

Kostja verzog das Gesicht. »Hör doch auf! Das sind Wortklaubereien ... Wir haben die Chance, die Welt zum Guten zu verändern, Anton. Fuaran konnte das nicht, denn zu ihrer Zeit gab es noch keine Raumschiffe. Geser und Sebulon können das nicht, denn sie haben das Buch nicht. Aber wir, wir können es! Ich will keine Macht, versteh mich doch! Ich will Gleichheit! Freiheit!«

»Glück für alle, und umsonst?«, fragte ich. »Und dass niemand gekränkt fortgeht?«

Er verstand mich nicht.

»Ja, Glück für alle! Die Erde den Anderen! Und keine Kränkungen! Ich will, dass du mit mir kommst, Anton. Dass du dich auf meine Seite stellst.«

»Das ist eine vorzügliche Idee«, rief ich und sah ihm in die Augen. »Kostja, du bist einfach fabelhaft!«

Lügen konnte ich noch nie. Und einen Vampir zu täuschen, das ist fast unmöglich. Aber offenbar wollte Kostja unbedingt hören, dass ich ihm zustimmte.

Er lächelte. Entspannte sich.

In dem Moment hob ich die Hand und schlug mit der »grauen Andacht« zu.

Das hatte nichts mehr mit dem Schlag zu tun, den ich ihm im Zug versetzt hatte. Die Kraft brodelte in mir, strömte aus meinen Fingerspitzen heraus! Ohne Ende! Wer kann schon wissen, dass er eine Leitung ist, solange kein Strom fließt?

Der Zauber ließ sich sogar in der Menschenwelt erkennen. Schlingernde graue Fäden schossen aus meinen Händen, spannen Kostja ein, zogen sich um ihn zusammen, schnappten ihn sich, bildeten einen zuckenden grauen Kokon um ihn. Im *Zwielicht* geschah etwas Unvorstellbares: Ein tosender grauer Schneesturm brandete durch die Welt, im Vergleich zu dem der normale graue Nebel direkt farbenfroh wirkte. Jedem normalen, registrierten Vampir in einem Radius von mehreren Kilometern, so schoss es mir durch den Kopf, dürfte es jetzt auch nicht gerade prächtig gehen. Einzelne abprallende Zauberfragmente würden ihn wegfegen und dematerialisieren ...

Kostja fiel auf ein Knie. Er hielt sich, versuchte zu entkommen, aber die »graue Andacht« saugte die Kraft schneller aus ihm heraus, als er dem Zauber entgehen konnte.

»Mein lieber Schieber!«, rief Lass begeistert hinter mir.

Nie zuvor war so viel Kraft durch mich hindurchgeströmt.

Mit der Welt um mich herum geschah etwas Seltsames. Das Flugzeug auf der Startbahn verlor seine Farbe, verwandelte sich in einen grauen steinernen Klotz. Der Himmel bleichte aus, wurde fahl und hing jetzt tief. Die Ohren schienen mit Watte zugestopft.

Anscheinend drängte das *Zwielicht* in unsere Welt ...

Aber ich konnte nicht aufhören. Ich spürte: Sollte ich auch nur eine Sekunde erlahmen, würde Kostja sich losreißen, würde zum Gegenschlag ausholen. Und dann so zuschlagen, dass mir Hören und Sehen verging ... Dann würde ich und nicht Kostja da auf dem Asphalt liegen, zu Brei zerquetscht ...

Er hob den Kopf. Sah mich an. Nicht böse, sondern eher verletzt und ungläubig. Ganz langsam breitete er die Arme aus ...

Sollte er tatsächlich noch Kraftreserven haben?

Um Kostja herum zeichnete sich ein hellblaues, durchscheinendes Prisma in der Luft ab. Es zerschnitt die grauen Fäden des Zaubers, kreiste und schrumpfte zu einem Punkt zusammen. Dann verschwand es.

Zusammen mit dem Vampir.

Kostja war durch ein Portal geflohen.

Nach wie vor brandete die Kraft in mir. Die Kraft von Tausenden von Anderen, die Geser und Sebulon mir zugeleitet hatten, eine überbordende, unkontrollierte Kraft, die nach Anwendung verlangte. Menschenkraft, die durch dritte Hand zu mir gelangt war ...

Es reichte ...

Ich führte meine Hände zusammen und ballte die grauen Fäden zu einem festen Knäuel.

Es reichte ...

Der Feind stand nicht mehr vor mir.

Es reichte ...

Ein Duell der Magier – das bedeutet zu fechten, nicht mit einem Knüppel zuzuhauen.

Es reichte.

Kostja hatte sich als der Raffiniertere erwiesen.

Ein leichtes Zittern schüttelte mich, trotzdem hörte ich auf. Der Himmel gewann seine Farbe zurück, auf der Startbahn raste das Flugzeug los.

Kostja war weg.

Geflohen?

Nein, er war einfach weg. Noch nie hatte ich von Vampiren gehört, die imstande sind, ein direktes Portal zu öffnen. Und die Großen hatten offenbar ebenfalls nicht erwartet, dass Kostja uns mit einer solchen Finte täuschen würde.

Als er zum Flughafen gekommen war, hatte er damit gerechnet, dass alle nur an Flugzeuge und Hubschrauber denken würden. Sich entspannen würden, denn ihnen blieb noch genug Zeit, sie konnten den Vampir ja in der Luft abfangen, Jagdflugzeuge losschicken, sie konnten Raketen abfeuern ...

Kostja hatte sich jedoch von Anfang an auf einen Sprung in ein direktes Portal vorbereitet. Anderthalb Stunden vor dem Start der Rakete ... Niemals hätte er es geschafft, mit einem Flugzeug pünktlich in Baikonur einzutreffen! Außerdem flog da sowieso keins hin, schließlich gab es in dem Gebiet – wozu auch immer es jetzt erklärt sein mochte – noch eine Luftabwehr. Und nur deshalb hatte er den Sprung selbst unter dem Druck der »grauen Andacht« geschafft: Der Zauber für das Portal war bereits gewirkt, bereits »aufgehangen« – genau wie die Kampfzauber bei uns Fahndern.

Also hatte er doch nicht geglaubt, dass ich zu ihm überlaufen würde. Oder zumindest ernsthafte Zweifel daran gehabt. Trotzdem war es für ihn wichtig – sehr wichtig –, mich zu besiegen. Und zwar nicht durch reine Kraft. Was bedeutet schon Kraft, wenn er nun ein Hoher und ich immer noch ein Magier zweiten Grades war, selbst wenn man noch so viel geliehene Kraft in mich gepumpt hatte. Nein, der reinste, der überzeugendste Sieg ist der, wenn der Gegner deine Wahrheit anerkennt. Sich kampflos ergibt. Sich unter deine Fahne stellt.

Letzten Endes bin ich doch ein Dummkopf. Ich hatte ihn für einen Freund oder einen Feind gehalten. Doch er war keins von beiden. Er gedachte lediglich seine Wahrheit zu beweisen. Und wie es der Zufall so wollte, sollte ich als Mittel der Beweisführung dienen. Schon kein Freund mehr, aber noch kein Feind. Sondern nur der Träger einer alternativen Wahrheit.

»Hat er sich mit Teleportation davongemacht?«, fragte Lass.

»Was?« Ich drehte mich um und sah ihn an. »Nun ... etwas in der Art. Er hat ein Portal geöffnet und ist verschwunden. Wie bist du dahintergekommen?«

»In einem Computerspiel habe ich mal etwas gesehen, das kam dem hier ziemlich nahe ...«, sagte Lass leicht zweifelnd. Um dann verärgert zu präzisieren: »Sehr nahe!«

»Diese Spiele werden nicht nur von Menschen gemacht ...«, erklärte ich. »Ja, er ist verschwunden. Nach Baikonur. Er möchte einen Weltraumtouristen ersetzen ...«

»Das habe ich gehört«, sagte Lass. »So ein Idiot.«

»Ist dir klar, warum er ein Idiot ist?«, fragte ich.

Lass schnaubte. »Wenn alle Menschen Magier werden ... Heute pöbelt man dich in der Straßenbahn an, und morgen verbrennt man dich auf der Stelle zu Asche. Heute zerkratzt man einem unangenehmen Nachbarn die Tür mit einem Nagel oder denunziert dich beim Finanzamt, morgen wirkt man irgendein Unheil oder saugt ihm das Blut aus. Ein Affe auf einem Motorrad ist nur im Zirkus amüsant, nicht im Straßenverkehr ... Und schon gar nicht, wenn der Affe eine Maschinenpistole in der Hand hat.«

»Glaubst du, dass die Mehrheit aus Affen besteht?«, wollte ich wissen.

»Wir alle sind Affen.«

»Dein Weg führt in die Wache«, murmelte ich. »Wart mal gerade ... ich muss mir Rat holen.«

»Was für eine Wache?«, fragte Lass misstrauisch. »Vielen Dank auch! Glücklicherweise bin ich nämlich kein Magier!«

Ich schloss die Augen und lauschte. Stille.

»Geser!«

Stille.

»Geser! Lehrer!«

»Wir beratschlagen gerade, Anton.«

In einem telepathischen Gespräch fehlt jede Intonation. Und trotzdem ... trotzdem witterte ich einen Hauch von Müdigkeit in Gesers Worten.

»Er ist nach Baikonur unterwegs. Das Fuaran *funktioniert wirklich. Er will alle Menschen auf der Welt in Andere verwandeln!«*

Ich verstummte, weil ich begriff: Geser wusste bereits Bescheid. Er hatte alles, was passiert war, angesehen und angehört – ob mit meinen Augen und meinen Ohren oder mit sonstigen magischen Methoden, was spielte das für eine Rolle.

»Du musst ihn aufhalten, Anton. Folge ihm und halte ihn auf.«

»Und Sie?«

»Wir halten den Kanal aufrecht, Anton. Versorgen dich mit Kraft. Weißt du, wie viele Andere ihre Kraft für die ›graue Andacht‹ gegeben haben?«

»Ich ahne es.«

»Anton, ich kann mich nicht mit ihm messen. Sebulon auch nicht. Und auch Swetlana nicht. Wir können jetzt nur noch eins machen: dich mit Energie versorgen. Wir ziehen aus allen Anderen Moskaus Kraft. Falls nötig, fangen wir an, sie direkt bei den Menschen abzupumpen. Wir haben keine Zeit, jetzt noch was umzuorganisieren oder weitere Magier als Leiter hinzuzuziehen. Du bist es, der Kostja aufhalten muss ... mit unserer Hilfe. Die Alternative wäre ein Atomangriff auf Baikonur.«

»Ich kann kein direktes Portal öffnen, Geser.«

»Doch. Das Portal ist noch nicht endgültig wieder geschlossen. Du musst den Eingangsschacht finden und es erneut aktivieren.«

»Überschätzen Sie mich nicht, Geser! Selbst mir Ihrer Hilfe bin ich nur ein Magier zweiten Grades!«

»Wach auf, Anton. Du hast Sauschkin gegenübergestanden, als er den Zauberspruch rezitiert hat. Du bist über den zweiten Grad hinaus.«

»Und welchen …?«

»Über dem ersten gibt es nur noch eine Kategorie. Die höchste. Schluss jetzt mit dem Gerede! Folge ihm!«

»Aber wie kann ich ihn besiegen?«

»Wie du willst.«

Ich öffnete die Augen.

Lass stand vor mir und fuchtelte mit der Hand vor meinem Gesicht herum.

»Oh! Er lebt noch!«, freute er sich. »Was ist das für eine Wache? Und soll das heißen, dass ich jetzt auch ein Magier bin?«

»Fast.« Ich machte einen Schritt nach vorn.

Hier hatte Kostja gestanden … er war hingefallen … hatte die Arme ausgebreitet … das Portal war entstanden …

Die Menschenwelt war leer.

Wind ging, die zerknüllte Zellophanhülle einer Zigarettenschachtel raschelte über den Beton …

Das *Zwielicht* war leer.

Die graue Finsternis, die steinernen Klötze anstelle des elastischen, wabernden Geflechts aus blauem Moos …

Die zweite Schicht des *Zwielichts.*

Der schwere schieferfarbene Nebel … das gespenstische tote Licht unter schweren Wolken … ein winziger blauer Funken, wo das Portal gewesen war …

Ich streckte die Hand aus –

in der Menschenwelt,
in der ersten Schicht des *Zwielichts*,
in der zweiten Schicht des *Zwielichts* …

Und erfasste mit den Fingern den ersterbenden blauen Funken.

Halt! Erlisch nicht! Hier bekommst du es mit einer Kraft, mit einer wütenden Energie zu tun, die die Grenzen zwischen den

Welten aufhebt. Von meinen Fingern regneten brennende Tropfen. Herab auf die verlöschende Glut ...

Wachse, öffne dich, kriech unter die heiße Sonne, denn du musst noch arbeiten! Ich nahm die Spur desjenigen wahr, der das Portal geöffnet hatte. Sah, wie er es gemacht hatte. Konnte seinen Weg nachgehen.

Und ich brauchte dazu nicht einmal mehr Zauber, nicht all diese komischen Formeln in unverständlichen alten Sprachen. Auf die auch die Hexe Arina nicht angewiesen ist, wenn sie ihren Kräutertrunk braut. Auf die auch Geser und Swetlana nicht angewiesen sind.

Ist es das, was einen Hohen Magier ausmacht?

Dass er keine Schemata mehr lernen muss, sondern die Bewegung der Kraft spürt?

Wie erstaunlich – und wie einfach.

Dabei sind noch nicht einmal die Möglichkeiten das Erstaunlichste, nicht die beeindruckende Kraft des Fireballs oder die Stärke des »Freeze«. Denn mit abgezapfter fremder Kraft oder mit kunstvoll angesammelter eigener kann selbst ein gewöhnlicher Magier so loslegen, dass er einen Hohen Mores lehrt. Nein, alles steht und fällt mit der Freiheit. Ein Unterschied wie zwischen einem Schwimmer – und möge er noch so begabt sein – und einem Delphin – selbst wenn dieser extrem träge ist.

Wie schwer muss es für Swetlana gewesen sein, mit mir zusammenzuleben, ihre Kraft zu vergessen, ihre Freiheit zu vergessen? Das lässt sich nicht mit dem Unterschied zwischen stark und schwach vergleichen, sondern nur mit dem zwischen einem Gesunden und einem Invaliden ...

Aber die gewöhnlichen Menschen leben doch auch, oder? Zusammen mit Blinden und Lahmen. Denn das Wichtigste ist eben nicht die Freiheit. Freiheit – das ist eine Rechtfertigung für Arschlöcher und Idioten. Wenn die von Freiheit sprechen, denken sie nicht an die Freiheit der anderen, sondern an die eigene Sklaverei.

Und selbst Kostja – der kein Idiot und kein Arschloch ist – hängt an jenem Haken, an dem sich schon die Revolutionäre aller Couleur die Lippen aufgerissen haben – von Spartakus bis Trotzki, vom Bürger Robespierre bis zum Commandante Che Guevara, von Jemelka Pugatschow bis zum namenlosen Selbstmordattentäter.

Wäre ich selbst nicht auch daran hängen geblieben? Noch vor fünf oder zehn Jahren?

Wenn man mir gesagt hätte: »Man kann alles auf einen Schlag ändern – und zwar zum Guten!«

Aber das hat zum Glück keiner.

So bin ich noch einmal davongekommen, zusammen mit denjenigen, die mir etwas bedeuten. Die bei den Worten »Freiheit und Gleichheit« immer voller Zweifel den Kopf schütteln.

Vor mir öffnete sich das Portal: ein hellblaues Prisma, leuchtende Schnüre als Rippen, eine glimmernde Hülle als Grenze ...

Ich schob die Schnüre mit den Händen auseinander und trat in das Portal.

Sieben

Was an Portalen nicht gut ist: Man hat keine Möglichkeit, sich auf den neuen Ort einzustellen. Ein Zug ist in dieser Hinsicht ideal. Du betrittst dein Abteil, wechselst die Jeans gegen Trainingshosen und die Schuhe gegen Gummilatschen, entspannst dich bei Speis und Trank und kommst – falls du das Pech hast, allein zu fahren – mit deinen Mitreisenden ins Gespräch. Die Räder rattern, der Bahnsteig entschwindet. Das war's, du bist unterwegs. Du bist ein anderer Mensch. Du teilst deine geheimsten Sorgen mit Unbekannten, streitest über Politik, obwohl du dir gelobt hast, nie über sie zu streiten, trinkst fragwürdigen, auf einem kleinen Bahnhof erworbenen Wodka. Du bist nicht hier und nicht da. Du bist unterwegs. Unternimmst deine eigene kleine *Queste*, in dir steckt etwas von Frodo und etwas von Paganel, dann noch ein Tröpfchen Robinson und ein ganz klein wenig von Radischtschew. Vielleicht dauert deine Reise nur ein paar Stunden, vielleicht ein paar Tage. Das Land ist groß, und es zieht vor den Fenstern deines Abteils vorbei. Du bist nicht hier. Du bist nicht da. Du bist ein Reisender.

Bei einem Flugzeug sieht die Sache schon anders aus. Trotzdem bereitest du dich auch hier auf deine Reise vor. Du kaufst ein Ticket, stehst in aller Herrgottsfrühe auf, setzt dich in ein Taxi und fährst zum Flughafen. Die Räder schlucken die Kilometer, du guckst in den Himmel, bist in Gedanken bereits in der

Luft. Das nervöse Durcheinander im Wartesaal, löslicher Kaffee im Restaurant, das Einchecken, die Sicherheitskontrolle, wenn du ins Ausland fliegst der Zoll und der Duty-free-Shop, die kleinen Freuden der Reise vor den engen Flugzeugsitzen, dem Heulen der Turbinen und dem optimistischen Slogan der Stewardess. »Die Notausgänge befinden sich ...« Und dann verschwindet die Erde bereits unter dir, die Hinweisschilder gehen aus, die Raucher verdrücken sich schamhaft in die Toilette, die Stewardessen übersehen sie taktvoll, das Mittagessen wird in kleinen Plastikschüsseln gebracht, denn aus irgendeinem Grund schlagen sich bei Flügen immer alle den Magen voll. Das ist keine Reise im eigentlichen Sinne. Das ist ein Ortswechsel. Aber ... aber trotzdem siehst du unter dir Städte und Flüsse dahinschwinden, blätterst im Reiseführer oder überprüfst, ob die Bestätigung deiner Dienstreise in Ordnung ist, denkst darüber nach, wie du die Geschäftsverhandlungen führen sollst oder wie du den zehntägigen Urlaub im gastfreundlichen Land Türkei/Spanien/Kroatien am vergnüglichsten verbringen kannst. So oder so, du bist unterwegs.

Ein Portal ist ein Schock. Ein Portal ist ein Wechsel im Bühnenbild, ist eine Drehbühne im Theater. Du bist hier – und du bist da. Ohne unterwegs zu sein.

Und ohne Zeit zum Nachdenken.

Ich stürzte aus dem Portal. Mit einem Bein schlug ich auf dem gefliesten Boden auf, mit dem anderen landete ich im Klosett.

Nur gut, dass es ein recht sauberes Klo war. Als ob ich in einem anständigen amerikanischen Film wäre, wo sich die Helden auf der Toilette die Fresse polieren. Trotzdem zog ich mein Bein heraus – und Schmerz ließ mich das Gesicht verziehen.

Eine winzige Kabine. An der Decke eine Minilampe und ein Lüftungsgitter, ein Halter mit einer Rolle Klopapier. Ein tolles Portal! Aus irgendeinem Grund hatte ich erwartet, dass Kostja das Portal direkt an der Startrampe aufhängen würde, an der Einstiegsluke der Rakete.

Mit immer noch schmerzverzerrtem Gesicht öffnete ich die Tür einen Spalt und lugte vorsichtig hinaus. Anscheinend war die Toilette leer. Kein Geräusch war zu hören, nur an einem der Waschbecken tropfte der Hahn ...

In diesem Augenblick prallte mir etwas mit voller Wucht in den Rücken, sodass ich aus der Kabine flog, indem ich die Tür mit dem Kopf aufstieß. Ich stürzte auf den Rücken und riss eine Hand hoch, bereit zuzuschlagen.

In der Kabine stand Lass – der, gegen die Wand gelehnt, mit den Armen ruderte und sich verdutzt umsah.

»Was machst du denn hier?«, brüllte ich. »Warum bist du mir gefolgt?«

»Du hast mir doch selbst gesagt, ich soll dir nachkommen!«, schmollte Lass. »Du hundsmiserabler Zauberer!«

Ich stand auf. Jetzt zu streiten wäre in der Tat dumm.

»Ich muss einen durchgedrehten Vampir aufhalten«, sagte ich. »Den heute stärksten Magier der Welt. Es ... es wird hier sehr heiß hergehen ...«

»Wo sind wir? In Baikonur?«, fragte Lass, der nicht die geringste Angst zeigte. »Wow! Einfach klasse! Aber war es unbedingt nötig, für die Teleportation die Kanalisation zu wählen?«

Ich winkte bloß ab. Hörte in mich hinein. Ja, Geser war in der Nähe. Geser und Sebulon ... und Swetlana ... und noch Hunderte oder Tausende von Anderen. Sie alle warteten.

Sie hofften auf mich.

»Wie kann ich dir helfen?«, fragte Lass. »Soll ich vielleicht Stöcke aus Espenholz suchen? Übrigens werden Streichhölzer aus Espenholz gemacht, wusstest du das? Ich habe mich immer gefragt, warum ausgerechnet aus diesem Holz. Das brennt doch wohl nicht besser, oder? Jetzt ist mir klar, dass man es macht, um Vampire zu bekämpfen. Du spitzt einfach ein Dutzend Streichhölzer an ...«

Ich sah Lass an.

Der breitete die Arme aus. »Schon gut, schon gut ... War ja bloß ein Vorschlag.«

Ich ging zur Toilettentür und spähte nach draußen. Ein langer Gang, Neonlicht, keine Fenster. Am Ende des Gangs stand ein Mann in Uniform mit einer Pistole am Gürtel. Ein Wachtposten? Ja, vermutlich dürfte es hier Wachen geben. Sogar in der heutigen Zeit.

Aber warum war der Mann in dieser unnatürlichen Pose erstarrt?

Ich ging den Gang hinunter, auf den Soldaten zu. »Entschuldigen Sie bitte«, sprach ich ihn leise an. »Dürfte ich Sie kurz stören?«

Der Soldat erwiderte nichts. Er starrte in den Raum – und lächelte. Ein junger Mann, noch keine dreißig. Völlig reglos. Und sehr blass.

Ich legte ihm die Finger an die Halsschlagader. Der Puls ließ sich kaum noch spüren. Die Bissspuren waren fast nicht zu sehen, nur am Kragen entdeckte ich ein paar Blutstropfen. Ja, Kostja musste nach der Flucht sehr müde gewesen sein. Er hatte sich stärken müssen – und eine Katze war ihm nicht über den Weg gelaufen.

Wenn der Soldat jetzt noch am Leben war, hatte er übrigens Chancen, das Ganze zu überstehen.

Ich zog die Pistole aus seinem Halfter – offenbar hatte er nach ihr greifen wollen, als der Befehl des Vampirs ihn zwang zu erstarren – und legte den Mann sorgfältig auf den Fußboden. Sollte er ruhig ein bisschen liegen. Dann drehte ich mich um.

Natürlich war Lass mir gefolgt. Jetzt betrachtete er schweigend den reglosen Wachtposten.

»Kannst du schießen?«, fragte ich.

»Ich werde es versuchen.«

»Falls nötig, schieß ihm ins Herz und in den Kopf. Wenn du triffst, haben wir Chancen, ihn aufzuhalten.«

Selbstverständlich machte ich mir nichts vor. Selbst wenn Lass das ganze Magazin in Kostja abfeuerte – was ihm wohl kaum gelingen dürfte –, würden die Kugeln den Hohen Vampir nicht aufhalten. Besser rechneten wir mit dem Schlimmsten.

Und Hauptsache, er schoss mir nicht vor lauter Angst in den Rücken ...

Kostja zu finden war nicht schwer, selbst ohne Magie anzuwenden. Wir stießen noch auf drei weitere Männer, einen Wachtposten und zwei Zivilpersonen, die erstarrt und gebissen waren. Vermutlich bewegte sich Kostja in dieser Vampirmanier fort, bei der jede Bewegung unfassbar schnell wird und der Prozess des »Essens« nur ein paar Sekunden in Anspruch nimmt.

»Werden sie jetzt zu Vampiren?«, wollte Lass wissen.

»Nur wenn er das gewollt hat. Und nur wenn sie selbst einverstanden waren.«

»Ich hätte nicht gedacht, dass man noch die Wahl hat.«

»Man hat immer die Wahl«, antwortete ich, während ich die nächste Tür öffnete.

Und begriff, dass wir am Ziel angelangt waren.

Ein weitläufiger heller Saal. Voller Menschen, mindestens zwanzig Menschen. Darunter auch Kosmonauten, der russische Kommandant des Raumschiffs, ein Amerikaner und der Weltraumtourist, ein Schokoladenfabrikant aus Deutschland.

Natürlich wiesen alle die gleiche wonnige Starre auf – mit Ausnahme von zwei Technikern in weißen Kitteln, deren Augen zwar ebenso ausdruckslos waren, deren Hände Kostja jedoch mit gewohnter Leichtigkeit in den Skaphander halfen. Keine leichte Aufgabe, denn die Raumanzüge sind maßgeschneidert und Kostja war etwas größer als der Deutsche.

Der glücklose Tourist saß völlig nackt – Kostja war sich nicht zu fein gewesen, sogar seine Unterwäsche anzuziehen – etwas abseits und nuckelte an seinem Zeigefinger.

»Ich habe nur noch zwei, drei Minuten«, sagte Kostja fröhlich. »Halt mich also nicht auf, Anton. Wenn du versuchst, dich mir in den Weg zu stellen, bring ich dich um.«

Natürlich überraschte ihn mein Auftauchen nicht.

»Die Rakete bekommt keine Starterlaubnis«, sagte ich. »Worauf hoffst du eigentlich? Die Hohen wissen, was du vorhast.«

»Die Rakete wird starten, da kannst du machen, was du willst«, antwortete Kostja gelassen. »Die Luftverteidigung hier ist durchaus akzeptabel, das kannst du mir glauben. Und der Chef der Wachtposten vom Kosmodrom hat gerade eben alle notwendigen Befehle gegeben. Willst du mir weismachen, ihr würdet zum massiven Angriff mit ballistischen Raketen gegen mich blasen?«

»Ja.«

»Du bluffst«, antwortete Kostja ungerührt. »Ein Schlag seitens der Chinesen oder Amerikaner ist ausgeschlossen, das würde einen Weltkrieg auslösen. Unsere Raketen sind nicht auf Baikonur gerichtet. Flugzeuge mit taktischen Geschossen kommen hier nicht rein. Euch bleibt kein Ausweg. Lehnt euch zurück und genießt das Ganze.«

Vielleicht hatte er Recht.

Aber vielleicht hatten die Großen auch einen Plan, wie sie Baikonur durch einen Atomschlag vernichten konnten, ohne einen Weltkrieg zu provozieren.

Das spielte keine Rolle.

Das Wichtigste war, dass Kostja für sich schon alles entschieden hatte. Er würde sich nicht aufhalten lassen. Gleich würde man ihn zur Rakete bringen, ihn hineinsetzen ... Und dann?

Was könnte er tun, wenn er in diesem Eisenfass saß und ein Dutzend Hohe ihre Portale im Raumfahrtzentrum öffnen würden? Wenn sie im Handumdrehen das Gedächtnis des Chefs der Wachtposten reinigen würden und von all denjenigen, die auf einen Startknopf drücken müssen? Wenn sie den Befehl zur Sprengung der Rakete geben oder »aus der Hüfte« mit einem transportablen Kernsprengkopf schmeißen oder irgendeinen geheimen Sputnik mit einem Röntgenlaser einsetzen würden?

Nichts könnte er machen!

Ein Raumschiff ist kein Automobil, das man einfach klauen kann! Bei einem Raketenstart müssen Tausende von Menschen Hand anlegen, und in jeder Phase gibt es genügend »Knöpfchen zu drücken«, damit das Raumschiff auf gar keine Umlaufbahn kommt.

Selbst wenn Kostja ein Idiot wäre – er ist jetzt ein Hoher Vampir und sollte die Realitätslinien lesen, die Zukunft voraussagen können und begreifen, dass wir ihn aufhalten würden.

Oder ...

Oder das Kosmodrom, die Menschen, die er unter seine Kontrolle gebracht beziehungsweise betäubt hatte – all das musste eine Finte sein. Eine Finte, wie der Flughafen in Saratow.

Er brauchte keine Rakete! Genau wie er kein Flugzeug brauchte!

Er würde das Portal direkt im Kosmos öffnen.

Aber warum war er dann erst nach Baikonur gekommen? Für den Skaphander? Quatsch. Das Zentrum zur Ausbildung von Kosmonauten wäre weitaus näher gewesen, und dort hätte er mit Sicherheit einen passenden Skaphander gefunden.

Also war er nicht nur wegen des Anzugs hier ...

»Ich muss die Zaubersprüche lesen«, sagte Kostja. »Blut über die Seite verteilen. Im Vakuum geht das nicht.«

Er erhob sich und schob die Techniker beiseite, die gehorsam strammstanden.

»Ich muss das Portal in der Raumstation öffnen. Dafür muss ich die genaue Lage kennen. Trotzdem kann ich Fehler machen ... Manche lassen sich gar nicht vermeiden.«

Ich hatte nicht gespürt, wie er meine Gedanken gelesen hatte. Obwohl er genau das getan hatte.

»Du hast alles richtig verstanden, Anton. Ich bin bereit, jede Sekunde zur Station zu starten. Bevor ihr noch irgendwas dagegen unternehmen könnt. Und selbst wenn Geser und Sebulon sich gewaltig ins Zeug legen würden, würden eure Kräfte nicht ausreichen. Ich habe meine Kraft nämlich maximal entfaltet. Ich habe die absolute Kraft erlangt! Darüber gibt es nichts mehr! Geser hat davon geträumt, dass deine Tochter die erste Zauberin mit einer solchen Kraft wird ...« Kostja grinste. »Aber jetzt bin ich es geworden!«

»Eine Zauberin?« Ich gestattete mir ein Grinsen.

»Ein absoluter Magier«, entgegnete Kostja scharf. »Deshalb werdet ihr mich nicht besiegen. Denn ihr werdet nicht mehr Kraft zusammenbekommen, als ich habe, das ist euch doch klar, oder? Ich bin absolut!«

»Du bist eine absolute Null«, sagte ich. »Du bist ein absoluter Vampir.«

»Ein Vampir, ein Magier ... was macht das schon für einen Unterschied? Ich bin ein absoluter Anderer.«

»Stimmt, es gibt keinen Unterschied. Wir leben nämlich alle auf Kosten der menschlichen Kraft. Und du bist mit Sicherheit nicht der Stärkste, du bist der Schwächste. Du bist die absolute Leere, in die fremde Kraft strömt.«

»Von mir aus auch das.« Kostja ließ sich auf keinen Streit ein. »Das ändert nämlich gar nichts, Anton! Ihr werdet mich nicht aufhalten, und ich werde das tun, was ich vorhabe.« Er zögerte kurz, dann fügte er hinzu: »Und du schlägst dich sowieso nicht auf meine Seite ... Worüber denkst du nach?«

Ich antwortete nicht. Ich schöpfte Kraft.

Von Geser und Sebulon, von den Dunklen und den Lichten, von den Guten und den Bösen. Irgendwo dort, weit weg von mir, gaben mir diejenigen, die ich liebte, ihre Kraft. Und auch diejenigen, die ich hasste. Jetzt spielte es für mich keine Rolle mehr, ob die Kraft licht oder dunkel war. Wir alle saßen im selben Boot ... in einem Raumschiff, das in die absolute Leere flog ...

»Was ist? Schlag schon zu«, sagte Kostja amüsiert. »Überraschen wirst du mich sowieso nie wieder.«

»Schlag«, flüsterte Geser. *»Schlag mit dem ›weißen Höhenrauch‹.«*

Das Wissen, was es mit dem »weißen Höhenrauch« auf sich hatte, kroch mit der lichten Kraft in mich hinein. Ein schreckliches Wissen, ein beängstigendes – deshalb hatte selbst Geser diesen Zauber nur ein einziges Mal angewendet und danach geschworen, es nie wieder zu tun ...

»Schlag«, riet Sebulon. *»Am besten mit dem ›Schatten der Herrscher‹.«*

Das Wissen, was es mit dem »Schatten der Herrscher« auf sich hatte, huschte mit der dunklen Kraft in mich hinein. Ein ekelhafter Zauber, der Entsetzen verbreitete – deshalb hatte selbst Sebulon es nie riskiert, diesen Schatten aus der fünften Schicht des *Zwielichts* aufzuheben ...

»Schlag«, sagte Edgar. *»Mit dem ›Sarkophag der Zeiten‹. Unbedingt mit dem ›Sarkophag der Zeiten‹.«*

Das Wissen, was es mit dem »Sarkophag der Zeiten« auf sich hatte, sprudelte mit der Kraft der Inquisitoren in mich. Ein kaltes Wissen, ein tödliches – denn derjenige, der den Zauber wirkte, blieb zusammen mit seinem Opfer im Sarkophag. Für immer, bis ans Ende des Universums ...

»Und wenn wir ihm den Skaphander durchlöchern?«, fragte Lass, der mit der Pistole in der Tür stand.

Ein absoluter Anderer.

Eine absolute Null.

Der Stärkste, der Schwächste ...

Ich sammelte die mir verliehene Kraft – und legte sie in einen

Zauber siebten Grades, einen der einfachsten Zauber, die jeder Andere beherrscht.

Den »Schild des Magiers«.

Vermutlich wurde noch nie so viel Kraft so sinnlos vergeudet.

Und vermutlich war noch nie ein Magier auf der Welt so gut abgeschirmt.

Gegen alles.

Ein weißer netzartiger Kokon entstand um mich herum. Die durch die Fäden des Kokons strömende Energie ließ sie leise knistern. Der Kokon verlor sich im Nirgendwo, tief im Universum, dort, wo man aufhört, die Schichten des *Zwielichts* zu zählen, wo es keine Materie mehr gibt, keinen Raum, keine Zeit, rein gar nichts, was ein Mensch oder ein Anderer verstehen könnte.

»Was ... machst du da?«, fragte Kostja – und sein Gesicht nahm einen kindlich verletzten Ausdruck an. »Was machst du, Anton?«

Ich schwieg. Stand da und sah ihn an. Nicht einmal der Schatten eines Gedankens durfte über mein Gesicht huschen. Sollte Kostja doch denken, was er wollte.

Sollte er doch.

»Hast du Angst bekommen?«, fragte Kostja. »Du ... ja ... du bist ein Angsthase, Anton!«

Ich schwieg.

Und die Hohen schwiegen. Nein, vermutlich schwiegen sie nicht. Sie schrien, schimpften, verfluchten mich – weil ich die von ihnen gesammelte Kraft zum absoluten Schutz von mir selbst verschwendete.

Wenn in diesem Moment über Baikonur eine Wasserstoffbombe abgeworfen werden würde, würde ich heil und unversehrt bleiben. In einer Wolke aus Plasma schwimmend, eingeschmolzen in einen kochenden Stein, aber absolut unversehrt.

»Ich weiß gar nicht, was ich sagen soll ...« Kostja breitete die

Arme aus. »Ich wollte dich doch nicht umbringen! Ich weiß doch noch, dass du einmal mein Freund gewesen bist!«

Ich schwieg.

Verzeih mir, aber ich kann dich jetzt nicht mehr als meinen Freund bezeichnen. Denn du darfst nicht das verstehen, was ich verstanden habe. Du darfst meine Gedanken nicht lesen.

»Leb wohl, Anton«, sagte Kostja.

Die Techniker kamen zu ihm und ließen die Scheibe des Druckhelms herunter. Er sah mich noch einmal durch das Glas an – verständnislos, gekränkt. Dann drehte er sich um.

Ich dachte, er würde das Portal in den Kosmos jetzt gleich öffnen. Aber Kostja hatte sich in der Tat gründlich auf den Sprung vorbereitet. Gewiss, ich habe nie zuvor auch nur von dem Versuch gehört, sich an Bord eines in der Luft befindlichen Flugzeugs zu katapultieren. Geschweige denn auf eine Raumstation.

Kostja ließ die Kosmonauten und Techniker einfach in ihrer Erstarrung zurück und ging aus dem Saal. Lass wich ihm aus, schielte zu mir hinüber und deutete mit dem Blick auf die Pistole.

Ich schüttelte den Kopf, und er schoss nicht.

Wir folgten ihm nur.

Im Koordinationsraum saßen die Techniker und Programmierer irgendwie schlaftrunken hinter ihren Computern.

Wann hatte er es geschafft, sie alle seinem Willen zu unterwerfen?

Doch nicht gleich in dem Moment, als er in Baikonur angekommen war?

Ein normaler Vampir bringt leicht ein oder zwei Menschen unter seiner Kontrolle. Ein Hoher kann es mit ein paar Dutzend aufnehmen.

Aber Kostja war in der Tat zu einem absoluten Anderen geworden – der gesamte Betrieb des riesigen Raumfahrtzentrums drehte sich jetzt um ihn.

Man brachte ihm irgendwelche Listen. Zeigte ihm etwas auf

den Bildschirmen. Er hörte zu, nickte – und blickte noch nicht einmal in unsere Richtung.

Ein kluger Junge. Mit solider Bildung. Er hatte erst Physik studiert, dann Biologie, aber Physik und Mathematik konnte er anscheinend immer noch etwas abgewinnen. Mir hätten diese Schemata und Graphiken nichts gesagt, aber er bereitete alles vor, um im Orbit ein Portal aufzuhängen. Mit magischen Mitteln in den Kosmos zu gelangen, das ist ein kleiner Schritt für einen Anderen, aber ein großer Sprung für die ganze Menschheit ...

Wenn er jetzt bloß nicht trödelte.

Wenn Geser bloß keine Panik bekam.

Wenn sie bloß auf einen atomaren Schlag verzichteten, denn der brachte nichts und war überflüssig. Völlig überflüssig!

Kostja sah mich erst an, als er das Prisma des Portals öffnete. Blickte mich herablassend und beleidigt an. Die Lippen hinter der Scheibe seines Helms bewegten sich. »Lebe wohl«, las ich.

»Lebe wohl«, wünschte auch ich ihm.

Mit dem Behälter der Lebenserhaltungssysteme in der einen Hand und dem Aktenkoffer mit dem *Fuaran* in der anderen betrat Kostja das Portal.

In dem Moment erlaubte ich mir, den Schild zu senken. Die fremde Kraft brandete in den Raum, ergoss sich überall hin.

»Wie willst du das alles erklären?«, fragte Geser.

»Was meinen Sie?« Ich nahm auf dem nächstbesten Stuhl Platz. Ich zitterte am ganzen Körper. Wie lange reicht der Sauerstoff in einem leichten Skaphander, der nicht für einen Ausstieg im Weltall gedacht ist? Ein paar Stunden? Bestimmt nicht länger.

Kostja Sauschkin würde nicht mehr lange leben.

»Warum bist du sicher ...«, setzte Geser an. Um dann zu verstummen. Ich meinte sogar, ein Gespräch zwischen ihm und Sebulon aufzuschnappen. In dem es um Befehle ging, die geändert werden müssten, um die Bomber, die ins Kosmodrom zurückkehren müssten. Um ein Team von Magiern, das die Spuren

des Wahnsinns in Baikonur beseitigen sollte. Um eine offizielle Version für den geplatzten Start.

»Was ist passiert?«, fragte Lass, während er sich zu mir setzte. Der Techniker, den er ohne zu fackeln von seinem Stuhl vertrieben hatte, sah sich begriffsstutzig um. Die Menschen in unserer Nähe kamen wieder zu sich.

»Schluss«, sagte ich. »Jetzt ist alles aus. Fast.«

Aber ich wusste, dass das noch nicht das Ende war. Denn irgendwo weit oben am Himmel, über den Wolken, in der kalten Sternenwelt, purzelte der absolute Andere Kostja Sauschkin in einem gestohlenen Skaphander herum. Er wollte ein Portal öffnen – und schaffte es nicht. Wollte die an ihm vorbeiziehende Weltraumstation erreichen – und schaffte es nicht. Wollte zur Erde zurückkehren – und schaffte es nicht.

Denn er war eine Absolute Null.

Denn wir alle sind Vampire.

Und dort, jenseits der warmen, lebenden Erde, weit weg von Mensch und Tier, von Pflanzen und Mikroben, von allem, was atmet, sich bewegt, leben will – dort werden wir alle zu absoluten Nullen. Dort sind wir jener Gratiskraft beraubt, die es uns erlaubt, uns gegenseitig mit so schönen und grellen Blitzen zu befeuern, Krankheiten zu heilen und Unheil anzurichten, ein Ahornblatt in eine Banknote zu verwandeln und saure Milch in alten Whisky.

Unsere ganze Kraft ist eine fremde.

Unsere ganze Kraft liegt in unserer Schwäche.

Und das war das, was der brave Junge Kostja Sauschkin nicht verstehen konnte und wollte.

Ich hörte Sebulons Gelächter, weit, weit weg, in der Stadt Saratow, wo er in einem Gartencafé mit einem Glas Bier unter einem Sonnenschirm stand und in den Abendhimmel hinaufschaute – an dem er einen neuen, schnell dahinziehenden Stern suchte, der seine Bahn klar, aber nur kurz beschreiben würde.

»Ich glaube, du weinst«, sagte Lass. »Nur ohne Tränen.«

»Stimmt«, antwortete ich. »Ich habe keine Tränen, und ich habe keine Kraft. Ich kann kein Portal für den Rückweg öffnen. Wir müssen fliegen. Oder auf die Gruppe von Putzmagiern warten, vielleicht kann die uns helfen.«

»Wer sind denn Sie?«, fragte ein Techniker. »Was geht hier eigentlich vor?«

»Wir sind Inspektoren vom Gesundheitsministerium«, sagte Lass. »Und Sie sollten uns lieber mal erklären, wer auf die Idee gekommen ist, abgeernteten Hanf im Luftfänger des Entlüftungssystems zu verbrennen!«

»W-was für Hanf?«, fing der Techniker an zu stottern.

»Baumartigen!«, gab ich scharf zurück. »Gehen wir, Lass. Ich schulde dir noch ein paar Erklärungen.«

Wir verließen den Saal. Ein paar Mitarbeiter und ein paar Soldaten mit Maschinenpistolen kamen uns entgegengerannt. Bei der enormen Aufregung achtete niemand auf uns. Vielleicht schützten uns aber auch die Reste des magischen Schilds. Am Ende des Ganges leuchtete kurz der rosarote Hintern des deutschen Weltraumtouristen auf: Hüpfend rannte er davon, den Finger immer noch im Mund. Ihm folgten zwei Männer in weißen Kitteln.

»Hör mal«, sagte ich zu Lass. »Außer der normalen Menschenwelt, die du mit dem Auge sehen kannst, gibt es noch die Welt des *Zwielichts*. Und ins *Zwielicht* eintreten können nur diejenigen ...«

Ich schluckte und stockte. Ein Bild von Kostja tauchte wieder auf. Kostja, wie er vor langer Zeit einmal gewesen war, dieser Vampirjunge, der nichts zustande brachte ...

»Guck mal, ich verwandel mich! Ich bin eine schreckliche Fledermaus! Ich fliege! Ich fliege!«

Leb wohl. Du hast es in der Tat geschafft.

Du fliegst.

»Ins *Zwielicht* eintreten können nur diejenigen, die über etwas verfügen, das ...«, fuhr ich fort.

Epilog

Semjon betrat das Arbeitszimmer zusammen mit Lass, den er vor sich herstieß, als sei er ein kleiner Dunkler Zauberer, den er auf frischer Tat ertappt hatte. Lass fuchtelte mit einer fest zusammengerollten Papierröhre in den Händen herum und versuchte, sie hinter seinem Rücken zu verstecken.

Semjon ließ sich in einen Sessel fallen. »Das ist doch dein Protegé, Anton, oder?«, brummte er. »Dann kümmer dich gefälligst auch um ihn.«

»Was ist passiert?«, fragte ich alarmiert.

Lass blickte nicht im Mindesten schuldbewusst drein. Eher leicht verwirrt.

»Den zweiten Tag im Praktikum«, sagte Semjon. »Die simpelsten und elementarsten Aufgaben. Die noch nicht mal was mit Magie zu tun haben ...«

»Was denn?«, wollte ich wissen.

»Ich habe ihn gebeten, Herrn Sisuke Sasaki von der Tokioer Wache am Flughafen abzuholen ...«

Ich schnaubte.

Semjon wurde puterrot. »Das ist ein völlig normaler japanischer Name! Auch nicht lustiger als Anton Sergejewitsch!«

»Schon verstanden«, beschwichtigte ich ihn. »Ist das der Sasaki, der 1994 den Fall mit den Tierfrauen geleitet hat?«

»Genau der.« Semjon rutschte nervös im Sessel hin und her.

Lass stand nach wie vor neben der Tür. »Er ist auf der Durchreise nach Europa, will aber etwas mit Geser besprechen.«

»Was ist denn nun passiert?«

Semjon warf Lass einen wütenden Blick zu. Hüstelte. »Der Herr Praktikant hat sich höchst angelegentlich bei mir erkundigt, ob der verehrte Sasaki Russisch könne«, sagte er dann. »Ich habe ihm erklärt, dass er es nicht kann. Daraufhin hat der Herr Praktikant an seinem Rechner ein Plakat ausgedruckt und ist nach Scheremetjewo gefahren, um den Japaner abzuholen ... Nun zeig dein Plakat schon!«

Seufzend entrollte Lass das Papier.

In sehr großer Schrift standen dort die Hieroglyphen eines japanischen Namens. Lass hatte sich alle Mühe gegeben und sogar einen Treiber für Japanisch installiert.

Darüber stand in einer etwas kleineren Schrift: »Zweiter Moskauer Kongress der Opfer von zwangsweiser Cholerainfektion«

Es kostete mich gewaltige Mühe, eine steinerne Miene beizubehalten.

»Weshalb hast du das geschrieben?«, fragte ich.

»Ich mache das immer, wenn ich Ausländer abhole«, sagte Lass beleidigt. »Sowohl bei meinen Geschäftspartnern wie auch bei Verwandten ... ich habe noch Familie im Ausland ... Wenn sie kein Wort Russisch verstehen, schreibe ich ihren Namen ganz groß in ihrer Muttersprache und etwas kleiner irgendwas Komisches auf Russisch. Zum Beispiel: ›Konferenz Transsexueller mit nicht traditioneller Orientierung‹, ›Europäisches Festival taubstummer Musiker und Sänger‹, ›Forum der Aktivisten der Werlbewegung für vollständige sexuelle Enthaltsamkeit‹ ... Dann warte ich also mit meinem Plakat ... drehe mich mit dem Ding nach allen Seiten um, damit alle Ankommenden es sehen ...«

»Den Teil habe ich verstanden«, sagte ich. »Was ich wissen will, ist, weshalb du das alles schreibst.«

»Wenn der Mensch dann durch den Zoll kommt, interessiert sich bereits die ganze Halle für ihn«, erklärte Lass unerschütterlich. »Sobald er auftaucht, lächeln ihn alle an, viele klatschen, pfeifen und winken. Der Mensch versteht sowieso nicht, was diese Reaktion ausgelöst hat! Er sieht nur, dass alle sich über sein Erscheinen freuen, bemerkt seinen Namen und kommt zu mir. Ich rolle das Plakat dann schnell ein und bringe ihn zum Auto. Danach wird dieser Mensch allen erzählen, wie einzigartig und gastfreundlich die Russen sind! Alle haben ihn mit einem Lächeln auf den Lippen empfangen!«

»Du Dummerjan«, meinte ich voller Mitleid. »Das sind Menschen. Aber Sasaki ist ein Anderer. Ein Hoher Anderer übrigens! Er kann zwar kein Russisch, aber den Sinn des Plakats nimmt er über die reine Bedeutungsebene auf!«

Lass seufzte. »Das habe ich inzwischen ja begriffen ...«, meinte er mit gesenktem Kopf. »Also, wenn ich mir etwas habe zu Schulden kommen lassen, schmeißt mich halt raus!«

»Ist Herr Sasaki denn beleidigt?«, fragte ich.

Semjon zuckte mit den Schultern.

»Als ich ihm alles erklärt hatte, hat Herr Sasaki geruht, lange darüber zu lachen«, verkündete Lass.

»Trotzdem«, bat ich, »lass das in Zukunft sein, ja?«

»Generell?«

»Zumindest bei Anderen!«

»Klar, ich tu's nicht mehr«, versprach Lass. »Der Spaß verliert sowieso seinen Sinn.«

Ich breitete die Arme aus. Sah Semjon an.

»Warte draußen auf mich«, befahl Semjon. »Und das Plakat bleibt hier.«

»Aber eigentlich sammel ich ...«, setzte Lass an, ließ das Plakat dann aber doch da und ging hinaus.

Sobald die Tür zu war, grinste Semjon, griff nach dem Plakat und entrollte es noch einmal. »Ich geh mit dem Ding mal durch die Abteilungen und heiter unsere Leutchen ein bisschen auf ...«, verkündete er. »Wie geht's dir?«

»So lala.« Ich lehnte mich im Sessel zurück. »Ich bin dabei, mich einzugewöhnen.«

»Ein Hoher ...« Semjon betonte jede Silbe. »Ha ... Und dabei heißt es immer, man solle nicht nach den Sternen greifen. Ein Hoher Magier ... Was für eine Karriere du gemacht hast, Gorodezki!«

»Semjon ... das ist nicht mein Verdienst. Es ist einfach so passiert.«

»Ich weiß ja, ich weiß ...« Semjon erhob sich und tigerte durch mein Arbeitszimmer. Ein kleiner Raum, aber immerhin mein eigenes Arbeitszimmer. »Stellvertretender Personalchef ... ha. Wer weiß, was die Dunklen jetzt wieder aushecken? Mit dir und Swetlana sind wir vier Hohe. Und in der Tagwache ist nach dem Verlust Sauschkins nur noch Sebulon übrig ...«

»Sollen sie doch jemanden aus der Provinz rekrutieren«, sagte ich. »Ich hätte nichts dagegen. Oder wir warten auf das Auftauchen eines neuen Spiegels.«

»Wir sind jetzt klüger«, meinte Semjon. »Wir lernen immer aus unseren Fehlern.«

Er ging zur Tür und kratzte sich den Bauch durch sein ausgeblichenes T-Shirt hindurch. Ein weiser, guter, müder Lichter Magier. Wir alle werden weise und gut, wenn wir müde sind. An der Tür blieb er noch einmal stehen und sah mich nachdenklich an. »Sauschkin tut mir leid. Er war ein prima Kerl, soweit das möglich ist ... bei einem Dunklen. Machst du dir große Vorwürfe?«

»Ich hatte keine Wahl«, erwiderte ich. »Er hatte keine ... und ich auch nicht.«

»Und um das *Fuaran* ist es auch schade ...«, fügte Semjon hinzu.

Kostja war in der Atmosphäre verbrannt, vierundzwanzig Stunden nach seinem Sprung in den Orbit. So präzise war seine Umlaufbahn dann eben doch nicht berechnet.

Zusammen mit ihm war sein Aktenkoffer verbrannt. Bis zum letzten Moment waren sie im Ortungsgerät zu erkennen. Die Inquisition hatte verlangt, ein Shuttle loszuschicken, um das Buch zu retten, aber dafür hatte die Zeit nicht gereicht.

Was meiner Meinung nach nur zu begrüßen war.

Vielleicht hatte er sogar noch gelebt, als in einer Höhe von mehreren hundert Kilometern sein Skaphander unter den feurigen Küssen der Atmosphäre in Flammen aufging. Immerhin war er ein Vampir, und Sauerstoffmangel konnte ihm nicht so viel anhaben wie einem normalen Anderen. Auch die Überhitzung oder die Unterkühlung oder sonstige Lieblichkeiten des Weltalls nicht, die einen nur mit einem Skaphander ausgestatteten Kosmonauten erwarten. Ich weiß das nicht, aber ich werde deswegen keine Lexika wälzen. Und sei es auch nur, weil niemand wissen kann, was schlimmer ist: Tod durch Ersticken oder Tod durch Feuer. Denn niemand stirbt zweimal, selbst ein Vampir nicht.

»Guck mal, ich bin ein schrecklicher, unsterblicher Vampir! Ich kann mich in einen Wolf oder in eine Fledermaus verwandeln! Ich kann fliegen!«

Semjon ging hinaus, ohne ein weiteres Wort zu sagen. Lange saß ich da und sah aus dem Fenster. Hinaus in den reinen wolkenlosen Himmel.

Der Himmel ist nichts für uns.

Es ist uns nicht gegeben zu fliegen.

Und alles, was wir tun können, ist zu versuchen, nicht zu fallen.

LESEN SIE WEITER IN:

Sergej Lukianenko

WÄCHTER DER EWIGKEIT

Der neue russische
Bestseller-Autor
DMITRY
GLUKHOVSKY
METRO
2033
»Ein phantastisches Epos!«
Sergej Lukianenko
Im Herbst 2008 bei
HEYNE

HEYNE
John Meaney
TRISTOPOLIS
ROMAN